Composé et achevé d'imprimer
par l'imprimerie Maury à Malesherbes,
le 20 août 1990.
Dépôt légal : août 1990.
Numéro d'imprimeur : K89/28532B
ISBN 2-07-072028-4 / Imprimé en France.

50003

BIBLOS

VINCENT VAN GOGH

Correspondance générale

1

Traduit du néerlandais
et de l'anglais
par Maurice Beerblock
et Louis Roëlandt

Préface
de Philippe Dagen

Notes
de Georges Charensol

GALLIMARD

Cette édition reproduit le texte et les illustrations de l'édition de luxe
publiée en 1960 sous la double marque Gallimard/Grasset
et qui portait le copyright des Editions Bernard Grasset.

« PARCE QUE MOI J'ADORE LE VRAI, LE POSSIBLE... »

Il vaudrait peut-être mieux ne plus rien écrire sur Vincent Van Gogh. Contrevenir à cette précaution, c'est commenter le trop commenté et courir le risque de ne pouvoir plus être entendu. Sur le palimpseste de l'histoire et de la légende, des mains décidées ont tracé en grosses lettres rouges, du rouge dont Van Gogh signait ses autoportraits, quelques mots simples, épithètes qui tirent leur force de conviction d'avoir été presque un siècle répétées. Fou, génial, maudit : triade admirable. Sur chacun d'eux, des variations sans nombre ont été composées tout au long du siècle, des orchestrations ont été ajoutées et l'air de la démence visionnaire se chante désormais avec d'autant plus d'entrain que chacun en connaît les paroles et le rythme.

Cette musique dont les enregistrements se vendent à profusion couvre tout. Il serait vain d'entrer dans le détail du dispositif. Sa description relève de la sociologie, qui aime à bénir au nom d'une mansuétude supérieure ce qu'elle nomme « phénomène de société ». Montages financiers, escomptes d'éditions, droits de reproduction, cultes à réservations télématiques, voyages organisés : il est doux de communier dans l'éloge général d'une hallucination d'autant plus spectaculaire qu'on la consomme en conserve, et donc sans danger. La mythologie de l'artiste « suicidé de la société » *rapporte d'estimables bénéfices à ladite société, si parfaite désormais qu'elle réintègre ses anciens exclus et les promeut au rang de déités photogéniques.* « Voyez comme j'ai l'esprit large, je célèbre mon Grand Subversif Préféré et, de la sorte, l'antithèse est résorbée, l'harmonie rétablie... » *Procédé connu.*

Ce qui serait subversif, peut-être, importun au moins, ce serait de revenir au détail de l'histoire, autrement dit à la vue des peintures et à la lecture des écrits. Car lire la correspondance de Vincent Van Gogh, pour peu que l'on ne se contente plus d'extraits, les mêmes toujours, force à un salutaire exercice d'anti-mythologie. On le jugera déplacé ou nécessaire selon que l'on tient ou non à collaborer à l'ordre public. Autant prévenir nettement : le peintre Vincent Van Gogh qui se découvre dans ces volumes n'a à peu près rien de commun, hors le nom, avec le mythique pauvre Vincent à l'oreille coupée. L'un délire, l'autre raisonne. L'un est visité par le démon de l'inspiration, l'autre visite les musées. L'un tient de l'éclair et du météore, l'autre de l'érudit et du compilateur d'exemples. L'un ne serait grand que dans la folie, l'autre redoute son approche et se désespère de ne pouvoir travailler durant ses crises. La contradiction est si complète qu'elle en devient comique. Le mythe et l'histoire finissent par ne plus entretenir aucune relation. La confusion est alors à son paroxysme.

Confusion ancienne du reste, contradiction reconnue depuis le début du siècle. Dans un article publié le 17 mars 1901, Octave Mirbeau a décrit l'antithèse avec la plus parfaite netteté. Premier point : « Les mystiques, les symbolistes, les larvistes, les occultistes, les néopédérastes... les peintres de l'âme, enfin... tous ces pauvres jobards ou ces pauvres farceurs qui, dès qu'ils voient dans une toile une faute lourde de dessin ou une forme embryonnaire, ou des chairs verdies... et des sexes crucifiés... crient au chef-d'œuvre, s'évanouissent d'admiration et de volupté... tous, l'un après l'autre, ils ont voulu revendiquer Van Gogh pour un des leurs... Voilà une étrange prétention... une incompréhensible folie ! » *On doit observer que Mirbeau définit par anticipation le Surréalisme, symboliste, mystique et occultiste tout à la fois, et aussi lieu de ralliement naturel des apologistes du Van Gogh fou tragique, Artaud, Bataille, Char et Prévert.*

Second point, la contradiction. « La vérité, c'est qu'il n'est pas d'art plus sain... il n'est pas d'art plus réellement, plus réalistiquement peintre que l'art de Van Gogh... Van Gogh n'a qu'un amour, la nature ; qu'un guide : la nature. Il ne cherche rien au-delà, parce qu'il sait qu'il n'y a rien au-delà... » *Pas d'au-delà ? Affirmation très grave. Ici, les zélateurs de Vincent s'irritent, leurs profondes certitudes offensées par un athéisme si désinvolte. Tout serait là, exposé au regard ? Il n'y aurait pas de vérité autre, meilleure, un peu moins désespérante, vérité révélée par exemple ? Pas de salut par en dessous ou par-derrière ? Pas moyen de s'en sortir par le rêve et le mystère ? Il n'y aurait pas de mystère, peut-être ? Affirmations impies et proprement intolérables.*

Troisième élément : les preuves avancées par Mirbeau : « A lire les si curieuses lettres que publia naguère le **Mercure de France**, il n'est pas d'esprit plus équilibré que le sien. Ses opinions sont sages, se gardent de toute exagération. Il n'a rien d'un sectaire. Il rend justice à tout le monde, aussi bien à Claude Monet qu'à Meissonier. En littérature, il a des idées plutôt timides : il ne trouve rien d'aussi beau que les livres de Maupassant... » *Et plus loin, à propos de la peinture conçue comme une discipline :* « Ses lettres nous renseignent à cet égard, très précieusement. Elles nous initient à sa méthode de travail, qui n'est presque uniquement que scientifique, pourrait-on dire... » *Scientifique, pourrait-on dire : la contradiction est à son comble, la vulgate niée jusque dans ses détails. La* « haute note jaune », *la touche insistante, les autoportraits produits d'une méthode raisonnée, sinon d'une esthétique ? La vulgate est niée dans son article fondamental même, l'affirmation de la fertilité de la folie. Il faut donc voir les lettres.*

Les goûts littéraires et picturaux de Van Gogh, qu'il expose et justifie infatigablement dans ses confessions à Théo, sont assez singuliers pour mériter attention. Timides, selon Mirbeau. Détestables, selon Gauguin. « Il admire Daudet, Daubigny, Ziem et le grand Rousseau, tous gens que je ne peux pas sentir » *écrit celui-ci après quelques semaines de voisinage à Arles. Logent en effet dans le Panthéon de Van Gogh des peintres et des écrivains peu attendus, ou peu attendus du moins tant que l'on s'obstine à guetter dans ses lettres les signes d'une hallucination. Rien n'est en effet plus simple à vérifier – et l'on pourrait s'étonner que la chose n'ait été faite qu'à demi jusqu'à présent, et non sans répugnance : Van Gogh ne lit, ne veut lire, que des romans réalistes, les plus réalistes, les mieux documentés, les plus détaillés. Mirbeau peut à bon droit protester que le peintre* « a l'instinctive horreur des rébus philosophiques, religieux ou littéraires, de tous ces vagues intellectualismes où se complaisent les impuissants (...) » *car le peintre n'est ni moins sévère que lui ni moins cohérent dans ses préférences et détestations. Van Gogh se réclame sans cesse des naturalistes et exècre sans nuance toute œuvre d'art qu'il soupçonne de symbolisme. Il veut du simple, du clair, du vrai.*

Dans son adolescence, il vénère Harriet Beecher-Stowe et Charles Dickens, qu'il étudie avec un absolu respect, le second particulièrement, qu'« aucun écrivain *(n')*égale. » *Il se réfère encore à eux, associés indissolublement à ses yeux, en septembre 89, ayant relu* « avec une attention extrême » La Case de l'Oncle Tom *et les* Christmas Tales. *Dans les années 80, il s'initie à la littérature française contemporaine, initiation que gouverne la logique de l'esthétique naturaliste. Ainsi les écrivains qu'il cite le plus volontiers dans sa correspondance se nomment Emile Zola, qu'il égale à Rembrandt, Alphonse Daudet, son favori le plus* *régulier à Arles, Erckmann-Chatrian, et les frères Goncourt, autrement dit les gros tirages du réalisme de la France de la IIIe République. Parmi eux, deux ne font plus désormais figure que d'auteurs mineurs, réservés aux enfants, mais Van Gogh n'établit aucune hiérarchie de cet ordre et envie sérieusement Théo d'avoir rencontré Chatrian.*

Il se réclame moins souvent, et seulement dans les deux dernières années de sa vie, de Flaubert, Huysmans et Maupassant, lequel, quoi qu'ait suggéré Mirbeau par ironie, fut infiniment moins son auteur favori que Dickens – et s'en réclame avec une ardeur, une violence dans l'idolâtrie qui interdisent qu'on doute de leur sincérité : « J'ai moi une admiration sans bornes pour de Goncourt, Zola, Flaubert, Maupassant, Huysmans » *écrit-il à l'automne 89 à sa sœur qui a le grand tort de placer Tolstoï au-dessus de tout. Il se fie aux naturalistes à tel point qu'il demande aux romans de ses contemporains des conseils et des avertissements à mettre en pratique. Il les juge même selon qu'ils fournissent des modèles à suivre ou à éviter, selon leur degré de bienfaisance et de bon sens social. Un jour d'inquiétudes économiques, il place* Bouvard et Pécuchet *et* A vau-l'eau *au-dessus d'*Au bonheur des Dames *et de* Bel-Ami *parce que Flaubert et Huysmans incitent* « moins *(à)* faire comme Don Quichotte » *alors qu'avec les autres* « on y va en plein ». *On peut douter de la sûreté du critère, mais il reste que Van Gogh se veut admirateur résolu du roman réaliste, au sens le plus large et aussi le plus banal du terme : il veut de la littérature qui l'entretienne de l'aujourd'hui et se comprenne commodément. Le misérabilisme et le lyrisme pathétique ne le gênent pas, du moment qu'ils servent à la description de l'époque.* « Zola et Balzac en tant que peintres d'une société, d'une nature dans son ensemble, causent à ceux qui les aiment, des émotions artistiques rares, par cela même qu'ils embrassent le tout de l'époque qu'ils peignent. » *Le verbe peindre sert autant aux romanciers qu'aux peintres, équivoque utile pour qui entend assigner un but unique aux uns et aux autres.*

A l'inverse, Van Gogh n'a qu'antipathie ou indifférence pour ceux qui se nomment alors, ou se laissent nommer, symbolistes. Mallarmé lui est semble-t-il inconnu, alors même que Mallarmé fait figure de maître à penser de l'avant-garde poétique et picturale. Paul Gauguin, peu après son séjour à Arles, tente d'en faire son allié en exécutant son portrait orné de la silhouette allégorique du corbeau. Mais rien ne témoigne d'une conversation des deux peintres sur le poète. De Remy de Gourmont et des auteurs du Mercure *de Vallette et de Rachilde, pas une mention, mais l'éreintement de l'un de leurs écrivains favoris : Van Gogh égale Poe et*

Hoffmann et déclare trouver « indigeste cette fantaisie opaque, sans signification, car elle n'a pour ainsi dire aucun rapport avec la réalité ». *Quant à Baudelaire, qu'il ne peut ignorer, il le traite plus mal encore et attaque avec autant de véhémence ses vers que sa critique. Du poète des* Fleurs du Mal, *il raille le style, bien en dessous selon lui de la simple et naïve poésie d'une chanson qu'il tire du* Nabab *de Daudet. D'un côté l'émotion naturelle, un* « calme égyptien et une grande simplicité » *que Van Gogh avait appréciés auparavant chez son poète français favori, le seul qu'il cite abondamment, François Coppée, de l'autre* « des choses excentriques », *malsaines et obscures. Le paragraphe continue par l'éloge de* Madame Chrysanthème, *éloge qui, on l'imagine, put exaspérer le destinataire de l'épître, Bernard, lui-même admirateur éperdu de Baudelaire.*

Les écrits sur l'art du poète ne conviennent pas mieux à Van Gogh, qui entend refuser littéralement à Baudelaire le droit de dire un mot de peinture : « qu'il se taise sur ce territoire, c'est des mots sonores et puis d'un creux ». *Or Van Gogh professe la plus complète admiration pour Delacroix, que, dans la même lettre, il admet dans la* « famille des génies universels ». *Sa haine de Baudelaire paraît donc assez peu logique – et encore moins si l'on songe que le* Peintre de la vie moderne *énonce les principes que Van Gogh recommande de suivre. On peut croire que les disciples proclamés de Baudelaire, eux-mêmes symbolistes résolus, lui ont gâché le poète et l'ont convaincu qu'il a inventé ce qu'il déteste, les artifices, le fantastique, les symboles, l'excentricité ; que Baudelaire est en somme coupable du symbolisme, par conséquent l'ennemi du saint naturalisme.* « Prenons Baudelaire – *écrit encore Van Gogh* – pour ce qu'il est, poète moderne ainsi que Musset en est un autre, mais qu'il nous fiche la paix quand nous parlons peinture. »

« Parler peinture », tel que l'entend Van Gogh, est affaire de précisions techniques et question de procédés, sur lesquelles les poètes sont sommés de faire silence, n'ayant rien à dire, ou des banalités. Mirbeau l'a observé : « Elles *(ses lettres)* nous racontent comment, dans la composition d'un tableau, le peintre n'a pas d'autre préoccupation que d'être un peintre… Et cette préoccupation, il la pousse si loin que, lorsqu'il décrit le paysage, en ce moment, ou qu'il rêve de faire, le lendemain, il ne dit pas qu'il y a des champs, des arbres, des maisons, des montagnes… mais du jaune et du bleu, du rouge et du vert… et le drame de leurs rapports entre eux… »

Observation juste et de nature à contredire le mythe de la création hallucinée. La correspondance de Van Gogh est, jusqu'à la lourdeur et la monotonie quelquefois, celle d'un technicien qui parle technique et ne conçoit son art qu'en termes de procédés, méthodes, recettes, corrections et calculs. A l'inspiration, ses analyses ne laissent aucune part. A Théo, il expose les plus matérielles de ses expérimentations pratiques, il décrit ses progrès dans l'emploi des matériaux et des instruments du dessinateur et du peintre avec d'autant plus d'enthousiasme qu'il craint de manquer de savoir-faire et d'habileté. Il en est ainsi à toutes les époques. En 1882 à La Haye : « Je préfère le graphite nature aux très fines tiges des Faber coûteux. Le luisant disparaît si l'on fixe avec du lait. (...) On obtient des résultats remarquables avec un fusain trempé préalablement dans l'huile. Je l'ai appris de Weissenbruch ; l'huile fait fonction de fixateur et le noir est plus chaud et intense. » *De Nuenen en 1885 :* « (...) la figure d'homme à gauche était légèrement éclairée par une lumière qui venait d'une porte ouverte. De sorte que, dans ces conditions, la tête et les mains prennent la couleur d'une pièce de dix centimes, par exemple, enfin une couleur de cuivre mat. (...) Corot, Millet, Daubigny, Israëls, Dupré, d'autres encore, peignent aussi des tableaux clairs (...). Mais, parmi ceux que je viens de nommer, aucun d'eux n'est de ceux qui, à la lettre, peignent le ton local ; ils suivent la gamme par laquelle ils ont commencé ; ils suivent leur idée, comme couleur, comme ton et comme dessin ». *A Emile Bernard, d'Arles, en juillet 1888 :* « Connais-tu un peintre nommé Vermeer qui, par exemple, a peint une dame hollandaise, très belle, enceinte. La palette de cet étrange peintre est : bleu, jaune citron, gris perle, noir, blanc. Certes, il y a dans ses rares tableaux, à la rigueur, toutes les richesses d'une palette complète ; mais l'arrangement jaune citron, bleu pâle, gris perle, lui est aussi caractéristique que le noir, blanc, gris, rose, l'est à Velázquez. »

Ces notations et remarques forment l'essentiel des lettres. Elles donnent un sens à l'attitude du peintre devant l'histoire de l'art et sa propre peinture. Dans un cas comme dans l'autre, il aspire à l'intelligence la plus complète et la plus minutieuse de la représentation.

Histoire de la représentation : exception faite de Gauguin, de Degas et de Cézanne, il n'est pas d'impressionniste ni de post-impressionniste qui pousse aussi loin que lui l'amour du savoir et le goût des musées. Un index de sa correspondance pourrait à lui seul tenir lieu de preuve. Il énumère d'innombrables peintres hollandais, tant anciens que modernes, et la plupart des maîtres italiens de la Renaissance, qu'il connaît au Louvre et par des gravures et reproductions dont il fait collection, procédant par achats et échanges afin de compléter ses séries. Ce qui étonnait et agaçait

Gauguin, l'éclectisme des admirations de Van Gogh au musée de Montpellier, n'est que l'effet d'une attention qui accorde à tous les maîtres autant d'intérêt, à Giotto et à Potter, à Botticelli et à Rembrandt. Van Gogh ne choisit ni ne compose une hiérarchie parce qu'il n'y a pas lieu à ses yeux, parce que les Florentins autant que les Hollandais lui apprennent son art, les uns la couleur, les autres la lumière. Les Japonais servent à leur tour, Hokusaï et les « crépons », leur sens de l'observation et de la ligne. Entre eux, ni contradictions, ni incompatibilité, mais la complémentarité d'inventions et d'améliorations qu'il convient de connaître toutes, sans tomber dans la facilité du pastiche et de la monomanie. Sur cette conception ouverte, qui lui est propre et qu'il a conservée en dépit de l'influence de Gauguin et de Bernard, Van Gogh s'est justifié maintes fois auprès d'eux et de Théo, et singulièrement dans une lettre de septembre 1888. A propos des Japonais, il enchaîne ces observations : « Mais quoi qu'on dise, les crépons plus vulgaires *(qu'Hokusaï)* colorés à tons plats pour moi sont admirables pour la même raison que Rubens et Véronèse. Je sais parfaitement bien que ce n'est pas là de l'art primitif. Mais parce que les primitifs sont admirables, c'est pas le moins du monde une raison pour moi de dire, comme cela devient une habitude : "Lorsque je vais au Louvre, je ne peux pas aller plus loin que les primitifs." »

Tant d'équanimité, une curiosité si large ne pouvaient être acceptées à Pont-Aven, ni par les dogmatiques néo-impressionnistes, qui, les uns et les autres, prétendaient précisément ne pouvoir, ne devoir « aller plus loin que les primitifs ». *A l'opposé de leur primitivisme, teinté d'ordinaire de religiosité syncrétique, rosicrucienne et théosophique, Van Gogh, protestant en rupture d'Eglise, s'efforce de maintenir le droit d'admirer les catholiques Rubens et Véronèse, auxquels, dans la même lettre, il réunit Velázquez, Daumier, Delacroix et Monticelli. De là un désaccord que les échanges d'autoportraits et l'ardeur des premières lettres n'ont masqué qu'une saison. Il est vrai que Van Gogh, non content de réhabiliter la grande peinture de Venise et de la Contre-Réforme, était homme à admettre, dans un genre tout différent :* « Je ne peux pas m'empêcher d'aimer les Meissonier. »

Il connaît les peintres français du dix-neuvième siècle en spécialiste. Il les connaît tous, semble-t-il, ceux de Barbizon et ceux des Salons, les plus novateurs des contemporains et les plus académiques, décorateurs d'églises et de palais publics, paysagistes de Fontainebleau et de l'Orient, spécialistes de la nature morte « à la flamande », portraitistes du beau monde et de la bourgeoisie, illustrateurs de journaux, caricaturistes politiques, Puvis et Besnard, Rousseau et Daubigny, Fromentin et Gérôme, Boldini et Carolus-Duran, Gavarni et Daumier. Sa curiosité l'incite même à examiner des œuvres que l'on dirait de nos jours « mineures », et qu'il juge cependant réussies et dignes d'estime, ne serait-ce que pour leur virtuosité. Quand Albert Aurier écrit son apologie dans le Mercure de France *et décrète que ses bouquets sont les plus beaux qui soient, Van Gogh ne le remercie que pour lui faire observer que ses fleurs valent, tout au plus, celles du* « père Quost », *Ernest Quost, natif d'Avallon en 1844, sociétaire des Artistes Français à partir de 1887, et celles de Georges Jeannin, autre spécialiste de la représentation botanique du Salon des Artistes Français. Modestie feinte ? Souci de savoir-faire et admiration du beau métier plutôt. Aux yeux de Van Gogh, toute peinture est bonne à regarder du moment qu'elle produit une figuration précise de la réalité.*

Aussi avoue-t-il volontiers placer au-dessus de tout l'art descriptif de ses prédécesseurs barbizoniens et membres de l'école de La Haye, et trouve des mérites aux plus appliqués, aux plus académiques des réalistes, y compris à Meissonier. Répondant à Aurier, il ne le ménage pas sur le point de l'ignorance et du mépris : « Et, en terminant — *lui écrit-il* —, je déclare ne pas comprendre que vous parliez d'infamies de Meissonier. C'est peut-être de cet excellent Mauve que j'ai hérité pour Meissonier une admiration sans bornes aucunes ; Mauve était intarissable sur l'éloge de Troyon et de Meissonier — combinaison étrange. » *Admiration sans bornes parce que Meissonier possédait un certain métier, une dextérité remarquable ; que c'était en somme un virtuose de la pratique picturale mise au service de l'observation, de la scène de genre, du « petit fait vrai ». Dans ses périodes de doute, cette vénération de l'adresse manuelle lui inspire des réflexions telles que celle-ci le 30 janvier 1889 :* « J'ai mis aujourd'hui une troisième Berceuse en train. Je sais bien que ce n'est ni dessiné ni peint aussi correctement que du Bouguereau, ce que je regrette presque, ayant le désir d'être correct sérieusement. »

« Sérieusement » : le mot revient fréquemment. La peinture est une affaire sérieuse, Van Gogh est un peintre sérieux, qui sait ce qu'il fait et pourquoi. A preuve, les analyses de ses propres œuvres et de leur genèse qu'il adresse à son frère, comptes rendus, démonstrations de logique et justifications tout à la fois. Les croquis qui les complètent mériteraient d'être étudiés en même temps, et, à travers eux, le travail de la composition chez Van Gogh, composition qui, jusque dans les tableaux les plus « nerveux » d'apparence, peut se réduire à un découpage-cadrage simple,

symétrie centrée ou décalée, occupation des vides, obturation des profondeurs, scansion de la perspective par des parallèles obliques et ainsi de suite. Il ne serait pas excessif de suggérer que chaque tableau trouve un peu de sa légitimité dans l'exercice qui consiste à le résumer en un croquis à l'intérieur d'une lettre. S'il est convenablement construit, rythmé puissamment, cela doit se voir dans une esquisse à la plume – esquisse qui est, naturellement, tracée a posteriori. L'expérience a d'autant plus d'importance que l'œuvre paraît plus « spontanée » et le produit d'une gestualité frénétique. Van Gogh et Gauguin ont en commun cet usage de la réduction au schéma, héritée de la tradition du « livre d'artiste », collection de schémas et de descriptions en termes purement techniques, préfiguration du catalogue moderne. L'un et l'autre, à la différence des impressionnistes, se soumettent à l'épreuve du dessin de composition.

Ce dernier s'accompagne de l'énumération des couleurs. Ainsi, en 1888, d'une « toile de 30 représentant des terres labourées.

Un ciel bleu avec nuages blancs.

Un immense terrain d'un lilas cendré, des sillons, des mottes innombrables, l'horizon de collines bleues et de buissons verts avec petit mas à tuiles orangées.

C'en est encore un qui prendra long à sécher ; pour les tableaux empâtés, il faut faire comme pour le vin fort, il faut que cela cuve. Aussi ai-je commandé un cadre en sapin blanc pour celui-là ». *D'un symbolisme, si facile cependant à déduire de l'image, labours, engendrement, terre-mère, pas un mot. La peinture est au premier chef question de proportions et chromatismes, temps de séchage et harmonie du cadre et de la toile peinte. Ce prosaïsme, on ne peut en marquer trop fortement l'intérêt, car il contredit le traditionnel discours de la « soif d'absolu » et du « parcours fulgurant ».*

Il devrait suffire cependant de lire : à Arles, à Saint-Rémy, à Auvers quelques jours avant sa mort, Van Gogh demeure fidèle à la discipline de l'analyse matérielle. Analyse à double sens du reste : de la toile finie vers sa décomposition en lignes et échantillonnage des couleurs ; puis du format et de la palette à la demande de toiles et de tubes adressée à Théo, demande formulée avec une parfaite précision. Nuance des couleurs, chimie, taille des tubes, meilleurs fournisseurs, grain du tissu, métrage, il ne manque aucun détail dans ces requêtes qui trahissent le caractère méthodique du travail. Bien loin de se fier à l'on ne sait quel bonheur de la création hasardeuse, Van Gogh détermine ses moyens, ses procédés et, ayant achevé une œuvre, vérifie encore par le croquis sa structure. Il lui arrive même de copier une de ses toiles, et de démontrer ainsi combien il maîtrise sa science picturale.

Que l'existence d'un système si puissant de codification de la peinture, renforcé par l'examen a posteriori de chaque toile, puisse laisser soupçonner que le peintre ne se veut si appliqué que parce qu'il se sait menacé d'égarements et d'hallucinations, c'est tout ce que l'on pourrait concéder aux tenants de la vulgate. Encore ne serait-ce qu'en objectant que leur interprétation ne peut convenir qu'aux derniers dix-huit mois de sa vie, après la crise d'Arles. Mirbeau l'avait suggéré le premier, convaincu que le peintre s'est suicidé parce que ses crises et l'état de prostration où elles le jetaient l'empêchaient de travailler. « Une inquiétude mortelle — nullement métaphysique mais toute professionnelle — était en lui... Il n'était jamais satisfait de son œuvre... Toujours il rêvait au-delà de ce qu'il réalisait... Il rêvait l'impossible... Avec des colères sauvages, il s'emportait contre sa main, sa main lâche et débile, incapable d'exécuter, sur la toile, tout ce que son cerveau concevait de perfection et de génie... Il est mort de cela, un jour ! » *Mirbeau a écrit un roman, inachevé, sur ce thème. Le peintre de* Dans le ciel *se suicide en se sciant la main avec une égoïne de rage de ne savoir exécuter la composition de fleurs et de paons qu'il rêve depuis des mois. Comme lui, Van Gogh peint malgré le risque de la folie, contre ce risque, contre la folie et l'échec. Il ne peint pas la folie.*

Ce qu'il peint, ce qu'il veut peindre, tout ce qui a été dit jusqu'ici permet de le déduire de ses goûts littéraires et picturaux et de ses efforts de méthode : il veut peindre le vrai de son époque, en bon disciple des romanciers naturalistes ses maîtres et des peintres réalistes ses préférés. Mirbeau le rappelle : « Van Gogh n'a qu'un amour, la nature ; qu'un guide : la nature. » *Il serait fastidieux et vain de relever les formules, maximes, professions de foi répétées que Van Gogh inscrit dans sa correspondance. On n'en conservera qu'une seule en raison de sa précocité et de sa simplicité. Elle date d'octobre 1884 et s'adresse à Théo :* « Je travaille activement à la série de têtes de gens du peuple que j'ai entrepris de faire (...) Le réalisme, dont alors *(durant le romantisme)* on ne voulait pas, on l'exige aujourd'hui, on en a plus que jamais besoin.

De ce réalisme-là qui a du caractère, et un esprit sérieux. Je veux te dire une chose, c'est qu'en ce qui me concerne, je vais essayer de gouverner droit, que je ne peindrai que ce qui est tout simple, et surtout les choses les plus ordinaires. »

Ceci a été écrit deux ans avant l'installation à Paris, avant donc la révélation du naturalisme moderne selon Manet, Degas et les impressionnistes, qui a confirmé Van Gogh dans son esthétique de l'« ordinaire » et de la figuration des êtres et des choses tels quels. Entre ses portraits de Brabançonnes à Nuenen et les figures d'Arlésiennes, nulle rupture, pas même dans le style, qui s'adapte aux climats et aux saisons. Le clair-obscur est commandé par la lumière humide du Brabant, les couleurs fortes par l'ensoleillement méridional, et, chaque fois, la vérité des lieux et des circonstances est respectée. Rien d'autre. A l'inverse, une stylisation que ne légitime aucune observation n'aurait aucune valeur.

Après quelques mois à Arles, Van Gogh se convainc ainsi qu'il existe, difficile à définir, une peinture du Midi, car « pour faire un tableau qui soit vraiment du Midi, il ne suffit pas d'une certaine habileté. C'est longtemps regarder les choses, qui mûrit et fait concevoir plus profondément. Je n'avais pas pensé que j'aurais tellement trouvé vrai Monticelli et Delacroix en quittant Paris. Ce n'est que maintenant après des mois, et encore des mois que je commence à distinguer qu'ils n'ont rien imaginé. » *Vérité obtenue à la longue, refus de l'imagination : exigences jumelles, dont Van Gogh affirme l'absolue souveraineté. Il peut ainsi poursuivre, revenant de ces prédécesseurs à lui-même :* « Et je pense que l'année prochaine tu vas revoir les mêmes motifs des vergers, de la moisson, mais avec une couleur différente et surtout une facture changée. Et cela durera encore, ces changements et ces variations. »

Est-il bien nécessaire de commenter ces phrases ? Van Gogh expose très clairement son naturalisme, esthétique et pratique évidemment liées, discipline de pénétration et d'attention. Quant aux « changements et variations », que sont-ils, si ce n'est la méthode même de travail de Claude Monet au même moment, et le mode préféré de l'impressionnisme ?

Ceci ne signifie pas pour autant que Van Gogh se borne à l'impressionnisme paysagiste alors en cours de systématisation, ressassé par Pissarro et figé par Seurat. Il peut arriver que le ciel du Midi réclame, pour être convenablement représenté, non point de l'impressionnisme mais des références hollandaises, ou la végétation des souvenirs d'estampes japonaises, simplement en raison d'une ressemblance qui légitime la réminiscence et l'usage d'un effet transposé d'un pays à l'autre. Par exemple : « J'ai fait cette semaine l'entrée d'une carrière qui est comme une chose japonaise ; tu te rappelles bien qu'il y a des dessins japonais de rochers où croissent ci et là des herbes et de petits arbres. » *Et, dans la même lettre d'octobre 89 :* « Et des ciels — comme nos ciels du Nord, mais les couleurs des couchers et des levers de soleil sont plus variées et plus francs. Comme dans les Jules Dupré et les Ziem. » *Il ne s'agit pas de pasticher les uns ou les autres, mais de déterminer au plus juste l'occasion de se servir de leurs enseignements.*

C'est alors que l'apparent éclectisme des goûts de Van Gogh se justifie : un paysage, la nature ressemblent tour à tour à un Hokusaï et à un Dupré, à un Daubigny et à un Pissarro. Ils peuvent même à l'occasion ressembler à un Meissonier. Il faut alors, suivant les cas, se souvenir des uns et des autres. Il suffit de savoir regarder et de se prémunir contre les effets de l'esprit de système, contre toute rhétorique picturale qui ne conviendrait qu'à tel sujet, telle lumière et qu'il serait absurde de prétendre employer à tout coup. Le naturalisme, et Van Gogh le comprend aussi clairement que Huysmans – qui ne cesse de protester dans sa critique contre le pastiche et le faux réalisme à la hollandaise appliqué à la France des années 1880 – et que Mirbeau, exige de la souplesse et l'art de varier la manière en fonction du motif. Pour les bords de Seine, Monet convient. Il ne convient pas pour les bords de Rhône. Son impressionnisme n'a de mérite que relatif, qu'il perd quand il ambitionne de passer pour un absolu, niant ainsi le principe d'observation sur lequel cependant il se fonde. Dans sa lettre à Albert Aurier, capitale en dépit de l'apparent désordre des remarques, Van Gogh pousse sa logique jusqu'à son terme, jusqu'au point où peu de ses contemporains le suivent : « Voyez-vous, il me semble si difficile de faire la séparation entre impressionnisme et autre chose ; je ne vois pas l'utilité d'autant d'esprit sectaire que nous en avons vu ces dernières années, ***mais j'en redoute le ridicule.*** »

Ce désir de vérité, qui commande la diversité de traitement des paysages, s'exaspère quand Van Gogh se veut portraitiste : quand il se heurte au modèle et s'ingénie à le comprendre entièrement. Ses plus entières admirations vont naturellement aux peintres de la figure humaine. En Orient : « J'envie aux Japonais l'extrême netteté qu'ont toutes choses chez eux. Jamais cela n'est ennuyeux et jamais cela paraît fait trop à la hâte. Leur travail est aussi simple que de respirer et ils font une figure en quelques traits sûrs avec la même aisance comme si c'était aussi simple que de boutonner son gilet. » *En Occident :* « Est-ce que tu sens combien les figures de Jules Breton et Millet et autres ***resteront.*** Ces gens-là ont vaincu la difficulté des modèles et c'est beaucoup cela. (...) C'est là le terrible des impressionnistes, que le développement de la chose cloche, et qu'ils restent des années devant des obstacles dont la génération précédente avait triomphé, la difficulté d'argent et de modèles. » *Van Gogh revient plusieurs fois sur ce dernier point. Ayant observé que les peintres de l'avant-garde* *pratiquent essentiellement le paysage et la nature morte, il s'en alarme comme d'une déficience. A son époque, il manque des portraitistes et Van Gogh aspire à être l'un d'eux.*

Le sujet mériterait des développements plus détaillés. L'histoire de l'art selon Vincent a en effet des portraitistes pour principaux héros, à commencer par Rembrandt et Hals. A Emile Bernard, il donne ces ordres en juillet 1888 : « Fourre-toi dans la tête ce maître, Frans Hals, peintre de portraits divers, de toute une république crâne et vivante et immortelle. Fourre-toi dans la tête le non moins grand et universel maître peintre de portraits de la république hollandaise : Rembrandt Harmensz van Rijn, homme large et naturaliste, et sain autant que Hals lui-même. » *Rembrandt naturaliste : de l'art ancien à l'art moderne, le lien est conservé, l'essentiel préservé, l'esthétique centrale nettement indiquée. Qui après les Hollandais ? Delacroix essentiellement, Delacroix dont, à Montpellier, Van Gogh découvre le portrait du collectionneur Bruyas, qui, dit-il, a la physionomie de Théo et de Vincent.* « Le portrait de Brias *(sic) – écrit-il –* par Delacroix nous ressemble à toi et à moi comme un nouveau frère. » *Delacroix, en somme, a peint Vincent par anticipation : coïncidence où le peintre est tenté de décrypter un signe. Quelques lignes auparavant, il a évoqué le portrait de Jan Six de Rembrandt, dont il cite l'œuvre presque systématiquement quand il parle de portraits, et une toile du Louvre :* « Tu connais l'étrange et superbe portrait d'homme par Rembrandt de la galerie de Lacaze, j'ai dit à Gauguin que pour moi je voyais là-dedans un certain trait de famille ou de race avec Delacroix ou avec lui Gauguin. »

« Certain trait de famille » : on devrait prêter plus d'attention au fait, bien connu cependant, que Gauguin et Van Gogh échangent des autoportraits, c'est-à-dire de la grande peinture, la plus exigeante et la plus difficile. Et à cet autre fait : le goût de Van Gogh pour cet exercice, dans lequel il s'est amélioré peu à peu. D'ordinaire, on admet que ces autoportraits à répétition trahissent une obsession. Soit. Et si cette obsession était essentiellement picturale, de l'ordre de l'exploit à accomplir, des maîtres à égaler, du brevet à présenter qui autorise à pénétrer dans la « famille » de Rembrandt, Delacroix et Gauguin, dans la famille des peintres accomplis ? Or l'impressionnisme n'est pas favorable à son entreprise, en raison de la mauvaise habitude qu'il a prise de se cantonner dans le paysagisme. Si Van Gogh se réclame à l'occasion de tel peintre depuis classé « académique », c'est pour mieux remédier à l'incapacité des siens, les « modernes ». En mai 1889, il observe ainsi successivement qu'il trouve « toujours si bien » *la* Dame

au gant *de Carolus-Duran exposée au musée du Luxembourg, que cet art est* « de ces choses sérieuses, qu'*(il)* aime beaucoup, ainsi un livre comme Bel-Ami » *et finit sur ce vœu :* « Ah, peindre des figures comme Claude Monet peint des paysages ! Voilà ce qui reste malgré tout à faire (...). Car enfin en figures Delacroix, Millet, plusieurs sculpteurs ont fait autrement mieux que les impressionnistes et même J. Breton. » *Dans son style décousu, la lettre résume l'exigence naturaliste de Van Gogh, nourrie de littérature, assez large de jugement pour chercher des exemples dans toutes les écoles et si exigeante qu'elle se fixe le portrait, le plus difficile des exercices, pour but suprême.* « (...) Je ne verrai pas un avenir au-delà de ça, ni d'ailleurs en désire » *conclut Van Gogh. Sa position est donc parfaitement claire et il ne sert à rien de tenter de lui faire dire et penser autre chose que ce qu'il écrit et professe : qu'il est, comme Rembrandt, un naturaliste et n'aspire à aucun autre accomplissement.*

De la cohérence, de la logique de son esthétique, il reste à donner une ultime preuve, qui fait écho à la phrase de Mirbeau selon laquelle Van Gogh « a même l'instinctive horreur des rébus philosophiques, religieux ou littéraires (...) ». *En décembre 1889, Emile Bernard envoie à Van Gogh une lettre et des photographies de ses dernières toiles, une* Adoration des Mages, *une* Annonciation *et un* Christ au jardin des Oliviers. *Il n'y en eut pas d'autres ensuite, tant Bernard fut offusqué par la violence de la critique. En trois pages, parmi les plus vives et argumentées qu'il ait écrites, Van Gogh dénonce toutes les impossibilités et absurdités qu'il a observées dans ces tableaux religieux, n'épargnant ni les maladresses voulues, ni l'imitation des primitifs. Aussi sévère que Huysmans quand ce dernier démonte la supercherie de la peinture de Puvis de Chavannes,* « vieux rigaudon s'essayant dans le requiem », *Van Gogh ne tolère ni les conventions symboliques ni les effets de style outrés et pastichés du Quattrocento. Au nom du vrai, naturellement.* « Tenez, (...) c'est trop fort comme impossibilité de supposer un enfantement comme ça, sur la route même, la mère qui se met à prier au lieu de donner à téter ; les grosses grenouilles ecclésiastiques agenouillées comme dans une crise d'épilepsie sont là, Dieu sait comment et pourquoi ! Mais je ne trouve pas ça sain, moi ! Parce que moi, j'adore le vrai, le possible, si toutefois je suis capable d'un élan spirituel, et alors je m'incline devant cette étude, forte à faire trembler, de Millet, les paysans qui portent à la ferme un veau né dans les champs. »

Et plus loin : « Le Christ portant sa croix est atroce. Sont-elles harmonieuses les taches de couleur là-dedans ? Je ne te fais pas grâce d'un poncif — tiens poncif — dans la composition.

Lorsque Gauguin était à Arles, comme tu le sais, une ou deux fois, je me suis laissé aller à une abstraction, dans La Berceuse, une Liseuse de Romans, noire dans une bibliothèque jaune ; et alors l'abstraction me paraissait une voie charmante. Mais c'est terrain enchanté, ça, mon bon ! et vite on se trouve devant un mur.

Je ne dis pas, après toute une vie mâle de recherches, de lutte avec la nature corps à corps, on peut s'y risquer ; mais quant à moi, je ne veux pas me creuser la tête avec ces choses-là. Toute l'année j'ai tripoté d'après nature, ne songeant guère à l'impressionnisme, ni à ceci, ni à cela. » *On veut croire que la lecture d'une lettre si décidée et claire ne laisse aucune équivoque. Quoi que l'on se plaise à prétendre, en dépit des mythes,* « il n'est pas d'art plus réellement, plus réalistiquement peintre que l'art de Van Gogh… »

Philippe Dagen

NOTE DE L'ÉDITEUR

Cette nouvelle édition de la Correspondance générale de Vincent Van Gogh illustrée de 184 dessins originaux reprend intégralement l'édition de 1960 publiée aux Editions Gallimard.

Toutes les lettres sont numérotées et sont précédées d'un sigle indiquant la langue dominante dans laquelle a été écrite chaque lettre : N pour néerlandais, A pour anglais, F pour français.

Les lettres destinées à Ridder Van Rappard, à Emile Bernard et à Wilhelmine Van Gogh sont signalées d'une façon spécifique :

R pour le peintre Van Rappard
B pour le peintre Emile Bernard
W pour Wilhelmine Van Gogh.

Les lettres sont placées dans l'ordre chronologique. Quand une date ne figurait pas dans la lettre originale, nous avons choisi d'indiquer la date probable entre parenthèses.

Les notes figurant en bas de page, précédées d'un astérisque, sont des éditeurs ou des traducteurs.

1

La Haye

Août 1872 – mai 1873

Quand il adresse à son frère Théodore les premières lettres qui nous ont été conservées, Vincent Van Gogh a dix-neuf ans. Théo en a quinze. Ils sont les enfants d'un modeste pasteur calviniste qui appartient à une honorable famille hollandaise : fils d'un pasteur éminent de Bréda, il a cinq frères dont l'aîné, Johannès, deviendra vice-amiral ; Hendrick – oncle Hein –, Cornelius – oncle Cor –, et Vincent – oncle Cent – feront de brillantes carrières dans le commerce des objets d'art.

L'oncle Vincent, dont la galerie de tableaux était établie à La Haye, l'a cédée à la maison Goupil de Paris dont elle est désormais la succursale hollandaise. C'est dans ce magasin que Vincent est entré comme employé de la firme Goupil qui deviendra bientôt la firme Boussod et Valadon.

L'oncle Cornélius-Marinus est installé à Amsterdam. Il est désigné dans les lettres de Vincent sous le nom de Cor ou les initiales C. M. Ces noms sont ceux qui reviennent le plus souvent dans sa correspondance avec ceux de ses parents qu'il nomme Pa et Moe.

Vincent est né au presbytère de Groot-Zundert, petit bourg du Brabant, voisin de la frontière belge, le 30 mars 1853. En 1855 naît une première fille, Anna, et le 1er mai 1857, un second fils, Théodore, Théo, qu'une indéfectible amitié va lier à son aîné. Puis naissent deux filles, Élisabeth et Wilhelmine, enfin un dernier fils, Cornélius. Vingt-trois lettres à Wilhelmine figurent dans cette édition, mais les allusions aux autres enfants sont rares.

Dans son enfance, Vincent se mêle peu aux jeux de ses frères et sœurs. Taciturne, il éclate souvent en brusques colères. Il passe son temps à errer dans la campagne, esquissant parfois des croquis appliqués sur un carnet. A douze ans, son père le met en pension chez M. Provily, dans la ville voisine de Zevenbergen, entre Rosendaal et Dordrecht. Il lit beaucoup mais ses études sont médiocres. Après quatre années passées à Zevenbergen et à Tilburg, ses parents, dont la situation matérielle est précaire, jugent inutile de lui faire poursuivre ses études.

L'oncle Vincent, qui vit retiré à Princenhage, près de Bréda, depuis qu'il a cédé son commerce, propose de le présenter à ses successeurs. C'est ainsi qu'en 1869 Vincent devient vendeur à la succursale à La Haye de la Galerie Goupil dont le directeur est M. Tersteeg. Vivement intéressé par son travail qui consiste essentiellement dans la vente des reproductions de tableaux, Vincent est un employé modèle et son chef n'a que des éloges à lui adresser.

En août 1872 ce n'est pas à Zundert qu'il va passer ses vacances, mais à Helvoirt, autre bourg du Brabant où son père vient d'être nommé. Sa situation ne s'est d'ailleurs pas améliorée et il souhaite que son second fils, Théo, – qui poursuit ses études à Osterwijk – puisse se mettre lui aussi rapidement au travail. C'est à cette époque que débute entre les deux frères l'étroite liaison que seule la mort viendra rompre.

La première lettre nous apprend que Théo a profité des vacances pour venir passer quelques jours à La Haye auprès de son frère, chez les Roos où Vincent est alors en pension.

En janvier 1873 Théo, interrompant à son tour ses études, entre, sur la recommandation de son oncle, à la maison Goupil de Bruxelles, alors dirigée par M. Schmidt.

La Haye, août 1872

Cher Théo,

1 N Merci pour ta lettre, je suis content de savoir que tu es de nouveau bien arrivé. Les premiers jours, tu m'as beaucoup manqué, je trouvais tout drôle de ne pas te voir, quand je rentrais à midi.

Nous avons passé tous les deux de bien agréables journées. Passant entre les gouttes, nous nous sommes promenés plus d'une fois pour aller voir l'une ou l'autre chose.

Quel temps affreux ! Tu auras dû le déplorer au cours de tes promenades à Oisterwijk. Nous avons eu hier des courses au trot à l'occasion de l'exposition ; mais, en raison du mauvais temps, les illuminations et le feu d'artifice ont été remis à plus tard. En somme, il est heureux que tu ne sois pas resté pour les voir. Les familles Hanebeek et Roos te font des compliments.

Toujours affectueusement à toi, *Vincent.*

La Haye, 13 décembre 1872

Cher Théo,

C'est une bonne nouvelle que m'apporte la lettre de Pa. De tout cœur je te souhaite bonne chance. 2 N

Je ne doute pas que tu y trouveras du plaisir ; c'est un commerce si agréable ! Voilà qui va être pour toi tout un changement.

Je suis si content de savoir que nous allons être désormais occupés tous les deux dans la même partie, en outre pour la même maison. Il va falloir que nous nous écrivions beaucoup désormais. J'espère tellement te revoir encore avant ton départ ! Nous aurons à cette occasion beaucoup de choses à nous dire.

Je pense que Bruxelles est parfois une ville bien agréable ; n'empêche que, les premiers temps, elle va te sembler un peu étrangère. Quoi qu'il en soit, dépêche-toi de m'écrire.

Et maintenant, au revoir ! Ceci n'est qu'un petit mot en vitesse. Il fallait bien que je te dise combien la nouvelle me fait plaisir.

Bonne chance. Crois-moi toujours

ton frère affectionné, *Vincent.*

Je te plains de devoir aller tous les jours à Oisterwijk par ce temps de chien. Compliments de la famille Roos.

La Haye, 18 janvier 1873

Mon cher Théo,

Par les nouvelles de chez nous, j'ai appris que tu es arrivé à bon 3 N
port à Bruxelles et que ta première impression a été favorable.

Je comprends bien que toutes choses, au début, puissent te sembler bizarres. Mais aie bon courage, tu réussiras.

Il faut m'écrire bientôt pour me dire comment vont les choses, et comment ta pension te plaît. J'espère qu'elle sera convenable. Pa m'écrit que Schmidt et toi êtes bons amis, voilà qui est bien. Je tiens Schmidt pour le meilleur garçon du monde et qui te mettra bien au courant.

Quels beaux jours nous avons passés, à Noël ! J'y pense encore si souvent ! Tu en garderas longtemps le souvenir, toi aussi, vu surtout que ce furent les derniers que tu as passés à la maison.

Surtout, parle-moi dans tes lettres de tout ce que tu vois comme tableaux ; dis-moi ce que tu as trouvé beau. Pour ma part, je suis très occupé, en ce début d'année.

L'année nouvelle a bien commencé pour moi : j'ai été augmenté de dix francs, de sorte que je gagne maintenant cinquante francs par mois. En outre, j'ai touché cinquante autres francs comme boni. N'est-ce pas magnifique ? J'espère pouvoir maintenant me suffire entièrement à moi-même. Je suis tellement content que tu sois, toi aussi, occupé dans la même partie.

C'est une si belle branche ! Plus on y séjourne, plus on y trouve d'intérêt.

Les débuts sont peut-être plus difficiles qu'ailleurs, mais tiens bon, tu arriveras.

Demande donc à Schmidt combien coûte l'album Corot, lithographies par Émile Vernier. On nous le demande au magasin. Je sais que cet album existe à Bruxelles.

La prochaine fois que je t'écrirai, je t'enverrai mon portrait que j'ai fait faire dimanche dernier. Es-tu déjà allé au Palais Ducal ? Ne manque pas d'y aller le jour où tu en auras l'occasion.

Et maintenant, mon vieux, porte-toi bien. Toutes nos connaissances ici t'envoient des compliments et espèrent que tout ira bien pour toi. Le bonjour à Schmidt et à Édouard de ma part. Hâte-toi de donner de tes nouvelles. A Dieu.

Ton frère affectionné, *Vincent.*

Tu connais mon adresse : Lange Beestanmarkt, 32 ou bien Maison Goupil et Cie Plaats.

La Haye, 28 janvier 1873

Cher Théo,

Bravo de m'avoir répondu si vite. Je suis content que tu te plaises, que tu sois bien tombé en fait de pension. Garde bon courage. Si la vie est parfois difficile, tout s'arrangera plus tard. Au début, personne ne peut faire tout ce qu'il souhaite. 4 N

Je plains bien l'oncle Hein ; j'espère de tout cœur qu'il ira mieux, mais je suis inquiet. Au cours de cet été, son commerce l'intéressait encore tellement. Il faisait tant de projets, disant que les affaires marchaient si bien. C'est triste.

Dimanche dernier, je suis allé chez l'oncle Cor. J'y ai passé une journée tout à fait charmante et vu, tu peux t'en douter, beaucoup de belles choses.

Comme tu le sais, l'oncle est allé récemment à Paris et a rapporté de magnifiques peintures et des dessins. Je suis encore resté lundi matin à Amsterdam et retourné dans les musées. Sais-tu qu'on va construire un grand immeuble à Amsterdam sur l'emplacement du Trippenhuis ? C'est une bonne idée. Le Trippenhuis est petit ; beaucoup de tableaux y sont accrochés de telle manière qu'il est impossible de les bien voir.

Comme j'aimerais voir ce tableau de Cluysenaer ! Je n'ai encore vu de lui que quelques toiles et je les trouve très belles. Écris-moi encore si l'autre tableau est d'Alfred Stevens, ou, si ce n'est pas Alfred, quel est le vrai prénom. La photographie d'après Rotta, je la connais ; j'ai même vu le tableau à l'exposition, à Bruxelles. Tiens-moi surtout toujours au courant de ce que tu vois toi-même, cela me fait toujours plaisir. L'album dont tu m'as proposé le titre n'est pas celui que je voulais dire, qui contient *uniquement* des lithographies d'après Corot. Je ne t'en remercie pas moins pour la peine que tu as prise. J'attends d'ici peu une lettre de A *. Elle est un peu paresseuse en ce moment pour écrire. Tu devrais, un jour, lui faire la surprise d'une lettre, cela lui ferait tant de plaisir. Tu auras sans doute beaucoup à faire, mais cela est amusant. Ici, il

* Leur sœur Anna.

fait froid ; on patine déjà dans les champs inondés. Je me promène autant que je peux. Je suis curieux de savoir si tu trouveras l'occasion de patiner encore une fois. Ci-joint mon portrait. Mais n'en parle pas si tu écris à la maison ; comme tu le sais je le réserve pour l'anniversaire de Pa. Je t'envoie dès maintenant mes félicitations *. Compliments bien cordiaux à Oncle et à Tante, ainsi qu'à M. Schmidt et à Édouard.

Toujours ton frère affectionné, *Vincent.*

Les compliments de tout le monde chez H., chez Tante Fie et Roos. Au revoir. Bonne chance !

La Haye, 17 mars 1873

Bien cher Théo,

5 N Il est grand temps que tu reçoives encore une fois de mes nouvelles. Je suis moi-même bien désireux de savoir comment tu vas et comment va l'oncle Hein. J'espère donc que tu m'écriras dès que tu trouveras le temps.

Tu as sûrement déjà entendu dire que je vais aller à Londres, et probablement très bientôt. J'espère vivement que nous nous verrons encore une fois avant mon départ.

Si c'est possible, j'irai à Helvoirt à Pâques ; cela dépendra des nouveautés qu'Iterson ** emportera en voyage.

Je ne pourrai m'absenter avant qu'il soit de retour. A Londres, la vie pour moi sera tout autre, car je devrai probablement vivre seul, dans une chambre, et par conséquent m'occuper de beaucoup de choses dont je n'ai pas la charge pour l'instant. Je suis très curieux de voir Londres, tu peux l'imaginer, pourtant je regretterai de quitter La Haye. Ce n'est que maintenant qu'il est décidé que je dois partir, que je me rends compte à quel point je suis attaché à La Haye. Mais enfin il ne peut en être autrement et j'ai l'intention de ne pas prendre les choses trop au tragique. Je trouve que l'occasion

* L'usage en Hollande est de féliciter aussi les membres d'une famille à l'occasion de l'anniversaire du père, de la mère, du frère, de la sœur.

** Employé de la maison Goupil à La Haye.

ESTAMPES ET TABLEAUX MODERNES.

Ancienne maison **VINCENT VAN GOGH.**

Fournisseur des Cabinets de LL. MM. le Roi et la Reine.

Plaats n°. 14 à la Haye.

GOUPIL & Cie. Successeurs.

den Haag 24 Maart 1873

Waarde Theo,

Zou je eens willen nazien of er te Brussel nog een schilderij is van Schotel.
Dat is 6 Mei 1870 van hier in commissie gezonden, maar misschien heeft men het reeds naar Parijs terug gezonden.
Is dat echter het geval niet zorg dat dat het <u>onmiddelijk</u> naar hier gezonden wordt;

est magnifique pour apprendre l'anglais ; je le comprends très bien, mais le parler ne va pas, et de loin, aussi bien que je voudrais.

J'ai appris par A. que tu as fait faire ton portrait ; si tu peux encore disposer d'une épreuve, je me recommande à toi.

Comment va l'oncle Hein ? Pas mieux probablement ? Comment Tante prend-elle la chose ? L'oncle peut-il encore s'occuper ? Souffre-t-il beaucoup ? Fais-lui mille amitiés, je pense si souvent à lui.

Comment marche le magasin ? Je suis sûr qu'on y a fort à faire ; chez nous aussi. Tu dois être déjà en train de te mettre au courant.

Et ta pension, continues-tu à t'y plaire ? La question est capitale, mais avant tout il faut que tu me parles davantage de ce que tu vois.

Il y a eu dimanche quinze jours, je suis allé à Amsterdam voir l'exposition des tableaux d'ici qui vont aller à Vienne.

C'était très intéressant et je suis bien curieux de voir quelle figure vont faire à Vienne les Hollandais.

Je suis très désireux de connaître les peintres anglais. Nous en voyons si peu ici ! Presque toutes leurs œuvres restent en Angleterre.

Goupil n'a pas de magasin à Londres. On n'y vend qu'aux marchands, pas aux particuliers.

L'oncle Cent va venir ici vers la fin du mois ; je suis curieux de l'entendre parler de choses et d'autres.

Chez Haanebeek et chez Tante Fie, on s'informe constamment de toi et on te fait des amitiés.

Quel temps magnifique il fait en ce moment ! J'en profite autant que je peux. Dimanche dernier, je suis allé faire du canot avec Willem *.

Combien je serais volontiers resté encore ici cet été ; mais il faut prendre les choses comme elles sont. Maintenant, je te dis au revoir ; bonne chance. Écris-moi. Bien le bonjour à Oncle et Tante, à M. Schmidt et à Édouard. Je me réjouis d'avance en pensant à Pâques.

Toujours ton frère affectionné, *Vincent.*

Il faut pourtant, cher Théo, que je te recommande encore de

* Willem Valkes, neveu et locataire de la famille Roos.

fumer des pipes. C'est un remède excellent quand on a le cafard comme cela m'arrive de temps en temps par le temps qui court.

A l'instant je reçois ta lettre. Je t'en remercie. Je suis très content du portrait, il est des mieux réussis. Si j'apprenais du nouveau concernant mon voyage à Helvoirt, je te l'écrirais sur-le-champ ; je trouverais tout à fait charmant que nous arrivions le même jour. Au revoir.

La Haye, 24 mars 1873

Cher Théo,

Voudrais-tu t'informer si Bruxelles possède encore un tableau de Schotel ? Il a été envoyé d'ici en consignation le 6 mai 1870, mais peut-être l'oncle l'a-t-il déjà renvoyé à Paris. Si toutefois ce n'est pas le cas, veille à ce qu'on l'expédie ici immédiatement ; nous avons grande chance de le vendre, mais l'affaire est pressante. J'ai encore vu le tableau chez vous cet été. Il doit encore y être. 6 N

Donne le bonjour pour moi à l'oncle et à la tante, à M. Schmidt et à Édouard.

Je suppose que tu as reçu ma lettre ? Au revoir. Bonne chance.

Vincent.

La Haye, 5 mai 1873

Cher Théo,

Ne m'en veux pas, mon vieux, si je n'ai pas pensé à ton anniversaire. Je te félicite ici de tout cœur ; j'espère que les choses continueront à aller bien pour toi cette année, qu'à mesure que le temps passe ton travail te donnera de plus en plus de satisfaction. 7 N

La durée de mon séjour ici commence à diminuer. J'irai samedi dire bonjour chez nous, et partirai dimanche pour Paris *. Mais je

* Il devait gagner Londres par Paris.

crains qu'en fin de compte ce ne sera guère que lundi, que je passerai encore le dimanche à Helvoirt.

J'espère pouvoir encore t'écrire à temps à quelle heure je passerai par Bruxelles ; mais il se pourrait que je ne puisse le faire, vu que je ne sais encore rien de précis sur l'heure à laquelle je dois être, au plus tard, à Paris.

Comment vont l'oncle et la tante ? Ont-ils déjà déménagé ? Il faut m'en écrire bien vite. Ci-dessous je te donne mon adresse. Je t'écris en toute hâte. Tu dois pouvoir imaginer à quel point je suis occupé.

Au revoir, bonne chance. Mes amitiés bien cordiales à l'oncle et à la tante, ainsi qu'à M. Schmidt et à Édouard.

Toujours ton frère affectionné, *Vincent.*

V. W. Van Gogh
care of Messrs Goupil & Co, 17 Southampton Street,
Strand, London

Surtout mets bien « V. W. Van Gogh », faute de quoi on pourrait aisément confondre avec des lettres pour l'oncle Cent, qui s'appelle seulement « V ».

La Haye, 9 mai 1873

Cher Théo,

8 N Je pars lundi matin de Helvoirt pour Paris et passerai à Bruxelles à 2 heures 7 minutes. Si tu le peux, viens à la gare, cela me fera bien plaisir. Pour ne pas l'oublier, je t'annonce que j'ai montré hier ton portrait à Mme Tersteeg. Elle aimerait beaucoup en avoir un. Pourrais-tu trouver le moyen d'en obtenir encore un, que tu m'enverrais ?

Si ce n'est pas possible maintenant, penses-y, pour plus tard.

Tu ne peux te figurer, mon cher Théo, combien tout le monde ici est gentil pour moi ; tu imagineras aisément quel crève-cœur pour moi de devoir quitter tant d'amis.

Au revoir, mon vieux, salue cordialement de ma part l'oncle et la tante. Au revoir !

Vincent.

Dis-moi si tu seras à la gare du Nord, ou du Midi.

2

Londres

13 juin 1873 – 15 mai 1875

Les résultats obtenus par Vincent au cours des quatre années qu'il a travaillé à La Haye et le vif intérêt qu'il porte à son emploi satisfont si bien les directeurs de la maison Goupil qu'ils décident de lui donner de l'avancement en le nommant en juin 1873 à leur succursale de Londres. De même Théo est transféré, en novembre 1873, de Bruxelles à La Haye où il vient occuper, sous les ordres de M. Tersteeg, la place de Vincent.

Celui-ci, en août 1873, est venu prendre pension chez Mme Loyer, la veuve d'un pasteur originaire du Midi de la France, qui tient à Londres, avec sa fille Ursule, une petite école. Vincent vit entre les deux femmes une des périodes les plus heureuses de sa vie, ainsi qu'en témoigne le ton de ses lettres.

On n'y trouve, en revanche, aucune allusion à la crise qui va bouleverser son existence. Vincent, le poil roux, les traits rudes, est doté d'un physique ingrat qui éloignera de lui toutes les jeunes femmes qu'il ne peut s'empêcher d'aimer : quand il déclare son amour à Ursule Loyer, celle-ci lui apprend qu'elle est déjà secrètement fiancée. Vincent ne se résigne pas et sa mélancolie évolue bientôt vers un mysticisme exalté. Rapidement il cesse d'être l'employé modèle qu'il a été jusque-là.

Les seuls échos de ces événements qu'on puisse trouver dans ses lettres ce sont des citations de Michelet et des allusions à l'amour, les premières qu'on rencontre dans sa correspondance. Mais cette crise si grave et qui va modifier complètement son comportement, il n'en fait pas confidence à son frère, du moins par écrit. Pourtant, au cours des vacances qu'il passe en juillet 1874 au presbytère d'Helvoirt, il se confie à ses parents qui se montrent inquiets de l'état de dépression où ils voient leur fils. C'est le début d'une crise mystique qui durera jusqu'en 1881, jusqu'à ce qu'il se reprenne pour se consacrer à la peinture.

Afin de l'arracher à un milieu jugé défavorable, l'oncle Vincent obtient des Goupil, en septembre 1874, que Vincent soit détaché au bureau de Paris.

Mais en décembre il reviendra à Londres, sans doute pour tenter de revoir Ursule Loyer. Il reprend sans goût son travail chez Goupil et n'adresse à son frère que des billets rares et insignifiants. Aucune lettre du premier séjour à Paris ne nous a été conservée, et la correspondance s'interrompt pendant la période, capitale pour l'évolution de Vincent, qui s'étend d'août 1874 à février 1875.

Londres, 13 juin 1873

Cher Théo,

9 N Mon adresse aux bons soins de Messrs Goupil & Cº, 17 Southampton Street, Strand, London.

Tu dois bien souhaiter avoir de mes nouvelles. Aussi ne te laisserai-je pas attendre une lettre plus longtemps.

J'ai su par chez nous que tu demeures maintenant chez M. Schmidt, et que Pa est allé te voir.

J'espère de tout cœur que tu seras mieux que dans ton ancienne pension. Je n'en doute pas. Écris-moi bien vite, je suis très curieux de te lire. Dis-moi comment se passent maintenant tes journées, etc.

Surtout écris-moi ce que tu as pu voir, ces derniers temps, comme tableaux et si quelque chose de neuf est sorti, en fait d'eaux-fortes et de lithographies. Il faut me tenir bien exactement au courant de tout cela, car je ne vois pas grand'chose dans ce genre ; notre affaire, ici, n'est qu'un dépôt. Vu les circonstances, je vais très bien.

J'ai trouvé une pension où provisoirement, je me plais beaucoup. La maison compte trois Allemands qui aiment fort la musique, qui même jouent du piano et chantent, ce qui me fait des soirées tout à fait agréables. Je suis moins occupé ici qu'à La Haye, vu que je n'ai besoin d'être au magasin que de neuf heures du matin à six heures du soir et que le samedi je suis libre dès quatre heures.

J'habite un faubourg de Londres où il fait relativement calme et qui fait un peu penser à Tilburg, auquel il ressemble.

J'ai passé à Paris de bien belles journées. J'ai pu y jouir amplement de toutes les belles choses que j'ai vues, à l'exposition, au Louvre et au Luxembourg. La maison de Paris est superbe et beaucoup plus importante que ce que j'avais imaginé, surtout le magasin, place de l'Opéra *.

Vivre ici coûte très cher. Je paie 18 shillings de pension par semaine, le blanchissage non compris ; et en outre il faut que je mange dans la Cité. Dimanche dernier je suis sorti avec mon chef, M. Obach. Nous sommes allés à Boxhill, qui est (à six heures environ de L.) une colline assez haute, en partie crayeuse et couverte de buis, avec, d'un côté, un bois de chênes de haute futaie. La campagne est magnifique, tout autre chose que la Hollande ou que la Belgique. On voit partout des parcs superbes plantés de grands arbres et d'arbustes et où il est permis de se promener. Pendant la Pentecôte, j'ai fait une belle promenade avec les Allemands, mais ces messieurs dépensent trop d'argent. A l'avenir j'éviterai de sortir avec eux.

J'ai appris avec plaisir par Pa que l'oncle H. va assez bien. Veux-tu leur faire, à lui et à la tante, mes cordiales amitiés et leur parler de moi. Donne aussi le bonjour à Schmidt et à Édouard, et écris-moi bientôt. Au revoir, bonne chance.

Vincent.

[*Lettre à la famille Van Stockum-Haanebeek à La Haye.*]

Londres, 2 juillet 1873

Chers amis,

Il y a déjà quelque temps que je désirais vous écrire. Je ne veux pas remettre davantage. Comment allez-vous ? J'ai appris d'autre part que votre maison est devenue exquisement jolie, que vous vous portez bien. Si vous avez un jour un moment de liberté, je me recommande, espérant vous entendre me parler de vous. *9a* N

* La maison Goupil avait trois sièges à Paris : le bureau principal, rue Chaptal ; un magasin, boulevard Montmartre, dont Théo sera le directeur ; un autre, place de l'Opéra.

Ici tout va bien. Je vois beaucoup de belles choses, et nouvelles, et je suis bien tombé en fait de pension, de sorte que je me sens déjà à peu près chez moi.

Pourtant je n'oublie pas La Haye et j'aimerais volontiers, oh oui j'aimerais beaucoup passer encore une petite soirée in de Pooten * et jeter un petit coup d'œil chez vous.

L'affaire ici n'est qu'un dépôt et le travail est tout autre que celui de La Haye ; mais on s'y fera.

Dès six heures, je suis libre, de sorte que j'ai encore à ma disposition un bon moment que je passe très agréablement à me promener, à lire, à écrire des lettres. Le quartier où je demeure est très joli, et si tranquille, si agréable que l'on oublie presque que l'on se trouve à Londres.

Chaque maison a son petit jardin, avec des fleurs, ou quelques arbres ; beaucoup sont construites avec goût, en une sorte de style gothique.

Toutefois, il faut que je fasse une bonne demi-heure à pied avant d'être sorti des agglomérations.

Nous avons un piano dans la chambre et la pension compte trois Allemands qui aiment beaucoup la musique, ce qui est bien agréable.

Une des plus jolies choses que j'ai vues ici, c'est Rotten Row, dans Hyde Park, avenue large et longue, où des centaines de messieurs et de dames montent à cheval.

Tous les quartiers de la ville comptent des parcs magnifiques et une abondance de fleurs telle que je n'en ai jamais vu nulle part ailleurs.

Ci-joint je vous envoie copie d'un poème de Van Beers que vous ne connaissez peut-être pas.

Notre Élisabeth l'a copié pour moi, le dernier soir que j'ai passé à Helvoirt, parce que je l'avais trouvé si beau.

C'est du vrai Brabant, et j'ai pensé que vous le liriez avec plaisir. C'est pourquoi je l'ai recopié pour vous.

Ce fut très aimable à votre sœur Marie de m'envoyer un faire-part. Je suis très désireux d'avoir des détails sur la noce. Je vous adresse mes félicitations.

A l'occasion voulez-vous avoir la bonté de m'envoyer la liste des dates de vos anniversaires. J'en avais une, je l'ai perdue.

Et maintenant mes amitiés à tout le monde in de Pooten et bonne

* Quartier de La Haye.

chance à tous. Excusez l'affreuse écriture, il est tard, il est même l'heure d'aller se coucher. Dormez bien.

Vincent.

Londres, 20 juillet 1873

Cher Théo,

Merci pour ta lettre, qui m'a fait grand plaisir. Heureux que tu 10 N
ailles bien, que tu continues à te plaire chez M. Schmidt. M. Obach est content d'avoir fait ta connaissance. J'espère que nous ferons, dans les jours à venir, beaucoup d'affaires avec vous. Ce tableau de Linder est très beau.

En ce qui concerne les photogravures, je sais à peu près comment cela se fait, mais je n'en ai pas vu faire et ce que j'en sais n'est pas assez précis pour que j'en parle.

Au début l'art anglais ne m'a guère attiré ; il faut s'y faire. Mais il y a ici des peintres habiles, entre autres Millais, qui a peint « Le Huguenot », « Ophélie », etc. dont tu ferais bien de chercher à connaître les reproductions par la gravure. Tout cela est très beau. Il y a aussi Boughton, de qui tu connais « Les puritains se rendant à l'église », qui se trouve dans notre Galerie Photographique. J'ai vu de lui de très belles choses. Et puis encore, parmi les vieux, Constable, un paysagiste qui vivait il y a quelque trente ans. C'est magnifique ; cela tient à la fois un peu de Diaz et un peu de Daubigny. Ensuite, Reynolds et Gainsborough, qui ont peint surtout de très beaux portraits de femmes ; enfin Turner, de qui tu as bien dû voir des reproductions gravées.

Quelques bons peintres français vivent ici, isolés ; entre autres, Tissot, de qui il y a plusieurs reproductions dans notre Galerie Photographique, Otto Weber et Heilbuth. Le dernier exécute en ce moment de précieuses peintures dans la manière de Van Linder. A l'occasion, écris-moi s'il existe des photographies d'après Wauters outre celles d'après Hugo van der Goes et Marie de Bourgogne ; et si tu connais des photographies des tableaux de Lagye et de de Braekeleer.

Non point du vieux de Braekeleer, mais d'un de Braekeleer qui, je crois, est son fils, et de qui il y avait, à la dernière exposition de Bruxelles, trois tableaux magnifiques intitulés « Anvers », « l'École », et « l'Atlas ».

Je vais bien. Je me promène beaucoup ; le quartier où je demeure est tranquille, agréable, aéré ; j'ai eu de la chance, je suis bien tombé. N'empêche que, maintes fois, je pense aux merveilleux dimanches de Scheveningue, et cætera, avec mélancolie. Mais ne nous laissons pas assombrir.

Merci pour ce que tu m'as écrit à propos de peintures. Si tu voyais aussi des choses de Lagye, de de Braekeleer, de Wauters, de Maris, de Tissot, de George Saal, de Jundt, de Ziem, de Mauve, ne manque pas de m'en écrire. Ce sont là des peintres que j'aime beaucoup et de qui tu verras probablement quelque chose un jour ou l'autre.

Ci-joint une copie du poème du peintre que tu sais, celui « qui entrait au relais du Cygne, où il était en pension ». Tu dois t'en souvenir *. Poème purement du Brabant. Je l'aime tellement. L. l'a copié pour moi le dernier soir que j'ai passé chez nous.

Comme j'aimerais t'avoir un jour ici ! Quelles bonnes journées nous avons passées à La Haye ! Je pense encore si souvent à cette promenade sur la route de Rijswijk ou nous avons été boire du lait au moulin, après la pluie.

Quand les tableaux que nous avons ici, venant de chez vous, vous seront retournés, je t'enverrai une image de ce moulin, par Weissenbruch. Tu te souviens peut-être de lui, il a un surnom, on l'appelle « le joyeux Weiss » : « Je dirrais que c'est merrrveilleux ! » **. Cette route de Rijswijk évoque pour moi des souvenirs qui sont peut-être les plus merveilleux que je connaisse. Un jour, lorsque nous pourrons causer tous les deux, nous en parlerons encore.

Et maintenant, mon vieux, bonne chance, pense à moi de temps en temps et dépêche-toi de m'écrire. Une lettre est pour moi un tel réconfort.

Vincent.

* Le *Bestedeling,* de Jan Van Beers.

** « Prrrachtig zal ik maar eenszeggen ». Vincent doit ici imiter la façon dont Weissenbruch roule les r.

LE SOIR

Lentement tintait la cloche, appelant, par dessus les champs, les fidèles à la prière,
Tout heureuse, la campagne baignait dans l'or du soleil d'une fin de journée.
Étalé devant lui s'étendait le village, un coteau au nord, l'autre au sud,
Entre les croupes desquels, s'enfonçant à l'ouest, rouge sombre, le soleil
Laissait couler tous les trésors de ses couleurs, l'enchantement de ses rayons.
La petite cloche, dans la tour grise, de lierre vert foncé tout enveloppée,
S'était tue. Là-bas, sur la hauteur, le moulin laissait tomber ses ailes brunes.
Le feuillage était immobile. Au-dessus des chaumières
Montaient des cheminées les petits nuages bleus des feux de tourbe, si droits en l'air
Qu'ils avaient l'air, aussi, de rester suspendus dans le ciel éclatant.
C'était comme si ce petit village, ces champs, ces coteaux, comme si toutes choses, à la ronde,
Avant de se draper, pour dormir, dans le vêtement de la vespérale rosée,
Se souvenaient, muettes, reconnaissantes, de la volupté, de la paix qu'elles allaient bientôt goûter de nouveau.

Plus loin, venant de la route où débouchait le sentier que le Peintre suivait,
Une clameur d'allégresse éclata soudain ; à sa rencontre,
Brandillant à hue et à dia, un chariot s'en venait, craquant de partout,
Chargé à plein d'une moisson de blé noir,
Cheval et chargement ornés d'aubépine et de rubans papillonnant.
Des enfants, des couronnes de fleurs sur leurs têtes blondes,
Assis tout en haut, fouaillaient l'air avec des branches d'aulne,
Ou bien lançaient une pluie de feuilles et de fleurs,
Tandis qu'autour du chariot, valets et servantes
Chantaient, dansaient, à si grand bruit que tout l'espace, en train de s'assoupir, paraissait sursauter et sortir du sommeil.

Souriant en silence, à travers des arbustes, le Peintre contemplait la scène. Il voyait
Le cortège lentement s'en aller, zigzaguant sur le mauvais chemin ; il entendait la clameur s'éloigner et s'éteindre ;
Et, rêveur, savourant tout au fond de lui le calme enivrant que l'âme
Goûte au sein de la campagne, évoquant le merveilleux tableau qu'il venait de voir
Et que son âme d'artiste ressuscitait au sein d'une enthousiaste extase,
Il allait, machinalement, vers le village, à pas comptés.
La pourpre et l'or avaient fondu, n'étaient plus que grisaille et perle au couchant,
Tandis qu'à l'orient, tout près de la petite église,
Le disque rond de la lune, tout auréolé de vapeurs cuivrées,
Se levait au moment où le Peintre entrait au relais du Cygne, où il était chez lui.

JAN VAN BEERS, *L'assisté* *.

[*Lettre à la famille Van Stockum-Haanebeek.*]

Londres, 7 août 1873

Chers amis,

10*a* N La lettre de Caroline m'a causé une bien agréable surprise. Je vous en remercie.

J'espère de tout cœur qu'elle est mieux portante maintenant. Il est heureux que cela soit passé. Quand vous m'écrirez encore, donnez-moi un peu plus de détails sur votre dernière production. J'en suis resté baba ; pour dix personnes ; c'est sans doute la plus importante que vous ayez faite.

Je me suis amusé ces derniers jours à lire des vers de John Keats, un poète qui, je crois, n'est pas très connu en Hollande.

* (De bestedeling). Au temps de Van Gogh et du poète flamand Jan Van Beers (1821-1888), des vieillards, des enfants étaient encore confiés à des particuliers, moyennant le prix d'une pension payée soit par la commune, soit par l'Assistance publique.

C'est le poète préféré des peintres d'ici ; c'est ainsi que j'ai été amené à le lire. Ci-joint quelque chose de lui. Son poème le plus connu est *La Vigile de sainte Agnès,* mais il est vraiment trop long pour être copié.

Je ne suis encore allé ni au Crystal Palace, ni à la Tour de Londres. Chez Tussod * non plus. Je ne me presse pas d'aller tout voir. Les parcs, etc. me suffisent pour le moment, et ils m'attirent davantage.

J'ai eu, lundi dernier, une bien agréable journée. Le premier lundi du mois d'août est ici férié. Je suis sorti ce jour-là avec un des Allemands. Nous sommes allés à Dulwich, à une heure et demie de Londres, pour y visiter le musée. Puis, en nous promenant, nous avons gagné un village, environ une heure plus loin.

La campagne ici est si belle ! Beaucoup de gens qui ont leurs occupations à Londres habitent l'un ou l'autre village hors de la ville et gagnent chaque jour la Cité par le chemin de fer. Peut-être ferai-je bientôt la même chose, moi aussi, si je réussis à dénicher quelque part une chambre à bon marché.

Pourtant je trouve que déménager est une chose si affreuse que je resterai où je suis aussi longtemps que possible, bien que tout m'y paraisse moins beau qu'au commencement. Peut-être cela tient-il à moi ; c'est pourquoi je prends encore mon mal en patience pendant un certain temps.

Ne m'en veuillez pas si ma lettre n'est pas telle que je l'aurais souhaitée. J'écris vite. Mais à l'occasion de l'anniversaire de Willem, je voulais vous féliciter, vous souhaiter de pouvoir le fêter bien des fois encore.

J'ai appris avec grand plaisir que vous avez renoué connaissance, et de façon suivie, avec la famille Tersteeg. Il y avait longtemps que j'en formais pour vous le souhait.

A l'occasion, écrivez-moi donc quelles photographies vous avez reçues ; je suis curieux de le savoir.

J'ai reçu une lettre de Marinus qui m'apprend qu'il part pour Amsterdam. C'est un grand changement pour lui ; j'espère que tout ira bien, qu'il réussira. J'ai été content qu'il m'écrive. J'ai eu, il y a un jour ou deux, la visite d'un frère d'Iterson qui demeure ici, et, donc, pour la première fois depuis le mois de mai, j'ai eu l'occasion de parler hollandais. Nous demeurons malheureusement très loin l'un de l'autre ; je le regrette bien.

* Le célèbre musée de cire de Mme Tussaud.

Bonne chance ! Bien des amitiés à tous in de Pooten. Encore bonne chance !

Yours truly, *Vincent.*

Si vous pouvez trouver le temps, faites-moi le plaisir de m'écrire bientôt *.

Londres, 13 septembre 1873

Cher Théo,

11 N Comme j'écris à l'oncle Hein, j'ajoute un petit mot pour toi. Je suis très désireux de savoir si tu es allé à Helvoirt le jour de l'anniversaire de Moe et comment les choses s'y sont passées pour toi.

As-tu reçu ma lettre, et la litho d'après Weissenbruch que j'avais mise dans la caisse de tableaux ?

J'aimerais tant, mon vieux Théo, t'avoir un jour ici, que tu viennes voir ma nouvelle demeure, dont tu as sûrement entendu parler. Comme je l'ai si longtemps désiré, j'ai maintenant une chambre non mansardée, et sans papier peint bleu à bordure verte. C'est chez des gens très agréables que je vis à présent ; ils tiennent une école pour « little boys ».

Il y a quelque temps, un samedi, je suis allé sur la Tamise canoter avec deux Anglais. Ce fut merveilleux.

Hier je suis allé voir une exposition de tableaux belges, parmi lesquels j'ai retrouvé quelques vieilles connaissances de la dernière exposition de Bruxelles. Il y avait là plusieurs belles choses, d'Alb. et Julien de Vriendt, par exemple, de Cluysenaer, de Wauters, de Coosemans, de Gabriel, dè De Schampheleer, etc.

As-tu jamais rien vu de Terlinde ? Si oui, parle-m'en dans une de tes lettres. Ce fut pour moi un vrai soulagement que de voir ces peintures belges. A quelques exceptions près, les Anglais sont tristes et minces. J'ai vu il y a quelque temps un tableau où l'on voyait une espèce de poisson, ou de dragon volant, de : mettons six mètres de long. C'était horrible. Et auprès du dragon, un tout petit

* Deux poèmes en anglais, *Automne* et un fragment de *La Vigile de sainte Agnès* (1818), de Keats, sont joints à la lettre.

bonhomme, qui se préparait à occire l'animal précité. Cela représentait, je crois, « L'archange Michel vainqueur de Satan ».

Au revoir, mon vieux, bonne chance. Écris bientôt.

Vincent.

Autre tableau anglais : « Le diable menant le troupeau de porcs le long du lac de Gardarena. » Cela représentait une cinquantaine de cochons et de porcelets noirs dégringolant, en grand désordre, d'un flanc de montagne, et roulant, l'un par-dessus l'autre, dans la mer. C'était là pourtant un tableau très habilement peint, par Prinsep.

Je reçois ta lettre à l'instant. Aller à La Haye va être pour toi tout un changement. Je parie qu'il t'en coûtera beaucoup de prendre congé du gentil Bruxelles ; mais, à La Haye aussi, tu seras très bien. Merci pour ce que tu m'as écrit au sujet des tableaux. Cette toile de Millet devait être magnifique. Au revoir, je t'écrirai bientôt de nouveau.

V.

[*Lettre à la famille Van Stockum-Haanebeek.*]

Londres, octobre 1873

Chers Caroline et Willem,

Un cordial merci pour votre lettre de ce matin. Ce fut une 11*a* N
merveilleuse surprise. Je suis content que tout aille si bien pour vous. Notre Anna a passé son examen d'anglais et aussi l'examen en travaux manuels. Vous pouvez imaginer si elle et nous tous trouvons la chose magnifique.

Pa et Moe lui ont proposé de continuer à fréquenter l'école jusqu'en avril prochain, puis de tenter de passer l'examen de français, ajoutant que, si elle préfère ne pas le passer, ils ne lui imposent pas de le faire. J'aimerais tant pouvoir trouver ici quelque chose pour elle ; vous vous rappelez que nous en avons déjà parlé. Vous devez savoir déjà que Théo va venir à La Haye, je trouve que ce sera pour lui un bon changement, bien qu'il doive lui en coûter de quitter le joli, le gentil Bruxelles.

De votre père aussi, j'ai reçu, il y a quelque temps, une lettre à laquelle j'ai répondu. Vous avez donc, probablement, déjà appris que tout continue à se passer très bien pour moi ici. Vous aurez également entendu parler de mon nouveau logement.

Ce que vous dites de l'hiver est tout à fait vrai ; je pense comme vous là-dessus.

Quant à moi, je ne sais pas bien, à vrai dire, quelle saison je préfère. Je crois que je les aime toutes également.

Il est singulier que les peintres anciens n'aient presque jamais peint l'automne, alors que les modernes ont pour lui une telle prédilection.

Ci-joint quelques petites photogr. qui, j'espère, vous plairont. On voit ici très peu de ces albums comme nous en avons en Hollande, mais plutôt ce qu'on appelle des « scraplooks » où l'on fixe des photographies comme je le fais dans cette lettre (de là vient que nous vendons ici les photogr. non collées), ce qui a cet avantage que l'on peut disposer, à son gré, toutes sortes de formats sur une même page. Je vous conseille de vous procurer un cahier de papier blanc, n'importe lequel, et d'y mettre ces photos-ci pour commencer.

« Un baptême » est reproduit d'après Anker, un Suisse qui a peint toutes sortes de sujets, tous délicatement sentis, des sujets intimes. « Puritains se rendant à l'église » est reproduit d'après Boughton, un des meilleurs peintres d'ici ; Américain, il aime beaucoup Longfellow, et avec raison. Je connais de lui trois tableaux inspirés de « la cour faite à Miles Standish ». D'avoir vu ces tableaux, je me suis mis à relire *Miles Standish* et *Évangéline*. J'ignore pourquoi, mais le fait est que je ne m'étais jamais aperçu que c'était aussi beau que cela me semble maintenant.

« Le bon frère » est reproduit d'après Van Muyden, autre peintre suisse. « Encore plus de modestie que de talent ». M. Post, à La Haye, possède ce tableau. Si un jour vous venez chez nous au magasin, demandez donc à voir son « Réfectoire » (celui de van Muyden). Il n'existe plus que quatre ou cinq exemplaires de cette photographie et le cliché en est brisé. A l'occasion, montrez-la donc à M. Tersteeg.

« La lune de miel » est un tableau d'Eugen Feyen, un des rares artistes qui peignent, telle qu'elle est vraiment, l'intimité de la vie moderne actuelle, sans tomber dans la gravure de modes.

Quant à la photo « La Fillette de l'Aubergiste », je la connais et la trouve très belle.

Une chance que vous trouviez que Bou(r)guereau est beau ! Il n'est pas donné à tout le monde de discerner ainsi le bon et le beau, de le sentir comme vous le faites.

Je vais terminer, mais j'ajoute encore une description de l'automne par Michelet.

J'espère que vous pourrez me lire, j'ai continué à écrire sans réfléchir qu'on doit toujours faire en sorte qu'une lettre soit lisible. Au revoir, mes meilleurs vœux pour vous, beaucoup d'amitiés in de Pooten et aux autres amis, si vous en voyez.

Vincent.

Je vois d'ici une dame, je la vois marcher pensive dans un jardin peu étendu, et défleuri de bonne heure, mais abrité, comme on en voit derrière nos falaises en France, ou les dunes de la Hollande. Les arbustes exotiques sont déjà rentrés dans la serre. Les feuilles tombées dévoilent quelques statues. Luxe d'art qui contraste un peu avec la très simple toilette de la dame, modeste, grave, où la soie noire (ou grise) s'égaye à peine d'un simple ruban lilas...

Mais ne l'ai-je pas vue déjà aux musées d'Amsterdam ou de La Haye ? Elle me rappelle une dame de Philippe de Champaigne (n. b. au Louvre) qui m'était entrée dans le cœur, si candide, honnête, suffisamment intelligente, simple pourtant, sans finesse pour se démêler des ruses du monde. Cette femme m'est restée trente années, me revenant obstinément, m'inquiétant, me faisant dire : « Mais comment se nommait-elle ? Que lui est-il arrivé ? A-t-elle eu un peu de bonheur ? Et comment s'est-elle tirée de la vie ? »

JULES MICHELET, *Les Aspirations de l'automne* *.

* Cette citation de Michelet est en français dans le texte.

Londres, 19 nov. 1873

Cher Théo,

12 N Je veux que tu aies de mes nouvelles dès après ton arrivée à La Haye. Je suis curieux de savoir quelle sera ta première impression de ton nouveau poste et de ton nouveau logement. J'ai entendu dire que tu as reçu de M. Schmidt un si joli souvenir. Voilà qui prouve bien que tu as fait merveille. Je suis bien content que nous soyons maintenant tous les deux dans la même affaire. Ces derniers temps, nous avons encore eu ici assez bien de tableaux et de dessins et nous en avons rapidement écoulé beaucoup, mais nous sommes encore loin du but. Il s'agit de devenir quelque chose de mieux, de plus réel, de solide, de durable.

Je crois qu'il y a encore beaucoup à faire ici en Angleterre, mais cela ne se fera pas du jour au lendemain, et naturellement il est nécessaire en tout premier lieu que nous ayons de bons tableaux, et cela n'ira pas sans mal. Enfin on verra comment iront les choses. Il faut voler par ses propres moyens.

Comment marchent les nouveautés en Hollande ? Ici il n'y a, à la lettre, presque rien à faire avec les gravures courantes d'après Brochart, etc. Nous vendons assez bien les bonnes gravures au burin ; entre autres, nous avons déjà écoulé une vingtaine d'épreuves d'artiste de la « Vénus anadyomène » d'après Ingres. Mais c'est un vrai plaisir de voir comment s'écoulent les photographies, surtout coloriées ; il y a un joli bénéfice à faire là-dessus.

Les photos du Musée Goupil & Cie, nous ne les vendons qu'en papillottes * à raison d'une centaine par jour, l'un dans l'autre. Il me semble que tu auras l'occasion de faire de bonnes affaires dans la maison de La Haye, quand tu seras un peu au courant ; je ne doute pas non plus que tu te sentiras bien chez toi chez Roos.

Il faut te promener beaucoup, si tu peux en trouver le temps. A tous, chez Roos, un cordial bonjour de ma part.

Un jour, il faudra m'écrire quels peintres tu aimes le mieux, tant chez les anciens que chez les modernes. N'y manque pas. Je suis

* Certaines gravures se vendaient autrefois roulées et enveloppées de papier.

très curieux de le savoir. Et tu dois aller souvent au musée, car il est bon que tu connaisses aussi les vieux peintres. Chaque fois que tu en auras l'occasion, lis des livres sur l'art, aussi et surtout des périodiques comme la *Gazette des Beaux-Arts*, etc.

Si une occasion se présente, je t'enverrai un livre de Burger sur les musées de La Haye et d'Amsterdam. Tu trouveras bien une occasion de me le renvoyer après l'avoir lu.

Demande à Iterson de m'écrire, un jour qu'il aura un instant, et surtout de m'envoyer une liste des peintres qui ont eu des récompenses à l'exposition de Paris. Somervil est-il encore dans l'affaire, ou est-il parti, maintenant que tu es arrivé ?

Je vais très bien ; j'ai un bel intérieur, et, encore que l'affaire ici ne soit pas aussi excitante que celle de La Haye, il n'est peut-être pas mauvais que je sois à Londres.

Un peu plus tard surtout, c'est-à-dire quand le commerce de tableaux aura pris un peu d'importance, je pourrai, peut-être, être utile. Et puis, je ne saurais te dire comme il est intéressant de voir Londres, de connaître les méthodes du commerce d'ici, le genre de vie, tellement différents de ce qu'ils sont en Hollande.

Tu as dû passer chez nous de bien agréables journées. Combien j'aimerais, moi aussi, revoir tout le monde !

Dis bien le bonjour à tous ceux qui te demandent de mes nouvelles, surtout aux Tersteeg, aux Haanebeek, à Tante Fie, aux Van Stockum, aux Roos. Parle un peu de moi à Betsy Tersteeg un jour où elle descendra. Et maintenant, mon vieux, bonne chance. Écris-moi bientôt.

Vincent.

[*Lettre à Mme C. Van Stockum-Haanebeek.*]

Goupil & C° 17 Southampton Rd Strand
Londres, 20 novembre 1873

Chère Caroline,

Mes vœux cordiaux de bonheur à l'occasion de votre anniversaire. 12*a* N
Ce sera un grand jour que ce premier anniversaire, dans votre propre maison ! J'espère que cette année sera pour vous tous, à tous points

de vue, heureuse et bonne. J'aime à croire que vous avez reçu ma dernière lettre. Écrivez bientôt pour me dire comment tout le monde va, je suis très désireux d'avoir des nouvelles. Avez-vous déjà vu Théo ? J'ai appris qu'il est arrivé mercredi dernier à La Haye. Ci-joint une petite contribution à l'album.

Quant à moi je vais bien, mais j'ai du travail par-dessus la tête et je n'ai que peu de loisirs.

Dites bien le bonjour à tous in de Pooten. Comme j'aimerais pouvoir être là, jeter aujourd'hui un coup d'œil chez vous !

Mes meilleurs vœux à tous.

Yours truly, *Vincent.*

Est-ce ma chambre que vous occupez, chez Roos, ou bien celle où vous avez dormi l'été dernier ?

Londres, janvier 1874

Cher Théo,

13 N Merci pour tes lettres.

De tout cœur, je te souhaite une nouvelle année tout à fait heureuse.

Je sais que l'on est content de toi dans l'affaire ; je l'ai appris par M. Tersteeg. Ta lettre me prouve que tu t'intéresses aux beaux-arts de tout ton cœur, et cela, mon vieux, c'est une bonne chose. Je suis content que tu aimes Millet, Jacque, Schreyer, Lambinet, Frans Hals, etc. car, comme dit Mauve : « Tout ça, ça y est ! »

Oui, ce tableau de Millet « L'angélus du soir », *ça y est !* C'est puissant ; c'est de la poésie. Comme j'aimerais parler d'art avec toi ! Ce qu'il faut maintenant, c'est que nous nous écrivions souvent. Trouve les choses belles, aussi souvent que tu peux. La plupart des gens ne trouvent pas les choses assez belles.

J'écris ci-dessous quelques noms de peintres que j'aime particulièrement :

Scheffer, Delaroche, Hébert, Hamon, Leys, Tissot, Lagye, Boughton, Millais, Thijs Maris, De Groux, de Braekeleer junior, Millet, Jules Breton, Feyen-Perrin, Eugène Feyen, Brion, Jundt, George Saal, Israëls, Anker, Knaus, Vautier, Jourdan, Compte-Calix,

Rochussen, Meissonier, Madrazzo, Ziem, Boudin, Gerôme, Fromentin, Decamps, Bonington, Diaz, Th. Rousseau, Troyon, Dupré, Corot, Paul Huet, Jacque, Otto Weber, Daubigny, Bernier, Émile Breton, Chenu, César de Cock, Mlle Collart, Bodmer, Koekkoek, Schelfhout, Weissenbruch et, les derniers, mais non les moindres : Maris et Mauve.

Mais je pourrais continuer ainsi je ne sais pas pendant combien de temps ; ensuite il y aurait encore tous les anciens ; et je suis certain d'avoir oublié plusieurs des meilleurs parmi les nouveaux.

Continue à te promener beaucoup, à aimer beaucoup la nature, car c'est la vraie façon d'apprendre à comprendre l'art de mieux en mieux.

Les peintres, eux, comprennent la nature ; ils l'aiment et ils *nous apprennent à voir.* Et il existe des peintres qui ne font que de bonnes choses, qui ne *peuvent* rien faire qui soit mauvais, tout comme il y a des hommes ordinaires qui ne peuvent rien faire qui soit bien.

Je vais bien ; j'ai un magnifique intérieur et c'est pour moi une très grande jouissance d'observer Londres, le genre de vie des Anglais, et les Anglais eux-mêmes. Et puis, j'ai la nature, l'art et la poésie ; si cela ne suffit pas, qu'est-ce donc qui suffit ?

Mais je n'oublie pas la Hollande, surtout La Haye et le Brabant.

Dans l'affaire, nous sommes très occupés. Nous sommes en train de faire l'inventaire, mais il a fallu le faire en cinq jours ; nous nous en tirons donc un peu plus facilement que vous, à La Haye.

J'espère que tu as eu, tout comme moi, des jours de Noël magnifiques.

Maintenant, mon vieux, bonne chance. Écris-moi bientôt. Je t'ai mis librement dans cette lettre tout ce qui m'est venu au bout de la plume, j'espère que tu en sortiras. Au revoir, amitiés à tous dans l'affaire, ou si quelqu'un d'autre te demande de mes nouvelles et aussi, surtout, à tout le monde chez Tante Fie et chez Haanebeek.

Vincent.

[*Lettre à Mme C. Van Stockum-Haanebeek.*]

Londres, 9 février 1874

Ma très chère Caroline,

13a N J'ai grande envie de vous écrire un petit mot. Quels beaux jours furent ceux « où nous fûmes ensemble ». Sachez bien que je ne vous oublie pas, mais je n'écris pas comme je voudrais. J'ai ici une magnifique existence « n'ayant besoin de rien, et possédant tout », et il m'arrive de croire que je commence à devenir peu à peu un vrai cosmopolite, c'est-à-dire, non plus un Hollandais, non pas un Anglais, ou un Français, mais tout simplement un *homme !*

Et par rapport à l'univers, qu'est-ce que la patrie ? Un point de la terre où nous avons été déposés.

Nous ne le sommes pas encore, mais c'est une chose que je poursuis, dans l'espoir de l'atteindre. Et comme idéal, ce dont Mauve dit que « Ça y est ».

Old girl, au revoir ! Yours truly, *Vincent.*

Une poignée de main, à vous et à Willem, comme autrefois, que les doigts vous en fassent mal.

Londres, 20 février 1874

Cher Théo,

14 N Merci pour ta lettre. Le livre, je n'en ai pas encore besoin ; renvoie-le quand tu en auras épuisé à ton gré la lecture. Je n'ai pas lu celui de Van Vloten ; j'aimerais l'avoir un jour. J'ai lu un autre livre de v. V. sur l'art ; je n'ai pas été entièrement d'accord avec lui ; il était parfois un peu trop savant. Burger est plus simple, et tout ce qu'il dit est vrai. Je suis content que tu sois allé à Amsterdam. Remercie l'oncle Cor, quand tu le verras, pour la brochure qu'il m'a envoyée.

Je suis heureux que tu te sentes si bien chez Roos. Comme je te l'ai déjà fait dire par Anna Carbentus, tu as grandement raison en ce qui concerne les *peenhanniken* *.

Je suis également d'accord avec toi concernant Bertha Haanebeek, mais, mon vieux, prends bien garde, prends bien garde à ton cœur.

As-tu déjà vu la collection de M. Jacobson ? Elle en vaut la peine. Je pense qu'un jour il te demandera de venir la voir. Fais-lui de ma part les compliments les plus courtois qu'il te sera possible. Dis-lui qu'ici tout va bien pour moi, que je vois beaucoup de belles choses.

Je vais *all right ;* j'ai beaucoup à faire. Remercie Willem pour sa lettre, et fais des amitiés à tout le monde chez Roos, chez Iterson et à tous ceux qui pourraient s'informer de moi. Porte-toi bien.

Vincent.

[*Lettre à la famille Van Stockum-Haanebeek.*]

Londres, 3 mars 1874

Chers Caroline et Willem,

Mes vœux cordiaux de bonheur. 14*a* N

Vous avez sans doute été déçus de ne pas avoir eu plus tôt de mes nouvelles ; mais c'est bien de moi ; vous le savez bien, mes intentions sont bonnes.

Mais il faut me rendre le bien pour le mal, et m'écrire tout de suite, me donner de vos nouvelles.

Que je vous raconte maintenant quelque chose de neuf. Notre Anna va peut-être venir par ici. Vous imaginez si je trouverais cela merveilleux ! Mais c'est presque trop beau pour que cela puisse arriver. Enfin il faut se borner à attendre. Si elle vient, ce sera vraisemblablement en mai ; et peut-être les choses pourraient-elles s'arranger de façon que j'aille la chercher.

* Peehanniken veut dire : panais, carotte. Il est possible que Vincent désigne plaisamment ainsi la famille Haanebeek.

Je suis si désireux de la connaître mieux qu'à présent. A proprement parler, nous ne nous sommes vus que très peu, au cours des dernières années ; nous ne nous connaissons qu'à moitié.

Mes meilleurs vœux pour vous tous, beaucoup d'amitiés in de Pooten, et si l'un ou l'autre s'informe de moi.

Avez-vous continué à voir la famille Tersteeg ?

Yours truly, *Vincent.*

Londres, 30 mars 1874

Cher Théo,

15 N Dans une lettre de chez nous, je reçois de toi un florin pour une paire de boutons de manchettes. Un grand merci, et de tout cœur, mon vieux ; mais tu n'aurais pas dû, tu as plus besoin que moi de ton argent.

Merci pour ta lettre de ce matin. J'ai été très heureux d'apprendre que Mauve est fiancé avec Yette Carbentus. Bravo ! Je suis bien content aussi que tout aille si bien pour toi. Tant mieux que tu aies lu le livre de Van Burger ; lis des choses sur l'art autant que tu peux, et aussi, et surtout, la *Gazette des Beaux-Arts,* etc.

Tu dois veiller surtout, autant que possible, à te mettre au courant des tableaux. L'Apol que nous avons ici en ce moment est bien beau. L'an dernier, il a peint un sujet analogue ; j'ai trouvé celui-là meilleur, plus vigoureux que celui-ci.

Je suis content que tu ailles parfois chez l'oncle Cor, tu y vois des choses qui ne viennent jamais au magasin, à La Haye.

Je suis, moi aussi, très pris en ce moment, et j'en suis bien aise, car j'ai besoin d'être très occupé. Au revoir, mon vieux, porte-toi bien. Des amitiés à Iterson.

Vincent.

Londres, 30 avril 1874

Cher Théo,

Mes vœux cordiaux de bonheur à l'occasion de ton anniversaire. 16 N
Fais ce que dois, advienne que pourra ; ainsi tout réussira.

Bien content de ta dernière lettre. Il y a quelques jours je t'ai envoyé une photographie « Jeune fille à l'épée », de Jacquet, je me suis dit que tu aimerais l'avoir.

Le tableau de von Gorkom n'est pas vraiment obscène. Entre nous je ne l'ai pas vu, mais dis-lui que je t'ai écrit qu'il n'est pas vraiment sale.

Comment vont Mauve et Yette ? Écris-moi un peu pour me parler d'eux.

Je considère comme une bonne chose que tu fréquentes les Haanebeek.

Si je viens en Hollande, il est possible que j'aille aussi passer un jour ou deux à La Haye, car La Haye est pour moi comme un second chez-moi. (Je logerai chez toi.)

J'aurais bien voulu faire la promenade jusqu'à de Vink avec toi. Je me promène autant que je peux, mais je suis très occupé. Tout ici est merveilleusement beau ; bien qu'on soit encore dans la ville, tous les jardins sont fleuris de lilas, d'aubépine, de glycine, et les marronniers sont magnifiques.

Quand on aime vraiment la nature, on trouve qu'il fait beau partout. N'empêche que j'ai parfois la nostalgie de la Hollande, envie surtout d'aller à Helvoirt.

Je suis très occupé à jardiner. J'ai ensemencé tout notre petit jardin en pois de senteur, en pavots et en réséda ; il n'y a plus qu'à attendre que cela pousse.

La promenade de chez moi au magasin et, le soir, du magasin à chez moi, me fait un trajet d'environ trois quarts d'heure.

C'est magnifique d'avoir fini si tôt ! Nous fermons à six heures. Mais on ne travaille pas moins pour cela.

Des amitiés à toutes les connaissances, surtout chez Tersteeg, chez Haanebeek et chez Carbentus ; à tout le monde aussi chez l'oncle Pompe, puisqu'ils vont à Kampen ; et encore à M. Bakhuyzen, etc.

Mes meilleurs vœux pour toi, *Vincent.*

Les pommiers etc. ont magnifiquement fleuri ; il me semble que tout ici est plus précoce qu'en Hollande.

Dès que je saurai quelque chose de plus précis concernant mon retour chez nous, je te l'écrirai, mais je crains qu'il puisse se passer encore à peu près quatre semaines avant que je sois fixé.

Écris-moi bientôt.

Londres, 16 juin 1874

Cher Théo *,

17 N Merci pour ta lettre.

Je compte partir d'ici le jeudi 25 ou le samedi 27 juin, si rien ne survient d'ici là. Il me tarde tant de voir tout le monde, et de voir la Hollande ! Et puis, je meurs d'envie de parler d'art une bonne fois avec toi ; réfléchis bien, pense si tu as l'une ou l'autre chose à me demander.

Nous avons ici beaucoup de belles toiles, entre autres un admirable tableau de Jacquet, et un bon Boldini.

Il y a de belles choses, cette année, à la Royal Academy. Tissot y a notamment trois tableaux.

Je me suis remis au dessin, ces derniers temps, mais rien de bien particulier.

J'ai eu plaisir à voir dans ta lettre que tu fréquentes chez Haanebeek. Au revoir. Des amitiés à tous les amis.

Toujours ton frère, *Vincent.*

Je suis content que tu aimes à ce point César de Cock. C'est l'un des rares peintres qui aient compris un peu intimement notre Brabant. Je ne sais si je t'ai dit que je l'avais rencontré à Paris, l'an dernier.

* Avant son départ pour la Hollande, Vincent a eu une explication avec Ursule Loyer et appris qu'elle est secrètement fiancée.

Helvoirt, 10 juillet 1874

Cher Théo,

Merci d'avoir pris les renseignements ; nous resterons donc un jour de plus et arriverons à Londres * mercredi matin. La photographie qui se trouvait dans le catalogue de Forbes, je te l'avais donnée ici, m'étant dit que puisqu'elle était de l'Escaut, donc de la Belgique, elle t'intéresserait. Elle reproduit un tableau de Cap. Ce n'est pas tellement beau, mais, du moins, c'est original. Je t'écrirai bientôt de Londres. Bonne chance ! 18 N

Vincent.

Londres, 21 juillet 1874

Cher Théo,

Une caisse est partie hier pour La Haye ; j'y ai mis une photographie d'après J. Maris, une aussi de « La fillette de l'aubergiste ». J'espère que tu les accrocheras toutes deux au mur de ta chambre. Dans la même caisse se trouve une photographie d'après Thijs Maris pour M. Tersteeg. De Paris, Schuller m'a envoyé de l'une et de l'autre dix épreuves dont j'avais besoin pour les donner. Mais celles d'après Thijs Maris, je n'en puis plus distraire une seule. 19 N

A. et moi sommes bien arrivés à Londres et je crois que nous nous y plairons bien. Je ne dis pas que nous lui trouverons rapidement un emploi, mais chaque jour qu'elle passe ici lui apprend quelque chose et je crois qu'il y a, en tout cas, plus de chance de dénicher quelque chose pour elle ici qu'en Hollande.

Je trouve merveilleux de me promener le soir par les rues avec elle ; c'est dans ces moments-là que je trouve toutes choses aussi belles que lorsque je venais d'arriver.

* Sa sœur Anna se rendait à Londres avec lui.

Bonne chance, mon vieux. Fais-leur mes amitiés, aux Roos, aux Haanebeek, et chez Carbentus, si tu vois l'un ou l'autre.

J'apprends à nager.

Écris-moi un peu si tu as lu du Michelet et ce que tu en penses. Ce livre * a été pour moi une révélation. Au revoir.

Vincent.

Londres, 31 juillet 1874

Cher Théo,

20 N Je suis content que tu aies lu Michelet et que tu le comprennes ainsi. Un tel livre apprend du moins à voir qu'il y a beaucoup plus de choses dans l'amour que ce que les gens ont l'habitude d'y chercher.

Pour moi, ce livre a été une révélation, et en même temps un évangile. « Il n'y a pas de vieille femme ! » ne veut pas dire qu'il n'y a pas de femmes âgées, mais qu'une femme ne vieillit pas aussi longtemps qu'elle aime et qu'elle est aimée.

Et puis quelle richesse dans un chapitre comme « Les aspirations de l'automne » ! Qu'une femme est un tout autre être qu'un homme (et un être que nous ne connaissons pas encore, du moins que nous ne connaissons que tout à fait superficiellement), comme tu le dis, oui, cela, je le crois fermement.

Et qu'un homme et une femme puissent faire un, devenir un, disons faire un tout, et non deux moitiés, je le crois aussi. A. se porte très bien. Nous faisons ensemble de magnifiques promenades. Tout est si beau ici, pourvu que l'œil soit bon et simple, un œil qui n'ait pas trop de poutres pour obstacles. Quand on a cela, il fait beau partout…

Ce tableau de Thijs Maris, que M. Tersteeg a acheté, doit être bien beau. J'en ai déjà entendu parler. J'en ai moi-même acheté et revendu un, tout à fait dans le même genre.

L'envie de dessiner, qui m'avait pris ici en Angleterre, a de nouveau disparu. Mais peut-être le caprice se réveillera-t-il un jour ou l'autre. Je me suis remis à lire beaucoup.

* *L'Amour.*

Il est probable que nous émigrerons le 1er janvier 1875 vers un autre magasin, plus grand que celui d'aujourd'hui. M. Obach est en ce moment à Paris pour décider si nous reprenons ou non cette affaire.

N'en parle encore à personne pour l'instant.

Bonne chance. Écris-nous de nouveau bientôt. A. prend assez plaisir à voir les tableaux ; elle voit assez juste. Par exemple, elle trouve déjà que Boughton, Maris et Jacquet peignent bien. C'est un commencement. Entre nous je crois que nous aurons du mal à trouver quelque chose pour elle ; on dit partout qu'elle est trop jeune et on exige l'allemand. Malgré tout, elle a sûrement plus de chances ici qu'en Hollande. Au revoir.

Vincent.

Tu peux imaginer si je trouve merveilleux d'être ici avec A. Dis à M. Tersteeg que les tableaux sont arrivés en bon état, que je lui écrirai bientôt.

Londres, 10 août 1874

Cher Théo,

« Tu juges selon la chair. Je ne condamne personne. » 21 N

« Celui de vous qui est sans péché, qu'il lui jette la première pierre. »

Garde donc tes idées, et si tu doutes qu'elles soient bonnes, confronte-les avec celles de Celui qui a osé dire : « Je suis la Vérité », ou d'après celles de l'un ou l'autre être humain, par exemple de Michelet.

Virginité de l'âme et impureté du corps peuvent aller de pair. Tu connais « La Marguerite à la fontaine » d'Ary Scheffer. Y a-t-il un être plus pur que cette jeune fille « qui a tant aimé » ?

« Leys n'est pas un imitateur, mais un semblable » est un mot vrai, et qui m'a frappé, moi aussi. On devrait pouvoir dire la même chose de certaines toiles de Tissot, de sa « Promenade dans la neige », de sa « Promenade sur les remparts », de sa « Marguerite à l'église » etc. Avec l'argent que tu as à moi, achète *Voyage autour de mon jardin* d'Alphonse Karr. Achète-le sans faute, je veux que tu lises cela.

A. et moi, nous nous promenons chaque soir. On voit déjà venir l'automne et la nature devient encore plus grave, plus fervente.

Nous allons déménager pour aller demeurer dans une maison entièrement couverte de lierre. Nous t'en dirons bientôt plus long là-dessus.

Des amitiés à tous ceux qui s'informeront de moi.

Vincent.

Londres, février 1875

Cher Théo,

22 N J'ai fini de remplir ton petit livre *. Je crois qu'il est devenu assez bon. Envoie-moi à l'occasion « La Falaise » de Jules Breton.

Notre galerie est prête. Elle est belle. Pour le moment, nous avons beaucoup de belles choses : Jules Dupré, Michel, Daubigny, Maris, Israëls, Mauve, Bisschop, etc... Nous ferons une exposition en avril. M. Boussod nous a promis d'envoyer à cette occasion ce que l'on peut se procurer de mieux : « La Malaria », de Hébert, « La Falaise », de Breton, etc.

J'aimerais tant t'avoir ici ! Il faut tâcher que ce projet réussisse. J'aimerais tant te faire voir ma chambre, etc.

Il y a ici une belle exposition d'art ancien ; entre autres choses : une grande descente de croix de Rembrandt, cinq grandes figures dans la pénombre ; tu peux imaginer le sentiment qui s'en dégage. Et puis cinq Ruysdaël, un Frans Hals, Van Dyck, un paysage de Rubens, avec figures, un paysage « Soir d'automne » du Titien, deux portraits du Tintoret, un bel art ancien anglais, Reynolds, Romney et Old Crome, un paysage, splendide.

Au revoir. Je t'enverrai ton petit livre à la première occasion. Écris-moi bientôt.

Vincent.

* Petit carnet où Vincent recopiait pour Théo des poèmes.

Londres, 6 mars 1875

Cher Théo,

Bravo, Théo ! Tu as très bien vu cette jeune fille d'*Adam Bede*. 23 N
Le paysage où un chemin sablonneux, jaune pâle, mène, par-dessus un coteau, au village avec ses huttes de torchis aux toits moussus, blanchies, et, çà et là, un buisson de ronces, tout noir ; et, de l'autre côté, le pré brun, l'herbe haute, un ciel gris barré à l'horizon d'une étroite bande blanche, ce paysage est de Michel. Mais il y règne une atmosphère qui est plus pure, plus noble que dans Michel.

Je t'envoie dans la caisse que nous expédions aujourd'hui le petit livre que tu sais. Aussi le *Jésus* de Renan et la *Jeanne d'Arc* de Michelet ; et, encore, un portrait de Corot, découpé dans les *London News* et que j'ai accroché dans ma propre chambre.

Ce n'est pas de sitôt, je crois, qu'il y aura une chance que tu trouves un emploi dans l'affaire de Londres.

Ne t'accommode pas de ce qui est facile. Moi aussi, j'ai la vie facile. Mais la vie est encore longue et le temps viendra, sans qu'on s'en doute, où un autre « te prendra en charge et te conduira où tu ne veux pas aller. »

Au revoir. Amitiés à toutes les connaissances.

En te serrant la main, *Vincent*.

Londres, 25 Bedford Street,
Strand, 6 avril 1875

Cher Théo,

Merci pour ta lettre. Ai-je bien copié *Le Silence de la mer*, de Heine, 24 N
dans ton petit livre ? J'ai vu, il y a quelque temps, une peinture de Thijs Maris qui m'y a fait penser.

Une ancienne ville de Hollande, avec des rangées de maisons d'un rouge brun, des pignons à redents, de hauts perrons, des toits gris, des portes blanches ou jaunes, des appuis de fenêtres et des corniches, des canaux avec des bateaux et un grand pont-levis sous lequel passe une péniche avec un homme à la barre, la maisonnette du pontier, et le pontier lui-même que l'on voit, par la fenêtre, assis dans son petit bureau.

Un peu plus loin, un pont de pierre franchit le canal, sur lequel passent des gens et un chariot traîné par des chevaux blancs.

Partout, du mouvement : un portefaix avec sa brouette, un homme qui regarde l'eau, appuyé au garde-fou, des femmes en noir avec des bonnets blancs. A l'avant-plan, un quai avec des pavés noirs et une rampe. Dans le lointain, une tour derrière les maisons ; par-dessus le tout, un ciel gris pâle.

C'est un petit tableau, en hauteur.

Le sujet est presque le même que le grand J. Maris d'Amsterdam, que tu connais peut-être ; mais celui-ci, c'est du talent ; l'autre : du génie.

J'ai de nouveau copié pour toi l'une et l'autre citations que je t'enverrai lorsque l'occasion se présentera.

Pense à « La Falaise » ; et à d'autres choses que le hasard te ferait rencontrer ou connaître. La pièce de Victor Hugo est belle. Au revoir. Mes amitiés à Pa, quand tu le verras.

Vincent.

Londres, 18 avril 1875

Cher Théo,

25 N Je t'envoie inclus un petit dessin. Je l'ai fait dimanche dernier, le matin du jour où la petite fille (13 ans) de ma logeuse est morte.

C'est une vue de Streatham Common : une grande plaine, couverte d'herbe, avec des chênes et des genêts.

Il avait plu pendant la nuit. La terre était par endroits détrempée, la jeune herbe du printemps verte et fraîche.

Comme tu vois, j'ai griffonné cela sur la page de titre des *Poésies* d'Edmond Roche. Il y en a de belles, graves et tristes, une notamment qui commence et se termine ainsi :

J'ai gravi, triste et seul, la dune triste et nue
Où la mer fait gémir sa plainte continue,

La dune où vient mourir la vague aux larges plis,
Monotone sentier aux tortueux replis.

et une autre, intitulée *Calais* :

Que j'aime à te revoir, ô ma ville natale,
Chère nymphe marine assise au bord des eaux,
J'aime de ton beffroi la flèche qui s'élance,
Belle de hardiesse et belle d'élégance,
Et sa coupole à jour qui laisse voir les cieux.

Tu seras probablement curieux de connaître ce qui correspond à l'eau-forte de Corot. C'est pourquoi je transcris aussi celle-là :

L'ÉTANG

à Corot

Nous regardions l'étang d'une eau morne et plombée
Lentement sous la brise assembler pli sur pli,
Et la vase cerner d'un contour assoupli
La proue et les flancs noirs d'une barque embourbée ;
La couronne des bois, feuille à feuille tombée,
Jonchait le sol ; le ciel de brume était rempli ;
Tous deux, à demi-voix, comme à la dérobée,
Nous disions tristement : « L'été s'est accompli.
« Ces coteaux ont perdu leur grâce coutumière ;
« Plus de feuillage vert, plus de blonde lumière
« Tremblant dans l'eau qui tremble, ou dorant la hauteur. »
Cette idylle à nos yeux peut encor reparaître,
Si vous le voulez bien ; n'êtes-vous pas le maître
Qui l'avez recréée après le créateur * ?

Ville d'Avray.

Cordiales amitiés et meilleurs vœux. Au revoir.

Vincent.

Londres, 8 mai 1875

Cher Théo,

26 N Merci pour ta dernière lettre. Comment va la malade ** ? Je savais par Pa qu'elle était malade, mais j'ignorais que c'était aussi grave que ce que tu m'écris. Réponds-moi bientôt, s'il te plaît.

Et puis, mon vieux, « Comment dire » ? C. M. *** et M. Tersteeg sont venus et sont repartis samedi dernier. Je trouve qu'ils sont allés un peu trop souvent au Crystal Palace et en d'autres lieux où ils n'avaient rien à faire. Il me semble qu'ils auraient bien pu venir

* Toutes ces citations sont en français dans le texte.
** Leur petite cousine Annette Haanebeek. Elle mourut peu après.
*** Oncle Cornélius.

voir aussi où je demeure. J'espère et je crois que je ne suis pas ce qu'on pense de moi pour le moment, nous verrons. Il faut laisser le temps passer là-dessus. Peut-être dans quelques années dira-t-on la même chose de toi, du moins si tu restes ce que tu es : mon frère, au double sens du mot.

Mes amitiés, à toi et à la malade.

En te serrant la main, *Vincent.*

Pour agir dans le monde, il faut mourir à soi-même. Le peuple qui se fait le missionnaire d'une pensée religieuse n'a plus d'autre patrie que cette pensée. L'homme n'est pas ici-bas seulement pour être heureux, il n'y est même pas pour être simplement honnête. Il y est pour réaliser de grandes choses pour la société pour arriver à la noblesse et dépasser la vulgarité où se traîne l'existence de presque tous les individus.

RENAN.

3

Paris

15 mai 1875 – 28 mars 1876

Si le premier séjour à Paris de Vincent, de septembre à décembre 1874, ne semble pas avoir laissé de traces, il n'en est pas de même pour le second. En le nommant à la maison mère les Goupil espèrent aider un employé qui leur donne satisfaction depuis six ans, à retrouver son équilibre. Ses lettres révèlent que, bien loin de reprendre intérêt pour son métier, il favorise les tendances mystiques qui se sont déjà manifestées au cours de ses derniers mois à Londres.

Pourtant il continue à aimer la peinture et commence à collectionner les gravures dont il orne les murs de sa chambre de Montmartre. Il visite les Salons et les musées, surtout le Louvre et malgré l'état de dépression que l'on remarque dans ses lettres il n'est pas douteux que cette année passée à Paris sera déterminante pour sa formation et son évolution future.

En décembre 1875 il quitte la Galerie afin d'aller passer les fêtes de Noël à Etten où son père vient d'être nommé. Cette défection, jointe à son caractère de plus en plus difficile et à son manque d'intérêt pour son travail, incitent MM. Boussod et Valadon, gendres et successeurs de Goupil, à se séparer de lui. Au début de janvier 1876, lui-même se rend compte que sa position dans la maison est devenue intenable. Au cours d'une conversation avec M. Boussod, à son retour d'Etten, il est amené à lui offrir sa démission. Il doit quitter Paris trois mois plus tard.

Paris, le 31 mai 1875

Cher Théo,

27 N Merci pour ta lettre de ce matin.

J'ai vu hier l'exposition Corot. Entre autres choses, il y avait là une toile : « Le jardin des oliviers ». Je suis heureux qu'il ait peint cela.

On voit, à droite, un groupe d'oliviers, sombres sur un ciel bleu crépusculaire. A l'arrière-plan, des collines couvertes d'arbustes et plantées de quelques grands arbres, au-dessus desquels brille l'étoile du soir.

Il y a trois Corot au Salon, très beaux ; du plus beau : « Les bûcheronnes », peint peu de temps avant sa mort, une gravure sur bois paraîtra probablement dans l'*Illustration* ou dans le *Monde Illustré.*

Comme tu peux bien l'imaginer, j'ai vu aussi le Louvre et le Luxembourg.

Les Ruysdaël du Louvre sont magnifiques, surtout « Le Buisson », « L'Estacade » et « Le Coup de soleil ».

Je souhaiterais que tu puisses voir un jour les petits Rembrandt qui sont là : « Les pèlerins d'Emmaüs » et les deux pendants : « Les philosophes ».

J'ai vu récemment Jules Breton en compagnie de sa femme et de ses deux filles. Son visage m'a rappelé celui de J. Maris, mais il a les cheveux plus foncés.

A l'occasion, je t'enverrai un livre de lui : *Les champs et la mer,* où tous ses poèmes sont réunis.

Il a un beau tableau au Salon « La Saint-Jean ». Par un soir d'été, de jeunes paysannes dansent autour des feux de la Saint-Jean. A l'arrière-plan, le village, avec l'église et, par-dessus tout cela, la lune.

Dansez, dansez, ô jeunes filles,
En chantant vos chansons d'amour.
Demain pour courir aux faucilles
Vous sortirez au petit jour.

Il a trois tableaux au Luxembourg : « Une procession dans les blés », « Les Glaneuses », et « Seule ». Au revoir.

Vincent.

Paris, le 19 juin 1875

Cher Théo,

J'avais espéré la revoir encore * avant sa mort et cela n'est pas arrivé. L'homme s'agite et Dieu le mène. 28 N

Tu trouveras dans la première caisse que nous envoyons en Hollande une photographie du tableau de Ph. de Champaigne, dont Michelet dit : « Elle m'est restée trente ans, me revenant sans cesse » ; en outre une eau-forte de Daubigny, gravée d'après « Le Buisson » de Ruysdaël, une litho d'après « Soleil couchant » de Corot, une litho de Bodmer « Fontainebleau en automne » et deux eaux-fortes de Jacque.

Au revoir. *Vincent.*

Combien de temps resterai-je encore ici ? Je l'ignore ; mais, avant de retourner à Londres, j'espère bien aller à Helvoirt. J'aime à croire qu'à ce moment-là, tu y seras aussi. Je paierai le voyage.

Tu n'oublieras sûrement ni elle, ni sa mort, mais garde tout cela pour toi. C'est là une de ces choses qui font que, peu à peu, nous devenons « tristes mais toujours joyeux » et c'est à cela qu'il faut arriver.

Paris, le 29 juin 1875

Cher Théo,

J'aimerais bien que tu quittes La Haye. Ne le souhaiterais-tu pas 29 N
quelquefois, toi aussi ? Écris-moi donc pour me dire oui ou non.

Je reste ici provisoirement et n'irai probablement pas en Hollande avant l'automne.

Tu trouveras dans la première caisse en partance pour La Haye un petit paquet pour Helvoirt. Achemine cela s. v. p., après avoir vu ce qu'il contient : des lithographies etc. que j'aimerais voir figurer

* Annette Haanebeek.

dans le bureau de Pa, près de l'« Enterrement dans les blés », de Van der Maaten. Le tableau de Anker « Un vieux Huguenot », dont la photographie se trouve aussi dans le paquet, je l'ai vendu à l'oncle Vincent, qui est passé par ici il y a quelques jours. Il a acheté aussi un beau tableau de Jacque, des chevaux sous la pluie, auprès d'une charrue.

Il y a eu ici une vente de dessins de Millet, je ne sais pas si je t'en ai déjà parlé.

Quand je suis arrivé à l'Hôtel Drouot, dans la salle où ils étaient exposés, j'ai éprouvé quelque chose dans le genre de : « Déchausse-toi, le lieu que tu foules est sacré ».

Tu sais que Millet a vécu à Gréville. Imagine-toi que je ne sais pas si c'est à Gréville ou à Granville qu'est mort l'homme dont je t'ai déjà parlé. Quoi qu'il en soit, j'ai regardé avec une attention redoublée les dessins des « Falaises de Gréville » par Millet. Un tableau de lui : « L'église de Gréville » est entré au Luxembourg. Au revoir.

Vincent.

Paris, le 6 juillet 1875

Cher Théo,

30 N Merci pour tes lettres. Oui, vieux, je m'en doutais.

Il faut que tu m'écrives comment marche ton anglais, as-tu fait quelques progrès ? Sinon, ce n'est pas, après tout, un très grand malheur.

J'ai loué à Montmartre une petite chambre où tu serais bien. Petite, mais avec vue sur un petit jardin plein de lierre et de vigne vierge.

Je vais te dire quelles gravures j'ai mises au mur :

Ruysdaël :	« Le buisson »
Id. :	« Blanchisseries »
Rembrandt :	« Lecture de la Bible » (une grande pièce, dans la Hollande de l'ancien temps, le soir ; sur la table, une bougie ; une jeune mère est assise à lire la Bible près du berceau de son

petit enfant ; assise aussi, une femme âgée écoute. C'est une scène qui fait penser à la parole : « En vérité, je vous le dis, quand deux ou trois êtres sont réunis en mon nom, je suis au milieu d'eux. » Il s'agit d'une ancienne gravure sur cuivre, aussi grande que « Le Buisson », et superbe).

Ph. de Champaigne :	« Portrait d'une dame »
Corot :	« Soir »
Idem :	Idem
Bodmer :	« Fontainebleau »
Bonington :	Une route
Troyon :	Le matin
Jules Dupré :	Le soir (La traite)
Maris :	Blanchisseuse
Idem :	Un baptême
Millet :	Les heures de la journée (gravures sur bois, 4 feuilles)
Van der Maaten :	Enterrement dans les blés
Daubigny :	L'aurore (Coq chantant)
Charlet :	« L'hospitalité » (Ferme entourée de sapins, l'hiver, dans la neige ; un paysan et un soldat devant la porte.)
Ed. Frère :	Couturières
Idem :	Un tonnelier

Et maintenant, mon vieux, porte-toi bien. Tu le sais : patience et douceur, autant que possible. Restons de bons amis. A Dieu.

Vincent.

Paris le 15 juillet 1875

Cher Théo,

L'oncle Vincent est encore venu ici. Je me suis encore trouvé 31 N
seul quelques moments avec lui et nous avons parlé de diverses choses.

Je lui ai demandé s'il ne voyait aucun moyen de te faire venir ici, dans la maison de Paris.

D'abord, il ne voulait pas en entendre parler, disant qu'il valait beaucoup mieux que tu restasses à La Haye ; mais j'ai insisté et tu peux compter qu'il va désormais y penser.

Il en parlera sans doute avec toi quand il rentrera à La Haye. Sois calme, laisse-le parler, dire ce qu'il veut ; cela ne te nuira pas (au contraire) ; il est probable que tu auras encore besoin de lui. Ne parle pas de moi, si l'occasion ne se présente pas.

Il est extrêmement subtil. L'hiver dernier, il me disait, entre autres choses : « Il se peut que j'ignore le surnaturel, mais, les choses naturelles, je les connais toutes ! ». Je ne sais si ce furent là exactement ses paroles, mais le propos revenait en somme à cela.

Je puis te dire encore que l'un de ses tableaux préférés c'est : « Les illusions perdues » de Gleyre.

Ste-Beuve a dit : « Il est, dans la plupart des hommes, un poète mort jeune à qui l'homme survit » ; et Musset : « Sachez qu'en nous, il existe souvent un poète endormi, toujours jeune et vivant ».

Je crois que le premier cas est le cas de l'oncle Vincent. Tu sais maintenant à qui tu as à faire. Pose-lui carrément la question. Viendras-tu ici ou à Londres ?

Je te remercie pour ta lettre de ce matin et pour le poème de Rückert. As-tu tous ses poèmes ? J'aimerais en connaître d'autres. A l'occasion, je t'enverrai une Bible française et l'*Imitation de Jésus-Christ.* Ce devait être le livre préféré de la femme de qui Philippe de Champaigne a fait le portrait ; on peut voir, au Louvre, le portrait de sa fille, une religieuse, également par Ph. de Ch. Elle a près d'elle, sur une chaise, un exemplaire de l'*Imitation.*

Pa m'a écrit un jour : « Tu sais que la même bouche qui a dit : *Sois pur comme la colombe* a ajouté aussitôt : *et prudent comme le serpent.* » Garde cela présent à la mémoire, toi aussi. Et crois-moi toujours

ton frère affectionné, *Vincent.*

As-tu, au magasin, les photographies des Meissonier ? Regarde-les souvent, Meissonier a peint des *hommes.* Peut-être connais-tu : « Le fumeur à la fenêtre » et « Le jeune homme déjeunant ».

Paris, le 24 juillet 1875

Cher Théo,

Nous avons reçu il y a quelques jours un tableau de de Nittis, 32 N
une vue de Londres un jour de pluie. Le pont de Westminster ; je sais l'aspect qu'il a quand le soleil se couche derrière l'abbaye et le Parlement, et aussi le matin de bonne heure, et par la neige et par le brouillard, en hiver.

Quand j'ai vu ce tableau, j'ai senti combien j'aimais Londres. Il

6

GOUPIL & Cie
Éditeurs Imprimeurs
ESTAMPES FRANÇAISES & ÉTRANGÈRES
Tableaux Modernes
RUE CHAPTAL, 9, PARIS.
Succursales à la Haye, Londres, Berlin, New-York

32

Paris, le 24 Juli 1875

Waarde Theo,

Een paar dagen geleden kregen wij een schij van de Nittis, een gezicht in London op een regendag, Westminster bridge & the house of Parliament. Ik ging elken morgen & avond over Westminsterbridge & weet hoe dat er uit ziet als de zon achter Westminster abbey & the house of Parliament ondergaat & hoe het s'morgens vroeg is & s'winters met sneeuw & met

reste que je crois qu'il est bon pour moi de m'en être allé de là. Ceci en réponse à ta question. Que tu y ailles, toi, à Londres, je n'y crois certainement pas.

Merci pour *Du Temps de la jeunesse* et pour *A Minuit* de Rückert. C'est beau, c'est bouleversant. Le dernier m'a fait penser à *La Nuit de décembre* de Musset. J'aurais voulu te l'envoyer, mais je ne l'ai pas.

Nous avons expédié hier à La Haye une caisse dans laquelle il y a pour toi quelque chose que je t'ai promis.

J'apprends que A. et L. sont chez nous, j'aimerais bien les voir un peu.

Toute la chance possible. Récris-moi bientôt. En te serrant la main.

Ton frère affectionné, *Vincent.*

Paris, le 13 août 1875

Cher Théo,

33 N J'aurais voulu t'écrire plus tôt. Je suis content que Pa ait accepté d'être nommé à Etten ; vu les circonstances, je trouve très bien, moi aussi, que W. accompagne A. J'aurais été content que tu sois à Helvoirt ce dimanche, et avoir été, moi aussi, auprès de vous tous. T'ai-je déjà écrit que, ce jour-là, j'étais à Ville d'Avray avec Soek et sa famille ? J'ai été tout surpris de trouver, dans la petite église, trois tableaux de Corot.

Dimanche dernier et il y a eu dimanche quinze jours, je suis allé dans l'église de M. Bersier et je l'ai entendu prêcher sur le thème : « Toutes choses prouveront le bien de ceux qui aiment Dieu » (en hollandais, on dit : « Hen die God liefhebben zullen alle dingen medewerken ten goede ») et sur « Il fit l'homme à son image ». C'était beau, magnifique. Si tu le peux, va donc aussi chaque dimanche à l'église, même si c'est moins beau. Vas-y. Tu ne le regretteras pas. As-tu été un jour chez Subli, l'étudiant en théologie ?

Sur la liste des choses que j'ai accrochées aux murs de ma chambre, j'ai encore oublié :

N. Maes	« La nativité ».
Hamon	« Si j'étais l'hiver sombre ».
Français	« Derniers beaux jours ».
Ruyperez	« L'Imitation de Jésus-Christ ».
Bosboom	« Cantabimus et Psallemus ».

Je fais mon possible pour dénicher pour toi un autre exemplaire de la gravure d'après Rembrandt : « Lecture de la Bible ». Peut-être pourrai-je te l'envoyer dans la première caisse de tableaux qui partira. T'ai-je adressé une lithographie : Troyon : « Effet du matin », Français : « Derniers beaux jours » ? Sinon, écris-le moi, je les ai en double. Et maintenant bonne chance, bien faire et laisser dire (pour autant que ce soit possible). Crois-moi toujours

ton frère affectionné, *Vincent.*

Amitiés s.v.p. de ma part à M. et Mme Tersteeg et à Mauve. Aussi chez Van Stockum, chez Haanebeek, chez Tante Fie et chez Roos.

Cher Théo,

Merci pour ta dernière lettre et pour le poème de Rückert. 34 N

Dimanche je suis retourné chez M. Bersier. Il avait pris pour thème : « Il ne vous est pas permis ». Il a enchaîné par : « Heureux pour qui la vie a toutes ses épines ». Voici un propos dont je sais que l'oncle Vincent l'aime beaucoup : « Jeune homme, réjouis-toi dans ton jeune âge et que ton cœur te rende content aux jours de ta jeunesse et marche comme ton cœur te mène et selon le regard de tes yeux, mais sache que pour toutes ces choses Dieu te fera venir en jugement. Ote le chagrin de ton cœur et éloigne de toi la malice, car le jeune âge et l'adolescence ne sont que vanité. Mais souviens-toi de ton créateur pendant tous les jours de ta jeunesse, avant que les jours mauvais viennent et que les ans arrivent, desquels tu diras : « Je n'y prends pas plaisir ».

Mais je trouve encore plus beau :

« Crains Dieu et garde ses commandements, car c'est là le tout de l'homme » et « Que ta volonté soit faite » et « Ne nous induis pas en tentation, mais délivre-nous du mal ».

Ci-joint une petite lettre pour M. Tersteeg.

C'est pour lui demander qu'il veuille bien faire encadrer les deux gravures « Vendredi saint » et « Saint Augustin » que tu trouveras dans la prochaine caisse. Tu voudras bien être assez bon pour les envoyer, vers le 10 sept. * à Helvoirt. J'aimerais que nous les offrions ensemble ; tu paieras 2.50 pour les cadres. J'ai dit à M. Tersteeg que tu m'écrirais ce qu'ils auraient coûté et qu'ensuite je lui enverrais l'argent : tu me donneras ces f. 2.50 quand nous nous verrons. Ce ne sera vraisemblablement pas avant Noël, je crois qu'il est préférable que je ne demande pas de congé avant cette époque. Ce soir, je vais dîner chez M. Hamman. Au revoir. Écris bientôt de nouveau et crois-moi

ton frère affectionné, *Vincent.*

Paris, 2 septembre 1875

Cher Théo,

35 N J'ai appris ce matin par Pa et par toi la mort de l'oncle Jan **. Ce sont bien ces choses-là qui nous font dire : « Unissez-nous, Seigneur, ardemment l'un à l'autre, et que l'amour de Vous raffermisse de plus en plus ces liens » et « Crains Dieu et garde ses commandements, car c'est là le tout de l'homme ».

Dans la première caisse de tableaux qui partira pour la Hollande, tu trouveras quelques lithographies et la gravure d'après Rembrandt dont je t'ai parlé. Les deux lithographies d'après Bonington seront probablement de ton goût. Par la même occasion, je t'envoie pour Pa quelques photographies d'après Jules Breton et Corot ; j'écrirai au verso : « pour Helvoirt ».

De ce peintre Pynas, dont tu me parles dans ta lettre, je n'ai jamais entendu parler. Je suis curieux de voir le tableau en question. Je ne connais pas non plus cette lithographie d'après Diaz.

Dimanche dernier, je suis allé au Louvre (j'y vais assez souvent, le dimanche, ou bien au Luxembourg). J'aimerais que tu voies un jour le Van Ostade, sa famille, lui-même, sa femme, et je crois bien que c'est : huit enfants, tous en noir, l'épouse et les filles en bonnet blanc avec un fichu, dans une chambre magnifique de la Hollande d'autrefois, avec un grand âtre, lambris et plancher de chêne, murs

* Anniversaire de leur mère.
** Le frère de leur mère Jan Carbentus.

blanchis, tableaux dans des cadres noirs. Dans un coin, un grand lit avec rideaux et couvertures bleues.

« Les Pèlerins d'Emmaüs » de Rembrandt, dont je t'ai parlé, a été gravé. Messieurs G. et Cie publieront la gravure à l'arrière-saison. Si tu passais par hasard chez Borcher, je crois que sa mère est une femme très digne et très respectable. Sors souvent, si tu peux, je veux dire, naturellement, pour aller chez C. Van Stockum, chez Haanebeek, chez Carbentus, chez Borcher, etc. mais non chez Kraft ou chez Marda, tu m'entends ? Ou bien que ce soit parce que tu ne peux faire autrement. Dans ce cas, et une fois en passant, cela ne peut faire de mal. Comment marche l'affaire ? Je sais tout ce qui peut parfois s'y passer, mais fais néanmoins tout ce qui se présente.

Je te souhaite toute la chance possible. Écris-moi bientôt de nouveau.

Toujours ton frère affectionné, *Vincent.*

Ci-joint un petit mot pour les Borcher. Des amitiés à tous chez Roos et à ceux qui te demandent de mes nouvelles. B. me dit que Weehuyzen est mort. Je l'ignorais. Y as-tu été ?

Paris, 4 sept. 1875

Cher Théo,

Je t'envoie ci-joint ma lettre pour l'anniversaire de Moe, joins-la s. v. p. à la tienne. J'ai acheté un livre sur Michel avec des gravures à l'eau-forte d'après ses tableaux ; je te l'enverrai dès que je l'aurai lu. 36 N

Mais Michel n'est pas, et de loin, aussi beau que ce paysage décrit dans ce passage d'*Adam Bede* qui nous a tant frappés tous les deux. Bonington aussi l'a peint, ou presque, mais pourtant « *ça n'y est pas* ». Je voudrais te demander, quand tu auras fini le livre, de le donner à lire, en mon nom, à l'oncle Cor ; naturellement si l'occasion se présente ; mais c'est à toi que je le donne. Je vois moi-même les tableaux, peut-être en as-tu la description et les gravures.

Amitiés chez Haanebeek, chez Carbentus, chez v. Stockum, chez

Mauve, chez Roos, à l'occasion. Bonne chance, autant que possible.

Toujours ton frère affectionné, *Vincent.*

Le livre sur Michel, donne-le également à lire à M. Tersteeg.

[*Lettre de Théo et, sur l'autre moitié, réponse de Vincent.*]

La Haye, 7 septembre 1875

Cher Vincent,

36*a* N Weehuyzen est mort le printemps dernier. Je croyais que tu le savais. Il est mort très subitement, après quelques jours de maladie, dans sa pension de famille, sans personne. J'ai beaucoup regretté de n'avoir pas été près de lui. Je l'avais beaucoup fréquenté ces derniers temps. Il avait lu *L'amour* de Michelet, et nous en avions longuement parlé. Il avait trouvé ce livre si beau ; et il aimait tant la nature ; il y cherchait *la douce mélancolie* *. Dimanche dernier, j'ai entendu un *beau* sermon : « Jésus pleurant. »

Je te remercie pour les lithographies et pour le livre de Michel que tu me promets. Je suis curieux de les voir.

J'ai porté ta lettre chez Borcher ; ils ont l'air de braves gens ; j'espère y aller plus souvent. Nous avons reçu aujourd'hui les nouveautés, avec la gravure d'après Rembrandt. Elle me paraît belle, surtout la figure de Jésus ; l'ensemble est plein de noblesse. Au revoir. Bonne chance.

Ton bien affectionné, *Théo.*

Les cadres pour les gravures de l'anniversaire de Moe coûtent quatre florins pièce.

* Mots soulignés par Vincent.

8 septembre

Cher Théo,

Tu ne t'étais pas attendu, n'est-ce pas, à te voir retourner cette lettre ? Non, vieux, ce n'est pas cette direction-là qu'elle doit prendre !

La mort de Weehuyzen est triste, évidemment ; mais d'une autre manière que celle que tu dis.

Garde les yeux ouverts, et tâche de devenir ferme et fort. Ce livre de Michelet était-il bien pour lui ?

Je voudrais bien, Théo, te dire quelque chose qui va peut-être te surprendre : Ne lis plus Michelet, ni aucun autre livre (la Bible excepté) jusqu'à ce que nous nous soyons revus à Noël. Et fais ce que je t'ai dit ; va souvent, le soir, chez v. Stockum, chez Borcher et Cie. Je crois que de cela tu n'auras pas de regret ; tu te sentiras même beaucoup plus libre dès que tu auras inauguré ce régime.

Sois prudent concernant les mots que j'ai soulignés dans ta lettre. Bien sûr, il y a, Dieu merci, une *douce mélancolie,* mais je ne sais pas si nous sommes tous capables de la connaître. Tu vois que je dis : *nous* ; moi comme toi.

Pa m'écrivait tout récemment : « La tristesse ne fait point de mal, elle nous fait, au contraire, considérer les choses d'un œil empreint de sainteté. » C'est là la vraie « douce mélancolie », l'or fin, l'or pur ; mais nous n'en sommes pas encore là, nous en sommes loin. Espérons et prions afin de pouvoir y atteindre. Et crois-moi toujours

ton frère affectionné, *Vincent.*

Je suis déjà un peu plus avancé que toi, et déjà je vois hélas ! que le propos : « La jeunesse et l'adolescence ne sont que vanité » est presque entièrement vrai. Donc, mon vieux, bon courage, je te serre cordialement la main.

Paris, 12 sept. 1875

Cher Théo,

37 N *« Des ailes, des ailes pour survoler la vie !*
« Des ailes pour survoler le tombeau et la mort ! »

Nous en avons besoin et je commence à croire que nous pouvons les obtenir. Notre père, par exemple, n'en aurait-il pas ? Comment il les a obtenues ? Tu le sais, c'est par la prière, et par les fruits de la prière, par la patience et par la foi, par la Bible, qui fut lumière sur son chemin, lampe pour éclairer ses pas.

A midi, j'ai entendu un beau sermon sur le thème : « Oubliez ce qui est derrière vous » où il était dit notamment : « Ayez plus d'espérance que de souvenirs ; ce qu'il y a eu de sérieux et de béni dans votre vie passée n'est pas perdu ; ne vous en occupez donc plus, vous le retrouverez ailleurs, mais avancez. — Toutes choses sont devenues nouvelles en Jésus-Christ ».

Porte-toi bien et crois-moi

ton frère affectionné, *Vincent.*

S'il est vrai que « la jeunesse et l'adolescence ne sont que vanité » (ayant toujours présent à l'esprit ce qui est là-haut et songeant que même s'il faut, plus tard, tout recommencer, une jeunesse bien employée est un trésor) notre ambition, notre espérance, ne devraient-elles pas consister à devenir des hommes pareils à notre père, et à certains autres ? Espérons-le, toi et moi, et prions. Amitiés à tous ceux qui pourraient s'informer de moi.

Tu connais l'eau-forte de Rembrandt qui représente le bourgmestre Six, debout devant la fenêtre et lisant ? Je sais que l'oncle Vincent et l'oncle Cor l'aiment beaucoup, et je me dis parfois que cela doit leur avoir ressemblé, quand ils étaient plus jeunes.

Tu connais aussi le portrait de Six plus âgé. Je crois qu'il en existe une reproduction dans votre magasin. La vie de cet homme a dû être sûrement une vie belle, sérieuse.

Paris, le 13 sept. 1875

Cher Théo,

La photo d'après J. Breton, celle d'après Corot, sont pour Helvoirt. 37*a* N
Le reste est pour toi.

A l'occasion, envoie celles qui sont pour Helvoirt. Mais je ferai mon possible pour me procurer encore un ex. du Rembrandt, de sorte qu'il est préférable d'attendre, pour faire l'envoi, que je t'aie également envoyé cette épreuve-là.

Tu as dû recevoir ma lettre d'hier.

Cordiales amitiés. *Vt.*

Paris, 17 sept. 1875

Cher Théo,

Le sentiment, même un sentiment pur, délicat, pour les beautés 38 N
de la nature n'est pas la même chose que le sentiment religieux, bien que je pense qu'il y a entre eux une sorte d'intelligence.

Le sentiment de la nature, nous l'avons presque tous en nous, les uns plus, les autres moins. Plus rares sont ceux qui sentent que Dieu est esprit, et ceux qui l'adorent doivent l'adorer en esprit et en vérité. Nos parents sont de ce petit nombre ; l'oncle Vincent aussi, je crois.

Tu sais qu'il est dit : « Le monde passe et toute sa splendeur », et qu'en revanche il a été parlé d'« une part qui ne sera point retirée », d'« une source d'eau vive qui jaillit jusque dans la vie éternelle ». Prions, nous aussi, afin de devenir riches en Dieu. Toutefois, ne pense pas trop profondément à ces choses qui, d'elles-mêmes, te deviendront de plus en plus claires avec le temps. Ne fais que ce que je t'ai conseillé de faire. Pour notre part dans cette vie, demandons à devenir des pauvres au royaume de Dieu, des serviteurs de Dieu. Nous ne le sommes pas encore. Demandons que l'œil de notre âme devienne simple ; alors nous serons entièrement simples, complètement simples.

Mes amitiés chez Roos, et à qui pourrait s'informer de moi. Crois-moi toujours

ton frère affectionné, *Vincent.*

Il en est de même du sentiment artistique. A celui-là non plus, ne t'abandonne pas à l'excès. Garde d'abord l'amour de la maison que tu sers, l'amour de ton travail, estime et considération pour M. Tersteeg. Tu verras, plus tard, et mieux qu'à présent, qu'il mérite l'une et l'autre. Mais, là non plus, n'exagère pas. Tu manges toujours bien, n'est-ce pas ? Mange surtout autant de pain que tu en as envie. Bonne nuit. Il faut encore que j'aille cirer mes bottes pour demain.

Paris, 25 sept. 1875

Cher Théo,

39 N La route est étroite, c'est pour cela qu'il faut être prudent. Tu sais comment d'autres sont arrivés où nous voulons aller. Suivons, nous aussi, l'humble route. *Ora* et labora.

Faisons chaque jour notre tâche, tout ce qui se présente. Faisons-le de toutes nos forces et croyons que Dieu dispensera ses présents, « la part qui ne sera point retirée », à ceux qui le prient pour cela.

« Si donc quelqu'un est en Christ il est une nouvelle créature ; les choses vieilles sont passées, voici, toutes choses sont devenues nouvelles. » II Cor. V, 18.

Je vais me défaire de tous mes livres de Michelet, etc. etc. Fais la même chose.

Que je languis après Noël ! Mais exerçons-nous à la patience, ce jour viendra bien assez tôt.

Porte-toi bien, mon vieux, mes amitiés à toutes les connaissances. Crois-moi

ton frère affectionné, *Vincent.*

L'argent pour les cadres, je te l'enverrai le plus tôt possible. Quand j'écrirai à M. Tersteeg, je lui dirai que je ne suis pas très en fonds pour le moment, ayant prié notre caissier de retenir une partie de mon mois. J'en aurai bien besoin à Noël, pour le voyage, etc. J'espère toutefois ne pas trop tarder à te l'envoyer.

Paris, 29 septembre 1875

Cher Théo,

Attention, vieux, ne perds pas courage. 39*a* N

Vois les choses comme elles sont et ne trouve pas que tout soit bon pour toi. On peut dévier à gauche comme à droite.

Pense à ce que Pa a pu te dire, à toi aussi : « L'intelligence doit aller de pair avec le sentiment ».

Amitiés cordiales et toujours

ton frère affectionné, *Vincent.*

Écris-moi bientôt de nouveau. Je t'ai conseillé de sortir beaucoup, mais si cela ne te plaît pas, n'en fais rien.

Tu sais bien que je ne sortais pas beaucoup moi-même et qu'on m'en faisait souvent la remarque.

Comme je voudrais que nous puissions un jour déjeuner ensemble d'une tasse de chocolat dans ma chambre ! Porte-toi bien, mon vieux.

Ne t'occupe pas *trop* des choses qui ne te touchent pas de tout près. Ne les prends pas trop au sérieux.

Comment va la question de « manger du pain » ? As-tu fait l'expérience ? En hâte, je te serre cordialement la main par la pensée.

Paris, 27 sept. 1875

Cher Théo,

« Le règne de Dieu ne viendra pas avec éclat. Le règne de Dieu 39*b* N
est au milieu de vous. » « Le Fils de l'Homme est venu non pour être servi, mais pour servir. » Et nous, qui voulons être ses disciples, qui voulons être des Chrétiens, nous ne sommes pas plus que notre Maître. Bienheureux les pauvres d'esprit, bienheureux ceux dont le cœur est pur.

La route est étroite qui mène à la vie. Rares sont ceux qui la trouvent. Efforcez-vous d'y entrer en passant par la porte étroite ; car nombreux sont ceux qui chercheront à y entrer et ne pourront pas réussir.

Soyons prudent, mon frère. Demandons à Celui qui est là-haut, et qui prie aussi pour nous, qu'Il ne nous enlève pas du monde, mais qu'Il nous préserve du mal. Oui, soyons sobres et veillons. De tout notre cœur, ayons confiance en Dieu et ne nous fions pas à notre raison. Demandons-Lui qu'Il nous force à entrer, qu'Il nous donne d'accomplir une vie chrétienne, qu'Il nous enseigne à nous renier, à porter chaque jour notre croix et à Le suivre, à être patients, doux et humbles de cœur.

Une part qui ne nous sera point ôtée, une source de l'eau vive jaillissant jusque dans la vie éternelle, voilà les dons précieux que Celui qui entend nos prières, le Dispensateur de tous les biens parfaits, donnera à ceux qui L'invoqueront.

Et, encore, par-dessus tout cela, l'assurance qu'il y a une maison du Père où il y a beaucoup de demeures ; et que, quand Il nous aura préparé le lieu, Il nous prendra tous avec Lui, pour notre consolation dans la vie, sur le chemin qui mène à la Maison du Père, du Consolateur, de l'Esprit de Vérité, qui nous guidera dans la Vérité. La vie du chrétien n'en a pas moins ses ombres ; elles sont l'œuvre des hommes.

Ceux qui se conduisent selon Dieu, les amis de Dieu, les justes, ceux qui Le prient, ceux qui L'adorent en esprit et en vérité, sont éprouvés, mais éclairés, mais purifiés. Dieu a pu maintes fois planter une épine dans leur chair. Bienheureux nous serons si nous pouvons, comme notre père, répéter avec Paul :

« Quand j'étais enfant, je parlais comme un enfant, je jugeais comme un enfant ; maintenant que je suis devenu un homme, j'ai quitté ce qui venait de l'enfant et suis devenu ce que Dieu m'a fait : triste, mais toujours joyeux. »

Écris-moi bientôt. Fais mes compliments à toutes les connaissances et crois-moi

ton frère affectionné, *Vincent*.

Paris, le 30 sept. 1875

Cher Théo,

Je t'envoie par le même courrier le livre sur Michel que je t'ai promis, et aussi : une eau-forte d'après la « Marguerite », de Scheffer, une lithographie d'après Corot et un petit paquet de chocolat. 40 N

Je sais bien que, pour le moment, la vie n'est pas pour toi trop facile ; mais reste ferme, courageux : « Ne pas rêver, ne pas soupirer » est utile aussi, quelquefois.

Tu le sais : « que tu n'es pas seul, et que le Père est avec toi ».

Je te serre cordialement la main en pensée.

Toujours ton frère affectionné, *Vincent.*

Garde s.v.p. la gravure d'après Rembrandt, qui part en même temps que cette lettre ainsi que les photographies que je t'ai envoyées précédemment (d'après Corot et Jules Breton) jusqu'à ce que Pa et Moe soient bien installés à Etten *. Tu les leur enverras à ce moment-là : fin novembre, par exemple.

Paris, le 6 oct. 1875

Cher Théo,

Bien que je t'aie écrit voici peu, je veux le faire encore une fois, car je sais combien le quotidien de la vie peut parfois nous sembler fastidieux. Garde bon courage, mon vieux. Après la pluie vient le beau temps. Il faut l'espérer. 41 N

La pluie et le soleil ne cessent d'alterner sur « La route qui monte sans cesse, et jusqu'au bout. » On réussit bien à prendre de temps en temps un peu de repos, même au cours de ce « Voyage qui occupe la journée tout entière, de l'aube à la nuit ».

Pense souvent à la parole : « Ceci aussi passera pour toujours. »

« On a ses beaux jours », disait souvent Jules Dupré. Croyons-y, nous aussi.

* Le pasteur Van Gogh avait accepté d'être nommé à Etten, village voisin de Bréda.

J'ai eu aujourd'hui l'occasion d'adresser un petit paquet à A. et à W. * Entre autres choses, je leur ai envoyé : *L'Imitation de Jésus-Christ,* et, sous pli séparé, quelques fragments de la Bible, dans cette même édition qui est celle des Psaumes, que je t'ai envoyée. Lis là-dedans, fidèlement. Aimerais-tu, par hasard, avoir séparément les quatre Évangiles et quelques-unes des Épîtres ?

J'aimerais beaucoup avoir les chants religieux hollandais. Verrais-tu le moyen, à l'occasion, de m'en faire envoyer l'édition la moins chère que tu puisses trouver ? Les Psaumes, je les ai.

Il y en a aussi de bien beaux parmi les chants religieux anglais, entre autres celui-ci :

Ta voie, Seigneur, et non la mienne,
Si sombre qu'elle soit,
Que ta main, ta main me soutienne.
Choisis, choisis pour moi.

Je n'ose choisir mon destin.
Le pourrais-je, je n'en ferais rien ;
Mon Dieu, mon Dieu, choisis pour moi
Pour que je marche droit.

Car le royaume que je cherche,
C'est le tien, Seigneur. Que la voie
Qui y mène soit donc la tienne ;
Je m'égarerais, c'est certain.

Choisis tout pour moi : mes amis,
Ma santé, ma peine,
Et choisis pour moi mes soucis,
Pauvreté, richesse.

Non, pas le mien, le choix,
Pour le grand, le petit,
Sois mon guide, ma force,
Ma sagesse et mon tout.

* Leurs sœurs, Anna et Wilhelmine, qui sont en Angleterre.

Et le suivant :

Plus près de Toi, mon Dieu !
Plus près, plus près de Toi !
Même si c'est une croix
Qui supporte mon corps ;
Toujours
Ma chanson sera :
Plus près de Toi, mon Dieu !
Plus près, plus près de Toi !

Et aussi :

Souvent dans la peine, et dans la douleur,
Chrétien, marche, va de l'avant,
Livre combat, poursuis la lutte,
Soutenu par le pain de vie.
Va, que ton cœur brisé soit gai ;
Vêtu de la céleste armure,
Va, combats, la bataille est brève ;
Que Victoire bientôt inspire ta chanson.
Que le chagrin ne trouble point ta vue ;
Bientôt tes larmes sècheront.
La peur n'arrête point ta route.
Grande la force, si la détresse est grande.

Mes amitiés aux connaissances. Comment va Caroline Van Stockum ? A elle surtout mes amitiés. Crois-moi

ton frère affectionné, *Vincent.*

– *Le chemin monte donc toujours ?*
– *Oui, il montera jusqu'au bout.*
– *Le voyage dure jusqu'au soir ?*
– *De l'aube à la nuit, mon ami* *.

* Christina Rossetti. Toutes les citations sont en anglais.

Paris, le 11 octobre 1875

Cher Théo,

42 N Merci pour ta lettre de ce matin. Je veux t'écrire aujourd'hui comme je ne le fais pas souvent et notamment te dire plus en détail quelle est ici ma vie.

Tu le sais, j'habite Montmartre où demeure aussi un jeune Anglais, employé chez Goupil : dix-huit ans, fils d'un marchand de tableaux de Londres et qui succédera sans doute à son père. Jamais il n'était sorti de chez lui. Pendant les premières semaines de son séjour, il était singulièrement rustique. Par exemple, il mangeait, le matin, à midi et le soir, quatre à six sous de pain (n. b. le pain, ici, est bon marché), entassant là-dessus des livres de pommes, de poires, etc. Malgré tout, maigre comme une trique ; deux fortes rangées de dents, de grosses lèvres rouges, l'œil vif, de grandes oreilles décollées, le plus souvent très rouges, la tête rase (cheveux noirs), etc., etc.

Tout le monde ici se moquait de lui, plus ou moins, même moi, au début. Mais peu à peu je me suis attaché à lui, et je t'assure que je suis heureux maintenant d'avoir le soir sa compagnie.

Il a le cœur pur et naïf ; il est actif dans son travail. Nous rentrons ensemble, le soir, et mangeons une chose ou une autre dans ma chambre. Le reste de la soirée, je lui fais la lecture, le plus souvent dans la Bible, que nous avons fait le projet de lire tout entière. Le matin, souvent entre cinq et six heures, il vient me réveiller ; nous déjeunons chez moi et, vers huit heures, nous partons pour le magasin. Depuis quelque temps, il commence à se modérer, question de nourriture, et s'est mis à collectionner les gravures, en quoi je l'aide.

Hier, nous sommes allés ensemble au Luxembourg, où je lui ai montré les tableaux qui m'attirent le plus. Les simples savent vraiment bien des choses qu'ignorent les gens intelligents.

Breton : « Seule », « Bénédiction des blés », « Rappel des glaneuses ». Brion : « Les pèlerins de Ste-Odile », « Noé ». Bernier : « Les champs en hiver ». Cabat : « L'étang » et « Automne ». Français : « La fin de l'hiver » et « Le cimetière ». Gleyre : « Illusions perdues ». Hébert : « Le Christ au Jardin des Oliviers » et « La Malaria ». Aussi Rosa Bonheur : « Labourage », etc.

Également un tableau de (je ne retrouve pas le nom) : un cloître, où des moines accueillent un étranger et s'aperçoivent tout à coup que, cet étranger, c'est Jésus. Sur le mur du cloître, on peut lire : « L'homme s'agite et Dieu le mène » — « Qui vous reçoit me reçoit, et qui me reçoit, reçoit celui qui m'a envoyé. »

Au magasin, je ne fais que ce qui me tombe sous la main. C'est ce que nous ferons, mon vieux, notre vie durant. Puissé-je faire avec toutes mes forces.

As-tu fait ce que je t'ai conseillé de faire ? As-tu mis de côté les livres de Michelet, de Renan, etc. ? Je crois que cela te procurera du repos. Mais la page de Michelet concernant ce portrait de femme de Ph. de Champaigne, il ne faudrait pas l'oublier. N'oublie pas non plus Renan, mais débarrasse-toi de son livre. « Tu as trouvé du miel, veille à ne pas trop en manger, afin que le miel ne finisse par te dégoûter. » On lit cela, ou à peu près, dans les *Proverbes.*

Connais-tu, d'Erckmann-Chatrian : *Le Conscrit, Waterloo* et surtout *L'Ami Fritz* ? Et *Madame Thérèse* ? Lis donc ces livres-là si tu peux te les procurer. Le changement de nourriture donne de l'appétit (pourvu, surtout, que l'on veille à manger *simplement.* Ce n'est pas pour rien qu'il est dit : « Donnez-nous aujourd'hui notre *pain* quotidien »). L'arc ne peut pas rester toujours tendu. J'espère que tu ne m'en veux pas de te dire ainsi certaines choses ? Tu n'es pas bête, je le sais. Je te sais raisonnable. Ne trouve pas que *tout* soit bon. Il faut apprendre par toi-même à sentir la différence entre ce qui est à peu près bon et ce qui est *mauvais.* Que cette faculté te montre le droit chemin, sous une très haute direction ; car, mon vieux, nous avons tellement besoin « que Dieu nous mène ». Écris-moi de nouveau bientôt et en détail. Amitiés à nos connaissances, aussi et surtout à M. Tersteeg et à sa famille, et pour toi toute la chance possible. Au revoir. Crois-moi toujours

ton frère affectionné, *Vincent.*

Paris, le 14 oct. 1875

Cher Théo,

Encore un mot, rien qu'un petit mot pour me réconforter 43 N
moi-même, autant que pour t'encourager. Je t'ai conseillé de te

débarrasser de tes livres, et, certes, je te le conseille encore. Fais-le, tu y trouveras du repos. Mais tout en faisant cela, veille à ne pas tomber dans une étroitesse d'esprit qui te fasse craindre de lire ce qui est bien écrit. Car cela, c'est, au contraire, une *consolation* dans la vie.

> *Que toutes les choses qui sont véritables, toutes les choses qui sont honnêtes, toutes les choses qui sont justes, toutes les choses qui sont pures, toutes les choses qui sont aimables, toutes les choses qui sont de bonne réputation, et où il y a quelque vertu et qui sont dignes de louange, que toutes ces choses occupent vos pensées.*

Ne cherche que la lumière et la vérité, et *ne t'enfonce pas trop profondément dans* la *fange* du monde.

Comme j'aimerais t'avoir ici et te faire voir le Louvre et le Luxembourg ! Mais j'ai l'idée qu'un jour tu viendras, toi aussi, le temps aidant.

Pa m'a écrit un jour : « Mais n'oublie pas l'aventure d'Icare, qui voulut voler jusqu'au soleil et, qui, ayant atteint une certaine hauteur, perdit ses ailes et tomba dans la mer. »

Tu sentiras souvent que ni toi ni moi ne sommes ce que nous espérons devenir, que nous sommes encore loin de Pa et de bien d'autres hommes ; que nous manquons encore et de probité et de simplicité et de candeur. Ce n'est pas du jour au lendemain que l'on devient simple et naturel.

Tenons bon toutefois, *mais surtout ayons* patience. Ceux qui ont la foi ne sont pas pressés ; il y a pourtant une différence entre le désir de vouloir devenir des chrétiens et celui d'Icare de voler jusqu'au soleil. Je crois qu'avoir un corps relativement fort ne peut pas nuire. Veille donc à te bien nourrir, et si tu ressens parfois « une mauvaise faim » ou mieux : « de l'appétit », alors mange. Je t'assure que c'est ce que je fais assez souvent moi-même. C'est *surtout* ce que je faisais naguère. Mais mange surtout du pain, mon vieux, voilà ce que je crois. « Le pain est le soutien de la vie », disent les Anglais (bien que les Anglais aiment aussi manger de la viande, et même beaucoup trop de viande, en général !).

Bon. Maintenant, écris-moi de nouveau bien vite et sans oublier de me parler de la vie que tu mènes tous les jours.

Aie bon courage et fais mes amitiés à ceux qui pourraient

s'informer de moi ; encore neuf ou dix semaines et nous nous verrons, espérons-le. En pensée, je te serre cordialement la main.

Toujours ton frère affectionné, *Vincent.*

Paris, le 9 nov. 1875

Cher Théo,

Il est temps que tu entendes de nouveau parler un peu de 44 N
moi, mais, cette fois, ce sera court, un petit mot, car j'ai peu de temps. Merci pour ce que tu m'as envoyé, cela m'a fait grand plaisir.

Pour les autres autant que pour toi, je suis content que tu sois allé à Etten le jour de l'installation. Il faut m'écrire comment tu trouves que les choses se sont passées là-bas. L'oncle Vincent et Tante sont repartis hier, je suis encore retourné les voir.

A mon grand regret, je ne les ai pas vus au moment du départ. Ci-joint une petite lettre, remets-la à l'oncle quand tu le verras ; c'est pour lui expliquer comment il se fait que nous ne nous soyons pas vus à la gare.

Comme tout sent l'automne ! Tu vas sûrement parfois te promener. Te lèves-tu de bonne heure ? Moi, je le fais régulièrement ; c'est une bonne habitude à prendre. Elle est précieuse et m'est déjà très chère, cette première heure du petit jour. Le soir, presque toujours, je me couche tôt. Le matin, mon Anglais se prépare du gruau d'avoine. Que j'aimerais t'avoir un jour ici, le matin !

Bon. J'espère t'écrire bientôt plus longuement. Mais toi, réponds-moi rapidement et en toute franchise. Par la pensée, je te serre la main et suis toujours

ton frère affectionné, *Vincent.*

Paris, le 15 nov. 1875

Cher Théo,

45 N Ci-joint une petite lettre pour l'oncle Haanebeek. Je ne leur avais pas encore écrit depuis la mort d'Annette et j'éprouve le besoin de le faire.

Y vas-tu encore quelquefois ? Tu pourras peut-être, en tout cas, leur porter toi-même ma lettre.

Mon cher Anglais se prépare chaque matin du gruau d'avoine. Son père lui en a envoyé 25 livres. Comme j'aimerais que tu puisses un jour venir goûter cela !

Je suis content d'avoir rencontré ce garçon ! Il m'a appris bien des choses ; de mon côté, j'ai pu le mettre en garde contre certain danger qui le menaçait.

Il n'était jamais sorti de chez lui et, bien qu'il n'en laissât rien voir, il était pénétré d'une nostalgie, noble mais maladive, à l'égard de son père et de sa maison. Il les regrette avec une passion qui n'appartient qu'à Dieu et au ciel. L'idolâtrie n'est pas amour. Qui aime ses parents, doit suivre leur exemple sa vie durant. Il l'a clairement compris maintenant ; et tout en gardant au cœur une certaine tristesse, il a retrouvé le goût de vivre, et le courage.

Pa t'a-t-il dit un jour, comme à moi : « Garde ton cœur pour toutes choses, car c'est de lui que procèdent les sources de la vie. » Suivons ce conseil, et, alors, avec l'aide de Dieu, nous en sortirons. Bonne chance et crois-moi toujours

ton frère affectionné, *Vincent.*

Paris, le 4 déc. 1875

Cher Théo,

46 N Un simple petit mot, en hâte, parce que c'est demain la Saint-Nicolas.

C'est un bien beau jour, en Hollande, j'aimerais le revoir encore.

Ne trouves-tu pas, toi aussi, qu'il est temps que Noël arrive ? Nous en aurons des choses à nous dire !

Dommage que A. ne puisse pas venir ! J'espère tellement qu'elle passera, elle aussi, de beaux jours. En Angleterre, la fête de Noël est très particulière. Il est possible que si A. y passe les fêtes, ce soit pour elle l'occasion de s'attacher davantage à ceux qui l'entourent, que cela l'aide à s'y sentir chez elle.

Mon cher Anglais aussi (il s'appelle Gladwell) retournera passer quelques jours chez lui. Tu peux imaginer combien il est heureux, lui qui, jusqu'ici, n'est jamais vraiment sorti de chez lui.

Écris-moi bientôt de nouveau.

Fait-il aussi froid chez vous qu'il fait ici ? Gladwell et moi nous nous sentons très bien, le matin et le soir, près de notre petit poêle.

Je me suis remis à fumer la pipe. Il arrive que cela me fasse encore autant de plaisir qu'autrefois.

Amitiés à tous ceux qui pourraient s'informer de moi. Je te serre cordialement la main par la pensée et suis toujours

ton frère affectionné, *Vincent.*

Paris, le 9 déc. 1875

Cher Théo,

J'ai appris hier par chez nous ce qui t'arrive * et je veux t'écrire 47 N
tout de suite.

Si seulement je pouvais faire quelque chose pour toi !

Une caisse part ces jours-ci pour La Haye ; j'y mettrai du chocolat (Gladwell appelle cela « une consolation »). Je t'enverrai aussi le petit livre de Jules Breton, si toutefois je puis le récupérer, car je l'ai prêté.

Je suis très anxieux de savoir comment tu vas. Écris-moi donc bien vite un petit mot. Dis-moi en détail, si tu veux bien, comment tu te portes ces jours-ci. Comme je voudrais, Théo, être près de toi ! Mais que faire ? Il n'y a rien d'autre à faire, mon vieux. Dans quinze jours j'irai chez nous, et nous nous verrons. Espérons-le en tout

* Par le verglas, Théo était tombé dans la rue et s'était sérieusement blessé au pied.

cas, et que notre revoir ne sera pas moins joyeux, malgré ce qui est arrivé.

Si tu vois l'oncle Jan, fais-lui s.v.p. mes amitiés et remercie-le pour sa lettre. Il faut faire en sorte de te lier d'amitié avec lui. Je le connais peu, mais je sais que c'est « un homme en or ».

Comme il a fait froid ! Heureusement, depuis hier, on dirait qu'il va dégeler. Je ne m'en plaindrai pas.

J'ai encore beaucoup de travail ces jours-ci, à cause de l'inventaire, etc. et de diverses choses à terminer avant de partir.

Et maintenant, Théo, une cordiale poignée de main par la pensée. De tout cœur, du mieux, mon vieux. Toujours

ton frère qui t'aime tant, *Vincent.*

Paris, le 10 déc. 1875

Cher Théo,

48 N Par même courrier ce que je t'ai promis. Tu trouveras certainement que le livre de Jules Breton est un beau livre. Un de ses poèmes m'a particulièrement frappé, c'est *Illusions.* Heureux celui de qui le cœur est ainsi disposé.

« Toutes choses prouveront le bien de ceux qui aiment Dieu » est une belle parole. Tout ira donc très bien pour toi. Tu verras que l'arrière-goût de ces mauvais jours sera sans amertume.

Mais hâte-toi d'écrire comment tu vas et quand le docteur dit que tu iras mieux. Tu ne m'en as encore rien dit.

D'aujourd'hui en quinze, j'espère être à Etten, tu peux imaginer combien j'y aspire.

T'ai-je déjà raconté que je me suis remis à fumer la pipe ? J'ai retrouvé en elle un vieil ami fidèle et je crois que nous ne nous séparerons plus jamais.

Par l'oncle Vincent, j'ai appris que tu fumes, toi aussi.

Donne le bonjour à tout le monde, mais d'abord chez Roos. Nous avons tous les deux passé de bons moments dans cette maison ; nous y avons connu beaucoup de dévouement.

En ce moment nous avons en magasin « Le dimanche matin » d'Émile Breton. Tu le connais, sans doute ? On y voit une rue de village, des maisons de paysans, des granges, et, tout au fond, l'église, encadrée de peupliers. Tout cela sous la neige, avec de petits personnages noirs se dirigeant vers l'église. Ce tableau nous dit que, si l'hiver est froid, il y a des êtres au cœur chaud.

Porte-toi aussi bien que possible, vieux, et crois-moi toujours

ton frère affectionné, *Vincent.*

Les petits paquets de chocolat marqués d'une + sont pour toi, l'autre pour Mlle Roos. Fume les cigarettes avec les gens de ta maison. Au revoir !

Paris, le 13 déc. 1875

Cher Théo,

J'attendais ta lettre de ce matin avec impatience. Je suis très 49 N
content que tu ailles mieux. Le petit paquet qui t'est destiné n'a été expédié qu'aujourd'hui ; le livre de Jules Breton se trouve dedans.

Je languis après Noël, et de te revoir, mon vieux, mais cela viendra plus vite qu'on ne pense. Je partirai probablement d'ici dimanche en huit, dans la soirée.

Fais donc ce que tu peux pour obtenir un congé aussi long que possible. Maintenant que je te dise encore quelque chose (ne te formalise pas). Comme moi, tu as trouvé belles les poésies de Heine et de Uhland ; mais, mon vieux, prends garde que cela est à la fois beau et très dangereux. Ces illusions ne durent pas longtemps, ne t'y abandonne pas !

Si tu devais un jour te séparer des petits livres que j'ai copiés pour toi, ces livres de Heine et de Uhland te tomberont encore sous la main. Tu les liras alors avec d'autres sentiments, d'un cœur plus calme.

J'aime beaucoup Erckmann-Chatrian, tu le sais. Connais-tu *L'Ami Fritz ?*

Pour en revenir encore à Heine. Prends les portraits de notre père et de notre mère, et prends « Les adieux » de Brion. Et puis relis Heine, ayant ces trois choses sous les yeux ; tu verras sûrement ce que je veux dire.

Mais, mon vieux, note bien ceci (et je suppose que tu le sais) : je n'entends nullement te faire la leçon, te faire entendre des sermons, te faire la morale. Je sais que tu as dans le cœur ce que j'ai dans le mien ; c'est pourquoi je cause parfois sérieusement avec toi. Mais fais donc une fois l'expérience.

Et maintenant, dépêche-toi d'aller mieux ; écris-moi de nouveau bien vite.

Comment va Willem Valkis ? Fais-lui mes amitiés, à tout le monde dans la maison, et à tous ceux qui me connaissent ; aussi à van Iterson.

Nous avons pour l'instant un beau tableau de Schreyer qui représente un chariot avec des chevaux au soleil couchant dans un décor d'automne ; et aussi un Jacque magnifique, paysage sombre, avec des moutons. Comment trouves-tu le petit Jacque : « Labourage », qui est depuis un certain temps à La Haye ? Je te souhaite de tout cœur ce qu'il y a de meilleur et encore une fois : du mieux !

Toujours ton frère affectionné, *Vincent.*

Paris, 10 janvier 1876

Cher Théo,

50 N Je ne t'ai pas écrit depuis que nous nous sommes vus. Depuis lors une chose m'est arrivée qui n'a pas été pour moi tout à fait imprévue.

Quand j'ai revu M. Boussod, je lui ai demandé si l'honorable directeur trouvait bon que je sois encore occupé ici cette année, ajoutant que l'honorable directeur n'avait sans doute rien de bien grave à me reprocher.

Cette dernière hypothèse était pourtant la bonne et l'honorable directeur m'a pour ainsi dire tiré les mots de la bouche et fait dire que je quitterais la maison le 1er avril, me suggérant de remercier ces messieurs pour ce que j'ai pu apprendre pendant mon séjour dans l'affaire.

Quand la pomme est mûre, le moindre vent la fait tomber de l'arbre. C'est bien ici le cas. Il est vrai que j'ai fait des choses qui, en un certain sens, furent des erreurs. C'est pourquoi je n'ai pas grand'chose à redire.

Ce qu'il va falloir que je fasse maintenant, mon vieux, est encore pour moi relativement obscur. Mais nous verrons à garder bon espoir et courage.

Aie la bonté de faire lire cette lettre à M. Tersteeg ; l'honorable directeur peut le savoir ; mais je crois qu'il est préférable que, pour le moment, tu n'en parles à personne d'autre, que tu fasses comme si de rien n'était.

Écris-moi de nouveau bien vite et crois-moi toujours

ton frère affectionné, *Vincent.*

Paris, janvier 1876

Cher Théo,

Dans la première caisse à partir pour La Haye, tu trouveras divers 51 N
petits paquets. Aie la bonté de t'en occuper.

D'abord, un pour toi-même, dans lequel j'ai mis *Félix Holt.* Quand tu l'auras lu, envoie-le s.v.p. à Etten. Quand on en aura fini à Etten, retourne-le-moi ici s.v.p. à l'occasion, car il ne m'appartient pas. C'est un livre qui m'a beaucoup frappé, il en sera sans doute de même pour toi.

Il y a aussi un petit paquet pour M. Tersteeg et un pour madame ; un aussi pour Mauve et pour sa femme. J'ai écrit à Mauve pour lui dire qu'il te demande le livre sur Michel ; à l'occasion, montre-le-lui. Il y a aussi un petit paquet pour Pa, fais ton possible pour qu'il arrive à Etten à temps pour son anniversaire. Tu pourrais peut-être y ajouter le *Félix Holt,* et le lire, toi, après qu'il aura été à Etten. C'est peut-être ce qu'il y a de mieux à faire.

Dans le petit rouleau qui porte ton adresse, tu trouveras trois reproductions d'après Jules Dupré, une pour l'oncle Jan van Gogh, avec mes amitiés, et une pour Pa ; et puis, pour Pa aussi, une litho d'après Bodmer et une eau-forte de Jacque ; enfin une litho d'après Cabat, pour toi.

Cabat tient beaucoup de Ruysdaël ; il y a deux magnifiques tableaux de lui au Luxembourg, l'un qui représente un étang entouré d'arbres, l'automne, au coucher du soleil, l'autre, le soir d'un jour gris d'automne, un chemin le long d'un cours d'eau et quelques grands chênes.

Cette gravure d'après Jules Dupré est belle, elle provient d'un cahier de six, avec un portrait de Dupré. Le visage du peintre, si noble, si simple, me fait un peu penser à celui de Mauve ; mais Dupré est plus âgé et peut-être est-il, en réalité, différent de Mauve.

Tu fais bien de prendre des leçons d'anglais, tu ne le regretteras pas. Je t'enverrais bien volontiers un Longfellow et les contes d'Andersen. Je vais voir si je puis les trouver ; si je réussis, commence par lire Longfellow : *Évangéline, Miles Standish, Le Roi Robert de Sicile,* etc.

Je te redis bien le bonjour et te serre la main par la pensée.

Amitiés chez Roos, et à l'un ou l'autre qui demanderait après moi. Crois-moi toujours

ton frère affectionné, *Vincent.*

Une fois encore, salue pour moi l'ami Borcher.

Paris, 1876

Cher Théo,

52 N Merci pour ta lettre, écris-moi souvent car en ce moment j'ai grand besoin de tes lettres. Et puis écris longuement, en détail, parle-moi de choses quotidiennes. Tu verras que je vais le faire davantage, moi aussi. Ce que tu m'as raconté de Boks, comment il a installé son atelier, et que tu vas le voir de temps en temps m'intéresse. Tiens-moi bien au courant.

Nous nous sentons parfois bien seuls et souhaitons avoir des amis. Nous pensons que nous serions tout autres, plus heureux, si nous trouvions ça ; un ami de qui nous dirions : « Ça y est ». Mais, tu dois commencer à remarquer que cela cache beaucoup d'illusion sur soi-même et que, si nous y cédions trop, ce besoin, ce désir, contribuerait à nous écarter du chemin.

Une parole me hante ces jours-ci, c'est le passage qui sert de thème au sermon d'aujourd'hui : « Ses enfants chercheront à plaire aux pauvres. »

Et maintenant encore une nouvelle : mon ami Gladwell va déménager : l'un des employés de l'imprimerie l'a persuadé de venir demeurer chez lui. Il y avait déjà quelque temps qu'il s'y employait.

Je crois que Gladwell a pris ce parti sans réfléchir et je suis vraiment navré qu'il s'en aille. Ce sera bientôt, probablement à la fin du mois. Ces jours-ci, nous avons une souris dans notre « cabine » (tu sais que c'est le nom que nous donnons à notre chambre). Nous lui mettons du pain tous les soirs : déjà elle sait très bien où le trouver.

Je lis les annonces des journaux anglais et j'ai déjà écrit en réponse à quelques-unes ; comptons sur la chance.

Et maintenant, des amitiés chez Roos, et à d'autres qui pourraient s'informer de moi. Écris-moi de nouveau bientôt. Au revoir.

Si M. Tersteeg te parlait de moi par hasard, ne manque pas de me l'écrire.

Mes amitiés à l'honorable directeur toutes les fois que je t'écris.

Toujours ton frère affectionné, *Vincent.*

Paris, 2 février 1876

Cher Théo,

Voudrais-tu me faire un grand plaisir ? Tu connais l'édition à quinze *cents* des *Contes de la lune* d'Andersen, traduits par le pasteur ten Kate. Pourrais-tu, à l'occasion, m'en envoyer un exemplaire ? 53 N

Une caisse ne partira que demain pour La Haye, une caisse où je mettrai les petits paquets dont je t'ai parlé. Celui pour Pa ne pourra plus arriver à temps à Etten ; envoie-le aussitôt que possible.

Je n'ai encore jusqu'ici aucune réponse à diverses lettres que j'ai écrites en réponse à des annonces. L'oncle Vincent non plus ne m'a pas répondu. J'ai demandé à M. Obach si je pouvais inviter des personnes désireuses d'avoir des renseignements sur mon compte à s'adresser à lui et l'honorable directeur m'a répondu par une petite lettre empreinte des dispositions les plus favorables.

Enfin, mon vieux, allons tranquillement de l'avant, l'œil fixé sur ceux à qui nous pensons lorsque nous nous disons : « Qui nous verra faire le bien ? »

Au revoir. Des amitiés à ceux qui pourraient s'informer de moi. Et toujours

ton frère affectionné, *Vincent.*

Paris, 7 février 1876

Cher Théo,

54 N De tout cœur je te souhaite bonne chance à l'occasion de l'anniversaire de Pa. Beau sujet de sermon que le texte du 8 février : « Celui qui vous a appelé est fidèle, et c'est lui qui le fera. »

Ce que sera ce « le » pour notre Père et pour nous, nous l'ignorons, mais nous pouvons en un certain sens en laisser le soin à Celui de qui le nom est : « notre Père » et « Je serai celui qui sera ».

J'ai reçu aujourd'hui une lettre en réponse à l'une des miennes. On me demande si je puis enseigner le français, l'allemand et le dessin, et on me prie d'envoyer un portrait. Je réponds aujourd'hui même. Si j'apprends quelque chose de précis, je te l'écrirai sans tarder.

Merci pour le petit livre d'Andersen, je suis content de l'avoir ; c'est pour en faire la lecture à l'un des employés, avec qui je suis parfois sorti ces derniers temps ; un Hollandais.

Je suis allé hier dans une église anglaise d'ici. Ce fut pour moi une impression agréable que d'assister de nouveau à un service religieux anglais ; il y entre beaucoup de simplicité et de beauté.

Le sermon brodait sur la parole : « Le Seigneur est mon berger, je ne manquerai de rien. » Encore merci pour le petit livre d'Andersen. Une poignée de main par la pensée et des amitiés chez Roos. J'ai appris par chez nous que M. Tersteeg est allé à Etten. En hâte.

Toujours ton frère affectionné, *Vincent.*

Paris, 19 février 1876

Cher Théo,

55 N Merci pour ta récente lettre et pour le catalogue qui était dans la dernière caisse.

T'ai-je remercié pour les contes d'Andersen ? Sinon je le fais ici, par la présente.

J'ai appris par chez nous que tu feras, le printemps prochain, la tournée avec les nouveautés. Je suis sûr que tu n'y seras point opposé. Ce sera un bon exercice ; le voyage te donnera l'occasion de voir beaucoup de belles choses.

Dans la prochaine caisse, tu trouveras le Longfellow. Gladwell est venu me voir hier soir, comme tous les vendredis et nous en avons lu des passages.

Je n'ai pas encore lu *Hypérion,* mais j'ai entendu dire que c'était beau. Ces jours-ci, j'ai lu un beau livre d'Eliot, trois récits : *Scènes de la vie ecclésiastique.*

Le dernier surtout m'a frappé : *Le Repentir de Jeannette.* C'est la vie d'un pasteur qui visite surtout les habitants des rues les plus misérables d'une ville. Son bureau donne sur des jardins où poussent des trognons de choux et sur les toits rouges de maisons pauvres, avec leurs cheminées qui fument. A midi, pour son déjeuner, on lui sert du mouton mal bouilli, des pommes de terre délayées. Vers l'âge de trente-quatre ans, il meurt ; durant sa longue maladie, il est soigné par une femme qui s'adonnait naguère à la boisson, mais qui, grâce aux objurgations du prêtre et pour ainsi dire en s'appuyant sur lui, a triomphé de sa passion et trouvé le repos de l'âme. A l'enterrement du pasteur, on lit le chapitre qui comporte le passage : « Je suis la résurrection et la vie. Qui croit en moi vivra, même s'il était mort. »

Voici le samedi soir revenu. Ici, les jours ont des ailes, et le moment de mon départ approche. Aucune réponse encore de Scarborough.

Des amitiés et par la pensée une poignée de main.

Toujours ton frère affectionné, *Vincent.*

Amitiés chez Roos et aussi à v. Iterson.

Paris, 15 mars 1876

Cher Théo,

Merci pour ta dernière lettre. Si tu veux bien, remercie aussi 56 N
Mauve et sa femme pour la leur, qui m'a fait grand plaisir.

Je suis très désireux de voir les deux tableaux que Mauve destine au Salon.

Gladwell va peut-être reprendre son ancienne chambre ; il obtient l'emploi que j'avais à la Galerie.

Avez-vous eu à La Haye la même tempête qu'ici ? Depuis plusieurs jours, elle souffle presque sans interruption.

Sais-tu, moi, que si rien ne vient à la traverse, c'est à Etten que j'irai d'abord ? Je pense partir d'ici le 1er avril, peut-être le 31 mars.

Par chez nous, j'apprends que tu penses, toi aussi, passer par Etten au cours de ton voyage. Quand pars-tu ?

J'espère qu'une occasion se présentera de t'envoyer le Longfellow avant ton départ. Ce serait peut-être un bon livre à emporter avec soi. Le temps qui me reste à passer ici tire rapidement à sa fin. Même plus trois semaines ! Je pense aussi de temps en temps à la douceur et à l'humble patience.

Tante Cornélie m'a fait parvenir un beau livre à lire : *Kenelm Chillingly* par Bulwer-Lytton. Il y a beaucoup de belles choses là-dedans. Ce sont les aventures du fils d'un riche Anglais qui, ne pouvant trouver le repos et la paix dans son milieu, va vivre, espérant trouver, dans d'autres cercles de la société. Mais il finit par revenir vivre parmi les gens de sa condition, sans aucun regret de ce qu'il a fait.

Et maintenant, au revoir. Bon voyage. Bonne chance ! Vois beaucoup de belles choses, si ton départ a lieu avant ma prochaine lettre. Toujours

Ton frère affectionné, *Vincent.*

Paris, 23 mars 1876

Cher Théo,

57 N Voici le livre de Longfellow. Il va probablement devenir pour toi un ami.

J'ai encore répondu aujourd'hui à deux annonces. Je continue, bien que la plupart de mes lettres restent sans réponse. Mon séjour ici commence à diminuer sérieusement.

Tu verras sans doute beaucoup de belles choses au cours de ton voyage, bien que ce ne soit pas « ça » qu'on appelle le sentiment de la nature. Mais c'est tout de même un magnifique domaine. Pourvu que cela nous reste toujours !

Voilà que tu vas descendre et séjourner dans mainte auberge ; cela aussi procure quelquefois un plaisir très particulier. Tu le sais, je suis un jour allé à pied à Brighton ; je pense toujours avec plaisir à ce voyage. Les logements anglais sont souvent si plaisants. Longfellow décrit très bien cela dans *Contes de l'auberge du bord du chemin.*

Gladwell obtient l'emploi que j'avais à la Galerie et sera déjà au courant quand je partirai.

J'ai encore vu des tableaux destinés au Salon, notamment deux grands Gabriël, très beaux : un matin sur des herbages ; à travers la brume, au loin, on aperçoit une ville. L'autre était ce que nous appellerions « un brin de soleil dans l'eau ».

Aussi deux grands Xavier de Cock, l'un : un herbage entouré de peupliers, un soir du début de l'été ; dans le lointain, la métairie, des champs, une jeune fille qui ramène ses vaches à la ferme ; à l'avant-plan, une mare, près de laquelle trois vaches, une blanche, une noire et une rouge sont couchées dans l'herbe ; le soleil est déjà sous l'horizon. Le ciel est d'un jaune pâle, les arbres silhouettés sur le ciel.

J'écris en grande hâte ; tu dois t'en apercevoir à l'écriture.

Bon voyage et toujours

ton frère affectionné, *Vincent.*

Paris, 28 mars 1876

Cher Théo,

Encore un petit mot. Ce sera peut-être le dernier que je t'écris de Paris. 58 N

Je partirai probablement d'ici vendredi soir, pour être chez nous samedi matin, à la même heure qu'à Noël.

Hier j'ai vu un lot de cinq ou six toiles de Michel. Comme j'aurais voulu que tu sois là ! Des chemins creux dans un sol sablonneux, allant vers un moulin, ou bien un homme qui rentre chez lui à travers la lande de sable, et, par-dessus tout cela, des ciels gris, si simples et si beaux. J'imagine que les pèlerins d'Emmaüs voyaient la nature comme Michel la voit. Je pense toujours à eux quand je vois un de ses tableaux.

En même temps, j'ai vu une toile, et même une très grande toile de Jules Dupré. Aussi loin que porte la vue, un terrain noir, marécageux ; au deuxième plan, une rivière, et, à l'avant-plan, une grande mare près de laquelle on voit trois chevaux. L'une et l'autre reflètent un banc de nuages blancs et gris, derrière lesquels le soleil est déjà couché ; un horizon gris rougeâtre et pourpre, le haut du ciel d'un bleu pâle.

C'est chez Durand-Ruel que j'ai vu ces tableaux ; il y avait là aussi environ vingt-cinq eaux-fortes d'après Millet, autant de reproductions d'après Michel, et une quantité de gravures d'après Dupré, d'après Corot, d'après tous les autres artistes ; tout cela à un franc pièce ! C'était si tentant que je n'ai pu m'empêcher d'en prendre quelques-unes d'après Millet. J'ai acheté les trois dernières qui restaient de « L'Angelus du Soir ». A l'occasion, j'en enverrai naturellement une à mon frère.

Écris-moi encore et bientôt. Amitiés chez Roos, à M. et Mme Tersteeg et à tous ceux qui pourraient s'informer de moi. En pensée une poignée de main. Je reste

ton frère affectionné, *Vincent.*

Etten, 4 avril 1876

Cher Théo,

59 N Le matin du jour de mon départ de Paris, j'ai reçu une lettre d'un instituteur de Ramsgate. Il me propose de venir passer un mois chez lui sans salaire et dit qu'il verra, au bout de ce temps, s'il peut m'employer.

Tu peux te figurer comme je suis content d'avoir trouvé cela. J'aurai en tout cas la table et le gîte gratis.

Hier, je suis allé à Bruxelles avec Pa, c'était très triste avec l'oncle Hein.

Dans le train, Pa et moi avons parlé tableaux, entre autres des toiles de Rembrandt qui sont au Louvre et du portrait du bourgmestre Six ; et aussi surtout l'œuvre de Michel.

N'est-il pas possible de faire en sorte que Pa puisse voir le livre sur Michel ? Penses-y, si l'occasion se présente.

Je suis bien content de pouvoir te rencontrer encore avant mon départ et L. aussi.

Ramsgate est, tu le sais sans doute, une station balnéaire qui compte 120 000 habitants. Voilà ce que j'ai trouvé dans un livre ; je n'en sais rien de plus.

Et maintenant, à samedi ! Bon voyage. Et toujours

ton frère affectionné, *Vincent.*

Gladwell m'a accompagné vendredi soir à la gare. Le jour de mon anniversaire, il était chez moi le matin à 6 heures et demie pour m'apporter une très belle gravure d'après Chauvel : un paysage d'automne avec un troupeau de moutons sur une dune de sable.

4

Angleterre

Ramsgate et Isleworth
17 avril – 31 décembre 1876

Désormais le sage employé de la maison Goupil et Cie va se transformer en un être instable, inadapté, incapable de subvenir à ses besoins. Les aventures mystiques, sentimentales ou esthétiques les plus excessives dans lesquelles il va se lancer désormais font sa grandeur mais rendent sa vie matérielle si difficile que bientôt il dépendra entièrement de son frère. Celui-ci, fort heureusement, acquerra la confiance de MM. Boussod et Valadon et deviendra le chef de la succursale de la maison Goupil, boulevard Montmartre, et se fera, dans le commerce des tableaux, une place enviable. Ce qui lui permettra pendant près de dix ans de remettre à Vincent une mensualité variant entre cent cinquante et deux cents francs.

Après un séjour d'une quinzaine à Etten, il se rend à Ramsgate où il reste d'avril à juin. A cette époque M. Stokes transfère son école aux environs de Londres, dans une banlieue ouvrière, à Isleworth. Le mysticisme de Vincent prend une forme aiguë et il songe à se faire pasteur.

M. Stokes ne pouvant lui verser de salaire, il entre dans une autre école, celle de M. Jones, pasteur méthodiste, qui l'engage également comme aide-prédicateur. C'est ainsi qu'il a l'occasion de prononcer son premier sermon.

Mais il mène une existence épuisante et sa dernière lettre d'Isleworth témoigne de l'état d'exaltation dans lequel il vit. Quand il viendra passer les vacances de Noël à Etten, cet état inquiétera ses parents qui chercheront pour lui une place en Hollande.

Ramsgate, 17 avril 1876

Chers Père et Mère,

60 N Vous avez sûrement reçu le télégramme, mais vous devez souhaiter avoir des détails. J'ai écrit dans le train, et je vous envoie cela ; vous verrez ainsi comment s'est passé mon voyage.

Vendredi. Nous passerons aujourd'hui la journée ensemble.

Qu'est-ce qui est meilleur, la joie de se revoir ou la douce tristesse de la séparation ? Nous avons pris souvent congé l'un de l'autre. Il est vrai que, cette fois, il y a eu, des deux côtés, plus de tristesse que précédemment, mais il y a eu aussi plus de courage, parce qu'il y a plus de foi dans la chance et un plus grand besoin de bénir.

Ne semblait-il pas que la nature partageait notre émotion ? Depuis quelques heures le temps était devenu gris, et il faisait plus froid.

A présent, je regarde les herbages qui s'étendent au loin devant moi. Tout est calme. Le soleil s'enfonce derrière des nuages répandant sur la campagne une lumière dorée.

Pendant ces premières heures d'après notre séparation, que vous avez passées à l'église et moi dans la gare et dans le train, comme nous avons pensé l'un à l'autre, et comme nous avons pensé aux absents, à Théo, à A., aux autres petites sœurs et au petit frère ! Quand nous avons passé devant Zevenbergen *, j'ai pensé au jour où vous m'y avez conduit et où, debout sur le perron auprès de M. Provily, je regardais votre voiture s'en aller sur la route mouillée. Et aussi à la soirée où pour la première fois mon père est venu me voir. Et encore à ce premier retour chez nous, pour Noël.

Samedi et dimanche.

Combien j'ai pensé à A. sur le bateau. Tout m'y rappelait le voyage que nous avons fait ensemble.

Le temps était plus clair ; tout était beau, surtout sur la Meuse ; et aussi la perspective des dunes qui, vues de la mer, luisaient, toutes blanches, au soleil. La dernière chose que l'on put voir de la Hollande, c'était une tour grise, une petite tour. Je suis resté sur

* Ville de la province de Brabant où Vincent fut en pension.

le pont jusqu'au coucher du soleil, mais, à ce moment-là, il a fait trop froid.

Le lendemain matin, dans le train de Harwich à Londres, il a fait beau voir se lever l'aurore, les champs noirs, les prés verts avec des moutons, des agneaux, et, çà et là, une haie d'épines, quelques grands chênes aux troncs gris tout moussus aux branches noires. Dans le petit jour, le ciel était bleu, avec encore quelques étoiles et, régnant sur le tout, à l'horizon, une longue bande de nuages gris. Il ne faisait pas encore grand jour que déjà j'entendais l'alouette.

Le soleil se levait quand nous sommes arrivés près de la dernière station avant Londres. Le banc de nuages s'était dissipé ; le soleil avait pris sa place, aussi simple, aussi gros qu'on puisse l'imaginer, un vrai soleil de Pâques. L'herbe semblait couverte de gelée nocturne, blanche, et de rosée.

Mais je préférais l'heure grise où nous avons pris congé l'un de l'autre.

Samedi après-midi, je suis resté sur le pont jusqu'à ce que le soleil soit couché. Aussi loin que l'on pouvait voir, l'eau était d'un bleu foncé, franc, avec, çà et là, de hautes lames à crête blanche. Déjà la côte était hors de vue.

Le ciel était d'un bleu pâle, tout plat, sans un petit nuage.

Le soleil s'est couché ; un dernier rayon a fait scintiller l'eau. Le spectacle était grandiose, majestueux. Mais comme des choses plus simples, plus calmes, nous touchent plus profondément !

A Londres, le train pour Ramsgate ne partait que deux heures plus tard. Le voyage demande encore environ quatre heures et demie. Le trajet est plaisant ; nous sommes passés entre autres par une région un peu vallonnée.

Les pieds des collines sont couverts d'une herbe maigre ; les sommets, de chênaies. Elles ressemblent fort à nos dunes. Entre deux coteaux, on apercevait un village avec une église en pierre grise, couverte de lierre, comme le sont, d'ailleurs, la plupart des maisons. Les vergers étaient tout fleuris, le ciel d'un bleu pâle, avec des nuages gris et blancs.

Nous sommes passés aussi devant Canterbury, une ville où il reste beaucoup de monuments du Moyen Age. On y voit surtout une magnifique église, avec de vieux ormes tout autour ; bien souvent, j'avais vu, sur des tableaux, des paysages de cette ville. Mais vous imaginez si, longtemps d'avance, je cherchais Ramsgate du regard, par la portière !

Je suis arrivé vers une heure chez M. Stokes. Il n'était pas chez lui. Mais il rentre ce soir. En son absence il est relayé par son fils (vingt-trois ans, à ce qu'il me semble), maître d'école à Londres.

J'ai vu Mme Stokes à midi, à table.

Il y a vingt-quatre garçons de dix à quatorze ans (les voir manger est un plaisant spectacle). Et, donc, l'école n'est pas grande. La fenêtre donne sur la mer.

Après le repas, nous sommes allés nous promener sur la plage. Le pays est très beau, de ce côté. Les maisons qui donnent sur le large sont, pour la plupart, construites en un style gothique simple, en pierre jaune ; elles ont des jardins pleins de cèdres et d'arbustes toujours verts, au feuillage sombre. Il y a un port rempli de bateaux, fermé par des jetées de pierre sur lesquelles on peut se promener. Au-delà, c'est la mer à l'état nature, et c'est beau. Hier, tout était gris.

Le soir, nous sommes allés à l'église avec les garçons. Sur le mur de l'église, on peut lire : « Vous le voyez, je suis avec vous jusqu'à la consommation des siècles. »

A huit heures, les garçons vont se coucher ; ils se lèvent à six.

Il y a aussi un sous-maître, âgé de dix-sept ans. Lui, quatre garçons et moi dormons dans une autre maison, toute proche, où j'ai une petite chambre à laquelle il ne manque que quelques images aux murs.

En voilà assez pour aujourd'hui. Quelles bonnes journées nous avons eues ! Merci, merci pour tout. Bien des amitiés à tous, et, en pensée, une poignée de main de votre bien affectionné

Vincent.

Merci pour vos lettres, qui viennent d'arriver. Bientôt d'autres nouvelles, dès que j'aurai passé ici quelques jours et que j'aurai vu M. Stokes.

Ramsgate, 17 avril 1876

Cher Théo,

61 N Je suis bien arrivé ici hier à une heure, et l'une de mes premières impressions a été de constater que la fenêtre de l'école (une école pas très grande) donne sur la mer.

C'est plutôt un pensionnat et qui compte vingt-quatre garçons de dix à quatorze ans.

M. Stokes est absent de Ramsgate pour quelques jours. Je n'ai donc pas encore vu l'honorable directeur. Mais on l'attend ; il doit rentrer ce soir. Il y a aussi un sous-maître de dix-sept ans.

Hier soir et ce matin, nous avons fait tous ensemble une promenade sur la plage. Ci-joint un petit brin de varech.

Les maisons le long de la mer sont construites pour la plupart en pierre jaune, dans le goût de celles de l'avenue de Nassau à La Haye, mais plus hautes ; et elles ont des jardins pleins de cèdres et d'arbustes au feuillage sombre toujours vert. Il y a un port plein de bateaux de toutes sortes, protégé par des jetées de pierre sur lesquelles on peut se promener. Hier, tout était gris.

Je vais aller déballer mes valises, qui viennent d'être livrées, et accrocher quelques images aux murs de ma chambre.

Ces jours-ci, l'école est en congé. Je n'ai donc pas encore eu à donner des leçons. Je suis bien curieux de voir M. Stokes. Au revoir. Il faut que je sorte avec les garçons.

Toujours ton frère affectionné, *Vincent.*

Ramsgate, 21 avril 1876

Cher Théo,

Inclus tu trouveras un mandat-poste de 10 shillings. Aie la bonté de faire paraître dans l'un ou l'autre journal (décide toi-même lequel) l'annonce incluse pour tâcher de placer A. Si la somme ne suffisait pas, je t'enverrais ce qui manque ; si c'est trop, achète avec l'excédent quelque photographie, en vue du 21 mai à Etten *. 62 N

Mais dis-moi en tout cas ce que tu auras payé pour l'insertion. J'aimerais avoir l'adresse, cela peut encore servir.

M. Stokes n'est rentré qu'aujourd'hui, c'est un homme très grand, chauve, et qui porte des favoris. Les garçons semblent éprouver pour lui surtout du respect, et cependant aussi de l'amitié. Quelques

* Noces d'argent de leurs parents.

heures après son retour, il était déjà en train de jouer avec eux à la fossette.

Nous allons souvent sur la plage. Ce matin j'ai aidé les garçons à construire un fort avec du sable, comme nous faisions à Zundert dans le jardin. Je voudrais que tu puisses venir regarder ce qu'on voit par la fenêtre. La maison est bâtie sur un terrain découvert (toutes les maisons d'alentour sont semblables. C'est souvent le cas ici) ; au milieu de la plaine s'étend une grande pelouse, entourée d'une clôture en fil de fer et encadrée de lilas ; les garçons y jouent à l'heure de midi. La maison où se trouve ma chambre est aussi bâtie sur cette plaine.

Quand j'ai traversé Rotterdam et que je me suis aperçu que j'avais longtemps à attendre, j'ai été sur le point de pousser jusqu'à La Haye ; je suis même allé jusqu'à la gare. Puis j'ai renoncé, espérant aller y revoir tout le monde et toutes choses d'un cœur plus calme.

Je n'oublierai pas de sitôt le départ de chez nous, les adieux, par ce Vendredi saint. Le matin, nous étions allés à l'église, à de Hoeve *, et ensemble à la sainte Cène. C'est là que Père m'a dit : « Lève-toi. Allons-nous-en d'ici ! » L'après-midi, nous nous sommes levés et j'ai vu, par la portière, plantés sur le chemin, Pa et le petit frère qui regardaient le train.

* Petit village des environs d'Etten.

Dimanche midi, j'étais dans l'église, à Ramsgate, une parole inscrite sur le mur m'a beaucoup frappé. Tu verras laquelle dans la lettre de A. (que je joins à celle-ci pour que tu la lises).

Des amitiés chez Roos et à tous ceux qui pourraient demander après moi. Par la pensée, je te serre la main et suis toujours

ton frère affectionné, *Vincent.*

Écris bientôt.

Ramsgate, 28 avril 1876

Cher Théo,

Encore beaucoup d'anniversaires comme celui-ci ! De tout cœur, 63 N
en ce jour, mes souhaits de bonheur. Que notre affection l'un pour l'autre ne fasse que grandir à mesure qu'elle prendra de l'âge.

Je suis si content que nous ayons en commun tant de choses, non seulement les souvenirs du temps écoulé, mais aussi le fait que tu sois employé dans la même maison ou j'étais occupé moi-même ; qu'en conséquence tu connaisses tant de gens et de lieux que je connais, que tu aimes l'art et la nature autant que je les aime.

M. Stokes m'a dit qu'il a l'intention de déménager après les vacances (avec son école, évidemment) et d'aller s'installer dans un petit village au bord de la Tamise, à trois heures de Londres, à peu près.

Il y organiserait son école un peu autrement, et peut-être lui donnerait plus d'extension.

Que je te raconte maintenant la promenade que nous avons faite hier. C'était au bord d'une petite baie. La route qui y menait passait à travers des champs de jeune blé, le long de haies d'aubépine, etc.

Une fois là, nous avions à notre gauche une falaise abrupte, de sable et de pierre, de la hauteur d'une maison de deux étages. Tout en haut poussaient des buissons noueux d'aubépine dont les troncs et les branches, noirs ou couverts de mousse grise, étaient tous penchés du même côté ; avec aussi quelques pieds isolés de sureau.

La terre où nous marchions était couverte de grandes pierres grises, de craie, de coquillages. A notre droite, la mer, aussi plate qu'un étang, reflétait la lumière d'un doux ciel gris, où le soleil se couchait. Le flot se retirait, l'eau était très basse.

Merci pour ta lettre d'hier. Je trouve très gentil que Willem Valkis entre dans l'affaire. Donne-lui le bonjour de ma part. J'aimerais pouvoir encore me promener avec vous deux dans les bois, aller à Scheveningue.

Passe une bonne journée. Mes amitiés à tous ceux qui pourraient s'informer de moi. Et crois-moi

ton frère affectionné, *Vincent.*

Bonne chance aujourd'hui, mon vieux. Commence bien l'année. Qu'elle soit pour toi heureuse et prospère. Que tout se passe bien pour toi.

Par la pensée, je te serre cordialement la main. A Dieu.

Ramsgate, 1er mai 1876

Cher Théo,

64 N Merci pour ta lettre et pour avoir inséré l'annonce. Le mandat se trouvait-il bien dans la lettre ?

Hier, à midi, le vent soufflait si fort ici que M. Stokes n'a pas voulu laisser sortir les garçons. J'ai tout de même demandé la permission, pour six des plus âgés et pour moi, d'aller nous promener. Nous sommes allés sur la plage. La mer était houleuse. Avancer dans le vent était un exploit. Nous avons vu, remorqué par un vapeur, le canot de sauvetage revenir après avoir porté secours à un bateau échoué au loin sur un banc de sable. Il rentrait bredouille.

Je connais très bien le tableau de Willems. Le dessin de Mauve, dont tu me parles dans ta lettre, doit être beau. Tu vas donc quelquefois voir Mauve dans son atelier ?

Tu me demandes ce que je dois enseigner à ces jeunes garçons : surtout le français (les éléments). L'un d'eux a commencé l'allemand. Et puis, un peu de tout : l'arithmétique ; je leur fais faire des dictées, réciter leurs leçons, etc. Pour le moment, donner des leçons n'est, par conséquent, pas très difficile. Faire en sorte que ces garçons les apprennent sera plus dur.

Venons-en à ton anniversaire. C'est aujourd'hui le jour. En pensée je te serre la main, et te souhaite de tout cœur, encore une fois, toute la chance possible.

Il va sans dire que je dois aussi surveiller un peu les garçons en dehors des heures de classe. Mon temps est donc assez pris et le sera sans doute davantage. Samedi dernier, j'ai fait, le soir, la toilette de cinq ou six des jeunes gaillards, plutôt pour m'amuser, et parce que cela permettait d'être prêt à temps, que parce que j'y étais obligé.

J'ai aussi essayé de leur donner le goût de la lecture. J'ai pas mal de choses qui pourraient leur convenir : *Le vaste, vaste monde* *, par ex. etc. etc.

Et maintenant, bien le bonjour, merci pour tout, pour ta lettre, pour avoir mis les annonces, pour avoir envoyé le journal.

Toujours ton frère affectionné, *Vincent.*

Tu recevras ces jours-ci quelques petits recueils de chansons anglaises ; je marquerai d'un trait quelques-unes. Il y a là-dedans de bien jolies choses ; elles plaisent beaucoup surtout quand on les a souvent entendues.

Ramsgate, 6 mai 1876

Cher Théo,

En même temps que cette lettre, tu recevras les deux petits livres que je t'ai promis. J'y ai marqué d'un trait divers passages. Même en dehors de cela, tu trouveras certainement beaucoup de belles choses. Mais, comme je te l'ai écrit, c'est surtout quand on est dans le pays que l'on commence à les aimer. 65 N

Nous voici de nouveau samedi soir. Le temps aujourd'hui est de nouveau beau. En ce moment, la mer est très calme ; c'est marée basse, le ciel est d'un bleu pâle, délicat, avec, au loin, un rideau de brume. Ce matin de bonne heure, il faisait déjà beau ; alors tout était clair, là où maintenant la brume est levée.

La ville où nous sommes a quelque chose de très particulier ; le

* *The wide, wide world,* roman anglais d'Élisabeth Wetherall.

voisinage de la mer s'y trahit partout. Mais, ces traits-là, tu les connais, on les trouve aussi à La Haye et à Scheveningue. Vas-tu encore parfois chez l'oncle Cor ? J'ai parfois si grande envie de le voir ! Je lui ai encore écrit hier. Il faut que tu parles à M. Tersteeg de cette école où je suis. Ce sont vraiment des jours heureux, ceux que je passe ici, jour après jour ; pourtant *c'est un bonheur et une paix auxquels je ne me fie pas entièrement.* Mais une chose peut sortir de l'autre. L'homme n'est pas aisément satisfait ; tantôt il trouve qu'il a de la chance, puis le voilà de nouveau mécontent. Toutefois, je mets tout ceci entre parenthèses ; inieux vaut n'en pas parler. Plutôt suivre notre route en silence.

Passe un bon dimanche matin. Fais des amitiés à tout le monde chez Roos, aussi à M. et Mme Tersteeg, et à Betsy. En pensée, je te serre la main.

Ton frère affectionné, *Vincent.*

Ramsgate, 12 mai 1876

Cher Théo,

66 N Merci pour ta lettre. Je le trouve très beau, moi aussi, le cantique : « Conte-moi la vieille, la très vieille histoire ». Je l'ai entendu chanter pour la première fois à Paris, le soir, dans une petite église où j'allais parfois. Le n° 12 aussi est bien beau. Je regrette bien de n'être pas allé écouter Moody et Sankey quand ils étaient à Londres.

Il y a dans le peuple des grandes villes un tel désir d'assister au culte. Bien des ouvriers de fabrique, des employés de magasin ont une jeunesse singulièrement belle, pieuse. Mais la vie de la ville dissipe parfois « la première rosée du matin ». Pourtant le désir subsiste de la « vieille, vieille histoire ». Il reste au fond du cœur. Dans un de ses livres Eliot parle de la vie des ouvriers d'usines, etc. qui se sont attachés à une petite communauté et qui vont au culte dans une chapelle, dans « Lantern yard ». Elle dit : « C'est un royaume de Dieu sur la terre, rien de moins, rien de plus. »

Il y a quelque chose d'émouvant à voir des milliers de gens aller en foule écouter ces missionnaires.

Je trouve parfaite ton idée de donner « Après le départ », de Sadée, à Pa et Moe. C'est donc convenu. Peut-être W. y sera-t-elle déjà le 21 mai. Je vois d'après ta lettre que tu songes à y aller, toi aussi.

Vas-y, mon vieux, si tu peux arranger cela. Il y a parfois bien du bonheur à tirer de telles actions. Quelle surprise ce serait pour eux !

La dernière lettre de Moe avait quelque chose de mélancolique. Elle y parlait, d'un mot, d'un seul, de la nécessité qu'il y a pour nous d'être si loin de la maison. Et ses yeux la font de nouveau souffrir. Va, mon vieux, et que ta présence ce jour-là les égaie un peu.

Aujourd'hui à midi j'ai reçu le catalogue de l'exposition à Londres, que M. Read m'a envoyé.

Une poignée de main par la pensée. Mes félicitations à l'occasion de l'anniversaire de L. et de C. et aussi du 21 mai. Amitiés chez Roos. En hâte.

Ton frère affectionné, *Vincent.*

Ramsgate, 31 mai 1876

Cher Théo,

Bravo d'être allé à Etten le 21 mai ! Il est heureux que, sur six 67 N
enfants, quatre se soient trouvés à la maison. Pa m'a écrit tout au long comment les choses se sont passées. Merci aussi pour ta dernière lettre. T'ai-je déjà parlé de cette tempête à laquelle j'ai assisté récemment ?

La mer était d'un jaune d'ocre, surtout le long de la plage, et l'horizon était traversé d'une bande de lumière. Par là-dessus, les nuages roulaient, énormes, redoutables, d'un gris sombre ; la pluie en tombait en rayons obliques. Le vent envoyait dans la mer la poussière du sentier qui court sur les rochers, secouait les buissons d'aubépines en fleur et de mûriers sauvages qui poussent là.

A droite, c'étaient les champs de jeune blé vert et, tout au loin, la ville qui, avec ses tours, ses moulins, ses toits d'ardoise, ses maisons de style gothique, son port entre les deux jetées, ressemblait à ces villes qu'Albert Dürer a si bien gravées à l'eau-forte.

J'ai aussi regardé la mer pendant la nuit de ce dernier dimanche. Tout était sombre et bouché, mais, à l'horizon, le jour commençait à poindre. Bien qu'il fût très tôt, déjà l'alouette chantait, et les rossignols, dans les jardins au bord de la mer. Au loin, les feux du phare, du stationnaire, etc.

Au cours de cette même nuit, j'ai regardé par la fenêtre de ma chambre les toits des maisons que l'on voit de là et les cimes des ormes, noirs sous le ciel nocturne. Par-dessus les toits, une seule étoile, mais belle, grande, amicale. Et je pensais à nous tous, et aux années que j'ai déjà vécues, à nous chez nous ; et des mots me venaient aux lèvres : « Gardez-moi d'être un fils dont on puisse rougir, donnez-moi votre bénédiction, non parce que je la mérite, mais pour l'amour de ma Mère. Vous êtes amour, couvrez toutes choses. Sans votre bénédiction, rien pour nous ne peut réussir ! »

Voici un petit dessin de la vue qu'on a de la fenêtre de l'école. C'est par cette fenêtre que les garçons suivent du regard leurs parents quand ceux-ci leur ont rendu visite et s'en retournent vers la gare. Il en est plus d'un qui n'oubliera sûrement jamais la vue qu'on a de cette fenêtre. Il aurait fallu que tu la voies, cette semaine, par la pluie, surtout au crépuscule, quand les réverbères s'allumaient, que leurs lumières se reflétaient dans les rues mouillées.

Ces derniers jours, M. Stokes n'était pas toujours de très bonne humeur. Quand les garçons faisaient trop de bruit à son gré, il lui arrivait de les priver le soir de leur pain, de leur thé. C'est alors que tu aurais dû les voir, debout, devant cette fenêtre ! Le tableau ne manquait pas de mélancolie. Ces enfants ont si peu de chose à attendre, d'un jour à l'autre, en dehors de leur nourriture et de la boisson ! Je voudrais que tu puisses les voir descendre le petit escalier, traverser le petit couloir sombre et se diriger vers la table. Mais l'amitié du soleil ne luit pas moins sur tout cela.

Un autre endroit singulier de l'école, c'est la chambre au plancher pourri où se trouvent les six cuvettes où ils se lavent. Une avare clarté tombe sur les lavabos par la fenêtre aux carreaux cassés. Cela aussi est mélancolique. Je voudrais être ou avoir été un hiver avec eux, savoir comment les choses se passent, par le grand froid.

Les enfants m'ont fait une tache d'huile sur ton petit dessin. Excuse-les.

Ci-joint encore un petit mot pour l'oncle Jan.

Et maintenant, bonsoir. Si quelqu'un demandait après moi, dis-lui bonjour. Et si, un jour, venant à passer par chez lui, tu voyais Borcher, fais-lui des amitiés, et aussi à Willem Valkis, et à tout le monde chez Roos. Par la pensée, une poignée de main de

ton affectionné, *Vincent.*

Cher Théo,

Van Iterson est venu à l'instant me surprendre. J'ai trouvé cela gentil, venant de lui. Mais ce fut comme une visite d'un personnage de l'autre monde, tant il s'est passé de choses entre le temps où nous étions ensemble dans l'affaire et le jour d'aujourd'hui. 68 N

Voici *Le vaste, vaste monde* et un autre petit livre. Donnes-en un à Caroline.

Comme j'aimerais que tu puisses un jour venir voir tout ceci, toi aussi !

Samedi matin, à dix heures, j'espère aller me promener, aller à Londres voir Gladwell et d'autres personnes.

Que ne peux-tu venir te promener avec moi ! Une cordiale poignée de main par la pensée. Au revoir. Crois-moi

ton frère bien affectionné, *Vincent.*

Walwyn, 17 juin 1876

Cher Théo,

69 N Je suis parti l'autre lundi de Ramsgate pour Londres. C'est tout une balade. Il faisait terriblement chaud, dès le départ, et la chaleur a duré jusqu'au soir, au moment où je suis arrivé à Canterbury. Ce soir-là, je suis même allé plus loin : je suis arrivé près de quelques grands arbres, hêtres et ormes, au voisinage d'un petit étang ; et là, je me suis reposé. Le matin, dès le petit jour, à trois heures et demie, les oiseaux commençaient à chanter. Je me suis remis en route. A cette heure-là, il faisait bon marcher.

A midi, j'atteignais Chatham, d'où l'on voit, loin, par-delà les prairies basses, en partie inondées, plantées de quelques ormes, la Tamise pleine de bateaux. Je crois qu'il fait toujours temps gris dans cette région.

J'y ai croisé une voiture qui m'a porté un bout de chemin, sur près d'un mille ; après quoi le conducteur est entré dans une auberge. J'ai pensé qu'il y resterait un bout de temps, de sorte que j'ai continué à marcher. Je suis arrivé vers le soir dans les faubourgs de Londres qui me sont familiers et j'ai poursuivi mon chemin, en me promenant, vers la Cité, par les longues, longues, longues « roads ».

Je suis resté deux jours à Londres. Une fois de plus j'ai parcouru d'un bout à l'autre la ville pour rencontrer diverses personnes, entre autres un ministre protestant à qui j'avais écrit.

Voici la traduction de cette lettre. Je te l'envoie pour que tu saches que mon sentiment, au départ, c'est celui de « Père, je ne suis pas digne » et de « Père, soyez-moi miséricordieux ».

Si je pouvais trouver quelque chose, ce serait probablement un poste intermédiaire entre pasteur et missionnaire, dans les faubourgs de Londres, et parmi des ouvriers.

Théo, n'en parle encore à personne. Mon salaire chez M. Stokes sera très minime, probablement pas autre chose que la nourriture et le gîte, avec un peu de liberté pour donner des leçons. Et, si je ne dispose pas de loisirs, vingt livres par an, tout au plus.

Mais je poursuis. J'ai logé une nuit chez M. Read, et le jour suivant, chez M. Gladwell, où l'on fut pour moi des plus amical.

Le soir, en me souhaitant bonne nuit M. Gladwell m'embrassait et cela me faisait du bien. Je souhaite pouvoir, par la suite prouver mon amitié à son fils, ne fût-ce que de temps en temps.

Je voulais aller encore, le soir même, à Welwyn, mais les Gladwell m'ont retenu, oui : de force, à la lettre, donnant comme raison qu'il pleuvait à verse. Mais, à quatre heures du matin, la pluie s'étant un peu calmée, je me suis mis en route pour Welwyn.

Il m'a fallu d'abord faire toute une balade, d'un bout de la Cité à l'autre, quelque chose comme une dizaine de milles (à vingt minutes par mille). A 5 h. après midi, j'étais près de notre sœur, et pas peu content de la retrouver. Elle a bonne mine et, comme moi, tu aurais plaisir à voir au mur de sa chambre « Le Vendredi saint », Le Christ au jardin des Oliviers », une « Mater Dolorosa » etc. entourés de lierre en guise de cadre. Mon vieux, quand tu liras la lettre que j'ai écrite au ministre protestant, tu diras peut-être : « Il n'est pas si moche que ça ! » et pourtant si, il l'est. Mais, quoi qu'il en soit, pense tout de même à lui de temps en temps. En pensée une poignée de main de

ton frère affectionné, *Vincent*.

[*Lettre jointe.*]

Très honoré Monsieur,

Un fils de pasteur qui, obligé de travailler pour vivre, n'a ni le temps ni l'argent qu'il faut pour faire ses études au King's College et qui, pour cette raison, a déjà dépassé de quelques années l'âge où l'on y entre ordinairement, qui n'a même pas encore abordé les cours préparatoires, latin et grec, voudrait, malgré tout cela, tellement trouver un poste qui soit en relation avec l'Église, alors que celui de pasteur sorti de l'école supérieure est hors de sa portée. *69a* N

Mon père est ministre protestant dans un village de Hollande. Dès l'âge de onze ans, j'ai fréquenté l'école ; j'y suis resté jusqu'à ma seizième année. Il a fallu alors choisir un métier. Je ne savais lequel. Par l'intermédiaire d'un de mes oncles, associé de la maison Goupil et Cie, marchands d'objets d'art et éditeurs de gravures, j'ai trouvé un emploi dans cette maison, à La Haye.

J'y ai été occupé pendant trois années. De là, je suis allé à Londres, pour apprendre l'anglais, et de Londres, au bout de deux ans, à Paris. Diverses circonstances m'ont toutefois contraint de quitter MM. Goupil et Cie et je suis depuis deux mois instituteur à Ramsgate, à l'école de M. Stokes. Toutefois, mon but étant de trouver un poste qui soit en relation avec l'Église, je continue à chercher. Bien que n'étant pas préparé à une telle fonction, l'existence que j'ai menée, de voyages, de séjours dans plusieurs pays, de contacts avec des gens de toute sorte, riches et pauvres, dévots ou non, la diversité de mes occupations tant manuelles que de bureau, le fait aussi, peut-être, que je puis parler plusieurs langues, tout cela devrait pouvoir racheter l'infériorité de n'avoir pas fait d'études spéciales. Mais ce que je voudrais souligner, plutôt que des raisons pratiques, la chose pour laquelle surtout je me recommande à vous, c'est l'amour inné que je porte à l'Église, à tout ce qui intéresse l'Église, amour qui a pu parfois s'assoupir, mais qui s'est toujours réveillé ; c'est aussi, si je puis le dire, bien qu'avec le sentiment d'une grande insuffisance : l'amour de Dieu, et l'amour des hommes. Et enfin, quand je songe à ma vie passée et à la maison de mon père, dans notre village de Hollande, avec le sentiment qui inspire les paroles : « Mon Père, j'ai péché contre le ciel et contre Vous, je ne suis plus digne d'être appelé Votre fils. Faites de moi, pourtant, l'un de Vos serviteurs. Soyez-moi miséricordieux, pauvre homme que je suis. Lorsque je demeurais à Londres, c'est chez vous que j'allais à l'église ; je ne vous ai pas oublié. Aujourd'hui que je cherche un emploi, je vous demande votre appui. Abaissez sur moi un regard paternel, si vous croyez que je puisse trouver un tel emploi. Je n'ai été que trop laissé à moi-même. Je crois qu'un regard paternel, le vôtre, pourrait me faire du bien. Vous remerciant d'avance de ce que vous pourrez faire pour moi...

Isleworth, 5 juillet 1876

Cher Théo,

70 N Des jours pourraient venir où mon regard se reporterait en arrière avec une certaine tristesse sur les vaches grasses qui vont de pair avec d'autres emplois, par exemple l'avantage de « gagner plus

d'argent » ou, à maint point de vue, « d'être plus considéré dans le monde ». Je prévois ces jours-là.

Car il y a bien « abondance de pain » dans les maisons où j'entrerai, si je poursuis le chemin où je me suis engagé ; mais je n'y trouverai point profusion d'argent.

Et pourtant, je vois clairement luire une lumière dans le lointain, et si, de temps en temps, cette lumière disparaît, c'est, le plus souvent, de ma faute.

La question est surtout de savoir si j'irai bien loin dans cette voie, si les six années passées dans la maison de MM. Goupil et Cie, durant lesquelles j'aurais pu me préparer à cette fonction, ne pèseront pas éternellement bien lourd sur mon cœur. Pourtant je crois qu'en aucun cas, je ne pourrais retourner en arrière, même si une part de mon être le voulait *(plus tard ; ce n'est pas encore le cas aujourd'hui)*.

Ces jours-ci, il me semble que j'ai le sentiment qu'il n'y a pas d'autre activité pour moi sur la terre que celle qui va du métier de maître d'école à celui de pasteur, avec tout ce qui se situe entre les deux, c'est-à-dire : missionnaire, assistant paroissial pour Londres etc. Être missionnaire à Londres est, certes, un poste très intéressant, puisqu'il consiste à circuler parmi les pauvres et les ouvriers pour répandre les paroles de la Bible, et, si l'on a acquis un peu d'expérience, pour s'entretenir avec eux ; découvrir les étrangers qui cherchent du travail, s'efforcer de les aider ou d'aider des personnes qui, pour une raison ou l'autre, se trouvent dans l'embarras, etc.

Je suis allé à Londres plusieurs fois la semaine passée afin de m'informer s'il n'y a pas moyen d'arriver à trouver cela. Du fait que je parle plusieurs langues et aussi que j'ai rencontré, surtout à Paris et à Londres, des gens de pauvre condition et des étrangers, du fait aussi que je suis moi-même un étranger, il se pourrait que je convienne pour ce métier, et de plus en plus.

Mais il faut avoir au moins vingt-quatre ans ; j'ai donc, dans tous les cas, encore une année devant moi.

M. Stokes dit qu'il lui est impossible de me donner un salaire, attendu qu'il peut trouver autant de sous-maîtres qu'il veut en échange de la nourriture et du logement ; et cela est vrai. Mais cela peut-il durer ? je crains que non. Cela ne tardera pas à se décider.

Quoi qu'il en soit, mon vieux, je crois pouvoir te dire encore une fois ceci : que ces quelques mois m'ont tellement attaché au genre de vie qui va de celui de maître d'école à celui de prédicateur laïc, autant par les satisfactions qui les accompagnent que par les épines qui m'ont blessé, que je ne puis plus reculer.

Donc, aller de l'avant. Mais que des difficultés très particulières soient dès à présent apparentes, qu'on en voie d'autres dans l'avenir, et qu'on soit là dans un tout autre élément que le commerce de MM. Goupil et Cie, cela je puis te l'assurer.

Puis-je m'attendre à recevoir les *petites* gravures « Christus Consolator » et « Remunerator » que tu m'as promises ?

Écris-moi vite, si tu peux trouver un moment, mais envoie ta lettre chez Pa et Moe, car mon adresse peut changer d'un jour à l'autre et ils seront les premiers à connaître la nouvelle.

La semaine dernière, je suis allé à Hampton Court, voir les jardins, qui sont magnifiques, et les longues allées de tilleuls et de marronniers où des quantités de corneilles et de freux ont fait leurs nids ; aussi pour voir le palais, les tableaux. Il y a là, entre autres choses, beaucoup de portraits par Holbein, qui sont très beaux, deux beaux Rembrandt (le portrait de sa femme et celui d'un rabbin) et aussi de beaux portraits italiens par Bellini, Le Titien, un tableau de Léonard de Vinci, des cartons de Mantegna, une belle toile de Ruysdaël, des fruits par Cuyp, etc. etc.

J'aurais voulu que tu sois là aussi. Voir de nouveau des tableaux m'a été bien agréable.

Et d'instinct, je pensais aussi, intensément, à ceux qui ont vécu à Hampton Court, à Charles Ier, à sa femme (celle qui disait : « *Je te remercie, mon Dieu, de m'avoir faite Reine, mais Reine malheureuse* », et sur la tombe de qui Bossuet parla d'abondance, laissant largement déborder son cœur. As-tu les *Oraisons funèbres* de Bossuet ? Tu y trouveras cette oraison-là. Il en existe une édition à très bon marché (à cinquante centimes, je crois). Je pensais aussi à Lord et à Lady Russell, qui ont dû aller souvent à Hampton Court (Guizot décrit leur vie dans *L'amour dans le mariage*. Lis cela, si tu t'en sens capable).

Ci-joint une petite plume de l'un des freux.

Écris bientôt, si tu peux, car il me tarde de te lire. Et crois-moi, avec une poignée de main par la pensée,

ton frère affectionné, *Vincent.*

Isleworth, 8 juillet 1876 c/o Jones Esq. Holme Court

Cher Théo,

Ta lettre et les gravures sont venues merveilleusement me 71 N
surprendre ce matin, tandis que j'étais au jardin, en train de sarcler les pommes de terre.

Merci pour tout cela. Les deux gravures « Christus Consolator » et « Remunerato » sont déjà accrochées dans ma petite chambre au-dessus de mon pupitre.

Dieu est juste ; il saura donc éclairer ceux qui errent et leur montrera le droit chemin. C'est à cela que tu as pensé quand tu as écrit : « Pourvu que cela puisse arriver. » J'en suis moi-même à hésiter, en plus d'un sens ; pourtant j'espère encore. Ne t'inquiète pas de ce que tu appelles « ta vie facile ». Va tranquillement ton chemin. Tu es plus simple que moi, tu t'en tireras probablement plus tôt que moi, et mieux.

Ne te fais pas trop d'illusions sur la liberté dont je jouis ; j'ai mes limites, de toutes sortes, et humiliantes ; et cela ne fera que croître avec le temps. Mais la parole qui se trouve au-dessus de Christus Consolator : « Il est venu pour prêcher aux prisonniers leur libération » est toujours vraie ; elle est encore vraie aujourd'hui.

J'ai maintenant une prière à t'adresser. Autrefois, quand j'étais à La Haye, j'allais chez un homme, M. Hille, qui donnait des cours d'instruction religieuse ; et qui, en ce temps-là, demeurait dans Bagijnestraat. Il s'est donné pour moi beaucoup de peine, et bien que je ne le lui aie point laissé voir, ce qu'il disait a fait impression sur moi. J'ai à cœur de lui dire encore ne fût-ce qu'un petit mot, et de lui faire plaisir si possible.

Va lui rendre visite si tu as un moment et si tu trouves son adresse. Dis-lui que je suis devenu maître d'école et que (qui sait ?) j'occuperai plus tard quelque poste dans l'Église. C'est un homme tout simple et qui, je crois, a rencontré beaucoup de difficultés. Je me suis dit souvent, quand j'étais chez lui, quand je le regardais : « La fin de sa vie lui apportera la paix. » Donne-lui de ma part le petit dessin ci-inclus.

Comme j'aimerais aller jeter un coup d'œil chez Mauve ! Ce que tu me décris, ce que tu as vu, le soir où tu es allé chez lui, je le vois comme si cela se passait devant moi. Écris-moi bientôt de nouveau. Bonne chance et crois-moi

ton frère qui t'aime tant, *Vincent.*

Mes compliments s.v.p. à M. Tersteeg, à sa femme et à Betsy, à tout le monde chez Roos, et si tu vois d'autres personnes. Mais ne parle pas de moi. Comme tu vois, je suis après tout arrivé tout de même dans l'autre école. Ci-joint deux prospectus. Si tu peux recommander ce pensionnat à quelque personne qui voudrait envoyer son fils en Angleterre, fais-le.

Isleworth, 2 août 1876

Cher Théo,

72 N J'ai appris par chez nous que tu viendrais encore à la maison pendant que A. et L. y seraient. Écris-moi si c'est chose faite.

M. Jones est rentré hier avec sa famille. J'avais décoré de verdure le réfectoire des garçons, dessiné « Welcome home » sur le mur avec du houx et du lierre, et mis sur la table de gros bouquets.

Il y a beaucoup de houx dans notre jardin ; on a coupé toutes les branches de quelques vieux arbres ; ils sont maintenant hérissés de jeunes pousses, tout blancs, ou jaunâtres, avec une petite feuille rose par ci par là. C'est ravissant. J'en ai cueilli une grosse botte que j'ai mise sur la table.

M. Jones m'a demandé si je pourrais savoir combien coûteraient en Hollande cinquante livres de beurre. Si ce n'est pas trop cher, il en ferait venir régulièrement. Demande donc ce renseignement à Mlle Roos et écris-le moi le plus tôt possible.

Les pensionnaires ne vont pas tarder à arriver.

As-tu jamais bien lu l'histoire d'Élie et d'Élisée ? Je l'ai relue ces jours-ci et je t'envoie ci-joint ce que j'en ai copié pour toi. C'est tellement beau, tellement émouvant ! Et puis j'ai lu aussi, dans les *Actes* l'épître de saint Paul : quand il est debout sur la plage et qu'on lui saute au cou pour l'embrasser. Et ce mot de Paul m'a frappé : « Dieu console les simples. »

C'est Dieu qui fait de nous des hommes, qui peut faire que notre vie soit riche de moments élevés, de dispositions élevées de l'âme. La mer s'est-elle faite toute seule ? Ou le chêne ? Mais des hommes comme Pa sont plus beaux que la mer.

N'empêche que la mer est bien belle. Chez M. Stokes, il y avait beaucoup de punaises, mais la vue que l'on avait de la fenêtre de l'école faisait oublier les punaises.

Le cœur d'un homme sensuel « peut se sentir saisi d'un violent désir » à voir ceux qui œuvrent et s'empressent avec ardeur au service de Celui qui les a pour ainsi dire enflammés, baignés dans l'Esprit Saint. Et ceux-là, oh ! leur œil ne s'embue-t-il pas de larmes quand ils repensent à leur jeune âge, « aux bienfaits dont Il les a comblés » ? Pourtant la paix supérieure dont ils jouissent vaut mieux que le repos trompeur qu'ils connaissaient auparavant. Le *vrai* repos, la vraie paix ne commence que « quand il n'y a plus rien en quoi l'on puisse se reposer », quand « il n'y a plus de joie sur terre, sinon en Dieu ». Alors monte d'eux le cri : « Malheur à moi ! », ils supplient : « Qui me délivrera du cadavre de ce mort ? » N'empêche que ce moment-là sera le meilleur moment de leur vie. Bienheureux ceux qui atteignent à ce haut lieu !

Ces choses-là, je les ai entendu dire par deux hommes : un à Paris, le pasteur Bersier qui, dans l'angoisse d'une grande souffrance physique qui l'attendait, s'écria au cours d'un sermon : « Qui me délivrera de ce cadavre ? » d'une voix qui fit, je crois, frissonner tout ce qui était dans l'église. Et j'ai entendu Pa le dire (dans un sermon, quand j'étais chez nous, en avril). Mais Pa le disait sur un ton plus doux, d'autant plus pénétrant, et il ajoutait (son visage, alors, était comme celui d'un ange) : « Les bienheureux là-haut disent : Ce que vous êtes maintenant, je l'étais avant tout ceci ; ce que je suis, vous le serez un jour. »

Entre Pa et eux, là-haut, il y a encore un morceau de vie ; entre nous et Pa aussi, il y a la vie. Celui qui est là-haut peut faire de nous les frères de Pa ; Il peut aussi nous lier, toi et moi, étroitement l'un à l'autre, et de plus en plus à mesure que le temps passera. Qu'il en soit ainsi ! Car tu sais, n'est-ce pas, mon vieux, j'espère que tu sais combien je t'aime ?

Hier, j'ai fait une belle promenade le long de la Tamise. Sur l'autre rive, on voyait des villas magnifiques et leurs jardins. Par là-dessus, un ciel comme en ont peint Ruysdaël et Constable.

Et maintenant, en pensée une poignée de main. Fais mes amitiés chez Roos, à tout le monde et crois-moi

ton frère affectionné, *Vincent.*

Isleworth, 18 août 1876

Cher Théo,

73 N Je suis allé hier chez Gladwell, qui est chez lui pour quelques jours. Il est arrivé une chose bien triste dans sa famille. Sa jeune sœur, une jeune fille pleine de vie, dix-sept ans, des cheveux noirs, de beaux yeux sombres, a fait à Blackheath une chute de cheval. Relevée sans connaissance, elle est morte cinq heures plus tard, sans avoir repris conscience.

Dès que j'ai su ce qui était arrivé, et que Gladwell était chez ses parents, j'y suis allé. Je suis parti le matin à onze heures ; par une longue marche, j'ai gagné Lewisham c'est-à-dire que j'ai traversé Londres de bout en bout. A cinq heures j'étais chez Gladwell. Ils étaient rentrés de l'enterrement. Toute la maison était en deuil. Être là m'a fait du bien.

Le sentiment que j'éprouvais était une impression de gêne, de confusion, à la vue de cette grande douleur. Elle m'inspirait du respect. « Bienheureux ceux qui pleurent, bienheureux ceux qui sont tristes, mais toujours joyeux. Bienheureux les simples de cœur, Dieu les consolera. Bienheureux ceux qui rencontrent l'amour sur leur chemin, qui sont étroitement unis en Dieu et l'un à l'autre. Car toutes choses concourent en leur faveur. »

J'ai parlé longuement avec Harry, jusqu'au soir, et de tout, du royaume de Dieu, de sa Bible. Causant toujours, nous avons fait les cent pas dans la gare. Ces instants-là, qui ont précédé notre séparation, nous ne les oublierons pas de sitôt.

Car nous nous connaissons si bien ! Son travail était mon travail ; les gens qu'il connaît, je les connais aussi ; sa vie était ma vie. Il m'a été donné de remonter très loin dans l'histoire des membres de cette famille, moins parce que je connais tous les détails de leur histoire que parce que je les aime, parce que je comprends leur façon de vivre, leur climat, les dispositions de leur être.

Donc, nous nous sommes promenés de long en large, avec Harry, dans cette gare, au sein de cet univers quotidien, mais le sentiment en nous n'était pas celui de tous les jours. Ces moments-là sont courts ; nous avons dû rapidement prendre congé l'un de l'autre.

Du train, c'était un beau spectacle que de voir Londres noyée dans l'ombre, Saint-Paul et d'autres églises au loin.

Je suis descendu à Richmond d'où je suis allé à Isleworth, le long de la Tamise. Une très belle promenade : à gauche, des parcs avec des peupliers, des chênes, des ormes ; à droite, le fleuve où les grands arbres se miraient. Il faisait une belle soirée, presque solennelle. A dix heures et quart j'étais rentré.

Merci pour ta dernière lettre. Tu ne m'avais pas encore écrit que Mme V. était morte. Que de fois je l'ai reconduite chez elle ! Comme j'aurais aimé aller me promener avec vous à de Hoeve ! Je fais souvent de l'Histoire Sainte avec les garçons. Dimanche dernier, je leur ai fait une leçon sur la Bible. Le matin et le soir, nous en lisons ensemble des passages, nous chantons, nous prions. Et c'est très bien. Nous le faisions aussi à Ramsgate et, quand ces vingt et un enfants des rues et des marchés de Londres disaient dans leur prière : « Notre Père qui êtes aux cieux, donnez-nous aujourd'hui notre pain quotidien » j'ai plus d'une fois pensé au cri des petits des corneilles. Le Seigneur les entend, il m'était agréable de prier avec eux et d'incliner la tête, peut-être plus bas qu'ils ne faisaient eux-mêmes, en prononçant les mots : « Ne nous induisez pas en tentation, mais délivrez-nous du mal. »

Je suis encore tout plein de l'émotion d'hier. Comme j'aurais voulu consoler ce père ! Mais je restais là, devant lui, embarrassé. Avec le fils, oui je pouvais parler. Il y avait quelque chose de sacré, hier, dans cette maison.

As-tu jamais lu *Vie pour vie* par l'auteur de *John Halifax* ? Tu trouverais cela très beau. Comment va ton anglais ?

Ce fut pour moi un grand plaisir que de faire encore une fois une longue promenade. On ne se promène que très peu, ici à l'école. Quand je songe à la vie agitée que je menais l'an dernier, à Paris, alors qu'ici, maintenant, il m'advient de ne pouvoir, de toute la journée, franchir le seuil de la porte ou, du moins, de ne pas sortir du jardin, il m'arrive de me dire : « Quand retournerai-je dans ce monde-là ? » Si j'y retourne, ce sera probablement pour y faire un tout autre travail que l'an dernier. Mais je crois que j'aime encore mieux faire de l'Histoire Sainte avec les garçons que de me promener. On se sent comme en sécurité dans l'Histoire Sainte.

Et maintenant fais mes amitiés chez Roos et à ceux qui pourraient te demander de mes nouvelles. En pensée une poignée de main. Il te souhaite ce qu'il y a de meilleur,

ton frère qui t'aime tant, *Vincent.*

Ci-joint une lettre pour Mauve, tu peux la lire. Je crois qu'il est bon de ne pas oublier ses anciennes connaissances. C'est pourquoi je corresponds encore de temps en temps avec l'un, avec l'autre, aussi à Paris, avec Soek et avec d'autres.

J'écris dans l'intervalle entre les heures de classe, et toujours en vitesse, comme tu vois. Si tu peux persuader quelqu'un de lire *Scènes de la vie ecclésiastique* d'Eliot, et *Felix Holt,* tu feras de bonne besogne. Le premier de ces livres est tellement beau !

Isleworth, 26 août 1876

Cher Théo,

74 N Ci-joint un petit billet pour M. Tersteeg ; j'étais encore à Paris la dernière fois que je lui ai écrit. Il était temps que je lui écrive de nouveau, bien que nous ne nous soyons jamais perdus de vue depuis que j'ai quitté La Haye.

Il fait une matinée splendide. Le soleil luit sur le terrain de jeux, à travers les grands acacias ; il baigne les toits, les fenêtres qu'on voit au-delà du jardin où l'on voit déjà des fils de la Vierge. Le matin, il fait tout frisquet. Les garçons courent en tous sens, pour se réchauffer. Le soir, dans leur dortoir, j'espère leur raconter l'histoire de Jean et de Théagène. Il m'arrive, le soir, de leur raconter des histoires, par exemple *Le Conscrit* de Conscience et *Madame Thérèse* d'Erckmann-Chatrian et *Le 31 décembre* de Jean-Paul (que je t'envoie en même temps que celle-ci), les *Contes* d'Andersen : *L'histoire d'une mère, Les petits souliers rouges, La petite marchande d'allumettes, Le roi Robert de Sicile,* de Longfellow, etc. Parfois aussi, quelque haut fait de l'histoire de la Hollande.

Chaque jour je fais avec eux de l'Histoire Sainte. Et cela vaut mieux que de s'amuser.

Plus un jour sans prier Dieu, sans parler de Dieu. Propos qui ne sont encore que peu de chose, mais, avec l'aide et la bénédiction de Dieu, cela deviendra quelque chose de mieux.

T'ai-je jamais parlé de ce tableau de Boughton : « La marche des pèlerins » ? C'est vers le soir. Un chemin sablonneux, poussiéreux conduit par-dessus des coteaux vers une montagne sur laquelle est perchée la ville sainte, éclairée par le soleil qui se couche derrière les nuages gris. Sur le chemin, un pèlerin qui s'en va vers la ville, un pèlerin déjà fatigué, interroge une femme en noir, debout sur la route, une femme dont le nom est « triste mais toujours joyeuse ». Il lui demande :

– *Le chemin monte donc toujours ?*
– *Oui, il montera jusqu'au bout.*
– *Le voyage dure jusqu'au soir ?*
– *De l'aube à la nuit, mon ami.*

Le paysage que le chemin traverse est très beau ; une lande brune où croît la bruyère, avec, çà et là, des bouleaux, des sapins, des étendues de sable jaune, et au loin, à contre-soleil, des montagnes.

Plutôt qu'une peinture, c'est à proprement parler, une inspiration.

Je t'écris entre les leçons. Je viens justement de m'en échapper, et je me suis promené entre les haies, avec Jean et Théagène, pour étudier le texte de près. Comme je voudrais que tu voies un jour ce terrain de jeux, et le jardin qui est derrière au crépuscule ! A l'intérieur du bâtiment d'école, la lumière du gaz tremblote ; on entend la rumeur des voix des garçons en train d'apprendre leurs leçons. De temps en temps, l'un d'eux se met à fredonner quelques notes de la mélodie d'une chanson ou de l'autre et quelque chose monte en moi de « l'ancienne confiance ». Ce que je voudrais être, je suis bien loin de l'être encore, mais avec l'aide de Dieu, ce que je veux réussira.

Merci pour ta carte-lettre. M. Jones n'a pas encore décidé ce qu'il fera. Amitiés à tous ceux qui pourraient demander de mes nouvelles.

En pensée, une poignée de main de

ton frère bien affectionné, *Vincent.*

Encore un petit mot. Je viens de raconter l'histoire de Jean et de Théagène, d'abord dans la chambre où dorment la plupart des garçons, puis dans la pièce de l'étage où quatre autres élèves sont couchés dans l'obscurité. Mais, quand j'eus fini de parler, tous étaient endormis. Ce n'est pas étonnant ; ils ont tant couru aujourd'hui, sur la pelouse ! Et puis je ne m'exprime pas sans difficulté en anglais. Comment mon langage sonne à des oreilles anglaises, je l'ignore ; mais c'est en parlant que j'apprendrai. Je veux dire que je pense que le Seigneur m'a accepté tel que je suis, avec tous mes défauts, et bien que je sache qu'il existe une acceptation encore plus étroite, sur laquelle je compte, d'ailleurs, et que j'espère.

Il faudra, demain soir, que je raconte la même histoire au sous-maître et aux deux plus âgés des garçons qui restent levés plus tard que les autres. Ces trois-là et moi nous mangeons le soir notre pain ensemble. Pendant que j'étais, ce soir, en train de raconter, j'ai entendu en bas l'un des garçons jouer sur le piano : « Conte-moi la vieille, la très vieille histoire. »

Il est tard déjà et, d'après le règlement de l'école, je n'ai pas le droit de rester levé aussi tard. Je viens de fumer une pipe sur le terrain de jeux. Il faisait si beau, dehors, même dans la petite cour intérieure où se tient le cochon, pendant une grande partie de l'année (il n'y est pas en ce moment). Il est bien agréable d'errer ainsi partout, le soir, en haut, en bas.

Maintenant, mon vieux, bonne nuit. Dors bien, et, le soir, quand tu pries, pense à moi comme je pense à toi. Bonne nuit. En pensée une poignée de main de

Parfois les cœurs affligés
S'emplissent à déborder
Et tels, devant ce spectacle,
S'interrogent, ignorant
Que Dieu, à leurs fontaines,
Très loin a fait pleuvoir.

ton frère qui t'aime tant, *Vincent.*

Isleworth, 3 octobre 1876

Cher Théo,

J'ai appris, par chez nous, que tu es malade. Que je voudrais, 75 N
mon vieux, être près de toi ! Hier soir, en me promenant je suis allé jusqu'à Richmond et, tout au long de la route, je ne cessais de penser à toi. Il faisait une belle soirée grise. Tu sais que chaque lundi soir, je vais à l'église méthodiste. J'y ai encore dit hier quelques mots pour commenter la parole : « Rien ne me plaît qu'en Jésus-Christ, et en Lui tout m'est agréable. »

Mais comme j'aimerais être près de toi. Ah ! pourquoi sommes-nous tous tellement éparpillés. Mais qu'y faire ?

Je t'envoie sous ce pli une lettre des tantes de Zundert ; tu sais que tante Bet s'est tellement blessée. Je leur ai écrit que, si c'est possible, toi et moi irions à Zundert à Noël, en nous promenant.

Ci-joint copie de quelques-uns des *Psaumes*, tu aimeras peut-être les lire ces jours-ci *.

Si tu peux, écris-moi bientôt un petit mot.

Il y a eu samedi huit jours, j'ai fait une longue marche jusqu'à Londres, où j'ai entendu parler d'un poste qui dans l'avenir pourrait bien donner quelque chose. Les pasteurs dans des localités situées au bord de la mer, par exemple à Liverpool et à Hall, ont souvent besoin d'assistants paroissiaux capables de parler plusieurs langues, afin de s'entretenir avec les marins, avec les étrangers, et aussi pour visiter des malades. Un salaire serait même attaché à ces fonctions.

Je suis parti ce matin très tôt, à quatre heures. Le parc d'ici était beau cette nuit, avec ses sombres allées d'ormes, le chemin mouillé qui le traversait, le ciel de pluie, d'un gris foncé, par-dessus, et, très loin, un orage.

Quand le jour est venu, j'étais dans Hyde Park, où déjà les feuilles tombent des arbres. La vigne-vierge était d'un si beau rouge contre les maisons ! Il faisait du brouillard. A sept heures j'étais à Kensington où je me suis un peu reposé dans la même église où je suis allé tant de fois, naguère, le dimanche. Dans Londres, je suis allé chez l'un, chez l'autre, aussi au magasin de Messieurs Goupil

* Psaumes 23, 91 et 121.

et Cie où j'ai vu les dessins que Van Iterson a recueillis en voyage. Ce fut pour moi un plaisir de revoir les villes et les prés de Hollande.

Cette peinture de Artz, ces moulins au bord d'un chemin de halage, je trouve cela assez beau. Tu as vraiment une belle vie en perspective, Théo. Il faut te tenir en bonne santé. Van Iterson est-il rentré ?

J'ai été si content de le revoir. Il te rapporte *Le vaste, vaste monde.* Lis cela ces jours-ci, les premiers chapitres, surtout, sont si beaux, si vraiment simples. Lis aussi un peu Longfellow, par exemple : « Je vois les lumières du village briller à travers le brouillard et la pluie. Un sentiment de tristesse m'envahit auquel mon âme ne peut résister. »

Et maintenant, mon vieux, je te serre la main en pensée, à toi et à l'oncle Jan. Au revoir. Courage. Porte-toi mieux, et écris-moi bientôt comment tu vas, en me renvoyant la lettre des tantes. Pauvre tante Bet ! Quels vieux amis nous sommes ! Oh ce Zundert, y penser me semble parfois presque insupportable. Au revoir, mon vieux, Dieu fasse que nous soyons de plus en plus des frères ! Qu'Il nous unisse de plus en plus étroitement l'un à l'autre et que notre amour pour Lui fortifie de plus en plus ces liens. Amitiés très cordiales à l'oncle Jan et aussi à tous chez Roos, de la part de

ton frère qui t'aime tant, *Vincent.*

Paris aussi doit être bien beau en ce moment. L'an dernier, quand nous le pouvions, Gladwell et moi, nous allions ensemble le dimanche chez tant d'amis, dans tant d'églises ! Nous partions le matin et ne rentrions que le soir, parfois très tard. Notre-Dame est si belle en automne, le soir, entre les marronniers. Mais il y a, à Paris, quelque chose de bien plus beau encore que l'automne et que les églises, et ce sont les pauvres. Je pense parfois à beaucoup de ceux que j'ai connus là-bas.

Quand Van Iterson te donnera ce petit recueil de chansons anglaises, lis donc le n° 14.

Isleworth, 7 octobre 1876

Bien cher Théo,

Nous voilà de nouveau samedi, je t'écris donc encore un petit 76 N
mot. J'ai si grande envie de te revoir. Oh ! comme il m'arrive de désirer cela ! Écris-moi bientôt un petit mot, pour me dire comment tu vas.

Nous avons fait, mercredi dernier, une belle promenade qui nous a conduits dans un village, à une heure d'ici. La route qui y menait traverse des herbages, des champs, entre des haies d'aubépine, de mûres sauvages et de clématite, et, de loin en loin, un grand orme. C'était si beau à l'heure où le soleil s'est couché derrière les nuages gris, et que les ombres étaient longues ! Nous sommes tombés par hasard sur l'école de M. Stokes, où plusieurs des garçons que je connais séjournent encore.

Les nuages restèrent longtemps encore d'un rouge ardent après le soleil couché, alors que le crépuscule envahissait déjà la campagne et qu'on voyait s'allumer au loin les réverbères du village.

J'étais encore en train de t'écrire quand M. Jones m'a appelé pour me demander si cela me ferait plaisir d'aller pour lui me promener à Londres, pour aller toucher de l'argent. Le soir, lorsque je suis rentré, il y avait là par chance une lettre de Pa, avec des nouvelles de toi. Mon vieux, si tu savais comme j'aimerais être près de vous deux ! Dieu merci, tu vas mieux, bien que faible encore. Et comme tu dois avoir envie de voir Moe ! J'apprends aussi que tu iras chez nous avec elle et cela me fait penser au passage dans Henri Conscience :

> *J'ai été malade. Mon esprit était fatigué, mon âme désenchantée, mon corps souffrant. Moi, que Dieu a doué au moins d'énergie morale et d'un vaste instinct d'affection, je tombais dans l'abîme du plus amer découragement et je sentais avec effroi un poison mortel se glisser dans mon cœur rétréci. J'ai passé trois mois dans La Bruyère : vous savez cette belle contrée où l'âme rentre en elle-même et jouit d'un délicieux repos, où tout respire le calme et la paix ; où l'âme, en présence de la création immaculée de Dieu, secoue le joug des convenances, oublie la société et se dégage de ses liens avec*

la vigueur d'une jeunesse renaissante ; où chaque pensée revêt la forme de la prière, où tout ce qui n'est pas en harmonie avec la fraîche et libre nature sort du cœur. Oh ! là l'âme fatiguée rencontre la tranquillité, là l'homme épuisé rencontre une force juvénile. Ainsi se sont passés mes jours de maladie... Et le soir donc ! Être assis sous le large manteau de la cheminée, les pieds dans la cendre, l'œil fixé sur une étoile qui là-haut m'envoie son rayon par l'embouchure de la cheminée, comme pour m'adresser un appel ; ou bien, plongé dans une vague rêverie, regarder le feu, voir les flammes naître, s'élever, haleter, pétiller et supplanter l'une l'autre comme par envie pour lécher la marmite avec leurs langues de feu, et songer que c'est là la vie humaine : naître, travailler, aimer, grandir et disparaître *.

M. Jones m'a promis que je pourrais dorénavant être moins astreint à enseigner, et, dans quelque temps, être occupé dans sa paroisse à visiter les gens, à parler avec eux etc. Dieu bénisse cette activité qui m'incombe !

Que je te parle encore de ma promenade à Londres. Je suis parti vers midi ; entre 5 et 6 heures, j'étais où je devais aller. Parvenu dans le quartier, près du Strand, où sont la plupart des marchands de tableaux, j'ai rencontré beaucoup de connaissances. C'était précisément l'heure du repas et beaucoup de gens étaient dehors, venant des magasins ou rentrant chez eux. D'abord ce fut un jeune pasteur qui a prêché ici une fois et de qui j'ai fait alors la connaissance. Puis j'ai rencontré l'employé de M. Wallis, ensuite un des messieurs Wallis en personne. Je n'étais allé qu'une fois chez lui, dans le temps. Il a maintenant deux enfants. Puis j'ai croisé M. Read et M. Richardson, qui, eux, sont déjà de vieux amis. L'an dernier, vers cette époque-ci, M. Richardson était à Paris, et nous nous étions promenés ensemble au Père-Lachaise.

Après cela, je suis allé chez Van Wisselingh, où j'ai vu les cartons de deux vitraux d'église. Au milieu de l'un d'eux, on voyait le portrait d'une dame âgée, au très noble visage, avec, en haut, cette inscription : « Que ta volonté soit faite » ; dans l'autre vitrail, le portrait de la fille de la dame, avec cette légende : « La foi est la ferme assurance des choses qu'on espère et la preuve de celles qu'on ne peut voir. » Là et dans la salle d'exposition de MM. Goupil et

* En français.

Cie, j'ai vu de beaux tableaux et dessins. C'est une profonde jouissance que d'être ainsi rappelé chaque fois par l'art à la Hollande.

Dans la Cité, je suis encore allé chez M. Gladwell et à l'église Saint-Paul. De là, à l'autre extrémité de Londres, où j'ai voulu rendre visite à un jeune garçon qui avait dû quitter l'école de M. Stokes pour cause de maladie. Je l'ai rencontré dans la rue, beaucoup mieux portant. Puis j'ai gagné l'endroit où je devais aller pour toucher l'argent de M. Jones.

Les faubourgs de Londres ont une beauté singulière. Entre les petites maisons avec jardin, il y a des espaces libres, en pelouse, et le plus souvent occupés en leur milieu entre des arbres et des buissons par une église, par une école ou par un bâtiment qui est un refuge. Il y fait quelquefois si beau, quand le soleil se couche, rouge à travers le fin brouillard d'une belle soirée.

Il en était ainsi hier soir. J'aurais beaucoup aimé que tu aies pu voir les rues de Londres quand, le crépuscule tombant, les réverbères s'allumaient, tandis que tous, les gens, les choses, regagnaient leur maison. Tout révélait qu'on était un samedi soir. Partout, le sentiment qui régnait était celui de la paix, la satisfaction de sentir que dimanche était proche. Oh ! ces dimanches, et ce qui se fait, ce qui s'opère, ce jour-là ! C'est un tel repos, un tel réconfort pour les quartiers pauvres, les rues turbulentes !

Dans la Cité, il faisait sombre, mais quelle belle promenade le long de cette succession d'églises devant lesquelles on passe ! Tout près du Strand, j'ai pris un omnibus, qui m'a conduit beaucoup plus loin. Il était tard. Je suis passé devant la petite église de M. Jones et, dans le lointain, j'en ai vu une autre, où bien qu'il fût si tard, la lumière brûlait encore. Là, j'ai mis pied à terre et me suis trouvé devant une très belle petite église catholique romaine où des femmes étaient en prière. Puis j'ai atteint le parc sombre dont je t'ai déjà parlé dans une lettre. De là, j'ai vu, dans le lointain, les lumières d'Isleworth, l'église avec le lierre, le cimetière et ses saules pleureurs, au bord de la Tamise.

J'espère recevoir demain, pour la deuxième fois, un peu d'argent dans ma nouvelle église, et avec cet argent m'acheter des souliers neufs et un nouveau chapeau. Et puis, si Dieu le veut, me renipper un peu.

On vend partout, dans Londres, d'odorantes violettes, qui fleurissent ici deux fois l'an. J'en ai acheté pour Mme Jones, pour lui faire un peu oublier l'odeur de ma pipe, que je fume maintenant de temps en temps mais surtout tard le soir, sur la pelouse, car le tabac d'ici est un peu fort.

Théo, guéris bien vite, et lis cette lettre à Moe, si elle est près de toi. Je voudrais tellement être près de vous deux ! Je suis tout de même très content que M. Jones ait promis de me donner quelque chose à faire dans sa paroisse. Je finirai, petit à petit, par trouver ce qui me convient.

J'ai parfois tellement envie de vous voir. Une cordiale poignée de main pour toi. Serre pour moi la main de Moe si elle est assise près de toi. Beaucoup d'amitiés à tous chez Roos et à tous ceux que je connais, à tout le monde surtout chez M. Tersteeg. Dis à Moe comme j'ai trouvé merveilleux d'enfiler, après mon expédition dans Londres, une paire de chaussettes tricotées par elle.

Le lever du soleil a encore été si beau ce matin. Je vois chaque jour se lever l'aurore, quand je vais réveiller les garçons. Au revoir.

Ton frère qui t'aime tant, *Vincent.*

Isleworth, 13 octobre 1876

Chers Mère et Théo,

77 N Les garçons partent demain chez eux, et puis j'ai reçu mon argent. J'ai demandé à M. Jones de me laisser aller passer ces trois jours près de vous. Mon cœur est si près de vous ! Cela ne dépend plus que de vous deux. M. Jones me laissera aller si vous me dites : « Tu peux venir ». Outre que je serais si content de m'asseoir près du lit de Théo, j'aimerais aussi beaucoup parler avec maman, et, si possible, aller aussi un jour, à Etten, voir mon père et parler avec lui. Ce ne serait que pour peu de temps. Je ne pourrais être qu'un jour près de vous, deux au plus.

Lundi dernier je suis retourné à Richmond et j'ai commenté les mots : « Il m'a envoyé pour prêcher l'Évangile aux pauvres ». Mais, qui veut prêcher l'Évangile doit d'abord l'avoir dans son cœur. Oh ! que je puisse l'y trouver, car seules les paroles dites avec simplicité et qui sortent du cœur peuvent porter des fruits.

Peut-être retournerai-je encore une fois à Londres ou à Lewisham ces jours-ci. J'y ai donné des leçons d'allemand aux fillettes de

M. Jones. Après la leçon, je leur ai raconté *La Reine des Neiges* d'Andersen.

Écrivez donc si possible par retour du courrier si je puis venir. La dernière lettre de Moe m'a fait tant de plaisir.

J'espère pouvoir rendre visite ces jours-ci à l'école de M. Stokes. Et puis m'acheter une paire de chaussures neuves, et me renipper. La vue qu'on a par la fenêtre de votre petite chambre doit être bien belle maintenant ! Vous savez que je la connais et depuis longtemps. Nous avons actuellement beaucoup de pluie ici. Il en est sans doute de même aussi chez vous. A Noël, j'aurai quinze jours ou trois semaines pour aller en Hollande. Si A. pouvait venir aussi nous pourrions peut-être y aller ensemble. Nous voilà de nouveau allant peu à peu à la rencontre de l'hiver. Tâchez seulement d'être de nouveau tout à fait bien portants à ce moment-là.

C'est tout de même merveilleux que Noël tombe en plein hiver. Mon vieux Théo, je me réjouis tellement de pouvoir quand il fera froid, aller faire un tour du côté de Turnham Green.

Quand je pense ainsi à toi comme à « celui qui console sa mère et qui est digne d'être consolé par elle », c'est pour t'envier. Mais tu es malade. Dépêche-toi d'aller mieux !

Hier, j'ai demandé à M. Jones de me laisser partir. Il n'a pas voulu consentir. Mais, pour finir, il a dit : « Écrivez à votre mère. Si elle trouve que c'est bien, moi aussi ! »

Quel beau poème, celui de Genestet : *Sur les sommets de la souffrance*, et *Quand j'étais un enfant* *.

A présent, une poignée de main à vous deux et à la famille Roos et à Willem et à d'autres si vous en voyez que je connais. Hâte-toi de me faire savoir comment tu vas, et crois-moi

ton frère qui t'aime tant, *Vincent*.

Cher Théo,

Je te suis bien reconnaissant pour ta petite lettre et pour les 78 N
quelques lignes de Moe. Nous attendrons donc jusqu'à Noël. Que Dieu nous accorde alors de nous revoir en paix. « Ma maladie n'est

* Poète néerlandais (1829-1861). Vincent transcrit les deux poèmes en entier.

pas grave ». Non, car « La peine vaut mieux que le rire ». Le bras de Dieu soutient le malade. Ces jours de maladie suggèrent d'autres idées, de nouveaux desseins qui ne seraient point suscités en nous si nous n'avions pas été malades. Atteindre pendant ces jours-là une foi plus claire, trouver une confiance plus solide, cela n'est pas mauvais.

« La détresse de l'homme est la chance de Dieu », c'est quand nous sommes faibles que nous sommes forts. La maladie consacre à Dieu l'homme bien portant et enseigne à se bien porter. Dépêche-toi d'aller mieux, mon vieux. Oh ! comme il me tarde d'être à Noël !

Hier, j'étais dans l'église de M. Jones pour aider à tout préparer pour ce soir. Un pasteur de Leicester va venir faire une conférence sur la Réforme, qu'il expliquera par des projections de lanterne magique, avec des images de ce temps-là.

J'ai déjà vu quelques-unes des plaques ; elles sont dans la manière de Holbein. Tu sais que beaucoup de peintres et de dessinateurs ici travaillent dans ce style-là ; il y avait notamment une très belle image du mariage de Luther.

Lundi dernier, un « thé d'anniversaire » a été offert dans cette église. Il y avait tout juste un an qu'elle était ouverte. Deux cent cinquante personnes au moins ont été reçues et traitées. Puis M. Jones et d'autres prédicateurs ont parlé jusque très tard dans la soirée.

Il fait beau temps, ici, en ce moment, et surtout le soir dans les rues, quand il y a un peu de brouillard et que les réverbères sont allumés, et aussi dans le parc dont je t'ai déjà parlé dans mes lettres. J'y ai vu il y a quelques jours, le soleil se coucher derrière les ormes dont les feuilles ont maintenant la couleur du bronze. L'herbe était comme veloutée de cette poussière d'eau, dont A. parle dans ses lettres. A travers ce parc serpente un ruisseau où nagent des cygnes. Les acacias, sur la pelouse où jouent les enfants, ont déjà perdu beaucoup de leurs feuilles. Je les vois par la fenêtre placée devant mon pupitre ; parfois, ils se silhouettent en noir sur le ciel ; d'autres fois, on voit le soleil se lever derrière eux, rouge dans le brouillard.

Que l'hiver viendra vite ! Tout de même, il est bien heureux que Noël tombe en hiver. C'est pour cette raison que l'hiver m'est plus cher que n'importe quelle autre saison de l'année.

Quelle merveille ce sera de descendre la Tamise, et de passer la mer ! Puis ce seront les gentilles dunes de Hollande, et la petite tour, que l'on aperçoit de si loin !

Que nous nous voyons rarement, mon vieux, et comme nous voyons peu nos parents ! Et pourtant, si fort est en nous le sentiment de nos origines et celui que nous avons l'un pour l'autre, que parfois le cœur se soulève et que le regard monte vers Dieu et supplie : « Ne me laissez pas m'égarer trop loin d'eux, pas trop longtemps, Seigneur. »

Mon vieux, au revoir. Je te souhaite toute la chance possible. Des amitiés chez Roos et aux autres connaissances, si tu en vois. Et crois-moi, après une poignée de main en pensée,

ton frère qui t'aime tant, *Vincent.*

Isleworth

Cher Théo,

Il est de nouveau temps, et plus que temps, que tu entendes parler de moi. 79 N

Merci Dieu que cette amélioration continue ! Il me tarde tellement d'être à Noël ! Le moment sera là que nous ne nous en serons pas aperçus bien que cela semble si loin encore.

Théo, ton frère a parlé pour la première fois dimanche dernier dans la maison de Dieu, c'est-à-dire au lieu dont il est dit : « J'apporterai la paix en ce lieu. » Je t'envoie ci-joint copie de ce que j'ai dit. Puisse ce sermon être le premier de beaucoup d'autres * !

Il faisait une claire journée d'automne et ce fut une belle promenade d'ici à Richmond, le long de la Tamise où se miraient les grands marronniers chargés de feuilles jaunes, le ciel bleu pâle, et, entre les faîtes des arbres, la partie de Richmond qui s'étale sur le coteau, les maisons avec leurs toits rouges, leurs fenêtres sans rideaux, leurs jardins verts, les tours grises par-dessus et, tout en bas, encadré de hauts peupliers, le grand pont gris sur lequel on voyait aller et venir les passants, petites silhouettes noires.

J'avais un peu l'impression d'émerger à la lumière amie du jour au sortir d'un souterrain sombre quand je me trouvai dans la chaire.

* Voir le texte de ce sermon à la fin de la partie « Angleterre », p. 144.

C'est pour moi une chose merveilleuse que de penser que, désormais, où que j'aille, j'irai prêcher l'Évangile. Pour *bien* faire cela, il faut avoir l'Évangile dans son cœur. Que le Seigneur veuille bien m'en donner le pouvoir !

Tu connais assez la vie, Théo, pour savoir combien un prédicateur *pauvre* se trouve isolé dans le monde, mais il est possible à Dieu d'éveiller, peu à peu, notre conscience, de nous donner cette confiance que dispense la foi :

Et pourtant je ne suis point seul,
Le Père est avec moi.
Je sais sur quel roc j'édifie :
Qui compte sur Votre aide, il ne se trompe pas.

Mais, mon vieux, comme il me tarde que vienne Noël, et de vous revoir tous ; j'ai de nouveau l'impression d'avoir vieilli de plusieurs années au cours des quelques mois qui viennent de s'écouler.

Hier soir, je suis retourné à Richmond et je me suis promené dans une grande prairie entourée d'arbres, parmi des maisons qu'une tour dominait. L'herbe était humide de rosée. Le crépuscule descendait. Il allait faire nuit. Déjà le soleil était sous l'horizon mais, du côté où il venait de se coucher, le ciel était encore enflammé de lumière, tandis que, de l'autre côté, la lune se levait. Une vieille dame, vêtue de noir, avec de beaux cheveux gris, déambulait sous les arbres. Au milieu de l'herbage, les garçons avaient allumé un grand feu qu'on voyait haleter au loin, et je songeais au poème :

Une fois, au soir de ma vie,
Las de souffrir et de lutter,
Pour chaque jour à moi donné,
D'un chant de gloire Te louerai
Plus haut, plus pur, et plus sublime.

Au revoir. Une poignée de main en pensée de

ton frère qui t'aime tant, *Vincent.*

Jeudi en huit, j'espère parler de Jean et de Théagène dans l'église de M. Jones. Ton frère était bien ému, quand il s'est trouvé au pied de la chaire, qu'il a incliné la tête et s'est mis à prier : Abba * Père, que tout commence à Votre nom.

Des amitiés à M. et Mme Tersteeg, à tout le monde chez Roos et chez van Iterson, et si tu voyais, par hasard, l'un ou l'autre que je connais.

Isleworth, 10 novembre 1876

Cher Théo,

J'éprouve le besoin d'ajouter un petit mot pour toi. 80 N

Tu vas passer chez nous de bien bonnes journées. Je t'envie presque, mon vieux. Le bel automne que nous avons ! Tu vas voir, toi aussi, le soleil se lever. Dans quelle chambre dors-tu ?

Si tu pouvais pendant ces jours te procurer *L'Imitation de Jésus-Christ*, lis-en des passages. C'est un livre magnifique, et qui apporte beaucoup de lumière.

Il y est si bellement exprimé là-dedans (car celui qui a écrit ce livre a lui-même éprouvé ce dont il parle) comme il est bon de mener le saint combat de la foi, de l'observation du devoir, quelle joie profonde on peut trouver à bien faire, à faire *bien* ce que l'on fait.

Lis donc ma lettre à Pa et à Moe. J'ai fait de si belles promenades, ces jours-ci, et qui m'ont fait du bien, après l'oppression des premiers mois passés ici.

Tout est très bien ainsi. Il est bon que chaque jour ait sa peine et son agrément. Mais que la vie doit être affreuse, surtout plus tard, quand le malheur de chaque jour va grandissant quant aux choses du monde, lorsqu'il n'est pas soutenu, consolé par la foi. Mais toutes choses au monde peuvent être rendues meilleures en Christ, et pour ainsi dire sanctifiées.

Belle parole et bienheureux ceux qui la comprennent : « Rien ne me plaît qu'en Jésus-Christ. En lui toutes choses me plaisent ». Mais on n'y vient pas d'un seul coup. Toutefois, celui qui cherche trouve.

Écris la prochaine fois que Pa et Moe m'écriront, ajoute un petit mot. J'espère retourner à Richmond lundi soir et choisir pour thème : « Et quand il était encore loin, son père l'aperçut et fut touché de compassion. »

* Père, en araméen.

Théo, malheur à moi si je ne prêchais pas l'Évangile, si je n'avais l'Évangile devant les yeux, si je n'avais pas espoir et confiance en le Christ. Je n'aurais sur moi que malheur, alors que maintenant, mon malheur est accompagné d'un peu de courage.

J'aurais bien voulu que tu eusses pu être toi aussi jeudi soir à Turnham Green, dans la petite église ; j'y suis allé, en me promenant, avec les aînés des garçons de l'école et leur ai raconté quelques-uns des contes d'Andersen, notamment *L'histoire d'une mère.*

Nous allons maintenant doucement vers l'hiver que beaucoup de gens appréhendent. Elle est pourtant merveilleuse, la fête de Noël ! Comme aussi la mousse sur les toits, les sapins, le houx, le lierre dans la neige ! Comme j'aimerais arriver chez nous en même temps que A. ! Je lui écris encore aujourd'hui.

Une des servantes est partie aujourd'hui. Elles n'ont pas la tâche facile. Celle-ci n'a pas pu supporter plus longtemps ce qu'on exigeait d'elle. Comme chacun, riche, pauvre, fort ou faible, connaît des heures où il ne peut aller plus loin, où « toutes ces choses sur quoi nous avions bâti semblent se tourner contre nous, où tout s'écroule ».

Et pourtant, ne pas renoncer, garder courage ; Élie a dû prier sept fois. Et David ? Combien de fois a-t-il la tête couverte de cendres ?

Parce que je vais devoir travailler davantage à Turnham Green, un nouveau sous-maître est arrivé à l'école. Il n'était jamais sorti de chez lui. Sa vie, au début, ne sera pas facile.

Et maintenant une poignée de main en pensée. Il est déjà tard et je suis un peu fatigué. Bonne chance et pense parfois à

ton frère qui t'aime si ardemment, *Vincent.*

Isleworth, 17 nov. 1876

Très Chers Père et Mère,

81 N Tant mieux que tout continue à aller mieux pour Théo. Il a déjà pu aller se promener avec Pa vers het Heike dans la neige ! Bravo ! que j'aurais aimé y aller avec vous deux ! Il est tard et il faut demain matin de bonne heure que j'aille à Londres et à Lewisham pour

M. Jones. J'espère en profiter pour aller chez Gladwell. Il sera tard, le soir, quand je rentrerai.

D'où M. Jones, et d'autres, tirent-ils leurs ressources ? Oui, j'ai bien souvent pensé à cela.

Le mot que l'on entend souvent ici, c'est : « Dieu prend soin de ceux qui travaillent pour Lui. » Je suis très désireux de parler de cela avec vous et de délibérer là-dessus. Puis vous me demandez aussi si je donne encore des leçons aux garçons. Oui, je suis occupé à cela chaque matin, jusqu'à une heure ; après quoi je suis le plus souvent dehors pour M. Jones ; parfois aussi je donne leçon aux enfants de M. Jones ou à des garçons dans la ville. Le soir, et entre les cours, j'écris dans mon cahier de sermons.

Dimanche dernier j'étais de bonne heure à Turnham Green, où je donnais leçon à l'école du dimanche. Il faisait une vraie journée de pluie anglaise. Le matin M. Jones a prêché sur la Samaritaine, puis, de nouveau, école du dimanche. En semaine aussi je dois m'occuper de l'école du dimanche. Il y a beaucoup d'enfants et c'est toute une affaire que de les réunir régulièrement. M. Jones, ses garçons et moi sommes allés dans l'après-midi prendre le thé chez le marguillier, un cordonnier qui demeure dans un des quartiers de la périphérie. La vue que l'on avait par la fenêtre faisait beaucoup penser à la Hollande : une grande étendue couverte d'herbe, que la pluie battante avait presque transformée en marais, et tout alentour des rangées de petites maisons rouges avec leurs jardins, et les lumières des réverbères que l'on était en train d'allumer.

Le soir, M. Jones a très bien prêché sur Naaman le Syrien ; après quoi ce fut la promenade pour rentrer à la maison.

Jeudi dernier M. Jones m'a cédé son tour. J'ai choisi pour thème : « Je souhaite et demande à Dieu que non seulement vous, et vous, mais tous ceux ici qui m'écoutent puissent être comme moi délivrés de ces liens. »

Dimanche prochain, je dois aller le soir à Petersham, dans une église méthodiste. Petersham est un village sur la Tamise, quelque vingt minutes plus loin que Richmond. Je ne sais pas encore quel thème je choisirai, peut-être le fils prodigue du Psaume 42, I. Le matin et l'après-midi : école du dimanche à Turnham Green.

Ainsi passent les semaines et nous approchons de l'hiver, et de l'aimable fête de Noël. Demain je dois me rendre dans deux endroits très écartés de Londres, à Whitechapel, quartier des plus pauvres, dont tu as bien dû entendre parler dans Dickens, et puis traverser en canot la Tamise pour gagner Lewisham. Les enfants de M. Jones vont de nouveau mieux, mais maintenant trois des élèves de l'école ont la rougeole.

Cette semaine j'avais à faire une course pour M. Jones à Acton Green avec un des garçons. C'est cette même plaine verte sur laquelle donne la fenêtre du marguillier. Il faisait singulièrement boueux par là, mais la vue était belle quand il a commencé à faire sombre, et que le brouillard s'est levé, et que nous avons aperçu la lumière d'une petite église, au milieu de la plaine. A notre gauche c'était la ligne du chemin de fer, sur une haute digue. Justement un train est passé et c'était un spectacle que de voir la lueur rouge de la locomotive et la rangée des portières éclairées des wagons dans le crépuscule. A notre droite des chevaux paissaient dans un pré clôturé de haies d'aubépine et de ronces.

Pendant que je suis là, en train de vous écrire, dans ma petite chambre, où il fait tellement, tellement calme, que je regarde, autour de moi, vos portraits, les images au mur (« Christus Consolator », « Le Vendredi Saint », « Les femmes qui se rendent au tombeau », « Le Vieux Huguenot » et « L'Enfant prodigue » d'Ary Scheffer, le petit bateau sur une mer démontée) et une eau-forte (un paysage d'automne, vue sur une bruyère, que j'ai reçue de Harry Gladwell à mon anniversaire), que je pense à vous tous et à tout ici, à Turnham Green et à Richmond, et à Petersham etc., je me dis : Seigneur, exaucez la prière que ma mère a faite pour moi quand j'ai quitté la maison paternelle : « Père, je te prie non de le retirer du monde, mais de le protéger du mal » et « Seigneur, veuille faire de moi, pour ainsi dire, le frère de mon père, un chrétien comme lui, un ouvrier du christianisme. Achève le travail en moi que tu as commencé et, Seigneur, unis-nous étroitement les uns aux autres et que ces liens soient fortifiés de plus en plus pour l'amour de Toi. »

Maintenant, bonne nuit à vous deux, et à Théo, à Wilhelmine, à Cor. Encore une fois, qu'il me tarde de vous lire !

Bonne nuit, il faut que je sorte de bonne heure demain matin. En pensée une poignée de main de votre Vincent, qui vous aime d'amour ardent sincèrement.

[*écrit au-dessous, au crayon*]

De l'autre extrémité de Londres.

Bonjour à tous. Depuis ce matin à 4 heures, je suis levé et suis sorti. Il est 2 heures. Je viens de traverser les vieux champs de choux. Je vais vers Lewisham. Il arrive qu'un homme se dise, de temps en temps, comment est-ce que j'y arrive ? A Dieu.

Isleworth, 25 nov. 1876.

Cher Théo,

Merci pour ta dernière lettre, que j'ai reçue en même temps qu'une 82 N
d'Etten. Tu es donc rentré au magasin. Fais-y de tout ton cœur ce qu'il faut, et la chance ne tardera pas à te sourire. Comme j'aurais voulu faire, par la première neige, cette promenade à het Heike et à Sprundel !

Dans la lettre de Pa, il y avait ceci, entre autres choses : « L'après-midi, je devais aller à Hoeven. Moe avait commandé la vigilante *. Mais nous n'avons pas pu rouler, les chevaux ne pouvant pas être ferrés à glace. J'ai donc décidé d'aller à pied et le brave oncle Jan n'a pas voulu me laisser aller seul ; il m'a accompagné. Ce fut une course fatigante, mais l'oncle Jan disait, et il avait raison : Le diable n'est jamais assez noir qu'on ne puisse le regarder en face ! Et, en effet, nous sommes arrivés sains et saufs et nous en sommes revenus, bien qu'il fît une tempête terrible accompagnée de verglas, de sorte que les routes étaient comme des miroirs. Ce fut indiciblement magnifique de se trouver le soir assis confortablement dans une chambre chauffée et de se reposer, après le travail. »

Irons-nous encore, un jour, ensemble, nous aussi, dans l'une ou l'autre église, « tristes, mais toujours joyeux », une joie éternelle au cœur, parce que nous sommes des pauvres au Royaume de Dieu ? Le Seigneur le veuille !

Dimanche dernier, le soir, je suis allé à Petersham, un village au bord de la Tamise. Le matin, j'étais à Turnham Green pour faire l'école du dimanche ; de là, après le coucher du soleil, je suis allé à Richmond, et puis retour à Petersham. La nuit est tombée très vite. Je ne connaissais pas bien le chemin. La route était extraordinairement boueuse, sur une espèce de haute digue aux talus plantés d'ormes noueux et de buissons. Enfin, au pied de la digue, j'ai aperçu

* Voiture publique.

une lumière dans une petite maison. Au risque de m'embourber, j'allai jusque-là. On m'y indiqua le chemin.

Mais, mon vieux, au bout de ce mauvais chemin, j'ai trouvé une jolie petite église en bois, agréablement éclairée. J'y ai lu *Actes* V, I4-I6, et *Actes* XII, 5-17, Pierre dans sa prison ; puis j'ai, encore une fois, raconté l'histoire de Jean et de Théagène. L'église avait un harmonium tenu par une jeune fille d'un pensionnat qui assistait au culte au grand complet.

Le matin, tout était merveilleusement beau, sur la route de Turnham Green : les marronniers, le ciel clair, tout bleu, le jeune soleil se miraient dans la Tamise, l'herbe verte étincelait et partout à la ronde on entendait sonner des cloches.

La veille j'avais fait une longue course pour aller à Londres. J'étais parti d'ici le matin à 4 heures ; à 6 heures et demie j'étais dans Hyde Park, où l'herbe était tout humide de brouillard, où les feuilles tombaient des arbres. On voyait, au loin, briller les lumières des réverbères (ils n'étaient pas encore éteints), les tours de l'Abbaye de Westminster et le Parlement ; le soleil se levait, tout rouge dans la brume. De là, j'ai gagné Whitechapel, quartier pauvre de Londres, puis Chancery Lane et Westminster, enfin Clapham, où j'ai été revoir Mme Loyer ; c'était le lendemain de son anniversaire. Je suis allé aussi chez M. Obach, pour saluer Madame et les enfants. De là à Lewisham, où je suis arrivé à 4 heures chez Gladwell. Il y avait tout juste trois mois que j'y étais allé, le jour où ils avaient enterré leur petite fille. J'ai passé chez eux deux ou trois heures, et nombreuses furent les pensées qui nous venaient, à tous, trop de pensées pour pouvoir parler. Sorti de là, j'ai écrit à Harry à Paris. J'espère que tu le rencontreras encore ; il peut très bien arriver que tu ailles de nouveau à Paris, toi aussi. Le soir à 10 heures et demie, j'étais rentré, ayant fait par l'« underground » * une partie du trajet de retour. J'avais heureusement encaissé un peu d'argent pour M. Jones.

A Petersham, j'ai averti l'assemblée qu'elle allait entendre mal parler l'anglais ; mais, tout en m'adressant à elle, je pensais à l'homme de la parabole, celui qui disait : « Aie patience envers moi, et je te paierai tout. » Que Dieu m'assiste.

Chez M. Obach, j'ai vu le tableau, ou plutôt l'étude de « La marche des pèlerins » de Boughton. Si tu pouvais un jour te procurer *La marche des pèlerins de* Bunyan, je t'assure que la lecture en vaut la peine. Quant à moi, je l'aime de toute mon âme.

* Le métro de Londres.

Il fait nuit ; je reste encore un peu debout, à travailler, à copier l'une ou l'autre chose pour les Gladwell de Lewisham, etc. Il faut battre le fer pendant qu'il est chaud et le cœur de l'homme tandis qu'il est brûlant.

Une poignée de main par la pensée. Des compliments à M. et à Mme Tersteeg, à tout le monde chez Roos, chez Haanebeek, chez van Stockum et chez Mauve. Au revoir. Crois-moi

ton frère qui t'aime tant, *Vincent.*

Ne pleurez plus, mes yeux, gardez plutôt vos larmes.
O ne t'afflige plus, mon âme, prie, ô prie !

Cher Théo,

Merci pour ta lettre de ce matin. Il y a des heures, des jours, des 82*a* N
époques dans la vie où l'on dirait que Dieu nous cache son visage. Mais, pour ceux qui aiment Dieu, même ces moments-là, ces tristes moments, ne sont pas tout à fait sans Dieu, mais comme pleins de prophéties pour l'avenir, pleins de voix du passé, de voix qui disent : « Le Seigneur t'a conduit jusqu'ici, retrouve et nourris l'ancienne confiance. »

Si parfois des choses t'adviennent sur lesquelles tu n'avais pas compté, fortifie la tristesse que tu ressens par l'amour de Dieu, renforce la voix qui dit : « Abba, Père ».

C'était par un jour d'automne. J'étais debout sur le perron de l'école de M. Provily, suivant des yeux la voiture dans laquelle Pa et Moe s'en allaient pour rentrer chez eux. On la voyait de loin, la petite voiture jaune, sur la longue route mouillée de pluie, bordée d'arbres grêles, qui courait à travers les prés. Le ciel gris, par-dessus le tout, se mirait dans les flaques d'eau.

Et, une quinzaine de jours plus tard, j'étais, un soir, dans un coin du terrain de jeux quand on vint me dire que quelqu'un était là qui demandait à me voir. Je savais qui c'était. L'instant d'après, je sautais au cou de mon père. Ce que j'ai senti, ne serait-ce « parce que vous êtes des enfants et que Dieu a mis l'esprit de son fils dans nos cœurs, qui appelle en nous : Abba, Père. » Ce fut un instant pendant lequel nous avons senti tous les deux que nous avons un Père au ciel. Car mon père avait, lui aussi, levé les yeux et dans son cœur une voix, plus haute que la mienne, criait : « Abba, Père ! »

(Tâche de m'envoyer la page de Michelet.)

Vas-tu parfois à la sainte Cène ? Celui qui est bien portant n'a pas besoin du médecin, mais bien celui qui est malade.

Entre ces instants et le jour d'aujourd'hui s'étendent les années où je me suis senti étranger à tout. Il y a une parole qui nous accompagne, qui semble grandir avec nous, c'est : « Triste, mais toujours dans la joie. »

Il y a la prière d'une mère pour ses enfants, prière très puissante, car la prière des justes peut beaucoup : « Père, je ne Te demande pas que Tu les retires du monde, mais simplement que Tu les préserves du mal. »

Il y a la main d'un père, fidèle et sûre, et qui nous a bénis quand nous avons quitté la maison paternelle.

Et puis, mon vieux, je te l'ai déjà dit : Il y a le grand désir de voir venir les jours où Il ne se souviendra plus des péchés de notre jeunesse. Quel est celui qui aime vieillir ? « Autant l'Orient est distant de l'Occident, autant j'éloigne de vous vos péchés. Quand vos péchés seraient écarlates, je les rendrai blancs comme neige. Ainsi qui ne hait pas sa propre vie ne peut être le disciple du Christ. » Pa m'a un jour envoyé ceci :

ESPOIR EN LA SAINTETÉ

Qui nous délivrera pleinement, pour toujours,
Du coqs de ce mort sous le joug tout ployé ?

Combien de temps encor me devrai-je combattre,
Avant que d'arracher de mon cœur les péchés ?

J'avais promis à Dieu de le nommer mon maître,
De le suivre toujours d'un cœur non partagé,
Las ! Éprouvé, j'ai vu mon serment disparaître,
Tenté, mon pas a chancelé.

Non je ne vaincrai point avec ma seule force.
Mon âme, reconnais ta faiblesse, dissipez-vous, illusions.
C'est au Père à former le cœur de son enfant,
Au maître il appartient de guider son élève.

Courage, donc ! O Dieu, que Votre amour m'éclaire ;
Maître, prends-moi la main, montre-moi ton drapeau ;
J'étais seul, je tombai, mais nous irons ensemble ;
J'ai succombé, combats devant moi, je vaincrai ;

A présent seulement je mesure ma force ;
Oui je sais à présent combien faible je suis ;
En moi-même impuissant, mais fort dans le Seigneur ;
Que le péché me tente ou la passion m'égare,
Avec mon Dieu en moi, j'abats mes ennemis.

Je suis triste, mais c'est d'une douleur divine ;
Nuage noir, mais de céleste aurore ourlé,
Je pleure, ô Dieu, mais au cœur j'ai la joie ;
Mon front peut s'incliner, mais c'est sur Tes genoux.

Qui aime avoir les tempes grises ? Qui voit derrière une tête grise ce que Félix Holt voyait derrière le mot « échec ? » Qui donc voit qu'après le début de la vie, après l'enfance, après l'adolescence, périodes de joies terrestres et de vanités, où (qu'on le veuille ou non) l'âme se dessèche, doit fatalement se dessécher, se corrompre, tout comme les fleurs doivent tomber des arbres ; qui voit (dis-je) qu'une autre vie alors renaît, puissante, vie de l'amour du Christ, qui se fait jour en nous, par force, vie de tristesse mais où l'on ne regrette rien, uniquement tournée vers Dieu ; où nous trouvons, dans une complète dépendance de Dieu, dans le sentiment précis et vivant que nous avons de cette dépendance, d'autant plus de grâce à Ses yeux, à Ses yeux qui sont trop purs pour qu'il puisse voir le mal. Et Lui alors, il peut, il veut dans notre infirmité nous confier plus sûrement à son Esprit, vivifiant et qui nous incite aux bonnes œuvres ? Qui aime avoir les tempes grises, qui aime se sentir triste et pourtant toujours joyeux, puni, mais non mortifié jusqu'à en mourir ? Mais voyez : nous vivons ? Qui aime tomber et puis se relever, avec patience, avec douceur ? Qui aime le vert des sapins et du cèdre et du lierre, du houx et de la mousse en hiver ? Le bois sec, une fois allumé, *donne* plus de chaleur, un feu plus clair et plus de flamme que le bois vert. Il n'y a dans l'amour aucune place pour la crainte. Non, l'amour parfait exclut, chasse toute crainte.

Père, au sein de tous mes périls,
Dans le bonheur et dans la pénitence,
Père aussi au royaume des morts,
Dans le silence du tombeau.
Je vois que toutes choses changent,
Toi, ô Dieu, tiens éternellement bon,
Ma substance aussi en Toi repose, en cette foi que j'ai en Toi,
Et je m'assoupis, je sommeille dans Ta main tant paternelle.

Passez, les ans, au loin fuyez,
Avec vos joies et vos peines,
Quelque malheur que je déplore,
Toi seul mon Dieu, ne changes point.
Plongés dans une ombre mortelle
Oh ! cette lumière éternelle
Nous garde encore sa clarté
Tant digne d'être célébrée.

Je sais à qui je me fie,
Que changent les nuits, les jours,
Et sur quel roc j'édifie,
Qui compte sur mon aide ne sera point couvert de confusion.
Une fois, au soir de ma vie,
Las des tourments, las de lutter,
Pour chaque jour à moi donné,
A Toi, Seigneur, j'apporterai, los plus pur, louange sublime.

Mon âme, pourquoi te troubler ?
Dis, pourquoi en moi t'agiter ?
Renais, ancienne confiance,
Trouve joie à louer le Très-Haut,
Ton cœur trop lourd, ne l'a-t-il pas souvent fait renaître à la joie,
Espère en lui, lève les yeux, je louerai encor le Seigneur
Surtout, ayez l'un pour l'autre un ardent amour,
Car l'amour couvrira les péchés en foule.
Où demeure l'amour,
Le Seigneur dispense
Sa bénédiction,
Où habite l'amour,
Il habite lui-même,
Il donne le salut et la vie éternelle

Aimons-nous les uns les autres, afin que Dieu épande et fortifie notre amour. Aimez à la ronde, et s'il advient qu'il n'y ait point autour de vous d'êtres que vous puissiez assez aimer, aimez la ville où vous vivez, comme tu fais, Théo, comme tu fais toi-même. N'aimé-je point Paris et Londres, moi l'enfant des bois de sapins et de la plage de Ramsgate ? Efforce-toi de plaire aux pauvres et de trouver grâce à leurs yeux.

« Fortifie ton cœur. » « Parce que vous êtes des enfants, Dieu a mis l'esprit de Son fils dans nos cœurs, l'esprit qui crie en nous : Abba, Père ! »

C'est ainsi que celui qui n'a pas aimé n'a pas connu Dieu, car Dieu est amour. C'est cela, la vie éternelle : connaître Dieu, connaître le Christ qu'Il nous a envoyé. Il n'y a dans l'amour point de crainte. Dans la maison de mon père, il y a beaucoup de demeures ; je ne vous l'aurais point dit sans cela.

Et pourtant je ne suis pas seul, le Père est avec moi. Et mieux vaut se fier au Seigneur qu'aux hommes. Mieux vaut tomber aux mains du Seigneur qu'aux mains des hommes.

Que le Christ soit au centre de vos désirs, le Consolateur du cœur troublé ! « Fortifie ton cœur » aussi dans ce sens-là, mange ton *pain* dans la simplicité de ton cœur ; du moins, moi je le fais, je ne puis faire autrement, que Dieu me vienne en aide s'il y a danger à agir ainsi : « Père, dans Vos mains je recommande mon âme. » Mange ton pain, mais vis simplement et fume ta pipe. Je le fais, moi aussi, quand de temps en temps je puis m'échapper. « Et remets ton sort aux mains de l'Éternel, Il le fera pour toi. »

Ne crains pas, quand tu te promènes, le soir, et qu'il n'y a personne dans le quartier, de chanter le psaume : « Le cerf haletant échappé aux chasseurs... » ou « O mon âme, qu'est-ce qui t'accable ? » ou bien : « Centre de nos désirs » ou encore : « Je sais à qui je me confie. »

Les années entre vingt et trente ans sont pleines de dangers de toutes sortes, pleines de grands dangers de péché et de mort, mais elles sont aussi pleines de lumière et de consolation en Dieu ; en luttant, tu auras le dessus, et quand ces années seront passées, tu y repenseras avec mélancolie et tu diras : « Tout de même, c'était le bon temps. »

« Fortifie ton amour. » Quel est donc cet amour dont parle Paul ? Qu'elles sont donc merveilleuses ces paroles que tu connais, toi aussi, dans la première *Épître aux Corinthiens,* chapitre XIII ? Cet amour, cette charité, c'est la vie en Christ, l'amour c'est notre Mère, tout le bien de la terre lui appartient car tout est bon dont on a joui avec gratitude. Mais, sa puissance, elle s'étend bien plus loin que jusqu'à ces biens de la terre. A elle aussi appartient la gorgée que l'on boit dans le ruisseau au cours d'une promenade, ou bien à une fontaine dans les rues surchauffées de Londres et de Paris ; à elle aussi appartient « Je ferai ton lit dans la maladie », « Comme celui que sa Mère console, je te consolerai » ; à elle appartient aussi « le dévouement en Christ jusque dans la mort, qui nous donne la force de tout faire ». Il existe un ami qui se serre plus fermement contre nous qu'un frère.

« Fortifie ton espérance », car il y a beaucoup de bon dans la vie pour celui qui aime Christ ; pour celui-là, le monde est ce qu'il est, et toutes choses lui deviennent comme données par surcroît. Il est bien vrai qu'il y a déjà derrière nous beaucoup de joie, et beaucoup de choses sur lesquelles nous nous sommes d'avance réjouis, et s'il est vrai qu'il y a peut-être encore beaucoup de joie pour nous en perspective, nous savons pour l'avoir dejà vu que « le monde passe et toute sa splendeur ». Et donc il est vrai que :

J'ai trouvé joie au sein de la tristesse, baume secret pour la douleur,
Un merveilleux demain de soleil après l'averse,
Près de toute source d'amertume un brin d'herbe à guérir
Et, de chaque corde brisée, le murmure d'une promesse.

De même, il est vrai qu'il n'y a point de joie qui n'ait son insatisfaction. *Tristesse vaut mieux que joie. Mieux vaut aller dans la maison du deuil que dans la maison du plaisir. Car le climat de la tristesse rend le cœur meilleur. Le cœur est triste, même au sein de la joie.*

Quant à moi je m'efforcerai vers l'amour du Christ, je tâcherai de travailler pour Lui dans ma vie (même si j'échoue, si je succombe) afin que toujours subsiste, loin des misères d'ici-bas, un effort, un soupir vers là-haut. Mais je chercherai la foi et l'amour, je continuerai à chercher l'esprit de Dieu en toute circonstance. C'est là maintenant mon vœu au Seigneur, de mon (un mot laissé en blanc) mon roc. Si je suis abandonné, eh bien, je suis abandonné, mais Lui, il est fidèle, il aime d'un Amour éternel, il nous donne l'ardent désir de notre cœur ; être toujours vert.

Amitiés chez Roos, chez Haanebeek, aux Tersteeg, aux Borcher, à Caroline et à Marie.

Lis donc les prophéties d'Isaïe et de Jérémie : Is. 9, 11, 35 ; Is. 40, 42, 43, 44, 45 ; 2 et les tercets qui suivent : 49, 53, 55, 58, 61, 63, 65 ; Jér. 3, 17, 30, 31.

Le Seigneur est ton gardien, Il est ton ombre, ta main droite. En lui sont les issues contre la mort, en Lui est la vie éternelle. Mon vieux, des jours viendront où nous croirons, non plus pour l'avoir entendu dire, mais parce que nous saurons, sentirons, aimerons. Alors nous serons émus d'entendre prononcer le nom du Seigneur, tout comme nous avons été émus de revoir notre Père après avoir été longtemps absents de chez nous. Et nous serons tous des frères et des sœurs, des enfants du Pasteur en plusieurs sens.

Avançons dans la vie aussi longtemps que nos jambes nous porteront, même si nos pieds sont las, si notre oppression est grande, même si les oreilles nous chantent la rumeur du monde, qu'elles entendent depuis tant d'années ; bien que notre tête tout entière soit lasse, notre marche pesante. Avançons dans la vie, parce que notre Père et notre Mère nous disent : « Avance, ne regarde pas en arrière ! » ; et si nous pouvons faire le bien et le faire bien tout en vivant, n'y manquons pas. Pourtant c'est plutôt notre cœur que nos œuvres que Dieu réclame. Pa et Moe nous disent : « Avancez ! » et ils nous aiment. Pa ne disait-il pas : « Mon garçon, tu sais bien pourtant que je donnerais pour toi ma dernière chemise ! »

Avançons aussi longtemps que nos jambes voudront nous porter, et tu connaîtras que Dieu donne la force à celui qui est fatigué, fortifie celui qui est sans forces ; tu sais bien que Dieu nous soutient ; car il y a plus grand amour dans l'avenir. C'est pourquoi nous avons espoir et confiance dans cette vie future.

Une poignée de main en pensée. Il est tard. Au revoir. Tout ceci, Frère, est le fruit de la plume et le fruit du cœur.

Ton frère qui t'aime tant, *Vincent.*

Si tu le peux, envoie à Moe, le jour de son anniversaire, comme carte de vœux, le numéro 669 : « L'enfant prodigue », de Scheffer.

Je me réjouis d'avance pour Noël. Il y a deux ans, nous avons fait, le soir, cette promenade dans la neige (t'en souviens-tu ?) quand nous vîmes la lune se lever au-dessus de Mariënhof.

Je me rappelle si bien aussi le soir où, ce Noël-là, j'allai de den Bosch à Helvoirt dans une petite charrette découverte. Il faisait terriblement froid et glissant sur la route. Comme le Bosch était beau, le marché, les rues avec de la neige, les maisons noires, avec la neige sur les toits ! Le Brabant est tout de même le Brabant, et le pays natal, malgré tout, le pays natal, et les pays étrangers des pays étrangers. Comme Helvoirt semblait amical, et aussi les lumières du village et les tours entre les peupliers enneigés, ce soir-là, vues dans le lointain, sur le chemin de den Bosch. Mais ce qui donne une si grande beauté, une vie si forte à toutes ces choses, c'est l'amour. Et te souviens-tu encore de cette promenade à S. Michiels Gestal ?

Ceux que le Seigneur a rachetés reviendront ; ils retourneront à Sion avec de grands cris de joie ; une satisfaction éternelle sera sur eux. Nous connaîtrons allégresse et satisfaction, mais tristesse et soupirs s'enfuiront. Il est une voix qu'on a entendue à Rama, une plainte, une lamentation amère : Rachel pleure sur ses enfants, elle refuse toute consolation puisqu'ils ne sont plus là.

Et le Seigneur parle, et il dit : « Faites taire la voix qui se lamente ; étouffez les larmes de vos yeux, car votre travail aura sa récompense ; ils reviendront du pays ennemi. »

« Relevez les mains défaillantes, affermissez les genoux chancelants. Car mes pensées ne sont pas vos pensées et mes façons d'agir ne sont pas les vôtres, dit le Seigneur. Car comme les cieux sont plus hauts que la terre, ainsi ma conduite est plus élevée que la vôtre, mes pensées plus hautes que vos pensées. »

Il n'y a pas de voie plus sûre et meilleure pour traverser la vie que l'Amour, et surtout l'amour de notre Père ; c'est en son nom que nous progressons d'un jour à l'autre. Mais, pour d'autres aussi, nous pouvons éprouver de l'amour. Combien le souvenir d'un être déjà rentré dans la maison du Père, où il y a tant de demeures, m'a réchauffé, a fait brûler mon cœur d'amour, quand j'allais par les rues de Londres, ou bien, le soir, au cours de mes balades dans les campagnes plantées de choux, hors de la Cité. Et ma pensée s'élève de nouveau vers Lui, mon Amour pour Lui se réveille chaque fois que je vais par les rues de Londres.

Quand Lies est rentrée chez nous, à Noël, notre rencontre a été si gentille. Elle arrivait de Bréda avec Albertine, dans la voiture d'oncle Vincent. Pa, Cor et moi étions allés à leur rencontre sur la route. Quand nous avons vu de loin la voiture, je me suis mis à courir en avant. C'était l'heure crépusculaire : l'intérieur de la voiture était tout noir ; par la portière, on voyait la route, la rangée d'arbres de chaque côté, la campagne, et, tout au bout, l'église, sombre sur le ciel ; derrière l'église, les grands nuages d'une fin de journée, noirs, mais frangés d'argent sur les bords. Ce fut pour moi à la fois si bon, si imprévu, de revoir la petite ! Une joie bien plus grande que celle à laquelle je m'étais attendu.

Anna doit être maintenant de nouveau à Welvyn. C'est seulement quand elle quittera Welvyn qu'elle saura combien elle l'a aimé. Tu sais qu'elle a été pour cette maison une véritable bénédiction. Tu te souviens qu'en hiver elle était toujours levée la première, pour allumer le feu. Sa petite chambre est si belle, avec sa fenêtre encadrée de lierre, et la vue qu'on a sur le jardin, sur les grands marronniers, autour desquels, l'été, volait un essaim d'hirondelles, à l'heure où le soleil se couchait derrière les arbres. Les corneilles y font leurs nids. Au-dessus du lit d'Anna, la « Mater Dolorosa » de Delaroche était suspendue.

Tu as peut-être encore la page de Michelet qui débute ainsi : « Je vois d'ici une dame » ? Si tu l'as, veux-tu me la copier ? J'en ai besoin, mais je n'ai plus le livre.

Aie la haute main sur moi, pardonne au coupable, au rebelle. Qu'il soit par Toi purifié. Bienheureux celui que Tu as choisi au sein de la rumeur terrestre, pour approcher de Toi, pour écouter Ta voix, Ta voix qui apporte la céleste félicité et pour entrer dans Ta demeure. Bienheureux celui à qui Tu pardonnes ses péchés, à qui pour toujours

Tu épargnes le châtiment, celui de qui les fautes dont il était souillé sont cachées au regard sacré du Seigneur. Bienheureux celui à qui il peut advenir que Dieu ne le tienne pas pour coupable selon Sa justice, mais qui, d'un cœur pieux et franc, nourrit, au lieu d'un coupable mensonge, une blanche sincérité.

Mais comment ces choses arriveront-elles ?

Qui nous soulèvera la pierre du tombeau ?

« Je marcherai moi-même devant Toi, redressant les routes tortueuses ; je briserai les portes d'airain ; les verrous de fer, je les briserai en morceaux. Je suis le Premier et le Dernier. »

Une femme peut-elle aussi oublier son nourrisson, n'avoir point de tendresse pour le fils de ses entrailles ? Et quand elle l'oublierait, moi je ne t'oublierai pas. Écoutez-donc ceci, malheureux, vous qui êtes ivres mais non pas de vin. Voyez, je retire de votre main la coupe qui donne le vertige, le calice de ma colère. Vous n'aurez plus désormais à le boire.

« Car les montagnes broncheront, et les collines s'ébranleront, mais ma bonté ne t'abandonnera pas, le pacte de paix ne s'ébranlera pas », dit le Seigneur à la délaissée.

Le soleil ne te sera plus nécessaire comme la lumière du jour, tu n'auras plus besoin de la clarté de la lune ; mais le Seigneur te sera lumière éternelle. Tu auras ton Dieu pour splendeur. Ton soleil ne se couchera plus, ta lune n'aura plus de déclin, car le Seigneur te sera lumière permanente, et les jours de ton deuil prendront fin.

Comme un enfant que sa Mère console, je te consolerai, dit le Seigneur. A partir de ce jour, tu diras : Mon Père, Vous êtes le guide de ma jeunesse. Tu m'appelleras : Mon Père, et tu ne te détourneras pas de moi.

Guérissez-moi, Seigneur, pour que je sois guéri, soutenez-moi, je serai sauvé ! Convertissez-moi, que je sois converti !

Car je suis avec toi, dit le Seigneur, pour te délivrer, alors que ceux qui t'aimaient t'ont oublié. Je te rendrai la santé, je te guérirai de tes maux.

Le Seigneur m'est apparu de loin, disant : « Je t'aime d'un amour éternel. Comme un enfant que sa Mère console, je te consolerai », dit le Seigneur. Il y a là un ami qui vous étreint encore plus étroitement qu'un frère.

Etten, 31 décembre 1876

Cher Théo,

De tout cœur, mes vœux les meilleurs pour l'année nouvelle, chance et prospérité, dans tous les domaines, à tous les égards. Nous nous sommes revus ! N'est-ce pas magnifique ? Quelle belle matinée il a fait, le jour de ton départ ! Nous y penserons souvent, à ce voyage à Chaam ! 83 N

Pa a encore si bien parlé, ce matin !

Voici revenu le dernier soir de la vieille année. Que n'es-tu près de moi !

Autre chose, maintenant, qu'il faut que je te dise. Il y a quelques jours, M. Braat * est venu de Dordrecht rendre visite à l'oncle Vincent. Ils ont parlé de moi et l'oncle a demandé à M. Br. s'il y aurait une place chez lui pour moi au cas où j'en manifesterais le désir. M. Br. a dit qu'il croyait qu'il y aurait, en effet, un emploi possible, ajoutant que je devrais aller le voir, pour en parler. J'y suis donc allé hier matin de bonne heure. J'avais le sentiment que c'était une chose qu'il ne fallait pas laisser passer sans voir ce que c'était. Nous avons convenu qu'après le nouvel an, j'irais passer chez lui une semaine et qu'après ce temps-là, on verrait.

Bien des raisons font qu'il est souhaitable que je rentre en Hollande, que je me rapproche de Pa et de Moe, et, d'abord, de toi aussi, et des autres. Le salaire ne peut manquer d'être meilleur que chez M. Jones. Il faut y penser, surtout en vue de l'avenir, en vue de l'âge où un homme a plus de besoins. Y penser est même un devoir. Quant au reste, je ne le perds pas de vue. Pa a l'esprit si large, et par tant de côtés que, quelles que soient les circonstances, j'espère qu'un peu de cette vertu se fera jour en moi. Ce qui sera changé, c'est qu'au lieu de donner des leçons à mes garçons, je serai dans le commerce des livres.

Que de fois nous avons souhaité pouvoir nous rapprocher ! Comme il est affreux de se sentir loin l'un de l'autre, quand on est malade, ou soucieux, par exemple, comme nous nous sommes sentis lors de ta maladie. Et puis aussi le sentiment que manquer

* Directeur de la librairie Blussé et Van Braam, à Dordrecht.

de l'argent nécessaire pourrait très bien être un obstacle à nous sentir unis en cas de besoin.

Donc, le mieux est que j'aille là-bas.

Je suis retourné hier soir chez l'oncle Vincent pour lui dire que j'étais allé tout de suite à Dordrecht. Il faisait une vraie tempête. Tu peux imaginer comme la route de Prinsenhage était belle sous les nuages noirs aux lisières d'argent. Je suis entré un moment dans l'église catholique romaine, où il y avait un service du soir. C'était un beau spectacle que de voir tous ces paysans et ces paysannes en vêtements noirs et bonnets blancs. L'église semblait si accueillante dans cette lumière ! Il faut que tu dises à M. Tersteeg sans tarder que je vais aller là-bas pour huit jours, et qu'ensuite je déciderai. Souhaite-lui de ma part, et aussi à sa femme, tout le bonheur possible pour la nouvelle année. Je t'écris en vitesse. A. et les jeunes filles sont allées à Prinsenhage, et Pa a voulu que je les accompagne. Tante est revenue en voiture avec elles, tandis que je rentrais à pied avec Willem Carbentus, en nous promenant. Et maintenant, mon vieux, mon très cher frère, que je te redise combien les jours que nous avons passés tous ensemble furent pour moi de beaux jours. Passe une bonne soirée de fin d'année, et crois-moi

ton frère affectionné, *Vincent.*

Bientôt d'autres nouvelles. A Dieu. Si tu écris, adresse ta lettre à Dordrecht.

LE SERMON DE VINCENT *

Psaume CXIX, 19.

Je ne suis qu'un hôte sur la terre. Ne me cache pas Tes commandements. C'est une ancienne croyance, et vraie, que notre vie est une marche de pèlerins, que nous sommes des hôtes sur la terre, mais que, bien qu'il en soit ainsi, nous ne sommes pas seuls, car notre Père est avec nous. Nous sommes des pèlerins, notre vie est une longue marche, un long voyage de la terre au Ciel. Le commencement de cette vie, c'est ceci : il n'est qu'une personne

* Prononcé en anglais.

au monde qui oublie et son chagrin, et ses angoisses, pour ne connaître que la joie de ce qu'un homme est né en ce monde. Cette personne, c'est notre Mère. La fin de notre pèlerinage, c'est l'entrée dans la maison de notre Père, où il y a beaucoup de demeures, où Il est entré avant nous pour y préparer notre place. La fin de cette vie est ce que nous appelons la mort. C'est une heure où des paroles sont prononcées, où des choses sont vues, éprouvées, qui sont gardées dans les chambres secrètes des cœurs de ceux qui sont présents. Il se fait que tous nous avons de tels souvenirs dans nos cœurs, ou la prescience de ces choses. Il y a de la douleur au moment où un homme naît au monde, mais il y a aussi de la joie, une joie profonde, indicible, une gratitude si grande qu'elle atteint au plus haut des cieux. Oui, les anges de Dieu sourient. Ils se réjouissent, ils espèrent, quand un homme naît au monde. Il y a aussi de la douleur à l'heure de la mort, mais là aussi, il y a joie, joie indicible, quand l'heure est celle de la mort de qui a livré sur la terre le bon combat. Il est quelqu'un qui a dit : « Je suis la résurrection et la vie. Celui qui croit en moi, bien que mort, il vivra. » Et il y a eu un apôtre qui a entendu une voix qui venait du ciel, et qui disait : « Bénis soient ceux qui meurent dans le Seigneur, ils se reposent et leurs œuvres les suivent. »

Il y a de la joie quand un homme naît dans le monde, mais il y a joie plus grande quand un esprit a passé par de grandes tribulations, quand un Ange est né dans le Ciel. Le chagrin vaut mieux que la joie. Même au sein de la gaîté, le cœur est triste. Et mieux vaut aller dans la maison en deuil que dans la maison en fête, car la tristesse rend le cœur meilleur. Notre nature est triste, mais pour ceux qui ont appris et apprennent à regarder Jésus-Christ, il y a une raison de se réjouir. C'est une belle parole que celle de saint Paul : « Triste, mais toujours dans la joie. » Car, pour ceux qui croient en Jésus-Christ, il n'y a pas de mort, il n'y a pas de douleur qui ne soit mêlée d'espérance. Il n'y a pas de désespoir. Il n'y a qu'une continuelle renaissance, un passage constant de l'ombre à la lumière. Ceux qui croient n'ont pas le cœur en deuil comme ceux qui n'ont pas d'espérance. La foi chrétienne fait de la vie un séjour toujours vert. Nous sommes des pèlerins sur la terre, des hôtes. Nous venons de très loin et nous allons très loin. Le voyage de notre vie va du tendre sein de notre Mère sur la terre aux bras de notre Père dans le ciel. Toutes choses changent sur la terre. Nous n'avons pas ici-bas de maison durable. C'est là notre expérience à tous. Il est conforme à la volonté de Dieu que nous devons nous séparer de ce que nous avons de plus cher sur terre. Nous-mêmes, nous changeons. Par bien des côtés, nous ne sommes pas ce que nous avons été, nous ne resterons pas tels que nous sommes. Depuis l'enfance, nous grandissons pour devenir de garçons, de fillettes, – des jeunes gens, des jeunes filles, et, avec l'aide de Dieu, des maris, des épouses, des pères et des mères à notre tour. Et puis, lentement, mais sûrement, le visage qui, un jour, était pareil à la prime rosée du matin, se ride ; les yeux qui, un jour, brillaient de gaîté, de jeunesse, nous parlent d'une tristesse grave, profonde, bien qu'ils puissent briller encore des flammes de la foi, de l'espérance et de la charité, bien qu'ils puissent rayonner de l'esprit divin. Les cheveux grisonnent ou tombent. Oui, nous ne faisons que passer sur la terre, nous ne faisons que traverser la vie, nous sommes des hôtes et des pèlerins. Le monde passe avec toute sa gloire. Faisons en sorte, souhaitons, que nos derniers jours soient plus près du Créateur. Plus près de Toi, ô mon Dieu ! Qu'ils soient meilleurs que ceux-ci.

Toutefois nous ne pouvons pas vivre au jour le jour. Il nous faut lutter. Nous avons sur terre un combat à livrer. Que devons-nous faire ? Nous devons aimer Dieu de toutes nos forces, de tout notre pouvoir, de toute notre âme ; nous devons aimer notre prochain comme nous-mêmes. Ces deux commandements, nous devons les observer. Si nous les observons, si nous remplissons exactement ces devoirs, nous ne serons pas seuls, notre Père qui est au Ciel sera avec nous, Il nous aidera, Il nous guidera. Jour après jour, heure après heure, il donnera la force dont nous avons besoin. Ainsi nous pouvons faire toutes choses grâce au Christ, qui nous en donne le pouvoir. Nous sommes des hôtes sur la terre. Seigneur, ne nous cache pas Tes commandements. Ouvre-nous les yeux : nous pouvons, grâce à Ta loi, voir des choses merveilleuses. Enseigne-nous à obéir à Ta volonté, influence nos cœurs de telle sorte que l'amour du Christ puisse nous contraindre à obéir, que nous soyons amenés à faire ce qu'il faut pour être sauvés.

De la terre au Ciel sur la route,
O guide-nous de Ton regard ;
Nous sommes faibles, Tu es fort ;
Ta puissante main nous soutienne.

Notre vie, nous pourrions la comparer à un voyage. Nous allons du lieu où nous sommes nés vers un port, vers un port lointain. Notre enfance pourrait être comparée à une partie de canot sur un fleuve ; mais bientôt, oui bientôt, les vagues deviennent hautes, le vent plus violent. Presque sans nous en être aperçus, nous voilà sur la mer, et la prière de notre cœur monte vers Dieu : « Seigneur, protège-moi, car ma barque est si petite, et Ta mer si grande ! » Le cœur de l'homme est semblable à la mer, il en a les marées, il en a les tempêtes ; il a sa profondeur. Il a aussi ses perles. Et le cœur qui cherche Dieu, qui cherche à mener une vie aimable à Dieu, a plus qu'un autre ses tempêtes.

Voyons comment le Psalmiste décrit une tempête en mer. Pour pouvoir ainsi la décrire, il a dû la sentir en lui, dans son cœur. Dans le Psaume 107, nous lisons : « Ceux-là s'étaient embarqués sur la mer, à bord de navires, pour trafiquer sur les grandes eaux. Ils furent les témoins des œuvres du Seigneur et de Ses merveilles dans les abîmes. Le Seigneur ordonne et fait lever un vent de tempête, qui soulève les vagues. Elles montent jusqu'aux cieux, retournent à l'abîme. L'âme des trafiquants se fondait d'angoisse. Alors, dans leur détresse, ils crièrent vers le Seigneur et le Seigneur les délivra de leurs angoisses et il les conduisit jusqu'au port désiré. »

Ne sentons-nous pas tout cela, nous aussi, parfois, sur la mer de nos vies ?

Chacun de vous ne sent-il pas comme moi les tempêtes de la vie, qui sont leurs appréhensions, qui sont leurs souvenirs ?

Et maintenant, lisons une description d'une autre tempête en mer, dans le Nouveau Testament. Nous la trouvons dans le chapitre VI de l'Évangile selon saint Jean, du 17e verset au 21e. « Et les disciples montèrent sur une barque et ramèrent en direction de Capharnaüm. Et la mer devint houleuse, à cause d'un vent qui soufflait avec violence. De sorte qu'après qu'ils eurent ramé pendant vingt-cinq ou trente stades, ils virent Jésus marchant sur les flots en direction de leur barque et ils eurent grand'peur. Puis ils le prirent à leur bord et sur-le-champ la barque fut là où ils voulaient aller. » Vous qui avez connu les grandes tempêtes de la vie, vous sur qui ont passé toutes les vagues, toutes les lames du Seigneur, n'avez-vous pas entendu, quand votre cœur était tout près de défaillir de peur, la voix familière, la voix aimée, où quelque chose vous rappelait le son de la voix qui avait charmé votre enfance, la voix de Celui dont le nom est Sauveur et Prince de la paix, et qui disait, comme si elle s'adressait à vous personnellement, vous m'entendez bien ? qui parlait comme pour vous seul, et qui vous disait : « C'est moi, n'ayez pas peur ! » N'ayez point peur ! Que votre cœur, donc, soit sans inquiétude. Nous, de qui les vies ont été jusqu'ici paisibles, comparativement à tant d'autres, ne craignons point les tempêtes de la vie. Au milieu des hautes vagues de la mer, sous les nuages d'un ciel gris, nous Le verrons venir à nous, Celui que nous avons tant espéré, tant attendu, Celui de qui nous avons tant besoin. Nous entendrons Sa voix nous dire : « C'est moi, ne craignez rien ! » Et si, au bout d'une heure, ou d'une saison d'angoisse, de détresse, de difficultés, de douleur, de chagrin, nous L'entendons nous demander : « M'aimez-vous ? », alors disons : « Seigneur, puisque Vous savez toutes choses, Vous savez donc que je vous aime ! » Et gardons notre cœur plein de l'amour du Christ, et que de ce cœur plein d'amour, une vie s'organise que régisse sans cesse l'amour du Seigneur. Vous savez toutes choses, Vous savez donc que je Vous aime. Si nous regardons en arrière, vers le passé, c'est parfois comme si nous T'avions toujours aimé, car tout ce que nous avons aimé, nous l'avons aimé en Ton nom.

Ne nous sommes-nous pas sentis souvent pareils à une veuve, ou à un orphelin, gais et heureux, autant et même plus que tristes, à cause de la pensée de Toi ?

En vérité, notre âme T'attendait. Plus que les yeux qui guettent le lever du jour, nos regards sont levés vers Toi, ô Toi qui règnes dans les Cieux. Oui, même au cours de nos humbles journées, il y a place pour cela : guetter, chercher, espérer le Seigneur.

Que demandons-nous à Dieu ? Est-ce beaucoup ? Oui, c'est beaucoup, c'est une grande chose, puisque c'est la paix pour le fond de notre cœur, la paix pour notre âme. Que cette chose nous soit donnée, nous ne demanderons pas grand'chose de plus ; nous pourrons nous passer de beaucoup de choses, nous pourrons souffrir de grandes choses en Ton nom. Mais nous voulons savoir que nous sommes à Toi, que Tu es à nous. Nous voulons T'appartenir, être des chrétiens. Nous voulons avoir un Père, avoir l'amour d'un Père, l'approbation, l'appui d'un Père. Que l'expérience de la vie nous enseigne à voir simplement, qu'elle fixe nos regards sur Toi. A mesure que nous avançons dans la vie, puissions-nous devenir meilleurs.

Nous avons parlé des tempêtes qui nous attendent au cours de ce voyage qu'est la vie. Parlons maintenant du calme et des joies de la vie du chrétien. Mais, chers amis, attachons-nous plutôt aux moments de difficultés, aux heures dues au travail, aux saisons des chagrins. Car souvent le calme est trompeur. Le cœur a ses tempêtes, il a ses saisons de découragement comme il a ses heures de calme, et même ses instants d'exaltation.

Il y a temps pour soupirer et il y a temps pour prier, mais il y a temps pour la réponse à nos prières. Pleurer peut durer une nuit entière, mais la joie nous vient avec le matin.

O le cœur qui défaille
Peut déborder d'émoi.
Le témoin de ces larmes
S'étonne ; il ne sait pas
Que c'est Dieu à la source
Qui commande : Coulez.

Ma paix, je vous la confie. Nous avons vu qu'il y a place pour la paix, même au sein de la tempête. Grâces soient rendues à Dieu, qui nous a donné de naître et de vivre dans un pays chrétien. Lequel de nous a oublié les heures dorées de nos premiers jours chez nos parents, et, depuis que nous les avons quittés, car beaucoup d'entre nous ont dû quitter la maison paternelle, pour gagner leur pain, pour faire leur chemin dans la vie. N'est-ce pas Dieu qui nous a conduits au point où nous sommes ? Si nous avons manqué des choses à quoi nous croyons, Seigneur, aide-nous dans notre incroyance ! Je sens encore le ravissement, l'émotion, la joie que j'ai éprouvés la première fois que j'ai réfléchi gravement à la vie de mes Parents, quand j'ai senti d'instinct à quel point ils étaient chrétiens. Et cette émotion je l'éprouve encore, cette sensation de jeunesse éternelle, d'éternel enthousiasme avec lesquels je suis allé vers Dieu, disant : « Moi aussi, je veux être chrétien ! » Sommes-nous ce que nous avions rêvé d'être ? Non. Mais les chagrins, les soucis de chacun de nos jours, les devoirs quotidiens, tellement plus nombreux que ce que nous avions imaginé, la bousculade de la vie, tout cela a noyé la résolution que nous avions prise. Mais elle n'est pas morte, elle n'est qu'endormie. L'ancienne foi, l'amour du Christ, il se peut qu'ils sommeillent en nous, mais ils ne sont pas morts et Dieu peut les ressusciter en nous. Mais, bien que renaître à la vie éternelle, à la vie de la foi, de l'espérance et de la charité, à une vie éternellement verte, à la vie d'un chrétien, d'un serviteur du Christ, soit un don de Dieu, soit l'œuvre de Dieu, et de Dieu seul, n'en mettons pas moins nous-mêmes la main à la charrue dans le champ de nos cœurs. De nouveau, jetons notre filet, essayons encore. Dieu connaît les intentions de notre esprit. Il nous connaît mieux que nous ne nous connaissons nous-mêmes, car c'est Lui qui nous a créés ; nous ne nous sommes pas faits tout seuls. Il sait de quoi nous avons besoin. Il sait ce qui est bon pour nous. Puisse-t-il bénir la semence de Sa parole, celle qui fut semée dans nos cœurs. Si Dieu nous aide, nous saurons traverser la vie. A chaque tentation, il nous donnera le moyen de ne pas succomber.

Père, nous Te prions, non pour que Tu nous retires de ce monde, nous Te prions de nous tenir à l'écart du mal. Ne nous donne ni la pauvreté, ni la richesse, nourris-nous du pain qui nous convient. Et que Tes chants soient notre joie dans les maisons de notre pèlerinage. Que le Dieu de nos pères soit notre Dieu ; que leur peuple soit notre peuple, leur foi notre foi !

Nous sommes des hôtes sur la terre, ne nous cache pas Tes commandements, mais que l'amour du Christ nous guide et nous pénètre. Demande-nous de ne pas T'abandonner, de ne pas résister à Te suivre. Ton peuple sera mon peuple. Tu seras notre Dieu.

Notre vie est un pèlerinage, une marche de pèlerins. J'ai vu un jour un beau tableau. Il figurait un paysage, et c'était le soir. Au loin, sur la droite, une chaîne de collines, bleue dans la brume du soir. Par-dessus ces coteaux, la splendeur du couchant, des nuages, gris, liserés d'argent, d'or et de pourpre. Le paysage lui-même était une lande couverte d'herbe et de feuilles jaunies, car la scène se passe en automne. A travers la lande, une route mène à une haute montagne, très loin, et, au sommet de la montagne, on aperçoit une ville que le soleil couchant éclaire de sa gloire. Sur la route marche un pèlerin, son bourdon à la main. Il y a très longtemps qu'il marche, et il est très las. Et voilà qu'il rencontre un personnage, une femme vêtue de noir, qui fait songer à la parole de saint Paul : « Tristes, mais toujours dans la joie. » Cet ange de Dieu a été placé là pour encourager les pèlerins, pour répondre à leurs questions. Et le pèlerin lui demande : « La route monte-t-elle donc sans répit ? » Et la réponse est : « Oui, elle monte sans répit, jusqu'au bout ! » Et il demande encore : « Le voyage prend-il toute une journée ? »

Et la réponse est : « De l'aube à la nuit, mon ami. » Le pèlerin poursuit sa route, triste, mais toujours dans la joie, triste parce qu'il a tant marché, que la route est si longue. Mais il est plein d'espoir quand il lève les yeux vers la ville éternelle qui resplendit au loin dans la splendeur du soir. Il songe à deux vieux dictons qu'il a entendus voilà bien longtemps. L'un de ces dictons, c'est :

Il faut livrer luttes multiples,
Supporter nombreuses souffrances,
Prier beaucoup, beaucoup prier.
Alors la fin sera paisible.

Et l'autre dicton, c'est :

L'eau monte jusqu'aux lèvres,
Plus haut ne monte pas.

Et le pèlerin dit : « Je serai de plus en plus las, mais aussi de plus en plus près de Toi, ô mon Dieu ! » L'homme ne doit-il pas lutter sur la terre ? Mais il est une consolation qui vient de Dieu, dans cette vie. Elle vient d'un Ange de Dieu, qui réconforte l'homme, et c'est l'ange de Charité. Ne l'oublions pas. Et quand nous retournons à nos soucis quotidiens, à nos devoirs quotidiens, n'oublions pas que les choses ne sont pas ce qu'elles semblent, que Dieu à travers l'apparence de tous les jours nous enseigne des choses plus hautes ; n'oublions pas que notre vie est une marche de pèlerins, que nous ne sommes que des hôtes sur la terre ; mais souvenons-nous que nous avons un Dieu et un Père qui protège les hôtes, n'oublions pas que nous sommes tous frères.

Amen.

Que la grâce de notre Seigneur Jésus-Christ, que l'amour de Dieu notre Père, que la présence de l'Esprit saint soit avec vous, pour toujours.

Amen.

(Suit la lecture du Psaume XCI : Puissance et justice de Dieu.)

5

Dordrecht

21 janvier – 9 mai 1877

Après trois semaines de congé à Etten, Van Gogh, sur la recommandation de son oncle Vincent, est admis comme commis-libraire par M. Braat, directeur de la librairie Blussé et Van Braam à Dordrecht. Le fils de M. Braat était d'ailleurs employé chez Boussod et Valadon à Paris et en relations avec Théo. C'est à ces circonstances que Vincent dut de pouvoir rester quelques mois dans cette maison, car les services qu'il y rendait semblent avoir été dérisoires. Sa volonté de devenir pasteur est si forte qu'il lui est impossible de s'intéresser à autre chose et les longues heures qu'il passe assis devant le pupitre qui lui a été attribué, il les emploie essentiellement à copier des citations de la Bible qu'il traduit en anglais, en allemand et en français. Mais M. Braat connaît la situation difficile du pasteur Van Gogh et les inquiétudes qu'il éprouve à voir Vincent incapable de se fixer. Aussi lui laisse-t-il passer ses journées comme il l'entend.

Sa vie privée n'est pas moins étrange que sa vie professionnelle. Il ne se soucie ni de manger, ni de dormir, cela au désespoir de ses logeurs, M. et Mme Rijken, chez qui il a pris pension, et qui lui reprochent également de couvrir les murs de sa chambre de dessins cloués au mur.

Il semble, en effet, que ce soit à cette époque que Vincent ait commencé à dessiner assidûment et, dans ses lettres, quand il consent à abandonner ses citations et ses commentaires de la Bible, il lui arrive de décrire un paysage qu'il a saisi avec un véritable œil de peintre.

Dordrecht, janvier 1877

Cher Théo,

84 N Tu devais t'attendre à recevoir une lettre plus tôt ; mais les affaires marchent très fort au magasin, et on est pressé, de sorte que j'y suis le matin dès 8 heures et que j'y reste le soir jusqu'à une heure. (Je ne dis pas cela pour me plaindre, je ne demande pas mieux que d'être occupé.)

J'espère pouvoir aller à Etten le 11 février. Tu sais que c'est ce jour-là qu'on fête l'anniversaire de Pa. Penses-tu pouvoir venir aussi ? J'espère offrir à Pa les *Novellen* d'Eliot (traduction des *Scènes de la Vie ecclésiastique*) et, si nous décidions de lui offrir quelque chose ensemble, nous pourrions y ajouter *Adam Bede.*

J'ai écrit dimanche dernier à M. Jones et à sa femme que je ne retournerais pas chez eux et, sans presque l'avoir voulu, cette lettre s'est trouvée être assez longue, sans doute parce que j'avais le cœur trop plein. Je leur ai dit que je souhaitais qu'ils gardent une pensée pour moi dans leur cœur, je leur ai demandé « d'envelopper mon souvenir dans le vêtement de la charité ».

Les deux gravures : « Christus Consolator » que j'ai reçues de toi sont accrochées dans ma petite chambre. J'ai vu les tableaux au musée, et aussi celui de Scheffer : « Le Christ à Gethsémani. » C'est une toile à ne jamais oublier. Il y a aussi une étude pour « Les douleurs de la terre », plusieurs dessins et une vue de son atelier ; enfin, tu le sais, le portrait de sa mère.

Il y a encore d'autres très belles toiles, par exemple celles d'Achenbach, de Schelfhout et de Koekkoek et, entre autres choses, un bel Allebé représentant un vieil homme près d'un poêle. Irons-nous encore revoir tout cela ensemble, un jour ou l'autre ?

Le premier dimanche que j'ai passé ici, j'ai entendu prêcher sur le thème : « Voici, cette fois, je fais toutes choses nouvelles » et, le soir, « Nous voyons aujourd'hui comme dans un miroir, confusément, mais alors, nous verrons face à face ». Ce matin je suis allé chez le pasteur Beversen, dans une petite église ancienne. Il y avait service de Sainte Cène. Le texte du sermon était : « Si quelqu'un a soif, qu'il vienne à moi et qu'il boive ! »

La fenêtre de ma chambre donne sur des jardins plantés de sapins, de peupliers, etc. ; derrière de vieilles maisons on voit, entre autres choses, une corniche tapissée de lierre. « Curieuse vieille plante que le lierre ! » dit Dickens. Il se peut qu'il y ait quelque chose de grave, de plus ou moins sombre dans ce décor, mais je voudrais que tu le voies, le matin, quand le soleil l'éclaire. Il m'arrive, quand je le regarde, de penser à une de tes lettres où tu parlais d'une maison comme celle-là, couverte de lierre. T'en souviens-tu ?

Si tu peux le payer (si je le puis, je ferai la même chose) souscris à la *Katholieke Illustratie* de cette année. Il y a là-dedans des vues de Londres par Doré : chantiers au bord de la Tamise, Westminster, Whitechapel, l'« underground », etc., etc.

Chez les gens chez qui je demeure, habite aussi un maître d'école * avec qui, dimanche dernier, et aujourd'hui encore, j'ai fait une jolie promenade le long des canaux, et aussi en dehors de la ville, du côté de la Merwe. Nous avons longé l'endroit où tu as attendu le bateau.

Ce soir, quand le soleil s'est couché, reflété à la fois dans l'eau et dans les vitres des fenêtres, jetant sa splendeur tout en or sur les choses, c'était exactement comme un tableau de Cuyp.

Écris-moi de nouveau bientôt si tu as le temps. Il faut que je fasse encore un peu de tenue de livres et beaucoup d'autres choses.

Le bonjour à tous chez Roos. Reçois en pensée une poignée de main de

ton frère qui t'aime tant, *Vincent*.

Cher Théo,

Adam Bede coûte 2 florins 60. Tu trouveras donc inclus en retour 85 N
un florin quarante. Il me reste à espérer qu'ils en tireront du plaisir, chez nous. Ainsi, tout sera bien.

Merci pour ta lettre, qui m'a fait un très grand plaisir. Quand nous nous reverrons, il faudra se regarder une bonne fois bien en face, les yeux dans les yeux. C'est pour moi, certains jours, une chose merveilleuse que de me dire que nous avons de nouveau la même terre sous les pieds, que nous parlons la même langue.

* Il s'agit de Görlitz.

La semaine dernière, il y a eu ici des inondations. Le soir, c'est-à-dire entre minuit et une heure, comme je rentrais du magasin, en me promenant, contournant la Groote Kerk, le vent soufflait en tempête dans les ormes qui entourent l'église. La lune apparaissait, par instants, entre deux nuages gonflés de pluie et se mirait dans les canaux qui commençaient à déborder. Au cours de la nuit, ce fut pire : vers trois heures, chez Rijken (le marchand de grains et farines chez qui je loge) tout le monde était au travail, pour monter en hâte à l'étage le contenu du magasin. Il y avait déjà une aune d'eau dans la maison. Et quel va-et-vient partout ! Dans tous les rez-de-chaussée, les gens étaient activement occupés à faire comme nous, à porter aux étages ce qu'ils pouvaient. Une barque remontait la rue.

Quand il a commencé à faire jour, nous avons vu, au bout de la ruelle, un groupe d'hommes qui, à la queue leu leu, pataugeaient dans l'eau, pour atteindre leurs entrepôts.

Les dégâts sont considérables ; même dans la pièce où M. Braat entrepose son papier et d'autres marchandises, l'eau est entrée, non point venant de l'inondation, mais à cause de la très forte pression venue par le sol.

M. Braat dit que cela lui coûte un billet, et pas un petit ! Pendant un jour et demi, nous avons été occupés à transporter des objets à l'étage. Travailler ainsi de ses mains, une fois en passant, procure un changement que j'ai trouvé bien agréable. Dommage que ce fût pour cette raison ! J'aurais voulu que tu puisses voir, ce soir-là, le soleil se coucher. Les rues avaient l'air d'être en or, comme Cuyp en a peint quelquefois. Pour diverses raisons, j'attends mon bagage, encore en route, mais surtout pour avoir de nouveau quelques gravures dans ma chambre. J'ai déjà « Christus Consolator » que je tiens de toi, et deux gravures anglaises sur bois, notamment « Les pèlerins d'Emmaüs ». Et ils dirent, avec insistance : « Reste avec nous car le soir approche, le jour est sur son déclin. »... Une autre aussi : « Ce peuple assis dans les ténèbres et l'ombre de la mort a vu une grande lumière : le soir se passe dans les pleurs, mais le matin, c'est l'allégresse. »

Il se peut qu'il y ait un temps dans la vie où l'on est fatigué de tout, où l'on a le sentiment que tout ce qu'on fait est fait au rebours du bon sens, et il y a du vrai là-dedans.

Est-ce là l'impression qu'il faut repousser, ou est-ce « la tristesse selon Dieu, que l'on ne doit pas redouter, mais à laquelle il faut veiller, afin de voir si elle ne pourrait pas nous pousser au bien » ; ou, peut-être, « la tristesse selon Dieu qui conduit à faire un choix que l'on ne regrette jamais » ?

Dans ces moments-là, où l'on se sent dégoûté de soi, on devrait penser avec application, plein d'espoir et d'amour à la parole : « Venez à moi, vous tous qui êtes las et accablés sous le fardeau et je vous donnerai le soulagement. Enlevez le joug que je porte et apprenez de moi que je suis doux et humble de cœur et vous trouverez le repos pour votre âme. Car mon joug est doux à porter et ma charge est légère. Si quelqu'un veut venir avec moi, qu'il renonce à lui-même et porte sa croix chaque jour et qu'il me suive. » Dans de pareils moments, il y aurait lieu de penser à « si un homme n'est pas né de nouveau, il ne peut pas entrer dans le royaume de Dieu ». Si nous laissons l'expérience de la vie nous instruire, si nous laissons la tristesse en Dieu nous conduire, une vie nouvelle peut naître encore du cœur lassé. C'est quand nous sommes ainsi, bien las, qu'il faudrait croire plus fermement en Dieu. Alors nous trouverions dans le Christ, selon Sa parole, un ami, un consolateur. Ainsi des jours pourront venir où nous sentirons la vérité de la parole : « Tu éloignes de moi mes péchés autant que l'Orient est distant de l'Occident », où nous sentirons la vérité de : « Le zèle pour ta maison m'a dévoré » et « Notre Dieu est un feu dévorant », où nous rapprendrons ce que c'est qu'être fervent d'esprit : « L'espoir ne dépérira point toujours. » Mais n'oublions pas « les choses que nous avons entendues depuis le commencement ». Au commencement était le Verbe et le Verbe était de Dieu, et le Verbe était Dieu. C'est ainsi que Dieu a aimé le monde et il lui a donné son fils unique afin que quiconque croit en Lui ne demeure pas dans les ténèbres mais ait la vie éternelle. Rien ne nous séparera de l'amour du Christ, ni dans le présent, ni dans l'avenir.

[*Écrit à côté du texte*]

Terre, réjouis-toi, louange au Dieu suprême !
Que coulent pour lui de tes yeux
Les larmes de reconnaissance.
Fête joyeusement ce jour heureux,
Le plus beau que le monde ait vu luire

A ses horizons.
Elle nous réjouit encore, cette nuit, cette nuit heureuse
Où, paré de splendeur nouvelle, le firmament
Et l'armée des anges viennent joyeusement
Acclamer Jésus.

Je sais à qui je me confie.
Que coulent les nuits et les jours.
Je sais sur quel roc j'édifie.
Qui compte sur Ton aide, il ne se trompe pas.
Une fois au soir de ma vie,
Las des soucis, las de lutter
Pour chaque jour à moi donné,
Louange plus haute et plus pure.
L'espoir ne languira pas toujours.

Le cerf échappé aux chasseurs
Ne brame pas plus fort
Après ces sources d'eau fraîche,
Que mon âme vers son Dieu.
Oui, mon âme a soif du Maître !
Dieu de la vie, dis-moi quel jour
Je paraîtrai devant Tes yeux.
Enfin j'irai dans Ta demeure,
Acclamer Ton nom glorieux.

Mon âme, pourquoi te troubler ?
Dis, pourquoi en moi t'agiter.
Renais, ancienne confiance,
Trouve joie à louer le Très-Haut.
Ton cœur trop lourd, ne l'a-t-il pas souvent
Fait renaître à la joie ?
Espère en lui, lève les yeux.
Je louerai encore le Seigneur.

Dimanche dernier, le matin, je suis allé à l'église française d'ici. Elle est digne et grave ; elle a quelque chose de très attachant. Le thème du sermon était : « Garde ton bien, pour que nul ne ravisse ta couronne. » Et le prédicateur a conclu : « Si je t'oublie, Jérusalem, que ma main droite se paralyse. »

Au sortir de l'église, j'ai fait seul une belle promenade, sur une digue, le long des moulins. Le ciel était lumineux par-dessus les prairies, qui se reflétaient dans les fossés.

Certes il y a, dans d'autres pays, des choses singulières, par exemple : la côte française que j'ai vue à Dieppe ; des falaises couronnées de gazon vert, la mer, le ciel, les ports avec de vieilles barques comme Daubigny en a peint, des filets et des voiles brunes, de petites maisons où, çà et là, s'ouvrent des auberges avec de petits rideaux blancs, des branches vertes de sapin à leurs fenêtres ; des chariots attelés de chevaux blancs, aux harnais ornés de têtières bleues à floches rouges, des charretiers en blouses bleues ; des pêcheurs barbus en cirés huilés ; les femmes de France aux visages pâles, aux yeux noirs, au regard souvent profond, en jupons noirs et bonnets blancs.

Oui, et d'autres choses curieuses ; par exemple les rues de Londres sous la pluie, leurs réverbères allumés, une nuit passée sur le perron d'une ancienne église toute grise, comme cela m'est arrivé cet été, après cette marche jusqu'à Ramsgate. Certes, il y a dans d'autres pays des choses singulières, mais, tandis que je me promenais, dimanche dernier, sur cette digue, je me disais : « Comme il est bon, ce sol de la Hollande ! » Et ce que j'éprouvais, c'était quelque chose comme : « Aujourd'hui il est dans mon cœur de faire alliance avec le Seigneur. » Car le souvenir me revenait des jours d'autrefois ; parmi d'autres choses, je me rappelais combien de fois, aux derniers jours de février, nous nous sommes promenés avec Pa jusqu'à Rijsbergen etc., écoutant l'alouette par-dessus les champs noirs et le jeune blé vert, le ciel bleu lumineux, les blancs nuages au-dessus, et la route pavée, avec des hêtres – ô Jérusalem, Jérusalem ! ou plutôt ô Zundert, ô Zundert * ! Qui sait ? Peut-être nous promènerons-nous encore ensemble au bord de la mer. Il faut, Théo, que nous restions de bons amis, croire en Dieu, et avoir confiance, de cette ancienne confiance en Lui qui peut élever les prières et les pensées. De tout cœur, mes souhaits pour le jour où nous sommes **. Il est déjà une heure et demie, nous sommes donc déjà le 8 février, que Dieu nous garde longtemps encore notre Père !

Pa m'a écrit qu'il a déjà vu des étourneaux. Te souviens-tu comme ils venaient se poser sur l'église, à Zundert ?

* Lieu où Vincent est né et où son père a été pasteur.

** Celui de l'anniversaire de leur père.

Je n'en ai pas encore aperçu ici, mais déjà beaucoup poussent des cris sur la Groote Kerk. Le printemps va bientôt venir, les alouettes vont reparaître.

Porte-toi bien, des amitiés à tous chez Roos, surtout aussi à M. Tersteeg et à Madame. Reçois en pensée une poignée de main, et crois-moi

ton frère qui t'aime tant, *Vincent.*

Dis à M. T. * qu'il ne prenne pas en mauvaise part que les modèles de dessin restent si longtemps absents ; c'est pour l'enseignement moyen. Trente sont déjà reliés, mais on veut encore en choisir pour l'école du soir et, pour cette raison, les garder encore une huitaine de jours. On te les retournera le plus tôt possible.

Mon vieux, envoie-moi encore la page de Michelet, celle que tu m'as déjà envoyée est dans l'écritoire qui lui-même est dans ma malle, et j'en ai de nouveau besoin. Écris-moi bientôt.

Dordrecht, 26 février 1877

Cher Théo,

86 N Les heures que nous avons vécues ensemble ont été vite passées, ce petit chemin derrière la gare où nous avons vu le soleil se coucher sur la campagne, et le ciel du soir se mirer dans les fossés, et où les troncs des vieux arbres se dressent, droits, couverts de mousse, avec, au loin, le petit moulin, j'irai encore m'y promener de temps en temps, en pensant à toi.

Ci-joint la photographie du « Huguenot ». Accroche-la dans ta petite chambre. Tu connais l'histoire : un jeune homme, la veille de la nuit de la Saint-Barthélemy, est averti par sa bonne amie (qui savait ce qui allait se passer au cours de la nuit). Elle voulait lui faire porter le signe, un brassard blanc, auquel on reconnaîtrait les catholiques. Mais, cet insigne, le jeune homme ne voulait pas le porter, sa foi, son devoir lui étaient plus chers que sa bonne amie. Je ne sais si je t'ai déjà envoyé ce poème de Longfellow ** que je

* M. Tersteeg.
** La lumière des étoiles.

recopie ici, il m'a souvent vivement frappé. Il te frappera peut-être aussi.

Je suis content que nous ayons pu revoir ensemble les tableaux de Scheffer. Le soir, je suis allé chez Mager * qui demeure chez le lecteur de l'église luthérienne, dans une vraie maison hollandaise de l'ancien temps. Il y a une gentille petite chambre. Nous sommes restés un bon bout de temps à bavarder ensemble ; il m'a parlé de Menton et d'une fête de Noël à laquelle il a assisté là-bas.

Merci d'être venu ici hier. Veillons à n'avoir l'un pour l'autre que le moins possible de secrets. C'est pour cela que nous sommes frères. J'ai encore été très occupé : un tas de choses, de petites choses, mais qui font partie de mes devoirs. Si l'on n'avait pas le sentiment du devoir, comment pourrait-on mettre de l'ordre dans ses pensées ? Par ce sentiment du devoir, toutes choses sont sanctifiées et comme enchaînées l'une à l'autre et font de beaucoup de petites choses une grande.

Écris-moi bientôt comment tu es rentré et si la promenade et le voyage ne t'ont pas trop fatigué. J'espère une lettre de toi, où tu me diras si tu vas à Etten.

Reçois en pensée une poignée de main et crois-moi

ton frère qui t'aime tant, *Vincent.*

C'est peut-être bien pour toi le moment où l'on a besoin d'une « psalmodie du passé, d'une lamentation de la croix ».

Et, vois, j'ai cru dans la nuit, le silence,
Entendre sa voix, si douce, si tendre.

Dordrecht, 28 février 1877

Cher Théo,

Écris-moi donc bien vite, si tu peux trouver un moment. 87 N
Aie bon courage. Sois fort. Hier soir, j'ai écrit quelque chose

* Nico Mager, alors employé, lui aussi, à la librairie Blussé et Van Braam.

à notre intention, quelque chose que je joins à cette lettre, lis-le *.

Je suis rentré du bureau à une heure et suis retourné en contournant la Groote Kerk et puis le long des canaux. Je suis passé devant la Oude Poort, vers la Nouvelle église ; ensuite chez moi. Il avait neigé ; tout était si calme ; on ne voyait, ici et là, que de petites lumières, dans l'une ou l'autre chambre à l'étage, et, silhouetté en noir sur la neige, le veilleur de nuit avec sa crécelle. La marée était haute ; les canaux, les bateaux paraissaient tout sombres. C'est parfois si beau, près des églises ! Le ciel était gris, nuageux ; la lune luisait, pâle, au travers.

Je pensais à toi en marchant et, arrivé chez moi, j'ai écrit ce que je t'envoie. Tu as sûrement un Genestet ? Lis beaucoup là-dedans.

Un jour, quand j'étais à Paris, Pa m'a envoyé : *Quand j'étais un jeune garçon* et *Il n'est pas un prêtre qui puisse te révéler.*

Je t'écris en hâte, pendant mon travail. Au revoir. Une cordiale poignée de main en pensée.

Ton frère qui t'aime tant, *Vincent.*

Dordrecht, 8 mars 1877

Cher oncle,

87*a* N Dernièrement, Pa, qui était ici, m'a dit que tu lui avais demandé si Théo et moi pourrions un jour aller te voir chez toi. Je ne désire pas peu vous revoir, toi et Tante, et causer avec vous. Et, donc, je viens te demander s'il te conviendrait que Théo et moi venions chez toi dimanche prochain. Nous partirions de La Haye par le premier train pour passer l'après-midi ou la soirée.

Théo doit partir bientôt en voyage, et si nous n'allons pas vous voir maintenant, il se peut que cela ne puisse arriver d'ici bien longtemps.

Ce fut une journée magnifique, celle que nous avons passée dernièrement, avec Pa, qui était ici ; nous nous sommes promenés. Nous sommes encore allés ensemble au musée, voir les tableaux de Scheffer. Je vais bien. Au début de l'année, il y a toujours

* Des psaumes et des versets religieux.

beaucoup d'ouvrage au magasin, de sorte que j'y suis le soir jusque minuit, parfois jusqu'à une heure.

Il m'est bien agréable d'être de nouveau en Hollande. Mais, là-bas, le travail m'était un plaisir, malgré toute la peine, malgré l'intime déception qui y était mêlée, et qui d'ailleurs dure encore. Oui j'y suis étroitement lié par la déception, et, pour cette fois, par ma mésaventure relative.

Il est merveilleux qu'Anna ait pu retrouver une place tout de suite. J'espère qu'elle y sera bien. Au cas où tu jugerais bon que Théo et moi venions chez toi dimanche prochain, écris s. v. p. une carte-lettre à l'un de nous.

Entre temps, reçois mes cordiales amitiés pour toi et pour Tante, et crois-moi

ton neveu affectionné, *Vincent.*

Je t'aurais écrit plus tôt, mais c'est hier seulement que Pa m'a parlé d'aller vous voir dimanche prochain.

Dordrecht, 16 mars 1877

Cher Théo,

Merci pour ta lettre. Je ferai en sorte que tu reçoives encore un 88 N
petit mot à Amsterdam. Dimanche nous nous verrons, j'espère ; il nous sera bien agréable d'être de nouveau réunis. Je t'envoie mes félicitations à l'occasion de l'anniversaire de Wilhelmine. Quelle gentille jeune fille elle est devenue !

Elle recevra de nos parents *Le vaste, vaste monde* et, de moi, le « Réveillon de Noël au pôle », de Bungener.

Je suis content pour toi que l'on t'ait envoyé si tôt faire une tournée de voyages. Ce sera pour toi une diversion agréable. Tu me dis : « Je suis si triste et si seul. » Et pourtant « Je ne suis pas seul, car le Père est avec moi. »

En tous lieux, en toute circonstance, avoir toujours fermement présente la pensée du Christ, voilà qui est une bonne chose. Ces paysans du Brabant, comme leur vie est dure ! Aerssen * par

* Paysan qui, à Zundert, travaillait dans le jardin du presbytère.

exemple. D'où leur vient la force qu'ils ont ? Et les pauvres femmes, qu'est-ce qui les soutient dans la vie ? Ne serait-ce pas ce que le peintre a peint dans sa « Lumière du monde » ?

Je ne puis te dire à quel point parfois j'ai besoin de la Bible. Il va sans dire que je la lis ; chaque jour j'y lis quelque chose. Mais ce que je voudrais tellement, c'est l'avoir toute dans la tête, voir la vie à la lumière de ces paroles-là. Il en est une qui dit : « Votre parole est une lumière sur mon chemin, une lampe pour chacun de mes pas. »

J'ai confiance. Je crois que ma vie changera encore, que ce grand désir que j'ai de Lui sera satisfait. Moi aussi, je suis bien souvent triste et seul, surtout quand je me promène autour d'une église ou d'un presbytère. Ne nous décourageons pas, ne renonçons pas à chercher la douceur, l'humilité, la patience. Ne te gêne pas pour être singulier, vis en marge des autres, fais bien le départ entre le bien et le mal, même si tu n'en laisses rien paraître. Fais cela pour toi-même.

« Ne quittez pas la vie sans avoir ouvertement manifesté votre amour pour le Christ » dit Claudius.

Tu as eu une expérience qui peut te rendre prudent pour une longue vie. Retiens bien ce que tu as appris.

« Nourris-moi du pain de mes larmes, vérité, enseignez-moi. » Déteste le péché. Souviens-toi de la prière que Pa faisait chaque matin : « Préservez-nous de tous les maux et surtout du mal du péché ! » Il sait bien ce qu'il dit.

J'attends dimanche avec impatience. J'espère que tu feras bon voyage. Travailler est toujours merveilleux : « Tout travail a du bon. »

Je suis toujours occupé jusque très tard dans la soirée, mais d'ailleurs très content qu'il en soit ainsi.

Il y a déjà des cigognes, mais je n'ai pas encore entendu l'alouette. Le ciel est souvent orageux. On voit passer alors des nuées de corneilles, d'étourneaux.

La photographie « Mater Dolorosa » que tu as envoyée est accrochée dans ma chambre. Comme elle est belle ! Te souviens-tu qu'elle ornait déjà le bureau de Pa, à Zundert ?

Que je te souhaite, Théo, toute la chance possible. Nous nous verrons bientôt. Je suis curieux de voir les planches dont tu me parles. Par la pensée, une poignée de main. A dimanche. Au revoir. Crois-moi

ton frère affect. *Vincent.*

Dordrecht, 22 mars 1877

Cher Théo,

Je ferai en sorte que tu reçoives une lettre au cours de ton voyage. 89 N
Quelle bonne journée nous avons passée ensemble à Amsterdam ! Je suis resté à suivre des yeux le train que tu as pris, aussi longtemps qu'il a été en vue. Nous sommes de si vieux amis ! Combien de fois nous nous sommes longuement promenés tous les deux, par les champs noirs et le jeune blé vert, jusqu'à Zundert où, en cette saison de l'année, nous entendions l'alouette, avec notre Père.

Je suis allé ce matin avec l'oncle Cor chez l'oncle Stricker où j'ai eu une longue conversation sur le sujet que tu connais. Le soir, à six heures et demie, l'oncle C. m'a conduit à la gare. Il faisait une belle soirée. Dans tout ce que l'on voyait, tant de choses semblaient nous parler ; l'heure était calme, les rues un peu humides, comme c'est presque toujours le cas à Londres. Nous sommes allés aussi au marché aux fleurs. Il est bon d'aimer les fleurs, le vert des sapins, le lierre et les haies d'aubépine, tout ce que nos regards ont vu depuis l'enfance. Écris chez nous pour leur dire ce que nous avons fait à Amsterdam, et ce dont nous avons parlé.

En arrivant ici, j'ai trouvé chez Rijken une lettre de la maison. Pa n'ayant pas pu prêcher dimanche dernier, le pasteur Kam est venu faire son service. Je le connais, je sais qu'il a le cœur ardent. Ah ! si les circonstances pouvaient faire que je puisse me consacrer à le suivre, non pas un peu, mais entièrement ! Pa a toujours considéré que je pouvais envisager cela pour moi. Ah ! que cela puisse se réaliser ! Que ce souhait soit béni !

Je t'écrirai encore pour te parler de mes projets. Mes pensées en seront encore précisées et fortifiées. Je pense surtout aux mots de la Bible : « C'est mon destin de garder Sa parole. » J'ai un si grand désir de faire mien le trésor des paroles de la Bible, de connaître à fond, avec amour, tous les vieux récits qu'elle contient, surtout de connaître tout ce que nous savons du Christ. Dans notre famille, qui est bien, aussi loin qu'on puisse remonter de génération en génération, une famille chrétienne au plein sens du mot, il y a toujours eu quelqu'un qui était ministre du saint Évangile. Pourquoi cette génération-ci n'entendrait-elle pas la même voix ? Et pourquoi pas les générations suivantes ? Pourquoi un membre de la famille ne se sentirait-il pas appelé au service divin, pourquoi n'aurait-il pas quelque raison de penser qu'il peut, qu'il doit le déclarer au grand jour, chercher les moyens d'atteindre ce but ? C'est mon intime souhait, ma prière : que l'esprit de mon père et de mon grand-père renaisse en moi, qu'il me soit accordé d'être un chrétien, un serviteur du Christ ; que ma vie puisse ressembler (le plus sera le mieux, car le vieux vin est bon, tu le sais, et je n'en désire point de nouveau) que ma vie puisse ressembler à la vie de ceux que j'ai nommés !

Mon vieux Théo, mon frère que j'aime, j'ai si grand désir d'en arriver là ! Mais comment y arriverai-je ? Je voudrais tant que soient déjà derrière moi les études nombreuses, difficiles, nécessaires pour devenir un ministre du saint Évangile.

Bonne chance dans ton voyage. Écris-moi bientôt et reçois par la pensée une cordiale poignée de main. Au revoir. Crois-moi toujours

ton frère qui t'aime tant, *Vincent.*

Tâche d'être à Etten à Pâques. Quand nous serons ensemble, tout ira de nouveau très bien.

Cher Théo,

90 N Merci pour ta lettre d'hier à laquelle je réponds aujourd'hui, profitant d'une petite heure de loisir.

Je me suis rappelé que le jour où nous étions au musée van der Hoop, nous avons parlé du petit livre de Burger. Tu le recevras par la poste, par le même courrier. Tu y trouveras aussi une gravure sur bois d'après Doré : « Judith et Holopherne » et une autre d'après Brion, toutes deux pour ta collection. Continue à collectionner ; avec le temps tu finiras par en avoir une très belle. Accepte ma petite contribution ; il y a chez moi un très grand désir, un besoin de rester en communion d'idées avec toi par ces petites choses.

Dans ma chambre, je suis constamment rappelé à ton souvenir par les planches qui sont au mur. L'amour entre frères est un soutien puissant dans la vie. Vérité de tous temps reconnue. Cherchons donc, écoutons cette voix. Que l'expérience de la vie nous aide à fortifier le lien qui nous unit. Restons loyaux, francs et sincères l'un envers l'autre. Qu'il n'y ait entre nous point de secrets, comme c'est le cas maintenant.

Merci pour ta dernière lettre. « Ce n'est pas fini », dis-tu. Non, ce n'est pas encore possible. Ton cœur aura encore besoin de se confier, de s'épancher. Il y aura en toi un conflit (elle ou mon père). Je crois que notre Père t'aime plus qu'elle, que son amour pour toi a plus grande valeur. Elles sont en or, ces paroles :

L'enfant se fie à son Père,
Ce Père en est bien digne.
Qui est plus près de vous que lui,
Au ciel ou sur la terre ?

Retournes-y encore, si la situation te semble trop pénible.

J'ai reçu cette semaine une lettre de l'oncle Vincent. Il m'écrit qu'il ne juge pas utile de poursuivre la correspondance, que dans ce cas-ci il ne peut pas m'être utile. Est arrivée aussi une lettre de M. Gladwell père, où il me parle de Harry, qui a dû souffrir de mortelles angoisses morales. Il a fallu qu'il soit forcé dans ses derniers retranchements pour qu'il agisse comme il a fait.

M. Görlitz est aujourd'hui à Etten pour parler avec Pa de la vacance d'une place d'instituteur à Leur *. J'espère de tout cœur qu'il obtiendra le poste. Il y a eu ici aujourd'hui, pour la première fois, un sermon du matin. J'y suis allé. Très beau prêche. Thème : L'apparition de Jésus aux disciples sur le lac de Tibériade. Évang. selon St Jean, chap. 21.

Inclus quelques poèmes de Uhland qui m'ont frappé.

Écris-moi bientôt de nouveau, mon vieux. Compliments cordiaux à ceux de ta maison. Reçois en pensée une poignée de main de

ton frère qui t'aime tant, *Vincent.*

Görlitz a rapporté d'Etten quelques fleurs.

* Petit village près d'Etten.

Etten, 3 avril 1877

Cher Théo,

91 N Je ferai en sorte que tu reçoives bientôt de nouveau une lettre. Tu vois, je t'écris encore d'Etten.

Hier matin, j'ai reçu un mot de chez nous. Pa m'écrivait qu'Aerssen était mourant. Notre père était allé le voir, car Aerssen désirait le revoir, lui parler.

En apprenant cela, je me suis senti si violemment appelé à Zundert que j'ai eu besoin d'y aller.

Mais je te parlerai de tout cela plus tard. Car je viens de lire ta dernière lettre. J'y vois que ton voyage est terminé, que tu es de nouveau à La Haye. Écris-moi donc bientôt de nouveau. Restons très près l'un de l'autre.

Aujourd'hui, une carte-lettre d'Anna, qui est bien arrivée. Pourvu que tout aille bien pour elle. N'es-tu pas frappé, toi aussi, de ce que quelque chose s'est produit chez elle, quelque chose qui fait penser à ces femmes dont parle la Bible, à ces femmes que Jésus a aimées ? Quand je pense à Anna, les vers de Béranger me reviennent chaque fois à la mémoire :

Dans les palais et sous le chaume
Dit la vierge, j'ai de mes mains
Préparé le miel et le baume
Pour les souffrances des humains.

Comme elle s'est fait aimer, dans cette famille de Welwyn, partageant avec eux la joie et la peine, ne ménageant rien d'elle-même pour les aider, les consoler ; par exemple, lorsque l'enfant est tombée malade et lorsqu'elle est morte. J'ai vu alors combien tous ces gens tenaient à elle. Dès le début, elle s'est entièrement dévouée. L'hiver, elle se levait très tôt pour allumer le feu de ses propres mains. Pourtant, ils ne devaient pas être drôles, les premiers jours, qui lui ont fait écrire qu'elle pensait à ces paroles : « Sans Vous, ô l'Éternel, que serait l'homme sur la terre ? Sans Vous, qu'y a-t-il pour moi dans le ciel ? A part Vous, plus rien ne m'attire sur terre. » Et comme elle souhaitait, alors, assister à la sainte Cène !

Elle y allait, elle en sortait réconfortée. Pa et Moe, comme ils l'aiment ! Nous tous aussi. Oh oui ! restons étroitement unis !

Je suis parti samedi soir par le dernier train de Dordrecht pour Oudenbosch, d'où je suis allé à pied à Zundert en me promenant. Il faisait si beau dans la bruyère ! Bien qu'il fît noir, on devinait l'immense étendue de la lande, on distinguait les bois de pins, les marais. La scène me faisait penser à cette gravure de Bodmer, accrochée au-dessus du bureau de Pa. Le ciel était sombre, mais l'étoile du soir brillait entre les nuages ; de temps en temps on apercevait aussi quelques autres étoiles Il était encore très tôt quand j'atteignis le cimetière de Zundert ; un grand silence régnait. Je suis retourné voir les coins familiers, les sentiers d'autrefois, en attendant le lever du soleil. Tu connais le récit de la Résurrection. Je me le suis constamment rappelé, dans ce paisible cimetière.

Chez Aerssen et Mientje, dès qu'ils furent levés, j'ai appris comment leur père était mort au cours de la nuit. Ils étaient si désolés, leur cœur était si gros, à tous, car Hein était là aussi ; il était arrivé de bonne heure. J'étais content d'être venu, je compatissais à leur peine, car, moi aussi, j'aimais tellement le défunt.

Je te transmets les amitiés des Tantes, et de Jan Doome, chez qui je suis allé aussi, et de là, avec Hein, en nous promenant, nous avons gagné Rijsbergen, où nous sommes restés pendant une heure et où nous avons lu. Woutje Prins * avait veillé, elle aussi, trois nuits durant près du mort, et l'avait aidé jusqu'à la fin. La mort avait été douce.

Je n'oublierai jamais ce noble visage sur l'oreiller ; on y voyait, auprès des marques de la souffrance, l'expression d'une grande paix, et quelque chose de sacré. Que c'était beau ! Je voudrais dire : cela parlait de tout ce qui est propre à ce pays, à la vie de ce peuple du Brabant. Et tous ces gens étaient si pleins de la pensée de Pa, de tout ce que notre père a toujours été pour eux ; sans cesse ils rappelaient combien ces deux hommes tenaient l'un à l'autre.

Ensuite je suis allé a pied à Etten avec Hein Aerssen et maintenant je suis de nouveau chez nous, pour en repartir demain matin de bonne heure.

Bonjour, vieux. C'est l'heure du courrier. Reçois par la pensée

* Leur vieille bonne d'enfants de Zundert.

une poignée de main et crois-moi, avec les compliments pour ceux de ta maison,

ton frère qui t'aime tant, *Vincent.*

[*Au verso de la lettre de Vincent, son père a écrit* :]

Mon cher Théo,

91*a* N *Tu as bien fait de nous écrire. Bonne chance, mon brave garçon, intéresse-toi à la vie, pour toi et aussi pour nous. Oh ! nous pourrions nous faire tant de bien l'un à l'autre ! N'est-ce pas là un grand objectif pour la vie ?*

Que dis-tu, Théo, de la surprise que Vincent nous a faite de nouveau ? Je trouve toutefois qu'il devrait se montrer prudent. La clef était celle du cimetière, Dieu merci.

La cordiale affection de Moe, comme de nous tous. Lies doit partir demain.

Toujours ton père affect. *T.V.G.*

(16 avril 1877)

Mon cher Théo,

92 N Merci pour ta lettre, montre-toi fort et Dieu t'aidera, il fortifiera ton cœur. J'ai reçu aujourd'hui une longue lettre de chez nous. Pa me demande si nous pourrions nous arranger pour aller tous les deux dimanche prochain chez l'oncle Cor à Amsterdam. Si tu le trouves bon, je viendrai chez toi samedi soir par le train qui arrive à La Haye à 11 heures et nous partirons pour Amsterdam le lendemain matin, par le premier train, pour passer là-bas toute la journée.

Nous devrions le faire, Pa semble y tenir beaucoup. Ainsi nous serons encore ensemble dimanche prochain. Je passerai probablement cette nuit-là chez toi, sinon j'irai à l'hôtel. Écris-moi

une carte-lettre pour me dire si le projet te semble bon. Restons étroitement unis.

Il est tard. Cet après-midi, j'ai fait une promenade, tant j'avais besoin d'impressions ; j'ai d'abord contourné la Groote Kerk, puis la Nieuwe Kerk, ensuite je suis monté sur la digue, où sont tous ces moulins que l'on voit de loin quand on se promène près de la voie ferrée. Tant de choses parlent à l'esprit dans ce paysage caractéristique et dans ce qui l'entoure ! Tout cela semble nous dire : « Garde bon courage, ne crains rien. » O qu'une voie s'ouvre enfin pour moi, qui me permette de consacrer ma vie, plus que je le fais maintenant, au service de Dieu et de l'Évangile. Je ne cesse de le demander avec insistance et je crois que je serai entendu, je le dis en toute humilité ! Il semble, humainement parlant, dirai-je, que cela ne puisse jamais arriver. Pourtant, quand j'y pense sérieusement, quand je pénètre au-delà de la surface de ce qui pour l'homme est impossible, alors mon âme espère en Dieu, car il lui est possible à Lui, qui n'a qu'à parler pour qu'on entende, qu'à commander pour que les choses arrivent, qu'elles existent réellement.

Théo, mon vieux Théo, si cela pouvait un jour m'arriver, si cette malchance extrême qui pèse sur tout ce que j'ai entrepris et qui m'a si mal réussi, ce torrent de reproches que j'ai entendus ou sentis, si tout cela pouvait un jour m'être retiré, et que puissent m'être données l'occasion, la force nécessaires pour que se développe, pour que dure la chose que mon père et moi remercierions si ardemment le Seigneur de nous avoir donnée.

Une poignée de main en pensée. Des amitiés chez Roos. Crois-moi

ton frère qui t'aime tant, *Vincent.*

Dordrecht, 23 avril 1877

Cher Théo,

J'ai reçu ta lettre du 21 avril, merci de m'avoir écrit si vite. 93 N
Cette lettre m'a causé une joie comme celle que la femme de saint Luc doit avoir éprouvée quand elle retrouva sa pièce

d'argent. Tu me dis que le petit écritoire de tante Roos avec les lettres de Pa et de Moe a été retrouvé à l'occasion d'un grand nettoyage.

Qu'est-ce que j'ai eu de souci, d'inquiétude, l'an dernier, quand j'ai cherché ce petit objet, me figurant que je l'avais emporté avec moi en Angleterre, qu'il était resté dans l'une des maisons ou j'ai vécu à Londres ! Il est bien heureux qu'il soit retrouvé. J'en suis bien reconnaissant. Garde-le provisoirement. A Amsterdam, quand je serai en route *, j'en aurai besoin. Je me rappelle très bien maintenant l'avoir laissé chez Roos lors de mon départ pour l'Angleterre, parce que j'avais peu de place dans ma malle, et aussi parce que je pensais qu'il serait plus en sûreté là que d'être trimbalé à l'étranger.

Cet événement m'est comme une nouvelle preuve, un signe, comme j'ai cru en remarquer plusieurs ces derniers temps, que mes efforts seront bénis, que j'aurai de la chance, que la chose que je désire si ardemment me sera accordée : – Quelque chose reste vivant en moi de l'ancienne confiance ; j'espère que mes idées se fixeront, se renouvelleront dans le sens de la fermeté, que l'ancienne croyance se rétablira dans mon âme. Mais le choix que je fais comptera pour la vie entière.

Toi aussi, il faut fixer ton cœur et ton esprit sur une chose qui vaille, sur une bonne idée. Demande-le à Dieu.

L'oncle Jan est allé à Etten. Il a dit que ma petite chambre était déjà prête chez lui. Monsieur Braat est en pourparlers avec quelqu'un ; en mai, donc, je mettrai probablement la main à la charrue.

J'accrocherai dans cette petite chambre les gravures que tu m'as données. Chaque jour elles te rappelleront à moi.

Sous cette gravure d'après Rosenthal j'ai écrit : « Prenez sur vous le joug que je porte. Apprenez de moi que je suis doux et humble de cœur et vous trouverez le repos pour votre âme. Car mon joug est doux à porter et ma charge est légère. Donc si quelqu'un veut venir avec moi, qu'il renonce à lui-même. Qu'il porte sa croix et qu'il me suive. Au royaume du ciel on ne prend point femme, on ne prend point de mari, on ne s'accorde point en mariage. »

Sous le pendant de l'autre gravure : « L'Imitation de

* Nouvelle allusion au projet qu'il a d'aller étudier la théologie à Amsterdam.

Jésus-Christ » (d'après Ruyperez), j'ai écrit ce que nous avons entendu notre Père nous dire : « Seigneur, je voudrais tant être grave et sérieux. »

Ce matin, j'ai assisté à un très beau sermon du pasteur Keller van Hoorn ; cet après-midi, Görlitz, Mager, ten Brœk et moi étions au musée pour voir les Scheffer. Qu'ils sont beaux ! T'ai-je écrit que Görlitz est allé à Etten pour solliciter le poste d'instituteur, qui est vacant à Leur ?

Il est revenu, plein de tout ce qu'il avait vu ; Pa avait parlé de Jacob, qui dormit dans les champs à Bethel ; tout ce que notre père a dit l'a tellement touché. Je lui souhaite de l'obtenir, cette place ; s'il l'obtenait, il est probable qu'il se marierait bien vite.

La semaine dernière j'ai eu une lettre de Harry Gladwell lui-même ; il est là-bas dans un milieu dangereux, les oiseleurs * y sont nombreux et rusés. J'espère apprendre bientôt quelques détails un peu plus précis. Nous en reparlerons.

Je sais peu de chose de la vie de Taine, je suppose qu'il a beaucoup voyagé en France, en Italie, en Angleterre et aussi en Hollande, cela se déduit de ses écrits. C'est bien un artiste, un vrai. Le premier livre de Burger : *Musées*, je l'ai. Et maintenant, Théo, passe un bon dimanche. J'espère te revoir lorsque j'irai à Amsterdam.

Pour un « semeur de paroles » comme j'espère le devenir, il est probable que chaque jour lui apportera son souci, tout comme il est arrivé au semeur du blé dans les champs, et que la terre portera beaucoup d'épines et de chardons. Restons un soutien l'un pour l'autre, recherchons l'amour fraternel.

Au revoir. Mes compliments aux gens de ta maison. Reçois en pensée une poignée de main et crois-moi toujours

ton frère qui t'aime tant, *Vincent*.

Il pleut. On pourrait se croire à Londres. Quand je porterai cette lettre à la poste, j'espère prendre encore le petit sentier derrière la gare, où nous nous sommes promenés.

* Allusion au passage des *Lamentations* de Jérémie : « Il se trouve des pervers, qui guettent, tapis comme des oiseleurs, posant des pièges pour prendre les hommes. »

Dordrecht, 30 avril 1877

Cher Théo,

Mes cordiales félicitations en ce jour. Que l'occasion me soit donnée de le faire encore souvent. Passe une bonne journée et beaucoup d'autres beaux jours au cours de l'année qui commence. Le temps fuit, les jours passent, mais quelque chose peut leur survivre. Le passé n'est pas perdu tout entier. Nous pouvons devenir plus riches et plus larges d'esprit, de cœur, de caractère, plus riches en Dieu, plus riches de l'or pur de la vie, d'amour l'un pour l'autre ; plus capables de sentir que « pourtant je ne suis pas seul, le Père est avec moi ». 94 N

Il en va ainsi de nous tous, et c'est une bonne prière que celle de notre Père : Seigneur, unis-nous étroitement l'un à l'autre et que l'amour en Toi renforce de plus en plus ce lien.

J'espère te voir bientôt, car j'ai le dessein, quand je me rendrai à Amsterdam, de m'arrêter un peu à La Haye. Mais ne le dis à personne, car je fais cela pour être d'abord avec toi. J'irai à Etten mercredi prochain. J'y passerai quelques jours ; ensuite, la main à la charrue ! J'aurais bien voulu t'avoir ici hier : le matin dans la petite église française j'ai assisté aux adieux du pasteur Hooyer. L'église était pleine ; il a parlé avec chaleur, avec sentiment. Le spectacle de cette respectable assemblée, si particulière, m'a frappé ; l'atmosphère était grave et recueillie.

Le pasteur a dit ses remerciements pour la sympathie que beaucoup de fidèles lui ont témoignée, surtout dans les jours difficiles, alors qu'à ses débuts, il y a quatre ans, il avait dû vaincre la difficulté qu'il éprouvait à parler la langue française. Car il est Hollandais. Plusieurs des autres pasteurs étaient présents. Au cours de son sermon, il a été amené à commenter les mêmes paroles qu'il avait prises pour thème de son sermon d'installation, le tout premier jour : « Nous voyons aujourd'hui au moyen d'un miroir, confusément. Je ne connais aujourd'hui que partiellement, mais plus tard je connaîtrai comme j'aurai été connu. »

L'après-midi, j'étais chez le pasteur Keller van Hoorn, dans la Groote Kerk. Il avait choisi pour sujet : « Notre Père. » Le soir, je suis allé chez le pasteur Greeff, le même que j'étais allé écouter le soir du premier dimanche que j'ai passé ici à Dordt.

Post-scriptum.

Que le Seigneur vous bénisse et vous garde. Que le Seigneur fasse resplendir sa face sur vous et vous donne la paix. Que le Seigneur élève vos prières, élève vos pensées ! Qu'il soit votre gardien, votre ombre à votre droite. Qu'il soit avec vous tous les jours jusqu'à la fin des siècles.

Après l'église, je me suis promené par ce chemin derrière la gare où nous avons fait ensemble quelques pas. Je l'ai parcouru en pensant à toi, souhaitant que nous puissions être réunis ; puis j'ai continué jusqu'au cimetière, tout au bout d'un chemin tout noir de charbon, à travers les prés, qui étaient si beaux au crépuscule. Le cimetière a quelque chose de ce dessin d'Apol, qui se trouve dans *Eigen Haard* * ; il est entouré d'un fossé et porte une maison encadrée de sapins, où hier soir une lumière brillait, si douce, par les fenêtres. C'est une maison très ancienne, qui a l'aspect d'un presbytère.

Il peut y avoir encore beaucoup de bonnes choses en réserve pour nous deux, dans l'avenir ; apprenons à dire avec Pa : « Je ne désespère jamais », et avec l'oncle Jan : « Le diable n'est jamais assez noir qu'on ne puisse le regarder dans le blanc des yeux. »

Écris-moi bientôt de nouveau. Donc, je serai mercredi à Etten. As-tu lu le livre de Plancy : *Légendes des artistes,* avec des bois de Rochussen ? J'espère pouvoir te l'apporter. Entre deux travaux, j'ai de nouveau étudié, ces jours-ci, dans un petit livre d'instruction religieuse appartenant à l'oncle Stricker, l'histoire entière du Christ, et j'ai recopié les textes. Tant de tableaux de Rembrandt et d'autres peintres me sont venus à l'esprit à cette occasion. Je crois, j'ai confiance que c'est un choix dont je n'aurai pas lieu de me repentir, celui que j'ai fait : m'efforcer de devenir un chrétien, un ouvrier du Christ. Oui, toutes choses de notre passé peuvent concourir au bien. Par la connaissance de villes comme Londres et Paris, par la vie dans des foyers, comme dans cette école de Ramsgate et d'Isleworth, on se trouve fortement rattaché à beaucoup de choses et de livres de la Bible : les *Actes des Apôtres,* par

* Une revue hebdomadaire.

exemple. La connaissance de l'œuvre et de la vie d'hommes comme Jules Breton, Millet, Jacque, Rembrandt, Bosboom et tant d'autres, la sympathie qu'elles inspirent, peuvent aussi devenir une source de réflexions, de pensée. Quelle analogie entre l'œuvre et la vie de Pa et celles de ces hommes ! Mais j'apprécie davantage celle de Pa, je la place plus haut.

Que Dieu nous aide, mon vieux. Reçois en pensée une poignée de main et trouve ici encore une fois les cordiales félicitations et les vœux de bonheur de

ton frère qui t'aime tant, *Vincent.*

Des amitiés aux gens de ta maison.

6

Amsterdam

9 mai 1877 – juillet 1878

Depuis son séjour en Angleterre et à Dordrecht, Vincent ne cesse d'affirmer avec force qu'il veut être pasteur. Il finit par convaincre sa famille, mais ses parents sont trop pauvres pour lui permettre de reprendre, à vingt-quatre ans, de longues et difficiles études. Les frères de son père et de sa mère décident de l'aider. Pour préparer l'examen d'entrée à l'Université il viendra s'installer à Amsterdam chez son oncle Johannès Van Gogh, directeur des chantiers de la Marine, qui est veuf et en mesure de l'accueillir. C'est le pasteur Stricker, frère de sa mère, qui surveillera ses études et il rendra fréquemment visite au troisième de ses oncles établis à Amsterdam, l'oncle Cornélius qui dirige une galerie de tableaux dans Leidschenstraat.

Vincent paraît avoir retrouvé son équilibre et il est visiblement désireux de gagner la difficile partie qu'il entreprend. A quel point ses efforts sont infructueux, on le soupçonne mais à lire ses lettres et même plus tard il refusera d'avouer son échec. Pourtant nous possédons le témoignage du professeur que l'oncle Stricker a chargé du soin de lui enseigner le latin et le grec, et il semble bien que Vincent n'ait jamais eu la moindre chance de réussir.

Le Dr Mendès da Costa, qui a, à peu près, l'âge de son élève, éprouve pour lui une vive sympathie et encourage ses efforts pour entreprendre une étude sérieuse. Mais si les débuts sont favorables, Vincent ne tarde pas à juger inutile l'acquisition de connaissances théoriques, puisque son but est de vouer sa vie à une œuvre évangélique. Dans un article publié en 1910, le Dr da Costa apporte sur la psychologie de Vincent un précieux témoignage. Il raconte que, lorsque celui-ci jugeait son travail insuffisant, il se punissait cruellement, se labourant le dos avec un bâton ou couchant dehors par les nuits les plus froides. Quant aux reproductions dont il est si souvent question dans ses lettres, il nous est dit que leurs marges étaient couvertes de griffonnages, de citations de la Bible ou de Thomas a Kempis « qui n'avaient que de vagues rapports avec le sujet ».

Après quinze mois d'un travail décevant, ses oncles, jugeant que Vincent n'a aucune chance de réussir l'examen d'entrée à l'Université de Leyde, le renvoient à Etten. Cet échec n'aura pas seulement les plus graves conséquences pour l'avenir de Vincent, il lui aliénera, en outre, la bienveillance de ses oncles qui le jugent incapable de s'astreindre à un effort soutenu.

Amsterdam, 19 mai 1877

Cher Théo,

95 N Quelle bonne journée nous avons passée ensemble ! Nous ne l'oublierons pas. Je ferai en sorte qu'à ton retour d'Etten, tu trouves une lettre. Tu as dû passer aussi de bons moments chez nous. Écris-moi bientôt comment s'est passée ta journée. Par le même courrier, tu recevras diverses choses pour ta collection, entre autres une lithographie d'après J. Maris, sous laquelle on pourrait écrire : « Un pauvre au royaume de Dieu » ; aussi une lithographie d'après Mollinger. L'avais-tu déjà vue ? Moi, pas encore. J'ai eu l'occasion, chez le bouquiniste juif qui me procure les livres de latin et de grec dont j'ai besoin, de fouiller dans un lot important de gravures. Je n'ai pas payé cher du tout : treize planches pour soixante-dix *cents* ! Tu penses ! J'en ai pris aussi quelques-unes pour ma petite chambre, afin de créer un peu d'atmosphère. C'est nécessaire. Cela suggère et renouvelle les idées.

Je vais t'énumérer ce que c'est. Ainsi tu pourras te représenter de quoi ma chambre a l'air d'après ce qui est accroché : Une gravure d'après Jamin (qui se trouve aussi dans ta petite chambre), une d'après M. Maris (le petit garçon qui va à l'école), cinq reproductions d'après Bosboom, van der Maaten (Enterrement dans les blés), Israëls (un pauvre homme sur une route, l'hiver avec de la neige), Ostade (un atelier). Puis encore : Allebé (une petite vieille qui a été chercher de l'eau et de quoi faire du feu, par un matin d'hiver, quand la neige couvre les rues). Cette dernière planche, je l'ai envoyée à Cor, pour son anniversaire.

Le bouquiniste juif avait encore beaucoup de belles choses, mais le reste dépassait mes moyens, et bien que j'épingle volontiers quelque chose au mur, je ne vais tout de même pas me mettre à collectionner.

Hier l'oncle Cor m'a procuré un lot de vieux papier semblable au feuillet sur lequel je t'écris. N'est-ce pas magnifique pour faire des devoirs ? J'ai déjà beaucoup de travail, et pas facile ; mais, avec de la patience, on finira par y arriver. Je n'ai qu'à penser au lierre « qui progresse imperceptiblement, bien qu'il n'ait point d'ailes ». Tout comme le lierre sur les murs, la plume doit courir pour couvrir le papier. Je fais chaque jour une promenade. Dernièrement, j'ai traversé un très beau quartier de la ville quand j'ai parcouru le Buitenkant en direction de la Holl. Spoor. J'y ai vu des charretiers menant des tombereaux de sable le long de l'Ij, j'ai passé par toutes sortes de rues étroites, bordées de jardins pleins de lierre. Ce coin d'Amsterdam avait quelque chose qui me rappelait Ramsgate. Près de la gare, j'ai pris à gauche, là où se trouvent tous ces moulins, un chemin planté d'ormes, le long d'un canal. Tout en cet endroit faisait penser aux eaux-fortes de Rembrandt.

Ces jours-ci, je vais commencer l'étude de l'histoire générale dans le livre de Streckfuss. Plus exactement, je l'ai déjà commencée.

On n'a jamais fini, mais en avançant pas à pas, et en faisant bien ce qu'on fait, on doit finir par arriver à un résultat. Je l'espère fermement. Mais il faudra du temps : c'est une expérience que beaucoup ont faite avant moi, et non seulement Corot, qui dit : « Il n'a fallu pour cela que quarante ans de travail, de pensée et d'attention. » Pour un travail tel que celui qu'ont dû fournir des hommes comme Pa, comme l'oncle Stricker et comme tant d'autres, beaucoup d'épreuves ont été nécessaires, autant que pour peindre. Mais il advient qu'on se dise : « Est-ce que j'y arriverai ? » Madame T. continue-t-elle à mieux se porter ? Es-tu allé quelquefois chez Mauve ? Tiens bon. Ne te laisse pas aller. Il se peut que nous ayons encore de beaux jours dans l'avenir, si Dieu nous prête vie, et s'il bénit nos entreprises. Seras-tu encore assis à côté de moi, un jour, dans quelque petite église ? Que Dieu m'accorde cela ! Je crois qu'il me l'accordera.

Reviendras-tu encore, un dimanche, dans la petite salle d'études ? Irons-nous encore un jour, ensemble, dans la petite église de Scheveningue ? Je l'espère.

Mes compliments aux gens de ta maison. Reçois en pensée une poignée de main de

ton frère qui t'aime tant, *Vincent.*

J'ai encore vu hier un portrait de Michelet. Je l'ai bien regardé et j'ai pensé à sa vie, « sa vie d'encre et de papier ». Le soir, maintenant, je suis fatigué ; je ne puis plus me lever aussi tôt que je voudrais. Bah ! cela reviendra. J'ai l'intention de m'y forcer.

Amsterdam, 21 mai 1877

Cher Théo,

96 N Merci pour ta lettre et pour l'attestation pastorale. Dommage que tu ne sois pas allé à Etten à la Pentecôte. J'espère de tout cœur que tu pourras y aller un prochain dimanche. As-tu obtenu l'attestation sans difficulté ? Merci pour la peine que tu as prise.

Hier, au culte du matin, j'ai entendu prêcher sur le thème : « Je contesterai éternellement avec l'homme » * ; et comment, après une période de désillusions et de peines, un temps peut venir dans la vie où les vœux et les désirs les plus fervents peuvent être exaucés. Le matin à dix heures, j'ai entendu l'oncle Stricker parler sur Hand. II 1 : 4 **. Une très belle, très ardente allocution. Ce matin, je retourne écouter l'oncle. Il est temps que je parte. Je t'écrirai tout à l'heure quel aura été son thème.

Le temps est de nouveau à la pluie. J'ai fait une longue promenade vers la Noorderkerk le long du Buitenkant, là près de la Schreyerstoren où l'on a aussi une vue sur l'Ij. La ville faisait penser à un tableau de J. Maris. Le texte choisi par l'oncle était : Première épître aux Corinthiens, chapitre XII, verset 13 : « Car nous avons tous été baptisés par un même esprit, pour ne former qu'un corps. »

Il y a ici de bien belles églises. Cette semaine je suis allé en me promenant jusqu'au Zuiderzee, d'abord sur une digue près de Zeeburg, puis on passe le long du cimetière juif où je suis allé aussi. C'est un coin très simple, rempli de vieilles pierres plantées debout

* Le livre d'Isaïe dit : « Je ne contesterai *pas* éternellement avec l'homme. »
** Actes des apôtres.

avec des inscriptions en hébreu, couvert d'une herbe sombre, avec, çà et là, des sureaux.

Hier (dimanche) à midi, je suis allé à Baarn * avec l'oncle Jan. Quel joli pays ! Nous nous y sommes promenés dans le bois, par des allées de sapins et de hêtres, et nous avons vu le soleil se coucher derrière les taillis. Tu peux imaginer ce qu'il faisait beau sur les quais, les docks, le bord de l'Ij, le soir, par exemple à l'heure où nous avons pris hier le chemin du retour. Il y a, à cette heure-là, une merveilleuse odeur de goudron qui fait penser aux bois de pins. Connais-tu l'ancienne gravure anglaise : « La fille du vicaire », qui se trouve chez l'oncle ? Elle m'a frappé hier. Regarde-la bien quand tu iras à Baarn, l'atmosphère rappelle celle de « La cloche du soir ».

Ce matin, j'ai vu à l'église une petite vieille, probablement la loueuse de chaufferettes, qui m'a fait tellement penser à cette eau-forte de Rembrandt : une femme qui lisait la Bible, et qui s'est endormie, le front dans la main. Ch. Blanc en parle si bien, avec tant de sentiment, et Michelet aussi, je crois, dans le passage : « Il n'y a point de vieille femme. » Le vers de Genestet : « Son chemin dans la vie avance, solitaire », y fait penser aussi. Serions-nous, nous aussi, sans nous en douter, au soir de notre vie ? Quand on sent les jours fuir, s'envoler, et passer de plus en plus vite, je trouve précieux de compter sur cette pensée : « L'homme s'agite et Dieu le mène ». As-tu été au magasin le matin de la Pentecôte ? J'espère que tu auras passé une bonne journée.

22 mai. Hier soir, j'étais chez l'oncle Stricker. Il y faisait bien agréable. Quand je suis rentré, il était 11 h. passées. Je suis encore resté à écrire jusqu'à minuit. Comme j'aimerais que nous puissions aller ainsi tous les deux ici et là ! J'aurais bien voulu t'avoir près de moi hier soir.

Récris-moi bien vite ; un petit mot dès que tu auras un instant. Ce matin, j'ai encore beaucoup à faire. Je me rends compte que ma tâche n'est pas facile et qu'elle deviendra plus difficile encore. J'ai néanmoins grand espoir de réussir. Je suis également convaincu que, tout en travaillant, j'apprendrai à travailler, que mon travail deviendra meilleur, plus sérieux, plus efficace. Je commence déjà l'étude de la Bible, mais seulement le soir, quand la tâche du jour est finie, ou bien le matin, de bonne heure – après tout la Bible est l'essentiel, bien qu'il soit de mon devoir maintenant de me

* Où l'oncle Cor avait une maison de campagne.

consacrer à d'autres études ; ce que je fais, d'ailleurs. Hier, chez Stricker, j'ai dû parler de Londres et de Paris. Chaque fois que cela m'arrive, je revois tout. Les choses de ce passé doivent pouvoir contribuer à nous faire du bien. Il y a là-bas des choses que j'aime. Mon Dieu, j'ai éprouvé cela partout où j'ai passé, je le sens bien quand je me promène par les rues de La Haye, ou à Zundert. Mon dernier séjour là-bas, je ne l'oublierai pas facilement.

Avant d'aller chez Stricker, j'étais encore allé au Trippenhuis revoir quelques tableaux une fois de plus. Tu sais lesquels. Théo, fais mes compliments à l'un ou à l'autre que tu rencontres. Écris-moi bientôt. Je te souhaite toute la chance possible. Reçois en pensée une vigoureuse poignée de main et crois-moi

ton frère qui t'aime tant, *Vincent.*

Amsterdam, 28 mai 1877

Cher Théo,

97 N Aujourd'hui, jour d'orage. Le matin, allant à ma leçon, je regardais, sur le pont, du côté du Zuiderzee. Il y avait à l'horizon une traînée blanche (sur laquelle se dessinaient la longue rangée de maisons et la Oosterkerk) et par là-dessus, des nuages gris sombre d'où la pluie tombait au loin en rayures obliques.

L'oncle Jan est parti hier pour Leyde. J'ai donc été seul toute la journée. Le matin, je suis allé à la Oosterkerk, et, à midi, me promener au bord de la mer ; après quoi j'ai passé la journée à écrire. L'étude et la rédaction ne vont pas encore aussi vite et ne me semblent pas aussi faciles que je voudrais ; tout en travaillant, j'espère apprendre. Mais, mon vieux, comme je voudrais survoler d'un coup plusieurs années, si cela se pouvait ! On doit avoir droit à du repos quand on a derrière soi des années de travail et qu'on sent qu'on est sur la bonne route.

Ce matin, j'étais dans le bureau de l'oncle Stricker. C'est une très belle pièce. Un portrait de Calvin d'après Ary Scheffer est accroché au mur. Mais j'aimerais voir ce bureau orné d'un peu plus de gravures. La semaine dernière j'étais arrivé jusqu'au récit n° XXIII de la Genèse : l'enterrement de Sara dans le champ qu'Abraham avait acheté pour l'enterrer, dans la caverne de Macpela. Et j'ai fait machinalement un petit dessin pour figurer comment je me représentais l'endroit. Ce n'est rien de bien remarquable, je te l'envoie néanmoins inclus.

Une bonne lettre de chez nous, hier. J'ai répondu aujourd'hui. Écris-moi, toi aussi, de nouveau et bientôt, un petit mot, car j'ai grande envie de te lire.

Précisément en ce moment, toute l'équipe des ouvriers du chantier naval reprend le chemin du retour. C'est un bien curieux spectacle. Le matin de très bonne heure on les entend passer. Je crois bien qu'ils sont à peu près trois mille. Le bruit de leurs pas ressemble au bruit de la mer. Ce matin, j'ai acheté à un juif une petite gravure : « Tobie », d'après Rembrandt, pour le prix de six *cents*. L'oncle Jan t'envoie beaucoup d'amitiés.

Comment va Madame T. ? Je suis bien désireux aussi de savoir si tu es retourné chez Mauve.

Tante Mina ira sous peu à Etten, ce sera bien agréable pour chez nous. Pa a écrit que l'église a été blanchie et l'orgue repeint. Trois enfants ont été baptisés hier. L. ne va pas encore mieux ; la femme de W. v. Eekelen est sérieusement malade, elle aussi. As-tu su que l'oncle Vincent a de nouveau de la bronchite ? Il semble que ce soit sérieux, heureux que l'oncle soit de nouveau à la campagne et dans sa maison, et que Pa et Moe puissent aller le voir presque tous les jours. Maintenant, mon vieux, je te souhaite toute la chance possible. Compliments aux gens de ta maison. Écris-moi bientôt, reçois en pensée une cordiale poignée de main et crois-moi

ton frère qui t'aime tant, *Vincent*.

Amsterdam, 30 mai 1877

Cher Théo,

Merci pour ta lettre d'aujourd'hui. J'ai encore diverses choses à faire, c'est donc en hâte que je t'écris. J'ai donné ta lettre à l'oncle Jan, il t'envoie ses amitiés, bien cordiales, et te remercie de lui avoir écrit. 98 N

Il y avait dans ta lettre une phrase qui m'a frappé : « Je voudrais tout quitter. Je suis la cause de tout, je ne fais à autrui que du chagrin ; moi seul ai attiré ces misères sur moi-même et sur les autres. » Ce propos m'a vivement frappé, parce que, ce même sentiment, exactement le même, ni plus ni moins, je l'éprouve aussi, dans ma conscience.

Quand je repense au passé et quand je songe à l'avenir, aux difficultés presque insurmontables, à la somme des efforts exigés pour un travail pour lequel je n'ai pas de goût, un travail que moi, le moi haïssable, voudrais volontiers esquiver ; quand je songe que les yeux de tant de gens sont fixés sur moi, qui sauront à quoi il aura tenu que je ne réussisse pas, des gens qui sans doute ne me feront pas tous les jours des reproches, mais qui, parce qu'ils sont exercés dans la pratique de ce qui est bon, honnête et pur, me diront, non point en paroles, mais par l'expression de leur visage : « Nous t'avons aidé, nous avons été pour toi un guide, une lumière – nous avons fait pour toi ce que nous avons pu, as-tu sincèrement voulu ce qui apparaît maintenant comme notre récompense, comme le fruit de tant d'efforts ? » Vois-tu, Théo, quand je pense à tout cela, et encore à tant d'autres choses, de toutes sortes, trop nombreuses pour être dites, quand je songe à toutes les difficultés, aux soucis, qui ne diminuent pas à mesure qu'on avance dans la vie, aux souffrances, aux déceptions, au danger et à la honte d'échouer, alors, à moi aussi, la même envie n'est pas étrangère. Je voudrais tout quitter.

Pourtant, je continue, mais avec circonspection, et dans l'espoir qu'il me sera donné de lutter efficacement contre tous ces obstacles, afin d'avoir quelque chose à répondre aux reproches qui menacent, et dans la confiance qu'en dépit de tout ce qui semble être aujourd'hui contre moi, j'atteindrai la chose que j'ambitionne, la chose qui, si Dieu veut, trouvera grâce aux yeux de certains êtres que j'aime, et aux yeux de ceux qui viendront après moi.

Il est écrit : « Fortifiez les mains qui défaillent, affermissez les genoux vacillants ». Les disciples ayant pêché durant toute la nuit et n'ayant rien attrapé, il leur fut dit : « Poussez aux grands fonds, jetez encore une fois vos filets ! »

Ma tête est parfois troublée, souvent elle est comme chauffée à blanc et mes pensées sont confuses. Comment pourrai-je assimiler toutes ces études difficiles et touffues ? Je n'en sais rien. Après ces années agitées, s'accoutumer à un travail simple, régulier, et y persévérer n'est pas toujours facile. Pourtant je continue. Si l'on est las, n'est-ce pas justement parce que l'on a déjà parcouru une partie du chemin ? Et s'il est vrai que l'homme est sur la terre pour lutter, la sensation de lassitude, la chaleur ardente dans la tête ne sont-elles pas la preuve que nous avons lutté ? Quand on s'attelle à un travail difficile et qu'on tend vers un but louable, la lutte qu'on mène est un bon combat dont le fait d'avoir été protégé contre bien des maux est déjà sûrement l'immédiate récompense.

Dieu voit la peine et le chagrin ; il peut nous aider, malgré tout. La foi en Lui est ferme en moi, solide ; ce n'est pas une conception, une notion, un mot vide de sens ; c'est une foi authentique : il y a un Dieu, un Dieu vivant, et qui est avec nos parents. *Son regard est aussi sur nous,* et je suis certain qu'Il a des vues sur nous, et qu'en fait, nous n'appartenons pas entièrement à nous-mêmes. Et ce Dieu n'est autre que le Christ, de qui nous lisons les paroles dans notre Bible, de qui l'histoire est profondément inscrite aussi, cher Théo, dans ton cœur. Si j'avais travaillé tout cela plus tôt, et de toutes mes forces, il m'en irait mieux maintenant. Mais même à présent, Dieu sera pour moi un puissant appui. Il est en son pouvoir de nous rendre la vie supportable, de nous préserver du mal, de faire que toutes choses concourent au bien, de nous accorder une fin paisible.

Le mal est dans le monde, et il est en nous-mêmes. Des choses effroyables. Il n'est pas nécessaire d'être très avancé dans la vie pour en craindre beaucoup, pour éprouver le besoin d'un ferme espoir en une vie après cette vie-ci, pour savoir que, sans la foi en un Dieu, on ne peut pas vivre, on ne peut supporter la vie ; tandis qu'avec cette foi, on peut la supporter longtemps.

Quand j'étais près du corps d'Aerssen, la gravité, le calme, le solennel silence de la mort nous a tellement frappés, nous les vivants, que tous sentaient au fond d'eux-mêmes la vérité de ce que sa fille disait dans sa grande simplicité : « Il est délivré du fardeau de la vie, de la vie que nous devons, nous, encore porter. » Et pourtant, nous sommes si attachés à cette vieille vie, parce que, opposée au découragement, il existe une disposition du cœur et de l'âme, une envie, un besoin de se réjouir comme l'alouette qui, le matin, ne peut se taire, cesser de chanter ; bien que notre âme parfois s'incline en nous, s'inquiète et s'alarme. Et le ressouvenir de tout ce que nous avons aimé demeure et s'offre à nous au soir de notre vie. Tout cela n'est pas mort, tout cela ne fait que dormir ; s'en faire un trésor est une bonne chose.

Reçois en pensée une poignée de main. Je te souhaite toute la chance possible. Récris-moi de nouveau vite.

Ton frère qui t'aime tant, *Vincent.*

Amsterdam, 31 mai 1877

Cher Théo,

99 N Il est tard. Tout le monde ici dort déjà ; j'éprouve le besoin de te mettre encore un petit mot.

Dans ta dernière lettre, tu m'écris que tu songerais à changer de lieu si c'était possible, et tu nommes Londres et Paris. Certes, cela serait pour toi une bonne chose. Je les aime tant, ces deux villes, oui, de toute mon âme, je veux dire : beaucoup de ce qu'on y rencontre. Elles ont bien des choses aussi que je hais, ou du moins que je n'aime pas autant que j'aime les haies d'aubépine, l'herbe verte, les petites églises en pierre grise. Ce n'est pas si mal pensé, de ta part. Mais sache bien ceci : nous devons, toi et moi, songer qu'il nous faut traverser le temps qui nous sépare encore de l'âge de trente ans, et même au-delà, que nous devons nous garder de pécher. Nous sommes dans la vie, nous devons donc livrer le bon combat, devenir des hommes. Nous ne le sommes pas encore, ni l'un ni l'autre. Il y a quelque chose de plus grand dans l'avenir, la conscience me le prédit ; nous ne sommes pas ce que d'autres sont ; eh bien, nous pouvons nous efforcer de le devenir ; c'est ce que je veux, tu le sais. Si je peux devenir pasteur, et si je réussis à remplir ce poste de telle sorte que mon activité ressemble à celle de notre père, alors je remercierai Dieu...

J'ai bon espoir, cela réussira. Un jour quelqu'un m'a dit, quelqu'un qui était plus avancé que moi dans la vie, quelqu'un qui n'était pas « un étranger dans Jérusalem », je veux dire que celui-là avait cherché la même chose que moi et avait trouvé ; un jour, donc, quelqu'un m'a dit : « Je crois que tu es Chrétien. » Vois-tu, cela me fut si bon d'entendre ces mots-là ! Garde, toi aussi, ce que tu souhaites pour toi-même : la pensée du Christ, garde-la solidement en toi et garde Sa parole comme tu le fais. Il est bon de croire qu'il y a un Dieu qui sait ce dont nous avons besoin mieux que nous ne le savons nous-mêmes, et qui nous aide quand nous avons besoin de secours. Il est bon aussi de croire que, tout comme aux anciens jours, il y a, aujourd'hui encore, un Ange qui n'est pas loin de ceux qui sont dans la tristesse, fortifiés d'être tournés vers Dieu. Et non seulement ceux-là, qui sont eux-mêmes presque des Anges, mais tout aussi bien ceux qui ont besoin d'une force plus grande pour être préservés du mal qui, nous le savons, existe partout, et pas loin de nous, pas loin de ceux qui ont le cœur brisé, l'esprit accablé. Autant de fois j'ai lu attentivement le récit d'Élie, autant de fois, jusqu'au jour d'aujourd'hui, il m'a raffermi :

Quand il vit cela, il se prépara et partit, pour sauver sa vie, et vint à Bersabée, qui est en Juda, et y laissa son serviteur. Mais lui-même alla dans le désert et après une journée de marche, s'assit sous un genévrier et pria pour que Dieu lui reprît la vie, disant : C'est assez, Seigneur, prenez mon âme, car je ne vaux pas mieux que mes pères. Et il s'étendit sur la terre, et dormit sous le genévrier. Or, un Ange vint qui le toucha et lui dit : « Lève-toi ! Mange ! » S'étant retourné, il prit à son chevet un gâteau qui avait été cuit sous la cendre et une cruche pleine d'eau. Et, donc, il mangea et but, et de nouveau se coucha sur la terre. Et l'Ange du Seigneur vint une autre fois, le toucha encore et lui dit : « Dors ! Mange ! car le chemin serait trop long pour tes forces. » Et donc il se mit debout, mangea et but, et fortifié par cette nourriture, il marcha pendant quarante jours et quarante nuits jusqu'à Horeb, la montagne de Dieu. Et il y entra dans une caverne où il passa la nuit. Et voilà que la parole du Seigneur lui parvint pour lui dire : « Que fais-tu ici, Élie ? » Et il dit : « Je suis plein de zèle pour le Seigneur, le Dieu des armées, car les enfants d'Israël ont abandonné Votre alliance, brisé Vos autels et passé Vos prophètes au fil de l'épée. Je suis le seul qui reste et ils en veulent à ma vie. » Le Seigneur lui dit : « Sors d'ici et va sur cette montagne, en face du Seigneur. » Et voici que le Seigneur passa et un ouragan s'éleva, violent, fendant la montagne, brisant les rochers. La tempête allait devant le Seigneur, le Seigneur n'était pas dans la tempête. Après l'ouragan, la terre trembla, mais le Seigneur n'était pas non plus dans le tremblement de terre. Et après le tremblement de terre, il y eut un grand feu, mais le Seigneur n'était pas non plus dans le feu ; et après le feu, il y eut le bruissement d'un doux murmure.

Et il advint qu'Élie entendit cela, qu'il se couvrit le visage avec son manteau. Il sortit, se tint sur le seuil de la caverne. Et voici qu'une voix vint qui lui dit : « Élie, que fais-tu ici ? » Élie répondit : « Je suis plein de zèle pour le Seigneur ! » Et le Seigneur lui dit : « Retourne sur tes pas. »

Et ce récit n'est pas seul. Nous lisons aussi l'histoire de l'Ange qui, à Gethsémani, le réconforta quand il était triste jusqu'à la mort ; et celui de l'Ange qui éveilla Pierre, endormi dans sa prison ; et encore celui de l'Ange qui apparut à Pierre dans la nuit et lui dit : « Ne crains rien ».

Et nous, nous tous, ne verrions-nous pas un ange, bien que n'étant pas pareils aux hommes d'autrefois ? Ne saurions-nous pas, nous autres, qu'un réconfort peut nous venir de là-haut ?

A midi, aujourd'hui, il a fait ici une vraie tempête ; il a plu à verse et je suis allé me promener vers la mer, le long du cimetière juif. Il y a quelques jours, j'ai fait aussi une promenade sur cette place près du Buitenkant et de Oosterspoor, où l'on est occupé à des terrassements dans le sable. Comme il est beau aussi, ce récit de Jésus marchant sur la mer, et réconfortant (Évangile selon saint Matthieu, chapitre XIV, versets 22 à 33) :

Jésus força ses disciples à monter dans la barque et à traverser avant lui jusqu'à l'autre rive pendant qu'il congédierait la foule. Et, quand cela fut fait, Il monta sur la montagne pour prier à l'écart. Et quand la nuit fut tombée, il y fut seul. La barque était pour lors au milieu du lac, battue par les vagues, car le vent lui était contraire.

Mais, à la quatrième veille, Jésus vint à eux marchant sur les eaux. Et les disciples, voyant ce qu'Il faisait, furent troublés et dirent : « C'est un fantôme » et poussèrent des cris de frayeur. Mais Jésus fut près d'eux dans l'instant même et leur dit : « Soyez rassurés. C'est moi ; ne craignez rien. » Pierre lui répondit : « Seigneur, si c'est Vous, ordonnez-moi de venir à Vous sur les eaux ! » Et Pierre descendit de la barque et marcha sur l'eau vers Jésus. Mais, voyant le vent redoubler de violence, il eut peur, et, sur le point de couler, cria : « Seigneur, au secours ! » Jésus sur-le-champ étendit la main, saisit Pierre et lui dit : « Homme de peu de foi, pourquoi as-tu douté ? » Et quand ils furent montés à bord, le vent se calma.

Crois en Dieu : Par la foi, on peut devenir « triste mais toujours joyeux », être toujours vert. Et pourquoi nous plaindre quand notre jeunesse nous quitte par le mûrissement de nos forces ? Par même courrier encore quelque chose de Esquiros *. Bonne chance, écris-moi de nouveau bientôt. Compliments aux gens de ta maison et à nos connaissances si tu les vois. En pensée, reçois une cordiale poignée de main et crois-moi

ton frère qui t'aime tant, *Vincent.*

Lis aussi à l'occasion, les Psaumes 23, 42 et 91.

Amsterdam, 4 juin 1877

Cher Théo,

Tu te souviens de cette soirée à Dordrecht où nous nous sommes 100 N
promenés ensemble par la ville, autour de la Groote Kerk, dans toutes sortes de rues et le long des canaux où se miraient les vieilles maisons et les fenêtres éclairées ? Tu m'as parlé alors d'une description d'une journée à Londres par Théophile Gautier, le cocher d'une noce devant la porte d'une église, un jour de brouillard et de tempête. Je voyais tout cela comme si c'était devant moi. Si cette description t'a frappé, tu goûteras le morceau ci-joint **. Ces pages, je les ai lues un jour où le temps était très mauvais, la semaine dernière. C'était le soir, le soleil se couchait, sa clarté rousse éclairait des nuages gris, sur le fond desquels se détachaient les mâts des bateaux, l'enfilade des vieilles maisons, les arbres. Et tout cela se reflétait dans l'eau. L'étrange lumière du ciel baignait la terre noire, l'herbe verte émaillée de pâquerettes et de boutons d'or, les buissons de lilas blanc et mauve, et les sureaux du jardin sur le quai. J'avais lu ce livre de Lamartine à Londres ; il m'avait vivement frappé, surtout les dernières pages. Elles m'ont encore ému cette fois-ci.

Écris-moi un peu ce que tu en penses. Ces endroits dont il est parlé, Hampton Court avec ses allées de tilleuls pleins de nids de corneilles, White Hall, couvert de lierre par derrière, et la grande

* Poète, romancier, essayiste français (1814-1876).
** Le *Cromwell* de Lamartine dont Vincent recopie ici trois grandes pages.

cour attenant à Saint-James Park, où l'on aperçoit l'Abbaye de Westminster, tout cela, je le vois devant moi, et le temps gris, la note sombre sur tout. (Cela m'empêche de dormir.) Es-tu allé dimanche à Etten ? Je l'espère de tout cœur, et que tu y as passé une bonne journée. Je déduis cela d'une phrase de la dernière lettre d'Etten : « Nous attendons Théo, probablement dimanche prochain. »

Ce soir, je dois aller chez l'oncle Stricker. Hier matin j'étais au premier sermon. J'ai entendu prêcher sur le texte : « Veux-tu être guéri ? » Et « que ceux qui sont bien portants n'ont pas besoin de médecin, mais ceux qui sont malades ». Ensuite j'ai entendu l'oncle Stricker dans l'Amsterkerk bien connue commenter le chapitre IV, verset 18 de la deuxième *Épître aux Corinthiens :* « Car les choses visibles sont pour un temps, mais les choses que l'on ne voit pas sont éternelles. »

Vers la fin, il y eut un passage où le prédicateur, parlant avec énergie, s'écria : « Mais l'amour demeure », disant comment nous sommes unis les uns aux autres en Dieu par les liens qui sont aux mains de Dieu, et que notre force est dans ces liens, qui sont anciens et ne se brisent pas facilement.

Je suis très occupé, je te dis donc au revoir. Peut-être ajouterai-je encore un petit mot ce soir. Reçois en pensée une poignée de main et crois-moi

ton frère qui t'aime tant, *Vincent.*

Suis passé aujourd'hui par le marché aux fleurs, sur le Singel, où j'ai vu quelque chose de très beau. Il y avait là un paysan, debout au milieu d'un lot important de toutes sortes de fleurs, d'arbustes. A l'arrière-plan se trouvait du lierre et, parmi tout cela, la fillette du marchand, assise. Une enfant comme Maris en peindrait, un petit bonnet noir sur la tête, et deux yeux si vivants et pourtant si gentils ; assise à tricoter. L'homme vantait sa marchandise. Si j'en avais eu le moyen, j'en aurais volontiers acheté. Tout en montrant ses fleurs, son geste, sans qu'il le voulût, désignait aussi sa fillette : « Ça n'est-il pas joli ? » disait-il aux passants.

5 juin.

Hier soir, je suis allé chez Stricker ; M. M., avec qui P. est fiancé, était là aussi. C'est une jeune fille qui fait beaucoup penser à Ellen de : *Le vaste, vaste monde.* Son père était pasteur, un homme très fin, très subtil, un homme extraordinaire, ami intime de l'oncle

Stricker. Nous nous sommes promenés du côté du Buitenkant et, de là, parmi les travaux de la Oosterspoor. Je ne pourrais te dire comme il y faisait beau, au crépuscule. Rembrandt, Michel et d'autres ont peint ce sol sombre, ce ciel encore éclairé par les feux du couchant, la rangée des maisons, et, plus haut, les tours et toutes les fenêtres éclairées. Tout cela reflété dans l'eau. Et, partout, les passants, les voitures, petites silhouettes noires comme on en voit parfois chez Rembrandt. Ce spectacle nous a plu à tel point que nous nous sommes mis à parler de toutes sortes de choses.

Hier soir, je suis encore resté très tard à écrire. Ce matin de bonne heure il faisait de nouveau tellement beau ! Le soir, la vue sur le quai est superbe. Tout est mortellement silencieux, les réverbères sont allumés, le ciel étoilé par-dessus. « Quand tout se tait, on entend la voix de Dieu, sous les étoiles. »

Écris-moi bientôt, et dis-moi si ce morceau sur Cromwell n'est pas un peu le cœur de Londres :

JEUNESSE DE CROMWELL

Sa famille ne tarda pas à déchoir de sa richesse. Il se retira dans un petit domaine qu'il possédait parmi les marais d'Huntingdon. La nature indigente, âpre et morose de cette contrée aquatique, l'horizon monotone, la rivière fangeuse, le ciel nébuleux, les arbres grêles, les chaumières rares, les mœurs rudes des habitants, étaient de nature à concentrer et assombrir le caractère du jeune homme. L'âme des sites semble passer dans l'âme des hommes ; souvent d'une contrée ingrate et triste sort la foi vive, ardente et profonde ; tel lieu, tel homme. L'âme est un miroir avant d'être un foyer. Un malheur domestique atteignit Cromwell au cœur à cette période ascendante de sa vie, où l'on s'étonne de voir les larmes dans les yeux d'un homme qui avait vu d'un œil sec l'infortuné Charles Ier arraché des bras de ses enfants pour mourir. Il perdit sa mère âgée de quatre-vingt-quatorze ans… *

* Cette citation de Lamartine est en français dans le texte.

Amsterdam, 12 juin 1877

Cher Théo,

101 N J'ai reçu ta lettre du 7 juin. J'ai été content d'y lire que tu as été à Etten, que tu y as passé un bon dimanche. Pa et le petit frère t'ont accompagné à Dordrecht. C'est gentil.

Et puis tu me dis que tu as parlé chez nous de tes projets d'avenir. Quand j'ai lu cela, mon cœur s'est pour ainsi dire ouvert pour toi. Il me semble que c'est très bien. « Élance-toi dans les grands fonds. » Ce que j'espère pour toi maintenant, ce n'est plus que ceci : que tu ailles à Londres avant de voir Paris. Mais il faut attendre, voir comment cela peut s'arranger. Tant de choses que j'ai aimées dans ces deux villes ! J'y repense avec mélancolie. J'aimerais presque bien y retourner avec toi. Quand je serai parvenu à occuper une petite place dans la grande Église hollandaise, ces souvenirs me fourniront encore matière à discourir. Donc, en avant, dans la foi et dans notre ancienne confiance ! Qui sait si nous ne nous serrerons pas un jour la main, comme je me rappelle que Pa et l'oncle Jan se sont serré la main dans la petite église de Zundert, un jour que l'oncle revenait de voyage, et qu'il s'était passé beaucoup de choses dans leurs vies, à tous les deux, et que tous deux étaient maintenant les pieds sur la terre.

Dès que tu sauras quelque chose de plus précis à cet égard, écris-le moi sans faute tout de suite. J'espère qu'avant ton départ, nous pourrons encore passer tranquillement un moment ensemble. Bien qu'il ne semble pas que l'occasion puisse se présenter tout de suite, il se peut que cela se fasse sans trop tarder. Mais, encore une fois, mon cher frère, je suis de cœur avec toi. Je crois le plan très bon. Mon passé revit tout entier quand je pense à ton avenir. La parole qui dit : « Voyez, je fais que toutes choses sont neuves » sera peut-être bientôt le fait de ton expérience.

Que les jours qui viennent soient pour toi des jours heureux ! Observe encore bien les choses autour de toi, et ne les oublie pas. Parcours encore le terrain « en long et en large » comme on dit.

J'ai beaucoup à faire tous les jours, de sorte que le temps passe vite ; les journées sont presque trop courtes, bien que je les allonge un peu. J'ai un si grand désir d'aller de l'avant, et de connaître bien et à fond la Bible, et aussi de savoir beaucoup de choses, comme ce que je t'écrivais à propos de *Cromwell.* « Pas un jour sans une ligne », écrire, lire, travailler et m'exercer, et cela chaque jour, cela finira bien, à force de persévérance, par aboutir à quelque chose.

Cette semaine, j'ai visité le cimetière ici, en dehors de la Muiderpoort. Il y a là un petit bois où il fait beau, le soir, surtout quand le soleil brille à travers les feuilles. Il y a aussi beaucoup de belles tombes, et toutes sortes d'arbres toujours verts ; les roses, les myosotis y fleurissent. Je me suis aussi promené de nouveau en direction du Zuiderzee. C'est à quarante minutes d'ici, au-delà d'une digue d'où l'on ne voit partout qu'herbages, métairies, qui me font constamment penser aux eaux-fortes de Rembrandt. Cette ville est très belle. Aujourd'hui encore j'ai revu un petit coin qui inspirerait Thijs Maris, ou Allebé, savoir : quelques maisons derrière la Oosterkerk, sur une cour intérieure. Je devais voir un conseiller presbytéral pour parler des projets de l'oncle dans l'église ; je suis allé chez lui. Un peu plus loin, demeurait un cordonnier, etc. Mais on trouve cela partout ; le monde en est plein. Sans s'en douter, ce conseiller m'a fait penser à une gravure sur bois, de Rethel, je crois, tu dois bien la connaître aussi : « La mort amie. » La représentation de l'idée m'a toujours vivement frappé. A Londres, on la voyait, dans le temps, à presque tous les étalages des marchands de gravures. Elle fait pendant au « Choléra à Paris ». Et il y a aussi, de Rethel, « La danse macabre ».

Dimanche matin, j'ai entendu le pasteur Laurillard prêcher au culte du matin sur : « Jésus traversait des champs de blé. » Il a fait sur moi une forte impression. Il a parlé dans ce sermon de la parabole du semeur, de l'homme qui répandait la semence dans le champ et puis dormait et se levait, jour et nuit, et la semence poussait, grandissait, devenait longue, et il ne savait lui-même comment cela se faisait. Il a parlé aussi de : « L'enterrement dans les blés » de Van der Maaten. Le soleil luisait à travers les verrières. Il y avait peu de gens dans l'église, des ouvriers et des femmes pour la plupart.

Ensuite j'ai entendu l'oncle Stricker prêcher dans l'Oosterkerk sur « Reçois ta louange non des hommes, mais de Dieu », à l'occasion du décès de la reine. Ce matin, à cinq heures moins le quart, un violent orage a éclaté ici. Peu après, sous une pluie battante, le premier flot des ouvriers est arrivé à l'entrée du chantier. Je me suis levé, je suis allé sur le quai, emportant quelques textes dans le pavillon et là, j'ai lu et regardé le quai, le chantier, le bassin. Les peupliers, les sureaux et les autres arbustes ployaient sous le vent, la pluie crépitait sur les piles de bois, sur le pont des bateaux ; des chaloupes et un petit vapeur allaient et venaient ; au loin, près du village, de l'autre côté de l'Ij, on voyait les voiles brunes glisser rapidement, les maisons, les arbres du Buitenkant, les églises, tout cela plus haut en couleur. A chaque instant, le tonnerre grondait, les éclairs s'allumaient, le ciel était comme sur un tableau de Ruysdaël, les mouettes rasaient l'eau.

Spectacle grandiose, et un vrai réconfort, après la chaleur accablante d'hier. Cela m'a rafraîchi, ragaillardi, car j'étais terriblement fatigué quand je suis monté hier soir.

J'ai fait hier une visite au pasteur Meijes et à madame. Pa me l'avait demandé. J'ai pris le thé avec eux.

Quand j'y suis arrivé, le très honorable faisait sa sieste et on me pria d'aller me promener pendant une petite heure, ce que j'ai fait. Heureusement, j'avais dans ma poche le petit livre de Lamennais, et j'ai lu là-dedans, sous les arbres, le long des canaux, où le soleil du soir se mirait dans l'eau sombre. Puis j'y suis retourné. Ils m'ont fait penser à « L'Hiver » de Thorwaldsen. Pourtant, c'est encore bien plus beau chez Pa et Moe, mais, comme je disais : ici aussi c'était bien.

Les jours fuient, j'ai quatre ans de plus que toi, et, à mon sentiment, le temps passe probablement plus vite pour moi que pour toi. Mais je lutte contre la fuite du temps en allongeant un peu les journées, matin et soir. M'écriras-tu bientôt ? Il est regrettable après tout que Mager ne vienne pas maintenant.

Le temps s'est de nouveau éclairci, le ciel est bleu, le soleil luit, les oiseaux chantent. Il y en a encore beaucoup sur le chantier, et de toutes sortes. Le soir, je vais promener le chien, faire les cent pas, et je pense souvent au poème *Sous les étoiles.* Les rosiers contre la maison fleurissent aussi, et, dans le jardin, le sureau, le jasmin. J'étais dernièrement retourné au Trippenhuis pour voir si les salles qui étaient fermées quand nous y fûmes ensemble sont maintenant réorganisées. Mais non. Il faudra bien quinze jours encore avant que l'on puisse de nouveau y entrer. Il y avait beaucoup d'étrangers, des Français, des Anglais. Quand je les entends parler, cela réveille en moi pas mal de souvenirs. Mais je ne regrette pas d'être revenu ici. « La vie a des sables mouvants, la vie a des pièges » est une parole vraie.

Comment va Mme Tersteeg ? Si tu vois Mauve ou s'il venait chez toi, fais-lui mes compliments, et aussi chez Haanebeek et chez Roos. Il faut que j'aille travailler ; je n'ai pas aujourd'hui de leçon ; en revanche, deux heures demain matin ; donc encore pas mal à faire. L'histoire de l'*Ancien Testament,* je l'ai travaillée d'arrache-pied, jusque y compris Samuel. Je commence ce soir *Les Rois.* Quand ce travail sera fini, j'aurai acquis quelque chose.

Instinctivement, pendant que j'écris, je fais de temps à autre un petit dessin, comme celui que je t'ai envoyé l'autre jour. Par exemple, ce matin, c'était Élie dans le désert, avec un ciel d'orage, et, à l'avant-plan, des buissons épineux. Pas grand'chose d'extraordinaire, mais cela me vient si distinctement, si nettement parfois dans la tête. Je crois que, dans ces moments-là, je pourrais parler d'enthousiasme sur le sujet. Puisse-t-il m'être donné, plus tard, de le faire !

Je te souhaite toute la chance possible. Si tu allais un jour dans les petits bois de Scheveningue, ou sur la plage, salue-les pour moi.

Si tu viens encore ici, un jour, je pourrai te montrer de bien beaux endroits. Chaque jour, pour aller chez Mendès je traverse le quartier juif.

Et maintenant, au revoir ! Une poignée de main en pensée de

ton frère qui t'aime tant, *Vincent.*

Amsterdam, 9 juillet 1877

Cher Théo,

Que dis-tu d'Anna ? J'ai été bien surpris. Çela paraît sérieux et va durer, sans doute. C'est peut-être une très bonne chose. Les difficultés liées à l'exercice d'un emploi subalterne, surtout quand on s'y obstine durant un temps assez long, comme elle l'a fait durant des années, en tout bien tout honneur, sont grandes, et exigent parfois de pénibles efforts ; ce qui apparemment semble facile peut devenir des plus difficiles. La profession a pourtant sa part de poésie et de telles années sont un trésor qui n'est point perdu. Surtout quand, pour la première fois, on s'est dévoué, renoncé, sacrifié, humilié, on éprouve une magnifique sensation de paix intérieure, 101*a* N mais je puis très bien imaginer que l'avenir, pour elle aussi, puisse parfois s'assombrir. Il peut être raisonnable de sa part d'avoir déjà pris sa décision. Je tiens aussi pour assuré qu'elle éprouve pour lui un amour sincère. Je le crois, j'ai pleine et ferme confiance. Les choses, sans cela, ne seraient pas allées aussi loin. C'est pourquoi j'espère de tout cœur qu'elle ne sera pas déçue, que ceci sera pour elle, sous la garde de Dieu, la voie qui mène à un bonheur durable. Le Seigneur lui accorde de trouver le repos, notre brave petite sœur. Qu'il la bénisse et lui dispense de bonnes choses dans la vie. A toi aussi, je souhaite du bonheur en relation avec cette affaire, comme je le souhaite aussi à Anna, à Pa et à Moe.

Comment vas-tu, mon vieux ? J'ai voulu t'écrire plus tôt, répondre à ta dernière lettre. Mais j'ai beaucoup à faire, et ce n'est pas du travail facile. Et puis, je vais beaucoup à l'église. Il y a ici de belles vieilles églises, et d'excellents prédicateurs. J'entends souvent l'oncle Stricker. Ce qu'il dit est très bien ; il parle avec beaucoup de chaleur, de sentiment. Le pasteur Laurillard, je l'ai entendu trois fois. Il te plairait aussi, j'en suis sûr, car il parle comme on peint ; son éloquence est d'un art à la fois élevé et noble. Il a une âme d'artiste, au véritable sens du mot, comme l'avait, par exemple, un Andersen quand il disait :

> *Et chaque soir venait la lune et à voix basse me parlait de ce que dans la nuit calme, silencieuse, elle avait vu, du haut de sa céleste veille, elle dont la mémoire est séculaire. Elle avait voyagé tout là-bas, tout là-haut, par-dessus l'écume des péchés, éclairant d'un doux éclat argenté l'arche flottante, comme elle éclaire à présent ma fenêtre solitaire et comme elle éclairait d'une triste lueur, la harpe pour toujours muette, aux saules accrochée, quand Israël se penchait, l'œil humide, sur les fleuves de Babylone.*

La lune éclaire encore, et aussi le soleil, et l'étoile du soir, et c'est heureux. Et souvent encore nous parlent de l'Amour de Dieu et nous font penser à la parole : « Voyez ! Je suis avec vous chaque jour et jusqu'à la consommation des siècles. »

Je suis en train de faire un extrait de l'histoire de la Réforme. Il y a beaucoup de choses réconfortantes et attrayantes dans les événements de cette époque.

La salle du Trippenhuis où sont accrochés « Les Syndics des

Drapiers » de Rembrandt est rouverte, et hier, revenant de l'église, j'ai fait un saut jusque-là. Tout à côté de Rembrandt est accroché ce portrait bien connu, par Van der Helst.

Au revoir, Théo. Une cordiale poignée de main par la pensée. Je te souhaite toute la chance possible. Crois bien qu'il pense souvent à toi,

ton frère qui t'aime tant, *Vincent.*

Post-scriptum.

Ci-joint encore une petite contribution à ton album. Est-ce qu'il progresse ? Mes compliments aux gens de ta maison et à ceux qui pourraient s'informer de moi.

Amsterdam, dimanche 15 juillet 1877

Cher Théo,

J'éprouve le besoin de t'écrire encore une fois. Envoie-moi, toi aussi, encore un petit mot quand tu auras le temps. 102 N

Ce matin, je suis allé assister au culte du matin. Le thème du sermon était : Éph. V : 14 : « Éveillez-vous, vous qui dormez, et levez-vous d'entre les morts et Christ fera luire sur vous sa lumière. » Quand je suis sorti, il pleuvait ; il pleuvait encore à la fin du culte ; mais, pendant le sermon, le soleil avait lui à travers les verrières.

Pa présidait le culte, ce matin, à Etten. Il devait aller ensuite à Zundert. Après cela j'ai entendu dans la Oudezijds Kapel ce très cher oncle Stricker prêcher sur la parole : « Gardez-vous du levain des Pharisiens », mise en garde contre l'attachement exagéré aux formes et aux cérémonies extérieures sans un sentiment religieux qui parte du cœur, et par conséquent sermon contre une vie sans la foi dans les choses qui sont plus hautes que celles de la vie. Il n'y avait que très peu de gens dans le temple, en dehors des orphelins et des orphelines en vêtements rouges et noirs, qui remplissaient une grande partie de la vieille église, qui n'est pas grande. Quand tu viendras encore ici, j'espère t'y conduire. Cette Oudezijds Kapel se trouve dans une rue très étroite, la Zeedijk, tout près de la partie du Buitenkant qui s'appelle « Les oude Teertuinen » et tout près de la Warmoestraat.

Il y a là un très beau quartier de la ville et qui fait penser au cœur de Londres, par ex. à Bookseller's Row. Puisse-t-il m'être donné, dans la suite du temps, de parler comme je l'ai entendu faire par tant de gens, et comme j'entends encore parler chaque dimanche. Je fais de mon mieux pour m'y appliquer de toutes mes forces. Je suis en train de rédiger un extrait de l'histoire de la Réforme. Il y a beaucoup de choses réconfortantes et attrayantes dans les événements de cette période.

La semaine dernière, j'ai passé une soirée chez le vieux pasteur Meijes, où j'ai rencontré son fils, le pasteur Jérémie Meijes, accompagné de sa femme, fille du professeur Tilanus, et de deux de ses fils, l'un qui fréquente le lycée d'ici, l'autre qui se prépare à devenir ingénieur. Le dernier a aidé à construire ici les abris du chantier naval (sous lesquels on construit les bateaux, où nous sommes allés à midi avec l'oncle le jour où tu étais ici) et collaboré à la construction du nouveau pont Kattenburger.

Ce fut une agréable soirée. Nous avons parlé de toutes sortes de choses des pays étrangers. Le pasteur Jérémie Meijes est un homme très doué, qui a un beau talent et une grande foi. Je l'ai entendu parler dans la Westerkerk. Je l'ai vu descendre de la chaire et traverser l'église après le sermon, et cette haute et noble stature, ce visage pâle et las, cette belle tête aux cheveux déjà semés de poils gris, ont fait sur moi une grande impression. Être fatigué après un tel travail doit être un bonheur.

Aujourd'hui tu iras peut-être à Scheveningue. Passe un bon dimanche. Comme j'aimerais aller un jour voir ta petite chambre ! J'ai appris par chez nous que tu retourneras probablement bientôt chez Mauve, dans la maison qu'il a dans les dunes, et que tu y passeras la nuit. En pensée, je t'y vois, assis, et je sais aussi ce qui fera l'objet de vos conversations.

Mendès m'a parlé la semaine dernière d'un quartier très intéressant de la ville ; c'est le faubourg qui s'étend au-delà de la Porte de Leyde, donc tout près du Vondelspark jusqu'à la gare de Holl (andsche) Spoor. J'y suis allé hier, j'en connaissais déjà une partie, et tu la connais, je crois, toi aussi, notamment celle qui est près de la gare. Il y a beaucoup de moulins, de scieries, de maisons ouvrières avec jardins, et aussi d'anciennes maisons, de tout, et très peuple. Le quartier est coupé en tous sens par une foule de petits fossés, de canaux pleins de bateaux, de ponts pittoresques, etc. Ce doit être merveilleux d'être pasteur dans un tel quartier.

Mon vieux, l'étude est ennuyeuse. Mais quoi ? Il faut persévérer.

Si tu devais aller chez Mauve et chez Yette ces jours-ci, fais-leur mes cordiales amitiés. Passes-y des heures agréables. Dis bonjour de ma part aux dunes et à la mer. A Mauve, dis-lui que la photographie de son dessin « La charrue aux champs » est accrochée dans ma petite chambre et qu'elle me fait souvent penser à lui.

Lis-tu en ce moment quelque chose de beau ? J'aimerais tant pouvoir continuer à lire beaucoup de livres, mais je ne le puis pas.

Si tu peux te procurer un jour *John Halifax*, lis-le. Même si une lecture nous attriste, ne disons pas : « Cela n'est pas pour moi ». Car il est bon de garder sa foi pour tout ce qui est noble.

D'après ce que j'ai appris, l'homme est récemment décédé dont la vie et le caractère ont fourni l'occasion d'écrire ce livre. Il s'appelait Harper et dirigeait à Londres un très important commerce de livres.

J'ai rencontré, un jour, à Londres, dans la rue, le peintre Millais peu après que j'avais eu la chance de voir plusieurs de ses tableaux ; cette noble figure m'avait fait penser à John Halifax. Millais a peint un jour « Le denier de la veuve ». Une jeune femme qui, un matin, de bonne heure, au petit jour, cherche après le denier qu'elle a perdu (on en a fait une gravure : « Le denier perdu ») et un paysage d'automne : « Froid octobre » n'est pas ce qu'il y a de moins beau dans son œuvre.

Au revoir, mon vieux. Reçois en pensée une cordiale poignée de main. Mes compliments aux gens de ta maison. Crois-moi

ton frère qui t'aime tant, *Vincent.*

La salle du Trippenhuis où « Les Syndics des drapiers » de Rembrandt sont exposés est rouverte. En revenant de l'église, je viens d'y faire un saut. Tout à côté du Rembrandt se trouve ce portrait bien connu de v. d. Helst.

Amsterdam, 27 juillet 1877

Cher Théo,

103 N Merci pour ta dernière lettre. Par chez nous j'ai appris que tu es déjà allé chez Mauve. Ça a dû être une bonne journée. A l'occasion j'espère bien en entendre parler.

Par même courrier une contribution à ta collection, notamment trois lithographies d'après Bosboom et deux de J. Weissenbruch. Je les ai trouvées ce matin chez un bouquiniste juif. La première d'après Bosboom, ne serait-ce pas l'église de Scheveningue ? L'autre, c'est la grande église de Bréda. La troisième est gravée d'après son tableau qui a figuré à la grande exposition de Paris. Les deux lithos d'après Weissenbruch m'ont frappé. Peut-être les as-tu déjà ; mais peut-être non. Continue en tout cas à collectionner ce genre de gravures ; les livres aussi.

En ce moment, ce sont les thèmes latins et grecs que je collectionne, toutes sortes de textes sur l'histoire, etc. Je suis occupé à une (histoire) de la Réforme qui promet d'être assez longue.

J'ai parlé récemment avec un jeune homme qui venait de passer avec succès son examen d'admission à l'Université de Leyde. Il m'a dit ce qu'on lui avait demandé ; ce n'est pas facile, mais j'ai tout de même bon espoir. Avec l'aide de Dieu, je passerai aussi les examens suivants, Mendès m'a donné bon espoir. Il m'a dit que nous en serions, à la fin des trois mois, au point qu'il avait espéré atteindre si tout marchait bien. Mais les leçons de grec au cœur d'Amsterdam, au cœur du quartier juif, par une très chaude et oppressante après-midi d'été, avec le sentiment que beaucoup d'examens difficiles, menés par de très savants et rusés professeurs, sont suspendus sur notre tête, les leçons de grec, dis-je, sont plus étouffantes que les champs de blé du Brabant, qui doivent être bien beaux maintenant, par une telle journée. Mais il faut poursuivre à travers tout, comme dit l'oncle Jan.

Il y a quelques jours, des enfants sont tombés dans l'eau près du pont de Kattenburg. Témoin de la scène, l'oncle a commandé la chaloupe du Makassar, amarrée dans le bassin. Un petit garçon a pu être repêché. Avec deux médecins de bord, que l'oncle a envoyés là-bas, j'ai accompagné à la pharmacie ceux qui portaient l'enfant, mais, malgré les moyens mis en œuvre pour le ranimer, on n'a pas réussi. Entre temps, l'enfant avait été reconnu par le père, qui est chauffeur sur le chantier, et le petit corps ramené chez lui, enveloppé dans une couverture de laine. On a continué à chercher pendant une heure et demie, croyant qu'une petite fille était tombée aussi ; il semble heureusement que ce ne soit pas le cas. Le soir, je suis encore retourné chez les parents. La maison était déjà obscure. Le petit corps était étendu là, si calme, sur un lit, dans une petite chambre. C'était un si brave petit garçon. La douleur des parents était grande ; l'enfant était la joie de cette maison, pour ainsi dire sa lumière, et cette lumière était maintenant éteinte. Bien que le chagrin des gens rudes soit rude lui-même, et sans dignité, notamment chez la mère, on se sent tout de même ému dans une maison en deuil. Je suis resté impressionné durant toute la soirée au cours de la balade que j'ai faite.

Dimanche dernier, le matin, j'ai fait une belle promenade, d'abord pour entendre, au premier culte, le sermon du pasteur Posthumus Meijes, dans la Noorderkerk ; puis à la Bickerseiland, où je me suis promené sur la digue, le long de l'Ij, jusqu'à ce qu'il fût l'heure de retourner à l'église, puis à la Eilandskerk où l'oncle Stricker prêchait. Ainsi le temps passe, et vite. Nous voilà déjà de nouveau presque à la fin de la semaine. Comment vas-tu, mon vieux, je pense si souvent à toi, et tous les jours. Que Dieu nous aide à atteindre le détachement, à force de lutter. Il est avantageux que tu te lies avec de bons artistes ; moi aussi, je m'accroche au souvenir de beaucoup d'entre eux.

Il est dit : « Triomphe du mal par le bien. » C'est parfois difficile. Dieu peut nous aider à cela, nous rendre les jours supportables avec beaucoup de bon entre-temps, nous préserver contre de trop grands remords.

J'ai vu l'oncle Jan dans son élément quand, le jour où ce malheur est arrivé, il a commandé le canot et donné l'ordre aux docteurs d'aller donner leurs soins.

Il faut maintenant que j'aille travailler. Mais, d'abord, remplir encore ce feuillet. Je suis souvent levé tôt le matin et, quand le soleil se lève, sur le chantier, que la foule des ouvriers arrive, un peu plus tard, c'est un spectacle magnifique auquel j'assiste par la fenêtre. Plus d'une fois, j'ai souhaité te voir ici. Serai-je un jour, par un matin pareil, assis à travailler à un sermon sur le thème : « Il fait lever son soleil sur les bons et sur les méchants » ou sur : « Réveillez-vous, vous qui dormez, et levez-vous d'entre les morts, et Christ vous éclairera » ou sur : « Il est bon de louer le Seigneur aux premières lueurs du jour et il est agréable aux yeux de voir le soleil » ? Je l'espère.

C'est tout de même vrai que c'est comme si le soleil ne donnait jamais d'aussi belle lumière que dans un presbytère ou dans une église. Travailler ainsi le matin de bonne heure aux Écritures est merveilleux.

Quand tu auras le temps, prends un timbre-poste et du papier et écris-moi de nouveau bien vite. L'oncle Jan t'envoie ses amitiés. Il a dû faire bien beau dans les dunes, le soir que tu décris. Chez l'oncle Cor, j'ai vu ces jours-ci, au magasin, « Les évangiles » de Bida *. Que c'est beau ! C'est à ne pas pouvoir dire combien c'est beau. Il y a dans cette œuvre bien des choses qui font penser à Rembrandt.

Et maintenant, une poignée de main en pensée, et de tout cœur je te souhaite ce qu'il y a de mieux. Crois-moi toujours

ton frère qui t'aime tant, *Vincent.*

Amsterdam, 3 août 1877

Cher Théo,

104 N Merci pour ta dernière lettre, qui m'a fait plaisir, plaisir dont je te remercie de tout cœur.

Tu es donc allé chez Mauve et tu y as passé de bons moments. As-tu encore dessiné, étant chez lui ? Je suis allé une fois dans l'atelier de Weissenbruch quelques jours avant mon premier départ pour Londres, et le souvenir de ce que j'y ai vu, comme études et comme peintures, m'est encore très présent à l'esprit ; et de même celui de l'homme. Quand tu m'écriras encore, parle-moi un peu de l'exposition, qui doit être ouverte depuis hier. Des artistes pourraient trouver ici, sur le chantier, bien des choses qui mériteraient d'être peintes.

* Peintre et dessinateur orientaliste français (1832-1895).

Le pasteur Meijes est venu ici il y a quelques jours avec deux de ses fils, et l'oncle nous a donné la permission d'aller visiter le chantier et les ateliers. Les forges etc. étaient naturellement en pleine action. Le dimanche où nous y avons été ensemble, tout y était muet ! Je suis allé aussi avec l'oncle Pompe et Jan sur le garde-côtes de Wassenaar, c'était très intéressant.

Cette semaine, la maison, ici, était pleine de monde : l'oncle et la tante Pompe et Jan, l'oncle Cor, Vincent et Bertha Van Gogh de Haarlem. La dernière nommée est une très gentille jeune fille.

Suis allé dimanche dernier au premier culte dans l'église du pasteur Hasebroek, et le même matin dans cette Oudezijds Kapel, dont je t'ai parlé.

Ainsi, jour après jour, je fais de mon mieux pour me préparer, en travaillant beaucoup, surtout en latin et en grec ; et j'ai déjà fait pas mal de thèmes, composé des phrases qui me rappellent le temps de l'école ; par exemple : Quel éminent philosophe les Athéniens ont-ils condamné à mort ? Le très bon et sage Socrate. Notre vie ressemble à un voyage ; elle est exposée à de nombreux, à de grands maux, à de grands malheurs. Pense à l'Odyssée, aux Raisins de la vigne.

Ce matin, je me suis levé tôt. Il avait beaucoup plu pendant la nuit, mais, de très bonne heure, le soleil a percé les nuages ; le sol, les piles de bois, les madriers, sur le chantier, étaient trempés d'eau ; dans les flaques, le ciel se reflétait, tout en or, car le soleil se levait. A cinq heures, des centaines d'ouvriers, petites silhouettes noires, se sont répandues partout. Je vais assez souvent dans le bureau de l'oncle Stricker. Il est très calé, possède pas mal de beaux livres et il aime ardemment son travail, son métier. J'ai eu, l'autre lundi, une lettre très réconfortante de Pa écrite de Heilvoirt. Par chez nous, j'ai appris que tu as reçu du Dr Coster une note de quarante florins. C'est embêtant. Le règlement de cette note te rappellera ce qu'on éprouve quand on vous arrache une molaire. Que ne puis-je t'aider un peu ! Mais, tu le sais, je n'ai ni or, ni argent. C'est souvent grâce à des stratagèmes que je me procure quelques *centen* pour les quêtes à l'église : par exemple, en échangeant des timbres contre des *centen* dans un débit de tabac. Mais, mon vieux, tout en nous débattant, nous restons la tête hors de l'eau et tu sais qu'il est dit des pauvres dans le royaume de Dieu qu'ils sont « bienheureux ».

Chaque fois que je revois l'oncle Vincent, quelque chose me frappe en lui, quelque chose d'indescriptiblement gentil, je dirais même de bon, de spirituel. Ce que c'est, je l'ignore. Ce quelque chose, Pa l'a bien davantage encore, et l'oncle Jan aussi, mais sous une autre forme ; cela existe aussi chez l'oncle Cor. Entre cent, on n'en trouve pas toujours un qui fasse penser à eux. Gardons leur image, gardons leur souvenir. Ce quelque chose, serait-ce ce que Fénelon décrit dans son *Télémaque* *.

Et maintenant, je t'envoie, par la pensée, une cordiale poignée de main. Mes amitiés chez Mauve, et si tu vois d'autres personnes ; surtout aux gens de ta maison. Sois heureux, aussi heureux que possible ; de tout cœur, je te souhaite de trouver une solution pour le règlement de la note. A Dieu. Crois-moi

ton frère qui t'aime tant, *Vincent.*

Amsterdam, 5 août 1877

Cher Théo,

105 N Merci pour ta lettre d'hier, c'était une bonne lettre, une lettre qui apporte quelque chose et qui fut pour moi un vrai réconfort.

J'en ai retiré quelques timbres-poste, je t'en remercie de tout cœur. Tu me dis aussi que tu m'enverras un mandat, afin que je puisse venir à La Haye voir l'exposition de dessins. Le mandat est bien arrivé ce dimanche matin. Merci de me l'avoir envoyé et aussi pour ton aimable proposition. Mais je te retourne l'argent. Je ne viendrai pas, quelque envie que j'aie de voir les choses belles et intéressantes dont tu me parles.

J'ai déjà refusé d'aller à Baarn, d'abord parce que je préfère passer ici mon dimanche pour aller plusieurs fois à l'église, pour écrire et pour étudier un peu ; ensuite parce que je devrais demander le prix du voyage à l'oncle Stricker, à qui Pa a laissé de l'argent dans lequel je peux puiser en cas de besoin, et cela, j'espère le faire le moins possible.

Si j'allais à La Haye, je ne pourrais manquer d'aller aussi à Baarn, et je ne pourrais me borner à n'y aller qu'une seule fois. Quoi qu'il en soit, mieux vaut pas.

* Ici copie d'une page de *Télémaque*.

En outre, mon vieux, je sais que tu en as tellement besoin toi-même. Mais, tu sais, merci de tout cœur. Je ne me plains pas de n'avoir pas toujours de l'argent dans la poche. J'ai grande envie de tant de choses, d'un nombre terriblement grand de choses ! Si j'avais de l'argent, il est probable que je le dépenserais vivement, en livres et en d'autres choses, dont il vaut mieux que je me passe, et qui me détourneraient de l'étude immédiatement nécessaire. Il ne m'est déjà pas toujours facile à présent de lutter contre les distractions. Si j'avais de l'argent, ce serait pire. Ne reste-t-on pas, sur la terre, toujours pauvre et nécessiteux ? C'est un fait, dont je me suis déjà aperçu. En une chose, toutefois, on peut devenir riche, et c'est en Dieu, et c'est là une part qui ne nous sera pas retirée. En outre, un temps peut venir où nous pourrons dépenser mieux notre argent qu'à acheter les meilleurs des livres, etc., un temps où l'on regretterait d'avoir dépensé beaucoup pour soi dans son jeune temps ; c'est lorsque nous aurons peut-être à gérer notre propre ménage, à veiller sur autrui, à penser à d'autres que nous. Au milieu de la vie, nous sommes dans la mort, c'est là une parole qui nous concerne tous personnellement, une vérité que nous voyons encore affirmée dans ce que tu me dis de Caroline v. S. Nous avons vu la même chose d'une autre personne de la même maison. Cela m'a frappé, et, de tout mon cœur, j'espère qu'elle se rétablira. Que de chagrin, de tristesse, de souffrances dans le monde, connues ou secrètes !

Et que de choses ont changé dans cette maison, quand on la compare à ce qu'elle était il y a quelques années. « C'était voilà longtemps, quand nous étions ensemble. » C'était au temps de « La petite fille de l'hôtesse » et Longfellow dit : « Il y a des pensées qui font défaillir un cœur fort » ; mais il y a aussi, au-dessus de tout : « Que celui qui met la main à la charrue ne regarde pas en arrière. » Sois un homme.

La planche d'après le tableau de Ruysdaël, « Haarlem en Overveen », je l'ai encore regardée, pour me rendre compte. Ce peintre-là aussi savait y faire.

Au cas où elle se rétablirait assez vite pour pouvoir être de nouveau transportée à La Haye, et que tu la voies, fais-lui des amitiés, et si tu peux trouver un mot pour la réconforter, lui donner du courage, lui rappeler les bonnes raisons qu'elle a de vivre, surtout pour ses enfants, dis-le lui, tu feras une bonne action. Une parole énergique, venant du cœur et dite à propos, peut réconforter et faire du bien.

Je me suis encore levé tôt et suis sorti vers les six heures pour aller au premier culte, ensuite je me suis promené par toutes sortes de vieilles rues où j'aurais bien voulu t'avoir avec moi. Tu connais le tableau de Daubigny : « Le Pont Marie » (au moins la lithographie et la gravure sur bois qu'on a faites d'après le tableau). J'y ai pensé, étant là. Je me promène volontiers dans les vieilles rues, étroites, un peu sombres, où il y a des pharmacies, des ateliers de lithographes, d'autres imprimeries, des marchands de cartes marines, des boutiques de fournitures pour les bateaux, etc. comme on en trouve là près de la Oudezijds Kapel, des Teertuinen et au bout de la Warmoestraat. Tout nous y parle. Je suis allé dire bonjour à Vos et à K. * ; ensuite à la Eilandskerk où le pasteur ten Kate, poète de *La Création* et auteur de beaucoup de beaux livres, prêchait sur Rom. I : 15-17. L'église était pleine et, quand on examinait les visages, on y lisait l'ardeur de la foi. Car il y avait un peu de cela sur maint visage ; sur celui de quelques hommes et quelques femmes, marqué de différentes façons dans leurs traits, on pouvait lire quelque chose.

La voix du prédicateur avait parfois des intonations, des expressions qui rappelaient celles de Pa. Il a très bien parlé, d'un cœur qui débordait, et bien que le sermon ne fût pas court, la fin du culte arriva sans qu'on s'en soit aperçu. Sa parole captivait à ce point que l'on ne pensait pas à l'heure.

La semaine dernière, pour changer, j'ai rédigé un extrait des voyages de saint Paul et ajouté une petite carte que j'avais dessinée. Encore une bonne acquisition.

L'oncle Stricker m'a donné récemment un livre sur la géographie de la Palestine (un livre allemand, par v. Raumer) qu'il avait en double.

Voici un bien beau passage de *Télémaque* **.

C'est surtout très beau quand on se représente cela illustré par des eaux-fortes de Jacque.

Voilà que ta carte-lettre m'arrive. Merci pour avoir fait diligence. J'espère de tout cœur que tu as passé un bon dimanche. Les cousines Fanny et Bet's Gr. et Bertha sont encore ici. Elles sont les fleurs de la maison.

* Le pasteur Vos, beau-fils du pasteur Stricker et sa femme Kate.
** Copie d'un discours de Mentor.

Bertha surtout est une charmante jeune fille. Mes compliments aux gens de ta maison. En pensée, reçois une poignée de main de

ton frère qui t'aime tant, *Vincent.*

Je ne puis aller chercher un mandat, il faut que je te renvoie l'argent en timbres-poste.

Amsterdam, 18 août 1877

Cher Théo,

J'éprouve le besoin de t'écrire encore. Il se peut qu'un temps 106 N
relativement long se passe avant que nous nous revoyions, bien que j'espère qu'en tout cas nous serons ensemble à Etten à Noël. On a fêté dimanche dernier l'anniversaire de Tante Mina. Comme j'étais chez lui ce soir-là, l'oncle Stricker m'a posé diverses questions et a paru assez content... je vois bien moi-même que j'ai fait des progrès. Jeudi matin, j'ai eu de bons moments ; l'oncle était hors de ville, à Utrecht, et j'avais rendez-vous à 7 heures chez Stricker ; Jan partait pour Paris et j'avais promis de lui faire un pas de conduite jusqu'à la gare de Holl Spoor. Je m'étais donc levé tôt et j'ai vu les ouvriers arriver sur le chantier, pendant que le soleil se levait, magnifique. Je suis sûr qu'il te plairait, ce tableau curieux, ce flot de silhouettes noires, grandes et petites, d'abord dans la rue étroite où le soleil ne pénètre que peu, puis sur le chantier. J'ai ensuite déjeuné d'un morceau de pain sec et d'un verre de bière, c'est le moyen que Dickens conseille comme très efficace à ceux qui sont sur le point de se suicider, pour les détourner pendant quelque temps de leur projet. Et bien qu'on ne soit pas précisément dans un tel état d'esprit, il est bon de suivre le conseil de temps en temps, et, par exemple, de penser au tableau de Rembrandt : « Les Pèlerins d'Emmaüs ». Je suis encore allé me promener, avant de me rendre chez Stricker, à travers le quartier juif et sur le Buitenkant, les vieux Teertuinen, Zeedijk, Warmoestraat et le long de la Oudezijds Kapel et des Oude et Zuiderkerk, par toutes sortes de vieilles rues, où il y a des forgerons, des tonneliers, etc. et par des ruelles, comme la Niezel, le long de canaux avec de vieux ponts étroits comme celui

sur lequel nous nous sommes arrêtés le soir de Dordrecht. C'était charmant de voir de là s'animer la ville, au petit jour.

J'ai établi un texte où toutes les paraboles sont mises en ordre, les miracles, etc. et suis également occupé de faire la même chose en anglais et en français, en attendant que le latin et le grec viennent s'y ajouter, plus tard. Dans la journée, j'ai beaucoup à faire pour Mendès, et, donc, je travaille le soir, ou bien aujourd'hui par exemple jusque très avant dans la nuit, jusqu'au matin. D'avoir été si longtemps en Angleterre et en France, je ne serais pas excusable de ne pas m'efforcer de me perfectionner dans ces deux langues, ou au moins d'en entretenir la connaissance. Il est dit : « Polissez-le sans cesse et le repolissez », et aussi : « travaillez, prenez de la peine ».

Comment vas-tu, mon vieux ? Écris-moi de nouveau un petit mot, si tu peux. J'espère que tu trouves bon que je t'aie renvoyé l'argent, car tu sais que je viendrais volontiers, oui, très volontiers, pour te serrer la main, et aussi pour l'exposition. Mais, pour le moment, je ne sors pas de la ville le dimanche. Je ne le peux pas.

J'ai eu ce matin un nouvel entretien avec Mendès sur M. Maris et je lui ai fait voir les lithographies des trois enfants, et aussi : « Un baptême ». Il a très bien compris. Mendès me fait parfois penser à « L'Imitation de Jésus-Christ » de Ruyperez.

As-tu quelques précisions concernant Caroline ? Suis encore allé à Utrecht entre deux trains le jour de la réception chez Hendrik *, j'ai formulé en ton nom des vœux de bonheur. La réception était très bien, beaucoup de plantes vertes dans la chambre, la mariée était charmante.

A Utrecht, j'ai encore vu le Dom, et une autre vieille église, et le bâtiment de l'académie, cela fait beaucoup penser aux cloîtres de l'abbaye de Westminster.

Bonjour, Théo, je te souhaite toute la chance possible. Fais mes compliments aux habitants de ta maison. Reçois les amitiés de l'oncle Jan. A Dieu, une poignée de main en pensée de

ton frère qui t'aime tant, *Vincent.*

* Fils de l'oncle Jan.

Amsterdam, 27 août 1877

Cher Théo,

La date approche de l'anniversaire de Moe. C'est pourquoi je 107 N
t'adresse inclus un petit mandat de un florin 23 ½ car j'aimerais bien que nous puissions offrir ensemble quelque chose. C'est peu, mais c'est tout ce que j'ai ; si tu y ajoutes la même chose, nous pourrons avoir pour cet argent au moins une bonne photographie. Tu en choisiras bien une toi-même. « Le Christ marchant sur la mer » de Jalabert a de nouveau augmenté, sans quoi j'y aurais pensé ; beaucoup plus chers aussi : « Les pèlerins d'Emmaüs » de Rembrandt. Enfin tu sais tout cela et tu sauras faire un bon choix ; le cas échéant, écris-moi sur une carte-lettre le titre de ce que tu auras choisi.

Merci pour ta lettre qui m'a fait bien plaisir, comme aussi une lettre de la maison, arrivée hier, pleine d'entrain.

Hier, il faisait pluvieux le matin, de sorte que j'ai déjà endossé mon pardessus pour aller entendre le sermon du matin dans la Noorderkerk. Le pasteur Posthumus Meijes (le jeune, naturellement) y prêchait sur le thème du chapitre IV, verset II, des *Actes* : « Voici la pierre qui est rejetée par les bâtisseurs, qui est devenue la pierre d'angle. » Son fils est venu hier, il s'est attardé un moment dans la petite salle d'études ; il était notamment venu me demander si je voulais venir le soir chez lui, ce que j'ai volontiers accepté. Suis encore allé chez le vieux pasteur, son père, la semaine dernière. Et aussi, hier soir, dans la Eilandskerk où l'oncle Stricker a parlé de Luc, XI : 28 *. L'après-midi et une partie de la soirée, je les ai passées chez l'oncle Stricker. J'ai donc passé un bon dimanche. Je me suis souvent demandé comment tu étais toi-même pendant ce temps-là.

Feras-tu à l'arrière-saison la tournée de voyages, et viendras-tu à Amsterdam ?

Je l'espère de tout cœur, écris-le moi dès que tu sauras quelque chose. Nous devons faire en sorte de nous arranger pour que tu viennes loger ici, il y a assez de place dans la maison ; il suffira

* Heureux ceux qui écoutent la parole de Dieu et qui la gardent.

d'en toucher un mot à l'oncle. Nous devons profiter du temps et de l'occasion pour être ensemble. J'ai encore beaucoup à travailler aujourd'hui. Es-tu très occupé au magasin ?

La semaine dernière un bateau (le garde-côtes de Draak) a été lancé sur le chantier. C'était intéressant à voir, et ce fut une grande joie pour le peuple des ouvriers. Sur Bickerseiland, il y a aussi beaucoup de chantiers où l'on construit des navires, mais des bâtiments plus petits ; je les regarde toujours attentivement quand j'y passe. Quand on veut apprendre soi-même à travailler, il faut observer les ouvriers, et quand on a une salle d'études qui donne sur des ateliers... Car, de même que, sur un chantier naval, on voit des bâtiments, grands et petits, être construits, menés à bonne fin et lancés, de même, dans une salle d'études, les petits et les grands travaux doivent être ébauchés et, « par une persévérance patiente à bien faire » poursuivis et, avec l'aide de Dieu, menés à leur terme.

Mon vieux, j'ai si grande envie de te voir, viens vite et vois à t'arranger de telle sorte que nous puissions être ensemble pendant quelque temps.

Ne pourrions-nous avoir encore un dimanche à passer ici ? Je voudrais tellement que tu voies un jour la Oudezijds Kapel et tant d'autres choses, par exemple que tu entendes un jour parler l'oncle Stricker. Allons ! Tâche d'arranger cela !

Ce livre de Daudet, dont tu me parles, je ne le connais pas.

Il faut maintenant que je me mette à mon thème grec. Mes compliments aux gens de ta maison, et aussi à Mauve et à Yette, quand tu iras. Au revoir, mon très cher frère, une cordiale poignée de main en pensée. Je voudrais bien t'envoyer davantage pour l'anniversaire de Moe, mais ce n'est pas possible. Je te souhaite toute la chance possible.

Crois-moi toujours

ton frère affectionné, *Vincent.*

L'oncle Jan projette d'aller passer huit jours à Helvoirt le 1er septembre. J'espère en profiter pour rester à écrire toute la soirée dans la chambre du bas. Sans doute, je pourrais le faire aussi quand l'oncle est là, mais sa chambre à coucher est tout à côté, et je dois donc être discret. Je puis évidemment aller m'asseoir dans ma propre chambre, mais là, quand il est tard, la tentation d'aller me coucher est trop forte, et dans ma petite salle d'études, il n'y a pas de gaz.

Amsterdam, 4 sept. 1877

Cher Théo

Ci-joint un petit mot pour A. et pour L. Ajoutes-y quelque chose, 108 N
et envoie-le vers la date de l'anniversaire de Moe.

Je peux bien te le dire, la raison pour laquelle je te l'envoie à toi, c'est que je crains de n'avoir pas de timbres à ce moment-là, sauf pour écrire chez nous. Si tu devais n'écrire que plus tard, que ceci attende aussi.

L'oncle Jan est allé samedi dernier à Helvoirt, il compte rester absent jusqu'au 10 septembre. La maison est donc bien silencieuse, ces jours-ci. Néanmoins, le temps fuit, vu que j'ai chaque jour une leçon que je dois préparer. Je voudrais que les journées fussent plus longues encore, afin d'apprendre davantage ; car le travail n'est pas toujours facile et, après être resté longtemps assis devant ses livres, le résultat est souvent maigre. Enfin ce qui est difficile est bon, je sens en moi la vérité de ce précepte, sans en constater toujours les effets.

Je continue à m'occuper de transcrire toute l'*Imitation de Jésus-Christ* d'après une édition française que j'ai empruntée à l'oncle Cor. Ce livre-là est sublime ; celui qui l'a écrit a bien dû être « un homme selon le cœur de Dieu ». J'ai ressenti, il y a quelques jours, peut-être parce que je regarde si souvent la lithographie d'après Ruyperez, une telle envie d'avoir ce livre que je n'ai pas pu résister à la tentation de demander à l'oncle Jan de me le prêter ; je reste maintenant toute la soirée à écrire. C'est beaucoup de travail, mais une bonne partie est déjà faite, et je ne connais pas de meilleur moyen pour m'en bien pénétrer. J'ai aussi racheté les *Oraisons funèbres* de Bossuet (je les ai eues pour 40 cents) ; je me sens poussé à saisir la question à bras-le-corps, je pense mainte fois à la parole : « les jours sont durs ». On doit s'armer et s'efforcer autant que possible d'avoir en soi quelque chose de bon pour pouvoir résister, et être prêt.

Ce n'est pas, tu le sais, une petite entreprise ; le résultat, nous ne le connaissons pas, mais je veux ainsi, en tout cas, tenter de livrer le bon combat.

C'est un livre singulier, celui de Thomas A Kempis ; il y a

là-dedans des paroles si profondes, si graves, qu'on ne peut les lire sans être troublé, et même effrayé, du moins si on les lit avec un désir sincère de lumière et de vérité.

Cette langue est bien celle d'une éloquence qui conquiert les cœurs parce qu'elle vient du cœur.

Tu dois sûrement l'avoir, ce livre-là ?... Il y a une chose que je me sens poussé à te dire, à toi pour qui je n'ai pas de secret. Dans la vie de l'oncle Jan, de l'oncle Cor, de l'oncle Vincent, il y a beaucoup, beaucoup de belles et bonnes choses, et pourtant quelque chose y fait défaut. Ne trouves-tu pas que, quand les deux premiers, comme il arrive souvent, ici, le soir, dans cette salle que tu connais, qui est belle et intime, sont assis à causer, on ne se trouve pas devant un spectacle qui fait du bien au cœur, surtout quand on les regarde avec amour comme c'est mon cas ? Et pourtant, « Les pèlerins d'Emmaüs » de Rembrandt sont encore plus beaux. Cela aurait pu être aussi beau, et c'est presque ça, mais pas tout à fait ça. Pa a ce qui leur manque – « Il est bon d'être chrétien, presque chrétien, complètement chrétien, car, cela, c'est la vie éternelle ». J'irai même plus loin, je dirai : ce qui leur manque, dans leur maison, cela manque en eux. Tu vas me dire, ou bien tu penses à celui qui voit la paille dans l'œil de son frère et ne remarque pas la poutre dans le sien. Eh bien, à cela je réponds : là il y a peut-être quelque chose de vrai, mais du moins ce qui est vrai, c'est qu'il est « bon d'être chrétien, presque chrétien, complètement chrétien ».

Il y a quelques jours j'ai passé une soirée dans le bureau du pasteur Meijes, pas le vieux pasteur, mais celui que tu sais, celui qui m'avait tant ému à l'église.

Ce fut une bonne soirée. Il m'a demandé des choses et d'autres sur Londres ; j'ai pu lui dire pas mal de choses, et il m'a parlé de son travail, du bonheur qu'il lui avait procuré de façon si évidemment manifeste.

Dans cette pièce était accroché un bon dessin au fusain représentant une veillée, un culte qu'il avait l'habitude de tenir chez lui, les soirs d'hiver. Un très bon dessin. Israëls y aurait sûrement trouvé du plaisir : l'assistance uniquement composée d'ouvriers et de leurs femmes. Doré, dans son livre sur Londres, a traité des sujets semblables.

Suis allé aussi, un autre soir, chez Stricker, et dimanche dernier j'ai entendu l'oncle prêcher sur *I Cor.* III, 14 : « Si l'œuvre de quelqu'un qui a bâti là-dessus subsiste, il recevra une récompense ».

J'ai souvent l'impression de sentir déjà quelque chose qui ressemble à du bonheur, à un changement dans ma vie.

Comme j'aimerais te montrer et te faire voir ici toutes sortes de choses. Si souvent, quand je passe par le quartier juif, et aussi en d'autres endroits, je pense à De Groux ! Il y a là des intérieurs de bûcherons, de charpentiers, des boutiques d'épicier, des forges, des pharmacies, etc., etc. qui l'auraient enchanté. Par exemple, j'ai vu ce matin un grand cellier servant d'entrepôt, sombre, et dont les portes étaient ouvertes ; pendant un instant, j'ai pensé à certain épouvantail, tu sais lequel. Sous cette voûte, dans ces ténèbres, des hommes couraient, allaient et venaient portant des lumières. Spectacle banal, qu'on peut voir tous les jours, mais il y a des moments où les choses les plus quotidiennes font une impression extraordinaire, semblent avoir une autre apparence, un sens profond. C'est ce que de Groux savait si bien mettre dans ses tableaux, et aussi, oui, surtout, dans ses lithographies.

J'étais justement en train de t'écrire ceci quand ta lettre m'arrive. Je t'en remercie. Ce qui me cause une grande surprise, c'est d'apprendre que Gladwell est à La Haye. Fais-lui mes bien cordiales amitiés. Que je serais content s'il pouvait venir un jour ici ! Je lui ai écrit sur-le-champ une carte-lettre pour lui demander de faire son possible pour venir aussi à Amsterdam. De ton côté, tâche de l'y décider. Tu sais combien il est intéressant pour un étranger de voir cette ville, et aussi le chantier naval, le quartier où je suis. Je le guiderais volontiers dans cette visite, c'est-à-dire autant qu'il est en mon pouvoir. Et j'ai grande envie de revoir ces yeux bruns, qui brillaient tellement quand nous regardions les peintures de Michel, et d'autres, ou quand nous parlions de « tant de choses ». Oui, ce ne serait pas une mauvaise chose qu'il pût venir ici, et même y rester aussi longtemps que possible ; je crois que nous pourrions savoir s'il y a eu quelque chose de sincère dans notre ancienne amitié. Elle n'était pas mince ; quand le temps a passé là-dessus, on sent que cela n'est peut-être pas constamment vivant, « elle n'est pas morte, mais elle dort » et pour que cela se réveille et revive, il est bon de se revoir, de se retrouver.

Ci-joint un petit mot pour lui. Il me semble qu'il ne peut pas quitter la Hollande sans avoir vu le Trippenhuis et Van der Hoop. Fais de ton mieux pour qu'il le fasse, du moins si c'est possible, et s'il ne le fait pas contre son gré. Il faut que je reste levé, le soir, aussi longtemps que mes yeux peuvent rester ouverts, et, donc, finir ceci, si j'ai le temps, je remplirai tout ce feuillet.

Si tes rapports avec Gladwell devaient se resserrer, laisser un peu de bon derrière eux, je trouverais cela magnifique. Il y a un bout de temps que je l'ai vu pour la dernière fois.

Au revoir, reçois en pensée une poignée de main. Bonne chance, serre pour moi la main de Gladwell et crois-moi toujours

ton frère qui t'aime tant, *Vincent.*

Amsterdam, 7 sept. 1877

Cher Théo,

109 N Ce fut pour moi une émotion magnifique d'entendre tout à coup la voix de Gladwell dans le corridor, alors que j'étais en haut, en train de travailler, et, l'instant d'après, de le voir, de lui serrer la main. Nous avons fait hier une bonne promenade par les rues principales et vu presque toutes les églises. Ce matin nous nous sommes levés avant 5 heures pour voir la foule des ouvriers arriver sur le chantier. Après quoi nous sommes allés nous promener vers Zeeburg, et deux fois au Trippenhuis. Gladwell est allé seul à van der Hoop. Il a aussi rendu visite à l'oncle Cor, du moins au magasin (car l'oncle n'était pas en ville), et à Mendès dans son bureau. Nous avons encore projeté d'aller chez l'oncle Stricker (j'y étais invité à manger aujourd'hui, et je me suis promis d'emmener Gladwell avec moi). J'aimerais beaucoup aller aussi encore une fois avec lui sur Bickerseiland ; mais nous n'aurons peut-être pas le temps. Je lui ai conseillé d'aller aussi à Haarlem, voir les tableaux de Frans Hals. Il ira en partant d'ici, et non à Anvers, comme il en avait fait le projet ; il gardera la Belgique pour plus tard, et se bornera, pour cette fois, à une tournée en Hollande, exclusivement.

Nous avons aussi passé pas mal de temps dans ma petite salle d'études et parlé « des choses vieilles et nouvelles ».

J'éprouve de nouveau, quand il est assis à côté de moi, le même sentiment qui m'a si souvent rapproché de lui, l'impression qu'il est un fils de la même maison, un frère dans la foi, parce qu'il aime « l'homme de douleur habitué à la douleur » qui est notre Dieu, qu'il croit au dogme de la résurrection de celui en qui nous croyons ; après l'esprit de qui nous soupirons, à qui nous demandons son amour pour qu'il nous soutienne dans la vie et que rien ne nous sépare de lui, ni les choses présentes, ni les choses à venir. La « tristesse selon Dieu », elle opérera aussi sur Gladwell, comme elle a opéré sur beaucoup, comme elle opère encore et comme elle opérera dans l'avenir ; c'est un choix dont on ne se repent jamais, celui de la bonne part qui ne sera pas ôtée, le seul choix qui soit nécessaire pour produire des fruits dignes de la repentance et de la conversion. Gladwell est chrétien, il le sera de plus en plus. Ce matin, nous avons lu ensemble le récit d'Élie près du torrent de Kerith et chez la veuve (car, quand nous habitions ensemble à Montmartre, nous l'avons connue, nous aussi, la poignée de farine dans un pot, qui ne manque point, ni l'eau dans la cruche) et hier soir, la parabole du semeur et quelques autres.

Il va maintenant retourner près de toi pendant quelque temps ; il souhaite voir ta petite chambre et les images que tu possèdes.

Il m'a donné *Le voyage du pèlerin* de Bunyan. C'est une acquisition, tout comme le sont, de Bossuet, les *Oraisons funèbres* que j'ai achetées récemment à très bon marché, et l'*Imitation* de Th. A Kempis en latin, que j'ai reçue de Vos, et que j'espère pouvoir lire un jour dans le texte. Gladwell a lu ici divers passages dans Bungener, Esquiros, Lamennais, Souvestre, Lamartine *(Cromwell)*, et a pris grand plaisir à voir les lithographies d'après Bosboom. Nous en avons acheté une chez un juif et il m'a chargé de lui en acheter d'autres, lorsque l'occasion se présentera.

De tout cœur, j'espère que tu passeras une bonne soirée avec lui. Je crois que plus tu chercheras à voir en lui, plus tu trouveras de choses.

Nous avons parlé de différentes choses et l'essentiel de ce que nous nous sommes dit, c'est ceci : que beaucoup de gens, arrivés en ce point de leur existence où l'on doit faire un choix pour la vie entière, ont choisi pour leur part : « l'amour du Christ et de la pauvreté » ou plutôt : « Ne me donnez ni la pauvreté ni la richesse, nourrissez-moi du pain qui me convient. »

Le temps que nous avons passé ensemble m'a paru s'envoler de moi. J'aurais bien aimé que nous puissions rester ensemble un peu plus longtemps, mais ce n'est pas possible, chacun doit rebrousser chemin, continuer à faire ce qu'on lui demande, à faire la chose à laquelle il est appelé. Pour moi, je suis reconnaissant, dans le fond de mon cœur, d'avoir pu le revoir et retrouver en lui ce qui m'avait naguère attiré vers lui. Il m'a dit qu'il est certain que tu feras la tournée avec les « nouveautés » et cela dans trois ou quatre semaines. J'espère donc te revoir encore toi aussi, à cette occasion.

De tout cœur, j'espère qu'il gardera un agréable souvenir de sa visite en Hollande ; il est courageux de sa part d'avoir mis ce projet à exécution.

Mes compliments aux habitants de ta maison. Passe une bonne soirée avec Gladwell et reçois en pensée une poignée de main de ton frère qui t'aime tant,

Vincent.

Post-scriptum.

Tu as certainement appris la mort de Mme Richard. Cela a dû être une nuit effroyable. Connaître bien la Bible, la connaître à fond et avec amour, serait-ce pas une chose très souhaitable ?

Amsterdam, 18 sept. 1877

Cher Théo,

110 N Le jour approche où tu vas partir en voyage pour MM. G. et Cie, et déjà je me réjouis de te revoir, de parler avec toi. Ce que je voulais te demander, c'est ceci : Ne pourrais-tu pas faire en sorte que nous puissions passer un peu de temps ensemble, tranquillement. Je veux dire au moins une journée entière.

Cette semaine, Mendès était absent, hors de ville ; il a logé pendant quelques jours chez un certain pasteur Schröder, à Zwolle, à qui il a donné autrefois des leçons. Étant ainsi moins occupé, j'ai pu mettre à exécution le projet d'aller au Trippenhuis voir les eaux-fortes de Rembrandt. J'y suis allé ce matin et suis bien content. Tandis que j'y étais, je me disais : Théo et moi, ne pourrions-nous un jour voir cela ensemble ? Penses-y. Vois si tu ne pourrais distraire une journée ou davantage pour des choses comme celle-là.

Quelle impression un homme comme Pa pourrait-il éprouver devant des eaux-fortes de Rembrandt comme « La fuite, de nuit, en Égypte », ou « La mise de Jésus au tombeau », lui qui a voyagé, tant de fois, et même de nuit, muni d'une lanterne, par exemple pour aller voir un malade, un mourant, parler avec lui de Celui de qui la parole reste une lumière au sein de la nuit des souffrances et des angoisses de la mort ? La collection du Trippenhuis est superbe. J'ai vu là beaucoup de choses que je n'avais jamais rencontrées auparavant ; on m'y a parlé aussi des dessins de Rembrandt chez Fodor *.

Si tu le juges à propos, parles-en un jour avec M. Tersteeg, et écris-moi d'avance un petit mot pour me dire quand tu viens. Je m'arrangerai pour être libre, être à ta disposition quand tu viendras.

Je ne puis rien voir de tout cela, notamment des tableaux, que je ne pense à toi, et à tous nos parents chez nous.

A part cela, je suis dans le travail jusque par-dessus la tête, car je commence à voir clairement ce qu'il faut que je sache, ce qu'*ils* savent, et par quoi *ils* furent inspirés, ceux de qui je veux suivre la voie : « Sondez les Écritures. » Parole qui n'a pas été dite pour rien, et qui est un bon guide, et je voudrais bien être un tel érudit, un homme capable de tirer du trésor de son savoir, « des choses vieilles et nouvelles ».

Lundi, j'ai passé la soirée chez Vos et Kee ; ils s'aiment beaucoup et on peut bien constater que là où habite l'Amour, le Seigneur répand ses bienfaits.

C'est très gentil chez eux. Dommage qu'il n'ait pu rester pasteur. Quand on les voit ainsi, assis ensemble, le soir, à la lumière intime de leur lampe, dans la chambre de séjour, tout à côté de la chambre à coucher de leur fils, qui s'éveille de temps en temps pour demander quelque chose à sa mère, c'est vraiment un tableau idyllique. Mais ils connaissent aussi des jours difficiles, des nuits d'insomnie, l'angoisse et le souci. Suis revenu en me promenant par les grands travaux de terrassement près de la Oosterspoor que tu connais bien, et le long du Buitenkant. La lune brillait, tout était plein de M. Maris et d'Andersen. De là, on a une si belle vue par-dessus la ville et les tours, avec, çà et là, les lumières d'un côté, l'Ij et le Bickerseiland de l'autre. Et tout était plongé dans un tel silence : « La feuille sèche ne frémit pas. Seul le firmament parle… » « Quand tout bruit cesse, la voix de Dieu s'entend sous les étoiles. »

J'étais dimanche dernier dans la O. Z. Kapel où le pasteur Jer. Meijes a prêché sur *Ecclés.* XI, 7-XII 7 :

* Fodor : collection privée hollandaise.

La lumière est douce et il est agréable aux yeux de voir le soleil. Si donc un homme vit beaucoup d'années et se réjouit pendant toutes ces années, qu'il pense aussi aux jours de ténèbres, car ceux-là seront nombreux et tout ce qui est arrivé est vanité. Réjouis-toi, jeune homme, dans ta jeunesse, et livre ton cœur à la joie. Au temps de ton adolescence, marche dans les voies de ton cœur, et selon les regards de tes yeux, mais sache que, pour toutes ces choses, Dieu te fera venir devant le tribunal. Ainsi bannis de ton cœur le chagrin, éloigne le mal de ta chair, car la jeunesse et l'aurore sont vanité. Souviens-toi de ton Créateur aux jours de ton adolescence, avant que les mauvais jours n'arrivent et que les années s'approchent où tu diras : « Je n'y prends point plaisir ; avant que le soleil et la lumière, la lune et les étoiles ne s'obscurcissent, que les nuages reviennent après la pluie, au temps où les gardiens de la maison tremblent, où les hommes forts se courbent, où les dents cessent de mordre parce qu'elles sont usées, où ceux qui regardent par les fenêtres sont obscurcis, où les deux battants de la porte se ferment sur la rue, quand la meule ne fait que murmurer, où l'on se lève à la voix de l'oiseau, où toutes les chanteuses s'affaiblissent, où l'on redoute ce qui est élevé, où l'on aura des frayeurs sur sa route, où l'amandier fleurira, où la sauterelle sera à elle-même un fardeau, où le goût de vivre faiblira ; car l'homme s'en va vers sa demeure éternelle et les pleureuses parcourent les rues. Avant que la coupe d'argent se détache, que la roue se brise sur le puits, avant que la poussière retourne à la terre, où elle a été et que l'esprit retourne à Dieu qui l'a donné.

Ainsi ce que l'homme sème, il le récoltera ; et à qui sème en esprit, l'Esprit donnera la Vie éternelle.

Là j'ai entendu de nouveau le pasteur Laurillard parler au culte du matin sur le chapitre VIII, verset 7 de Jérémie. « Même la cigogne connaît dans le ciel la saison et la tourterelle, la grue et l'hirondelle observent le temps de leur venue. » Il a dit à cette occasion que, se promenant sur une route où déjà les feuilles tombaient des arbres, il avait vu une volée de passereaux. Et il a parlé de la migration des oiseaux, et comment l'homme un jour passera, lui aussi, pour gagner un pays plus chaud. Il a traité le sujet dans l'esprit de Michelet ou de Rückert, un peu comme beaucoup l'ont peint, entre autres Protais dans « Souvenirs de la patrie ».

Pa m'a écrit que tu es allé à Anvers. Je suis curieux de savoir ce que tu y as vu.

J'ai vu moi-même, il y a longtemps, les tableaux anciens du musée et je me souviens encore d'un beau portrait de Rembrandt. Que ne peut-on retenir avec précision tout ce que l'on voit ! Ce serait magnifique. Mais il en est de cela comme de la vue qu'on a sur une longue route. Dans le lointain, les choses paraissent plus petites et comme enveloppées de brouillard.

Il y a eu ici, un soir, un grand incendie sur l'eau. Un bateau chargé d'arac ou de quelque chose d'analogue a pris feu. Je suis allé sur le Wassenaar avec l'oncle. Il n'y avait presque aucun danger, vu qu'on avait réussi à encadrer le brûlot par d'autres bateaux et qu'on avait pu l'amarrer à un poteau. Quand les flammes eurent atteint une certaine hauteur, on a pu voir le Buitenkant et les rangs noirs des curieux, debout, qui regardaient ; les petits canots qui allaient et venaient autour du foyer paraissaient, eux aussi, tout noirs sur l'eau dans laquelle les flammes se miraient. Je ne sais si tu connais les photos faites d'après Jazet, qui, dans le temps, étaient dans la Galerie photographique, et qui aujourd'hui sont détruites : « La nuit de Noël », « La conflagration », d'autres encore. C'était quelque chose dans ce goût-là.

La nuit commence à descendre. Dickens l'appelait : « Crépuscule béni » et il avait raison. « Crépuscule béni », surtout lorsque deux ou trois personnes sont réunies et bien d'accord en esprit et quand des savants versés dans l'Écriture sainte tirent de leur trésor « des choses vieilles et nouvelles ». « Crépuscule béni » encore lorsque deux ou trois personnes sont réunies en Son nom et que Lui-même est au milieu d'eux. Et béni soit celui qui connaît ces choses et les met en pratique.

Rembrandt les savait. Du riche trésor de son cœur, il a tiré, entre autres choses, ce dessin à la sépia, au fusain et à l'encre etc. (qui est au British Museum) et qui représente la maison de Béthanie. Dans cette chambre où règne le crépuscule, la figure du Seigneur, noble, impressionnante, se silhouette, sombre, sévère, contre la fenêtre, par où entre le crépuscule.

Aux pieds de Jésus est assise Marie, qui a choisi la bonne part, la part qui ne lui sera pas ôtée, Marthe est là aussi, occupée à une chose ou l'autre ; si je me souviens bien elle allume le feu, ou fait quelque chose d'analogue. Ce dessin-là, j'espère ne pas l'oublier, ni non plus ce qu'il semblait me dire, et c'était : « Je suis la lumière du monde. Aussi celui qui me suivra n'errera point dans l'obscurité, mais il aura la lumière de la vie. »

Cela faisait penser au personnage de *John Halifax*, qui disait qu'il était un chrétien, silhouetté, lui aussi, sur un fond de fenêtre avec des rideaux blancs, dans une chambre de ce Rose Cottage, je suppose, un soir comme il en est tant décrit et avec tant de sentiment dans le livre.

« … la lumière des Évangiles qui ont été prêchés aux pauvres dans le Royaume de mon Père, semble une bougie dans un chandelier et qui éclaire tous ceux qui sont dans la maison. » Je suis venu pour qu'ils aient la vie, pour qu'ils l'aient à profusion. « Je suis la Résurrection et la Vie. Celui qui croit en moi vivra, quand même il serait mort, et quiconque vit et croit en moi aura la vie éternelle. Celui qui m'aime, mon Père l'honorera. Nous viendrons demeurer chez Lui ; nous viendrons à Lui, nous prendrons la Cène avec Lui. »

Ces choses-là, le crépuscule les dit à celui qui a des oreilles pour entendre et un cœur pour comprendre et pour avoir foi en Dieu. « Crépuscule béni ». Le crépuscule règne aussi dans ce tableau de Ruyperez, « L'Imitation de Jésus-Christ », et de même dans une autre eau-forte de Rembrandt : « David en prière ».

Oui, au « Crépuscule béni » nous devons les paroles « comme un cerf brame après le courant des eaux, ainsi mon âme soupire après Toi, ô mon Dieu. Mon âme a soif de Dieu, du Dieu vivant. L'abîme appelle l'abîme, toutes tes vagues et tous tes flots ont passé sur moi. Le jour, le Seigneur m'accordait sa miséricorde ; la nuit, je chantais ses louanges et j'adressais une prière au Dieu de ma vie. Pourquoi t'abats-tu, ô mon âme, et pourquoi gémis-tu au-dedans de moi ? Espère en Dieu, car je le louerai encore. Il est mon salut et mon Dieu. »

Mais ce n'est pas toujours « Crépuscule béni », comme tu le vois sur ce papier, et à mon écriture. Je suis assis près de ma lampe, et à l'étage ; car il y a des gens en bas ; je ne puis aller m'y asseoir avec mes livres. L'oncle Jan te fait des amitiés.

Hendrik et Marie sont venus, la semaine dernière, passer ici une journée, et maintenant ils sont partis. Un télégramme était arrivé lundi du *Madura* à Southampton. Le jour de leur départ, l'oncle est parti par le train, le matin à 6 heures, pour Nieuwedeep, avec M. Vos qui, la veille au soir, était arrivé ici, venant d'Utrecht pour aller encore les saluer à bord. Mon vieux, que cela doit être magnifique d'avoir derrière soi une vie comme celle de Pa ! Dieu nous accorde d'être et de devenir, de plus en plus, des fils selon son esprit, selon son cœur. Quelque chose peut encore venir de là, et se réaliser. Dieu peut élever l'homme au-dessus de sa nature, Sa force peut s'accomplir dans notre faiblesse.

Bonne chance, écris vite et viens bientôt, car il est agréable de se revoir et de bavarder. Peut-être pourrons-nous encore aller voir cet été l'exposition qui vient de s'ouvrir ces jours-ci. Des compliments aussi aux gens de ta maison.

Au revoir, reçois en pensée une poignée de main de

ton frère qui t'aime tant, *Vincent.*

Amsterdam, 21 oct. 1877

Cher Théo,

Je tiens à ce que tu reçoives de nouveau bien vite un petit mot. 111 N
Hier, une bonne lettre d'Etten, qui m'apprend que tu es allé là-bas, que tu y étais de nouveau samedi soir, pour passer le dimanche chez nous. Tu dois donc y être en ce moment, et ce sera sûrement un bon dimanche.

J'étais hier au culte du matin (Noorderkerk). Ensuite je suis allé me promener un peu par la ville ; les canaux sont particulièrement beaux, en cette saison où les feuilles des arbres ont les couleurs de l'automne. Puis je suis allé à l'église anglaise, où j'ai entendu un très bon sermon sur le thème : « Ne vous mettez pas en souci de ce que vous mangerez, de ce que vous boirez, ni de quoi vous serez vêtus, etc. »

J'aime beaucoup cette petite église. Beaucoup de gens doivent y avoir le souvenir de choses et de lieux qui, à moi non plus, ne sont pas étrangers.

As-tu jamais vu ou lu le livre d'Esquiros : *La vie anglaise* (ou *L'Angleterre et la vie anglaise*) ? Moi pas ; mais il me semble que cela doit être intéressant. Pense un peu, quand tu auras le temps et le goût, au petit morceau que tu sais, de Jules Breton, et à l'autre, de Michelet.

As-tu fait bon voyage ? Écris-moi vite un petit mot. Ce fut une magnifique surprise, que tu sois venu ici ce soir-là.

(N.B. — La jeune fille, à la gare, a dû être tout étonnée de notre départ précipité.) Ce fut une chance de pouvoir encore voir Mauve.

Rentré chez moi, je suis encore resté un bon moment à travailler. Il y a déjà de nouveau huit jours de cela. Les jours s'envolent.

Que cette gravure d'après Ary Scheffer « Les saintes femmes au tombeau du Christ » est donc belle ! Je suis si content de l'avoir. La vieille femme, surtout. On peut dire de cela que « Ça y est ! ».

As-tu encore découvert en chemin quelque chose pour ta collection ? Continue à l'enrichir, c'est quelque chose de très bien.

Ce matin, j'ai vu le ministre de la marine Taalman Kip, venu rendre visite à l'oncle. Il a pris le café ici. Il y a beaucoup de force d'âme dans ce visage, et dans ces yeux gris. Le personnage m'a fait penser malgré moi au vieux monsieur Goupil, ou à un homme comme Guizot. Pourquoi ? Je n'en sais rien, mais, durant toute cette semaine, j'ai pensé à cette peinture et à l'eau-forte gravée d'après le tableau : « Un jeune citoyen de l'an V » de Jules Goupil. J'ai vu la toile à Paris. C'est beau, indiciblement beau, inoubliable.

Comme les nombreux tableaux français sur la Révolution : « Les Girondins », « Dernières victimes de la Terreur », « Marie-Antoinette » par Delaroche, le « Jeune Citoyen » en question et les autres peintures par Goupil, par Anker et par tant d'autres, forment, avec beaucoup de livres, comme ceux de Michelet et de Carlyle et aussi de Dickens *(Histoire de deux cités)* un magnifique ensemble ! N'est-il pas vrai qu'il y a dans tout cela quelque chose du même esprit que l'on trouve dans « Je suis la Résurrection et la Vie », dans « Il vivra, bien qu'il paraisse mort, car l'esprit n'est pas mort, il n'est qu'endormi » ?

J'aimerais tant lire beaucoup, mais ce n'est pas possible. A vrai dire, j'ai tort de désirer cela ; toutes choses ne sont-elles pas, dans la parole du Christ, plus achevées, plus merveilleuses que dans n'importe quelle autre parole ? L'eau-forte en question de Jules Goupil a été accrochée pendant très longtemps à Londres dans ma petite chambre, les jours où j'étais très absorbé par Michelet et par d'autres écrivains français. Je crois que c'est Harry Gladwell qui l'a, maintenant, cette eau-forte. J'ai reçu de lui une courte lettre depuis qu'il est rentré à Paris. Un jour comme aujourd'hui, j'aimerais me promener encore avec lui au crépuscule le long de la Seine, à la hauteur de Notre-Dame. Paris est si divinement beau en automne, et ce petit coin n'est pas ce qu'il y a de moins beau. Que les chrysanthèmes d'hiver à Londres doivent être magnifiques dans les petits jardins ; ils fleurissent durant tout l'hiver.

As-tu des projets pour l'hiver, projet de lire l'un ou l'autre bouquin, « coûte que coûte ».

Il peut être bon parfois d'entreprendre une lecture et de la pousser à fond. L'oncle Jan aussi a beaucoup lu, il a des tas de choses dans la tête. Cette parenté d'esprit, cet attachement, cet amour, tels qu'ils existent entre Pa et l'oncle, voilà qui est un bon fruit de la vie ; et, bien que cette ferveur puisse parfois couver, en raison des soucis et du quotidien de la vie, il advient qu'elle brille soudain plus claire, magnifique, comme, par exemple, au cours de cette soirée de l'hiver dernier où les deux hommes allaient ensemble à de Hoeve.

Le sommet de l'Hekla est tout blanc de neige,
Mais le feu dans ses flancs brûle à travers le temps,
Et toi, de qui l'hiver a neigé sur la tête,
L'amour, flamme divine, n'est pas mort dans ton cœur.

Ce que ce quatrain signifie, nous en savons quelque chose, nous l'avons vu. Un tel foyer d'esprit, d'amour, est une force divine contre les choses sombres, mauvaises, redoutables du monde, contre le côté ombre de la vie ; c'est une force de la Résurrection, plus forte que l'action, une clarté d'espoir qui donne une conscience, une assurance au fond du cœur, dans le secret du cœur, et qui trouve son expression dans cette parole, qui peut paraître simple, mais qui ne dit pas peu de chose : « Je ne désespère jamais. »

Maintenant, vieux, j'ai encore à travailler. Je dois conclure. Bonne chance ! Cherche dans l'art et dans les livres si tu peux y trouver aussi quelque chose. Il est dit : « Cherche et tu trouveras » et : « Celui qui a besoin de sagesse, qu'il la demande à Dieu ». Et, de sagesse, nous en avons besoin. Comment va Caroline ?

Fais-lui mes compliments. Fais-les aussi aux gens de ta maison et, à l'occasion, chez Mauve et chez Tersteeg.

En pensée, une cordiale poignée de main. Crois-moi

ton frère affect. *Vincent.*

Post-scriptum.

Le portrait de Johan Van Gogh a certes quelque chose du *genre citoyen*. Il me rappelle aussi « triste mais toujours joyeux », parole que l'on pourrait retrouver dans beaucoup de choses.

Amsterdam, 30 oct. 1877

Cher Théo,

112 N Merci pour ta dernière lettre. Elle m'a rendu bien heureux. Oui, mon vieux, cette eau-forte d'après Jules Goupil est belle. Elle offre avec tout ce qui s'y rattache un bel et bon ensemble qui forme une précieuse acquisition à garder dans le cœur. Je t'envie un peu d'avoir lu *La Révolution française* de Carlyle. Ce livre ne m'est pas inconnu, mais je ne l'ai pas lu en entier ; j'en ai trouvé des extraits dans un autre livre, un livre de Taine.

Je suis occupé à faire un extrait de Motley, entre autres choses : de la prise de Den Briel * et des sièges de Haarlem, d'Alkmaar et de Leyde. J'ai dessiné une petite carte à y joindre, afin d'en faire un tout.

Je rassemble mes notes, dans le but de réussir les examens ; je prends conseil de Mendès en toute chose, et j'oriente mes études d'après ce qu'il a fait lui-même, car j'aimerais faire comme lui. Cette histoire de la guerre de 80 ans est vraiment magnifique. Celui qui ferait de sa vie un beau combat sur ce modèle ferait bien. Car vraiment la vie est un combat où il faut résister, se défendre, concerter des plans, établir des calculs, des combinaisons, avec un esprit aiguisé, dispos, si l'on veut faire son chemin. A mesure que l'on avance dans la vie, les choses ne deviennent pas plus faciles et c'est avec raison qu'on a dit :

– *La route monte-t-elle donc toujours ?*
– *Oui, jusqu'au bout.*
– *Le voyage dure-t-il ainsi sans trêve ?*
– *De l'aube à la nuit, mon ami.*

Mais lutter contre les difficultés qui se dressent sur notre route développe dans le cœur une force intérieure, le cœur devient par là mieux aguerri pour les combats de l'existence (on grandit dans la tempête) en ce sens que nous nous efforçons de rester bons,

* Place forte dans l'île zélandaise de Voorne. Première victoire des Gueux sur le duc d'Albe.

simples, riches en Dieu, puisque c'est de ce cœur que procèdent les sources de la vie, et qu'il importe de garder bonne conscience à l'égard de Dieu et aux yeux des hommes.

Tout comme nous observons autrui, nous sommes observés nous-mêmes par les autres. Des yeux sans nombre nous regardent, ceux de la conscience, le plus beau don de Dieu, la preuve que Lui aussi, qui voit tout, qui sait tout, a l'œil sur nous, la preuve et l'assurance qu'Il n'est pas loin de chacun de nous, qu'il est comme notre ombre à notre droite, et que, s'il nous garde du mal, c'est parce que c'est de Lui que nous vient la lumière dans les ténèbres de la vie et du monde. Et si nous avons l'impression de sentir qu'un œil nous regarde, il est bon parfois de lever les yeux au ciel comme si nous y apercevions l'invisible.

Je connais cette *Vie de Frédéric le Grand* illustrée par Menzel. C'est une bonne acquisition. Continue la collection que tu as commencée. Je connais aussi la gravure sur bois d'après Jacque : « La Bergerie ». Surtout, apporte ces choses avec toi à la maison au moment de Noël. J'ai acheté chez le juif la litho d'après L. Steffens, de qui tu m'as fait voir entre temps le tableau : un vieux ministre protestant et un jeune causant ensemble dans un jardin. C'est une bonne lithographie. L'idée me fait penser à un tableau de Jacquand (Je crois qu'il s'appelle « Le nouveau vicaire »). On y trouve le même sentiment, comme aussi dans « Le Novice » de G. Doré.

Mon vieux, étudier le latin et le grec est difficile. Je me trouve pourtant très heureux, plongé dans les choses que j'ai le plus désirées. Je ne puis plus rester levé très tard le soir ; l'oncle me l'a sévèrement défendu ; mais le texte subsiste en moi qui se trouve inscrit sous l'eau-forte de Rembrandt : *In medio noctis vim suam lux exerit* (au milieu de la nuit, la lumière répand sa force) et je m'arrange pour qu'une petite veilleuse au gaz reste allumée durant toute la nuit ; je suis souvent étendu *in medio noctis* à regarder, à réfléchir à mon plan de travail pour le lendemain, à penser comment m'y prendre pour étudier de la façon la plus efficace. En hiver, j'espère que je pourrai allumer le feu le matin de bonne heure. Les matins d'hiver ont toujours quelque chose de très particulier. C'est ce que Frère a peint dans « Un Tonnelier » (je crois que l'eau-forte est accrochée dans ta chambre).

« Remplis mon âme d'une sainte amertume qui te soit agréable et je passerai humblement toutes les années de ma vie dans ton service dans l'amertume de mon âme, oui, même à Ton service, ô Homme des douleurs et qui connaît la douleur. » Voilà certes une bonne prière. Je pensais à cela tandis que je te disais simplement qu'il était bon dans le monde de s'imprégner de café. L'homme est nécessiteux ; il a besoin de force et de réconfort pour pouvoir travailler. Il faut avoir recours aux moyens du bord, lutter avec les armes qu'on a à sa portée, utiliser les éléments sur lesquels on peut compter, en profiter et s'en servir pour gagner la partie. (Tu dois voir à mon écriture qu'il commence à faire nuit. Maintenant la lampe est allumée.)

Un jour, à midi, j'ai mangé du hochepot chez l'oncle Stricker. C'est cela qui m'a donné l'idée de faire cet extrait de Motley. Je te le montrerai à Noël. D'avoir eu sous les yeux, sous les pieds, ici, dans la ville, tant de linteaux de portes, de fenêtres, de parquets d'églises, de perrons de maisons, il m'est venu à l'idée de faire des cartes de l'Écosse rocheuse, et, en les coloriant, en rouge et en vert, j'ai pensé à ces condiments acides dont l'oncle est amateur et dont je suis moi-même devenu friand. L'âme humaine est une chose étrange. Je crois qu'il est bon d'en avoir une qui, comme la carte d'Angleterre, soit faite avec amour, et d'y enfermer autant que possible de cet amour, qui est sacré pour toutes choses, qui croit en toutes choses, espère en toutes choses, supporte toutes choses, et jamais ne périt. Cet amour, c'est la lumière du monde, la vraie vie, la lumière des hommes. La connaissance des langues est certes un grand bien et je me demande si je ne pourrais pas acquérir encore quelque chose dans ce domaine.

Quand on mange une croûte de pain noir, il est bon de penser à la parole : *Tunc justi fulgebunt ut sol in regnum Patris sui* (Alors les justes resplendiront comme la Lumière du Royaume de leur Père) ; et de même lorsqu'on a, comme il arrive souvent, les bottes un peu sales ou les vêtements noirs tout mouillés. Puissions-nous tous entrer un jour « dans ce royaume qui n'est pas de ce monde, où l'on ne prend ni femme ni mari, où le soleil ne sera pas une lumière du jour, où la lune n'aura plus sa clarté, mais où le Seigneur sera la Lumière Éternelle, où Dieu sera notre splendeur et notre gloire, où le soleil ne se couchera plus, où la lune ne sera plus jamais obscure ; car le Seigneur sera pour jamais l'Éternelle Lumière, et les jours de deuil prendront fin où Dieu essuiera toutes les larmes des yeux ». Ainsi nous pourrons être pénétrés du levain qui fera que nous serons tristes mais toujours joyeux », étant ce que nous sommes par la grâce de Dieu, ayant dans le secret de notre cœur la parole : « Je ne désespère jamais » parce que nous avons foi en Dieu. En outre, la parole : « J'ai rendu mon visage semblable à un caillou » est certes une belle parole et valable en mainte circonstance ; elle est comme un pilier de fer, comme un vieux chêne. Il est bon aussi de se garder des épines comme celles des haies qui entourent la petite église anglaise, ou des roses du cimetière qui sont si belles ces jours-ci. Oui, si l'on pouvait des épines de la vie, se faire une couronne qui ne serait pas pour les hommes mais faite pour n'être vue que par Dieu. Oui, ce serait une bonne chose à faire.

Tu connais les gravures sur bois de Swain. Voilà un homme habile ! Son atelier est situé dans un si beau quartier de Londres, non loin de cette partie du Strand où se trouvent les bureaux des journaux illustrés (*The London News, The Graphic,* etc.) ; pas loin non plus de Bookseller's Row, où foisonnent des bouquinistes de toute sorte, des magasins où l'on trouve de tout, depuis des eaux-fortes de Rembrandt jusqu'à l'édition « Household » de Dickens et les classiques Chandos. Là, toutes choses ont une couleur verte, surtout par le brouillard et en automne, ou par les jours noirs d'avant la Noël. C'est un endroit qui fait qu'involontairement on pense à Éphèse, telle qu'elle est si simplement décrite dans les *Actes des Apôtres.* (Les libraires de Paris ont ce même intérêt, par exemple faubourg Saint-Germain.)

Que je serai heureux, mon vieux, heureux à ne pouvoir le dire, si je passe mon examen, si j'arrive à triompher des difficultés ! Oh ! je triompherai dans la simplicité du cœur, mais aussi en priant Dieu. Je Le prie si souvent, si ardemment pour qu'Il me donne le savoir dont j'ai besoin en ce moment... pour qu'un jour Il m'accorde d'avoir beaucoup de sermons à écrire et à prononcer. Plus il y en aura, plus je serai content. Ils ressembleront à ceux de notre père. Ma vie se passera à mener à bien un travail tel que chaque journée sera un apport dans le sens du bien.

Lundi soir, j'étais chez l'oncle Cor. J'ai vu Tante et toute la famille. Tous te font de cordiales amitiés.

J'ai encore pu regarder chez l'oncle le livre intitulé : *L'œuvre gravé de Ch. Daubigny.* De là, je suis allé chez l'oncle Stricker et j'ai eu avec lui et avec Tante un long entretien, car Mendès leur avait rendu visite (Il ne faut pas se servir trop légèrement du mot génie, encore que l'on croie qu'il y a plus de génie sur la terre que beaucoup le supposent. Disons que Mendès est sans conteste un homme remarquable. Je suis et je reste reconnaissant au destin d'avoir été en relation avec lui). Donc je disais que Mendès leur avait rendu visite il y a quelques jours et n'avait pas (heureusement) fait un rapport défavorable sur mon compte. N'empêche que l'oncle m'a demandé si le travail ne me semblait pas difficile. J'ai pu répondre qu'il était *très* difficile et que je faisais mon possible pour m'y tenir assidûment, et rester en éveil de toutes sortes de manières. L'oncle m'a souhaité bon courage. Mais il y a cette algèbre effrayante, cette géométrie ! Enfin on verra. Après Noël, il faudra que je prenne aussi des leçons dans ces deux matières. Pas moyen de faire autrement.

Mais je ne m'accroche pas moins fermement à fréquenter l'église et les librairies ; quand je puis inventer une course à faire, je le fais. C'est ainsi que je suis allé aujourd'hui dans la Hartestraat chez Schalekamp et chez Brinkman (le magasin Schalekamp est bien intéressant à voir). J'y ai acheté quelques petites cartes de la Société des Instituteurs. Il en existe une centaine, à un stuiver pièce, entre autres celles des Pays-Bas à toutes les périodes possibles de l'Histoire. (Une visite à une librairie m'a si souvent stimulé, rappelé qu'il y a de bonnes choses sur la terre !)

Cette peinture d'Israëls que tu me décris doit être bien belle. Je me la représente très bien, d'après la description précise que tu en fais. J'ai vu chez l'oncle Cor un beau tableau de lui, et aussi un de Mauve, très beau aussi : un berger avec son troupeau de moutons, dans les dunes.

Une bonne lettre enjouée de chez nous. A Prinsenhage aussi, heureusement, il semble que tout aille mieux. Je ne soupire pas peu après Noël. Autant que je le puis je rapporte dès maintenant une chose ou l'autre. C'est bon pour nous tous. Ne te presse pas d'envoyer le tabac, j'en ai encore une provision. Le tabac est une ressource, et une ressource bien utile pour étudier. J'ai écrit une longue lettre à Harry Gladwell, qui est parti aujourd'hui. Je lui ai fait des compliments de ta part.

Si tu en as le temps et l'occasion, pense à Michelet, tu sais ce que je veux dire ; aussi à J. Breton. Tu sais pour quelle raison je te dis cela, et que rien ne presse ; le cas échéant, il sera encore assez tôt à Noël. Il est temps que je m'interrompe, que je me remette au travail. D'ailleurs, mon papier est presque rempli. Bonne chance. Écris aussitôt que possible.

L'oncle te fait des amitiés ; l'oncle et la tante Stricker aussi. Le bonjour aux habitants de ta maison, aussi à Mauve et à sa femme, chez Tersteeg et chez v. Stockum (comment va-t-elle ?). Bonne chance pour tout ce que tu fais, courage et bonne humeur par ces jours d'automne. Que Noël revienne pour que nous soyons de nouveau ensemble, et que ce soit bientôt, que cela vienne si vite que nous n'ayons pas le temps de nous en rendre compte !

A Dieu, une poignée de main en pensée, et crois-moi toujours

ton frère qui t'aime tant, *Vincent.*

Vu deux phot. de Gabriel Van Max : « La résurrection de la fille de Jaïre » et : « Une nonne dans le jardin d'un cloître ». Le premier tableau surtout était tout à fait beau.

J'ai aussi fait un extrait du *Voyage du pèlerin* de Bunyan. Du matin au soir, je suis assis à travailler, jour après jour. Il en sortira bien quelque chose.

Connais-tu une gravure de Landseer, je crois qu'elle s'appelle « L'Écossais » : un Écossais des montagnes dans une tempête de neige, au sommet d'une montagne, tenant à la main un aigle qu'il a abattu ?

Amsterdam, 19 nov. 1877

Cher Théo,

J'ai envie de t'écrire encore, car je pense souvent à toi et je soupire 113 N
après Noël où nous espérons nous revoir.

Les jours sombres d'avant Noël sont déjà en vue. Noël est derrière eux, comme l'accueillante lumière des maisons derrière les rochers et l'eau qui vient battre contre eux, par un soir obscur.

Cette fête de Noël a toujours été pour nous un point lumineux. Qu'elle le reste ! C'est la première fois, à l'Université, que l'on fait subir un examen d'admission. C'est ici, dans cette ville, que je devrai moi-même passer l'examen. Outre les quatre branches courantes : latin, grec, algèbre, géométrie, on interroge aussi en histoire, en géographie, en langue hollandaise.

Je me suis occupé de trouver un professeur d'algèbre et de

géométrie et j'ai réussi auprès d'un neveu de Mendès, Teixeira de Mattos, professeur à l'École israélite religieuse et à l'École des Pauvres. Il m'a fait espérer que, vers octobre, l'an prochain, nous en aurons fini avec l'indispensable. Si je puis alors réussir l'examen, les choses iront vite, puisque, lorsque j'ai commencé, on m'a dit que deux ans seraient nécessaires pour les quatre branches premières nommées, tandis que, si je réussissais en octobre, j'aurais fini en moins de temps encore. Que Dieu me donne la science dont j'ai besoin, qu'il exauce le grand désir de mon cœur : parcourir au plus tôt les études, et être consacré dans la profession, investi dans la pratique de prédicateur.

Les études préparatoires, c'est-à-dire celles qui précèdent les études théologiques proprement dites et les exercices d'élocution et de prédication se ramènent à peu près à l'histoire, la langue et la géographie de la Grèce, de l'Asie Mineure et de l'Italie. Cela, il faut donc que je l'étudie avec le même acharnement qu'un chien met à ronger un os. Mais j'aimerais connaître aussi la langue, l'histoire et la géographie des pays nordiques, c'est-à-dire de ceux qui sont baignés par la mer du Nord et par la Manche.

J'ai enfin réussi à trouver ce dont j'avais envie : une carte d'Asie Mineure, de Grèce et d'Italie assez grande (sur laquelle se trouvent marqués les voyages de saint Paul), et aussi une carte d'Angleterre où il y a, enfin, un peu de ce que je voulais y trouver, du moins Mendès l'y voit, et qui est dessinée avec sentiment, je dirais même : avec amour. J'y inscris les noms d'après une carte de l'*Atlas Antiquus* de Sprüner Menke que possède Mendès, elle me servira pour le cours d'histoire.

Je t'en prie, fais ton possible pour voir cet atlas, aussi et surtout celui de Stieler. C'est du travail d'artiste.

J'ai été deux fois le soir chez l'oncle Cor, une fois pour voir de vieux livres, parmi lesquels des années de l'*Illustration*, où j'ai trouvé beaucoup de vieilles connaissances ; quel journal intéressant ! Entre autres choses un ancien portrait de Dickens, et une gravure sur bois de Lemud : « La tasse de café » : un jeune homme à l'expression grave, aux traits durs, accusés et qui a exactement l'air de penser à ce passage de l'*Imitation de la vie monastique*, ou de réfléchir à un travail, à un projet, utile mais difficile, comme seule une âme en peine peut réfléchir. De tels travaux ne sont pas toujours les plus mauvais, mais ce qu'on fait, je dirais : dans la douleur, reste vivant en nous. « Heureux celui que la vérité instruit non par des mots fugitifs, mais par elle-même, en se montrant telle qu'elle est » voilà bien une bonne parole.

Et puis, je suis encore retourné chez l'oncle Cor le jour de l'anniversaire de Tante, vendredi dernier. Le soir, ils ont fait des parties de cartes, et comme je ne sais pas jouer, je suis resté à lire *L'Histoire des Croisades* d'Aug. Gruson (Édition du Panthéon classique, 50 centimes). Un très joli petit livre, écrit par endroits dans ce que je pourrais presque appeler le même sentiment qui inspire un Thijs Maris. C'est le cas, par exemple, lorsqu'il décrit un vieux château planté sur un rocher, avec les bois d'automne au crépuscule, et, à l'avant-plan, les champs noirs, un paysan qui laboure avec un cheval blanc. Cela m'a fait penser aussi à Michelet et à Carlyle. Je voudrais tant que Pa connaisse l'eau-forte « Un jeune citoyen de l'an V ». Ne trouverais-tu pas à propos de la lui donner pour son anniversaire, ou vers cette date-là, avec, en plus, quelques petites photographies de tableaux de la Révolution, que cela fasse un ensemble où Pa pourrait voir les choses auxquelles nous pensons souvent ? Tu sais déjà sans doute que les nouvelles de Bruxelles sont mauvaises, et que Pa est déjà là-bas *. L'oncle Jan, qui a reçu de Moe le télégramme donnant ces nouvelles, a télégraphié à Pa à Bruxelles, et il a reçu comme réponse : « État inchangé. Ne viens pas encore. Je suis là. »

L'oncle Jan et l'oncle Cor étaient déjà tout prêts à y partir ensemble. Ils attendent maintenant des nouvelles plus précises de notre fidèle Pa. Ces longues, ces atroces souffrances auront-elles une fin ?

Théo, bonjour. Écris-moi vite, mon vieux, si tu le peux. Dieu nous garde en santé et nous donne la clarté de l'esprit, la force, le courage dont nous avons besoin tous les jours !

Reçois en pensée une cordiale poignée de main de

ton frère affect. *Vincent.*

Les nouvelles concernant l'oncle Hein arrivent pendant que j'ai ma lettre encore entre les mains.

* Il s'agit de l'oncle Hein.

Amsterdam, 25 nov. 1877

Cher Théo,

114 N Merci pour ta bonne lettre, et aussi pour ce morceau de Michelet. Je l'ai recopié derrière la carte de Normandie et de Bretagne. Que c'est bon et beau, de cette beauté singulière, qui donne le frisson, et dont l'expression la plus belle se trouve peut-être dans le récit d'Élie près du ruisseau Kérith et près de la veuve. C'est écrit avec simplicité, la simplicité du cœur et l'humilité de l'esprit, par quelqu'un qui est triste, mais toujours joyeux. Je suis content que tu te proposes d'aller voir ces cartes de Stieler et Sprüner Menke à la bibliothèque. Elles aussi sont belles, et de la même beauté. J'étais hier soir chez l'oncle Cor et je les ai vues encore une fois. Si tu feuillettes tout l'atlas, fais attention aussi à celles du Danemark, de la Suède et de la Norvège, et surtout à celle de la Grèce. Pa a écrit de Bruxelles, puis il a télégraphié aux deux oncles de venir. Quand la lettre est arrivée, l'oncle Jan était justement Leidsche straat. Je suis allé lui porter la lettre, pas peu inquiet de me dire qu'il pouvait être déjà rentré chez lui et que nous nous serions manqués. Arrivé sur le Dam, j'ai vu l'oncle qui attendait l'omnibus, debout près d'un réverbère. Nous sommes allés ensemble chez l'expéditeur Van Gend et Loos, sur le Dam, et nous y avons lu la lettre.

Ils sont partis tous les deux le lendemain. L'oncle Cor est déjà rentré.

Triste, cruellement triste, ce qui s'est passé à Bruxelles ! Quand on entend ces choses-là, si effroyables et qui, pourtant, peuvent nous arriver, à nous aussi (car qui sommes-nous ? qu'est-ce qui nous distingue des autres ?) on comprend mieux pourquoi Il a dit : « Celui qui ne hait pas jusqu'à sa propre vie, celui-là ne peut être mon disciple. » Car il y a bien des raisons de haïr cette vie et ce qu'on appelle « le corps de mort ». Et c'est avec raison que l'on a pu dire : « Si vous désirez apprendre et savoir utilement quelque chose, aimez à rester inconnu et à n'être compté pour rien ; l'étude la plus élevée et la plus utile, c'est de se bien connaître et de se mépriser. » J'ai dû dessiner pour Mendès une carte de l'Italie ancienne, ou plutôt deux, car j'en ai fait une aussi de l'Italie moyenne, c'est-à-dire à peu près de Rome jusqu'à Naples.

Le soir où j'ai vu l'oncle Jan debout sur le Dam, sa silhouette m'a rappelé celle du « Highlander » de Landseer (ou bien la gravure s'appelle-t-elle « Le sommet de la montagne » ?).

J'ai fait cette semaine une visite au pasteur Jérémie Meijes. Il pleuvait. J'y allais espérant le trouver chez lui, mais il était sorti. Qui sait ? Il était peut-être allé visiter quelqu'un, au même moment, pour la même raison. Mais sa femme était là, assise à travailler dans une petite chambre qui ressemble à la petite pièce de derrière à Etten (sauf que celle-ci donnait sur la rue). Elle m'a fait penser à Mme Jones. Ce sont des gens si gentils ! Je les ai rencontrés récemment au cours d'une conférence. Ils l'emportaient de loin sur le reste du public, tout comme un vieux pommier moussu ou un buisson de roses tranchent parmi toutes sortes de plantes exotiques extraordinaires.

L'oncle Cor m'a parlé d'une promenade qu'il a faite (à Bruxelles) avec l'oncle Jan, au Bois de la Cambre. Tu connais ce bois aux taillis noueux, ces arbres aux formes étranges. Il y régnait un ciel d'orage, avec de grands nuages, qui se reflétaient dans des étangs. Pour les oncles, pour Pa aussi, ce dut être un voyage bien triste. Un changement survient souvent, le neuvième jour, chez un malade. L'oncle Jan a voulu attendre ce moment-là ; il restera probablement jusqu'à lundi.

Les nouvelles de Prinsenhage non plus ne sont pas bonnes.

Le petit livre sur les Croisades (*Histoire des Croisades,* par Gruson), j'espère te l'envoyer le mois prochain. Lis-le d'abord ; nous le donnerons ensuite, ensemble, à Pa.

Brion aussi est mort. C'est une bien belle œuvre qu'il laisse. Connais-tu de lui : « Un enterrement sur les bords du Rhin » une œuvre ancienne ? Son « Noé », qui est au Luxembourg, je le trouve très beau aussi et que n'a-t-il pas fait ? Il avait un talent, il en a tiré le meilleur parti, le meilleur profit. Dans l'édition illustrée d'Erckmann-Chatrian, il y a beaucoup de dessins de lui : « L'invasion » est aussi un de ses meilleurs tableaux. Pa va marier demain Martyn Aerssen ; c'est un bel homme, alerte, bien tourné. Brion en aurait fait un bon portrait.

Si vous avez encore en magasin une vieille lithographie représentant un culte, je crois que c'est quelque part en Laponie, et aussi celle de Meijer Van Bremen et son pendant, qui sont accrochées chez nous : des mères avec des enfants, mets-les de côté et écris-moi ce qu'elles coûtent.

Ce portrait de de Ruyter, une ancienne aquatinte, qui est ici au mur dans la chambre chez l'oncle, elle est bien belle aussi. Je la regarde si souvent ! Elle dégage une impression d'orage, de tempête, un peu comme ce que je me figure avoir été l'allure de Cromwell.

J'ai vu chez l'oncle Cor une nouvelle gravure d'après Erskine Nicol : « Sabbath. » Elle représente une vieille femme qui rentre chez elle sous la pluie. C'est très bon, et gravé avec habileté.

Demain matin, j'irai à la petite église anglaise que tu sais. Elle est si calme, le soir, dans ce paisible béguinage, entre les haies d'épines. Elle semble dire : *In loco isto dabo pacem,* c'est-à-dire : « en ce lieu je donnerai la paix ». Parole du Seigneur.

Le matin, on a une jolie vue sur le chantier naval, maintenant qu'il fait jour si tard, par les temps sombres d'avant Noël, et que la foule des travailleurs n'arrive qu'à sept heures. Dehors, c'est la tempête ; nous avons ces jours-ci notre compte de vent et de pluie. En traduisant l'histoire de la Rome ancienne, j'ai lu comment, signe et preuve de l'approbation et de la bénédiction d'En-haut, un corbeau ou un aigle se posait parfois sur la tête de certains personnages.

Connaître l'histoire est une bonne chose. Je considère qu'une grande joie m'a été donnée et je me tiens pour heureux d'avoir appris l'une et l'autre chose dans ce domaine. Je viens de recevoir de l'oncle Cor : *L'histoire d'Angleterre par les enfants* de Dickens. Je ne sais si je te l'ai déjà écrit, ce livre est un trésor. J'y ai lu, entre autres choses, une description de la bataille de Hastings. Je crois que lorsqu'on lit attentivement certains livres, comme ceux de Motley, de Dickens, ou comme *Les Croisades* de Gruson, on doit, sans s'en apercevoir, acquérir peu à peu une notion exacte et simple de l'Histoire en général. Mon vieux, si jamais je passe mon examen, quel événement ce sera ! Ce premier examen, dans toutes ces branches qui semblent simples, mais qui pourtant sont assez dures, quand il sera pour de bon derrière moi, alors, oui, j'aurai du courage pour entreprendre ce qui doit suivre...

Il faut que je travaille. Thème latin pour demain matin et tout ce que je pourrai faire encore. Écris-moi de nouveau bientôt si tu peux, et que tout aille pour toi aussi bien que possible, à tous points de vue. J'espère encore avoir quelques-unes de ces cartes de Stieler avant Noël. Pour l'instant, j'étudie, et bien qu'il m'en coûte de plus en plus d'efforts, le résultat doit être bon et je veux m'appliquer comme je le vois faire à d'autres qui prennent l'étude au sérieux. C'est l'affaire de ma vie, la course pour l'existence, ni plus ni moins. Celui qui peut supporter cette cure que sont les études, et tenir jusqu'au bout s'en souviendra toute la vie. Les avoir faites est un grand bien.

Ce Wierda est vraiment un employé fidèle, et que je tiens pour très malin. Il faut reconnaître que l'on rencontre beaucoup de gens bien dans ce commerce des livres : l'oncle Cor, Monsieur Braat, et, ici, Schröder (à qui Mendès achète tous ses livres. J'y vais aussi de temps en temps). On pourrait ajouter M. Tersteeg. Et toi-même, n'en es-tu pas ? Garde, garde précieusement ce que tu possèdes, car tu es, toi aussi, engagé dans le combat.

Mes compliments aux gens de ta maisonnée. A Dieu, mon vieux. Faisons tout ce que nous pouvons pour voyager ensemble à Noël. Reçois en pensée une cordiale poignée de main de

ton frère qui t'aime tant, *Vincent.*

Amsterdam, 4 déc. 1877

Cher Théo,

Je reviens à l'instant d'une visite chez le pasteur Jérémie Meijes. 115 N
Cette fois, je l'ai trouvé chez lui, mais il devait aller à une réunion du Consistoire, de sorte que j'ai à peine pu lui parler. J'ai vu aussi Madame et les deux plus jeunes enfants, et Madame m'a lu un passage d'une lettre de son fils, qui est à l'Institut den Helder. Maintenant que je suis moi-même condamné à passer des examens, je suis d'âme et de cœur avec ceux qui y sont plongés, et d'après quelques réflexions qu'ils font je crois pouvoir me représenter ce qu'ils éprouvent. Quiconque veut occuper une place dans la société doit passer par une période de grandes difficultés, de cassements de tête. La réussite peut dépendre de bagatelles. Qu'on dise ou qu'on écrive un mot de travers au cours d'un examen, cela peut suffire pour qu'on échoue. Mais il est bon de regarder ceux qui ont réussi, qui ont vaincu les difficultés, plutôt que ceux qui ont succombé.

Tu sais naturellement que l'oncle Hein est mort. Nous pouvons remercier Dieu de ce que sa fin ait été relativement calme, et que la délivrance soit enfin venue.

Si tu peux, écris-moi, aussitôt que possible, quand tu penses aller à Etten, et si nous pouvons nous entendre pour faire le voyage ensemble. J'aimerais beaucoup profiter de l'occasion de ce voyage pour m'arrêter entre deux trains à Haarlem, et surtout pour faire une halte à Dordrecht. Il me serait bien agréable que nous puissions encore aller ensemble à Dordrecht. Ne serait-ce pas possible ? J'ai justement fait relier quelques écrits que je voulais garantir autant que possible contre les accidents. Ce fut pour moi une vraie joie de les voir arriver chez moi. Je les avais donnés à un relieur, dans une de ces rues étroites de Kattenburg, tout près d'ici, où l'on édite toutes sortes d'ouvrages religieux. La boutique appartient à deux frères, de qui l'allure fait instinctivement penser à deux choses, à des chouettes et aux têtes de lions qui ornent certaines portes. J'ai encore couru pas mal cette semaine ; il ne peut pas être mauvais de connaître ainsi un peu la ville.

J'ai eu aujourd'hui sous les yeux, pendant que j'étais au travail, une feuille du *Cours de dessin Bargue*, Ire partie, n° 39, Anne de Bretagne. Cette planche était déjà accrochée dans ma chambre à Londres, auprès du n° 53 ; dans ce temps-là, « Un jeune citoyen » était suspendu entre les deux ; je trouvais cela bel et bon ; je le trouve encore bel et bon aujourd'hui.

L'expression du visage de l'Anne de Bretagne en question est toute de noblesse. Elle fait penser à la mer, à des côtes rocheuses. J'aimerais bien connaître son histoire. C'est une vraie fille de roi. De Lemud eût fort bien dessiné son portrait.

J'aimerais bien aussi que nous puissions être ensemble à Haarlem. Écris-moi en tout cas quand et pour combien de temps tu pourrais obtenir congé.

Mon vieux, je languis tellement après Noël, après la maison, après toi ! Apporte avec toi autant de tes gravures que tu peux ; même si je les connais, je les reverrai encore une fois avec plaisir.

Voilà bientôt de nouveau presque passée une année où, pour moi, bien des choses sont advenues. C'est avec reconnaissance que je me reporte en arrière.

Quand je pense au temps que j'ai passé chez Braat, et aux mois d'études ici, quand je revois tout cela, il me semble que ce sont vraiment deux très bonnes choses.

Mon vieux, si, au prochain Noël, je pouvais fréquenter l'Académie, si j'avais déjà passé les difficultés du début, tout comme j'ai franchi maintenant le début du latin et du grec, comme je serais content ! *Indefessus favente Deo.* Infatigable, avec l'appui de Dieu, voilà qui est un bon état où se trouver et c'est un propos qui plaît à Mendès. Il m'en a encore parlé samedi dernier.

J'ai écrit aujourd'hui à Harry Gladwell ; je lui ai fait tes compliments. J'espère qu'il ira chez lui à Noël.

Aujourd'hui aussi, je t'envoie, pour ta Saint-Nicolas, deux cartes de Stieler, « les Iles britanniques » et « Normandie et Bretagne ». *Accroche-les dans ta chambre ;* promets-moi que tu le feras ; je les ai toutes deux soigneusement redessinées, tu le sais, même deux fois, celle d'Angleterre. Sur celle qui était la plus réussie, j'ai noté les divisions du pays, avec les noms latins, et j'ai modifié les pays voisins, pour les mettre tels qu'ils étaient à l'époque romaine, par exemple j'ai mis le lac Flevo, au lieu du Zuiderzee. Pour faire cela, je suis allé pendant quelques jours un peu plus tôt que d'habitude chez Mendès, et j'ai comparé ma carte avec celles de Britannia, de Caledonia et d'Ierne dans l'*Atlas Antiquus* de Sprüner Menke. Je n'ai donc plus besoin de celle-ci et il n'est pas mauvais que tu l'aies sous les yeux pendant quelque temps. J'ai aussi entendu parler de cet *Atlas* de Stieler chez le pasteur Meijes ; son fils, qui est à l'Institut den Helder possède cet atlas au grand complet, et il écrivait, entre autres choses, dans sa dernière lettre, qu'il avait copié la carte du monde. Tu sais peut-être que l'oncle Cor le possède aussi, dans la pièce où est accroché le grand tableau de Bernier. J'ai vu dernièrement chez l'oncle un grand dessin de Bosboom : « Sacristie », et deux autres, de Mlle Van Bosse, qui étaient très beaux, surtout celui qui représentait une propriété paysanne. Et puis tu recevras, en même temps que les cartes, l'*Histoire des Croisades,* de Gruson.

J'ai donné le même petit livre à Mendès, qui en est enchanté. Au cas où tu n'aurais pas le temps de le lire du commencement à la fin, feuillette-le d'un bout à l'autre ; les plus beaux passages te tomberont d'eux-mêmes sous les yeux. Si l'œuvre de Thijs Maris est belle, eh bien celle-ci l'est aussi. A l'oncle Cor, pour sa Saint-Nicolas (vu que l'oncle Jan expédiait une petite caisse à Etten), j'ai envoyé une lithographie d'après J. Maris, représentant une jeune fille retour du cimetière. « Quand il n'y a plus rien, il y en a toujours encore » dit le proverbe et j'ai éprouvé cela ce matin, quand après avoir cru que je ne pourrais offrir la Saint-Nicolas à personne, j'ai tout de même trouvé un cadeau pour tout le monde, même si ce n'est que très peu de chose ; Pa et Moe ont une carte, que j'ai dessinée.

Le soir commence à tomber, et la vue sur le chantier naval est indescriptiblement belle, avec cette petite allée de peupliers, dont les formes élancées et les branches grêles se silhouettent si gracieusement sur le ciel gris du crépuscule ; et puis le vieil immeuble du magasin reflété dans l'eau, aussi calme que « les eaux du vieil étang » dont il est parlé dans le livre d'Isaïe. Au ras de l'eau, les murs de ce magasin sont complètement verts, rongés par le temps. Puis, en contre-bas, le petit jardin, la haie qui l'entoure, avec les rosiers, et partout, sur le chantier, les petites silhouettes noires des ouvriers, et aussi le petit chien, et maintenant l'oncle Jan, avec ses longs cheveux gris, qui doit aller faire sa ronde. Au loin, les mâts de bateaux dans le bassin ; à l'avant-plan, le Atjeh, tout noir et les garde-côtes gris et rouges. Et voilà que, un peu partout, les réverbères s'allument. Maintenant, c'est la cloche qui sonne, le flot des ouvriers se rue vers la porte en même temps que l'allumeur de réverbères paraît pour allumer la lampe qui se trouve derrière la maison.

Tu dois avoir beaucoup de travail pressé, ces jours-ci, mais si tu trouvais un petit moment, écris-moi, surtout dès que tu pourras préciser quel jour tu iras à Etten. Veille bien à ce que je le sache. Ne pourrait-il se faire que nous allions ensemble à Dordrecht le vendredi ou le samedi avant Noël ? Il est bon de tirer tout le parti possible des voyages et des promenades que l'on doit faire.

Salue cordialement tes co-locataires et aussi les familles T. Haanebeek et Van Stockum, si tu peux y aller. M. Tersteeg connaît-il les cartes de Stieler ? Au revoir, Théo, si je devais ne plus t'écrire avant que nous nous rencontrions, vivants et prospères, au revoir. Reçois par la pensée une cordiale poignée de main, et crois-moi toujours

ton frère affect. *Vincent.*

Amsterdam, 9 déc. 1877

Cher Théo,

J'ai besoin de ne pas tarder plus longtemps à t'écrire. D'abord parce que je dois te remercier pour trois choses. 116 N

Premièrement pour ta bonne lettre de quatre pages, qui m'a fait le plus de plaisir, car il est bien agréable de sentir que l'on a encore sur la terre un frère qui se promène, qui est vivant. Quand on doit penser à beaucoup de choses, et que l'on a beaucoup à faire, il arrive parfois qu'on se dise : Où suis-je ? Que fais-je ? Où vais-je ?, et on est comme pris de vertige. Mais alors une voix connue, ou plutôt une écriture bien connue fait qu'on sent comme qui dirait la terre de nouveau ferme sous ses pieds.

Il faut aussi que je te remercie pour un envoi de la Galerie contemporaine, celui de Ed. Frère. Il est des plus intéressants et je suis heureux d'avoir quelque chose de lui. Enfin, merci encore pour les dix timbres-poste ; c'est vraiment trop, tu n'aurais pas dû faire tant. Pour tout cela, une cordiale poignée de main.

Il faut que je te dise différentes choses, à propos de la Saint-Nicolas. J'ai reçu d'Etten une bonne lettre et, dans cette lettre, un petit mandat pour une paire de gants. Mais comme j'étais encore pourvu, j'ai acheté autre chose, savoir : encore une carte de Stieler, l'Écosse seule. J'avais l'occasion de la trouver séparément chez Seyffardt, occasion qui ne se présentera peut-être pas toujours. Cette carte, je l'ai dessinée, je l'ai donc en double, et comme je désirais faire un cadeau de Noël à Harry Gladwell, j'espère te l'envoyer pour lui, afin que tu la mettes dans une caisse qui partira pour Paris. *Il faut construire la maison sur le roc ;* l'Écosse, la Normandie et la Bretagne ne sont-elles pas des terres rocheuses ? Regarde donc bien la grande carte d'Écosse quand tu la recevras. Quand je compare le travail qui consiste à étudier à celui de construire une maison, et que je songe que ces mois-ci sont comme les fondations, eh bien, je dis qu'elles sont établies comme sur le roc.

Tout ceci entre parenthèses. Et je poursuis, pour te parler de la soirée en question. De l'oncle Cor, j'ai reçu Bossuet : *Oraisons funèbres,* dans une édition très bonne, très belle, très commode et très complète. Elle contient notamment le beau sermon sur saint

Paul brodant sur le texte : « Quand je suis faible, alors je suis puissant ». C'est un noble livre ; tu le verras à Noël ; il m'a fait tant de plaisir que jusqu'à ce jour, je l'ai emporté partout dans ma poche. Mais il est temps que cela cesse, car il pourrait s'abîmer.

De Mendès, j'ai reçu les œuvres de Claudius, qui est aussi un bon livre, du solide. Je lui avais envoyé le Thomas A Kempis : *l'Imitation de Jésus-Christ,* au début duquel j'avais écrit : « Il n'y a ici ni un Juif, ni un Grec ; ni un esclave, ni un homme libre, ni un homme ni une femme, mais le Christ en toute chose et en tous ». De l'oncle Stricker, une caissette de cigares. Tu sais ce que j'en ai fait ; les Roos sont toujours si gentils et je m'étais déjà demandé si je n'avais rien à envoyer quand cette petite caisse m'a tiré d'affaire. Et le soir j'ai trouvé, venant de l'oncle Jan, une lettre sur ma table.

Alors je suis encore allé chez Vos, où étaient l'oncle et la tante Stricker mais je n'ai pas pu y rester, vu que j'avais une leçon de huit à dix heures avec Teixeira. L'oncle Jan était ce soir-là chez l'oncle Cor.

C'est de ta part un louable projet que d'écrire les noms etc. sur la carte de Bretagne. Apporte-la à Noël, nous pourrons comparer.

Tu dis que je devrais venir à La Haye en allant à Etten. Voilà qui me ferait plaisir. Y aurait-il moyen de loger chez Roos ?

Si c'est possible tu n'as pas besoin de l'écrire, je compterai que cela se peut, à la rigueur.

J'aimerais revoir encore une fois ta petite chambre, et l'arbre avec le lierre. J'espère que cela pourra se faire.

Que je soupire après Noël ! Je ne puis assez te le dire. Et qu'il puisse arriver que Pa soit content de ce que j'ai fait ! Il faisait aujourd'hui un temps splendide. La vue était si belle entre les haies d'aubépine, près de la petite église, quand le soir s'est mis à tomber.

J'ai eu cette semaine un entretien avec Mendès à propos de la parole : « Celui qui ne hait pas aussi sa propre vie ne peut être mon disciple ». Il trouvait que l'expression était trop forte ; j'ai soutenu que c'était la pure vérité. Thomas A Kempis ne dit-il pas la même chose quand il parle de se connaître soi-même et de se mépriser ? Quand on regarde les autres, qui ont fait plus et mieux que nous, on en vient bien vite à détester sa propre vie de ne pas être à la hauteur de celle d'autrui. Considère un homme comme Thomas A Kempis, qui a écrit ce petit livre, si honnête, si simple, vrai comme peu l'ont été, avant ou après lui ; ou bien, sur un autre domaine, considère l'œuvre de Millet, ou « Les grands chênes » de Jules Dupré.

Ceux-là l'ont fait, le « ça » de « ça y est ! ». Passe aujourd'hui un bon dimanche. Que ne puis-je être près de toi !

L'oncle Jan est parti pour Haarlem, je suis donc seul le soir, mais j'ai encore à faire autant que j'en suis capable.

Que tu m'as donc fait plaisir avec cette planche d'après Ed. Frère. J'ai vu Frère de mes yeux, un jour, chez Goupil. Il dégage quelque chose de très simple. « Enfin il vainquit » dit-on dans sa biographie. Qu'il puisse en être ainsi un jour de nous ! Ce n'est pas impossible. Il est bon de se dire : « Je ne désespère jamais ».

Un homme n'attrape pas « ça » tout d'un coup et la plupart de ceux qui sont devenus quelque chose de très bien ont passé par cette période de préparation longue et difficile, qui figure le roc sur lequel leur maison est bâtie.

Il faut que je me dépêche, car je dois me mettre au travail.

Selon toute probabilité, je viendrai donc un jour de la semaine prochaine à La Haye. Disons : jeudi, peut-être plus tard. Il faut que je voie comment arranger au mieux mon travail.

De La Haye, j'espère aller à Dordrecht. Si tu pouvais partir dès le samedi soir, nous nous retrouverions en gare de Dordrecht. Dans ce cas, je logerais deux nuits chez Roos. Si je vais à La Haye, il ne peut y avoir un inconvénient à s'y attarder un peu à aller revoir l'un et l'autre.

D'un autre côté, il est regrettable que Mauve déménage *. J'espère que nous irons encore le voir ensemble, comme ce soir de l'an dernier. Que ce fut charmant, ce jour-là !

Par nature, un homme n'est, au mieux, qu'un voleur, mais guidé et béni par Dieu, il peut atteindre quelque chose de plus haut, de plus digne. C'est ainsi qu'un jour est venu pour saint Paul où, en toute candeur et confiance, il a pu dire à Hérode : « J'ai demandé à Dieu, non seulement que vous, mais aussi que tous ceux qui, aujourd'hui, m'écoutent, deveniez pareils à ce que je suis, ces liens exceptés. »

Merci pour ce que tu m'écris concernant les lithographies. Encore une chose : Tu as envoyé « Christus Consolator » et le pendant. Cela m'a fait très grand plaisir.

Il ne pourrait être mauvais que tu aies, toi aussi, cette carte d'Écosse. Tu aurais ainsi trois planches de l'atlas, et le proverbe dit que toutes bonnes choses vont par trois. Compte donc que tu

* Son cousin le peintre Mauve allait demeurer à Laren.

recevras encore celle-là, et ne l'achète en aucun cas. J'avais eu d'abord l'intention de t'envoyer celle qui est maintenant pour Gladwell, mais j'estime qu'il est de mon devoir de faire en sorte qu'il entende parler de moi de temps en temps. J'espère qu'il pourra aller à Lewisham pendant les fêtes de Noël. Tu connais ce tableau de Carp, au musée d'ici : « Une vieille famille hollandaise ». Quand Gladwell a vu ça, il est resté longtemps immobile à considérer le sujet, puis il a parlé de « la maison bâtie sur le roc » et de sa maison paternelle à Lewisham. J'ai, moi aussi, le souvenir de cette maison de son père et ce n'est pas demain que je l'oublierai. Il y a beaucoup d'amour, et fort, et grand, sous ce toit-là et la ferveur de cet amour est encore toute en lui aujourd'hui. « Elle n'est pas morte, elle dort ».

Fais en sorte qu'on ne se dérange pas pour moi chez Roos. Si je ne puis pas y loger, tu le sauras bien sans le demander. Tu pourras me l'écrire et je m'arrangerai. Si cela va, dis-le leur la veille seulement.

Je te souhaite toute la chance, toute la prospérité possible dans ton travail. Tu vas être très occupé, mais c'est justement de cette peine, de ce surmenage, de toutes les épreuves de ce genre que l'on doit être reconnaissant, plus que pour d'autres choses, car c'est justement en supportant longtemps tout cela que l'on peut espérer atteindre un certain développement. J'espère de tout cœur que tu pourras partir samedi, car, chez nous, on doit souhaiter que nous puissions donner un coup de main le dimanche avant Noël. Donc, au revoir. Si je n'apprends rien de plus précis de toi, j'arriverai jeudi ou vendredi, le 20 ou le 21 décembre.

Cette planche du *Cours de dessin Bargue* : Anne de Bretagne, je l'ai remise au mur. Oui, l'homme est mauvais par nature, mais dans la lutte pour la vie, il peut acquérir valeur et dignité. C'est la pensée qui m'est venue à l'esprit tandis que je restais à considérer tout un long moment le visage d'Anne de Bretagne, enfant royale, et son expression, qui m'a fait penser à la parole : « un homme des douleurs et qui connaît la Douleur, triste mais toujours joyeux ».

A Dieu. Salue pour moi les habitants de ta maison et crois-moi

ton frère qui t'aime tant, *Vincent.*

P.-S. Si je n'apprends de toi rien de neuf, je viendrai jeudi ou vendredi, le 20 ou le 21 décembre.

Etten, 30 décembre 1877

Cher Théo,

De tout cœur, je te souhaite du bonheur pour la nouvelle année. 116*a* N
Qu'elle te soit heureuse et prospère à bien des points de vue. Ce furent de bons jours ceux que tu viens de vivre ici ; mais ils n'ont pas duré longtemps. Mon congé, à moi aussi, sera vite passé, mais je prolonge encore d'un jour au moins, vu que Pa est très occupé ces jours-ci, et qu'il est bon que nous envisagions encore posément comment arrêter au mieux la suite des études.

Pa doit aller prêcher à Prinsenhage le dernier jour de l'année, vu que le pasteur Kuijlman s'est blessé, en tombant, si gravement qu'il a le bras désarticulé. Il n'est donc pas en état de remplir son office le soir de la veille du nouvel an et il a demandé à Pa de le faire à sa place. Pa aura ainsi parlé neuf fois en dix jours.

Si tu n'as pas encore envoyé la carte en question à Harry Gladwell, attends encore un peu, j'apprends qu'il n'est plus à Paris, j'ai écrit aujourd'hui à son père. Possible que je reçoive une réponse. Peut-être pourrai-je alors ajouter encore quelque chose au petit rouleau. Tu as oublié d'emporter l'eau-forte d'après Meissonier. Je te l'enverrai ces jours-ci, avec la lith. d'après Jules Breton « Les champs en hiver ». Car je ne veux pas l'accepter ; elle fait partie de ta collection personnelle. Il a neigé la semaine dernière, et Cor s'est bien amusé avec le traîneau. Moi aussi, d'ailleurs. J'ai glissé sur la route avec lui et avec une jeune fille qui logeait chez Stackstroo. Aujourd'hui, Pa, Moe, Cor et moi avons fait une belle promenade. Que ne l'as-tu faite avec nous !

J'ai vu hier l'école de couture de Moe, qui se tient en ce moment dans la chambre du conseil paroissial. C'est charmant. On voudrait avoir un tableau qui la représenterait. Beaucoup d'enfants y viennent déjà.

J'ai encore pensé à un tableau qui a rapport à la Bretagne : c'est « La prière », de Ribot. De nombreux enfants agenouillés dans un coin d'église, au crépuscule. Il en existe une grande eau-forte, gravée par Ribot lui-même, et que peut-être tu connais. Jacque a gravé le même sujet, mais à une plus petite échelle.

J'ai fait aujourd'hui une liste de tout ce que je puis me rappeler de la Révolution française, pour l'écrire derrière la petite carte de France. J'espère étendre ce travail petit à petit, et, par exemple, rédiger l'essentiel des événements du Moyen Age ou du temps de la guerre de quatre-vingts ans, etc., etc. Il faut fixer ce que l'on a vu, ou ce que l'on sait. Cela vient toujours à point.

Si tu devais établir toi aussi des tableaux de ce genre, envoie-les moi à l'occasion. Nous comparerons. C'est une bonne chose à faire de nos connaissances ; il importe de bien retenir ce qu'on sait et de le préciser en soi dans toute la mesure du possible. C'est surtout dans la pénurie d'argent qu'il est bon de combler les vides par des activités de ce genre. Mes compliments à tous les gens de ta maison. Souhaite-leur mille bonnes choses de ma part. Il n'est pas impossible qu'allant à Amsterdam je m'attarde encore à La Haye, que je vienne moi-même te porter les gravures que tu as oubliées. Mais n'y compte pas trop.

Au revoir, encore une fois je te souhaite tout ce qu'il y a de meilleur. Une cordiale poignée de main en pensée.

Ton frère qui t'aime tant, *Vincent.*

[*Sous cette lettre, les sœurs de Vincent ont écrit :*]

Mon frère aimé,

Une heureuse nouvelle année et beaucoup de bonheur, voilà ce que je te souhaite. Nous sommes toutes bien curieuses de connaître les décisions du conseil supérieur de la maison Goupil. Toutes nous espérons qu'elles te seront favorables à tous points de vue. Quel plaisir d'avoir été de nouveau avec toi, mais quel dommage que les mots « avoir été » soient de nouveau derrière nous ! Pas vrai ? Je compte maintenant sur Pâques et suppose que, pour toi aussi, ce sera un événement.

Que dis-tu de mon prêchi-prêcha ? Et de ce pasteur Kuijlman ? Il ne se doute pas de la folie que ce fut, de sa part, de se blesser au bras en un moment aussi mal choisi. Maintenant, au revoir. Wilhelmine veut que je lui laisse un peu de place. Je termine donc en hâte.

Ta sœur toujours affectionnée, Lies.

Mon cher Théo,

De tout cœur je te souhaite du bonheur pour la nouvelle

année. Lies me dit de t'écrire que c'est par mégarde qu'elle a mis « mon frère aimé ». Nous devons aller nous coucher. Bonne nuit. Bonne journée !

Ta sœur qui t'aime tant, Wil.

Amsterdam, 9 janvier 1878

Cher Théo,

J'aimerais tant savoir si tu vas mieux et je t'écris bien vite. C'est 117 N
aussi pour te demander de me répondre tout de suite, une carte-lettre, si tu es de nouveau en bon état.

Suis bien arrivé ici lundi soir.

Mardi matin, je recommençais à prendre des leçons. J'ai le projet de refaire encore une fois tous les thèmes que j'ai déjà faits, à condition du moins que je puisse trouver le temps, à côté de mes autres travaux. C'est Pa qui me l'a conseillé, car une fois qu'on est bien engagé dans les débuts et dans les verbes, on avance rapidement dans l'art de traduire. Quand il fera jour un peu plus tôt, et un peu moins froid le matin et que je pourrai commencer de bonne heure, je trouverai bien le temps. En travaillant à quelque chose depuis le matin de bonne heure jusque tard le soir, on doit arriver à faire beaucoup de choses en quelques mois. Aussi j'espère être prêt, vers le mois d'octobre, à passer l'examen.

J'ai vu chez l'oncle Cor beaucoup de bons dessins, parmi lesquels un nouveau dessin de Rochussen : « Une soirée diplomatique » ; très fort. Mauve donne ce soir sa conférence sur l'art au club Arti. J'aimerais bien y assister, mais j'ai déjà dû voir beaucoup de ces dessins quand nous allions le soir chez lui. L'oncle Cor avait aussi un très joli tableau de Valkenburg, un intérieur paysan avec quatre petits personnages.

« Le four », de Th. Rousseau et le « Chemin de halage à Rijswijk », par Weissenbruch, que tu m'as donnés, je me propose de les accrocher au mur chez moi.

Je regrette de n'avoir pu quitter La Haye par un train qui partît plus tard ; nous aurions pu rester ensemble un peu plus longtemps, mais j'espère te revoir au printemps lorsque tu feras ta tournée de voyages. Il fait ici un froid redoutable ces jours-ci ; ce matin, il y avait de la neige. Il est heureux que l'oncle Cent soit parti, il doit être ce soir à Paris.

Quand tu iras chez Mauve, pense à lui demander ce morceau de Jules Breton « Le laboureur » et envoie-le moi si tu l'as.

C. M. m'a demandé aujourd'hui si je ne trouvais pas très belle la « Phryné », de Gérôme. J'ai dit que je préférais de beaucoup une femme laide par Israëls ou par Millet, ou une petite vieille d'Ed. Frère. Car que signifie, à proprement parler, un beau corps comme celui de cette Phryné ? Un beau corps, les animaux l'ont aussi, et peut-être plus beau que celui des hommes ; mais une âme comme on en voit aux êtres qu'Israëls ou Millet ou Frère ont peints, les animaux ne l'ont pas. Et la vie ne nous est-elle pas donnée pour devenir riches dans notre cœur, même si cela cache la souffrance ?

Devant cette image de Gérôme, je n'éprouve quant à moi que très peu de sympathie, car je n'y vois rien : cela n'a pas de sens. Des mains qui montrent qu'elles ont travaillé sont plus belles que celles que l'on voit à ce tableau-là.

Beaucoup plus grande encore est la différence entre une aussi jolie fille et un homme comme Parker, ou comme Thomas A Kempis, ou comme ceux que peignait Meissonier, et, moins encore que l'on peut servir deux maîtres à la fois, on ne peut aimer des choses aussi différentes et éprouver pour toutes un sentiment de sympathie. C. M. m'a ensuite demandé si je n'éprouverais aucun sentiment pour une femme ou pour une jeune fille qui serait jolie ; j'ai dit que j'aurais plus de sentiment, que je préférerais avoir affaire avec une qui est laide, ou vieille, ou pauvre, ou qui serait malheureuse de l'une ou l'autre façon, une à qui l'expérience de la vie ou les chagrins auraient donné la raison et une âme. Il y avait aussi chez C. M. un beau dessin de Maris, une vue de ville, avec, à l'avant-plan, de l'eau et un grand ciel. Tu dois probablement la connaître.

Écris-moi de nouveau bientôt. Je te souhaite toute la chance possible. Dis le bonjour aux gens de ta maison. Au revoir, reçois en pensée une cordiale poignée de main et crois-moi toujours

ton frère affect. *Vincent.*

Amsterdam, 10 février 1878

Cher Théo,

C'est aujourd'hui dimanche et je veux de nouveau te mettre ce soir un petit mot, car je ne souhaite pas peu recevoir une lettre de toi. Écris-moi donc de nouveau bien vite, je suis si souvent par la pensée avec toi. De tout cœur, j'espère que tu as passé un bon dimanche. 118 N

Comme tu le sais, Pa est venu ici et j'en suis très heureux. Nous sommes allés ensemble chez Mendès, chez l'oncle Stricker, chez l'oncle Cor, et dans les deux familles Meijes. Mon plus agréable souvenir de la visite de Pa, c'est encore la matinée que nous avons passée ensemble, dans la chambre où j'étudie, à revoir mon travail et à parler de toutes sortes de choses.

Tu devines si ces jours-là se sont vite envolés, et, quand je suis rentré dans ma chambre, après avoir conduit Pa à la gare, avoir suivi des yeux le train et même la fumée, aussi longtemps que j'ai pu voir l'un et l'autre, et que j'ai revu la chaise où Pa s'était assis, près de ma petite table où les livres et les papiers de la veille étaient encore étalés, et bien que je sache qu'après tout nous allons nous revoir bientôt, je me suis senti aussi malheureux qu'un enfant.

Suis allé ce matin à la petite église anglaise. Comme j'en sortais, j'ai rencontré Wierda. Nous avons fait ensemble un bout de chemin ; il m'a demandé si je ne voulais pas aller voir sa chambre. Il demeure dans la Weteringstraat ; je l'ai accompagné et suis resté chez lui après le café jusqu'à trois heures, à peu près, à voir ses livres et à l'entendre raconter des souvenirs de sa vie. Rentré chez moi j'ai encore traduit un morceau de César et à midi je suis allé chez l'oncle Stricker ; j'y retournerai encore une fois, maintenant que l'oncle Jan n'est pas en ville, et qu'on se sent de nouveau bien seul ici, depuis le départ de Pa.

Il fait du brouillard aujourd'hui. Quelle chance que Pa ait eu du beau temps ; cela nous a permis de nous promener. L'oncle Jan doit rentrer mardi.

Comme presque tout le monde, tu dois avoir beaucoup à faire en ce début d'année ; pour moi aussi, les choses commencent à devenir de plus en plus sérieuses à mesure que l'examen approche. Je serai bien content quand il fera jour un peu plus tôt le matin.

Pa a-t-il pensé à te donner la photographie d'après Maris ? La gravure sur bois d'après Van Goyen : « Dordrecht » l'a remplacée sur le mur. Je suis allé dernièrement revoir ce tableau, ici, au musée ; c'est vraiment excellent à tous points de vue. J'aimerais, quand tu reviendras, aller revoir avec toi au musée les eaux-fortes d'après Dürer, comme nous sommes allés, la dernière fois, voir celles d'après Rembrandt.

Il doit faire bien beau à Scheveningue par ce temps gris ! Y vas-tu encore quelquefois ? Cela doit être comme sur ce tableau de Ruysdaël au musée de La Haye. En as-tu la litho qui a paru il y a quelque temps dans la *Kunstkronijk !* Elle est tout à fait belle.

Comment va-t-on chez Mauve ? Très bien, j'espère. Y as-tu été depuis longtemps ? En ce moment, l'oncle Stricker me donne des leçons une ou deux fois par semaine. C'est avantageux. L'oncle est très calé et je suis bien content qu'il ait pu trouver le temps.

Maintenant, mon vieux, une cordiale poignée de main en pensée, je vais à mon travail ; écris bientôt et crois-moi toujours

ton frère affect. *Vincent.*

Compliments à Mauve si tu le rencontres. Bonne nuit, mon vieux, je suis resté à écrire jusqu'à minuit.

Amsterdam, 18 fév. 1878

Cher Théo

119 N Merci pour ta lettre du 17 février, qui ne m'a pas fait peu de plaisir, vu que je l'avais tellement espérée. Mon vieux, je te récris bien vite, car je pense à toi si souvent, j'ai grande envie de te voir. Chaque matin, les gravures au mur, dans la pièce où j'étudie, te rappellent à moi. C'est le « Christus Consolator », c'est la gravure sur bois d'après Van Goyen, c'est « Dordrecht », c'est « Le four » de Th. Rousseau. Tout ça me vient de toi et donc le reproche que tu me fais est celui du pot qui reproche à la marmite d'être noire, quand

tu m'écris que j'ai tort de te donner ainsi de temps en temps une image pour ta chambre, quand je trouve quelque chose qui s'accorde à ce que tu as déjà. Mais, assez parlé là-dessus, dirai-je à mon tour ; écris-moi si tu as trouvé quelque autre bonne chose pour enrichir ta collection.

Hier soir, j'ai vu chez C. M. une année entière du périodique *L'Art*, dont tu possèdes le fascicule qui contient les bois gravés d'après Corot. Ce qui m'a frappé, surtout, ce sont les gravures sur bois d'après des dessins de Millet, entre autres : « La chute des feuilles », « La noce des corbeaux », « Anes dans un marécage » (effet de brume), « Les bûcherons », « Ménagère balayant sa maison », « Cour de ferme » (effet de nuit) etc. Et aussi une eau-forte d'après Corot : « La dune », et « La Saint-Jean » d'après Breton ; d'autres aussi, de Chauvin par exemple ; une autre encore, d'après Millet : « Les haricots ».

J'ai passé tout l'après-midi de dimanche avec l'oncle Jan. Le soir, j'étais chez l'oncle Cor. En somme, une très bonne journée. Je m'étais levé d'assez bonne heure et j'étais allé le matin à l'église française, où un prédicateur des environs de Lyon faisait le sermon. Il venait faire une collecte au nom d'une mission évangélique. Il a parlé surtout de la vie des ouvriers dans les usines de sa région, et bien qu'il ne fût pas particulièrement éloquent et qu'on pût même trouver son élocution laborieuse, voire un peu maladroite, sa parole n'en touchait pas moins parce qu'elle partait du cœur et cela seul est efficace pour faire impression sur d'autres cœurs. Après cela, j'ai dû aller à une heure à l'école du dimanche d'un pasteur anglais, nommé Adler, dans le Barndesteeg. Il dirige là une église ancienne, petite, mais très jolie ; l'école elle-même se tient dans une petite chambre, où, même à cette heure, c'est-à-dire au milieu de la journée, il faut allumer la lumière. Il y avait là une vingtaine d'enfants de ce quartier pauvre. Bien que le pasteur soit étranger, il parle hollandais (mais le culte est anglais) et fait aussi le catéchisme en hollandais, mais très gentiment, très adroitement. J'avais pris avec moi l'esquisse de cette carte de la Terre sainte que j'avais faite pour l'anniversaire de Pa, au crayon rouge, sur un papier brun très fort. Je la lui ai donnée, car je trouvais cette petite chambre très agréable, et je serais content que la carte y soit accrochée au mur. J'avais rencontré ce pasteur chez M. Mac Farlane, le pasteur de la petite église anglaise du Bagijnhof, à qui j'avais pris la liberté de faire une visite. J'y avais été très aimablement accueilli, et j'espère bien y retourner. Et non seulement au pasteur anglais, mais j'ai encore pris sur moi de rendre visite au pasteur Gagnebin. Il a pris très bien ma démarche, mais il m'a dit de revenir un soir et nous avons convenu que ce serait aujourd'hui. Je dois m'y rendre sur-le-champ. J'espère t'écrire encore en rentrant, pour te dire comment l'entretien se sera passé, en ce qui me concerne. C'est Pa qui m'avait également conseillé d'essayer de faire la connaissance de l'un et de l'autre. J'ai trouvé très agréable de parler de nouveau français et anglais ; quand on ne l'a plus fait depuis longtemps, cela fait une drôle d'impression.

Je me suis levé tôt deux fois pour travailler à une esquisse de la carte des voyages de saint Paul, que j'avais encore et je l'ai poussée un peu plus loin, de sorte que, maintenant, elle a bon aspect, avec les noms en français, même meilleure que celle que j'ai faite pour Pa et pour ma petite salle d'études, avec l'intention de la lui * donner, vu que je voudrais que ma visite laissât une trace, puisqu'il s'agit d'un homme très intelligent, près de qui je pourrais peut-être trouver plus tard un bon conseil, s'il aperçoit à l'une ou l'autre chose que mes intentions sont sérieuses.

Je viens de retourner chez le pasteur Gagnebin ; on m'a dit qu'il était trop occupé pour me recevoir (c'est lui, pourtant, qui avait fixé le jour et l'heure). J'ai entendu que l'on faisait de la musique. Il était donc probablement occupé. J'ai laissé ce que j'avais fait pour lui, avec prière de le lui remettre. C'est chez moi un besoin de faire ainsi de temps à autre une chose de ce genre, car il est des plus douteux que je réussisse, que je fasse tout ce qu'on exige de moi.

Un minimum de cinq ans, cela fait longtemps. On s'en tire peut-être plus facilement quand on a commencé jeune. Sans doute, je pourrais travailler davantage et je ferais mieux de ne pas me laisser distraire ; puisque, de tout ce que beaucoup d'autres désirent, je n'ai, moi, nulle envie ; mais malgré cela, je travaille difficilement. Et, pour le cas où je ne réussirais pas, je veux néanmoins faire en sorte d'avoir donné signe de vie par-ci par-là.

La somme de ce qu'on doit savoir est étonnante. Encore que l'on tâche de me rassurer, cela me donne constamment une impression d'angoisse indiciblement violente. Rien ne peut apaiser cela, sinon de me remettre au travail, puisqu'il a été dit que *je dois* le faire, à n'importe quel prix.

* Au pasteur Gagnebin.

Donc en avant ! Car s'arrêter, ou reculer, je préfère ne pas y penser. Ce serait aller au-devant de difficultés pires et se mettre dans des embarras, et, pour finir, devoir tout de même recommencer les mêmes choses que devant.

Une bonne lettre de chez nous. Il semble, heureusement, que le voyage de Pa se soit bien passé.

Il est déjà très tard et je ne suis pas peu fatigué, car j'ai couru beaucoup aujourd'hui.

Que tout aille pour toi aussi bien que possible, réussite dans ton travail et en tout ce que tu entreprends. Si tu le peux, écris-moi encore bientôt. Mes amitiés à tous chez Roos et reçois en pensée une cordiale poignée de main. Dors bien et crois-moi

ton frère qui t'aime tant, *Vincent.*

Mardi. Il fait ce matin un temps magnifique. Il faut que j'aille de ce pas chez Mendès.

Amsterdam, 3 mars 1878

Cher Théo,

Il est temps que je t'écrive de nouveau. Comme j'aurais aimé être près de toi aujourd'hui ! Il faisait si beau ici ; on sent que le printemps approche. A la campagne, on a déjà dû entendre chanter l'alouette, mais en ville, c'est difficile, à moins que l'on retrouve le son de la voix de l'alouette dans celle de l'un ou l'autre vieux pasteur, de qui les paroles partent du cœur, d'une voix qui est à l'unisson de celle de l'alouette. 120 N

Je suis encore retourné aujourd'hui chez l'oncle Cor. Il a fait retapisser la salle et fait poser sur le plancher un nouveau tapis gris ; les belles bibliothèques où se trouve toute la collection de la *Gazette des Beaux-Arts*, etc. reliée en rouge, font le meilleur effet. L'oncle m'a dit que Daubigny est mort. Cela m'a fait de la peine, je l'avoue sans honte, tout comme lorsque j'ai appris la mort de Brion (son « Benedicite » est accroché dans ma chambre). Car l'œuvre de ces gens-là, quand on la comprend, vous touche plus profondément qu'on ne s'en rend compte soi-même. Ce doit être une bonne chose d'avoir conscience en mourant d'avoir fait des choses vraiment bonnes, de savoir que, grâce à cela, on restera vivant dans la mémoire au moins de quelques-uns, et de laisser un bon exemple à ceux qui nous suivent. Sans doute une œuvre, même bonne... ne demeure pas éternellement, mais bien la pensée qui s'y trouve exprimée, et l'œuvre elle-même subsiste tout de même longtemps. Et si plus tard d'autres naissent, ils ne peuvent faire mieux que d'emboîter le pas de tels devanciers, et faire la même chose qu'eux.

Parlant de bonnes œuvres, je crois que tu aimerais avoir une *Imitation de Jésus-Christ* en flamand. J'espère t'en envoyer une d'ici peu, un petit volume que l'on peut le cas échéant fourrer aisément dans la poche.

Quand l'oncle m'a parlé de Daubigny, j'ai pensé à ses eaux-fortes d'après Ruysdaël : « Le Buisson » et « Le coup de soleil », et l'oncle a promis de les faire venir, car il ne les connaissait pas.

Je suis retourné l'autre lundi soir chez le pasteur Gagnebin. J'ai vu aussi sa femme et sa fille, et suis allé dans son bureau, où j'ai parlé avec lui jusque vers les 11 heures.

J'ai travaillé sérieusement l'histoire de la patrie et j'en ai fait un extrait d'une trentaine de pages d'une écriture serrée.

Sais-tu que Rochussen a peint un jour le siège de Leyde ? Le tableau appartient, je crois, à M. de Vos. Suis aussi en train d'étudier l'histoire universelle. Je ne souhaite pas peu que tu viennes me voir encore. Fais ce que tu pourras pour rester ici le plus longtemps possible.

Et, si tu le peux, écris-moi de nouveau bien vite, puisque tu sais que tu me fais ainsi toujours tant de plaisir.

As-tu lu quelque chose de beau ces derniers temps ?

Arrange-toi pour trouver l'occasion de lire les livres d'Eliot. Tu ne le regretteras pas, *Adam Bede, Silas Marner, Félix Holt, Romola* (c'est l'histoire de Savonarole), *Scènes de la vie ecclésiastique.*

Si je trouve de nouveau le temps de lire, je les relirai moi aussi. As-tu jamais vu une eau-forte, gravée par Millet lui-même, qui représente un homme portant du fumier sur une brouette dans un jardin, par un jour comme aujourd'hui, au début du printemps ? Retiens aussi qu'il a fait une eau-forte « Les bêcheurs ». Si tu la rencontres jamais, tu ne l'oublieras pas facilement. Je pensais à la première de ces eaux-fortes ce matin, quand l'oncle Stricker cherchait des textes où le mot *fumier* se rencontre ; par exemple : « Laisse-le encore cette année, je creuserai tout autour, j'y mettrai du fumier ».

J'ai fait récemment une liste des tableaux de Brion, de ceux que je pouvais me rappeler. Quand tu viendras, tu me diras si j'en ai oublié beaucoup. Ne pourrais-tu pas m'indiquer d'avance quand tu viendras. Je pourrais compter un peu là-dessus, afin d'avancer mon travail, de sorte que nous pourrions être un peu ensemble. A Dieu, une poignée de main en pensée et crois-moi

ton frère affect. *Vincent.*

L'oncle Jan te fait des amitiés.

Amsterdam, 3 avril 1878

J'ai encore réfléchi à ce dont nous avons parlé et j'ai pensé instinctivement à la parole : « Nous sommes aujourd'hui ce que nous étions hier ». Cela ne signifie pas que l'on doit rester stationnaire, que l'on ne peut essayer de se développer ; au contraire, il y a une raison pressante de le faire et d'en découvrir les moyens. 121 N

Mais, pour rester fidèle à la parole, on ne peut reculer, et, quand on a commencé à considérer les choses d'un regard libre et confiant, il ne peut plus être question de retourner en arrière, ou d'abandonner.

Ceux qui ont dit : « Nous sommes aujourd'hui ce que nous étions hier » c'étaient d'« honnêtes hommes » ce qui est évident aux termes de la loi fondamentale qu'ils ont rédigée, loi qui certes restera valable dans tous les temps, et dont il a été dit qu'elle a été écrite « avec le rayon d'en haut » et « d'un doigt de feu ». Il est bon d'être un « honnête homme », d'essayer effectivement de devenir quelque chose de mieux ; et quand on croit que cela signifie être un « homme intérieur et spirituel », on a raison.

Si l'on savait, de façon sûre et certaine, que l'on est de ceux-là, on devrait toujours poursuivre tranquillement, calmement son chemin, sans douter que la fin sera favorable. Il y avait une fois un homme qui, entrant un jour dans une église, demanda : « Se peut-il que mon zèle m'ait égaré, que j'aie pris le chemin qu'il ne fallait pas prendre et que je sois mal engagé ? Oh ! que ne puis-je être tiré de cette incertitude, avoir la ferme conviction que, pour finir, je l'emporterai, je réussirai ! » Et une voix lui répondit : « Si tu étais sûr de cela, que ferais-tu ? Fais comme si tu le savais, et tu cesseras d'être humilié. » L'homme, alors, poursuivit son chemin, non point incrédule, mais croyant ; il retourna à son travail, ne doutant plus, n'hésitant plus.

En ce qui concerne le fait d'être l'« homme intérieur et spirituel », ne pourrait-on développer cela en soi par la connaissance de l'histoire en général, et en particulier par celle de personnes précises dans tous les temps, depuis celui de l'Histoire Sainte jusqu'à celui de la Révolution, et depuis l'*Odyssée* jusqu'aux livres de Dickens et de Michelet ? Et ne pourrait-on tirer une leçon d'œuvres comme celle de Rembrandt, ou des « Mauvaises Herbes » de Breton, ou des « Heures de la Journée » de Millet, ou du « Benedicite » de De Groux ou de Brion, ou du « Conscrit » de de Groux (ou, d'une autre façon, de Conscience), ou des « Grands Chênes » de Dupré, même des moulins et des sablières de Michel ? Nous avons déjà beaucoup parlé de ce qui est pour nous le devoir, et de quelle façon nous pourrions atteindre quelque chose de bien, et nous sommes arrivés à cette conclusion que, d'abord, nous devons avoir pour objectif de choisir une profession précise, une branche de l'activité à laquelle nous puissions nous vouer tout entiers.

Je crois que nous étions aussi d'accord sur ce point : que l'on doit surtout garder l'œil sur le but à atteindre, et qu'une victoire acquise par une vie entière de travaux et d'efforts est préférable à celle qui a été obtenue plus rapidement.

Qui vit une vie intègre et ne connaît qu'effort et déceptions, et pourtant n'est pas abattu, est plus digne que celui qui a le vent en poupe et ne connaîtrait qu'une prospérité relative. Car quels sont ceux chez qui on observe le plus nettement quelque chose d'élevé ? Ce sont ceux à qui s'applique la parole : « Laboureurs, votre vie est triste ; laboureurs, vous souffrez dans la vie ; laboureurs, vous êtes bien heureux » ; ce sont ceux qui portent les signes de toute une vie de lutte et de travail soutenu sans fléchir jamais. Il est bon de s'efforcer de devenir pareil à eux.

Allons donc ainsi de l'avant sur notre chemin, *indefessi favente Deo.* En ce qui me concerne, il faut que je devienne un bon prédicateur, un homme qui ait quelque chose à dire qui soit bon, quelque chose qui puisse être utile dans le monde, et il n'est peut-être pas mauvais que je doive passer par une préparation relativement longue, que je sois fortement installé dans une conviction solide, avant d'être appelé à parler à d'autres là-dessus... Si nous nous efforçons de vivre une vie droite, les choses iront bien pour nous ; sans doute éprouverons-nous aussi d'inévitables vrais chagrins, de vraies désillusions ; même nous commettrons vraisemblablement de lourdes erreurs, nous ferons des choses mauvaises ; il n'en est pas moins vrai qu'il vaut mieux avoir l'esprit ardent, même si ainsi l'on commet aussi plus de fautes, que d'être borné et plein de petitesses.

Il est bon d'aimer autant de choses que l'on peut ; c'est là qu'est la vraie force ; qui aime beaucoup fait beaucoup, peut beaucoup, et ce qui est fait avec amour est bien fait ; si l'on est touché par l'un ou l'autre livre, par exemple pour en nommer quelques-uns : *L'hirondelle, L'alouette, Le rossignol, Les aspirations de l'automne, Je vois d'ici une dame, J'aimais cette petite ville singulière,* de Michelet, c'est parce qu'ils sont écrits avec le cœur, avec simplicité, avec humilité. Si l'on ne dit que peu de mots, mais qui aient un sens, on fait mieux qu'en en disant beaucoup qui ne seraient que des sons vides, même s'ils étaient plus faciles à prononcer, car ils seraient de peu d'utilité. Si l'on aime fidèlement ce qui est digne d'être aimé, si on ne gaspille pas son attachement en l'accordant à des choses insignifiantes, frivoles et légères, on trouvera au cours de sa route toujours plus de lumière, on deviendra plus fort.

Plus tôt on cherche à devenir habile dans un domaine précis d'activité, dans une branche donnée, en adoptant une façon de penser et d'agir relativement indépendante, plus on se tient à des règles fermes, plus ferme aussi est le caractère que l'on acquiert. On n'a pas besoin pour cela de devenir borné.

Il est sage d'agir ainsi, attendu que la vie est courte, que le temps passe vite ; quand on est habile dans un métier, que l'on comprend bien une chose, on a, du même coup, vue et connaissance en beaucoup d'autres, par-dessus le marché.

Il est bon parfois d'aller beaucoup dans le monde, de fréquenter des gens ; on y est même parfois bien obligé, on est appelé à le faire ; mais celui qui resterait proprement seul, attelé à sa tâche, et voudrait n'avoir que très peu d'amis, celui-là irait le plus sûrement parmi les hommes et dans le monde.

Il ne faut jamais se fier à un état où l'on est sans difficultés, sans quelque souci ou obstacle ; il faut faire en sorte de n'avoir pas la vie trop facile. Même dans les milieux policés, dans les meilleures compagnies, dans les circonstances les plus favorables, il faut garder quelque chose du naturel instinctif d'un Robinson Crusoë ou d'un homme de la nature ; faute de quoi on n'a pas de racine en soi-même ; ne laisser jamais éteindre l'ardeur en son âme, mais au contraire l'entretenir. Et qui garde en soi la pauvreté, et l'aime, celui-là possède un grand trésor et entendra toujours parler clairement la voix de sa conscience ; qui entend et écoute cette voix intérieure, qui est le meilleur don de Dieu, y trouve en fin de compte un ami et n'est jamais seul.

Heureux celui qui a la foi en Dieu, il finira par traverser toutes les difficultés de la vie, même si ce n'est pas sans peine et sans chagrin.

On ne peut mieux faire que de garder présente, en toute circonstance, en tous lieux, en tout temps, la pensée de Dieu et essayer d'en arriver à Le connaître. Cela peut dériver aussi bien de la Bible que de toutes les autres choses. Il est bon de persévérer à croire que tout est merveilleux, plus merveilleux qu'on ne peut le comprendre, car là est la vérité. Il est bon de rester sensible, doux et humble de cœur, bien qu'on doive parfois cacher ce sentiment, car c'est souvent nécessaire ; il est bon d'être très instruit dans les choses qui sont cachées aux yeux des gens prudents et raisonnables, mais qui vous rapprochent tout naturellement des pauvres et des simples, des femmes et des petits enfants. Car que peut-on apprendre qui soit meilleur que ce que Dieu a naturellement dispensé à toute âme humaine, ce qui vit, aime, espère et croit au fond de chaque âme, à moins qu'on ne l'anéantisse à dessein.

On n'a besoin de rien de moins que de l'infini et du miracle, et l'homme a raison de n'être satisfait de rien qui soit inférieur à cela, et de ne pas se sentir à l'aise aussi longtemps qu'il n'a pas atteint et accepté cela.

Tel est l'aveu qu'ont exprimé dans leurs œuvres tous les hommes de qualité, tous ceux qui ont pensé un peu plus loin, cherché et travaillé un peu plus que les autres, qui ont aimé plus que les autres, qui ont pénétré dans les profondeurs d'océan de la vie. Se tourner vers les profondeurs, c'est notre devoir, à nous aussi, si nous voulons faire bonne pêche ; et, s'il arrive qu'il nous faille opérer pendant toute la nuit sans rien prendre, il est bon de ne pas renoncer pour cela, mais de jeter encore une fois son filet à l'aurore.

Donc, allons tranquillement de l'avant, chacun sur son chemin, toujours tournés vers la lumière : *sursum corda* ; comme ceux qui savent que nous sommes ce que les autres sont, et que les autres sont ce que nous sommes, et qu'il est bon de s'aimer les uns les autres, d'un amour de la meilleure sorte, de celui qui croit toutes choses, espère toutes choses et supporte toutes choses, et jamais ne périt.

Et ne pas nous faire trop de souci pour nos défauts, car celui qui n'en a pas en a néanmoins un, et c'est de n'en pas avoir, et celui qui croirait être tout à fait sage, celui-là ferait bien de recommencer par le commencement, c'est-à-dire par être sot.

Nous sommes aujourd'hui ce que nous étions hier, c'est-à-dire d'« honnêtes hommes », mais qui doivent subir l'épreuve du feu de la vie, afin d'être intérieurement fortifiés et affermis, et devenir ce qu'ils sont par nature, avec la grâce de Dieu. Il en va ainsi de nous, mon vieux. Ne rencontre sur ton chemin que de bonnes choses et que Dieu soit en toutes choses avec toi et te fasse réussir ce que tu entreprends. C'est ce que te souhaite avec une cordiale poignée de main, au moment de ton départ *,

ton frère qui t'aime tant, *Vincent.*

Ce n'est qu'une toute petite lumière, celle de la petite salle de l'école du dimanche, dans la Barndesteeg, faites que je la tienne allumée ; d'ailleurs, si je ne le fais pas, je ne crois pas qu'Adler soit homme à la laisser éteindre.

* Théo était temporairement envoyé à la maison Goupil, à Paris.

Amsterdam, mai 1878

Cher Théo,

122 N Il est temps que tu reçoives de nouveau un petit mot de moi. Pa m'a déjà fait savoir que tu es bien arrivé et que tu as déjà écrit comment tu as couru Paris au cours des premières journées. Je ne suis pas peu désireux de connaître tes impressions de toutes choses ; c'est pour cela que je me recommande à toi pour que tu m'écrives un petit mot dès que tu pourras trouver le temps de le faire. Il est vrai que les premières impressions ne durent pas ; nous ne savons que trop bien que tout ce qui brille n'est pas or, et que, s'il y a d'aimables aurores, il y a aussi des ténèbres au sein de la nuit, des chaleurs brûlantes, oppressantes, au milieu du jour. Mais, même si l'heure matinale est une heure bénie, si l'aurore a de l'or sur les lèvres, il en est de même des premières impressions, et celles-là ont leur valeur, même si elles passent, car ce sont elles qui, plus tard, semblent avoir été les plus justes, et c'est à elles qu'on revient. Écris-moi donc tout ce que tu as vu les premiers jours et ce que tu en as pensé.

Il fait ici un temps horrible, ces jours-ci, et probablement à Paris aussi. Tu te seras vite rendu compte que l'été là-bas est parfois un peu plus chaud que chez nous, mais tu y verras certainement aussi les ciels d'orage que Bonington a peints. C'est un bien joli quartier que celui où tu demeures, quand on en parcourt les rues, le matin ou le soir, ou encore le côté de Montmartre. Des ateliers, de petites chambres sont révélés au passant, qui font penser à « Un tonnelier », aux « Couturières » ou à d'autres tableaux de Ed. Frère ; et il est bon parfois de voir ces choses, qui sont simples, alors qu'on voit tant de gens qui, pour différentes raisons, se sont écartés grandement de ce qui est naturel et qui ont ainsi gaspillé leur vie propre et leur vie intérieure ; et aussi beaucoup qui sont enracinés dans la misère et dans ce qui est plus affreux encore ; car, le soir et la nuit, on en voit aller et venir de toutes les sortes, de ces figures sombres, tant d'hommes que de femmes, en qui la peur nocturne est pour ainsi dire personnifiée et de qui on doit classer la misère parmi les choses qui n'ont de nom dans aucune langue.

La semaine dernière, un des prédicateurs d'ici est mort, qui était très connu dans le pays entier (Pantekoek). On l'a enterré samedi. La cérémonie faisait penser à *In memoriam,* ce trajet le long du chemin qui suit les rives herbeuses de l'Amstel. Il était père de six enfants, dont l'aîné est âgé d'une vingtaine d'années. Une foule nombreuse suivait, on se bousculait littéralement.

En conséquence il y a eu hier sermon là-dessus dans presque toutes les églises ; j'ai notamment entendu l'oncle Stricker, qui avait beaucoup connu le défunt. C'était son tour de prêcher dans la Oudezijds Kapel, que fréquentent d'habitude les orphelins et ceux de l'école de matelotage. Le recueillement était grand. L'oncle a notamment commenté la parole : « Je suis ému. Que vous dirai-je ? » De longues, de cruelles souffrances, voilà quelle fut la part du défunt sur la terre.

J'ai aussi assisté, un soir, à l'un de ses derniers sermons. Il était alors déjà manifestement évident, à l'entendre, qu'il frissonnait et lâchait pied un peu plus chaque jour, chaque soir et, pour qui l'écoutait attentivement, l'effort qu'il faisait pour prêcher était sensible. Déjà on ne pouvait l'entendre parler sans partager son émotion et l'on frissonnait malgré soi, car c'est un chemin ténébreux qui conduit à la demeure éternelle et heureux celui que raffermit l'espoir d'une vie meilleure lorsque approchent pour lui l'obscurité et la nuit. Tu dois t'organiser pour pouvoir lire encore là-bas quelque beau livre, par exemple de Michelet sur la Révolution, ou bien aussi quelque chose de Thoré * ou de Th. Gautier sur Paris et le temps des jeunes peintres et écrivains.

Mon vieux, que j'aimerais errer avec toi par la ville !

J'espère faire aujourd'hui une grande promenade dans un quartier où je ne suis pas encore allé bien souvent. J'ai découvert récemment la maison, dans Breestraat, où Rembrandt a demeuré. Tu te rappelles que nous en avons parlé quand tu étais ici.

Pense au tableau en question, qui est au Luxembourg : « Qui vous reçoit me reçoit, et qui me reçoit reçoit celui qui m'a envoyé » et écris-moi de qui il est.

L'automne peut être si beau à Paris ! Tu en verras quelque chose à la fin de septembre.

Compliments cordiaux de ma part à tout le monde chez Soek. Je pense encore si souvent à une excursion que j'ai faite avec sa famille à Ville d'Avray. C'est là, dans la petite église, que j'ai été

* Plus connu sous le nom de W. Bürger.

saisi de voir un et même plus d'un tableau, je crois, de Corot exposés. Tu sais qu'il y a beaucoup séjourné.

Dis aussi le bonjour à Braat et à Mutters. Bonne chance, écris-moi bientôt, et reçois en pensée une cordiale poignée de main. Crois-moi toujours

ton frère qui t'aime tant, *Vincent*.

Il faut que je te remercie encore pour le portrait ; il m'a fait un très grand plaisir et est très réussi. Merci de me l'avoir envoyé.

7

Etten. Borinage. Bruxelles

Juillet 1878 – 12 avril 1881

Bien que ses dernières lettres d'Amsterdam ne l'indiquent pas, la tentative de Vincent pour reprendre ses études s'est soldée, au bout de quinze mois, par un échec total. Il est revenu auprès de ses parents, au presbytère d'Etten. Mais, loin de renoncer à son idéal, il souhaite plus que jamais devenir évangéliste : aider les pauvres, en prêchant la Bible. Le pasteur Jones, avec qui Vincent est resté en bons termes, a profité d'un voyage en Hollande pour l'accompagner à Bruxelles où il l'a présenté au pasteur Bokma qui dirige une petite école pour évangélistes. Une fois de plus il va se révéler un élève assidu mais incapable de s'accommoder de ce qu'on exige de lui : « Il ne savait pas ce que c'était que se soumettre », dit un de ses condisciples.

Après trois mois d'études on lui refuse le poste qu'il attendait. Profondément déçu, il se rend à ses frais dans la région minière, non loin de Mons, près de la frontière française. Il prend pension à Paturages, chez le colporteur Van der Haegen, aux enfants de qui il donne des leçons le soir. Il enseigne la Bible aux mineurs, visite les malades. Enfin en janvier 1879 il obtient pour six mois le poste d'évangéliste tant attendu et s'installe à Wasmes.

Après avoir été le témoin de la misère du peuple dans l'East-End de Londres, il découvre celle des mineurs borins ; une épidémie, un accident auxquels il assiste le bouleversent particulièrement. Il commence à se rendre compte que ses prêches ne sont pas d'un grand secours à ceux qu'il veut aider. Bien qu'elles soient peu nombreuses, les lettres qu'il adresse à son frère à La Haye traduisent parfaitement l'évolution de sa pensée, de moins en moins mystique, de plus en plus réaliste. Sa foi, il éprouve le besoin de la démontrer matériellement ; il soigne les blessés et les malades à qui il donne jusqu'à son lit. Il a quitté sa pension pour une petite maison où le nécessaire même lui fait défaut. Son zèle est jugé excessif par les chefs de la communauté et, à l'expiration de sa mission de six mois, il doit, en juillet 1879, donner sa démission.

Alors commencent des jours terriblement amers : sans courage, sans travail, sans amis, sans perspective d'avenir, sentant sa foi qui l'abandonne, il ne renonce pourtant pas à son apostolat. Mais ces terribles spectacles de la misère humaine, pour en garder le souvenir, il commence à les fixer sur le papier. Pour la première fois il dessine assidûment. Est-ce une nouvelle vocation qui s'annonce ? Il semble le croire puisque, en août 1880, il écrit enfin à son frère : « Ne crains rien pour moi, si seulement je puis continuer à travailler, je remonterai. »

Ces dessins, Théo les a vus au cours de la visite qu'il lui a rendue dans le Borinage. Il a sans doute été frappé par leur gaucherie mais aussi par leur sincérité. L'aider à persévérer dans cette voie, n'est-ce pas le moyen de fixer enfin cet être instable, cet inadapté, dont tous les essais ont été jusqu'ici des échecs ? L'idée de faire une carrière de peintre est pourtant alors si éloignée encore de Vincent qu'au début de 1882 il n'envisage la possibilité de « sortir une toile » que comme une éventualité peut-être encore lointaine. Mais, cette rupture avec son passé, des mois seront nécessaires pour qu'elle soit consommée. Visiblement désemparé, il erre à travers la Belgique. De Cuesmes, où il a été nommé après la fin de sa mission à Wasmes, il se rend à pied à Bruxelles, à Tournai, à Etten où il ne fait qu'un bref séjour, à Courrières, dans le Pas-de-Calais, où réside un peintre français qu'il admire parce qu'il peint la vie des travailleurs, Jules Breton.

Ignorant que les subsides de son frère l'aident à vivre, il perd toute confiance en Théo et cesse de lui écrire à l'automne de 1879.

Etten, 22 juillet 1878

Cher Théo,

123 N Je joins un mot à la lettre de Pa ; je suis content d'apprendre que tu vas bien et que tu te plais où tu es ; j'aimerais me promener avec toi, là-bas.

Comme Pa a dû te l'écrire, nous sommes allés la semaine dernière à Bruxelles, en compagnie du pasteur Jones, d'Isleworth, qui a passé ici la journée de dimanche.

Nous avons rapporté de notre voyage une impression satisfaisante, en ce sens que nous espérons trouver là-bas, tôt ou tard, une place et une sphère d'activité, que le chemin menant au but y est plus court et moins coûteux qu'en Hollande ; il s'agit donc de tenir le regard fixé sur la Belgique et de continuer à chercher jusqu'à ce que nous ayons trouvé.

Nous avons visité l'école de formation flamande ; elle comporte un cours de trois ans, alors qu'en Hollande, comme tu le sais, les mêmes études demandent au moins six ans. On peut même se voir confier une mission d'évangéliste avant que les études ne soient terminées. On exige uniquement que le candidat soit capable de donner des conférences populaires sur un ton affectueux et d'adresser au peuple des harangues brèves et bien senties, plutôt que de longs et savants discours. On attache moins d'importance à la connaissance approfondie des langues mortes et aux interminables études théologiques (bien que tout ce qu'on peut en savoir soit d'un bon appoint) qu'aux aptitudes pour le travail pratique et à la foi naturelle. Évidemment, je n'en suis pas encore là, car ce n'est pas du premier coup, mais après de nombreux exercices, qu'on acquiert la faculté de parler au peuple avec science et avec âme, sans raideur et sans affectation ; vos paroles doivent avoir un sens, exprimer une tendance, de manière à inciter les auditeurs à faire de leur mieux pour que leurs inclinations prennent racine dans l'amour. Bref, il faut devenir prédicateur populaire pour avoir des chances de réussir.

Ces messieurs de Bruxelles ont exprimé le désir que je passe trois mois chez eux, afin de faire plus ample connaissance, mais ce projet nous coûterait trop cher, et nous devons éviter les frais. Je demeure donc provisoirement à Etten, pour travailler un peu et me préparer. J'irai de temps à autre faire visite au pasteur Pietersen, à Malines, ou au pasteur De Jonge, à Bruxelles, afin d'apprendre à les mieux connaître. La durée de cet intermède dépend de ce qu'on décidera là-bas. Pa et moi, nous avons écrit de nouveau, tout récemment.

Je me propose de composer d'ores et déjà quelques rédactions, du mieux que je peux ; j'en ai mis une sur le métier en partant de la toile de Rembrandt, « La maison du charpentier », qui se trouve au Louvre.

Hier, Pa a prêché à Zundert. Je l'ai accompagné. Les tantes m'ont chargé de te dire bien des choses de leur part. J'ai profité de l'occasion pour aller dire bonjour à Jan Doomen, qui a beaucoup

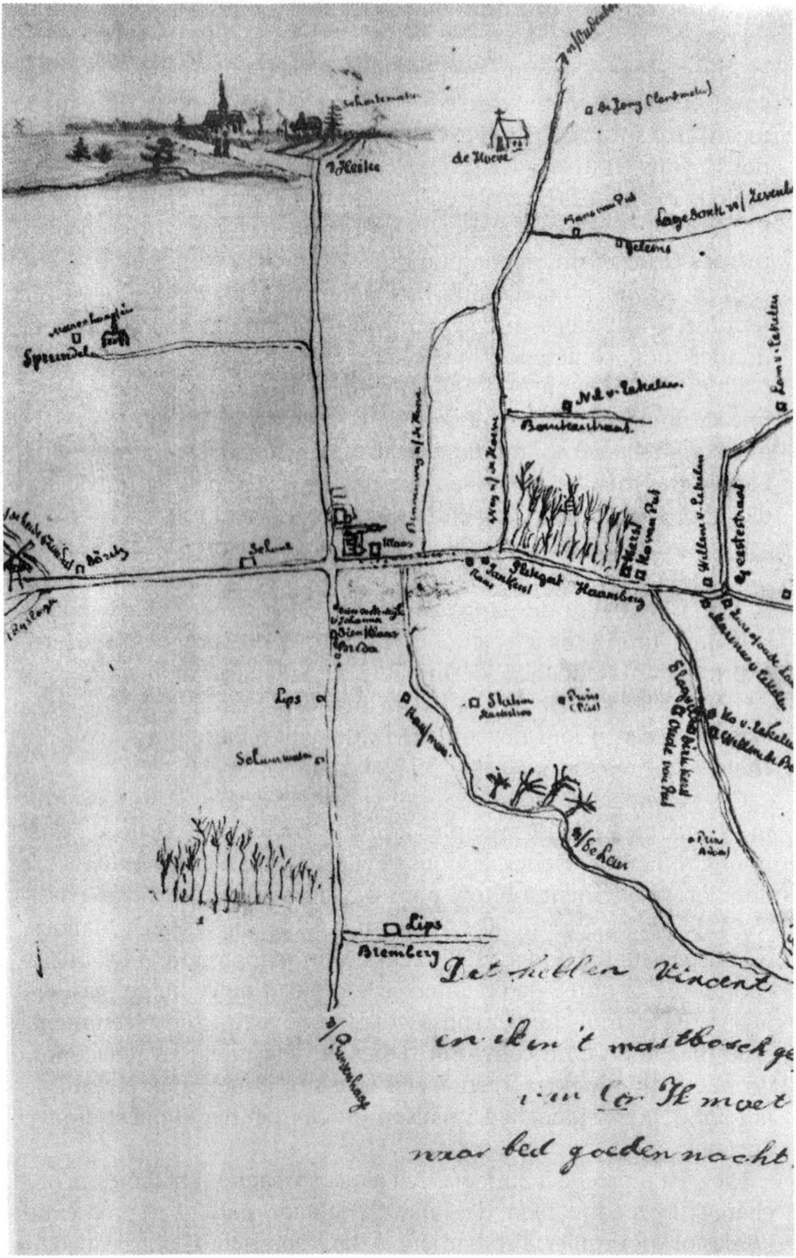
't Heike
de Hoeve
Haamberg
Lips
Lips
Bremberg
Dat hebben Vincent
en ik in 't mastbosch ge
in Co. Ik moet
naar bed goedennacht.

souffert de rhumatismes à la jambe ; il se plaint de ne plus pouvoir aller à pied à Bréda, mais cela ne le gêne pas trop pour travailler aux champs ou dans son jardin. Seulement la douleur le chasse tôt de son lit. La vieillesse se fait accompagner par des maux, dirait le vieux pasteur Meijes.

Dernièrement, *L'Illustration* a publié une excellente gravure du « Jeune citoyen de l'an V » de Jules Goupil. L'as-tu vue ? J'ai pu mettre la main dessus, je l'ai accrochée dans la petite pièce qui a été mise à ma disposition, je veux dire le cabinet d'étude qui donne sur le jardin et dont le mur extérieur est recouvert de lierre. Voici ce qu'on disait de cette gravure dans la revue susnommée : « Un regard qui a vu le spectacle de l'affreuse guillotine, une pensée qui a survécu à toutes les scènes de la révolution. Il est presque étonné de se trouver encore vivant après tant de catastrophes. »

Cette œuvre est un événement remarquable dans la vie artistique ; elle exercera longtemps une grande influence sur beaucoup et continuera à émouvoir ceux qui apprécient l'art sublime, tout autant qu'une œuvre de Fabritius ou d'autres toiles plus ou moins mystiques de l'école de Rembrandt.

Le soir, revenant de Zundert en voiture, à travers la bruyère, Pa et moi sommes descendus et avons fait un bout de chemin à pied. Le soleil rouge disparaissait derrière les sapins, et le ciel vespéral se reflétait dans les mares ; la bruyère et le sable jaune, blanc ou gris exhalaient l'harmonie et la paix. Vois-tu, il y a des moments dans la vie où tout aussi en nous exhale l'harmonie et la paix, et l'existence nous paraît alors un chemin à travers la bruyère. Seulement, il n'en va pas toujours de même. Cor, qui est ici en vacances, et moi, nous sommes retournés ce matin dans la bruyère et le bois de sapins, un peu au-delà du moulin. Nous avons rapporté de la bruyère pour les lapins, qui semblent en raffoler, et de quoi garnir une petite corbeille à fleurs. Nous nous sommes assis un bon moment dans la sapinière, et nous avons dessiné ensemble une carte d'Etten et des environs, avec le Bremberg, Sprundel, le Heike et De Hoeve *.

Sois assez gentil de présenter mes salutations cordiales à Soek et aux siens (si tu leur rends visite un de ces jours). De même qu'à Frans Braat, à Ernest et aux autres, si l'occasion s'en présente. Je pense souvent à toi et me réjouis fort que tu ailles bien et que tu

* Voir cette carte page 272.

trouves là-bas des choses qui te vivifient et qui sont pour ainsi dire de la nourriture pour la vraie vie. Parmi ces choses, on peut compter l'art sublime, c'est-à-dire les œuvres de ceux qui travaillent avec leur cœur, avec leur esprit et avec leur intelligence, comme tu en connais beaucoup de nom et comme tu en rencontreras peut-être quelques-uns ; leurs paroles et leurs créations sont de la spiritualité et de la vie.

Avec une cordiale poignée de main en pensée,

t. à t., *Vincent.*

(début août 1878)

Cher Théo,

124 N Je joins un mot à la lettre de Pa. Moi aussi, je suis très désireux de recevoir une lettre de toi. J'espère de tout cœur que ça va le mieux possible, que tu vois et entends beaucoup de choses qui te sont utiles. Nous venons de recevoir une carte postale du pasteur Pietersen ; je dois partir pour Bruxelles vers la mi-août. Comme on ne m'a pas fixé de date et que Pa et Moe, moi aussi d'ailleurs, préférons cela, je resterai ici jusqu'au mariage d'Anna. Je partirai après la noce.

Ces jours-ci, j'ai fait un petit dessin d'après « Un dimanche matin » d'Émile Breton — à la plume, à l'encre et au crayon. Qu'elle est belle, l'œuvre de celui-là ! A-t-il fait quelque chose de remarquable cette année, as-tu vu beaucoup d'œuvres de lui ? Hier et aujourd'hui, j'ai écrit un commentaire sur la parabole du grain de sénevé ; elle compte vingt-sept pages, je me plais à croire qu'il y a quelque chose de bon là-dedans. Tu penses bien que Pa et moi faisons souvent le tour du village, à moins que nous n'allions à De Hoeve ou à Leur ; j'ai déjà fait une excursion dans la bruyère, en compagnie de Cor.

Tu comprendras que je ne suis pas peu curieux de savoir comment ça ira à Bruxelles. Je forme des vœux pour que mon travail soit couronné de succès et béni.

Les champs sont beaux ici ; on rentre le blé, les pommes de terre mûrissent et leurs fanes commencent à sécher ; le sarrasin en fleur est d'un blanc resplendissant.

Mon vieux, je t'écris à la lumière d'une petite lanterne, la bougie est presque consumée. Adieu, porte-toi bien. Si tu en as le temps, écris-moi un mot, parle-moi un peu des peintres et, le cas échéant, dis-moi ce que tu as appris d'intéressant au sujet de l'un ou de l'autre, mais confie-moi de préférence tes impressions personnelles sur quoi que ce soit.

Bonne nuit, je te serre cordialement la main en pensée, et crois-moi toujours

ton affectionné, *Vincent.*

Etten, 15 août 1878

Cher Théo,

Je joins quelques lignes à la lettre de Pa et Moe, pour te dire 125 N
bonjour en toute hâte. Il pleut dehors, il a beaucoup plu ces jours-ci, et il y a eu tempête par-dessus le marché.

J'ai répondu au pasteur De Jonge que je suis disposé à partir sans délai si le travail et le devoir m'appellent à Bruxelles, mais que sinon j'aimerais rester encore une semaine ici, à cause du mariage d'A., à moins qu'il n'y ait quelques raisons impérieuses de m'y rendre tout de suite. Je me propose de quitter Etten le dimanche 25 août.

Je suis très curieux de savoir si l'exposition de peinture est encore ouverte là-bas. J'aimerais beaucoup la voir. Il me tarde de recevoir un mot de toi. Je me propose de t'écrire plus longuement dès que je serai à Bruxelles ; je te parlerai aussi de cette exposition, du moins si elle n'est pas encore terminée.

Salue Braat et Soek de ma part, si tu les vois. A Dieu, je t'envoie tous mes vœux. Il ne se passe pas un jour sans qu'on parle de toi. Écris-moi vite, et reçois en pensée une cordiale poignée de mains.

Ton frère affectionné, *Vincent.*

Laeken, 15 novembre 1878 *

Cher Théo,

126 N Oui, je veux t'écrire le soir du jour que nous avons passé ensemble et qui s'est envolé comme un éclair. Ce me fut une grande joie de te revoir et de bavarder avec toi. Par bonheur, des journées comme celle-là, qui ne durent qu'un instant, et des joies aussi éphémères laissent des traces dans notre mémoire, leur souvenir ne s'efface pas. Après nos adieux, je suis rentré à pied, empruntant, au lieu du chemin le plus court, le chemin de halage. Il y a par là quelques chantiers qui sont beaux à voir, surtout le soir quand ils sont éclairés ; ils nous parlent à leur façon, à nous qui, tout compte fait, sommes aussi des ouvriers dans la tâche et le milieu qui nous ont été assignés. Pourvu que nous leur prêtions un peu d'attention, nous pouvons les entendre nous dire : « Travaillez tout le long du jour, avant que ne tombe la nuit, car nul alors ne peut travailler. »

C'était l'heure où les balayeurs rentraient avec leurs tombereaux attelés de vieux chevaux blancs ; une longue file de véhicules stationnait près de la Ferme de Boues, au début du chemin de halage. Ces haridelles blanches m'ont rappelé la vieille gravure en aquatinte que tu connais peut-être ; la gravure en elle-même n'a peut-être guère de valeur artistique, mais elle m'a impressionné ; c'est la dernière de la série intitulée « La vie d'un cheval ». On y voit un vieux cheval blanc efflanqué, mortellement épuisé par une longue vie de travail. La pitoyable bête se tient debout en un lieu vraiment lugubre et désert, dans une plaine couverte d'une herbe maigre et sèche, où se dresse çà et là un arbre tordu, ployé ou cassé par la tempête. Un crâne traîne sur le sol ; dans le lointain, à l'arrière-plan, le squelette blanchi d'un cheval gît près de la cabane de l'équarrisseur. Et, par-dessus, un ciel orageux ; c'est une journée âpre et glacée ; il fait sombre.

Spectacle navrant, infiniment mélancolique, qui ne manque pas d'émouvoir celui qui sait et qui sent que nous aussi, nous nous retrouverons un jour dans l'impasse appelée la mort, et que la fin de la vie humaine, ce sont des larmes ou des cheveux blancs. Ce

* Faubourg de Bruxelles.

qu'il y a au-delà de la vie est un grand mystère connu de Dieu seul, mais qu'Il nous a dévoilé explicitement dans sa Parole : il y aura une résurrection des morts.

Ce malheureux cheval, ce vieux et fidèle serviteur attend là sa dernière heure, avec patience et résignation, avec courage aussi et, si j'ose dire, avec fermeté, à l'instar de la Vieille Garde qui disait : « la garde meurt mais ne se rend pas. » J'ai pensé involontairement à tout cela le soir où j'ai vu ces chevaux blancs attelés à des tombereaux.

Quant aux charretiers avec leurs hardes crasseuses, ils semblaient plongés, enracinés plus profondément dans la misère que la longue file, ou plus exactement le groupe d'indigents peints par De Groux dans son « Banc des pauvres ». Ce qui me frappe et ce que je trouve caractéristique, c'est que l'image de l'abandon le plus complet, véritablement indicible, de la solitude et du dénuement de la fin des choses ou de leur vigueur, nous fasse penser à Dieu. C'est le cas pour moi. Pa ne dit-il pas : « Je préfère prendre la parole au cimetière parce que nous y foulons tous un sol d'égalité, non seulement parce que la terre y est la même pour tous, mais parce que nous l'éprouvons réellement dès que nous y mettons le pied. »

Je suis content que nous ayons visité le musée ensemble, et revu surtout les œuvres de de Groux, de Leys, et tant d'autres toiles remarquables, par exemple ce paysage de Coosemans. Je suis enchanté des deux gravures que tu m'as offertes, mais tu aurais dû accepter de moi la petite eau-forte « Les trois moulins ». Tu l'as achetée, mais tu n'as même pas voulu que nous la payions ensemble, comme je te le proposais. En tout cas, tu dois la conserver dans ta collection, car elle est remarquable, bien que son exécution laisse à désirer. Dans mon ignorance, je m'imaginais devoir l'attribuer à Brueghel de Velours. Voici le gribouillage en question « Au charbonnage ».

Je suis tenté de dessiner des croquis sommaires de bien des choses, de tout ce que je rencontre sur mon chemin, mais il vaut mieux pas, car cela me détournerait peut-être de mon travail proprement dit. J'étais à peine rentré chez moi que je me suis attaqué à la rédaction d'un prêche sur « le figuier stérile », *Luc*, XIII, 6-9.

Mon petit dessin « Au charbonnage » n'a vraiment rien d'extraordinaire. Si je l'ai fait machinalement, c'est qu'on voit ici bien des gens qui manipulent du charbon. Ce sont vraiment des types caractéristiques. Cette maisonnette se trouve près du chemin de halage ; au fait, c'est un petit estaminet où les ouvriers

Charbons
Cokes

viennent manger leur pain et boire un verre de bière à l'heure du casse-croûte.

En Angleterre déjà, j'ai demandé un poste d'évangéliste parmi les ouvriers des charbonnages ; on n'a pas donné suite à ma demande, parce que je devais avoir, paraît-il, au minimum vingt-cinq ans. Tu sais qu'un des principes, une des vérités fondamentales, non seulement de l'Évangile, mais de toute la Bible, est que la lumière brille dans les ténèbres. Par les ténèbres vers la lumière. Or, qui en a davantage besoin à l'heure actuelle ? L'expérience a prouvé que ceux qui travaillent dans les ténèbres, dans les entrailles de la terre, tels les ouvriers des mines, sont touchés par la parole de l'Évangile et s'y attachent. Eh bien ! au sud de la Belgique, dans le Hainaut, des environs de Mons à la frontière française et même au-delà, il y a une contrée qu'on appelle le Borinage, où vit une population de mineurs et d'ouvriers de charbonnage. Lis ce que j'ai trouvé à leur sujet dans un manuel de géographie :

> *Les Borins (habitants du Borinage, pays au couchant de Mons) ne s'occupent que de l'extraction du charbon. C'est un spectacle imposant que celui de ces mines de houille ouvertes à 300 mètres sous terre, et où descend journellement une population ouvrière, digne de nos égards et de nos sympathies. Le houilleur est un type particulier au Borinage, pour lui le jour n'existe pas, et sauf le dimanche, il ne jouit guère des rayons du soleil. Il travaille péniblement à la lueur d'une lampe dont la clarté est pâle et blafarde, dans une galerie étroite, le corps plié en deux, et parfois obligé de ramper ; il travaille pour arracher des entrailles de la terre cette substance minérale dont nous connaissons la grande utilité ; il travaille enfin au milieu de mille dangers sans cesse renaissants, mais le porion belge a un caractère heureux, il est habitué à ce genre de vie, et quand il se rend dans la fosse, le chapeau surmonté d'une petite lampe destinée à le guider dans les ténèbres, il se fie à son Dieu, qui voit son labeur et qui le protège, lui, sa femme et ses enfants.*

Ainsi donc, le Borinage s'étend jusqu'au sud de Lessines, le pays des carrières.

J'aimerais aller là-bas comme évangéliste. Le stage de trois mois, exigé par MM. De Jonge et le pasteur Pietersen, touche à sa fin.

Saint Paul a passé trois ans en Arabie avant de commencer sa prédication et d'entreprendre ses grands voyages d'apostolat, de développer son activité proprement dite parmi les Gentils. S'il m'était donné de travailler deux ou trois années tranquillement dans une telle contrée, continuant à m'instruire et à observer, je n'en reviendrais pas sans avoir quelque chose à dire qui vaille vraiment la peine d'être entendu ; je le dis en toute humilité, avec franchise.

Si Dieu le veut et si la vie m'épargne, je serai prêt vers la trentaine et je pourrai commencer ma tâche, plus sûr de mon affaire et plus mûr, grâce à une préparation et à une expérience peu ordinaires.

Je t'écris tout cela, bien que nous en ayons déjà bavardé. Il existe déjà plusieurs petites communautés protestantes dans le Borinage ; il y a certainement aussi des écoles. J'espère qu'on m'y enverra pour travailler, comme évangéliste, de la façon dont nous avons parlé, c'est-à-dire en prêchant l'Évangile aux pauvres, à tous ceux qui en ont besoin, et en consacrant le reste de mon temps à l'enseignement. Tu as probablement déjà été à Saint-Gilles ? Moi, j'ai fait un jour une excursion dans les parages de l'ancienne barrière. Là où commence le chemin de Mont-Saint-Jean, il y en a un autre vers Alsemberg. A cet endroit se trouve le cimetière de Saint-Gilles, plein de cèdres et de lierres, d'où l'on peut embrasser toute la ville du regard.

Si l'on pousse plus loin, on arrive à Forest. C'est un coin très pittoresque. Les hautes collines sont couronnées de vieilles maisons, pareilles aux chaumières perdues dans les dunes, peintes par Bosboom. Tous les travaux des champs y sont pratiqués : semer du blé, arracher des pommes de terre, laver des navets. Tout y est pittoresque, même le ramassage du bois mort. Ça ressemble à Montmartre. On y voit de vieilles bicoques garnies de lierre et de vigne, et des estaminets charmants. Parmi les maisons qui avaient attiré mon attention il y avait celle d'un fabricant de moutarde, un nommé Verkisten. Son exploitation convenait admirablement à une toile de Thijs Maris, par exemple. A gauche et à droite, on trouve des pierres, c'est-à-dire qu'il y a de petites carrières où mènent des chemins creux, sillonnés de profondes ornières ; on voit là-bas de petits chevaux blancs avec des glands rouges, des charretiers en sarrau bleu, et le pâtre ne manque pas au tableau, pas plus que les femmes en noir portant des coiffes blanches, qui font penser à De Groux.

Il y a ici des endroits, comme il en existe partout, Dieu merci ! où l'on se sent plus chez soi qu'ailleurs, où l'on est empoigné par une sensation caractéristique qui ressemble à de la nostalgie, et qui a une saveur très mélancolique, il est vrai, mais qui réconforte et stimule notre esprit et nous vivifie. Ce jour-là, j'ai poussé au-delà de Forest ; j'ai pris un chemin de traverse menant à une vieille petite église tapissée de lierre. J'ai vu des tilleuls plus entremêlés et pour ainsi dire plus gothiques que ceux que nous avons vus au parc ; le chemin creux, qui conduisait au cimetière, était bordé de troncs et de racines tordus aussi capricieux que ceux qu'Albert Dürer grava dans son « Le chevalier, la mort et le diable ». As-tu déjà vu une toile, ou plutôt une photo d'après Carlo Dolci, « Le jardin des oliviers » ? Il y a du Rembrandt là-dedans. Je l'ai vue récemment.

Tu connais probablement la grande eau-forte, assez mal faite d'après le même motif de Rembrandt. Je veux dire le pendant de celle qui est intitulée « La lecture de la Bible », avec deux femmes et un berceau. Depuis que tu m'as dit que tu avais vu la toile du père Corot traitant le même sujet, je me suis souvenu l'avoir vue à l'exposition de ses œuvres, peu de temps après sa mort ; elle m'a fait une forte impression.

Que de beautés nous offre l'art ! A condition de retenir ce qu'on a vu, on n'est jamais vide, ni vraiment solitaire, ni jamais seul. A Dieu, Théo, je te serre cordialement la main en pensée, porte-toi bien, que ton travail te donne pleine et entière satisfaction. Tâche de trouver sur ton chemin beaucoup de bonnes choses, du genre de celles qui subsistent dans le souvenir et nous enrichissent, bien que nous ne possédions apparemment pas grand' chose. Si tu passes un jour chez Mauve, salue-le de ma part, et crois-moi

ton frère affectionné, *Vincent.*

J'ai laissé traîner la présente pendant quelques jours. Le 15 novembre appartient au passé, c'est-à-dire que les trois mois sont révolus. J'ai causé avec le pasteur De Jonge et l'instituteur Bokma. Ils m'ont expliqué qu'il n'y a pas moyen de me garder à l'école aux conditions consenties aux Flamands. Je pourrais suivre les cours, gratuitement au besoin, mais c'est là la seule faveur que je puisse espérer. Pour rester, je devrais donc disposer tôt ou tard de plus de moyens financiers qu'en ce moment, car je n'en ai point. Par conséquent, il se peut que je donne très bientôt suite à mon projet d'aller tenter ma chance dans le Borinage. Si je quitte cette ville, on ne me reverra pas de sitôt dans une grande ville.

Il ne serait pas facile de vivre sans la foi en Lui et sans la vieille confiance en Lui. Sans cela, on perdrait tout courage.

Petites Wasmes,
26 décembre 1878
Borinage, Hainaut

Cher Théo,

127 N Il est temps que je t'écrive à nouveau, tout d'abord pour te présenter mes vœux au seuil de la nouvelle année. J'espère que celle-ci te réservera beaucoup de bonheur, et que la bénédiction du Seigneur favorisera tes entreprises tout au long de l'année qui s'ouvre devant nous.

Il me tarde de recevoir une lettre de toi ; dis-moi comment vont les affaires, comment tu te portes, et — peut-être — si tu as eu l'occasion de voir de belles et remarquables choses ces temps-ci. En ce qui me concerne, tu comprendras qu'il n'y a pas de toiles dans le Borinage, et qu'en règle générale on y ignore même ce que c'est qu'une toile. Il va sans dire que je n'ai plus vu d'œuvres d'art depuis mon départ de Bruxelles. Cela n'empêche que la contrée est typique et pittoresque ; tout y parle, pour ainsi dire, et témoigne d'un caractère propre.

Avant Noël, il faisait un temps sombre et il y avait de la neige. Le pays me faisait penser aux toiles moyenâgeuses de Brueghel le Drôle et de tant d'autres qui ont su exprimer de façon émouvante l'effet typique du rouge et du vert, du noir et du blanc. Ce qu'on voit ici me rappelle constamment l'œuvre de Thijs Maris et d'Albert Dürer, par exemple. Il y a des chemins creux bordés de broussailles et d'arbres tordus aux racines enchevêtrées, qui ressemblent parfaitement au chemin de l'eau-forte de Dürer : « Le chevalier et la mort ».

Spectacle curieux ces jours-ci que de voir, le soir, à l'heure du crépuscule, passer les mineurs sur un fond de neige. Ils sont tout noirs quand ils remontent des puits à la lumière du jour, on dirait des ramoneurs. En règle générale, leurs masures sont petites, on devrait dire des cabanes ; elles sont disséminées le long des chemins creux, dans les bois ou sur les versants des collines. Çà et là, on aperçoit un toit recouvert de mousse, et, le soir, les fenêtres à petits carreaux brillent d'un éclat accueillant.

Les jardins et les champs sont entourés de haies de ronces comme chez nous, dans le Brabant, de taillis et de buissons de chênes, et en Hollande, de saules étêtés. La neige qui est tombée ces jours derniers donne à l'ensemble l'aspect d'une feuille de papier blanc couverte d'écriture, telles les pages de l'Évangile.

A plusieurs reprises déjà, j'ai pris la parole en public, dans un local spacieux spécialement aménagé en vue de réunions religieuses. J'ai parlé également dans des réunions tenues le soir dans des maisons ouvrières. J'ai commenté entre autres la ressemblance entre le grain d'ivraie, le figuier stérile et l'aveugle-né. A Noël, j'ai évidemment parlé de l'étable de Bethléem et de la paix sur la terre.

J'espère de tout mon cœur trouver ici, avec la grâce de Dieu, un emploi stable.

Il y a partout à la ronde des cheminées gigantesques et d'énormes tas de charbon à l'entrée des mines, nommées Charbonnages. Tu connais le grand dessin de Bosboom : « Chaudfontaine » ; il rend très bien le caractère de ce pays. Ici, on n'extrait que du charbon, mais il y a des carrières dans le Nord du Hainaut, et l'on trouve du fer à Chaudfontaine. Je pense encore souvent au jour où tu es venu à Bruxelles, et à notre visite au musée. Il m'arrive bien des fois de souhaiter que tu n'habites pas au diable et que nous puissions nous voir davantage. Écris-moi vite. Je ne me lasse pas de regarder l'eau-forte « Un jeune citoyen ».

Il n'est pas facile de comprendre le langage des mineurs, mais eux, en revanche, comprennent bien le français, à condition de le parler vite et couramment ; il ressemble alors à leur patois qui se débite, lui, avec une rapidité étonnante.

Cette semaine, j'ai commenté un texte des *Actes,* XVI, 9 « Et Paul eut de nuit la vision d'un Macédonien qui se présenta devant lui, et le pria, disant : Passe en Macédoine et nous aide. » On m'a écouté avec attention quand je me suis efforcé de décrire ce Macédonien, qui avait faim et soif des consolations de l'Évangile et de la connaissance du vrai Dieu. Je leur ai dit que nous devons nous le représenter comme un ouvrier dont le visage trahit la douleur, la souffrance et la fatigue ; comme un ouvrier parmi d'autres, aussi simple que les autres, qui possédait une âme immortelle, et c'était son âme qui réclamait une nourriture impérissable, savoir la parole divine. Je leur ai encore dit que Jésus-Christ est un Maître capable de réconforter, de consoler et de soulager l'ouvrier qui mène une dure existence, parce qu'Il est l'homme de toutes les douleurs, celui qui connaît tous nos maux, qui a été appelé le fils du charpentier, bien qu'Il fût le Fils de Dieu, celui qui travailla trente années dans l'humble atelier de son père pour se conformer à la volonté de Dieu. Dieu ne demande rien d'autre à l'homme que de vivre, à l'imitation du Christ, humblement, sans convoiter rien de sublime et sans rechigner à la modestie de son existence, apprenant à être toujours, par les vertus de l'Évangile, doux et humble de cœur.

J'ai déjà eu l'occasion de visiter quelques malades ; ils sont nombreux ici. Aujourd'hui, j'ai écrit au président du Comité d'Évangélisation, pour lui demander que mon cas soit examiné à la prochaine réunion.

Il a dégelé cette nuit. Je ne saurais dire combien le pays est pittoresque par ce temps, lorsque la neige fond et que les champs noirs portant le vert du blé d'hiver réapparaissent. Les étrangers doivent trouver que les villages de ce pays sont de véritables labyrinthes, avec leurs innombrables ruelles et passages bordés de maisonnettes ouvrières, tant au pied des collines que sur leurs versants et à leur sommet. On ne saurait mieux les comparer qu'à un village de Scheveningen, surtout dans les bas quartiers, ou aux villages bretons que nous connaissons d'après les peintures.

D'ailleurs, tu as traversé le pays en train, pour gagner Paris. Il se peut donc que tu en aies conservé un vague souvenir. Les temples protestants sont petits ; ils ressemblent à celui de Hoeve, mais un peu plus grands. Celui où j'ai pris la parole n'est qu'une simple salle pouvant contenir au besoin une centaine de personnes. Par ailleurs, j'ai assisté à un service religieux dans une espèce d'étable ou de grange. Je veux dire que c'est modeste et primitif.

Écris-moi vite, si tu as le temps.

Sache que je pense à toi souvent, pour ne pas dire tout le temps. Je te réitère mes vœux : que Dieu t'accorde sa bénédiction dans le courant de la nouvelle année ! Je te serre la main en pensée, et crois-moi toujours

ton frère affectionné, *Vincent.*

Présente mes salutations aux Roos, et à tous ceux qui pourraient te demander de mes nouvelles.

Si tu m'écris, veuille m'adresser ta lettre chez M. Van der Haegen, colporteur à Paturages, près de Mons. Borinage. Hainaut.

Je viens de me rendre chez une vieille grand-mère, dans une famille de mineurs. Elle est gravement malade, mais elle a la foi et est résignée. J'ai lu avec elle un chapitre de la Bible, puis nous avons prié ensemble. La population est vraiment originale par sa simplicité et sa bonté, comme la population brabançonne de Zundert et d'Etten.

(mars 1879)

Cher Théo,

Pa et Moe m'ont écrit que tu es allé les surprendre dernièrement, 128 N
justement quand Pa venait de rentrer d'ici. Je suis très content que Pa soit venu. Nous avons rendu visite ensemble à trois pasteurs du Borinage, nous nous sommes promenés dans la neige, nous avons été reçus dans une maison de mineurs, nous avons vu monter du charbon d'une mine appelée « Les trois Diefs », et nous avons encore assisté à deux lectures de la Bible. C'est dire si ces deux journées ont été bien remplies. Je crois que Pa a emporté du Borinage une impression qu'il n'oubliera pas facilement ; ce serait d'ailleurs le cas pour tous ceux qui viendraient dans cette contrée étrange et pittoresque.

Je ne t'ai plus écrit depuis un bon moment. Je souhaite de tout cœur réussir ici, avec la grâce de Dieu. Dans l'affirmative, tu devras venir me voir un jour, soit quand tu devras aller encore une fois à Paris, soit quand tu entreprendras un voyage d'affaires pour les besoins de la firme.

Ces jours-ci, j'ai vu une liste de toutes les veines de houille au sud de Mons, chez un homme d'un certain âge qui a travaillé plusieurs années dans la mine ; elles sont au nombre de cent cinquante-cinq.

Le pays et la population me séduisent chaque jour davantage. On se croirait dans la bruyère ou dans les dunes ; les gens ont quelque chose de simple et de bon.

Ceux qui quittent cette région en gardent la nostalgie, tandis que les étrangers y perdent la nostalgie de leur pays et s'adaptent aisément.

Comment vont Mauve et Maris, as-tu vu quelque chose d'intéressant ces temps derniers ?

Le printemps qui commence renouvellera les motifs et en offrira un autre choix. Et Israëls, qu'est-ce qu'il a fait cet hiver ?

Ici, bien des choses retiendraient leur attention. Lorsque la charrette attelée d'un cheval blanc *(l'Blanc ch'val)* ramène un blessé de la mine, on est frappé par des détails qui font penser au naufragé d'Israëls. A chaque instant, on est empoigné par quelque particularité.

Écris-moi vite quelques mots, et ne perds pas de vue que je comprends encore peu ou prou quand tu me parles peinture, bien qu'il y ait belle lurette que je n'ai plus vu de toiles.

J'ai loué une petite maison que j'aimerais occuper seul, mais comme Pa trouve préférable que je loge chez Denis, elle me sert seulement d'atelier et de cabinet de travail. J'ai accroché aux murs des gravures et toutes sortes d'objets.

Mais je dois m'en aller visiter des bien portants et des malades. Réponds-moi vite, je te souhaite tout le bien possible.

Salue Mauve de ma part si tu le vois, de même que tes hôtes.

Le printemps commence, car on entend chanter les alouettes, et dans les bois les branches se mettent à bourgeonner, surtout celles des aunes. Quand Pa était ici, la neige recouvrait tout, de sorte qu'il a pu voir le spectacle pittoresque des charbonnages noirs et des innombrables cheminées noires émergeant de la neige. Il y a dans ce pays bien des endroits qui évoquent le dessin de Bosboom, « Chaudfontaine ».

A Dieu, poignée de main en pensée, et crois-moi toujours

ton frère affectionné, *Vincent.*

Wasmes, avril 1879

Cher Théo,

129 N Il est temps de te donner à nouveau de mes nouvelles. On m'a écrit de la maison que tu es allé passer quelques jours à Etten, et que tu étais en voyage pour le compte de la firme. Je me plais à croire que ton voyage s'est passé à souhait. Je m'imagine qu'à cette époque de l'année tu fais de temps à autre une excursion dans les dunes de Scheveningen. La campagne est très agréable ici au

printemps ; il y a par-ci par-là des endroits où l'on pourrait se croire dans les dunes, à cause des collines. Il y a peu de temps, j'ai fait une excursion intéressante : j'ai passé six heures au fond d'une mine.

Dans une des plus anciennes et des plus dangereuses des environs qu'on nomme « Marcasse ». Elle jouit d'une très mauvaise renommée parce que de nombreux mineurs y ont trouvé la mort, soit à la descente, soit à la remontée, soit par suite de l'air méphitique, des coups de grisou, de l'eau souterraine ou de l'effondrement d'anciennes galeries, etc. C'est un lieu lugubre ; à première vue, tout dans ces parages semble sinistre et funèbre.

La plupart des ouvriers sont maigres et pâles de fièvre ; ils ont l'air fatigués, épuisés ; ils sont tannés et vieillis avant l'âge ; en règle générale, leurs femmes sont, elles aussi, blêmes et fanées. Autour du charbonnage, de misérables cahutes de mineurs et quelques arbres morts, noircis par la fumée, des haies de ronces, des tas de saletés et de cendres, des montagnes de charbon inutilisable, etc. Maris en ferait une toile admirable.

J'essaierai tantôt d'en faire un croquis, afin que tu puisses en avoir une idée.

J'avais un bon guide, un homme qui a travaillé au fond durant trente-trois ans, aimable et patient ; il a fait de son mieux pour m'expliquer tout.

Nous sommes descendus ensemble à 700 mètres de profondeur et nous avons été voir les coins les plus reculés de ce monde souterrain. On appelle *maintenages* ou *gredins* les cellules où travaillent les mineurs, et les plus éloignées de la sortie, les *caches* (lieux mystérieux, lieux où l'on cherche).

Cette mine a cinq étages. Les trois étages supérieurs sont épuisés et par conséquent abandonnés ; on n'y travaille plus parce qu'on n'y trouve plus de charbon. Si quelqu'un s'avisait de faire un croquis de ces *maintenages*, il ferait quelque chose de neuf, quelque chose d'inouï, ou plus exactement de jamais vu. Imagine-toi une série de cellules dans une galerie assez étroite et fort basse, soutenue par une charpente rudimentaire. Dans chacune de ces cellules, un ouvrier revêtu d'un costume de toile grossière, crasseux et maculé comme celui d'un ramoneur, détache le charbon à coups de hache, à la faible lumière d'une petite lampe.

Dans certaines de ces cellules l'ouvrier se tient debout, dans d'autres *(veines tailles à plat)* il est couché par terre (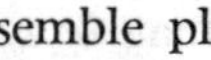 *tailles à droit,* *tailles à plat).* Cet aménagement ressemble plus ou moins aux alvéoles d'une ruche, au sombre couloir d'une geôle souterraine, à une théorie de petits métiers à tisser, ou plus exactement à une série de fours à pain comme on en voit chez les paysans, ou encore aux compartiments d'un caveau. Les galeries ressemblent aux grandes cheminées des fermes brabançonnes.

Dans ces galeries, l'eau suinte de partout et la clarté de la lampe, qui produit un effet étrange, a les mêmes reflets que dans une grotte de stalactites. Une partie des ouvriers travaillent dans les *maintenages,* d'autres chargent des blocs de charbon dans les bennes qu'on pousse sur des rails semblables à ceux d'un tram ; parmi ces derniers, il y a beaucoup d'enfants, filles aussi bien que garçons. J'ai vu à 700 mètres de profondeur une écurie peuplée de quelque sept vieux chevaux, qui doivent traîner plusieurs bennes à la fois vers l'*accrochage,* c'est-à-dire l'endroit où on les remonte. D'autres ouvriers sont encore occupés à la réfection d'anciennes galeries qui menacent de s'effondrer, ou à en creuser de nouvelles. De même que les marins ont la nostalgie de la mer quand ils sont à terre, en dépit des dangers et des peines qui les guettent, le mineur préfère se trouver en dessous de la terre ferme que dessus.

Les villages ont un air désolé, désert, mort, parce que la vie est concentrée sous le sol et non dessus. On pourrait vivre ici bien des années sans se rendre compte de cet état des choses, il faut comprendre dans la mine pour comprendre beaucoup.

Les habitants sont illettrés et très ignorants, mais intelligents, habiles dans leur métier, courageux et jaloux de leur liberté ; ils sont généralement de petite taille, ont des épaules carrées et des yeux profondément enfoncés dans les orbites. Ils sont très dégourdis et abattent beaucoup de besogne. Très nerveux au demeurant, je ne veux pas dire faibles, mais sensibles. Ils sont animés d'une haine féroce et profonde et d'une méfiance instinctive envers ceux qui voudraient leur imposer la loi. Pour frayer avec les mineurs, il faut se faire mineur, ne pas affecter des airs prétentieux ni des manières orgueilleuses ou pédantes, sinon il n'y a pas moyen de s'entendre avec eux et on ne peut gagner leur confiance.

Est-ce que je t'ai déjà parlé de ce mineur qui avait été affreusement brûlé par un coup de grisou ? Dieu merci, il en est remis à présent, il sort à nouveau et commence à se promener pour réapprendre à marcher ; ses mains sont encore très faibles et il ne pourra s'en servir avant longtemps pour travailler, mais il est sauvé. Il y a eu également de nombreux cas de fièvre typhoïde et de fièvre maligne, ce qu'on appelle ici la *sotte fièvre,* qui provoque des rêves lugubres, des cauchemars, et fait délirer. Voilà bien des malades, des alités, des amaigris, des affaiblis et des misérables. Je connais une maison dont tous les habitants ont la fièvre, ces gens n'ont que peu ou pas d'aide, les malades soignent donc les malades. *Ici, ce sont les malades qui soignent les malades,* me disait la femme, *comme le pauvre est l'ami du pauvre.*

As-tu vu de belles choses ces temps derniers ? Il me tarde de recevoir une lettre de toi.

Israëls a-t-il beaucoup travaillé ces temps-ci ? Il y a quelques jours, un poulain est né dans l'écurie, un charmant petit animal qui se trouvait solidement planté sur ses pattes au bout de peu de temps.

Les ouvriers ont des chèvres ; on voit aussi des agneaux dans toutes les maisons de mineurs, ainsi que des lapins presque partout.

Je dois m'en aller visiter les malades, c'est-à-dire que je dois déposer la plume. Donne-moi vite de tes nouvelles, si tu as le temps. Que tout aille pour le mieux, et crois-moi, avec une poignée de main,

ton frère affectionné, *Vincent.*

Descendre dans la mine laisse une impression plutôt lugubre. On descend dans une espèce de panier ou de cage, comme un seau dans un puits, mais le puits a 600 à 700 mètres de profondeur ; à l'arrivée, si on lève les yeux, on entrevoit une lueur pas plus grande qu'une étoile dans le ciel.

C'est la même sensation qu'on éprouve lorsqu'on se trouve pour la première fois à bord d'un bateau en pleine mer ; plus désagréable, elle ne dure pas longtemps, heureusement. Les mineurs s'y habituent vite mais gardent néanmoins une espèce d'effroi et d'horreur qui ne les quitte plus, non sans raison d'ailleurs.

Dès qu'on est arrivé en bas, le mauvais pas est franchi, et la peine qu'on s'est donnée se trouve largement compensée par tout ce qu'on voit.

Voici mon adresse : Vincent Van Gogh, chez Jean-Baptiste Denis, rue du Petit Wasmes, Wasmes (Borinage, Hainaut).

Wasmes, juin 1879

Cher Théo,

130 N Il est déjà relativement tard, presque minuit, mais je veux quand même t'écrire quelques lignes aujourd'hui. D'abord, parce que je ne t'ai plus écrit depuis longtemps — que veux-tu que je t'écrive, mon vieux ? Je suis débordé de besogne, tant et si bien que les jours passent sans me laisser le loisir de réfléchir et de m'occuper d'un tas de choses qui m'intéresseraient en d'autres circonstances.

Ce qui me porte surtout à t'écrire, c'est que j'ai appris de Pa et Moe qu'on t'a fait une proposition, savoir que tu ailles séjourner six semaines à Paris. Si tu y vas, tu passeras par le Borinage.

Je me permets de te suggérer de t'arrêter ici une journée ou davantage, si c'est possible. J'aimerais beaucoup que tu connaisses ce pays, puisqu'il offre beaucoup de choses typiques, surtout aux yeux de ceux qui savent observer. Ne serait-il pas intéressant, pour quelqu'un qui n'a jamais vu un village du littoral, de visiter Scheveningen, Katwijk ou n'importe quel autre bourg ? Or, s'il n'y a pas la mer ici, tout y est typique, intéressant, et vaut la peine d'être connu. Ainsi donc, si tu en as envie, l'occasion et le temps, arrête-toi ici, mais préviens-moi de ton passage, et aussi en quelle gare et à quel train je pourrai t'attendre.

Je confierai la présente à Moe quand elle passera ici, car je la verrai probablement quand elle reviendra de Paris *. Je suis très désireux de la revoir.

Par bonheur, il paraît que l'oncle est provisoirement hors de danger. J'ai été très sensible à la nouvelle de la mort de Frans Soek ; j'aimerais apprendre quelques détails à ce propos, si tu en connais. Pauvre vieux, il n'a pas eu une vie facile, il a dû beaucoup lutter.

Il y a quelques jours, nous avons eu vers 11 heures du soir un orage épouvantable. Tout près d'ici, il y a une hauteur d'où l'on aperçoit dans le lointain, au fond de la vallée, une partie du Borinage avec ses cheminées, ses monticules de houille, ses maisons ouvrières, et pendant la journée toute une agitation de silhouettes noires qu'on prendrait pour des fourmis. Au bord de l'horizon, on

* Leur mère avait dû se rendre à Paris pour soigner l'oncle Vincent.

distingue quelques bois de sapins sur lesquels se détachent des maisonnettes blanches, des clochetons, un vieux moulin, etc. La plupart du temps, il flotte là-bas une sorte de brume, ou bien c'est un effet capricieux de lumière et d'ombre provoqué par les nuages ; cela fait penser aux tableaux de Rembrandt, de Michel ou de Ruysdaël.

Pendant l'orage qui avait éclaté au milieu d'une nuit noire comme l'enfer, les lueurs des éclairs illuminaient tout ce paysage l'espace d'un instant, et produisaient d'étranges effets. Au premier plan, les grandes constructions de la mine « Marcasse » qui s'élèvent solitaires dans la plaine, évoquaient vraiment, cette nuit-là, l'arche de Noé, telle qu'elle devait être sous la pluie battante quand un éclair déchirait les ténèbres du déluge. A la suite des impressions produites par cet orage, j'ai lu ce soir à mes auditeurs, le récit biblique d'un naufrage. Je relis souvent des pages de *La Case de l'Oncle Tom.* L'esclavage existe encore partout en ce monde, et le problème a été traité dans cet ouvrage merveilleux avec une sagesse, un amour, une ferveur et un souci exemplaire du bien-être des pauvres opprimés ; on le rouvre toujours machinalement, et on y fait à chaque coup de nouvelles découvertes.

Je ne connais pas encore de meilleure définition de « l'art » que celle-ci : *L'art, c'est l'homme ajouté à la nature* — la nature, la réalité, la vérité, dont l'artiste fait ressortir le sens, l'interprétation, le caractère, qu'il exprime, *qu'il dégage,* qu'il démêle, qu'il libère, qu'il éclaircit.

Une toile de Mauve ou d'Israëls nous dit bien plus que la nature elle-même, et nous le dit plus clairement. Il en est de même des livres, particulièrement de *La Case de l'Oncle Tom* où l'artiste, présentant les choses sous un jour nouveau, a renouvelé notre vision, bien que son ouvrage, publié il y a déjà plusieurs années, commence à faire figure d'ancêtre. Il déborde de sentiments subtils ; c'est une œuvre très étudiée, vraiment magistrale. Elle a été composée avec beaucoup d'amour, beaucoup de sincérité, beaucoup de loyauté. Elle a peu d'éclat, elle est simple, mais sublime, noble et très distinguée.

Un de ces derniers jours, j'ai lu un ouvrage sur le pays minier anglais qui n'est pas très riche en détails.

Récemment, j'ai fait la connaissance d'un homme qui a été porion pendant plusieurs années. D'origine modeste, il est le fils de ses œuvres. Il souffre d'une maladie de poitrine assez grave et n'est plus en état de descendre dans la mine.

Il est intéressant de l'entendre parler de son métier. Il est demeuré l'ami des ouvriers, contrairement à tant d'autres qui ne s'élèvent que pour l'argent, non pour se distinguer véritablement ; ceux-ci sont animés de mobiles moins nobles, voire vulgaires. Il a un cœur d'ouvrier loyal, honnête et courageux, mais pour la culture générale, il est supérieur à la plupart de ses compagnons.

Plus d'une fois, au moment d'une grève, il fut le seul à savoir parler aux ouvriers ; ceux-ci ne voulaient écouter que lui, dédaignaient les conseils de tous et ne prétendaient obéir qu'à lui aux heures critiques. Quand je le vis pour la première fois, je songeai à l'eau-forte de Meissonier, que tu connais certainement : « Le liseur ».

Un fils de Denis est plus ou moins fiancé à sa fille, c'est pourquoi il vient ici, mais rarement. C'est d'ailleurs ici que j'ai fait sa connaissance. Depuis lors, je suis allé plusieurs fois chez lui.

As-tu jamais lu *Les Pères et les Enfants,* de Legouvé ? C'est une œuvre remarquable qui m'a été prêtée par cet homme et que j'ai lue avec beaucoup d'intérêt.

Il y a quelques jours, j'ai reçu une lettre du pasteur Jones, d'Isleworth. Il me suggère de construire de petites églises en bois dans le Borinage. Est-ce possible, est-ce souhaitable ? Il serait disposé à faire quelque chose pour aider à construire la première bâtisse de ce genre.

Il parle même de venir ici au printemps, pour en discuter.

Je serais vraiment heureux si ce projet pouvait se réaliser.

Écris-moi un mot si tu as le temps, et arrête-toi ici, si c'est possible, quand tu gagneras Paris. En tout cas, fais-moi savoir par quel train tu passeras dans l'une ou l'autre gare des environs de Wasmes, je tâcherai d'être là.

Que tes entreprises soient bénies, et crois-moi toujours,

ton frère affectionné, *Vincent.*

Cuesmes, 5 août 1879

Cher Théo,

131 N Je t'écris en toute hâte. Est-ce que tu comptes aller bientôt à Paris ? Dans l'affirmative, écris-moi le jour et l'heure de ton passage, il y

aura probablement moyen de nous voir à la gare. Je ne demanderais pas mieux que tu aies le temps de t'attarder ici soit un jour, soit plus d'un jour, soit moins d'un jour.

Je pourrais te montrer quelques croquis, des types du terroir ; je ne veux pas dire qu'ils valent la peine de descendre du train, mais tu découvriras peut-être des détails qui te plairont dans la nature et dans le pittoresque de toutes choses, car tout est typique et pittoresque dans ce pays.

As-tu déjà lu *Les Temps difficiles* de Dickens ? Je te signale le titre en français, parce qu'il existe une très bonne traduction française à 1 fr 25, aux Éditions Hachette, dans la *Bibliothèque des meilleurs romans étrangers.*

C'est un chef-d'œuvre ; l'auteur a brossé dans cet ouvrage le portrait très émouvant et très sympathique d'un ouvrier nommé Stephen Blackpool.

Dernièrement, j'ai été à Bruxelles, et aussi à Maria-Hoorebeke et à Tournai ; j'ai fait une partie de ces trajets à pied.

J'habite pour le moment à l'adresse suivante :

M. Frank, Évangéliste à Cuesmes (près de Mons) au Marais.

Ces jours-ci, il y a eu beaucoup d'orages.

Voyons, mon vieux, s'il y a moyen de s'arranger, arrête-toi ici du moins entre deux trains ?

J'ai précisément eu l'occasion de voir un atelier, celui du pasteur Pietersen, qui peint à la manière de Schelfhout ou de Hoppenbrouwers, et il s'y connaît en peinture !

Il m'a demandé un de mes croquis représentant un type de mineur. Je dessine souvent tard dans la nuit, pour fixer quelques souvenirs et consolider les idées que me suggère la vue des choses.

Mais le temps me manque, mon vieux ! Il faut absolument que j'écrive à M. Tersteeg pour le remercier de la boîte de couleurs qu'il m'a envoyée, ainsi que du carnet de dessin qui est déjà à moitié plein.

J'ai acheté à Bruxelles un grand album à dessin, en papier Vieille Hollande, chez un bouquiniste.

Aurai-je le plaisir de te revoir ? Tu seras le bienvenu. Je te promets un ouvrage de Dickens, *Les Temps difficiles,* si tu veux venir le chercher ; sinon je te l'enverrai à la première occasion.

A Dieu, je te serre la main en pensée, et crois-moi toujours,

Yours truly, *Vincent.*

(15 octobre 1879)

Cher Théo,

132 N Je t'écris surtout pour te remercier de ta visite. Nous ne nous étions plus revus depuis longtemps et nous n'avions plus guère échangé de correspondance, comme nous en avions autrefois l'habitude. Il vaut mieux, n'est-il pas vrai, que nous restions quelque chose l'un pour l'autre, plutôt que de nous comporter comme des cadavres, d'autant plus que cela frise l'hypocrisie, sinon la niaiserie de faire le cadavre avant d'avoir acquis le droit à ce titre par un décès légal. Je songe à la niaiserie d'un gamin de quatorze ans qui s'imaginerait que sa dignité et son rang social l'obligent à porter un haut-de-forme. Ainsi donc, les heures que nous avons passées ensemble nous ont convaincus que nous appartenions encore au royaume des vivants.

Lorsque je t'ai revu et que je me suis promené en ta compagnie, j'ai éprouvé un sentiment qui était autrefois plus intense qu'à présent : c'est que la vie nous offre quelque chose de bon et de précieux que nous devons savoir apprécier ; je me sentais plus enjoué et plus allègre que je ne l'avais été depuis longtemps. Peu à peu, comme d'instinct, je me suis mis à trouver la vie moins précieuse et moins intéressante, je devenais en quelque sorte indifférent — j'en ai du moins l'impression. Mais lorsqu'on a l'occasion de vivre parmi les siens, on se rend compte qu'il y a là tout de même une raison de vivre, qu'on n'est pas tout à fait un propre-à-rien, un parasite, qu'on est même peut-être bon à quelque chose puisqu'on a besoin l'un de l'autre et qu'on a, sur le même chemin, des *compagnons de route.* Le sentiment de notre dignité dépend en grande partie de nos relations avec les autres.

Un prisonnier qui serait condamné à la solitude et qui ne pourrait plus travailler, etc., s'en ressentirait à la longue, surtout si cet « à la longue » dure trop longtemps, de même que celui qui souffrirait trop longtemps de la faim. Moi aussi, j'ai besoin de relations amicales, affectueuses. Je ne suis pas une fontaine publique, ni un réverbère en pierre ou en fer ; je ne puis donc m'en passer, sous peine de vivre, comme tout homme normal et instruit, avec une étrange sensation de vide, avec le sentiment qu'il me manque quelque chose. Je te dis tout cela afin que tu comprennes quel bien ta visite m'a fait.

J'espère que nous ne deviendrons jamais des étrangers l'un pour l'autre, et je souhaite de même ne jamais me détacher de ceux qui sont restés à la maison.

Pourtant, rentrer ne me dit rien pour le moment, je préfère demeurer ici. Evidemment, il est bien possible que tout cela soit de ma faute et que tu aies raison lorsque tu prétends que je ne suis pas clairvoyant. Je ne veux donc pas exclure l'éventualité d'un retour à Etten, malgré mon aversion et encore qu'il m'en coûterait beaucoup de le faire.

En songeant avec reconnaissance à ta visite, je me remémore naturellement nos conversations. J'ai déjà entendu plusieurs exposés de ce genre, même beaucoup, oui, très souvent : projets en vue d'améliorer mon sort ou de m'orienter dans un autre sens, exhortations à l'énergie, etc., mais — ne te scandalise pas, car j'en ai peur — mes espérances ont toujours été déçues quand il m'est arrivé de prêter l'oreille à de tels conseils. La plupart du temps, ce n'étaient que projets irréalisables. J'ai encore présent à la mémoire le temps passé à Amsterdam. Tu en as été témoin, tu sais donc très bien comment on a pesé et soupesé, discuté et délibéré, sagement réfléchi, et qu'il n'y avait en tout cela que les meilleures intentions du monde. Pourtant, le résultat a été pitoyable ; ce fut une entreprise idiote, vraiment stupide. Il m'arrive encore d'en avoir froid dans le dos.

Ce fut la pire époque de ma vie. En comparaison de ces jours-là, la vie difficile et pénible que je mène en ce pays miséreux, dans ce milieu sans culture, me semble désirable et séduisante. Je craindrais d'en arriver à un résultat aussi pitoyable si je suivais certains conseils distribués pareillement avec la meilleure intention du monde.

Des expériences de ce genre sont trop fortes pour moi, et les dégâts, les peines et les remords trop grands ? Les dommages subis devraient nous rendre plus sages. Qu'est-ce qui pourra le faire ? Je ne suis pas prêt à continuer mes efforts en vue d'arriver au but qui m'a été assigné, comme on disait alors, parce que mes ambitions ont reçu une douche froide et que je considère à présent les choses d'un autre point de vue, encore que tout cela sonne bien à l'oreille et paraisse joli, et qu'il ne me soit pas permis de penser ce que l'expérience m'a appris.

Mais oui, cela n'est pas permis, comme beaucoup d'autres choses. Par exemple, Frank l'évangéliste estime qu'il n'est pas permis que j'affirme que les prêches du pasteur Jean Andry ne sont guère plus conformes à l'esprit de l'Évangile que les sermons d'un curé. Je préfère mourir de mort naturelle plutôt que de me laisser préparer à la mort par l'Académie, et il m'arrive de recevoir d'un tâcheron des leçons qui me semblent plus utiles que des leçons de grec.

Me rendre plus parfait, est-ce que je ne le désirerais pas, ou bien n'en aurais-je pas besoin ? J'aspire à me perfectionner. Mais c'est parce que j'y aspire que j'ai peur des *remèdes pires que le mal.* Peut-on reprocher au malade de jauger son médecin et de ne pas accepter d'être mal soigné ou d'être soigné comme par un charlatan ?

Est-ce qu'un homme atteint de tuberculose ou de fièvre typhoïde est coupable s'il prétend qu'un médicament plus efficient que la tisane d'orge lui serait profitable, voire nécessaire, et s'il doute de l'effet énergique de la tisane d'orge en elle-même ?

Le médecin qui lui a prescrit sa tisane d'orge n'a aucune raison de prétendre que son malade est une tête de mule et qu'il creuse lui-même sa tombe, s'il refuse de prendre ses médicaments — non, car ce malade n'est pas récalcitrant. Il y a simplement que le remède ne vaut rien ; tout en étant « ça », ce n'est pas « ça ».

En voudrais-tu à quelqu'un qui demeure froid devant un tableau que le catalogue attribue à Memling, mais qui est sans valeur artistique et qui n'a rien de commun avec Memling, si ce n'est qu'il date de l'époque gothique ? Si tu déduisais de ce que je viens d'écrire que je prétends que tu m'as donné des conseils de charlatan, tu m'aurais compris de travers, car j'ai une autre opinion de toi.

D'autre part, si tu croyais que j'ai estimé un moment utile et salutaire pour moi de suivre à la lettre tes conseils et de me faire lithographe d'en-têtes pour factures ou de cartes de visite, ou comptable, ou apprenti charpentier, ou encore, toujours selon toi, boulanger — et un tas de solutions de ce genre, toutes remarquablement disparates et difficilement réalisables, que tu as mises alors en avant, tu te tromperais également. Tu me diras que tes conseils ne doivent pas être suivis à la lettre, que tu me les as donnés parce que tu as cru que je me plaisais à faire le rentier et que tu as estimé que cela avait assez duré.

Me sera-t-il permis de te faire remarquer que ma façon de faire le rentier est une façon assez curieuse de tenir ce rôle ? Il m'est difficile de me défendre contre cette accusation, mais je serais peiné que tu n'en viennes pas un jour ou l'autre à modifier ton point de vue. Je ne sais pas trop si je ferais bien, pour réfuter des accusations de ce genre, de suivre ton conseil de devenir boulanger, par exemple. Ce serait évidemment une réplique péremptoire (en supposant qu'on puisse se métamorphoser instantanément en boulanger, en coiffeur ou en bibliothécaire), mais ce serait vraiment une sotte réplique. Cela me fait penser à l'histoire de cet homme qu'on avait accusé de cruauté parce qu'il s'était perché sur le dos de son âne ; alors, il avait mis pied à terre et il avait continué sa route, portant l'âne sur ses épaules.

Blague à part, je crois sincèrement qu'il vaut mieux que nos relations soient empreintes de confiance réciproque. Sentir que je suis devenu un boulet ou une charge pour toi et pour les autres, que je ne suis bon à rien, que je serai bientôt à tes yeux comme un intrus et un oisif, de sorte qu'il vaudrait mieux que je n'existe pas ; savoir que je devrai m'effacer de plus en plus devant les autres – s'il en était ainsi et pas autrement, je serais en proie à la tristesse et victime du désespoir.

Il m'est très pénible de supporter cette pensée, plus pénible encore de croire que je suis la cause de tant de discordes et de chagrins dans notre milieu et dans notre famille.

Si cela était, je préférerais ne pas trop m'attarder en ce monde. Tout cela me décourage parfois excessivement, trop profondément, car il arrive qu'à la longue une autre idée germe en même temps en mon esprit : ce n'est peut-être qu'un rêve horrible et angoissant ; peut-être verrons-nous plus clair et comprendrons-nous mieux par la suite. Ou bien, ce rêve est-il une réalité : est-ce que cela ira mieux, est-ce que cela ne s'aggravera pas ? Nombreux sont ceux qui trouveront sans doute que c'est de la superstition, de croire encore à une amélioration. Il fait parfois si froid en hiver qu'on se dit : Il fait trop froid, peu m'importe l'été, le mal l'emporte toujours sur le bien. Mais tôt ou tard, le gel rigoureux prend fin, avec ou sans notre approbation, et un beau matin, le vent surgit d'une autre direction ; c'est le dégel. Quand je compare les variations du temps aux variations de notre état d'âme et de nos conditions de vie, je garde un peu d'espoir : cela finira peut-être mieux que nous ne le pensons.

Peut-être m'écriras-tu bientôt ; le cas échéant, cela me ferait plaisir.

Si tu veux m'écrire, voici mon adresse : J. B. Denis, rue du Petit Wasmes, à Wasmes (Hainaut).

Après ton départ, je suis allé à Wasmes, dans la soirée. Depuis lors, j'ai encore dessiné un portrait.

A Dieu, poignée de main en pensée, et crois-moi

Yours truly, *Vincent.*

Désespéré de constater une fois de plus son échec, blessé par les conseils de sagesse que lui a donnés son cadet, Vincent rompt avec Théo et cesse de lui écrire au cours de cet hiver de 1879, le plus terrible, sans doute, qu'il ait connu.

S'il se décide à lui écrire à nouveau dans l'été de 1880, c'est qu'il a appris que Théo aidait ses parents à subvenir à ses besoins ; mais, s'il choisit ce prétexte, c'est sans doute aussi parce qu'il a besoin de faire le point, de trouver un cœur ami à qui il puisse se confier.

Cette lettre de juillet 1880, il l'écrit en français, sans doute parce que son frère est maintenant à Paris et que lui-même vit dans un pays de langue française. C'est la première lettre de Vincent écrite dans notre langue qui nous ait été conservée et elle est d'une importance capitale. Elle sera suivie par six autres lettres en français — séparées par une en néerlandais. Toutes doivent être lues avec attention car son départ du Borinage marque pour Van Gogh un tournant décisif.

Son père lui ayant promis quelques subsides — fournis en réalité par Théo —, Vincent part brusquement pour Bruxelles en octobre 1880, à pied comme d'habitude, avec quelques hardes et son carton à dessin. Il est décidé à faire une carrière d'artiste et s'installe boulevard du Midi au n° 72.

Il entre en relations avec M. Schmidt, directeur de la succursale à Bruxelles de Goupil et Cie, et tente par son intermédiaire d'entrer en rapport avec des peintres. Grâce à son frère, il fait la connaissance du peintre hollandais Van Rappard qui semble avoir d'abord accueilli avec quelque méfiance ce personnage singulier, mais qui lui permettra au début de 1881 de venir travailler dans son atelier. Une orageuse amitié unira bientôt les deux hommes.

Lorsque Van Rappard regagne la Hollande, Vincent doit renoncer à fréquenter son atelier. Il décide alors de quitter Bruxelles. Il souhaite revoir Théo et, comme son frère doit quitter Paris pour quelque temps afin d'aller rendre visite à ses parents, il décide, en avril 1881, de regagner Etten.

Juillet 1880

Mon cher Théo,

C'est un peu à contre-cœur que je t'écris, ne l'ayant pas fait depuis si longtemps, et cela pour mainte raison. 133 F

Jusqu'à un certain point tu es devenu pour moi un étranger, et moi aussi, je le suis pour toi peut-être plus que tu ne penses, peut-être vaudrait-il mieux pour nous ne pas continuer ainsi. Il est possible que je ne t'aurais pas même écrit maintenant, si ce n'était que je suis dans l'obligation, dans la nécessité de t'écrire, si, dis-je, toi-même tu ne m'eusses pas mis dans cette nécessité-là. J'ai appris à Etten que tu avais envoyé cinquante francs pour moi, hé bien, je les ai acceptés. Certainement à contre-cœur, certainement avec un sentiment assez mélancolique, mais je suis dans un espèce de cul-de-sac ou de gâchis, comment faire autrement ?

Et c'est donc pour t'en remercier que je t'écris.

Je suis, comme tu le sais peut-être, de retour dans le Borinage, mon père me parlait de rester plutôt dans le voisinage d'Etten, j'ai dit non, et je crois avoir agi ainsi pour le mieux. Involontairement je suis devenu plus ou moins dans la famille un espèce de personnage impossible et suspect, quoi qu'il en soit, quelqu'un qui n'a pas la confiance ; en quoi donc pourrais-je en aucune manière être utile à qui que ce soit ?

C'est pourquoi qu'avant tout, je suis porté à le croire, c'est avantageux et le meilleur parti à prendre et le plus raisonnable, que je m'en aille et me tienne à distance convenable, que je sois comme n'étant pas.

Ce qu'est la mue pour les oiseaux, le temps où ils changent de plumage, cela c'est l'adversité ou le malheur, les temps difficiles pour nous autres êtres humains. On peut y rester dans ce temps de mue, on peut aussi en sortir comme renouvelé, mais toutefois cela ne se fait pas en public, c'est guère amusant, c'est pourquoi donc il s'agit de s'éclipser. Bon, soit.

Maintenant quoique cela soit chose d'une difficulté plus ou moins désespérante de regagner la confiance d'une famille toute entière, peut-être pas entièrement dépourvue de préjugés et autres qualités pareillement honorables et fashionables, toutefois je ne désespère pas tout à fait que peu à peu, lentement et sûrement, l'entente cordiale soit rétablie avec un tel ou un tel autre.

Aussi est-il qu'en premier lieu je voudrais bien voir cette entente cordiale, pour ne pas dire davantage, rétablie entre mon père et moi, et puis j'y tiendrais également beaucoup qu'elle se rétablisse entre nous deux.

Entente cordiale vaut infiniment mieux que malentendu.

Je dois maintenant t'ennuyer avec certaines choses abstractes, pourtant je voudrais bien que tu les entendes avec patience. Moi je suis un homme à passions, capable et sujet à faire des choses plus ou moins insensées, dont il m'arrive de me repentir plus ou moins. Il m'arrive bien de parler ou d'agir un peu trop vite, lorsqu'il vaudrait mieux attendre avec plus de patience. Je pense que d'autres personnes peuvent aussi quelquefois faire pareilles imprudences.

Maintenant cela étant, que faut-il faire, doit-on se considérer comme un homme dangereux et incapable de quoi que ce soit ? Je ne le pense pas. Mais il s'agit de tâcher par tout moyen de tirer de ces passions mêmes un bon parti. Par exemple, pour nommer une passion entre autres, j'ai une passion plus ou moins irrésistible pour les livres, et j'ai besoin de m'instruire continuellement, d'étudier, si vous voulez, tout juste comme j'ai besoin de manger mon pain. Toi tu pourras comprendre cela. Lorsque j'étais dans un autre entourage, dans un entourage de tableaux et de choses d'art, tu sais bien que j'ai alors pris pour cet entourage-là une violente passion, qui allait jusqu'à l'enthousiasme. Et je ne m'en repens pas, et maintenant encore *loin du pays, j'ai souvent le mal du pays pour le pays des tableaux.*

Tu te rappelles peut-être bien, que j'ai bien su, (et il se peut bien que je le sache encore), ce que c'était que Rembrandt, ou ce que c'était que Millet, ou Jules Dupré, ou Delacroix, ou Millais, ou M. Maris. Bon — maintenant je n'ai plus cet entourage-là, — pourtant ce quelque chose qui s'appelle âme, on prétend que cela ne meurt jamais, et que cela vit toujours et cherche toujours et toujours, et toujours encore. Au lieu donc de succomber au mal du pays, je me suis dit : le pays ou la patrie est partout. Au lieu donc de me laisser aller au désespoir, j'ai pris le parti de mélancolie active, pour autant que j'avais la puissance d'activité, ou en d'autres termes j'ai préféré la mélancolie qui espère et qui aspire et qui cherche, à celle, qui morne et stagnante, désespère. J'ai donc étudié plus ou moins sérieusement, les livres à ma portée, tels que la Bible et la *Révolution française* de Michelet, et puis l'hiver dernier, Shakespeare, et un peu V. Hugo, et Dickens, et Beecher Stowe, et puis dernièrement Eschyle, et puis plusieurs autres, moins classiques, plusieurs grands petits maîtres. Tu sais bien que tel qu'on range parmi les petits (?) maîtres s'appelle Fabritius ou Bida.

Maintenant celui qui est absorbé en tout cela quelquefois est choquant, shocking, pour les autres, et sans le vouloir, pèche plus ou moins contre certaines formes et usages et convenances sociales.

Pourtant c'est dommage quand on prend cela de mauvaise part. Par exemple, tu sais bien que souvent j'ai négligé ma toilette, cela je l'admets, et j'admets que cela est shocking. Mais voici, le gêne et la misère y sont pour quelque chose, et puis un découragement profond y est aussi pour quelque chose, et puis c'est quelquefois un bon moyen pour s'assurer la solitude nécessaire pour pouvoir approfondir plus ou moins telle ou telle étude, qui vous préoccupe. Une étude très nécessaire cela est la médecine, à peine est-ce un homme, qui ne cherche pas à en savoir tant soit peu, qui ne cherche pas à comprendre au moins de quoi il s'agit, et voilà je n'en sais encore rien du tout. Mais tout cela absorbe, tout cela préoccupe, mais tout cela vous donne à rêver, à songer, à penser. Voilà maintenant que déjà depuis cinq ans peut-être, je ne le sais pas au juste, je suis plus ou moins sans place, errant çà et là ; vous dites maintenant, depuis telle et telle époque tu as baissé, tu t'es éteint, tu n'as rien fait. Cela est-il tout à fait vrai ? Il est vrai que j'ai tantôt gagné ma croûte de pain, tantôt tel ami me l'a donné par grâce, j'ai vécu comme j'ai pu, tant bien que mal, comme cela allait, il est vrai que j'ai perdu la confiance de plusieurs, il est vrai que mes affaires pécuniaires sont dans un triste état, il est vrai que l'avenir est pas mal sombre, il est vrai que j'aurais pu mieux faire, il est vrai que tout juste pour gagner mon pain j'ai perdu du temps, il est vrai que mes études sont elles-mêmes dans un état assez triste et désespérant, et qu'il me manque plus, infiniment plus que je n'ai. Mais cela s'appelle-t-il baisser, et cela s'appelle-t-il ne rien faire ?

Tu diras peut-être : mais pourquoi n'as-tu pas continué, comme on aurait voulu que tu eusses continué, par le chemin de l'université ? Je ne répondrai rien là-dessus que ceci : cela coûte trop cher ; et puis cet avenir-là n'était pas mieux que celui d'à présent sur le chemin où je suis.

Mais dans le chemin où je suis je dois continuer, si je ne fais rien, si je n'étudie pas, si je ne cherche plus, alors je suis perdu. Alors malheur à moi.

Voilà comme j'envisage la chose ; continuer, continuer, voilà ce qui est nécessaire.

Mais quel est ton but définitif diras-tu ; ce but devient plus défini, se dessinera lentement et sûrement, comme le croquis devient esquisse et l'esquisse tableau, au fur et à mesure qu'on travaille plus sérieusement, qu'on creuse davantage l'idée d'abord vague, la première pensée fugitive et passagère, à moins qu'elle devienne fixe.

Tu dois savoir qu'avec les évangélistes cela est comme avec les artistes. Il y a une vieille école académique souvent exécrable, tyrannique, l'abomination de la désolation enfin, des hommes ayant comme une cuirasse, une armure d'acier de préjugés et de conventions, ceux-là quand ils sont à la tête des affaires, disposent des places, et par système de circumlocution cherchent à maintenir leurs protégés et à en exclure l'homme naturel.

Leur Dieu c'est comme le dieu de l'ivrogne Falstaff de Shakespeare « le dedans d'une église », « the inside of a church » ; en vérité certains messieurs évangéliques ? ? ? se trouvent par étrange rencontre (peut-être seraient-ils eux-mêmes, s'ils étaient capables d'émotion humaine, un peu surpris de s'y trouver) plantés au même point de vue que l'ivrogne type en fait de choses spirituelles. Mais il est peu à craindre que jamais leur aveuglement se change en clairvoyance là-dessus.

Cet état de choses a son mauvais côté pour celui qui n'est pas d'accord avec tout cela, et qui de toute son âme et de tout son cœur, et avec toute l'indignation dont il est capable proteste là contre. Pour moi je respecte les académiciens, qui ne sont pas comme ces académiciens-là, mais les respectables sont plus clairsemés qu'on ne croirait à première vue. Maintenant une des causes pourquoi maintenant je suis hors de place, pourquoi pendant des années j'ai été hors de place, cela est tout bonnement parce que j'ai d'autres idées que les messieurs qui donnent les places aux sujets qui pensent comme eux. C'est pas une simple question de toilette comme on me l'a hypocritement reproché, c'est question plus sérieuse que cela, je t'en assure.

Pourquoi je te dis tout cela — non pas pour me plaindre, non pas pour m'excuser sur ce en quoi je puis avoir plus ou moins tort, mais tout simplement pour te dire ceci : Lors de ta dernière visite l'été passé, lorsque nous nous sommes promenés à deux près de la fosse abandonnée qu'on appelle La Sorcière, tu m'as rappelé qu'il y avait un temps où nous étions aussi à nous promener à deux près du vieux canal et moulin de Rijswijk, « et alors, disais-tu, nous étions d'accord sur bien des choses, mais — as-tu ajouté — depuis lors tu as bien changé, tu n'es plus le même ». Hé ! bien, cela n'est pas tout à fait ainsi, ce qui a changé, c'est qu'alors ma vie était moins difficile, et mon avenir moins sombre en apparence, mais quant à l'intérieur, quant à ma manière de voir et de penser, cela n'a pas changé, seulement si en effet il y aurait changement, c'est que maintenant je pense, et je crois, et j'aime plus sérieusement, ce qu'alors aussi déjà je pensais, je croyais, et j'aimais. Ce serait donc un malentendu si tu persisterais à croire que par exemple maintenant je serais moins chaleureux pour Rembrandt, ou Millet, ou Delacroix, ou qui ou quoi que ce soit, car c'est le contraire, seulement voyez-vous, il y a plusieurs choses qu'il s'agit de croire et d'aimer, il y a du Rembrandt dans Shakespeare, et du Corrège en Michelet, et du Delacroix dans V. Hugo et puis il y a du Rembrandt dans l'Évangile ou de l'Évangile dans Rembrandt, comme on veut, cela revient plus ou moins au même, pourvu qu'on entende la chose en bon entendeur, sans vouloir la détourner en mauvais sens et si on tient compte des équivaux des comparaisons, qui n'ont pas la prétention de diminuer les mérites des personnalités originales. Et dans Bunyan il y a du Maris ou du Millet et dans Beecher Stowe il y a du Ary Scheffer.

Si maintenant tu peux le pardonner à un homme d'approfondir les tableaux, admets aussi que l'amour des livres est aussi sacré que celui de Rembrandt, et même je pense que les deux se complètent.

J'aime fort le portrait d'homme par Fabritius, qu'un certain jour, nous promenant aussi à deux, nous avons longtemps regardé au musée d'Haarlem. Bon, mais j'aime tout autant *Richard Carton* de Dickens, dans son Paris et Londres en 1793, et je pourrais te montrer d'autres figures étrangement saisissantes dans d'autres livres encore, avec ressemblance plus ou moins frappante. Et je pense que Kent, un homme dans *King Lear* de Shakespeare, est tout aussi noble et distingué personnage que telle figure de Th. de Keyser, quoique Kent et King Lear sont sensés avoir vécu longtemps auparavant. Pour ne pas en dire davantage. Mon Dieu comme cela est beau Shakespeare ! Qui est mystérieux comme lui ? Sa parole et sa manière de faire équivaut bien tel pinceau frémissant de fièvre et d'émotion. Mais il faut apprendre à lire, comme on doit apprendre à voir, et apprendre à vivre.

Donc tu ne dois pas penser que je renie ceci ou cela, je suis un espèce de fidèle dans mon infidélité, et quoiqu'étant changé, je suis le même, et mon tourment n'est autre que ceci : à quoi pourrais-je être bon, ne pourrais-je pas servir et être utile en quelque sorte, comment pourrais-je en savoir plus long et approfondir tel et tel sujet ? Vois-tu cela me tourmente continuellement, et puis on se sent prisonnier dans le gêne, exclus de participer à telle ou telle œuvre, et telles et telles choses nécessaires sont hors de la portée. A cause de cela on n'est pas sans mélancolie, puis on sent des vides là où pourraient être amitié et hautes et sérieuses affections, et on sent le terrible découragement ronger l'énergie morale même, et la fatalité semble pouvoir mettre barrière aux instincts d'affection, et une marée de dégoût qui vous monte. Et puis on dit : « Jusqu'à quand mon Dieu ! »

Bon, que veux-tu, ce qui se passe en dedans cela paraît-il en dehors ? Tel a un grand foyer dans son âme et personne ne vient jamais s'y chauffer, et les passants n'en aperçoivent qu'un petit peu de fumée en haut par la cheminée, et puis s'en vont leur chemin.

Maintenant voilà, que faire, entretenir ce foyer en dedans, avoir du sel en soi-même, attendre patiemment pourtant avec combien d'impatience, attendre l'heure dis-je, où quiconque voudra viendra s'y asseoir — demeurera là, qu'en sais-je ? Que quiconque croit en Dieu, attende l'heure qui viendra tôt au tard. Maintenant pour le moment toutes mes affaires vont mal à ce qui paraît et cela a été déjà ainsi pour un temps pas tout à fait inconsidérable, et cela peut encore rester comme cela pour un avenir de plus ou moins longue durée, mais il se peut qu'après que tout a semblé aller de travers, tout aille mieux ensuite. Je n'y compte pas, peut-être cela n'arrivera-t-il pas, mais en cas qu'il y vînt quelque changement pour le mieux, je compterais cela comme autant de gagné, j'en serais content, je dirais : enfin ! voilà pourtant *il y avait donc quelque chose.*

Mais diras-tu, pourtant tu es un être exécrable, puisque tu as des idées impossibles de religion et des scrupules de conscience puérils. Si j'en ai d'impossibles ou de puérils, puissé-je en être délivré, je ne demande pas mieux. Mais voici à peu près où j'en suis sur ce sujet. Vous trouverez dans *Le philosophe sous les toits* de Souvestre, comment un homme du peuple, un simple ouvrier très misérable si on veut, se représentait la patrie. « Tu n'as peut-être jamais pensé à ce que c'est que la patrie, reprit-il en me posant une main sur l'épaule, c'est tout ce qui t'entoure, tout ce qui t'a élevé et nourri, tout ce que tu as aimé, cette campagne que tu vois, ces maisons, ces arbres, ces jeunes filles qui passent là en riant, c'est la patrie ! Les lois qui te protègent, le pain qui paye ton travail, les paroles que tu échanges, la joie et la tristesse qui te viennent des hommes et des choses parmi lesquels tu vis, c'est la patrie ! La petite chambre où tu as autrefois vu ta mère, les souvenirs qu'elle t'a laissés, la terre où elle repose, c'est la patrie ! Tu la vois, tu la respires partout ! Figure-toi les droits et les devoirs, les affections et les besoins, les souvenirs et la reconnaissance, réunis tout ça sous un seul nom et ce nom sera la patrie. »

Maintenant de même est-il que tout ce qui est véritablement bon et beau, de beauté intérieure morale, spirituelle et sublime dans les hommes et dans leurs œuvres, je pense que cela vient de Dieu, et que tout ce qu'il y a de mauvais et de méchant dans les œuvres des hommes et dans les hommes, cela n'est pas de Dieu, et Dieu ne trouve pas cela bien non plus.

Mais involontairement je suis toujours porté à croire que le meilleur moyen pour connaître Dieu, c'est d'aimer beaucoup. Aimez tel ami, telle personne, telle chose, ce que tu voudras, tu seras dans le bon chemin pour en savoir plus long après, voilà ce que je me dis. Mais il faut aimer d'une haute et d'une sérieuse sympathie intime, avec volonté, avec intelligence, et il faut toujours tâcher d'en savoir plus long, mieux et davantage. Cela mène à Dieu, cela mène à la foi inébranlable.

Quelqu'un, pour citer un exemple, aimera Rembrandt, mais sérieusement, il saura bien qu'il y a un Dieu celui-là, il y croira bien.

Quelqu'un approfondira l'histoire de la Révolution française — il ne sera pas incrédule, il verra que dans les grandes choses aussi il y a une puissance souveraine, qui se manifeste.

Quelqu'un aurait assisté pour un peu de temps seulement au cours gratuit de la grande université de la misère, et aurait fait attention aux choses qu'il voit de ses yeux, et qu'il entend de ses oreilles, et aurait réfléchi là-dessus, il finira aussi par croire et il en apprendrait peut-être plus long qu'il ne saurait dire. Cherchez à comprendre le dernier mot de ce que disent dans leurs chefs-d'œuvre les grands artistes, les maîtres sérieux, il y aura Dieu là-dedans. Tel l'a écrit ou dit dans un livre, et tel dans un tableau.

Puis lisez la Bible tout bonnement, et l'Évangile, c'est que cela donne à penser et beaucoup à penser, et tout à penser. Hé ! bien, pensez ce beaucoup, pensez ce tout, cela relève la pensée au-dessus du niveau ordinaire malgré vous. Puisque l'on sait lire qu'on lise donc !

Maintenant après par moments on pourrait bien être un peu abstrait, un peu rêveur, il y en a qui deviennent un peu trop abstraits, un peu trop rêveurs, cela m'arrive à moi peut-être, mais c'est la faute à moi, puis après tout qui sait n'y avait-il de quoi, c'était pour telle ou telle raison que j'étais absorbé, préoccupé, inquiet, mais on remonte de cela. Le rêveur tombe quelquefois dans un puits mais après on dit qu'il en remonte.

Et l'homme abstrait, il a sa présence d'esprit aussi par moments, comme par compensation. C'est quelquefois un personnage qui a sa raison d'être pour telle ou telle raison, qu'on ne voit pas toujours au premier moment, ou qu'on oublie par abstraction le plus souvent involontairement. Tel qui a longtemps roulé comme ballotté sur une mer orageuse, arrive enfin à destination, tel qui a semblé bon à rien, et incapable de remplir aucune place, aucune fonction, finit par en trouver une, et actif et capable d'action se montre tout autre qu'il n'avait semblé au premier abord. Je t'écris un peu au hasard ce qui me vient dans ma plume, j'en serais bien content si en quelque sorte tu pourrais voir en moi autre chose qu'un espèce de fainéant.

Puisqu'il y a fainéant et fainéant qui forment contraste.

Il y a celui qui est fainéant par paresse et lâcheté de caractère, par la bassesse de sa nature, tu peux si tu juges bon me prendre pour un tel.

Puis il y a l'autre fainéant, le fainéant bien malgré lui, qui est rongé intérieurement par un grand désir d'action, qui ne fait rien, parce qu'il est dans l'impossibilité de rien faire, puisqu'il est comme en prison dans quelque chose, parce qu'il n'a pas ce qui lui faudrait pour être productif, parce que la fatalité des circonstances le réduit à ce point ; un tel ne sait pas toujours lui-même ce qu'il pourrait faire, mais il sent par instinct : pourtant je suis bon à quelque chose, je me sens une raison d'être ! je sais que je pourrais être un tout autre homme ! A quoi donc pourrais-je être utile, à quoi pourrais-je servir ! il y a quelque chose au-dedans de moi, qu'est-ce que c'est donc !

Cela est un tout autre fainéant, tu peux si tu juges bien me prendre pour un tel !

Un oiseau en cage au printemps sait fortement bien qu'il y a quelque chose à quoi il serait bon, il sent fortement bien qu'il y a quelque chose à faire, mais il ne peut le faire, qu'est-ce que c'est ? il ne se rappelle pas bien, puis il a des idées vagues, et se dit « les autres font leurs nids et font leurs petits et élèvent la couvée », puis il se cogne le crâne contre les barreaux de la cage. Et puis la cage reste là et l'oiseau est fou de douleur.

« Voilà un fainéant » dit un autre oiseau, qui passe, celui-là c'est une espèce de rentier. Pourtant le prisonnier vit et ne meurt pas, rien ne paraît en dehors de ce qui se passe en dedans, il se porte bien, il est plus ou moins gai au rayon de soleil. Mais vient la saison des migrations. Accès de mélancolie, – mais disent les enfants qui le soignent dans sa cage, il a pourtant tout ce qu'il lui faut – mais lui de regarder au dehors le ciel gonflé, chargé d'orage, et de sentir la révolte contre la fatalité en dedans de soi. « Je suis en cage, je suis en cage, et il ne me manque donc rien, imbéciles ! J'ai tout ce qu'il me faut moi ! Ah de grâce, la liberté, être un oiseau comme les autres oiseaux ! »

Tel homme fainéant ressemble à tel oiseau fainéant.

Et les hommes sont souvent dans l'impossibilité de rien faire, prisonnier dans je ne sais quelle cage horrible, horrible, très horrible.

Il y a aussi, je le sais, la délivrance, la délivrance tardive. Une réputation gâtée à tort ou à raison, le gêne, la fatalité des circonstances, le malheur, cela fait des prisonniers.

On ne saurait toujours dire ce que c'est qui enferme, ce qui mure, ce qui semble enterrer, mais on sent pourtant je ne sais quelles barres, quelles grilles, des murs.

Tout cela est-ce imaginaire, fantaisie ? Je ne le pense pas ; et puis on se demande : mon Dieu est-ce pour longtemps, est-ce pour toujours, est-ce pour l'éternité ?

Sais-tu ce qui fait disparaître la prison, c'est toute affection profonde, sérieuse. Être amis, être frères, aimer, cela ouvre la prison par puissance souveraine, par charme très puissant. Mais celui qui n'a pas cela demeure dans la mort.

Mais là où la sympathie renaît, renaît la vie.

Puis la prison quelquefois s'appelle : préjugé, malentendu, ignorance fatale de ceci ou de cela, méfiance, fausse honte.

Mais pour parler d'autre chose, si moi j'ai baissé, d'un autre côté tu as monté. Et si moi j'ai perdu des sympathies, toi tu en as gagné. Voilà ce dont je suis content, je le dis en vérité et cela me réjouira toujours. Si tu étais peu sérieux et peu profond, je pourrais craindre : cela ne durera pas, mais puisque je pense que tu es très sérieux et très profond, je me sens porté à croire que cela durera. Seulement s'il te devenait possible de voir en moi autre chose qu'un fainéant de la mauvaise espèce j'en serais bien aise.

Puis si jamais je pourrais faire quelque chose pour toi, t'être utile en quelque chose, sache que je suis à ta disposition.

Si j'ai accepté ce que tu m'as donné, tu pourrais de même, en cas que de manière ou d'autre je pourrais te rendre service, me le demander, j'en serais content et je le considérerais comme une marque de confiance. Nous sommes assez éloignés l'un de l'autre, et nous pouvons avoir à certains égards des manières de voir différentes, mais néanmoins telle heure, un tel jour, l'un pourrait rendre service à l'autre.

Pour aujourd'hui je te serre la main, en te remerciant encore de la bonté que tu as eue pour moi.

Si maintenant plus tôt ou plus tard tu voudrais m'écrire, mon adresse est chez Ch. Decrucq, Rue du Pavillon 8, à Cuesmes près de Mons.

Et sache qu'en écrivant tu me feras du bien.

Bien à toi, *Vincent.*

Cuesmes, le 20 août 1880

Cher Théo,

134 F Si je ne me trompe pas tu dois encore avoir « Les travaux des champs » de Millet.

Voudrais-tu avoir la bonté de me les prêter pour un peu de temps, et de me les envoyer par la poste ?

Tu dois savoir que je suis en train de griffonner de grands dessins d'après Millet, et que j'ai fait « Les Heures de la journée », ainsi que « Le Semeur ».

Hé ! bien, peut-être si tu les voyais n'en serais-tu pas trop mécontent. Maintenant si tu voudrais m'envoyer « Les travaux des champs », peut-être pourrais-tu y ajouter encore d'autres feuilles, par ou d'après Millet, Breton, Feyen-Perrin, etc. N'en achète pas exprès, mais prête-moi ce que tu peux avoir.

Envoie-moi ce que tu pourras, et ne crains rien pour moi. Si seulement je puis continuer à travailler, je remonterai encore de manière ou autre. Mais en faisant ceci tu m'aideras beaucoup. Si tôt ou tard tu feras un voyage en Hollande j'espère que tu ne passeras pas sans venir voir les griffonnages.

Je t'écris étant en train de dessiner, et je suis pressé de m'y remettre, donc bonsoir, et envoie les feuilles le plus tôt possible, et crois-moi t. à t.

Vincent.

chez Charles Decrucq, Rue du Pavillon 3, Cuesmes.

Les Millet que j'ai faits sont « Les Heures du jour », le format à peu près celui d'une feuille du *Cours de dessin Bargue.*

Tu comprendras assez toi-même ce qu'il me faut pour que cela soit nécessaire que je te le dise, mais pourtant je le dirai, pour que tu connaisses ma pensée. Ce sont des études de figure surtout, tels que « Les Bêcheurs » de Millet, ou la lithographie d'après lui, « Le Vanneur », puis des figures de Brion ou de Frère, ou de Feyen-Perrin ou de Jules Breton.

Je crois que tu pourrais peut-être trouver tout juste ce qu'il me faut à l'Alliance des Arts, où l'on a les lithographies des Artistes contemporains, etc. qui s'y vendent également bon marché. Une feuille que j'aimerais immensément à avoir, c'est la grande eau-forte de Daubigny d'après Ruysdaël « Le buisson », qui se vend à la chalcographie du Louvre.

J'ai griffonné un dessin qui représente des charbonniers sclôneurs et sclôneuses, allant à fosse le matin dans la neige, sur un sentier le long d'une haie d'épines, des ombres qui passent vaguement discernables dans le crépuscule. Au fond s'estompent contre le ciel les grandes constructions du charbonnage, et le ferris. Je t'en envoie le croquis, pour que tu puisses te le représenter. Mais je sens le besoin d'étudier le dessin de la figure sur des maîtres tels que Millet, Breton, Brion ou Boughton, ou autre. Qu'est-ce que tu dis du croquis, l'idée te paraît-elle bonne ?

Il y a dans les photographies d'après J. Breton, de Bingham si j'ai bonne mémoire, une qui représente des glaneuses. Silhouettes sombres sur un ciel où le soleil se couche rouge. Voilà, c'est des choses pareilles qu'il me faudrait avoir sous les yeux. C'est puisque je pense que tu aimerais mieux me voir faire quelque chose de bon, que de faire néant, que je t'écris sur ce sujet, et peut-être ce serait une raison pour que l'entente cordiale et la sympathie se rétablissent entre nous deux, et que nous soyons utiles peut-être l'un à l'autre. J'aimerais beaucoup à exécuter le dessin en question mieux que je ne l'ai fait. Dans celui que j'ai fait, tel qu'il est, les figures peuvent avoir 10 cm de hauteur. Le pendant représente le retour des charbonniers, mais il est moins réussi tel qu'il est, c'est très difficile, car il s'agit d'un effet de silhouettes brunes, frisées de lumière contre un ciel de couchant tigré.

Envoie les « Travaux des Champs » par retour de la poste si tu peux et si tu veux. J'ai écrit un mot à M. Tersteeg, pour lui demander si peut-être il y aurait moyen pour que j'eusse pour un temps les *Exercices au fusain* de Bargue, c. à d. les études du modèle nu, que tu connais.

Je ne sais s'il le fera ou non, c. à d. de me les envoyer, mais en cas qu'il ne le ferait pas, ne pourrais-tu pas l'influencer plus ou moins à mon avantage ? Car ces *Exercices au fusain* me seraient éminemment utiles. Mais peut-être qu'il me fera la grâce de m'en envoyer au moins quelques feuilles, sinon le Cours entier.

Cuesmes, 7 sept. 1880

Cher Théo,

135 F Quant aux feuilles, eaux-fortes, etc. que tu m'as envoyées il y a quelque temps, je les ai bien reçues et je t'en remercie beaucoup. Tu m'as rendu grand service en les envoyant.

Je te dirai donc que j'ai esquissé les dix feuilles « Travaux des champs » de Millet (dans les dimensions d'une feuille *Cours de dessin Bargue* à peu près) et que j'en ai tout à fait achevé une.

Je serais plus avancé avec, si ce n'était que j'ai d'abord voulu faire les *Exercices au fusain* de Bargue que M. Tersteeg a eu la bonté de me prêter, et j'ai maintenant fini les soixante feuilles.

En outre j'ai dessiné : « La prière du soir » d'après l'eau-forte que tu as envoyée. Je voudrais bien pouvoir te les montrer, pour savoir ton avis sur tout cela, ainsi que sur quelques autres dessins, tel qu'une grande sépia d'après Th. Rousseau « Four dans les landes ». Je l'avais déjà deux fois fait en petit à l'aquarelle, avant de réussir.

J'aurais, comme je l'ai déjà dit, un grand désir de faire aussi « Le

Buisson » de Ruysdaël, tu sais que ces deux paysages sont dans le même style et sentiment. J'ai assez longtemps griffonné des dessins sans beaucoup avancer, mais dernièrement ça va mieux à ce qui me semble, et j'ai bon espoir que ça ira encore mieux. Surtout à cause de ce que M. Tersteeg et aussi toi, me soyez venus en aide avec de bons modèles, car je crois beaucoup mieux faire de copier d'abord pour le présent quelques bonnes choses, que de travailler sans ce fondement. Cependant je n'ai pu m'empêcher d'esquisser en assez grandes dimensions, le dessin des charbonniers allant à fosse, dont je t'ai envoyé le croquis, en changeant tant soit peu la mise en scène des figures. J'espère bien qu'après avoir encore copié les deux autres séries de Bargue, je serai à même de dessiner un charbonnier, ou une sclôneuse plus ou moins raisonnable, lorsqu'il me sera possible d'avoir à l'occasion un modèle ayant quelque caractère, et quant à cela, il y en a ici.

Je trouve très belle la lithographie d'après Bosboom : « Intérieur d'étable ». Tu as bien compris ma pensée, lorsque tu as ajouté à la collection, « La Malaria » de Hébert.

Si tu possèdes encore le livre avec des eaux-fortes d'après Michel, à *l'occasion* prête-le moi aussi, mais c'est pas pressé, pour le moment j'ai assez à travailler, mais j'y tiendrais à revoir ces paysages, car je regarde maintenant encore avec un autre œil les choses que dans le temps lorsque je ne dessinais pas encore. J'espère que tu ne seras pas trop mécontent des dessins d'après Millet lorsque tu les verras, ces petites gravures sur bois sont admirables.

Puisque j'aurai en tout déjà vingt feuilles d'après Millet, tu peux bien comprendre, que si tu pouvais encore m'en procurer d'autres, je les ferais avec empressement, car je cherche à étudier sérieusement ce maître. Je sais bien que la grande eau-forte des Bêcheurs est rare, mais néanmoins ayez l'œil dessus, et dites-moi à quel prix on pourrait encore l'avoir. Jour ou autre, je gagnerai bien encore quelques liards avec quelque griffonnage de charbonnier, et je tiendrais à l'avoir cette feuille-là, ainsi que « Le Buisson » aussitôt que je pourrai l'acheter, quand bien même que ce serait un peu cher.

J'ai acheté l'autre jour pour 2,50 fr, deux volumes du *Musée Universel* où il y a un assez grand nombre de gravures sur bois intéressantes, entre autres trois Millet.

Je ne saurais te dire combien M. Tersteeg m'a réjoui, en consentant à me laisser avoir pour un temps les *Exercices au fusain* et le *Cours de dessin Bargue.* J'ai travaillé sur les premières pendant à peu près une quinzaine de jours, du matin de fort bonne heure jusqu'au soir, et de jour en jour j'ai cru sentir que cela me fortifiait. Mais avec pas moins, plutôt avec davantage d'empressement, je fais maintenant « Les Travaux des champs ». C'est « Les Tondeurs de moutons » qui sont en train maintenant.

Recevez donc mes sincères remerciements de les avoir envoyés, et sachez que tout ce que vous pourriez trouver de cet artiste-là me serait on ne peut plus utile. Quant au « Semeur », voilà déjà cinq fois que je l'ai dessiné, deux fois en petit, trois fois en grand, et pourtant je le reprendrai encore, tellement cette figure me préoccupe. Lorsque tôt ou tard tu m'écriras (ce qui par manière de distraction me ferait grand plaisir), pourrais-tu me renseigner au sujet des eaux-fortes de A. Legros, j'en ai vu dans le temps si j'ai bonne mémoire, une douzaine en Angleterre, qui étaient très belles. Pour aujourd'hui je finis la présente en te remerciant encore une fois et en te serrant la main.

Vincent.

Reçois aussi mes félicitations à l'occasion du 10 Sept.
Adresse Ch. Decrucq, 3 rue du Pavillon, Cuesmes près Mons.

Voici les Millet que j'ai :
Le Semeur
Prière du soir
Moissonneurs liant des gerbes
Bûcheron et sa femme dans la forêt
Champs en hiver
Jeune paysan
Travaux des champs, dix feuilles
Heures de la journée, quatre feuilles

N'as-tu pas encore dans ta collection de gravures sur bois, un vieux bûcheron seul dans le bois ?

Cuesmes, le 24 sept. 1880

Cher Théo,

136 F Ta lettre m'a fait du bien, je te remercie de m'avoir écrit ainsi. Justement vient d'arriver le rouleau contenant une nouvelle collection d'eaux-fortes et de feuilles diverses. Principalement la magistrale eau-forte : « Le Buisson » de Daubigny et Ruysdaël. C'est ça. Je me propose de faire deux dessins, soit à la sépia soit à autre chose, l'une d'après cette eau-forte, l'autre d'après : « Le Four dans les landes » de Th. Rousseau. Cette dernière sépia est déjà faite — il est vrai — mais la comparant à l'eau-forte de Daubigny tu comprendras que cela devient faible, quand bien même cette sépia considérée en soi, puisse avoir déjà quelque ton et sentiment. Il faut y revenir, et la reprendre. Je travaille toujours au *Cours de dessin Bargue*, et me propose de le finir avant d'entreprendre autre chose, car de jour en jour cela me dégourdit et fortifie tant la main que l'esprit, et je ne saurais assez me sentir obligé à M. Tersteeg, de me les avoir si généreusement prêtées. Ces modèles sont excellents. Entre temps je m'occupe de la lecture d'un livre sur l'anatomie, et d'un autre sur la perspective, que M. T. aussi m'a envoyés. Cette étude est épineuse et parfois ces livres sont on ne peut plus agaçants, mais je crois pourtant bien faire de les étudier.

Tu vois donc que je suis acharné au travail, mais pour le moment cela ne donne pas de résultat fort réjouissant. Mais j'ai espérance que ces épines porteront fleur blanche à leur heure, et que cette lutte en apparence stérile, n'est autre chose qu'un travail d'enfantement. La douleur d'abord, puis la joie après. Tu me parles de Lessore. Je crois me rappeler des aquarelles de paysage très élégantes, d'un ton blond, d'une facture en apparence facile et légère, cependant juste et distinguée, d'un effet (soit dit sans mauvaise intention, au contraire dans une bonne) quelque peu décoratif, qui seraient de lui. Donc je connaîtrais un peu son travail, et tu me parlerais de quelqu'un qui ne m'est pas tout à fait étranger. J'aime le portrait de Victor Hugo, c'est très consciencieusement fait, avec l'intention évidente de rendre témoignage à la vérité, sans recherche d'effet.

J'ai un peu étudié certains ouvrages d'Hugo cet hiver dernier, soit

Le dernier jour d'un condamné, et un très beau livre sur Shakespeare. J'ai entrepris l'étude de cet écrivain déjà depuis longtemps, cela est aussi beau que Rembrandt. Shakespeare est à Charles Dickens ou à V. Hugo, ce que Ruysdaël est à Daubigny, et Rembrandt à Millet.

Ce que tu dis dans ta lettre au sujet de Barbizon est très vrai et je te dirai chose et autre, qui te démontrera, que c'est aussi là ma manière à voir à moi. Je n'ai pas vu Barbizon, mais quand bien même je n'aie pas vu cela, l'hiver dernier j'ai vu Courrières. J'avais entrepris un voyage à pied, principalement dans le Pas-de-Calais, non pas la Manche mais le département ou province. Je l'avais entrepris ce voyage-là, espérant y trouver peut-être du travail quelconque si possible, j'aurais tout accepté. Mais après tout un peu involontairement, je ne saurais au juste définir pourquoi. Mais je m'étais dit : il faut que tu voies Courrières. Je n'avais que 10 francs dans ma poche, et ayant commencé par prendre le train j'étais bientôt à bout de cette ressource, et ayant resté en route une semaine, j'ai piétiné assez péniblement. Toutefois j'ai vu Courrières, et le dehors de l'atelier de M. Jules Breton. Le dehors de cet atelier m'a un peu désappointé, vu que c'est un atelier tout neuf, et nouvellement construit en briques, d'une régularité méthodiste, d'un aspect inhospitalier et glaçant et agaçant. Si j'aurais pu voir le dedans je n'aurais plus pensé au dehors, je suis porté à le croire et même j'en suis sûr, mais que veux-tu, le dedans je n'ai pas pu l'apercevoir.

Car je n'osais pas me présenter pour entrer. J'ai cherché autour de Courrières quelque trace de Jules Breton, ou de quelque autre artiste ; tout ce que j'ai découvert c'est son portrait chez un photographe, et puis dans la vieille église, dans un coin obscur, une copie de : « La mise au tombeau » du Titien, qui dans l'obscurité m'a semblé être très belle et d'un ton magistral. Était-ce de lui ? Je ne sais, n'ayant pu discerner aucune signature.

Mais d'artiste vivant nulle trace, seulement il y avait un café dit Café des Beaux-Arts, également en briques neuves inhospitalières, et glaçantes, et mortifiantes, lequel café était décoré d'espèce de fresques ou peintures murales, représentant des épisodes de la vie de l'illustre chevalier Don Quichotte. Ces fresques, soit dit en confiance, me paraissaient alors d'assez malencontreux consolateurs, et plus ou moins médiocres. Je ne sais de qui ils sont.

Mais j'ai toujours vu alors la campagne de Courrières, les meules, la glèbe brune ou terre de marne à peu près couleur de café, avec des taches blanchâtres là où apparaît la marne, ce qui pour nous autres qui sommes habitués à des terrains noirâtres, est chose plus ou moins extraordinaire.

Puis le ciel français me parut bien autrement fin et limpide, que le ciel du Borinage enfumé et brumeux. En outre il y avait les fermes et hangars ayant encore conservé, que Dieu en soit loué et remercié, leurs toitures de chaume moussu, j'apercevais aussi les nuées de corbeaux fameux par les tableaux de Daubigny et de Millet. Pour ne pas mentionner tout d'abord, comme il conviendrait, les figures caractéristiques et pittoresques des travailleurs divers, bêcheurs, bûcherons, varlet conduisant son attelage, et quelque silhouette de femme au blanc bonnet. Même là à Courrières il y avait encore un charbonnage ou fosse, je voyais le trait du jour remonter à la brune, mais il n'y avait pas d'ouvrières en habit d'hommes comme au Borinage, seulement les charbonniers à la mine fatiguée et misérable, noircis par la poussière de charbon, accoutrés de loques de fosse, et l'un d'eux d'une vieille capote de soldat.

Quoique cette étape était pour moi presque assommante, et que j'en sois retourné épuisé de fatigue, les pieds meurtris, et dans un état plus ou moins mélancolique, je ne la regrette pas car j'ai vu des choses intéressantes, et on apprend à voir d'un autre œil encore tout juste dans les rudes épreuves de la misère même. J'ai gagné quelques croûtes de pain en route, çà et là, en échange de quelques dessins dont j'en avais dans ma valise. Mais à bout de mes dix francs, les dernières nuits j'ai dû bivaquer en plein champ, une fois dans une voiture abandonnée, toute blanche de givre au matin, gîte assez mauvais, une fois dans un tas de fagots, et une fois et c'était un peu mieux, dans une meule entamée, où je suis parvenu à pratiquer une niche quelque peu plus confortable, seulement une pluie fine n'augmentait pas précisément le bien-être.

Eh ! bien et pourtant ça a été dans cette forte misère que j'ai senti mon énergie revenir, et que je me suis dit : Quoi qu'il en soit j'en remonterai encore, je reprendrai mon crayon que j'ai délaissé dans mon grand découragement, et je me remettrai au dessin, et dès lors à ce qui me semble, tout a changé pour moi, et maintenant je suis en route et mon crayon est devenu quelque peu docile, et paraît le devenir davantage de jour en jour.

C'était la trop longue et la trop grande misère qui m'avait à ce point découragé que je ne pouvais plus rien faire.

Une autre chose que j'ai vue lors de cette excursion, c'est les villages des tisserands.

Les charbonniers et les tisserands sont encore une race à part quelque peu des autres travailleurs et artisans, et je sens pour eux une grande sympathie, et me compterais heureux si un jour je pourrais les dessiner en sorte que ces types encore inédits ou presque inédits, fussent mis au jour.

L'homme du fond de l'abîme, « de profundis », c'est le charbonnier, l'autre à l'air rêveur, presque songeur, presque somnambule, c'est le tisserand. Voilà à peu près deux ans déjà que je vis avec eux et j'ai appris à connaître quelque peu leur caractère original, du moins celui des charbonniers principalement. Et de plus en plus je trouve quelque chose de touchant, et de navrant même, dans ces pauvres et obscurs ouvriers, les derniers de tous pour ainsi dire, et les plus méprisés, qu'on se représente ordinairement par l'effet d'une imagination vive peut-être, mais très fausse et injuste, comme une race de malfaiteurs et de brigands. Des malfaiteurs, des ivrognes, des brigands, il y en a ici comme ailleurs, mais tel n'est pas du tout le véritable type.

Dans ta lettre tu m'as parlé vaguement de venir à Paris ou dans les environs, soit tôt soit tard, lorsqu'il serait possible et que je le voudrais. Certes, ce serait mon grand et ardent désir de venir soit à Paris, soit à Barbizon ou ailleurs. Mais comment le pourrais-je, car je ne gagne pas un sou, et quoique je travaille dur, il faudra encore du temps pour arriver au niveau de pouvoir penser à chose pareille que serait celle de venir à Paris. Car en vérité, pour pouvoir travailler comme il faut, il faudrait au moins cent francs par mois, on peut vivre de moins mais alors on est dans le gêne, même beaucoup trop.

Pauvreté empêche les bons esprits de parvenir, c'est le vieux proverbe de Palissy, où il y a du vrai et qui est tout à fait vrai si on en comprend la véritable intention et portée.

Pour le moment je ne vois pas comment la chose serait praticable, et il vaut mieux que je reste ici, en travaillant comme je puis et pourrai, et après tout il fait meilleur marché ici pour vivre. Toutefois est-il que je ne saurais plus continuer beaucoup plus longtemps dans la petite chambre où je suis maintenant. Elle est déjà très petite, puis il y a deux lits, celui des enfants et le mien. Et maintenant que je fais les Bargue, feuille assez grande déjà, je ne saurais te dire combien je suis peiné. Je ne veux pas gêner les gens dans leur ménage, aussi est-il qu'ils m'ont dit que pour ce qui était de l'autre chambre de la maison, il n'y avait pas moyen pour moi de l'avoir, même en payant davantage, car il la faut à la femme pour faire sa lessive, ce qui dans une maison de charbonnier doit arriver presque tous les jours.

Je voudrais donc prendre tout court une petite maison d'ouvrier, cela coûte 9 francs par mois en moyenne.

Je ne saurais te dire combien, malgré que chaque jour il se présente et se présenteront encore de nouvelles difficultés, je ne saurais te dire combien je me sens heureux d'avoir repris le dessin. Déjà depuis longtemps cela me préoccupait, mais je considérais toujours la chose comme impossible et au-dessus de ma portée. Mais maintenant, tout en sentant et ma faiblesse et ma dépendance pénible de bien des choses, j'ai retrouvé mon calme d'esprit, et l'énergie me revient de jour en jour.

Voilà pour ce qui est de venir à Paris. Si on trouvait occasion d'entrer en relation avec quelque brave et vaillant artiste, cela serait extrêmement avantageux pour moi, mais pour y aller de but en blanc, ce ne serait qu'une répétition en grand format de mon étape à Courrières, où j'avais espéré peut-être rencontrer quelque être vivant de l'espèce Artiste, mais où je n'en ai pas trouvé. Il s'agit pour moi d'apprendre à bien dessiner, à être maître soit de mon crayon, soit de mon fusain, soit de mon pinceau, une fois cela obtenu je ferai de bonnes choses presque n'importe où, et le Borinage est tout aussi pittoresque que le vieux Venise, que l'Arabie, que la Bretagne, la Normandie, Picardie, ou Brie.

Si je fais mal, la faute en est à moi. Mais très certainement à Barbizon on peut mieux qu'ailleurs trouver peut-être, si on aurait cette rencontre heureuse, l'occasion de tomber avec quelque artiste plus avancé, qui pour moi serait vraiment comme un ange de Dieu, soit dit sérieusement et sans aucune exagération.

Si donc tôt ou tard tu verrais moyen et occasion, pense à moi, en attendant je reste tranquillement ici dans quelque petite maison d'ouvrier, où je travaillerai comme je pourrai.

Tu me parles encore de Méryon, ce que tu dis de lui est bien vrai, je connais bien un peu ses eaux-fortes. Veux-tu voir quelque chose de curieux, mets un de ces griffonnages si justes et si puissants à côté de quelque planche de Viollet-le-Duc, ou de qui ce soit qui font de l'architecture. Alors tu verras Méryon en pleine lumière à cause de l'autre eau-forte, qui servira, ne vous déplaise, de repoussoir ou contraste. Bon, qu'aperçois-tu alors ? Ceci : Méryon, quand bien même il dessine des briques, du granit, des barres de fer, ou garde-fou d'un pont, met quelque chose de l'âme humaine, ébranlée par je ne sais quel navrement intime, dans son eau-forte. J'ai vu des dessins d'architecture gothique de V. Hugo. Hé ! bien, sans avoir la puissante et magistrale facture de Méryon, il y avait quelque chose du même sentiment. Quel est ce sentiment ? Cela a quelque parenté avec celui qu'Albrecht Dürer exprima dans sa « Mélancolie », que de nos jours James Tissot et M. Maris, (quelque différents que ces deux soient entre eux), ont aussi ; avec raison quelque critique profond a dit de James Tissot : « C'est une âme en peine. » Mais quoi qu'il en soit il y a quelque chose de l'âme humaine là-dedans, c'est pour cette raison que ça est grand, immense, infini, et mettez à côté Viollet-le-Duc, cela est pierre, et l'autre, soit Méryon, cela est esprit. Méryon aurait eu une telle puissance d'aimer, que maintenant comme Sydney Carton de Dickens, il aime les pierres même de certains endroits.

Mais davantage et mieux, dans un ton plus noble, plus digne, s'il m'est permis de le dire plus Évangélique, on la trouve aussi, la perle précieuse mise en évidence, l'âme humaine, dans Millet, dans Jules Breton, dans Jozef Israëls.

Mais pour revenir à Méryon, il a encore à ce qui me semble quelque lointaine parenté avec Jongkind, et peut-être Seymour Haden, car à certaines heures ces deux artistes ont été très forts. Attends, peut-être tu verras encore que moi aussi je suis un travailleur, quoique je ne sache pas d'avance ce qui me sera possible, toutefois, j'espère bien encore faire quelque griffonnage où il pourrait y avoir quelque chose d'humain. Mais il faut d'abord dessiner les Bargue, et faire d'autres choses plus ou moins épineuses. Le chemin est étroit, la porte est étroite, et il y en a peu qui la trouvent.

En te remerciant de ta bonté, principalement « du Buisson », je te serre la main.

Vincent.

Je t'ai maintenant pris toute ta collection, mais tu la reprendras, et en outre pour ta collection de gravures sur bois, que j'espère que tu continues, j'ai de très bonnes choses dans les deux volumes du *Musée Universel*, que je te destine.

Bruxelles, 15 oct. 1880

Cher Théo,

137 F C'est comme tu vois de Bruxelles que je t'écris. Car j'ai pensé bien faire de changer pour le moment de domicile. Et cela pour plus d'une raison.

D'abord c'était d'urgente nécessité, puisque le petit cabinet où j'étais logé et que tu as pu voir l'année passée, était tellement étroit, et la lumière y était si mauvaise, que pour le dessin c'était très peu convenable. Il est vrai que si j'aurais pu avoir une autre chambre dans la maison, j'aurais pu rester, mais il la fallait aux gens de la maison cette autre pièce pour faire leur ménage et lessive, et même en payant un peu davantage il n'y avait pas moyen de l'avoir. Il est vrai aussi que pour les *Exercices au fusain* et les Modèles d'après la bosse, de Bargue, je les ai pourtant dessinés là, soit dans le petit cabinet, soit dehors dans le jardin, mais maintenant que j'en suis aux portraits d'après Holbein etc., de la troisième partie du *Cours de dessin,* cela n'allait pas. Cela fait que j'ai déménagé, et pour remédier maintenant la chose un peu radicalement, voici mon plan, que j'ai commencé à exécuter.

Je suis allé voir M. Schmidt ici à Bruxelles, et lui ai parlé de la chose, c.à.d. que je lui ai demandé si par son intermédiaire il n'y avait pas moyen pour moi d'entrer en rapport et relation avec quelque artiste, en sorte que je pourrais continuer à apprendre dans quelque atelier sérieux. Car je sens qu'il est absolument nécessaire d'avoir sous les yeux de bonnes choses, et aussi de voir travailler les artistes. Car cela me fait davantage sentir ce qui me manque, et en même temps j'apprends le chemin pour y remédier.

Il y a déjà longtemps que je n'ai pas vu assez de tableaux ou dessins etc., et la vue seule de quelques bonnes choses ici à Bruxelles m'a remonté le cœur pour ainsi dire, et a encore augmenté le désir que j'ai d'apprendre à faire quelque chose de mes propres mains.

Si M. Schmidt aurait la bonne volonté de parler sérieusement à l'un ou l'autre je ne doute pas que la chose pourrait s'arranger plus ou moins efficacement. Il m'a reçu cordialement, mais pourtant si toi, tu voudrais lui dire une parole ou deux à mon avantage, pour lui recommander la chose, cela ferait chez lui plus d'effet que moi je n'en puisse produire, car il est très naturel qu'il me regarde peut-être avec quelque méfiance, à cause de ce qu'auparavant j'ai été dans la maison Goupil et Cie, puis ai changé, et maintenant retourne encore aux choses de l'art.

Donc si tu voudrais lui écrire un petit mot par retour du courrier, tu me rendrais grand service et cela éviterait la perte du temps.

J'ai aussitôt repris mon travail ici, c.à.d. de la troisième partie de Bargue, et ai une chambre beaucoup plus convenable que le petit cabinet, dans un petit logement Bd du Midi.

Mon père m'a écrit que je pouvais provisoirement y compter de recevoir par son intermédiaire 60 francs par mois. Il y a plusieurs jeunes gens qui commencent l'étude du dessin, et sont dans le même cas, et ne sont pas riches non plus. Mais ce qui en pareille circonstance fait la force, c'est qu'on ne soit pas toujours seul, mais soit en rapport et relations avec les autres, qui sont dans le même cas. Et voilà donc ce qui est mon grand désir — que par l'intermédiaire de M. Schmidt quelque porte me soit ouverte pour faire connaissance avec quelques-uns des jeunes artistes d'ici.

Voudrais-tu donc faire la chose en question à cet effet, c'est à dire écrire un petit mot à M.S. ?

J'ai encore fait un dessin à la plume d'après le bûcheron de Millet, (la gravure sur bois que tu as envoyée). Je crois que le dessin à la plume est une bonne préparation, si plus tard on aurait envie d'apprendre la gravure à l'eau-forte. On peut faire beaucoup avec la plume aussi pour rehausser les dessins au crayon, mais on ne réussit pas au premier coup.

Quant au dessin d'après « Le Buisson » de Ruysdaël, principalement je voudrais travailler à la plume dedans, et m'y préparer en faisant des essais avec d'autres dessins. J'en ai fait entre autres un de la tête de Dante, qui ressemble en quelque sorte à une eau-forte. Mais c'est pas si facile que cela ne semble.

M. Schmidt m'en parlait lors de notre entrevue, d'entrer à l'école des Beaux-Arts d'ici, mais je lui ai dit franchement qu'il me semblait qu'il était de beaucoup préférable dans mon cas particulier, de travailler chez quelque artiste. Surtout puisque j'ai fait déjà deux séries de Bargue, et ai la troisième en mains, ce que je pourrais peut-être compléter par les fusains d'Allongé.

Je ne rejette pas cependant l'idée de l'école des Beaux-Arts, en tant que par exemple je pourrais y aller le soir tant que je suis ici, si cela est gratis ou pas cher.

Mais mon but doit rester du moins pour le moment, d'apprendre le plus tôt possible à faire des dessins présentables et vendables, en sorte que je commencerai à gagner quelque salaire par mon travail directement. Car telle est bien la nécessité qui m'est imposée.

Si tu m'écris à moi, adressez s.v.p. la lettre chez M. Schmidt, car je ne sais si je resterai ici dans le présent logement longtemps ou pour un peu de temps.

Je crois que tu approuveras ce que je dis, car pour avancer il est nécessaire de continuer avec quelque énergie.

Une fois maître de mon crayon, ou de l'aquarelle, ou de l'eau-forte, je puis retourner au pays des charbonniers ou tisserands pour mieux faire d'après nature que jusqu'ici. Mais d'abord il faut accaparer quelque peu de savoir-faire. Enfin pour le moment je conclus, en espérant que tu trouveras bien ce que je t'ai dit.

Je crois qu'un logement et peut-être aussi une nourriture un peu meilleure que celle du Borinage, y contribuera aussi pour me remonter un peu. Car j'ai bien expériencé quelques misères dans le « black country » belge, et ma santé n'a pas été par trop bonne dernièrement, mais pourvu que je parvienne un jour à pouvoir dessiner effectivement ce que je désire exprimer, tout cela je l'oublierai, et ne me souviendrai que du bon côté des choses qui, si on veut l'observer, existe aussi. Mais je dois cependant tâcher de me remonter un petit peu, car j'ai besoin de toute mon énergie.

En te serrant la main, *Vincent.*

Bruxelles, 1er nov. 1880

Cher Théo,

138 N Voici ce que je veux te dire en réponse à ta lettre.

En premier lieu, que j'ai été chez M. Roelofs le lendemain du jour où j'ai recu ta lettre. Il m'a dit que je devrais dessiner dorénavant surtout d'après nature, d'après des plâtres ou d'après un modèle, mais sous la direction d'un maître compétent. Lui et d'autres m'ont instamment conseillé de travailler quelque temps à l'académie de dessin, ici ou à Anvers, tant et si bien que j'ai cru devoir entreprendre des démarches en vue de mon admission à ladite académie, bien que cette perspective ne m'enchante guère. Ici, à Bruxelles, les cours sont gratuits (on m'a dit qu'à Amsterdam, par exemple, ça coûte 100 florins par an), et on travaille dans un local convenablement éclairé et chauffé. Cela n'est pas à dédaigner, surtout en hiver.

En ce qui concerne les exercices de Bargue, je m'en tire bien et ça avance.

En outre, j'ai fait ces jours-ci un dessin qui m'a demandé beaucoup de travail. Je me félicite néanmoins de l'avoir entrepris. C'est un dessin à la plume d'un squelette, un dessin de dimensions respectables, réparti sur cinq planches :

I feuille : la tête, ossature et muscles.
I feuille : tronc, ossature.
I feuille : l'intérieur de la main, ossature et muscles.
I feuille : le dos de la main, ossature et muscles.
I feuille : le bassin et les jambes, ossature.

Je l'ai fait d'après un traité de John, *Esquisses anatomiques à l'usage des artistes.* Cet ouvrage contient d'autres figures qui me paraissent également profitables et très nettes, par exemple une main, un pied, etc. etc.

Je vais maintenant achever de dessiner les muscles du tronc et des jambes. L'ensemble constituera une image complète du corps humain. Ensuite, il me faudra dessiner le corps vu de dos et vu de côté.

Tu vois que je travaille d'arrache-pied. C'est une besogne peu facile qui demande du temps, et beaucoup de patience par-dessus le marché.

Avant d'être admis à l'académie de dessin, il faut obtenir l'autorisation du bourgmestre, puis se faire inscrire ; j'attends la réponse à ma demande.

Je sais bien que ça me coûtera plus cher à Bruxelles qu'à Cuesmes, par exemple, même si je vis sobrement ou même pauvrement, mais je ne saurais aboutir à rien sans recevoir des directives. Cependant, je me plais à espérer que l'oncle Cor ou l'oncle Cent interviendront pour m'aider, du moins pour aider Pa, à condition que je travaille ferme — ce que je fais d'ailleurs.

Il existe des lois de la proportion, de l'éclairage, des ombres et de la perspective qu'il faut connaître pour être capable de dessiner un sujet ; si cette science vous fait défaut, vous risquez de mener éternellement une *lutte stérile* et vous ne parvenez jamais à *enfanter.* C'est pourquoi je crois être allé droit au but en suivant ce chemin ;

je veux acquérir cet hiver un petit capital de connaissances anatomiques. Je ne peux pas attendre plus longtemps, cela me coûterait encore plus cher, tout compte fait, car ce serait une perte de temps. Je m'imagine que tu partages mon point de vue.

Ce serait tant mieux si je parvenais à trouver ici un emploi stable, mais je n'ose trop y croire, car il me faut encore apprendre bien des choses.

J'ai rendu visite à M. Van Rappard *, qui habite en ce moment rue Traversière, 6a. J'ai bavardé un peu avec lui. Il se présente bien. Je n'ai vu de son travail que quelques petits dessins à la plume, des paysages. Seulement, il est installé assez somptueusement et je me demande si c'est vraiment l'homme avec lequel je pourrais cohabiter et collaborer, vu notre situation financière respective. En tout cas, je retournerai le voir un de ces jours. Il m'a donné l'impression de prendre ça au serieux.

Mon vieux, si j'avais dû demeurer encore un mois à Cuesmes, je serais tombé malade de misère. Ne t'imagine pas que je vis à présent dans l'aisance, car ma nourriture consiste principalement en pain sec et en pommes de terre, ou en marrons comme on en vend aux coins des rues. Je tiens le coup parce que je dispose d'une chambre un peu plus confortable et que je m'offre de temps à autre, quand mes moyens me le permettent, un repas plus substantiel dans un restaurant. Je crois que j'ai tout enduré durant ces deux années passées dans le Borinage ; ce ne fut pas un séjour d'agrément ! Il va de soi que mes dépenses dépasseront probablement les 60 francs, je ne puis vraiment vivre à meilleur compte. Les articles de dessin et les modèles à recopier, par exemple des planches anatomiques, coûtent évidemment, mais c'est là pour moi un matériel absolument indispensable. Ce n'est qu'en m'y prenant de la sorte que mon travail pourra être rentable plus tard ; sinon, je n'aboutirai jamais.

Ces jours-ci, j'ai lu avec beaucoup de plaisir un passage de l'ouvrage de Lavater et Gall : *Physiognomonie et phrénologie,* traitant du caractère tel qu'il est exprimé par les traits du visage et par la forme du crâne.

J'ai dessiné « Les bêcheurs » de Millet, d'après une photo par Braun que j'avais vue chez Schmidt et que celui-ci m'avait prêtée, en même temps que celle de « L'Angélus du soir ». J'ai envoyé les deux dessins à Pa, pour qu'il puisse se rendre compte de ce que je fais.

* Le peintre hollandais Ridder Van Rappard (1858-1892) avait fait la connaissance de Théo au cours d'un voyage d'étude à Paris. Cette première visite de Vincent forme le début d'une amitié de cinq ans.

Écris-moi vite, mon adresse est 72, boulevard du Midi. Mon modeste logement coûte 50 francs par mois ; j'y reçois du pain, ainsi qu'une tasse de café le matin, à midi et le soir. Ce n'est pas pour rien, mais ici, la vie est chère.

Les Holbein dans *Modèles d'après les Maîtres* sont superbes ; en les dessinant, je m'en rends mieux compte qu'autrefois. Mais ce n'est pas facile à faire, tu peux m'en croire.

Lorsque j'ai été voir M. Schmidt, j'ignorais tout à fait que celui-ci se trouvait mêlé à une histoire d'argent, dans laquelle la famille Van Gogh est intéressée, et qu'on lui avait intenté une action en justice. C'est ta lettre qui me l'a appris. Donc, j'aurais mieux fait de ne pas m'adresser à lui. Quoi qu'il en soit, il m'a reçu assez cordialement. Sachant maintenant ce qu'il en est, il sera peut-être sage que je n'y retourne pas souvent, mais il n'est pas nécessaire non plus que j'évite ostensiblement de le rencontrer.

Je t'aurais écrit plus tôt, si je n'avais pas été si occupé par mon squelette. Je crois que, plus tu y réfléchiras, plus tu seras convaincu de la nécessité absolue pour moi de vivre dans un milieu artistique. Comment apprendre à dessiner si personne ne vous explique comment vous devez vous y prendre ? Vous n'aboutirez à rien, malgré la meilleure volonté du monde, si vous ne gardez pas le contact avec des artistes qui sont plus avancés que vous.

La bonne volonté ne suffit pas, il faut encore avoir l'occasion de s'instruire. Des artistes médiocres, au nombre desquels je ne voudrais pas être compté, comme tu le devines, qu'est-ce que j'en dirai ? Ça dépend de ce qu'on entend par médiocre.

Je ferai tout ce qui est en mon pouvoir, mais je ne mépriserai point pour autant le médiocre au sens courant du mot. Ce n'est pas dépasser ce niveau-là de mépriser ce qui est médiocre ; à mon avis, il faut commencer par professer quelque respect pour le médiocre et savoir que cela représente déjà quelque chose, qu'on n'arrive à cette médiocrité-là qu'au prix d'une grande somme d'efforts.

Je te dis adieu et te serre la main en pensée. Écris-moi vite si tu en as l'occasion.

Vincent.

(Bruxelles, janvier 1881)

Mon très cher,

139 F Puisqu'il y a si longtemps, soit plusieurs mois, que je n'ai point eu de tes nouvelles, pas même la moindre réponse à ma dernière lettre, peut-être ne sera-t-il pas hors de saison de te demander quelque signe de vie.

Je dois bien te dire qu'il me paraît au moins quelque peu étrange, et un peu inexplicable, que tu n'aies jamais écrit depuis une lettre unique que j'ai reçue lors de mon arrivée ici.

Ne pas écrire est bien, mais toutefois écrire à propos n'est pas toujours mal non plus, même dans certains cas c'est chose très désirable.

Involontairement en pensant à toi, je me dis :

Pourquoi n'écrit-il point ? S'il craint de se compromettre vis-à-vis de ces messieurs G. & Cie en ayant des rapports avec moi, sa position à l'égard des sieurs susmentionnés est-elle donc si chancelante et ébranlable, qu'il serait tenu à se ménager à tel point ? Ou bien est-ce parce qu'il craint que je lui demanderais de l'argent ? Mais alors si tel fut le motif de ton silence, au moins pourrais-tu avoir attendu pour te taire le moment où on essayerait de te tirer une carotte, comme on dit.

Je ne veux cependant pas innécessairement allonger cette lettre en t'énumérant un tas de choses qui par moments me passent dans la tête lorsque je réfléchis aux motifs que tu pourrais avoir eus pour ne pas écrire.

J'ai dessiné cet hiver jusqu'ici, et ai encore beaucoup lu, car indirectement cela m'est très nécessaire. Je crois en général avoir fait du progrès, mais il faudrait pouvoir y aller plus vite que ça. La principale raison pourquoi j'écris la présente est pour te demander, si tu saurais une raison pourquoi je n'irais pas voir M. Tersteeg et Mauve.

Je pense qu'il serait dans mon avantage d'aller pour quelque temps à La Haye. Mais si je savais pour sûr que M.T. préférerait que je n'y vinsse pas, cela pourrait me faire changer d'idée. Qu'en penses-tu ?

J'ai très peu vu Van Rappard, parce que j'avais cru apercevoir qu'il n'aimait pas à être dérangé. Tant que je ne sois pas plus avancé je dois éviter les jeunes artistes, qui ne réfléchissent pas toujours à ce qu'ils font et disent.

Et pourtant je désire beaucoup en trouver un qui, en sachant plus long que moi, pourrait m'aider à mieux faire.

Enfin dis-moi si tu y verrais obstacle infranchissable à ce que j'aille pour quelque temps à La Haye, et si tu saurais peut-être un autre chemin, en cas qu'il y aurait empêchement.

Je te serre la main en attendant que tu m'écrives plus vite que ça.

Vincent.

72, boulevard du Midi.

Bruxelles, janvier 1881

Mon cher Théo,

Tu me pardonneras tout à fait lorsque tu sauras que je t'ai écrit ma lettre précédente dans un moment de malaise. Mes dessins n'allaient pas, et ne sachant de quel côté me tourner, je me suis mis à écrire. Certes j'aurais mieux fait d'attendre un meilleur moment, mais par ceci tu verras précisément que moi-même appartiens sans aucun doute à cette classe de gens, dont je te parlais dans ma lettre, soit à cette classe de personnes qui ne réfléchissent pas toujours à ce qu'ils disent et font. Cela étant, brisons là-dessus. — Sachez toujours ceci : dans les derniers jours il y a eu un changement favorable. Je viens de terminer au moins une douzaine de dessins, ou plutôt croquis au crayon et à la plume qui sont, à ce qui me paraît, déjà un peu mieux. 140 F

Ça ressemble vaguement à certains dessins de Lançon, ou à certaines gravures sur bois anglaises, mais plus maladroit plus gauche encore. Ça représente entre autres un commissionnaire, un charbonnier, balayeur de neige, promenade dans la neige, vieilles femmes, type de vieillard (Ferragus de *L'histoire des treize*, de Balzac), etc. Je t'en envoie deux petites : « En route » et « Devant les tisons ». Je vois bien que ce n'est pas encore bon, toutefois ça commence à se dégager. J'ai presque tous les jours quelque modèle, un vieux

commissionnaire, ou quelque ouvrier, ou gamin que je fais poser. Dimanche prochain j'aurai peut-être un ou deux soldats qui viendront poser.

Et puisque donc maintenant je ne suis plus de mauvaise humeur, je me fais une tout autre et meilleure idée de toi, et de tout le monde en général. J'ai aussi dessiné de nouveau un paysage, soit une bruyère, ce que je n'avais pas fait depuis longtemps.

J'aime beaucoup le paysage, mais encore dix fois mieux ces études de mœurs, parfois d'effrayante vérité, tels que Gavarni, Henri Monnier, Daumier, De Lemud, Henri Pille, Th. Schuler, Ed. Morin, G. Doré (par ex. : dans son *Londres*), A. Lançon, De Groux, Félicien Rops, etc. etc., les ont dessinés si magistralement.

Maintenant, sans osant en aucune manière prétendre monter si haut que ceux-là, toutefois en continuant à dessiner ces types d'ouvriers, etc., j'espère bien arriver à être plus ou moins capable de travailler pour l'illustration de journaux ou de livres. Principalement lorsque je serai à même de me payer davantage de modèles, et aussi des modèles de femmes, je ferai encore des progrès, je le sens et je le sais.

Et j'arriverai probablement aussi à savoir faire des portraits. Mais c'est à condition de travailler beaucoup ; pas un jour sans une ligne, comme disait Gavarni.

Il est donc entendu que je reste provisoirement ici, en attendant que peut-être tu aurais chose ou autre à me proposer. Seulement écris-moi de temps à autre. Je suis maintenant occupé à dessiner pour la troisième fois tous les exercices au fusain de Bargue. Tu m'as parlé d'un changement dans le personnel des employés de la maison G. et Cie, puis d'un autre changement dans ta propre position. Je t'en félicite et quant à ces Messieurs G. et Cie, je suis porté à croire qu'il y a lieu de les féliciter aussi du déblaiement. J'ai toujours pensé que ces Messieurs eux-mêmes étaient animés d'un esprit supérieur et plus noble que celui qu'avaient ceux qui maintenant enfin viennent de décamper.

Peut-être la position que les derniers nommés ont occupée si longtemps dans la maison, leur influence, et, puisque ces Messieurs G. et Cie les laissaient faire, leur domination, ont répugné à quelques autres employés, que ces Messieurs auraient peut-être bien fait de conserver, mais qui poussés à bout, ont fini en quelque sorte par casser leur épée.

Puisque dans le temps tu m'as vaguement parlé de venir à Paris, sachez que je ne demanderais pas mieux que d'y aller effectivement un de ces quatre matins, si j'étais assez heureux de savoir que j'y trouverais de l'emploi pour gagner ad minimum 100 francs par mois ; toutefois sachez aussi que puisque j'ai commencé le dessin, ce n'est pas pour le laisser là, conséquemment je chercherai principalement à continuer et avancer de ce côté-là. Non seulement le dessin de figures et scènes de mœurs demande des connaissances du dessin en tant que métier, mais en outre de fortes études de littérature, de physiognomonie, etc., qui sont difficiles à acquérir.

Voilà assez pour aujourd'hui, je te serre la main, as-tu un moment de disponible écris-moi, et crois-moi

t. à. t. *Vincent.* 72, bd du Midi.

Un de ces jours j'espère aller voir M. Horta.

Bruxelles, 16 février 1881

Chers Pa et Moe,

141 N J'ai bien reçu votre lettre. Elle m'a fait plaisir, car je l'attendais avec impatience, surtout que je désirais avoir des nouvelles de la maladie de Pa. Je suis heureux qu'il aille déjà mieux.

Quant à mon travail, je continue à faire des progrès ; toutefois, il est encore imparfait et doit s'améliorer.

J'ai vu dans l'atelier du peintre une bonne planche d'un squelette. Comme il est assez difficile de s'en procurer, je lui ai demandé de bien vouloir me la prêter quelques jours, dans l'intention d'en faire une copie. Au début, il s'est fait tirer l'oreille ; sans doute me croyait-il incapable de m'y essayer, mais j'ai tant insisté qu'il a fini par me donner satisfaction. C'était dimanche après-midi ; une fois rentré, je me suis mis au travail et tout était déjà terminé lundi soir. Mardi matin, je lui ai rapporté la planche, à son grand étonnement ; il a même trouvé mon dessin assez bon, et je dois avouer qu'il n'est vraiment pas mauvais. Cet homme pourra m'enseigner encore bien des choses, pourvu qu'il puisse me consacrer un peu de temps. Il est très fort, surtout en matière de perspective. En tout cas, c'est un homme de qui j'ai beaucoup à apprendre.

Je dois vous raconter encore autre chose, savoir ce que j'ai fait. Comme je vous l'ai déjà écrit, j'ai acheté, il y a environ un mois, un pantalon et une veste d'occasion.

Ces vêtements m'ont si bien plu que j'ai acheté une deuxième veste et un deuxième pantalon chez le même marchand. Il est vrai que j'aurais pu me tirer d'affaire avec mes premiers achats, mais il vaut mieux, somme toute, avoir deux costumes qu'un, parce que ça s'use moins vite et qu'on peut les porter à tour de rôle. Je vous envoie ci-inclus un échantillon du tissu. En outre, j'ai dû compléter mon trousseau de trois caleçons que j'ai payés 2 fr. 75 pièce ; j'ai encore acheté une paire de chaussures pour 4 francs. J'avais réellement besoin de tout cela.

Ces acquisitions, ainsi que d'autres dépenses, ont fortement entamé l'argent qui m'avait été envoyé pour vivre ce mois-ci ; je vais probablement tirer le diable par la queue, d'autant plus que j'ai payé d'avance cinq francs au peintre pour ses leçons.

Mais ne vous inquiétez pas au sujet de ces dépenses, et ne m'accusez pas de prodigalité. Si j'ai un défaut, c'est au contraire de n'être pas prodigue. Si je pouvais me permettre plus de dépenses, il est fort possible que je ferais plus de progrès, et plus rapidement.

S'il vous était possible, sans toutefois vous mettre dans l'embarras, de m'envoyer encore une petite somme, cela me mettrait plus à l'aise. Mais il est évident que, si cela devait vous gêner, rien ne presse ; j'ai prévenu mon propriétaire qu'il se pourrait que j'aie ce mois-ci quelques difficultés, et il est d'accord pour que je lui paie le loyer quand cela m'arrange, puisqu'il me connaît assez pour ne plus exiger le paiement d'avance d'un mois entier.

Quant à mon costume, outre que je vais le porter le plus longtemps possible, je le destine à une autre fin. Quand il sera usé, il me sera encore utile. Sachez que je voudrais constituer petit à petit une collection de vêtements pour mes dessins.

Par exemple, une blouse bleue brabançonne, un costume de toile grise et un casque de cuir comme en portent les mineurs, un chapeau de paille, des sabots, un costume de pêcheur en droguet brun et un suroît. Plus spécialement, des vêtements de velours noir ou brun, qui sont si pittoresques et si caractéristiques ; puis encore, un veston et une vareuse de bure rouge. Et quelques vêtements de femme, par exemple comme ceux que les femmes portent en Campine et aux environs d'Anvers ; une coiffe brabançonne, le costume régional de Blankenberghe, de Scheveningue et de Katwijk.

Évidemment, il n'entre pas dans mes intentions de me procurer cette collection en une fois, mais peu à peu, pièce par pièce ; d'acquérir d'abord ceci et puis, une autre fois, cela. Ce projet n'est point irréalisable puisqu'on peut trouver ces vêtements d'occasion. Dès que j'aurai quelque part un atelier, je me constituerai ainsi une très utile collection. C'est la seule bonne manière de réussir : travailler d'après un modèle lorsqu'on dispose d'un grand choix de costumes.

Je ne puis espérer un résultat que si je m'astreins à dessiner avec application, avec sérieux, en m'efforçant toujours de reproduire la réalité. Par la suite, il me sera sans doute possible de gagner ma vie à dessiner, malgré les dépenses inévitables. Car un bon dessinateur trouve aujourd'hui facilement du travail ; on en demande beaucoup, il y a moyen de dénicher un emploi bien payé. Dès lors, je voudrais améliorer ma technique autant que possible. A Paris, un bon dessinateur gagne de 10 à 15 francs par jour, à Londres et ailleurs peut-être même davantage. Bien sûr, on n'arrive pas là d'un seul coup, j'en suis encore fort loin, il s'en faut, mais c'est une chose possible, à condition d'avoir un peu de chance et de renouer des relations suivies avec des gens comme M. Tersteeg, Théo, etc., et plus particulièrement avec de bons peintres et de bons dessinateurs. Mais il faut beaucoup travailler et étudier, c'est une condition fondamentale.

Je ne vous étonnerai pas en vous disant que je suis très désireux de recevoir des nouvelles de la proposition de Théo, et d'en recevoir peut-être aussi de M. Tersteeg. Car je dois être fixé, d'une façon ou d'une autre, aux environs du mois de mars ; il me faut savoir où et comment je pourrai travailler pendant le printemps et l'été.

Si je pouvais en arriver à gagner quelque argent, cela ne me serait point désagréable, bien que l'essentiel soit pour moi de faire des progrès et de me perfectionner dans le dessin. Une fois ce point acquis, bien des choses s'arrangeront d'elles-mêmes, soit tout de suite, soit plus tard. Les modèles coûtent cher, ou plutôt relativement cher ; si j'étais à même de m'en payer et souvent, je travaillerais mieux. Dans ce cas, un atelier me serait également indispensable.

Des gens comme M. Tersteeg, Théo, etc., savent tout cela par cœur. Enfin, patientons, espérons de leurs nouvelles et, en attendant, faisons ce que nous pouvons.

J'ai terminé un nouveau dessin de mineurs dans la neige. Il est mieux réussi que celui de l'année dernière ; il a plus de caractère et produit plus d'effet.

J'ai recommencé à collectionner des gravures sur bois, dans le genre des albums de découpures comme Théo et Wilhelmine en avaient dans le temps. Si je parviens à réunir une collection assez complète, je pourrai en tirer profit, car il n'est pas dit que je ne me mettrai pas tôt ou tard à la gravure sur bois.

Sachez que les vêtements que j'ai achetés sont d'un bon modèle ; ils me vont mieux que tous les autres que je me souviens avoir portés. Je vous dis cela parce que vous pourriez croire qu'ils sont voyants ou extravagants, mais on en porte beaucoup de ce genre dans les ateliers.

Je m'arrête ici et vous envoie mes salutations à tous, après vous avoir félicités de l'anniversaire d'A.

Croyez-moi votre affectionné *Vincent.*

Le peintre qui me donne des leçons, travaille actuellement à une bonne toile représentant un pêcheur de Blankenberghe.

Bruxelles, 2 avril 1881
72, Bd du Midi

Cher Théo,

En réponse à tes deux bonnes lettres et à la suite de la visite de 142 N
Pa, que j'attendais avec impatience, j'ai quelque chose à te dire.

En premier lieu, Pa m'a confié que tu envoies de l'argent depuis longtemps, à mon insu, et que tu m'aides à me tirer d'affaire. Je t'en remercie cordialement. Je me plais à espérer que tu n'auras jamais à le regretter ; j'ai ainsi la possibilité d'apprendre un métier qui, s'il ne m'enrichit pas, me permettra du moins de gagner au minimum 100 francs par mois ; c'est ce qu'il me faut pour subvenir à mes besoins dès que je serai plus ferme sur mes arçons comme dessinateur, et que j'aurai enfin trouvé un emploi stable.

Ce que tu nous as expliqué à propos du peintre Heyerdahl nous a vivement intéressés, Rappard et moi. Étant donné qu'il t'écrira probablement à ce sujet, je me bornerai à traiter cette question dans la mesure où elle me concerne directement.

En quelque sorte, je trouve très exactes tes remarques relatives aux artistes hollandais, savoir qu'il est douteux qu'on puisse obtenir d'eux des renseignements précis sur les difficultés de la perspective, etc. auxquelles je me heurte.

En tout cas, je te concède volontiers qu'un homme comme Heyerdahl (qui paraît posséder une grande culture) serait de loin préférable à des gens incapables d'expliquer leur technique, ni de donner à un autre les conseils et les explications dont il a besoin. Tu me dis que Heyerdahl se donne beaucoup de peine pour déterminer « les proportions d'un dessin ». C'est précisément un conseiller comme lui qu'il me faudrait. Plus d'un bon peintre ne comprend rien, ou presque rien, aux « proportions d'un dessin », à ses belles lignes pures, à sa composition particulière, à son idée, à sa poésie. Pourtant, ce sont des questions fondamentales que Feyen-Perrin, Ulysse Butin et Alphonse Legros, pour ne pas citer Breton, Millet et Israëls, prennent très à cœur et ne perdent jamais de vue.

Plus d'un peintre hollandais ne comprendrait rien, absolument rien aux très belles œuvres de Boughton, Millais, Pinwell, Du Maurier, Herkomer et Walker, pour ne citer que ces artistes qui sont de véritables maîtres-dessinateurs, et je ne veux pas parler de leurs qualités dans d'autres domaines.

D'aucuns, dis-je, haussent les épaules devant de telles œuvres, comme beaucoup — même des peintres belges qui devraient pourtant être mieux au courant ! — haussent les épaules devant les toiles de De Groux. Cette semaine, j'ai vu des œuvres de De Groux que je ne connaissais pas encore : une toile « Départ du conscrit » et un dessin plus haut que large, « L'ivrogne ». Ces deux compositions ressemblent tant à des Boughton que j'en ai été frappé comme on peut l'être par la ressemblance de deux frères qui ne se sont jamais vus, mais qui vivent néanmoins à l'unisson.

Tu comprendras que je partage ta manière de voir quant à Heyerdahl, et que je me féliciterais si je pouvais un jour me mettre en rapport avec lui ; et aussi, que je ne veux point m'entêter à retourner en Hollande, d'autant moins que je peux espérer partir un jour d'ici vers Paris, ou plus exactement que je puis y compter plus ou moins.

Mais, que faire en attendant ? que trouves-tu préférable ? Je pourrai travailler une semaine ou deux chez Rappard, mais ensuite il s'en ira probablement. Ma chambre est beaucoup trop petite, l'éclairage est défectueux, et les propriétaires élèveraient sûrement des objections si je masquais une partie de la fenêtre ; je ne peux même pas fixer mes eaux-fortes et mes dessins aux murs. C'est-à-dire que je serai obligé de déménager si Rappard s'en va au mois de mai. Dans ce cas, j'aimerais aller travailler quelque temps à la campagne, à Heyst, à Calmphout, à Etten, à Scheveningue ou à Katwijk, n'importe où, fût-ce dans les environs, à Schaerbeek, à Haeren ou à Groenendaal.

J'irais de préférence dans un endroit où il y a moyen de fréquenter des peintres, de cohabiter et de collaborer avec eux, si c'est possible, parce que cette solution serait moins onéreuse et vaudrait mieux.

Les frais de séjour, peu importe le lieu où l'on s'arrête, s'élèvent en gros à 100 francs par mois au minimum ; sinon on tire le diable par la queue et on doit se priver du nécessaire ou renoncer à acquérir petit à petit le matériel et les outils indispensables.

Mettons que j'aie dépensé cet hiver 100 francs par mois, bien qu'en réalité je n'aie pas disposé de cette somme. J'en ai consacré une bonne partie à des articles de dessin, puis j'ai acheté des vêtements : deux costumes de travail en velours noir, qu'on appelle, si je ne me trompe, de la veloutine. Ils me vont bien ; ainsi vêtu, je puis me présenter n'importe où ; les vêtements me serviront encore plus tard, quand j'aurai besoin — c'est le cas dès à présent ! — d'un grand choix de vêtements de travail pour habiller les modèles dont je ne puis, pas plus qu'un autre dessinateur, me passer. Je me vois donc obligé d'acquérir, d'occasion de préférence, toutes sortes de vêtements d'homme et de femme. Bien sûr, il ne me faut pas tout de suite une collection complète, mais j'ai commencé à la constituer tout doucement, et je continue.

Tu dis avec raison que les problèmes d'argent ont une grande importance en ce monde, que ce soit en bien ou en mal. Soit. La parole de Bernard Palissy demeure d'actualité : « Pauvreté empêche les bons esprits de parvenir. » En y réfléchissant, j'ajouterais volontiers : est-il concevable que dans une famille comme la nôtre, où deux hommes qui portent notre nom se sont enrichis dans le commerce d'objets d'art, je veux parler de C. M. * et de l'oncle de Prinsenhage, et où deux autres, toi et moi, ont choisi le même métier

* L'oncle Cornélius.

dans deux sphères distinctes – est-il concevable, dis-je, que je ne puisse compter, d'une façon ou d'une autre, sur les 100 francs par mois qui me sont indispensables jusqu'au jour où j'aurai trouvé un emploi stable comme dessinateur ?

Il y a trois ans, j'ai eu une querelle avec C. M. à un autre sujet. Est-ce une raison suffisante pour que C. M. me témoigne une hostilité qui ne désarme pas ? Je préfère croire qu'il n'a jamais nourri de véritable rancune contre moi, considérer que ce n'est qu'un malentendu dont j'accepte d'endosser la responsabilité pleine et entière, plutôt que de chicaner et de rechercher jusqu'à quel point j'en suis responsable, car je n'ai pas de temps à perdre dans des discussions de ce genre.

L'oncle Cor a si souvent aidé d'autres dessinateurs, qu'il pourrait tout de même s'intéresser un peu à moi, quand il en a l'occasion. Ne va pas croire que je me perds en paroles dans l'espoir d'obtenir un secours financier de Son Excellence. Il y a d'autres façons de me venir en aide, par exemple, en me mettant en relations avec ceux qui pourraient m'apprendre beaucoup de choses, ou en me procurant du travail à quelque revue illustrée. J'ai parlé en ce sens à Pa, et j'ai pu constater qu'on avait déjà discuté le fait étrange, inexplicable, que j'ai tant de tracas, moi, alors que je suis tout de même membre d'une telle famille. Je lui ai dit qu'à mon sens tout cela n'était que passager et finirait par s'arranger. Il m'a pourtant semblé nécessaire d'en toucher un mot à Pa et d'en écrire à M. Tersteeg, mais Son Excellence paraît ne pas avoir saisi mes intentions, puisqu'il croit que je rêve de vivre aux crochets de mes oncles. Il m'a fait parvenir une lettre plutôt décourageante, dans laquelle il me dit que je n'ai pas le droit d'agir ainsi.

Je ne prétends pas avoir raison, mais je souhaiterais qu'on ne jacasse pas maintenant ou plus tard de cette affaire dans les ateliers. C'est pourquoi je suis d'avis que la bonne entente entre moi et ma famille doit être rétablie, en tout cas provisoirement et pour la galerie, en attendant qu'on en arrive à penser autrement de moi. Si l'on ne veut pas, soit, mais alors, je ne pourrai pas empêcher les bavardages. Si j'écrivais tout de suite à C.M. ou si j'allais voir Son Excellence, il se pourrait qu'il ne lise pas ma lettre ou me reçoive un peu trop froidement. Par conséquent, j'en parle à Pa et à toi, parce que vous pourriez peut-être lui toucher un mot à ce sujet, si l'occasion se présentait, pour qu'il ne se méprenne pas sur mes intentions. Je n'ai pas l'intention de soustraire de l'argent à Son

Excellence, comme M. Tersteeg semble le croire ; j'en accepterais seulement dans le cas où il aurait confiance en mon avenir, après avoir causé avec moi, et s'il me considérait d'un tout autre œil. S'il en arrivait à cette conviction, je ne dédaignerais certainement pas son aide, cela va de soi, et il pourrait alors me faciliter les choses d'une autre façon qu'en me donnant de l'argent, à dater de ce jour par exemple, jusqu'à ce que je vienne à Paris.

Je lui ai répondu que je n'étais guère étonné de son interprétation, puisque toi-même, tu t'étais déjà servi de l'expression « vivre comme un rentier ». Le ton de ta lettre me fait comprendre que tu en es à considérer à présent la chose d'un autre point de vue. Ton soutien efficace me le prouve d'ailleurs. J'espère donc que M. Tersteeg changera peu à peu d'avis, lui aussi. D'autant plus qu'il fut le premier à me venir en aide avec l'ouvrage de Bargue, ce dont je lui reste reconnaissant.

Tu parles dans ta lettre d'un mannequin. Ce n'est pas urgent, mais cela me serait très utile pour composer et trouver des poses. Tu comprends cela. Je préfère attendre encore un peu et en avoir un bon, plutôt que d'en avoir tout de suite un défectueux.

J'insiste surtout pour que tu te mettes à l'affût de planches et de livres — le plus possible — ayant trait aux proportions. Renseigne-toi au mieux à ce sujet ; c'est un point capital, sans lequel on ne saurait réaliser une composition de figures. En outre, un peu de documentation sur l'anatomie du cheval, de la brebis et de la vache me viendrait à point — non de la documentation relative à l'art vétérinaire, mais de la documentation en vue de dessiner ces animaux.

Si je te demande tout cela, c'est parce que tu auras peut-être l'occasion de trouver ces planches à bon compte, comme moi-même j'en ai déjà trouvé quelques-unes.

Je souhaite que tu puisses consulter un jour Bargue ou Viollet-le-Duc, par exemple, personne ne saurait mieux me renseigner qu'eux.

Je serais enchanté de vivre plus tard avec toi, mais nous n'en sommes pas encore là. Si C.M. se laissait convaincre de me caser provisoirement à gauche ou à droite, je ne dirais pas non.

Il y a parfois moyen d'apprendre indirectement bien des choses d'artistes plus ou moins médiocres. Par exemple, Mauve doit beaucoup à Verschuur pour ce qui est de la perspective d'une étable ou d'un chariot, ou de l'anatomie du cheval. Or, Mauve est pourtant sensiblement supérieur à Verschuur.

Si tu trouves un moyen de recommander la toile de Madiol au Salon, fais-le. Elle a beaucoup de qualités, et le bonhomme est dans la misère avec de nombreux enfants en bas âge. Pour le moment, il peint une forge et cela promet. Dernièrement, une petite vieille a posé pour lui ; le dessin et surtout les couleurs de cette toile sont superbes. Seulement, il est très inégal. Ses dessins sont souvent excellents.

Cette lettre s'allonge, mais le moyen d'être bref ? Si je dis qu'il serait souhaitable, moins à cause du qu'en dira-t-on qu'en considération de ma personne, que C.M. et consorts en arrivent à changer d'avis et d'attitude à mon égard, c'est parce qu'un homme comme Roelofs, par exemple, ne sait plus que penser d'une situation aussi fausse. Il s'imagine que quelque chose cloche de mon côté, à moins que ce ne soit de l'autre ; en tout cas, il se rend compte qu'il y a quelque chose qui ne va pas quelque part.

Évidemment, il fait preuve de trop de circonspection : il préfère ne pas avoir affaire à moi, précisément à ce moment où j'ai besoin de ses conseils et de ses suggestions.

Des expériences de ce genre ne sont pas agréables. Reste à savoir d'ailleurs si je ne ferais pas autant de progrès en continuant à travailler seul, avec une énergie patiente ? Pour moi, je le crois. Où il y a une volonté, il y a une voie. Aura-t-on le droit de m'en vouloir plus tard si je prends une revanche ? Bah ! un dessinateur ne dessine pas pour prendre sa revanche, mais par amour du dessin, et cet amour est plus fort que tout. Ainsi, toutes les questions pendantes s'arrangeront peut-être d'elles-mêmes.

Cet hiver, j'ai amassé des gravures sur bois ; tes Millet sont venues se joindre à beaucoup d'autres, et tu pourras te rendre compte que j'ai su tirer profit de ton capital de gravures sur bois, etc. Pour le moment, je possède vingt-quatre gravures sur bois de Millet ou d'après lui, y compris « Les Travaux des Champs ». Mais l'essentiel, c'est le dessin ; je dois donc y consacrer tous mes soins.

Il serait peut-être moins onéreux que je passe l'été à Etten ; il y a là-bas une grande quantité de sujets. Si mon projet te paraissait raisonnable, tu pourrais en écrire à Pa. Le cas échéant, je suis tout disposé à me ranger à leur avis quant à la façon de m'habiller et pour tout le reste aussi. Il n'est pas impossible que je tombe un jour nez à nez avec C.M.

Je n'y vois aucun inconvénient, pour ma part. On continuera longtemps encore à émettre des opinions contradictoires à mon sujet, les membres de notre famille aussi bien que les étrangers ; on portera des jugements diamétralement opposés sur mes actes et on entendra longtemps encore formuler des avis complètement divergents.

Je n'en tiens rigueur à personne, parce qu'il y a très peu d'hommes qui savent vraiment pourquoi un dessinateur fait ceci plutôt que cela. En général, les campagnards et les bourgeois soupçonnent de méchanceté et de noirs desseins tout homme qui se rend en des endroits, des coins et des trous qu'un autre préfère ne pas fréquenter, dans le seul espoir d'y découvrir des lieux pittoresques et des figures remarquables.

Un paysan qui me regarde dessiner un tronc d'arbre et travailler une heure durant sans bouger, s'imagine que je suis fou et se moque de moi. Une petite dame qui fait la grimace devant un ouvrier vêtu de son costume de travail rapiécé, tout couvert de poussière et trempé de sueur, ne peut évidemment pas comprendre pourquoi on va s'enterrer dans le Borinage, pourquoi on court à Heyst et pourquoi on descend aux *maintenages* d'une mine. Elle en conclut, elle aussi, que je suis fou. Bien sûr, je m'en balance, pourvu que toi, M. T., C.M., Pa et quelques autres, vous sachiez qu'en penser et que vous m'encouragiez, au lieu de m'adresser des reproches, en me disant : « Ton métier le veut ainsi et nous comprenons fort bien pourquoi. »

Je répète donc que, dans les circonstances présentes, je ne vois pas pourquoi je n'irais pas à Etten ou à La Haye, même si ces chers messieurs et ces belles dames se mettent à jacasser.

Pa m'a dit lors de sa visite : « Écris à Théo et discute avec lui ce qui serait le moins coûteux et te conviendrait le mieux. » J'espère donc que tu voudras bien me faire connaître ton avis.

Heyst et Calmphout sont très pittoresques et les sujets ne manquent pas à Etten ; ici non plus, s'il n'y a pas d'autre solution, mais dans ce cas j'irais quand même m'installer à Schaerbeek.

Je pourrais aller à Scheveningue ou à Katwijk, si C.M. change d'avis à mon sujet. Je profiterais alors directement ou indirectement des artistes hollandais. Pour ce qui est des frais, j'évalue qu'ils s'élèveraient au moins à environ 100 francs par mois. Il n'est pas possible de se débrouiller avec moins, « il ne faut pas museler le bœuf qui fait marcher la batteuse ».

Il est certain que Rappard a peint quelques très bonnes études, entre autres deux ou trois d'après ses modèles de l'académie, d'une facture rigoureuse. Un peu plus de confiance en soi et un peu plus d'audace ne lui nuiraient pas. Quelqu'un m'a dit un jour : *Nous devons faire des efforts de perdus, de désespérés.* Voilà ce qu'il ne fait pas encore.

Je trouve ses dessins à la plume, des paysages pour la plupart, ingénieux et charmants. Mais là aussi il devrait y mettre petit à petit un peu plus de passion.

Maintenant je te dis adieu avec une poignée de mains, et je reste

t. à t. *Vincent.*

12 avril 1881

Cher Théo,

143 N J'ai appris de Pa qu'il est possible que tu arrives dimanche prochain à Etten. Comme je crois qu'il serait bon que j'y sois aussi, j'ai décidé de m'y rendre aujourd'hui.

J'espère donc te revoir bientôt. Je suis d'autant plus impatient que j'ai crayonné deux dessins chez Rappard, « Les porteurs de lampes » et « Les porteurs de fardeaux », au sujet desquels j'aimerais discuter avec toi pour savoir comment les continuer. Je dois trouver d'une façon ou l'autre des modèles pour les terminer ; si j'en trouve, j'ai l'impression que je ferai deux bonnes choses, je veux dire deux compositions qu'on pourra montrer à Smeeton Tilly et aux gens de *L'Illustration,* ou d'une autre revue de ce genre.

Ainsi donc, j'espère que nous nous reverrons bientôt, et je te serre la main en pensée.

Je t'envoie trois griffonnages ; ils sont encore maladroits, mais ils te permettront de te rendre compte de mes progrès. Il faut considérer que je me suis mis à dessiner assez récemment, bien que j'aie déjà fait quelques petits croquis, quand j'étais gamin. Et que je me suis surtout efforcé cet hiver de faire des études anatomiques rigoureuses, tout en essayant d'en marquer la composition d'un cachet personnel.

Yours truly, *Vincent.*

8

Etten

12 avril – 31 décembre 1881

Venu à Etten voir ses parents et son frère, Vincent restera au presbytère, aussi fermement décidé à devenir un artiste qu'il l'a été à se faire marchand de tableaux ou évangéliste. Il fait poser ses proches et les gens du peuple qui veulent bien lui servir de modèles. Mais cette vie – aussi paisible qu'elle peut l'être pour un homme aussi excessif – ne durera pas : la fille du pasteur Stricker, sa cousine Kate Vos, une jeune veuve, est venue avec son fils âgé de quatre ans, passer ses vacances à Etten. Sans doute se montre-t-elle douce avec cet être inquiet comme l'a été naguère Ursule Loyer. Il n'en faut pas plus pour donner à Vincent des espoirs qui ne reposent, hélas ! sur rien. Dans l'été de 1881, il déclare son amour à Kee et comme elle le repousse, il réagit avec une telle violence qu'elle décide de quitter le presbytère et de rentrer chez ses parents à Amsterdam.

Vincent ne se résigne pas et, finalement, en novembre, il se décide à mettre son frère au courant. Désormais ses lettres ne sont plus des cris d'amour pour Dieu mais pour une créature bien vivante. L'opposition qu'il rencontre dans sa famille, il l'attribue à la bigoterie des siens et elle n'est certainement pas étrangère à l'anticléricalisme qu'il va désormais manifester.

Si la jeune femme ne répond pas à ses lettres, c'est, pense-t-il, sous l'influence de sa famille. Il décide donc d'avoir une entrevue avec elle et se rend à Amsterdam. Mais, sitôt qu'il s'annonce, Kee s'enfuit et Vincent a beau menacer de se brûler la main sur la lampe qui éclaire la pièce, il ne la verra pas.

Cette brève mais violente crise sentimentale n'empêche pas Vincent de travailler. Il entretient longuement Théo et Van Rappard de ses essais. Il aborde la sépia, l'aquarelle, la pointe de roseau dont il tirera plus tard des effets saisissants. Puis il prend la décision d'aller s'établir à La Haye pour recevoir les conseils de son cousin, le peintre Anton Mauve.

(Etten, 1er mai 1881)

Cher Théo,

144 N Je te félicite cordialement pour ton anniversaire. Je pense souvent à ta visite, je suis très content d'avoir eu l'occasion de bavarder librement avec toi, et j'espère qu'il te sera possible de venir encore une fois dans le courant de l'été. Je suis ici depuis quelques jours, il fait beau, mais le temps ne me permet pas encore de dessiner tous les jours au dehors.

En attendant, je me suis attaqué aux Millet. « Les semeurs » est terminé, et j'ai fait une esquisse des « Quatre heures de la journée ». Je me propose de recommencer « Les Travaux des Champs ».

Tu sais qu'il y a eu une exposition d'aquarelles à Bruxelles ; elle était assez intéressante. On pouvait y voir quatre ou cinq Mauve ; « Bûcherons » de J. Maris ; des dunes semblables à une toile de Ruysdaël ou dev.d. Velde ; ensuite, cinq grands dessins superbes de J. Weissenbruch, cinq grandes pièces de Roelofs et d'autres de Gabriel, de v.d. Sande, Bakhuyzen, de Valkenburg, de v. Trigt, de Stortenbreker, de Vogel, etc. Voilà pour les Hollandais.

Il y avait encore un Mesdag dont mentalement il ne fallait pas tenir compte, sinon il éclipsait tout le reste. En tout cas, j'ai eu cette impression. C'était une toile représentant le littoral par un temps d'orage : un ciel bouché de nuages grisâtres, avec des reflets du soleil qui se couche.

Au premier plan, un pêcheur à cheval, une étrange silhouette élancée et sombre qui se détache sur les vagues couvertes d'écume blanche. Ce personnage discute avec l'équipage d'une barque de pêche qui, au second plan, est ballottée par les flots. Sur le pont, des hommes s'affairent autour d'une lanterne et semblent s'entretenir avec l'homme à cheval qui vient chercher l'ancre. C'est un grand dessin d'une telle valeur et d'une telle vigueur qu'il écrasait pour ainsi dire tout le reste, comme j'ai déjà dit.

Mon attention s'est encore arrêtée sur deux dessins de Ter Meulen représentant des moutons dans les dunes et des moutons dans la neige. Ils étaient franchement bien. Si mes souvenirs sont exacts, j'ai vu cet homme bûcher et s'échiner, et voilà qu'il est arrivé à quelque chose ; en tout cas, ces dessins étaient excellents.

Il y avait aussi des dessins de Meunier *, « Valet dans une grange », d'un ton, d'une facture et d'une composition délicats ; leur simplicité et leur fidélité à la nature faisaient penser à Millet. De lui encore, un chauffeur et un ouvrier d'usine.

Il y avait aussi plusieurs dessins de Rochussen. Et bien d'autres encore. A vrai dire, pour ce qui est des Belges, je n'ai été impressionné que par Meunier.

Dans trois semaines, Rappard retourne en Hollande. Cet été, il travaillera probablement au dehors, et il se peut qu'il aille à Paris en hiver, mais pas encore pour s'y fixer à demeure.

Je crois qu'il a reçu là-bas autrefois une douche glacée, mais cela ne veut pas dire qu'un nouveau séjour ne lui sera pas profitable. Il est certain qu'il a fait de sérieux progrès depuis lors.

Je suis si heureux qu'on se soit arrangé pour me permettre de travailler quelque temps ici à mon aise ; je me propose de faire autant que possible d'études ; elles seront la semence qui donnera plus tard des dessins.

Écris-moi de temps à autre et tiens-moi au courant de tout ce qui te concerne ; si tu apprenais par hasard qu'il y a moyen de caser çà ou là un dessinateur, songe à moi.

Il est temps de porter ma lettre à la poste. Je te tiendrai au courant de tout ce que je fais, mais toi, de ton côté, tu dois m'écrire de temps à autre ce que tu me conseilles de dessiner et d'entreprendre ; tes conseils me sont souvent profitables, d'autres fois ils ne le sont pas, mais dis-moi en tout cas hardiment ce que tu voudrais que je fasse, j'agirai de même de mon côté, et nous essaierons d'un commun accord de séparer l'ivraie d'avec le bon grain.

Adieu, poignée de mains en pensée,

Vincent.

Cher Théo,

J'ajoute un petit mot, puisqu'on t'écrit, pensant que tu dois désirer 145 N
savoir de moi que je te dise à quoi mon temps se passe.

Chaque jour, quand il ne pleut pas, je sors, le plus souvent pour

* Le sculpteur Constantin Meunier.

aller sur la bruyère. Mes études, je les fais assez grandes, un peu comme celles que tu as déjà vues lors de ta visite. Par exemple, j'ai fait, entre autres choses, une bicoque sur la petite lande, et aussi, sur la route de Roozendaal, la grange au toit moussu qu'on appelle ici la grange protestante. Tu dois savoir ce que je veux dire.

Puis, les moulins qui sont là en face, sur cette prairie, et aussi les ormes du cimetière.

Et une encore avec des bûcherons occupés sur une vaste étendue de plaine où on a abattu un grand bois de sapins. Et puis j'ai essayé de dessiner des instruments, tels que charrette, charrue, herse, brouette, etc. etc.

Celle avec les bûcherons est encore la mieux réussie. Je crois qu'elle te plairait. Peut-être Rappard viendra-t-il encore passer ici quelque temps cet été. J'ai une lettre de lui.

En pensée une poignée de main. Crois-moi

t. à t. *Vincent.*

Cher Théo,

146 N Il est temps que je t'écrive un petit mot.

Je dois te dire que Rappard est venu passer ici une douzaine de jours. Il est maintenant reparti. Il va de soi qu'il m'a chargé de te transmettre ses salutations. Nous avons fait ensemble plusieurs excursions, entre autres dans la bruyère du côté de Seppe et au lieu appelé Passievaart, un grand marécage. Rappard a peint là-bas une grande étude (1 m sur 50 cm) qui a beaucoup de qualités. En outre, il a fait une douzaine de petites sépias, là et dans le Liesbosch.

Pendant qu'il peignait, j'ai fait un dessin à la plume d'un autre coin du marécage où il y avait des nénuphars (près du chemin de Roosendaal).

De plus, nous sommes allés ensemble à Prinsenhage. L'oncle était alité ; il n'est de nouveau pas dans son assiette.

Il me semble que le travail de Rappard témoigne de réels progrès ; il m'a dit que chez lui on venait de mettre à sa disposition un atelier bien aménagé. Il a l'intention de partir cette semaine pour Loosdrecht, où il va séjourner un mois. Il travaille régulièrement et beaucoup.

On m'a procuré le *Traité d'aquarelle* de Cassagne ; je suis en train de l'étudier. Même si je ne travaille pas l'aquarelle, j'y puiserai sans doute beaucoup de renseignements, par exemple sur la sépia et sur le dessin à l'encre. C'est que je me suis borné jusqu'à présent à dessiner au crayon ; j'ai ombré et achevé mes dessins à l'aide d'une plume de roseau, dont les traits sont plus épais.

Les dessins que j'ai entrepris ces temps derniers réclamaient ce procédé-là ; en effet, j'ai choisi des sujets qu'il fallait surtout dessiner en ne perdant pas de vue la perspective, notamment des ateliers, par exemple une forge, la boutique d'un menuisier, un sabotier.

Wilhelmine est partie et je la regrette, car elle pose très bien ; j'ai fait un dessin d'elle, et un autre d'une fille qui a logé chez nous. J'ai mis la machine à coudre sur ce dessin. De nos jours, on ne voit plus de rouets ; c'est bien dommage pour les peintres et les dessinateurs. Mais il a été remplacé par un engin qui n'est pas moins pittoresque, je veux dire la machine à coudre.

Quant à ta visite, cet été, où en sommes-nous ? Peut-on espérer que tu viendras ? Je me plais à croire que c'est oui.

Il paraît que Rappard à Loosdrecht se paie le luxe d'un canot ; ce doit être agréable !

Je pense qu'il se rendra en Gueldre, après son séjour à Loosdrecht.

J'aimerais beaucoup te revoir. Si tu viens et si tu me l'annonces assez tôt, je lui ai promis de le prévenir ; il tâchera alors de s'arranger pour venir.

J'ignore s'il retournera jamais à Paris. Il n'en a soufflé mot. Je me demande s'il faut conclure de son silence qu'il n'y pense plus, ou qu'il couve un projet, au contraire.

Quand je songe qu'il a vingt-trois ans à peine et quand j'évoque d'autres détails, je me dis qu'il ne faudrait pas s'étonner si cette seconde hypothèse se vérifiait. Je me plais à croire que tu m'écriras si tu disposes d'un moment. Je me recommande pour le catalogue du Salon.

Rappard m'a confié qu'il allait se procurer les œuvres complètes de Cassagne. Il est encore assez faible dans le domaine de la perspective. Or, je ne connais pas de meilleur remède contre cette infirmité-là ; si je m'en remets complètement, je le devrai à ces ouvrages, j'entends à la mise en pratique de la théorie qu'ils exposent. Le malheur, c'est qu'on ne saurait acheter la pratique avec la théorie ; s'il en était ainsi, on en vendrait sans doute plus d'exemplaires.

Et maintenant, adieu, avec une poignée de main,

Vincent.

Cher Théo,

147 N Tu écris dans ta dernière lettre qu'il y a beaucoup de chances que tu viennes en Hollande à une date relativement rapprochée.

Cette nouvelle me fait plaisir, car il me tarde de te revoir. Dans cette attente, je trouve parfaitement inutile de t'envoyer des dessins ; je l'aurais sans doute fait si tu ne venais pas, afin que tu puisses te rendre compte que tous mes dessins ne sont pas encore ce qu'ils devraient être — il s'en faut de beaucoup — mais qu'ils ne dénotent pourtant pas de progrès à rebours. Enfin, tu verras ce qu'il en est quand tu seras ici. Dans ma lettre précédente, j'ai fait allusion au catalogue du Salon ; c'est que j'espérais que tu y penserais si l'occasion se présentait pour toi de mettre la main sur un exemplaire.

Toutefois, je peux aussi bien m'en passer, ce catalogue ne répond pas à un besoin vital pour moi. Mais il y a autre chose qui m'est indispensable ; aussi te saurais-je gré de bien voûloir m'en apporter un peu quand tu viendras, si cela ne te dérange pas trop.

Je veux parler du papier Ingres blanc. J'en ai rapporté une provision de Bruxelles et c'était une joie pour moi de m'en servir, car il se prête fort bien à la pointe, surtout à la plume de roseau. Mon stock est épuisé depuis un bon moment, et je ne trouve plus ici que du papier lisse, sans grain (à moins d'acheter du What man ou du Harding, mais cela revient trop cher pour des croquis ; je crois que le papier Ingres coûte 10 centimes la feuille).

Ainsi donc, tâche d'en fourrer une petite ou une grande quantité dans ta valise : cela me fera plus de plaisir que n'importe quoi.

J'ai fait encore un dessin dans le Liesbosch. Il fait excessivement chaud, trop chaud pour traîner toute la journée dans la bruyère. Ces temps-ci, j'ai travaillé à la maison ; j'ai copié les dessins de Holbein reproduits dans l'ouvrage de Bargue. A propos de ce que tu m'as conseillé autrefois, j'ai aussi essayé de dessiner des portraits d'après des photographies, et j'ai l'impression que c'est un bon exercice.

Comme je te l'ai déjà demandé, écris-moi vite si tu en as le temps. Je te serre la main en pensée.

Vincent.

(juillet 1881)

Cher Théo,

Vraiment, je suis très heureux que tu sois venu à nouveau et que 148 N
nous ayons eu l'occasion de parler un peu de tout. Je persiste à déplorer qu'il ne soit pas possible de nous rencontrer plus souvent. Non parce que j'attache beaucoup d'importance aux bavardages en eux-mêmes, mais parce que je voudrais que nous nous comprenions plus intimement encore. Je me suis dit tout cela dans le train, en revenant de Roosendaal, surtout à propos de ce dont nous avons parlé en dernière minute, à la gare.

Je me réjouis que ta lettre d'aujourd'hui me laisse espérer une nouvelle visite prochainement.

Je suis tout à fait rétabli. Néanmoins, j'ai dû garder le lit le lendemain de ton départ. J'ai consulté le docteur Van Gent ; c'est un homme capable, qui a l'esprit pratique. J'ai préféré le voir ; non que j'attache de l'importance à ce malaise insignifiant, mais parce que, malade ou non, j'aime bavarder de temps à autre avec un médecin, afin de savoir si rien ne cloche. Quand on entend émettre une opinion sensée, véridique, sur la santé, on peut se faire petit à petit une idée plus nette à ce sujet. Dès qu'on sait à peu près de quoi il faut se garder, à quoi il faut s'en tenir, on ne s'arrête plus à toutes les sottises et les absurdités si souvent débitées sur la santé et les maladies.

De plus, je passe tout mon temps à faire les *Exercices au fusain* sur le papier Ingres que tu m'as apporté. Il faut que je m'oblige littéralement à poursuivre ce travail. Il est beaucoup plus exaltant de dessiner un sujet au dehors que de copier une planche de Bargue. Néanmoins, je me suis imposé la tâche de les copier encore une fois, mais ce sera la dernière.

Ce serait une erreur de me fourvoyer dans les détails et de perdre de vue les points essentiels, lorsque je dessine d'après nature. Mes derniers dessins portent la marque de cette bévue. C'est pourquoi j'ai voulu étudier de nouveau la méthode de Bargue (qui a recours aux grandes lignes, aux masses et aux contours simples mais délicatement tracés). Je renonce provisoirement à dessiner au dehors ; lorsque je m'y remettrai sous peu, j'aurai un coup d'œil plus net sur les choses qu'auparavant.

J'ignore si tu lis des livres anglais ; dans l'affirmative, je te recommande *Shirley* de Currer Bell, qui a encore un autre livre intitulé *Jane Eyre* à son actif. Cet ouvrage est aussi beau que les toiles de Millais, de Boughton ou de Herkomer. Je l'ai déniché à Prinsenhage et je l'ai dévoré en trois jours, bien qu'il soit assez volumineux.

Je souhaiterais que tout le monde ait la faculté que je commence à acquérir, de lire un livre en peu de temps et d'en garder une impression très nette. Il en va de la lecture comme de la contemplation d'un tableau, il faut en découvrir d'un trait les beautés, sans hésiter, et être sûr de son appréciation.

Je suis en train de remettre de l'ordre dans ma bibliothèque ; j'ai lu trop de livres pour ne pas continuer méthodiquement ; je veux me tenir au courant de la littérature moderne.

Il m'arrive de regretter d'avoir oublié l'histoire, surtout l'histoire moderne. Mais cultiver des regrets et rester les bras croisés ne mène pas loin ; essayons plutôt de nous instruire davantage.

Je me suis grandement réjoui de t'entendre exprimer dernièrement des opinions philosophiques vraiment saines. Qui sait quel philosophe tu deviendras !

Si tu trouves l'œuvre de Balzac, *Les Illusions perdues* (deux volumes), trop longue, commence par *Le Père Goriot* qui ne comporte qu'un volume seulement. Dès que tu auras goûté de ce mets, tu n'en voudras plus d'autre. Retiens bien le surnom de Balzac : *vétérinaire des maladies incurables.*

Quand j'aurai fini avec Bargue, nous serons au seuil de l'automne ; c'est une saison merveilleuse pour dessiner, et je voudrais que Rappard revienne ici.

J'espère trouver un bon modèle, par exemple Piet Kaufman, l'ouvrier. Je crois qu'il vaudra mieux ne pas le faire poser à la maison, mais plutôt au chantier, chez lui, ou aux champs avec une bêche, une charrue ou un autre outil. Il faut être sorcier pour faire comprendre à ces gens ce que c'est que poser. Les campagnards et les petits bourgeois s'accrochent à leur idée et ne veulent pas en démordre : pour poser, ils prétendent s'affubler de leurs nippes du dimanche les plus impossibles, où ni les genoux, ni les coudes, ni les omoplates, ni les autres parties du corps n'ont imprimé un creux ou une bosse. Vraiment, ce sont là les *petites misères de la vie d'un dessinateur.*

Adieu. Écris-moi si tu as le temps. Poignée de main en pensée, et crois-moi

t. à t. *Vincent.*

(août 1881)

Cher Théo,

Je viens de rentrer d'un voyage à La Haye. Ce soir, je suis seul 149 N
à la maison, Pa et Moe sont partis pour Prinsenhage. C'est dire si c'est un moment propice pour t'envoyer quelques détails.

Je suis parti mardi dernier, et nous sommes vendredi.

J'ai été là-bas chez M. Tersteeg, chez Mauve et chez De Bock. M. Tersteeg s'est montré très aimable et m'a dit que j'avais fait des progrès. Comme je venais de refaire toute la série d'*Exercices au fusain,* I-60, je les avais emportés. C'est en les voyant qu'il a émis cet avis, car il trouve que c'est assez important pour moi de les avoir faits, et aussi de copier de temps en temps une figure de Millet, de Boughton et de quelques autres, alors que la plupart n'y attachent pas beaucoup d'importance.

C'est dire si ce travail m'a valu un peu de satisfaction.

J'ai passé toute une après-midi et une partie de la soirée chez Mauve. J'ai vu beaucoup de belles choses dans son atelier. Mauve s'est intéressé surtout à mes dessins. Il m'a prodigué les conseils et je m'en félicite. Nous nous sommes donné le mot, si j'ose dire : je retournerai le voir sous peu, dès que j'aurai fait encore quelques études.

Il m'a montré de ses études et me les a expliquées. Ce n'était pas des gribouillages ni des ébauches de toiles, mais de véritables études apparemment sans valeur.

Il veut que je me mette à la peinture.

Je me réjouis d'avoir fait la connaissance de De Bock. J'ai été à son atelier. Il a une grande toile des dunes sur le chevalet, qui ne manque pas de mérites. Mais le bonhomme devrait, à mon avis, dessiner des figures, afin de créer des œuvres d'un tout autre genre. Je crois qu'il a un véritable tempérament de peintre et qu'il n'a pas encore dit son dernier mot. Il se passionne pour Millet et Corot, mais est-ce que ceux-ci se donnaient de la peine pour peindre des figures, oui ou non ? Il est vrai que les figures de Corot sont moins connues que ses paysages, mais cela n'empêche qu'il en ait peint. D'ailleurs, Corot a dessiné et modelé chaque tronc d'arbre avec attention et amour, comme s'il s'agissait d'une figure. Et, un tronc d'arbre de Corot est tout autre chose qu'un tronc d'arbre de De Bock ! J'ai trouvé qu'une des plus belles toiles de De Bock était précisément une copie de Corot. Elle passerait difficilement pour un Corot authentique, mais elle est sérieuse, plus sérieuse que maint faux Corot : la différence entre un Corot authentique et cette copie sautait moins aux yeux.

Ensuite, lui et moi, nous sommes allés voir « le panorama Mesdag » une œuvre qui mérite tout notre respect. Tandis que je le regardais, je me suis souvenu d'un mot de Bürger ou de Thoré sur la « Leçon d'anatomie » de Rembrandt : *le seul défaut de ce tableau est de ne pas avoir de défaut.* Il se peut que les trois dessins de Mesdag qui figuraient à l'exposition dont je t'ai parlé eussent plus de *défauts*, mais ils éveillaient du coup la sympathie, en tout cas la mienne.

A propos de cette exposition, il y avait un superbe dessin d'Israëls : une école de couture à Katwijk ; de Mauve, une charrue, superbe !, des moutons dans les dunes, et une figure – un ouvrier, qui, le soir, s'est assis par terre pour souffler.

D'Artz, trois dessins dont je me souviens très nettement : une scène dans un hospice, des vieillards, hommes et femmes, qui mangent leur soupe au lait – un dessin très important, très bon, très sérieux ; et encore deux études de tête très typiques d'un homme et d'une femme de Scheveningue. De Weissenbruch, entre autres un dessin avec des nénuphars, très simple, d'un bon style, plein de savoir-faire et d'amour, tant et si bien qu'il éclipsait un grand nombre de dessins d'autres artistes. Quoi qu'il en soit, cette exposition a prouvé péremptoirement qu'il y a beaucoup de bons paysagistes parmi les jeunes. Par exemple, Du Chattel et Neuhijs.

Albert Neuhijs exposait un superbe dessin, des figures ; une jeune fille et deux enfants.

L'œuvre de Clara Montalba était une révélation de plus. Elle a un talent très particulier, certaines de ses œuvres font penser à Rochussen.

J'ai vu chez M. Tersteeg bien d'autres belles choses, de Valkenburg, de Neuhijs, etc. etc.

J. Maris exposait des créations admirables, entre autres deux jeunes filles habillées de blanc devant un piano, et un moulin sous la neige. J'ai rencontré Willem Maris chez De Bock ; celui-ci possède un beau croquis de celui-là, un chemin en hiver avec une petite figure sous un parapluie. Le hasard a voulu que je pusse montrer mes études à Bosboom ; il a formulé quelques remarques. Je souhaiterais avoir plus souvent l'occasion de recueillir ses conseils. Bosboom est un de ces hommes qui ont le don d'apprendre et de faire comprendre quelque chose aux autres.

Il avait donné trois ou quatre bons dessins à l'exposition. Je suis resté à La Haye jusqu'à jeudi matin. De là, je me suis rendu à Dordrecht, parce que j'avais remarqué du train un endroit que je voulais dessiner, une rangée de moulins. Bien qu'il plût, j'ai pu exécuter mon projet. Ainsi, j'ai rapporté un souvenir de mon voyage.

J'ai trouvé chez Stam du papier Ingres deux fois plus épais que l'ordinaire. Il se prête à divers usages. Mais il est blanc, hélas ! Vois-tu le moyen de m'en procurer de cette qualité, mais couleur de coton ou de lin non blanchi ?

Il y avait quelques feuilles de cette couleur-là dans le paquet que tu m'as procuré. Il est semblable au papier des *Exercices au fusain.* Quand on se sert de papier blanc, il faut nécessairement lui donner un ton neutre avant de se mettre à dessiner.

Ainsi donc, j'ai été à La Haye. Ce voyage sera peut-être le point de départ de contacts profitables avec Mauve et avec d'autres peintres. Je ne demande pas mieux. Je te serre la main en pensée. Je te remercie pour ton aide loyale. Sans elle, je me serais sans doute privé de ce voyage, eu égard aux frais ; en tout cas, je l'aurais remis à plus tard.

t. à t., *Vincent.*

De Bock était enchanté des dessins de Millet que tu lui avais vendus.

(Etten, septembre 1881)

Cher Théo,

150 N Bien que je t'aie écrit récemment, j'ai encore quelque chose à te dire.

Savoir que je dessine maintenant autrement, tant pour le procédé que pour les résultats. Conformément aux conseils de Mauve, je me suis remis à travailler d'après un modèle en chair et en os. Par bonheur, je suis parvenu à décider quelques types à poser, entre autres Piet Kaufman, l'ouvrier. J'ai pu me faire une idée plus nette du dessin de figures en étudiant attentivement les *Exercices au fusain* de Bargue, et en faisant et refaisant sans me lasser lesdits exercices. J'ai appris à évaluer, à découvrir et à chercher les grandes lignes. Tant et si bien que, Dieu merci ! je réussis peu à peu à faire ce que je croyais auparavant absolument impossible.

A cinq reprises, j'ai dessiné un paysan avec une bêche, autrement dit, un bêcheur adoptant diverses poses ; en outre, deux fois un semeur, deux fois une fille tenant un balai. Et encore une femme avec une coiffe blanche qui épluche des pommes de terre, un berger s'appuyant sur son bâton, et enfin, un vieux paysan malade assis sur une chaise devant l'âtre, se tenant la tête dans les mains et appuyant ses coudes sur ses genoux. Il va de soi que je ne m'en tiendrai pas là ; dès que deux ou trois moutons ont traversé le pont, le troupeau leur emboîte le pas. Il faut que je dessine sans désemparer des bêcheurs, des semeurs, des laboureurs, des hommes et des femmes. Étudier et dessiner tout ce qui participe à la vie campagnarde. Comme tant d'autres ont fait et font encore. A présent, je ne me trouve plus aussi désarmé qu'autrefois en face de la nature.

J'ai rapporté de La Haye du conté, ainsi que des crayons ; je m'en sers beaucoup pour le moment.

D'autre part, je commence à me servir du pinceau et de l'estompe, et j'emploie un peu de sépia, d'encre de Chine ou de couleurs. Il est plus que certain que les dessins que j'ai faits ces temps-ci, ressemblent peu à ceux d'autrefois. La grandeur de mes figures correspond à peu près à celle des figures dans les *Exercices au fusain.*

De andere zaaier heeft een korf.
Enorm graag zou ik eens een vrouw laten poseeren
d'r met een zaaikorf om dat figuurtje te vinden dat ik
in 't voorjaar u heb laten zien en dat ge op den
voorgrond van 't eerste schetsje ziet

Enfin zooals Mauve zegt, „de fabriek is in
volle werking".
Als ge weet en kunt denk dan om het papier Ingres
van de kleur van ongebleekt linnen zoo mogelyk
het sterkere soort. Schryf my eens spoedig als ge kunt
in elk geval, en ontvang een handdruk in gedachten.

t. à t.

Vincent

En ce qui concerne mes paysages, je suis convaincu qu'ils n'en souffriront pas trop, mais qu'ils y gagneront au contraire.

Ci-joint quelques petits croquis, afin que tu puisses te faire une idée. Il va de soi que je dois payer mes modèles. Pas grand'chose. Seulement, c'est une affaire de tous les jours, c'est-à-dire des faux frais supplémentaires jusqu'à ce que je parvienne à vendre mes dessins.

Toutefois, il est rare que je rate complètement une figure ; il y a donc lieu de croire que je récupérerai les frais de mes modèles dans un proche avenir.

De nos jours, il peut gagner assez bien d'argent celui qui a appris à saisir un modèle et à ne pas le lâcher avant qu'il ne se trouve campé sur le papier.

Point n'est besoin de te dire que je t'envoie ces petits croquis pour que tu puisses te faire une idée de la pose ; je les ai crayonnés à la hâte, et je me rends parfaitement compte qu'il y a beaucoup à redire sur les proportions, en tout cas plus que sur les proportions du dessin même.

J'ai reçu une bonne lettre de Rappard, qui semble en mettre un coup ; il m'a envoyé de très jolis croquis de paysages.

Je serais enchanté s'il venait passer encore quelques jours ici.

Voici un champ de chaumes qu'on laboure et emblave ; j'en ai un assez grand croquis, avec un orage qui se prépare.

Les deux autres petits croquis sont des poses de bêcheurs.

Je me propose d'en faire encore plusieurs de ce genre.

Un autre semeur porte un semoir.

J'aimerais beaucoup dessiner une femme avec un semoir, pour saisir une petite figure comme je t'en ai montré une au printemps dernier, et que tu vois sur l'avant-plan du premier croquis.

Bref, « l'usine est en pleine activité » dirait Mauve.

Pense au papier Ingres, couleur de lin non blanchi, si tu peux et si tu veux. Écris-moi vite, et reçois une poignée de main en pensée.

t. à t. *Vincent.*

(sept. ou oct. 1881)

Cher Théo,

151 N Comme une lettre part pour toi, j'y joins un mot. J'espère de tout cœur que tu vas bien, et que tu trouveras une petite demi-heure pour me donner de tes nouvelles.

Je voudrais t'expliquer ce que j'ai fait depuis ma dernière lettre.

D'abord, deux grands dessins (au crayon et un peu de sépia) de saules étêtés, à peu près comme le croquis ci-dessous.

Ensuite, un dessin plus haut que large du chemin de Leur. Ensuite, deux dessins d'après un modèle — un bêcheur et un vannier. La semaine dernière, l'oncle de Prinsenhage m'a fait cadeau d'une boîte de couleurs assez convenable, en tous cas assez convenable pour un débutant (ce sont des couleurs de Paillard). J'en suis très heureux.

Tout de suite, j'ai essayé une aquarelle, dont tu vois le motif ci-dessous.

Je me félicite de pouvoir trouver des modèles ; je m'escrime pour le moment sur un cheval et sur un âne.

L'épais papier Ingres en question est très bon pour la peinture à l'eau, et beaucoup moins cher que l'autre.

Quoi qu'il en soit, ce n'est pas très urgent ; il m'en reste un peu de la petite provision rapportée de La Haye, mais c'est du blanc uni. Enfin, tu vois que je suis en pleine activité.

L'oncle se rend demain à La Haye ; il se peut qu'il passe chez Mauve pour lui demander quand je pourrai retourner chez lui.

Et maintenant, A Dieu. J'ai fait une longue trotte et je suis éreinté, mais je n'ai pas voulu laisser partir cette lettre sans y joindre un mot.

Porte-toi bien, poignée de main en pensée.

t. à t., *Vincent.*

Vooreerst twee groote teekeningen (krijt en als of wat sepia) van Knotwilgen / zoo ongeveer als onderstaand schetsje.

Verder een dito maar in de hoogte van de Leursche weg
Dan heb ik weer een paar keer model gehad spitter en mandemaker.
En dan heb ik van oom Cent verl. week een verfdoos gekreg die vrij goed is zeker goed genoeg om mee te beginnen (de verf is van Paillard). En daar ben ik zeer blij mede.

Nu heb ik dadelijk eens beproefd een soort aquarel te maken als bovenstaand motief.

Dit is een akker of aardappelveld waar men aan 't ploegen
en zaaien is. Ik heb daarvan een zeer groote schets
met opkomend onweer
De twee andere schetsjes zijn poses van spitters
Ik hoop er daarvan nog verscheiden te maken.

Etten, 12 octobre 1881

Cher Rappard,

R 1 N Je viens de recevoir *Gavarni, l'homme et l'œuvre* ; je vous remercie de me l'avoir retourné. A mon avis, Gavarni est un très grand artiste et il ne manque pas non plus d'intérêt comme homme. Sans doute lui est-il arrivé de commettre des fautes, pour ne parler que de son attitude à l'égard de Thackeray et de Dickens, mais on trouve de telles singularités dans tous les caractères.

Lui-même paraît d'ailleurs l'avoir regretté ; il a envoyé plus tard des dessins à ces hommes qu'il avait traités avec trop peu de familiarité. Thackeray, lui aussi, s'est comporté d'étrange façon avec Balzac ; je crois même qu'il est allé plus loin. Cela n'empêche que ces hommes étaient au fond des esprits de la même famille, bien qu'eux-mêmes ne s'en soient pas toujours rendu compte.

En recevant le livre, je me suis dit : il ne viendra certainement pas, sinon il aurait gardé le bouquin jusqu'à sa visite. Point n'est besoin de vous donner l'assurance que nous serions tous vraiment heureux de vous revoir, et que nous espérons que vous ne manquerez pas de passer, même si vous ne venez pas pour longtemps.

Je désire vivement savoir quelque chose de vos projets pour l'hiver. Supposez que vous alliez à Anvers, à Bruxelles ou à Paris ; ne manquez pas de venir nous rendre visite en passant. Et si vous restez en Hollande, je ne renonce pas à mon espoir : il fait beau, ici aussi, en hiver, et nous pourrions travailler un peu, soit au dehors, soit d'après un modèle, dans une maison, chez l'un ou l'autre fermier.

Ces derniers temps, j'ai beaucoup dessiné d'après un modèle, car j'ai trouvé plusieurs sujets qui s'y prêtaient de bonne grâce. J'ai toutes sortes d'études de bêcheurs, de semeurs, etc. — hommes et femmes. Je travaille pour le moment beaucoup au fusain et au conté ; j'ai également essayé la sépia et la détrempe. Enfin, je ne puis vous dire si vous trouverez des progrès dans mes dessins, mais vous y découvrirez sûrement du changement.

J'espère aller d'ici peu en visite chez Mauve, pour savoir si je vais me mettre à peindre, oui ou non. Si je m'y décide, je veux continuer. Mais, avant de m'y mettre, je voudrais encore en parler à l'un ou à l'autre. Je me réjouis de plus en plus d'avoir pris goût à dessiner des figures. Cela a un rapport indirect avec le dessin de paysages, car on apprend à se concentrer.

Je vous enverrais volontiers quelques croquis si j'en avais le temps, mais je suis pris par toutes sortes de choses ; vous en recevrez plus tard. Si vous ne restez pas dans le pays, je vous prie de me faire connaître votre adresse. En tout cas, j'aurai encore à vous écrire dans le courant de cet hiver. Voyez-vous un inconvénient si je me propose de garder encore quelque temps le *Fusain* de Karl Robert, parce que j'en ai grand besoin, étant donné que je travaille maintenant au fusain ? Quand j'irai à La Haye, j'essayerai de m'en procurer un autre exemplaire. Je serais très étonné si je ne restais pas tranquillement à Etten, cet hiver ; je suis en tout cas décidé à ne pas partir pour l'étranger. Car j'ai eu quelque chance depuis mon retour en Hollande, non seulement avec mes dessins, mais encore avec d'autres choses. Enfin, je compte rester encore un peu de temps ici ; j'ai passé tant d'années à l'étranger, aussi bien en Angleterre qu'en France et en Belgique, qu'il est temps que je demeure un peu ici. Savez-vous ce qui est très beau pour le moment ? Le chemin qui conduit à la gare et à Leur, avec ses vieux saules étêtés ; vous en possédez une sépia. Je ne puis vous dire comme ces arbres sont beaux maintenant. J'ai fait sept grandes études de quelques troncs. Je suis sûr que, si vous séjourniez maintenant ici ne fût-ce qu'une semaine, vous en feriez quelque chose de très bien. Si le cœur vous en dit, nous nous réjouirons tous de vous voir arriver.

Recevez les salutations cordiales de mes parents et de moi, en pensée, une poignée de main.

t. à t., *Vincent.*

Etten, 15 octobre 1881.

Cher ami Rappard,

Je pense que votre lettre appelle une réponse immédiate. Sachez R 2 N
avant tout qu'elle m'a fort intéressé, davantage qu'aucune des autres lettres que j'ai reçues de vous ; elle m'en dit plus que ce que vous avez cru devoir y mettre.

Elle me dit : mon ami Rappard a fait un très grand pas en avant, ou il le fera sous peu. Comment ? Cela n'a aucune espèce d'importance. J'ai mes raisons de croire que vous en êtes arrivé à un tournant : révolution ou revirement. Ça ira ! Le feu de l'enthousiasme brûlera sous peu en vous. Ça ira ! Et maintenant, plus un mot de tout cela dans la présente.

Si vous étiez par hasard étonné de ce que je viens d'écrire, j'espère pouvoir vous en dire bientôt davantage de vive voix. J'espère en tout cas vous voir bientôt ici, que vous passiez par Bréda ou par Roosendaal.

J'ai d'abord à vous inviter, au nom de mes parents, à venir nous rendre visite pour quelques jours ou davantage.

Ne me demandez donc plus si cela nous convient. Si vous vous décidez, il vous suffira d'écrire : J'arrive par tel train.

S'il vous était impossible de venir, je compte bien que vous vous attarderiez quand même entre deux trains, soit en gare de Bréda, soit en gare de Roosendaal, et que vous me préviendriez par lettre ou par carte postale de l'heure et de l'endroit de votre arrivée.

Je me rendrais alors à l'endroit que vous m'indiqueriez. Et j'apporterais avec moi quelques dessins, les grands rebattus et plusieurs autres que vous ne connaissez pas encore. Inutile de vous dire que j'espère que, de votre côté, vous voudrez bien me montrer par la même occasion quelques-unes de vos aquarelles ; je suis très curieux de les voir.

Écoutez, nous devons convenir formellement d'une rencontre un de ces jours, d'une façon ou d'une autre. Il y a une seule chose qui pourrait m'empêcher de me rendre à la gare, le jour de votre passage, mais il est fort improbable que cela tombe exactement ce jour-là.

Apprenez donc que Mauve va passer un jour à Prinsenhage et qu'il s'arrêtera ensuite un jour ici. Nous espérons que ce sera un de ces quatre matins, mais nous ne savons pas encore lequel. Or, quand Mauve est ici, je vais où va Mauve.

Supposons que vous logiez précisément chez nous quand Mauve arrive : trouveriez vous cela si désagréable ? Je crois que non. J'ignore si vous connaissez Mauve personnellement, mais, à mon avis, il serait bon de faire sa connaissance ou de le revoir. Mauve m'a remis du cœur au ventre au moment où j'en avais vraiment besoin. C'est un homme de génie.

Vous songez donc sérieusement à vous rendre à Bruxelles jusqu'à la Noël, pour peindre des nus ?

Eh bien, je comprends cela très bien, surtout dans votre état d'esprit du moment. Je vous vois partir avec calme et sans appréhension. Ce qui doit arriver arrivera.

Que vous alliez à Bruxelles ou que vous n'y alliez pas, quelque chose de neuf s'enflammera en vous. Ça ira, et de partir ou de ne pas partir pour Bruxelles y changera peu en mal ou en bien, car de toute façon la chenille deviendra papillon : je parle en l'occurrence comme un compagnon de fortune.

A mon sens, vous ne devez pas croire qu'un séjour de quelque durée à Etten serait un manquement au devoir ; au contraire, vous pouvez être assuré que ce serait l'accomplissement d'un devoir, car ni vous ni moi ne resterions inactifs.

Il y a moyen de dessiner des figures ici, si cela vous chante. J'ignore si je vous ai déjà dit que mon oncle de Prinsenhage avait vu les croquis jetés en marge de votre lettre, qu'il les a trouvés très bons et qu'il m'a dit constater avec plaisir que vous faisiez des progrès, aussi bien pour les figures que pour les paysages.

J'estime, Rappard, que vous devriez travailler davantage d'après un modèle habillé. Il faut évidemment avoir de solides notions du nu, cela est indispensable, mais il ne faut pas oublier que, dans la réalité, nous avons toujours affaire à des modèles habillés.

A moins que vous n'ayez l'intention de vous engager dans la voie de Baudry, Lefebvre, Henner et tant d'autres spécialistes du nu. Dans ce cas, il serait évidemment nécessaire que vous vous consacriez presque exclusivement à l'étude du nu ; dans ce cas, plus vous vous y borneriez, plus vous vous y concentreriez, mieux cela vaudrait. Mais, à vrai dire, je ne crois pas que vous vous engagerez dans cette voie. Vous avez trop de sentiment pour d'autres choses ; vous trouvez trop beau une femme qui ramasse des pommes de terre dans un champ, un bêcheur, un semeur, une petite dame dans la rue ou à la maison, pour que vous ne finissiez pas par vous y attaquer, et encore, d'une autre façon que vous ne l'avez fait jusqu'à présent. Vous avez trop le sentiment de la couleur et trop le sentiment des nuances, vous êtes trop paysagiste pour vous engager dans la voie de Baudry. D'autant plus, Rappard, que je crois que vous finirez par vous fixer en Hollande. Vous êtes trop Hollandais pour devenir un Baudry. Au reste, je trouve fort bien que vous peigniez de belles études de nus, comme les deux grandes que je connais de vous, cette pose allongée et cette figure brune assise ; je voudrais bien que ce soit moi qui les aie faites. Je vous dis franchement ce que je pense ;

vous, de votre côté, vous devez continuer à me dire franchement ce que vous pensez.

Votre remarque sur la figure du semeur, dont vous dites que ce n'est pas un homme qui sème mais un homme qui pose comme semeur, est très pertinente.

A vrai dire, je considère les études que je fais en ce moment comme des études d'après un modèle ; elles n'ont pas la prétention d'être autre chose.

C'est seulement d'ici un an ou deux que je parviendrai à faire voir un semeur qui sème. Sur ce point, je suis tout à fait de votre avis.

Vous me dites, Rappard, que vous n'avez pour ainsi dire rien fait de toute une quinzaine. Je connais cette quinzaine-là ; cela m'est arrivé, à moi aussi, cet été. Je ne dessinais plus — directement — mais je dessinais quand même — indirectement — ; ce sont là des périodes de métamorphose.

J'ai vu le panorama Mesdag ; je suis allé le voir en compagnie du peintre De Bock, qui y a travaillé et qui m'a raconté l'incident qui s'est produit lorsque le panorama a été terminé. Je trouve l'anecdote fort drôle.

Vous connaissez peut-être le peintre Destrée. Entre nous soit dit, l'incarnation de la pédanterie doucereuse. Eh bien, ce monsieur arriva un jour chez De Bock et lui dit, avec un air très arrogant, très doucereux, très pédant, avec un air de protection : « De Bock, on m'avait demandé de travailler à ce panorama, mais j'ai refusé parce que c'est une chose qui n'a rien d'artistique. »

Et De Bock de répliquer : « Monsieur Destrée, qu'est-ce qui est le plus commode, peindre un panorama ou refuser de peindre un panorama ? Qu'est-ce qui est le plus artistique, faire quelque chose ou ne rien faire ? » Je trouve la réplique bien envoyée.

J'ai reçu de bonnes nouvelles de mon frère Théo ; il vous envoie ses salutations. Vous devez à tout prix rester en relations avec lui. C'est un type averti et énergique. Dommage qu'il ne soit pas peintre ! Mais il est bon pour les peintres qu'il existe des hommes comme lui. Vous en ferez l'expérience si vous restez en relations avec lui.

Je puis vous dire au revoir, n'est-ce pas ? Croyez-moi, avec une poignée de main en pensée,

t. à t., *Vincent.*

Je cherche à me souvenir d'un poème, je crois qu'il est de Tom Hood : *La chanson de la chemise.* Le connaissez-vous par hasard, ou voyez-vous le moyen de le retrouver ? Si vous le connaissez, je vous saurais gré de bien vouloir me le copier.

Après avoir fermé cette lettre, je la rouvre pour vous conseiller, bien que je comprenne parfaitement que vous ayez déjà conçu ce projet, de réfléchir encore avant de le mettre à exécution.

Si je vous ouvre mon cœur, je dois vous dire : « Rappard, restez ici. » Toutefois, il se peut que vous ayez des raisons que j'ignore et qui sont d'un grand poids dans le plateau de la balance pour vous pousser à ce projet.

C'est pourquoi je vous répète, en me plaçant uniquement au point de vue artistique, qu'à mon avis, en tant que Hollandais, vous vous trouveriez bien d'une conception hollandaise et que vous auriez plus de satisfaction en travaillant d'après la nature de ce pays (soit des figures, soit des paysages) que si vous vous appliquiez à devenir un spécialiste du nu.

Que j'aime beaucoup Baudry et d'autres, comme Lefebvre, Henner, n'empêche pas que j'aime encore davantage Jules Breton, Feyen-Perrin, Ulysse Butin, Mauve, Artz, Israëls, etc.

C'est sûrement parce que je crois qu'au fond vous en pensez de même, que je parle de cette façon. Bien que vous ayez vu beaucoup de choses, je n'en ai sûrement pas moins vu que vous, en fait de tendances artistiques. C'est précisément parce que j'ai une vue large sur l'art, en général, bien que je ne sois guère qu'un dessinateur débutant, que vous ne devez pas sous-estimer mes paroles lorsqu'il m'arrive de vous dire ceci ou cela. A mon avis, vous et moi, nous ne saurions pas mieux faire que de travailler d'après la nature hollandaise (figure et paysage). Alors, nous sommes nous-mêmes, nous sommes chez nous, nous nous sentons dans notre élément. Mieux nous sommes au courant de ce qui se passe à l'étranger, mieux ça vaut, mais nous ne devons pas oublier que nous avons de profondes racines dans la terre hollandaise.

Si je ne me trompe pas, votre travail pour M. Lansheer avance bien ; en tout cas, je me réjouis qu'il ait parlé à Arti * de votre tableau comme il l'a fait. C'est un homme qui voit clair en peinture, et il y en a peu qui aient autant de savoir et de goût que lui.

* Société d'artistes à Amsterdam.

(octobre 1881)

Cher Théo,

152 N Vraiment, ta lettre, que je viens de recevoir, me fait grand plaisir. Comme j'avais depuis quelques jours l'intention de t'écrire, je réponds tout de suite à ton message.

Je suis enchanté d'apprendre que tu m'as envoyé du papier Ingres ; il est vrai qu'il m'en reste encore un peu, mais je n'en ai plus de cette couleur-là.

Je suis heureux d'apprendre ce que M. Tersteeg a dit de mes dessins, et je ne suis pas moins heureux que tu trouves que j'ai fait des progrès, en te basant sur les petits croquis que je t'ai envoyés. Et puisque je commence à faire des progrès, je me propose de travailler d'arrache-pied pour que ni toi ni M. Tersteeg ne soyez obligés de revenir sur votre opinion favorable ; je ferai de mon mieux pour ne pas vous décevoir.

La nature commence toujours par se montrer réfractaire au dessinateur, mais celui qui s'y attaque délibérément ne se laisse pas dérouter par cette hostilité ; au contraire, elle le pousse à vaincre et, au fond, le véritable dessinateur et la nature sont d'accord. Cependant, il est certain que la nature est intangible, on doit l'empoigner et même d'une main ferme. Après un certain temps de lutte et de combat contre la nature, celle-ci se montre plus souple et plus docile. Je ne prétends pas en être déjà là, personne ne le croit moins que moi. Seulement, ça commence à marcher. La lutte contre la nature ressemble parfois un peu à ce que Shakespeare appelle « apprivoiser la mégère » (c'est-à-dire vaincre la résistance par la persévérance, bon gré, mal gré). M'est avis que serrer de près vaut mieux que lâcher dans la plupart des domaines, surtout dans celui du dessin.

Je me rends de plus en plus compte que dessiner des figures est d'une utilité incontestable, et que c'est profitable au dessin de paysages. Quand on dessine un saule étêté comme un être vivant — à vrai dire, c'en est un — on prête spontanément attention à tout ce qui l'entoure, à condition de ne connaître ni repos ni trêve avant de lui avoir insufflé un peu de vie.

Ci-joint quelques petits croquis. Pour le moment, je vais souvent

travailler au chemin de Leur. Je me frotte de temps en temps à la peinture à l'eau et à la sépia, mais on n'y réussit pas du premier coup.

Mauve est parti pour la Drenthe. Il a été convenu qu'il m'écrirait quand je pourrais aller le voir. Il est possible qu'il revienne à Prinsenhage. Lors de mon voyage, je me suis également arrêté à Rotterdam, pour voir le Fabritius. Je suis content que tu aies eu l'occasion de voir ce dessin de Mesdag. Si le dessin de Mme Mesdag, dont tu parles dans ta lettre, représente des roses jaunes sur un sol moussu, je l'ai vu. Sincèrement, il est très beau et très artistique.

Je me rallie inconditionnellement à ton opinion sur De Bock ; je pense exactement comme toi à son sujet, mais je n'étais pas parvenu à exprimer ma pensée aussi bien que toi.

S'il pouvait et voulait se concentrer, il deviendrait assurément un meilleur artiste qu'il ne l'est maintenant. Je lui ai dit sans ambages : « De Bock, si vous et moi nous nous appliquons durant une année à dessiner des figures, nous serons tous deux au bout de ce laps de temps autre chose que ce que nous sommes en ce moment, mais si nous piétinons sur place, si nous continuons sans apprendre, nous ne resterons même pas ce que nous sommes maintenant, car s'arrêter équivaut à reculer. Si nous ne dessinons pas des figures ou des arbres considérés comme des figures, nous finirons par ressembler à ces hommes sans épine dorsale ou affligés d'une épine dorsale molle. Est-ce que Millet et Corot, que nous aimons, tous deux beaucoup, savaient dessiner une figure, oui ou non ? Je crois que ces maîtres ne se laissaient arrêter par rien. » Il me donna partiellement, sinon complètement raison. D'ailleurs, je crois qu'il a travaillé sérieusement ce Panorama ; cet exercice a dû lui être profitable, d'une façon générale, même s'il refuse de le reconnaître.

Il eut un mot très spirituel à propos de ce Panorama, un mot qui lui a valu toute ma sympathie. Tu connais sans doute le peintre Destrée. Eh bien, celui-ci était venu voir De Bock ; affectant un air pédant, il lui dit du haut de sa grandeur, d'un ton protecteur et insupportable : « De Bock, on m'a demandé, à moi aussi, de collaborer à ce Panorama, mais j'ai cru devoir refuser, puisque ce n'est pas une entreprise artistique. » Et De Bock de répliquer : « Monsieur Destrée, dites-moi donc ce qui est le plus commode, peindre un Panorama ou refuser de peindre un Panorama ? Et ensuite, ce qui est plus artistique, le faire ou ne pas le faire ? »

J'ignore si ce sont ses paroles textuelles, mais je suis sûr de rendre le sens exact de la réplique. Je la trouve bien « tapée ».

Je la trouve aussi sympathique que ton attitude envers les messieurs plus âgés et plus sages de ta firme, que tu as laissé vivre sur leur âge et sur leur sagesse, tandis que tu faisais prospérer les affaires, grâce à ta jeunesse et à ton énergie.

Voilà la vraie sagesse, celle qui nous porte à nous comporter comme De Bock et comme toi en de telles occasions. On peut dire de cette sagesse-là qu'elle est pratique. Mauve dit : La couleur est aussi du dessin.

Ma feuille de papier se trouve remplie, par conséquent je m'arrête d'écrire, et je vais sortir. Je t'exprime toute ma reconnaissance pour ton appui énergique, poignée de main en pensée, et crois-moi

t. à t., *Vincent.*

Etten, 2 novembre 1881.

Cher ami Rappard,

Merci pour votre prompte réponse ; vous avez donc trouvé un logement et vous habitez dans le voisinage de l'Académie. R 3 N

A propos de la question qui se trouve notée au bas de votre carte, je veux vous dire que, loin de trouver « bête » que vous alliez fréquenter le sanctuaire susnommé, je trouve très intelligent de votre part de le faire, si intelligent même que — oui ! — j'ai manqué écrire trop intelligent et trop motivé.

Si vous n'étiez pas parti, si votre expédition s'était terminée en queue de poisson, ce serait, à mon avis, tant mieux, mais du moment que vous l'avez entreprise, je vous souhaite de tout cœur beaucoup de succès et je ne doute quand même pas du résultat.

Même si vous, et d'autres avec vous, fréquentez effectivement l'Académie, je ne vous considérerai évidemment pas comme des académiciens, au sens abject du terme. C'est-à-dire que je ne vous considérerai pas comme un de ces pédants qu'on pourrait appeler les pharisiens de l'art et dont le père Stallaert est, selon moi, un bel exemple. Pourtant, il se peut que même cet homme-là ait encore un bon côté ; j'aurais peut-être une autre opinion de Sa Grandeur si je le connaissais mieux. Il reste cependant qu'il serait malaisé de me faire croire que Sa Grandeur n'a pas un côté diablement mauvais, qui, en fait, éclipse les bons côtés éventuels de Sa Grandeur. Rien ne m'est agréable comme de découvrir des qualités chez les gens de cette espèce. De rencontrer quelqu'un dont je doive dire : « Cela est tout de même trop fort, cela ne tient pas debout », me fait toujours de la peine et m'énerve ; je conserve cette angoisse jusqu'au jour où je découvre quelque chose de bon en lui. Ne croyez pas que j'éprouve de la joie ou du plaisir en remarquant chez un être quelque chose de mauvais ; cela me navre toujours, me fait tant de peine que je ne puis parfois le taire. Ça m'agace.

Je n'aime pas découvrir une poutre dans mon œil, et pourtant, oui, pourtant, il m'est arrivé d'en découvrir une, mais je ne m'y suis pas résigné et j'ai cherché à m'en débarrasser.

C'est précisément pourquoi je ne reste pas insensible lorsque je vois les autres souffrir de la même maladie ; je sais par expérience combien il est douloureux d'avoir une poutre dans l'œil.

Surtout, ne me considérez pas comme un fanatique ni comme un homme de parti. J'ose prendre parti aussi bien qu'un autre ; on est parfois bien obligé de le faire dans la vie, on est parfois bien obligé de se prononcer, d'oser avoir le courage de ses opinions et de s'y tenir.

Cependant, je m'efforce constamment de considérer tout d'abord les choses de leur côté positivement bon et de n'en voir qu'ensuite, à contre-cœur, le mauvais côté ; je crois donc que je finirai par me forger une conception généreuse, large, exempte de préjugés dans ses lignes générales, même si je n'ai pas encore réussi à le faire jusqu'à présent. C'est pourquoi je souffre comme d'une « petite misère de la vie humaine » lorsque je rencontre quelqu'un qui s'imagine avoir raison en tout et qui veut qu'on le prenne pour quelqu'un qui a toujours raison, car je suis profondément convaincu de ma propre faillibilité, en même temps que de celle de tous les êtres humains.

Je crois que, vous aussi, vous êtes à la recherche d'une conception généreuse, large, exempte de préjugés, des choses de la vie, plus spécialement dans le domaine de l'art. En foi de quoi, je suis loin de vous considérer comme un pharisien, tant au point de vue moral qu'au point de vue artistique.

Cela n'empêche que des gens comme vous et moi, qui sont animés d'intentions foncièrement honnêtes, ne sont néanmoins pas parfaits, commettent souvent de graves erreurs et subissent l'influence de leur entourage et des circonstances. Nous nous leurrerions nous-mêmes, si nous nous croyions si solidement plantés sur nos jambes qu'il n'y aurait plus lieu de craindre pour nous de tomber.

Nous nous croyons, vous et moi, solidement plantés sur nos jambes, en tout cas dans une certaine mesure, mais malheur à nous si nous devenons présomptueux et insoucieux de savoir que nous possédons certaines qualités plus ou moins bonnes. D'attacher trop de valeur à nos qualités, même si nous les possédons réellement, nous mènera au pharisaïsme.

Lorsque vous faites de bonnes études de nus – comme j'en ai vues de vous –, soit à l'Académie, soit ailleurs, et lorsque je dessine des bêcheurs dans un champ de pommes de terre, ce sont là de bonnes choses de nous ; grâce à elles, nous ferons des progrès.

Cependant, il me semble que nous devons malgré cela nous méfier de nous-mêmes, nous tenir en garde contre nous-mêmes, lorsque nous nous rendons compte que nous sommes engagés dans la bonne voie. Nous devons dire alors : Il faut que je fasse maintenant bien attention, car je suis homme à gâcher ma propre cause quand tout se présente bien.

A moins que je ne fasse attention. Comment devons-nous faire attention ? Je ne saurais pas vous l'expliquer, mais je suis réellement convaincu qu'il s'agit de faire bien attention dans le cas présent, car c'est par une expérience personnelle amère que j'ai fini par comprendre la vérité énoncée plus haut : j'ai été pris mais j'ai appris. Avoir conscience de ma propre faillibilité me préservera de bien des erreurs, mais n'empêchera pas que j'en commettrai certainement encore beaucoup. Si nous tombons, nous nous relèverons !

Donc, je trouve bien que vous peigniez des nus à l'Académie, parce que j'ai confiance en vous ; vous ne vous estimerez pas être un juste pour cela, à l'instar des pharisiens, et vous ne considérerez pas ceux qui ont une autre opinion comme des gens sans aucune valeur. Ce ne sont pas seulement vos paroles et vos déclarations, mais davantage votre œuvre qui ont suscité et fortifié en moi cette conviction.

Aujourd'hui, j'ai à nouveau dessiné un bêcheur. Depuis votre visite, j'ai fait aussi un garçon qui coupe de l'herbe avec une faucille.

Et encore, un homme et une femme assis près du feu.

Votre visite nous a fait grand plaisir à tous. Je suis si content d'avoir vu vos aquarelles ; vous avez fait de réels progrès.

Je voudrais bien toutefois vous voir dessiner ou peindre des gens ordinaires, avec des vêtements. Je ne serais pas étonné que vous vous en tiriez bien ; je pense très souvent à ce lecteur que vous avez dessiné pendant le prêche du pasteur Kam. Mais, depuis lors, je n'ai plus vu de vous des dessins de ce genre et je le regrette vivement : est-ce que vous vous seriez converti par hasard, prêtez-vous maintenant davantage l'oreille au prêche que l'œil au prédicateur et à son auditoire ? Dans certains cas, il se peut que l'orateur nous empoigne tant que nous en oublions tout ce qui nous entoure ; s'il en est souvent ainsi à l'église, je voudrais qu'il en fût toujours ainsi.

J'espère que vous m'écrirez bientôt et que vous aurez du bon temps et beaucoup de succès à Bruxelles. Surtout, passez chez nous lors de votre retour ; convenons si possible dès maintenant qu'il en sera ainsi.

Bien des choses de la part de mes parents et de moi, une poignée de main en pensée. Croyez-moi toujours

t. à t., *Vincent.*

(Etten, 3 novembre 1881)

Cher Théo,

153 N Je veux te confier ce que j'ai sur le cœur. Tu es peut-être dejà au courant. Dans ce cas, je ne t'apprendrai rien de neuf. Je suis follement amoureux de K. Quand je lui ai fait ma déclaration, elle m'a répondu que son passé et son avenir demeureraient toujours indivisibles pour elle, qu'elle ne pourrait donc jamais partager mes sentiments.

Un terrible combat s'est alors livré en mon cœur : devais-je me résigner à son « jamais, non, jamais de la vie », ou au contraire refuser de considérer cette affaire comme terminée et garder encore un peu d'espoir, ne pas renoncer ?

Je me suis rallié à la seconde solution. Jusqu'à présent, je ne regrette pas ma décision, bien que je me heurte toujours à ce « jamais, non, jamais de la vie ».

Évidemment, j'ai dû supporter depuis quelques-unes des « petites misères de la vie humaine ». Consignées dans un livre, elles auraient peut-être le don d'amuser les lecteurs, mais quand on les éprouve soi-même, elles ne ressemblent en rien à des sensations agréables.

Je me félicite d'avoir laissé à d'autres la résignation ou la théorie « comment ne rien faire ». Moi, je n'ai pas perdu courage.

Une des raisons de mon silence à ce sujet, c'est que ma position était indécise et plus instable que je ne puis encore te le dire.

A présent, j'en ai parlé, non seulement à K., mais à Pa et à Moe, à l'oncle et à la tante S., à l'oncle et à la tante de Prinsenhage.

Le seul qui m'ait dit, sur un ton de confidence, en quelque sorte officieusement, que j'avais des chances si je travaillais ferme et si je faisais des progrès, c'est celui dont je n'attendais rien de semblable : l'oncle Cent. Il s'amusait de ma façon de concevoir ce « jamais, non, jamais de la vie », de m'entendre dire que je ne le prenais pas au tragique, mais au contraire que j'en souriais. Quoi qu'il en soit, j'ai l'intention de persévérer dans cette voie, et de rejeter loin de moi toute mélancolie et tout désespoir. En attendant, je travaille, plus facilement même depuis que je l'ai rencontrée.

Je te disais donc que la situation s'éclaircit ; je crois que les gens âgés me donneront beaucoup de fil à retordre ; ils considèrent l'affaire comme terminée, classée, et ils feront tout pour m'obliger à adopter leur point de vue.

Je suppose qu'ils mettront d'abord des gants de velours, qu'ils me paieront ensuite de mots jusqu'à la fête de l'oncle et de la tante qui doit avoir lieu en décembre. Je crains qu'ils ne prennent en fin de compte des mesures pour se débarrasser de moi.

Pardonne-moi les expressions acerbes dont je me sers pour t'exposer clairement la situation ; je t'accorde que les couleurs sont un peu criardes et les lignes trop nettes, mais de cette façon tu es mieux à même de comprendre que si je tournais autour du pot. Ne me reproche donc pas de manquer de respect envers des personnes plus âgées que moi. En fait, je crois qu'elles sont violemment opposées à ce projet, et qu'elles essaieront par tous les moyens d'empêcher K. et moi de nous revoir, de nous parler et de nous écrire, précisément parce qu'elles craignent que K. ne change d'avis si nous avions l'occasion de nous revoir, de nous parler et de nous écrire.

K., elle, croit qu'elle ne changera jamais d'avis. Les personnes âgées essaient de me convaincre qu'il n'en saurait être autrement, mais elles redoutent au fond un revirement de sa part. Pour que les personnes âgées changent d'avis, il suffirait, non que K. dise le contraire, mais que je devienne celui qui gagne au moins 1 000 florins par an. Encore une fois, pardonne-moi les contours durcis dont je souligne mes images.

Tu entendras peut-être dire à mon sujet que je veux forcer la situation, ou d'autres expressions du même genre. Mais qui ne comprend qu'il serait absurde de vouloir forcer la situation dans le domaine de l'amour ?

Non, loin, très loin de moi cette pensée. Seulement, je ne demande rien d'excessif ni de déraisonnable, si je souhaite que K. et moi puissions nous voir, nous parler et correspondre, afin d'apprendre à mieux nous connaître et à comprendre nous-mêmes si nous sommes faits l'un pour l'autre, oui ou non.

Nous voir régulièrement pendant un an nous ferait du bien à tous deux, mais les personnes âgées sont butées sur ce point.

Du coup, tu saisiras que j'entends ne rien négliger pour me rapprocher d'elle. Je suis décidé à :

> *L'aimer jusqu'à ce*
> *Qu'elle finisse par m'aimer.*

Dis donc, Théo, as-tu déjà été amoureux ? Je te le souhaite, car, crois-moi, les petites misères inhérentes à l'amour ont leur valeur. On se trouve parfois plongé dans la désolation ; pour un peu, on se croirait en enfer à certains moments, mais au-dessus il y a quelque chose de bien meilleur. On peut distinguer trois degrés :

1° Ne pas aimer et ne pas être aimé.
2° Aimer et ne pas être aimé ([1]).
3° Aimer et être aimé.

Eh bien, je prétends que le deuxième degré vaut mieux que le premier, mais que le troisième, c'est « ça ».

En avant, *old boy*, sois amoureux, toi aussi, et épanche-toi à ton tour. Fais le mort pour ce qui concerne ma confidence et entretiens beaucoup de sympathie pour moi.

Rappard est venu. Il avait apporté des aquarelles qui n'étaient pas mal du tout. J'espère que Mauve passera bientôt, sinon je retournerai chez lui. Je dessine beaucoup et je crois que mon travail s'améliore. Je me sers beaucoup plus souvent qu'autrefois du pinceau.

(1) C'est mon cas.

Il fait si froid pour le moment que je ne fais pour ainsi dire que dessiner des figures à l'intérieur : une couturière, un vannier, etc.
Poignée de main en pensée, écris-moi vite et crois-moi

t. à t., *Vincent.*

Si tu deviens amoureux un jour et si tu essuies à ton tour un « jamais, non, jamais de la vie », ne te résigne surtout pas. Mais tu es un tel chançard que je me plais à croire que cela ne t'arrivera pas.

(Etten, 7 novembre 1881)

Old boy,

La présente est pour toi seul, tu ne la montreras à personne, n'est-ce pas ? 154 N

Je ne serais pas étonné, Théo, que ma dernière lettre t'ait produit une impression plutôt bizarre. J'espère néanmoins que cette impression te permettra de te rendre compte de la situation. J'ai essayé de tracer à gros traits de fusain rectilignes les proportions et les plans, et du moment que nous avons les traits fondamentaux, nous pouvons effacer le fusain, puis rechercher les contours plus précis.

La présente aura donc un accent plus intime, moins acerbe, moins âpre.

Laisse-moi te demander d'abord si tu t'étonnes qu'il puisse exister un amour assez sincère et assez ardent pour ne pas se laisser refroidir, même par des « jamais, non, jamais de la vie ! » sans nombre ?

Non, loin de provoquer ton étonnement, cela te paraît naturel et raisonnable.

L'amour est quelque chose de positif, de puissant, de si profond qu'il est tout autant impossible d'étouffer son amour que d'attenter à sa vie. Si tu me répliques : « Il y a pourtant des gens qui attentent à leurs jours », je te répondrai simplement : « Je ne crois vraiment pas être de cette sorte-là. »

J'ai pris goût à la vie, vois-tu, et je suis heureux d'aimer. Ma vie et mon amour ne font qu'un. « Mais tu te heurtes à un : jamais, non, jamais de la vie ! », m'objecteras-tu. Et je te réponds : « Old boy, je considère provisoirement ce : Jamais, non, jamais de la vie ! comme un glaçon qu'il me faut serrer sur mon cœur pour le faire fondre. »

Quant à prédire qui l'emportera, le froid de ce glaçon ou la chaleur de ma vie, c'est un problème délicat sur lequel je préfère ne pas me prononcer en ce moment. Je voudrais que les autres observent le même silence puisqu'ils ne trouvent rien de mieux à dire que « indégelable », « entreprise de fou », et autres insinuations aimables. Si je me trouvais en face d'un iceberg du Groenland ou de la Nouvelle-Zélande de je ne sais combien de mètres de haut, de long et de large, et si l'on me proposait d'étreindre cette masse et de la serrer sur mon cœur pour la faire fondre, la situation serait certes fort critique.

Mais, comme je n'ai pas encore aperçu jusqu'à présent sur mon chemin, devant ma proue, une masse de glace de ce volume-là, je ne puis reconnaître « l'absurdité de ma conduite ». Malgré ce « Jamais, non, jamais de la vie ! » et tout le reste, celle-ci ne mesure pas tant pour peu que je l'aie bien mesurée, de sorte qu'il ne m'est pas interdit de l'éteindre.

Donc, pour ce qui me concerne, je serre le glaçon « Jamais, non, jamais de la vie ! » sur mon cœur, car je ne vois pas d'autre solution, pour le faire dégeler et disparaître ; personne ne pourrait tout de même trouver à y redire ?

Je me demande en vain dans quel ouvrage de physique ils ont appris que la glace ne pourrait fondre.

Je déplore qu'ils soient si nombreux à prendre la chose au tragique, mais je n'ai aucune envie de me laisser abattre ni d'abandonner l'espoir dont je me suis armé. Je ne veux pas y penser.

Est mélancolique qui veut l'être ; pour moi, j'en ai assez, je ne veux plus être que joyeux, comme une alouette au printemps. Je ne veux entonner d'autre chanson que « aimer encore ». Théo, te réjouis-tu, toi, de ce « jamais, non, jamais de la vie ! » ? Je ne le crois pas. Pourtant, il y a, paraît-il, des gens qui jubilent et qui, peut-être, sans le savoir, évidemment « pour mon bien, avec les meilleures intentions du monde », s'efforcent d'arracher le glaçon de mon cœur et versent ainsi, sans s'en rendre compte, sur mon amour ardent, plus de seaux d'eau froide qu'ils ne le pensent.

Je suis convaincu que de nombreux seaux d'eau froide ne me refroidiront pas de sitôt, old boy.

Trouves-tu malin que ces gens insinuent que je devrais me préparer à apprendre bientôt qu'elle a accepté un parti plus riche, qu'elle est devenue jolie et qu'elle sera demandée en mariage, qu'elle ressentirait certainement de l'aversion pour moi si j'allais plus loin que « frère et sœur (c'était là l'extrême limite du permis !), et qu'il serait très regrettable de laisser échapper « en attendant » (!!!!) une occasion peut-être meilleure ! ! !

Qui n'a pas appris à dire « elle et aucune autre » sait-il ce que c'est que l'amour ? Lorsqu'on m'a dit tout ce que je viens de te citer plus haut, j'ai senti de tout mon cœur, de toute mon âme, de toute ma raison : Elle et aucune autre.

Certains objecteront peut-être : Tu fais preuve de faiblesse, de passion, de déraison, de manque de connaissance de la vie quand tu dis : elle et aucune autre ; ménage-toi une porte de sortie, prends-en ton parti. Je ne veux pas y penser !

Que ma faiblesse soit ma force, j'entends dépendre « d'elle et d'aucune autre », et même si c'était possible, je ne voudrais pas être indépendant d'elle.

Pourtant, elle en a aimé un autre et elle continue à vivre en pensée dans le passé ; elle semble avoir des scrupules, même à l'idée d'un nouvel amour. Mais il y a une sentence que tu connais : Il faut avoir aimé, puis désaimé, puis aimer encore.

Aimez encore : ma chère, ma trois fois chère, ma bien aimée.

Je me suis aperçu qu'elle pensait constamment au passé et s'y abîmait avec dévotion. Alors, j'ai pensé : bien que je respecte ce sentiment et que son deuil profond m'émeuve et me touche, je le trouve plutôt fatal.

Dès lors, je ne puis permettre que mon cœur s'attendrisse, mais je dois me montrer ferme et résolu comme une lame d'acier. Je veux essayer de faire naître « quelque chose de neuf » qui, s'il n'efface pas le passé, aura quand même droit à l'existence.

C'est alors que je me suis mis à lui parler, avec gaucherie et maladresse au début, mais tout de même avec fermeté, pour en arriver à lui dire : « K., je vous aime comme moi-même, » et elle m'a répondu : « Jamais, non, jamais de la vie ! »

Jamais, non, jamais de la vie ! Que répliquer à cela : aimer encore !

Je ne puis prédire qui l'emportera. Dieu seul le sait ; moi, je sais uniquement que le mieux que j'aie à faire, c'est de m'en tenir à ce que je crois.

Ce fut terrible, ô mon Dieu, lorsque j'ai entendu cet été ce « Jamais, non, jamais de la vie ! », bien que je ne fusse pas pris au dépourvu. J'ai senti peser sur moi à ce moment un poids aussi écrasant que la damnation — et, oui — cela m'a jeté un moment par terre, si j'ose dire.

Mais de l'indescriptible angoisse de mon âme a jailli en moi une idée, telle une vive clarté dans la nuit : qui peut se résigner, se résigne, mais si vous pouvez croire, croyez ! Et je me suis relevé, non comme un résigné, mais comme un croyant, et je n'ai plus eu d'autre pensée que : elle et aucune autre.

Tu me demanderas : De quoi vivrez-vous si tu la conquiers ? ou tu me diras : Tu ne l'auras pas. Mais non, tu ne me demanderas pas cela. Qui aime vit, qui vit travaille, qui travaille a du pain.

Ainsi donc, je suis calme et rassuré ; c'est cet état d'âme qui influe sur mon travail, je m'y suis jeté à corps perdu, précisément parce que je me rends compte que je réussirai. Je ne prétends pas que je deviendrai quelqu'un d'extraordinaire, mais quand même quelqu'un « d'ordinaire », et j'entends par « ordinaire » que mon œuvre sera saine et raisonnable, qu'elle aura une raison d'être et qu'elle servira à quelque chose. Je crois que rien ne nous rejette aussi bien dans la réalité qu'un amour véritable. Celui qui tombe dans la réalité est-il donc dans un mauvais chemin ? Je ne le crois pas. A quoi comparer ce sentiment étrange, cette découverte bizarre qui s'appelle « aimer » ? Car l'homme qui tombe sincèrement amoureux découvre vraiment un nouvel hémisphère dans son existence.

C'est pourquoi je te souhaite de tomber amoureux, toi aussi. Mais il faut pour cela une « elle » Il en est de cette « elle » comme d'autres choses : qui cherche finit par trouver, bien que le fait de trouver soit pour nous une chance et non un mérite.

Aussi est-ce une surprise bizarre quand on a trouvé quelque chose et — et — et — qu'on essuie un « Jamais, non, jamais de la vie ! » Au premier abord, ce n'est pas très agréable, c'est terrible.

L'oncle Jan ne dit-il pas que le diable n'est jamais assez noir qu'on n'en puisse venir à bout ? Il en est ainsi de ce « Jamais, non, jamais de la vie ! »

Tu dois m'écrire sans faute, si tu ne l'as pas encore fait, surtout après avoir reçu et lu la présente, car il me tarde de recevoir une lettre de toi depuis que je t'ai parlé comme je l'ai fait. Je ne crois pas que tu prendras en mauvaise part tout ce que je t'ai dit ; j'espère que tu penses au fond plus ou moins comme moi, surtout en ce qui concerne le besoin absolu d'une « elle et aucune autre ».

Quoi qu'il en soit, écris-moi vite et crois-moi

t. à t., *Vincent.*

Old boy,

Ta lettre, que Pa et Moe viennent de recevoir, ne me dit pas encore 155 N
comment tu as interprété mes deux derniers messages. Puisque tu n'y as pas inclus un mot pour moi et que tu ne fais pas allusion à mes lettres, je conclus que je recevrai bientôt de tes nouvelles. Dans les circonstances présentes, il me serait plus agréable que tu m'écrives après avoir lu mes deux lettres (trois, si tu comptes la présente), qui se complètent et dépendent l'une de l'autre, plutôt que de répondre uniquement à la première.

Celle-là a dû te paraître froide et insensible ; tu t'es probablement dit que j'étais vraiment endurci et impénitent. Non, tu t'es trompé, mais tu ne m'en voudras pas de ne pas t'avoir révélé brusquement mes sentiments les plus tendres et les plus intimes, ô homme d'affaires rongé par la fièvre commerciale (ce n'est pas précisément l'état d'âme indiqué pour apprécier des histoires d'amour comme celle-ci). Je me suis donc dit : Je vais le réveiller d'abord, puis je sèmerai des paroles plus tendres dans le cœur de Son Excellence ; il s'agit de labourer, pour commencer, le cœur de cet homme « qui brasse des affaires ». De là cette première lettre aussi froide qu'un soc de charrue. Pour la deuxième, avais-je tort d'avancer qu'elle serait plus sérieuse et plus confidentielle ?

Or, du moment que nous avons commencé à parler confidentiellement, comment : ne pas continuer ?

En attendant, vite encore un bout de soc de charrue... Le voici :

Bien que tu sois arrivé assez loin sans une « elle et pas une autre », bien que tu sois ferme sur tes arçons sans une « elle et pas une autre », bien que tu saches mener des affaires sans une « elle et pas une autre », bien que tu sois un gaillard plein de volonté, d'énergie et de caractère sans « une elle et pas une autre », bien que tu connaisses le cœur humain et que tu aies de l'expérience sans une « elle et pas une autre », bien que tu aies reçu en partage la gaîté et la joie de vivre sans une « elle et pas une autre », bien que tu oses prendre parti et que tu n'hésites guère entre deux principes sans...

Pourtant, tu arriveras beaucoup plus loin, tu seras plus ferme sur tes arçons, tu sauras mener de meilleures affaires, tu auras plus de volonté, d'énergie et de caractère, tu acquerras plus de connaissance du cœur humain et plus d'expérience, tu connaîtras plus de gaîté et plus de joie de vivre, tu prendras parti plus résolument et détesteras davantage hésiter entre deux principes, osciller, douter, etc... que ce ne fut le cas jusqu'à présent, dès que tu auras rencontré une femme digne de cet « elle et pas une autre ». Bref tu seras davantage toi-même avec une « elle et pas une autre » que sans une « elle et pas une autre », à condition de te le dire sincèrement et de le sentir profondément.

Le bout de soc de charrue continue à s'enfoncer – ne t'en fâche pas ?

Ta lettre à Pa et Moe était assez mélancolique ; pour te dire la vérité, je n'ai pas réussi à m'y retrouver et ne sais encore qu'en penser : est-ce que ça ne va pas, oui ou non ?

Je me suis étonné de certaines expressions, premièrement parce que c'est toi qui t'en es servi, et deuxièmement, parce que tu t'en es servi en t'adressant à Pa et Moe.

C'est que tu renfermes dans ton cœur, plus que d'autres, toutes tes grandes et « petites misères de la vie humaine ». Quand il t'arrive d'en faire confidence, tu le fais devant ceux dont tu sais qu'ils sont forts dans le domaine où toi, tu te sens faible. Je crois que, si tu te sens faible en ceci ou cela, tu n'avoueras jamais cette faiblesse qu'à celui qui est capable de t'en guérir. Tu m'as dit toi-même cet été qu'à ton sens, il valait mieux ne pas parler des difficultés de la vie, les garder pour soi, afin, disais-tu, de ne pas perdre son ressort. Une pareille énergie m'en a fort imposé, bien que je fusse loin de la trouver sympathique. Je me rends compte que je me suis laissé entraîner trop souvent par mon besoin de sympathie à en rechercher chez des gens qui, au lieu de me réconforter, ne pouvaient que me décourager.

Pa et Moe sont très gentils, mais ils ne comprennent guère ni mon état d'âme ni le tien, ni ma situation réelle, ni la tienne. Ils nous aiment de tout leur cœur — surtout toi, — et tous deux, toi aussi bien que moi, nous les aimons beaucoup au fond, mais hélas ! ils ne sont pas à même de nous donner des conseils pratiques en bien des circonstances, et parfois même, avec la meilleure volonté du monde, de nous comprendre. Cela tient surtout, non à eux ni à nous, mais à la différence d'âge, à la mentalité différente et à la situation. La maison paternelle, pourtant, doit être et rester, coûte que coûte, notre refuge ; notre devoir est de l'en apprécier d'autant et de l'honorer. En cela, je suis parfaitement d'accord avec toi, bien que tu ne te sois peut-être pas attendu à une déclaration aussi franche de ma part.

Il reste qu'il existe quand bien même un refuge meilleur, plus nécessaire et plus indispensable que la maison maternelle, si bonne, si nécessaire et si indispensable qu'elle soit : c'est notre maison et notre foyer à nous, avec notre « elle et pas une autre » respective.

Voici donc, ô homme d'affaires, toi qui mènes des affaires, ton affaire la plus importante : ton chez-soi avec ton « elle et pas une autre ».

Voilà, à mon sens, le sujet à l'ordre du jour que tu ferais bien de ne pas perdre de vue, le remède qui stimulera et rajeunira chaque jour, mieux que n'importe quel autre *tonic,* ton courage de vivre, ta joie de vivre, ta force de vivre et ton énergie. Quelques expressions de ta lettre de ce jour me portent à ajouter :

En supposant que quelque raison spéciale t'oblige à être plus que jamais sur le qui-vive et à agir énergiquement et intelligemment, en supposant qu'on cherche à te couler, qu'il se trame quelque chose contre toi, que tu vas connaître un moment critique, il ne faut pas oublier que tu as vingt-six ans et que tu vis la saison du renouveau. Conclus donc la meilleure affaire que tu aies jamais faite ! Renouvelle-toi radicalement ! Surtout en restant sur le qui-vive, j'entends que tu dois observer les jeunes filles avec un peu plus de sérieux et d'attention, pour voir si tu ne découvrirais pas parmi elles ton « elle et pas une autre ».

Maintenant, c'en est fini du bout de soc de charrue.

Tu te souviens peut-être que nous avons discuté cet été, avec une sorte d'amertume, le problème des femmes. Que nous avons senti, ou cru sentir, que :

La femme est la désolation du juste.

Et — et — nous étions, moi en tout cas, toi aussi peut-être, un petit peu ce Monsieur le Juste en question. Je ne suis plus à même d'affirmer si la sentence citée plus haut est exacte ou non, parce que je me suis mis à me demander cet hiver si je savais, en somme, qu'est-ce que c'est qu'une femme et qu'est-ce que c'est qu'un juste.

Je me suis alors promis d'approfondir ces deux questions, et le résultat de cet examen me force à me répéter souvent à moi-même : Tu ne sais pas encore ce que c'est qu'une femme. Tu ne sais pas encore ce que c'est qu'un juste, sinon toutefois que tu n'en es pas encore un.

Depuis cet été, mon état d'âme a bien changé, comme tu vois. Ce n'est pas moi, c'est le père Michelet qui a dit aux jeunes comme toi et moi : « il faut qu'une femme souffle sur toi pour que tu sois homme » ; elle a soufflé sur moi, mon cher !

Faut-il de même et par rencontre qu'un homme souffle sur une femme pour qu'elle soit femme ?

Je le pense très sincèrement !

Voilà donc une histoire d'amour pour toi, homme d'affaires ! La trouves-tu ennuyeuse ou sentimentale ? Du moment que je me suis promis de ne pas y renoncer, même si cela devait déchaîner des mécontentements au début, du moment que je me suis juré de poursuivre mes assiduités et de m'agripper à cette « elle et pas une autre », j'ai senti un grand calme et une douce fermeté m'envahir.

Du coup, ma mélancolie s'est envolée ; je me suis découvert un regard neuf pour toute chose, et ma puissance de travail s'en est trouvée décuplée.

Certains estiment que j'aurais dû me résigner ; il est contraire aux règles du jeu de ne pas se considérer dans ce cas comme vaincu. Quand on prétend au sujet de mes déclarations de cet été que « les jeunes oiseaux qui chantent trop tôt tombent victimes du chat » je réplique par le poème que tu connais :

Il y laissa une touffe de plumes,
Mais elles repousseront plus tard, messieurs,
Et seront bien plus jolies que les premières.

Bien sûr, c'est pour moi une « petite misère de la vie humaine » que je ne puisse aller la voir, ni lui écrire de temps à autre. C'en est une autre que ceux-là, qui pourraient user de leur influence pour saper ce « jamais, non, jamais de la vie », fassent au contraire tout pour rendre ce « jamais, non, jamais de la vie » définitif.

Ah ! si l'on désapprouvait partout, si tout le monde pouvait désapprouver son « jamais, non, jamais de la vie » si tout le monde s'y mettait pour essayer en unissant les forces, de réduire à néant ce « jamais, non, jamais de la vie », on pourrait en faire un monument qui servirait d'avertissement à toutes celles qui disent « jamais, non, jamais de la vie », et d'encouragement à tous ceux qui répètent : aimer encore.

Quel plaisir ce serait pour moi si tu parvenais, d'une façon ou d'une autre, à convaincre Pa et Moe, qui se montrent terriblement hostiles en l'occurrence, de montrer plus de compréhension, de courage et d'humanité. Ils ont tant erré en cette affaire, ils ont même qualifié de « déplacé » et d'« indélicat » ce que j'ai fait cet été (jusqu'à ce que je les aie priés instamment de ne plus user de telles expressions !). Je le répète, ce serait un plaisir, un grand plaisir pour moi si tu parvenais à les convaincre de montrer moins d'obstination, et de faire preuve de plus de courage et d'humanité.

Un mot de toi pourrait produire plus d'effet que tout ce que je pourrais encore leur dire. Il serait d'ailleurs bon, pour eux comme pour moi, qu'ils me laissent maintenant travailler à mon aise.

Ils désirent que je cesse toute correspondance avec l'oncle et la tante ; je ne puis évidemment le leur promettre. Même si j'interrompais cette correspondance durant quelque temps, je la reprendrais par la suite avec plus d'énergie que jamais.

Elle refuse de lire mes lettres — mais — mais — mais — le gel et le froid hivernal sont trop âpres pour durer longtemps.

J'estime plus sain et plus normal qu'elle m'ait répondu avec une énergie farouche « jamais, non, jamais de la vie », quand je lui ai ouvert mon cœur pour la première fois. C'est cette réponse qui m'a convaincu qu'elle était atteinte d'un mal fatal ; je me plais à croire que j'ai identifié ce mal fatal, qui consiste à s'abîmer éperdument dans le passé. A présent, elle traverse une crise d'indignation, mais le chirurgien rit dans sa barbe et dit : touché. Entre nous soit dit, écoute, Théo, elle ne doit pas savoir que je me réjouis du résultat de mon coup de bistouri. Évidemment, je feins d'être confus devant elle : « Est-ce que je vous ai fait mal ? J'ai été brutal et violent ? Comment ai-je pu ! » Telle est mon attitude à son égard. J'ai envoyé à l'oncle une lettre pleine de regrets et d'humilité, mais j'ai quand même dit à Son Excellence : « Elle et pas une autre. » Tu ne me trahiras pas, mon frère ? Tenir ce qui s'est passé pour nul et non avenu, c'est de la bêtise. Mon vieux, je me réjouis tant du « bleu » que j'ai reçu, je voudrais crier ma joie, mais je dois me tenir coi. Puis reprendre l'attaque d'une façon ou d'une autre. Mais comment m'approcher d'elle, oui, comment m'approcher d'elle ? A l'improviste, à l'occasion, sans qu'elle s'y attende. Car si je ne tiens pas bon, son mal fatal (s'abîmer dans le passé) deviendra sept fois plus violent. Ma cause : aimer encore, est, tout de même, une bonne cause ; elle mérite bien que je lui consacre mon corps et mon âme. J'ai grogné un peu contre Pa et Moe, bien qu'ils soient très bons et plus aimables que jamais à mon égard, mais voilà, ils ne comprennent rien du tout à l'affaire, ils ne se rendent pas compte de ce que c'est qu'aimer encore, ils ne trouvent rien d'autre à répéter que « déplacé et indélicat ».

S'ils pouvaient pénétrer un peu mieux mes pensées et mes conceptions ! Leur mentalité les incline à se résigner à bien des choses auxquelles je ne puis consentir. Une lettre de toi, ornée d'une petite plaisanterie sur ce « Jamais, non, jamais de la vie » produirait le meilleur effet.

Cet été, une seule parole de Moe m'aurait décidé à lui confier tout ce qu'on ne peut pas dévoiler au premier venu.

Elle s'est obstinée à ne pas prononcer cette parole ; au contraire, elle m'a refusé l'occasion de m'épancher.

Elle est arrivée chez moi avec un visage qui reflétait la compassion et un cœur plein de paroles de consolation ; elle venait sans doute de réciter à mon intention une très belle prière, demandant que la force me soit donnée de me résigner.

Jusqu'à ce jour, sa prière n'a pas été exaucée ; elle semble, au contraire, m'avoir donné la force d'agir.

Tu comprendras sans doute qu'un homme décidé à agir ne puisse approuver qu'à moitié sa mère qui prie pour obtenir qu'il se résigne. Et qu'il trouve en outre ses paroles consolantes un peu hors de propos, et qu'il répète, du fond du cœur : je n'accepte point le joug du désespoir.

J'aurais même préféré qu'elle n'ait pas prié pour moi, qu'elle m'ait plutôt fourni l'occasion de lui parler confidentiellement. Et encore, qu'au lieu d'accepter ce « jamais, non, jamais de la vie », elle ait mis quelque empressement à défendre ma cause lorsque K. était en confiance avec elle et lui ouvrait son cœur. Je t'écris tout cela pour te faire comprendre quel service tu me rendrais en écrivant à Pa et Moe. Car je ne me trompe pas, n'est-ce pas, mon frère : nous ne sommes pas seulement frères, mais amis et congénères ?

Depuis que j'aime réellement, mon travail porte davantage la marque de la réalité. Je t'écris dans ma chambrette, entouré d'un tas de gens du Heike, hommes, femmes et enfants. Mauve est malade. Pa et Moe l'ont invité à venir passer ici sa convalescence dès qu'il pourra supporter le voyage.

A Dieu, écris-moi vite, poignée de main en pensée, crois-moi

t. à t., *Vincent.*

Cher Frère,

J'ai reçu ta lettre. Je crois qu'elle répond seulement à mon premier message. 156 N

Dans les deux suivantes, je t'ai lavé la tête à titre de remerciement pour ton conseil : Prends garde de ne pas te faire de trop grandes illusions avant d'être sûr de ne pas dépenser inutilement tes efforts.

T'ayant déjà lavé la tête, je ne recommencerai pas. Grand bien te fasse, old boy !

Dès le début de cet amour, j'ai senti que je n'avais aucune chance, à moins de m'y abîmer sans arrière-pensée, sans chercher à me ménager une porte de sortie, de tout mon cœur, totalement et pour toujours ; mais de m'y être abîmé comme je viens de le dire n'empêche pas mes chances d'être très minimes. Que m'importe ! Je veux dire : est-ce qu'on doit, est-ce qu'on peut tenir compte de cela quand on aime ? Non — foin de tous les calculs — j'aime parce que j'aime.

Aimer — quelle chose !

Imagine-toi ce qu'une vraie femme penserait si elle se rendait compte qu'un homme, tout en se déclarant, se ménage une porte de sortie ; ne lui dirait-elle pas quelque chose de pire encore que ce « Jamais, non, jamais de la vie » ?

Voyons, Théo, n'en parlons plus ; si nous aimons, toi et moi, nous aimons, voilà tout.

Et nous gardons l'esprit serein, nous n'assombrissons pas pour autant nos pensées, nous ne rognons pas les ailes à nos sentiments, nous n'éteignons ni le feu ni la lumière, nous disons simplement : Dieu merci, j'aime.

Que penserait une vraie femme de l'amoureux qui arriverait chez elle, sûr de son affaire ? Je ne donnerais pas un sou du résultat qu'il obtiendrait auprès d'une femme comme K., et je ne voudrais pas troquer ce résultat, plus cent mille florins, contre le « Jamais, non, jamais de la vie » que j'ai essuyé.

Je t'ai envoyé quelques dessins, parce que je me suis dit que tu y retrouverais peut être quelque chose du Heike.

Explique-moi donc pourquoi ils sont invendables, et comment on pourrait les rendre vendables ?

C'est que je serais bien aise de gagner de temps à autre une petite somme, de quoi aller évaluer ce « Jamais, non, jamais de la vie ».

Ne souffle mot de mes intentions au Très Révérend et Très Savant Sieur J. P. S., compris ? C'est que si j'arrive tout à fait à l'improviste, il ne verra pas d'autre issue que de m'ouvrir la porte, à son cœur défendant. L'homme impliqué « dans une affaire » s'imagine que le Très Révérend et Très Savant Sieur J. P. S. est devenu un tout autre personnage depuis que cet homme est tombé amoureux de sa fille.

Il lui semble un géant, il acquiert une taille inouïe.

Cela n'empêche que, depuis que vous aimez sa fille, vous craignez davantage de ne plus pouvoir aller chez lui que de devoir aller chez lui, bien que vous le sachiez capable de commettre des actes terribles en l'occurrence.

Quoi qu'il en soit, je sens maintenant que j'ai « une patte de peintre », et je suis enchanté d'être pourvu d'un tel don, même s'il est encore malhabile à s'exprimer. Le papier Ingres est très bien.

Donc, on t'appelle communément « le chançard ». En voilà une « petite misère de la vie humaine » de plus.

Et tu doutes que tu en sois réellement un.

Quelles raisons as-tu d'en douter ?

Tu es un chançard qui se plaint — sans raison !

Et c'est moi qu'on appelle « le mélancolique », moi qui te demande de me féliciter de ce « Jamais, non, jamais de la vie ».

Voyons, chançard, qu'est-ce qu'il manque à ton bonheur ? Tu sais bien dire d'une façon piquante ce que c'est que l'amour, en le comparant aux fraises. Ah ! c'est bien trouvé, mais autre chose est de tomber amoureux et de se cogner le nez contre un triple « Jamais, non, jamais de la vie », de se heurter en outre à un Sieur J. P. S.

qui exige des moyens d'existence « en l'espèce », comme dit Son Excellence, ou plutôt, qui n'en exige pas du tout parce que, philistin en matière d'art, il estime que je n'en posséderai jamais. Oui, être amoureux de cette manière, ce n'est pas du tout la même chose que de cueillir des fraises au printemps. Et ce « Jamais, non, jamais de la vie » n'est pas aussi tiède que l'air du printemps ; il est âpre, âpre, âpre comme le gel hivernal si pénétrant. Cela n'est pas flatteur, dirait Shakespeare.

Suffit. La saison des fraises n'est pas encore là, je vois bien des plants, mais ils sont gelés. Le printemps viendra-t-il, les dégèlera-t-il, fleuriront-ils, et après — qui s'en viendra cueillir les fruits ?

Ce « Jamais, non, jamais de la vie » m'a appris du moins certaines choses que j'ignorais encore : 1° il m'a fait comprendre l'immensité de mon ignorance ; 2° il m'a démontré l'existence d'un monde des femmes et bien d'autres choses encore. Savoir qu'il y a un problème des moyens d'existence.

Il serait délicat de la part des hommes d'affirmer (à l'instar de la Constitution, qui proclame : tout homme est considéré innocent jusqu'à ce que sa culpabilité soit prouvée) qu'on doit se considérer les uns les autres comme ayant des moyens d'existence jusqu'à preuve du contraire. On pourrait dire par exemple cet homme existe, je le vois, il me parle, on peut même considérer comme une preuve d'existence réelle le fait qu'il ne soit pas impliqué dans une affaire « en l'espèce ». Son existence me paraissant évidente, j'entends admettre comme axiome qu'il est redevable de son existence aux moyens d'existence qu'il s'assure d'une façon ou d'une autre, savoir par son travail. Dès lors, je me refuse de le soupçonner d'exister sans avoir des moyens d'existence.

Mais voilà, on ne raisonne pas ainsi, surtout pas un certain monsieur d'Amsterdam. Avant de croire à l'existence de l'intéressé, ils ont besoin de voir, de palper ses moyens d'existence, car son existence ne suffit pas à prouver la réalité de ses moyens d'existence. Dans mon cas, il me faudrait donc d'abord leur montrer mes pattes de dessinateur, non en un geste d'attaque ni même de menace. Ensuite, il faudrait me servir comme je peux de mes pattes de dessinateur.

Tout cela ne résout point l'énigme du « Jamais, non, jamais de la vie ». Faire le contraire de ce qu'on vous conseille peut donner parfois de bons résultats. De là vient qu'il soit utile de demander conseil en maintes circonstances. Cependant, certains conseils doivent être suivis à la lettre ; on n'a pas besoin de leur retourner le dedans au dehors ou de les mettre sens dessus dessous. De tels conseils sont très rares et très opportuns, car ils ont encore d'autres qualités particulières. Des conseils de la première catégorie, on peut en trouver partout tant qu'on veut, alors que ceux de la seconde sont plus précieux ; les premiers sont gratuits, c'est-à-dire qu'on vous les livre à domicile, par hectolitre, sans qu'on ait rien commandé. « En attendant » !

Yours truly, *Vincent.*

Je termine cette lettre par un contre-conseil.

Si tu aimes un jour, ne te ménage aucune porte de sortie, ou mieux, quand tu aimeras, tu ne songeras même pas à te ménager une porte de sortie. Ensuite, quand tu aimeras, tu ne te sentiras guère sûr de ton affaire, tu seras comme *une âme en peine*, et pourtant, tu souriras. Celui qui se croit sûr de son affaire, qui s'imagine prématurément « elle est mienne » avant de connaître les déchirements de l'amour, avant d'avoir été ballotté en haute mer entre la vie et la mort par la tempête et l'orage, celui-là ne sait pas ce que c'est qu'un cœur de femme ; une femme le lui fera comprendre d'une façon singulière. Quand j'étais plus jeune, je me suis imaginé un jour que j'aimais d'un œil, mais j'aimais réellement de l'autre. Résultat des années et des années d'humiliations. Je fais des vœux pour que ces humiliations ne m'aient pas été données en vain.

Une expérience amère m'autorise à dire : je parle comme un homme qui a été vaincu ; je l'ai appris à mes dépens.

Chançard ! De quoi s'agit-il ? Et quelle mouche te pique ? Tout compte fait, tu n'as peut-être pas été un chançard jusqu'à présent, mais je suis sûr que tu es en bonne voie. Je tire cette conclusion de l'accent de tes lettres.

Théo, tous les hommes qui ont des filles sont en possession d'un instrument appelé « clé de la porte d'entrée ». C'est une arme terrible qui peut servir à ouvrir ou à fermer la porte d'entrée, comme Pierre et Paul ouvrent et ferment la porte du ciel.

Est-ce que cette clé s'adapte au cœur de toutes les filles ? Ouvre-t-on et ferme-t-on chacun de ces cœurs au moyen de cette « clé de la porte d'entrée » ? Je ne le crois pas, mais seuls Dieu et l'amour sont à même d'ouvrir le cœur d'une femme, ou de le fermer. Le sien s'ouvrira-t-il ? Frère, est-ce qu'elle m'y donnera accès ? Dieu le sait — moi, je ne saurais le dire à l'avance.

(Etten, 12 novembre 1881)

Cher ami Rappard,

Comme je n'ai pas reçu de lettre de vous jusqu'à présent, je me suis dit : ma dernière épître n'a probablement pas plu à Rappard ; on dirait que quelque chose dans cette lettre l'a irrité quelque peu. Qu'y faire ? En supposant qu'il en soit ainsi, est-ce vraiment bien de votre part ? Je ne suis pas toujours à même de juger à quel point mon raisonnement est exact ou inexact, correct ou incorrect. Cependant, je sais une chose : même si je prends de temps à autre envers vous un ton qui est peut-être rude et dur, j'ai néanmoins pour vous assez de sympathie chaleureuse pour qu'en lisant ou en relisant ma lettre à tête reposée, vous vous rendiez compte et sentiez qu'un homme qui vous parle ainsi n'est pas votre ennemi. Du moment que vous savez cela, vous est-il vraiment impossible d'avaler quelques expressions rudes et dures qui, par la suite, vous paraîtront peut-être moins dures et moins rudes que vous ne les estimiez au début. R 4 N*

Rappard, pourquoi croyez-vous que je vous parle et vous écris comme je le fais ? Serait-ce parce que j'entends vous tendre un piège, parce que je suis une espèce de tentateur qui projette de vous faire tomber dans un puits ? Ou bien serait-il possible que j'aie eu réellement des raisons de penser : Rappard se risque sur de la glace glissante ? Je n'ignore pas qu'il y a des gens qui non seulement parviennent à se tenir debout sur la glace glissante, mais même à y exécuter des *tours de force*. Mais, même si vous étiez capable d'en faire autant — je ne dis pas que ce n'est pas le cas — même alors je préférerais vous voir marcher sur un sentier ou sur une route pavée.

Ne vous fâchez pas, continuez à lire jusqu'au bout. Si vous vous fâchez, ne déchirez pas cette lettre sans la lire, comptez d'abord jusqu'à dix. Un, deux, trois, etc.

Cela vous calmera... Car, il va suivre une chose très grave, entendez-vous ! Voici ce que je voulais vous dire :

Rappard, je crois que vous cherchez de plus en plus à devenir

* Cette lettre comporte de très nombreux passages en français et en anglais.

véritablement réaliste, même quand vous travaillez à l'Académie, et qu'à l'Académie vous vous en tenez aussi à la réalité. Toutefois, sans en être bien conscient. Sans le savoir, cette Académie est une maîtresse ; elle empêche un amour plus sérieux, plus chaleureux, plus fécond, de s'éveiller en vous. Envoyez promener cette maîtresse et tombez éperdument amoureux de votre véritable bien-aimée, dame nature ou réalité.

Moi aussi, je suis tombé amoureux, et encore, éperdument, d'une dame nature ou réalité. Je me sens très heureux depuis lors, bien qu'elle me frappe souvent sur les doigts lorsque je me permets de la considérer prématurément comme mienne. Je suis donc loin de prétendre que je l'ai déjà conquise, mais je prétends la conquérir ; je cherche la clef de son cœur, en dépit des coups bien appliqués qu'elle me donne sur les doigts.

Il ne faudrait pas croire qu'il n'existe qu'une femme qui s'appelle dame nature ou réalité ; non, ce n'est là qu'un nom générique, commun à plusieurs sœurs qui portent des prénoms différents. Point n'est donc besoin que nous devenions des rivaux.

As-tu compris, mon cher ? C'est purement artistique, bien entendu, n'est-ce pas ?

A mon sens, il y a deux espèces de maîtresses. A la première espèce appartiennent celles chez qui on peut trouver de l'amour, mais en se rendant compte — un seul partenaire ou les deux à la fois — que cet amour n'est pas éternel ; celles auxquelles on ne s'abandonne pas sans se réserver une porte de sortie, sans arrière-pensée.

Ces maîtresses-là, elles énervent, elles flattent, elles gâtent, puis — puis — elles vous brûlent pas mal d'hommes.

Les maîtresses de la seconde catégorie sont d'une autre sorte. Collets montés, pharisiennes, jésuites ! ! ! Ce sont ces femmes de marbre — sphinx-vipères glacées — qui veulent s'attacher des hommes tout entiers et pour toujours, mais elles, de leur côté, elles ne s'abandonnent jamais tout entières, sans se réserver une porte de sortie, sans arrière-pensée. Elles sucent le sang, ces maîtresses-là et elles glacent les hommes et les pétrifient.

Ce que je viens de vous dire est purement artistique, mon cher. Je compare cette première espèce de maîtresses, celles qui brûlent, à l'école artistique qui tombe dans la banalité, et l'autre, la catégorie des maîtresses (collets montés), celles qui glacent et pétrifient, à la réalité académique ou… ou… voulez-vous que je dore la pilule pour faire avaler la réalité non académique ? Non, il n'y a pas moyen de faire tenir plus de dorure sur la pilule ; je crains que vous ne voyiez à travers. La pilule est amère, mais très bonne pour la santé... c'est une pilule de quinine.

As-tu compris, mon cher ?

Outre ces deux espèces de femmes, il y en a, Dieu merci ! d'autres, j'entends de la famille de dames Nature et Réalité, mais c'est au prix de nombreuses luttes intérieures qu'on peut gagner une de celles-ci.

Elles exigent — rien de plus, rien de moins — l'abandon total de votre cœur, de votre âme et de votre intelligence à une tendance donnée, et encore tout l'amour qui est en nous, et ensuite... ensuite, elles se donnent elles-mêmes. Cependant, bien que ces dames nature soient franches comme les colombes, elles sont en même temps prudentes comme les serpents, et elles savent très bien distinguer ceux qui sont sincères de ceux qui ne le sont pas.

Elle renouvelle, elle retrempe, elle donne la vie ! Cette dame Nature, cette dame Réalité !

Rappard, il y a des gens — et vous et moi sommes peut-être de ce nombre — qui ne comprennent seulement qu'ils ont eu auparavant, soit le sachant soit sans le savoir, des maîtresses de l'une ou de l'autre catégorie ou même des deux espèces, que lorsqu'ils aiment réellement.

Tu as donc, selon moi, une maîtresse qui te glace, te pétrifie et te suce le sang.

Dès lors, ami, je vous assure que vous devez vous dégager des bras de cette femme de marbre (à moins que ce ne soit du plâtre, quelle horreur !), sinon vous mourrez de froid !

En attendant, dites-vous bien qu'au cas où je prendrais, à vos yeux, figure de tentateur, où j'aurais l'air de vous attirer dans un puits profond, il se pourrait que ce puits soit le puits de la vérité.

Enfin, ne me vantez plus une maîtresse non académique (s'il s'agit de l'art), vous entendez ! A mon avis, c'est une mégère. Mon cher, je suis d'avis qu'elle te trompera si tu te laisses prendre — Envoie-la à tous les diables — Faites décamper plus vite que ça — c'est purement artistique, n'est-ce pas — mon cher ?

Eh quoi ! Si en dehors et en outre de ça c'était encore autre chose – tant mieux, je ne m'en dédis pas, quand bien même je voudrais prendre mes paroles en sens non figuré. As-tu compris, mon cher, et — dites-moi — m'écriras-tu maintenant plus vite que ça, hein !

Crois-moi toujours avec une poignée de main

t. à t. *Vincent.*

J'ai fait un dessin un de ces derniers jours. Casse-croûte : un ouvrier attablé pour goûter, qui se coupe une tranche de pain. A terre, une bêche avec laquelle il vient de rentrer des champs.

Elle est un peu froide pourtant, mon cher, celle que tu dis aimer, celle qui provisoirement est ton idéal. Elle est bien telle que je me l'étais figurée — marbre, plâtre, que sais-je. Tout au plus somnambule. Vivante, non.

Tu dis donc :

d'où vient-elle ?... du ciel.

où elle reste ?... au monde entier.

ses intentions ?... le beau et le sublime.

Mais ma foi, tu es sincère du moins, et sans le savoir tu es bien d'accord avec moi en ceci que tu conviens donc avoir une maîtresse de parmi celles que j'ai désignées sous le nom de collets montés, etc., etc.

C'est bien ça, justement, tu la décris fort bien. Mais, qu'elle est pharisienne, cette belle-là, et toi, comme tu en es amoureux, quel dommage !

Madame, qui êtes-vous ? Je suis « la belle, la sublime ». Dites-moi, cependant, ma belle et sublime, celle qui se sent telle l'est-elle effectivement ? J'admets bien que dans certaines crises de la vie, dans la grande douleur, dans l'exaltation de joie, l'on puisse se sentir et belle et sublime et certes j'espère bien être de ceux qui savent apprécier ces choses-là. Toutefois est-il que vous, Madame, me laissez froid et sans émotion aucune ; comment ça se fait-il ? Je n'ai pourtant pas le cuir trop épais ; j'espère bien ; des personnes pas même jolies, pas précisément sublimes m'ont souvent charmé mais vous, Madame, vous ne me charmez pas le moins du monde. Du beau et du sublime, on n'en fait pas profession !

Madame, je ne vous aime point et puis je ne crois pas que vous-même sachiez aimer, à moins que ce ne soit dans certains ciels académiques, va encore, mais soit sur la bruyère, soit au coin du feu dans l'intimité, non point. Ne me chantez pas ça, Madame la belle et sublime, vous n'en savez rien du tout.

Voyez-vous, Madame, moi je ne suis qu'un homme à passions humaines, et tant que je me promène « ici-bas » sur la bruyère, je n'ai pas le temps de m'occuper d'un amour céleste et mystique tant que j'en sens un autre de nature plus terrestre et plus franc.

Du beau et du sublime, il m'en faut bien, je l'admets, mais il me faut avant tout encore autre chose que ça — pour commencer — de la bonté, de la bonne volonté, de la tendresse ; en avez-vous beaucoup, Madame la pharisienne ? Je suis porté à en douter. Et puis, Madame, dites-moi, avez-vous effectivement corps et âme ? Je suis porté à en douter, ma foi, tant du corps que de l'âme.

Écoute, ma belle, de quelque part que tu prétendes venir, toi qui dis avoir pour intentions fondamentales « le beau et le sublime » (qui ne sauraient être que des résultats, nullement des intentions), de quelque part que tu viennes, dis-je, certes ce n'est point du sein du Dieu vivant et puis ce n'est pas non plus du sein d'une femme. Va-t'en, Sphinx, décampe plus vite que ça — te dis-je —, tu n'es qu'une blague. Tu n'existes point. (Le tiaple n'eczisde boind, dirait Nucingen *.) Si tu existes cependant, si effectivement tu viens de quelque part, es-tu bien sûre et certaine que ton origine n'est pas Satan lui-même, père du mensonge, es-tu moins vipère et moins serpent que lui, Madame, la belle la sublime ?

Dire qu'en tant que quant à moi ta maîtresse « la belle la sublime qui dit venir du ciel et demeurer sur toute la terre » est une personne plus que suspecte, ce ne serait pas exprimer la chose fortement assez.

Demandez-lui si elle est bonne et utile, si elle aime et a besoin d'amour. Elle se troublera et si elle dit oui, c'est un mensonge.

Elle — c'est-à-dire l'autre — non pas celle aux intentions ci-dessus mentionnées. D'où vient-elle ?

Je suis loin de nier sa divinité, son immortalité, j'y crois très certainement et même en premier lieu toutefois elle est bien terrestre aussi et bien femme et née d'une femme.

Elle ? Où elle reste, je sais bien où et ce n'est pas bien loin d'un chacun de nous.

Elle. Ses intentions ? Qu'en sais-je, moi, comment le dire — je voudrais me taire — cependant puisqu'il faut donc parler et bien il me semble à aimer et être aimable, vivre, donner la vie, la renouveler, la guérir, l'entretenir, travailler, rendre étincelle pour étincelle, être bonne surtout, être utile — servir à quelque chose,

* Personnage de Balzac.

à allumer le feu par exemple, à donner une tartine à un enfant, un verre d'eau à un malade.

Ah ! mais tout ça est très beau, très sublime. Oui, mais elle ne savait pas qui ça s'appelait aussi, elle croyait que c'était tout simple, elle ne le fait pas exprès, ce n'était pas son intention de faire tant de bruit que ça, elle croyait que personne n'y prît garde.

Ses « raisonnements » à elle, vois-tu, sont peu brillants, peu cherchés, son sentiment est toujours juste.

Pour savoir où est son devoir, ce n'est pas à sa tête qu'elle doit se référer, c'est à son cœur.

Mais ça, ce n'est point du tout une maîtresse, celle-là. Puisqu'une dame est une dame, comme dit Michelet.

En attendant, Rappard, j'ai trouvé l'histoire du concours assez amusante.

Le numéro II est le numéro des fous par excellence et, d'autre part, « le dernier » est parfois, lui aussi, un bon signe. Je vous félicite donc de tout cœur, car l'un et l'autre sont de bon augure pour vous, à mon avis. Ça promet.

Je pourrais formuler encore un tas d'objections contre plusieurs de vos théories, mais puisque la maîtresse susnommée est décidément ma bête noire dans le cas qui nous occupe, je fiche la paix à vos théories. Si vous pouviez donner congé à cette Mme la belle la sublime, et si vous deveniez amoureux de l'autre, il me semble que cela ferait germer des théories toutes différentes dans votre tête et dans votre cœur. Je crois d'ailleurs pouvoir conclure de certains symptômes que, bien que vous soyez encore très attaché à Mme la belle la sublime, vous ne tiendrez plus longtemps le coup auprès d'elle. A moins qu'elle ne te pétrifie et te glace et te fixe de cette manière, mais ça me paraît peu probable tu as trop de bon sens pour ça. Sois sur tes gardes — chauffe-toi bien — tu sais (petite précaution à prendre contre son influence glaçante) puis promène-toi souvent — (surtout lorsque tu sentiras un petit commencement de pétrification) un homme avisé en vaut deux ; donc te voilà averti.

Ne m'en veux pas ; si ce n'était une phrase académique, je dirais « c'est pour ton bien ».

Enfin, bien te fasse, j'ai encore une autre bête noire à traquer mais je ne te dirai pas maintenant laquelle. Écoute cependant, je te le dirai tout de même. Cette autre bête noire c'est « la résignation dans les désappointements ». Encore une invention pharisienne d'un jésuitisme incroyable. Mais ça, c'est théologique, très théologique.

Mon cher, ne te résigne jamais et ne sois jamais désappointé ; voilà le meilleur conseil que je puisse te donner ; il vaut même mieux que celui d'envoyer à tous les diables ta froide maîtresse à plus forte raison puisque ces deux conseils ne font qu'un.

Je te serre la main ; crois-moi toujours

t. à t. *Vincent.*

Etten, 12 novembre 1881

Cher Théo,

Une phrase de ta lettre du 6 novembre appelle une réponse spéciale. Tu m'écris : « A ta place, je ne perdrais pas courage, mais je ne soufflerais mot de cette affaire à aucun de ceux qu'elle ne regarde pas ; cette façon de te comporter étonnera les rares personnes qui s'en occupent et les désarmera. » Si cette tactique ne s'était déjà révélée plus d'une fois la plus efficace des armes, tu m'aurais appris quelque chose de neuf. Je me bornerai à te répondre que je savais tout cela, mais après ça que sais-tu encore. Car tu ne dois pas perdre de vue que, dans certains cas, il ne suffit pas de rester sur la défensive, surtout lorsque le plan de bataille du parti adverse est basé sur l'hypothèse tant soit peu étourdie que tout ce que je puis faire, c'est de rester sur la défensive. 157 N

Théo, si tu nourrissais un amour comme le mien — et pourquoi, mon vieux, cela ne t'arriverait-il pas à toi ? — tu découvrirais en toi-même un symptôme tout à fait inconnu. Des gens comme toi et moi qui frayent la plupart du temps avec des hommes, toi sur une grande échelle, moi sur une plus petite, qui font la chasse à des affaires de tout genre, nous avons l'habitude de faire travailler notre cerveau — en usant d'un peu d'adresse, en faisant des calculs plus ou moins ingénieux. Mais si tu tombes un jour amoureux, tu t'apercevras à ton grand étonnement qu'il existe une autre force qui peut nous pousser à l'action : c'est le sentiment.

Nous sommes parfois enclins à nous moquer un peu, mais cela n'empêche qu'on dit la vérité lorsqu'on répète, surtout en matière d'amour : Je ne consulte pas ma tête pour savoir où est mon devoir, je me laisse entraîner par mon cœur.

Eh bien, tu ne voudrais pas que je considère, soit mes parents, soit les siens, comme ceux « que cela ne regarde pas », etc. Je me refuse à croire vraiment qu'il serait oiseux de les aborder en toute confiance de temps en temps.

Surtout, lorsque leur état d'esprit n'est ni positif ni négatif, comme c'est le cas, car ils ne font carrément rien ni pour ni contre. Je ne comprends pas bien comment ils parviennent à persévérer dans cette attitude « ni chaud ni froid », qui me semble pitoyable.

Et dire qu'ils nous font peut-être perdre ainsi un temps précieux ! Si tu préfères, toi, que je te compte parmi ceux « que cela ne regarde pas et auxquels je ne dois pas avoir affaire », je t'en parlerai quand même de temps à autre, même contre ton gré, comme je le fais à Pa et Moe, à l'oncle et à la tante S. Lorsque j'ai mis Pa au courant, cet été, il m'a coupé la parole pour me servir l'anecdote d'un homme qui avait trop mangé, et d'un autre qui n'avait pas assez mangé ; c'était tout à fait hors de saison, une petite anecdote sans queue ni tête qui m'a forcé à me demander : Est-ce que Pa aurait perdu le fil de ses pensées ?

Il était peut-être énervé parce qu'il ne s'y attendait pas. Il aurait pourtant dû savoir qu'elle et moi, nous nous étions parlé, que nous avions fait des promenades ensemble, durant des jours et des semaines. Est-ce qu'on voit clair lorsqu'on est dans cet état d'âme ? Je ne le crois pas. Si j'étais moi-même irrésolu, hésitant, ballotté, je pourrais admettre l'attitude de Pa et Moe. Mon amour m'a contraint à prendre parti et je sens en moi de l'énergie, une énergie nouvelle et saine, comme chez tous ceux qui aiment véritablement.

Ce que je veux dire, mon frère, c'est, ni plus ni moins, que je crois fermement qu'un homme, quel qu'il soit, ignore une chose caractéristique, une force mystérieuse qui sommeille dans les profondeurs de son être, tant qu'il ne la réveille pas au contact d'une créature dont il déclare « Elle et aucune autre. »

Quand un homme se trouve aussi bien possédé par la cupidité et l'ambition que par l'amour, je prétends qu'il y a quelque chose qui ne va pas chez cet homme. Quand un homme ne veut connaître que l'amour et se trouve incapable de gagner de l'argent, il y a également quelque chose qui ne va pas chez lui.

L'ambition et la cupidité sont les ennemies jurées de l'amour. Ces deux forces adverses vivent en nous dès notre naissance. Ce sont des graines ou des germes qui se développent au cours de notre existence, et qui se développent inégalement ; chez l'un, c'est l'amour qui prédomine, chez l'autre, ce sont l'ambition et la cupidité.

A notre âge, nous pouvons, toi et moi, en prendre ou en laisser dans une certaine mesure, en vue de maintenir l'ordre en nous-mêmes.

Je suis convaincu que l'amour, s'il se développe et atteint son plein épanouissement, produit des hommes meilleurs que la passion opposée : Ambition et Cie.

C'est précisément parce que l'amour est si fort que nous ne sommes pas capables, la plupart du temps, dans notre jeunesse (j'entends l'âge de dix-sept, dix-huit ou vingt ans), de diriger notre barque.

Les passions sont les voiles de la barque, vois-tu.

Celui-là qui, à l'âge de vingt ans, s'abandonne tout à fait à son sentiment, capte trop de vent, sa barque se remplit d'eau et — il sombre — à moins qu'il ne finisse par remonter à la surface.

Par contre, celui qui hisse la voile Ambition et Cie et pas une autre, cingle en ligne droite à travers la mer de la vie, sans avoir d'accidents à déplorer, sans se perdre en zigzag, jusqu'à ce qu'il se trouve finalement dans une situation telle qu'il se rende compte qu'il n'a pas assez de voile et qu'il dise : je donnerais tout ce que j'ai pour un mètre carré de voile en plus, mais je ne l'ai pas. Et il désespère.

Alors, il se prend à réfléchir et il s'avise qu'il peut faire appel à une autre force : il se souvient de la voile qu'il a méprisée et qu'il avait rangée avec le lest. Et c'est cette voile qui le sauve.

La voile « amour » doit le sauver ; s'il ne la hisse pas, il n'atteindra pas le port.

Le premier cas, celui de l'homme dont la barque chavirait vers sa vingtième année et qui sombrait, n'est-ce pas ? — mais non, qui remontait quand même à la surface, c'est en somme le cas de ton frère V. qui écrit comme un homme qui a été vaincu et qui s'est relevé.

Qu'était donc l'amour que je nourrissais en ma vingtième année ? C'est difficile à expliquer, mes passions physiques étaient très faibles, peut-être par suite de mes années de grande misère et de dur travail. En revanche, mes passions intellectuelles étaient fortes, j'entends que je ne cherchais qu'à donner, sans demander quoi que ce fût en retour ou sans vouloir rien accepter. C'était absurde, faux, exagéré, hautain, téméraire, car en matière d'amour, il ne faut pas seulement donner, mais aussi recevoir, autrement dit, non seulement on doit recevoir, mais aussi donner. Celui qui s'écarte de cette ligne de conduite, soit à gauche, soit à droite, tombe irrémédiablement. Je suis tombé et je m'étonne encore que je sois parvenu à me relever. Ce qui m'a remis d'aplomb, c'est surtout, plus que tout le reste, la lecture d'ouvrages sur les maladies corporelles et morales.

J'ai appris à voir un peu plus clair en mon cœur et dans celui des autres. Je me suis remis à aimer les hommes, moi-même y compris, et j'ai réussi à guérir mon cœur et mon esprit qui avaient pour ainsi dire été anéantis, desséchés et dévastés par des misères de toutes sortes.

Au fur et à mesure que je remontais à la surface et que je frayais à nouveau avec mes semblables, la vie se réveillait en moi — jusqu'à ce que je l'aie rencontrée.

Il est écrit : Tu aimeras ton prochain comme toi-même.

On peut dévier à gauche ou à droite, ceci est aussi grave que cela. A mon sens, chacun doit donner autant que l'autre, c'est une règle essentielle, la vérité et la sincérité l'exigent — et voici les deux extrêmes : 1° demander tout et ne rien donner ; 2° ne demander rien et tout donner.

Ce sont là deux éventualités, aussi fatales que fâcheuses ; l'une est aussi diablement fâcheuse que l'autre.

Évidemment, on recommande plus ou moins tantôt l'un, tantôt l'autre de ces extrêmes ; le premier nous vaut les coquins : voleurs, usuriers, etc., et le second nous vaut les jésuites et les pharisiens, mâles et femelles — aussi des coquins, crois-moi !

Si tu me dis : Prends garde de ne pas prendre goût à ce « Jamais, non, jamais de la vie », et si tu entends par là : prends garde à ne pas tout donner et ne rien demander, tu as parfaitement raison ; mais je te répondrai que j'ai déjà commis autrefois une erreur de ce genre. J'ai renoncé à une jeune femme et elle en a épousé un autre : je me suis effacé en lui restant fidèle en pensée. Très fâcheux * !

J'ai été pris mais j'ai appris, et je dis à présent : Nous verrons si, au lieu de nous résigner tout bonnement, nous n'arriverons pas, grâce à notre énergie farouche et patiente, à un résultat qui nous

* Allusion probable à Ursule Loyer.

vaudra un peu plus de joie. Nous mettrons en œuvre toute notre saine raison pour arriver à dégeler ce « Jamais, non, jamais de la vie ».

Je t'écris cela, Théo, pour te prouver que je suis capable de raisonner avec calme, bien que j'aime.

Si nous étions sentimentaux, elle et moi, si nous avions un cœur tendre, nous nous serions déjà donnés l'un à l'autre, ce qui nous aurait valu beaucoup de misère, beaucoup de privations, de faim, de froid, de maladies, pour ne mentionner que ces maux-là, et pourtant, hélas ! mieux vaudrait encore nous donner l'un à l'autre que de ne pas le faire du tout.

Si j'étais poussé par une passion farouche et si elle y cédait, cette passion se calmerait et mon lendemain de fête me découvrirait une sensation de désolation, et le sien, un cœur brisé.

Si elle était coquette, si elle jouait du cœur d'un homme et si cet homme ne remarquait pas sa coquetterie, ce serait un sot, mais un sot sublime — sublime comme un sot peut l'être.

Si je la recherchais pour l'argent ou pour des plaisirs charnels, par exemple, et si je me disais : elle ne pourra m'échapper pour telle ou telle raison, je serais le plus détestable des jésuites ou des pharisiens. (Permets-moi de te dire « qu'en attendant » il n'en est guère ainsi entre elle et moi.)

Si nous nous mettions à jouer à « frère et sœur », nous nous comporterions comme des enfants et ce serait hors de saison.

Si elle ne répondait jamais, jamais à mes sentiments, je deviendrais probablement un vieux célibataire.

Si je me rendais compte qu'elle aime un autre homme, je m'en irais très loin. Si je voyais qu'elle a choisi un autre homme parce qu'il est riche, je ferais amende honorable de mon imprévoyance et je dirais : j'ai pris une toile de Brochart pour une toile de Jules Goupil, une image d'Épinal pour une figure de Boughton, de Millais ou de Tissot.

Suis-je aussi imprévoyant ???

Mon regard est aussi sûr et exercé que le tien.

Mais si, elle et moi, nous ressuscitions à une vie nouvelle et faisions preuve d'une énergie renouvelée, ah ! l'avenir ne serait plus sombre.

En travaillant, elle avec sa main de femme et moi avec ma patte de dessinateur, le pain quotidien ne nous manquerait pas, ni à nous, ni à son fils.

Vois-tu, le fait de me ménager une porte de sortie quand je lui ai fait ma demande lui aurait permis de me mépriser, tandis que maintenant elle ne me méprise pas.

Ma troisième feuille est presque remplie, et je dois te demander encore quelque chose.

Mon vieux, il faut que je revoie son visage et puisse lui parler ; s'il n'y a pas moyen de le faire à bref délai, il pourrait se passer, à la grande fête de famille, quelque chose qui me vaudra beaucoup d'ennuis. Ne me demande pas de t'expliquer ce qui pourrait se passer exactement. Si tu étais amoureux, tu le comprendrais, mais je ne saurais te le faire comprendre parce que tu n'es pas amoureux.

Écoute, Théo, j'ai absolument besoin d'un petit viatique pour aller à Amsterdam. J'irai, même si je n'ai pas grand'chose. Pa et Moe m'ont promis de ne pas s'y opposer, à condition que je parte pour ainsi dire à leur insu. Si tu veux bien m'envoyer un peu d'argent, frère, je ferai pour toi beaucoup de dessins du Heike et que sais-je encore ?

Ces dessins n'en seraient pas plus mauvais si le « Jamais, non, jamais de la vie » se mettait à dégeler. Car le meilleur moyen de dessiner consiste à aimer encore. Peux-tu me procurer un viatique, mon vieux ? Ne fût-ce que vingt francs. Pa me donnera peut-être dix francs par-dessus le marché (à son insu, en fermant les yeux, si j'ose dire), et alors je décampe plus vite que ça. As-tu compris, mon cher ? Crois-moi toujours

t. à t. *Vincent.*

Vendredi, 18 nov. 1881

Cher Frère,

158 N Je crois que la chaudière ferait explosion si je ne soulageais pas mon cœur de temps en temps.

Je veux te raconter quelque chose qui risquerait de mettre mes nerfs à l'envers si je la gardais pour moi ; cela pèsera moins quand j'aurai épanché mon cœur à loisir. Comme tu le sais, Pa et Moe d'un côté, moi de l'autre, nous ne sommes pas d'accord au sujet de l'attitude à prendre devant ce « Jamais, non, jamais de la vie ».

Eh bien, on m'a d'abord abreuvé d'expressions violentes comme

« indélicat et déplacé » (imagine-toi que tu aimes et qu'on qualifie ton amour d'indélicat, ne te révolterais-tu pas ?) ; maintenant on a fini par se rendre à mes prières de ne plus employer de telles expressions, on est passé à un autre genre d'exercices.

On a prétendu « que je rompais tous les liens ».

J'ai répliqué plusieurs fois avec chaleur, avec patience, avec émotion que ce n'était pas le cas. On a paru y accorder de l'importance pendant quelque temps et puis ça a recommencé de plus belle.

Ce que l'on me reprochait, somme toute, c'était « d'écrire des lettres ».

Et voici ce que j'ai fait, quand j'ai constaté qu'on persistait inopportunément très étourdiment à employer l'expression « rompre tous les liens ».

Je n'ai plus prononcé un seul mot pendant plusieurs jours, je n'ai plus prêté aucune attention à Pa et à Moe. A contrecœur, mais je voulais leur faire comprendre ce qu'il en serait si tous les liens avaient été réellement rompus.

Évidemment, ils s'étonnèrent de mon attitude ; quand ils m'en firent la remarque, je répondis « Voilà ce qu'il en serait s'il n'existait plus de lien entre nous ; heureusement, il y en a et ils ne seront pas rompus de sitôt. Mais je vous prie de bien vouloir comprendre combien l'expression « rompre tous les liens » est inopportune, et de ne plus vous en servir ».

Le résultat fut que Pa se fâcha, me priant de sortir et proférant des jurons, en tout cas des mots qui ressemblaient à des jurons, je t'assure ! Nous sommes habitués à donner raison à Pa lorsqu'il se fâche ; moi aussi, mais cette fois, j'étais décidé à laisser éclater sa colère, tant pis.

Dans son courroux, Pa a dit quelque chose comme ceci : Que je devais m'en aller. Je n'y ai guère attaché d'importance parce qu'il l'a dit dans sa colère.

Je dispose ici de modèles et d'un atelier ; partout ailleurs, la vie serait plus chère, le travail plus difficile et les modèles me coûteraient davantage. Évidemment, si Pa et Moe me disaient calmement « Va-t'en ! », je m'en irais. Un homme ne peut admettre certaines choses.

Un homme qui a du cœur au ventre ne se laissera pas dire, sans protester de toutes ses forces « Tu es fou », « tu es un type qui rompt les liens familiaux », ou « tu es indélicat ». Quant à moi, j'ai dit quelques vérités à Pa et Moe : qu'ils se trompaient lourdement à propos de mon amour, que leur cœur était endurci, et qu'ils paraissaient parfaitement incapables de se placer à un point de vue plus sentimental et plus humain. Bref, que leur manière de voir me semblait bornée, pas assez large ni assez généreuse, et qu'à mon avis « Dieu » ne serait qu'un vain mot si l'on devait cacher son amour et si l'on ne pouvait suivre les impulsions de son cœur.

Je reconnais volontiers qu'à certains moments je n'ai pu maîtriser mon indignation, lorsque j'entendais dire « indélicat » et « rompre les liens ». Qui aurait pu garder son calme et ne pas riposter ?

Quoi qu'il en soit, Pa, en proie à la colère, a grommelé rien de plus et rien de moins qu'un juron ! J'en avais déjà entendu autant l'année dernière et, Dieu merci ! loin de me trouver écrasé par cette malédiction, j'ai senti se développer en moi une vie et une énergie renouvelées. Par conséquent, je caresse le ferme espoir qu'elle me vaudra un effet identique, mais plus ample et plus puissant.

Théo, je l'aime. Elle et pas une autre. Elle pour toujours. Et — et — et, Théo, je porte dans mon cœur une sensation de liberté qui, il est vrai, ne « semble » pas encore se manifester dans toute sa force, et j'ai l'impression qu'elle et moi avons cessé de faire deux pour être unis à jamais.

As-tu reçu mes dessins ? Hier, j'en ai fait un représentant un gars qui, le matin, allume le feu dans l'âtre, sous la marmite, et un autre d'un vieillard qui jette des branches sèches dans l'âtre. A mon regret, il subsiste quelque chose de dur et d'austère dans mes dessins ; je crois que j'aurais besoin d'elle pour l'adoucir, je veux dire qu'elle devra me faire subir son influence.

Voyons, vieux, il n'y a pas de raisons pour prendre ce juron au sérieux ; il se peut que j'aie été trop brutal pour faire sentir à Pa et à Moe ce qu'ils refusaient d'entendre. Enfin, je te serre la main et crois-moi

t. à t. *Vincent.*

Vendredi soir

Cher Frère,

159 N Lorsque je t'ai envoyé ma lettre, ce matin, je veux dire lorsque je l'ai glissée dans la boîte, je me suis senti soulagé.

En vérité, je m'étais demandé si je devais te raconter tout cela ou non, mais à la réflexion j'ai cru qu'il valait mieux que je le fasse. Je t'écris dans la chambrette qui me sert à présent d'atelier, l'autre étant trop humide. Quand je promène mon regard autour de moi, je vois partout des études se rapportant au même sujet : types brabançons.

Autrement dit, je me suis attelé à une tâche déterminée. Si j'étais arraché à ce milieu, je devrais me rabattre sur autre chose et laisser tout à moitié achevé. C'est impossible. J'y travaille depuis le début de mai, je commence à connaître et à comprendre mes modèles, je fais des progrès, mais il m'en a coûté bien des peines pour me mettre en train.

Et c'est maintenant, au moment où j'ai demarré, que Pa me dirait : puisque tu continues à envoyer des lettres à K. et que cela ne nous plaît pas (car, quoi qu'ils puissent dire, le nœud de l'affaire est là ; que je fasse fi des bonnes manières, et tout le reste, c'est de la blague), puisque nous ne nous entendons plus à cause de cela, je te jette à la porte !

Il serait vraiment excessif, il serait suprêmement ridicule d'interrompre pour cela mon travail, justement quand je commence à m'y retrouver. Non, non, je ne l'admettrai pas.

D'ailleurs, mes différends avec Pa et Moe ne sont pas si terribles, ni si graves, que nous ne puissions plus vivre sous le même toit.

Vois-tu, Pa et Moe se font vieux, ils vivent de préjugés et de conceptions surannées que ni toi ni moi, nous ne pourrions partager. Si Pa me voit un livre français en main, par exemple un ouvrage de Michelet ou de V. Hugo, il songe aussitôt à des incendiaires, à des assassins, à « l'immoralité ». C'est vraiment saugrenu, n'est-ce pas ? Il va de soi que je ne puis me laisser dérouter par des balivernes de ce genre. J'ai déjà plusieurs fois répété à Pa : Lis, ne fût-ce que deux ou trois pages, d'un de ces livres et tu te sentiras ému. Mais il refuse obstinément. Au moment où cet amour s'enracinait dans mon cœur, j'étais en train de relire *L'amour et la femme* de Michelet et j'ai compris bien des choses qui seraient demeurées autant d'énigmes pour moi. Aussi ai-je dit carrément à Pa que, dans ce cas précis, j'attachais plus d'importance aux conseils de Michelet qu'aux siens, et qu'il m'appartenait de décider lesquels j'entendais suivre.

Il m'a servi en guise de réponse l'histoire d'un grand-oncle qui avait été contaminé par les idées françaises et qui avait fini par s'adonner à la boisson – et d'insinuer que ma carrière pourrait devenir semblable à celle-là.

Quelle misère !

Pa et Moe sont très bons pour moi, ils font tout ce qui est en leur pouvoir pour me nourrir convenablement, etc. Je leur en sais gré, mais cela n'empêche que l'homme ne peut se contenter de manger, de boire et de dormir ; il aspire à quelque chose de plus noble, de plus beau, dont il ne peut véritablement se passer.

C'est, pour moi, l'amour de K. Pa et Moe tiennent le raisonnement que voici. Elle a dit non, par conséquent tu dois te taire. Je ne suis pas du tout de leur avis, au contraire. Je renoncerais au travail que j'ai entrepris et aux commodités de la maison paternelle plutôt que de me résigner à ne plus lui écrire ou à ne plus écrire à ses parents.

Je te dis tout cela parce que le problème de mon travail t'intéresse indiscutablement ; tu as donné tant d'argent pour me permettre de faire quelques progrès, je suis en bonne voie, ça marche, je commence à y voir clair, et je te dis : Théo, voilà la menace qui pèse sur moi, je suis tout disposé à continuer mon travail, mais on dirait que Pa a l'intention de m'en empêcher en me mettant à la porte, comme il me l'a dit ce matin.

Je crois qu'une parole énergique de toi pourrait arranger bien des choses. Toi, tu es capable de me comprendre quand j'affirme qu'on a besoin d'amour pour travailler et pour devenir un artiste, un artiste qui cherche à mettre du sentiment dans son œuvre : il lui faut d'abord se sentir lui-même et vivre avec son cœur.

Pa et Moe sont plus durs que pierre en ce qui concerne « mes moyens d'existence », comme ils disent.

Ils auraient raison s'il était question de nous marier tout de suite. Sur ce point, je suis parfaitement d'accord avec eux. Mais en l'occurrence il s'agit d'abord de dégeler ce « Jamais, non, jamais de la vie », et des « moyens d'existence » n'y réussiraient guère. Là n'est pas la question, c'est une affaire de cœur ; voilà pourquoi nous devons nous voir, nous écrire, nous parler. C'est clair comme le jour, c'est simple et c'est sensé. Je t'assure que je ne me laisserai détourner de cet amour pour rien au monde (bien qu'on me considère comme un faible, comme un homme en pain d'épices). Il n'est pas question pour moi de remettre d'aujourd'hui au lendemain, du lendemain au surlendemain, et d'attendre ainsi en silence. Est-ce qu'on peut demander à l'alouette de se taire aussi longtemps qu'elle a de la voix ?

Que faire ?

Ne serait-il pas sot, Théo, de ne plus dessiner mes types populaires brabançons, juste au moment où je fais des progrès, parce que Pa et Moe prennent ombrage de mon amour ?

Non, cela est impossible.

Pour l'amour du ciel, qu'ils s'en accommodent donc, car il serait vraiment trop bête qu'un jeune homme sacrifie son énergie aux préjugés d'un vieillard. Car Pa et Moe ont vraiment des préjugés en l'occurrence.

Non, mon frère, je dis qu'il serait trop bête de devoir quitter mon champ d'activité pour aller gaspiller inutilement de l'argent ailleurs, où la vie est beaucoup plus chère, au lieu de gagner peu à peu de quoi me payer un voyage à Amsterdam.

Non, non et non, ils se trompent, ils ont tort de vouloir me jeter dehors, précisément en ce moment-ci. Ils n'ont, pour ce faire, aucun motif valable et, de plus, je serais forcé d'interrompre mon travail. Non, cela ne peut se faire.

Qu'est-ce qu'elle dirait, elle, si elle savait ce qui s'est passé ce matin ? Elle est si bonne, si gentille, son cœur se déchire quand elle doit prononcer la moindre parole désobligeante, mais quand des gens aussi doux, aussi tendres, aussi charitables qu'elle se dressent, piqués au vif — alors, malheur à celui contre lequel ils se dressent.

Veuille Dieu qu'elle ne se dresse pas contre moi, mon cher frère ; je crois qu'elle commence à se rendre compte que je ne suis pas un cambrioleur, ni une brute, que je suis dans mon for intérieur plus paisible et plus placide qu'on ne le croirait à première vue. Elle ne l'a pas compris tout de suite ; au début, elle avait une fausse opinion de moi, mais tiens ! j'ignore pourquoi, la lumière se lève de son côté, tandis qu'ici le ciel s'obscurcit et se bouche de bisbilles et de jurons.

Écoute, mon vieux, si tu m'envoies un petit viatique, je te ferai parvenir immédiatement trois dessins. C'est promis. « L'heure du casse-croûte » « Le boute-feu » et un « Homme-orphelin ». Donc, envoie-moi de l'argent pour le voyage, si cela te convient, car ce voyage ne sera pas absolument inutile. Si je n'avais que 20 ou 30 francs, je pourrais au moins revoir son visage.

Aie l'obligeance de m'écrire quelques mots à propos de cet anathème, car je serais heureux de pouvoir continuer à travailler ici à mon aise. Ça, ce serait épatant. J'ai besoin d'elle et de son influence pour atteindre à un niveau artistique plus élevé ; sans elle, je ne suis rien ; avec elle, j'ai ma chance. Vivre, travailler et aimer ne font qu'un, somme toute. Et maintenant, A Dieu, avec une poignée de main,

t. à t. *Vincent.*

Un mot de toi « venant de Paris » pourrait jeter plus de poids dans le plateau de la balance, même s'il doit contrebalancer des préjugés.

19 novembre 1881

Cher Frère,

160 N Je viens de recevoir ta lettre. Merci pour ta sympathie, merci pour l'argent que tu m'as envoyé pour le voyage. Merci pour ton opinion sur mes dessins, bien qu'elle soit plus favorable que je ne le mérite. Continue à m'écrire au sujet de mon travail et ne crains pas de me froisser par tes observations ; je considérerai toujours des blessures de ce genre comme des preuves d'amitié, d'une amitié qui vaut mille fois mieux que des flatteries. Tu me donnes des conseils pratiques, je voudrais apprendre à me montrer pratique, tu dois donc me faire beaucoup de prêches, car je ne refuse pas de me convertir, j'ai même un grand besoin de me convertir.

Je crois que je n'ai jamais reçu de l'argent avec plus de reconnaissance, car il m'était insupportable de penser que, si je devais aller la revoir encore une fois, je n'aurais pas pu le faire. Maintenant, je suis au moins sûr de pouvoir tenter la chance que je tiens là.

Je l'aurais fait depuis longtemps si j'avais possédé dix florins. Mais je dois d'abord avoir la certitude qu'elle sera à la maison quand j'irai. Je suis en correspondance suivie avec notre petite sœur Wilhelmine qui est aux aguets et me préviendra, car elle doit partir pour Haarlem, et W. me fera savoir quand elle sera rentrée à Amsterdam.

Oh ! Théo, elle est si sensible, mais elle ne le paraît pas au premier abord. Elle, toi et moi, nous avons tous une écorce d'insouciance, mais il y a un tronc de bois plus ferme à l'intérieur. Et le sien est d'un grain si fin !

Nous verrons la suite.

Si tu avais, toi aussi, une amourette, il faudrait m'en parler à cœur ouvert ; tu peux compter sur ma discrétion.

Si je n'étais pas un homme qui a été vaincu, mais au contraire un homme qui a toujours été solidement planté sur ses jambes, je ne te serais d'aucune utilité, mais comme je suis descendu dans le puits d'une profondeur insondable qu'est la misère du cœur, il se peut que je sois en état de te donner un conseil pratique dans les affaires de cœur.

Je suis venu te demander guérison pour mes dessins et mes affaires d'ordre pratique, mais qui sait si, en revanche, je ne pourrai te rendre service le jour où tu auras des difficultés en matière d'amour.

En ce qui me concerne, le père Michelet m'a appris bien des choses. Lis en tout cas *L'amour et la femme*, si tu peux te procurer cet ouvrage, et aussi *Ma femme et moi*, et encore *Nos voisins* de Beecher-Stowe, ou *Jane Eyre* et *Shirley* de Currer Bell. Ces écrivains te diront des choses plus intéressantes que moi, et ils les diront plus clairement.

Les hommes et les femmes qu'on peut considérer comme les maîtres de la civilisation moderne, par exemple Michelet et Beecher-Stowe, Carlyle et George Eliot, tant d'autres également, nous crient : Homme, qui que tu sois, si tu as du cœur au ventre, aide-nous à construire quelque chose de réel, de durable et de vrai. Tiens-toi à un métier et n'aime qu'une femme.

Que ton métier soit un métier moderne, donne à ta femme une âme moderne libère-la des préjugés affreux qui l'enchaînent. Ne doute pas de l'aide de Dieu si tu fais ce que Dieu réclame de toi. Et Dieu veut à présent que le monde soit transformé par une réforme générale des mœurs, par un renouvellement de la lumière et du feu de l'amour éternel. Ce moyen-là te permettra d'arriver à tes fins, et tu exerceras en même temps une influence bienfaisante sur ton milieu, influence qui sera grande ou petite, selon tes moyens. Voilà, à mon sens, les paroles que Michelet adresse à tous ceux qui savent l'entendre.

Adultes, nous sommes des soldats, dans les rangs de notre génération.

Nous n'appartenons pas à celle de Pa, de Moe, de l'oncle S. Nous devons donc nous montrer plus fidèles aux choses modernes qu'aux choses anciennes. Regarder en arrière peut nous être fatal. Que les personnes âgées ne nous comprennent pas n'a rien qui puisse nous déconcerter, nous avons à poursuivre toujours notre chemin, même contre leur gré, et ils diront eux-mêmes, plus tard : Mais oui, vous aviez raison.

Bien que tu me croies peut-être plus ou moins instruit de ceci ou de cela, tu me trouveras très borné et ignorant de mille autres choses. Hélas ! la vie moderne précipitée, agitée, fiévreuse, nous empêche de connaître tout et tout.

Mais est-ce que nous hésiterions, toi et moi, si nous devions faire une déclaration à une jeune fille, et douterions-nous d'avoir finalement gain de cause ? Certes, il serait présomptueux de se montrer sûr de son affaire, mais il est permis de croire ceci : ma lutte intérieure ne sera pas inutile, je veux la mener, vaille que vaille, malgré mes faiblesses et mes défauts.

Même si je tombe quatre-vingt-dix-neuf fois, je me relèverai la centième.

Qu'ont-ils donc à radoter ? Ils parlent d'un « moyen d'existence » comme si je n'en avais pas. Quel artiste n'a pas dû se donner beaucoup de mal et tirer le diable par la queue ; y a-t-il un autre moyen pour celui qui veut sentir la terre ferme sous ses pieds ? Depuis quand n'y a-t-il plus de possibilités de gagner sa vie pour celui qui possède une patte de dessinateur ?

Je me suis de nouveau attaqué à un bêcheur en train d'arracher des pommes de terre dans un champ. Je consacre plus d'attention à tout ce qui l'environne. A l'arrière-plan, des bosquets, et une traînée de ciel au-dessus.

Que la campagne est belle, mon vieux ! Je ferai des dessins beaucoup plus valables dès que je gagnerai davantage et pourrai consacrer plus d'argent à mes modèles. C'est promis.

Poser est une rude corvée pour les modèles, tu peux m'en croire. D'autant plus que les miens ne sont pas des professionnels. Mais ils valent peut-être mieux que ceux-là.

Si l'occasion se présente un jour d'intéresser quelqu'un à mes dessins, il me semble que tu peux déjà commencer à parler de moi sans te gêner. Toutefois, il faudrait que je puisse consacrer un peu plus d'argent aux modèles, si je veux faire de meilleurs dessins. Pour le moment, ils me coûtent 20, 25 ou 30 cents par jour, mais je ne puis me payer ce luxe tous les jours. A vrai dire, je ne travaille pas assez d'après des modèles ; je ferais des progrès plus rapides si je pouvais leur consacrer un peu plus d'argent.

Dans le courant de l'hiver, je ne pourrai guère travailler au dehors d'après un modèle ; il faudra le faire à l'intérieur, mais cela non plus ne manque pas d'intérêt. Merci pour le viatique, mon vieux. C'est très gentil et très humain de ta part.

Cordiale poignée de main en pensée, et crois-moi

t. à t. *Vincent.*

Etten, 21 novembre 1881

Cher Rappard,

Pour être un peu moins abstrait, je me propose de vous entretenir aujourd'hui de quelques réalités. Vous me dites que Ten Kate vous a tenu des propos semblables aux miens. Soit, mais si le sieur Ten Kate est le personnage que j'ai entrevu un jour dans votre atelier, je doute fort que lui et moi ayons au fond des conceptions communes. Est-ce le personnage de petite taille, aux cheveux noirs, du moins foncés, et au teint assez pâle, qui était, le jour où je le vis, très correctement habillé de drap noir ? Sachez que j'ai l'habitude de prêter beaucoup d'attention au physique des gens quand je veux découvrir leur véritable orientation d'esprit. Mais le sieur Ten Kate est un personnage que je n'ai entrevu qu'une seule fois, par hasard, si même je l'ai vu ; aussi ne saurais-je avoir une opinion précise sur lui. Cependant il se peut qu'il vous ait tenu le même langage que moi à certains points de vue ; je n'y vois pas d'inconvénient, et même tant mieux. Votre réponse à ma lettre n'est qu'une demi-réponse ; je vous en remercie quand même. Vous me raconterez un jour l'autre moitié ; pour le moment, vous ne le ferez probablement pas. Cette autre moitié est sans doute plus longue que celle que j'ai déjà reçue et beaucoup plus satisfaisante. R 5 N

En supposant que vous quittiez tôt ou tard l'Académie pour de bon, je suis convaincu que vous rencontrerez alors une difficulté typique, qui ne vous est déjà plus tout à fait inconnue à l'heure actuelle. Quelqu'un qui, comme vous, travaille régulièrement à l'Académie, doit se sentir plus ou moins hors de son élément lorsque, au lieu de pouvoir se dire d'avance : il faut que je fasse ceci ou cela aujourd'hui, il doit improviser de jour en jour une sphère d'activité, c'est-à-dire créer. A la longue, il n'est pas si aisé de toujours chercher et se trouver du travail. En tout cas, je ne serais pas étonné que vous ayez de temps à autre l'impression que le sol s'est dérobé sous vos pieds, quand vous serez libéré définitivement de l'Académie. Mais je crois, d'autre part, que vous n'êtes pas homme à vous laisser plonger dans la consternation par ce phénomène naturel ; vous aurez vite fait de retrouver votre équilibre.

Quand vous vous plongerez pour de bon, la tête la première, sans vous ménager une porte de sortie, dans la réalité (car si vous vous y plongez, ce sera pour ne plus en sortir), vous parlerez vous-même exactement comme Ten Kate et comme moi à ceux qui s'accrochent encore à l'Académie. A propos de ce que vous m'avez raconté concernant le sieur Ten Kate, je crois qu'on pourrait résumer le raisonnement qu'il vous a tenu par la phrase que voici : Rappard, ne vous ménagez pas une porte de sortie, plongez-vous la tête la première dans la réalité.

La haute mer est, à vrai dire, votre élément ; même à l'Académie, vous ne pouviez renier votre caractère ni votre nature véritables. C'est pourquoi ces Messieurs refusent en fait de vous reconnaître et vous paient en monnaie de singe. C'est pourquoi le sieur Ten Kate, et moi-même encore moins que lui, ne parvenons pas à triompher de la mer, ni à nous mouvoir, ni à manœuvrer comme nous voudrions le faire. Cela n'empêche que nous finirons par devenir de vrais marins, si nous ne nous noyons pas ou si les brisants ne nous écrasent pas contre les rochers. Il n'y a pas de miséricorde ; qui veut atteindre les profondeurs doit passer par une période de tourments et de vache enragée. Nous commençons par prendre peu ou même pas du tout de poissons, mais nous apprenons à connaître les passes et à diriger notre barque ; cette science-là est indispensable. Et bientôt nous prendrons beaucoup de poissons, et même de très gros poissons, vous m'entendez ! Je pense que le sieur Ten Kate préfère aller pêcher d'autres poissons que les miens j'ai en effet l'impression que nos tempéraments diffèrent du tout au tout. D'ailleurs, il est permis à chaque pêcheur d'organiser son travail comme il l'entend. Il se peut évidemment qu'un poisson de cette pêche-ci s'égare par hasard dans l'autre filet : et qu'un poisson de la seconde pêche tombe dans le premier filet : c'est ce qui fait que son butin et le mien se ressemblent parfois.

Il vous arrive de concevoir de l'aversion pour les semeurs, les couturières et les bêcheurs. Soit. Moi aussi. Mais chez moi, cette aversion se trouve dominée par un certain enthousiasme, alors que chez vous, l'un et l'autre paraissent être sur le même pied.

Avez-vous conservé mes épîtres ? Si vous avez un moment de loisir et si elles n'ont pas encore péri dans les flammes, relisez-les, vous dis-je, bien qu'il soit peut-être prétentieux de ma part de vous demander cela. Je ne les ai pas écrites à la légère, bien que je n'aie pas craint de m'emballer et de laisser la bride sur le cou à ma fantaisie. Vous dites maintenant que je suis en somme un fanatique, que je prêche bel et bien une doctrine.

Eh bien, si vous voulez l'entendre ainsi, soit. Au besoin, je n'y verrais pas d'inconvénient ; je n'ai pas honte de mes sentiments, je ne rougis point d'être homme à avoir des principes et une foi. Mais alors, où est-ce que je veux conduire les hommes, et surtout moi-même ? Vers le large. Et quelle doctrine est-ce que je prêche ? Hommes, consacrons notre âme à notre cause, travaillons avec notre cœur et aimons ce que nous aimons.

Aimer ce que l'on aime : cela paraît une recommandation superflue ; pourtant, elle a énormément de raison d'être. Car il en est plus d'un qui dépense le meilleur de ses forces à une chose qui ne vaut pas ses meilleures forces et traite « comme une marâtre » ce qui lui est cher, au lieu de s'abandonner franchement à l'élan irrésistible de son cœur. Nous croyons même qu'une telle attitude exprime « de la fermeté de caractère » et « de la force spirituelle », et nous dépensons notre force au service d'une indigne, alors que nous négligeons notre aimée véritable. Et tout cela « avec les intentions les plus sacrées », croyant devoir le faire » par « contrainte morale » ou par « sentiment du devoir ». C'est ainsi que nous attrapons « une poutre dans notre œil », en confondant une quasi-conscience ou la conscience qu'on voudrait avoir avec notre véritable conscience. L'homme qui est en train d'écrire à son cher ami Rappard a déambulé longtemps sur la terre avec dans son œil, un et peut-être plusieurs de ces objets d'une grosseur monstrueuse.

Êtes-vous maintenant débarrassé de cette poutre ? me demandez-vous. Oui, qu'est-ce que l'auteur de la présente va répondre à cela ? Il sait une chose : une très grosse poutre a été enlevée provisoirement mais, comme il s'est rendu compte qu'il ne la voyait pas lorsqu'il en était affligé, il ne croit pas impossible qu'il y en ait encore d'autres, mais il ne peut voir si elles y sont ou si elles n'y sont pas. Toutefois, l'homme susnommé a appris depuis lors à se tenir sur le qui-vive contre les maladies des yeux, contre les poutres dans l'œil. La poutre d'une grosseur extraordinaire dont je viens de parler était plus ou moins du genre non artistique. Je ne vous dirai pas cette fois de quel genre elle était. Il existe en effet des poutres dans l'œil de tout genre : des poutres artistiques, des poutres théologiques, morales (très fréquent !), des poutres pratiques et des poutres théoriques (parfois, les deux combinées : très fatal !), et enfin beaucoup d'autres encore.

Nous ne devons donc pas nous affliger démesurément si nous n'en sommes pas dépourvus, pourvu que nous n'exagérions notre « non consternation » au point qu'elle se transforme en nonchalance, en indifférence ou en endurcissement.

L'autre jour, j'ai reçu une charmante lettre de mon frère Théo, qui me demandait également de vos nouvelles. Je lui avais envoyé quelques dessins ; il me conseille instamment de continuer à dessiner des types brabançons. Ce qu'il dit à propos de l'art est toujours substantiel, il donne souvent des avis qui sont pratiques et exécutables.

Aujourd'hui, j'ai à nouveau fait la chasse à une bête noire, l'idée de résignation qui est, je crois, une bête noire de l'espèce des hydres, c'est-à-dire que plus on coupe des têtes de vipère, plus il en pousse de nouvelles. Pourtant, il y a eu des hommes qui ont réussi à tuer une telle bête noire.

C'est mon occupation préférée d'engager la lutte contre cette vieille bête noire dès que je puis trouver une demi-heure. Mais vous ne savez peut-être pas qu'en théologie il y a une théorie de la résignation, avec une ramification qui s'appelle mortification. Si cette chose n'existait que dans l'imagination, les Écritures et les prêches des théologiens, je ne m'en soucierais pas, mais, hélas ! c'est un de ces fardeaux écrasants que certains théologiens chargent sur la nuque des hommes, mais qu'eux-mêmes ne toucheraient pas du doigt. Dès lors, cette résignation est du domaine de la réalité et engendre beaucoup de grandes et de petites misères de la vie humaine. Lorsqu'ils prétendirent me charger de ce joug, j'ai dit « Allez-vous-en ! » Ils trouvèrent cela fort irrespectueux. Bien, soit. Quoi qu'on pense de la raison d'être de celle-ci, la résignation est pour ceux qui savent se résigner, et la foi pour ceux qui savent croire. Que voulez-vous que je fasse si je suis né, non pour la première chose, c'est-à-dire la résignation, mais pour la seconde, c'est-à-dire la foi et tout ce qui en découle ?

Si vous disposez d'un instant, écrivez-moi encore une fois. En attendant, croyez moi, avec une poignée de main,

t. à t. *Vincent.*

Etten, 23 novembre 1881

Cher Frère,

Je suis très content que tu aies abordé certains sujets dans ta lettre à Pa et Moe. Je crois que cela finira par produire de l'effet — peu à peu. Tu comprends bien que je ne suis pas homme à causer, de propos délibéré, de la peine à Pa et à Moe. Chaque fois que je me vois contraint de faire une chose qu'ils n'approuvent pas et qui les peine à tort, j'en souffre moi-même beaucoup. Ne va pas croire cependant que la récente scène déplorable fut uniquement le résultat d'un accès de colère. Pa a déjà parlé d'accès de colère quand je lui ai déclaré que je ne voulais pas continuer mes études à Amsterdam, puis plus tard, quand j'ai refusé de faire dans le Borinage ce que les prédicateurs exigeaient. Il existe un vieux malentendu, profondément enraciné, entre Pa et moi. Il ne sera jamais, je crois, dissipé complètement. Il y a encore moyen de nous respecter l'un et l'autre, même si nos sentiments sont divergents, voire souvent contradictoires, parce que nous restons au fond d'accord sur bien des points. 161 N

C'est te dire que je ne considère pas Pa comme un ennemi, mais comme un ami, qui serait davantage mon ami s'il parvenait à avoir moins peur de la contamination de mes « erreurs » (?) françaises. Je crois que je pourrais rendre souvent de petits services à Pa s'il comprenait mieux le fond de ma pensée, je pourrais même l'aider à rédiger ses prêches, car j'interprète certains textes d'une autre façon que lui.

Mais Pa tient mon point de vue pour complètement faux et en fait systématiquement fi.

Je te dirai encore au sujet de « l'affaire », comme l'oncle S. appelle mes explications avec K., que j'ai déclenché une offensive contre le sieur S. susnommé. Au moyen d'une lettre recommandée, car je crains que les lettres « non recommandées » ne manquent leur but ; celle-ci, il sera bien obligé de la lire. Je me suis efforcé d'attirer l'attention de Son Excellence sur plusieurs points, dont je crains qu'il n'ait été porté à sous-estimer l'importance, car il ne s'en est pas soucié. C'est une lettre qui n'est guère diplomatique, car elle est très audacieuse, mais je suis sûr qu'elle impressionnera Son Excellence. Il se peut qu'elle lui arrache tout d'abord une expression énergique dont Son excellence ne se sert certainement pas dans ses prêches.

Il n'y a pas d'incroyants plus endurcis, plus terre-à-terre que les pasteurs, sinon les femmes de pasteurs (il y a des exceptions à la règle), mais il arrive que des pasteurs possèdent un cœur humain sous une cuirasse de triple airain.

Quoi qu'il en soit, je suis très anxieux et je me tiens prêt à partir pour Amsterdam. Seulement, comme le voyage coûte cher et que je ne puis gaspiller ma poudre, je tiens ce moyen en réserve, si ma lettre manque son but.

Sais-tu que l'oncle S. est vraiment un homme très capable et, après tout, un artiste ? Ses ouvrages sont excellents et témoignent d'une grande sensibilité. J'ai lu cet été une étude qu'il venait de publier sur les petits Prophètes et certains livres de la Bible qu'on lit relativement peu. Je me flatte donc de l'espoir qu'un jour, quand le temps aura fait son œuvre, Son Excellence ait pour moi plus de sympathie que ce ne fut le cas jusqu'à présent.

La lettre que j'ai reçue de lui il y a quelques mois n'était pas dépourvue de sympathie et n'avait pas été écrite sous l'empire de la colère. Seulement, son affirmation « le non est définitif » était très catégorique. Ce n'est que lorsque j'ai continué à écrire à K., en dépit de cette lettre, qu'il a cru de son devoir de me mettre des bâtons dans les roues par l'intermédiaire de ceux de Prinsenhage. Ces bâtons ont manqué leur effet. Ce levier-là n'était pas de taille à me soulever.

A propos, tu dois m'envoyer vite de tes nouvelles, j'ai bien souvent réfléchi à ce que je t'ai écrit.

Si tu crois que j'ai voulu insinuer qu'on doit rogner les ailes à ses passions, par exemple à ses ambitions en matière d'affaires et de finances, qu'il faut les tempérer ou les supprimer radicalement, eh bien, tu te trompes. Au contraire, ces passions doivent porter plus de fruits et d'une meilleure qualité. Elles ne doivent pas s'atténuer, mais s'équilibrer par l'Amour.

« Cupidité » est un très vilain mot, mais le diable ne laisse personne tranquille et je serais très étonné qu'il ne nous ait pas tentés parfois, toi et moi, même au point que nous soyons portés à dire à certains moments : l'argent est le maître, l'argent peut tout, l'argent est le n° 1. Je ne prétends pas que toi et moi, nous nous inclinions réellement devant ce M. Mammon et le servions dévotement, bien qu'il lui arrive de nous importuner d'une façon pressante. Moi, par des années et des années de misère, toi par un salaire élevé. Ces deux choses ont ceci de commun qu'elles constituent des tentations de se courber devant la puissance de l'argent. Que nous résistions faiblement ou fortement, toi et moi, à ces tentations-là, j'ai quand même confiance : nous ne sommes pas destinés à devenir des proies impuissantes du démon de l'argent. Mais quant à dire que celui-ci n'a pas du tout barre sur nous...

En tout cas, ce démon-là ne peut te jouer le mauvais tour de te faire croire que ce serait un péché de gagner beaucoup d'argent ; pas plus qu'il ne peut me jouer le mauvais tour de me faire croire que ma misère était plus ou moins méritoire. Non, il n'y a vraiment aucun mérite à être aussi inhabile que moi à gagner de l'argent ; cela doit changer et j'espère que tu me donneras maints conseils utiles dans ce but.

Toutefois, je suis convaincu que tu dois diriger à présent ton attention, la meilleure part de ton attention, la plus condensée, sur cette force vitale qui ne s'est pas encore réveillée en toi : l'Amour.

C'est en vérité la plus puissante de toutes les forces, car elle ne te rend qu'apparemment dépendant ; la vérité, c'est que l'affranchissement véritable, la liberté véritable, l'indépendance véritable n'existent que par elle. C'est l'amour qui précise notre sentiment du devoir et définit clairement notre tâche ; nous nous conformons à la volonté de Dieu en aimant et en accomplissant les devoirs de l'amour. Ce n'est pas pour rien qu'il est écrit dans la Bible : l'amour préservera d'une quantité de péchés, et encore : on trouve de la miséricorde en Dieu, parce qu'on le craint. Sur ce sujet, tu auras cependant plus de profit à relire Michelet que la Bible.

Quant à moi, je ne voudrais me passer de cette lecture pour rien au monde. La Bible est solide, éternelle, mais Michelet donne des conseils étonnamment pratiques et clairs, applicables sur-le-champ à la vie moderne précipitée et fiévreuse qui nous entraîne, toi et moi ; ainsi, il peut nous aider à faire de rapides progrès, nous ne pouvons nous passer de lui.

La Bible d'ailleurs est comme un ensemble de couches superposées dont chacune marque un progrès sur l'autre ; il y a une différence entre Moïse et Noé d'une part, Jésus et Paul d'autre part. Prends Michelet et Beecher-Stowe, ils ne prétendent pas que l'Évangile ne vaut plus rien, mais ils nous font comprendre comment l'appliquer à notre temps — toi et moi, par exemple, pour ne mentionner que nous deux. Michelet dit tout haut ce que l'Évangile, qui n'en renferme que les germes, nous souffle tout bas à l'oreille.

Il ne faut pas t'étonner si je te dis, quitte à passer pour un fanatique, que je suis convaincu de la nécessité de croire en Dieu, si l'on veut aimer. Je n'entends pas par là qu'il faille ajouter foi à tous les prêches des pasteurs, à tous les raisonnements et jésuitismes des bégueules dévotes, des collets montés, il s'en faut de beaucoup ; pour croire en Dieu, il faut sentir qu'il y a un Dieu, non un Dieu mort, empaillé, mais un Dieu vivant qui nous pousse dans la direction d'aimer encore. Voilà ma pensée.

J'ai envoyé à Mauve le dessin d'un bêcheur dans un champ de pommes de terre, pour lui donner signe de vie. Je souhaite qu'il vienne bientôt. Dès qu'il aura vu mes études, je t'en ferai parvenir encore quelques-unes. Dis-moi carrément « Arrête ! » si tu préfères que je ne t'écrive plus aussi longuement et aussi souvent. Seulement, il se pourrait que je m'arrête pour une autre raison ; si je dois par exemple lui consacrer le temps qui me reste pour écrire ces lettres, je ne continuerai pas à t'adresser des messages interminables.

Il est drôle que j'ignore absolument ce qui se passe à Amsterdam. Je veux dire que je n'en sais rien de plus que ce que je sens. Comment peut-on sentir quelque chose à une certaine distance ? Je ne suis pas à même de te l'expliquer, mais tâche de tomber amoureux, toi aussi, et tu entendras peut-être des voix dans le lointain, tu percevras des petits détails qui te permettront d'en deviner de grands, comme on devine le feu là où il y a de la fumée.

Heureusement, le temps est calme et doux, cela influence favorablement les gens. S'il faisait très froid et si la bise soufflait, « l'affaire en question » se présenterait beaucoup plus mal.

La grande fête de l'oncle et de la tante S. approche. Pa et Moe ont l'intention de s'y rendre. Je suis très content que tu leur aies écrit avant ce jour-là, car je préfère qu'ils ne profitent pas de cette occasion pour exprimer « leur conviction intime » au sujet de « l'inopportunité et l'indélicatesse » de mon amour.

J'espère recevoir bientôt de tes nouvelles. Crois-moi, avec une poignée de main,

t. à t. *Vincent.*

Sache que je fais de mon mieux pour modifier beaucoup de choses qui me concernent.

Plus spécialement, la mauvaise situation de mes finances. Je crois de même qu'il ne serait pas mauvais que je voie un peu plus de monde.

Travailler dur est certes le meilleur et le plus sûr moyen de remettre ses finances à flot. « Travaillez, prenez de la peine, c'est le fonds qui manque le moins. »

Mais cela seul ne suffit pas ou, plus exactement, j'ai encore à m'occuper d'autres problèmes. Je ne regrette pas d'avoir longuement « vécu sous la terre », si j'ose dire, car j'ai été un vaincu. Évidemment, je ne suis pas tenu de me replonger dans l'abîme ; je crois bien faire, au contraire, en bannissant ma mélancolie, en reprenant pied sur la terre ferme et en regardant la vie sous un jour plus gai, en renouant également de vieilles relations dans la mesure du possible et en m'en créant de nouvelles.

Il m'arrivera de me cogner la tête ci et là. Soit ; je voudrais quand même essayer de pousser à fond, pour me rendre compte s'il y a un moyen de reprendre pied à force de lutter. Je me suis déjà souvent demandé s'il serait souhaitable et possible d'aller pour quelque temps à La Haye. Néanmoins, je continuerai à considérer notre contrée comme mon véritable champ d'activité, et le dessin des types brabançons comme mon travail proprement dit. Je dois m'y accrocher quand même ; j'ai appris à connaître ce pays et j'y trouverai des sujets pendant plusieurs années encore.

Mais, m'en tenir aux types brabançons ne doit pas m'empêcher de chercher des relations ailleurs, ni même de séjourner autre part pendant quelque temps.

C'est ce que font tous les peintres et tous les dessinateurs.

Sais-tu ce que je voudrais ? Que K. me dise quelque chose d'un peu mieux, tout de même, que « jamais, non, jamais de la vie » ; il me serait alors possible de dresser le plan de campagne d'une expédition artistique, tandis que je suis maintenant contraint, primo, de partir en guerre contre des jésuitismes et d'y dépenser beaucoup d'énergie ; secundo, de ne pas entamer une autre campagne avant que la première n'ait été menée à bonne fin.

Est-ce que K. sait qu'elle me barre la route sans le vouloir ? Enfin, elle devra bien se charger de réparer les dégâts plus tard ! ! ! Je veux dire que j'espère qu'elle participera à mainte campagne artistique, saisis-tu ?

Je crains toutefois de me trouver dans la situation ridicule de celui qui se mettrait en quatre pour vendre des peaux d'ours, alors que les bêtes ne sont pas encore tuées. Je continue quand même à spéculer sur ces peaux-là, en tout cas sur une.

Pa me disait récemment : « Ma conscience m'a toujours empêché d'essayer de décider deux êtres à se marier. » Eh bien ! ma conscience à moi me dit qu'il fait tout le contraire en ce qui me concerne.

Heureusement, Michelet n'a pas eu de scrupules de ce genre, sinon il n'aurait pas publié ses ouvrages. Je promets, en reconnaissance à Michelet, lorsque je fréquenterai des artistes — ce n'est pas le cas à présent, ce sera le cas plus tard — de m'efforcer de faire comprendre à ceux qui aiment « tourner autour du pot », qu'ils doivent se marier. Je m'empresse d'ajouter, afin de tranquilliser les « marchands d'objets d'art » qui croient peut-être « qu'un ménage » coûte plus cher que « pas de ménage », qu'un artiste marié dépense moins d'argent pour sa femme et produit davantage qu'un artiste célibataire qui entretient une maîtresse.

Le père Millet ! A-t-il dû faire face à plus de dépenses que tant d'Italiens et d'Espagnols qui « vivent dans le désert où le ciel est de cuivre et le sol de fer » ? Est-ce qu'une épouse coûte plus cher qu'une maîtresse ? Vous payez tout de même les maîtresses, messieurs les marchands d'objets d'art, et ces dames se moquent de vous derrière votre dos. Qui est-ce qui vous tire des carottes, Messieurs Goupil et Cie ? Les femmes comme il en faut, ou les femmes comme il faut ?

On est sûr de périr à part, on ne se sauve qu'ensemble, voilà une sentence comme Michelet sait en énoncer en toute simplicité. On a parfois l'impression qu'il s'est trompé, mais on doit bien reconnaître ensuite qu'il avait raison, somme toute.

Voici ce qu'on pourrait dire des ouvrages mêmes de Michelet : il faut les avoir aimés, puis désaimés, puis aimés encore.

Le temps doux sera-t-il assez doux pour dégeler un de ces jours mon « Jamais, non, jamais de la vie » ? Est-ce que je serai balancé le jour de fête, ou peu de temps après ?

A Dieu ne plaise !

Est-ce que le cheval de Troie, dans mon cas la lettre recommandée, a été introduit dans l'enceinte fortifiée de Troie ? Est-ce que les Grecs cachés dans le ventre du cheval, j'entends tout ce que j'ai écrit dans cette lettre, pourront s'emparer de la place forte ?

Ah ! Que je suis anxieux de le savoir. Adieu,

t. à t. *Vincent.*

23 novembre 1881

Cher Rappard,

Quand je lis vos lettres, mon vieux, j'y découvre de très bonnes remarques, et très plaisantes ; c'est cela qui me pousse à poursuivre notre correspondance. R 6 N

Tiens ! Somme toute, je suis donc un fanatique ! Je mets bas les armes, vous venez de me trouer la peau. Soit ! Je vous remercie pour cette révélation ; oui, Dieu merci ! d'abord je n'osais pas le croire moi-même, mais vous avez fini par me le faire comprendre : j'ai donc une volonté, une tendance, je m'engage dans une direction déterminée et, qui plus est, sans me contenter de cela, je veux que d'autres m'accompagnent. Dieu merci, je suis donc un fanatique ! Eh bien, dorénavant, je ne veux plus être autre chose que cela ! Et je voudrais que mon ami Rappard soit mon compagnon de route, car il ne me serait pas indifférent de le perdre de vue. Ai-je tort en cela ?

En effet, j'ai bien dit dans ma hâte que je voudrais pousser les hommes « vers le large » (voir ma lettre précédente). Si je me bornais à cela, je serais un affreux barbare. Mais voici en outre ce qui rend l'affaire plus raisonnable. A la longue, un homme ne saurait pas vivre au large ; il lui faut une chaumière sur le littoral, un feu dans l'âtre, une femme et des enfants autour de cet âtre.

Donc, Rappard, je m'efforce de me pousser moi-même et je cherche à convaincre d'autres de devenir des pêcheurs dans la mer, que nous appelons l'océan de la réalité, mais je ne voudrais pas être privé de « cette chaumière » pour moi-même et pour mes semblables que j'accoste parfois. Avec, dans cette chaumière, ce que j'ai dit plus haut. Par conséquent, la mer et ce lieu de repos, ou ce lieu de repos et la mer. Et maintenant, la doctrine que je prêche !

Mon dogme, « Hommes, aimons ce que nous aimons », s'appuie sur un axiome. J'estimais alors superflu d'énoncer cet axiome, mais je vais le citer maintenant pour plus de clarté. Cet axiome est le suivant : « Hommes, nous aimons. » J'en déduis la thèse énoncée plus haut.

Hommes, aimons ce que nous aimons, soyons nous-mêmes, « ne faisons pas comme si nous savions mieux que Dieu ». L'expression « ne faisons pas comme si nous savions mieux que Dieu » n'est pas de mon cru, elle est de Mauve. Je prouve cette thèse par l'absurde, notamment de la façon suivante, pour commencer.

Supposez qu'un homme n'aime pas ce qu'il aime : il s'attirerait beaucoup de misères et il en attirerait aux autres, tout en suscitant beaucoup d'inquiétude dans le monde du bon Dieu. Bref, si tous les hommes étaient comme la personne dont nous avons supposé un instant — du moins s'il nous est possible de le supposer — qu'elle n'aime pas ce qu'elle aime, qu'adviendrait-il peu à peu du monde que le Seigneur a bien bâti, à mon avis, qu'Il maintient dans cette situation et qui, en attendant, restera dans cette situation aussi longtemps que vous et moi appartiendrons au nombre des vivants — que durera encore notre temps ? Je dis donc que si tous les hommes étaient comme cet homme fictif qui, de propos délibéré, s'est mis les jambes en l'air et le dedans au dehors (heureusement il n'existe que dans notre imagination, comme une abstraction, et pour le besoin de notre démonstration par l'absurde d'une thèse non géométrique !), le monde, que Dieu a bien bâti, commencerait à ressembler bigrement à un monde radicalement défectueux. Il me semble qu'en évoquant l'hypothèse de cet homme qui préférerait ne pas aimer ce qu'il aime, qui, de propos délibéré, se serait mis les jambes en l'air et le dedans au dehors et qui n'existerait qu'un instant dans notre imagination, comme une abstraction, mais qui ne peut évidemment exister réellement, nous sentons du coup que nous frottons à rebrousse-poil, de sorte que nous pouvons considérer comme étant prouvés la justesse et le bien-fondé de notre thèse : Hommes, aimons ce que nous aimons. (Si je n'ai pas prouvé assez clairement que la non vérité de la thèse en question serait une énorme absurdité, vous réussirez sans doute facilement, avec un peu de bonne volonté, à trouver des preuves plus convaincantes en faveur de ma thèse.)

Nous en arrivons maintenant aux conclusions ou « conséquences » de ma thèse, notamment :

1° Un homme qui se soucie peu d'aimer ce qu'il aime se coule lui-même.

2° Il lui faudrait une très forte dose d'o (a) bstination ([1]) pour pouvoir tenir à la longue.

3° S'il changeait, sa conversion ne serait pas profonde.

Oui, que je l'ajoute ou ne l'ajoute pas en toutes lettres, je pense que vous devinerez ce que j'insinue : Rappard, en vous accrochant ainsi

(1) Le a et le o conviennent tous deux, par hasard. Hein !

à l'Académie, vous vous ménagez une porte de sortie à laquelle plus d'un « se sont pendus » – j'entends qu'ils n'ont pas pu la franchir lorsqu'ils ont voulu prendre le large !

Vous, comme vous avez des muscles assez solides, vous réussirez à franchir cette porte, si besoin en est. Mais les autres ? Croyez-moi, il y en a qui « se sont pendus » en voulant sortir par là.

Outre ces « portes de sortie académiques », il y en a d'autres. Voyez le chapitre « poutre dans l'œil » dans ma dernière lettre. Ne vous en déplaise, il existe autant de sortes de portes de sortie que de sortes de poutres dans l'œil.

Combien ? Elles sont légion ; je dis, légion !

Se pendre à une porte de sortie entraîne une mort plus lente et beaucoup plus pénible que de se pendre royalement à l'aide d'un nœud coulant. Il y aussi des portes de sortie morales. Pourquoi n'y en aurait-il pas, comme « des poutres dans l'œil » morales ? Mais ni vous ni moi n'en avons tout de même été affligés, ni n'en sommes affligés, ni n'en serons affligés ?

Ma foi, je ne le sais pas trop. S'il ne s'agissait que de moi-même et non de vous et de moi, je dirais : en ce qui me concerne, j'ai été affligé, je suis affligé et je serai affligé de poutres dans l'œil morales et de portes de sortie morales, mais cela n'a pas empêché et n'empêche pas et n'empêchera pas que j'ai arraché et que j'arrache et que je continuerai d'arracher les poutres morales de mon œil, et que j'ai enfoncé et que j'enfonce et que continuerai d'enfoncer les portes de sortie morales.

Jusqu'à ce que j'aie un œil libre et un passage libre. Quand ?

A condition que je persévère jusqu'au bout – jusqu'au bout.

Maintenant, vous vous rendez sans doute compte que nous y gagnons tous les deux quelque chose à continuer à nous écrire – j'entends que nos lettres deviennent de plus en plus sérieuses.

Je ne vous écris pas du tout à la légère, mais bel et bien avec le plus grand sérieux, bien que je laisse la bride sur le cou à ma fantaisie, comme je l'ai déjà dit. Et je ne vous écris pas pour le plaisir de pérorer. Mon intention est la suivante : réveiller Rappard. Or, je doute que je m'assoupisse moi-même en essayant de réveiller Rappard. A Dieu ne plaise que ce soit le cas ; non, il n'en est point question.

Je vous ai déjà dit à une autre occasion qu'en général, mais plus spécialement lorsqu'il s'agit des artistes, je prête autant d'attention à l'homme qui produit l'œuvre qu'à l'œuvre elle-même. A défaut de l'homme, il m'arrive parfois de devoir faire fonds sur l'œuvre seule (il ne nous est pas possible de connaître personnellement tous les artistes), ou inversement à défaut de l'œuvre, sur l'homme seul. Eh bien, je connais quelque peu l'œuvre d'un nommé Monsieur Van Rappard, et par ailleurs, je le connais quelque peu lui-même.

Son œuvre me confie toujours : Après ceci, il fera mieux, et sa personne me révèle la même chose.

De bien à mieux.

Trouvez-vous mon jugement impitoyable ? Pour ce qui est de ma bête noire principale (pour sauter du coq à l'âne), le temps me manque pour la traquer aujourd'hui, toutefois je n'ai pas pu m'empêcher de risquer encore une petite attaque contre elle.

Elle aura encore de mes nouvelles. Mais elle commence à se tenir un peu sur le qui-vive : la résignation est habituée à la résignation, elle croyait que je finirais par abandonner la lutte. Mais, voyez-vous, je n'en ai pas encore envie. Enfin, il se peut que je vous raconte un jour quelque chose au sujet de cette bête noire. Sacrée bête noire ! Ça me fait du bon sang tout de même. En attendant, croyez-moi, avec une poignée de main,

t. à t. *Vincent.*

Je vous écris souvent parce que j'attends sous peu beaucoup de lettres.

La Haye, décembre 1881

Cher Théo,

162 N Comme tu le vois, je t'écris de La Haye.

Je suis ici depuis dimanche dernier. Tu sais qu'on avait invité Mauve à venir loger quelques jours à Etten. Craignant que cette perspective ne finisse en queue de poisson ou que le séjour de Mauve ne soit trop bref, je me suis dit : Cherche donc une autre solution, si possible une solution efficace, radicale.

J'ai parlé à Mauve en ces termes : « Que penserais-tu si je venais t'ennuyer royalement pendant un mois ? Au bout de ce temps, j'aurais vaincu les premières *petites misères* de l'art de peindre et je retournerais ensuite au Heike ? »

Eh bien ! Mauve m'a installé séance tenante devant une nature morte où trônait une paire de vieux sabots au milieu de quelques autres objets, et j'ai pu me mettre au travail aussitôt.

J'ai trouvé dans le voisinage de Mauve un logement modeste que je paie trente florins par mois, avec le petit déjeuner. Je pourrai donc m'en tirer avec les cent francs que tu m'alloues.

Mauve m'a laissé espérer que je pourrais faire dans un temps relativement court des choses vendables. Puis, il m'a dit « J'ai toujours cru que tu étais un triple couillon, mais je me rends compte à présent qu'il n'en est rien » ; je t'assure que cette parole de Mauve m'a fait plus de plaisir qu'une charretée de compliments jésuitiques.

Il est possible que Mauve t'écrive un de ces quatre matins. « Sur ces entrefaites », je suis allé à Amsterdam. L'oncle S. était passablement fâché, bien qu'il exprimât sa mauvaise humeur en termes plus choisis que « Dieu te damne ! » Cela n'empêche que je ne regrette pas ma visite. Que faire maintenant, car il faut que tu saches que je ne suis pas revenu moins amoureux que je ne l'étais en partant. Non qu'elle m'ait encouragé, car cette visite m'a valu une mélancolie immense pendant un moment disons pendant vingt-quatre heures environ, mais j'ai mûrement réfléchi, car quelque chose me disait : ça marche pourtant. J'ai réfléchi, et je suis allé au-delà du romantisme et de la sentimentalité. Bien sûr, ça ressemble de moins en moins à cueillir des fraises au printemps, mais, tant mieux, un jour viendra où les fraises seront à nouveau à portée de ma main.

J'ai rendu visite à M. Tersteeg, et j'ai vu quelques peintres, entre autres (le joyeux) Weissenbruch, Jules Bakhuyzen et De Bock.

Bref, Théo, je pense que je vais devenir de jour en jour plus réaliste à tous les points de vue.

Par bonheur, elle aussi est une chose très réelle.

Salutations de la part de Mauve et de Jet, et crois-moi

t. à t. *Vincent.*

P.-S. Dès que Mauve me le permettra, je t'enverrai encore un dessin, mais Mauve me conseille de garder toutes mes études, surtout mes études de figures. Et Mauve m'a dit que j'apprendrai à faire des aquarelles dans peu de temps.

La Haye, 3 décembre 1881

Cher Rappard,

R 7 N J'ai reçu votre lettre de Bruxelles. Elle ne me plaît pas du tout, mais enfin, vous le dites vous-même, vous l'avez écrite à un moment où vous n'étiez pas tout à fait vous-même. Rien ou si peu de ce que vous me dites ne résiste à l'examen. Néanmoins, je suis heureux que vous soyez de retour de Bruxelles. A mon avis, vous n'êtes guère à votre place là-bas, et pour ce qui est de « l'habileté technique » que vous espérez acquérir à l'Académie, je crains fort que vous ne fassiez là un marché de dupe. Cela ne peut s'apprendre ainsi, même pas de Stallaert.

Pour l'instant, je suis débordé de toutes sortes de besognes. J'ai loué ici un petit atelier que je dois occuper vers le 1er janvier, et il me faut encore arranger un tas de choses. Plus tard, quand je serai mieux à mon aise, je vous écrirai à tête reposée de tout cela, mais, veuillez m'excuser, en ce moment j'ai à faire des choses plus sérieuses que d'écrire des lettres.

Évidemment, mes lettres n'ont pas la prétention d'être toujours bien frappées, ni de toujours expliquer exactement les choses. Oh non ! je gaffe souvent. Mais quand je vous dis, Rappard, que ces académiciens dont vous faites grand cas, j'entends Stallaert et Severdonk, ne valent pas un sou, je parle très sérieusement. Je vous le répète : à votre place, je ne me soucierais plus d'eux. Mais cela suffit, je vous l'ai déjà dit plusieurs fois et je ne le répète plus. Je ne veux plus entendre, je ne veux plus prononcer une syllabe à propos de cette Académie ; elle n'en vaut pas la peine. Et je vous tire mon chapeau.

Qu'est-ce que ces gens, ces artistes avec lesquels vous avez bu du lambic ? Pourquoi n'en nommez-vous pas quelques-uns ? Sont-ce des gens de quelque utilité ? Je l'espère pour vous, mais j'en doute fort.

Bonjour, mon vieux, je n'ai en ce moment ni le temps ni l'envie d'écrire plus longuement. Quand vous serez dans votre atelier, travaillez régulièrement d'après un modèle ; à la longue, cela vous vaudra plus de satisfaction. Enfin, bonjour.

Vincent.

Au cas où vous voudriez m'écrire, adressez vos lettres à Etten, on me les fera parvenir. J'hésite entre deux ou trois ateliers ; je me déciderai avant le 1er janvier, mais en ce moment je n'ai pas encore une adresse fixe. Je vous la ferai connaître plus tard.

J'ai quitté Etten parce que j'avais trop d'ennuis avec mon père au sujet de toutes sortes d'histoires qui, en somme, ne valent pas la peine qu'on en parle – aller à l'église, etc. Même lorsque je travaillais dur et beaucoup, cela me mettait dans un état d'âme qui ne convient pas du tout. Voilà pourquoi je suis venu m'installer ici, où je suis content de vivre dans un autre milieu. Sans doute suis-je encore en butte à quelques soucis, mais cela vaut mieux que d'avoir continuellement des querelles et des ennuis.

Cher Théo,

Il se peut que tu aies attendu une lettre de moi, pour savoir ce 163 N
que je deviens. J'en attends une de toi.

Je continue à passer tous les jours chez Mauve ; je peins dans la journée et dessine le soir.

J'ai peint cinq études et deux aquarelles. Il va de soi que j'ai fait quelques gribouillages par-dessus le marché.

Je ne saurais te dire à quel point Mauve et Jet se montrent bons et cordiaux à mon égard. Mauve m'a fait voir et m'a expliqué des tas de choses que je ne pourrai faire du jour au lendemain, mais j'y parviendrai peu à peu. Il faut que je travaille sérieusement. Quand je serai de retour à Etten, je devrai innover un peu, par exemple, louer une pièce spacieuse où je pourrai m'installer à une distance convenable de mon modèle, sinon il est impossible de dessiner des figures, ou bien il faut se contenter de n'en dessiner qu'une partie. Enfin, j'envisage cette question avec Mauve. Je t'écrirai dans quelques jours à ce sujet.

Les études peintes sont des natures mortes, les aquarelles ont été faites d'après un modèle, une femme de Scheveningue.

Il se peut que Mauve t'écrive également un de ces jours.

Cependant, Théo, j'ai quitté la maison depuis un mois environ et tu comprendras que j'ai dû engager certains frais. Certes, Mauve m'a donné beaucoup de choses, par exemple des couleurs, etc. mais

j'ai dû en acheter aussi, et j'ai payé quelques journées à un modèle. J'ai eu besoin d'une paire de chaussures et, enfin, je n'ai pas toujours été très économe. J'ai donc dépassé les limites de mes deux cents francs ; mon excursion m'a coûté déjà quatre-vingt-dix florins. Comme je crois que Pa est gêné pour le moment, je ne sais que faire.

Je voudrais bien rester encore un peu ici, j'aimerais même louer une petite chambre pour deux ou trois mois (peut-être pour plus de deux ou trois mois), par exemple à Scheveningue. Mais il est sans doute préférable que je retourne à Etten, eu égard aux circonstances. Je trouve Scheveningue très, très beau, ses types et ses figures également.

Seulement, les modèles coûtent cher : 1 florin 50 à 2 florins par jour, certains même plus. Ici, il y a moyen de fréquenter des peintres, etc.

Lorsque j'ai écrit cette semaine à Pa pour lui demander de l'argent, il a trouvé que j'avais exagéré en dépensant 90 florins.

Je me plais à croire que tu comprendras que je ne les ai pas dépensés à la légère, car tout coûte cher. Rendre compte de chaque sou dépensé à Pa m'ennuie diablement, d'autant plus qu'on met ensuite tout le monde au courant, en agrémentant la chose de maints commentaires et exagérations.

Je veux seulement te dire, Théo, que je m'embourbe de plus en plus dans mes finances.

Je t'écris pour te mettre au courant.

Je n'ai plus d'argent pour demeurer ici et je n'en ai plus pour rentrer.

Quoi qu'il en soit, je patienterai encore quelques jours. Et je ferai ce que tu voudras bien m'indiquer.

Si tu trouves préférable que je m'attarde encore un peu ici — j'aimerais beaucoup rester encore quelque temps et ne pas retourner à Etten avant d'avoir fait des progrès sensibles.

Par contre, si tu me dis de rentrer tout de suite, je veux bien, moi, à condition que je trouve là-bas une chambre convenable, un peu plus spacieuse que le petit atelier dont je disposais chez nous. Je pourrais alors travailler seul pendant un certain temps, et revenir ensuite à La Haye.

En tout cas, Mauve a éclairé un peu ma lanterne quant aux mystères de la palette et de l'aquarelle. Cela nous permettra de récupérer les 90 florins que le voyage a coûté. Mauve m'assure

que mon soleil se lève, mais qu'il est encore voilé par des brouillards. Ce n'est pas moi qui l'empêcherai de se montrer !

Plus tard, je te raconterai en détail à quel point Mauve s'est montré bon et amical pour moi.

J'attendrai quelques jours ta réponse. Si elle ne me parvient pas dans trois ou quatre jours, je demanderai de l'argent à Pa pour rentrer tout de suite.

J'ai encore bien des choses à te dire qui t'intéresseront, surtout à propos de la façon de travailler d'après un modèle, à Etten. Comme je te l'ai déjà dit, je t'écrirai plus tard, sous peu, à ce sujet. Je t'envoie ci-joint des griffonnages d'après deux aquarelles. J'ai beaucoup d'espoir d'être, dans un temps relativement court, capable de faire quelque chose de vendable. Oui, je crois que ces deux-ci seraient déjà vendables, à la rigueur. Surtout celle retouchée par Mauve. Non, je préfère les garder provisoirement, pour mieux me rappeler certains détails d'exécution.

L'aquarelle offre une belle possibilité d'exprimer l'espace et le ciel, de sorte que la figure se trouve dans l'atmosphère et vit. Écoute, si tu veux que je fasse ici encore quelques aquarelles pour toi, je ne demande pas mieux, mais tout coûte de l'argent – mon séjour, les modèles, les couleurs, le papier, etc. et je n'en ai plus. En tout cas, écris-moi par retour du courrier et envoie-moi un peu d'argent, si tu veux que je reste ici.

Ayant reçu des explications pratiques sur les couleurs et sur l'usage du pinceau, je crois que je ferai plus de progrès.

Tu t'imagines bien que je tiens à ce que Mauve ne soit pas obligé de regretter sa bienveillance. Nous essaierons de nous débrouiller en y mettant du nôtre.

Et maintenant, adieu. Je m'attends à ce que tu m'écrives par retour du courrier (à l'adresse suivante : A. Mauve, Uilenboomen, 198). Crois-moi, avec une poignée de main en pensée,

t. à t. *Vincent.*

Voici les sujets de deux études peintes : une tête d'enfant en terre cuite avec un bonnet de fourrure, et un chou blanc avec un tas de pommes de terre, etc.

Après ses voyages à La Haye et à Amsterdam, Vincent s'est décidé à raconter longuement à Théo son séjour auprès d'Anton Mauve au cours duquel il a étudié la possibilité d'aller s'installer à La Haye, ainsi que sa décevante visite chez son oncle Stricker pour essayer de revoir sa cousine Kate (Kee Vos).

Malgré ses affirmations, il semble qu'au moment où il tente une démarche qui va lui aliéner définitivement la sympathie de ses proches, Vincent a déjà pris son parti de son échec. En effet on trouve dans la lettre qui suit les premières allusions à Christine (Sien).

(Etten, décembre 1881)

Cher Théo,

Je crains que tu ne mettes de temps à autre un livre de côté parce que tu le trouves trop réaliste ? Aie donc pitié de la présente, et arme-toi de patience. Lis-la en tout cas jusqu'au bout, bien qu'elle soit plutôt âpre. 164 N

Comme je te l'ai écrit de La Haye, j'ai à te parler de bien des choses, maintenant que je suis de retour ici. Lorsque je suis arrivé chez Mauve, mon cœur battait fort dans ma poitrine, car je me demandais si lui aussi essaierait de me nourrir de belles paroles, ou bien s'il me réserverait autre chose. Eh bien ! j'ai pu faire l'expérience qu'il m'a donné cordialement toutes sortes de conseils pratiques et m'a montré la voie.

Non en trouvant bon tout ce que je faisais ou disais, au contraire. Mais quand il affirmait : ceci ou cela n'est pas bien, il s'empressait d'ajouter : essaie comme ceci ou comme cela, ce qui est tout autre chose que de présenter des observations pour le plaisir d'en présenter. On a beau te dire « Tu es malade » cela ne te sert à rien, mais quand un autre te dit : « Fais ceci ou cela et tu recouvreras la santé », et si ce conseil ne vise pas à te leurrer, tu peux croire que ça y est et que tu es sauvé.

J'ai pris congé de lui, emportant quelques études peintes et deux aquarelles. Évidemment, ce ne sont pas des chefs-d'œuvre. Je crois pourtant que j'ai réussi à y mettre quelque chose de sain et de réel, certainement plus que dans tout ce que j'ai fait jusqu'à présent. Par conséquent, j'estime que je puis maintenant commencer à faire des choses valables. Disposant de quelques moyens techniques de plus, savoir les couleurs et le pinceau, j'ai l'impression d'être arrivé à un tournant.

Seulement, il faut savoir utiliser ces moyens. Mauve me disait, dès qu'il eut jeté un coup d'œil sur mes études : « Tu te places trop près de ton modèle. » De là vient qu'il est souvent quasiment impossible d'évaluer les proportions, alors que c'est précisément de cela que je dois me préoccuper en premier lieu. Il est donc indispensable de louer une pièce spacieuse, une chambre ou une remise. Les frais ne seront pas excessifs. Le loyer d'une maisonnette ouvrière est ici de 30 florins par an ; par conséquent, je m'imagine qu'une pièce deux fois plus grande qu'une maison ouvrière coûterait 60 florins. Ce n'est pas un obstacle insurmontable. Je suis déjà allé voir une remise, mais une remise comporte des inconvénients, surtout pendant la saison froide. Je pourrais toutefois y travailler lorsqu'il fait un peu plus doux. En outre, je crois qu'il y a moyen de trouver des modèles dans le Brabant, non seulement à Etten, mais aussi dans les autres villages — au cas où des difficultés surgiraient ici.

Bien que j'aime le Brabant, je suis également attiré par d'autres figures que celles des paysans brabançons. Ainsi, j'ai trouvé Scheveningue indiciblement beau. Toutefois, il a été convenu formellement avec Mauve que je tâcherais de trouver un atelier convenable ; de plus, il faudrait que je me serve de couleurs, de papier, etc. de meilleure qualité.

Quoi qu'il en soit, le papier Ingres est excellent pour des études et des esquisses. Il est moins coûteux de confectionner soi-même des carnets à croquis de divers formats que d'en acheter.

J'ai encore une provision de papier Ingres. Néanmoins, tu m'obligerais en en joignant un peu à ton envoi, quand tu me retourneras l'étude en question. Pas de papier blanc comme neige ; je préfère celui qui a une couleur de lin non blanchi. Une couleur froide ne convient pas.

Théo, les nuances et les couleurs ont une grande importance en peinture. Qui n'apprend pas à sentir cela ne pourra jamais saisir la vie. Mauve m'a expliqué beaucoup de choses que je ne comprenais pas auparavant. J'essaierai de te raconter à l'occasion tout ce qu'il m'a dit, car il se peut que toi non plus, tu ne comprennes pas certaines de ces choses. Enfin, j'espère que nous reparlerons de ces problèmes artistiques. Tu ne peux te figurer quel soulagement je ressens quand je songe à ce que Mauve m'a dit dans le domaine des possibilités de gagner de l'argent.

Souviens-toi pendant combien d'années j'ai trimé, me trouvant constamment dans une sorte de position fausse. Maintenant, j'entrevois les vagues reflets d'une lumière véritable. Je souhaiterais que tu voies les deux aquarelles que j'ai rapportées, car tu verrais que ce sont des aquarelles semblables aux autres aquarelles. Il est vrai qu'elles sont loin d'être impeccables, soit, et je veux être le premier à reconnaître que je n'en suis pas insatisfait. Toutefois, elles valent mieux que tout ce que j'ai fait jusqu'à présent ; elles ont l'air plus fraîches et plus saines. N'empêche que ça doit être encore plus frais et plus sain. Seulement, on n'arrive pas à faire du jour au lendemain ce qu'on voudrait. Ça vient petit à petit.

Pour le moment, j'ai besoin de ces dessins, pour les comparer à ceux que je ferai ici, car je dois en faire qui valent au moins ceux que j'ai exécutés chez Mauve.

Bien que Mauve m'assure que je pourrai réussir des dessins vendables si je retourne encore une fois chez lui, par exemple en mars, après avoir bricolé ici pendant quelques mois, je me trouve dans une passe assez fâcheuse. Les dépenses pour le modèle, l'atelier, le nécessaire pour dessiner et peindre vont croissant, alors que je ne gagne toujours rien.

Il est vrai que Pa m'a assuré qu'il ne fallait me faire aucun souci au sujet de ces frais inévitables, et qu'il était très content de ce que Mauve lui-même lui avait dit, de même que des études et des dessins que j'ai rapportés de La Haye. Mais je trouverais regrettable que Pa doive les supporter. Évidemment, nous espérons que cela s'arrangera plus tard, mais en attendant, ça me pèse quand même lourd. Je n'ai pas rapporté un sou vaillant à Pa depuis que je suis ici, et il m'a acheté un tas de choses, par exemple un pantalon et une veste dont j'aurais préféré me passer, bien que j'en eusse besoin.

Pa ne doit pas me prendre à charge, vois-tu. D'autant plus que le pantalon et la veste ne sont pas à ma mesure et ne répondent qu'à moitié à leur destination. Enfin, c'est une « petite misère de la vie humaine ». Je trouve par ailleurs ennuyeux, comme je te l'ai déjà dit, de ne pas être tout à fait libre, car si Pa ne me demande pas des comptes jusqu'au dernier centime, il sait toujours exactement à quoi j'ai dépensé mon argent et combien j'en ai dépensé. Bien que je ne tienne pas à avoir de secrets pour lui, je trouve désagréable que tout soit aussi clair ; à la rigueur, mes secrets n'en sont pas pour ceux qui m'inspirent de la sympathie, mais je ne puis nourrir à l'égard de Pa les mêmes sentiments que je voue par exemple à toi et à Mauve. J'aime sincèrement Pa, mais ma sympathie pour lui est d'une autre espèce que celle que j'ai pour toi et pour Mauve. Pa ne parvient pas à comprendre ma vie ni à partager mes sentiments, alors que moi, de mon côté, je ne puis comprendre la philosophie de Pa ; elle m'oppresse — elle m'étoufferait. Moi aussi, je lis parfois la Bible, comme il m'arrive de lire Michelet ou Balzac ou Eliot, mais je l'interprète autrement que Pa ; il m'est absolument impossible de l'expliquer à la façon de Pa, selon les strictes recettes académiques.

Depuis que le pasteur Ten Kate a traduit *Faust*, de Goethe, Pa et Moe l'ont lu, car du moment qu'un pasteur l'a traduit, cet ouvrage ne peut être vraiment immoral ? ? ? — qu'est-ce que c'est que ça ? Mais ils n'y ont vu rien d'autre que les conséquences désastreuses d'amours irrégulières.

Ils ne comprennent pas mieux la Bible. Prends par exemple Mauve. Lorsqu'il lit quelque chose de profond, il ne dit pas à l'instant même : l'auteur veut dire ceci ou cela ; la poésie est si profonde, si intangible qu'on ne peut énoncer tout de go une définition systématique de tout ce qu'on lit. Or, Mauve est une nature d'élite. Je trouve que le silence vaut mieux que ce besoin de formuler à tout coup des définitions et des critiques. Aussi, si je lis — et je ne lis pas beaucoup, tout compte fait, je ne connais qu'un écrivain ou deux découverts par hasard — je le fais parce que ces hommes voient les choses avec une vue plus large, plus de générosité et plus d'amour, qu'ils connaissent mieux la réalité que moi. Mon seul désir est d'apprendre quelque chose d'eux. Mais je me soucie fort peu de tout ce verbiage sur le bien et le mal, sur la moralité et l'immoralité. En vérité, il m'est impossible de savoir en toute circonstance ce qui est bien ou mal, ce qui est moral et ce qui ne l'est pas. « La moralité » et « l'immoralité », ces deux mots orientent automatiquement mes pensées vers K.

Ah ! je t'ai déjà écrit que cela commençait à ressembler de moins en moins à « manger des fraises au printemps », c'est le cas de le dire. Pardonne-moi si je me répète, mais je ne me rappelle pas t'avoir déjà raconté exactement ce qui s'est passé à Amsterdam.

En y allant, je me suis demandé si le « Jamais, non, jamais de la vie » était en train de dégeler, car le temps était très doux.

Un beau soir, je me suis donc promené le long du Keizersgracht à la recherche de la maison que j'ai fini par trouver. J'ai tiré la sonnette et l'on m'a dit en ouvrant que la famille était encore à table. On a ajouté que je pouvais entrer quand même. Ils étaient tous là, sauf K. Il y avait une assiette devant chaque personne, mais aucune en surnombre ; ce détail m'a frappé. J'en ai déduit qu'on voulait me faire croire que K. n'était pas là, car on avait enlevé son assiette. Comme je savais qu'elle y était, je me suis dit que cela frisait la comédie ou la farce. Au bout de quelques minutes (après avoir souhaité le bonsoir et échangé avec eux quelques propos de circonstance), j'ai demandé « Où donc est K. ? » L'oncle S. a répété la question à sa femme « Mère, où donc est K. ? » Et la maîtresse de céans de répondre : K est sortie. » Je me suis abstenu de poser d'autres questions, j'ai parlé de l'exposition d'Arti, etc. Après le repas, tout le monde s'est éclipsé, seuls l'oncle S., son épouse et le soussigné sont restés, et nous avons engagé le combat. L'oncle S. a pris la parole comme un prêtre et un père ; il a déclaré qu'il venait justement d'écrire une lettre au soussigné et qu'il allait lui lire sa missive. A ce moment, j'ai demandé à nouveau « Où donc est K. ? » (car je savais qu'elle était en ville). Et l'oncle S. de répondre : « K. a quitté la maison dès qu'elle a su que tu étais arrivé. » Je connais à présent certains traits de son caractère ; je dois te dire que je les ignorais alors et que je ne sais toujours pas avec certitude si sa froideur et sa rudesse sont de bon augure. En tout cas, je sais une chose, c'est que je ne l'ai jamais vu témoigner à un autre que moi autant de froideur, d'âpreté et de rudesse réelles ou apparentes. Évidemment, je n'ai pas répondu grand'chose, je suis demeuré très calme.

« Voyons ce qu'il est écrit dans cette lettre, dis-je, ou ne le voyons pas, peu importe, je n'y attache tout de même guère d'importance. »

Alors, il a lu son épître. Elle était digne d'un révérend pasteur et très savante, mais il n'y avait rien d'autre, somme toute, que ceci : on me priait de cesser toute correspondance et de faire des efforts énergiques pour oublier cette histoire. La lecture de la lettre étant enfin terminée, j'ai eu l'impression d'avoir entendu le pasteur dire « Amen » à l'église, après ses quelques effets de voix, car j'étais aussi peu ému qu'à l'audition d'un prêche ordinaire.

Ensuite, j'ai pris la parole pour déclarer aussi calmement et aussi poliment que j'ai pu, que j'avais déjà entendu très souvent des raisonnements de ce genre — et après — et après ça ? L'oncle S. a levé sur moi des yeux étonnés, mais oui, il avait l'air consterné de ne pas me voir transporté par l'intelligence et la sensibilité humaines de sa lettre. Il ne concevait pas que j'eusse pu lui demander : et après ça ? La discussion a continué sur ce ton, la tante M. plaçant un petit mot de temps à autre. Je me suis emporté un peu et j'ai fini par élever la voix. L'oncle S. a élevé également la sienne, autant du moins qu'il est permis à un pasteur. Il ne m'a pas dit précisément « Que Dieu te damne ! », mais un autre homme qu'un pasteur, en colère comme il l'était, se serait certainement — exprimé en ces termes *.

Tu sais que j'aime Pa et l'oncle S. à ma façon ; j'ai donc noyé le poisson, j'ai su en prendre et en laisser, si bien qu'à la fin de la soirée ils m'ont proposé de loger chez eux, si cela me convenait ; à quoi j'ai répondu : « Merci beaucoup, mais si K. se sauve quand j'arrive, il n'est pas convenable de loger sous votre toit ; je vais me rendre à mon hôtel. » Ils m'ont demandé : « Où logez-vous ? » J'ai répondu que je ne le savais pas encore. Ils ont voulu à tout prix me conduire à un hôtel. Et, mon Dieu, ces deux vieillards sont sortis avec moi dans les rues froides, brumeuses, boueuses, et m'ont amené dans un petit hôtel bon marché. Je ne voulais absolument pas qu'ils m'accompagnent, mais ils ont tenu à me conduire jusque-là.

J'ai trouvé ce geste humain, vois-tu, et cela m'a calmé. Je suis resté encore deux jours à Amsterdam, je suis retourné bavarder avec l'oncle S., mais je n'ai pas vu K. : elle disparaissait chaque fois. Je leur ai déclaré sans ambages qu'il m'était impossible de considérer cette affaire comme terminée, malgré leur désir. Ils m'ont répondu, avec opiniâtreté, que « je comprendrais mieux, plus tard ».

Je viens de lire ces jours derniers *La femme, la religion et le prêtre*, de Michelet. De tels ouvrages débordent de réalité, mais qu'est-ce qui est plus réel que la réalité même, où y a-t-il plus de vie que dans la vie même ? Et nous, qui faisons de notre mieux pour vivre, pourquoi ne vivons-nous pas plus intensément ?

Je me suis promené trois jours dans la ville d'Amsterdam comme une âme en peine, je me sentais terriblement agité, et je trouvais tellement ennuyeux la semi-amabilité et les raisonnements de l'oncle et de la tante — jusqu'à ce que je me trouve moi-même assommant et me demande : voudrais-tu verser à nouveau dans la mélancolie, par hasard ?

Je me suis répété : ne te laisse pas déconcerter. C'était un

* On remarquera que Vincent ne fait aucune allusion à l'épisode de la main brûlée qu'il racontera quelques mois plus tard à son frère (dans la lettre nº 193).

dimanche matin. Je suis allé pour la dernière fois chez l'oncle S. et je lui ai dit : « Écoutez, mon cher oncle, si K. était un ange, je sais qu'elle serait trop sublime pour moi. Si c'était un démon, je n'en voudrais pas. Mais je la considère comme une vraie femme avec des passions et des caprices féminins, je l'aime comme telle et je m'en réjouis. Aussi longtemps qu'elle ne sera pas un ange, ni un démon, cette affaire ne sera pas terminée. » L'oncle S. a préféré ne pas répondre, il a fait allusion aux passions féminines, mais je ne sais au juste ce qu'il en a dit, puis il s'en est allé au temple. Ce n'est pas étonnant qu'on s'abrutisse et qu'on se pétrifie dans les églises, je le sais par expérience.

Donc, ton frère soussigné a refusé de se laisser déconcerter. Tout cela n'empêche qu'il a eu l'impression d'avoir été désarçonné, de s'être appuyé trop longtemps contre un mur d'église froid, dur et blanchi à la chaux. Que te raconter encore, mon vieux ? Il est souvent dangereux de se montrer réaliste, mais toi, Théo, tu es un réaliste, supporte donc mon réalisme. Je t'ai déjà dit qu'à la rigueur mes secrets n'en sont pas pour toi, je ne rétracte pas ma parole, pense de moi ce que tu veux, il importe peu que tu approuves ou que tu désapprouves ce que j'ai fait.

Je continue. D'Amsterdam, je suis allé à Haarlem, où j'ai passé quelques heures agréables auprès de notre charmante sœur Wilhelmine ; nous avons fait une promenade, et le soir je suis parti vers La Haye. Je suis arrivé chez Mauve aux environs de 7 heures.

Et je lui ai dit : « Écoute, Mauve, il avait été convenu que tu viendrais à Etten et que tu essaierais de m'initier peu ou prou aux mystères de la palette. Mais je me suis dit que cela ne pouvait se faire en quelques jours, je viens donc chez toi et, si tu acceptes, j'y resterai trois, quatre, cinq ou six semaines, aussi longtemps ou aussi peu que tu voudras. Nous devons voir ensemble ce qu'il est possible de faire. » C'est une demande assez brutale de ma part, mais enfin, j'ai l'épée dans les reins. Et Mauve de répondre « As-tu apporté quelque chose ? » — « Oui, voici quelques études. » Il m'en a dit beaucoup de bien, beaucoup trop, mais il a formulé aussi quelques observations, beaucoup trop peu. Le lendemain, nous avons disposé une nature morte, et il a commencé par me dire : « Voilà comment tu dois tenir ta palette. » Depuis lors, j'ai fait quelques études peintes, ensuite deux aquarelles.

Voilà tout, en résumé, pour ce qui est du travail. Évidemment, travailler de la tête et des mains n'est pas toute la vie.

Ce mur d'église imaginaire ou réel m'a valu un refroidissement persistant des os et de la moelle, surtout des os et de la moelle de mon âme. Je me suis répété qu'il ne fallait pas me laisser déconcerter par ce sentiment fatal. J'ai pensé : je voudrais avoir près de moi une femme, je ne puis vivre sans amour, sans femme. Je ne donnerais pas deux sous de la vie s'il n'y avait en elle quelque chose d'infini, de profond, de réel. Mais j'ai répliqué à part moi : Tu dis « elle et aucune autre », et maintenant tu irais chez une autre femme, ce serait déraisonnable, cela pèche contre la logique. Voici ma réponse à cette objection : qui commande, la logique ou moi, la logique y est-elle pour moi ou est-ce que j'y suis pour la logique, est-ce qu'il n'y a pas de raison et pas d'intelligence dans ma déraison et ma bêtise ? Que j'agisse bien ou mal, je ne puis faire autrement, ce sacré mur est trop froid, j'ai besoin d'une femme, je ne puis pas et je ne veux pas vivre sans amour. Je ne suis qu'un homme, et encore un homme plein de passions ; il me faut une femme, sinon je gèlerai, je me pétrifierai et je me laisserai désarçonner. J'ai dû mener une lutte intérieure acharnée, au cours de laquelle certaines considérations relatives à notre physique et à l'hygiène, que l'amère expérience m'a plus ou moins enseignées, ont pris le dessus. On ne saurait se passer longtemps ni impunément d'une femme. Je ne crois pas que ce que les uns appellent Dieu, les autres l'Être Suprême, d'autres encore la Nature, soit déraisonnable et impitoyable. Bref, j'en suis venu à la conclusion que voici : je vais voir s'il n'y a pas moyen de trouver une femme.

Mon Dieu, je n'ai pas dû aller la chercher bien loin. J'en ai rencontré une qui était loin d'être jeune, loin d'être jolie, sans aucun charme particulier, si tu veux. Tu as peut-être envie d'en savoir davantage ? Elle était assez grande et fortement charpentée ; elle n'avait pas des mains de dame comme K., mais d'une femme qui travaille beaucoup. Elle n'était ni grossière, ni vulgaire ; il y avait en elle quelque chose de très féminin. Elle ressemblait un peu à une figure de Chardin ou de Frère, ou même de Jan Steen. Bref, ce que les Français appellent une ouvrière. Il était visible qu'elle avait eu beaucoup de soucis, que la vie l'avait malmenée ; oh ! elle n'avait aucune distinction, rien d'extraordinaire, rien qui ne fût banal. Toute, à tout âge, si elle aime et si elle est bonne, peut donner à l'homme non l'infini du moment, mais le moment de l'infini. Théo, je lui trouve je ne sais quoi de fané qui donne tant de *charme* au visage de celles qui ont été malmenées par la vie. Ah ! elle avait du *charme* pour moi, je lui trouvais même quelque chose de Feyen-Perrin, de Pérugin. Sache que je ne suis pas aussi innocent qu'un blanc-bec et que je le suis bien moins qu'un bébé au berceau. Ce n'était pas la première fois que je me laissais aller à cette velléité d'affection, mais oui, d'affection et d'amour pour ce genre de femmes que les pasteurs maudissent, condamnent et couvrent d'opprobre du haut de leur chaire. Moi, je ne les maudis pas, je ne les condamne pas, je ne les méprise pas. J'ai presque trente ans, vois-tu ? Crois-tu vraiment que je n'aie jamais eu besoin d'amour ?

K. est plus âgée que moi ; elle aussi, elle a connu l'amour, c'est pour cela qu'elle m'est plus chère. Elle n'est plus innocente, elle non plus. Si elle entend languir de son ancien amour et si elle ne veut rien savoir d'un nouveau, c'est son affaire, mais si elle persévère à m'éviter, je ne puis tout de même pas enterrer mon énergie et ma vigueur d'esprit à cause d'elle. Non, je l'aime, mais je ne veux pas geler ni paralyser mon intelligence à cause d'elle. Le stimulant, l'étincelle dont nous avons besoin, c'est l'amour, et pas précisément l'amour mystique.

Cette femme ne m'a pas détroussé. Ah ! ceux qui considèrent toutes ces petites sœurs comme des voleuses, se trompent grandement et ne comprennent rien à rien.

Cette femme a été bonne pour moi, très, très bonne, oui, très gentille ; je préfère ne pas expliquer à mon frère Théo comment elle l'a été, car je le soupçonne d'en savoir déjà assez par son expérience. Tant mieux pour lui. Avons-nous dépensé beaucoup d'argent ensemble ? Non, puisque je n'en avais guère et je lui ai dit : « Écoute, nous n'avons pas besoin de nous saouler ensemble, glisse plutôt dans ta poche ce dont je puis me passer. » J'aurais voulu pouvoir me passer d'un peu plus, car elle le méritait.

Nous avons bavardé un peu de tout, de sa vie, de ses soucis, de sa misère, de sa santé. La conversation que j'ai eue avec elle m'était plus agréable que celle que j'ai eue avec mon très savant et très professoral oncle, par exemple.

Je te raconte tout cela dans l'espoir que tu comprendras que je n'ai pas voulu jouer au sentimental d'une façon absurde, bien que je sois un peu sentimental. Parce que je veux quand bien même conserver un peu de chaleur vitale, un esprit lucide et un corps sain, pour pouvoir travailler. Et parce que j'envisage mon amour pour K. de la façon suivante : je ne veux pas, à cause d'elle, m'appliquer à mon travail avec mélancolie, ni me laisser déconcerter.

Les pasteurs nous qualifient de pécheurs conçus et nés dans le péché. Bah ! ce sont de sacrées absurdités. Est-ce un péché que d'aimer, que d'avoir besoin d'amour, que de ne pouvoir vivre sans amour ? M'est avis que c'est vivre sans amour qui constitue un péché, une immoralité. Si j'ai à regretter amèrement quelque chose, c'est de m'être laissé séduire quelque temps par des abstractions mystiques et théologiques, qui m'ont valu de me renfermer exagérément en moi-même. J'en suis revenu peu à peu. On trouve le monde plus gai quand, le matin, au réveil, on ne se sent plus seul, qu'on aperçoit à côté de soi, dans le clair-obscur, un autre être humain. C'est plus gai que les livres pieux et les murs d'église blanchis à la chaux, dont les pasteurs sont amoureux. Elle habitait dans une petite chambre modeste, aménagée avec simplicité, qui avait une apparence sereine et calme à cause du papier de tenture uni, mais qui paraissait aussi chaleureuse qu'une toile de Chardin ; un plancher en bois recouvert d'une natte et d'un vieux tapis d'un rouge foncé ; un poêle de cuisine ordinaire, une commode, un grand lit très simple, bref, l'intérieur d'une véritable ouvrière. Elle avait une lessive à faire le lendemain. Bien, très bien ; je l'aurais trouvée aussi charmante si elle avait été habillée d'une blouse violette ou d'une robe noire, au lieu d'une jupe brune ou rouge-grise. Elle n'était plus jeune, elle avait peut-être le même âge que K. — et elle avait un enfant, mais oui, la vie l'avait malmenée et sa jeunesse était loin, loin ! — il n'y a point de vieille femme. Ah ! elle était forte et bien portante — ni grossière, ni vulgaire. Ceux qui attachent tant d'importance à la distinction, savent-ils toujours la discerner ? Bonté divine ! ils vont la chercher tantôt dans les hauteurs, tantôt dans les profondeurs, alors qu'elle se trouve à portée de la main. Moi aussi, de temps à autre...

Je suis content d'avoir fait ce que j'ai fait, parce que je trouve que rien au monde ne doit me détourner de mon travail, ni me faire perdre mon entrain.

Lorsque je songe à K., je répète encore « elle et aucune autre », mais ce n'est pas d'aujourd'hui que je me sens un faible pour les femmes que les pasteurs condamnent et exècrent ; mon penchant pour elles est même plus ancien que mon amour pour K.

Il m'est souvent arrivé d'errer dans les rues, tout seul, l'âme en peine, malade, en proie à la misère et sans argent ; je suivais du regard et j'enviais les hommes qui pouvaient se permettre le luxe de suivre ces femmes, et j'avais l'impression que ces pauvresses étaient mes sœurs par leur situation sociale et leur expérience de la vie. Adolescent, j'ai parfois levé les yeux, avec une sympathie infinie, avec respect, vers un visage de femme à moitié fané où on pouvait lire, si j'ose dire : la vie m'a malmenée.

Mon amour pour K. est encore tout neuf, tout à fait différent de ce sentiment-là. Sans le savoir, elle aussi, elle est enfermée dans une espèce de prison ; elle aussi, elle est pauvre et elle ne peut pas faire ou ne pas faire ce qu'elle veut ; elle est en proie à une sorte de résignation et je crois que les jésuitismes des pasteurs et des dames dévotes l'impressionnent parfois davantage qu'ils ne m'impressionnent – ces jésuitismes n'ont plus de prise sur moi, parce que j'ai appris à connaître certains dessous des cartes, mais elle, elle y attache encore de l'importance et elle se trouverait mal s'il s'avérait un jour pour elle que la philosophie de la résignation, du péché et de Dieu sait quoi encore, ne repose sur rien.

Je crois qu'il ne lui vient même pas à l'esprit que, tout compte fait, nous ne commençons à nous faire une idée de Dieu qu'en répétant la conclusion que Multatuli a tirée de sa *Prière de l'ignorant* : « Oh ! mon Dieu, il n'y a pas de Dieu. » Prends le dieu des pasteurs, je le trouve bien mort. Suis-je un athée pour cela ? Les pasteurs me considèrent comme tel – soit – mais j'aime, vois-tu, et comment pourrais-je connaître l'amour si je ne vivais pas et si les autres ne vivaient pas ? Puisque nous vivons, tout cela est merveilleux. Appelle cela Dieu, ou la nature humaine, ou tout ce que tu veux, il y a dans chaque système philosophique quelque chose dont il me serait difficile de donner une définition, bien que ce noyau soit très vivant et très réel ; c'est cela ce qui est Dieu ou qui équivaut à Dieu, comprends-tu ?

Oh ! mon Dieu, j'aime K. pour mille raisons, mais c'est parce que je crois à la vie et à quelque chose de réel que je ne m'abîme plus dans les abstractions, comme jadis, lorsque je me faisais de Dieu et de la religion des idées à peu près identiques à celle de K. Je ne renonce pas à elle, mais il faudrait que la crise intérieure, à laquelle elle est sans doute en proie, se termine ; je suis capable de patienter, et rien de ce qu'elle a dit ou fait pour le moment ne peut réussir à me fâcher.

Mais aussi longtemps qu'elle attachera de l'importance à ces principes périmés, moi, je dois travailler, me garder l'esprit lucide pour pouvoir peindre, dessiner et veiller à mes affaires. Donc, j'ai fait ce que j'ai fait par besoin d'affection et par mesure d'hygiène.

Je te fais ces confidences afin que tu n'ailles pas croire encore que j'étais à ce moment-là d'humeur mélancolique ou abîmé dans des abstractions abstruses. Au contraire, la plupart du temps, je me préoccupe des couleurs et des aquarelles, etc. Je me demande comment faire des aquarelles, comment trouver un atelier, etc. etc.

Mon vieux, si je trouvais un atelier convenable !

Ma lettre est bien longue. Enfin.

Je voudrais que les trois prochains mois appartiennent déjà au passé, ces trois mois qui séparent l'heure présente du jour où je pourrai retourner chez Mauve. En tout cas, ce délai me sera très profitable. Je ne te demande que de m'écrire de temps à autre. As-tu l'intention de venir cet hiver ?

Écoute, je louerai ou non un atelier, etc. selon que Mauve me donnera ou non son accord. Comme il a été convenu, je lui en enverrai un plan, et il n'est pas dit qu'il ne viendra pas le voir, si besoin est. Mais Pa ne doit pas s'en mêler, Pa n'est pas l'homme à s'occuper de problèmes artistiques. Moins Pa mettra son nez dans mes affaires, mieux nous nous entendrons ; il faut que je sois libre et indépendant dans plusieurs domaines.

Il m'arrive de frissonner en pensant à K., qui s'abîme dans son passé et s'agrippe à des principes surannés. C'est la fatalité, mais si elle modifiait ses opinions, elle ne perdrait pas au change. J'estime encore possible qu'une réaction se déclenche, car elle a un fond de santé et de vigueur. Je retournerai donc à La Haye au mois de mars et pousserai une pointe jusqu'à Amsterdam.

En quittant Amsterdam, je me suis dit : Tu ne peux en aucun cas te perdre dans la mélancolie, ni te laisser dérouter au point que ton travail en souffre, juste au moment où ça commence à aller. Manger des fraises au printemps, oui, c'est la vie, mais le printemps ne dure qu'une saison et nous en sommes encore loin pour le moment. Tu m'envierais ceci ou cela ?

Mais non, n'est-ce pas, mon vieux, car tout le monde peut trouver ce que je cherche, et toi, tu le découvriras peut-être avant moi. Hélas ! je suis très arriéré et borné ; ah ! si j'en savais la cause, si je savais comment faire pour y remédier, mais nous ne voyons pas souvent la poutre qui est dans notre œil.

Écris-moi vite ; tu dois séparer l'ivraie d'avec le bon grain dans ma lettre ; tant mieux si tu y découvres quelque chose de bien, de vrai, mais tu y trouveras sans doute aussi des inexactitudes, peut-être même des exagérations plus ou moins poussées, dont je ne me suis pas rendu compte. Je ne suis pas un savant, je suis étonnamment ignorant, comme beaucoup d'autres ; je ne suis pas capable d'en juger moi-même, bien moins capable encore de juger les autres que de me juger, et je me fourre souvent le doigt dans l'œil.

Il arrive heureusement qu'on découvre la bonne piste en errant, et il y a du bon en tout mouvement (à propos, j'ai entendu dire cela un jour par Jules Breton, et j'ai retenu cette parole). Dis donc, as-tu déjà entendu prêcher Mauve ? Je l'ai entendu imiter plusieurs pasteurs — un jour, il a prêché sur la barque de Pierre ; le prêche était divisé en trois parties : 1° Avait-on offert cette barque à Pierre, ou bien en avait-il hérité ? 2° L'avait-il achetée en pièces détachées ? 3° L'avait-il (hypothèse horrible !) volée ? Il a prêché sur « les bonnes intentions du Seigneur » et sur « le Tigre et l'Euphrate. Ensuite, il a singé le Révérend Père Bernhard : Dieu est tout-puissant — Il a créé la mer, il a créé la terre, et le ciel, et les étoiles, et le soleil, et la lune, Il sait tout faire — Tout — Tout — Et pourtant, il n'est pas tout-puissant, il y a une chose qu'Il ne sait pas faire.

Qu'est-ce que Dieu tout-puissant ne sait pas faire ?

Dieu tout-puissant ne sait pas repousser un pécheur...

Adieu, Théo, écris-moi vite, poignée de main en pensée, et crois-moi

t. à t., *Vincent.*

Cher Théo,

Comme Pa et Moe t'écrivent, je joins un mot à leur lettre. 165 N
Néanmoins, j'ai l'intention de t'écrire plus longuement sous peu, dès que Mauve, qui doit arriver un de ces jours à Prinsenhage, sera venu nous voir. Laisse-moi te dire, Théo, que Mauve m'a envoyé une caisse contenant des couleurs, des pinceaux, une palette, une spatule, de l'huile, de la térébenthine, enfin, tout ce qu'il me faut. C'est-à-dire que je vais pouvoir commencer à peindre ; je suis enchanté d'en être arrivé là.

Ces temps-ci, j'ai beaucoup dessiné, surtout des études de figures. Si tu les voyais, tu te rendrais compte de mon orientation.

Il va de soi qu'il me tarde d'entendre ce que Mauve va en dire.

Ces jours-ci, j'ai dessiné aussi des enfants. Cela m'a beaucoup plu.

En ce moment, les tons et les couleurs sont admirables à la campagne. Si je suis un jour plus ou moins versé dans l'art de peindre, j'espère arriver à rendre un peu de cette magnificence. Mais en attendant, je dois m'obstiner : je me suis attaqué au dessin de figures, et je veux continuer jusqu'à ce que je me sois perfectionné. Lorsque je travaille au dehors, je fais des études d'arbres. A vrai dire, je considère les arbres comme des figures. J'entends par là que je considère surtout leurs contours, leurs proportions et leur structure. Je dois m'intéresser avant tout à ces particularités-là. Ensuite, au modelé, aux couleurs et au reste du décor. C'est précisément cela que je dois envisager avec Mauve.

Théo, je suis si heureux d'avoir une boîte de couleurs. Mais je pense qu'il vaut mieux qu'elle me soit tombée entre les mains au moment où je n'avais plus fait que dessiner pendant un an au moins, plutôt que de m'en être servi dès le début. Je pense que tu partages mon avis.

J'ai oublié de te dire dans ma lettre précédente que je trouve très bonne ton idée d'aller à Londres. Je serais moins enchanté de te voir t'y installer pour de bon, mais je trouve parfait que tu fasses la connaissance de cette ville.

Je ne crois pas que tu réussiras à t'y acclimater. En tout cas, je comprends de mieux en mieux que je n'y étais pas à ma place.

Je me sens plus à l'aise ici, en Hollande. Mais oui, je crois que je suis en voie de redevenir un Hollandais cent pour cent. Ne trouves-tu pas que ce serait l'aboutissement le plus raisonnable, somme toute ? Je crois que je finirai par être de nouveau un Hollandais des pieds à la tête, aussi bien au point de vue de mon caractère que dans ma façon de dessiner et de peindre. Toutefois, je m'imagine que je serai heureux plus tard d'avoir séjourné quelque temps à l'étranger et d'y avoir vu ce qu'il n'est pas superflu de connaître. Si tu vas à Londres, je te saurais gré de transmettre mes salutations cordiales à mes vieux camarades George Read et Richardson.

Cet été, j'ai rencontré M. Obach à La Haye.

Si tu veux, George Read est un type très ordinaire, en ce sens qu'il ne brille guère dans le domaine des affaires ni dans celui du savoir, mais dès qu'on le connaît plus ou moins intimement, on se rend compte que c'est un gars d'un dévouement, d'une cordialité et d'une délicatesse à toute épreuve. Il est si jovial, si spirituel, si avisé dans le cercle familial, qu'il vaut cher comme ami. Si je devais dire qui j'aimerais le plus revoir de tous ceux que j'ai connus en Angleterre, je crois que je désignerais sans hésiter George Read. Va donc bavarder avec lui, si tu veux me faire plaisir ; dis-lui que j'espère que nous nous reverrons un jour et que je lui écrirai à la première occasion.

Toutefois, je suis décidé à ne pas lui écrire avant que tu lui aies parlé, ni avant que je me sois mis à peindre.

Peindre, c'est le début de ma carrière, n'est-ce-pas, Théo ? Ne trouves-tu pas, toi aussi, qu'il faut adopter ce point de vue ?

Je te salue. Poignée de main en pensée, et crois-moi

t. à t., *Vincent.*

Cher oncle,

Comme j'ai une prière à t'adresser, et puisque Théo va te voir, je profite de l'occasion pour te demander ce qui suit. 165*a* N

Voudrais-tu me permettre de venir un jour voir tes tableaux ? Il y a longtemps que je n'ai pas vu de tableaux, et j'ai une telle envie d'en voir que je passe par-dessus tout pour te demander ça.

Théo emporte avec lui deux de mes petites études ; la couleur en est plus froide que ce que je trouverais bon ; mais j'en ai deux autres, du même format, dont la couleur est plus chaude. Si le hasard voulait que tu puisses disposer de vieux cadres moulurés dont tu n'aurais pas besoin tout de suite, un échange d'une de mes études contre un petit cadre me serait agréable.

Respectueusement à toi, *Vincent.*

9

La Haye

31 décembre 1881 – septembre 1883

Ce qui est peut-être le plus frappant quand on suit cette « vie de Vincent par lui-même », c'est de constater que ses expériences successives n'ont aucune influence sur son comportement. Chaque fois qu'une nouvelle idée fixe l'absorbe, il s'y donne aussi complètement que si ses précédentes tentatives ne s'étaient pas soldées par de terribles échecs.

Si, à la fin de 1881, il quitte le presbytère d'Etten où il avait été accueilli comme l'enfant prodigue, c'est certainement, ainsi qu'il l'affirme, pour échapper à l'atmosphère d'étroite bigoterie et pour recevoir de son cousin Anton Mauve, peintre connu et qu'il admire, les conseils qui lui permettront de progresser dans son art. Mais il est une autre raison qu'il ne revèle pas, c'est qu'il a connu, lors d'un premier séjour à La Haye, une femme, enceinte, ivre et dont il convient lui-même qu'elle n'a ni beauté, ni douceur, ni jeunesse. Mais ses précédentes tentatives lui ont du moins enseigné qu'il a peu de chances de réussir auprès des femmes appartenant à son milieu social. Or une femme lui est nécessaire. De plus il a besoin d'un modèle et il aspire à fonder un foyer, peu importe avec qui.

Certes il n'est pas douteux que Christine lui inspire d'abord de la pitié. Son esprit évangélique l'incite à tirer de la misère cette malheureuse et ses enfants. Mais plus il constate qu'il n'arrive à rien avec cette prostituée, restée attachée au milieu déplorable d'où elle sort, plus il s'obstine.

Au début de ce séjour à La Haye, il a le désir de fréquenter les milieux artistiques. Il se lie non seulement avec Mauve et sa femme, qui se montrent pleins de bonté pour lui, mais avec des peintres de son âge, Breitner, Théophile De Bock, Van der Weele. Il tente de vendre des dessins à son oncle Cornélius et à Tersteeg, directeur de la galerie Goupil.

Mais son caractère difficile aussi bien que son genre de vie et son impossibilité de se plier à toute discipline lui aliènent les sympathies qu'on lui a d'abord manifestées. Il s'installe définitivement dans le quartier populaire où il avait loué un atelier sommaire. Seuls lui restent fidèles son ami Van Rappard avec qui il continue à correspondre, et surtout son frère.

On verra par les lettres qu'il adresse à Théo que les images d'Épinal coloriées par tant de biographes ne correspondent pas exactement à la réalité, et on peut supposer que, s'il ne lui dit pas toujours la vérité sur les terribles difficultés qu'il rencontre, c'est que les mensualités de Théo sont indispensables pour le faire vivre, lui et la famille de Christine. Même la maladie vénérienne que la prostituée lui a communiquée ne le détourne en aucune façon de ce qu'il présente à son frère comme un apostolat, quand il se décide à lui avouer sa liaison.

Théo n'est pas sans inquiétude et quand il se rend à La Haye, il tente de mettre fin à une situation sans issue. A la suite de cette visite, Vincent cessera pendant plusieurs mois de faire allusion à Christine, espérant, peut-être, que son frère croira à une rupture. Finalement il semble bien que celle-ci viendra non de Vincent mais de la femme, lasse d'attendre un mariage que son amant lui a promis, mais dans lequel finalement il hésitera à s'engager.

Une telle situation est peu favorable au travail. C'est pourtant à cette époque que Vincent exécute ses premières peintures. Dans une lettre d'août 1882, il rappelle à son frère qu'il y a deux ans qu'il a commencé à dessiner sérieusement, et les aquarelles qu'il lui adresse témoignent des progrès indéniables qu'il ne cesse de faire. Mais nul ne les reconnaît, même pas Théo, peut-être, qui, dans une lettre à sa sœur, écrit : « Je me suis souvent demandé si je ne fais pas une erreur en l'aidant sans cesse et si ce ne serait pas mieux, comme je fus souvent sur le point de le faire, de le laisser se débrouiller seul. Après ta lettre, j'ai réfléchi longuement sur ce point, ajoute Théo, et après tout je crois que je dois continuer, et je ne puis agir autrement que je fais. Il est certain que c'est un artiste et quoique ce qu'il fasse maintenant ne soit pas très beau, cela pourra lui servir plus tard et alors peut-être on l'appréciera. Et c'est pourquoi ce serait dommage de l'empêcher de pousser ses études ; malgré qu'il soit fort peu pratique quand il étudie, je crois qu'un jour il réussira à vendre. » Ce document éclaire, semble-t-il, l'attitude de Théo qui agit d'abord comme un frère, ensuite comme un amateur d'art qui ne peut être insensible à l'acharnement que Vincent met à se perfectionner dans un art qu'il a abordé si tardivement.

Mais celle qui lui a servi de modèle pour l'admirable dessin qu'il intitule symboliquement « Sorrow » (douleur), est enceinte pour la sixième fois. Elle est retombée sous la fâcheuse influence de sa mère.

Vincent doit se rendre à l'évidence : il a totalement échoué dans son entreprise de relèvement. Enthousiasmé par les descriptions que lui a faites Van Rappard des sauvages paysages de la Drenthe, il va fuir, une fois de plus, vers un nouveau destin. Mais, de ces deux années passées à La Haye, dans les pires conditions morales et matérielles, il rapporte tout de même quelque deux cents dessins, aquarelles, lithographies et une vingtaine de peintures.

La Haye, jeudi soir

Cher Théo,

Je te remercie de ta lettre et de ce qu'elle contenait. Elle m'est 166 N
parvenue à Etten, où j'étais retourné, d'accord avec Mauve, comme je te l'ai écrit. Mais tu vois que je suis revenu à La Haye. Le jour de Noël, j'ai eu une querelle assez violente avec Pa ; elle s'est

envenimée à un tel point que Pa a estimé qu'il valait mieux que je m'en aille. Il l'a dit sur un ton si décidé que je suis parti le jour même.

La cause en fut que je n'allais pas au temple, et que j'ai dit que si c'était une obligation et si je devais y aller, je n'irais pas du tout, même par courtoisie, comme je l'avais fait régulièrement depuis mon retour à Etten. La véritable raison n'est pas là, c'est plutôt ce qui s'est passé cet été entre K. et moi.

Pour autant que je m'en souvienne, je ne me suis jamais emporté comme cela ; j'ai dit carrément que je la trouvais horrible, cette religion, et que je ne voulais plus m'en préoccuper, justement parce que je m'y étais abîmé à l'époque la plus misérable de ma vie, que je devais donc m'en méfier comme d'une fatalité.

Ai-je été trop emporté, trop violent ? Soit. Mais même s'il en est ainsi, la cause est à présent entendue ; un point, c'est tout.

Je suis retourné chez Mauve et je lui ai dit : « Écoute, Mauve, ça ne s'arrange pas à Etten, il me faut m'installer ailleurs et de préférence ici ». « Puisqu'il en est ainsi, tu t'installeras ici », m'a répondu Mauve. C'est ainsi que j'ai loué un atelier, ou plutôt une pièce et une alcôve que je pourrai aménager en atelier ; pas trop cher ni trop loin — il y a un petit bout de chemin à faire hors de la ville — au Schenkweg, à une dizaine de minutes de la maison de Mauve.

Pa m'a dit qu'il était disposé à m'avancer de l'argent, s'il m'en fallait, mais je ne puis en accepter, car je veux rester complètement indépendant à son égard. Comment ? Je ne sais pas encore. Mauve veut bien me venir en aide en cas de besoin ; j'espère et j'ai confiance. Évidemment, je travaillerai et je ferai de mon mieux pour gagner quelque argent.

Il s'agira de se débrouiller ; puisque le vin est tiré, il faut le boire. Cela tombe mal, juste en ce moment, mais qu'y faire ?

J'ai besoin de quelques meubles ordinaires ; ensuite, mes frais pour mon matériel de dessinateur et de peintre ne vont pas en diminuant.

Enfin, je voudrais m'habiller un peu mieux.

C'est évidemment une entreprise hasardeuse, où je vais jouer quitte ou double. Comme j'aurais dû tôt ou tard me décider à m'installer, je considère que mes projets ont été réalisés plus tôt que je ne l'espérais. Quant à mes relations avec Pa, je crois que l'affaire ne se tassera pas de sitôt. La différence entre sa façon de penser ou de voir et la mienne est trop grande. Je vais au devant d'une époque critique ; l'eau monte, monte, elle arrivera peut-être jusqu'à mes lèvres, même plus haut encore : comment le savoir d'avance ? N'importe, je n'abandonnerai pas la lutte, je vendrai cher ma peau, j'essaierai malgré tout de vaincre et de remonter à la surface.

J'entre dans mon atelier vers le 1er janvier. En fait de meubles, je ne prendrai que le strict nécessaire : une table, quelques chaises ;

pour le lit, je me contenterais d'une couverture sur le plancher, mais Mauve exige que je me procure une couchette ; s'il le faut, il m'avancera de l'argent.

Tu comprends que je suis accablé de soucis et que j'en attends d'autres encore. Je demeure cependant content de m'être avancé si fort que je ne puis plus revenir en arrière. Ma route est semée d'obstacles, il est vrai, mais son tracé m'apparaît nettement.

Il va de soi, Théo, que je serais heureux de recevoir un peu d'argent de temps à autre, si cela ne te fait pas tort. Dans les circonstances présentes, je préfère que tu me le fasses parvenir directement, plutôt que de le confier à d'autres personnes. Pour autant que nous en ayons les moyens, il serait préférable de ne pas mêler Mauve à tous ces problèmes d'argent. C'est déjà me rendre un service inestimable que de m'aider en matière d'art, en payant de sa personne. Comme il prétend que je dois acheter un lit, ainsi que quelques meubles, il est tout prêt à m'avancer de l'argent, s'il le faut. D'après lui, je dois quand même m'habiller convenablement, et ne pas attendre mon salut de privations exagérées.

Je t'écrirai bientôt plus longuement. Pas moyen de considérer comme un malheur tout ce qui est arrivé ; au contraire, je me sens relativement calme malgré toutes ces émotions. Que serait la vie si l'on n'osait se mesurer avec elle ?

J'ai couru à gauche et à droite à la recherche d'un atelier, dans la ville aussi bien qu'à Scheveningue.

Ça coûte horriblement cher à Scheveningue. Cet atelier-ci ne coûte que sept florins par mois ; la grande difficulté, c'est le problème du mobilier. Mais du moment qu'on a un chez-soi, on n'a plus envie de partir et l'on se sent planté plus solidement sur ses pieds.

La lumière vient du sud, mais la fenêtre est haute et large. Je me plais à croire qu'il aura bel aspect dans peu de temps. Figure-toi mon enthousiasme ! Où en sera mon travail dans un an ? Ah ! si je savais exprimer ce que je ressens. Mauve comprend où le bât blesse, il est disposé à m'aider de ses conseils dans toute la mesure du possible. Tout ce dont débordent mon cerveau et mon cœur doit se traduire en dessins et en toiles. Mauve travaille d'arrache-pied à une grande toile : une barque de pêche que des chevaux traînent sur le flanc d'une dune. Je me félicite d'être à La Haye ; je vois ici de très belles choses, et je veux arriver à les exprimer.

A Dieu, mon vieux, je te serre la main en pensée. Écris-moi vite, et crois-moi.

t. à t. *Vincent.*

Bien des choses de la part de M. et Jet.

Il me reste un peu d'argent, mais jusqu'à quand me permettra-t-il de me tirer d'affaire ? Je dois rester dans ce petit hôtel jusqu'au 1er janvier.

Envoie tes lettres à l'adresse suivante : A. Mauve, Uileboomen, 198.

J'y vais pour ainsi dire tous les jours.

(janvier 1882)

Cher Frère,

167 N Je te présente mes vœux de Nouvel An. Je me plais à croire que cette année te sera favorable à tous les points de vue, et j'ajoute égoïstement que je l'espère aussi pour moi.

Quant à moi, il ne te sera peut-être pas désagréable d'apprendre que j'ai pris possession de mon atelier. Une chambre et une alcôve ; l'éclairage est suffisant, car la fenêtre est grande, deux fois plus grande qu'une fenêtre ordinaire, et elle donne au Midi.

J'ai acheté des meubles véritables en « style gendarme », comme tu dis. Je crois pourtant que les miens sont d'un style plus pur que les tiens, bien que ce soit toi qui aies inventé l'expression. (J'ai, par exemple, de véritables chaises de cuisine et une véritable table de cuisine très solide.)

Mauve m'a avancé 100 florins pour les frais de location et d'ameublement, ainsi que pour l'arrangement de la fenêtre. Tu comprendras que cela me vaut des soucis, mais enfin, c'est la seule solution et, tout compte fait, avoir un véritable chez-soi est encore moins onéreux que de ne pas en avoir et de dépenser son argent pour une chambre soi-disant meublée.

J'ai dû me donner beaucoup de peine pour le trouver et pour l'aménager, de telle sorte que chacun de mes meubles occupe la place qui lui convienne.

Quoi qu'il en soit, mon vieux, j'ai maintenant un véritable atelier, un atelier à moi. J'en suis bien aise.

Je n'avais pas osé espérer en avoir un de sitôt. Mais j'en ai un, je m'en réjouis, et toi aussi, j'espère.

Écoute, tu es au courant de la situation. Je devrai faire face à plus de dépenses qu'à Etten ; il s'agit donc de nous débrouiller résolument. Mauve me donne bon espoir que je gagnerai bientôt de l'argent. Et le fait que je me sois installé dans un atelier produira peut-être son petit effet sur tous ceux qui ont toujours estimé que je n'étais qu'un amateur, un rentier, un fainéant. Je me plais à croire que tu pourras m'envoyer prochainement un peu d'argent. Si j'avais quelque besoin urgent d'argent, Mauve ne m'en refuserait pas si je lui en demandais, mais en vérité, il a déjà fait plus que son devoir.

Tout homme se trouve une fois dans sa vie devant la nécessité de s'installer. Bien qu'un sentiment de culpabilité m'ait fait hésiter au début, je me rends compte maintenant qu'il en est mieux ainsi.

Il entre dans mes intentions de travailler régulièrement d'après un modèle. Cela coûte cher ; c'est pourtant la solution la moins coûteuse.

De Bock me déçoit à la longue. Je lui découvre une épine dorsale trop molle ; il se fâche quand on lui fait certaines remarques qui constituent pourtant l'a. b. c. de l'art. Il affectionne le paysage, il réussit parfois à y mettre une sorte de charme (entre autres dans la grande toile qu'il a sur le chevalet), mais il ne m'offre aucun point de repère. Ses toiles ne sont que l'ombre d'une impression et, à mon sens, il ne vaut pas la peine de répéter si souvent cette impression.

Je me propose d'ailleurs de ne pas entretenir des relations suivies avec les peintres. Mauve me paraît chaque jour plus talentueux et plus méritant, qu'est-ce que je voudrais de plus ? Seulement, Théo, je dois songer à m'habiller un peu plus décemment. Je vois maintenant plus ou moins dans quelle direction il me faut m'engager, je ne peux pas me le cacher, par conséquent je n'éviterai pas le commerce des gens, sans toutefois le rechercher outre mesure.

Salutations de Mauve et Jet.

A Dieu. J'ai encore bien des choses à faire. Crois-moi

t. à t. *Vincent.*

Cher Frère,

168 N Dis donc, qu'est-ce que cela signifie ?

Tu dois avoir reçu mes dernières lettres et tu connais en détail ce qui s'est passé à la maison : que je l'ai quittée et que je suis revenu m'installer à La Haye, dans un atelier au Schenkweg, au numéro 138 (près de la gare du Rhin).

Tu sais également que Mauve m'a aidé à m'installer. Je dois encore faire face à toutes sortes de frais, et me voilà sans un sou depuis plusieurs jours. J'avais compté sur les 100 francs que tu devais m'envoyer pour le mois de janvier.

Mais je n'ai rien reçu de toi jusqu'à ce jour, même pas une lettre. Le plus fâcheux, c'est que je me trouve dans l'impossibilité de travailler d'après un modèle avant d'avoir quelque argent en poche, autrement dit, je suis condamné à me croiser les bras, car il fait trop mauvais pour travailler au dehors (n'empêche que j'ai essayé à plusieurs reprises).

Ma santé est très bonne, mais ces jours-ci j'ai été malade d'anxiété. J'ai cherché des modèles, j'en ai trouvé quelques-uns, mais je ne peux les engager.

En désespoir de cause, je suis allé ce matin chez Goupil. Conformément à ce que tu m'avais écrit, je me proposais de demander à Tersteeg de bien vouloir m'avancer un peu d'argent, au nom du ciel. Mais Tersteeg venait de partir en voyage pour quelques jours.

Je dois me contenir devant Mauve, car Mauve a déjà assez fait pour moi, vraiment.

Tersteeg m'a promis de venir visiter mon atelier, mais il n'est pas encore venu.

Si tu ne pouvais, pour une raison ou une autre, me faire tenir ces 100 francs en une fois, envoie-moi du moins une partie par retour du courrier.

Je viens de retrouver un timbre-poste dans ma poche ; sinon je n'aurais pu t'expédier la présente. Nous traversons tous deux une période difficile, mais je crois que nous progressons. Donc, ne perdons pas courage. A Dieu, avec une poignée de main,

t. à t. *Vincent.*

[*Lettre de Théo à Vincent*]

Paris, 5 janvier 1882

Cher Vincent,

J'ai reçu tes deux lettres. Merci de me tenir au courant de 169 N
la marche de tes affaires. Je trouve bon que tu te sois installé à demeure à La Haye, et je me propose de te venir en aide dans la mesure de mes moyens, jusqu'à ce que tu réussisses à gagner ta vie. Mais ce que je ne trouve pas bon, c'est la façon dont tu as quitté Pa et Moe. Je veux bien croire que tu n'aurais pas pu tenir plus longtemps là-bas, et même qu'il est naturel que tu aies des divergences de vue avec des gens qui ont passé toute leur existence à la campagne et qui n'ont pas eu l'occasion de connaître la vie moderne, mais quel démon t'a donc rendu assez puéril, assez insolent, pour avoir fait exprès d'agir de cette façon avec Pa et Moe ? Tu leur as rendu définitivement la vie bien amère, sinon impossible. S'attaquer à quelqu'un qui est déjà fatigué n'est pas bien malin. Quand Pa m'a écrit au sujet de cet incident, j'ai cru à un malentendu passager, mais tu affirmes toi-même dans ta lettre : « Cela ne se tassera pas de sitôt ». Ne connais-tu pas Pa, ignores-tu que la vie lui sera insupportable aussi longtemps que vous resterez brouillés ? Il est de ton devoir d'arranger cette affaire coûte que coûte, et je t'assure qu'un jour tu regretteras durement d'avoir ainsi brusqué les choses. Pour l'instant, tu te sens attiré par Mauve et, comme tu as coutume d'exagérer, n'est pas de ton goût qui ne lui ressemble pas, car tu recherches chez tous les mêmes qualités. N'est-il pas blessant pour Pa de se voir traiter comme une chose négligeable, par quelqu'un qui prétend avoir des idées beaucoup plus libres que lui, dont il lui arrive peut-être d'envier au fond du cœur les vues plus lucides que les siennes ? Est-ce que sa vie ne compte donc pour rien ? Je ne te comprends pas. Écris-moi à l'occasion, et transmets mes salutations à Mauve et à Jet.

Toujours t. à t. *Théo.*

[*Réponse de Vincent, sur la même feuille.*]

(7 janvier 1882)

Ne crois pas que je te retourne ta lettre pour t'offusquer ; c'est le meilleur moyen d'y répondre sans se tromper. Si tu ne l'avais pas sous la main, tu ne pourrais saisir la portée de mes répliques. Les numéros te montreront d'ailleurs le chemin. Je n'ai pas beaucoup de temps aujourd'hui, car j'attends un modèle.

Pour la galerie, j'ai tout arrangé en annonçant à Pa et Moe que j'avais loué un atelier, et que je leur présentais mes vœux de bonne année, tout en exprimant l'espoir que nous ne nous querellerions plus en cette année nouvelle. Je ne ferai rien de plus, rien ne m'oblige.

Comme le temps me manque, je crois que le meilleur moyen de répondre à ta lettre est de t'envoyer mes répliques de cette façon, point par point.

1° Je ne l'ai pas fait « exprès ». Au contraire, quand Pa est venu me voir, nous avons envisagé avec Mauve la possibilité de louer un atelier à Etten — d'y passer l'hiver — et de rejoindre La Haye pour l'été. A cause des modèles notamment, parce que je pourrais travailler plus régulièrement à Etten et que cela commençait à marcher.

N'empêche que j'aurais aimé prolonger mon séjour à La Haye, du moment que j'y étais, mais j'étais décidé d'autre part à poursuivre l'étude des types campagnards brabançons. Quand j'ai vu que je ne pourrais réaliser ce projet, mûrement élaboré avec Mauve pourtant — j'avais dejà échangé avec lui une correspondance au sujet de l'atelier (une remise qui avait besoin de réparations) — je n'ai pu maîtriser ma colère.

Veuille te souvenir de la lettre dans laquelle je te faisais part de mon intention de poursuivre ces études. Il s'agit de la lettre dans laquelle je te priais de rappeler une fois de plus à Pa et Moe que mon champ d'activité à Etten revêtait pour moi la plus grande importance. Je me rappelle l'expression dont je me suis servi : ce serait trop fort, tout de même, de devoir abandonner, à la suite d'un caprice de Pa et de Moe, un travail qui marche bien, auquel je me consacre depuis plusieurs mois. Réfléchis donc — malgré l'aide de Mauve, je suis ici en butte à plus de difficultés qu'à la maison, et je ne vois vraiment pas le moyen d'en sortir.

2° L'expression que « je vise à rendre la vie amère à Pa et Moe » n'est pas de toi ; je la connais depuis longtemps, c'est un jésuitisme de Pa lui-même. J'ai déjà dit à Pa et à Moe que c'était pour moi du pur jésuitisme et que je ne m'en souciais nullement.

Quand on adresse à Pa une remarque à laquelle il ne sait que répondre, il sort alors — c'est régulier — une sentence de ce genre ; il dit par exemple « Tu m'assassines », tout en continuant à lire calmement son journal et à fumer sa pipe. Je n'accorde donc pas à ces expressions-là plus d'attention qu'elles ne méritent.

D'autres fois, il se met en colère et, comme il est habitué à voir son interlocuteur manifester de l'effroi, il s'étonne quand je refuse de reculer devant son courroux.

Pa se montre très susceptible. Il est irritable et têtu dans le cercle familial ; on a l'habitude de se plier à ses quatre volontés. Il faudrait donc, pour lui complaire, inscrire sous la rubrique « Coutumes et Règles de cette Maison », auxquelles je devrais, moi aussi, me conformer, tout, littéralement tout ce qui lui passe par la tête.

3° Se battre contre un vieillard n'est pas malin, etc... Oui, Pa est un homme âgé et je l'ai déjà ménagé cent fois, j'ai supporté de sa part des choses quasiment insupportables. Cette fois-ci non plus, je ne me suis pas battu, j'ai simplement dit « Zut ! » Parce qu'ils refusent de prêter l'oreille à la raison et au bon sens, je leur ai dit carrément ce que je pensais. Il est bon que Pa ait entendu dire tout haut ce qu'il arrive aux autres de penser à part eux.

4° Que cela ne se tassera pas de sitôt.

Pour la galerie, j'ai tout arrangé en annonçant à Pa que j'avais loué un atelier, que je leur présentais mes vœux de bonne année et que j'espérais que nous ne nous chercherions plus querelle en cette année nouvelle. Je ne ferai rien de plus, rien ne m'y oblige.

Si cette scène n'avait été qu'un incident, il n'y aurait vraiment pas lieu de s'y attarder, mais elle a été précédée d'autres scènes, au cours desquelles j'ai dit calmement, mais catégoriquement, à Pa des choses dont Son Excellence a systématiquement fait fi. Je pense, quand je suis calme, tout ce que j'ai dit dans ma colère, mais le plus souvent je tais mes réflexions par prudence, ou bien je leur donne une forme anodine. Cette fois-ci, ma prudence m'a fait faux bond, la moutarde m'est montée au nez, et j'ai dit tout ce que j'avais sur le cœur. Je ne m'en excuse pas, et je ne rétracterai rien aussi longtemps que Pa et Moe resteront sur leurs positions. Si, par hasard, ils se montraient plus compréhensifs, plus sensibles et plus loyaux, je me ferais un plaisir de tout rétracter. Mais je doute qu'il en soit jamais ainsi.

5° Que Pa et Moe ne sauraient vivre s'il y a des prises de bec continuelles, etc... Cela est vrai, dans le sens qu'ils créent un désert autour d'eux et se préparent ainsi une vieillesse malheureuse, alors qu'ils pourraient en avoir une belle et agréable. Quant à leurs affirmations : « Je ne puis plus le supporter », « On m'assassine » « On empoisonne ma vie », je ne m'en soucie pas : ce ne sont que des mots. Comme je l'ai déjà dit, je crains qu'ils ne se préparent de mauvais jours, et solitaires, s'ils ne changent pas.

6° Que je le regretterai plus tard, etc... Avant que les choses n'en arrivent là, j'ai eu beaucoup, beaucoup de peine et de remords ; je me suis tourmenté de voir s'effriter l'entente qui régnait entre nos parents et moi. Mais, du moment où les choses en sont là, eh bien, qu'il en soit ainsi. Pour te dire la vérité, je ne regrette rien, je me sens même involontairement soulagé. S'il m'arrivait plus tard de constater que je m'étais trompé, je le regretterais, bien sûr, mais pour le moment je ne conçois pas que j'aurais pu agir autrement. Si quelqu'un me disait d'un ton décidé « Sors de ma maison, le plus tôt possible, plutôt dans une demi-heure que dans une heure », eh ! bien, mon vieux, j'aurais vidé les lieux en moins d'un quart d'heure, et je n'y remettrais plus les pieds. Elle est trop raide, vraiment ! Tu comprends bien que je ne serais pas parti de ma propre initiative, pour des raisons d'ordre financier d'abord, et encore pour ne pas vous occasionner d'embarras, à toi et à d'autres, mais du moment que l'initiative ne vient pas de moi et que ce sont eux qui crient « Va-t'en ! », mon chemin est assez nettement tracé.

7° Quant à Mauve — oui, certes, je l'aime beaucoup ; je sympathise réellement avec lui, et j'apprécie grandement son œuvre ; je m'estime heureux de pouvoir bénéficier de ses conseils, mais, pas plus que lui, je ne veux m'enfermer dans des recettes, une école, une tendance ; en dehors de Mauve, j'aime d'autres peintres qui ne lui ressemblent pas du tout et ne travaillent pas comme lui. Pour ce qui est de moi et de mon travail, s'il y a entre nous des points de ressemblance, il y a aussi des différences réelles. Quand j'aime quelqu'un ou quelque chose, je l'aime sincèrement et je finis par l'aimer avec passion, avec ardeur, sans pour cela croire et dire systématiquement que ceux-là seuls sont parfaits et que les autres ne valent rien — loin de moi cette pensée !

8° « Idées libres » est une expression que je n'aime guère, bien que moi-même je sois parfois obligé de l'employer, faute de mieux. Il n'empêche que je fais de mon mieux pour suivre ma pensée jusqu'au bout et compter avec la raison et le bon sens dans tout ce que je fais ou ne fais pas. Il serait contraire à ce principe de prétendre réduire quelqu'un à zéro. Oh ! il est parfaitement vrai qu'il m'est arrivé de dire à Pa : « Mais réfléchis donc à ceci ou à cela », ou « Ceci ou cela ne résiste pas à l'examen, à mon sens », mais ça ne veut pas dire tout de même que j'ai essayé de le réduire à zéro. Je ne suis pas l'ennemi de Pa quand je lui dis ma vérité, même lorsque, sous l'empire de la colère, je la lui dis en langage de matelot. Tout cela n'a servi à rien, puisque Pa l'a pris en très mauvaise part. Si Pa entend par là que je ne donnerais pas un liard de la morale, du système religieux des pasteurs et des interprétations académiques depuis que j'ai pu voir le dessous des cartes, eh bien, je ne le rétracte point, car je le pense réellement. Toutefois, ce sont là propos d'un homme en colère. Car, si l'on voulait m'obliger à fréquenter l'église, par exemple, ou à reconnaître de la valeur à toutes ces choses, ça changerait et je répliquerais naturellement que cela est hors de propos.

10° Est-ce que la vie de Pa ne compte pour rien ? Je t'ai déjà dit que, pour moi, une affirmation comme « Tu m'assassines » est tout à fait superflue ; je ne m'en soucie point quand je l'entends dans la bouche d'un homme qui est en train de lire son journal et, l'instant d'après, parle tranquillement d'une annonce. Suppose qu'une telle affirmation, ou une autre du même genre, parvienne aux oreilles de tierces personnes qui se mettent à me considérer comme un parricide ! Je prétends, moi, que de telles médisances seraient de purs jésuitismes, ni plus ni moins. Et voilà ! Du reste, l'assassin a quitté la maison. En un mot comme en cent, je ne m'en soucie point. De telles réflexions sont tout à fait ridicules.

Tu écris : « Je ne te comprends pas ». Je te crois volontiers, car par correspondance, il est difficile d'expliquer certaines choses. Ça demande beaucoup de temps, et nous avons bien des choses à faire, toi et moi. Patientons donc jusqu'à ce que nous nous revoyions, que nous puissions causer tout à notre aise. Tu me dis : écris-moi encore. Oui, bien sûr, mais convenons d'abord de la manière.

Veux-tu que je t'écrive en style commercial, sur un ton sec et mesuré, en pesant et soupesant mes mots, pour ne rien dire, somme toute — ou bien, veux-tu que je continue à t'écrire comme ces temps derniers au sujet de toutes sortes de choses, te confiant les idées qui germent dans mon esprit, sans m'inquiéter de savoir si je ne m'emballe pas de temps à autre, sans rogner les ailes à mes pensées et sans les refouler ?

Quant à moi, je préfère t'écrire ou te dire franchement ce que je pense.

Je termine maintenant la réponse directe à ta lettre, car j'ai encore à te parler dessin, etc. Et je préfère t'entretenir de cela.

Il aurait beaucoup mieux valu que je demeure cet hiver à Etten, cela aurait été beaucoup plus commode pour moi, pour des raisons d'ordre financier. Si je me mettais à y réfléchir et à me torturer l'esprit à ce sujet, je brasserais de la mélancolie, par conséquent, n'en parlons plus, point à la ligne. Me voilà, et il faut me débrouiller. Continuer à échanger des lettres avec Pa à ce propos équivaudrait à jeter de l'huile sur le feu, alors que je ne veux plus me mettre en colère. Je vais consacrer toutes mes forces à mon existence et à mon travail. Que veux-tu ? Etten et le Heike sont perdus pour moi, mais je tâcherai de trouver autre chose pour les remplacer.

Je te remercie cordialement de ce que tu m'as envoyé. Point n'est besoin de te dire que je suis constamment accablé de soucis. Bien entendu, je dois faire face ici à plus de débours qu'à Etten, et je ne puis consacrer à mon travail autant d'énergie que je voudrais et que je pourrais lui consacrer si je disposais de plus de ressources.

Mon atelier est déjà plus ou moins en ordre. J'aimerais que tu le voies. J'ai accroché mes études aux murs ; à ce propos, tu devrais me retourner celles qui sont en ta possession, car elles me seront probablement encore utiles. Admettons qu'elles soient invendables. Je reconnais volontiers leurs défauts, mais j'y ai quand même mis un reflet de la nature, parce que je les ai faites avec une certaine dose de passion.

Tu sais que je me donne du mal pour faire des aquarelles ; si je parviens à apprendre le truc, j'en ferai des vendables.

Je t'assure, Théo, que j'éprouve des difficultés indicibles à me servir de ces nouveaux outils. Lors de ma première visite à Mauve, lorsque je suis allé lui montrer mon dessin à la plume, il m'a dit « Tu dois essayer le fusain, la craie, le pinceau et l'estompe. » J'ai fait preuve de patience, mais cela semblait ne servir à rien. Et je m'énervais tant que je piétinais mon fusain et perdais tout courage.

Pourtant, je t'ai envoyé peu après des dessins à la craie, au fusain et au pinceau. Je suis retourné chez Mauve avec un paquet de dessins semblables, au sujet desquels il a formulé évidemment des remarques, tout comme toi. N'empêche que j'avais fait un pas en avant.

Je traverse de nouveau une période de difficultés et de découragement, de patience et d'impatience, d'espoir et de désolation. Cependant, je dois surmonter tous ces obstacles, et je finirai tôt ou tard par saisir comment se fait une aquarelle.

Si c'était si facile que ça, il n'y aurait aucun plaisir à l'apprendre. On peut en dire autant de la peinture.

A cela s'ajoute que le temps m'est défavorable, l'hiver ne me réserve guère d'agréments. Je me complais pourtant dans ma nouvelle existence, je ne saurais te dire mon bonheur de posséder un atelier. Quand viendras-tu prendre le café ou le thé chez moi ?

Bientôt, j'espère. Tu pourrais même loger chez moi, très confortablement et très agréablement. J'ai des fleurs, quelques baquets d'oignons. En outre, j'ai acquis un autre ornement pour mon atelier, savoir un lot de magnifiques gravures sur bois du *Graphic,* dont plusieurs ont été tirées au moyen des planches, et non à l'aide de clichés.

Exactement ce que je convoitais depuis des années. Des dessins de Herkomer, de Frank Hol, de Walker et d'autres. J'ai fait cette trouvaille chez Blok, le bouquiniste ; j'ai retiré ce qu'il y avait de mieux d'un énorme tas de *Graphic* et de *London News,* cela m'a coûté 5 florins. J'ai quelques pièces superbes, entre autres « Sans-abri et sans-logis » de Fildes (des miséreux poireautant devant un asile de nuit), deux grandes et plusieurs petites d'Herkomer, « Emigrants irlandais » de Frank Hol, « Vieille porte » de Wather, et surtout, une école pour petites filles de Frank Hol, et un grand Herkomer, « Les Invalides ».

Enfin, exactement ce qu'il me fallait.

Avoir ces très belles choses dans mon logis me vaut une certaine quiétude. Voici pourquoi, mon vieux, bien que je ne sois pas encore capable — il s'en faut de beaucoup — d'en faire autant, mes murs sont pourtant ornés de quelques études de vieux campagnards, etc. qui prouvent que mon enthousiasme pour ces dessinateurs n'est pas une simple manifestation de vanité ; elles prouvent que je m'efforce de produire moi-même quelque chose qui soit empreint de réalisme et qui témoigne pourtant de sensibilité.

J'ai une douzaine de figures de bêcheurs ou de gens travaillant dans un champ de pommes de terre, et je réfléchis aux moyens d'en faire une composition. Quelques-unes de mes études sont en ta possession, entre autres un homme qui remplit un sac de pommes de terre. Enfin, je ne vois pas encore de solution, mais il faut que j'essaie tôt ou tard d'entreprendre cette composition, groupant mes études de cet été. Ici, dans les dunes, je pourrais faire une bonne étude du terrain et du ciel, et y camper ensuite brutalement les figures.

Pourtant, je ne reconnais guère de valeur à ces études. Il va de soi que j'espère en faire d'autres et de meilleures, mais les types brabançons sont très caractéristiques, et il y aura peut-être moyen de les utiliser. Si tu désires en garder quelques-unes, tu peux ; je te les offre de bon cœur, mais tu me ferais grand plaisir en me retournant celles qui ne te disent rien. En étudiant de nouveaux modèles, je découvrirai les erreurs de proportion dans mes études de cet été. De ce fait, elles pourraient m'être utiles. Comme ta lettre se faisait attendre (elle est arrivée chez Mauve, et de ce fait elle m'est parvenue avec un peu de retard), je me suis vu dans l'obligation d'aller trouver Tersteeg. Celui-ci m'a avancé vingt-cinq florins jusqu'à ce que je reçoive ta lettre. Il serait peut-être souhaitable qu'un de nous deux, moi ou toi — il faudrait se mettre d'accord — s'entende avec M. Tersteeg. Tu dois comprendre, Théo, que j'ai besoin de savoir aussi exactement que possible à quoi m'en tenir, car il me faut calculer et prévoir ce que je puis faire et ce que je ne puis pas faire. Tu me ferais un grand plaisir en prenant accord une fois pour toutes avec moi, et j'espère que tu m'écriras bientôt à ce sujet.

Mauve m'a promis de me proposer tout de suite comme membre libre de Pulchri, parce que je pourrais alors, deux fois par semaine, travailler d'après un modèle et rencontrer des peintres. Il se peut que je devienne ensuite membre ordinaire.

Merci, mon vieux, pour ce que tu m'as envoyé, et crois-moi, avec une poignée de main,

t. à t. *Vincent.*

(Janvier 1882)

Cher Frère,

Comme je l'ai déjà fait assez souvent, dans ma dernière lettre, j'ai répondu d'une façon laconique à certaines questions. Ne va pas t'imaginer que je sois continuellement d'humeur froide et âpre — ce que Mauve appelle « mon humeur au savon vert » ou « mon humeur à l'eau salée ». Admettons que ma lettre était écrite au savon vert ou à l'eau salée ; ce n'est tout de même pas plus grave que de me montrer trop sentimental. 170 N

Tu dis : tu le regretteras beaucoup un jour. Mon vieux, je crois que j'ai dejà nourri dans ma vie bien des regrets de cette espèce. Je voyais arriver ce qui est arrivé, j'ai essayé de couper court, je n'y suis pas parvenu ; enfin, ce qui est, est. Je le regrette pour le moment ? Non. A vrai dire, je n'en ai pas le temps. Je me passionne de plus en plus pour le dessin, comme un marin pour la mer.

Mauve m'a mis au courant d'un nouveau moyen d'expression, l'aquarelle. Je suis en train d'approfondir, je cochonne avec des couleurs et les enlève, autrement dit, je cherche et fais des essais. Puisqu'il faut faire des efforts de perdu.

Puisque l'exécution d'une aquarelle a quelque chose de diabolique. Puisqu'il y a du bon en tout mouvement énergique.

Bien que je me fusse proposé de t'écrire plus longuement à propos de ce qui s'est passé chez nous et de t'exposer mon point de vue dans cette histoire, bien que j'eusse aimé t'entretenir également d'autres sujets, je dois y renoncer faute de temps. D'ailleurs, je trouve préférable de te parler encore de mes dessins.

Je me suis attaqué aussitôt à quelques petites et à une grande aquarelle — au moins aussi grande que l'une des études de figures que j'ai faites à Etten.

Il va de soi que ça ne marche pas comme sur des roulettes du premier coup.

Mauve m'a prévenu que je gâcherai une bonne douzaine de dessins avant de pouvoir me servir du pinceau. Toutefois, il y a un avenir meilleur au bout. Par conséquent, je travaille avec tout le sang-froid dont je suis capable et je ne me laisse pas effrayer par mes gaffes.

Voici un croquis d'une des petites aquarelles. Elle représente un coin de mon atelier, avec une jeune femme qui moud du café. Tu peux te rendre compte que je cherche un ton : une tasse ou une main qui brillent, qui reflètent la vie et se dessinent sur le fond flou, crépusculaire, et qui contrastent brutalement avec ce coin de la cheminée et avec le poêle — du fer et des pierres et un parquet de bois. Si je réussis à achever ce dessin tel que je le veux, il sera pour les trois quarts au moins en « style savon vert », et je ne mettrai

de la tendresse, de la douceur et du sentiment que dans le coin où se trouve le bébé.

Tu comprendras que je ne sais pas encore exprimer tout cela tel que je le sens.

Il me semble qu'il est important de faire face aux difficultés. La partie « savon vert » n'est pas encore suffisamment « savon vert », et son contraste, la tendresse, n'est pas encore assez tendre et celle-ci me paraît raisonnable.

Il va de soi qu'on n'est pas maître de cette technique dès le premier jour.

Voici le sujet du dessin ; le croquis, fait en toute hâte, est horrible.

Je viens d'apprendre qu'un monsieur est venu me demander aujourd'hui. Je pense que c'est M. Tersteeg. Je le voudrais bien, car il m'avait promis de passer un jour, et j'aimerais lui parler de bien des choses.

Il a dit qu'il reviendrait demain matin.

Théo, j'ai beaucoup d'ennuis avec les modèles. J'en cherche, mais quand j'en trouve je dois me mettre en quatre pour les convaincre de venir à l'atelier. Ils me font parfois faux bond. Tel cet apprenti qui ne venait pas parce que son père lui avait dit que j'aurais dû lui payer un florin l'heure, et je n'étais évidemment pas disposé à le faire.

Demain, la petite vieille viendra poser de nouveau. Elle avait été empêchée trois jours d'affilée. Quand je travaille au dehors, je vais assez souvent faire des croquis dans les gargotes, dans la salle d'attente de 3e classe ou dans d'autres locaux de ce genre. Mais il fait terriblement froid ; je m'en ressens d'autant plus que je dessine moins vite que ceux qui ont déjà un tour de main, alors que je dois, somme toute, parfaire davantage mes croquis afin de pouvoir en tirer parti.

Tu te rends compte que je ne chôme pas et que je ne me casse pas la tête pour le moment à propos d'Etten, mais que j'essaie de prendre racine ici. Evidemment, les modèles me coûtent de l'argent,

et je dois t'avouer que je m'octroie le nécessaire, mais à aussi bon compte que possible (je prends mes repas dans une gargote). Néanmoins, je me plais à croire que tu ne verras pas d'inconvénient à ce que je persévère.

Je te répète ce que je t'ai écrit dans ma lettre précédente : dis-moi le plus exactement possible à quoi je puis m'en tenir. Je serais enchanté s'il y avait moyen de t'entendre avec M. Tersteeg, afin que je puisse m'adresser à lui en cas de difficultés, sans devoir me sentir mal à l'aise. Je te promets de travailler autant que je peux mais, pour ce qui est des modèles, travailler pleine vitesse, demi-vitesse ou pas du tout est fonction de l'argent que j'ai ou que je n'ai pas en poche. Ainsi, je suis pour le moment en pourparlers avec une femme qui a un bébé, mais je crains qu'elle ne me coûte trop cher. Sache que je préfère travailler pleine vitesse, mais... enfin, tu comprends que je dois me limiter jusqu'à ce que je dispose d'un peu plus de marge et de liberté. Écris-moi vite, et envoie-moi l'argent pour février le plus tôt possible, car je sais que je n'aurai plus un sou à la fin du mois. Je me propose d'aller faire des petits dessins à la plume chaque fois que l'occasion s'en présentera, mais je les ferai d'une autre façon que cet été. Un peu plus âpres et un peu plus hargneux. Voici un petit croquis du Schenkweg, vu de ma fenêtre.

Adieu, avec une poignée de main,

t. à t. *Vincent.*

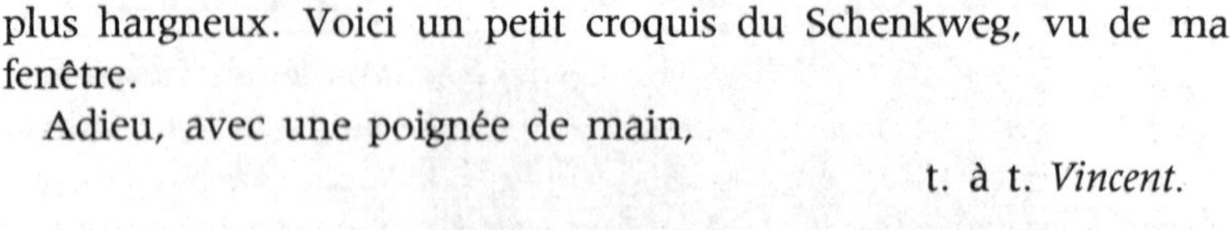

Cher Théo,

C'est la fin de la semaine, et je t'écris encore une fois. 171 N

J'ai travaillé tous les jours, du matin au soir, d'après un modèle. Et le modèle est bon.

Mauve est venu me voir, et M. Tersteeg aussi. J'en suis très heureux. Tout ce temps, je n'ai fait que de la peinture à l'eau, et j'y prends de plus en plus goût.

Je serais enchanté si tu venais, toi aussi. J'aurais tant à te dire et à te demander. Penses-tu que tu viendras au printemps ? Pourras-tu me fixer un peu à l'avance ?

Ce que j'ai fait n'est pas encore parfait, il s'en faut de beaucoup, mais c'est tout différent. Les couleurs sont plus vives, plus fraîches, et il n'y a pas lieu de les rehausser.

Je me plais à croire que je recevrai bientôt de tes nouvelles, spécialement à propos de l'argent. Bien que je puisse nouer les deux bouts avec 100 francs par mois, s'il ne s'agit que de mes besoins personnels, le problème se pose tout autrement si je dois par-dessus le marché payer le modèle, lui donner à manger, etc., etc. A cela s'ajoutent encore les débours pour le papier, les couleurs, etc., etc. Je t'ai déjà expliqué dans ma lettre précédente que la question de savoir si je pourrais travailler pleine vitesse ou demi-vitesse en dépend.

Je me suis installé ici et je dois tous les jours faire des petites dépenses qui me rendent l'existence difficile. J'ai tenu le coup pendant quelque temps, mais je suis sans le sou pour le moment.

Il est évident qu'il faut faire face à toutes sortes de frais lorsqu'on s'installe.

Quoi qu'il en soit, je sais maintenant avec certitude que je fais des progrès ; je finirai par apprendre à traiter l'aquarelle, et le moment n'est plus loin où mon travail sera vendable.

M. Tersteeg m'a parlé dans le même sens. Je pense qu'il m'achètera quelque chose si je réussis une pièce convenable de petit format. J'ai achevé le dessin de la petite vieille dont je t'ai envoyé un croquis ; un jour ou l'autre, il trouvera certainement un amateur.

Crois-moi, je travaille, je bûche, je pioche toute la journée avec

joie, mais il est à craindre que je perde courage si je ne peux pas continuer à travailler autant ou plus.

Si tu veux bien écrire à ce sujet à M. Tersteeg, il te fera certainement crédit d'un montant que tu fixeras toi-même. S'il le juge à propos, il pourra contrôler l'usage que j'en fais, s'il n'a pas confiance en moi. Je trouverais terrible de ne plus pouvoir continuer à travailler comme je le fais depuis deux ou trois semaines. En ce qui concerne le format des dessins et les sujets, je me conformerai volontiers aux conseils de Tersteeg ou de Mauve. Ces jours-ci, j'en ai mis sur le métier quelques-uns de grand format, parce que je dois arriver coûte que coûte à vaincre la facture sèche de mes études de cet été. Mauve me disait hier soir, tout en formulant des critiques : « Ça commence à ressembler à une aquarelle ». Du moment que j'en suis là, je suis en droit d'affirmer que je ne gaspille pas mon temps, ni mon argent. Ayant essayé le pinceau et la valeur des couleurs sur un dessin de grand format, je pourrai recommencer sur d'autres, plus petits. D'ailleurs, j'en ai dejà deux petits sur le métier. C'est parce que j'avais trébuché sur les petits que je les ai lavés en partie et que je me suis attaqué à un grand, dont je t'envoie un croquis. C'est dire si j'ai suffisamment de besogne pour la semaine qui commence demain, mais je crains que je n'aie pas suffisamment d'argent, car il ne me reste plus que 2,50 florins et quelques cents. Que faire ? Si je m'adressais à Mauve ou à M. Tersteeg, je ne crois pas que j'essuierais un refus. Seulement, Mauve a déjà tant fait ; je préférerais vendre quelques petits dessins à M. Tersteeg, si je réussissais à en faire de présentables, plutôt que de lui emprunter de l'argent. Par conséquent, réponds-moi par retour du courrier et, je te prie, fais quelque chose, envoie-moi un peu d'argent, pour me permettre de continuer. Théo, je me sens une grande capacité de travail, je m'efforce de la dégager, de la libérer. Les soucis que me valent mes dessins me suffisent largement ; si d'autres, plus graves encore, venaient s'y ajouter, si je ne pouvais plus travailler d'après un modèle, je perdrais le nord. C'est fâcheux que tu doives casquer, mais l'avenir se présente sous de meilleurs auspices que l'hiver dernier. Je sens que je suis engagé dans la bonne voie, que je puis espérer aboutir à un résultat. Je ferai tout ce qui est en mon pouvoir, je travaillerai sans désemparer, et dès que je me serai rendu maître de mon pinceau, je travaillerai plus dur encore qu'en ce moment. A condition de persévérer avec crânerie et avec énergie, l'heure n'est pas loin où tu n'auras plus besoin de m'envoyer de l'argent.

Continue à faire ce qui est en ton pouvoir, mon vieux ; de mon côté, je ferai, moi aussi, tout ce dont je suis capable. Adieu, mon vieux, je compte sur toi, tu m'écriras tout de suite. Point n'est besoin de m'envoyer beaucoup, pourvu que je puisse continuer pendant une semaine.

Poignée de main en pensée,

t. à t. *Vincent.*

Dimanche soir, Schenkweg, 138
(près de la gare du Rhin)

Cher Théo,

172 N Bien que je t'aie écrit hier soir, je voudrais remettre ça. Je ne manque pas de courage, mais il m'est parfois difficile de me donner une contenance devant Mauve et Tersteeg. Pourtant, je dois le faire ; il n'est pas question de jouer à l'insouciance devant eux, mais je ne voudrais tout de même pas leur confier tous les détails et tous les dessous de mon inquiétude. Ah ! je m'arrache souvent les cheveux. Ce matin, mal à l'aise, je me suis remis au lit ; j'avais des maux de tête, j'étais fiévreux d'énervement, parce que cette semaine-ci me fait peur, que je ne vois pas comment la passer. Puis, je me suis levé un peu, mais j'ai dû me recoucher ; ça va mieux pour le moment. Je veux cependant te dire que je n'ai pas exagéré dans ma lettre d'hier. Si je persévère à travailler dur, mon travail me rapportera bientôt quelque argent ; en attendant, je suis accablé de soucis. Je n'ai que peu de matériel pour dessiner, et ce que je possède est défectueux. Provisoirement, je dispose de l'indispensable : une boîte, un chevalet, des pinceaux, etc., mais ma planche s'est courbée comme un tonneau la semaine dernière, parce qu'elle est trop mince, et mon chevalet a été sérieusement abîmé en cours de route, lorsque je l'ai expédié d'Etten ; cela me gêne assez.

Bref, je dois me procurer beaucoup de choses, ou en remplacer d'autres. Évidemment, point n'est besoin de tout acheter d'un seul coup, mais chaque jour il me manque de petits riens. Dans l'ensemble, cela me vaut beaucoup de tracas.

Il arrive aussi que mes vêtements doivent être réparés, Mauve m'a déjà fait des remarques à ce sujet. Certes, j'ai l'intention de les faire rafistoler, mais je ne puis tout faire à la fois. Comme tu le sais, ma garde-robe se compose en majeure partie de vêtements usagés, déjà raccommodés ; quelques autres sont de la confection et en mauvais tissu. C'est dire si mes hardes ne sont pas fraîches, d'autant plus qu'il m'est difficile de les garder propres en tripotant tout le temps des couleurs. Il en va de même de mes chaussures. Et de mon linge, qui commence à m'abandonner. Tu sais que, sous ce rapport, je n'en mène pas large depuis longtemps, et que mes chemises et le reste sont usés jusqu'à la corde. Malgré moi, je tombe parfois dans un découragement affreux ; si ces accès sont heureusement passagers, ils se déclenchent souvent juste au moment où je me sens en forme, comme ces jours derniers et aujourd'hui, par exemple. Ainsi, ce matin, où je me suis senti fâcheusement impuissant, amolli après une tension excessive. Je crois que cela m'est arrivé parce que j'étais convenu avec Mauve d'aller dessiner d'après modèle en plein air et que je me suis dit tout à coup je ne pourrai peut-être pas y aller, faute d'argent, et Mauve croira que c'est par paresse. J'ai quitté mon lit pour t'écrire, tant j'avais l'esprit tourmenté. Ces folles inquiétudes et ces soucis matériels gênent fort mon travail. Lorsque je me trouve par exemple en face de mon modèle et que je me creuse en même temps les méninges pour savoir comment payer ceci ou cela, pour savoir si je pourrai me tirer d'affaire le lendemain, etc. Je devrais être au contraire calme et maître de moi quand je travaille, c'est déjà assez ardu comme cela. Or, voici le moment où il me faut une certaine stabilité. J'ai senti si nettement, ce matin, mes forces — non mon envie de travailler, ni mon courage — commencer à décliner, que j'ai éprouvé le besoin de t'ouvrir mon cœur.

Je comprends fort bien que toi aussi, tu rencontres parfois des difficultés, mais il me semble qu'il faudrait quand même trouver un arrangement avec M. Tersteeg, de sorte que je sache à quoi m'en tenir.

Du moment que je puis travailler deux soirs par semaine d'après un modèle, à Pulchri, il suffirait que je puisse engager un modèle quatre jours par semaine. J'ai trouvé cette petite vieille ; c'est moins onéreux qu'au début, lorsque je devais me débrouiller avec un tel et un tel.

J'ai eu plusieurs modèles, mais ils demandaient trop cher, ou bien ils trouvaient que c'était trop loin pour venir chez moi, alors que d'autres soulevaient des difficultés après coup ou ne pouvaient venir régulièrement. Je crois que je suis bien tombé avec la petite vieille.

Hier, Mauve m'a donné encore une leçon, pour m'apprendre qu'il faut employer des couleurs transparentes pour peindre les mains et les visages. Mauve est très fort ; il a mûrement réfléchi à ce qu'il dit, et il ne parle pas pour rien. Moi, je l'écoute attentivement et je m'évertue à appliquer ses conseils. Il est vrai que j'ai dit hier à Mauve qu'il me faut absolument gagner un peu d'argent, mais je n'ai pas voulu lui en demander, puisqu'il me donne quelque chose qui vaut plus que de l'argent. D'autre part, il m'a aidé à me procurer mes meubles, c'est plus que suffisant. Maintenant que je t'ai écrit, je me remettrai demain au travail avec une plus grande confiance. Quand tu étais à Etten, cet été, tu m'as conseillé de travailler avec des couleurs à l'eau. Je n'en voyais pas la possibilité à ce moment, je ne savais comment m'y prendre. Maintenant, la lumière commence à se faire en moi, le soleil se lève malgré tout. Et maintenant, adieu, Théo, poignée de main en pensée et crois-moi

t. à t. *Vincent.*

Schenkweg, 138. Jeudi

Cher Théo,

173 N J'ai bien reçu ta lettre et les 100 francs qu'elle contenait. Je t'en remercie beaucoup. Ce que j'appréhendais quand je t'ai écrit ma dernière lettre, est arrivé ; j'ai été vraiment malade, la fièvre et l'énervement m'ont cloué au lit durant trois jours. Des migraines tenaces et, par-dessus le marché, des rages de dents intermittentes. Mauve est venu me voir et nous avons conclu à nouveau que je ne devais pas perdre courage.

A ces moments-là, je m'en veux de n'être pas capable de faire ce que je voudrais ; j'ai alors l'impression de me trouver pieds et poings liés, impuissant à entreprendre quoi que ce soit, perdu au fond d'un puits profond et obscur. Ça va déjà un peu mieux, je me suis levé hier soir pour bricoler et mettre de l'ordre à gauche et à droite. Lorsque mon modèle est arrivé ce matin, je ne l'attendais pas ; Mauve et moi, nous l'avons fait poser et j'ai essayé de dessiner. Je ne suis pas encore remis ce soir, je me sens mal à l'aise, vraiment malade. Encore quelques jours de repos, et je crois que j'en serai quitte, sans devoir craindre une rechute, à condition de me ménager.

Je suis navré d'apprendre que tu es souffrant, toi aussi. L'hiver dernier, à Bruxelles, j'ai pris des bains chaque fois que j'en avais l'occasion ; j'allais deux ou trois fois par semaine aux bains, et cela me faisait du bien. Je vais reprendre cette habitude. Je ne doute pas que cela te soulagerait si tu persévérais un certain temps ; on obtient finalement ce qu'on appelle ici « la purgation », c'est-à-dire que les pores de la peau sont dégagés, de sorte que la peau peut exercer sa fonction, alors qu'autrement elle se ratatine tant soit peu, surtout en hiver.

Je te déclare carrément qu'à mon avis, il ne faut pas être gêné d'aller de temps à autre voir une femme, si l'on en connaît une qui soit digne de confiance et qu'on aime un peu par-dessus le marché. A vrai dire, les femmes de cette espèce ne manquent pas.

C'est nécessaire pour l'homme qui mène une existence faite de tension d'esprit — absolument nécessaire si l'on veut garder son équilibre.

Point n'est besoin d'exagérer, ni de commettre des excès, mais la nature est régie par des lois formelles, il est vain de vouloir s'insurger contre elles.

Enfin, tu en sais tout ce qu'il faut en savoir. Il serait meilleur pour toi, il serait meilleur pour moi d'être marié, mais qu'y faire ?

Je t'envoie un petit dessin. Il ne faut pas conclure qu'ils sont tous de ce genre. Celui-ci est assez mince et lavé en hâte. Cela ne réussit pas toujours, même très rarement, sur des pièces plus grandes.

Il se peut pourtant qu'il t'apporte la preuve qu'il n'y a pas lieu de me laisser abattre et que je connais déjà un peu le métier.

Mauve m'a demandé si j'avais besoin d'argent, quand il est venu me voir dernièrement. J'ai réussi à sauver les apparences ; à présent, je me tire mieux d'affaire, mais tu vois qu'il me donnerait encore un coup de main en cas de besoin. Bien que j'aie des soucis en perspective, je me flatte de l'espoir que nous viendrons à bout de nos peines. Surtout si M. Tersteeg avait la bonté de m'accorder un crédit en cas de nécessité absolue, c'est-à-dire au cas où il ne te serait pas possible de me venir en aide.

Tu parles de belles promesses. Je pense plus ou moins comme toi. Cependant, Mauve assure que ça ira, mais cela n'empêche que les aquarelles ne sont pas encore vendables. Il est vrai que je fonde sur elles un peu d'espoir, et que je m'échinerai tant qu'il faudra, mais le désespoir m'envahit parfois quand j'essaie de rehausser les couleurs et qu'elles s'épaississent. J'en suis désespéré, car ce n'est pas là une petite difficulté à vaincre. D'autre part, les expériences avec les aquarelles sont assez coûteuses : le papier, les couleurs, les pinceaux, le modèle et mon temps, que sais-je encore.

Je persiste pourtant à croire que persévérer, sans perdre son temps, est encore le moyen le moins coûteux.

Car il faut traverser cette période difficile.

Je dois désapprendre certaines choses du temps où j'ai fait tout seul mon apprentissage, et acquérir un autre coup d'œil. Il faut consentir à bien des peines avant de voir d'un regard sûr les proportions des objets.

Il n'est pas toujours facile pour moi de m'entendre avec Mauve, et l'inverse n'est pas moins vrai, parce que je crois que sa nervosité vaut la mienne. En outre, il est certain qu'il doit faire un effort pour me guider, comme je dois faire un effort non moins grand pour le comprendre et pour mettre en pratique ses conseils.

Toutefois, j'ai l'impression que nous commençons à nous comprendre assez bien, et que l'un commence à éprouver pour l'autre plus qu'un peu de sympathie superficielle. Il travaille beaucoup à sa grande toile qu'il destinait primitivement au Salon. Ce sera une belle chose. En outre, il a un « Hiver » sur le métier. Et aussi de beaux dessins.

Je crois bien qu'il met un petit morceau de sa vie dans chacune de ses toiles et dans chacun de ses dessins. Il lui arrive d'être fatigué comme un chien, et il me disait dernièrement : Ça m'use. Qui l'aurait vu à ce moment n'oublierait pas facilement l'expression de sa figure.

Voici ce que Mauve me dit quand mes dessins sont lourds, épais, fangeux, noirs et mornes : Si tu en faisais déjà des subtils, ce ne serait que du chiqué, et tu en ferais probablement des épais plus tard. Tu t'échines maintenant et tu en fais des épais, mais plus tard, tu travailleras vite et tu en feras des subtils, — je veux bien, moi, si cela se vérifie un jour ! Regarde cette pièce-ci : je l'ai faite en un quart d'heure, après avoir terminé une grande qui était devenue épaisse. C'est précisément parce que je m'étais échiné sur la grande que j'ai réussi ce croquis en cinq sec, sur un bout de papier qui me restait d'une grande feuille Whatman, quand le modèle prenait par hasard cette pose.

Le modèle est une jolie fille ; c'est le modèle d'Artz, et je crois qu'elle demande partout un florin et demi par jour. Pour le moment, c'est trop cher pour moi. Par conséquent, je me débrouillerai avec ma petite vieille.

Je crois également que la réussite ou l'échec dépend en grande partie de l'état d'âme. C'est pourquoi je m'efforce d'être lucide et enjoué. Cependant, je tombe parfois en proie à un malaise ; c'est le cas en ce moment, et alors je patauge.

Toutefois, il s'agit de continuer à travailler, car Mauve et Israëls, par exemple, et beaucoup d'autres, savent tirer parti de chacun de leurs états d'âme.

Enfin, j'ai quelque espoir que ça marchera un peu mieux qu'à présent dès que je serai dans mon assiette. En cas de besoin, je prendrai un peu de repos, mais je me serai probablement remis avant. Tout compte fait, je ne suis plus aussi solide que l'année dernière ; en ce temps-là, il ne m'arrivait jamais de garder le lit pendant une journée, alors qu'à présent je suis tout le temps incommodé, par bonheur pas gravement.

Enfin, ma jeunesse appartient au passé, mais non ma joie de vivre ni ma vitalité. Je veux dire l'époque de la vie où l'on se sent vivre et où l'on n'éprouve aucune difficulté à vivre. Somme toute, je me dis, tant mieux, car le présent vaut mieux que le passé, après tout. Il n'y a pas à dire, c'est assez mesquin et méchant de la part de Messieurs G. & Cie d'opposer un refus à ta demande d'argent. Tu n'as assurément pas mérité qu'on se montre aussi ingrat à ton égard, car tu tires bien des marrons du feu pour eux et tu ne te ménages pas. En foi de quoi, tu as droit à un peu d'égards.

Poignée de main en pensée. Je me plais à croire que je pourrai t'envoyer bientôt de meilleures nouvelles qu'aujourd'hui et ces temps derniers, mais il ne faut pas m'en vouloir, car je me sens mal en point. Adieu.

t. à t. *Vincent.*

13 février 1882

Cher Théo,

Je t'écris de nouveau, bien que j'attende une lettre de toi depuis quelques jours. 174 N

A son retour de Paris, M. Tersteeg m'a donné de tes nouvelles. Il me disait que tu te portais bien, et qu'il était assez enchanté de son voyage. J'avais emporté quelques dessins quand je suis passé chez lui ; il les a trouvés meilleurs que les précédents et m'a conseillé d'en faire encore quelques-uns de plus petit format. C'est à quoi je suis occupé.

En outre, j'ai travaillé à un dessin à la plume d'une petite vieille assise qui tricote. J'ai l'impression qu'il sera également meilleur que ceux de cet été ; en tout cas, il a plus d'allure. Si je fais un jour quelques dessins à la plume vraiment bons, je crois connaître un amateur qui pourrait les acheter.

Ces jours-ci, j'ai écrit à C. M., lui disant que j'avais loué un atelier et qu'il me ferait plaisir de venir me voir après m'avoir prévenu, s'il passe un jour à La Haye. D'autre part, l'oncle Cent m'a dit cet été que, si je faisais un petit dessin et des aquarelles, il me les achèterait.

Somme toute, il se peut que le moment ne soit plus loin où mon travail amènera un peu d'argent dans ma poche. J'en ai grandement besoin afin de pouvoir mener l'affaire plus rondement.

J'aimerais savoir quel genre de dessins on parvient à placer dans les publications, tâche de le savoir. Je crois que des dessins à la plume de types populaires leur conviennent ; je voudrais beaucoup faire quelque chose qui puisse être publié. Je ne crois pas qu'on fasse les dessins directement sur les planches, il doit y avoir un moyen de reporter un fac-similé sur la planche.

En tout cas, j'ignore ce qu'il en est au juste.

J'éprouve parfois un grand besoin de te voir et de bavarder avec toi. Tarderas-tu encore à venir en Hollande ? Je crois que Pa t'attendait plus ou moins à son anniversaire.

Je suis bien aise que M. Tersteeg ait trouvé mes dessins un peu meilleurs. D'autre part, je me remets à mordre sur mon modèle, c'est-à-dire que je dois continuer à m'en servir. Tous ceux qui ont vu mes deux derniers dessins m'ont affirmé que j'avais beaucoup mieux saisi son caractère.

Pour le moment, je vais assez souvent dessiner en compagnie de Breitner, un jeune peintre qui a des relations avec Rochussen, comme j'en ai avec Mauve. Il dessine avec beaucoup d'aisance, tout autrement que moi ; nous allons souvent croquer des types dans les gargotes ou dans une salle d'attente, etc. Il vient fréquemment à mon atelier, pour regarder mes gravures sur bois, et moi, je passe chez lui. Il occupe l'ancien atelier d'Apol, chez Sieberhaar.

La semaine dernière, j'ai visité une exposition à Pulchri, où l'on pouvait voir des croquis de Bosboom et de Henkes. Ils étaient très beaux ; ceux de Henkes représentaient des figures plus grandes que d'habitude. Il me semble qu'il devrait en faire davantage de ce genre.

Weissenbruch est venu me voir, lui aussi.

Depuis des jours, j'attends avec impatience une lettre de toi, car j'espère que tu m'enverras un peu d'argent.

Nous devons tenir encore un moment, toi aussi bien que moi, et ne pas perdre courage. Après, nous en éprouverons tous deux de la satisfaction.

Je me félicite d'avoir poussé sans relâche le dessin de figures. Si je n'avais dessiné que des paysages, il se pourrait que j'eusse déjà fabriqué quelque chose de vendable à un prix modique. Seulement, je m'embourberais plus tard, inévitablement. Bien que dessiner des figures soit fastidieux et très compliqué, je crois que c'est plus efficace, en fin de compte.

Dans ta lettre précédente, tu as fait allusion à l'impossibilité d'obtenir une avance avant que l'inventaire soit terminé. Si tu n'as pas d'argent, aie la gentillesse d'écrire tout de suite à M. Tersteeg, car il ne me reste plus que deux ou trois florins, et la mi-février est en vue.

En tout cas, j'attends ta réponse un de ces jours.

Je crois que j'ai beaucoup mieux saisi les proportions dans mes derniers dessins que dans les précédents. Je considère le défaut de proportions comme le plus grand défaut des dessins que j'ai faits jusqu'à présent. Dieu merci, ça commence à aller mieux, et le jour viendra où j'aurai vaincu tous ces obstacles.

Adieu, Théo, écris-moi vite, et reçois une cordiale poignée de main en pensée.

t. à t. *Vincent.*

Cher Théo,

Lorsque je t'écrivais ce matin, je me perdais en conjectures à propos de quelque chose qui me tracassait. A présent, je suis 175 N provisoirement rassuré. Je dois d'abord te faire part d'une mauvaise nouvelle : Mauve est de nouveau mal en point, pour dire la vérité. Évidemment, sa maladie habituelle !

D'autre part, j'ai une bonne nouvelle pour toi : on m'a certifié que c'est son état maladif qui l'a porté à se montrer ces derniers temps très peu aimable à mon égard, et non l'idée que je faisais fausse route dans mon travail.

Je t'ai raconté dans ma lettre précédente que j'avais reçu la visite de Weissenbruch. Celui-ci est pour le moment à peu près le seul que Mauve veuille encore recevoir, et je me suis dit que je devais aller bavarder avec lui. Je viens de passer à son atelier. Dès qu'il m'aperçut, il se mit à rire et me demanda : « Tu viens sans doute prendre des nouvelles de Mauve ? » C'est-à-dire qu'il avait tout de suite deviné le but de ma visite, et que je n'eus pas besoin de le lui expliquer. Il m'a confié qu'il était venu me voir, en fin de compte, parce que Mauve, qui avait des doutes, voulait connaître l'opinion de Weissenbruch sur mon travail.

Weissenbruch est allé dire à Mauve : « Il dessine diantrement bien, je pourrais travailler d'après ses études ».

Et il a ajouté : « On m'appelle le glaive impitoyable. A vrai dire, j'en suis un. Je n'aurais pas dit cela à Mauve si je n'avais pas découvert des qualités dans tes études. »

Aussi longtemps que Mauve sera malade ou trop occupé par sa grande toile, je pourrai passer chez Weissenbruch toutes les fois qu'il me faudra un renseignement. Pour le reste, Weissenbruch m'a assuré que je ne dois point m'inquiéter du revirement dans l'attitude de Mauve.

J'ai demandé à Weissenbruch ce qu'il pensait de mes dessins à la plume. « C'est ce que tu as fait de mieux », m'a-t-il répondu. Je lui ai raconté alors que Tersteeg m'avait lavé la tête à leur sujet. « Ne t'en chagrine pas, fit-il. Quand Mauve a dit un jour que tu étais un peintre en herbe, Tersteeg l'a contredit, mais Mauve a pris ton parti. Cela s'est passé en ma présence, et si cela devait se renouveler, moi aussi, je prendrais ton parti, maintenant que j'ai vu ton travail. » Je ne désire pas qu'on « prenne mon parti », mais je ne puis m'empêcher de dire que je trouve parfois insupportable que Tersteeg ne cesse de me rebattre les oreilles de son « Tu dois seulement commencer à penser à gagner ton pain. » Je trouve cette expression si affreuse, que je dois faire un effort sur moi-même pour ne pas éclater. Je travaille autant que je peux, je ne me ménage pas, et l'on devrait s'abstenir du reproche que je n'ai pas réussi jusqu'à présent à vendre.

Je te fournis ces détails parce que je ne parviens pas à m'expliquer pourquoi tu ne m'as pas encore écrit ni envoyé de l'argent ce mois-ci.

Je n'exclus pas l'hypothèse que Tersteeg t'ait dit des choses qui t'ont déconcerté.

Laisse-moi te donner encore une fois l'assurance que je m'efforce de faire des œuvres faciles à vendre, notamment des aquarelles, mais on n'apprend pas ce métier d'un seul coup. Si j'y parviens petit à petit, je l'aurai appris en un minimum de temps, car je m'y suis attaqué depuis peu. Toutefois, je ne réussirai pas du jour au lendemain. Dès que Mauve ira mieux et reviendra chez moi, ou que j'irai chez lui, il me donnera de nouveau des conseils utiles à propos des études que je fais en attendant.

Ces derniers temps, Mauve m'a très, très peu aidé. Il m'a même dit un jour : « Je ne suis pas toujours d'humeur à te conseiller, je me sens parfois très las, et il faut alors, au nom du ciel, attendre un moment plus propice. »

Je considère comme un grand avantage de pouvoir m'adresser de temps à autre à des gens talentueux, comme Weissenbruch, surtout quand ils agissent comme Weissenbruch a fait ce matin ; par exemple se donner la peine de sortir de ses cartons un dessin auquel il travaille, mais qui n'est pas encore fini, et m'expliquer comment il le rehausse. Voilà ce dont j'ai besoin. Ouvre bien les yeux si tu as l'occasion de voir peindre ou dessiner, car je crois que maint marchand de tableaux se ferait une autre idée des toiles, etc., s'il savait parfaitement comment elles ont été faites. Il est vrai qu'on peut le comprendre plus ou moins instinctivement, mais je sais que j'ai acquis une idée plus nette de certaines choses en regardant travailler, et aussi en essayant de travailler moi-même.

Je serais bien aise si tu pouvais me procurer encore un peu de papier Ingres ; le temps se prêtera probablement bientôt au travail à l'extérieur, et il me viendrait alors à point. Je commence à me montrer avare de mes études ; j'aimerais beaucoup rentrer en possession de celles que je t'ai envoyées.

Adieu, mon vieux, reçois une poignée de main en pensée. Pauvre Mauve, il n'ira pas mieux avant que sa grande toile ne soit finie, et après il sera à bout de souffle.

t. à t. *Vincent.*

Cher Théo,

176 N Nous sommes le 18 février et je n'ai pas encore reçu de tes nouvelles ce mois-ci. Comme tu disais, en passant, dans ta dernière lettre, que tu ne te sentais pas dans ton assiette, je me suis imaginé que tu étais malade. Or, M. Tersteeg m'a dit que tu étais rétabli, du moins qu'il n'avait plus rien remarqué d'anormal. Tu dois comprendre que j'ai de grands embarras d'argent. M. Tersteeg m'a acheté un petit dessin à 10 florins, ce qui m'a permis de tenir le coup cette semaine.

Mais il lui en faut de petits, et rien que des aquarelles. Seulement, je ne suis pas encore capable d'en faire. Cependant, une seule brebis vient de traverser le pont. Je travaille autant que je peux, mais n'oublie pas que je vais crever à la tâche, si j'ai trop de soucis et trop d'anxiété.

Par conséquent, écris-moi par retour du courrier si tu as le temps, et envoie-moi un peu d'argent. Crois-moi, avec une poignée de main,

t. à t. *Vincent.*

Outre l'étude que M. Tersteeg m'a achetée, j'en ai fait quelques-unes cette semaine, dont l'exécution laisse encore à désirer, alors que le dessin est meilleur, Dieu merci !

Il m'est d'un grand secours de sentir que je commence à mieux dessiner ; il en résulte que je ne perds pas courage.

Quoi qu'on en dise, dessiner est l'essentiel, et de loin le plus difficile par-dessus le marché.

C'est pourquoi j'ose affirmer que je ferai quelque chose de vendable d'ici un an. Je ne compte pas l'étude que M. Tersteeg vient de m'acheter ; je ferai beaucoup mieux quand je me serai perfectionné dans le dessin et que celui-ci ne me demandera plus autant d'efforts.

Adieu, mon vieux, et surtout, écris-moi vite.

Samedi

Cher Théo,

J'ai bien reçu ta dernière lettre et les 100 francs qu'elle contenait ; je t'en remercie cordialement. 177 N

Je t'en aurais aussitôt accusé réception, mais je travaillais d'arrache-pied à quelques dessins, étant donné que je disposais d'un modèle.

Tu es parfois débordé de besogne. Dis-toi bien que cela m'arrive aussi et que cela m'arrivera de plus en plus souvent. En effet, je me livre tout entier à mon travail, tant et si bien que je dois faire un effort pour m'en arracher quand je dois écrire une lettre ou, si le besoin s'en fait sentir, aller voir quelqu'un.

Ce dont je suis heureux, c'est que tu m annonces que tu viendras peut-être bientôt en Hollande. Quand tu auras vu ce que j'ai fait ces derniers temps, il se peut que nous ayons une vue plus nette sur l'avenir. J'espère que nous pourrons alors bavarder à notre aise dans mon atelier ; j'espère aussi que tu me préviendras, je m'arrangerai pour que le modèle ne vienne pas les jours où tu seras chez moi.

Tu m'écris au sujet de l'anniversaire de Pa. Je dois te dire que je suis heureux d'être débarrassé de tout cela et de jouir de la quiétude dont j'ai besoin pour travailler. Ma tête ne peut contenir davantage que sa contenance réelle, et j'ai si peur de recommencer un échange de lettres, que je préfère m'abstenir provisoirement. Chaque fois que je songe à Etten, je sens un frisson parcourir tout mon corps, comme si je me trouvais dans une église.

Enfin qu'y faire ? et encore une fois, qu'y faire ?

A propos, tu ne dois pas m'en vouloir, Théo, ni t'imaginer que je vais me mettre à te chicaner. Croyant sans doute me faire plaisir, tu as abordé là un sujet qui ne me fait pas plaisir du tout.

Tu dis que la petite aquarelle est la meilleure chose que tu aies vue de moi. Eh bien ! il n'en est rien ; les études qui sont en ta possession sont bien meilleures, et les petits dessins à la plume de cet été aussi. Ce petit machin-là n'a l'air de rien, je te l'ai envoyé pour te prouver qu'il n'est pas exclu que je fasse un jour de la peinture à l'eau. Les autres ont été beaucoup plus sérieusement piochés, ils ont quelque valeur en dépit de leur aspect « savon vert ». Si j'en voulais à M. Tersteeg (mais je ne lui en veux pas), ce serait pour la même raison. Parce qu'il m'encourage, non à faire des études difficiles d'après un modèle, mais plutôt à avoir recours à un procédé qui, à vrai dire, n'est qu'à moitié propre à rendre ce que je me propose d'exprimer selon mon caractère personnel et mon tempérament. Il est évident que je me réjouirais si je vendais un dessin, mais je me réjouis davantage lorsqu'un artiste authentique comme Weissenbruch me dit à propos d'une étude ou d'un dessin invendables (????) « C'est bien fichu, je pourrais travailler d'après ce machin-là. » Bien que je ne puisse dédaigner l'argent, surtout pas en ce moment, je persiste à croire, vois-tu, que l'essentiel, c'est de faire quelque chose de défendable.

Eh bien, Mauve disait à propos d'une figure — un vieux campagnard, assis devant l'âtre, réfléchissant et rêvassant comme s'il voyait surgir les événements du passé dans les reflets des flammes ou dans la fumée — à peu près la même chose que Weissenbruch disait d'un paysage, une chaumière dans la bruyère.

Qu'il soit un peu plus long ou un peu plus court, le chemin à suivre est tout indiqué : pénétrer profondément la nature.

Il reste à être vrai, disait Gavarni. Peu importe que vous vous heurtiez quelque temps à des petites misères pécuniaires, vous finissez par les surmonter, et vous vendez alors plus cher ce qu'on dédaignait auparavant. Un de ces derniers jours, j'ai écrit à C. M. pour lui annoncer que j'avais ici un atelier ; il m'a répondu qu'il se proposait de venir sous peu à La Haye, et qu'il passerait chez moi.

Dernièrement, j'ai reçu des nouvelles de mon vieil ami Wisselingh, de Londres. Lui aussi viendra un jour, il se disait heureux de savoir que je travaillais.

Je me plais à croire que tu pourras t'évader, car il me tarde tant de te revoir. Je m'imagine que tu m'approuveras de travailler régulièrement d'après un modèle, quand tu auras vu mes dernières études.

Évidemment, je réussis mieux le dessin de mes modèles au fur et à mesure que j'apprends à les connaître. Et maintenant je trouve assez facilement des modèles. Ainsi, pendant que je t'écris, j'ai auprès de moi un enfant qui doit se reposer une demi-heure ; j'en profite pour écrire la présente.

Encore une fois merci pour ce que tu m'as envoyé. Poignée de main en pensée. Adieu.

t. à t. *Vincent.*

P.S. J'ai fait aujourd'hui deux études de cet enfant. Il commence à faire sombre. Bonsoir.

Vendredi, 3 mars

Cher Théo,

Depuis que j'ai reçu ta lettre et l'argent, j'ai fait venir tous les jours un modèle, et j'ai du travail par-dessus les oreilles. 178 N

J'ai un nouveau modèle, dont j'avais déjà eu l'occasion de faire l'étude pour un croquis superficiel. Ou plutôt, j'en ai plusieurs, trois personnes de cette famille posent pour moi : une femme d'environ quarante-cinq ans, exactement une figure d'Ed. Frère ; sa fille, qui a une trentaine d'années ; et une enfant, plus jeune, de dix à douze ans. Ce sont de pauvres gens qui, force m'est de le reconnaître, font preuve d'une bonne volonté touchante *.

Ce n'est pas sans peine que je les ai amenées à poser, et encore à condition que je leur promette du travail régulier. Exactement ce que j'appelais de tous mes vœux ; je crois que c'est une aubaine.

Le visage de la plus jeune des deux femmes n'est pas beau, du fait qu'elle a eu la variole, mais sa silhouette est très gracieuse, et elle a beaucoup de charme selon moi. En outre, elles ont de beaux vêtements. Du mérinos noir et des coiffes adorables, un joli châle, etc. Il ne faut pas se tracasser outre mesure à propos de l'argent, car j'ai commencé par louvoyer ; je leur ai promis un florin par jour dès que je vendrais mes dessins, et de leur payer plus tard ce que je ne puis leur donner en ce moment.

De toute façon, je dois essayer de vendre peu ou prou.

Si je pouvais me payer ce luxe, je garderais tous les dessins que je fais à présent. Je suis convaincu, si je pouvais les garder quelques

* Allusion à Christine et à sa famille.

années seulement, de pouvoir en retirer plus qu'ils ne me rapporteraient aujourd'hui.

Mais enfin, eu égard aux circonstances, je serais bien aise si M. Tersteeg m'achetait de temps à autre quelques pièces, même sous condition de les échanger s'il ne trouvait pas d'amateurs.

M. Tersteeg m'a promis de venir me voir dès qu'il trouvera un moment.

Voici la très simple raison pour laquelle j'aimerais tout garder. Quand je dessine des figures isolées, c'est, somme toute, en vue de faire une composition de plusieurs figures, par exemple, une salle d'attente de 3e classe, un mont-de-piété ou un intérieur. Mais une grande composition doit mûrir peu à peu, et il faut avoir dessiné peut-être quatre-vingt-dix couturières avant de réussir un dessin groupant par exemple trois couturières. Voilà l'affaire.

J'ai reçu de C. M. un mot aimable me promettant de venir bientôt à La Haye et de passer chez moi. Eh oui, encore une promesse, après tout. Mais il se peut qu'elle vaille quand même un peu plus que rien. Enfin.

Du reste, je cours de moins en moins après les gens, quels qu'ils soient — après les marchands de tableaux ou après les peintres ; je ne cours plus qu'après les modèles, car je trouve que travailler sans un modèle est une très grande erreur, en tout cas en ce qui me concerne.

Dis donc, Théo, voir poindre un peu de lumière donne de la joie, et j'entrevois à présent un peu de lumière. Il est très agréable de dessiner un être humain, une chose qui vit ; c'est diantrement difficile, mais c'est exquis.

Demain, j'attends la visite de deux enfants que je devrai amuser et dessiner à la fois. Je veux que mon atelier s'emplisse de vie ; d'ailleurs, je connais maintenant beaucoup de monde dans le quartier. Dimanche viendra un « homme orphelin », un type fameux, mais il ne pourra rester fort longtemps. Il est peut-être exact que je n'ai pas la manière pour frayer avec des gens férus de bonnes manières. En revanche, je sais peut-être mieux comment m'y prendre avec les pauvres gens et les petits bourgeois. Si je joue perdant d'un côté, je joue gagnant de l'autre, et il m'arrive de faire de nécessité vertu et de me dire : après tout, il est juste que je vive en artiste, quant à mes sentiments et à ce que je cherche à exprimer ; honni soit qui mal y pense.

Nous voilà encore une fois au début d'un mois. Bien que ton

Hij heeft een groot ding onder handen eene markt
waar veel figuren op moeten komen. Gisteren avond
ben ik nog met hem uit geweest om op straat typen
van figuren te zoeken om ze dan later op 't atelier
met model te bestudeeren. Zoo op die manier
heb ik een oud wijf dat ik op de Geest waar het
doolhuis staat gezien had geteekend zoo op deze manier:
Nu bonsoir, ik hoop spoedig wat van je te hooren. t. à t.
Vincent

Ik heb de huishuur voor deze week moeten betalen. Wat te eeten 't is al twee
uur en ik ben nog niet klaar.

dernier envoi d'argent date de moins d'un mois, je me permets de te demander gentiment de m'en faire parvenir un nouveau un de ces jours, si cela te convient.

A la rigueur, tu ne dois pas m'envoyer les 100 francs d'un coup ; il suffit de me procurer de quoi me tirer d'affaire jusqu'à ce que tu puisses m'envoyer davantage. Je te dis cela parce que tu m'as annoncé dans une lettre antérieure que tu ne pourrais obtenir des sous qu'après l'inventaire. Il m'arrive d'avoir le cœur serré en songeant que je devrai faire attendre les modèles, alors que ces femmes ont grandement besoin de leurs sous. Jusqu'à présent, je les ai payées, mais je ne serai plus à même de le faire la semaine prochaine. Cependant, l'une d'elles, soit la vieille femme, soit la jeune, soit l'enfant, consentira quand même à poser.

A propos, Breitner m'a parlé de toi ces jours-ci, me disant qu'il regrettait beaucoup une chose, et qu'il craignait que tu lui en veuilles. Je crois qu'il a toujours un dessin qui t'appartient, mais je n'ai pas fort bien saisi de quoi il s'agissait. Il travaille à une grande toile représentant un marché, où il campera un grand nombre de figures. Hier soir, j'ai traîné en sa compagnie dans les rues, à la recherche de types qu'il étudiera plus tard à l'atelier, en faisant poser un modèle. J'ai dessiné selon cette méthode une vieille femme que j'avais vue au Geest, dans le voisinage de la maison de fous ; voici un croquis de mon dessin.

Bonsoir, j'espère recevoir bientôt de tes nouvelles.

t. à t. *Vincent.*

J'ai dû payer le loyer cette semaine. Bonne nuit. Il est deux heures, et j'ai encore à faire.

Cher Théo,

179 N Tu me disais dans ta lettre du 18 : février dernier : Quand Tersteeg est passé ici, nous avons évidemment parlé de toi, et il m'a dit que tu pouvais hardiment t'adresser à lui si tu avais besoin de quelque chose.

Il est vrai que Tersteeg m'a donné les 10 florins que je lui ai demandés dernièrement, mais pourquoi a-t-il cru devoir profiter de cette occasion pour m'adresser des reproches, et, je serais tenté d'ajouter, des injures ? J'ai eu beaucoup de mal à garder mon sang-froid, mais j'ai tout de même réussi à me maîtriser.

Je lui aurais jeté ses dix florins à la tête si je les lui avais demandés pour moi, mais j'avais à payer mon modèle, une pauvre femme malade qui ne pouvait attendre. Je me suis donc tu. Il se passera au moins six mois avant que je ne retourne chez Tersteeg lui montrer mon travail.

Ce n'est pas à lui que je m'adresse, mais c'est à toi que je le dis.

Mon cher Théo, tu as beau dire : Tâche de rester en bons termes avec Tersteeg, il est pour nous comme un frère aîné. Fort bien, mon vieux, mais s'il se montre aimable avec toi, moi, de mon côté, voilà des années que je me frotte à son caractère âpre et peu amène. Il aurait raison de m'adresser des reproches si je ne travaillais pas, mais à un homme qui travaille dur, sans désemparer, il n'est pas permis de jeter des amabilités de ce genre :

« Je suis convaincu que tu n'es pas un artiste. »

« Il n'y a pas à dire, tu as commencé trop tard. »

« Tu dois songer à gagner ton pain. »

Je lui réponds alors : Suffit ! Allez-y un peu plus doucement. Il n'est pas possible de se conduire toujours en amis, il est bon de se disputer de temps à autre.

Pour ce qui est de notre arrangement d'argent, j'aimerais en discuter encore avec toi, en présence de Mauve, mais de Mauve seulement, lors de ton passage à La Haye qui, je l'espère, ne tardera plus. La grande toile de Mauve sera bientôt finie ; et il est probable que Mauve m'aidera de nouveau de ses conseils au sujet des aquarelles.

Voici en substance ce qu'il m'a dit : Vincent, si tu sais dessiner, tu es peintre.

Voilà pourquoi je me suis consacré au dessin, à l'étude des proportions et de la perspective ; j'ai travaillé dur, des semaines d'affilée. Tersteeg n'apprécie pas assez cela, il ne fait que jacasser en parlant de « débit facile ». En l'occurrence, je ne mérite pas ses reproches ; j'essaie pourtant de me maîtriser parce que j'ai de l'estime pour Son Excellence. En foi de quoi, je déclare : Nous en reparlerons dans six mois, mais nous ne nous parlerons plus pendant six mois.

Envoie-moi de l'argent le plus tôt possible, si cela te convient. Je fais des progrès, mais il est impossible de travailler quand je n'ai pas d'argent ou que j'en ai trop peu.

Avec une poignée de main,

t. à t. *Vincent.*

Je préfère me passer de mon déjeuner pendant six mois afin de vivre à meilleur compte, plutôt que d'accepter encore 10 florins de Tersteeg, avec ses reproches par-dessus le marché.

J'aimerais savoir ce que des peintres penseraient de son argument « prendre moins de modèles, en considération des frais », surtout quand on a trouvé des modèles qui ne coûtent pas cher, après en avoir cherché longtemps.

Travailler sans modèles, c'est la peste pour un peintre de figures, surtout à ses débuts.

Cher Théo,

180 N Il se peut que tu trouves assez hargneux ce que je t'ai écrit au sujet de Tersteeg. Pourtant, je ne retire pas mes paroles. Il faut lui dire les choses brutalement, sinon ça ne traverse pas sa carapace. Il me considère depuis des années comme une espèce d'imbécile ou de rêveur, il me regarde toujours du même œil, et il dit même à propos de mes dessins : ce sont en quelque sorte des piqûres d'opium que tu t'administres toi-même, afin d'étourdir la douleur de te savoir incapable de faire des aquarelles.

Sans doute, est-ce bien trouvé. Cela n'empêche que ces propos sont irréfléchis et superficiels, et qu'ils ne résistent pas à l'examen. Car voici la raison principale pour laquelle je suis incapable de faire des aquarelles : il me faut apprendre d'abord à faire des dessins de meilleure qualité, à respecter les proportions et la perspective. Suffit. Je ne mérite pas ses reproches ; si mes dessins ne plaisent pas à Son Excellence, il ne me plaît pas dans ces conditions de les montrer à Son Excellence.

Il condamne mes dessins qui ont de réelles qualités ; je ne m'attendais pas à cela de sa part.

Faire des études sérieuses d'après un modèle, est une chose beaucoup plus pratique que toutes ces considérations pratiques sur le débit facile ou difficile. A ce propos-là il me faut moins d'explications qu'il ne s'imagine, puisque j'ai fait moi-même le commerce de tableaux et de dessins. Je préfère perdre son amitié, plutôt que de lui donner raison sur ce point. Bien que je passe par des moments où les soucis m'accablent, je reste calme, et mon calme repose sur le fait que je me suis attelé sérieusement à mon travail et que j'y réfléchis. Bien que je passe par des moments où la passion l'emporte et que mon tempérament exaspère cette passion, je demeure pourtant serein ; il ne l'ignore d'ailleurs point, puisqu'il me connaît depuis très longtemps. Cette fois-ci, il m'a même dit : tu as trop de patience.

Ce mot porte à faux, car on ne saurait avoir trop de patience dans le domaine de l'art. C'est un mot parfaitement déplacé. Mais ce qui est possible, c'est que M. Tersteeg n'ait pas assez de patience à mon égard.

Il faut qu'il se rende compte, une bonne fois pour toutes, que je m'y suis mis sérieusement, et que je ne peux en aucun cas me laisser aller à lancer sur le marché des œuvres qui ne portent pas la marque de mon caractère personnel. Or, mon caractère personnel commence à se manifester, surtout dans mes dessins les plus récents, et dans les études que Tersteeg a décriées.

Je réussirais peut-être, oui, peut-être pourrais-je faire dès maintenant quelque chose dans le genre de l'aquarelle, qu'on parviendrait à vendre en se mettant en quatre.

Seulement, cela équivaudrait à « forcer » les aquarelles dans une serre chaude. Toi et Tersteeg, vous devez attendre la bonne saison, et nous n'en sommes pas encore là.

Il parlait anglais quand il est venu chez moi, à cause du modèle. Je lui ai dit : « Vous aurez vos aquarelles en temps voulu, pas maintenant, je ne vous les dois pas encore. Prenez patience », et je m'en tiens là. Suffit.

Depuis la visite de Tersteeg, j'ai fait un dessin d'un orphelin qui cire des chaussures. Il se peut que ce dessin ait été réalisé par une main qui n'obéit pas encore parfaitement à ma volonté, n'empêche que j'ai saisi le type de cet orphelin. Et quelle que soit la gaucherie de ma main, elle devra bon gré mal gré finir par faire ce que ma tête veut. Ainsi, j'ai fait une nouvelle étude représentant le poêle, la cheminée, le chevalet, le tabouret, la table, etc. Il va de soi que ce machin-là n'est pas vendable pour le moment, mais c'était un bon exercice pour me familiariser avec la perspective.

Il me tarde de te voir arriver ; j'ai à te montrer bien des choses, depuis ta visite de cet été. Théo, j'espère que tu examineras mon travail avec sympathie et confiance, non avec scepticisme et d'un air méchant.

Tersteeg s'imagine que c'est facile, parce que je travaille beaucoup ; il se trompe encore.

A vrai dire, je suis un bûcheur ou un bœuf de labour.

Sois assez gentil de penser au papier Ingres, quand tu viendras ? Je travaille avec plaisir sur le papier épais, je crois qu'il se prêtera même à des études de peinture à l'eau. Crois-moi, dans le domaine de l'art, le proverbe suivant a force de loi : c'est avec la bonne foi qu'on va le plus loin ; il vaut mieux s'imposer un peu plus d'efforts, étudier sérieusement, plutôt que de se contenter de chic pour flatter le public. Il m'est arrivé de souhaiter, dans mes moments de détresse, d'avoir un peu de ce « chic », mais à la réflexion je me suis dit non, il vaut mieux être moi-même — et exprimer, bien que ma facture soit un peu lourdaude, des choses sévères, âpres, mais vraies. Je ne courrai pas après les amateurs ou les marchands ; que ceux qui en éprouvent l'envie viennent jusqu'à moi.

Nous récolterons en temps voulu si nous ne faiblissons pas.

Enfin. Dis donc, Théo, ce Millet était un type !

De Bock m'a prêté un gros ouvrage de Sensier. Il m'intéresse tant que je me réveille la nuit, allume la lampe et me mets à lire. Car pendant la journée je dois travailler. Envoie moi un peu d'argent le plus tôt possible, si cela te convient plus ou moins. Je souhaite que Tersteeg soit obligé de se débrouiller une semaine avec la somme qui me permet de m'en tirer, et réaliser au surplus ce que je réalise ; il se rendrait compte alors qu'il n'est pas question d'imbécillité, de rêverie ou de piqûres d'opium, mais qu'il faut être joliment bien éveillé pour tenir tête aux nombreuses difficultés qui surgissent de partout. Il n'est pas facile de trouver des modèles et de les décider à poser. La plupart des peintres finissent par se décourager. Surtout quand on doit se priver de manger, de boire et de s'habiller — quand on doit se restreindre pour les payer.

Enfin, Tersteeg est Tersteeg, et moi, je suis moi.

Sache cependant que je ne m'acharne pas contre lui, je veux dire que je ne couve pas de sentiments hostiles à son égard, mais je veux lui faire comprendre qu'il me juge superficiellement et — et — je crois qu'il changera ses batteries — je l'espère de tout cœur, car je regrette beaucoup cette brouille avec Son Excellence, qui me complique la vie. J'espère que ta lettre me parviendra bientôt — je dépense mes derniers sous pour affranchir la présente. Il est vrai que j'ai reçu ces jours-ci 10 florins de Tersteeg, mais j'ai dû payer le même jour 6 florins au modèle, au boulanger et à la fille qui balaie l'atelier.

Adieu, je te souhaite une bonne santé et bon courage. Moi aussi, j'ai bon courage, malgré tout.

Je te serre la main, *Vincent.*

J'ai eu une visite qui m'a fait grand plaisir ; celle de Jules Bakhuyzen. Je puis aller chez lui quand le cœur m'en dit.

Théo, c'est quasi miraculeux ! ! !

Premièrement, on m'avise à l'instant que je peux aller retirer ta lettre. Deuxièmement, C. M. m'a passé une commande de douze petits dessins à la plume, des vues de La Haye, après en avoir vu quelques-uns qui étaient achevés (le Paddemoes, le Geest, la Vleersteeg étaient prêts), au prix de deux florins et demi, prix fixé par moi-même ; en outre, il m'a promis d'en commander encore douze, si je les fais à sa convenance, et il en fixera lui-même le prix, qui sera supérieur au mien. Troisièmement, je viens de rencontrer Mauve ; il a terminé heureusement sa grande toile, et il m'a promis de venir me voir un de ces jours. Par conséquent, ça va, ça marche, ça ira encore !

Un beau geste m'a touché, profondément touché. Écoute. J'avais dit à mon modèle de ne pas venir aujourd'hui — sans lui avouer pourquoi. La pauvre femme s'est amenée quand même et, comme j'ai protesté : « Oui, mais, m'a-t-elle répondu, je ne viens pas poser, je viens voir si vous avez quelque chose à manger ». Elle m'avait apporté une portion de haricots verts et de pommes de terre. Il y a tout de même des choses admirables dans la vie.

Je recopie quelques phrases extraites du *Millet* de Sensier, qui m'ont profondément frappé et ému ; ce sont des mots de Millet :

L'art, c'est un combat – dans l'art, il faut y mettre sa peau.
Il s'agit de travailler comme plusieurs nègres ; j'aimerais mieux ne rien dire, que de m'exprimer faiblement.

C'est seulement hier que j'ai lu cela, mais j'avais déjà éprouvé la même chose auparavant. Ce qui t'explique pourquoi, sans me préoccuper d'avoir en main un pinceau moelleux, je m'exprime parfois en me servant d'un crayon de menuisier ou d'une plume. Gare, Tersteeg, gare, tu as bien carrément tort !

Cher Théo,

181 N Tu as dû recevoir mes lettres en réponse à la tienne, qui m'est parvenue ce midi. Conformément à ton désir, j'ai immédiatement envoyé les 10 florins que Son Excellence Tersteeg m'avait avancés cette semaine.

Je t'ai déjà écrit au sujet de la commande de C. M. Voici comment cela s'est passé. C. M. paraissait avoir vu Tersteeg avant de venir ; en tout cas, il a commencé par me parler comme l'autre de la nécessité de « gagner mon pain ». La réplique m'est venue promptement à l'esprit ; je crois qu'elle était exacte. Je lui ai demandé : Gagner son pain, qu'entendez-vous par là ?

Gagner son pain, ou mériter son pain — ne point mériter son pain, c'est-à-dire être indigne de son pain, voilà ce qui est un crime, tout honnête homme étant digne de sa croûte — mais pour ce qui est de ne point le gagner fatalement, tout en le méritant, ah ! ça, c'est un malheur, et un grand malheur. Si donc vous me dites là : « Tu es indigne de ton pain », j'entends que vous m'insultez, mais si vous me faites l'observation passablement juste, que je ne le gagne pas toujours, car parfois il m'en manque, soit, mais à quoi bon me la faire cette observation-là, cela ne m'est guère utile si l'on en reste là.

Dès lors, C. M. ne m'a plus soufflé mot de gagner mon pain. L'orage a menacé d'éclater encore une fois lorsqu'il m'a demandé brusquement, comme je prononçais par hasard le nom de De Groux : « Sais-tu qu'il y a quelque chose qui ne va pas dans la vie privée de De Groux ? »

C. M. venait de toucher une de mes cordes sensibles ; il s'aventurait sur une piste glissante. Je ne pouvais tout de même pas lui permettre de parler sur ce ton de ce brave papa De Groux. Je lui ai répliqué : Il m'a toujours semblé qu'un artiste qui montre son œuvre en public, a le droit de garder pour lui les tourments de sa vie privée. Ceux-ci découlent directement, fatalement, des difficultés propres à la création d'une œuvre d'art. A moins qu'il n'épanche son cœur auprès d'un ami intime, il a le droit de garder tout cela pour lui. Il est suprêmement indélicat de la part d'un critique d'aller pêcher de quoi critiquer dans la vie privée d'un homme, dont l'œuvre ne prête à aucune critique. De Groux est un maître, de même que Millet et Gavarni.

Assurément, il n'était jamais venu à l'idée de C. M. de considérer Gavarni comme un maître.

Devant un autre que C. M., j'aurais pu exprimer ma pensée d'une façon plus brutale et déclarer par exemple qu'il en va d'un artiste et de sa vie privée comme d'une accouchée et de son enfant. Tu peux regarder l'enfant, mais tu ne peux soulever la chemise de sa mère pour voir si elle est maculée de sang. Imagines-tu rien de plus indélicat lors d'une visite à une jeune maman ?

Je commençais à craindre que C. M. ne se formalisât, mais, par bonheur, les choses ont pris une bonne tournure. Afin de créer une diversion, je sortis mon classeur contenant mes petites études et croquis. Au début, il ne souffla mot, jusqu'à ce que nous tombions sur un petit dessin que j'avais croqué à minuit, un jour que je flânais en compagnie de Breitner : il représente le Paddemoes (le quartier juif près de la nouvelle église) vu du Turfmarkt. Le lendemain matin, je l'avais fini à la plume.

Jules Bakhuyzen avait déjà remarqué ce dessin-là, et il avait reconnu l'endroit du premier coup d'œil.

« Pourrais-tu faire d'autres vues de la ville du même genre ? » me demanda C. M. « Certainement, cela m'amuse parfois, quand je suis fatigué de travailler d'après un modèle... Voici la Vleersteeg, le Geest, le marché aux poissons. » — « Fais-en douze comme ça pour moi. » — « D'accord, fis-je, mais alors nous devons discuter un petit détail, parlons du prix. J'ai décidé que mon prix pour un petit dessin de ce format, au crayon ou à la plume, serait de deux florins et demi. Le trouvez-vous exagéré ? »

« Non, répondit-il. Seulement, si tes dessins sont réussis, je te demanderai d'en faire douze d'Amsterdam, à condition que tu me permettes de fixer le prix. Le cas échéant, tu gagnerais un peu plus. »

Il me semble que ce n'est pas un mauvais résultat d'une visite qui m'avait fait un peu peur.

Théo, je décris ces petites scènes telles qu'elles se sont déroulées, parce que nous étions convenus que je te raconterais les événements à ma façon, comme ça vient au bout de ma plume. D'autant plus que cela te permet de te faire une idée de ce qui se passe dans mon atelier, bien que tu sois loin.

Il me tarde de te revoir, parce que je pourrai discuter alors plus sérieusement avec toi de tout ce qui a trait à nos parents, par exemple.

Cette commande de C. M. est pour moi une faible lumière dans la nuit.

Je tâcherai de soigner ces petits dessins, et de leur donner un peu de caractère. En tout cas, tu les verras, et je crois, mon vieux, qu'il y a moyen de conclure d'autres affaires de ce genre. On peut trouver des amateurs pour des petits dessins à 5 francs. Un peu d'exercice, et j'en ferai un par jour. Et voilà, si ça marche tant soit peu, j'aurai une croûte de pain et un florin par jour pour le modèle. La belle saison, avec ses longues journées, approche ; le matin et le soir, je fabriquerai « le bon de soupe », c'est-à-dire le dessin m'assurant le pain et le modèle, et je travaillerai sérieusement d'après un modèle dans la journée. C. M. est un amateur que j'ai trouvé moi-même ; qui sait si tu ne réussiras pas à en trouver un deuxième ; Tersteeg peut-être un troisième dès qu'il se sera remis de son besoin furieux de me formuler des reproches. Et alors, ça pourrait marcher.

Tantôt, je partirai à la recherche d'un motif de dessin pour C. M.

Hier soir, j'ai été à Pulchri. *Tableaux vivants* et une espèce de comédie de Tony Offermans. J'ai renoncé à voir la comédie, parce que je ne supporte pas les caricatures ni l'atmosphère suffocante d'une salle de réunion, mais j'ai voulu voir les *Tableaux vivants,* d'autant plus que l'un d'eux avait été réalisé d'après une eau-forte que j'avais offerte un jour à Mauve : « L'étable de Bethléem » de Nicolas Maes. (L'autre, d'après Rembrandt : « Isaac bénissant Jacob », avec une Rebecca superbe qui fait une moue comme si sa ruse devait réussir). Le Nicolas Maes était bien pour ce qui était de la lumière et du brun, voire des couleurs, mais ne valait pas un liard pour ce qui était de l'ambiance, à mon sens. Décidément, l'ambiance ne valait rien. Un jour, j'ai vu cela *in natura,* non la naissance de l'Enfant Jésus, mais la naissance d'un veau. Je me rappelle fort bien l'ambiance. Cette nuit-là, il y avait une jeune fille dans l'étable — dans le Borinage — ; un visage brun de petite paysanne couronné d'une coiffe blanche ; sa commisération pour la pauvre vache lui arrachait des larmes, lorsque l'animal avait des douleurs et semblait mal à l'aise. C'était un spectacle pur, sacré, merveilleux, et beau, comme un Corrège, comme un Millet, comme un Israëls. Oh ! Théo, pourquoi n'envoies-tu pas le commerce au diable pour te faire peintre ; tu le peux, si tu le veux.

Il m'arrive de te soupçonner de dissimuler en toi un fameux paysagiste. Entre nous soit dit, il me semble que tu dessinerais merveilleusement des troncs de bouleaux et peindrais très bien les sillons d'un champ labouré, un champ de chaumes, la neige ou le ciel, etc. Je te serre la main,

t. à. t. *Vincent.*

Dis donc, Théo, veux-tu te donner la peine de ruminer l'idée que tu as l'étoffe d'un fameux paysagiste ? Nous devons nous faire peintres, toi et moi, purement et simplement ; nous parviendrons bien à gagner notre croûte de la sorte. Pour faire des figures, il faut être davantage bœuf de trait ou bûcheur, davantage homme de peine.

Une longue, longue pensée vers toi, cher vieux.

Théo, tâche de rester un peu meilleur que H. G. T. *. Il s'agit, Théo, mon frère, de ne pas se laisser lier les mains, surtout avec une chaîne dorée.

Quoi qu'il en soit, être artiste est plus salutaire. Évidemment, un artiste se heurte à de graves soucis financiers, mais je t'assure que toi, en tant que paysagiste, tu les résoudrais plus aisément que moi, mais moi aussi, je serai un jour à flot. Toutefois, si tu démarres tout de suite, tu me rattraperas vite, car dessiner des figures est une chose compliquée, on progresse plus lentement.

Tu dois te dire que je parle très sérieusement.

Voici une liste des toiles hollandaises destinée au Salon :

Israëls : un vieillard (si ce n'était pas un pêcheur, ce serait Tom Carlyle, l'auteur de *La Révolution française* et de *Olivier Cromwell,* car il a incontestablement la tête caractéristique de Carlyle), un vieillard assis au coin de l'âtre, où un morceau de tourbe rougeoie à peine dans la demi-obscurité. Car ce vieillard se trouve dans une chaumière obscure, dans une vieille chaumière avec une petite fenêtre garnie d'un rideau blanc. Son chien, qui a vieilli en même temps que lui, est accroupi à ses côtés — les deux vieux se regardent, le chien et le vieillard se regardent dans les yeux. Le bonhomme a sorti sa boîte à tabac de la poche de son pantalon et il bourre sa pipe, dans la demi-obscurité.

* Tersteeg.

Rien de plus — cette demi-obscurité, ce silence, la solitude de ces deux vieux, le bonhomme et le chien, ces deux êtres qui se comprennent, l'air pensif du vieillard. A quoi pense-t-il ? Je l'ignore, je ne saurais le dire, mais il doit être absorbé par une réflexion profonde, interminable, ayant trait à je ne sais quoi, à un souvenir surgi brusquement d'un passé lointain. Il se peut que ce soit cela qui moule son masque plein de mélancolie, de satisfaction, de résignation, un je ne sais quoi qui rappelle le célèbre poème de Long fellow, dont chaque strophe finit ainsi : « Mais les pensées de la jeunesse sont de longues, longues pensées. »

J'aimerais voir cette toile d'Israëls comme pendant de « La Mort et le Bûcheron » de Millet. En vérité, je ne connais aucune toile, si ce n'est celle d'Israëls, qui supporterait la comparaison avec « La Mort et le Bûcheron » de Millet, qu'on pourrait regarder en même temps. D'autre part, je ne connais aucune toile, si ce n'est « La Mort et le Bûcheron » de Millet, qui supporterait la comparaison avec celle d'Israëls, qu'on pourrait regarder en même temps. De plus, ma force d'imagination rapproche irrésistiblement cette toile d'Israëls de celle de Millet, car elles se complètent l'une l'autre. A mon sens, il faudrait accrocher cette toile d'Israels dans le voisinage de « La Mort et le Bûcheron » de Millet. La première toile au bout d'une longue et étroite galerie, et la seconde à l'autre bout — rien que ces deux tableaux, pas d'autres dans cette galerie.

Cette toile d'Israëls est magistrale ; à vrai dire, je n'ai regardé qu'elle, tant elle me captivait.

Il y avait pourtant une autre œuvre d'Israëls, une petite toile de cinq ou six figures, une famille d'ouvriers attablée.

Il y a aussi une toile de Mauve : le grand tableau représentant la barque de pêche qu'on traîne dans les dunes : un chef-d'œuvre.

Je n'ai jamais entendu un bon prêche sur la résignation, ni pu m'en imaginer un, sauf cette toile de Mauve et l'œuvre de Millet. C'est ça, la résignation, la vraie résignation, non la résignation des pasteurs. Ces haridelles, ces pauvres haridelles harassées, noires, blanches ou brunes. Elles attendent, patiemment, passives, prêtes à se remettre au travail, résignées, immobiles. Tantôt elles devront traîner la lourde barque un peu plus loin ; pour elles la corvée est presque terminée. Un moment d'arrêt. Elles halètent, elles sont couvertes de sueur, mais elles ne gémissent pas, elles ne protestent pas, elles ne se plaignent pas, elles ne se plaignent de rien. Elles l'ont désappris depuis longtemps, depuis des années. Elles se sont résignées à vivre encore un peu et à travailler, mais si demain on les conduisait à l'équarrisseur, elles seraient prêtes.

Je découvre une philosophie très élevée, pratique, muette dans cette toile ; elle semble dire : savoir souffrir sans se plaindre, ça c'est la seule chose pratique, c'est là la grande science, la leçon à apprendre, la solution du problème de la vie. M'est avis que cette toile de Mauve serait un des rares tableaux devant lesquels Millet s'arrêterait et murmurerait entre les dents : il a du cœur ce peintre-là.

Il y avait encore d'autres toiles — mais force m'est d'avouer que je ne les ai guère regardées — celles dont je viens de parler m'ont suffi.

Cher Théo,

Après coup, je me suis dit que tu avais dû trouver saugrenu le 182 N
conseil contenu dans ma dernière lettre, d'autant plus que ce conseil était relatif à une affaire dont je ne t'avais jamais entretenu auparavant, et que c'était un conseil assez catégorique ; je te disais en substance : Théo, envoie tout le saint tremblement au diable et fais-toi peintre, tu as l'étoffe d'un fameux paysagiste. Il est possible que j'aie lâché ce conseil dans un accès de passion. N'empêche qu'il en est de ce conseil comme des paroles qui m'échappent malgré moi, tantôt dans un accès de colère, tantôt dans un accès de passion. La vérité, c'est que j'exprime à ce moment-là des idées que je ruminais depuis longtemps et que je les formule alors en termes brutaux. Encore que je les dirais en termes plus choisis ou que je me tairais quand je suis plus calme, il est certain que j'exprime alors le fond de ma pensée, surtout lorsque je suis de sang-froid.

Je t'ai donc dit ce que je pensais, et c'est dit, point à la ligne. Je l'ai dit, malgré moi, machinalement, en termes brutaux, mais tu sais maintenant quelle est ma conviction intime. Je t'ai écrit également : Sois meilleur que H. G. T., et je t'ai donné à entendre que je n'appréciais guère les marchands d'objets d'art en général. Évidemment, j'aurais pu taire mon opinion, mais du moment que j'ai rompu mon silence et que je me suis mis à parler, je continue à parler sur ce ton. En ce qui concerne H. G. T., j'ai connu Son Excellence à une époque curieuse de sa vie, quand il venait de sortir du rang, comme on dit, et qu'il venait de se marier par-dessus le marché.

Il m'a alors fortement impressionné — c'était un homme positif, remarquablement habile et enjoué, énergique quand il s'agissait de frapper de grands ou de petits coups ; en outre, on aurait dit qu'il émanait de lui une certaine poésie, mais alors, de la poésie vraiment non sentimentale.

A ce moment, je nourrissais tant de respect pour lui que je me tenais toujours à ma place et le considérais comme un être d'une essence supérieure à la mienne.

Depuis — depuis — depuis — j'ai été assailli par le doute — de plus en plus — mais sans avoir jamais le courage de l'analyser minutieusement et de l'examiner à fond. Toutefois, je n'ai point de raisons de le ménager encore au moment où je dois me tenir sur le qui-vive et ne puis gâcher ma carrière à cause de qui que ce soit. Je l'ai observé aussi froidement que possible, en lui montrant un visage impassible et en lui posant quelques questions très banales, lorsque je me trouvais en face de lui dans son bureau, ou que nous bavardions dans une salle d'exposition.

Je m'étais imaginé qu'il se donnait l'air d'un homme d'argent, d'un homme du monde — enfin, je ne sais comment le dire en un seul mot, mais tu saisiras bien ma pensée — et qu'il dissimulait une grande sensibilité et un cœur chaleureux sous ce masque de fer.

Cependant, je constatai que ce harnais était très épais, si épais que je ne suis pas encore arrivé à établir avec certitude si cet homme est fait de métal massif — acier ou argent —, ou bien s'il subsiste encore, dans les profondeurs de cette masse de fer, un petit compartiment où bat un cœur humain. S'il n'a pas de cœur, c'en est radicalement fini de mon affection pour lui ; je la remplacerai par un : Qu'est-ce que tu me fais, toi ? Tu m'agaces !

Tant et si bien qu'il me laissera parfaitement indifférent dans six mois ou dans un an, à moins que — à moins que je ne trouve un moyen de mieux m'entendre avec Son Excellence. En attendant — il est pour moi une Excellence. Ce n'est pas par ce terme qu'on désigne un homme pour qui l'on éprouve une sympathie chaleureuse. Le « Son Excellence » témoigne d'un sentiment banal.

Assez. Suffit.

Théo, je ne suis décidément pas un paysagiste. Quand je peindrai des paysages, ceux-ci « sentiront » toujours la figure.

Cependant, je trouve fort bon qu'il y ait aussi des gens qui soient essentiellement paysagistes. Et je me creuse le crâne pour savoir si tu n'es pas un de ceux-là — sans le savoir.

Mais je me creuse autant le crâne à propos de la question suivante : Théo, es-tu vraiment et essentiellement un commerçant ?

Si je devais prouver cette thèse, je la retournerais peut-être et ferais la démonstration par l'absurde.

Quoi qu'il en soit, réfléchis-y. Je n'ai pas besoin de te dire : Réfléchis avant de te mettre à peindre, mais je me plais à croire que tu ne m'en voudras pas de te dire : Théo, tu as joui jusqu'à présent de la liberté de faire ou de ne pas faire ce que bon te semble, mais si tu conclus jamais avec MM. Goupil et Cie un accord t'engageant à travailler toute ta vie dans leur firme, tu ne seras plus un homme libre.

Il me semble qu'il arrive un moment dans la vie où l'on regrette d'avoir pris un pareil engagement.

Tu me répliqueras probablement : il doit arriver à certains de regretter de s'être faits peintres. Ceux qui finissent par le regretter, ce sont ceux qui négligent au début d'étudier sérieusement, mais se démènent et se mettent en quatre pour briller. Enfin, les hommes du jour sont les hommes d'un seul jour ; ceux qui ont assez de foi et assez d'amour pour éprouver de la satisfaction de ce que d'autres trouvent ennuyeux, savoir l'étude de l'anatomie, de la perspective et des proportions, ceux-là tiennent bon et mûrissent lentement, mais sûrement. Il m'est arrivé, étant court d'argent, de m'oublier et de me dire : je vais essayer de faire quelque chose de plus ou moins vendable, mais le résultat était déplorable ; je n'y parvenais pas, et Mauve me disait alors à bon droit : Ce n'est pas le bon chemin, déchire-moi ces machins-là ! Au moment même, je ne pouvais m'y résoudre, mais plus tard, je les ai spontanément coupés en petits morceaux. Mais quand je me mis à faire des dessins valables, Tersteeg trouva à y redire et il se fâcha, ne tenant pas compte de leurs qualités et me demandant de but en blanc d'en faire des « vendables ».

Enfin, cela te montre bien que Mauve et Tersteeg font deux.

Plus on réfléchit au sujet de Mauve, plus on le trouve un homme sérieux. Tersteeg résisterait-il de même à l'examen ? Je me plais à le croire, mais je doute quand même qu'il y résisterait aussi bien que Mauve.

Et ceux qui sont sérieux au fond ? Bien qu'ils se montrent souvent plus ou moins désagréables, on finit par les aimer, on se familiarise avec eux, alors que ceux qui ne sont pas suffisamment sérieux finissent par vous ennuyer.

Il ne faut pas non plus t'imaginer que je n'ai pas envisagé le bouleversement de ta situation financière qu'entraînerait le bouleversement de ta carrière.

Mais ce qui me pousse à te parler de cette affaire, c'est que je me rends compte, bien que je sois débordé par des difficultés financières, que rien n'offre une base plus solide qu'un « travail manuel », au sens littéral du terme : travailler de ses mains. Voici ce dont tu t'étonnerais si tu te faisais peintre : peindre et tout ce qui s'y rattache est vraiment un travail assez dur, au point de vue physique ; peindre exige un assez gros effort, tous les jours, sans parler de la tension de l'esprit et des casse-tête.

Je n'en dirai pas davantage aujourd'hui. Seulement encore ceci : quand tu viendras en Hollande, j'aimerais te parler en tête-à-tête, non pendant une demi-heure, mais pendant une matinée entière, des connaissances pratiques que j'ai acquises soit par mon travail, soit grâce à Mauve ou à d'autres — comme si je devais te les expliquer pour te les inculquer. Je me plais à croire que tu n'y verras pas d'inconvénient. Au pis-aller, tu t'ennuieras cette matinée-là, mais il se peut aussi que tu ne t'ennuies pas. Toutefois, j'espère que tu ne réfléchiras pas entre temps à « la vente » des toiles, mais à la peine qu'on a à les faire. Enfin nous verrons.

Si tu pouvais m'envoyer un peu d'argent vers la fin de ce mois, il serait le bienvenu, et comment ! J'espère que j'aurai alors terminé les douze dessins pour C. M. S'il me les paie comptant, j'aurai 30 florins en poche, et si tu me donnes quelque chose par-dessus le marché, je pourrai me hasarder à m'acheter quelques chemises et quelques caleçons, ce dont j'ai grandement besoin, car mes chemises etc. commencent à crier misère, et je n'en ai guère.

Depuis que je t'ai écrit la dernière fois, je n'ai fait que travailler d'après les mêmes modèles. Je dois te dire que je me félicite de les avoir trouvés. Je suis en train de dessiner des têtes ; il faut que je dessine aussi des mains et des pieds, c'est nécessaire, mais je ne puis faire tout à la fois. Dès que l'été sera là et que le froid ne constituera plus un obstacle, je devrai absolument, d'une façon ou d'une autre, faire quelques études de nus. Pas précisément des poses académiques. Mais j'aimerais beaucoup un modèle nu de bêcheur ou de couturière, par exemple. De face, de dos et de profil. Pour apprendre à deviner nettement les formes, à voir au travers des vêtements, et à m'expliquer les mouvements. Je compte qu'une douzaine d'études, six hommes et six femmes, seraient pour moi autant de traits de lumière. Chaque étude demande une journée de travail. La difficulté, c'est de trouver des modèles disposés à poser tout nus ; s'il y a moyen, j'éviterai de travailler à l'atelier d'après un modèle nu, afin de ne pas intimider les autres modèles.

La peur « de devoir se déshabiller nu comme un ver » est d'ordinaire le premier scrupule qu'il faut vaincre quand on aborde quelqu'un pour lui demander de poser. En tout cas, j'ai déjà maintes fois fait cette expérience ; je l'ai même faite avec un bonhomme vieux comme Hérode qui, tout nu, aurait eu un air à la Ribera.

Mais je ne cherche pas à imiter Ribera, après tout, et surtout pas Salvator Rosa ; je vois les choses autrement. Je ne m'emballe même pas pour Decamps. Je ne me sens pas à mon aise devant leurs toiles, je ne parviens pas à me familiariser avec elles sans éprouver la sensation de manquer ou de perdre quelque chose. Alors, plutôt Goya, ou Gavarni, bien que ces deux-là disent « Nada * ». Leur parole la plus sublime ?

Il me semble que « Nada » a exactement la même signification que la parole suivante de Salomon : Vanité des vanités, tout est vanité, mais si j'allais dormir avec cette idée-là, j'aurais des cauchemars. Enfin, après tout, il est déjà trop tard pour philosopher, puisque je dois me lever demain matin à 5 h. 1/2, à cause du menuisier qui viendra faire un petit travail avant de se rendre à son ouvrage.

Donc, bonne nuit. Et dis-toi bien que je parle très sérieusement quand je te dis que tu dois te mettre à peindre. Adieu.

t. à t. Vincent.

J'ai fait encore deux petits dessins pour C. M., un bout du chemin de Scheveningue et des ouvriers dans les dunes.

Si je rembourse Tersteeg, je crains qu'il ne me reste plus grand'chose pour le propriétaire, quand il viendra à la fin de mars. C'est pourquoi j'aimerais, si cela te convient, que tu m'envoies vers la fin de ce mois ce dont tu pourras te passer.

Théo, dimanche dernier, je suis encore retourné chez De Bock. Je ne m'explique pas pourquoi j'éprouve toujours la même impression, chaque fois que je me rends chez lui : ce bonhomme est trop faible, il n'aboutira à rien, à moins qu'il ne change – à moins que – à moins que. Je découvre chez lui de l'épuisement,

* Rien (esp.).

quelque chose de blasé, de faux, qui m'oppresse ; l'ambiance de sa demeure évoque la tuberculose.

Et pourtant, cela ne saute pas aux yeux — peu d'autres pensent de lui comme moi — peut-être quelques-unes de ses connaissances.

Enfin. Cela n'empêche qu'il lui arrive de faire de belles choses, non dépourvues de charme et de grâce, mais ça suffit-il ?

On réalise tant de progrès que de nos jours peindre vaut pour ainsi dire autant que mener une campagne, une campagne militaire, une lutte ou une guerre.

Vendredi matin

Théo,

183 N J'ai travaillé dur ces jours-ci, je reste attelé à la besogne du matin au soir. Primo, les dessins pour C. M. sont terminés et je les lui ai envoyés, mais j'avais espéré que Son Excellence m'aurait envoyé l'argent par retour du courrier. Je crains qu'il ne l'oublie s'il ne le fait pas tout de suite ; quand me l'enverra-t-il ? ? ? Je continue à dessiner presque tous les jours des vues de la ville de ce genre ; je commence à connaître le truc.

Je voudrais que Tersteeg et les autres, qui prétendent me vouloir du bien, me demandent des choses dont je sois capable ; au lieu d'exiger l'impossible, tant et si bien que je me trouve découragé au lieu d'encouragé. Enfin, soit. Toutefois, j'avais espéré que C. M. m'aurait payé immédiatement. Ces dessins n'étaient assurément pas inférieurs au spécimen qui a décidé Son Excellence à me les commander ; ils m'ont valu beaucoup de peine, en tout cas pour plus de 30 florins. Si les gens comprenaient que rien, c'est rien, et que les jours sans un sou en poche sont durs et pénibles, je crois qu'ils se comporteraient autrement et ne me blâmeraient pas parce que je reçois un peu d'argent de toi, ni ne me fendraient le cœur en me reprochant de l'accepter.

Est-ce que je mérite mon pain quand je travaille si dur ? Ou bien, est-ce que je ne vaux pas les moyens qui me permettent de travailler ?

Je voudrais tant, vieux, que tu viennes bientôt et que tu voies si je te trompe, oui ou non.

Blommers m'a parlé d'organiser à Pulchri une soirée artistique, et d'exposer à cette occasion ma collection de gravures sur bois de Herkomer, Frank Hol, Du Maurier, etc. Je les lui prêterais volontiers, j'en ai même assez pour organiser deux soirées, s'il le faut.

Enfin, ça va, je sens que je fais des progrès. Il me faudra encore un an environ, du moins encore quelques mois, avant que ma main ne soit parfaitement sûre et que je n'aie un bon coup d'œil. Après, je ne vois plus d'obstacles sur mon chemin qui m'empêcheraient de dessiner beaucoup pour la vente. Il est juste que je demande encore un délai de quelques mois. Je ne saurais aller plus vite, autrement je fournirais du mauvais travail, et cela ne servirait à rien. En patientant encore un peu, je fournirai du bon travail.

Pourras-tu m'envoyer un peu d'argent l'un de ces prochains jours ? Je l'espère. Tu sais que j'ai rendu les 10 florins à Tersteeg.

Je voudrais que tu te fasses peintre ; tu le peux si tu le veux, et tu n'y perdrais rien, mais il me semble que tu deviendrais un peu meilleur que tu ne seras si tu restes marchand d'objets d'art, même si tu deviens le meilleur de tous.

Toutefois, tu devras y consacrer toutes tes forces, si tu veux donner tout ce dont tu es capable.

Ces derniers temps, je ne t'ai plus envoyé de croquis. Je préfère attendre que tu viennes ici, cela vaut mieux. Je suis en train de dessiner des figures, et aussi quelques paysages, entre autres le jardin d'un fleuriste du Schenkweg.

J'aimerais savoir depuis quand on a le droit de contraindre ou d'essayer de contraindre un artiste à modifier soit ses procédés, soit ses conceptions. Je trouve même insolent d'essayer, surtout de la part de M. Tersteeg, qui a la prétention de sacrifier aux « bonnes manières ».

Théo, si tu peux m'envoyer un peu d'argent, fais-le. Chaque jour de gagné sera pour moi un jour d'ennui en moins. Enfin, il s'agit de travailler quand même. A Dieu, écris-moi vite.

t. à t. *Vincent.*

Cher Théo,

184 N J'ai commencé à plusieurs reprises à t'écrire, sans parvenir à terminer ma lettre. Je voulais te parler des raisons qui me portent à croire que tu dois te faire peintre cela tombe sous le sens. Mais ce que j'écrivais ne me plaisait pas, et je ne trouvais pas de mots assez énergiques.

Certes, il y a des inconvénients, mais bien des choses leur font contre-poids. Il se peut qu'à l'âge de trente ans tu te sois déjà taillé une place telle qu'on devra te respecter comme peintre et tenir compte de ton œuvre. Et tu seras encore jeune à trente ans.

Grâce à ce que tu as appris chez Goupil, grâce aussi à ta culture étendue, tu disposes d'un atout qui te permettra d'en rattraper beaucoup d'autres qui « ont commencé tôt ». Car la plupart de ceux qui ont commencé tôt ont traversé une période de plusieurs années, au cours de laquelle ils sont restés au même niveau, alors que celui qui s'y met énergiquement à un âge plus avancé ne doit pas traverser cette période.

Le métier de peintre permet de gagner assez d'argent pour vivre, aussi bien que le métier de forgeron ou de médecin, par exemple. En tout cas, un artiste est l'opposé absolu d'un rentier ; un forgeron ou un médecin lui ressemble davantage, comme je viens de le dire. Je me rappelle très bien ce que tu dis dans ta lettre, savoir que tu m'as suggéré dans le temps de me faire peintre, et que je croyais alors ce projet irréalisable et ne voulais pas en entendre parler.

La lecture d'un ouvrage intelligible sur la perspective, *Guide de l'ABC du dessin*, de Cassagne, a balayé mes hésitations ; au bout de huit jours, je dessinais l'intérieur d'une cuisine avec un poêle, une chaise, une table et une fenêtre qui se trouvent à leur place, bien que je me fusse toujours imaginé que rendre la profondeur et la perspective dans un dessin tenait de la sorcellerie ou était un effet du hasard. A partir du moment où tu as dessiné convenablement un seul objet, l'envie de t'attaquer à mille autres objets s'empare de toi irrésistiblement.

Mais, ce premier mouton qui doit traverser le pont, que ne faut-il pas faire pour le lui faire franchir !

Suppose qu'un peintre te prenne par le bras et te dise : « Regarde,

Théo, voilà comment il faut dessiner ce champ, voilà comment il faut tracer les lignes des sillons ; il faut les tracer ainsi et pas autrement pour telle et telle raison, et rendre la perspective comme ça. Si ce saule étêté est grand comme ça, cet autre, plus loin, sera, au contraire, petit comme ceci, et voici comment mesurer cette différence de grandeur... Écoute maintenant ! Si tu jettes tout cela sur une feuille de papier, les grandes lignes de ton dessin seront exactes et tu auras une base solide sur laquelle tu pourras continuer à construire. » Une leçon de ce genre et un peu de pratique seraient, dans les circonstances présentes, plus utiles que de longues dissertations sur des sujets abstraits ou financiers. Par conséquent, je ne m'engagerai pas plus avant dans cette direction. N'empêche que tu es capable de voir clair dans la pratique un jour ou l'autre et, s'il t'arrive de dessiner exactement un objet ou d'apprendre à voir la perspective des choses, c'en sera fini de ta vocation de marchand d'objets d'art ; tu te diras, à l'instar de Corrège, « Moi aussi, je suis un peintre » ; tu te rendras compte que tu te trouves alors dans ton élément, tu te sentiras plus jeune et plus débordant de vie que jamais, et à ce moment commencera ta seconde jeunesse qui est meilleure que la première car, Dieu merci ! cette seconde jeunesse ne passe pas — ne passe pas comme l'autre. Ma première jeunesse est passée, et la tienne commence à passer.

En ce qui concerne l'éducation de Cor et le pain quotidien de Moe, il n'y a rien à craindre si tu te fais peintre. Pour ce qui est de toi, le boire et le manger, le logement, l'atelier, le modèle, tout cela se trouve à ta portée — tu verrais que c'est possible, si l'idée de te faire peintre s'éveillait en toi.

Cependant, afin que tu ne me soupçonnes pas de négliger le côté matériel, je veux ajouter encore ceci, avec tout le respect dû à ta qualité présente de marchand : je doute fort de la solidité de ce moyen d'existence, à moins qu'on ne connaisse un métier et sache se servir de ses mains. Tant et si bien que je trouve la situation sociale de Jaap Maris, par exemple, plus solide et plus indépendante que celle de Tersteeg. J'ai beaucoup de respect pour la vigueur intellectuelle et l'intelligence ; quand elles font défaut, on déchoit, même si l'on connaît un métier manuel, parce qu'on ne saurait pas tenir le coup, ni défendre son œuvre ; à preuve, Thijs Maris. Mais ce sont précisément les hommes doués de vigueur intellectuelle et d'intelligence (il va de soi que je te compte parmi eux et j'ose me compter, moi aussi, parmi eux) qui sont les plus aptes à faire un travail manuel.

Je conclus. Si tu t'attaques à la peinture, tu réussiras, et vers ta trentième année tu auras tiré ton épingle du jeu comme peintre, tout autant qu'en ce moment à tous les points de vue. Décidément, tu ne seras pas un médiocre, au sens péjoratif du mot, si tu fais de la peinture.

Je vois le moyen de m'en tirer ce mois-ci si tu peux m'envoyer ce que tu m'as écrit, c'est-à-dire me faire tenir vers le milieu du mois 100 francs, pour atteindre le début de mai. Les 100 francs que tu viens de m'envoyer ne m'ont pas permis de rembourser Tersteeg ; c'est que je dois faire face à de nombreuses dépenses ; par exemple, il m'a été impossible de remettre à plus tard l'achat d'un pantalon et le paiement du loyer.

Je pourrai le rembourser si tu m'envoies de l'argent à la mi-avril (je le ferai si tu le veux absolument), mais je préférerais lui donner un dessin pour cette somme dans quelque temps. Il faut que je m'arrange de la sorte : il n'y a pas lieu pour moi de rembourser les marchands en argent. Ma dette envers toi, c'est une autre affaire. Nous ignorons la tournure ultérieure de notre entreprise. Si tu restes marchand d'objets d'art, je te paierai un jour avec des dessins et des toiles, mais si tu te fais peintre, je te rembourserai en espèces et me ferai un plaisir d'y ajouter les intérêts.

En ce qui concerne l'argent que je dois à Tersteeg : à mon arrivée à La Haye, lui et Mauve se montrèrent très aimables et me dirent qu'il n'y avait point lieu de me faire de soucis, mais il ne s'était pas écoulé un mois qu'ils virèrent de bord et me tinrent un langage tout différent, peut-être parce qu'ils s'imaginaient que j'allais au-devant d'un échec.

Au début, cela me blessa au vif, mais par la suite je devins assez indifférent ; je me disais : Je ne veux plus m'en vexer.

Breitner est à l'hôpital ; je lui rends assez souvent visite, je lui apporte des livres ou de quoi dessiner. C. M. m'a payé et passé une nouvelle commande assez compliquée : six vues de la ville strictement désignées. Cela n'empêche que j'essaierai de les faire, parce que je toucherai pour ces six dessins autant que pour les douze premiers, si j'ai bien compris. Et ensuite, je devrai peut-être dessiner des vues d'Amsterdam.

Blommers est venu m'entretenir de l'exposition de gravures sur bois. Il a regardé mes gravures pendant trois heures ; il était fâché parce que le comité de Pulchri avait ronchonné contre « ces machins qui traînent dans les cafés en Hollande méridionale ». Si c'est tout ce qu'ils savent des gravures sur bois, ils sont vraiment compétents pour les condamner ! En tout cas, le comité de Pulchri a formulé des réserves.

Néanmoins, Blommers refuse de renoncer à son projet et il m'a prié de tenir prêtes mes gravures pour samedi prochain. C'est fort curieux d'entendre certains peintres pérorer sur ce qu'ils appellent « les illustrateurs », sur Gavarni par exemple, ou sur Herkomer. Chez certains, l'ignorance fait partie de ce qu'ils appellent leur « culture générale ».

Grand bien leur fasse.

Avec une poignée de main,

t. à t. *Vincent.*

Je te remercie pour le paquet de merveilleux papier Ingres et pour les études.

Le jour où l'on se prendra à dire que je sais dessiner, mais non peindre, je sortirai peut-être une toile au moment où l'on ne s'y attend pas. Mais je ne le ferai certainement pas aussi longtemps que j'aurai l'air de devoir le faire et de ne pas pouvoir faire autre chose.

Il y a deux façons de considérer le problème de la peinture : comment ne pas la faire et comment la faire ; comment la faire avec beaucoup de dessin et peu de couleurs, comment ne pas la faire avec beaucoup de couleurs et peu de dessin.

Avril 1882

Cher Théo,

Il ne faut pas t'étonner que je t'aie écrit : fais-toi peintre. 185 N

C'est que j'en suis maintenant au point où mes peines antérieures me valent un peu de satisfaction.

J'en suis arrivé à faire chaque semaine quelque chose que j'étais incapable de faire auparavant. Voilà ce que je voulais dire lorsque j'affirmais qu'on a l'impression de retrouver sa jeunesse.

La conviction que rien (si ce n'est la maladie) ne peut m'enlever cette force qui commence à se développer — cette conviction me porte à envisager l'avenir avec courage et à supporter en ce moment bien des désagréments.

J'adore regarder un objet, le trouver beau, l'étudier, le tenir dans mes mains, me dire finalement : Je vais le dessiner, puis dessiner jusqu'à ce que « ça y soit ».

Évidemment, cela ne veut pas dire que je suis satisfait de mon travail, au point de m'imaginer que je ne puis faire mieux. Mais le moyen de faire mieux plus tard, c'est de faire présentement aussi bien que possible ; de la sorte, le succès de demain est assuré.

Je ne sais pas ce que tu diras de mes derniers dessins, quand tu les verras.

Je n'ai pas encore beaucoup d'études de nus, mais certaines d'entre elles rappellent étrangement celles de Bargue. Sont-elles moins originales pour cela ? Il se peut que cela résulte plutôt de ce que Bargue m'a appris à avoir le coup d'œil sûr.

Si je t'écris : « Fais-toi peintre », ce n'est pas, à vrai dire, parce que je ne crois pas que ta situation actuelle n'est pas très brillante. Mais je trouve que la situation d'un peintre est supérieure, et je souhaite que tu puisses travailler dans un bel atelier, plutôt que de travailler devant un pupitre, dans un bureau. Voilà.

Je sais de science certaine que quelque chose, que tu ne connais pas encore, se réveillerait en toi, dans ton atelier — une grande puissance de travailler et de créer, qui t'est encore inconnue. Et si elle se réveille un jour, ce sera pour de bon.

Lorsque j'entends Tersteeg pérorer sur « le charme » et « vendable », je me dis simplement : Une œuvre sur laquelle on a travaillé en faisant de son mieux pour la doter de caractère et de sentiment, ne manque pas de charme et n'est pas invendable. Il vaut peut-être mieux qu'elle ne plaise pas tout de suite à tout le monde.

Il fait un temps délicieux, le printemps se manifeste en toutes choses.

Je ne puis lâcher la figure, je la considère comme le n° 1, mais il m'arrive de ne pas pouvoir m'empêcher de travailler au dehors. Seulement, j'ai du travail difficile en cours, je ne peux le laisser là.

Ces jours-ci, j'ai fait plusieurs études de l'une ou l'autre partie d'une figure — des têtes, le cou, la poitrine, l'épaule. Vois le griffonnage ci-joint *. Je ferais très volontiers beaucoup plus d'études

* Posé par Christine.

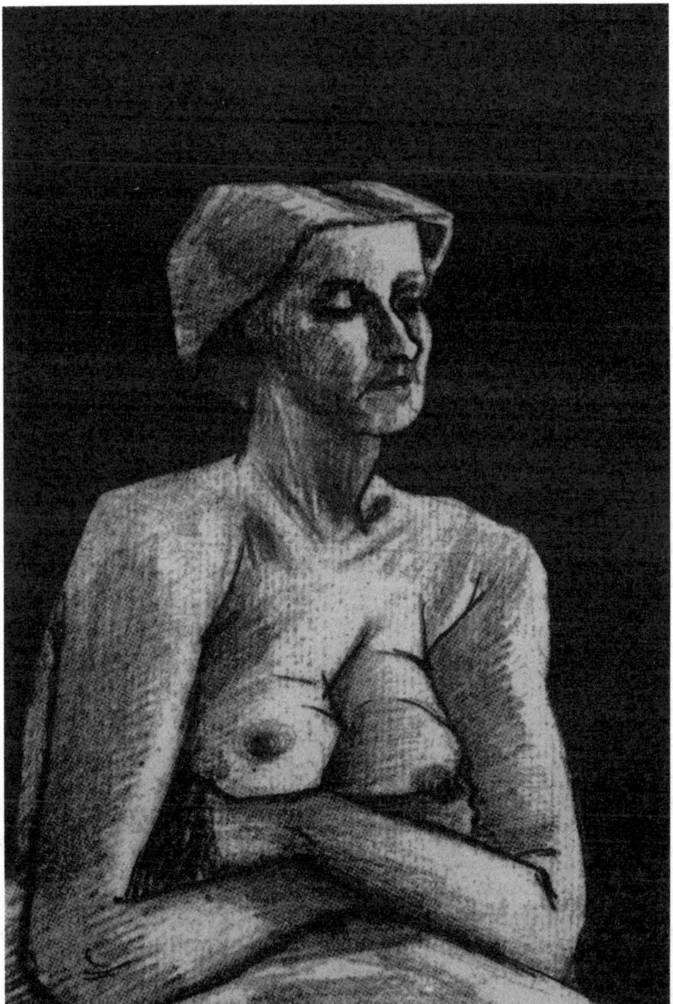
The Great Lady

de nus. Tu sais que j'ai fait, même à plusieurs reprises, les *Exercices au fusain,* mais ceux-ci ne comportent pas de figures de femmes.

Évidemment, ce n'est pas — il s'en faut de beaucoup — la même chose que de faire des études d'après nature.

Les lignes d'un croquis, comme ci-joint, sont assez simples. Mais lorsqu'on se trouve devant le modèle, il est plus difficile de saisir ces lignes simples, caractéristiques.

Ces lignes sont si simples qu'on peut les tracer à la plume mais, je le répète, la difficulté consiste à découvrir les grandes lignes qui permettent de rendre l'essentiel à l'aide de quelques lignes et de quelques traits.

Ce qui ne va pas tout seul, c'est de choisir les lignes dont on dira qu'il fallait évidemment choisir celles-là.

Il est bien vrai, Théo, que j'ai dépensé plus de 100 francs par mois ces derniers temps, depuis que je suis à La Haye, mais si je ne le faisais pas, je ne pourrais travailler d'après un modèle, ni me maintenir au même niveau, ni faire des progrès.

D'autres peintres, Breitner par exemple, me fournissent la preuve de ce que je viens de dire. Ils redoutent de prendre régulièrement un modèle, ils travaillent peu et au ralenti — et encore, s'ils faisaient du bon travail, mais ce n'est pas le cas. Ces derniers temps, Breitner a de nouveau travaillé d'après un modèle ; il va de soi que son travail avait alors meilleure allure, mais il est tombé malade.

Les peintres anglais, surtout les dessinateurs du *Graphic,* etc. ont presque tous les jours un modèle. A mon sens, la peinture ne va pas sans modèle.

Je veux bien que quelqu'un, qui a des années d'expérience, soit capable de dessiner des figures de mémoire, à condition d'avoir beaucoup étudié, mais je trouve fort risqué de travailler systématiquement de mémoire. Ni Israëls, ni Blommers, ni Neuhijs ne le font, bien qu'ils aient beaucoup d'expérience.

Donc, si j'ai dépensé plus de 100 francs par mois, c'est que je ne pouvais m'en tirer avec moins. Et je ne crois pas que je manie l'argent étourdiment ou royalement. Je serais bien aise si je ne devais pas encore rembourser les 25 florins à Tersteeg, car j'ai absolument besoin de cet argent pour continuer énergiquement mon travail.

Tersteeg n'en sera pas plus pauvre, et il m'a dit au début que je ne devais pas me faire de soucis. Alors que mon travail en pâtira, si je dois me priver de 25 florins et que je ne saurai faire ce qui doit pourtant être fait.

Si je parviens à bourrer mes classeurs d'études, j'en retirerai plus tard mes frais. Je préfère en retirer plus tard davantage que je ne peux en retirer pour le moment ; je préfère me mettre à la hauteur de mon métier, plutôt que de forcer le pas en vue de vendre quelques petits dessins pour la grâce de Dieu.

Le petit croquis ci-joint a été fait selon une grande étude dont l'expression est plus austère. Il y a un poème — je crois qu'il est de Tom Hood —, où celui-ci raconte qu'une grande dame ne trouvait pas le sommeil la nuit, après avoir vu les pauvres couturières pâles, étiques, amaigries, travailler dans une pièce mal aérée, le jour où elle était sortie pour acheter une robe. Son luxe lui tourmentait la conscience et, la nuit, elle se réveillait en sursaut. Bref, c'est une figure de femme élancée, blanche et anxieuse dans la nuit noire.

S'il le faut, je ne reviendrai plus sur la question et je rendrai les 25 florins à Tersteeg quand tu m'enverras encore de l'argent, mais, s'il y a moyen de trouver un arrangement, je préférerais qu'il me prenne plus tard un dessin.

Porte-toi bien. Et je répète encore une fois que j'aimerais que tu travailles bientôt dans ton atelier. A Dieu.

t. à t. *Vincent.*

Cher Théo,

Aujourd'hui, je t'ai envoyé par la poste un dessin, en témoignage 186 N
de gratitude pour tout ce que tu as fait pour moi durant ce dur hiver. L'été dernier, quand tu m'as montré cette grande gravure de Millet, « La Bergère », je me suis dit : Comme une seule ligne peut exprimer bien des choses ! Évidemment, je n'ai pas la prétention d'exprimer autant que Millet à l'aide d'un seul contour. Néanmoins, j'ai essayé de mettre un peu de sentiment dans cette figure. Je me plais à espérer que ce dessin te plaira.

Il te donnera l'occasion de te rendre compte que je travaille dur. Comme j'ai commencé, je ferais volontiers une trentaine d'études de nus.

A mon sens, la figure ci-jointe est la meilleure que j'ai dessinée jusqu'à présent. C'est pourquoi je me suis résolu à te l'envoyer *.

Ce n'est pas l'étude d'après le modèle, bien qu'elle ait été faite directement d'après le modèle. Sache que j'avais mis deux feuilles sous le papier. Je me suis échiné à trouver le contour exact, et lorsque j'ai enlevé le dessin de la planche, le dessin se trouvait nettement imprimé sur ces deux feuilles. Je les ai tout de suite achevées d'après l'étude originale.

Tant et si bien que celle-ci est plus fraîche que l'originale.

Je garde les deux autres dont je n'aimerais pas me défaire. Elle te permettra de te rendre compte que ce n'est pas sans raison que je t'ai écrit : Je voudrais attendre de rembourser Tersteeg parce que j'ai grandement besoin de cet argent, car il me semble que travailler d'après un modèle est le chemin le plus court pour atteindre le but. Il est vrai que mon modèle ne coûte pas cher, mais je suis souvent en peine de le payer, parce que cette dépense se présente tout le temps. Enfin, arrange cette affaire pour le mieux, mais envoie-moi ce que tu m'as promis au début du mois, si cela te convient. A Dieu, avec une poignée de main,

t. à t. *Vincent.*

Il me semble que le dessin ressortirait très bien avec un simple passe-partout gris.

Il va de soi que je ne dessine pas toujours comme cette fois-ci. Pourtant, j'aime particulièrement les dessins anglais dans ce style, il n'est donc pas étonnant que j'aie fait un essai. Par ailleurs, je n'ai pas craint d'y mettre un peu de mélancolie, parce qu'il t'était destiné et que tu comprends ces choses-là. J'ai voulu exprimer à peu près

Mais reste le vide du cœur
que rien ne remplira.

comme il est dit dans le livre de Michelet.

* *Sorrow* (dessin à la mine de plomb, avril 1882).

Cher Théo,

J'ai bien reçu ta dernière lettre et les 180 francs qu'elle contenait. 187 N
Je t'en remercie beaucoup.

Je suis très heureux que tu aies trouvé des qualités à mon dessin. Moi aussi, je crois qu'il a des qualités.

Je voudrais que tu le fasses encadrer d'un simple passe-partout gris ; de la sorte, il ressortirait mieux.

Ensuite, je trouve en partie vrai ce que tu dis concernant l'aspect de certains dessins qui ont un je ne sais quoi qu'on pourrait le mieux comparer à une eau-forte non ébarbée. Seulement, je crois que cet effet typique, que les connaisseurs apprécient à bon droit, résulte dans les dessins (évidemment pas dans les eaux-fortes, qui doivent leurs ébarbures à la planche) de la singulière vibration de la main durant le travail, plutôt que du matériel dont on se sert. Quelques-unes de mes études ont assez bien ce que je suis tenté d'appeler un air non ébarbé. Si je n'ai pas fixé ton dessin, ou si je l'ai retouché après l'avoir fixé, de sorte qu'il présente des taches à l'éclat désagréable, il faut l'arroser carrément d'un grand verre de lait ou d'un mélange d'eau et de lait, et le laisser sécher ensuite. Tu verras naître un noir mat typique, beaucoup plus nourri que le noir d'un dessin au crayon.

Je ne crois pas qu'il faille employer de la craie pour obtenir cet aspect caractéristique non ébarbé, mais plutôt du fusain trempé préalablement dans de l'huile de lin.

Évidemment, je me suis empressé d'envoyer les 25 florins à M. Tersteeg. Il m'a fait parvenir une quittance, sans un mot.

Bien que Son Excellence dise qu'il a été froissé, je voudrais qu'il se demande à quel point j'ai pu me sentir froissé, moi, lorsqu'on me répétait à tout propos : Tu ne mérites pas ton pain, tu as perdu tes droits, et que sais-je encore. Vraiment, de telles paroles ne froissent pas moins, mais infiniment plus que ce que j'ai dit à Son Excellence ; de telles paroles peuvent fendre l'âme et blesser profondément le cœur.

Mais à quoi bon t'en dire davantage ?

Que Son Excellence m'achète quelque chose ou ne m'achète rien : je considère cela comme une affaire à part n'ayant aucun rapport avec des conflits personnels ou des divergences de vue à propos de ceci ou de cela. Que Son Excellence achète ou n'achète pas ne devrait pas dépendre, à mon avis, de ma personne, mais de mon œuvre. Qu'il achète mes œuvres (au fur et à mesure que je fais des progrès) ou ne les achète pas, parce qu'il en veut ou n'en veut pas, soit pour lui-même, soit pour l'un ou l'autre amateur.

Seulement, il n'est pas très équitable de faire peser une antipathie personnelle sur l'appréciation d'une œuvre ou, inversement, de se laisser influencer par la personnalité d'un artiste pour passer sur les défauts de l'œuvre.

Certes, il existe un rapport entre l'homme et l'œuvre, mais il est malaisé de déterminer ce rapport, et plusieurs se trompent sur ce point.

En effet, je sais que Moe est malade. Je sais aussi beaucoup d'autres choses affligeantes concernant notre famille et concernant d'autres foyers.

Je n'y suis pas insensible ; je crois que je ne serais pas capable de dessiner « Sorrow », la douleur, si je ne compatissais pas à la douleur. Mais, vois-tu, j'ai compris cet été que notre mésentente a dégénéré en une sorte de maladie chronique, du fait qu'elle a duré trop longtemps. Nous en sommes maintenant là : nous devons souffrir chacun de notre côté.

Je veux dire qu'il nous aurait été possible d'être plus utiles les uns aux autres, si nous avions essayé il y a longtemps de vivre vraiment ensemble, de partager nos joies et nos peines, sans jamais perdre de vue l'union nécessaire entre les parents et les enfants.

Nous n'avons commis aucune faute de propos délibéré ; nos erreurs sont plutôt imputables à la force majeure de circonstances difficiles et d'une vie inquiète. Aujourd'hui, Pa et Moe me considèrent comme un personnage à moitié étranger, à moitié assommant, et rien de plus, alors que, de mon côté, je me sens tout perdu, tout isolé quand je me retrouve à la maison. Nos opinions et nos occupations sont si dissemblables que, sans le vouloir — j'insiste là-dessus —, nous nous gênons les uns les autres. C'est une sensation désolante, mais la vie et le monde débordent de relations familiales de ce genre. Qui que nous soyons, nous ne pouvons plus nous être utiles ; nous nous faisons tort réciproquement, ne serait-ce qu'en nous adressant des reproches. En pareil cas, il vaut mieux s'éviter que se rencontrer. Oh ! Je ne sais pas si c'est la meilleure solution, ou s'il y en a une autre. Je voudrais tout de même bien le savoir.

Pa et Moe puisent de nombreuses consolations dans leur travail, et moi, j'en trouve dans le mien. Car je travaille beaucoup malgré les petites misères, mon vieux, et mon travail m'amuse beaucoup.

Je viens de recevoir une lettre de Rappard. J'ai été en froid avec lui pendant quelque temps, mais chacun s'intéresse de nouveau au travail de l'autre. Il viendra très probablement me voir sous peu. Dernièrement, j'ai été à l'atelier de Blommers. L'exposition de gravures sur bois a fait long feu, après tout, mais j'ai quand même bénéficié de ce projet, je veux dire que je me suis décidé à bien trier et classer mes gravures. Seulement, il m'est absolument impossible de leur consacrer assez de temps et d'en rechercher d'autres du fait que je me consacre davantage de jour en jour au dessin.

Aujourd'hui, j'ai dessiné une étude d'un nu, une figure de femme agenouillée, et hier, une pose d'une petite tricoteuse, également nue — comme je t'ai écrit que je me proposais de faire.

Bonne nuit. Il est déjà tard, encore une fois merci pour ce que tu m'as envoyé, et crois-moi, avec une poignée de main,

t. à t. *Vincent.*

J'espère faire pour toi un pendant de « Sorrow »

Cher Théo,

Je viens de t'envoyer un dessin « Jardins potagers à la Laan Van Meerdervoort ». 188 N

C'est-à-dire que tu auras une figure et un paysage de moi. Je m'imagine que tu t'apercevras que je ne m'attarde pas au même niveau.

Bien que ce ne soit « que blanc et noir », invendable ? ? ? et disgracieux ? ? ? je me plais à croire que ces dessins ont quand même un peu d'allure. Au lieu de trouver mauvais que je m'applique spécialement à dessiner les choses, dis-toi bien que je fournis ainsi plutôt la preuve que je m'engage dans la voie la meilleure, puisqu'on arrive plus facilement du dessin à la peinture que le contraire : peindre sans dessiner au préalable les études indispensables.

Il va de soi que voir des hommes comme Mauve et Tersteeg se montrer indifférents, hostiles ou haineux, alors que j'avais espéré pouvoir compter plus ou moins sur leur sympathie, me vaut beaucoup d'amertume et ne me facilite pas l'existence. Mauve ne se soucie plus de moi ; tantôt il est malade, tantôt il a besoin de repos ou il est débordé de besogne. Que sa toile pour le Salon est belle ! Mais tu comprends cela, par conséquent, basta !

Il faut encadrer ce dessin d'un passe-partout gris, pour qu'il ressorte.

Tu m'écris que tu as déménagé. Je tâcherai de faire quelques dessins pour orner les murs de ton nouveau logement. J'ai peut-être quelques belles gravures sur bois, si le cœur t'en dit ; en effet, j'en ai quelques-unes en double. Tu n'auras qu'à faire ton choix quand tu viendras cet été.

Je n'ai pas déménagé, mais j'ai réalisé quelques transformations dans mon logis. J'ai aménagé, à l'aide de cloisons, une petite chambre à coucher au grenier, de sorte que j'ai plus d'espace dans mon atelier, d'autant plus que le poêle a été enlevé.

Écoute, pour ce qui est du dessin, je me heurte à beaucoup de difficultés que d'aucuns essaieraient d'esquiver. Par exemple, la perspective exacte d'un intérieur (je t'enverrai un jour un dessin de cette catégorie) et les grandes lignes d'un paysage. Pour moi, je ne vois pas le moyen d'aboutir sans l'étude du nu.

Tout cela constitue l'essence du dessin ; dès qu'on le possède plus ou moins à fond, on commence à voir clair. Je continue très posément mon chemin, parce que je sais que je rattraperai bientôt ceux qui s'imaginent pouvoir négliger ces détails — à condition que je tienne bon.

Je te présente tous mes vœux. Il fait très froid ici et il y a du vent. Cela m'ennuie beaucoup, parce que je ne peux travailler aux vues de la ville pour C. M., à moins de les faire entre deux averses. Enfin, le temps se radoucira bien, tôt ou tard.

Bonne poignée de main,

t. à t., *Vincent.*

Ce petit dessin m'a demandé plus de travail qu'une aquarelle. Je te l'ai adressé boulevard Montmartre *, pour que tu puisses le dérouler et le monter tout de suite.

* Au magasin de Goupil et Cie où Théo est employé.

Cher Théo,

Il m'arrive de penser que, s'il m'était donné de vivre à mon aise, 189 N
je pourrais travailler beaucoup plus et mieux que pour l'instant. Certes, je travaille, comme tu as pu t'en convaincre d'après mes derniers dessins, et je commence à entrevoir le moyen de vaincre les difficultés que je connais, mais, vois-tu, il ne se passe pas une journée, pour ainsi dire, sans qu'aux tracas que me vaut le dessin ne viennent s'ajouter d'autres difficultés, qui, à elles seules, si l'on n'en avait pas d'autres, seraient déjà bien lourdes à porter. Je dois prendre sur moi des chagrins, vois-tu, que je ne crois pas avoir mérités — en tout cas, j'ignore comment j'aurais pu les mériter — et dont je voudrais me débarrasser.

Pour être gentil, réponds-moi franchement si tu es au courant de ce que je vais t'expliquer, et donne-moi des renseignements.

Vers la fin de janvier, une quinzaine de jours après mon arrivée, l'attitude de Mauve à mon égard a changé du tout au tout, il s'est montré aussi désobligeant qu'il avait été amical jusqu'alors.

J'ai attribué ce revirement au fait qu'il n'était pas content de mon travail ; j'en ai été inquiet et anxieux, au point de tomber malade, comme je te l'ai écrit.

Mauve est alors venu me voir, il m'a renouvelé l'assurance que tout irait bien, et il m'a encouragé. Mais peu après, un soir, il m'a parlé sur un autre ton ; j'ai eu l'impression de me trouver en face d'un autre homme. J'ai pensé : mon cher ami, on a dû verser du venin dans votre oreille, autrement dit des calomnies, mais sans pouvoir déterminer de quel côté le vent empoisonné avait soufflé.

Entre autres choses, Mauve s'est mis à imiter ma façon de parler et mes manières, disant méchamment : « Tu tires une bobine comme ça », puis : « Tu parles comme ça ». Je dois avouer qu'il le faisait très bien et que c'était une caricature de moi, une caricature ressemblante, inspirée par la méchanceté. Enfin, il me faisait entendre des paroles dures dans le genre de celles que Tersteeg avait coutume de me lancer à la figure.

Je lui ai demandé : « Mauve, as-tu vu Tersteeg récemment ? »

« Non », m'a-t-il répondu. Nous avons continué à bavarder, et, dix minutes plus tard, il a laissé échapper que Tersteeg était venu le voir le jour même. Le soupçon que Tersteeg était à l'origine de ce revirement s'est enraciné machinalement dans mon esprit et j'ai pensé : Est-il possible, mon cher Tersteeg, que Votre Excellence ait machiné cela ? Je lui ai donc écrit une lettre, une lettre qui n'était pas impolie ; c'est de propos délibéré que je me suis montré poli. Je me suis borné à lui écrire : Monsieur, j'ai beaucoup de peine parce qu'on raconte de moi certaines choses, par exemple que je ne gagne pas mon pain et que je fais le rentier. Vous devez comprendre que ces expressions sont inexactes et que je ne peux pas les laisser passer sans protester, car elles me vont droit au cœur. Dans le courant de ces dernières années, des propos de ce genre m'ont valu beaucoup d'ennuis, beaucoup trop, et il m'est avis que cela doit cesser.

C'est de cette lettre-là que Tersteeg t'a parlé lors de la première visite qu'il te fit à Paris.

Après son retour de Paris, je suis allé le voir et je lui ai dit mon espoir d'être pardonné si je lui avais écrit des choses qui ne s'appliquaient pas à Son Excellence, vu que je ne savais à quoi m'en tenir quant à l'origine de mes ennuis.

Il s'est alors montré très aimable à mon égard. Mais Mauve, lui, bien que je sois allé le voir chez lui, a continué à se montrer revêche et désobligeant.

On m'a répondu plusieurs fois qu'il était sorti. Bref, c'étaient là les symptômes d'un froid indéniable. J'allai frapper de moins en moins à sa porte et Mauve ne vint plus du tout chez moi, bien qu'il habite dans le voisinage.

Dans ses propos, Mauve s'est montré aussi mesquin qu'il avait pu paraître large d'esprit au début, pour m'exprimer ainsi. Je devais, selon lui, dessiner d'après des modèles en plâtre, voilà ce que je devais surtout faire. Bien que je déteste dessiner ainsi, j'avais quand même quelques pieds et quelques mains à l'atelier, mais je ne m'en servais évidemment pas comme modèles. Un jour, il m'a parlé de cette méthode sur un ton de professeur d'académie. Je me suis maîtrisé mais, rentré chez moi, pris d'une sainte colère, j'ai jeté tous ces pauvres moulages dans la boîte à charbon où ils se sont brisés. Je me suis dit : Je ne dessinerai plus d'après des modèles en plâtre que quand ces morceaux seront redevenus blancs et qu'il n'y aura plus de pieds et de mains d'hommes vivants à dessiner.

Par la suite, j'ai dit à Mauve : « Mon vieux, ne me parlez plus de modèles en plâtre, car j'en ai horreur. » Après cette déclaration, j'ai reçu de Mauve une lettre m'annonçant qu'il ne s'occuperait plus de moi durant deux mois. Il en a été ainsi, mais moi, je n'ai pas chômé pendant ce temps-là, même si je n'ai pas dessiné d'après des modèles en plâtre, ah non ! Je dois dire que j'ai travaillé avec plus d'enthousiasme et plus d'application dès que je me suis senti libre. Le délai de deux mois presque expiré, je lui ai écrit pour le féliciter de la grande toile qu'il venait d'achever, puis un autre jour, j'ai échangé quelques mots avec lui dans la rue.

A présent que les deux mois sont écoulés depuis longtemps, je ne l'ai pas encore revu chez moi. Ce qui s'est passé avec Tersteeg m'a amené à écrire à Mauve : Donnons-nous une poignée de mains et ne nous gardons pas rancune. Si toutefois il vous est pénible de me guider, dites-vous bien qu'il m'est pénible d'être guidé par vous, quand vous exigez que « je me conforme strictement » à toutes vos volontés ; je ne saurais plus le faire. Par conséquent, mieux vaut en finir de guider et d'être guidé. Cela n'empêche que j'aie des obligations envers vous et que je vous doive beaucoup de reconnaissance.

Mauve n'a pas répondu à ma lettre, je ne l'ai pas revu. Voici ce qui m'a porté à dire à Mauve : il vaut mieux que nous allions chacun de notre côté, c'est que j'avais acquis la certitude que Tersteeg influençait sérieusement Mauve.

Je l'ai remarqué à l'attitude de Tersteeg lui-même, lorsqu'il me déclara qu'il interviendrait pour que tu cesses de m'envoyer de l'argent : « Mauve et moi, nous ferons en sorte que ça cesse. »

J'ai alors écrit à H. G. T. deux mots moins aimables que ma première lettre, et je l'ai surtout remercié d'avoir bien voulu me « guider ». Théo, je me suis permis de lui dire le fond de ma pensée, car je me suis rappelé, vois-tu, que Mauve, le soir où j'avais entendu de sa bouche une expression employée par Tersteeg, n'avait pas voulu admettre qu'il avait vu celui-ci. Et je me suis dit : Tiens, Tersteeg, c'est donc ça ? Vos « bonnes manières » consistent à commencer par glisser des paroles envenimées dans le tuyau de l'oreille de Mauve, puis à essayer de me ravir l'unique bienfait dont je bénéficie encore. J'ignorais que de tels procédés s'appellent « les bonnes manières » ; je crois que c'est plutôt de la trahison.

Ah ! Théo, je suis affligé de défauts, de misères et de passions, mais autant que je sache, je n'ai jamais essayé de réduire quelqu'un à la misère ou de le brouiller avec ses amis. Il m'est arrivé de me battre contre quelqu'un en paroles, mais, vois-tu, à mon avis, un honnête homme ne peut prétexter une divergence d'opinions pour étouffer son semblable ; en tout cas, selon moi, ce n'est pas un procédé loyal.

Comprends-tu maintenant ma désolation devant bien des choses, désolation qui me bouleverse profondément ?

L'attitude de Mauve m'a complètement navré. Je ne veux pas être « guidé » à la façon dont il l'entend, mais j'aimerais quand même lui serrer encore une fois la main, et je serais fort aise qu'il consente à venir serrer la mienne.

Si tu en sais davantage, tu voudras peut-être bien me renseigner ? A Dieu.

t. à t., *Vincent.*

Pardonne-moi de t'importuner avec cette histoire, mais tu vois que je me perds en conjectures.

J'ai fait encore un dessin d'une figure de femme, genre « Sorrow », mais il est plus grand ; je le crois meilleur que le premier. Je travaille actuellement à un dessin représentant une rue où l'on répare l'égout ou la conduite d'eau, c'est-à-dire des terrassiers dans un trou. Breitner est toujours à l'hôpital, il se peut qu'il en ait encore pour un mois.

Je travaille aux dessins pour C. M. Toutefois, ce que je t'ai confié me déprimait tant ces jours-ci que je ne parvenais pas à fixer mes idées sur mon travail. Et je me suis dit : il faut faire la lumière, Théo sera peut-être à même de me renseigner.

190 N Théo, depuis que j'ai écrit à Mauve : « Savez-vous que les deux mois sont passés depuis longtemps ? Serrons-nous la main, puis allons-nous-en, chacun de son côté, plutôt que de laisser subsister notre brouille », depuis que je lui ai écrit, je n'ai reçu aucun signe de lui et j'ai l'impression de vivre la gorge serrée dans un étau.

Car — tu le sais — j'aime beaucoup Mauve, et il m'est dur de penser que tout le bonheur qu'il m'a permis d'entrevoir n'existera jamais, car je crains de me heurter à plus de difficultés et à plus d'hostilité au fur et à mesure que je fais des progrès.

J'aurai beaucoup à souffrir, précisément de certains traits caractéristiques de ma nature, auxquels je ne puis rien changer. D'abord, mon aspect, ma façon de parler et de m'habiller ; ensuite, le milieu que je fréquente et que je continuerai à fréquenter même quand je gagnerai plus d'argent, parce que ma façon de voir et les sujets que je dessine l'exigent impérieusement.

Ci-joint un petit croquis de bêcheurs. Je vais te dire pourquoi je te l'envoie.

Tersteeg m'a dit : « Tu as manqué ton coup dans le temps, tu as échoué, et c'est en ce moment la même chose... » Doucement – c'est en ce moment tout autre chose que dans le temps ; à vrai dire, son raisonnement est un sophisme.

Que je n'aie possédé aucune aptitude spéciale pour le commerce, ni pour l'étude en tant que métier, ne prouve pas du tout que je n'aie pas des aptitudes pour la peinture. Au contraire, si j'avais eu des aptitudes pour le métier de pasteur ou si j'avais été capable de faire commerce de l'œuvre des autres, je n'aurais peut-être pas eu l'étoffe d'un peintre ou d'un dessinateur, et j'aurais été forcé d'abandonner, même si je n'avais pas abandonné de mon propre gré.

C'est justement parce que j'ai une patte de dessinateur que je ne puis m'empêcher de dessiner. Je te demande, à toi : Ai-je douté, hésité, faibli, depuis le jour où je me suis mis au dessin ? J'ai des raisons de croire que tu sais, toi, que j'ai lutté sans désemparer, et que mon ardeur a augmenté progressivement, naturellement. A preuve, le croquis ci-joint – il a été fait au Geest, sous la bruine, dans une rue boueuse, au milieu du tohu-bohu et du charivari ; je te l'envoie pour te montrer combien mon carnet de croquis témoigne de mon dessein de saisir mes sujets sur le vif.

Mets par exemple Tersteeg devant une sablonnière, au Geest, où les terrassiers sont en train de placer une conduite d'eau ou une conduite de gaz. Je voudrais voir la grimace et le croquis qu'il ferait. Travailler sur les chantiers, dans les impasses et dans les rues, travailler à l'intérieur des maisons, dans les salles d'attente et même dans les cafés populaires, n'a rien d'une partie de plaisir, à moins qu'on ne soit artiste. Un artiste préfère s'arrêter dans le quartier le plus crasseux qui soit, à condition qu'il y ait là quelque chose à dessiner, plutôt que de s'asseoir à un thé, en compagnie de jolies dames. A moins qu'il ne se propose de dessiner des femmes ; dans ce cas, même un thé peut être drôle pour un artiste.

Voici où je veux en venir : rechercher des sujets, fréquenter des ouvriers, se creuser la tête devant un modèle, dessiner sur place d'après nature, c'est vraiment une besogne ardue, et parfois même un sale boulot, voilà ce que je veux dire. Les manières et les vêtements d'un employé de commerce ne nous conviennent pas du tout. Quand je dis « nous », je pense à moi et à tous ceux qui ne font pas profession de parler aux belles dames et aux messieurs riches, de leur vendre des produits bien chers et d'en recevoir — c'est-à-dire de gagner — de l'argent. Nous, nous avons autre chose à faire, par exemple dessiner des terrassiers dans une tranchée, au Geest.

Si je savais faire ce que fait Tersteeg, je ne serais pas capable de faire ce que je fais, d'exercer mon métier ; mieux vaut pour mon métier être ce que je suis que me contraindre à des attitudes qui ne me conviennent pas.

Moi, qui ne me sentais déjà pas fort à l'aise dans une veste convenable au magasin, qui ne m'y sentirais plus du tout à l'aise maintenant, qui m'y ennuierais probablement et deviendrais insupportable, je me sens un autre homme lorsque je peux aller travailler dans un endroit comme le Geest, dans la bruyère ou dans les dunes. Là-bas, mon visage, qui est plutôt laid, s'adapte à l'entourage, je redeviens moi-même et je travaille avec un réel plaisir.

J'espère vaincre les obstacles du « Comment faire ». Si je m'affublais d'un vêtement élégant, les ouvriers, qui me servent de modèles, prendraient peur et se méfieraient de moi comme du diable, ou bien ils me réclameraient de l'argent.

Tu le sais, je me tire d'affaire comme je peux. Ah ! je ne suis pas du nombre de ceux qui se lamentent : « Il n'y a pas de modèles à La Haye ».

Si donc on se met à formuler des remarques sur mes manières, mes vêtements, mon visage et ma façon de parler, que veux-tu que je réponde — que ces fadaises m'embêtent.

Est-ce que je suis sans façon, est-ce que je suis grossier et dénué de délicatesse ?

Écoute, à mon sens, la véritable politesse est basée sur la bienveillance envers tout le monde, sur le besoin de l'homme, qui a du cœur au ventre, de sentir qu'il existe pour les autres et de servir à quelque chose, enfin, sur le besoin universel de vivre en société, non dans la solitude. Moi aussi, je fais de mon mieux, je ne dessine pas pour ennuyer les gens, mais pour les amuser, pour attirer leur attention sur ce qui en vaut la peine et qu'on ne voit pas toujours.

Je refuse de me considérer, Théo, comme un monstre de grossièreté et d'impolitesse, qui mériterait d'être exclu de la société, ou du moins « qui ne peut s'attarder à La Haye », selon la sentence de Tersteeg. Est-ce que je m'encanaille en vivant parmi les gens que je dessine, est-ce que je m'encanaille en pénétrant dans les maisons des ouvriers et des pauvres gens, ou en les recevant dans mon atelier ?

Il me semble que mon métier le veut ; il n'y a que ceux qui ne comprennent rien à la perspective ou au dessin qui trouvent à y redire.

Je voudrais savoir où les dessinateurs de *Graphic*, de *Punch*, etc. vont chercher leurs modèles ? Ne vont-ils pas les chercher dans les impasses les plus misérables de Londres, oui ou non ?

Ils ont du peuple une connaissance innée, à moins qu'ils ne l'aient acquise en vivant parmi les humbles, en observant ce que celui-ci ne remarque même pas, en retenant ce que celui-là oublie.

Lorsque je me rends chez Mauve ou chez Tersteeg, je n'arrive pas à m'exprimer comme je le voudrais, et je fais peut-être plus de dégâts que de réparations. Dès qu'ils se seront habitués à ma façon de parler, ils n'en seront plus incommodés.

Si tu veux bien, dis-leur en mon nom où le bât blesse, et je me plais à croire qu'ils voudront bien me pardonner si je les ai peinés en faisant ou en disant quoi que ce soit ; dis-leur en termes plus choisis que je ne puis le faire moi-même, en y mettant autant de formes qu'il le faut, combien eux, de leur côté, m'ont peiné et combien d'ennuis ils m'ont causés en ces quelques mois que j'ai trouvés bien longs. Fais-le leur comprendre, car ils l'ignorent, et ils me considèrent comme un être insensible et nonchalant.

Tu me rendras un grand service, car je crois que tout pourrait s'arranger de cette façon.

Je voudrais qu'ils m'admettent enfin comme je suis. Mauve a été très bon pour moi, il m'a beaucoup aidé et efficacement, mais cela n'a duré que deux semaines.

C'est trop peu.

Adieu, Théo, fais de ton mieux dans cette circonstance. Si j'ai un peu de chance au lieu de malchance, je ne serai plus forcé de t'empoisonner la vie. Cela suffit. Crois-moi

t. à t., *Vincent*.

[*Sur un feuillet séparé.*]

On t'a certainement mis au courant de la nomination de Pa, et prévenu que Moe va mieux, mais que l'oncle Cent est malade. Je travaille aux dessins pour C. M., mais je t'ai écrit que j'ai été si déprimé ces jours-ci, que j'avais l'esprit ailleurs. Et je me suis dit : Je veux savoir à quoi m'en tenir, Théo sera peut-être en mesure de me renseigner.

Ce n'est pas étonnant que cela m'accablât, car Tersteeg m'avait déjà laissé entendre que je ne pourrais rester à La Haye, et je me suis dit : Du moment qu'il en a décidé ainsi, il est capable de me mettre des bâtons dans les roues, partout et en tout, et de me rogner les ailes. Comment cela est-il possible, qu'est-ce qu'il lui prend ? Qu'il trouve que mes dessins ne soient pas bons n'est pas une raison de me contrecarrer résolument et encore, en se servant de quelles armes !

M'est avis qu'il n'est pas loyal de réduire un homme à la misère ou d'intervenir pour le brouiller avec ses amis en raison de sa vie privée, alors qu'il s'agit en réalité d'une divergence de vues dans le domaine artistique.

Il m'est arrivé d'avoir l'intention de passer un savon à quelqu'un, à qui je procurais du pain. Non, me suis-je dit, je le supporterai sans rien dire, sinon il n'aura pas de quoi manger. Mais les gens férus d'honorabilité ne comprennent pas cela, vois-tu.

Cher Théo,

191 N Je me propose de te donner de plus amples explications en réponse à ton conseil : « Tersteeg a été pour nous comme un frère aîné, tâche de rester amical avec lui ». Je réplique qu'il en était sans doute ainsi quant à toi, mais que pour moi, je me suis cogné durant des années au versant inamical et inhumain de son caractère.

M'a-t-il jamais donné un morceau de pain depuis le moment où j'ai démissionné de chez Goupil – à moins que je n'aie été démissionné – et depuis le jour où je me suis consacré au dessin (je reconnais avoir commis l'erreur de ne pas l'avoir fait dès la première heure), c'est-à-dire durant les années où j'ai vécu à l'étranger dans une misère atroce, sans amis et sans secours : j'ai dû souvent passer la nuit dans la rue à Londres, puis dans le Borinage, trois nuits d'affilée. M'a-t-il jamais encouragé, lui qui me connaît depuis toujours ; m'a-t-il jamais rendu du cœur au ventre lorsque j'étais près de succomber ?

Je suis en droit de répondre : Non. M'a-t-il jamais rendu service de quelque manière ? encore non. Excepté qu'il m'a prêté le Bargue, quand je l'en ai supplié littéralement quatre ou cinq fois.

Lorsque je lui ai soumis mes premiers dessins, il m'a envoyé une boîte de couleurs, mais point d'argent. Je veux bien admettre que ces dessins ne valaient pas cher, mais, vois-tu, un homme comme Tersteeg aurait pu se dire : Je le connais de longue date et je vais l'aider à se tirer d'affaire. Il aurait dû comprendre que j'en avais grand besoin et que je devais tout de même bien manger.

Lorsque je lui ai écrit de Bruxelles : Ne me serait-il pas possible de venir travailler quelque temps à La Haye et d'y entrer en relations avec des peintres ? il a essayé de me payer en monnaie de singe. Il m'a répondu : Oh ! non, pas ça, certainement pas ça, vous avez perdu vos droits. J'aurais dû donner plutôt des leçons d'anglais et de français, ou demander des travaux de copie à Smeeton et Tilly, qui n'étaient pas installés précisément dans mon voisinage, alors que plusieurs lithographes de Bruxelles m'en refusaient, répétant qu'il n'y avait pas de travail et que les affaires étaient très calmes.

Lorsque je lui montrai à nouveau quelques-uns de mes dessins, cet été, il dit : « Je ne l'aurais jamais cru ! », mais il ne me vint pas davantage en aide, et il ne rétracta aucune de ses paroles.

Lorsque j'arrivai quand même à La Haye, sans avoir demandé l'avis de Son Excellence, il a tenté de me donner un croc-en-jambe ; j'ai appris qu'il s'était moqué de moi parce que je prétendais peindre, et j'ai découvert que Mauve, d'après ce qu'il m'en avait dit, me considérait comme « un triple couillon ». Mauve fut très surpris de ne pas me trouver conforme à la description qu'on lui avait donnée de moi. Je n'avais pas demandé de l'argent à Mauve, mais celui-ci déclara spontanément : Vous avez besoin d'argent, je tâcherai de vous en faire gagner ; vous pouvez être sûr que vos années maigres appartiennent au passé et que le bon soleil va se lever pour vous ; vous avez durement trimé pour cela, vous l'avez donc honnêtement mérité.

Pour commencer, Mauve m'aida à m'installer. Puis tout fut

changé, et la sympathie de Mauve, qui était pour moi ce qu'est l'eau pour la plante à moitié desséchée, se trouva subitement tarie.

Parce que Tersteeg avait soufflé quelque poison dans l'oreille de Mauve. « Attention, il faut se méfier de lui dans les questions d'argent, laissez-le tomber, ne l'aidez plus ; comme commerçant, je n'attends rien de lui ! », ou quelque chose de ce genre.

Maintenant, il fait semblant de ne pas comprendre quand je lui écris : « Tersteeg, cessez donc de répandre vos calomnies. » Il affirme qu'il ne m'a jamais calomnié, que je me trompe. Puis un beau jour, il me menace : « Mauve et moi, nous interviendrons pour que Théo ne t'envoie plus de l'argent ». Du coup, mes doutes se sont évanouis et je me suis dit à part moi : Vous me trahissez ! Parce que je savais ce que Mauve m'avait dit au sujet de l'argent que tu me fais tenir : qu'il serait préférable que je puisse compter dessus au moins un an.

Abandonner quelqu'un à son sort en hiver, et tenter de le priver de pain par-dessus le marché : est-ce vous forcer, oui ou non ?

Ce n'est pas élégant, ni délicat ; ce n'est pas une façon d'agir, ce n'est pas une conduite humaine. Que suis-je donc ? Un homme qui s'astreint à un ouvrage de patience ardu et réclamant du calme, de la quiétude et un peu de sympathie ; sinon, il lui est impossible de travailler.

Théo, réfléchis à tout cela et réponds-moi sans tarder.

Bien que l'abandon de Mauve m'ait été droit au cœur, j'ai continué à lutter cet hiver, à la limite de mes forces.

Mais, est-il étonnant que j'aie été ébranlé et que je sente parfois mon cœur défaillir ?

Des gens comme Tersteeg en rient, mais j'espère, mon frère, que tu n'en riras pas, toi.

J'ai encore bien des choses à te dire concernant mes projets et la poursuite de mon travail. Puisque tu vas venir, je n'en parlerai pas davantage aujourd'hui, espérant que tu ne tarderas pas à t'amener.

As-tu examiné les deux dessins que je t'ai fait parvenir ? Ce n'est pas du travail extraordinaire, je puis maintenant fournir régulièrement des dessins de cette qualité, et je continue à progresser sans arrêt. Il n'est donc pas déraisonnable de ma part d'insister pour que je n'aie plus à craindre de manquer du strict nécessaire, que je ne doive plus souffrir continuellement de manger le pain de la charité.

Ce dont j'ai le plus besoin, c'est de mon pain, de mon loyer, de mes modèles, du nécessaire pour dessiner. Ce n'est pas énorme, eu égard à la façon dont je m'arrange. En échange, je puis fournir des dessins, à condition qu'on ne les dédaigne pas. Je n'aspire pas à la richesse, mais je ne puis évidemment pas me passer de ce qu'il faut pour vivre et travailler. Tout travail mérite salaire.

Je préférerais recevoir chaque semaine un peu d'argent, car il m'est difficile de dresser à l'avance le compte d'un mois entier.

Si Tersteeg rétractait ses paroles les plus dures, je serais prêt à admettre qu'il les a prononcées à la légère ; je pardonnerais et oublierais tout.

S'il les maintient, je ne saurais plus le considérer comme un ami, mais comme un ennemi qui m'envie la lumière de mes yeux. Ne m'en veuille pas, Théo, de t'importuner. Cette histoire a duré tout l'hiver ; comment ai-je pu mériter un tel traitement ?

Toutes ces angoisses, tous ces chagrins finissent par m'inquiéter et par m'énerver. Quand Mauve me singe et qu'il imite ma façon de parler, en disant : « Tu parles comme ça », je lui réponds : « Mon cher, si vous aviez passé autant de nuits humides dans les rues de Londres que moi, ou autant de nuits glaciales à la belle étoile dans le Borinage — affamé, sans toit et frissonnant de fièvre — vous aussi, vous feriez de temps en temps de vilaines grimaces, et votre voix en conserverait le souvenir par-dessus le marché. »

Adieu, Théo, avec une poignée de main,

t. à t., *Vincent.*

La pluie et le vent m'ont empêché de dessiner les vues de la ville pour C. M. C'est-à-dire que je n'ai pas reçu l'argent qu'elles auraient dû me rapporter. Le 1er mai, je devrai payer le loyer ; c'est pourquoi ton argent serait le bienvenu si tu pouvais m'en envoyer un peu avant cette date.

Cher Théo,

J'ai reçu ta lettre contenant 100 francs et t'en remercie beaucoup. 195 N*
Ta lettre a plus éclairé ma lanterne que tous mes cassements de

* Pour cette partie de la correspondance nous avons adopté le classement proposé par le Dr. J. Hulsker dans ses articles de la revue « Maatotaf ».

tête et mes tourments à propos de la question Mauve et Tersteeg. Je t'en félicite, car je comprends mieux maintenant. Ce que je dois faire, si j'ai bien saisi, c'est continuer calmement à travailler, sans trop y réfléchir et sans m'en soucier outre mesure, comme je l'ai fait d'ailleurs. Chaque fois que j'y pense, je suis pris de vertige, tel un homme qui n'a pas étudié la perspective et qui est pris de vertige quand il examine la fuite des lignes dans la nature et s'efforce d'en découvrir la cause, comme tu dis si bien.

La perspective change du tout au tout quand le niveau du regard se déplace, et cela ne dépend pas des objets, mais de l'homme qui regarde (selon qu'il se baisse ou s'élève sur une hauteur). Ainsi, je crois que le revirement de Mauve et de Tersteeg n'est véritable qu'en apparence et qu'il faut en chercher la cause profonde dans mon état d'âme. Je ne vois pas très clair dans ces histoires, mais j'ai cru nettement comprendre à la lecture de ta lettre qu'il n'y avait pas lieu de me tracasser, à condition que je travaille sans désemparer. Passons donc, puisque je dois traiter encore d'autres sujets.

Je suis très sensible à la sympathie d'Heyerdahl. Veuille lui transmettre mes salutations et lui dire mon espoir de faire un jour sa connaissance, ce dont je me réjouirais beaucoup.

J'ai terminé deux grands dessins. Premièrement, un « Sorrow » de plus grand format, rien que la figure, sans entourage. Toutefois, la pose est tant soit peu modifiée ; les cheveux ne sont pas rejetés sur le dos, ils pendent par-devant et sont en partie tressés. De ce fait, l'épaule, le cou et le dos sont visibles. Et j'ai consacré plus de soin à la figure.

L'autre, « Les Racines », représente quelques racines d'arbre dans un sol sablonneux. J'ai essayé d'exprimer la même idée dans le paysage que dans la figure.

L'idée de s'enraciner convulsivement, passionnément dans la terre et de se trouver néanmoins arraché en partie par les tempêtes. J'ai voulu exprimer un reflet de la lutte pour la vie, tant dans cette blanche et svelte figure de femme que dans ces noires et revêches racines noueuses. Plus exactement, j'ai essayé de rester fidèle à la nature qui s'offrait à mon regard, sans philosopher ; le premier dessin aussi bien que le second ont quasi machinalement fini par refléter un peu de cette lutte gigantesque. En tout cas, il me semble que j'y ai mis un peu de sentiment, mais je me trompe peut-être. Enfin, tu en jugeras toi-même.

Il se peut que tu les juges dignes de ton nouveau logement, si tu leur découvres quelques qualités ; le cas échéant, je te les offre pour ton anniversaire, dont je te félicite. Comme ils sont assez grands (une feuille d'Ingres entière), je me demande si je vais les envoyer sans tarder. Dis-moi si tu penses que Tersteeg me trouverait effronté et pédant si je lui demandais de les mettre dans une caisse. Bien que « Les Racines » ne soit qu'un dessin au crayon, j'ai bossé au crayon et gratté comme s'il s'agissait d'une peinture.

Voici mon raisonnement à propos du crayon de menuisier. Avec quoi les anciens maîtres dessinaient-ils ? Certainement pas avec des Faber B, BB, BBB, etc. etc. L'outil dont Michel-Ange et Dürer se sont servis ressemblait peut-être beaucoup à un crayon de menuisier. Seulement, comme je ne me trouvais pas à leurs côtés, je l'ignore ; par contre, je sais qu'il y a moyen d'obtenir avec un crayon de menuisier des effets bien supérieurs à ceux qu'on obtient avec ces Faber élégants, etc.

Je préfère le graphite nature aux très fines tiges des Faber coûteux. Le luisant disparaît si l'on fixe avec du lait. Lorsqu'on travaille au dehors et qu'on se sert de *conté*, la vive lumière t'empêche de voir ce que tu fais et l'on constate après que c'est devenu trop noir, alors que le graphite est gris plutôt que noir, et qu'il y a toujours moyen de le rehausser de quelques octaves en retouchant avec une plume, c'est-à-dire qu'on peut adoucir les tons trop foncés du graphite avec le *repoussoir* ou la plume.

Le fusain est très convenable, mais il perd sa fraîcheur quand on insiste trop ; il faut le fixer sur place pour sauvegarder sa finesse. J'ai pu me rendre compte que des dessinateurs, entre autres Ruysdaël, Goyen, Calame et, parmi les modernes, Roelofs par exemple, en ont souvent tiré parti pour les paysages. Mais si quelqu'un inventait une bonne plume permettant de travailler au dehors, il y aurait peut-être plus de dessins à la plume dans le monde.

On obtient des résultats remarquables avec un fusain trempé préalablement dans l'huile. Je l'ai appris de Weissenbruch ; l'huile fait fonction de fixateur et le noir est plus chaud et plus intense. Néanmoins, je me suis dit qu'il valait mieux pour moi que j'attende un an, au lieu d'essayer tout de suite, parce que je veux que la beauté ne dérive pas de mes outils, mais de moi-même. Dès que je serai un peu plus avancé, je m'affublerai de temps à autre d'un beau costume, j'entends que je me servirai d'un matériel qui me récompensera de mes peines. A condition que je sois capable de faire alors quelque chose de bon, ça ira tout seul, et il se peut que le résultat dépasse même mon attente.

Mais avant tout et avant le succès, la lutte corps à corps avec les choses de la nature.

L'an dernier, je t'ai écrit beaucoup de lettres t'exposant ce que je pensais de l'amour.

Je m'en abstiens pour le moment, parce que je suis trop pris par la mise en pratique de mes conceptions. La personne à l'égard de laquelle j'ai nourri les sentiments que tu sais, ne se trouve pas sur mon chemin ; elle m'a fui, bien que j'aie soupiré après elle, et comment ! Aurais-je mieux fait de me souvenir d'elle et d'ignorer ce qui surgissait sur mon chemin ? Je ne puis trancher la question de savoir si je me comporte logiquement ou non avec moi-même.

Supposons que je me sois attaqué aujourd'hui à un dessin, d'un bêcheur par exemple, et que le bonhomme me dise : « Il faut que je m'en aille, je ne veux ni ne puis plus poser ». Je n'ai pas le droit de lui en vouloir parce qu'il m'abandonne devant mon dessin à peine ébauché, d'autant moins que j'avais commencé à le dessiner sans lui en demander l'autorisation. Est-ce que je dois renoncer dès lors à dessiner mon bêcheur ? Je ne le pense pas, surtout si j'en rencontre le lendemain un autre, qui me dit : « Je veux bien venir poser, non seulement aujourd'hui, mais demain et après-demain également ; je comprends ce qu'il te faut, vas-y, j'ai assez de patience et de bonne volonté pour poser ». Il est vrai que je ne m'en suis pas tenu exactement à ma première impression, mais aurais-je mieux fait de tenir le raisonnement que voici : Non, il me faut absolument l'autre bêcheur, même s'il a déclaré : « Je ne veux ni ne puis » ? Voilà, je me suis attaqué au numéro deux ; je ne peux assurément pas repousser le morceau de nature qui se présente à moi. Mais j'ai le droit de penser entre-temps au numéro un. Voilà l'affaire. J'ajoute encore ceci à ma lettre précédente : pour que mes efforts soient couronnés de succès, il faut que tu m'aides encore un peu ; toutefois, je crois que la dépense ne sera pas supérieure, mais inférieure à ce que tu m'as envoyé ces derniers mois.

Je voudrais et oserais l'entreprendre si je pouvais compter sur 150 francs par mois, pendant un an encore.

J'espère gagner un petit appoint entre-temps, mais même si mon calcul était faux, je me tirerais d'affaire, fût-ce en tirant le diable par la queue. Et après, au bout de l'année ?

Il me semble que mon œuvre ne présente pas des symptômes révélant que je ne réussirai pas, à condition que j'aille de l'avant et ne ménage pas mes peines. Et je ne suis pas un homme qui travaille au ralenti ou à contrecœur.

Je me passionne pour le dessin, il m'absorbe de plus en plus, et *where is a will is a way* *.

Where is a will is a way, mais il faut qu'on l'admette de part et d'autre. Il me faut la volonté de faire les choses, et à ceux qui me témoignent ou me témoigneront de la sympathie, la volonté de vendre ou d'acheter ces choses.

Je crois qu'il y a moyen de trouver *the way,* si *the will* y est.

Seulement, si tous se disent comme Tersteeg : « C'est invendable » et « c'est disgracieux », j'aurai une montagne de déplaisir en perspective. Quoi qu'il en soit, je redoublerai mes efforts pour vaincre ce « disgracieux » et cet « invendable ».

La tempête a fait rage durant trois nuits d'affilée. Dans la nuit de samedi à dimanche, la fenêtre de mon atelier a succombé (la maison où je niche est très caduque) ; quatre carreaux brisés et le châssis arraché. Tu t'imagines bien que ce n'est pas tout. Le vent venait des prairies plates et ma fenêtre a reçu le premier choc. Au rez-de-chaussée, la cloison renversée, mes dessins arrachés du mur, le chevalet fichu par terre. Avec l'aide d'un voisin, j'ai fixé le châssis avec une corde, et j'ai cloué une couverture de laine devant le trou, qui mesure certainement un mètre carré.

Tu t'imagines que je n'ai pas fermé l'œil de toute la nuit. J'ai dû me débrouiller pour faire réparer les dégâts, puisque c'était dimanche. Le propriétaire est un pauvre bougre, il m'a donné du verre et j'ai payé les heures de l'ouvrier. Raison de plus qui me porte à envisager de m'installer dans la maison voisine. Elle a un étage, par conséquent, j'aurais un atelier plus grand que mon atelier actuel, et l'éclairage est bon. Le toit est garni de boiseries qui cachent les tuiles ; le grenier est très spacieux, on pourrait y aménager plusieurs chambres à l'aide de cloisons (j'ai les cloisons nécessaires). Le loyer est de 12,50 florins par mois. C'est une maison solide, mais elle ne trouve pas d'amateurs « parce que c'est le Schenkweg », c'est-à-dire que les locataires riches, que le propriétaire espérait, se font attendre.

* Vouloir c'est pouvoir.

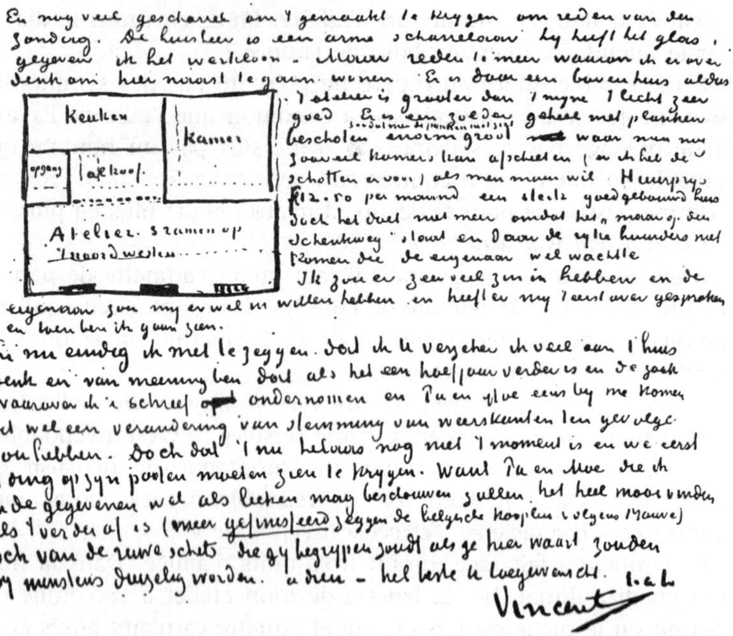

En nog veel gescharrel om 't gemaakt te krijgen om reden van den Zondag. De kuiper is een arme scharrelaar hij heeft het glas gegeven ik het werkloon. — Maar reden te meer waarom ik er over denk om hier naast te gaan wonen. En is daar een bovenhuis aldus

't atelier is grooter dan 't mijne 't licht zeer goed. En is een zolder geheel met planken beschoten enorm groot waar men nog zooveel kamers kan afschieten (en ik heb de schotten er voor) als men maar wil. Huurprijs f12.50 per maand een sleets goedgebouwd huis doch het doet niet meer omdat het „maar op den Schenkweg" staat en daar de zijke hunders niet komen die de eigenaar wel wachtte.

Ik zou er zeer veel zin in hebben en de eigenaar zou mij er wel in willen hebben en heeft er mij 't eerst over gesproken en toen ben ik gaan zien.

En nu eindig ik met te zeggen dat ik u verzeker ik veel aan 't huis denk en van meening ben dat als het een half jaar verder is en de zaak waarover ik u schreef ondernomen en Pa en Moe eens bij me komen dit wel een verandering van stemming van weerskanten ten gevolge zou hebben. Doch dat 't nu helaas nog niet 't moment is en we eerst het ding op zijn poten moeten zien te krijgen. Want Pa en Moe die ik in de gegevenen wel als leeken mag beschouwen zullen het heel mooi vinden als 't verder af is (meer gefinisseerd zeggen de Belgische kooplui volgens Mauve) doch van de ruwe schets die gij begrijpen zoudt als ge hier waart zouden zij misschien duizelig worden. adieu — het beste toegewenscht. t. à t.

Vincent

J'en ai grande envie, et le propriétaire aimerait que je m'y installe ; c'est lui qui m'en a parlé le premier, ensuite je suis allé la visiter.

Je termine en te donnant l'assurance que je songe beaucoup à Pa et Moe ; m'est avis que dans six mois, quand l'affaire dont je t'ai entretenu aura trouvé une solution, il pourrait se produire de part et d'autre un revirement d'humeur, si Pa et Moe viennent alors me rendre visite. Hélas ! ce n'est pas encore le moment, il faut d'abord essayer de liquider cette histoire. Car Pa et Moe, que je peux considérer comme des profanes en l'occurrence, trouveront que c'est une très bonne chose dès qu'elle sera dans le sac (plus *finissé,* disent les marchands belges, à en croire Mauve), mais l'esquisse crue, que tu comprendrais, toi, si tu étais ici, leur donnerait le vertige.

A Dieu, avec mes meilleurs vœux.

t. à t. *Vincent.*

Si tu viens sous peu, je ne t'enverrai pas les dessins.

Mais il serait temps que tu commences à voir quelque chose de moi ; je fais de mon mieux, et si ces deux dessins-ci ont l'heur de te plaire, je t'en montrerai beaucoup d'autres de tous genres.

Montrer aux gens qui viennent en visite chez toi ceux que tu trouves vendables, serait peut-être un moyen d'en vendre ; il t'en faudrait plusieurs d'un genre différent mais de la même main, pour qu'ils se mettent en valeur, se complètent et s'expliquent les uns les autres.

Toutefois, j'attache plus de prix à ta sympathie. Si je pouvais m'en assurer inconditionnellement, la vente irait toute seule.

Évidemment, nous ne devons pas forcer cette sympathie, ni toi ni moi. Je me crois capable d'être très productif, j'entends capable de travailler sans relâche et de ne pas fainéanter. Si je t'envoie quelques études récentes (« Laan van Meerdervoort » et « Sorrow »), quand tu m'auras retourné les anciennes, comme je te l'ai demandé, c'est pour te fournir la preuve que je suis capable d'en faire davantage de ce genre, si tu en exprimes le désir.

Si tu me dis : Ce n'est pas encore mûr, je travaillerai encore avant de t'en envoyer d'autres, car je n'ai pas choisi au hasard celles que je t'ai envoyées. En tout cas, ce dont je suis capable, j'en resterai capable.

Il faut que je travaille encore quelque temps à faire un nouveau pas en avant.

Voici où je veux en venir : si tu découvres des qualités aux dessins que je t'ai envoyés dernièrement, tu peux commencer à les montrer à gauche et à droite. Le cas échéant, je t'enverrai mes dessins au fur et à mesure que je les terminerai.

Tu dois encadrer ceux que tu reçois avec un passe-partout gris. Tu constitueras ainsi peu à peu un classeur. Réfléchis-y. J'ai encore un dessin représentant un garçon près de l'âtre, « L'enfant assisté », un autre représentant une vieille du Geest, et quelques figures de femmes qui, joints aux autres, feraient, je crois, bonne impression.

Je ne te dis pas cela pour que tu y mettes de la hâte, mais ça ne fera de tort à personne d'y réfléchir.

Tu as commencé à m'aider sans savoir ce que ça donnerait, alors que d'autres refusaient de le faire.

Je serais enchanté si, un jour, tu pouvais dire ironiquement à ceux qui trouvent idiot de ta part de me venir en aide, que tu n'y as rien perdu. Cette perspective me stimule tant et plus. Il me semble que tu devrais déjà prendre quelques dessins en dépôt, et je t'en enverrais chaque mois. Il m'arrive actuellement de faire cinq dessins par jour, mais il faut compter qu'il n'y en a qu'un sur vingt qui soit réussi.

Seulement, cet unique sur vingt n'est plus un pur produit du hasard. Je sais maintenant que sur vingt, il y aura un bon. J'en ferai assurément un par semaine dont je puisse dire : « Celui-là vaut quelque chose ».

En attendant, il est préférable que tu gardes ceux qui « valent quelque chose », plutôt que je les cède ici à l'un ou à l'autre pour une dizaine de florins, que je devrai encore considérer comme une aumône, comme une grâce de Dieu. Autour de moi, tous trébuchent sur ma manière de faire, mais je les entends tous débiter les mêmes lieux communs à propos des dessins anglais, par exemple. Seul Weissenbruch m'a répondu, lorsque je lui disais que je voyais les choses comme des dessins à la plume : « S'il en est ainsi, tu dois dessiner à la plume. »

Weiss n'a pas vu le petit dessin « Sorrow », mais il a vu le grand. Il m'a fait des remarques qui m'ont été bien agréables. C'est pourquoi j'ose parler du grand comme j'en parle. Je n'ai pour ainsi dire pas été « guidé » et « enseigné » par les autres, je me suis formé moi-même, par conséquent il n'est pas étonnant que mes procédés diffèrent de ceux des autres quand on les considère superficiellement. Cela ne permet pas de croire que mon œuvre restera toujours invendable. Je prétends que le grand dessin « Sorrow », la femme du Geest, l'enfant assisté et d'autres encore trouveront tôt ou tard amateur, si tu veux bien t'en occuper. Il se peut que plus tard j'en fasse d'autres de la même veine. Je suis de nouveau allé travailler à la Laan van Meerdervoort. J'ai devant moi une femme en robe de mérinos noir ; si tu avais l'occasion de regarder mon dessin pendant quelques jours, j'en suis sûr, il te réconcilierait avec mon procédé et tu ne souhaiterais plus qu'il soit fait selon un autre.

Je n'ai pas compris les dessins anglais dès le premier jour, je ne les comprenais pas plus que les autres étrangers, mais « je me suis donné la peine de faire leur connaissance », et je ne l'ai jamais regretté.

A Dieu. Que cela suffise pour aujourd'hui.

t. à t. *Vincent.*

2 mai 1882

Je t'ai envoyé ce jour, comme imprimé, un dessin « Racines dans un sol desséché ». Il faut me faire savoir ce que tu en penses. « Les Racines » ressemblent beaucoup à ce dessin-ci, mais je ne puis t'envoyer celui-là, pas plus que « Sorrow », enroulés de cette manière, ces dessins étant montés sur carton. En ce qui concerne celui d'aujourd'hui, je l'ai établi, non sans peine, en un jour, après avoir étudié l'endroit et les arbres pour faire « Les Racines ». C'est ainsi qu'il a pu être fait tout d'un trait et dehors, sans même être entré à l'atelier. 196 A

Mais le papier en a été endommagé en deux ou trois endroits parce que je l'ai crevé. Je te prie de remédier à cela au plus tôt, de peur que le mal s'aggrave. Je crois qu'il a besoin d'un montage sérieux.

Au revoir. J'espère avoir de tes nouvelles dès que cela te sera possible.

Mardi soir. *Vincent.*

Cher Théo,

Aujourd'hui, j'ai rencontré Mauve. Nous avons eu un entretien regrettable. 192 N

J'ai compris qu'un fossé nous sépare maintenant. Mauve s'est laissé aller à me dire qu'il ne pouvait plus revenir en arrière, ou du moins qu'il ne le voulait plus. Je l'ai invité à venir examiner mon travail, pour parler ensuite de notre affaire. Il a refusé catégoriquement : Je ne viendrai certainement pas chez vous, c'est fini entre nous.

Il a ajouté en guise de conclusion : Vous avez un caractère perfide. Puis il m'a tourné le dos. Ceci s'est passé dans les dunes. Je suis rentré seul.

Mauve m'en veut d'avoir déclaré : Je suis un artiste. Je ne retire pas cette affirmation, parce qu'il est évident qu'elle implique :

toujours chercher, sans jamais trouver la perfection. C'est exactement le contraire de : Oh ! je le sais déjà, j'ai trouvé une solution.

Autant que je sache, cette phrase signifie : Je cherche, je poursuis ardemment mon but, je prends la chose vraiment à cœur.

J'ai tout de même des oreilles pour entendre, Théo ! Lorsqu'on me dit : « Vous avez un caractère perfide », que dois-je faire ?

J'ai fait demi-tour et je suis revenu seul, le cœur débordant de tristesse, en songeant que Mauve avait osé me dire cela. Je ne lui demanderai pas d'explications, je ne présenterai non plus pas d'excuses. Et pourtant — et pourtant — et pourtant !

Je voudrais tant que Mauve regrette ses paroles.

On nourrit des soupçons contre moi — c'est dans l'air — je dissimule quelque chose, Vincent a un secret qui craint la lumière.

Eh bien, messieurs, je vais vous le dire, à vous qui êtes si férus de bonnes manières et de civilités, à condition que tout soit en toc. Qu'est-ce qui dénote plus de civilité, de délicatesse, de sensibilité et de courage : abandonner une femme à son sort ou s'intéresser à une femme abandonnée ?

J'ai rencontré cet hiver une femme enceinte, délaissée par l'homme dont elle portait l'enfant.

Une femme enceinte, qui errait par les rues, cherchant à gagner son pain de la façon que tu devines.

Je l'ai engagée comme modèle et j'ai travaillé avec elle tout l'hiver.

Je n'avais pas le moyen de lui payer un salaire complet de modèle ; je lui ai payé l'équivalent de son loyer et, Dieu merci, j'ai pu la préserver jusqu'à présent, de même que son enfant, de la faim et du froid, en partageant mon pain avec elle. Lorsque j'ai rencontré cette femme, elle avait attiré mon attention par son air souffreteux.

Je lui ai fait prendre des bains et des fortifiants, dans la mesure de mes moyens. Je l'ai accompagnée à Leyde, où il y a une maternité ; elle pourra aller accoucher là-bas. (Pas du tout étonnant qu'elle fût malade, la position de l'enfant étant anormale ; elle a dû subir une intervention, on a dû rectifier la position de l'enfant à l'aide de forceps. Elle conserve beaucoup de chances que tout se passe normalement. Elle doit accoucher au mois de juin.)

Il me semble que tout homme qui vaut le cuir de ses chaussures en aurait fait autant en pareil cas.

Je trouve cela si naturel, si normal, que j'ai cru pouvoir le garder pour moi. Au début, elle ne savait pas poser, mais elle a fini par l'apprendre ; si j'ai fait des progrès, c'est que j'avais un bon modèle à dessiner. A présent, cette femme s'est attachée à moi comme une colombe apprivoisée ; quant à moi, ne pouvant me marier qu'une fois, que puis-je faire de mieux que l'épouser, c'est le seul moyen de continuer à l'aider ; sinon la misère la contraindrait à reprendre le chemin qui aboutit au précipice.

Elle n'a point d'argent, mais elle m'aide à en gagner par mon travail.

Je déborde d'enthousiasme et d'ambition pour mon métier et mon travail ; si j'ai abandonné pendant un certain temps la peinture et l'aquarelle, c'est parce que Mauve m'avait laissé tomber. S'il revenait à de meilleurs sentiments, je recommencerais avec courage.

Pour l'instant, je ne puis supporter la vue d'un pinceau, cela me met hors de moi.

J'ai écrit : Théo, peux-tu me renseigner sur l'attitude de Mauve – la présente éclairera peut-être ta lanterne. Tu es mon frère, il est tout naturel que je t'entretienne d'affaires d'ordre privé, mais je me refuse à discuter avec un homme qui m'a lancé : Vous avez un caractère perfide.

Je n'ai pas pu faire autrement, j'ai exécuté la besogne qui s'offrait à ma main, j'ai œuvré pour le bien.

Je croyais qu'on m'aurait compris sans me demander d'explications. J'ai pensé à une autre femme pour laquelle mon cœur battait encore, mais elle était si loin et elle refusait de me voir, alors que celle-ci errait par les rues en hiver, malade, enceinte, affamée. Je n'ai pas pu faire autrement. Mauve, Théo, Tersteeg, vous tenez mon pain dans vos mains : allez-vous me le refuser et me tourner le dos ? Je me suis expliqué, maintenant j'attends qu'on me réponde.

Vincent.

Je t'envoie quelques études, pour que tu puisses te rendre compte qu'elle m'aide de la bonne façon en posant.

Mes dessins sont « de mon modèle et de moi ». La femme à la coiffe blanche est sa mère.

J'aimerais rentrer en possession de ces trois études, étant donné que je travaillerai probablement tout autrement dans un an et que je devrai me baser alors sur les études que je fais en ce moment aussi consciencieusement que possible. Tu vois quel soin j'ai mis à les faire. Elles me seront utiles si je fais plus tard un intérieur, une salle d'attente ou autre chose de ce genre, je devrai les consulter alors pour les détails. Toutefois, je me suis dit qu'il serait peut-être bon que tu saches comment j'emploie mon temps.

Les études sont un peu ingrates par la force des choses, mais elles me seraient moins utiles plus tard si j'avais visé à obtenir un effet. Quoi qu'il en soit, je m'imagine que tu comprendras sans que je te l'explique.

Le papier que je préférerais, somme toute, c'est celui dont je me suis servi pour dessiner cette figure de femme penchée en avant. Du papier couleur de lin non blanchi, s'il y a moyen. Je n'en ai plus d'épais, je veux parler de celui qu'on appelle, je crois, de l'Ingres double. Je n'en trouve pas ici. Voyant comment ce dessin a été exécuté, tu comprendras que le papier mince se prête mal à l'opération. J'aurais aimé y ajouter encore une petite figure vêtue de mérinos noir, mais il n'y avait pas moyen. La chaise près de la grande figure n'est pas terminée, parce que j'ai l'intention de dessiner une vieille chaise de chêne.

Cher Théo,

194 N Si je t'ai dit dans ma lettre précédente des choses assez sombres au sujet de la femme, c'est que j'ai voulu commencer par te faire remarquer que je ne vis pas dans un jardin de roses, mais dans la réalité. Et par protester d'avance contre des considérations sentimentales que Pa et Moe, par exemple, ne manqueraient pas de développer si je leur demandais leur avis ou les mettais au courant de la situation.

Le sentiment et la sentimentalité sont deux choses très distinctes qu'ils ne savent pas distinguer. Si je lui en parlais, Pa croirait peut-être de son devoir de jouer un rôle de gendarme qui serait parfaitement hors de propos et ne servirait à rien.

Par conséquent, tu ne peux pas m'en vouloir de n'en souffler mot à Pa et Moe ; je ne désire pas les mêler à cette affaire. Puisque je suis majeur, certains termes de la loi me garantissent l'indépendance, mais je ne pense pas qu'il ira jusqu'à s'opposer à mes projets.

On me dira : « Tu contractes une mésalliance et tu es trop pauvre. » Je réponds : « Si j'avais l'intention de vivre sur un grand pied, je passerais à côté. Mais si je m'installe dans une maison se composant d'un atelier, d'une seule pièce, d'une petite cuisine et d'une chambre à coucher au grenier, et si je mène une vie simple, il y aura moyen de s'en tirer ; dans ces conditions, deux personnes qui cohabitent ont besoin de moins qu'une personne vivant seule. On est sûr de périr à part, on ne se sauve qu'ensemble. »

J'ai demandé à K. si elle voulait courir sa chance avec moi. Tu sais comment j'ai été repoussé. Et encore, j'ai atténué la relation de l'accueil qui m'a été réservé, lors de mon voyage à Amsterdam. On m'a dit que je voulais lui forcer la main, qu'elle refusait de me voir et de m'écouter. On ne s'est pas borné à me le dire lors de ma première visite, on me l'a répété pendant les trois jours passés à Amsterdam. Théo, il n'y a que ceux qui me comprennent vraiment de travers pour me répéter : « Tu veux forcer la main. »

La preuve que je n'ai pas prétendu forcer la main, c'est ce que je fais pour le moment, qui montre assez que je ne me suis pas comporté à l'égard de K. comme un homme qui aurait voulu lui forcer la main.

La femme avec laquelle je vis maintenant m'a mieux compris. En peu de temps, elle est devenue aussi docile qu'une colombe domestique, non parce que je lui ai forcé la main, mais parce qu'elle a compris que je ne suis pas brutal. Enfin, celle-ci a compris, elle m'a dit : « Je sais que tu n'as guère d'argent, mais, même si tu en avais encore moins, je suis prête à m'accommoder des circonstances, à condition que tu restes auprès de moi et que je puisse rester auprès de toi. Je me suis trop attachée à toi pour pouvoir à nouveau vivre seule ». Quand quelqu'un me parle ainsi et me prouve sa sincérité, plus par son attitude que par ses paroles, il n'est pas étonnant que je laisse tomber devant cette personne mon masque de froideur, pour ne pas dire de rudesse ; je m'en étais affublé longtemps, parce que je ne voulais pas avoir l'air doucereux.

Eh bien, est-ce que la femme a perdu à cette solution, et est-ce que j'y ai perdu ? Je m'étonne de la voir reprendre des forces et de l'éclat de jour en jour ; elle a tant changé qu'on ne croirait plus que c'est la femme pâle et malade que j'ai rencontrée cet hiver. Pourtant, je n'ai pas fait grand'chose pour elle, je lui ai simplement dit : « Fais ceci, fais cela, et tu recouvreras la santé », et elle n'a pas fait fi de mes conseils. Et j'ai redoublé d'efforts en constatant qu'elle tenait compte de mes conseils.

Il se peut que je fusse plus que n'importe qui à même de la comprendre, parce qu'elle a quelques traits curieux qui auraient rebuté tout autre.

D'abord, sa voix éraillée, une séquelle de sa maladie ; ensuite, son caractère qui résulte de son tempérament nerveux et donne lieu à des éclats que maint autre ne saurait supporter.

Je comprends tout cela, cela ne m'incommode pas et ne m'a pas empêché jusqu'à présent de m'entendre avec elle. De son côté, elle comprend mon caractère, et on dirait que nous sommes tacitement convenus de ne pas nous chicaner.

Si tu connais le grand dessin de Herkomer qui a paru dans *Graphic,* « Le déserteur », je te dirai qu'elle ressemble beaucoup à la femme de ce dessin. Elle apprend de jour en jour à mieux poser, ce qui est d'une importance capitale pour moi. Elle n'est pas une charge pour moi, ni un boulet à mon pied. Au contraire, elle m'aide et collabore avec moi. Elle n'a pas de prétentions : « Je veux vivre comme ceci ou comme cela » ; s'il nous arrive de n'avoir que du pain, elle s'en contente sans bouder.

Quoi qu'il en soit, Théo, il me tarde de te revoir et de te parler. Il me tarde également de recevoir une lettre de toi. Si je savais que cette histoire ne t'éloignera pas de moi, je serais aussi heureux qu'un homme puisse l'être. Il est vrai que j'aurai besoin d'un peu d'aide au début. S'il fallait nous en passer, je serais assez mal loti, et elle aussi. Toutefois, cette aide ne doit pas être supérieure à celle dont je bénéficiais seul. Ma force de travail s'accroît ; si je fais de mon mieux pour en sortir (il va de soi qu'il en est ainsi plus que jamais) et si je peux compter encore quelque temps sur ton aide et ton concours, j'en arriverai à gagner le nécessaire par la vente de mes œuvres.

Le premier pas que j'aimerais faire, c'est louer l'atelier à côté, dont je t'ai déjà parlé. Je l'épouserai dès qu'elle sera de retour de Leyde, sans mettre qui que ce soit au courant, en secret et sans tralala. Nous nous accommoderons de cette maison, et nous sommes disposés à vivre aussi simplement que possible.

Si tu pouvais venir ici un jour, je crois que tu comprendrais qu'il n'y a pas lieu de craindre un affaiblissement de notre ardeur au travail, aussi bien la sienne que la mienne. Je voudrais que sa délivrance appartienne déjà au passé. Ce sera encore une épreuve du feu pour elle. Depuis son hospitalisation à Leyde, tout va bien. Mais ni elle, ni moi, ne rêvons dans un jardin de roses ou au clair de lune ; si cela s'annonce mal, tant mieux. Ce que j'espère de tout cœur, c'est que tu n'interprètes pas tout cela défavorablement. Il va de soi que bien des choses ne seraient pas arrivées si K. eût payé de retour les sentiments que je nourrissais pour elle. Mais j'avais été repoussé si résolument lors de mon voyage à Amsterdam, qu'il ne me restait plus aucun espoir de la conquérir. A moins que ma situation financière ne changeât sous peu du tout au tout, ce qui ne pouvait être le cas. Même si je parviens petit à petit à gagner assez d'argent pour vivre avec cette femme-ci, je n'en gagnerai tout de même pas assez pour tenir un rang, ce qui n'est pas ma vocation, car je n'ai pas envie d'en tenir un. Tu sais que je n'ambitionne que le strict nécessaire pour vivre, et que je me fiche de gagner davantage. Mais j'aimerais m'assurer ma semaine, comme un ouvrier ; je veux bander toutes mes forces et toute mon intelligence pour y arriver.

Étant un ouvrier, ma place est dans la classe ouvrière ; je veux y vivre et m'y enraciner de plus en plus.

Je ne puis faire autrement, je n'envie rien d'autre, je ne peux m'imaginer autre chose. A Dieu, avec une poignée de main,

t. à t. *Vincent.*

(11 mai 1882)

Cher Théo,

Je viens de t'adresser quelques dessins et quelques croquis ; ce que je veux te prouver par mes envois, c'est, comme je te l'ai déjà écrit, que mon œuvre ne faiblit pas, au contraire. 197 N

Et que je suis littéralement possédé par mon travail, que j'y trouve du plaisir et que j'ai bon courage.

J'ose espérer que tu ne m'en voudras pas de me montrer inquiet parce que tu n'as pas répondu à de nombreuses questions. Je ne crois pas que tu nourriras une mauvaise opinion de moi parce que je me suis lié avec Christine. Non, tu ne me feras pas faux bond à cause de cela, ni pour une question de formalisme ou que sais-je encore. Mais quoi d'étonnant, après ce qui s'est passé avec Mauve et Tersteeg, qu'il m'arrive de penser avec une certaine mélancolie : ne fera-t-il pas comme les autres ?

En tout cas, il me tarde de recevoir une lettre de toi, bien que je sache que tu es sans doute très occupé et que tu m'as écrit récemment. Mais il se peut que l'expérience t'apprenne plus tard qu'au moment où tu formes pour ainsi dire un seul être avec une femme enceinte, tu as tant de soucis que l'espace de vingt-quatre heures te semble une semaine, et qu'une semaine te paraît plus longue qu'un mois. Voilà la raison pour laquelle je t'ai si souvent écrit ces jours-ci, dans l'espoir de recevoir une réponse. Je t'ai exposé mon projet de louer la maison voisine, parce qu'elle me convient mieux que mon logis actuel que le vent pourrait faire crouler un jour, etc. Mais tu sais bien, n'est-ce pas, que je ne le prends jamais sur un ton supérieur quand je demande quelque chose ?

Je me plais à croire que les circonstances présentes ne te porteront pas à modifier l'attitude que tu as toujours adoptée à mon égard ; je ne me crois pas diminué ni déshonoré par ce que j'ai fait, bien que d'aucuns soient peut-être d'un autre avis.

Je sens que mon œuvre s'enracine dans le cœur du peuple et que je dois me perdre dans les classes les plus humbles pour saisir la vie sur le vif et faire des progrès, même au prix de beaucoup de soucis et d'efforts.

Je ne puis m'imaginer que je pourrais suivre une autre voie ; je n'aspire même pas à être débarrassé de mes difficultés et de mes soucis ; le seul espoir que je caresse, c'est que ces difficultés et ces soucis ne me deviennent pas insupportables. Il n'en sera rien tant que je travaillerai et pourrai me réjouir de la sympathie que me témoignent des hommes comme toi.

Il en est de la vie comme du dessin. Il faut parfois agir rapidement et résolument, s'attaquer énergiquement au sujet et tâcher de tracer aussi vite que l'éclair les grandes lignes sur le papier.

Il ne convient pas d'hésiter ou de douter, ta main ne peut pas trembler, ton regard ne peut pas errer à gauche ou à droite ; il doit se fixer sur le sujet qui est devant toi. Il faut s'y abîmer tant et si bien que tu crées en un rien de temps quelque chose sur ta feuille de papier ou sur ta toile, là où il n'y avait rien, et que tu ne sauras même plus après coup comment tu as fait. Le raisonnement et la réflexion doivent précéder le travail définitif. Pendant le travail, il y a peu de place pour la réflexion ou le raisonnement.

Agir vite est une affaire d'homme ; avant d'en être capable, il faut avoir acquis quelque expérience. L'homme de barre parvient parfois à utiliser la tempête pour faire avancer le navire, au lieu de le laisser envoyer au royaume des crabes.

Voici ce que je veux te dire encore une fois :

Je n'ai pas de projets grandioses pour l'avenir ; si je sens parfois poindre l'envie — l'espace d'un instant —, d'une vie de bien-être, libre de soucis, je reviens toujours avec amour vers mes difficultés, mes soucis, mon existence laborieuse, et je me dis : cela est mieux ainsi, j'apprends davantage et je n'en vaux pas moins ; dans cette voie, nul risque de sombrer. Je vis absorbé par mon travail et j'ai confiance : je parviendrai un jour à gagner ma vie, non dans le luxe, mais selon la vieille recette : Tu gagneras ton pain à la sueur de ton front, grâce à la bienveillance d'hommes comme toi, Mauve et Tersteeg (malgré le différend qui nous a opposés cet hiver).

Christine n'est pas un boulet à mes pieds, ni une charge pour mes épaules ; c'est plutôt une auxiliaire. Seule, elle sombrerait peut-être ; une femme ne peut rester seule à notre époque. Surtout dans une société comme la nôtre qui n'épargne pas les faibles, mais les piétine, et écrase sous ses roues les créatures sans défense tombées par terre.

Quand je vois piétiner tant de faibles, je me prends à douter de la valeur de ce qu'on appelle le progrès et la civilisation. Certes, je crois à la civilisation, même à notre époque, mais à une civilisation basée sur la véritable charité. Je trouve barbare et ne respecte aucunement tout ce qui annihile les vies humaines.

Enfin, cela suffit. Je serais enchanté de pouvoir louer la maison voisine et de pouvoir compter sur une semaine fixe. Dans la négative, je ne perdrai pas courage et je patienterai encore. Mais si je pouvais louer la maison, il y aurait lieu de m'en féliciter ; cela me permettrait de consacrer à mon travail la partie de mon énergie qui serait autrement absorbée par les soucis.

Tu verras qu'il y a un peu de tout dans le classeur.

Garde ce que tu trouves de mieux dans cet envoi ; tu le montreras si l'occasion s'en présente, et tu me rendras un jour le reste.

Il va de soi que je ne t'expédierais pas tout cela, si je savais que tu viendras bientôt ici. Mais il est peut-être bon que tu voies l'ensemble, parce que j'espère qu'il te prouvera que je ne fais pas le rentier avec ton argent. Si tu considérais superficiellement mon histoire avec Christine, tu la verrais sans doute sous un jour tout autre que son jour réel. Mais elle te paraîtra moins incompréhensible, après avoir lu ce que je te dis dans la présente et dans mes lettres précédentes.

Je voudrais que ceux qui me veulent du bien comprennent que tous mes faits et gestes me sont inspirés par un amour sincère et par un profond besoin d'amour ; que l'étourderie, l'orgueil et l'indifférence ne sont pas les moteurs de la machine, et que ma conduite fournit la preuve que je suis décidé à m'enraciner dans les classes les plus basses. Je ne crois pas qu'il serait bon pour moi de chercher mon salut dans les classes plus élevées ou de changer mon caractère. Je dois encore supporter beaucoup de choses et en apprendre davantage avant d'atteindre la maturité ; c'est une question de temps et de travail ininterrompu.

A Dieu. Écris-moi vite.

Si tu peux te passer d'un peu d'argent, celui-ci me viendra certainement bien à point. Crois-moi, avec une poignée de main,

t. à t. *Vincent.*

Si je croyais pouvoir faire plaisir à certains en quittant La Haye, je préférerais m'en aller, n'importe où, plutôt que d'ennuyer quelqu'un ici.

Je n'agis jamais de manière à faire tort à quiconque. Après avoir lu ta lettre, je m'imagine qu'il n'y a pas lieu d'attacher trop d'importance à ce que Tersteeg a dit.

La maison dont je t'ai parlé est à louer pour le moment, et je crains qu'elle ne m'échappe si je ne me dépêche pas. Raison de plus pour attendre avec impatience une lettre de toi. Car tu comprendras que je te demande franchement, après le différend avec Mauve et Tersteeg et après tout ce que je t'ai dit concernant Christine : Théo, est-ce que tout cela va entraîner un revirement dans nos relations ou une rupture entre nous ? Je serais enchanté qu'il n'en soit pas ainsi, et je me réjouirais doublement de ton aide et de ta sympathie. Pourtant, s'il devait en être ainsi, je préférerais me préparer au pire que de vivre dans l'incertitude.

J'aimerais savoir à quoi m'en tenir, si je dois m'apprêter aux assauts de l'adversité ou aux joies de la bonne fortune.

Tu m'as fait connaître ton avis au sujet de l'affaire Mauve et Tersteeg, non au sujet du reste, qui pose un cas assez spécial ; il y a une cloison entre le domaine artistique et le domaine intime, mais il serait bon de convenir franchement comment nous interprétons la chose.

Moi, je te dis :

Théo, j'ai l'intention d'épouser la femme, car je m'y suis attaché et elle s'est attachée à moi. Si par malheur cela devait entraîner un revirement de tes dispositions à mon égard, je serais heureux d'être prévenu au moins du moment à partir duquel tu me supprimeras ton aide, et de savoir si tu continueras à exprimer clairement et nettement ce que tu penses. Évidemment, j'espère que ce ne sera pas le cas, que tu ne m'enlèveras pas ton aide ni me retireras ta sympathie, qu'au contraire nous continuerons à nous tendre une main fraternelle, malgré ma conduite que « la société » condamne. Donc, mon vieux, réponds-moi dès que tu auras reçu la présente, si tu ne m'as pas encore écrit ; fixe-moi par retour du courrier, car il faut que je sois rassuré ou que je sache le pire, en réponse à ce que je t'ai écrit.

A Dieu, j'espère que le ciel demeurera toujours serein entre toi et moi.

Cher Théo,

Ayant recu ta lettre du 13 mai, qui a dû croiser la mienne, je trouve indispensable de te fournir sans tarder quelques explications supplémentaires. 198 N

Certes, j'apprécie à leur juste valeur plusieurs remarques que je trouve dans ta lettre, par exemple : Il faut avoir l'esprit mesquin et nourrir de la fausse honte pour situer une classe sociale au-dessus d'une autre.

Tu as raison, mais la société ne suit pas ce raisonnement-là ; elle ne voit point ni ne respecte « l'humanité » dans l'être humain ; elle réserve toute son attention à la valeur, en argent ou en biens, d'un homme, aussi longtemps qu'il se trouve de ce côté-ci de la tombe ; la société ne regarde pas au-delà de la tombe. C'est pourquoi elle avance si mal, pour autant qu'elle ait des pieds.

Quant à moi, j'accorde ma sympathie ou je la retire aux hommes en tant qu'hommes ; leur entourage ne m'intéresse guère. Dans une certaine mesure, je fais mien ton précepte (si mes moyens me le permettaient, je prendrais mon parti d'autres choses encore) : beaucoup d'hommes ne mènent un certain train de vie que pour détourner l'attention, afin qu'on ne se mêle pas trop de leurs affaires. Il m'arrive très souvent de m'accommoder de certaines choses, parce que je me dis : Je ne ferai pas ceci ou ne dirai pas cela, de crainte d'offusquer un tel ou un tel.

Quand il s'agit d'affaires sérieuses, il ne faut pourtant pas se laisser dicter sa conduite par l'opinion publique, ni par les passions. Il faut dans ce domaine s'en tenir à l'a.b.c. de la morale : aime ton prochain comme toi-même et fais en sorte que tu puisses te justifier devant Dieu. Fais ce que tu dois et sois loyal.

Depuis ma liaison avec Christine, je me tiens le raisonnement suivant : que penser de celui qui commencerait à me venir en aide puis me laisserait brusquement tomber ? J'estimerais sans doute que cet homme eût beaucoup mieux fait de ne jamais s'occuper de moi s'il n'avait pas l'intention de continuer, qu'il m'a leurré, somme toute. Le père de l'enfant de Christine s'est exactement comporté selon l'esprit de ta lettre, Théo, et, à mon avis, il a très mal agi. Il a été très aimable pour elle, mais ne l'a pas épousée, même quand elle était devenue enceinte de lui, prétextant sa situation sociale, sa famille, etc. Christine était encore très jeune à cette époque ; elle avait fait sa connaissance après le décès de son père, elle ne savait guère ce qu'elle faisait. A la mort de cet homme, elle s'est trouvée seule avec son enfant, abandonnée, n'ayant plus personne au monde. C'est alors qu'elle a dû faire le trottoir à contrecœur. Elle est tombée malade, écrasée par la misère, elle a échoué à l'hôpital...

Cet homme était manifestement coupable devant Dieu, mais la société a continué à l'estimer : il l'avait payée ! N'a-t-il pourtant pas eu des regrets et des remords quand il s'est trouvé face à face avec la mort ?

Ainsi va le monde : à côté de caractères comme celui-là, il en est d'autres comme le mien, par exemple. Je ne me soucie pas plus de la société que cet homme ne s'est soucié de la justice. Il s'est contenté d'un semblant de justice, tandis que moi, je me fiche éperdument de l'opinion de la société. En aucun cas, je ne veux tromper ni délaisser une femme. Quand une femme, K. par exemple, refuse de me recevoir, je ne lui force pas la main, ma passion pour elle eût-elle été deux fois plus forte ; je m'efface, le cœur désolé, quand on oppose à mon « elle et aucune autre » un « lui en aucun cas ».

Je ne veux pas forcer la main et je ne veux pas abandonner. Moi aussi, lorsqu'on me force la main ou qu'on m'abandonne, je m'insurge.

Si j'avais épousé une femme et que je constate un jour qu'elle s'amuse avec un autre, je ne le supporterais pas, mais je ne la chasserais pas avant d'avoir épuisé tous les moyens de la ramener à de meilleurs sentiments.

Tu sais maintenant ce que je pense du mariage et que je le prends au sérieux. Eh bien ! quand j'ai rencontré Christine, comme je te l'ai déjà dit, elle était enceinte et malade, elle marchait dans le froid, et moi, j'étais seul, sous le coup de ce qui venait de m'arriver à Amsterdam *.

Je me suis attaché à elle sans penser d'emblée à l'épouser. Puis, dès que j'ai appris à mieux la connaître, j'ai compris qu'il fallait m'y prendre autrement si je voulais l'aider efficacement.

C'est alors que je lui ai parlé à cœur ouvert, je lui ai dit : Voici ce que je pense de ceci et de cela, et voici comment je vois ta situation et la mienne. Je suis pauvre, mais je ne suis pas un séducteur. Pourrais-tu t'entendre avec moi, oui ou non ? Elle m'a répondu : Je reste avec toi, même si tu étais encore plus pauvre. – Voilà où nous en sommes.

Elle doit partir sous peu pour Leyde, et j'ai l'intention de l'épouser dès son retour. Sinon notre situation, la mienne aussi bien que la sienne, deviendrait complètement fausse, ce que je veux éviter à tout prix.

En résumé, je me considère comme un ouvrier qui exerce un métier ; elle me sert d'auxiliaire. Mes dessins sont en ta possession ; durant l'année à venir, tu as entre tes mains mon pain quotidien, toi et tous ceux qui veulent bien me secourir. Tu peux te rendre compte que je donne le meilleur de mon énergie à mon travail, que j'ai le dessin – la peinture également, je crois – dans le sang, et que cela se manifeste peu à peu.

Théo, je ne crois pas avoir apporté la honte dans la famille par ce que j'ai fait ; aussi voudrais-je qu'elle admette avec résignation ce qui est. Sinon, nous vivrons sans cesse à couteaux tirés. Je déclarerai à mon tour : Je refuse d'abandonner, en considération de qui ou de quoi que ce soit, une femme à laquelle je me suis attaché par un lien d'entraide et d'estime réciproques. On ne pourra

* Sa visite aux parents de K.

dire cela de moi ; tu comprendras que ce n'est pas là de « l'obstination », ni « en faire brutalement à ma tête ».

Je prends mon parti de son passé ; ainsi fait-elle du mien. Si ma famille me repoussait parce que j'ai séduit une femme, je me considérerais comme un scélérat si je l'avais fait ; mais si elle se dressait contre moi parce que je suis décidé à rester fidèle à une femme à laquelle j'ai fait vœu de fidélité, je mépriserais ma famille. Toutes les femmes ne sont pas faites pour devenir la femme d'un peintre ; celle-ci est de bonne volonté, elle se perfectionne de jour en jour.

Je comprends maintenant pourquoi certains traits de son caractère ont pu rebuter les autres. Je vois très bien Tersteeg la juger comme il me juge et affirmer : Cette femme a un caractère impossible, elle est vraiment désagréable — et il n'en démordrait pas.

Je connais assez le monde et les hommes pour demander seulement qu'on ne contrarie pas mon projet de mariage. Pour le reste, j'espère que le pain quotidien ne me manquera pas, aussi longtemps que je fournirai la preuve que je travaille de mon mieux et trime sans repos pour devenir un bon peintre, sinon un simple dessinateur. Je n'ai évidemment pas l'intention de retourner chez mes parents, ni seul ni avec elle ; je ne ferai pour ma part aucune tentative de rapprochement, je demeurerai dans le milieu que mon travail m'assigne. Ainsi, je n'offusquerai personne, à moins que certains malveillants ne veuillent trouver à tout prix une pierre d'achoppement. Je me plais à croire que ce ne sera pas le cas.

Je suis tout disposé à m'accommoder de tout, mais je ne saurais envisager en aucun cas d'être infidèle à Christine. Je voudrais savoir ce que tu me conseilles au sujet de mon lieu de résidence, etc. Si tu vois des inconvénients à ce que je reste à La Haye, je n'ai guère juré fidélité à La Haye. Je puis me créer une sphère d'activité où tu voudras, aussi bien dans un village que dans une ville. Partout, je découvrirai des figures et des paysages suffisamment intéressants pour que je leur consacre le meilleur de mes forces ; tu peux donc dire carrément ce que tu en penses. Évidemment, il ne peut être question de me placer en quelque sorte sous séquestre, cela serait hors de saison. Ma façon d'envisager le problème de ma fidélité envers Christine se résume en ceci : je ne peux pas rompre une promesse de mariage.

Si K. avait consenti à m'écouter cet été, si elle ne m'avait pas repoussé brutalement lors de ce fameux voyage à Amsterdam, tout aurait pris une autre tournure. Tu sais, toi, que j'ai tout essayé, que je l'ai poursuivie jusqu'à Amsterdam et que cela ne m'a servi à rien. Je n'ai pu lui parler, je n'ai obtenu aucun résultat, si maigre fût-il, qui aurait pu me servir de point d'appui, à quoi m'agripper fortement. Pour le moment, la vie précipitée et mon travail me serrent de près et me poussent en avant ; je dois saisir résolument les chances nouvelles qui s'offrent à moi si je veux demeurer planté sur mes jambes dans cette lutte. Se croiser les bras, c'est bon pour le passé ; à présent, depuis que j'ai découvert ma tâche et mon métier, j'agis avec énergie et volonté.

Voilà pourquoi j'estime le fond de ta lettre entièrement erroné. Peut-être n'y as-tu pas mûrement réfléchi ? Tu me dis que tu ne vois aucune raison qui m'oblige à épouser Christine. Voici ce que Christine et moi pensons : nous aspirons tous deux à une vie familiale, à vivre l'un près de l'autre ; nous avons besoin l'un de l'autre pour le travail ; nous vivons donc tous les jours ensemble et, comme nous ne pouvons souffrir une situation fausse, nous croyons que le mariage est un moyen radical de faire taire la société et d'éviter le reproche de concubinage. Si nous ne nous mariions pas, on serait en droit de prétendre qu'il y a ceci ou cela qui ne va pas. Par contre, si nous nous marions, nous serons plongés dans la pauvreté et nous renoncerons à toute amélioration de notre situation sociale, mais au moins aurons-nous fait quelque chose de propre et de loyal. J'espère que tu comprendras notre point de vue.

Si tu pouvais m'assurer cette année 150 francs par mois (bien que mes dessins ne soient pas encore vendables, qu'ils ne constituent que la base de mon œuvre à venir), je m'appliquerais à ma tâche avec plus d'entrain encore et de courage, sachant pouvoir compter sur un minimum : le strict nécessaire pour mon travail, notre pain quotidien et un toit pour dormir. Alors, il y aurait moyen de travailler. Au contraire, si tu me supprimais ton aide, je serais frappé d'impuissance ; malgré toute ma bonne volonté ma main en serait paralysée ; ce serait déplorable, vraiment affreux. Quel profit en retireriez-vous, toi ou un autre ? Je perdrais mon courage, Christine et l'enfant périraient. Tu trouveras peut-être exagéré de ma part de te supposer capable d'un tel geste, mais on fait des choses pareilles. Si ce sort terrible doit me frapper, qu'il me frappe.

Adieu, mon vieux. Mais réfléchis encore une fois à tête reposée avant de me frapper et de me couper la tête (en même temps que celles de Christine et de l'enfant). Je te le répète, si je dois perdre ma tête, soit — mais je préférerais tout de même la garder, car j'en ai besoin pour dessiner.

Vincent.

Cher Théo,

193 N Pour réussir à te faire mieux saisir ce que je t'ai déjà écrit, je voudrais me borner à t'expliquer l'essentiel. Je n'ai rien à reprendre de ce que j'ai dit de mon voyage à Amsterdam. Cependant, ne me considère pas comme un être brutal, si je me vois dans l'obligation de te contredire. Laisse-moi d'abord te remercier pour les 50 francs.

Tu ne comprendrais rien si je ne m'expliquais pas en termes énergiques, et je me tairais si tu prétendais que je dois mettre les pouces devant toi. Je ne crois pas que tu es disposé à le prétendre. Je crois même que tu ne seras pas choqué si j'écris que certaines de tes forces vitales paraissent moins développées que ton entendement de certains problèmes : là, tu es cent fois mieux au courant que moi et je ne me risquerais point à te contredire. Je sens souvent, surtout quand tu m'as donné quelques explications, que tu comprends beaucoup de choses mieux que moi. Néanmoins, ton point de vue en amour me confond.

Ta dernière lettre m'a laissé plus rêveur que tu ne le soupçonnes. A mon sens, voici l'erreur que j'ai commise et la raison véritable pour laquelle j'ai été mis de côté. Quand on n'a pas d'argent, on est mis au rancart ; par conséquent, ce fut une erreur et une étourderie de ma part de prendre à la lettre les paroles de Mauve, et de croire, ne fût-ce qu'un instant, que Tersteeg se souviendrait de toutes mes difficultés.

L'argent est aujourd'hui ce qu'était le droit du plus fort dans le passé. Il est dangereux de vouloir contredire quelqu'un : cela n'incite guère votre interlocuteur à réfléchir, et cela vous vaut ordinairement un coup de poing dans la nuque, un coup de poing dans le genre de ceci : je n'achèterai plus rien de lui, ou je ne lui viendrai plus en aide.

En vertu de ce principe, je risque peut-être ma tête en te contredisant, mais je ne sais comment faire autrement, Théo. Si tu veux m'assommer, voici ma nuque. Tu connais ma situation et tu sais que ma vie et ma mort dépendent pour ainsi dire de ton soutien. Vois-tu, je suis pris entre deux feux — si je réponds à ta lettre : « Oui, Théo, tu as raison, je laisserai tomber Christine », primo, je proférerai une contre-vérité en te donnant raison, secundo, je m'engagerai à faire quelque chose d'abominable.

Si je te contredis et si tu réagis comme T. et M., j'aurai la nuque écrasée, pour ainsi dire.

Va pour ma nuque, s'il le faut. L'autre solution serait encore pire.

Je voudrais t'expliquer clairement et brièvement certaines questions. Tant pis, si tu interprètes mal mes explications et si, en conséquence, tu me refuses dorénavant ton soutien. Les passer sous silence pour pouvoir compter sur ton aide me semblerait une vilaine chose. Je préfère donc m'exposer au pire. Si je parviens à te faire comprendre ce que tu ne comprends pas encore, je crois, Christine et son enfant, ainsi que moi-même, nous y trouverons tous notre profit. Mais pour en arriver là, il faut me risquer à te dire ce qui suit.

Pour exprimer mes sentiments à l'égard de K., je déclarais carrément « elle et aucune autre ». Son « jamais, non, jamais de la vie » n'avait pas réussi à me faire renoncer. Je gardais espoir, et mon amour demeurait vivace malgré ce refus que je considérais comme un glacon qui finirait bien par fondre. Cependant, j'étais inquiet. Je vivais en proie à une anxiété qui devint peu à peu insupportable parce que K. s'obstinait à se taire, parce que je ne recevais jamais le moindre mot en réponse à mes lettres.

Je suis alors allé à Amsterdam. On m'a dit là-bas : Quand tu approches de cette maison, K. s'enfuit. A ta décision « elle et aucune autre » ; elle réplique par une autre, « lui en aucun cas » ; ta persévérance est dégoûtante.

Je mis alors mes doigts dans la flamme de la lampe et demandai : Permettez-moi de la voir aussi longtemps que je puis tenir ma main dans cette flamme. Il n'est pas étonnant que Tersteeg ait peut-être examiné ma main après. Mais ils ont soufflé la lampe et m'ont déclaré : Vous ne la verrez pas.

Je ne pouvais plus y tenir, comprends-tu, surtout quand on insinuait que je voulais lui forcer la main ; je voyais bien qu'on m'assenait sans répit des arguments-massues, qu'on assommait mon « elle et aucune autre » à coup de massue. Alors, j'ai senti mourir mon amour ; il n'est pas mort complètement ni tout de suite, mais assez vite quand même, et un vide, un vide immense s'est creusé dans mon cœur.

Tu sais que je crois en Dieu et que je ne doutais pas de la puissance de l'amour. Pourtant, j'ai ressenti quelque chose comme « Mon Dieu, mon Dieu, pourquoi m'avez-vous abandonné ? ». Je ne comprenais plus rien, et je pensais : Me suis-je donc trompé ?... O! mon Dieu, il n'y a donc pas de Dieu !

Je ne pouvais continuer à affronter cet affreux et glacial accueil d'Amsterdam ; c'est à la fin du marché qu'on apprend à connaître les marchands.

Suffit. Mauve m'a procuré alors un peu de distraction et un peu d'encouragement. J'ai dépensé toutes mes forces à mon travail. Puis, quand M. m'eut abandonné et que j'eus été malade quelques jours, j'ai rencontré Christine vers la fin de janvier.

Tu dis, Théo, que je ne ferais pas cela si j'avais aimé réellement K. Comprends-tu maintenant que je n'en pouvais plus, après les assauts d'Amsterdam ? Aurait-il été préférable de m'abandonner au désespoir à ce moment ? Pourquoi un honnête homme désespérerait-il ? Je ne suis pas un scélérat, je ne mérite pas d'être traité aussi méchamment. De quoi sont-ils donc capables, les autres ? Il est vrai qu'ils ont eu le dessus, qu'ils ont fait échouer mes projets. Mais je ne leur demanderai plus leur avis. Maintenant j'interroge, en homme et majeur : Ai-je le droit d'endosser des vêtements d'ouvrier et de vivre comme un ouvrier, oui ou non ? A qui dois-je rendre des comptes, qui aura le front de me dicter ma conduite ?

Qu'il vienne, celui qui a envie de me mettre des bâtons dans les roues !

Vois-tu, Théo, je suis las et harassé. Réfléchis et tu comprendras. Mon chemin est-il moins droit quand quelqu'un dit : Il a quitté le droit chemin ? C. M., lui aussi, radotait tout le temps à propos du droit chemin, à l'instar de Tersteeg et des pasteurs. Mais C. M. qualifie De Groux de scélérat, par conséquent, je le laisse radoter, mes oreilles l'ont assez entendu. Pour l'oublier, je m'allonge à plat ventre dans le sable, devant une vieille racine d'arbre, et je dessine. Affublé de mon sarrau de toile, ma pipe au bec, je plonge mon regard dans les profondeurs du ciel bleu — ou je contemple la mousse et l'herbe. Cela me calme. Et je me sens aussi calme quand Christine et sa mère posent, que je calcule les proportions et cherche à deviner sous les plis de la robe le corps aux longues lignes onduleuses. Je suis alors à mille lieues de C. M. et de M. Tersteeg, et me sens beaucoup plus heureux. Seulement les soucis surgissent, hélas ! je dois parler ou écrire d'argent, et ça recommence par le commencement. M'est avis que T. et C. M. feraient beaucoup mieux de ne pas s'occuper du « chemin à suivre », mais de m'encourager à dessiner.

Tu diras que C. M. le fait. Voici pourquoi sa commande n'est pas encore prête.

Mauve m'a dit : Ton oncle a eu ce geste parce qu'il est venu te voir un jour, mais tu dois comprendre qu'il se lassera vite, et alors tu ne pourras plus compter sur personne. Dis-toi bien, Théo, que je n'ai pu supporter cela ; si l'on me dit des choses pareilles, je reste les bras ballants, comme paralysé. Surtout parce que je crois savoir que C. M., lui aussi, a fait allusion aux « bonnes manières ».

J'ai fait pour C. M. douze dessins au prix de 30 florins, donc, 2,50 florins pièce. C'est une corvée ardue qui me vaut pour plus de 30 florins d'efforts, je ne mérite donc pas de devoir considérer cet argent comme une aumône ou comme un bienfait.

Je me suis déjà beaucoup dépensé pour les six autres, j'ai fait des études — et cela en est resté là.

J'ai déjà consacré les mêmes efforts à six nouveaux dessins, dès lors il ne saurait être question de paresse. Seulement, je suis paralysé.

Je me raisonne : il n'y a pas lieu de me tracasser à ce sujet. Mais je suis énervé, ça ne me lâche pas, ça me revient à l'esprit quand je me remets au travail. Tant et si bien que je dois faire des concessions à moi-même et m'attaquer à un autre travail.

Je ne comprends pas Mauve — il aurait été plus aimable de sa part de ne jamais s'intéresser à moi. Qu'est-ce que tu me conseilles, achever la commande de C. M. ou ne pas l'achever ? Je suis là, ne sachant que faire.

Autrefois, il régnait un autre état d'esprit parmi les peintres. Aujourd'hui, ils se dévorent l'un l'autre ; ils jouent les grands seigneurs dans des villas et passent leur temps à ourdir des intrigues. Moi, je préfère me trouver au Geest dans une ruelle populeuse, misérable, fangeuse, morne ; je ne m'ennuie jamais là-bas, tandis que je m'embête dans ces belles maisons. Comme je trouve qu'il n'est pas bon de m'ennuyer, je dis : Ma place n'est pas là, je n'irai plus. Dieu merci, il y a mon travail, mais pour pouvoir travailler il me faut de l'argent, puisque je n'en gagne pas encore, voilà le hic. Si je réussis d'ici un an — peut-être plus tôt, peut-être plus tard, je l'ignore — à dessiner le Geest tel que je le vois, peuplé de silhouettes de vieilles femmes, d'ouvriers et de filles, T. se montrera plus aimable. Mais c'est moi qui lui dirai alors : « Fichez-moi la paix ! », et j'ajouterai : « Vous m'avez laissé tomber quand j'étais aux prises avec les difficultés, mon ami, je ne vous connais pas ; allez-vous-en, car vous me cachez la lumière. » Mon Dieu, de quoi aurais-je peur, que m'importent le « déplaisant » et les « invendable » de Tersteeg ? S'il m'arrive de perdre courage, je contemple « Les Bêcheurs » de Millet, « Le Banc des Pauvres » de De Groux, et Tersteeg devient alors si petit, si petit ! Tous ces commérages me paraissent si mesquins que je retrouve ma bonne humeur, allume ma pipe et me remets à dessiner.

Mais si un représentant de la civilisation s'avisait un jour de dresser des obstacles sur ma route, il lui arriverait sans doute d'entendre des propos plutôt désarmants.

Tu vas me demander, Théo, si tout cela s'adresse à toi. Je te réponds : « Théo, c'est toi qui m'as donné du pain et qui m'es venu en aide, n'est-ce pas ? Par conséquent, tout ce que je viens de dire ne s'adresse pas à toi ». Parfois, je me demande pourquoi mon frère ne s'est pas fait peintre et s'il ne finira pas par s'ennuyer au sein de cette civilisation ? Ne regrettera-t-il pas un jour de ne pas lui avoir tourné le dos, de ne pas avoir appris un métier manuel, épousé une femme et revêtu un sarrau ? Tu as peut-être tes raisons de ne pas le faire, n'en parlons donc plus. J'ignore si tu connais déjà l'a.b.c. de l'amour. Me trouves-tu prétentieux ? Ce que je veux dire, c'est que l'amour vous apparaît sous son vrai jour lorsqu'on est assis au chevet d'une malade, parfois sans un sou en poche. Ce n'est pas tout à fait la même chose que « manger des fraises au printemps » ; on ne peut manger des fraises que durant quelques jours, alors que les autres mois de l'année sont gris et sombres. Mais que n'apprend-on pas dans le courant de ces mois sombres ! Parfois je me dis que tu sais tout cela, et parfois que tu l'ignores.

Je veux connaître par ma propre expérience les joies et les peines familiales, pour pouvoir les exprimer dans mes dessins. Quand je suis revenu d'Amsterdam, j'ai senti que mon amour — qui était pourtant sincère, qui était pourtant loyal — avait été littéralement assommé. Après la mort, on ressuscite. *Resurgam.*

Alors, j'ai rencontré Christine. Il ne pouvait être question d'hésiter ou de tergiverser. Il fallait agir. Si je ne l'épouse pas, il aurait été plus gentil de ma part de ne pas m'intéresser à elle. Évidemment, ma décision creuse un fossé, je fais de propos délibéré ce qu'on appelle « se déclasser ». A tout prendre, rien ne m'interdit de le faire, puisque ce n'est pas une mauvaise action, bien que la société la qualifie de blâmable. J'organise donc mon ménage à la façon d'un ouvrier. Je m'y sens parfaitement à mon aise ; j'aurais voulu m'y décider plus tôt, mais je n'en avais pas les moyens. Je me fais un plaisir de croire que, par-dessus le fossé, tu continueras à me tendre la main. J'ai parlé de 150 francs par mois, tu prétends qu'il m'en faut davantage.

Minute. En moyenne, mes dépenses mensuelles n'ont jamais dépassé 100 francs depuis que j'ai quitté Goupil, sauf quand j'ai dû voyager. J'ai débuté chez Goupil à 30 florins ; peu après, j'ai gagné 100 francs.

Ces mois derniers, j'ai eu plus de dépenses, mais j'ai dû m'installer. Je te demande donc : ces dépenses-là sont-elles déraisonnables et exagérées ? D'autant plus que tu sais que j'ai dû faire face à des frais supplémentaires. Combien de fois n'ai-je pas dû me tirer d'affaire avec moins de 100 francs par mois durant ces longues années ? S'il est vrai que mes voyages m'ont coûté beaucoup d'argent, il n'en est pas moins vrai que j'ai appris plusieurs langues et que j'ai cultivé mon esprit : est-ce de l'argent jeté ?

Je veux me tracer maintenant une route droite et la suivre. Ajourner mon mariage me placerait dans une situation fausse, et cela me répugne. Elle et moi, nous voulons bien nous serrer la ceinture et nous tirer d'affaire comme nous le pouvons, à condition que nous soyons mariés.

J'ai trente ans, elle en a trente-deux ; c'est dire que nous ne nous jetons pas dans l'aventure comme des enfants. Pour ce qui concerne la mère et son enfant, celui-ci la lave de toute tache ; j'ai du respect pour une femme qui est mère, je ne me soucie pas de son passé. Je suis content qu'elle ait un enfant ; elle sait ainsi ce qu'elle doit savoir.

Sa mère est très travailleuse, elle mériterait une croix d'honneur pour avoir fourni la subsistance durant des années à ses huit enfants. Elle ne voudrait pas dépendre de nous, elle gagne sa vie comme femme de journée.

Il est déjà tard. Christine ne se sent pas bien, le jour de son départ pour Leyde approche. Pardonne-moi de t'écrire à la diable, car je suis fatigué.

J'ai pourtant voulu répondre à ta lettre.

A Amsterdam, j'ai été éconduit avec fermeté, j'ai été véritablement expulsé. Il aurait été insensé de ma part de continuer le jeu.

Aurais-je dû désespérer alors, me jeter à l'eau ou faire une sottise de ce genre — à Dieu ne plaise. Je l'aurais fait si j'avais été un homme méchant. Je me suis renouvelé, non à bon escient, mais parce que j'en ai trouvé l'occasion et que je n'ai pas refusé de recommencer sur de nouveaux frais.

C'est une aventure toute différente. Christine et moi, nous nous comprenons mieux. Nous ne devons nous soucier de qui que ce soit, n'ayant évidemment pas la prétention de tenir un rang ; cette idée n'a jamais effleuré notre esprit.

Connaissant les préjugés de ce monde, je sais que je n'ai rien d'autre à faire que de me retirer de mon milieu, qui m'a d'ailleurs répudié depuis longtemps. Alors tout sera dit, il n'y aura plus à revenir sur ce qui est.

Il est possible que j'attende encore un moment avant de m'installer avec elle, si les circonstances ne s'y prêtaient pas, mais je suis fortement décidé à me marier sans le moindre tralala, et tant pis si l'un ou l'autre crie au scandale. Qu'elle soit de religion catholique simplifiera beaucoup les choses, puisqu'il ne saurait être question de cérémonie religieuse, dont elle ni moi ne voulons entendre parler.

Tu me diras : c'est net et précis, ça. Soit.

Je ne veux entendre parler que d'une chose : dessiner. Elle aussi, elle a un emploi stable : poser. Je voudrais pouvoir m'installer dans la maison voisine ; elle est juste assez grande pour nous, il y a moyen d'y aménager une chambre à coucher au grenier, et l'atelier serait bien meilleur que celui-ci, pour l'espace et pour l'éclairage. Sera-ce possible ? Même si je devais nicher dans un trou, je préférerais encore manger ma croûte de pain devant un âtre à moi, si misérable soit-il, que vivre sans l'épouser.

Elle sait ce que c'est que la misère, moi aussi. La pauvreté a de bons et de mauvais côtés ; malgré cela, nous sommes prêts à en courir les risques. Les pêcheurs savent que la mer est dangereuse et la tempête redoutable, mais ils n'ont jamais admis que les dangers fussent des raisons suffisantes pour rester à terre. Ils abandonnent cette sagesse à ceux qui la trouvent à leur goût. Que la tempête se lève, que la nuit tombe : qu'est-ce qui est plus redoutable, le danger ou la peur du danger ? Je préfère la réalité, le danger même. Adieu, Théo, il est tard, je suis fatigué, j'ai voulu t'écrire quand même dans l'espoir que tu comprendrais ; j'aurais voulu m'exprimer plus clairement et plus aimablement, je me plais à croire que tu ne te formaliseras pas de ce que je viens de t'écrire, et que tu ne le considéreras pas comme une offense. Crois-moi

t. à t. *Vincent.*

Je crois, ou plus exactement, je commence à avoir l'impression que j'ai peut-être craint à tort que Théo ne me supprime son aide si je le contredisais. Mais on m'a si souvent laissé tomber, que je ne t'en estimerais pas moins et que je ne serais pas fâché contre toi si tu en faisais autant. Je me dirais : il ne sait pas mieux, ils le font tous sans réfléchir, non par méchanceté.

Pouvoir continuer à compter sur ton aide sera pour moi une surprise singulière, une aubaine que je n'avais pas osé espérer, car je vis depuis un bon moment dans l'attente du pire, comme Christine d'ailleurs, que je n'ai cessé de prévenir : Écoute, mon amie, je crains que le jour ne soit pas loin où je n'aurai plus de pain. Je ne te l'ai pas écrit avant que l'occasion se présente d'en parler. Si tu continues à m'accorder ton aide, ce sera une solution et un soulagement si imprévus, si inespérés, que j'en serai bouleversé de bonheur ; je n'ose pas encore y croire en ce moment, j'écarte énergiquement cette pensée pendant que je t'écris d'une main ferme, afin de ne pas paraître faible.

Mon expérience de cet hiver avec Mauve m'a servi de leçon, elle m'a incité à me tenir prêt au pire — un arrêt de mort de ta part, j'entends la suppression de ton aide.

Tu diras : Mais je n'ai pas cessé de te venir en aide — oui, mais je l'ai toujours reçue avec une espèce d'anxiété, en pensant : il ne sait pas encore tout ce qu'il saura un jour, je ne serai pas tranquillisé avant que la crise n'ait éclaté, je dois m'attendre au pire.

A présent, la crise a éclaté ; je ne puis en prédire toutes les conséquences, je n'ose encore espérer. J'ai dit à Christine : quoi qu'il arrive, je te conduirai à Leyde. J'ignore quelle sera ma situation quand tu reviendras, si j'aurai du pain ou si je n'en aurai plus, mais tout ce que j'aurai sera autant pour toi et pour l'enfant que pour moi.

Christine ne connaît aucun détail et elle ne m'en demande pas, elle sait que je suis loyal à son égard et elle veut rester avec moi quand même.

J'ai toujours cru que tu te détournerais de moi dès que tu serais mis au courant. De sorte que je vivais au jour le jour, constamment préoccupé par la menace du pire, et je n'ose pas encore me considérer comme en étant libéré. J'ai travaillé également au jour le jour, commandant seulement ce que j'étais à même de payer comptant, n'osant entreprendre une nouvelle toile, n'osant mettre la main à la pâte comme je le ferais si je pouvais espérer une amélioration de mes relations avec Mauve et Tersteeg. Mais je me répétais que leur amitié était superficielle et leur mauvaise grâce profonde ; j'ai pris vraiment au sérieux la parole de Mauve : « C'est fini entre nous », non au moment où il me l'adressa (elle m'a laissé assez indifférent alors, je l'ai bravée comme les Indiens qui disent pendant qu'on les torture : ça ne fait pas mal !), mais quand il m'a écrit : « Je ne m'occuperai plus de vous durant deux mois ». Enfin, depuis que j'ai brisé les plâtres. Bref, je me suis toujours dit : N'ayant plus rien à espérer pour moi-même de Mauve et de Tersteeg, je remercierai Dieu aussi longtemps que Théo continuera à me faire parvenir le nécessaire. Pourvu que je puisse conduire Christine sans accident à Leyde ! Je lui expliquerai ensuite toute l'affaire et lui dirai : Cesse tes envois, voici ce que j'ai fait.

Y comprends-tu quelque chose ?

Je m'attends au pire ; réponds-moi, mais, je t'en prie, parle clairement.

Cher Théo,

199 N Christine souffrant souvent de crampes, j'ai estimé préférable qu'elle retournât à Leyde, afin de savoir exactement ce qu'il en est.

Elle y est allée, elle vient de rentrer. Dieu merci, tout va bien. Comme tu le sais, elle a subi une opération chirurgicale au mois de mars ; on l'a auscultée à nouveau. Il lui faut beaucoup de soins, de fortifiants et de bains, s'il y a moyen. A ce prix-là, elle a beaucoup de chances de s'en tirer.

Au mois de mars, le professeur ne pouvait prédire l'époque exacte de sa délivrance, il croyait alors que ce serait pour la fin de mai ou le début de juin.

Cette fois, il lui a dit que ce serait probablement pour les derniers jours de juin, et il lui a signé un billet d'admission à la Maternité pour la mi-juin. Il l'a interrogée sur son genre de vie ; je sais maintenant avec certitude, d'après ce qu'il lui a dit, qu'elle ne résisterait pas si elle devait reprendre son ancien métier, et qu'il était moins cinq quand je l'ai rencontrée et secourue cet hiver.

Autant dire que je ne songe pas un seul instant à l'abandonner, comme je te l'ai déjà écrit ; dans de telles circonstances, ce serait une véritable ignominie de ma part.

Le médecin a jugé qu'elle se portait mieux qu'au mois de mars, l'enfant vit ; il lui a donné des conseils concernant sa nourriture, etc., de sorte que je dispose de directives précises.

La layette du bébé est déjà prête : tout ce qu'il y a de plus simple. Je ne suis pas aux prises avec des illusions ou des abstractions, mais avec la réalité qui me contraint à agir énergiquement.

Dans ces circonstances, je ne vois pas de meilleure solution — pour elle et pour moi — que de l'épouser. Comme je te l'ai déjà dit, j'ai été agréablement surpris par l'accent tendre de ta lettre du 13 mai ; je ne m'étais guère fait d'illusions et j'avais craint que tu ne désapprouves catégoriquement ma conduite et ne me supprimes ton aide. Je n'ose pourtant pas encore espérer que tu continueras parce que je sais que la plupart des gens de ta condition considèrent un exploit de ce genre comme un crime capital, entraînant l'expulsion de la société.

C'est-à-dire qu'il me tarde de recevoir une lettre de toi et d'apprendre si tu as bien reçu les dessins. Je suis sans illusion. Seulement, je ne serais pas franc si je te disais autre chose que ceci : je suis fermement décidé à l'épouser le plus tôt possible.

Les raisons que tu invoques ne sont pas assez convaincantes pour me forcer à y renoncer, bien que quelques-unes de tes objections, surtout si on les considère en soi, soient justes, du moins partiellement.

Pour te dire la vérité, j'ai encore besoin d'un peu d'argent pour terminer ce mois-ci, bien que j'aie payé mon pain jusqu'au 1er juin et que j'aie acheté quelques provisions, du café, etc.

Évidemment, je me propose, si tu m'assures que les inconvénients que j'imaginais n'existent pas, de m'occuper sérieusement de la commande de C. M. J'ai déjà fait les études. Toutefois, il me faudra consacrer encore deux ou trois semaines à l'achèvement de ces six dessins, sans compter la peine que je me suis déjà donnée. Je ne sais combien il m'en donnera, mais je ferai de mon mieux ; par conséquent, j'espère toucher cet argent en juin.

Après tout, si ma façon d'agir envers Christine est méritoire, je crois que ce mérite doit être inscrit à ton crédit plutôt qu'au mien, puisque je n'ai été qu'un instrument et que j'aurais été impuissant sans ton aide.

L'argent que tu m'as fait tenir m'a permis de continuer à dessiner ; en outre, ce qui est plus important, il a sauvé la vie de Christine et de l'enfant. Si tu considérais l'usage que j'en ai fait comme un abus de confiance, je me sentirais coupable en un certain sens. Je me plais à croire que tu n'en jugeras pas ainsi.

t. à t. *Vincent.*

Cher Théo,

200 N Un mot en toute hâte. As-tu reçu les dessins et ma dernière lettre ? Je veux parler du classeur contenant le grand dessin « Sorrow », « Les Racines d'arbre », etc.

Je viens d'apprendre que l'oncle Cent est à Paris. Je veux croire que tu ne lui as pas soufflé mot de ce que tu sais. Il est évidemment de ceux qui interprètent ma conduite comme une « immoralité » ou quelque chose de ce genre, à moins que ce ne soit pis. Je veux bien, moi ; à condition qu'on ne m'oblige ni à les écouter, ni à les voir, ils peuvent jacasser sur mon compte tant qu'ils veulent.

Hier, j'ai reçu une lettre aimable de Pa et Moe ; elle me ferait grand plaisir si je pouvais croire que leurs bonnes dispositions sont durables.

Mais si je leur parle de ma liaison avec Christine (ce que je ferai certainement dans deux ou trois semaines, dès qu'elle sera partie pour Leyde et que j'aurai toute liberté d'agir), si je leur en touche un mot, est-ce qu'ils conserveront ce ton aimable ? ? ?

Il ne leur appartient pourtant pas de prendre une décision. Toi, tu sais ce que je pense de cette affaire. Comme je ne fais rien qui ne soit permis par les lois et qu'au point de vue moral, je doute de la compétence de leur jugement, je déplorerais évidemment un refus de leur part, mais cela ne me contraindrait nullement à m'arrêter en chemin où à revenir sur ma décision.

Je me suis remis aux dessins pour C. M. Reste à savoir s'ils lui plairont. Peut-être que non. Je ne peux concevoir des dessins de ce genre que comme des études de perspective ; c'est surtout pour cette raison-là que je les fais, afin de m'exercer.

Si Son Excellence ne les prend pas, je ne regretterai pas la peine que je me donne, parce que j'aimerais les garder et que je m'exerce dans un domaine d'une importance capitale, celui de la perspective et des proportions.

Depuis une quinzaine de jours, je suis plutôt mal en point, je ne me sens pas bien. Je n'ai pas voulu me laisser aller, j'ai travaillé quand même. Je n'ai pas dormi plusieurs nuits d'affilée, j'étais fiévreux et nerveux. Je me suis astreint à rester debout et à travailler, car le moment n'est guère indiqué pour tomber malade. Il faut que je tienne le coup. Christine et sa mère se sont installées dans une plus petite maison ; elle a l'intention de venir habiter avec moi à son retour de Leyde, où que ce soit et quelle que soit ma situation. Leur maison a une courette, je me propose d'en faire un dessin cette semaine.

Je comprends de mieux en mieux que ma décision m'ouvre un champ d'activité intéressant, pour dessiner et pour trouver des modèles.

Il faut tenir compte de tout cela quand on veut porter un jugement sur moi.

Mon métier m'oblige à toutes sortes de choses que je n'oserais me permettre si j'en exerçais un autre.

Il me tarde de recevoir une lettre de toi ; j'espère que tu auras bientôt le temps de m'écrire.

Il me semble que tu es bien placé pour aplanir les difficultés, puisque tu connais le fin mot de l'affaire (si tu désirais de plus amples renseignements, je te les donnerais volontiers, en toute sincérité et dans le respect absolu de la vérité). Je disais donc : puisque tu connais toute l'histoire, tu es bien placé pour exercer une influence modératrice et pour redresser l'opinion de ceux qui ne me jugeront que sur des on-dit, quand ils apprendront la chose plus tard. Ceci en vue d'éviter des complications, car tu dois comprendre que, dans toute la mesure du possible, je désire être épargné, être délivré des potins, des querelles ; c'est par amour pour cette sacro-sainte paix que je n'en ai encore soufflé mot à personne, si ce n'est à toi, et que j'en dirai le moins possible à Pa, par exemple, quand elle sera partie pour Leyde.

Je n'ai pas été au-devant de cette aventure, je l'ai trouvée sur mon chemin, j'ai payé de ma personne et je me réjouis de n'avoir pas eu le temps de réfléchir, d'avoir dû agir sans hésiter. J'ai commencé par t'en faire voir les côtés fâcheux ; aussi puis-je espérer qu'il n'y aura plus tard qu'un demi-mal.

Mais je voudrais savoir ce que je dois faire à propos de l'atelier, dont je t'ai parlé. Je me contenterais aussi bien d'une maison moins spacieuse, mais je n'en connais pas de plus convenable et de plus pratique. Je crains qu'une maison moins convenable ne coûte pas moins cher, tout compte fait, car si mon travail doit en pâtir, il importe peu que j'économise quelques fiorins par mois en payant un loyer moins élevé. Et je me demanderai peut-être plus tard pourquoi j'ai laissé échapper cet atelier, pourquoi je ne me suis pas donné plus de peine pour l'avoir.

Il me tarde davantage de recevoir ta visite que de recevoir une lettre, mais je comprends qu'il ne te sera peut-être pas possible de venir bientôt. Je n'ai pas la tête à écrire, mais on s'y voit parfois contraint. Je serais bien aise si tu pouvais m'envoyer encore un peu d'argent, car je ne joue pas sur le velours. En tout cas, écris-moi vite.

J'aimerais surtout savoir ce que tu penses de l'atelier. Il se peut qu'il trouve un locataire d'un jour à l'autre.

A Dieu et, je le répète, ne te prive pas, mais envoie-moi un peu d'argent, si cela te convient.

t. à t. *Vincent.*

Dis-moi aussi si tu as reçu les dessins.

(27 mai 1882)

Cher Théo,

202 N Aujourd'hui, samedi, j'ai reçu la visite de Rappard. Je suis enchanté de sa venue. Il m'a demandé de tes nouvelles. Il a vu entre autres les dessins que je suis en train de faire pour C. M. ; ils semblaient lui plaire, surtout un grand dessin représentant la cité

où habite la mère de Christine. Je voudrais que tu le voies, toi aussi, de même qu'un autre représentant une baraque de menuisier et un chantier où quelques petites figures sont au travail. Au point de vue de la perspective, il est beaucoup plus compliqué que l'autre, « Laan van Meerdervoort », que je t'ai envoyé, et il m'a demandé énormément de travail.

Sache que je travaille actuellement au dehors à partir de quatre heures du matin, parce qu'il est quasiment impossible de s'installer dans la rue pendant la journée, à cause des passants et des gamins ; d'autre part, c'est le meilleur moment pour voir les grandes lignes, à l'heure où les choses ont encore peu de couleur. Pour le reste, mon vieux, je viens de vivre une quinzaine pénible.

Quand je t'ai écrit vers la mi-mai, il ne me restait plus que 3 à 3 florins 50, après avoir payé le boulanger. Je n'ai pu me permettre que du pain de seigle sec et un peu de café, et Christine était logée à la même enseigne. C'est que nous avions acheté un peu de linge pour le bébé, qu'elle avait dû aller à Leyde, etc.

L'autre semaine, je ne me sentais pas du tout d'aplomb, par suite de mes insomnies continuelles. J'ai eu la main heureuse en faisant quelques dessins, tant et si bien que la commande de C. M. est bien avancée ; cela m'a rendu un peu de courage et j'ai retrouvé un peu de calme.

Voyons, vieux, écris-moi vite et délivre-moi du propriétaire, car tu sais que ces gens-là ne veulent pas entendre parler de sursis. La visite de Rappard m'a remonté le moral. Il m'a donné 2 florins 50. Voyant un accroc dans un dessin, il m'a dit : « Il faut faire réparer cela. » — « Fort bien, lui ai-je répondu, mais je n'ai pas d'argent. Il faut pourtant que j'expédie ce dessin. » Il m'a répondu sans hésiter qu'il m'en donnerait volontiers ; j'aurais pu en obtenir davantage, mais j'ai refusé et je lui ai donné tout un lot de gravures sur bois et un dessin pour son argent. Il s'agissait d'un dessin pour C. M., c'est dire si j'étais heureux de pouvoir en finir ainsi parce que c'était le meilleur de tous.

Il se peut que ce dessin se vende plus tard une cinquantaine de florins, et je n'avais pas à ce moment-là de quoi faire réparer une petite déchirure. Enfin. Je me plais à croire, frère, que tu n'as pas une mauvaise opinion de moi, ni de Christine. La femme a appris à digérer mes travers, et elle me comprend mieux que les autres, à plusieurs points de vue.

Elle met tant de bonne volonté à m'aider en tout, que je ne puis te dire à quel point elle m'est utile ; quand je m'emporte pour une raison quelconque pendant qu'elle pose, elle sait ce qu'elle doit en penser, elle a compris que ce ne sont là que des accès superficiels. De même, elle parvient à me calmer quand je me torture les méninges ou lui rebats les oreilles quand quelque chose ne va pas, alors que je ne réussirais pas à me calmer moi-même.

Elle est économe ; quand il le faut, elle se contente d'un morceau de pain de seigle, sans ronchonner.

D'ailleurs, moi non plus, je ne ronchonne pas ; l'essentiel, c'est que nous puissions joindre les deux bouts.

J'espère que tu as reçu les dessins, environ vingt-cinq dans un classeur, que je t'ai envoyés, aux environs du 10 mai, si je me souviens bien. Je n'ai pas reçu de tes nouvelles à ce sujet.

Je forme des vœux pour que d'autres me fassent des commandes de dessins, aux mêmes conditions que C. M.

Et surtout, pour que C. M. continue à m'en commander, car ces dessins-ci sont bien meilleurs que les premiers, et je parviendrai peu à peu à en faire qui soient encore meilleurs.

A ce prix-là, il ne court aucun risque, tout de même !

Tu es maintenant parfaitement au courant. J'ai du courage, à condition que tu ne m'abandonnes pas à cause de Christine. Et je suis au travail à quatre heures du matin ; c'est-à-dire que j'atteindrai mon but à force de travail, si ceux qui me connaissent me témoignent un peu de sympathie.

Je mets mon espoir dans ta lettre. Je te serre la main en pensée, mais surtout, écris-moi vite et délivre-moi de mon propriétaire.

A Dieu.

t. à t. *Vincent.*

Dimanche soir, Schenkweg, 138

Ami Rappard,

R 8 N Grâce à ce que vous savez, je viens d'emballer mes dessins pour Amsterdam. Il y en a sept au total. Des deux dessins représentant une cité, le plus grand est maintenant parfaitement uni, depuis que je l'ai collé sur du bristol ; ses lignes sont beaucoup plus nettes. Quant au jardin fleuri, j'y ai apporté les corrections que vous m'aviez suggérées ; j'ai notamment mieux étudié cette berge, ainsi que l'eau au premier plan. Ce n'est que dans cet état que ce dessin peut être qualifié de réussi ; je crois qu'il exprime bien « le printemps » et sa douce paix. En ce qui concerne le dessin du hangar de menuisier vu de mon atelier, en le retouchant à l'aide d'une plume, j'y ai ajouté de la grisaille, et maintenant « le soleil luit » du fait que les lumières ressortent plus fortement. Ce matin, je me suis mis très tôt à la besogne, car je voulais faire encore un dessin ; je suis allé dans les dunes pour dessiner une sécherie de poissons, vue d'en haut, comme le hangar de menuisier. Il est maintenant une heure de la nuit, mais, Dieu merci, le dessin est terminé et je puis à nouveau regarder en face mon terrible propriétaire. Par conséquent, ça ira encore.

Je suis très content de vous avoir revu. Ce que vous me dites de votre travail m'intéresse au plus haut point, je vous l'assure. Je voudrais tant qu'à l'occasion nous puissions faire encore quelques promenades ensemble dans les environs. Vous y découvririez sûrement beaucoup de sujets, par exemple la sécherie de poissons de Scheveningue. Elle est vraiment à la Ruysdaël (j'entends dans le genre du tableau représentant les blanchisseries d'Overveen). Mais il se peut que vous connaissiez La Haye et Scheveningue mieux que moi. Si par hasard vous ne connaissez pas le Geest et le Slijkeinde, etc., c'est-à-dire le Whitechapel de La Haye avec ses ruelles et ses cités, je me ferai un plaisir de vous y conduire quand vous viendrez à nouveau à La Haye.

J'ai encore trouvé deux gravures sur bois pour vous ; l'une d'une certaine Mrs Edwards, et l'autre de Green. Cette dernière surtout est jolie : un peintre qui peint une enseigne, et des gens qui le regardent, à l'époque de Louis XVI. Je crois que je possède également un beau Rochussen en double.

Il me semble que, si vous vouliez vous y mettre, vous pourriez constituer une collection plus jolie que la mienne. Mais c'est peut-être déjà le cas ; je n'ai jamais vu la vôtre, je n'en connais que les petits Dürer, les Holbein, les Du Maurier et quelques autres. Si vous trouvez quelque chose d'intéressant dans ce genre-là, tenez-moi au courant.

Connaissez-vous « Le voyageur » de Fred Walker ? C'est une grande eau-forte : un vieillard aveugle guidé par un garçon sur un chemin de gravier – un remblai hérissé de taillis couvert de givre, par un soir d'hiver. C'est là certainement l'une des créations les plus sublimes dans ce genre, marquée par un sentiment moderne très typique ; peut-être moins vigoureux que Dürer dans « Le Chevalier, la Mort et le Diable », mais plus intime et certainement aussi original, aussi dépouillé d'artifice.

Il est très regrettable que nos artistes connaissent si mal les Anglais. Mauve par exemple s'enthousiasmait en voyant un paysage, « Froid octobre », de Millais. Mais ils ne croient pas à l'art anglais et le jugent superficiellement à mon avis. Mauve répète à chaque instant : « C'est de l'art littéraire », mais il oublie que les auteurs anglais comme Dickens, Eliot et Currer Bell, et parmi les Français, Balzac par exemple, sont étonnamment « plastiques », si je puis m'exprimer en ces termes, et que leur plastique est aussi puissante qu'un dessin de Herkomer, de Fildes ou d'Israëls. Dickens lui-même employait parfois l'expression : J'ai esquissé.

Pour moi, je déteste le scepticisme autant que la sentimentalité. Je n'entends pas insinuer par là que nos artistes sont des sceptiques ou des cyniques, mais ils s'en donnent souvent l'apparence, affectant un certain air, alors qu'il accordent beaucoup d'importance à la nature et qu'ils y croient, autant qu'il est possible. Enfin, je me surprends moi-même souvent à commettre la même erreur et, par ricochet, je verse parfois dans la sentimentalité plus qu'il n'entre dans mes desseins. Aussi n'ai-je pas, à vrai dire, le droit de formuler de telles remarques.

Beaucoup de belles choses disparaissent de nos jours, j'entends des choses pittoresques. J'ai lu dernièrement une parole du fils de Ch. Dickens. Il disait que, si son père revenait, il retrouverait peu de chose de ce qu'il a décrit : le vieux Londres disparaît, on le « déblaie ». Il en va de même dans notre pays ; les belles cités, on les remplace par des rangées de maisons qui sont tout le contraire de pittoresques, sauf quand elles sont en voie de construction. En effet, le spectacle qu'offrent alors ces hangars, ces échafaudages et ces ouvriers est vraiment très beau. Ainsi, j'ai vu, pas loin d'ici, dans un quartier derrière la Bazarstraat et la Laan van Meerdervoort, un spectacle magnifique : des terrains qu'on déblayait ici et qu'on remblayait là, des baraquements de bois, des palissades et que sais-je encore.

Ce qui est également joli ici, ce sont les gargotes, et toujours, toujours la salle d'attente de 3e classe. Si je n'étais pas obligé de gagner ma croûte en fabriquant par exemple des vues de la ville, je ne ferais rien d'autre en ce moment que de dessiner des figures. Mais je n'ai pas encore d'acheteurs pour cela et chaque fois je dois engager des frais pour les modèles, bien qu'il m'arrive assez souvent de trouver quelqu'un qui accepte de poser bénévolement.

Je suis très content du modèle que j'ai pour le moment, je veux parler de cette femme qui était chez moi quand vous êtes venu, car elle apprend de mieux en mieux et elle me comprend. Par exemple, si ça ne va pas et que je me fâche, me lève et dis : « Ça ne vaut pas une datte », ou des paroles plus dures encore, elle ne prend pas cela pour une injure, comme la plupart le feraient évidemment ; elle attend que je retrouve mon calme et que je recommence. En outre, elle a la patience de me laisser chercher tel détail de sa position ou de son attitude. C'est pour moi un véritable trésor. Quand il me faut déterminer les dimensions d'une figure, en dehors de chez moi, ou si je dois chercher la place d'une petite silhouette sur un dessin que j'exécute au dehors, par exemple voir comment un personnage sur la plage se profile sur une barque de pêche et l'endroit où la lumière produit de l'effet, il suffit que je lui dise : « Soyez là à cette heure », et elle y est.

Au demeurant, on jacasse beaucoup sur mon compte parce que je suis toujours avec elle, mais dois-je m'en soucier ? Je n'ai jamais pu compter sur une auxiliaire aussi précieuse que cette femme laide (? ? ?), cette femme fanée. Pour moi, elle est belle ; je trouve en elle exactement ce qu'il me faut. La vie l'a meurtrie, la souffrance et l'adversité l'ont marquée ; il y a quelque chose à tirer d'elle.

Quand la terre n'a pas été labourée, on ne peut rien en obtenir. Elle, elle a été labourée ; dès lors, je trouve en elle davantage que dans tout un lot de femmes qui n'ont pas été labourées.

J'espère que vous m'écrirez bientôt, et si cela vous agrée, il serait souhaitable que nous correspondions régulièrement pour autant que notre travail respectif nous le permette et à condition de nous prévenir si nos « causeries pratiques » devaient devenir non pratiques, mais sans nous fâcher d'un tel avertissement, à l'instar du sieur Tersteeg, comme je vous l'ai raconté.

Demain, j'espère retourner dans les dunes, aux sécheries ; j'ai lu dernièrement la grande étude que son ami Sensier a écrite sur Millet ; elle est très intéressante, je vous la recommande instamment si vous ne l'avez pas lue. Elle contient beaucoup de détails que seul Sensier, grand ami de Millet, est à même de connaître ; on y trouve réellement du nouveau, moi en tout cas, bien que j'aie lu jadis beaucoup de choses sur Millet.

Maintenant, adieu, avec une poignée de main,

t. à t. *Vincent.*

31 mai (1882)

Mon cher frère,

203 A Aujourd'hui (ou demain) étant le 1er juin, j'ai promis de payer à mon propriétaire 5 florins pour l'atelier, loyer du mois d'avril, + 7 fl. 50 pour le mois dernier, ce qui fait 12 fl. 50.

N'ayant à ce jour reçu aucune lettre de toi depuis celle du 12 mai, je n'ai pas de quoi lui payer ces douze florins et 50 c.

Il est certain que le bonhomme ne m'accordera pas un plus long délai. Mes meubles peuvent être vendus immédiatement aux enchères. Quelle que puisse être ton opinion sur ce que je t'ai dit, ne laisse pas aller les choses jusqu'à ce scandale. Mes dessins pour C. M. sont prêts, mais je ne pourrai toucher cet argent assez tôt. Je répète : évitons, en tout cas, une situation irrégulière, un scandale public. Parlons-nous, ou écrivons-nous calmement là-dessus jusqu'à ce que nous sachions ce qu'il y a lieu de faire. J'espère donc que tu m'enverras ce dont j'ai un si grand besoin et que tu m'écriras. Je travaille jour et nuit ; j'ai, tout prêt, pour toi, un petit dessin que j'enverrai incessamment. Je n'ai plus d'argent pour un timbre, excuse cette carte postale et crois-moi

bien à toi, *Vincent.*

(1er juin 1882)

Cher Théo,

204 N J'ai bien reçu ta lettre et son contenu. Je me suis empressé de payer le propriétaire. La maison est hypothéquée et c'est un tiers

qui encaisse le loyer. Le mois dernier, ce bonhomme, qui n'y va pas par quatre chemins, a jeté les locataires d'un rez-de-chaussée sur le pavé.

Ce que tu me proposes : partager le mois en trois périodes, de sorte que je recevrais de l'argent le 1er, le 10 et le 20, n'est point pour me déplaire. Cet arrangement me faciliterait beaucoup les choses.

Je n'ai pas besoin de te dire quel soulagement ta lettre m'a valu.

As-tu reçu le dessin « Sécherie de limandes » ?

Je suis en train de faire encore quelques dessins, de sorte que tu en recevras bientôt deux ou trois de la même veine.

C. M. en a aussi de ce genre, mais il ne m'a pas encore envoyé de ses nouvelles.

Je voudrais revenir sur ce que tu sembles craindre, savoir l'éventualité d'une démarche de la famille pour me mettre en curatelle. Si tu crois « qu'il suffirait que deux témoins, même de faux témoins, viennent déclarer que tu n'es pas capable de gérer tes finances, pour que Pa obtienne de te priver de tes droits civils et te mettre en curatelle », si tu crois, dis-je, que cela irait aussi facilement de nos jours, je me permets d'en douter.

On ne décroche pas ainsi, en un tour de main, des mises en curatelle, car on en a souvent abusé d'une manière scandaleuse pour se débarrasser d'individus qu'on trouvait « gênants » ou « désagréables » (mauvais coucheurs). La loi accorde à présent à l'accusé la faculté d'interjeter appel et d'autres ressources encore.

Mais, objecteras-tu, un bon avocat a vite fait de mettre la loi dans sa poche, etc., etc. Soit. Mais je t'assure qu'il n'est pas si facile de nos jours de mettre quelqu'un en curatelle, non, cela ne se fait plus en un tour de main.

Je connais des cas où des hommes de loi, entends-tu, ne sont pas parvenus à faire mettre en curatelle quelqu'un dont on voulait se débarrasser, pour la simple raison que cet homme a déclaré : « Je ne tombe pas sous l'application de la loi sur la mise en curatelle », et qu'il n'a point voulu en démordre. Il y a aussi l'exemple d'un homme mis en curatelle contre son gré, il ne pouvait plus aller où il voulait. Il prévint un jour son surveillant que celui-ci n'avait pas le droit de le priver de sa liberté et qu'il devait donc le laisser aller... il le prévint deux ou trois fois, posément et calmement, essuyant chaque fois le même refus. Finalement, il s'arma d'un tisonnier, alla casser la figure à son surveillant, sans se départir de son calme, et puis se constitua prisonnier. Une enquête fut ouverte, mais cet homme fut purement et simplement acquitté, car il est reconnu qu'en certains cas extrêmes, il existe « un droit de légitime défense ». A ce propos, l'instruction de la première affaire fut réouverte, et il apparut que l'accusé ne méritait nullement d'être mis en curatelle.

Bref, il n'est pas aisé, de nos jours, de mettre en curatelle celui qui proteste, posément, énergiquement, sincèrement. A vrai dire, je ne crois pas la famille capable d'en arriver là. Tu me répondras qu'elle a déjà voulu le faire, à preuve l'histoire de Gheel *. Hélas ! oui, Pa en est capable, mais je t'assure que je lui tiendrais tête jusqu'au bout, s'il osait bouger. Je lui conseille de réfléchir avant de se risquer à m'attaquer, mais, je le répète, je doute qu'il ait le cœur de faire une chose pareille. Cependant, s'ils le veulent et s'ils l'osent, je n'irai pas les supplier : « Oh ! ne faites pas cela, je vous en supplie ! » Au contraire, je les laisserai faire tout à leur aise ; de la sorte, ils se couvriront de honte et ils auront les frais du procès à leurs guêtres. Je le répète ; je connais l'exemple d'une famille de vieille roche, très riche, qui, pour mettre un homme en curatelle, mobilisa des avocats et des juristes, mais ne put obtenir gain de cause, bien qu'elle formulât deux griefs contre cet homme. Premièrement, son incapacité de gérer ses biens ; deuxièmement, sa déficience mentale. Il protesta, et le juge prévint officieusement la famille qu'elle ferait mieux de renoncer à son action ; elle dut se désister, avant même que le procès n'ait commencé.

Je n'ajouterai que ceci : tu sais que je protesterai sans arrêt contre toute manœuvre de ce genre ; tu n'ignores donc pas que cela se ferait sans mon consentement, si l'on devait profiter tôt ou tard d'une maladie, par exemple, pour manigancer quoi que ce soit contre moi.

Je me plais à croire que tu protesterais si, en cas de maladie, on abusait de ma faiblesse. Tout le temps que je serai en bonne santé, je suis homme à ne pas me laisser faire, et je ne crains pas une éventualité de ce genre, bien que je me refuse encore à croire qu'on aille recourir à une telle mesure. Préviens-moi si tu apprenais un jour qu'on a entrepris des démarches.

Je ne veux pas dire : si tu en entends parler ou y faire allusion. Je n'ai cure des radotages, mais je veillerais au grain s'ils passaient à l'action. Je me plais donc à croire que tu me préviendrais s'ils

* Ville de la province d'Anvers où se trouve un asile d'aliénés.

faisaient quelque chose. Je connais bien la loi sur la mise en curatelle ; aussi suis-je convaincu qu'ils ne peuvent rien contre moi.

Il m'est déjà arrivé dans ma vie, il y a des années de cela, de recevoir une lettre du genre de ta dernière missive. De H. G. T., auquel j'avais demandé conseil sur une affaire. J'ai toujours regretté de lui en avoir parlé. J'avoue avoir été pris de panique en ce temps-là, j'avais peur de ma famille. Mais maintenant, dix ou douze ans plus tard, j'ai appris à penser autrement et j'ai une autre opinion de mes obligations envers lui et de mes rapports avec la famille. Pa insiste toujours sur « le respect et l'obéissance » que je lui dois, selon lui. Il n'est pas dans mes intentions de prétendre qu'un enfant ne doit point le respect et l'obéissance à ses parents. Seulement, je voudrais souligner qu'il arrive à Pa d'abuser grandement de son autorité ; par exemple, il parle de désobéissance dès qu'on n'est pas d'accord avec lui. Je serais joli si j'organisais ma vie comme Pa l'entend. C'en serait fini de dessiner, car je serais dans l'impossibilité de travailler encore. Je pourrais me déclarer d'accord avec son point de vue et parler avec lui, s'il était capable de comprendre un jour quelque chose à l'art, mais il n'y comprendra jamais rien. Les pasteurs placent souvent un mot sur « le beau » dans leurs prêches, mais c'est une clause de style, et tout cela est tiré par les cheveux.

Voilà Pa : il renvoie aux calendes grecques les affaires urgentes, pressées, et il réussit ainsi à vous mettre en fureur. Qu'il garde pour lui son mot favori « attendre », car s'il le prononçait encore, je ne saurais plus me maîtriser.

Je suis content que tu m'aies dit franchement ce que tu pensais de Christine, savoir qu'elle intriguait et que je me laissais « rouler » par elle. Je veux bien admettre que tu penses cela, car les exemples ne manquent pas. Toutefois, comme je me souviens d'avoir fermé brutalement la porte au nez d'une fille qui essayait de me rouler, je suis en droit de me demander si vraiment je suis capable de devenir la victime d'une grossière intrigue. Quant à Christine, je me suis réellement attaché à elle et elle s'est attachée à moi, elle est ma collaboratrice dévouée, elle m'accompagne partout où je vais, elle me devient chaque jour plus indispensable.

Mon amour pour elle est moins passionné que celui que j'avais voué à K. l'année dernière ; je ne suis plus capable de nourrir un amour pareil, qui s'est terminé par un fameux naufrage. Elle et moi, nous sommes deux malheureux se tenant compagnie et portant ensemble leur fardeau. C'est cela qui a transformé notre malheur en bonheur, qui nous a rendu l'insupportable supportable. Sa mère est une vieille femme comme Frère en dessine. Tu comprends que je ne me soucierais guère de la formalité du mariage, si notre famille n'y attachait de l'importance. Pour moi, je ne demande qu'une chose : qu'elle me demeure fidèle. Mais je sais très bien que Pa y attache beaucoup d'importance ; il sera certainement mécontent que j'épouse Christine, mais il trouverait plus grave encore que je vive avec elle sans l'avoir épousée. Son avis, je le connais sans l'avoir entendu : je dois la quitter et, moyen terme, attendre, ce qui veut dire, noyer le poisson, et cela est hors de saison. J'ai trente ans, mon front est labouré de rides, les traits de mon visage en accusent quarante, mes mains sont crevassées mais, à travers les lunettes de Pa, je ne suis toujours qu'un gamin (il m'écrivait il y a un an et demi : Tu vis ta première jeunesse).

Sais-tu à qui je compare Pa et l'oncle Stricker ? Aux « Deux augures » de Gérôme. Mais je suis un mauvais coucheur. — Soit.

Tu vas me dire : Vincent, occupe-toi plutôt sérieusement de la perspective et des sécheries de limandes. Et je te répondrai, frère, que tu as parfaitement raison. En foi de quoi, je vais travailler aux deux dessins, analogues aux premiers, que tu recevras sous peu, comme preuves que je ne demande pas mieux que de me consacrer entièrement à la nature et au dessin, sans me creuser la tête à propos de détails qui me semblent parfaitement idiots, par exemple, une mise en curatelle.

A Dieu, avec mes remerciements cordiaux pour ton aide dévouée.

t. à t. *Vincent.*

Même si tu avais l'impression qu'il y a lieu de m'inquiéter plus que je ne le fais au sujet de cette mise en curatelle, cela me serait impossible. Car il va de soi que je me ferais des soucis s'ils entreprenaient vraiment des démarches. Cela ne m'arrange guère d'aller en ce moment à Etten. Premièrement, parce que je travaille d'arrache-pied ; deuxièmement, parce que le voyage me coûterait plus d'argent que je puis en dépenser ; je préfère le consacrer à Christine.

Post-scriptum.

Je n'ai pas posté la présente, parce que j'aurais voulu t'adresser en même temps quelques petits dessins, mais il faut que je les retouche encore. L'un d'eux est terminé, une variante de « Sécherie de limandes ». Christine et moi, nous avons campé des journées d'affilée, du matin au soir, dans les dunes, comme de véritables Bohémiens. Nous emportions du pain et un sachet de café, et nous allions chercher de l'eau chaude chez la marchande de braise et d'eau chaude de Scheveningue.

Cette boutique de braise et d'eau chaude et son ambiance offrent un fameux spectacle, indescriptiblement séduisant. Je suis allé à la boutique à 5 heures du matin, au moment où les balayeurs venaient prendre leur café. Mon vieux, voilà le sujet d'un dessin ! ! ! Seulement, ça me coûterait cher, si je devais payer tous ces types pour poser. J'ai pourtant une envie folle de m'y mettre. Surtout, écris-moi à l'occasion ton opinion sur mes derniers dessins.

Je me réjouis à l'idée de ta prochaine visite et je suis impatient de savoir quelle impression Christine te produira. Elle n'a rien de spécial, c'est une femme du peuple banale, mais je la trouve sublime à certains points de vue. Celui qui aime une créature banale et qui est payé de retour, est heureux, malgré tous les côtés sombres de la vie.

Si elle n'avait pas eu besoin de secours, l'hiver dernier, aucun lien ne serait né entre nous, après ma grande désillusion et mon amour bafoué. Ce fut précisément l'idée que je pouvais quand même être utile à quelque chose qui, après tout, m'a permis de reprendre contact avec la réalité et m'a ressuscité. Je ne l'ai pas cherchée, je l'ai trouvée sur mon chemin ; à présent, une affection chaleureuse nous unit, elle et moi. Je ne veux à aucun prix y renoncer. Je serais probablement aujourd'hui un désabusé et un sceptique si je ne l'avais pas rencontrée, tandis que mon œuvre et cette femme stimulent maintenant mon énergie. Je tiens à ajouter ceci : du fait que Christine s'applique à supporter les difficultés et les peines inhérentes à l'existence d'un peintre, il est possible que je devienne, en liant ma vie à la sienne, meilleur artiste que je ne l'aurais été si j'avais conquis K. Christine n'est peut-être pas aussi gracieuse que K., elle a peut-être ou, plus exactement, elle a certainement une autre mentalité que K., mais elle montre tant de bonne volonté et de dévouement que j'en suis tout ému.

Ainsi donc, Heyerdahl a vu « Sorrow ». Cependant, j'aimerais qu'un dessinateur, Henri Pille par exemple, voie mes derniers dessins. H. P. ne se souvient certainement plus de moi, bien que je l'aie approché. Je sais qu'il se comporte parfois bizarrement et j'ignore s'il consentirait à dire ce qu'il en pense. Ce que je voudrais savoir, c'est si ces dessins le frapperaient tant soit peu et s'il les trouverait sympathiques. Je te dis cela parce qu'il se pourrait que tu rencontres un jour Henri Pille, car tu dois faire comme si le hasard était responsable.

Je dois encore te répéter que je suis enchanté de ma collection de gravures sur bois ; je la considère comme ta propriété, dont j'ai l'usufruit. Je possède maintenant un millier de reproductions anglaises (principalement des Swain), américaines et françaises. Rappard, qui s'est mis également à en collectionner, en était très enthousiaste. Par conséquent, elle est un bien qui t'appartient, mais que tu n'as pas encore vu. Toutefois, je regrette de ne pas avoir pu acheter dernièrement le *Londres,* de Doré, dont le bouquiniste me demandait 7 fl. 50. Malheureusement, j'ai dû y renoncer, de même qu'à un *Album Bœtzel.* Enfin, tu y jetteras un coup d'œil quand tu viendras, et je me plais à croire qu'elles te séduiront. Elles te révéleront peut-être quelques artistes dont tu n'avais rien vu jusqu'à présent, ou si peu.

Vincent.

Cher Théo,

201 N Voici ce que je dois te dire encore une fois. Tu sais qu'il n'y a jusqu'à présent rien de criminel dans ma vie, que je jouis pleinement de mes droits civils, en ma qualité de citoyen néerlandais. Que je me garderai toujours de commettre des actes que la loi de ce pays réprouve, mais aussi que je ne me laisserai pas molester, ni mettre en curatelle ou quelque chose de ce genre. Je sais bien que les membres de notre famille ont raconté souvent, en diverses versions, de très vilaines histoires sur mon compte ; j'ignore au juste leur provenance. Je doute cependant que ceux qui les ont propagées, osent les confirmer sous la foi du serment, s'ils étaient appelés devant le juge, ou en d'autres circonstances. J'ignore si tu as à ta

disposition le texte de la Constitution et des lois hollandaises. En ce qui me concerne, je l'ai consulté sur toutes sortes de questions, chaque fois que je doutais de la légalité de ceci ou de cela. Et non seulement le Code néerlandais, mais aussi d'autres codes, car il m'est arrivé de comparer la législation hollandaise à la Constitution anglaise ou française. Ces jours derniers encore, mais aussi dans le temps, quand l'étude de certains points d'histoire m'amenait à recourir au texte des lois.

Je te déclare donc que j'attends calmement la suite des événements. Je me plais évidemment à croire qu'il ne sera pas question de tout cela et que la famille se montrera, au contraire, disposée à composer, à discuter l'affaire avec méthode et en paix, si on en arrivait là.

Je dois t'avouer, Théo, qu'il m'est arrivé de constater que Pa ne prenait pas toujours la peine de vérifier des affirmations, qu'il fondait et arrêtait parfois son jugement sur des conclusions hâtives, des impressions superficielles, des renseignements fragmentaires et des on-dit, qui ne résistent pas à l'examen. Il ne faut pas considérer isolément un article de loi, ni le tronquer, mais le placer dans la perspective de la loi complète, en tenant compte des modifications et des articles explicatifs qui en font partie.

La loi prescrit, par exemple, qu'un enfant doit le respect à ses parents, ainsi qu'il est dit au début de l'article sur la puissance paternelle, mais il ne suffit pas de s'emporter et de dire : « Tu manques de respect à tes parents ! » Il faut réfléchir et examiner si le comportement de l'enfant est peu ou prou illégal, avant de songer à mettre la loi sur le tapis.

Que se passe-t-il souvent dans notre famille ? Un propos court en l'air ; on le corse, on le gonfle à l'extrême, et l'on s'arrête au jugement ou à la condamnation d'un tel, sans le connaître et sans lui avoir jamais adressé la parole, en se fondant uniquement sur des impressions, des on-dit, des renseignements (que le diable emporte tout cela, surtout les renseignements !). Notre cher oncle Cent, lui aussi, a une méthode très personnelle pour prendre des renseignements, une méthode que je trouve vraiment peu loyale. Constatant que des choses pareilles se passaient souvent à la maison, j'ai dit plusieurs fois à Pa que cela ne lui porterait pas bonheur.

Réfléchis donc, Théo, et dis-moi si cela n'aurait pu aller autrement chez nous ? Par exemple, si Pa s'était montré moins méfiant à mon égard, moins soupçonneux – si, au lieu de me considérer comme celui qui fait tout de travers, il avait mis un peu plus de patience et de bonne volonté à essayer de comprendre mes véritables intentions — alors qu'il se trompait toujours radicalement à mon sujet. Premièrement, je lui aurais valu moins de chagrin et plus de quiétude ; deuxièmement, il m'aurait évité à mon tour beaucoup de chagrin.

Car c'est un grand chagrin pour moi de penser : c'est pire que si je n'avais pas de maison paternelle, pas de père et de mère, pas de famille. Et je l'ai pensé souvent, je le pense encore. Une chose demeure certaine : on ne peut rien faire à l'insu de l'intéressé, je crois même qu'un conseil de famille ne serait pas habilité à prendre une décision au sujet d'un absent. Il faut que l'accusé (plus exactement, la personne qui a donné lieu à la réunion du conseil) soit présent. Et qu'est-ce qu'un conseil de famille ? La plupart du temps, il ne fait qu'intriguer et assouvir la vanité de la famille — beaucoup de bruit pour peu de besogne.

Il lui arrive aussi de prendre une décision, mais une décision telle qu'elle apporte la preuve que les membres présents font fi de la loi, car leur décision ne résisterait pas à l'examen, si un juge était appelé à se prononcer.

Si j'étais réellement un homme méchant, un esprit perfide, brouillon, un intrigant ou un couillon, j'aurais vraiment peur.

Étant ce que je suis, je reste fermement convaincu que je n'ai pas à redouter ce que la famille ou certains de ses membres pourraient manigancer contre moi.

J'espère sincèrement qu'on n'entreprendra rien contre moi, non parce que je vis dans la crainte, mais parce que je préfère la paix aux disputes.

Je voudrais que tu connaisses Christine, mais tu es si loin et je ne suis guère capable de te la décrire de façon à la faire vivre à tes yeux par ma seule description. Cependant, je vais l'essayer quand même.

Te souviens-tu de Leen Veerman, la bonne d'enfants que nous avions à Zundert ? Je crois que c'est une femme de ce genre-là, si mes souvenirs sont exacts. En tout cas, les grandes lignes de son profil ressemblent à celles de « L'Ange de la passion », de Landelle, tu sais bien ce que je veux dire, la silhouette agenouillée sur la gravure éditée par Goupil. Évidemment, elle n'y ressemble pas tout à fait, ma comparaison est pour te donner une idée approximative de l'allure générale de son visage. Elle a eu la variole, autant dire qu'elle n'est pas jolie, mais les lignes de son visage sont simples et ne manquent pas de grâce.

Ce qui me plaît en elle, c'est qu'elle est sans coquetterie à mon égard, qu'elle en fait toujours à sa tête, qu'elle est économe et très réaliste, décidée à s'accommoder des circonstances, enfin qu'elle a la volonté d'apprendre et de m'aider de mille façons dans mon travail. Elle n'est plus jolie, plus très jeune, elle n'est plus évaporée, ni coquette ; ce sont précisément ces qualités-là qui rendent possible notre entente. Sa santé a été fortement ébranlée, elle était à bout de souffle l'hiver dernier. Depuis lors, son état s'est amélioré, surtout grâce à une nourriture simple, à des promenades au grand air et à des bains répétés. Évidemment, sa grossesse lui vaut de nombreux malaises et désagréments, heureusement passagers. Elle a une voix désagréable et elle lâche souvent des exclamations, fait des déclarations ou emploie des tournures que notre petite sœur Wilhelmine, qui a reçu une éducation toute différente, se garderait bien de proférer. Cependant, ce détail ne m'incommode plus du tout ; je préfère encore qu'elle parle mal, mais soit bonne, plutôt que de s'exprimer en termes choisis et de manquer de cœur. Et voilà justement, elle a beaucoup de cœur, elle est capable de supporter bien des choses, elle est patiente, elle est pleine de bonne volonté, elle se met en peine des autres, elle n'a pas de poil dans la main. Elle vient chaque semaine nettoyer l'atelier, pour m'éviter les frais de nettoyage. Nous devrons sans doute tirer parfois le diable par la queue, mais elle saura se contenter de ce que nous aurons à nous mettre sous la dent ; elle n'est pas malade en ce sens qu'elle ne souffre d'aucune maladie, bien que sa santé ait été maintes fois et rudement ébranlée, par exemple par la variole, puis par une maladie de la gorge.

Cela ne l'empêchera pas de faire de vieux os et de jouir d'une très bonne santé.

J'ai à te demander quelque chose en toute confiance. Penses-tu que Pa s'alarmerait si je lui demandais de l'argent ? Dans l'affirmative, je ne lui en demanderai pas. Il m'a trop souvent répété que mon éducation, etc. avait coûté plus que celle des autres. Je ne lui demanderai donc rien, même à l'occasion de mon mariage, ni une vieille tasse, ni une vieille soucoupe. Christine et moi, nous disposons de l'indispensable. La seule chose dont nous ne pourrons nous passer, c'est ta mensualité de 150 francs pour payer le loyer, le pain, les chaussures, le nécessaire pour dessiner, en un mot, toutes les dépenses courantes.

Je ne demande rien, ni une vieille tasse, ni une vieille soucoupe, je ne demande qu'une chose, c'est qu'on me laisse aimer et soigner, aussi bien que ma pauvreté me le permet, une pauvre femme débile, sans intervenir en vue de nous séparer, de nous contrarier ou de nous affliger.

Personne ne s'intéressait à elle, personne ne voulait d'elle ; elle était seule, délaissée, comme une pauvre loque jetée à la rue. Je l'ai ramassée et je lui ai donné tout l'amour, toute la tendresse et tous les soins que je pouvais lui offrir. Elle a bien senti tout cela et elle s'est remise ou, plus exactement, elle est en train de se remettre.

Tu connais sans doute la vieille fable ou la parabole qui commence ainsi : Il était une fois un vieillard dans une ville ; il ne possédait rien d'autre qu'une agnelle qu'il avait achetée et nourrie ; elle avait grandi dans sa maison, elle venait manger du pain dans sa main et boire à son gobelet, elle dormait sur ses genoux ; elle était vraiment comme une fille pour lui.

Il y avait dans la même ville un homme riche, qui possédait un nombreux troupeau de brebis et de bêtes à cornes ; il s'empara néanmoins de l'unique agnelle du pauvre vieillard et la tua.

Si Tersteeg en avait le pouvoir, il séparerait Christine de moi et la rejetterait dans son existence damnée de jadis, qu'elle a toujours abhorrée. Pourquoi ?

Sache bien que la vie de la femme, celle des enfants, la mienne aussi, sont suspendues, jusqu'à ce que mes dessins me rapportent quelque argent, au fil d'or de ta mensualité de 150 francs.

Si ce fil se rompait, alors *morituri te salutant*. Le compte a été dressé avec minutie ; c'est en réalisant des économies constantes que nous parvenons à joindre les deux bouts.

Cette dépendance nous rend heureux, car elle manifeste les liens solides qui nous unissent par l'amour.

Que Pa et Moe se taisent dépend en grande partie de ce que tu leur diras. Si tu soulèves des objections, tu mettras le feu aux poudres. Si tu leur dis au contraire : ne bougez pas, ne vous alarmez pas, que sais-je encore, si tu parviens à les calmer, ils resteront calmes. Il ne faut surtout pas te compromettre, ni endosser mes responsabilités. Toute la responsabilité est pour moi. Si tu veux bien être pour moi simplement ce que tu as toujours été, tu arriveras à les tranquilliser au sujet de nos finances : premièrement, en leur disant que ta mensualité de 150 francs me permet de faire face aux dépenses courantes ; deuxièmement, que je ne leur demande rien, pas un sou, ni une vieille tasse, ni une vieille soucoupe ; troisièmement, que je possède déjà les meubles indispensables, la literie, la layette, le berceau, etc.

Voilà, mon frère. Je forme des vœux pour que « le drame » soit évité et que la paix nous soit donnée à tous. C'est ce que j'espère, c'est vers ce but que tendent tous mes efforts.

Cher Théo,

Aujourd'hui, samedi, je t'envoie deux dessins : 205 N

« Sécherie de limandes dans les dunes, Scheveningue ».

« Baraque de menuisier et chantier » (vus de la fenêtre de mon atelier).

Ces jours-ci, j'ai beaucoup pensé à toi, de même qu'à l'époque lointaine — tu t'en souviens certainement — où tu es venu me voir un jour à La Haye, où nous nous sommes promenés dans le chemin de halage de Rijswijk et où nous avons bu du lait près de ce moulin. Il est bien possible que ce souvenir m'ait influencé quelque peu lorsque je faisais ces dessins ; j'ai essayé de dessiner les choses aussi naïvement que possible, exactement comme je les voyais. A cette époque-là, dont je me souviens toujours avec émotion, j'aurais été incapable de confier au papier ce que je voyais et sentais. Je veux dire que les changements déterminés par le temps ne modifient pas les éléments de ma sensibilité ; seulement, je crois que celle-ci se développe d'une autre façon. Ma vie, et peut-être la tienne également, après tout, n'est plus ensoleillée comme en ce temps-là ; je ne voudrais pourtant pas retourner sur mes pas, précisément parce que je vois poindre quelque chose de précieux au sein de la peine et de l'adversité : la faculté d'exprimer cette sensibilité. Rappard était enthousiaste d'un dessin comme C. M. en possède un, et de tous ceux qui sont en possession de C. M. par-dessus le marché, surtout du plus grand qui représente une cité. Il comprend ce que je veux et il en devine les difficultés. Je pense que tu trouverais Rappard très changé depuis son premier séjour à Paris, quand tu as fait sa connaissance.

J'ai devant moi un tome illustré de la « Household edition » de Dickens. Ces illustrations sont bigrement belles ; elles ont été dessinées par Barnard et Fildes.

Y figurent des vues du vieux Londres, qui ont un tout autre aspect que la baraque du menuisier, par exemple, par suite de la technique caractéristique des gravures sur bois. Toutefois, je crois que le meilleur moyen d'acquérir plus tard ce coup de main plus hardi et plus brutal, consiste à continuer tout doucement et à observer aussi fidèlement que possible. Comme tu peux le voir, ce dessin-ci comporte déjà plusieurs plans, de sorte qu'on peut y promener le regard et le plonger dans bien des coins et recoins. Il lui manque encore un certain aspect rugueux ; en tout cas, il n'a pas les qualités des dessins dont je viens de parler, il s'en faut même de beaucoup, mais c'est en forgeant qu'on devient forgeron.

J'ai reçu des nouvelles de C. M. : un mandat-poste de 20 florins, sans un mot. Par conséquent, je ne sais s'il me passera une autre commande, ni si les dessins sont à son goût. Mais quand je pense au prix de 30 florins payé pour les premiers, et que je considère que mon dernier envoi était plus important que le premier (le premier comprenait douze petits dessins, et celui-ci un petit, quatre comme ci-joint et deux grands, en tout sept pièces), j'en viens à la conclusion que Son Excellence a dû se lever du pied gauche pour quelque raison.

J'admets volontiers que des dessins comportant des traits à la plume, où l'on a commencé par effacer les parties claires pour les y reporter ensuite à l'aide de couleur à rehausser, peuvent paraître assez âpres à un œil habitué aux aquarelles. Mais je prétends qu'il y a des gens, qu'il y a des amateurs qui ne s'effraient pas de cette âpreté, de même qu'un homme bien portant peut trouver agréable et tonique de faire parfois une promenade quand souffle un vent violent.

Weissenbruch, par exemple, ne trouverait pas ces deux dessins déplaisants, ni fastidieux.

J'aimerais savoir si C. M. préfère ne plus en recevoir ; évidemment, je ne peux ni ne veux les imposer à Son Excellence, mais j'espère que tu essaieras de savoir à l'occasion, par exemple quand tu viendras ici, ce qu'il en est, somme toute.

Il va de soi que j'ai l'intention de me contenter de ces 20 florins, d'autant plus que j'avais laissé à Son Excellence le soin de fixer le prix ; n'empêche qu'il ne m'était pas venu à l'idée qu'il me donnerait 10 florins de moins pour cet envoi-ci que pour le précédent. S'il souhaite que j'entreprenne une nouvelle série de six ou de douze, j'y suis tout disposé, parce que je ne veux pas laisser échapper une occasion de vendre.

Je ferai volontiers tout mon possible pour donner satisfaction à Son Excellence, car je me dis : pourvu que cela me paie mon loyer et que je joigne un peu plus facilement les deux bouts. Toutefois, Son Excellence elle-même avait parlé de me donner un peu plus pour des dessins plus achevés, non de m'en donner moins. Si je soulève cette question, c'est surtout, après tout, pour savoir que faire : puis-je compter ou non sur une nouvelle commande ? Il se peut d'ailleurs que Son Excellence m'écrive plus tard à ce sujet.

Un de ces jours, peut-être aujourd'hui si j'en ai le temps, je t'enverrai une liste sommaire des pièces composant ma collection de gravures sur bois. Je suis convaincu qu'elle te fera plaisir. S'il est vrai que cet hiver je n'ai pas dépensé autant que les autres peintres pour les couleurs, il n'en est pas moins vrai que l'étude de la perspective et des proportions m'a valu plus de frais ; en effet, je me suis procuré un instrument dont on trouve la description dans un ouvrage d'Albert Dürer, et dont les anciens Hollandais se servaient. Il permet de comparer les proportions d'objets proches à celles d'objets se trouvant dans un plan plus éloigné, pour le cas où la construction selon les lois de la perspective paraît impossible.

Quand on fait cette construction à vue d'œil, on se trompe régulièrement, à moins qu'on n'ait beaucoup d'expérience et beaucoup de pratique.

Je n'ai pas réussi du premier coup à confectionner cet instrument, mais j'y suis arrivé finalement, avec l'aide du menuisier et du forgeron. J'entrevois la possibilité d'obtenir des résultats bien meilleurs en poussant encore mes recherches.

Je serais bien aise si tu découvrais dans ta garde-robe un pantalon et une veste, qui me conviennent et que tu ne puisses plus porter.

Quand je m'achète un vêtement, je tâche d'acquérir une pièce dont je puisse me servir pour travailler à l'atelier ou dans les dunes. Seulement, les vêtements que je porte pour sortir commencent à se fatiguer. Je n'ai pas honte de descendre dans la rue dans un accoutrement ordinaire, quand je vais travailler, mais j'ai certainement honte de m'affubler de belles nippes qui me donnent l'air d'un monsieur ruiné. Les vêtements que je mets tous les jours ne sont point négligés car Christine est là pour y veiller et faire les petites réparations.

Je termine en te répétant que je souhaite sincèrement que la famille ne considère pas ma liaison avec Christine comme une intrigue. Il n'est pas question d'aventure. Cela me répugnerait infiniment et ne ferait qu'élargir le fossé. J'espère qu'on ne s'ingérera donc pas dans cette affaire avec une sagesse hors de propos, pour m'empêcher de vivre avec elle. Spéculer sur les héritages, comme tu l'insinuais, est hors de saison, ne fût-ce que pour la seule raison que je n'ai aucun héritage à espérer, autant que je sache. Je suis convaincu qu'ils n'ont littéralement pas d'argent chez nous. Le seul homme qui aurait pu me coucher sur son testament, parce que je suis son homonyme, c'est l'oncle Cent, mais je suis depuis des années en froid avec lui, pour plusieurs raisons, au point que la bonne entente ne pourra jamais être rétablie, parce que je ne veux pas passer pour son protégé ; d'ailleurs, je ne souhaite pas une réconciliation à cette condition-là. Quant à lui, c'est sans doute le cadet de ses soucis, bien que je me plaise à croire que nous ne nous querellerions plus en public, comme l'année dernière, si le hasard devait nous mettre de nouveau en présence.

Avec une poignée de main,

t. à t. *Vincent.*

GRAVURES SUR BOIS

1 classeur : types populaires irlandais, mineurs, usines, pêcheurs, etc., pour la plupart des dessins à plume de petit format.
1 — : Paysages et animaux, Bodmer, Giacomelli, Lançon, et en plus certains paysages.
1 — : Travaux des champs, de Millet, et, en outre, Breton, Feyen-Perrin, et des reproductions anglaises de Herkomer, Boughton, Clausen, etc.
1 classeur : Lançon.
1 — : Gavarni, plus des lithographies, mais aucune rareté.
1 — : Ed. Morin.
1 — : G. Doré.

1 — : Du Maurier, un très grand nombre.
1 — : Ch. Keene et Sambourne.
1 — : J. Tenniel, plus des dessinateurs du *Punch,* les Beaconsfield cartoons.
John Leech manque, mais il sera facile de combler cette lacune, puisqu'on peut se procurer une nouvelle édition de ses gravures sur bois, qui ne coûte pas cher.
1 — : Barnard.
1 — : Fildes et Charles Green, etc.
1 — : Des gravures sur bois françaises de petit format, *Album Boetzel,* etc.
1 — : Scènes à bord de navires anglais et croquis militaires.
1 — : Visages du peuple, de Herkomer, plus des dessins d'autres artistes et des portraits.
Scènes de la vie populaire londonienne, à commencer par les fumeurs d'opium, White-Chapel et Les Sept cadrans, pour terminer par les figures de dames élégantes, et Rotten Row ou Westminster Park. J'y ai joint des scènes analogues à Paris et à New-York. L'ensemble constitue une curieuse « Histoire de deux villes ».
1 — : Les reproductions de grand format du *Graphic,* du *London News,* du *Harpers Weekly,* de *L'Illustration,* etc., parmi lesquelles : Frank Hol, Herkomer, Fred Walker, P. Renouard, Menzel, Howard Pyle.
1 — : *The Graphic portfolio,* contenant l'édition spéciale de quelques gravures sur bois reproduites à l'aide des planches et non à l'aide de clichés, parmi lesquelles le « Sans asile et affamé », de Fildes.

Quelques ouvrages illustrés entre autres de Dickens, et l'édition en format réduit du *Frédéric le Grand* de Menzel.

(Juin 1882)

Ami Rappard,

R 9 N Je vous retourne ci-joint, en vous remerciant, les 2 florins 50 que vous avez eu la bonté de me prêter. J'ai reçu une réponse au sujet de mes dessins : j'en ai obtenu moins que je n'espérais, bien que mon attente ne dépassât pas 30 florins — pour sept pièces. J'ai touché 20 florins et reçu une réprimande par-dessus le marché : « Est-ce que je m'imagine que de tels dessins ont la moindre valeur commerciale ? »

Vous serez d'accord avec moi pour proclamer que les temps ne sont pas faciles et pour reconnaître que de telles expériences (il y a encore des choses plus graves ; en comparaison d'autres procédés, celui-ci vous a un petit air royal), je disais donc que de telles expériences ne sont guère encourageantes.

L'art est jaloux, il exige de nous tout notre temps, toutes nos forces ; être regardé, lorsqu'on s'y consacre entièrement, comme un homme peu pratique et que sais-je encore, a parfois un goût bien amer.

Enfin, nous devons essayer de nous débrouiller.

J'ai répondu que je n'avais pas la prétention d'être au courant de la valeur commerciale des choses et que, si lui, marchand, me disait qu'elles n'avaient pas de valeur commerciale, je n'avais nulle envie de le contredire, ni de contester son point de vue ; que, pour ce qui me concernait, j'attachais plus d'importance à la valeur artistique et que je préférais m'absorber dans la nature plutôt que dans le calcul des prix ; enfin que, si je lui parlais du prix, si je ne lui donnais pas mes dessins pour rien, c'était parce que j'avais, comme un autre homme, des besoins humains : me nourrir, me loger, etc. et que je considérais comme mon devoir de régler ces questions relativement peu importantes. Je lui disais encore que je ne voulais pas lui imposer mon œuvre contre son gré et que je restais disposé à lui adresser des dessins comme il en désirait, mais que j'étais tout autant disposé à perdre sa clientèle. Je sais pertinemment que cette affaire connaîtra d'autres suites et qu'on me comptera mon attitude comme une manifestation d'ingratitude, de grossièreté et de brutalité.

Et qu'on me reprochera à l'occasion : « Votre oncle d'Amsterdam était si bien intentionné à votre égard, il était si gentil pour vous, il vous aidait tant ! Vous vous êtes montré si ingrat envers lui, dans votre prétention et votre mauvaise volonté, que c'est votre faute, etc. etc. etc. ! »

Mon cher Rappard, je ne sais pas au juste si je dois rire ou pleurer de tout cela. Je trouve l'histoire si drôle ! Évidemment, les riches marchands sont des gens braves, honnêtes, francs, loyaux et délicats, tandis que nous, pauvres bougres qui dessinons à la campagne, dans la rue ou dans l'atelier, tantôt de grand matin, tantôt tard dans la nuit, tantôt sous le soleil brûlant, tantôt sous la neige, nous sommes des types sans délicatesse, sans bon sens pratique, sans « bonnes manières ». Je veux bien, moi !

Mon oncle d'Amsterdam a encore trouvé le moyen de me dire avec beaucoup d'aplomb que De Groux était à vrai dire un méchant homme. Vous comprenez à quel point cela a pu changer mon opinion sur le papa De Groux ! La seule chose que je lui ai dite et à laquelle il n'a pas encore trouvé de réponse jusqu'à présent, c'est que cet honnête marchand est ce que j'en ai dit.

Cependant, il me semble qu'il s'agit bien moins de gagner que de mériter.

Enfin, je vous parle de cela pour ouvrir un peu la soupape de sûreté de la machine, sinon je pourrais lui garder rancune de cette histoire ; or, je ne demande pas mieux que de ne plus y penser, de l'oublier, mais ces gens commencent toujours si gentiment, ils savent se montrer si aimables au début qu'on se trouve d'autant plus ahuri au bout du compte.

Adieu, encore une fois merci, et croyez-moi toujours

t. à t. *Vincent.*

Hôpital Communal (4e classe, salle 6, no 9)
Brouwersgracht

Cher Théo,

Je me plais à croire que tu me trouveras déjà au travail, si tu viens à la fin de juillet. Je suis à l'hôpital, où j'espère ne m'attarder qu'une quinzaine de jours. Depuis deux ou trois semaines déjà, je 206 N souffrais d'insomnies et de fièvres rémittentes ; en outre, j'avais mal en urinant.

Il paraît que j'ai ce qu'on appelle une blennorragie, mais à un degré très bénin.

Je suis contraint de me tenir immobile dans mon lit et d'avaler des comprimés de quinine ; on me fait également de temps à autre des injections d'eau ou d'une solution d'alun, c'est dire que mon traitement n'est guère compliqué. Il n'y a donc pas lieu de t'inquiéter. Sache cependant qu'on ne peut, sans risque, plaisanter avec une affection de cette espèce, car la moindre négligence pourrait entraîner une aggravation du mal.

A preuve Breitner, qui est toujours ici, dans une autre salle. Selon toutes les probabilités, il quittera l'hôpital sous peu. Tu me ferais plaisir de n'en parler à personne ; on s'imaginerait tout de suite que c'est grave et des commérages ne pourraient qu'empirer les choses. Je t'ai dit exactement ce qu'il en est, et si quelqu'un te demande de but en blanc de mes nouvelles, tu ne dois pas le taire. Quant à moi, ne t'en fais pas outre mesure.

Évidemment, j'ai dû payer deux semaines d'avance pour les frais médicaux, soit 10 florins 50. Pour ce qui est de la nourriture et des soins, on ne fait ici aucune différence entre les malades soignés aux frais de l'Assistance et ceux qui paient d'eux-mêmes 10 florins 50 ; il y a dix malades dans ma salle. Je ne m'ennuie pas ; nous sommes convenablement soignés à tous les points de vue ; le repos et mon traitement me font grand bien.

Si cela t'arrange, aie l'obligeance de m'envoyer 50 francs vers le 20 juin à l'adresse ci-dessus, sans faire recommander ta lettre. Tu sais que j'ai reçu 100 francs le 1er juin. De la sorte, je pourrai être tranquille. Si je dois rester à l'hôpital, je paierai ; sinon, j'aurai de quoi me tirer d'affaire.

Évidemment, je préférerais me remettre au travail dans deux semaines ; je souhaite pouvoir retourner dans les dunes dans une quinzaine.

Christine vient me voir tous les jours, elle garde l'atelier pendant mon absence. Je dois te dire que la veille de mon hospitalisation, j'ai reçu une lettre de C. M. dans laquelle il me disait toutes sortes de choses à propos de « l'intérêt » qu'il me porte, et que M. Tersteeg, lui, m'avait porté, en ajoutant toutefois qu'il n'approuvait guère mon attitude ingrate envers Tersteeg. Soit. Je suis en ce moment calme et paisible, Théo, mais je t'assure que je serais de mauvaise humeur si quelqu'un me témoignait de l'intérêt comme Tersteeg m'en a témoigné en certaines circonstances. Lorsque je songe que Son Excellence a poussé l'intérêt jusqu'à me comparer à un fumeur d'opium, je m'étonne encore de ne pas lui avoir témoigné l'intérêt que moi, je lui portais, en lui crachant à la figure : « Fous le camp ! »

A propos de fumer de l'opium : le confort, le luxe, et cette espèce de magnificence dont H. G. T. s'entoure, ainsi que les flatteries que les allants et venants lui prodiguent, obnubilent l'esprit de Son Excellence peut-être davantage qu'il ne s'en rend compte.

Enfin, si je me mets à réfléchir et à remonter dans mes souvenirs, j'en viens à la conclusion que le caractère de Son Excellence est entaché d'un peu de « perfidie », que ses bonnes manières superficielles, son urbanité superficielle, ses beaux vêtements, etc. ne parviennent pas à effacer.

Je me garderai pour le moment de mettre en doute que Son Excellence soit un homme habile. Il reste cependant un problème à résoudre avant que je ne le respecte. Est-ce un homme bon ? J'entends, un homme qui ne couve pas par principe la haine, la rancune, la chicane et le sarcasme dans son cœur ? Voilà ce qui importe.

Je n'ai pas répondu à la dernière lettre de C. M., et je n'ai pas l'intention d'y répondre.

Cela n'empêche que j'apprécie la promesse de Son Excellence, savoir qu'il m'achètera encore quelque chose plus tard, parce qu'il s'intéresse à mon travail – surtout s'il parle sérieusement. On verra bien.

Il va sans dire que je serais heureux de recevoir une lettre de toi. Christine s'apprête à partir.

Je pense beaucoup à elle – je l'attends tout à l'heure. Je forme des vœux pour qu'elle en réchappe sans accroc.

J'ai résisté le plus longtemps possible et j'ai continué à travailler, mais j'ai fini par comprendre qu'il était urgent de consulter un médecin. Ce matin, il m'a certifié que je serais vite guéri.

D'autre part, je regrette d'autant moins de me trouver dans l'obligation de demeurer quelques jours tranquillement au lit, parce que je pourrais demander au besoin une attestation au médecin, déclarant que je ne suis pas du tout un homme mûr pour Gheel ou à mettre en curatelle.

Si cela ne suffisait pas, je pourrais en obtenir une autre, si je la demandais au professeur-directeur de la Maternité de Leyde.

Il n'est pas impossible, évidemment, que les individus qui se mettront peut-être en tête d'affirmer que la société et la famille gagneraient à me déclarer fou ou à me mettre en curatelle, soient de grandes lumières, au point de tout savoir infiniment mieux que mon médecin. Enfin.

As-tu reçu les deux dessins ?

A Dieu. Avec une poignée de main, et en te souhaitant tout le bien-être possible et imaginable.

t. à t. *Vincent.*

P.-S. — Je dois te dire encore une fois que l'antécédent de Gheel empêche la famille de changer brusquement son fusil d'épaule. Elle ne peut chercher à présent des prétextes d'ordre financier, au lieu d'en chercher dans le domaine physique, puisque c'était pour des raisons d'ordre physique qu'on avait alors essayé de me faire enfermer.

Tout cela ne résiste pas à l'examen. Mais, je le répète, je me plais à espérer que les choses n'en arriveront pas là.

Quoi qu'il en soit, écris-moi le plus tôt possible ; il me tarde de recevoir de tes nouvelles. Tu comprends, Théo, que je ne vais pas parler de mes affaires de famille à mon médecin, ni au professeur de Leyde, ne fût-ce que parce que le premier me soigne et que le second soigne Christine ; il suffira que je leur en touche un mot pour pouvoir au besoin opposer leur témoignage éventuel à celui des deux ou trois personnes dont tu m'as parlé.

Cher Théo,

207 N Ces temps-ci, rien ne m'a fait plus de plaisir que les nouvelles de chez nous, qui me rassurent quant à l'humeur de Pa et de Moe.

Christine est venue me dire qu'on avait déposé un colis pour moi à l'atelier ; je lui ai demandé de l'ouvrir pour voir ce qu'il y avait et, s'il contenait une lettre, de me l'apporter. J'ai appris qu'ils m'avaient envoyé un gros paquet de vêtements et de linge, ainsi que des cigares ; au surplus, j'ai trouvé dix florins dans la lettre.

Je ne saurais te dire à quel point j'en ai été ému, ils sont donc mieux disposés à mon égard que je ne me l'étais figuré.

Évidemment, ils ignorent encore beaucoup de choses, mais je me sens néanmoins rassuré.

Théo, je suis faible et las ; il faut absolument, absolument que je prenne du repos pour pouvoir me remettre. Tout ce qui m'apporte paix et quiétude est donc le bienvenu.

Avant d'arriver ici, j'étais mal en point ; je puis te dire maintenant que je n'ai rien de grave et qu'un traitement de courte durée suffira à me remettre d'aplomb.

J'ai voulu te faire savoir sans tarder ce que Pa et Moe ont fait pour moi, parce que je me suis dit que cela te ferait plaisir.

Christine partira probablement lundi prochain ; elle ne saurait être mieux qu'à la Maternité. Elle rentrera vers la mi-juin. Elle voudrait rester ici à cause de mon état, mais je ne veux pas en entendre parler.

J'ai ici mes traités de perspective et quelques ouvrages de Dickens, entre autres *Edwin Drood*. Il y a de la perspective dans les livres de Dickens. Sapristi ! quel artiste. Aucun écrivain ne l'égale.

Je me plais à croire que mes dessins se ressentiront avantageusement de mon inactivité temporaire ; en effet, il se peut que vous ayez l'œil plus ouvert sur un dessin que vous avez dû abandonner pendant un certain temps, et que vous le retrouviez neuf et frais, si j'ose dire.

J'ai une vue magnifique par la fenêtre de ma salle : des chantiers, le canal avec les chalands chargés de pommes de terre, les façades de derrière des maisons en voie de démolition et les ouvriers, un coin de jardin et, plus loin, le quai bordé d'arbres et de réverbères, une cité compliquée avec les jardinets indispensables, et plus loin encore, un ensemble de toits. Un panorama à vol d'oiseau, mystérieux comme un Ruysdaël ou un Van der Meer, surtout le soir et le matin, par suite des effets de lumière. Mais je ne peux le dessiner ; je n'en serais d'ailleurs pas capable avant d'avoir repris des forces. Bien qu'il me soit défendu de quitter le lit, je ne puis m'empêcher de me lever, le soir, pour aller regarder cette perspective. Écris-moi vite ; je trouve cela très gentil de la part de Pa et Moe, cela m'a fait grand plaisir, surtout en ce moment.

Le repos me fait du bien ; il me calme notablement et dissipe la nervosité qui m'a tant incommodé ces derniers temps. Je trouve ma salle aussi intéressante qu'une salle d'attente de 3e classe. Mais je ne peux pas encore dessiner. Adieu, j'espère que tu auras le temps de m'écrire. Crois-moi

t. à t. *Vincent.*

J'étais si heureux de recevoir de pareilles nouvelles de chez nous, que j'ai tenu à t'écrire tout de suite. Il va de soi que je n'aurai pas besoin de m'acheter du linge.

J'ai écrit à Pa et Moe, pour les remercier et leur dire que je suis ici. Tu connais l'adresse :

Hôpital, 4e classe, salle 6, no 9, Brouwersgracht.

22 juin (1882)

Cher Théo,

208 N J'ai bien reçu ta lettre du 12 juin contenant 50 francs. Je t'en remercie cordialement. Je ne t'ai pas encore répondu parce que j'ignorais quelle tournure allait prendre ma maladie ; je ne m'en remets pas aussi vite que le médecin l'espérait. Je suis ici depuis une quinzaine de jours déjà, et j'ai dû payer à nouveau deux semaines d'avance, bien qu'il soit possible que je quitte l'hôpital dans huit ou dix jours, si tout va bien. Le cas échéant, on me remboursera une partie de l'argent. Ce matin, j'ai bavardé avec le médecin, et je lui ai demandé si un accident était venu aggraver mon cas. Non, me répondit-il, mais vous devez vous reposer et demeurer ici en attendant la suite. Je t'assure qu'il me tarde, plus que je ne puis le dire, de revoir un peu de verdure et de respirer à nouveau l'air libre, car cette situation me ramollit et me lasse. Je dois rester presque tout le temps immobile, j'ai déjà essayé de dessiner, mais cela ne va pas. Lire, oui, mais je n'ai plus de livres. Bah ! cela prendra fin un jour, il s'agit de patienter.

Christine est à Leyde, mais je n'aurai pas de ses nouvelles avant sa délivrance.

Que signifient nos misères à nous, hommes, en comparaison des douleurs que les femmes doivent souffrir pour enfanter ? Les femmes nous sont supérieures dans l'art de souffrir, mais nous leur sommes supérieurs à d'autres points de vue. Elle est venue me voir régulièrement jusqu'au jour de son départ. Elle m'apportait tantôt un peu de viande fumée, tantôt du sucre. C'est fini maintenant, et j'en souffre beaucoup.

Je regrette de ne pas être en mesure de lui porter à mon tour quelque fortifiant, à Leyde. Elle en a certainement besoin, car la nourriture qu'on nous donne n'est pas très bonne. Je me sens parfois mal à l'aise de ne savoir que faire, de devoir vivre dans l'oisiveté. J'imagine à certains moments pouvoir faire ceci ou cela, mais ma faiblesse a tôt fait de trahir ma conviction.

Je suis très heureux de lire que tu découvres quelques qualités dans les dessins que je t'ai envoyés ; je m'étais échiné sur eux les derniers jours. Quand je souffrais beaucoup plus et me sentais beaucoup plus accablé qu'en ce moment. Et aussi sur ceux pour C. M. J'ai subi le pire avant, longtemps avant mon hospitalisation.

Il faut que je te dise encore que j'ai reçu une lettre de Rappard. Il va de soi que je lui ai retourné aussitôt les 2 florins 50 ; plus tard, il m'a encore écrit pour me répéter, au sujet de mes dessins, ce qu'il en a dit dans mon atelier, savoir qu'il les appréciait surtout pour leur conception, leur sentiment et leur vigueur, et qu'il les aimait beaucoup. Il me proposait, au cas où j'aurais encore des œuvres de ce genre, de les lui envoyer, car il croit qu'il lui sera possible de les vendre. Tu comprends que je serais ravi si certains leur reconnaissaient quelque valeur, cela me ferait un plaisir immense. Car vous êtes découragé, engourdi, vidé, quand vous n'entendez pas dire de temps à autre : Ceci ou cela est bien, c'est senti, c'est réussi. Se rendre compte que l'un ou l'autre sent réellement quelque chose de ce que vous avez voulu exprimer, vous donne du cœur au ventre. Il appréciait également quelques études de nus.

J'ai pu me lever pour la première fois depuis plusieurs jours, et je sens la vie se réveiller en t'écrivant. Ah ! si j'étais rétabli. S'il m'était permis de m'installer comme il se doit, je dessinerais volontiers quelques études dans les salles. On m'a transféré dans une autre salle avec des lits, plus exactement des couchettes sans rideaux ; il y a des effets de lumière typiques, surtout le soir. Le médecin est un modèle du type que j'affectionne ; il tient beaucoup de certaines têtes de Rembrandt : un front admirable, une expression très sympathique. Je crois avoir appris quelque chose avec lui, je veux dire que je me propose de traiter un peu les modèles comme lui traite les malades, c'est-à-dire les entreprendre avec vigueur et leur imposer prestement la position convenable. Cet homme fait preuve d'une rare patience ; il frictionne lui-même les malades, les enduit d'onguent et leur prodigue un tas de soins, plus adroitement qu'un infirmier, et il s'entend à vaincre leurs hésitations et à leur faire prendre la position requise. C'est un homme âgé, un modèle superbe pour un saint Jérôme. Un corps svelte, robuste, basané et ridé, et des articulations nettement dessinées, expressives, tant et si bien qu'on regrette de ne pas l'avoir comme modèle.

Je comprends parfaitement que Heyerdahl soit enchanté d'une telle récompense.

Je dois te dire que Pa est venu me voir au début de mon séjour à l'hôpital ; il n'est pas resté longtemps, il n'a fait que passer, aussi n'ai-je pas eu l'occasion de lui parler. J'aurais préféré le voir arriver à un moment où sa visite nous aurait servi à quelque chose, à lui aussi bien qu'à moi. Cette visite-là m'a surpris, il m'a semblé que c'était un rêve, comme d'ailleurs mon hospitalisation.

A part Christine, sa mère, et Pa, je n'ai plus vu personne. Cela vaut encore mieux, tout compte fait. Mais les journées s'écoulent solitaires et mélancoliques. Il m'arrive de ne pouvoir m'empêcher de penser que ma vie est plus morne et plus solitaire que cet hiver, au début de mes relations avec Mauve.

Chaque fois que cette idée me revient, j'ai le cœur serré et je suffoque, bien que j'essaie de jeter ce souvenir par-dessus bord, comme du lest inutile.

L'infirmier m'a dit que Breitner a quitté l'hôpital depuis quelques jours.

Il me semble que le médecin y va plus carrément que dans les catégories les plus chères. Tant mieux.

J'ai l'impression que dans ma salle on craint moins que dans les autres de faire mal aux malades ; par exemple, on vous fiche un cathéter dans la vessie sans ménagements et sans cérémonies. Je dis, tant mieux, et je répète que l'hôpital me paraît aussi intéressant que la salle d'attente de 3e classe. Ah ! si je pouvais travailler ici. Mais je dois me résigner à ne rien faire. J'ai apporté avec moi un ouvrage de Dickens et mes traités de perspective.

J'espère que tu m'écriras. Tu connais l'adresse : Hôpital Communal, Brouwersgracht 4e classe, salle 6, no 9.

A Dieu, avec une poignée de main en pensée. Encore un grand merci pour ta bonne lettre et son contenu. Porte-toi bien et crois-moi

t. à t. *Vincent.*

Je crois que je me suis énervé quand Christine a dû partir et cela m'a valu une rechute. Il arrive des moments dans la vie où l'on ne parvient pas à rester stoïque. Elle est si seule là-bas, je voudrais tant aller la voir ; elle vit certainement des jours d'angoisse.

Hôpital, salle 6, n° 9 (24 juin 1882)

Ami Rappard,

La présente pour vous remercier de votre dernière lettre ; je l'aurais volontiers fait plus tôt si je n'avais pas perdu mon assiette depuis quelque temps. Sachez donc que je n'ai pas reçu votre lettre à mon atelier, mais à l'hôpital où je me trouve depuis trois semaines. C'est dire si votre lettre était alors doublement la bienvenue. Ce que vous me dites des dessins qui n'étaient guère du goût de mon cher oncle m'a fait de même doublement plaisir. R 10 N

Dans la suite, un autre m'a également dit qu'ils n'étaient pas si mauvais que cela et que mon oncle, lui non plus, n'avait mis aucune malice dans ses paroles. Quoi qu'il en soit, en faisant ces dessins-là et encore quelques autres de la même veine, entre autres des sécheries de limandes dans les dunes, j'ai pris froid, j'ai fait de la température et j'étais à bout de nerfs. Il paraît que tout cela a influé sur la vessie, tant et si bien que je ne savais plus uriner et que je finis par me sentir si oppressé et par avoir si mal, que je suis venu ici. Ils ont fouillé dans ma vessie avec un cathéter et ainsi de suite, de sorte que mon état de santé commence à se normaliser, ce dont je me réjouis fort. Pourtant, je ne suis pas encore complètement guéri et je ne sais si je pourrai ou ne pourrai pas rentrer bientôt à la maison. J'espère que se sera fini dans huit jours, mais la maladie doit suivre son cours.

Je me plais particulièrement dans cet hôpital, je me trouve dans une salle de dix lits ; jusqu'à présent j'étais incapable de dessiner, du fait que je devais rester immobile. Même à cette heure, je ne m'y risque que très mollement, je suis peu sûr de moi, je ne saurais pas encore mener à bien ni approfondir rien.

Je puis descendre une heure par jour dans le jardin ; c'est là que j'ai commencé à gribouiller, hier. Je recommence à regarder, alors que les premiers jours j'étais trop abruti pour voir.

Quand j'aurai quitté l'hôpital, je devrai me ménager pendant tout un temps encore. Enfin...

Ce que je dois vanter particulièrement, c'est la façon dont on est soigné ici. S'il m'arrivait de tomber encore malade, je n'hésiterais pas un instant, pas plus que je n'ai hésité cette fois-ci, à entrer à l'hôpital. A mon avis, c'est infiniment plus pratique que de rester malade chez soi, du moins dans une situation comme la mienne.

Je me sens beaucoup mieux, mais la grosse question, c'est qu'en me remuant, en marchant beaucoup, etc., etc. je pourrais faire une rechute, ce qui s'est produit l'autre semaine. Sans cela, ma guérison serait déjà plus avancée.

Dès que j'aurai quelques nouveaux dessins, par exemple des sécheries de limandes ou une cité, je voudrais vous en envoyer et vous demander de les vendre, s'il y avait moyen. Seulement, je n'y mettrai aucune hâte, j'attendrai même qu'un dessin soit mieux réussi que d'habitude, car je préfère vous les envoyer, plutôt que de les expédier encore à Amsterdam, bien que j'espère que les affaires se tasseront là-bas.

Nous devons convenir qu'au cas où vous ne parviendriez pas à les caser, vous ne vous gêneriez pas pour me les retourner ; vous ne devez pas penser que cela me découragera, car on ne réussit pas souvent du premier coup. Convenons donc réciproquement que nous ne nous laisserons pas effrayer par l'échec de cette expérience (si elle ne réussissait pas), soit par la faute de mon dessin, soit par défaut d'amateur éventuel.

Aussitôt que je me serai remis au travail, je vous écrirai. Encore une fois merci pour votre lettre, je n'ai pas voulu remettre ma réponse à plus tard.

En attendant, croyez-moi

t. à t. *Vincent.*

1er juillet 1882

Cher Théo,

209 N Je suis rentré dans mon atelier depuis quelques heures et je t'écris aussitôt. Je ne puis t'expliquer comme il est agréable de se sentir revivre, ni comme le chemin de l'hôpital à l'atelier m'a paru beau ; la lumière est si claire, les espaces sont si grands, les objets et les figures ont un tel relief ! Mais il y a un « mais » : je dois aller revoir le médecin mardi prochain ; il m'a prévenu que je devrai peut-être retourner une quinzaine de jours à l'hôpital. Je serais si content de ne pas devoir y séjourner de nouveau.

En cas d'accident fâcheux, je devrai me faire hospitaliser mais, de toute façon, même s'il ne se produit rien de particulier, je dois me présenter à la visite mardi. Quand on se retrouve sur ses jambes, on a vite fait d'oublier tous les cathéters, toutes les sondes et toutes les canules du monde, jusqu'au jour où l'on voit le médecin revenir armé de ces instruments. Je t'assure que ce n'est pas un moment agréable.

Enfin ce sont les « petites misères de la vie humaine ». Ce qu'on peut appeler une grande misère, c'est une grossesse suivie d'une délivrance. La dernière lettre de Christine était très mélancolique, elle n'avait pas encore accouché, mais la chose pouvait se produire d'une heure à l'autre. Comme cette attente dure depuis des jours et des jours, je m'inquiète beaucoup. C'est surtout dans l'intention d'aller la voir que j'ai demandé au médecin de remplacer mes promenades dans le jardin par quelques jours de congé, dans la mesure du possible. Demain matin, j'irai lui rendre visite en compagnie de sa mère et de la fillette, car elle ne peut recevoir des visites que le dimanche. Elle n'a pas écrit elle-même sa dernière lettre, c'est l'infirmière, et celle-ci insiste pour que nous y allions. Il se pourrait néanmoins que nous jouions de malheur et ne soyons pas admis auprès d'elle. La pauvre femme est si courageuse, elle ne se laisse pas facilement démonter. D'après sa dernière lettre, sa vie n'est pas en danger, mais elle est extrêmement débile. Je ne saurais te dire combien elle m'a manqué durant mon séjour à l'hôpital, ni combien elle me manque à l'heure actuelle ; à certains moments, je ne regretterais pas d'être condamné à souffrir, moi aussi, plutôt que d'assister en témoin bien portant à ses souffrances, car le partage paraît trop inégal.

Si tout se passe bien, Christine sera de retour avant la fin de ce mois ; je forme des vœux pour qu'il en soit ainsi. Mais le proverbe assure que mal de mère dure longtemps. Comme tu le vois, une ombre noire plane encore sur la sensation délicieuse que j'éprouve pour le moment. Je soupire après demain et je l'appréhende en même temps.

L'urètre doit s'élargir peu à peu, mais il s'agit de ne pas forcer, de ne pas aller trop vite en besogne. On emploie successivement des sondes de plus gros calibres chaque fois qu'on en introduit une, le canal se distend. C'est douloureux, mais surtout très désagréable, car on y laisse ce machin-là un bon moment. La retirer provoque une légère hémorragie, mais on se sent plus ou moins soulagé durant quelques jours et la douleur, due à l'intervention, s'atténue. J'ai profité d'une intermittence pour retourner à mon atelier. Depuis lors, j'urine assez aisément et je me sens le maître de la création, comme si uriner était une chose extraordinaire. Tout doit rentrer bientôt dans l'ordre, c'est une question de temps. Quoi qu'il en soit, dès qu'on se sent mieux, on a vite fait d'oublier.

La première connaissance rencontrée au Schenkweg fut mon ami le menuisier qui m'a déjà donné plusieurs fois un coup de main ; il m'a aidé, par exemple, à fabriquer des instruments pour l'étude de la perspective. Il est contremaître au chantier du propriétaire de l'atelier dont je t'ai déjà entretenu. Le hasard a voulu que son patron fût au chantier (dont tu possèdes un dessin, avec les prairies à l'arrière-plan). Ils m'ont emmené et expliqué qu'on n'avait pas fait tapisser la pièce qui me servirait d'atelier, en attendant que je prenne une décision. J'ai répondu que je n'étais pas encore à même d'en prendre une. Très bien, fit le bonhomme, mais cela ne peut t'empêcher de faire ton choix dans un cahier d'échantillons. Il tapissera la pièce à l'occasion, sans aucun engagement de ma part.

Bien que j'aie décliné sa proposition, disant que je devais retourner à l'hôpital, on a déjà mis la main à la pâte, car ils voudraient que je puisse me rendre compte avant mardi. Il n'y a pas à dire, la maison est particulièrement confortable et elle a vraiment l'air solide et propret.

A la rigueur, le grenier spacieux, entièrement en bois, pourrait servir d'atelier, mais je m'installerais plutôt dans la pièce donnant au nord. Et le loyer est incroyablement modeste ; en ville, on payerait à peu près le double pour une maison pareille. Trois florins par semaine pour une maison avec un grand étage supérieur, c'est bien peu, même en comparaison avec les loyers qu'on paie dans des quartiers comme le Noordwaal ou les Buitensingels. Elle est très bien située pour un peintre. On a une vue féerique de la lucarne. Toutefois, je n'ai pas pris de décision, parce que nous sommes malades, Christine et moi. Mais je la louerai dès que nous irons mieux. Il y a de l'air et de l'espace ; y travailler serait un charme, et c'est un logement salubre. La lumière vient du nord, et à peu près du sud dans l'autre pièce. En outre, il y a une petite cuisine avec une fenêtre qui donne sur une espèce de cité, dont j'espère faire souvent des dessins.

Je ne dois pas oublier de te dire que j'ai reçu, contre toute attente, la visite de Tersteeg, à l'hôpital. Cela m'a fait plaisir en quelque sorte, mais nous n'avons abordé aucun sujet épineux ; d'ailleurs, on pouvait s'en passer. En tout cas, j'ai trouvé que c'était très gentil de sa part. Quelques jours après, Iterson est venu à son tour, ce dont je me souciais beaucoup moins. Puis, Jan Van Gogh, que je croyais à Helvoirt, alors qu'il habite ici, au Stationsweg.

Si tu m'envoyais un peu d'argent ce mois-ci, je te prie de m'adresser ta lettre à l'hôpital. Elle me parviendra, le portier m'a promis de garder les lettres arrivées en mon absence (en vertu du règlement intérieur on garde les lettres quand on en fait la demande, jusqu'à ce qu'on quitte l'hôpital définitivement). Mardi prochain, je devrai faire encore un versement à l'hôpital et payer le loyer, mais il me reste assez d'argent. La sensation la plus merveilleuse de ma convalescence, c'est de sentir naître en moi l'envie de dessiner, et renaître ma sensibilité qui avait été presque complètement engourdie, ce qui m'avait valu un grand vide. Je suis de nouveau tenté par tout ce que je vois. D'autre part, je ne fumais plus ma pipe depuis environ un mois : encore une vieille amie que j'ai retrouvée ! Je ne saurais te dire ma satisfaction de revenir dans mon atelier, après avoir vécu un bon bout de temps dans la compagnie de pots de chambre, etc. Cela n'empêche que l'hôpital est beau, très beau. Surtout le jardin avec ses promeneurs, hommes, femmes et enfants. J'ai fait quelques gribouillages, mais les malades n'y ont pas les coudées franches pour travailler ; ils en sont d'ailleurs incapables.

Adieu, écris-moi vite et crois-moi, avec une poignée de main,

t. à t. *Vincent.*

Dimanche après-midi.

Cher Théo,

Comme je te l'ai annoncé hier, j'ai été à Leyde. Christine a 210 N
accouché la nuit dernière ; sa délivrance a été laborieuse mais, Dieu merci ! elle s'en est bien tirée, donnant le jour à un gentil garçonnet.

Sa mère, sa fillette et moi, nous nous étions rendus de concert à Leyde. Tu penses bien que nous étions impatients d'entendre l'avis de l'infirmière. Tu juges de notre bonheur quand celle-ci répondit à notre question : « Elle a accouché cette nuit… mais vous ne pouvez pas rester longtemps auprès d'elle ». Je n'oublierai jamais ce « vous ne pouvez pas rester longtemps auprès d'elle », car elle aurait aussi bien pu dire : « Vous ne resterez jamais plus avec elle ». Théo, j'étais si heureux de la revoir. Son lit est installé tout près d'une fenêtre qui donne sur un jardin inondé de soleil et de verdure ; elle était plongée dans une espèce de somnolence provoquée par l'épuisement, quelque chose d'intermédiaire entre le sommeil et l'éveil. Elle a ouvert les yeux et nous a aperçus. Ah ! mon vieux, comme elle nous a regardés intensément, elle était si heureuse de nous voir ; le hasard avait voulu que nous soyons arrivés exactement douze heures après l'événement, alors que les visites ne sont permises que pendant une heure par semaine. Du coup, elle s'anima, elle reprit possession de ses sens et elle commença à nous demander des nouvelles de tous et de tout.

Ce que je ne me lasse pas d'admirer, c'est l'enfant qui n'a pas l'air de se douter qu'il a été mis au monde à l'aide des forceps : il était couché dans son berceau avec un petit air de philosophe.

Les médecins sont forts, tout de même ! D'après ce qu'on m'en a dit, c'était un cas critique. Cinq professeurs ont assisté à la délivrance ; on a anesthésié Christine avec du chloroforme. Elle avait déjà beaucoup souffert du fait qu'elle avait été en travail de neuf heures du soir à une heure et demie. Elle avait oublié tout cela en nous voyant ; elle me disait même que nous nous remettrions bientôt à dessiner. Je ne serais pas fâché si sa prophétie se réalisait. Ses organes ne sont pas déchirés, bien qu'il n'eût pas été étonnant qu'il en soit ainsi.

Sapristi ! Je suis heureux. Une ombre noire nous menace toujours, bien sûr. Le maître Albert Dürer savait ce qu'il faisait lorsqu'il campait la Mort derrière le jeune couple, dans la gravure que tu connais.

Nous espérons cependant que cette ombre noire est destinée à se dissiper.

Voilà, tu sais tout, Théo. Si tu ne m'étais pas venu en aide, Christine ne serait probablement plus de ce monde aujourd'hui. Encore quelque chose : j'avais recommandé à Christine de prier le professeur de l'examiner à fond, parce qu'elle souffrait souvent d'un malaise qu'on appelle pertes blanches. Il l'a auscultée et lui a prescrit de quoi se rétablir complètement.

Il a prétendu qu'elle était en bonne voie pour passer l'arme à gauche, surtout quand elle a été atteinte à la gorge, après sa dernière fausse couche, puis cet hiver ; elle est extrêmement affaiblie par des années et des années d'une vie de soucis et d'agitation ; son état pourra s'améliorer sauf accidents, par le repos, des fortifiants et le grand air, à condition de ne plus effectuer de travaux durs et de renoncer à mener l'existence d'autrefois.

Après la vie misérable qui fut la sienne, une ère nouvelle s'ouvre devant elle ; elle ne retrouvera plus son printemps — il appartient au passé et fut plutôt âpre et venteux —, mais son deuxième printemps en sera peut-être d'autant plus vivace. Tu sais que de jeunes pousses apparaissent sur les arbres au milieu de l'été, aussitôt après les grandes chaleurs c'est une couche de jeune verdure qui recouvre l'ancien vert déjà terni.

Je suis chez la mère de Christine ; j'écris devant une fenêtre qui donne sur la cité.

J'ai fait deux dessins de cette cité, l'un de grand format et l'autre plus petit. Ils sont en possession de C. M. Rappard les aimait beaucoup.

Je voudrais que tu les examines, si tu passes un jour chez C. M., car j'aimerais savoir ce que tu en penses, surtout du grand. Quand viendras-tu ici ? Il me tarde de te revoir. Frère, grâce à toi, j'ai pleuré de bonheur aujourd'hui. Merci pour tout, mon vieux, et crois-moi, avec une poignée de main,

t. à t. *Vincent.*

Mardi midi

Cher Théo,

J'ai reçu des nouvelles de Christine : tout va bien. Sauf 211 N
complications, elle pourra quitter la Maternité deux semaines après sa délivrance. Cette perspective m'a poussé à prendre une décision au sujet de la maison, pour qu'elle trouve à son retour un nid accueillant, après avoir tant souffert. C'est-à-dire que je me suis mis d'accord avec le propriétaire. Premièrement, il doit m'aider à déménager tout de suite, et pour cela mettre deux ou trois gars du chantier à ma disposition pendant une après-midi, pour transporter tout mon saint-frusquin, puisque je ne puis encore me fatiguer trop,

ou plus exactement, pas du tout. Ensuite, je ne lui devrai pas de loyer avant que moi-même ou la femme nous ne soyons définitivement installés dans la bicoque. Christine sera peut-être de retour avant que je n'aie quitté l'hôpital. En attendant, je dois m'entendre avec mon ancien propriétaire à propos du mois en cours. Étant malade et ne sachant quand je serai guéri j'ai été dans l'impossibilité de le prévenir que je m'en allais. J'espère en être quitte avec le loyer d'une ou deux semaines ; en tout cas, je n'ai pas l'intention de lui payer un mois entier.

Il se peut que tu m'aies déjà envoyé de l'argent. Dans l'affirmative, le portier de l'hôpital me remettra ta lettre demain matin.

Mais si tu n'en as pas encore envoyé, je te demande amicalement de le faire sans tarder, car je suis à court. Je dois verser 10 florins pour ma réadmission à l'hôpital, de sorte que ta lettre décidera si j'y retourne ou non. Ce matin, le portier n'avait rien reçu pour moi.

Mon déménagement est en grande partie terminé ; la mère de Christine m'a donné un coup de main. Ce n'était pas une petite affaire, car la maison était pleine de plâtras et il fallait nettoyer les planchers. L'atelier et l'alcôve sont déjà en ordre ; presque tous les meubles, etc. sont en place. En ce moment, nous cassons la croûte.

Je me porte bien, il y a longtemps que je ne me suis senti aussi à l'aise. J'ai eu l'occasion de m'entretenir un instant avec le directeur de l'hôpital, le Dr Tienboven, que j'avais rencontré dans la rue. Je lui ai dit mon état, et il m'a rassuré.

C'est-à-dire que j'espère être bientôt tout à fait d'aplomb.

Si j'avais dressé moi-même le plan de mon habitation, dans l'intention de la faire servir d'atelier, je n'aurais pu faire mieux. Bien que toutes les maisons de la rue aient le même aspect, la structure intérieure de celle-ci est unique. Tout compte fait, je ne m'y serais pas installé sans la tempête qui a démoli la fenêtre de mon ancien atelier. Si cet accident ne s'était pas produit, j'aurais ignoré que cette maison-ci était à louer. C'est le menuisier qui me l'a signalée, en disant : « Pourquoi ne vas-tu pas habiter à côté ? »

Dis donc, frère, j'ai quand même jeté un dessin sur le papier, tout en déménageant — de nouveau une aquarelle. Je me suis servi d'un croquis à moitié achevé d'avant ma maladie. C'est dire si je commence à revivre ! Il représente des barques de pêcheurs sur la grève : d'énormes carcasses gisant dans le sable chaud et, très loin, la mer voilée par un brouillard bleuâtre ou de la poussière, car c'était une journée ensoleillée et je travaillais face à la lumière, au lieu de lui tourner le dos, de sorte que quelques petites ombres portées et la vibration de l'air chaud au-dessus du sable doivent faire sentir la présence du soleil.

Ce n'est qu'une impression, mais je la crois exacte : mes doigts me démangent, j'ai envie de me remettre au travail. Inutile de te dire que je préférerais aller à Scheveningue, plutôt que de retourner à l'hôpital. Mais il faut ce qu'il faut.

Il me tarde de recevoir une lettre, et plus encore de te revoir, à condition que je ne sois plus à l'hôpital quand tu viendras ici.

Et aussi de savoir ce que tu diras de mon nouveau logis.

Et encore ce que tu penseras de Christine, quand tu l'auras vue, ainsi que du petit morveux qui vient de naître.

J'espère de tout cœur que tu éprouveras un peu de sympathie pour Christine, car elle le mérite. Encore quelque chose... pourrais-tu mettre la main sur un peu de papier Ingres, de l'épaisseur de l'échantillon ci-joint, mais teinté de préférence ? Dans l'affirmative, apportes-en quand tu viendras, et rapporte-moi les croquis qui sont en ta possession et que tu ne souhaites pas conserver.

Évidemment, je me plais à croire que tu garderas « Sorrow » et les meilleures pièces du lot, en tout cas le « Sorrow » de grand format. A Dieu, avec une poignée de main,

t. à t. *Vincent.*

(6 juillet 1882)

Cher Frère,

Je suis en possession de ta lettre et des 100 francs qu'elle 212 N
contenait ; je t'en remercie très cordialement. J'ai besoin de t'écrire à nouveau.

Parce que je voudrais t'expliquer certaines choses importantes que tu dois déjà comprendre et savoir. Je te les expliquerai en toute sincérité, avec toute la gravité dont je suis capable. C'est dire que je me plais à croire que tu liras la présente avec calme et patience. Demain matin, je retourne à l'hôpital et je m'aliterai tranquillement si je sais que tu es au courant de tout, aussi complètement et aussi clairement que le permet la grande distance qui nous sépare.

Je préférerais de beaucoup que tu sois ici, pour te faire voir tout et en discuter avec toi cette après-midi. Espérons que cela pourra se faire au mois d'août. Avant tout, je dois te dire qu'un passage de ta lettre m'a particulièrement frappé : la description de Paris, le soir. C'est que tu as réveillé en moi un souvenir du temps où j'ai vu Paris tout gris et ce spectacle éminemment caractéristique, la petite figure noire et le cheval blanc faisant ressortir la subtilité de tous les gris singuliers. Cette note sombre et ce blanc terni constituent la clef de l'harmonie. Or, le hasard a voulu qu'un artiste, qui décrit de main de maître ce Paris tout gris, ait produit une forte impression sur moi pendant mon séjour à l'hôpital. J'ai trouvé dans *Une Page d'amour,* de Zola, quelques coins pittoresques de la ville, peints ou dessinés magistralement ; ces pages sont imprégnées de la même émotion qu'exhale le paysage de ta lettre. Après avoir lu ce petit ouvrage, je me suis proposé de lire sans faute tous les livres de Zola. Je ne connaissais de lui que quelques fragments que j'ai essayé d'illustrer, « Ce que je veux », et un autre fragment contenant la description d'un vieux campagnard, on dirait un dessin de Millet.

Frère, tu as le tempérament d'un artiste : cultive-le, tâche qu'il prenne racine et bourgeonne ensuite, n'en fais pas cadeau à Monsieur Tout-le-Monde, mais garde-le jalousement pour toi-même. Réfléchis-y, et ne va pas croire que c'est un malheur s'il se concentre à force de réflexion et accapare une partie plus ou moins importante de ton activité. Il se peut que je m'avance là sur un terrain interdit, par conséquent je n'en soufflerai plus mot aujourd'hui. Je vais te dire seulement encore ceci : il y a « du dessin » dans ta brève description ; je le sens et le comprends, moi, bien que tu ne l'aies pas poussée à fond, jusqu'à ce qu'elle prenne corps, un corps robuste, jusqu'à ce qu'elle soit bien bâtie, visible et perceptible pour tous. La douleur et la tension de l'acte créateur naissent là où tu as lâché ta description, mais tu es diablement doué d'intelligence créatrice. En ce moment, tu ne saurais guère pousser plus loin parce que tu n'as pas encore foi en toi-même, sinon tu sauterais le fossé, je veux dire que tu te risquerais plus loin. Il y a dans ta description un je ne sais quoi, un parfum, un souvenir de... d'une aquarelle de Bonington, par exemple. Seulement, le tout est encore trop flou, comme noyé de brouillard. Sais-tu bien que « dessiner en paroles » est aussi un art et peut dénoter qu'une force secrète sommeille en toi, comme le petit nuage de fumée bleue ou grise indique le feu dans l'âtre ?

Certes, j'apprécie à sa juste valeur tout ce que Pa et Moe ont fait pour moi pendant ma maladie — tu dois te souvenir que je te l'ai écrit dernièrement —, de même que j'apprécie la visite de Tersteeg. N'empêche que je n'ai pas écrit par retour du courrier à Pa et Moe au sujet de Christine et d'autres affaires ; je me suis borné à leur envoyer un petit mot pour leur annoncer que j'allais mieux. En voici la raison. De ce qui s'est passé l'été dernier et cet hiver, il subsiste quelque chose qui nous sépare, comme une barrière de fer entre le passé et le présent.

Je n'ai point l'intention de demander de la même façon que l'année dernière conseil à Pa et Moe ; je ne veux pas quémander leur avis, parce qu'il m'est apparu que leur mentalité et leur conception de la vie différaient sensiblement des miennes. Il reste que mon vœu le plus ardent est de ne point susciter des disputes et d'arriver à convaincre Pa et Moe de ne pas contrecarrer mes projets, parce qu'ils se figurent que je ne suis pas capable d'agir. Je prétends qu'ils se trompent quand ils croient que je n'envisage les situations de fait que d'un point de vue peu pratique, ce qui leur ferait un devoir de me guider.

Crois-moi, Théo, je ne dis pas cela avec amertume, ni avec du mépris ou du dédain pour Pa et Moe ni pour me glorifier — mais seulement pour te faire saisir la réalité : Pa et Moe ne me comprennent pas — ils ne comprennent ni mes projets, ni mes qualités — ils ne savent pas s'identifier à moi. Discuter avec eux ne sert à rien. Que faire ? ? ?

Écoute ce que je me propose, j'espère que tu m'approuveras. Je vais m'arranger pour économiser, par exemple le mois prochain, une dizaine de florins, ou quinze, ce serait même mieux. J'écrirai alors, mais pas avant — à Pa, que j'ai quelque chose à lui dire et que je désire le voir revenir à mes frais, pour séjourner ici quelques jours.

Je lui présenterai alors Christine et le bébé, dont il ne soupçonne même pas l'existence ; je lui ferai voir la maison claire et l'atelier qui est rempli de toutes sortes de dessins en voie d'exécution. Pour moi, j'espère être complètement rétabli à ce moment.

Il me semble que cette visite pourrait produire sur Pa une meilleure impression, et plus profonde, que des paroles et des lettres. Je lui expliquerai en peu de mots que Christine et moi, nous avons traversé péniblement cet hiver et la période angoissante de sa grossesse — que tu nous es venu régulièrement en aide, bien que tu n'aies connu l'existence de Christine que plus tard. Que la femme est d'une valeur inestimable pour moi, premièrement à cause de l'amour et de l'affection que les circonstances ont fait naître entre nous, puis confirmé ; deuxièmement, parce qu'elle s'est dévouée sans compter dès le début, avec une complète bonne volonté, avec intelligence aussi, et beaucoup de sens pratique, afin de devenir mon auxiliaire. Conclusion : elle et moi, nous espérons de tout cœur que Pa m'approuvera de l'avoir prise comme femme. Je ne peux dire autre chose que « avoir prise », car ce n'est pas la formalité du mariage qui ferait d'elle ma femme, mais bien le lien qui existe depuis longtemps — la conscience que nous nous aimons, que nous nous comprenons et que nous nous entraidons.

Ce que Pa dira à propos de mon mariage — je crois qu'il dira spontanément : « Épouse-la. »

Je voudrais que Pa eût l'impression claire et nette qu'un nouvel avenir s'est ouvert devant moi, qu'il me vît dans un milieu tout différent de celui qu'il imagine probablement, qu'il fût rassuré au sujet de mes sentiments à son égard, qu'il eût confiance en mon avenir et qu'il jetât à mille lieues de lui l'idée de me mettre en curatelle ou de m'envoyer à Gheel. Vois-tu, Théo, je ne conçois pas de chemin plus court, ni de moyen plus franc pour rétablir notre bonne entente d'une façon pratique, en un minimum de temps. Écris-moi ce que tu en penses.

Il ne me semble pas superflu de te répéter, bien qu'il soit plutôt embarrassant de le faire, ce que j'éprouve pour Christine. J'ai l'impression d'être chez moi lorsque je suis auprès d'elle, l'impression qu'elle m'assure un chez-moi, l'impression que nous sommes liés l'un à l'autre. C'est un sentiment intime et profond, un sentiment sincère, assombri par l'ombre noire de son passé et du mien, qui ne vaut guère mieux. Cette ombre-là, dont je t'ai déjà parlé, semble faire planer sur notre existence une menace contre laquelle nous devrons nous défendre sans relâche, toute notre vie. Je sens en même temps en moi un grand calme, une grande lucidité d'esprit et une grande allégresse quand je pense à elle et à la route droite qui s'ouvre devant nous. L'année dernière, je t'ai écrit bien des choses au sujet de K. ; si tu t'en souviens, cela t'aidera à te faire une idée exacte de ce qui se passe en moi. Ne va pas croire que j'ai exagéré mes sentiments à cette époque ; je nourrissais pour elle un amour puissant, passionné, d'une autre espèce que celui que je voue à Christine. Lorsque j'ai appris à Amsterdam que, contrairement à ce que je croyais, elle nourrissait une sorte de répugnance à mon égard, qu'elle se figurait que je voulais lui forcer la main et qu'elle refusait de me voir, mieux encore, « qu'elle quittait sa maison pendant que j'y étais, moi », mon amour pour elle a reçu alors mais pas avant — un coup mortel. Je m'en suis rendu compte quand, revenu de mon ivresse, je suis arrivé à La Haye, cet hiver.

A cette époque-là, j'étais en proie à une mélancolie indicible. Je me souviens avoir souvent pensé à la parole virile du père Millet : *Il m'a toujours semblé que le suicide était une action de malhonnête homme.* Le vide, la misère interieure, m'ont alors amené à penser : oui, je comprends que certains se jettent à l'eau. L'idée de les approuver n'effleurait cependant pas mon esprit, car je puisais ma force dans la parole citée plus haut, ainsi que dans cette conception de la vie, la meilleure de toutes, qui me prescrivait de considérer le travail comme un remède à mon mal. Tu sais toi-même comment je m'y suis mis.

Il est difficile, terriblement difficile, voire absolument impossible de traiter d'illusion ma passion de l'année dernière ; c'est pourtant ce que Pa et Moe font, mais je réponds, moi : encore qu'il n'en sera jamais ainsi, il aurait pu en être ainsi. Ce n'était pas une illusion, mais les conceptions divergeaient et les circonstances ont été telles que nos chemins se sont écartés de plus en plus, au lieu de se rapprocher.

Voilà ce que j'en pense : je suis sincèrement et complètement convaincu qu'il aurait pu en être ainsi, mais qu'à présent ce n'est plus possible. Est-ce que K. avait raison de nourrir de la répugnance à mon égard ? Avais-je tort de m'obstiner ? J'avoue l'ignorer. Ce n'est pas sans peine, ni sans tristesse, que j'écris tout cela — j'aimerais mieux savoir pour quelles raisons K. s'est comportée ainsi, et encore, à quoi il faut attribuer l'opposition farouche de mes parents et des siens — moins en paroles, bien qu'ils l'aient manifestée également de cette façon, que par leur manque de sympathie chaleureuse et active. Je ne puis atténuer cette expression, car je considère tout cela comme le résultat de l'état d'âme de personnes que je préfère oublier.

C'est une blessure large et profonde qui s'est lentement cicatrisée, mais demeure encore sensible.

Aurais-je pu tout de suite tomber à nouveau amoureux, cet hiver, après ce qui venait de m'arriver ? Non. Mais, il est de fait — et c'est normal — que mes sentiments humains n'étaient ni éteints ni estompés ; au contraire, ma douleur avait fait naître dans mon cœur un besoin de sympathie pour les autres. Au début, Christine n'a été pour moi qu'un être comme moi, aussi seul et aussi malheureux que moi. N'ayant pas cédé au découragement, j'étais en mesure de lui assurer une aide pratique, qui a été pour moi en même temps une sorte de raison d'être et une sauvegarde.

Puis, peu à peu, insensiblement, nos sentiments ont évolué. Nous avons eu besoin l'un de l'autre, nous ne nous sommes plus quittés, nos vies se sont entremêlées, et c'est ainsi que l'amour est né. Ce qui nous attache l'un à l'autre, c'est un lien réel, non un rêve, mais la réalité. Je considère comme un grand bonheur que mes pensées et mon énergie aient trouvé dès lors un point d'appui et un sens précis. S'il est vrai que j'ai nourri plus de passion à l'égard de K. et que celle-ci était à certains points de vue plus jolie que Christine, mon amour pour cette dernière n'en est pas moins sincère, non, car sa situation était trop grave, il fallait agir et se montrer pratique. Il en fut ainsi dès le moment où j'ai fait sa connaissance.

Théo, je vais peut-être toucher à un sujet pénible, pour te faire comprendre où je veux en venir. Toi aussi, tu as eu autrefois ce que Pa et Moe appellent « une illusion » pour une femme du peuple ; si cette histoire a fini en queue de poisson, ce n'est pas parce que tu n'aurais pas pu t'engager dans cette voie, mais parce que tu as pris une autre direction et que tu t'es préparé depuis lors à vivre dans une autre classe sociale, tant et si bien que tu y as pris pied en ce moment et que vouloir épouser une fille de ta condition ne serait pas une nouvelle illusion. On ne te ferait aucune observation ; bien que ce premier amour ait fait long feu, un nouvel amour aboutirait et te réussirait. Par conséquent, je crois qu'il n'est point indiqué pour toi de choisir une femme du peuple — ta prétendue illusion, c'était une femme du peuple — ; pour toi, la réalité consiste à prendre une femme de la même condition que Kee Vos.

Pour moi, c'est le contraire ; l'illusion (je ne trouve cette définition ni adéquate ni exacte, pas plus dans ton cas que dans le mien) c'était Kee Vos, — et dans la réalité, c'est devenu la femme du peuple.

Ton cas diffère du mien à plusieurs égards. Ton aventure date de l'époque où tu avais vingt ans, et la mienne, de l'année dernière ; que nous ayons eu — toi aussi bien que moi — une illusion et vécu une aventure ou n'importe quoi — je ne sais vraiment pas comment l'appeler — ne supprime pas quelque chose de plus réel, ni pour toi ni pour moi. Car je crois fermement que ni toi ni moi ne sommes prédestinés à rester célibataires.

Voici où je veux en venir : mes relations avec Christine sont réelles ; elles ne sont pas un rêve, mais une réalité.

En voici le résultat : quand tu viendras me voir, tu ne me trouveras ni abattu, ni mélancolique ; tu pénétreras dans un intérieur dont tu pourras t'accommoder, je crois, du moins qui ne te déplaira pas. Un atelier de débutant et un ménage encore jeune en pleine activité.

C'est un atelier ni mystérieux ni mystique, car il est enraciné dans le cœur de la vie. C'est un atelier où il y a un berceau et une chaise d'enfant. Un atelier où il n'y a point de stagnation, mais où tout pousse, incite et stimule au travail.

Quand un tel ou un tel vient m'expliquer que je ne m'y entends pas en finances, je lui fais voir tout ce que je possède. J'ai fait de mon mieux, frère, j'ai veillé à ce que tu puisses te rendre compte (non seulement toi, mais tous ceux qui ont des yeux) que je tends, et réussis parfois, à entreprendre des tâches d'une façon pratique. Comment faire ?

Cet hiver, nous avons dû faire face à des frais extraordinaires résultant de la grossesse de Christine et de mon installation ; à présent, l'accouchement a eu lieu et moi, malade depuis quatre semaines, je ne me porte pas encore fort bien. Mon intérieur est pourtant propret, riant, clair et gai ; j'ai la majeure partie des meubles indispensables, de la literie et le matériel de peintre dont j'ai besoin. Cela a coûté ce que cela a coûté, je ne dirai certes pas que ça n'a pas coûté cher mais, tout de même, ton argent n'a pas été jeté à l'eau, il m'a permis de fonder un atelier jeune qui ne peut encore se passer de ton aide, mais d'où sortiront maintenant de plus en plus de dessins. Il est d'ailleurs rempli de meubles et d'ustensiles qui me sont indispensables et qui conservent leur valeur.

Dis-moi, mon vieux, si tu comptes venir un jour prochain chez moi, dans notre maison qui est pleine de vie et d'activité et dont, tu le sais bien, tu es le fondateur ? Est-ce que ce spectacle ne te procurera pas plus de satisfaction que de me savoir célibataire menant une vie de café ? Voudrais-tu qu'il en soit autrement ? Tu sais que je n'ai pas toujours été heureux, que j'ai mené une existence assez misérable. Voilà que, grâce à ton aide, ma jeunesse et ma nature profonde peuvent enfin se révéler.

Je me plais à croire que tu tiendras compte de ce changement si certains exprimaient l'avis devant toi qu'il est idiot de ta part de m'être venu en aide et de continuer à me secourir. Et que tu sauras découvrir dans mes dessins actuels ce que pourront être les suivants.

Je dois demeurer encore un peu de temps à l'hôpital, puis je me remettrai au travail, et la femme posera alors avec l'enfant.

Pour moi, il est clair comme le jour qu'il faut commencer par éprouver ce que l'on veut exprimer, qu'il faut vivre dans la réalité de la vie familiale pour pouvoir en traduire l'intimité ; une mère avec son enfant, une lessiveuse, une couturière, que sais-je encore ? Le travail opiniâtre oblige la main à obéir à de tels sentiments, tandis que les étouffer et renoncer à posséder un chez-soi équivaudrait à un suicide. C'est pourquoi je répète : en avant, malgré les ombres noires, les soucis, les difficultés et aussi, hélas ! les curiosités et les racontars des autres. Sache bien, Théo, que cela me fait beaucoup de peine, bien que je ne m'en soucie pas, comme tu le dis si bien. Sais-tu pourquoi je ne veux pas en prendre souci ? Parce que je dois travailler et que je ne peux me laisser détourner de mon chemin par tous ces cancans et ces difficultés. Quoi qu'il en soit, si je ne m'en soucie pas, ce n'est pas que je les craigne, ni que je ne sache que répondre.

D'ailleurs, j'ai pu me rendre compte souvent qu'ils ne disent rien en ma présence, qu'ils prétendent même n'avoir jamais rien dit.

Quant à toi, puisque tu sais que je ne m'en formalise pas afin de rester calme à mon travail, tu es à même de comprendre mon attitude. Tu ne la trouves pas lâche, n'est-ce pas ?

Ne va pas te figurer que je me considère comme parfait, ni que je m'imagine sans reproche quand tant de personnes parlent de mon caractère désagréable. Il m'arrive souvent d'être mélancolique, susceptible et intraitable ; de soupirer après de la sympathie comme si j'en avais faim et soif ; de me montrer indifférent et méchant lorsqu'on me refuse cette sympathie, et même de verser parfois de l'huile sur le feu. Je n'aime pas beaucoup la compagnie des autres, il m'est souvent pénible et insupportable de les fréquenter ou de bavarder avec eux. Mais connais-tu l'origine de tout cela, du moins en grande partie ? Tout simplement ma nervosité ; je suis extrêmement sensible, autant au physique qu'au moral, et cela date de mes années noires. Demande donc au médecin — il comprendra tout de suite de quoi il s'agit — s'il pourrait en être autrement, si les nuits passées dans les rues froides, à la belle étoile, si la peur de ne pas avoir à manger un morceau de pain, si la tension incessante résultant du fait que je n'avais pas de situation, si tous mes ennuis avec les amis et la famille ne sont pas pour les trois quarts à l'origine de certains traits de mon caractère, de mes sautes d'humeur et de mes périodes de dépression ?

J'espère que ni toi, ni ceux qui voudraient se donner la peine de réfléchir, vous ne me condamnerez ni ne me jugerez impossible. Je lutte contre cette tendance, mais sans réussir à changer mon caractère. J'ai mes mauvais côtés, bien sûr, mais j'en ai aussi de bons, que diable ! Ne pourrait-on également en tenir compte ?

Écris-moi si tu approuves le projet que voici : je voudrais mettre Pa et Moe au courant de ma situation actuelle, pour essayer de créer entre nous une atmosphère d'entente. Je n'ai aucune envie de leur écrire ou d'aller causer avec eux, car j'aurais probablement ainsi l'occasion de tomber dans mon travers habituel ; je veux dire que je leur parlerais de telle façon qu'ils se formaliseraient de telle ou de telle de mes expressions. Écoute, il me semble que je pourrais dire à Pa, lorsque Christine sera de retour avec l'enfant, que j'aurai quitté l'hôpital complètement rétabli et que l'atelier sera en pleine activité : « Venez me dire bonjour et installez-vous quelques jours chez moi, que nous puissions discuter ensemble certaines affaires. » A titre de gentillesse, je lui ferai tenir ses frais de voyage. Je ne vois pas de meilleure solution.

A Dieu, merci pour tout, poignée de main, et crois-moi

t. à t. *Vincent.*

Jeudi

Cher Théo,

C'est la veille de mon retour à l'hôpital, j'ignore ce qu'on m'y 213 N
dira, je n'y resterai peut-être que peu de temps, mais il est aussi possible que je doive prendre un repos complet et m'aliter à nouveau pendant plusieurs jours. C'est pourquoi je t'écris encore une fois de chez moi. Ici, dans l'atelier, il règne un grand silence et un grand calme, il est déjà tard ; au dehors, le vent souffle en tempête et il pleut, cela fait ressortir la paix de l'intérieur. Frère, je te voudrais ici, près de moi, en cette heure paisible ; j'aurais bien des choses à te montrer. Il me semble que mon atelier a du cachet, avec son papier peint d'un gris brun uni, un plancher lavé à grande eau, et

la mousseline tendue sur des lattes devant la fenêtre ; tout brille de propreté. Il y a des études au mur, puis un chevalet de chaque côté, et une grande table de travail de bois blanc. La pièce communique avec une espèce d'alcôve où sont rangés les planches à dessiner, les classeurs, les boîtes, des lattes, etc., ainsi que mes gravures et mes livres.

Ensuite, il y a une petite chambre commune meublée d'une table, de quelques chaises de cuisine et d'un fourneau à pétrole ; dans le coin, près de la fenêtre donnant sur le chantier et la prairie que tu connais d'après le dessin, un grand fauteuil d'osier pour Christine, et à côté un berceau en fer bordé d'une couverture verte. Je ne puis regarder ce berceau sans me sentir ému, car l'homme est envahi par une sensation profonde et puissante lorsqu'il est assis à côté de la femme qu'il aime, près d'un berceau où repose un enfant. Même quand j'étais assis près d'elle à l'hôpital, j'éprouvais quelque chose comme la poésie éternelle de la nuit de Noël, telle que les anciens maîtres hollandais l'ont représentée, ainsi que Millet et Breton : un enfant dans une étable, une lumière dans l'obscurité, une clarté au milieu de la nuit. Aussi ai-je accroché au-dessus du berceau une grande gravure d'après Rembrandt où l'on voit deux femmes auprès d'un berceau ; l'une lit la Bible à la lueur d'une bougie, tandis que de grandes ombres portées plongent toute la pièce dans un profond clair-obscur. J'y ai accroché également d'autres gravures particulièrement belles, savoir « Christus Consolator » de Scheffer, la reproduction photographique d'un Boughton, « Le Semeur », et « Les Bêcheurs » de Millet, « Le Buisson » de Ruysdaël, deux magnifiques gravures sur bois de Herkomer et de Frank Hol, « Le Banc des Pauvres », de De Groux.

A la cuisine, on ne trouve que le strict nécessaire, mais si la femme était guérie avant moi, elle y trouverait ce qu'il faut pour préparer un repas en dix minutes. Je me suis arrangé pour qu'elle se rende compte qu'on a beaucoup pensé à elle ; elle entrera dans une maison dont la fenêtre, devant laquelle elle devra s'asseoir, est garnie de fleurs. Le grenier est spacieux ; il y a un grand lit pour nous deux, et mon vieux lit pour l'enfant, avec toute la literie nécessaire.

Ne va pas t'imaginer que j'ai acquis tout cela en une fois. Nous avons commencé cet hiver par acheter une pièce, puis une autre, alors que je ne savais pas encore à ce moment-là quelle tournure allait prendre notre aventure, ni ce qu'il adviendrait de nous. Dieu merci, voilà ce qu'il en est résulté : un petit nid tout prêt pour elle, qui l'attend après toutes ses souffrances. Sa mère et moi — surtout sa mère —, nous nous sommes beaucoup dépensés ces jours derniers. Le problème le plus difficile à résoudre fut celui de la literie ; nous avons tout fait ou réparé nous-mêmes, nous avons acheté de la paille, du crin végétal, de la grosse toile, et nous sommes allés bourrer les matelas au grenier. Sinon cela aurait coûté trop cher. Après avoir réglé mes dettes envers mon ancien propriétaire, il me reste 40 florins de l'argent que tu m'as envoyé. Je dois payer demain 10 florins en entrant à l'hôpital, mais pour ce prix j'aurai la nourriture et le traitement médical assurés pendant deux semaines. Je pourrai donc me tirer d'affaire ce mois-ci sans que tu doives m'envoyer plus d'argent que de coutume — en dépit de mon déménagement et de mon installation, du retour de Christine après sa délivrance et de tous ces frais extraordinaires, etc. On est sûr de périr seule, on ne se sauve qu'ensemble : je crois la sentence vraie et je base mon existence dessus. Est-ce une erreur, une faute de calcul ?

Frère, j'ai beaucoup pensé à toi ces jours-ci, d'abord parce que tout ce que j'ai t'appartient en somme, que je te dois toute ma joie et toute mon énergie, car c'est grâce à toi que j'ai acquis un peu de liberté de mouvement et que ma capacité de travail a pu s'équilibrer.

J'ai pensé beaucoup à toi pour une autre raison encore.

Je me souviens qu'il n'y a pas si longtemps, j'entrais dans une demeure qui n'était pas un chez-soi accueillant, un lieu imprégné d'intimité, comme c'est le cas à présent — où deux grands vides s'ouvraient devant moi. Il n'y avait là ni femme ni enfant.

Je ne crois pas que cela me faisait souffrir, mais je crois que c'était moins délicieux. Ces deux vides me tenaient compagnie et m'étaient devenus visibles pendant que je travaillais, partout et toujours.

Ni femme, ni enfant.

J'ignore si tu connais le sentiment qui fait parfois monter dans ton cœur un soupir ou une plainte, le sentiment de la solitude : Mon Dieu, où est ma femme — mon Dieu, où est mon enfant est-ce vivre — qu'être seul ?

Je ne crois pas me tromper en disant, chaque fois que je pense à toi, que tu es sans doute moins passionné et moins nerveux que moi. Mais tu dois ressentir, toi aussi, cette mélancolie, dans une certaine mesure en tout cas, à certains moments.

J'ignore également si tu approuves ou non, si tu trouves que je mets le doigt dessus ou que je me trompe, quand je t'écris ce qu'il m'arrive de penser de toi. Il y a dans ton caractère aussi bien que dans le mien, malgré ma nervosité, de la sérénité — sérénité quand bien même. Ni l'un ni l'autre, nous ne sommes malheureux, puisque cette sérénité résulte de l'amour que nous portons à bon droit à notre métier et à notre travail ; l'art occupe une grande place dans nos pensées et donne du relief à notre vie. Mon propos n'est donc point de te pousser à la mélancolie, mais de t'expliquer, de te faire comprendre ma conduite et ma conception de la vie, en me référant à certains traits de ton état d'âme. A propos de Pa, penses-tu qu'il demeurerait insensible et formulerait encore des objections devant un berceau ? Vois-tu, un berceau, c'est quelque chose — et berceau et duperie, ça fait deux — quel que soit le passé de Christine — pour moi, je ne connais pas d'autre Christine que celle que j'ai rencontrée cet hiver, que la mère hospitalisée qui serrait ma main dans la sienne lorsque nous sentions tous deux nos yeux se mouiller devant le bébé dont le sort nous a tant tourmentés cet hiver.

Écoute, entre nous soit dit — je n'entends pas prêcher — s'il n'y a pas un Dieu, il existe quand même ici ou ailleurs quelque chose qui y ressemble, dont on sent la présence en de tels moments. L'un vaut l'autre, somme toute ; en tout cas, quant à moi, je suis tout disposé à déclarer sincèrement je crois en Dieu, et je crois que c'est sa volonté, non seulement que nous vivions, mais que nous vivions en compagnie d'une femme et d'un enfant, pour peu qu'on veuille mener une existence normale. J'espère que tu comprendras ma conduite et que tu l'interpréteras exactement, j'entends que tu la considéreras comme naturelle, non comme un jeu de dupes. Mon vieux, si tu viens — et viens vite nous voir, si cela t'est possible — tu dois, ainsi que je le fais, regarder Christine comme une mère et une simple ménagère, rien d'autre. Car elle l'est vraiment, elle l'est d'autant mieux qu'elle connaît le revers de la médaille.

Les dernières acquisitions que j'ai faites consistent en assiettes, fourchettes, cuillers et couteaux, car nous n'en avions pas, et je me suis dit : il faudra un couvert en supplément, pour Théo, ou pour Pa, dans le cas où ils viendraient nous voir un jour. C'est dire si ta place près de la fenêtre, ta place parmi nous est réservée ; elle t'attend. Tu viendras sans faute, n'est-ce pas ?

Je trouve sage et discret de ta part de ne pas avoir encore soufflé mot de l'affaire à Pa et Moe. Maintenant que la délivrance appartient au passé, les fleurs font leur réapparition.

Il valait mieux ne rien leur dire avant. J'ai cru bien faire de garder les épines pour moi, pour ne leur montrer que la rose. J'ai donc l'intention de leur parler comme je te l'ai expliqué, dès que la femme sera de retour et que j'irai mieux ; par conséquent, je crois que tu peux maintenant lâcher quelques mots s'ils te posent des questions.

Adieu, bonne nuit,

t. à t. *Vincent.*

Vendredi soir

Cher Théo,

Je joins un mot à ma lettre écrite hier soir. 214 N

J'ai été à l'hôpital ; le médecin m'a dit que je ne devais plus revenir, puisque je me sentais bien. Une rechute reste toutefois possible.

Bien que je ne puisse pas encore uriner normalement et sans douleur, j'ai quand même réussi ces jours-ci à évacuer mes urines ; c'est la preuve que je suis en voie de guérison.

Cette après-midi, je me suis empressé d'envoyer un dessin au médecin qui m'a soigné (pas au directeur), pour lui témoigner ma gratitude.

Il représente une tricoteuse de Scheveningue ; je l'avais fait dans l'atelier de Mauve. A vrai dire, c'était la meilleure aquarelle que je possédais, et pour cause : Mauve lui avait donné quelques retouches de pinceau et, pendant que j'y travaillais, il était resté tout le temps à me prodiguer des conseils.

Aujourd'hui, j'ai reçu une lettre de Pa et Moe ; je leur ai écrit dès que j'ai su que je ne devais plus retourner à l'hôpital.

Je voudrais faire demain une petite excursion en tram à Scheveningue, et dessiner un peu sur le littoral.

Voici mon adresse actuelle : Schenkweg, 136.

A propos de la visite de Son Excellence, j'ai envoyé un mot à M. Tersteeg, lui disant que j'avais quitté l'hôpital et que je le remerciais de sa visite inespérée.

Je compte aller voir la femme dimanche prochain ; elle m'a

écrit qu'elle a pu se lever hier pour la première fois, pendant une demi-heure, et que tout allait bien — le bébé y compris.

Je me sens vite fatigué et las, sans doute parce que j'ai dû rester longtemps inactif au lit. Drôle de sensation en tout cas. Pourtant, je me sens bien à plusieurs points de vue, même mieux que cet hiver ; je suis enjoué et enthousiaste pour un tas de choses.

Je me plais à croire que tu trouveras un de ces jours une demi-heure pour me faire savoir si tu approuves mon intention de tout raconter à Pa et Moe, comme je te l'ai exposé. La femme doit encore reprendre des forces, éviter les émotions et les énervements. Ce sera donc dans un mois ou six semaines, selon son état de santé.

Elle a entrevu Pa le jour où il est venu me voir ; c'était l'heure de la visite, elle attendait en bas, dans le couloir. Pa ne la connaissait évidemment pas.

Il est déjà tard. J'ai l'intention de me lever tôt demain matin et de sortir tranquillement avec mon attirail de dessinateur, comme si rien ne s'était passé depuis la dernière fois que je me suis installé dans les dunes, à Scheveningue. Je serais heureux de réussir un dessin pour Rappard.

Adieu, Théo, bonne nuit. Qu'il est merveilleux de reprendre mes vieilles habitudes. Porte-toi bien et que tous tes vœux soient comblés. Je te souhaite une grande dose de sérénité.

t. à t. *Vincent.*

P.-S. — Cet Émile Zola est un grand artiste ; je lis en ce moment *Le Ventre de Paris* c'est joliment fort.

Cher Théo,

215 N Vendredi, l'hôpital de Leyde m'a avisé que Christine pourrait rentrer samedi, c'est-à-dire que j'ai été aujourd'hui à Leyde et que nous sommes rentrés ensemble. Elle est donc au Schenkweg ; elle et le bébé vont bien. Par bonheur, elle a du bon lait et l'enfant est sage.

Je voudrais que tu l'aies vue aujourd'hui. Je t'assure qu'elle a beaucoup changé depuis cet hiver, elle a subi une véritable métamorphose.

Si j'ai pu y contribuer un peu cet hiver, grâce à ton aide, la majeure partie du mérite revient évidemment au professeur qui l'a soignée. Mais ce qui revient moins au professeur, c'est l'effet de la grande affection qui nous unit, elle et moi. Une femme change quand elle aime et qu'elle est aimée, tandis que, quand personne ne s'occupe d'elle, elle perd son allure et son charme. De ce fait, elle se révèle telle qu'elle est, et il est incontestable que son épanouissement en dépend. Il faut que la nature puisse suivre son cours, sa voie normale ; ce qu'une femme veut, c'est s'unir à un homme, fermement et pour de bon. Cela n'est pas toujours possible, mais c'est contraire à la nature s'il en va autrement.

L'expression de son visage a changé du tout au tout depuis cet hiver ; elle regarde le monde d'un autre œil : son regard est hardi et calme ; il reflète le bonheur, la paix et la quiétude, et cela frappe d'autant plus qu'elle est encore souffrante. Je t'ai écrit un jour que la forme de sa tête et la ligne de son profil lui confèrent une ressemblance singulière avec « L'Ange de la passion », de Landelle. C'est-à-dire, pas vulgaire du tout, incontestablement noble, mais ça ne saute pas toujours aux yeux tout de suite. Aujourd'hui, c'était ça, exactement ça. Le professeur, qui la connaissait déjà et qui a assurément de la sympathie pour elle, a été cette fois aux petits soins avec elle ; sur sa demande (ceci avait été convenu entre nous avant qu'elle ne parte pour Leyde), il l'a auscultée des pieds à la tête, et par-dessus le marché il s'est donné la peine de bavarder longuement avec elle et de lui expliquer en détail ce qu'elle doit faire et ne pas faire pour rester en bonne santé

1° Vivre avec un seul homme — parce que sa constitution et son tempérament la prédisposent à une vie familiale et la rendent absolument inapte à l'existence que la misère lui imposait auparavant.

2° Sortir souvent, et marcher beaucoup dès qu'elle aura repris suffisamment de forces — respirer des masses d'air pur.

3° Quant à la nourriture, il lui a dit ce qu'elle doit manger et ce qui pourrait lui faire du tort.

4° Elle doit se frictionner souvent avec un mélange d'eau froide et de genièvre, et prendre régulièrement un bain chaud par semaine.

5° Elle doit éviter les émotions qui ébranleraient ses nerfs : l'anxiété, la tension, les soucis.

6° Ne pas laver le plancher ou faire un travail pénible, surtout s'il l'oblige à baisser la tête, par exemple, nettoyer le couloir. Et, particulièrement, ne pas soulever d'objets lourds.

Bref, il lui a répété en substance ce qu'il lui avait déjà dit — mais il le lui a expliqué en détail cette fois-ci. Tout me porte à croire qu'il s'intéresse vraiment à elle. Évidemment, il lui a aussi parlé longuement de moi ; il savait que j'étais malade et il a déclaré que j'avais grandement raison de me faire soigner à l'hôpital ; il lui a même dit carrément comment j'avais contracté ma maladie, selon lui. Il ne lui a pas demandé une seule fois, mais plusieurs, si elle s'était vraiment liée pour de bon avec moi, et si je ne l'abandonnerais pas. Comme elle n'en démordait pas, même lorsqu'il lui répliquait qu'elle lui en faisait accroire, il a fini par opiner : Eh bien, si tu aimes vraiment cet homme, la partie est quasiment gagnée pour toi. Il lui a répété à satiété qu'elle devait mener une vie familiale.

Lorsqu'elle était sur le point de partir, non seulement l'infirmière de sa salle, mais aussi l'infirmière en chef sont venues prendre congé d'elle. J'ai assisté aux adieux ; comme cette dame m'avait écrit trois fois au moment où Christine ne pouvait me donner elle-même de ses nouvelles, je l'en ai remerciée. Elle a bavardé assez longtemps avec nous.

Par bonheur, il faisait très beau et chaud. Le voyage s'est bien passé. La mère et la fillette de Christine nous attendaient au Schenkweg. Vraiment, c'était un retour merveilleux. Christine était très agitée de tout, surtout du berceau, de son fauteuil d'osier, et du reste.

Mais elle était particulièrement enchantée de revoir sa fillette, à qui j'avais offert une paire de chaussures pour la circonstance ; elle était mignonne.

Les difficultés se sont vraiment accumulées au mois de mai : sa délivrance, ma maladie, la question de savoir comment nous arranger et où elle devait se faire hospitaliser, ce qui compliquait encore la situation. Celle-ci a été élucidée ou résolue en plusieurs domaines.

Elle souffre encore beaucoup par moment, surtout par suite de la délivrance à l'aide du forceps, pour ne pas mentionner les suites inévitables de son accouchement. Elle est encore très affaiblie, mais on n'a qu'à la voir pour savoir qu'une rénovation et un épanouissement sont en voie d'accomplissement, son corps et son âme se rétablissent ensemble. Nous vivons dans l'ambiance d'un « chez-soi », d'un « home », d'un « foyer à nous ».

Je comprends que Michelet ait dit : la femme c'est une religion.

Ces souffrances persisteront au moins jusque la sixième semaine après son accouchement, et elle devra se ménager beaucoup.

Je me plais à croire que l'amabilité que lui témoignèrent le professeur et l'infirmière en chef te feront comprendre qu'elle est, en somme, une femme digne de la sympathie de gens sérieux, sinon on ne pourrait comprendre qu'ils aient été à ce point aux petits soins avec elle.

En entrant dans la salle des accouchées, où je voyais plusieurs malades, j'ai pu me rendre compte qu'elle se distinguait des autres femmes, bien qu'elle soit très simple. Seulement, sa vie intellectuelle et nerveuse est plus intense, on s'aperçoit que la souffrance et les moments difficiles l'ont affinée. Je me plais à croire que tu ne te feras pas scrupule de la connaître.

Je me suis beaucoup amusé de ce que Christine m'a raconté à propos de ses entretiens avec le professeur. C'était très drôle. Il faut croire que cet homme use de beaucoup de bonhomie. Par exemple, il lui avait demandé : « Dis donc, aimes-tu siffler un petit verre et grilles-tu de temps à autre un cigare ? » « Certainement », fut la réponse. « Si je te demande cela, continua-t-il, c'est pour te dire qu'il n'est pas nécessaire de t'en priver. » Par contre, il l'a copieusement sermonnée à propos de la consommation de vinaigre, de moutarde et de poivre.

Chaque fois qu'elle a plus soif que faim — cela lui arrive souvent — elle doit prendre un petit verre à titre de médicament, pour stimuler son appétit.

Il lui a remis une liste de toniques, après l'avoir consultée à propos de sa bourse. Moi aussi, je suivrai ses conseils en la matière. La viande lui fera du bien, mais il lui suffira d'en manger une ou deux fois par semaine ; il n'est pas indispensable d'en manger tous les jours.

Il revenait et revenait encore sur le premier remède, sur le tonique principal : avoir un « chez-soi ». Je m'étais fait bien des soucis à l'idée que Christine aurait peut-être besoin de choses qui coûtent fort cher. Mais le régime qu'il lui a prescrit est sans doute le moins coûteux qu'on puisse imaginer. C'est-à-dire que je suis convaincu que nous pourrons joindre les deux bouts avec 150 francs par mois. D'autre part, on a prévenu Christine qu'elle peut consulter gratuitement le professeur, à Leyde, pendant deux ans, si l'enfant tombe malade, et qu'elle recevra gratuitement des médicaments par-dessus le marché. « Je ne me soucie pas seulement de l'enfant et de ton rétablissement après ta délivrance, lui a dit le professeur. Je voudrais aussi que tu sois dans un an une belle femme robuste. Tu as encore un bel avenir devant toi si tu ne fais pas fi de mes conseils. » Enfin, il a causé avec elle et il lui a prodigué des conseils, comme un père, tant et si bien qu'elle est revenue plus allègre et plus optimiste qu'elle ne l'était à son départ.

Je me porte bien, mais je me rends compte que je me suis beaucoup débilité. Ça passera. Il n'y a pas lieu de s'en étonner, si l'on songe que je digère mal, manque d'appétit, et ai eu des fièvres rémittentes pendant plus de deux mois, et que ces troubles ne sont pas encore entièrement dissipés.

Uriner me réussit de mieux en mieux, mais je me ressens un peu du froid et de l'humidité de ces derniers jours. Le jet d'urine était redevenu puissant, presque normal. Bien qu'il n'en soit plus ainsi en ce moment, il me semble que c'était un signe précurseur de ma guérison complète ; celle-ci ne saurait tarder s'il continue à faire sec et beau, comme aujourd'hui.

Je me suis remis à dessiner. Cela me vaut des migraines et me fatigue aussitôt. Toutefois, je me plais à croire que ça ira bientôt mieux. D'autant plus que je pourrai sous peu recommencer à travailler à la maison et faire poser la femme et l'enfant. Cela n'empêche que ma faiblesse est pour moi un contretemps, mais il faut bien se dire qu'elle est la conséquence normale de ma maladie.

Ces jours-ci, j'ai réussi deux dessins, plus exactement, deux aquarelles. J'ai voulu faire un essai.

Cependant, il me semble que je dois encore m'appliquer avant tout au dessin, qui est la base de tout le reste.

En voyant ma dernière aquarelle, tu as dû te rendre compte que je vais me risquer doucement à les laver.

Dès que je serai tout à fait rétabli, je voudrais m'appliquer sérieusement à une aquarelle sur du Harding, parce que ce papier tolère (plus que le Whatman) un fond noir et blanc plus consistant qui permet de laver l'aquarelle, sans devoir craindre d'en détériorer l'aspect. Le malheur, c'est que je ne suis pas encore à même de travailler d'arrache-pied ; cela me contrarie beaucoup, car il me tarde de reprendre la besogne et d'aller travailler au dehors. En attendant, je me réjouis de pouvoir faire au moins quelque chose.

J'ai commencé hier soir à écrire la présente. Je peux te dire encore que nous — c'est-à-dire la femme, les deux enfants et moi — avons dormi au grenier.

Cette chambre à coucher ressemble singulièrement à la cale d'un navire. Le grenier est entièrement en bois, je crois que c'est un dortoir salubre. Il faut descendre le berceau pendant le jour. Tout va à souhait ; s'il ne nous arrive pas de désagréments du dehors — je me plais à espérer que ce ne sera pas le cas —, nous conduirons notre barque à bon port.

Je ne suis aucunement dépaysé dans la compagnie de la femme et des enfants, j'ai plutôt l'impression de me trouver dans mon élément, et que cela date de longtemps. Me servir de mes mains pour faire une corvée que la femme ne saurait accomplir à cause de sa faiblesse, par exemple les lits et mille autres petites besognes, est une vieille habitude pour moi. J'ai dû assez souvent m'y mettre, pour moi-même et pour les malades. Les anciens tableaux et dessins hollandais prouvent à suffisance que ça n'empêche pas de dessiner ou de peindre. Que l'atelier et le ménage se confondent ne gâte rien, surtout s'il est question de figures. Je me souviens d'intérieurs d'atelier d'Ostade — de petits dessins à la plume représentant probablement un coin de son logis — qui montrent assez nettement que l'atelier d'Ostade offrait sans doute peu de ressemblance avec les ateliers où l'on voit des armes orientales, des vases, des tapis persans, etc.

Pour en revenir encore une fois à l'art : j'ai parfois grande envie de m'attaquer de nouveau à la peinture. Mon nouvel atelier est plus spacieux et mieux éclairé, il y a moyen d'y ranger mes couleurs, etc., sans créer trop de désordre et sans le salir. Aussi ai-je commencé tout de suite à faire de la peinture à l'eau.

Tout dépend de mon état de santé. En tout cas, je me propose de reprendre tout cela dès que je ne courrai plus le danger d'une rechute, que je pourrai sortir régulièrement et tenir en place. Je crois qu'il me sera possible dorénavant de prélever plus qu'auparavant sur ma mensualité de 150 francs pour me procurer de quoi peindre, maintenant que Christine et moi habitons ensemble et que nous ne formons plus, pour ainsi dire, deux petits ménages à part.

Nous n'avons pas peur, ni Christine ni moi, de vivre petitement. Par exemple, nous ne voulons pas acquérir plus de meubles et plus d'ustensiles de ménage avant que je ne gagne un peu, grâce à la vente de mes dessins. Nous préférons nous en priver, plutôt que d'emprunter de l'argent — en supposant qu'il y eût moyen d'en trouver.

Quant à Christine, elle posera de nouveau dès qu'elle aura recouvré la santé. Je t'assure que sa figure en vaut la peine. D'ailleurs Sorrow et quelques autres dessins que tu possèdes te permettent de te rendre plus ou moins compte qu'elle s'y entend à poser et qu'elle est qualifiée pour le faire.

J'ai d'elle aussi plusieurs études de nus que tu n'as pas encore vues ; je suis décidé à en faire d'autres dès qu'elle sera à même de poser, car c'est très instructif.

Même si je devais m'abstenir encore un bon moment de tout travail sérieux au dehors et si (j'espère qu'il n'en sera pas ainsi) la maladie devait me valoir encore des mécomptes, je trouverais du moins des sujets à la maison et je ne serais pas astreint à rester les bras croisés.

J'ai reçu une lettre aimable de Pa et Moe.

Figure-toi qu'elle contenait deux billets de banque. Il vaudrait mieux qu'ils ne m'envoient pas ça, je sais qu'ils ne peuvent se priver de cet argent, et nous arrivons à joindre les deux bouts avec ce que tu nous envoies, d'autant plus que la santé de Christine s'améliore, et la mienne également.

Franchement, je préfère ne pas recevoir d'argent de Pa et Moe. Comme je te l'ai écrit, je voudrais même en mettre un peu de côté dès que ce sera possible, et l'envoyer à Pa quand la femme ira mieux, afin qu'il vienne nous voir pour discuter un tas de choses.

Ce dont je me réjouis plus que de ces billets de banque, c'est leur état d'esprit ; j'ai l'impression que leurs dispositions conviennent parfaitement aux circonstances, tant et si bien que j'ose espérer qu'ils ne se rebifferont pas dès que je leur parlerai de Christine, et qu'ils m'écouteront avec bienveillance.

Ces jours-ci, j'ai visité une exposition d'art français (au Boschkant), des collections Mesdag, Post, etc. J'y ai vu beaucoup de belles choses de Doré, Corot, Daubigny, Diaz, Courbet, Breton, Jacque, etc. Ce que j'ai trouvé particulièrement beau, c'était un croquis de Th. Rousseau, de la collection Mesdag : un troupeau de vaches dans les Alpes. De même qu'un paysage de Courbet : un terrain sablonneux, accidenté, jaunâtre, tapissé par-ci par-là d'une jeune herbe tendre, des haies noires formant contraste avec quelques troncs de bouleaux blancs et, dans le lointain, des maisonnettes grises au toit couvert d'ardoises rouges et bleues. L'horizon se situe dans la partie supérieure de la toile, c'est-à-dire que le terrain en constitue la substance et que la mince bande de ciel forme plutôt un contraste pour faire mieux sentir l'âpreté de ces masses de terre sombre.

M'est avis que c'est la meilleure œuvre de Courbet que j'aie vue. Les Dupré sont superbes, et je ne me suis pas lassé de regarder un Daubigny : des toits de chaume contre le flanc d'une colline.

Je peux en dire autant d'un petit Corot : un cours d'eau à la lisière d'un bois par un matin d'été, vers quatre heures. Un seul petit nuage rose indique que le soleil ne tardera pas à se lever. Un silence, un calme, une paix qui vous fascinent.

Je suis enchanté d'avoir vu tout cela.

Je termine maintenant. J'espère que tu m'écriras bientôt, et surtout, que tu viendras sans faute en Hollande au mois d'août. Il est vrai que je t'écris « entre deux corvées », car tu comprends bien que les besognes ne manquent pas. Sans doute, je permets à Christine de bricoler, mais je ne peux pas encore me passer de veiller à ce qu'elle fait. Afin d'être toujours là, comme par hasard, lorsqu'il faut lui donner un coup de main, Vraiment, elle est encore très faible (elle m'a confié que le professeur disait « diablement » faible) ; il est pourtant tout indiqué pour elle de se distraire par des travaux légers. Tout ce qui l'égaie et la met de bonne humeur vaut un médicament pour elle. L'enfant, lui non plus, n'est pas absolument hors de danger — tu sais que la délivrance a été très laborieuse — l'enfant s'en ressent évidemment. On ne pourra se prononcer sur l'issue que dans quelque six semaines. Il va de soi que pour lui tout dépend du lait.

Je me plais à croire que la lecture de toutes ces histoires ne t'ennuie pas outre mesure. Je m'étais proposé de ne t'écrire que quelques mots, et j'ai pondu une longue lettre. Je ne suis pas encore à court, mais un peu d'argent vers le 20 me viendrait bien à point pour aller jusqu'à la fin du mois.

A Dieu, avec une cordiale poignée de main en pensée,

t. à t. *Vincent.*

Mardi matin

Cher Théo,

216 N Je dois te raconter la visite de Tersteeg.

Il est venu chez moi ce matin, il a vu Christine et les enfants. J'aurais aimé lui voir au moins un visage aimable pour une jeune maman qui a accouché il y a à peine deux semaines. Il faut croire que sa dignité ne lui permettait pas cette attitude.

Mon cher Théo, il m'a parlé sur un ton que tu pourras peut-être t'expliquer, toi :

« Que signifient cette femme et cet enfant ? »

« Où étais-je allé prendre la fantaisie de vivre avec une femme et des enfants par-dessus le marché ? »

« N'était-ce pas aussi ridicule de ma part que de me promener en ville dans une voiture particulière ? », à quoi je lui ai répondu que ce n'était pas la même chose.

« Étais-je un peu marteau, oui ? J'étais sûrement malade de corps et d'esprit. »

Je lui ai répliqué que des personnes plus compétentes que lui, savoir des médecins, m'avaient parfaitement rassuré, aussi bien sur mon corps que sur mon esprit, quant à leur faculté à tous deux de soutenir un effort.

Il a alors sauté du coq-à-l'âne, il a cité le nom de Pa en parlant, et, figure-toi, celui de l'oncle de Prinsenhage !...

Il allait s'occuper de l'affaire, il allait écrire.

Mon cher Théo, je me suis retenu à cause de la femme et à cause de moi-même ; je ne me suis pas mis en colère, j'ai répondu brièvement et sèchement à ses questions indiscrètes, peut-être avec un peu trop de douceur, mais j'ai préféré pécher par la douceur, plutôt que par l'irritation. Petit à petit, il s'est calmé. Je lui ai demandé alors s'il ne serait pas ridicule que mes parents reçoivent une lettre emphatique de lui, puis une invitation amicale de moi à venir me voir, à mes frais, pour discuter de la même affaire ? Ma réflexion a produit son petit effet, il en a été un peu estomaqué : « J'écrirais donc moi-même ? » — « Vous me le demandez ? » lui ai-je répondu. — « Évidemment, mais vous m'accorderez que le moment est mal choisi, puisqu'ils sont en train de déménager * et que la moindre émotion pourrait valoir à la femme un choc qu'elle ne pourrait plus surmonter. Provoquer à ce moment chez elle une émotion par l'angoisse, l'excitation ou la nervosité, équivaudrait à un assassinat. »

Oh ! s'il en était ainsi, il n'écrirait évidemment pas, mais il est ensuite revenu à la charge, prétendant que j'étais aussi dingo qu'un homme qui veut se jeter à l'eau et que, lui, il voulait m'en empêcher. Je lui ai répondu que je ne doutais pas de ses bonnes intentions, que c'était bien là la raison pour laquelle je ne me fâchais pas de ses propos, bien qu'un entretien de ce genre me fût désagréable. Il a fini par s'en aller parce que je lui ai fait comprendre sans ambages que j'en avais assez.

Je t'écris tout cela sans perdre une minute. Je lui ai dit que j'étais en correspondance avec toi sur cette affaire, rien de plus. Cela aussi l'a calmé.

J'ai encore essayé d'amener la conversation sur les dessins, mais il s'est borné à promener un regard distrait autour de lui. « Oh ! ce sont tes premiers dessins ! ». Il y en avait aussi de plus récents, mais il faisait semblant de ne pas les voir. Comme tu le sais, les derniers sont en ta possession, et il y en a d'autres chez C. M., etc. Il a jeté un regard rapide sur tout ; une chose certaine, c'est que je suis la sottise et la bévue en personne.

Je te le demande : est-il possible de discuter de cette façon avec quelqu'un, à quoi cela peut-il servir ? Voilà précisément ce que je redoute : une immixtion inamicale, pédante, peu délicate dans mes affaires privées les plus intimes. Personne ne parviendrait à garder son calme dans ces circonstances. Bien que je n'aie pas éclaté, j'ai des reproches à adresser au sieur Tersteeg, je ne veux plus avoir à traiter avec lui, je me refuse même à discuter encore avec lui tant qu'il se comportera comme un agent de police. J'ai voulu t'en écrire sans tarder.

Tu le sais, je n'entends rien cacher, mais il est souhaitable pour Christine, pour le bébé, et pour moi aussi, que des scènes pareilles ne se reproduisent pas. Terrifier la femme équivaut à lui porter un coup dur. Je ne puis assez le répéter. Elle est très faible et très sensible. Un rien pourrait gâter son lait et provoquer des accidents plus graves encore, en tout cas dans les six semaines à venir.

* Le pasteur Van Gogh venait d'être nommé à Nuenen, petit village près d'Eindhoven, où la famille allait s'installer en septembre.

Je le crois capable de me susciter toutes sortes de misères en intervenant à contretemps. De semer l'affolement à la maison et à Prinsenhage (Prinsenhage n'a absolument rien à voir dans cette affaire) et de mettre tout sens dessus dessous. Est-ce qu'il n'y a pas moyen de l'arrêter ? ? ? Je suis maintenant en bons termes avec nos parents, et voilà, qui sait s'il ne va pas tout gâcher ? J'ai l'intention de leur écrire le plus tôt possible, mais c'est quand même ridicule que Tersteeg se mette ainsi à embêter les gens. Qui ? Une pauvre femme affaiblie qui a accouché il y a deux semaines à peine — Non, je le trouve vraiment méchant, mais lui ne comprend pas cela, il ne voit comme toujours qu'une seule chose : l'argent. On dirait qu'il ne connaît pas d'autre Dieu ; quant à moi, je sens qu'il faut se montrer doux et bon envers les femmes, les enfants et les faibles ; pour ceux-là je nourris une espèce de respect et de pitié attendrie. Lui, il s'est même permis un sarcasme : je rendrais cette femme malheureuse, etc. Je lui ai répliqué qu'il n'était pas à même d'en juger, puis je l'ai prié de ne plus tenir de pareils propos. Christine m'aime et j'aime Christine, nous voulons et nous pouvons vivre des seules ressources dont je disposais pour moi seul quand je ne la connaissais pas — nous sommes décidés à nous priver et à vivre parcimonieusement — tu te souviens de ce que je t'ai écrit à ce sujet.

Tu en sais plus sur cette affaire que Tersteeg, mais tu connais trop peu Christine pour te rendre compte à quel point nous nous aimons et nous entendons à merveille.

Je ne saurais trop insister, frère : mon avenir est en jeu. L'homme meurtri par un amour malheureux et dont on a contrecarré les intérêts et les projets, demeure capable de remonter à la surface, une fois, deux fois... mais cela ne doit pas se répéter trop souvent. Eh bien, je me suis remis, du moins je suis en voie de me remettre physiquement et moralement. Christine également. Mais un nouveau coup de massue sur la tête pourrait nous être fatal. Il a été convenu entre Christine et moi que, si l'on nous poussait à bout et si l'on voulait user de violence contre nous, nous émigrerions si l'on nous rendait la vie impossible ici. Autant dire que nous aurions dix chances contre une d'aller au-devant d'une mort certaine, n'ayant guère de santé ; mais nous préférerions encore ce sort à la séparation.

Je te demande donc de réfléchir et je te supplie d'essayer, si tu en vois la possibilité, d'empêcher Tersteeg ou un autre de nous barrer la route.

A vrai dire, je ne suis pas encore en assez bonne santé pour me défendre comme je le ferais si j'étais dans mon assiette. Je me replonge doucement, tout doucement dans mon travail, mais je ne puis encore supporter des visites comme celle de ce matin.

Si Tersteeg et d'autres pouvaient tout arranger à leur gré, ils auraient vite fait de nous séparer de force, Christine et moi.

Tel est leur but, et, pour y arriver, ils n'hésiteront pas à recourir à la violence. Ta mensualité décidera en dernier ressort si, oui ou non, nous pouvons demeurer ensemble.

Pourtant, je refuserais ton aide si tu te plaçais au même point de vue que Tersteeg. Je ne veux pas entendre parler d'abandonner Christine. Si je devais la perdre, je serais brisé, mon travail et tout le reste seraient à l'eau, je ne remonterais jamais plus le courant et, ne voulant plus être à ta charge, je te dirais : Théo, je suis un homme fini, que tout aille au diable ! Il est inutile de continuer à me venir en aide. Tandis que sa présence me donne du courage ; alors je dis : Grâce à la mensualité que tu m'alloues, je deviendrai un bon peintre. Avec Christine, je veux travailler de toutes mes forces, de toute mon énergie, mais sans elle, j'abandonne tout.

Voilà où nous en sommes. Tu m'as prouvé souvent que tu me comprenais mieux que les autres et que tu savais me parler mieux que les autres.

J'espère qu'il en sera encore ainsi.

Toi et moi, nous avons beaucoup de goûts et de points communs. Eh bien, il me semble, Théo, que toutes tes peines et toutes les miennes ne seront pas vaines. Tu m'as toujours aidé, j'ai persévéré à travailler, et je sens, maintenant que ma santé se rétablit, de nouvelles forces se développer en moi. Vois-tu, je crois que le lien qui nous unit, toi et moi, constitue un rempart solide contre les assauts de Tersteeg et qu'il ne saurait être entamé ni par son intervention ni par celle des autres.

Néanmoins, par principe et par souci de notre quiétude, il faudrait trouver un moyen de mettre fin à de telles interventions. Ne m'en veuille pas si, malgré moi, je me sens tout bouleversé.

Cette scène a été pour ma femme et pour moi-même le premier moment pénible depuis notre retour de l'hôpital.

Si tu es d'accord avec nous, nous ne nous en formaliserons plus et nous ne nous laisserons pas désarçonner.

En tout cas, réponds-moi vite, car j'ai grand besoin d'une lettre de toi. Je ne veux pas que mon cerveau soit inondé d'inquiétude et de soucis ; ma guérison dépend de ma tranquillité. Ma femme et l'enfant sont si gentils, si bons et si paisibles que je ne saurais vraiment pas ne pas me ragaillardir. Juge comme Christine a pu trembler comme une feuille lorsqu'elle a entendu Tersteeg proférer ces propos. Et moi de même, d'ailleurs.

Je suis retourné voir le médecin ; je dois prendre à nouveau des médicaments afin de hâter ma guérison autant que possible. Je retrouve mes forces et la fièvre rémittente diminue.

J'aurais voulu écrire au plus tôt à Pa et Moe, à cause de Tersteeg, sans savoir s'il n'aurait pas mieux valu attendre. En tout cas, dès que tu m'auras fait tenir un peu d'argent, vers le 20 courant, je leur écrirai ; j'aurais préféré remettre la chose après leur déménagement et attendre que ma femme ait repris des forces. Tout bien pesé, je crois même qu'il serait préférable, oui, préférable d'attendre, mais je crains maintenant que Tersteeg ne me devance. Joindre à ma lettre l'argent du voyage de Pa serait, à mon sens, leur fournir la preuve de mes bonnes dispositions ; cette prévenance de ma part leur ferait comprendre que je veux leur rendre justice.

Réponds-moi vite. Si le lien qui nous unit sort fortifié de cette épreuve, si nous nous comprenons d'autant mieux et si nous avons davantage confiance l'un dans l'autre, au lieu de nous laisser éloigner l'un de l'autre par les insinuations de Tersteeg et des autres, eh bien, je ne regretterai pas les désagréments de ce matin.

Peu importe son attitude envers les autres — je veux encore croire qu'il vaut mieux que cela, au fond — mais il se montre insupportable envers moi. Si Tersteeg pouvait en faire à sa tête, je serais un malheureux, un homme perdu — je crois qu'il ne broncherait pas s'il voyait Christine se noyer ou périr d'autre façon, et il conclurait que sa mort est un bien pour la société civilisée.

Je m'en ficherais si je me noyais en même temps qu'elle. En tout cas, nous avons nettement senti que sa vie et la mienne se confondent, lorsque nous nous sommes retrouvés à l'hôpital, près du berceau du bébé.

Voyons, frère ! Il vaut mieux ne pas rabâcher tout cela. Il est plus sain de se préoccuper calmement de son travail et du rétablissement de sa santé, et de vivre tout doucement au jour le jour.

Nous sommes unis par l'amour, elle et moi, et nous nous sommes promis une fidélité éternelle.

Théo, les autres n'ont pas le droit de s'en mêler : c'est ce qu'il y a de plus sacré dans la vie.

Nous souhaitons, elle et moi, que ça ne prenne pas une tournure dramatique ; nous sommes trop pleins d'une nouvelle joie de vivre et du désir de nous mettre au travail et de trimer, pour ne pas tout faire afin d'éviter les extrêmes.

Seulement, si trop de gens, mais surtout toi, nourrissiez à notre égard des sentiments analogues à ceux de Tersteeg, il nous serait impossible de tenir le coup et ça finirait mal.

Si on ne trouble pas notre paix, nous livrerons combat ici, en travaillant. C'est banal, c'est normal, mais ce n'est pas facile ; il faut du courage et de la volonté pour s'y prendre énergiquement et pour persévérer. Nous avons réussi à passer l'hiver, et nous parviendrons à tenir le coup, avec l'aide de Dieu. Je dis : avec l'aide de Dieu, parce que je vous suis reconnaissant, non seulement à toi, mais à Dieu aussi, de l'aide que j'ai reçue et que je reçois encore.

Tersteeg est un homme énergique. Toutefois, je me plais à croire qu'il ne dépensera pas son énergie à nous persécuter, Christine et moi. Il se peut qu'il finisse par comprendre que rien ne l'oblige à s'occuper de nous, et qu'il se tienne tranquillement à l'écart. Il ne se soucie quand même pas de moi : tout compte fait, je lui importe si peu. S'il intervient, c'est parce qu'il croit faire plaisir ou rendre service à l'oncle Cent et à Pa.

Il ne ménage ni ne respecte aucunement mes sentiments et mes intérêts. Il entre chez moi — jette à la femme en train d'allaiter son enfant des regards qui lui figent le cœur et, sans lui adresser une parole aimable — bien qu'on soit tenté de dire un mot gentil à une jeune mère, même si on ne la connaît pas — il me demande : « Est-ce ton modèle ou autre chose ? » Vois-tu, ce n'est ni humain ni délicat.

Il se peut que je ne me montre pas toujours poli envers les hommes, mais je suis sûr que je respecterais les convenances envers une faible femme. Il ne souffle mot de mes dessins ni de mon atelier, etc. mais il parle de mon oncle de Prinsenhage dont je ne me soucie pas et avec qui je n'entretiens pas de relations. Et de mon Père — partant à priori de la supposition que je suis en mauvais termes avec lui, alors que nos rapports se sont améliorés depuis un bon moment. Que cela suffise — mais écris-moi vite, mon vieux, car je t'assure qu'une lettre cordiale de toi me fait plus de bien que mes pilules, etc.

En ce qui concerne ma constitution, Tersteeg n'est pas mon médecin traitant et il ne comprend rien à ma constitution. Si j'avais besoin de renseignements à ce sujet, je les demanderais à mon médecin, mais je préfère ne plus jamais en discuter avec lui. Des visites comme celle que je viens de recevoir me font incontestablement plus de mal qu'autre chose, à la femme et à moi-même. Je dois me conformer à la prescription principale : les éviter. Jamais un médecin ne m'a dit de la façon que Tersteeg s'est permis de le faire ce matin, que je suis en quelque sorte un anormal — dans le sens que le second donne à ce mot. Comme si je ne m'en apercevrais pas si j'avais la tête à l'envers ? Jamais un médecin ne m'a parlé en ce sens, ni autrefois, ni présentement. Il est vrai que je suis nerveux de nature, mais cela ne veut absolument rien dire.

Ainsi donc, Tersteeg commence par m'insulter gravement, à l'instar de Pa, mais en y mettant encore moins de ménagements qu'au moment où ce dernier voulait m'envoyer à Gheel. Je ne puis laisser passer tout cela sans protester. Il me tarde de te parler de ma maladie, comment je l'ai contractée, etc. Si Tersteeg s'avisait d'intervenir prématurément et mal à propos, il pourrait susciter bien des ennuis, je n'en doute pas un instant.

Je le répète, je n'ai pas la prétention de tenir un rang, ni de vivre dans l'aisance. Pour moi, la seule question importante est de me procurer le strict nécessaire pour ma femme, juste de quoi faire face aux frais que son état entraîne, non en recevant plus d'argent, mais en vivant plus petitement. Vivre pauvrement n'est pas pour nous effrayer, ni elle ni moi, parce que nous nous aimons ; cette situation nous vaudrait plutôt des joies, si j'ose dire. Elle déborde d'allégresse pour le moment parce qu'elle se sent mieux, et moi, j'exulte à la pensée de pouvoir me remettre bientôt au travail et m'y adonner complètement.

C'est une petite maman charmante, très charmante, simple et émouvante — dès qu'on la connaît. Elle a pourtant fait une vilaine grimace de douleur ou quoi ? quand elle a surpris ma discussion avec Tersteeg ; elle en a saisi quelques mots au vol. Il est possible que Tersteeg m'ait parlé sur ce ton, ne se doutant pas qu'elle nous entendît ; n'empêche, je ne parviens pas à le trouver gentil, ni à l'en excuser.

Adieu, mon vieux. Sache que Christine, quand elle ne s'agite pas, est une petite mère aussi tendre, aussi sublime, aussi charmante qu'une eau-forte, un dessin ou une toile de Feyen-Perrin. Il me tarde de me remettre à dessiner d'après un modèle, d'être rétablis tous deux — elle et moi ; il me faut de l'ordre, du calme et un peu de sympathie, en premier lieu la tienne. Christine te présente ses salutations, tu entends ? Je te serre la main en pensée, et crois-moi

t. à t. *Vincent.*

Mercredi

Cher Théo,

Je ne regretterai jamais assez la visite malencontreuse de Tersteeg. 217 N
Elle m'oblige à m'expliquer sur quelques points avant ta visite, alors que j'aurais préféré t'en parler de vive voix.

Je t'ai écrit que je voulais épouser Christine le plus tôt possible ; sache cependant que je tiens à discuter ce projet avec toi avant d'en souffler mot à Pa. Je m'entends bien avec toi, tu comprends la situation mieux que tous les autres réunis, et tes conseils me sont profitables. Même si nous ne sommes pas toujours d'accord sur tous les détails, il reste possible de rechercher entre nous un moyen terme, parce que nous discutons amicalement et calmement.

Si des tiers ne venaient pas s'occuper de nos affaires sans y être invités, je crois qu'elles s'arrangeraient à tous les points de vue. Mais voilà, dès qu'il est question de mariage, on prend la mouche, on mène un tapage de tous les diables, tant et si bien qu'il n'y a plus moyen de discuter, ni même de placer un mot.

Je ne veux plus différer de t'écrire ce que j'aurais préféré discuter de vive voix avec toi.

De mon projet de mariage, tu as dit : Ne l'épouse pas, etc. Tu te figurais que Christine se payait ma tête, etc.

Je t'ai répondu que je n'étais pas d'accord avec toi sur ce point-là, etc.

J'ai préféré ne pas te contredire aussi carrément que j'y étais porté, parce que je croyais et que je crois encore que tu finiras par prendre Christine en affection, dès que tu la connaîtras mieux. Tu ne m'écriras plus alors qu'elle se joue de moi, ou quelque chose d'approchant. Je me suis dit : dès que nous en serons là, nous reparlerons mariage.

Tu te souviens certainement que je n'ai plus abordé directement cette question dans mes dernières lettres.

Je l'ai toutefois déclaré nettement dans le temps : nous nous sommes promis de nous marier ; je ne voudrais pas que tu ailles croire que je la considère comme une femme entretenue, ou comme une femme de passage.

Je reviens maintenant à cette question.

Notre promesse de mariage est à double sens ; premièrement, c'est une promesse de nous marier civilement dès que les circonstances le permettront ; secondement, c'est une promesse de nous entraider en attendant, de nous soutenir réciproquement et de nous aimer comme si nous étions déjà mariés : de tout partager, de vivre inconditionnellement l'un pour l'autre, de ne nous laisser séparer pour rien au monde. La famille considère probablement le mariage civil comme l'aspect majeur de la question. Certes, il a son importance, pour la famille comme pour moi, mais il reste subordonné à l'essentiel, c'est-à-dire à l'amour et à la fidélité qui nous unissent déjà et qui grandissent encore de jour en jour.

Je te propose de ne plus toucher pendant un temps indéterminé à ce chapitre du mariage civil, d'attendre pour le discuter ensemble que la vente de mes dessins me rapporte mensuellement 150 francs ; à ce moment-là, je n'aurai plus besoin de ton aide. Je conviens donc avec toi, mais avec toi seulement, que je ne l'épouserai pas civilement avant que la vente de mes dessins ne garantisse mon indépendance.

Tu m'enverras moins d'argent au fur et à mesure que j'en gagnerai davantage, et finalement, dès que tu pourras cesser de m'en faire parvenir, nous reparlerons du mariage civil.

D'ici là, il serait tout bonnement absurde de vouloir m'éloigner ou me séparer d'elle, alors que j'ai passé cet hiver avec elle, surtout après les événements de ces derniers mois. Nous sommes enchaînés, attachés l'un à l'autre par le lien solide d'une affection sincère. Et par l'entraide que nous nous accordons réciproquement.

S'il m'est permis de m'exprimer ainsi, c'est mon associée dans le travail ; elle est plus, infiniment plus pour moi, qu'un modèle, car elle est docile et intelligente, ce dont je ne saurais assez la louer.

Je me plais à croire que tu considéreras à présent le problème avec plus de sérénité, après tout ce que je viens de te dire.

Cet hiver, tu as entendu de la bouche de Heyerdahl, par exemple, à mon sujet des remarques plus flatteuses que l'opinion de M. Tersteeg à propos de mon travail. Je travaille de nouveau de si bon cœur, que j'espère faire un autre pas en avant dans le courant de l'automne. Il se peut que je t'envoie aux environs de Noël, c'est-à-dire lorsque l'année sera révolue, quelques petites aquarelles dont les derniers dessins, où j'avais déjà mis un peu de brun, de rouge et de gris, sont les précurseurs. J'ai parfois une envie folle de peindre — une envie folle et de l'ambition.

D'autant plus que le meilleur éclairage de mon atelier m'y incite.

Je ne puis encore faire ce que je voudrais, par ordre du médecin. Je me fatigue vite, mais cela finira bien par s'arranger. Et après, je donnerai toute mon énergie.

Si tu viens un jour, je me propose de t'entretenir du mariage, des frais d'un ménage, etc. en général, précisément parce que je pense que tu fais erreur à propos de certains problèmes ; toutefois, il s'agira d'une discussion amicale et cette question-ci ne se rapporte pas directement à mon mariage civil avec Christine. Du fait que des circonstances imprévues me contraignent de t'écrire sans tarder à ce propos, je me borne à te demander simplement de ne pas revenir sur cette affaire avant que je gagne davantage, grâce à la vente de mes œuvres au fur et à mesure que je les termine. Si tu viens, je t'expliquerai pourquoi j'aurais préféré me marier tout de suite, mais je te prie de ne pas considérer mes explications comme des instances répétées. Non, je suis prêt à faire spontanément, de mon plein gré, toutes les concessions que tu viens de formuler.

Si l'on te parle de cette histoire, il me semble que le mieux que tu aies à faire, c'est de répondre que nous avons suffisamment de confiance l'un dans l'autre pour que je te confie tout ce que tu désires savoir, mais que tu trouves inutile de jacasser de cette affaire pour le moment.

Les entretiens comme j'en ai eu un avec Tersteeg font plus de tort à la femme, et à moi aussi, qu'une bise glaciale. Par conséquent, il s'agit de les éviter.

Il faut que nous nous souciions avant tout de nous rétablir complètement, afin d'être à même de travailler régulièrement.

J'espère quand même, Théo, que ce que je dis au sujet du mariage te fera comprendre que je n'entends pas en faire à ma tête à tort et à travers, et que je veux bien me conformer à tes vues autant que faire se peut. Veuille considérer mon attitude comme la preuve que je le mérite, si tu m'accordes ta confiance et si tu acceptes de correspondre avec moi à propos de mes affaires. Si je ne parviens pas à m'entendre avec les autres, je peux du moins causer et prendre des arrangements avec toi.

Ce que je veux, c'est sauvegarder la vie de la femme et celle de ses deux enfants. Je ne veux pas qu'elle retombe dans la situation épouvantable où elle se débattait contre la maladie et la misère, au moment où je l'ai rencontrée, et dont je l'ai sauvée temporairement. J'ai entrepris cette tâche et je dois continuer. Je ne veux pas qu'elle se sente encore une fois seule et délaissée ; je veux qu'elle se rende compte et que tout lui dise que je lui voue un tendre amour, et que j'ai de l'affection pour ses enfants. Tu comprendras cela et tu ne voudras pas m'empêcher de le faire — peu importe qui le trouve mauvais de ma part. C'est dire si j'inscris son salut aussi à ton crédit et ne revendique pour moi qu'une minime partie du mérite. Je n'ai été qu'un instrument.

Je le répète : je regrette de devoir t'expliquer par lettre ce que j'aurais préféré te dire de vive voix, dès que tu aurais fait plus ample connaissance avec la femme ; j'aurais pu en dire davantage, pour te faire comprendre que je ne suis point déraisonnable. J'espère que tu viendras sous peu ou, en tout cas, que tu m'écriras bientôt. La femme se sentira d'emblée à son aise en ta présence ; d'ailleurs, tu ne la dévisageras pas comme Tersteeg le fit hier, tu ne la regarderas pas du haut de ta grandeur.

Sois parfaitement assuré de sa chaleureuse affection, ainsi que de la mienne ; je te serre la main en pensée, et crois-moi

t. à t. *Vincent.*

Une chose dont j'aimerais bien aussi parler avec toi, c'est l'état dans lequel je l'ai trouvée, et diverses choses de son passé. La malheureuse créature a connu des situations singulièrement cruelles. Et pourtant, il reste chez elle un fond de gaîté et des sentiments délicats qui ne sont pas complètement étouffés. Et je te répète encore une fois que, séparé de tout comme je suis, j'ai une telle envie de te voir, un si grand besoin de sympathie et de chaleur.

Je voudrais tant me promener un peu avec toi, bien que le moulin de Rijswijk ne soit plus là ! Enfin.

Cher Frère,

218 N Il se fait tard, je veux pourtant t'écrire. Tu n'es pas ici et je ne puis me passer de toi ; aussi m'arrive-t-il de me figurer que nous ne sommes pas loin l'un de l'autre.

Je me suis donné le mot aujourd'hui de considérer ma maladie, plus exactement les séquelles de ma maladie, comme inexistantes. J'ai perdu à cause de cela assez de temps, le travail doit être maintenant repris. Que je me sente à l'aise ou non, je sors à nouveau régulièrement et je dessine du matin au soir. Je ne veux pas qu'on puisse me dire : Oh ! ce ne sont que d'anciens dessins.

Aujourd'hui, j'ai dessiné une étude du berceau, et j'y ai mis quelques coups de pinceau.

D'autre part, je travaille à un dessin des prairies, du genre de celui que je t'ai envoyé dernièrement.

Mes mains sont devenues un peu trop blanches à mon gré, mais est-ce qu'on peut m'en faire grief ?

Je vais me remettre à travailler au dehors ; je me soucie moins de faire une rechute que de faire attendre encore le travail. L'art est jaloux, il n'admet pas l'empire de la maladie. Je m'incline donc devant ses volontés.

J'espère te faire tenir sous peu quelques dessins convenables.

En somme, les hommes comme moi n'ont pas le droit d'être malades.

Tu dois bien te pénétrer de ma façon de considérer l'art. Pour atteindre le vrai, il faut beaucoup travailler et longtemps. Ce que je désire, le but que je m'impose est bigrement difficile à atteindre ; pourtant, je ne crois pas viser trop haut.

Je veux faire des dessins qui produisent de l'impression. « Sorrow » est un mince début ; les paysages comme « Laan van Meerdervoort », « Les Pâturages de Rijswijk », « Sécherie de limandes » sont peut-être aussi autant de débuts. En tout cas, j'y ai exprimé un sentiment jailli directement de mon cœur.

Je ne vise pas à exprimer dans mes figures et dans mes paysages une espèce de mélancolie sentimentale, mais une douleur tragique.

Enfin, je veux en arriver à ce qu'on dise de mon œuvre : cet homme sent intensément, cet homme est doué d'une sensibilité très délicate. En dépit de ma soi-disant grossièreté, ou à cause d'elle, comprends-tu ?

Il peut paraître prétentieux de ma part de parler ainsi en ce moment ; c'est bien pourquoi j'entends me montrer énergique.

Que suis-je aux yeux de la plupart des gens ? Une nullité, un original, un homme désagréable ; quelqu'un qui n'a pas de situation sociale et n'en aura jamais, bref, un peu moins que la plus grande nullité.

Bon, mettons qu'il en soit ainsi. Je voudrais prouver par mon œuvre qu'il y a tout de même quelque chose dans le cœur de cet original, de cette belle nullité.

C'est mon ambition, malgré tout, elle s'inspire moins de la rancœur que de l'amour, et davantage de sérénité que de passion. S'il est vrai que j'ai parfois des ennuis par-dessus la tête, il n'est pas moins vrai qu'il subsiste en moi une harmonie et une musique calmes et pures. Je découvre des sujets de tableau ou de dessin dans la maisonnette la plus pauvre, dans le coin le plus crasseux. C'est par une pente irrésistible que mon esprit est poussé dans ce sens-là.

De plus en plus, je suis débarrassé des préoccupations étrangères ; au fur et à mesure, mon regard se fait plus prompt à saisir le pittoresque. L'art exige un labeur opiniâtre ; il faut travailler sans cesse, malgré tout, et observer toujours.

Par labeur opiniâtre, j'entends en premier lieu, travailler sans interruption, mais aussi, ne pas abandonner ses vues à la suite des observations de tel ou tel.

J'ai bon espoir, frère ; d'ici quelques années, même l'un de ces prochains jours, tu pourras regarder des œuvres de ma main qui te procureront quelque satisfaction après tous les sacrifices que tu t'es imposés.

Ces derniers temps, je n'ai guère bavardé avec des peintres. Je n'ai aucune raison de m'en plaindre. Ce n'est pas tant la voix des peintres que la voix de la nature qu'il me faut écouter. Je comprends mieux maintenant pourquoi Mauve me disait, il y a plus de six mois : « Ne me parle pas de Dupré, parle-moi plutôt d'une berge ou de quelque chose de ce genre. » Au premier abord, cela peut paraître exagéré, mais c'est parfaitement exact. Sentir les choses, la réalité, tout compte fait, est plus important que de sentir les toiles ; c'est en tout cas un contact plus fécond et plus vivifiant.

C'est parce que je me suis formé une conception si large, si ample de l'art et de la vie — dont l'art est l'essence — que j'ai l'impression d'entendre une note stridente, fausse, en voyant certains s'agiter frénétiquement. Moi, je découvre dans bien des toiles modernes un charme typique dont les anciennes sont dépourvues.

Je persiste à considérer l'art anglais, – par exemple Millais, Herkomer et Frank Hol –, comme l'une des plus sublimes et des plus nobles expressions de l'art. Voici ce que j'ai voulu dire en soulignant la différence entre l'art ancien et l'art moderne : il se peut que les modernes soient davantage penseurs.

En ce qui concerne le sentiment, il subsiste un grand écart entre « Froid octobre », de Millais, et les « Blanchisseries d'Overveen », de Ruysdaël, par exemple. Et autant entre « Les Émigrants irlandais », de Hol, et les femmes plongées dans la lecture de la Bible, de Rembrandt.

Rembrandt et Ruysdaël sont sublimes, à nos yeux pas moins qu'aux yeux de leurs contemporains, mais nous découvrons chez les modernes des caractéristiques qui nous sont plus familières.

Il en va ainsi des gravures sur bois de Swain, comme de celles des anciens maîtres allemands.

Aussi les modernes faisaient-ils fausse route, lorsqu'ils étaient possédés, il y a quelques années, de la rage d'imiter l'ancien.

C'est pourquoi je trouve vraie la réflexion du père Millet : *Il me semble absurde que les hommes veuillent être autre chose que ce qu'ils sont.*

Cette remarque a un air banal, elle est pourtant d'une profondeur aussi insondable que l'océan ; quant à moi, j'estime qu'il convient de la prendre à cœur en toute circonstance.

J'ai tenu à te dire que mon travail va reprendre et doit reprendre quand même sa cadence d'autrefois, et je répète qu'il me tarde de recevoir une lettre de toi. Au surplus, je te souhaite bonne nuit.

A Dieu, avec une poignée de main,

t. à t. *Vincent.*

Si tu veux bien, pense au papier Ingres épais, ci-joint un échantillon. J'ai encore suffisamment de papier mince. Il y a moyen de laver une aquarelle sur du papier Ingres épais, alors qu'une aquarelle sur du *sans fin*, par exemple, sort toujours altérée de l'opération, et je n'y suis pour rien.

Je me propose de dessiner le berceau encore une centaine de fois – outre le dessin que je viens de faire. J'y mettrai de l'acharnement.

Dimanche matin

Cher Théo,

Bien reçu ta lettre et les 50 francs qu'elle contenait. Je te remercie 219 N
cordialement de la lettre ainsi que de l'argent, et je suis heureux que tu m'aies parlé en détail de ta prochaine visite.

Veux-tu convenir avec moi que nous passerons ensemble tous les moments que tes affaires et tes visites te laisseront, et que nous ferons de notre mieux, toi et moi, pour ressusciter notre état d'âme d'autrefois — près du moulin de Rijswijk ?

En ce qui me concerne, mon vieux, bien que le moulin de Rijswijk ait disparu aussi définitivement que les années de ma jeunesse, j'ai senti se réveiller en mon for intérieur la foi qu'il existe quelque chose de bon et qu'il vaut la peine de fournir des efforts et de faire de son mieux pour prendre la vie au sérieux. Il se peut, ou plus exactement il est certain que cette foi s'est plus solidement enracinée en moi qu'autrefois, lorsque j'avais moins d'expérience. Il s'agit maintenant d'exprimer dans mes dessins la poésie d'alors.

Ta lettre a croisé la mienne ; je t'expliquais que j'avais décidé de recommencer à travailler régulièrement, que je sois ou non dans mon assiette. C'est ce que j'ai fait et je m'en trouve bien, mais je dois me sustenter davantage pour tenir le coup. Toutefois, il est évident que le travail m'apaise beaucoup ; à la longue, je ne pouvais plus m'empêcher de dessiner.

Si tu viens, frère, je te ferai cadeau de quelques aquarelles. Sapristi, il fait bon travailler dans mon atelier. Tu sais que je t'ai dit l'hiver dernier : dans un an, je te donnerai des aquarelles.

Je t'offrirai celles-ci dans l'unique but de te faire comprendre que mon application au dessin, à l'exactitude de la perspective et des proportions m'a permis de progresser dans le domaine de l'aquarelle. Je les ai faites à titre d'expérience, c'est-à-dire pour savoir s'il m'était plus facile de travailler l'aquarelle après n'avoir fait que dessiner pendant six mois environ, et ensuite pour voir sous quel rapport je dois encore me perfectionner dans le dessin fondamental ou le dessin de base, ce dont dépend tout le reste.

Ce sont des paysages à la perspective compliquée, par conséquent difficiles à dessiner. Mais c'est précisément de là que proviennent leur sentiment et leur caractère spécifiquement hollandais. Ils ressemblent au dessin que je t'ai envoyé dernièrement ; je ne les ai pas moins consciencieusement dessinés, mais ils ont quelque chose de plus : les couleurs — le vert tendre des prairies qui contraste avec le toit couvert de tuiles rouges — la lumière dans le ciel qui tranche davantage sur les tons sombres de l'avant-plan, un chantier avec des tas de terre et de bois humide.

Lorsque Tersteeg porte un jugement sur ma personne et sur ma conduite, il part chaque fois du point de vue que je ne suis capable de rien et que je suis indécrottable. Je l'ai entendu dire : « Bah ! il en sera de ta peinture comme de tout ce que tu as déjà entrepris. Cela finira en eau de boudin. »

Ainsi parlait-il cet hiver, ainsi parle-t-il encore en ce moment. Je lui ai répondu que je me ferais un plaisir de ne plus aller chez lui et qu'il me serait agréable de ne plus le voir chez moi avant six mois.

Tu dois comprendre cela — voilà pourquoi je ne me soucie plus de lui, et je suis bien aise qu'il ait fini par comprendre nettement, une fois pour toutes, que je l'ai pris en grippe ces derniers temps et que je préfère ne plus avoir affaire à lui.

Je continue tranquillement à travailler ; qu'il raconte à cœur joie à mon sujet toutes les absurdités qui germent dans sa cervelle.

Ces racontars ne font que m'ennuyer et me démonter. Je l'ignorerai dorénavant, pour autant qu'il ne me mette pas des bâtons dans les roues quant à mon travail.

C'était différent lorsqu'il me disait cet hiver qu'il allait intervenir pour que tu cesses de m'envoyer de l'argent. Aussi me suis-je empressé de t'écrire à ce propos, mais je ne te parlerai plus de lui, à moins qu'il ne récidive. Je trouverais idiot de ma part de lui courir après pour lui dire : « Monsieur Tersteeg, Monsieur Tersteeg, je suis un peintre authentique, en dépit de tous vos raisonnements. »

Non, je trouve plus amusant — parce que je suis artiste jusqu'à la moelle des os — de continuer à bivouaquer paisiblement avec mon attirail dans les pâturages ou dans les dunes, ou de travailler dans mon atelier, sans lui prêter la moindre attention. Ce que je trouve bien, c'est que tu aies lu *Le Ventre de Paris*. Je possède aussi *Nana*. Écoute-moi, Zola est un Balzac n° 2, somme toute.

Balzac I a brossé une fresque de la société des années 1815-1848 ; Zola a repris là où Balzac s'est arrêté, et il est allé jusqu'à Sedan, plus exactement, jusqu'à nos jours. Je trouve son œuvre très belle.

Je dois te demander ce que tu penses de Mme François, qui relève et emmène ce pauvre Florent étendu sans connaissance au milieu de la route que suivent les charrettes des maraîchers.

Bien que les autres maraîchers lui crient : Laisse donc ce pochard, nous n'avons pas le temps de relever les types allongés dans le ruisseau, etc.

La figure de Mme François se dresse très calme, très digne, très sympathique à l'arrière-plan des Halles, de la première jusqu'à la dernière page du livre, formant contraste avec l'égoïsme des autres femmes.

Vois-tu, Théo, je trouve le geste de Mme François vraiment humain. J'ai fait et je ferai pour Christine ce que Mme François aurait fait pour Florent, s'il ne s'était pas soucié davantage de la politique que d'elle. Voilà, cette humanité-là est le sel de la vie ; sans elle, je ferais peu de cas de la vie. Suffit.

Je fais aussi peu de cas de ce que Tersteeg raconte que Mme François de ce que les maraîchers et les femmes lui criaient : Laissez-le donc, nous n'avons pas le temps —, enfin, de leur tintamarre et de leurs cris. A cela s'ajoute que Christine gagnera sa croûte sous peu, comme modèle. C'est elle qui a posé pour le meilleur de mes meilleurs dessins, « Sorrow » — en tout cas, je trouve que c'est le meilleur que j'aie fait. Et il ne se passera pas un an avant que je ne mette régulièrement des figures en circulation. Je te le promets ! Car je sais parfaitement que toutes mes préférences vont à la figure, bien que j'aime beaucoup le paysage. Seulement, dessiner des figures est plus difficile que le reste ; par conséquent, il est évident qu'elles me demandent beaucoup de tracas, beaucoup de travail, et beaucoup de temps par-dessus le marché. Mais ne te laisse pas conter qu'elle m'empêche de travailler, tu t'en apercevras bien quand tu seras dans mon atelier. Si c'était vrai que je travaille moins à cause d'elle, alors oui, je te donnerais raison, mais je t'assure que le contraire est vrai de vrai.

Je me plais à croire que nous tomberons peu à peu d'accord, moins en discutant que grâce à mes dessins. Les discussions commencent à me lasser. Enfin !

Mon vieux, je suis si heureux de ta prochaine venue ! Vraiment, irons-nous nous promener de nouveau à travers les pâturages, où nous ne verrons devant nous que du vert silencieux, tendre, délicat, et le ciel éclatant ? Je veux bien, moi ! Et la mer ! Et le littoral ! Et le vieux Scheveningue ! Ce sera merveilleux.

A propos, j'ai vu ces temps-ci de très beaux fusains de Th. De Bock en circulation ; leur ciel est indiqué avec du blanc et du bleu délicat. Ils sont très bons, je les trouve plus sympathiques que ses toiles.

Je ne saurais te dire quelle merveille est mon atelier spacieux ; depuis que je me suis remis au travail, j'ai pu me rendre compte qu'il me faciliterait la besogne. Nous leur apprendrons à dire : « C'est toujours la même chose ! »

Figure-toi que je m'installe le matin, vers 4 heures, devant ma lucarne, pour étudier, en me servant de mon instrument, la perspective des pâturages et du chantier du menuisier, à l'heure où l'on allume les poêles dans les cités pour préparer le café, et que le premier ouvrier vient flâner dans le chantier.

Une volée de pigeons blancs s'approche en planant par-dessus les cheminées noires qui fument. Et au-delà, il y a l'immensité d'un vert subtil et tendre, des lieues et des lieues de pâturages à plat, et un ciel gris, aussi muet et aussi paisible qu'un Corot ou un Van Goyen.

Aussi mon aquarelle présente-t-elle cette vue au-delà des faîtes et des gouttières dans lesquelles il pousse de l'herbe — à la pointe du jour, au moment de ces premiers signes de vie et de réveil — l'oiseau qui prend son vol, une cheminée qui fume, une silhouette qui traînasse dans le vallon. J'espère qu'elle te plaira.

Le vent de la fortune soufflera-t-il plus tard dans mes voiles ? M'est avis que cela dépend moins de mon œuvre que d'autre chose. Tant que je me tiendrai sur mes jambes, je livrerai tranquillement mon combat, comme ça et pas autrement : je regarderai gentiment par ma lucarne les choses de la nature, et je les dessinerai fidèlement, avec amour.

Pour le reste, je me contenterai de me tenir sur la défensive, en prévision d'une attaque éventuelle. Vois-tu, j'aime trop dessiner pour permettre qu'on me dérange n'importe comment de ma besogne. Les effets curieux de la perspective m'intriguent davantage que les intrigues humaines.

Si Tersteeg comprenait mieux que ma peinture et le reste font nettement deux, il ferait moins de tintamarre.

Seulement, selon lui, j'ai trompé et déçu Mauve. Ensuite, il pense que je ne dessine que pour recevoir de l'argent de toi. Je trouve ces deux suppositions également absurdes. Trop absurdes pour y attacher de l'importance. Mauve comprendra tôt ou tard qu'il s'est mépris à mon sujet, et aussi que je n'y mettais aucunement de la mauvaise volonté. C'est lui-même qui m'a amené à dessiner plus consciencieusement avant que je n'essaie autre chose. Mais nous ne nous entendions pas très bien à ce moment-là, précisément parce qu'il y avait du Tersteeg là-dessous.

Les relations avec des gens comme Tersteeg qui ne démordent pas de leurs préjugés, sont parfaitement stériles et inutiles.

Je veux encore te dire à propos de ta lettre que je n'y peux rien si tu ignorais que Christine avait un autre enfant ; il est sûr et certain que je l'ai signalé en te parlant d'elle, mais tu as probablement confondu avec l'enfant qui n'était pas encore de ce monde à ce moment-là.

J'ai déjà consacré quelques mots à l'humanitarisme qu'on découvre parfois dans le cœur d'un être humain, par exemple dans celui de Mme François, dans le roman de Zola. Cependant, je ne couve pas des projets ou des conceptions humanitaires, je veux dire que je ne me propose pas de me comporter envers tout le monde de la même façon. Par contre, je n'ai pas de honte à déclarer (bien que je sache que le mot humanitarisme est mal noté) que j'ai toujours eu et que j'aurai toujours le besoin d'aimer l'une ou l'autre créature. De préférence — j'ignore pourquoi — une créature malheureuse, méprisée, délaissée.

Dans le temps, j'ai soigné un misérable mineur brûlé, pendant six semaines ou deux mois ; j'ai partagé ma nourriture avec un vieillard pendant tout un hiver, et quoi encore ? Maintenant, il y a Christine. Je ne crois pas que c'est agir sottement ou mal ; je trouve qu'il est tout naturel, qu'il va de soi qu'on agisse de la sorte, tant et si bien que je ne comprends pas que les gens se montrent en général aussi indifférents les uns envers les autres. Et j'ajoute encore que, si j'ai mal agi, toi aussi, tu as mal agi en me venant si exactement en aide — prétendre que c'est là mal agir serait absurde, n'est-il pas vrai ? Je persiste à croire que « aime ton prochain comme toi-même », au lieu de forcer la note, est un précepte tout à fait normal. Et tu sais que je mettrai tout en œuvre pour en arriver vite à vendre, précisément afin de ne pas abuser de ta bonté.

Du reste, frère, je crois dur comme fer que, si tu réponds posément à ceux qui te conseillent d'arrêter tes envois d'argent (je ne tiens pas pour impossible qu'on te fasse de telles suggestions), que tu es convaincu que je finirai par faire un bon peintre, en foi de quoi tu continueras de m'aider, que tu m'as laissé ma liberté pour ce qui est de ma vie privée et de mes affaires, et que tu refuses de me contraindre ou d'aider à me contraindre ; alors c'en sera vite fini des racontars, et on cessera de me considérer comme un paria de la société et de m'exclure de certains milieux. Ce dont je ne me soucie guère d'ailleurs, j'en ai déjà goûté. Ça me portera à me concentrer de plus en plus sur l'art. Bien que d'aucuns me frappent d'anathème, irrévocablement et à jamais, la force des choses veut que mon métier et mon œuvre me créeront de nouvelles relations, d'autant plus saines qu'elles ne seront pas réfrigérées, engourdies et rendues stériles par de vieux préjugés concernant mon passé.

Mon vieux, je te remercie de ta lettre et des 50 francs. Entre-temps, mon dessin a séché un peu, je vais le retoucher. Les lignes des toits et des gouttières fuient maintenant comme un charme, telles les flèches d'un arc ; elles ont été tracées sans la moindre hésitation.

A Dieu, avec une poignée de main,

t. à t. *Vincent.*

P.-S. Lis beaucoup Zola, c'est de la nourriture saine, cette lecture éclaircit nos idées.

Mercredi matin.

Cher Théo,

220 N Je tiens beaucoup à ce que tu n'ailles pas croire que je suis maussade ou dans un état d'esprit anormal. C'est pourquoi je te parlais de mon travail dans ma lettre précédente. Comme je dois te demander différentes choses y ayant trait, je ne tarde pas de t'écrire à nouveau.

Je me propose de faire de mon mieux pour pouvoir te soumettre, quand tu viendras, une aquarelle faite selon divers procédés. Nous pourrions alors en discuter, et tu me dirais quel procédé te semble le meilleur. Autant dire que j'y travaille régulièrement tous les jours et que je n'en démordrai pas jusqu'au jour de ta visite.

Pour le moment, j'en ai trois de Scheveningue, entre autres la « Sécherie de limandes », que tu connais déjà — le dessin est tout aussi détaillé — mais il y a les couleurs en plus. Tu sais très bien, n'est-ce pas, Théo, qu'il n'est pas plus difficile de se servir de couleurs que de n'employer que le noir et le blanc ; le contraire est peut-être vrai, mais pour autant que je puisse m'en rendre compte, les trois quarts du résultat dépendent du croquis primitif, et la valeur de l'aquarelle dépend presque entièrement de la qualité de ce croquis.

Il ne suffit pas de travailler à peu près ; il s'agissait et il s'agit pour moi d'affiner de plus en plus.

Je crois que cela apparaît déjà dans les « Sécheries de limandes » en noir et blanc, car on peut suivre la genèse de ce dessin, découvrir comment il a été conçu. Voilà, je crois que faire des aquarelles me réussit beaucoup mieux en ce moment parce que je me suis appliqué pendant très longtemps à dessiner correctement.

Tersteeg qualifiait ma méthode de « gaspillage de temps », mais tu t'apercevras que j'ai gagné beaucoup de temps.

Moi, je le sens déjà, et toi, tu t'en apercevras quand tu viendras.

Ce soir, j'ai fait le tour des magasins en quête de papier Ingres épais, mais en vain. Si l'on trouve du mince, l'épais et le double sont introuvables. Dans le temps, j'ai acheté tout le stock, chez Stam : du papier dont la teinte était merveilleusement passée. Je t'en prie, tâche de m'en apporter encore quand tu viendras. Si par hasard tu n'en trouves pas, tu peux prendre du *papier à la forme* ; ce papier est jaunâtre, filandreux, et il supporte le lavis. Je crois qu'il coûte beaucoup moins cher que le Harding ou le Wahtman, de sorte que ce serait autant de gagné, en fin de compte.

Si tu viens, je sais quelques délicieux sentiers qui traversent les pâturages, dont tu apprécieras assurément le silence et la paix. J'ai découvert dans ces parages des maisonnettes ouvrières vieilles et neuves, ainsi que d'autres habitations avec des jardinets au bord du ruisseau, qui sont assez caractéristiques et ont un air très charmant. Demain matin, j'irai dessiner de ce côté. Je parle d'un chemin qui mène à travers les pâturages du Schenkweg à la fabrique d'Enthoven ou au Zieke.

J'ai vu là-bas le tronc d'un saule étêté mort, un sujet rêvé pour Bargue, par exemple. Tout seul et mélancolique, il s'inclinait au-dessus d'une mare couverte de roseaux ; l'écorce était, pour ainsi dire, faite d'écailles et de mousse, tachetée de tons divers, marbrée — verdâtre, jaunâtre, mais beaucoup de noir terne ; on aurait dit une peau de serpent. Et aussi des taches blanches pelées, et des branches tronquées. Je m'y attaquerai demain matin.

En outre, j'ai fait sur les lieux une « Blanchisserie à Scheveningue » sur un bout de *torchon* rugueux. Je l'ai lavée complè-

Bleekery Scheveningen

tement en une fois, pour ainsi dire sans préparation. En voici quelques croquis.

Je tâcherai d'avoir quelques pièces quand tu viendras. Je me figure qu'il n'est pas exclu que la « Sécherie de limandes » en couleurs soit à ton goût. Sache, mon vieux, que j'ai repris mes vieilles habitudes ; sache aussi qu'à mon sens tout le reste dépend de mon travail, et que je considère tout en fonction de mon travail. Mon nouvel atelier diffère du tout au tout de l'ancien ; cela me va beaucoup mieux pour y travailler et il me convient davantage parce qu'il me permet de m'installer à une distance convenable de mon modèle.

Je suis convaincu que je regagnerai d'un autre côté ce que je paie en plus pour le loyer.

Quoi qu'il en soit, je dois te demander quelque chose. Je comprends parfaitement et trouve tout naturel que tu te proposes de me remettre l'argent lors de ta visite, disons le 7 août, au lieu de me l'envoyer. Étant donné que j'ai fait des emplettes — du papier, des couleurs, des pinceaux — quand ta dernière lettre m'est parvenue et que je devrai faire encore quelques achats vers le 1er août, je te demande aimablement de m'envoyer quand même l'argent aux environs du 1er août, si c'est possible, bien que tu viennes peu après. J'ai tout calculé, et il est certain que je serai complètement à sec au début d'août. J'espère que cela ne te dérangera pas ; il va de soi qu'il ne me vient pas à l'esprit de te soutirer davantage, il ne s'agit que de la date : le 1er août, si possible, sinon un des tout premiers jours du mois.

J'ai fait encore un dessin des pâturages de Rijswijk, mais le même sujet a pris un tout autre aspect, du fait que le regard et le point visuel se trouvaient à un autre niveau. Comme tu le sais, je me frotte aux paysages et j'y mets du mien, mais la figure doit quand même rester mon objectif principal.

Je mènerai une vie sédentaire aussi longtemps que tu t'attarderas dans la ville ; pendant que tu t'occuperas de tes affaires et feras tes visites, je garderai mes habitudes. Je pourrai te rejoindre n'importe où tu me donneras rendez-vous, mais il me semble qu'il vaudra mieux, pour plusieurs raisons, que je ne t'accompagne pas au Plaats, chez Mauve, que sais-je encore. Je porte depuis longtemps un costume de travail qui est fait pour s'asseoir ou s'allonger dans le sable ou dans l'herbe, selon les circonstances (car il m'arrive très rarement de me servir d'un siège dans les dunes ou ailleurs, si ce n'est d'une bourriche usagée). Je veux dire que mon accoutrement ressemble un peu trop à celui de Robinson Crusoë, tant et si bien qu'il est préférable que je ne me montre pas trop souvent à tes côtés.

Je te préviens pour que tu saches que je ne t'ennuierai pas. Par ailleurs, tu comprendras que je convoite chaque demi-heure que tu pourras me consacrer. Et je crois que nous nous sentirons mieux à l'aise si nous échouons corps et biens dans la peinture et le dessin et discutons surtout de cela. A moins qu'il ne t'ennuie pas ou ne te gêne pas de parler de certaines autres choses ; le cas échéant, il est évident que je n'ai aucun secret pour toi et que j'ai la plus grande confiance en toi, à tous les égards. En outre, je brûle d'envie de te faire voir mes gravures sur bois. J'en ai de nouveau acquis une magnifique, une de Fildes, « La Chaise vide de Dickens » qui a paru dans *Graphic* de 1870.

J'ai eu l'occasion d'acheter trois eaux-fortes de Meryon — 2 florins pour les trois —, mais je l'ai laissé échapper. Elles étaient très belles ; seulement, je possède peu d'eaux-fortes et recherche surtout des gravures sur bois. J'ai tenu à te le signaler — elles sont en vente chez Blok, mais j'ignore si tous les Meryon sont rares et ont une valeur commerciale. Elles proviennent d'une ancienne année de *L'Artiste*.

Mon esprit se ressent de la lecture des livres de Zola. Les Halles y sont peintes magistralement.

Ma santé est bonne, mais j'ai encore des malaises qui persisteront certainement un long laps de temps. Christine et le bébé se portent bien, eux aussi ; ils reprennent des forces, et je les aime beaucoup.

Il faut que je m'attaque encore une fois au berceau (impossible de travailler au dehors par ce temps de pluie) et en fasse une aquarelle. En tout cas, je tiens à te faire voir l'aquarelle du paysage quand tu seras ici. J'espère être capable cet hiver de faire des aquarelles représentant des figures, c'est-à-dire au bout d'un an de séjour ici. Mais il me semble que je devrai dessiner d'abord plus de nus, travailler beaucoup en noir et blanc. Nous reparlerons de tout cela. Je tiens pour certain que ta visite contribuera grandement à mettre de l'ordre dans certaines affaires et à perfectionner mon travail. A Dieu, avec une poignée de main,

t. à t. *Vincent.*

Si je peux continuer doucement à travailler, j'ai bon espoir de me créer peu à peu un nouveau cercle de connaissances, à titre de compensation pour la perte des dispositions amicales de Mauve, Tersteeg et autres. Seulement, je ne ferai pas de démarches dans ce but ; je dois en arriver là par mon travail.

Il n'y a absolument rien d'extraordinaire à ce qui m'arrive avec Tersteeg : tout le monde fait l'expérience de mécomptes pareils dans son existence. On ne saurait préciser où le bât blesse. Mais je sais avec une certitude quasi absolue que Tersteeg me veut du mal depuis longtemps ; autrefois, il a raconté des histoires sur mon compte qui n'ont pas peu contribué à me faire mal noter. Mais il n'y a pas lieu de m'en soucier : ce qui pouvait me nuire dans le temps ne saurait me faire du tort à présent.

Quand tu seras dans mon atelier, tu t'apercevras qu'il est vraiment absurde de sa part de prétendre : « Bah ! tu dessines, mais ça finira quand même en eau de boudin. » Il est difficile de réfuter une telle affirmation ; si on ose le faire, on te taxe aussitôt de pédanterie, on en appelle aux plus grands artistes en disant « Il s'imagine être ceci ou cela. »

Mais je le répète : la sincérité et l'amour de la nature et de l'art constituent pour celui qui travaille avec enthousiasme et intelligence, une espèce de cuirasse qui le protège contre l'opinion des gens. La nature, elle aussi, est sévère, dure pour ainsi dire, mais elle ne vous trompe jamais et elle vous aide à progresser.

Par conséquent, je ne considère pas comme un malheur de tomber en disgrâce chez Tersteeg ou chez n'importe qui, bien que je le regrette beaucoup. Ce n'est pas ça qui peut être la cause immédiate de mon malheur ; je serais malheureux si je n'aimais pas la nature et mon travail. Moins je m'entends avec les autres, plus j'apprends à avoir confiance en la nature et à me concentrer sur elle.

Tout cela me rassérène de plus en plus. Tu pourras te rendre compte que le vert frais, le bleu tendre ou les mille nuances du gris ne me font pas peur. Il n'y a pour ainsi dire aucune couleur qui n'ait une nuance grise : le rouge-gris, le jaune-gris, le vert-gris, le bleu-gris. Le mélange de couleurs se réduit à cela.

A l'époque où j'ai dessiné cette « Sécherie de limandes », les paniers de sable à l'avant-plan (ils sont destinés à empêcher le glissement du sable des dunes) étaient couronnés de la verdure abondante, indescriptiblement fraîche, d'oignons sauvages et de colza. Il y a deux mois, il n'y avait rien, si ce n'est un peu d'herbe dans le jardinet, mais à présent cette verdure verruqueuse, agreste, vigoureuse, produit un effet charmant et contraste avec l'aridité des alentours.

Je me plais à croire que ce dessin sera à ton goût ; il était ravissant, le panorama à vol d'oiseau des toits du village avec son clocheton et ses dunettes. Je ne saurais te dire quelle joie j'ai goûtée à peindre cette aquarelle.

Donc, je t'attends avec impatience. Je crois que tu m'approuveras sans réserve d'avoir loué un autre atelier, dès que tu te rendras compte qu'il me facilite le travail — plus spacieux — meilleur éclairage — plus grandes dimensions.

Hier soir, j'ai reçu un colis de chez nous. Il contenait entre autres une espèce de demi-saison qui fait admirablement mon affaire. Je trouve cela très gentil de la part de Pa et Moe. De plus, il y avait du tabac et des cigares, un gâteau et du linge. Enfin, un colis volumineux. Ne trouves-tu pas cela gentil ? Je m'en réjouis d'autant plus qu'il m'apporte le témoignage de leurs dispositions cordiales.

J'ai reçu une lettre de Rappard.

Je suis très content que le gaillard se passionne pour les gravures sur bois anglaises. Au début, j'ai dû stimuler son zèle, mais en ce moment ce n'est plus nécessaire, il est presque aussi enthousiaste que moi.

Quand tu seras ici, je te montrerai quelques reproductions que tu oublieras difficilement quand tu les auras eues sous les yeux.

En outre, j'ai bien des choses qui ne s'apparentent pas à l'orientation artistique, disons de Boughton, qui est assurément l'un des leaders. Je veux parler de reproductions remarquables, tant par leur réalisme que par leur style, dessinées à la façon d'Albert Dürer, mais ayant néanmoins beaucoup de couleurs et de clair-obscur locaux. A présent, on ne voit plus autant de ces reproductions ; il faut les chercher dans les revues d'il y a dix ou quinze ans. Par exemple dans celles qui datent de la guerre 1870-71.

(31 juillet 1882)

Cher Théo,

221 N Un mot pour te dire bonjour avant que tu n'arrives. Egalement pour t'accuser réception de ta lettre et de son contenu, et pour t'en

remercier très cordialement. Ton argent était le bienvenu, car je travaille d'arrache-pied, et je dois encore faire quelques achats.

Pour autant que je comprenne, nous sommes parfaitement d'accord, cela va de soi, au sujet du noir dans la nature. A vrai dire, on n'y trouve pas du noir absolu. Seulement, il entre dans la composition de presque toutes les autres couleurs, comme le blanc, et il forme la gamme infinie des gris – qui se distinguent par la nuance et par l'intensité. De sorte que, tout compte fait, on ne voit dans la nature que ces nuances-là et ces intensités-là.

Il n'y a que trois couleurs fondamentales – le rouge, le jaune et le bleu.

L'orange, le vert et le violet sont des couleurs composées.

De ces couleurs dérivent, si on y ajoute du noir et un peu de blanc, les variétés infinies du gris : le rouge-gris, le jaune-gris, le violet-gris. Il est impossible de dire le nombre de verts-gris différents, par exemple ; il y en a une gamme infinie.

Mais toute la chimie des couleurs n'est pas plus compliquée que ces quelques simples couleurs fondamentales. En avoir une bonne notion vaut davantage que de disposer de soixante-dix couleurs différentes – étant donné qu'on peut composer plus de soixante-dix nuances ou intensités à l'aide des trois couleurs fondamentales, en y ajoutant du blanc et du noir. Est coloriste celui qui, remarquant une couleur dans la nature, sait l'analyser et dit par exemple : ce vert-gris, c'est du jaune avec du noir et très peu de bleu, etc.

Également, celui qui sait composer sur sa palette les divers gris de la nature.

Toutefois, il est absolument indispensable d'avoir le sens du contour fortement développé, tant pour faire au dehors un croquis ou un simple gribouillage que pour les achever ensuite.

Ne crois pas que ça va tout seul ; primo, il faut observer, ensuite et surtout, travailler et chercher opiniâtrement, et de plus, ne pas manquer d'étudier l'anatomie et la perspective. Devant moi est accrochée l'étude d'un paysage de Roelofs – un croquis à la plume ; eh bien, je ne saurais te dire à quel point ce simple contour est expressif. Il exprime tout.

Un autre exemple, plus frappant encore, est la grande gravure sur bois « Bergère », de Millet, que tu m'as montrée l'année dernière et dont j'ai gardé le souvenir. On peut encore mentionner les petits croquis à la plume d'Ostade et de Brueghel le Drôle, par exemple.

En voyant de tels résultats, je sens nettement la grande importance du contour. Et tu sais — à preuve « Sorrow » — que je me donne beaucoup de peine en vue de me perfectionner à cet égard.

Mais tu te rendras compte, quand tu viendras dans mon atelier que, si je m'efforce de saisir le contour, j'ai de plus le sens des effets, aussi bien que n'importe qui. Et encore que je n'ai pas peur de m'attaquer aux aquarelles. Seulement, celles-ci se fondent en premier lieu sur le dessin, et le dessin donne naissance, non seulement à l'aquarelle, mais à beaucoup d'autres branches qui se développeront finalement chez moi, tout aussi bien que chez ceux qui travaillent avec amour.

Je me suis attaqué à ce fameux saule étêté ; je crois que j'en ai fait la meilleure de mes aquarelles. Un paysage sombre — cet arbre mort au bord d'une mare croupissante couverte de lentilles d'eau ; dans le lointain, un hangar de la gare du Rhin et un enchevêtrement de rails, et plus loin encore des prairies vertes, un chemin cendré ; un ciel où les nuages se précipitent, des nuages terreux dont un seul est ourlé de blanc éclatant, et une tache d'un bleu profond là où les nuages se déchirent. Enfin, j'ai essayé d'exprimer ce que le garde-barrière en sarrau, armé d'un fanion rouge, voit et sent, me semble-t-il, quand il se dit : « Quel triste temps aujourd'hui ! »

Ces jours-ci, je prends beaucoup de plaisir à travailler, bien que je ressente de temps à autre des séquelles de ma maladie.

Des dessins que je te montrerai, cette fois, je ne dis que ceci : qu'ils te fourniront la preuve, j'espère, que je ne suis pas resté au même point, mais que le but visé est raisonnable. Pour ce qui est de la valeur commerciale de mon œuvre, la seule chose que je me permette de dire, c'est que je serais étonné s'il n'était pas possible de la vendre tôt ou tard, aussi bien que celle des autres ; maintenant ou plus tard : je m'en remets à toi. M'est avis que travailler sans relâche, opiniâtrement, est une voie sûre qui ne peut pas aboutir à rien.

Le sentiment et l'amour de la nature trouvent tôt ou tard un écho chez ceux qui s'intéressent à l'art. Le devoir du peintre consiste à s'abîmer complètement dans la nature, à user de toutes ses facultés intellectuelles et à traduire tous ses sentiments dans son œuvre, afin de la mettre à la portée des autres.

A mon sens, travailler pour vendre n'est pas exactement le bon chemin, c'est plutôt se payer la tête des amateurs. Les véritables artistes ont fait ainsi, et la sympathie dont ils ont été entourés tôt ou tard a été le résultat de leur sincérité. Je n'en sais pas davantage, et je ne crois pas qu'il faille en savoir davantage. Tâcher de trouver des amateurs est une chose, éveiller leur sympathie en est une autre, et cela est bien permis. Mais il ne s'agit pas de spéculer, l'opération pourrait mal tourner et le temps consacré à l'œuvre serait perdu.

Évidemment, tu découvriras encore à mes aquarelles des défauts que je dois éviter, mais c'est une question de temps.

Quoi qu'il en soit, sache que je suis très loin d'avoir un système ou quelque chose d'approchant et de m'y confiner. Cela n'existe que dans l'imagination de Tersteeg, par exemple, et pas du tout dans la réalité. Pour ce qui est de Tersteeg, tu comprendras bien que l'opinion que j'ai de lui est toute personnelle et que je n'entends absolument pas t'imposer mon point de vue. Aussi longtemps qu'il pensera et dira de moi ce que tu sais, je ne pourrai le considérer comme un ami, ni croire qu'il puisse m'être utile d'aucune façon. Bien au contraire. Et je crains que l'opinion qu'il s'est formée de moi ne soit trop profondément enracinée pour qu'il la modifie un jour, d'autant plus — tu l'as dit toi-même — qu'il ne se donnera pas la peine de réviser certains points de vue et de les modifier. Lorsque je vois des peintres que je connais s'escrimer sur leurs aquarelles et leurs toiles, tant et si bien qu'ils s'embourbent, il m'arrive de me dire : « Mon ami, c'est ton dessin qui cloche ». Je ne regrette pas un instant de ne pas avoir continué à travailler l'aquarelle et la peinture. Je suis sûr et certain que je rattraperai mon retard si je persévère encore quelque temps, jusqu'à ce que ma main n'hésite plus dans le dessin et la perspective. Lorsque je vois certains jeunes peintres composer et dessiner de mémoire — puis barbouiller au hasard, encore de mémoire — ensuite contempler leur œuvre d'une certaine distance, se composer une expression très mystérieuse, lugubre, comme s'ils essayaient de découvrir à quoi ça ressemble — et finir par en faire de mémoire n'importe quoi, mon cœur chavire, je me sens mal à l'aise et je me dis que travailler de la sorte doit être bigrement ennuyeux et assommant.

Tout cela est à vomir.

Néanmoins, ces messieurs ne se lassent pas de me demander, non sans affecter un air protecteur, « si je me frotte déjà à la peinture ? »

Il m'arrive parfois de m'amuser et de barbouiller pour ainsi dire au hasard un bout de papier, auquel je n'attache d'ailleurs pas plus d'importance qu'à un chiffon ou à une feuille de chou.

J'espère que tu comprendras que, si je m'obstine à dessiner, je le fais pour deux raisons : parce que je veux coûte que coûte acquérir avant tout une main sûre pour le dessin, parce que se procurer de quoi peindre et faire des aquarelles demande de l'argent qu'on ne peut récupérer de sitôt, et que ces frais sont doublés et décuplés quand on travaille sur un dessin qui laisse encore à désirer. Si je m'endettais ou m'entourais de toiles et de feuilles de papier barbouillées de couleurs, avant d'être sûr de mon fait quant au dessin, mon atelier deviendrait bientôt une espèce d'enfer, comme j'ai eu l'occasion de voir un atelier qui me semblait avoir l'aspect d'un enfer.

Alors que j'éprouve de la satisfaction en pénétrant et en travaillant dans mon atelier, tel qu'il est en ce moment.

Aussi, je ne crois pas que tu me soupçonnes de mauvaise volonté. Mais j'ai l'impression que les peintres d'ici ont tendance à tenir ce raisonnement. Ils me disent : Tu dois faire ceci ou cela ; quand on ne le fait pas, ou pas tout de suite, ou pas ponctuellement, ou si l'on formule une objection, ils enchaînent : Donc, tu prétends savoir mieux que nous ?

Ainsi, on se dresse parfois l'un en face de l'autre au bout de cinq minutes, dans une attitude qui ne permet ni à l'un ni à l'autre d'avancer ou de reculer. Le dénouement le moins indigne de ces conflits, c'est qu'un des antagonistes ait la présence d'esprit de se taire et de s'éclipser en hâte par une issue quelconque. Pour un peu, on dirait : Sapristi, quelle famille, ces peintres ! Je veux dire par là que c'est une association funeste de personnes ayant des intérêts contradictoires, dont chacun est en désaccord avec tous les autres, et dont deux ou plus ne tombent d'accord que quand il s'agit de s'entendre pour nuire de concert à un autre membre. Je me plais pourtant à croire, cher frère, que cette définition du mot « famille » n'est pas valable — surtout pas pour les peintres de notre famille. Je souhaite de tout mon cœur que la bonne entente continue à régner dans notre famille. Crois-moi, avec une poignée de main,

t. à t. *Vincent.*

Voici à peu près l'effet du saule étêté, mais il n'y a pas de noir dans l'aquarelle, sinon du noir dégradé.

Les endroits les plus foncés de ce croquis indiquent les couleurs les plus poussées de l'aquarelle : du vert foncé, du brun et du gris. Adieu, et crois-moi si je te dis qu'il m'arrive de rire de bon cœur

nemen moet. Dat is zoowat 't effect [illegible]
maar in de aquarel zelf is geen zwart dan in gebroken toestand.

Waar op dit schetsje het zwart 't donkerst is zitten de grootste krachten in de aquarel — donkergroen bruin grauw. Nu adieu, en geloof me dat somtijds ik er hartelijk om lach dat de lui mij (die eigentlijk niets anders ben dan een vriend van de natuur van studie, van werk — ook van menschen vooral) verdenken van diverse kwaadaardigheden en absurditeiten waaraan geen haar op mijn hoofd denkt. Enfin — tot zien met een hand d'ruit

t. à t.

Vincent

en songeant que d'aucuns me soupçonnent de diverses méchancetés et absurdités auxquelles je ne pense pas plus qu'à aller me jeter à l'eau (moi, qui ne suis, à vrai dire, qu'un fervent de la nature, de l'étude, du travail et surtout des êtres humains). Enfin, au revoir, avec une poignée de main,

t. à t. *Vincent.*

Samedi

Cher Théo,

222 N Je t'écris, encore sous l'impression de ta visite, tout content de pouvoir consacrer à nouveau mes forces à la peinture.

J'aurais voulu t'accompagner à la gare, le lendemain matin, mais je me suis dit que tu m'avais déjà consacré tant de temps, qu'il aurait été indélicat de ma part de te prendre encore ce matin-là. Je te suis très reconnaissant d'être venu et je me réjouis de pouvoir envisager de travailler toute une année durant sans devoir redouter des catastrophes ; en outre, grâce à ce que tu m'as donné, un nouvel horizon s'ouvre devant moi dans le domaine de la peinture.

Je me considère maintenant comme un privilégié parmi des milliers d'autres, parce que tu as aplani les obstacles sur ma route.

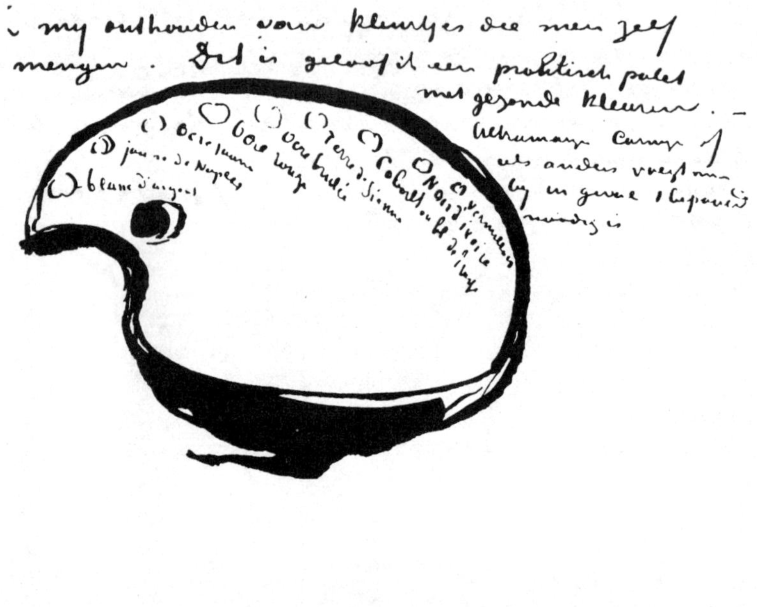

Il est évident que ce sont les frais qui empêchent certains de faire des progrès ; moi, qui ne suis pas dans ce cas, je ne trouve pas de paroles pour t'exprimer ma gratitude de l'occasion que tu m'offres de travailler régulièrement. Mais il me faut rattraper le temps perdu du fait que j'ai commencé plus tard que les autres ; je dois donc faire doublement de mon mieux. Malgré toute ma bonne volonté, je devrais laisser tomber mes bras si je ne pouvais pas compter sur toi.

Je vais t'expliquer ce que je me suis procuré.

Primo : une solide boîte de couleurs pour douze tablettes ou tubes de couleurs à l'eau, avec un double couvercle à charnières qui, ouvert, fait office de palette ; on peut y loger en plus une demi-douzaine de pinceaux.

C'est un outil très utile pour aller travailler à l'extérieur ; j'en avais absolument besoin, à vrai dire, mais comme il coûte très cher, j'en avais fait provisoirement mon deuil et je me tirais d'affaire en préparant mes couleurs sur des soucoupes. Seulement, il était malaisé de les emporter, d'autant plus que je devais me charger d'un autre bagage. Autant dire que c'est une acquisition utile, qui me rendra service très longtemps.

En même temps, j'ai fait provision de couleurs à l'eau, j'ai remplacé mes pinceaux usés et complété mon assortissement.

J'ai maintenant tout ce qu'il me faut pour la peinture proprement dite. J'ai aussi une provision de couleurs — de grands tubes (qui coûtent beaucoup moins cher que les petits), mais tu comprendras que je me suis borné aux couleurs fondamentales, tant pour les couleurs à l'eau que pour les couleurs à l'huile : de l'ocre (rouge-jaune-orange), du cobalt et du bleu de Prusse, du noir et du blanc, et aussi un peu de carmin, de vermillon, de bleu d'outre-mer et de gomme-gutte en tubes plus petits.

Je me suis abstenu d'acheter des couleurs que je peux préparer moi-même. Il me semble que j'ai constitué une palette pratique de couleurs saines. On peut y ajouter du bleu d'outre-mer, du carmin ou autre chose en cas de nécessité absolue.

Je commencerai par peindre de petits tableaux. Je compte m'exercer au fusain cet été, afin de pouvoir m'attaquer à de plus grands croquis et entreprendre plus tard des peintures de grand format.

C'est pourquoi j'ai fait confectionner un autre cadre pour étudier la perspective ; je me plais à croire qu'il vaudra mieux que l'ancien ; je pourrai le fixer sur deux supports dans le sol inégal des dunes.

Par exemple, comme ceci :

[*Cf. page ci-après.*]

J'espère fermement exprimer un jour ce que nous avons vu à Scheveningue : le sable, la mer, le ciel.

Il va de soi que je n'ai pas dépensé d'un seul coup l'argent que tu m'as donné, bien que force me soit de te signaler que le prix de certains objets m'a épouvanté et que, tout bien considéré, on a besoin de plus qu'on ne penserait au premier abord.

Si je te dis que je serais bien aise s'il te convenait de m'envoyer la somme habituelle vers le 20 de ce mois, ce n'est pas parce que j'aurai tout dépensé d'ici là, mais parce que je trouve utile d'avoir un peu d'argent de poche si je m'aperçois, en travaillant, que je ne puis absolument me passer de quelque chose. Ce qui vous vaut une grande quiétude et vous permet de travailler systématiquement. Il y a moyen de loger ma boîte de couleurs dans ma grande caisse, de sorte que je ne dois me charger que d'elle, même si je veux emporter tout mon nécessaire pour l'aquarelle et la peinture.

Je tiens beaucoup à avoir un fourbi de qualité, et j'aimerais que mon atelier ait de l'allure, non grâce à des antiquités, des tapis et des draperies, mais grâce aux études fixées aux murs et à mon matériel. C'est une question de travail et de patience. A propos du « style gendarme » — je me sens moins gendarme que batelier de Delft, par exemple, et je ne trouverais pas insolite que mon chez-moi finisse par ressembler à une espèce de barque de trait, pleine de choses agréables.

Hier après-midi, j'ai exploré le grenier de la papeterie Smulders, de la Laan. Et j'ai découvert — devine quoi ? — du papier Ingres épais, sous l'étiquette Papier Torchon, au grain plus rugueux que celui que tu m'as procuré. En voici un échantillon, pour que tu puisses te rendre compte. Il y en a un lot important, il est déjà ancien et terni, il fait admirablement mon affaire. Je n'en ai acheté qu'un demi-paquet, mais je pourrai désormais me réapprovisionner. J'y étais allé chercher autre chose, une sorte de papier dont je me sers de temps à autre — à un prix intéressant, car il provient d'une commande laissée pour compte par les services du cadastre. Je crois que ce papier-là est très

Ik zal beginnen met kleine dingen – maar
wel hoop ik nog dezen zomer ~~eenigzins~~
my te oefenen met houtskool voor
grootere schetsen met het oog om later
te schilderen in wat ruimer formaat –
En 't is daarvoor dat ik weer een nieuw en
hoop ik beter perspectiefraam laat maken
dat in ongelyken duingrond b.v. toch vast
staat met twee stylen

b.v. op deze manier.
Dat wat we samen op Scheveningen zagen.
Zand – zee – lucht – is iets ~~dat~~
ik zeer zeker van myn leven wel eens hoop
uit te drukken.
Natuurlyk heb ik niet alles wat gy my
gegeven hebt u eens uitgegeven – ofschoon
dat moet ik wel zeggen de pryzen van een & ander
my weer geducht tegenvielen – en er als men nagaat
meer dingen noodig zyn dan oppervlakkig wel schynt.

convenable pour le fusain ; ce sont de grandes feuilles ayant à peu près la même teinte que le Harding.

L'échantillon ci-joint te permettra de constater que son grain est aussi rugueux que celui de la toile à voile. La couleur du papier que tu m'as apporté est plus belle, il est précieux pour faire des études de berges et de terrains, par exemple. En tout cas, je me félicite d'avoir découvert ce lot. Je te remercie cordialement pour tout, mon vieux, je te serre la main en pensée, et je vais me remettre au travail. Salue Pa et Moe cordialement de ma part, et dis-leur que je leur écrirai un de ces jours, mais je n'aborderai pas de sujets hors de la ligne, comme il a été convenu.

Adieu, passe de bons jours et je te souhaite un bon retour

t. à t. *Vincent.*

Cher Théo,

223 N Tu as dû trouver dans ma lettre précédente un croquis de mon cadre pour l'étude de la perspective. Je reviens de chez le forgeron ; il a revêtu les supports de pointes de fer, et les angles d'une garniture de fer.

L'ensemble comprend deux longs supports.

On y fixe le cadre en longueur ou en hauteur, à l'aide de solides chevilles de bois.

Tant et si bien qu'on croirait regarder le littoral, les pâturages ou les champs par une fenêtre. Les fils perpendiculaires ou horizontaux du cadre, les diagonales, les fils en croix qui relient les milieux des bords opposés, ou les carrés ainsi formés fournissent des points de repère pour tracer d'une main ferme un dessin accusant les grandes lignes et les proportions.

Du moins, quand on a le sens de la perspective et qu'on comprend pourquoi et comment elle modifie en apparence la direction des lignes et les dimensions des masses et des plans. Si on ignore cela, on a le vertige quand on regarde à travers ce cadre, et il ne vous sert à rien, ou à presque rien.

J'imagine que tu comprendras qu'on prenne plaisir à braquer cette visière sur la mer, sur les champs verts, sur la plaine couverte de neige en hiver, en automne sur l'entrelacement capricieux des troncs gros et minces, sur un ciel d'orage.

Cet instrument te permet — après beaucoup d'exercices, après des exercices prolongés — de dessiner aussi vite que l'éclair — et de peindre, vif comme l'éclair, quand le dessin est définitivement tracé. En somme, il est très utile pour peindre, car le ciel — le sol — la mer — réclament le pinceau, ou plutôt, il est nécessaire de connaître et de sentir les vertus du pinceau, si on veut les rendre dans un simple dessin. Je suis convaincu que cela continuera à influencer fortement mes dessins, si je me mets un jour à peindre. Je m'en suis déjà servi en janvier dernier, puis j'ai interrompu les essais ; la raison véritable en était, outre quelques motifs d'importance secondaire, que je dessinais d'une main encore hésitante. Depuis lors, une demi-année s'est écoulée, et je me suis consacré exclusivement au dessin. Eh bien, je vais recommencer avec une nouvelle ardeur. Le cadre est un bel instrument, je regrette que tu ne l'aies pas encore vu. Il m'a coûté cher, mais j'ai voulu qu'il fût solide, de sorte qu'il ne s'usera pas de si tôt.

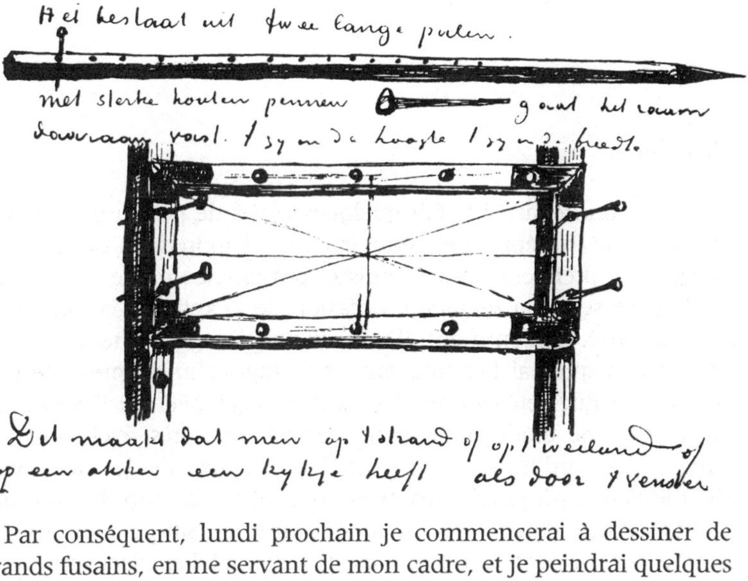

Par conséquent, lundi prochain je commencerai à dessiner de grands fusains, en me servant de mon cadre, et je peindrai quelques petites études — et si cela réussit, j'espère que j'exécuterai bientôt de meilleures peintures.

Je voudrais que l'atelier soit déjà un véritable atelier de peintre quand tu passeras à nouveau chez moi.

Tu sais que plusieurs raisons peuvent expliquer pourquoi cela ne marchait pas en janvier, mais on peut considérer qu'il s'agissait après tout d'une avarie à la machine — une hélice ou un arbre pas assez solides ont dû être remplacés par des pièces plus résistantes. Je viens de m'acheter un pantalon chaud et solide, et j'avais acquis, peu avant ta visite, une paire de grosses chaussures, de sorte que je pourrai affronter tous les temps. En outre, je suis fermement décidé à me familiariser, en peignant des paysages, avec certaines particularités de la technique que je crois devoir étudier avant de m'attaquer aux figures. Par exemple, comment rendre certains sujets, les tons et les couleurs. En un mot, comment rendre le corps — la masse — des choses. Je m'y suis décidé à la suite de ta visite, mais il ne s'est pas passé un seul jour avant ta venue que je n'y aie réfléchi ; seulement, je m'en étais tenu plus longuement et exclusivement au blanc et noir et au contour.

Me voilà donc embarqué. Adieu, mon vieux, encore une cordiale poignée de main, et crois-moi

t. à t. *Vincent.*

Cher Théo,

224 N Depuis ton départ, j'ai fait quelques essais de peinture. Et je me suis dit que tu étais peut-être curieux d'apprendre ce que j'ai fabriqué. Je préférerais que tu puisses passer encore une heure dans l'atelier, ce serait la meilleure occasion de t'expliquer comment je m'en suis tiré. Évidemment, il ne faut pas y songer ; je te dirai donc simplement que j'ai fait trois études peintes. L'une représente une rangée de saules étêtés dans les pâturages (au-delà du Geestburg), l'autre est une étude du chemin cendré tout près d'ici — et j'ai travaillé aujourd'hui dans les jardins potagers de la Laan Van Meerdervoort, où je me suis arrêté devant un champ de pommes de terre bordé d'un fossé. Un bonhomme en sarrau bleu et une femme ramassaient des pommes de terre, et j'ai placé ces deux figures dans mon étude.

Le champ était un terrain de sable blanc, à moitié retourné à la bêche et à moitié couvert de rangées de fanes sèches — parmi lesquelles poussaient de mauvaises herbes vertes.

A l'horizon, du vert sombre et quelques toits.

J'ai pris grand plaisir à peindre cette étude-là. Je dois te dire que la peinture me semble moins inaccessible que tu ne le crois peut-être. Au contraire, elle m'enthousiasme particulièrement, parce qu'elle est un moyen efficace de s'exprimer.

De plus, elle permet de traduire des sentiments tendres, de faire parler un gris ou un vert gentils au milieu de l'âpreté.

Je suis très heureux de posséder le nécessaire pour peindre, car j'avais souvent dû réprimer mon envie, pour dire la vérité. La peinture ouvre un horizon beaucoup plus large.

Je serais enchanté de pouvoir accrocher petit à petit un grand nombre d'études peintes dans mon atelier, mais je m'abstiendrai de faire croire que je veux lui donner un autre aspect, et de dire, si quelqu'un s'étonnait de voir des tableaux de moi : Est-ce que vous vous imaginez par hasard que je n'avais pas le sens de la peinture et que j'étais incapable d'en faire ?

N'empêche que je me suis évertué à dessiner et que je continuerai à le faire, parce que le dessin est la colonne vertébrale de la peinture, le squelette qui soutient tout le reste. La peinture me plaît tant, Théo, que je devrai me contenir, à cause des frais, plutôt que de m'échauffer.

Ces études sont d'un format moyen, un peu plus grandes que le couvercle d'une caisse de peintre ordinaire ; je ne me sers pas du couvercle, mais je fixe le papier avec des punaises sur un cadre revêtu de toile que je peux emporter aisément. Avant de me lancer dans de plus grandes peintures, je veux faire des dessins de plus grand format, ou bien — si je parviens à trouver le procédé — je le chercherai — je ferai ce qu'on appelle des grisailles.

Cela revient trop cher quand l'on ne ménage pas ses couleurs. Mon vieux, je suis enchanté d'avoir pu me procurer tant de bons outils, encore une fois merci pour tout. Je ferai de mon mieux afin que tu n'aies pas à le regretter, mais que tu aies la satisfaction de constater que je fais des progrès.

Si je t'écris tout cela, c'est pour t'annoncer que je viens de faire le premier pas. Il va de soi que je dois réunir de meilleures études, il est certain que celles-ci sont loin d'être parfaites. Je crois pourtant que tu te rendrais compte que j'ai déjà réussi à y exprimer un reflet du monde extérieur, quelque chose qui prouve que je sens la nature et que j'ai un cœur de peintre. Ci-joint un gribouillage de la Laan Van Meerdervoort. Ces jardins potagers ont une sorte de cachet Vieille Hollande qui me séduit toujours.

Et maintenant, bonne nuit. Il est déjà tard. Avec une poignée de main,

t. à t. *Vincent.*

Je suis en train de lire *La Curée* de Zola.

Quand j'ai terminé la présente, j'ai eu l'impression qu'il y manquait quelque chose.

Je me suis dit : il faut que je puisse lui écrire que je me suis attaqué à un bout de mer, de sable et de ciel, comme nous en avons vu à Scheveningue. Donc, je n'ai pas posté ma lettre et je suis parti ce matin au littoral. Je viens de rentrer avec une assez grande étude peinte : du sable, la mer et le ciel ; quelques barques de pêche et deux bonshommes sur la plage.

Il y a du sable des dunes qui est resté collé à ma peinture. Je t'assure que je ne m'arrêterai pas là. J'ai pensé que tu te réjouirais d'apprendre que je me suis attaqué à ce sujet-là.

Comme je viens de le dire, je m'arrangerai pour que mon atelier ait l'allure de l'atelier d'un peintre quand tu y reviendras dans quelques mois ou dans un an. Tu vois bien que ces gribouillages ont été faits à la hâte.

Ça marche, j'essayerai donc de battre le fer tant qu'il est chaud, et je continuerai à peindre un peu. Si tu peux m'envoyer vers le 20 la somme habituelle, il est certain que je pourrai me consacrer entièrement à la peinture pendant quelque temps. Je crois que

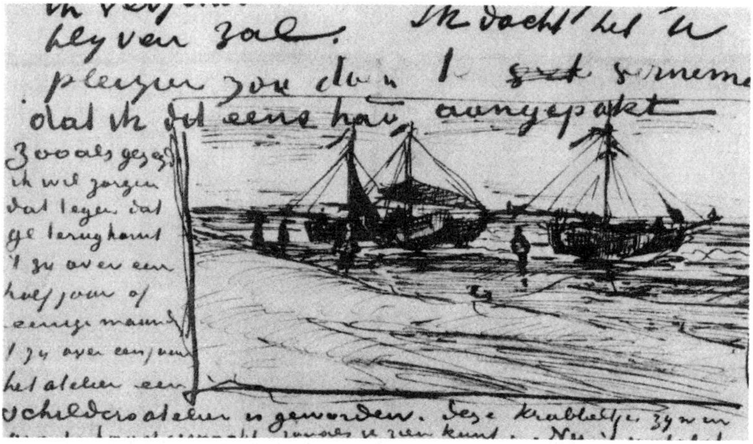

l'aspect de mon atelier changerait du tout au tout si je pouvais faire régulièrement de la peinture, ne fût-ce que pendant un mois. Dans l'espoir que cette nouvelle te fera plaisir, je te serre encore une fois la main, et je te souhaite de tout mon cœur bonne chance à tous égards.

Dimanche soir

Ami Rappard,

Votre lettre, que j'ai reçue hier, m'a fait grand plaisir. Il me tardait R 11 N
d'en recevoir, mais je me disais que vous deviez être quelque part au travail. Ce que vous me racontez de la Drenthe m'intéresse fort. Comme je n'ai jamais été dans cette région, je n'en connais absolument rien, sauf par les œuvres que Mauve et Ter Meulen, par exemple, en ont rapportées.

Je me l'imagine comme le Brabant du Nord de ma jeunesse, il y a quelque vingt ans. Je me rappelle que j'ai encore vu, lorsque j'étais un gamin, la bruyère et les petites fermes, les métiers à tisser, les rouets exactement comme je les vois maintenant sur les dessins de Mauve et de Ter Meulen. Actuellement, la partie du Brabant que je connais a été considérablement transformée par les défrichements et par l'industrie. Je ne puis voir, sans ressentir une certaine mélancolie, un café neuf au toit de tuiles rouges à tant d'endroits où je me souviens d'avoir vu une chaumière d'argile avec un toit de roseaux couvert de mousse.

Depuis lors, il y a eu les fabriques de sucre de betterave, les chemins de fer, les défrichements de la bruyère, etc. qui ne sont pas aussi pittoresques, il s'en faut.

Enfin. Ce qui subsistera en moi, c'est un peu de la poésie austère de la bruyère véritable. Il paraît donc que cette bruyère-là existe encore en Drenthe, telle que fut jadis pour moi la bruyère brabançonne.

Il reste cependant qu'il y a encore beaucoup de belles choses en Brabant. Souvenez-vous seulement du Heike, où nous avons été un jour ensemble.

Je trouve les croquis que vous avez joints à votre lettre très bons, le cimetière surtout a beaucoup de caractère, à mon avis. En ce qui me concerne, je me suis mis à peindre d'arrache-pied, suite à une visite de mon frère qui a vu mes aquarelles.

A parler franchement, je ne crois pas qu'on dirait de mes premières études peintes que ce sont mes premières. Car je les trouve bonnes et je fonde dessus de grands espoirs.

Hier soir, j'ai vu un joli effet de lumière dans les pâturages de Rijswijk. Des prés verts et plats que traverse un chemin de cendrée noire, bordé d'un ruisseau. Le soleil embrasé se couche, un paysan rentre en traînant les pieds ; très loin, une maison rustique.

En outre, j'ai une marine en couleurs, des lambeaux de dunes, une rangée de saules étêtés, un champ de pommes de terre, et ainsi de suite.

Je peins de si bon cœur qu'il m'en coûte de faire autre chose que de peindre.

C'est plus viril que de faire des aquarelles, et il y a plus de poésie.

Vous savez probablement qu'il y a ici en ce moment une exposition de la Société hollandaise de dessin. On y trouve de très belles choses.

J'y ai vu notamment une femme devant son métier à tisser, de Mauve, qui ne me sort pas de la mémoire. Je dois en dire autant d'une petite toile d'Israëls. Neuhijs, Maris, Duchatel, Ter Meulen et un tas d'autres s'y sont retrouvés. Ne pas oublier Weissenbruch.

Il y a un très gentil portrait de Weissenbruch par Israëls, si authentique et si caractéristique que je ne puis vous le dire.

Il y a encore une très grande marine de Mesdag, qui est très jolie, et deux dessins suisses de lui que je trouve assez *bêtes*, bien qu'ils dénotent une certaine brutalité, mais ils n'ont pas de souffle ni de sentiment. Mais la grande marine, je la trouve superbe.

De Willem Maris, une très belle truie avec une légion de gorets.

Et un Jaap Maris : une grande vue de la ville, aussi bien faite qu'un Vermeer de Delft.

Il y a quelque temps, on avait organisé une autre exposition, celle-là d'art français. Des pièces appartenant à des collections privées : Daubigny, Corot, Jules Dupré, Jules Breton, Courbet, Diaz, Jacque, Th. Rousseau. J'en fus très enthousiasmé, mais ressentis pourtant en même temps une certaine mélancolie de songer à ces fidèles vétérans qui disparaissent l'un après l'autre. Corot n'est plus. Th. Rousseau, Millet, Daubigny se reposent de leur travail. Jules Breton, Jules Dupré, Jacque, Ed. Frère vivent encore mais ne se promèneront plus souvent en blouse de travail. Tous sont âgés et ont déjà un pied dans la tombe. Et leurs successeurs, est-ce qu'ils valent ces premiers et véritables maîtres modernes ? C'est une raison de plus pour nous de nous mettre énergiquement à la besogne et de ne pas faiblir.

Le nouvel atelier que j'occupe me plaît beaucoup. Je trouve mes sujets tout près d'ici. J'espère de tout cœur que vous viendrez tôt ou tard et je suis toujours désireux de voir quelques-uns de vos travaux ou d'en apprendre quelque chose par lettre.

Mon frère m'a chargé de vous saluer de sa part ; je lui ai raconté que vous étiez fort bien en train.

Il en est de moi comme de vous, en ce sens que j'écris peu de lettres en ce moment ; aussi celle-ci est-elle rédigée en hâte.

Je vous présente mes meilleurs vœux de succès à tous les points de vue, et croyez-moi, avec une poignée de main en pensée,

t. à t. *Vincent.*

(15 août 1882)

Cher Théo,

Ne m'en veuille pas si je t'écris à nouveau, mais je tiens à te dire 225 N
que je prends un plaisir particulier à faire de la peinture.

Samedi soir, je me suis attaqué à un sujet dont j'avais déjà rêvé souvent.

Je veux dire un coin des pâturages verts et plats, avec des meules de foin, traversé par un chemin cendré bordé d'un fossé. Et, à l'horizon, au centre du tableau, le soleil tout rouge qui se couche.

Je ne suis pas à même de croquer cet effet en cinq sec ; voici la composition.

C'était essentiellement une affaire de couleurs et de tons, il s'agissait de nuancer la gamme des couleurs du ciel — d'abord un brouillard lilas — voilant le soleil rouge à moitié caché par un nuage violet foncé dont le bord est d'un rouge éclatant ; autour du soleil, des reflets vermillon, et au-dessus, une bande jaune tournant au vert et, plus haut, au bleu — dit le *cerulean blue* — et par-ci, par-là, du lilas et des nuages gris captant des reflets du soleil.

Le sol ressemblait à une tapisserie verte — grise — brune, pleine de nuances et de fourmillements ; l'eau du fossé brillait dans ce fond colorié.

Un paysage qu'Émile Breton, par exemple, aimerait peindre.

De plus, j'ai peint un coin de dunes — la facture en est empâtée, épaisse.

Je sais avec certitude qu'on ne dirait pas de ces deux études peintes — la marine et le champ de pommes de terre — que ce sont mes premières.

Pour t'avouer la vérité, j'en suis moi-même un peu étonné ; je m'étais dit que ces premiers essais n'auraient l'air de rien, mais que les suivants seraient meilleurs. Je ne veux pas me vanter, mais ils ont certainement l'air de quelque chose, ce dont je m'étonne.

Je crois que cela provient du fait que j'ai tant dessiné et étudié la perspective avant de me frotter à la peinture, afin d'être capable de mettre un motif d'aplomb.

Depuis que j'ai acheté des couleurs et mon matériel de peintre, j'ai beaucoup bûché et trimé ; j'ai peint sept études, et je suis à bout de souffle.

J'ai peint entre autres une étude avec une figure — une mère avec un bébé à l'ombre d'un grand arbre se profilant sur un fond de dunes baignées de soleil. Presque un effet italien.

Je n'ai pas pu m'empêcher de peindre, c'est le cas de le dire ; impossible de m'arrêter un instant ou de m'accorder un peu de repos.

Tu sais peut-être que la Teekenmaatschappij a organisé une exposition.

Il y a là une toile de Mauve — une petite vieille devant une espèce de métier à tisser, probablement un motif de la Drenthe — que je trouve superbe.

Tu as probablement vu certaines de ces pièces chez Tersteeg. Des Israëls magnifiques, entre autres le portrait de Weissenbruch, la pipe entre les dents et la palette à la main. Et des belles choses de Weiss lui-même : des paysages et une marine.

De plus, un très grand dessin de J. Maris, un étonnant coin pittoresque de la ville. Un beau W. Maris, une truie et des gorets, et des vaches, et encore des Neuhijs, des Duchatel et des Mesdag. De celui-ci, outre une jolie grande marine, deux paysages suisses que je trouve un peu bêtes et pesants. Israëls expose encore quatre grands dessins — une jeune fille près d'une fenêtre — des enfants près d'une porcherie — le dessin de la petite toile exposée au Salon — une petite vieille attisant le feu dans la demi-obscurité, qu'il a dans le temps gravée à l'eau-forte pour la *Kunstkronijk.*

Voir tout cela m'a donné un coup de fouet, car je me suis rendu compte que je dois encore apprendre bien des choses.

Voici où je voulais en venir — je sens que la notion des couleurs se fait jour en moi pendant que je peins, alors que je ne l'avais pas auparavant, j'entends la notion des nuances et des intensités.

Je ne t'envoie rien. Patiente jusqu'à ce que mon travail ait un peu mûri, mais dis-toi bien que je suis plein d'enthousiasme et que je crois que ça marche (je t'enverrai quelque chose avant trois mois, afin de te tenir au courant et de te permettre de te faire une idée).

Voilà une raison pour moi de continuer vigoureusement d'apprendre ce que j'ignore encore.

Il ne faut pas aller t'imaginer, d'après ce que je viens de te dire à propos de mon travail, que celui-ci me donne déjà satisfaction. Le contraire est vrai. Mais je crois pouvoir compter sur l'atout que voici : quand quelque chose me frappera dans la nature, je disposerai dorénavant de plus de moyens qu'autrefois pour l'exprimer avec une vigueur nouvelle.

Je ne trouve pas désagréable de me dire que ce que je ferai dans la suite aura une allure plus avenante.

Je ne pense pas non plus que ce serait un contretemps si ma santé laissait à désirer de temps à autre. Pour autant que je puisse en juger, ce ne sont pas les plus mauvais peintres qui se trouvent parfois dans l'impossibilité de travailler pendant une ou deux semaines. Il y a une raison : cela arrive précisément à ceux *qui y mettent leur peau,* comme dit Millet. Cela ne vous dessert pas, aussi suis-je d'avis qu'il ne faut pas se ménager quand il s'agit d'en mettre un coup ; vous vous remettez si vous êtes un moment à bout de souffle, et vous y trouvez votre compte, j'entends que vous rentrez vos études, comme un paysan rentre son blé ou son foin. En attendant, il ne me vient pas à l'idée de m'accorder du répit. Néanmoins, hier dimanche, je n'ai pas fait grand'chose — en tout cas, je ne suis pas allé travailler à l'extérieur. Je veux tout mettre en œuvre pour que tu trouves l'atelier bondé d'études peintes, même si tu revenais dès cet hiver.

Hier, j'ai reçu une lettre de Rappard ; il est allé en Drenthe et, à en juger d'après deux esquisses qu'il m'a envoyées, il n'a pas fainéanté. Il semble travailler dur, et faire du bon travail par-dessus le marché, qu'il dessine des figures ou bien des paysages.

Et maintenant, A Dieu, je dois aller travailler. Avec une poignée de main,

t. à t. *Vincent.*

Il y a environ deux ans que j'ai commencé à dessiner dans le Borinage.

Samedi soir

Cher Théo,

Je te remercie de ta lettre et de son contenu. Je l'avais à peine reçue que je suis allé acheter pour 7 florins de couleurs, afin d'en avoir une petite provision et de combler les vides. Cette semaine, nous avons eu ici beaucoup de vent, des tempêtes et de la pluie. Je suis allé plusieurs fois à Scheveningue regarder le spectacle. 226 N

J'en ai rapporté deux petites marines.

L'une est pleine de sable. A deux reprises, il m'a fallu gratter tout à fait l'autre, car elle disparaissait sous une couche de sable au moment où la tempête faisait rage et que les vagues assaillaient les dunes. Le vent soufflait si fort que j'avais de la peine à me tenir sur mes jambes, il soulevait tant de sable que je ne voyais presque plus rien.

J'ai quand même essayé de l'achever. Après l'avoir grattée dans un petit café à l'arrière des dunes, j'ai recommencé, tout en allant de temps à autre jeter un coup d'œil au dehors. C'est-à-dire que je possède deux souvenirs, en fin de compte.

Mais un troisième souvenir, c'est que j'ai de nouveau pris froid – ce dont tu devines les conséquences ; je suis contraint de rester quelques jours à la maison. J'ai profité de cet intermède pour peindre quelques études de figures – je t'envoie deux gribouillages.

L'idée de peindre des figures me séduit beaucoup. Seulement, il faut que je perfectionne encore ma manière – je dois mieux connaître le procédé – ce qu'on appelle parfois la cuisine de l'art. Au début, je devrai souvent effacer, recommencer, mais je sens que je m'instruis ainsi et que j'acquiers un coup d'œil plus net sur les choses.

Quand je recevrai ton prochain envoi d'argent, j'achèterai quelques pinceaux de martre ; ce sont les véritables pinceaux pour dessiner – pour dessiner en couleurs une main ou un profil. Je me rends compte qu'on ne peut pas s'en passer pour dessiner des branches minces, etc. Les pinceaux de Lyon, encore qu'ils soient fins, laissent des stries ou des touches. D'autre part, ma provision de papier est quasiment épuisée – il me faudra acheter bien des choses vers le 1er septembre, mais je parviendrai à me tirer d'affaire avec la somme habituelle.

Je veux encore te dire que je suis parfaitement d'accord avec plusieurs passages de ta lettre.

En premier lieu, je concède volontiers que Pa et Moe, avec tous leurs bons et leurs mauvais côtés, sont tout de même des gens comme on n'en trouve plus que très peu de nos jours — ils appartiennent à une espèce qui se fait de plus en plus rare. La jeune génération vaut certainement moins — nous devons donc les apprécier d'autant mieux à leur juste valeur.

Dans ce sens, je ne crois pas leur avoir manqué ; seulement, je crains que l'affaire au sujet de laquelle tu les as provisoirement rassurés — surtout s'ils devaient me revoir — ne revienne sur le tapis. Ils ne comprendront jamais ce que c'est que la peinture — ils sont incapables de saisir pourquoi la figure d'un bêcheur, les sillons d'un champ fraîchement labouré, un peu de sable et de ciel constituent pour moi des motifs intéressants, aussi difficiles à peindre qu'ils sont beaux, et qu'ils valent bien la peine de consacrer sa vie à en exprimer la poésie.

Par ailleurs, s'ils me voyaient suer sur mon travail — et je le ferai davantage encore plus tard — l'effacer et le modifier — tantôt le comparer à la nature, tantôt y apporter une retouche qui rend plus ou moins méconnaissable l'endroit ou la figure, ils seraient déçus — ils ne comprendraient pas qu'on ne brosse pas une toile en un tour de main. Du coup, ils en reviendraient à l'idée toute faite que je ne sais pas grand'chose, somme toute, et que les véritables peintres travaillent autrement.

Je n'ose entretenir trop d'illusions et je crains que Pa et Moe ne soient jamais réellement comblés de joie. Il n'y a pas à s'en étonner, ils n'y peuvent rien ; ils n'ont jamais appris à voir les choses comme nous l'avons appris ; ils regardent d'autres choses que nous ; même quand nous regardons le même objet, du même œil, il produit sur eux une autre impression que sur nous. Il serait souhaitable qu'il en fût autrement, mais, à mon sens, il serait vain de l'espérer.

Ils ne pourront comprendre non plus mon état d'âme, ils ne devineront pas les motifs qui m'inspirent quand ils me verront faire des choses qui leur paraîtront étranges et bizarres, ils l'attribueront à mon mécontentement, à mon indifférence, à ma nonchalance alors qu'il y a d'autres raisons, notamment le besoin de découvrir coûte que coûte ce qu'il me faut pour mon travail. Il se peut qu'ils s'attendent maintenant à me voir « peindre avec des couleurs à l'huile », ils se diront « enfin », mais je crains qu'ils ne soient terriblement désabusés en voyant mon travail et n'y voient que des paquets de couleurs — et encore, ils considèrent le dessin comme une « étude préliminaire », alors que j'ai depuis des années une dent terrible contre cette expression, que je trouve aussi inexacte que possible. Tu le sais d'ailleurs. Pourtant, s'ils me voyaient dessiner comme autrefois, ils s'imagineraient que j'en suis toujours à cette « étude préliminaire ».

Enfin, je veux bien espérer le mieux et faire tout mon possible pour les rassurer.

Ce que tu me racontes à propos de leur nouvelle résidence m'intéresse au plus haut point. Mais oui, j'aimerais essayer de dessiner une vieille église entourée d'un cimetière avec des tombes creusées dans le sable et surmontées de croix de bois vermoulu.

Je me plais à croire que j'aurai un jour l'occasion de le faire. D'autre part, tu me parles d'un coin de bruyère et d'une pinède dans les environs. Sache que j'ai toujours la nostalgie de la bruyère et des sapinières avec leurs figures typiques : une petite vieille qui ramasse du bois — un vieux paysan qui va chercher du sable — enfin, cette simplicité qui a quelque chose d'aussi grandiose que la mer. Je ne lâche pas l'idée de me fixer un jour définitivement à la campagne, si l'occasion se présente et si les circonstances le permettent.

Bien que je trouve ici abondance de motifs : la forêt, le littoral, les pâturages de Rijswijk tout proches. C'est-à-dire que je découvre un motif à chaque pas, c'est le cas de le dire. Mais je le ferais parce que la vie est moins chère à la campagne.

Pour autant que je le sache, il n'y a pas de raisons déterminées pour y aller tout de suite, donc rien ne presse.

Je te dis cela uniquement pour te faire comprendre à quel point j'affectionne une contrée comme celle que tu me décris, qui est le nouveau lieu de séjour de Pa et Moe.

Ces jours-ci, peindre aurait fait mon bonheur. Mais j'ai imposé silence à mon envie et je n'ai fait que dessiner, précisément parce que je sais l'histoire lamentable de tant de gens qui se sont attaqués étourdiment à la peinture — ils cherchaient leur salut dans le procédé et revenaient à la réalité, désillusionnés, sans avoir fait de progrès, criblés de dettes pour avoir acheté des choses coûteuses qu'ils avaient gâchées. Cela m'a fait peur et m'a toujours donné le frisson ; j'ai considéré et je persiste à considérer le dessin comme le seul moyen de ne pas partager leur sort. J'ai fini par aimer le dessin, au lieu d'y voir une corvée. Mais la peinture m'offre à présent, bien que je m'y sois pas attendu, les coudées franches, elle me permet de saisir des effets qui étaient inabordables autrefois, exactement les effets que j'affectionne le plus, après tout ; elle éclaire ma lanterne dans plusieurs domaines et met plus de moyens à ma disposition pour exprimer les effets. C'est-à-dire que je m'en félicite sincèrement.

Il faisait très beau à Scheveningue ces jours-ci. Tout compte fait, la mer était plus imposante avant la tempête que quand celle-ci s'est déchaînée. Pendant la tempête, on distinguait moins bien les vagues, et la mer évoquait moins les sillons d'un champ labouré.

Les vagues se succédaient à si peu d'intervalle que l'une bousculait l'autre ; le heurt de ces masses d'eau produisait une espèce d'écume, semblable à du sable mouvant, qui recouvrait la mer comme d'un voile. N'empêche que c'était une bousculade furieuse — de plus en plus furieuse — et, quand on la regardait assez longtemps, d'autant plus impressionnante qu'elle faisait peu de vacarme. La mer était couleur de savonnée sale. Il y avait à ce point précis une barque de pêche, la dernière de la rangée, et aussi quelques silhouettes sombres.

Peindre frise l'infini — je ne puis l'expliquer que comme ça — mais c'est un moyen merveilleux pour exprimer des états d'âme. Les couleurs contiennent le secret des harmonies et des contrastes qui vous viennent docilement en aide, et dont on ne saurait tirer parti autrement.

J'espère pouvoir sortir demain.

J'ai lu *La Faute de l'abbé Mouret* et *Son Excellence Eugène Rougon*, de Zola. Deux beaux livres. M'est avis que Pascal Rougon, ce médecin qu'on rencontre dans plusieurs romans, toujours à l'arrière-plan, est une noble figure. Il fournit la preuve vivante qu'il y a toujours moyen, si corrompue que soit une race, de vaincre la fatalité par l'énergie et par des principes.

Il puisait dans son métier une force supérieure à l'hérédité qu'il tenait de sa famille ; au lieu de s'abandonner à ses penchants naturels, il a suivi une route droite, nettement tracée ; il n'a pas sombré dans l'eau trouble où tous les autres Rougon se sont noyés. Lui et Mme François, du *Ventre de Paris*, sont pour moi les personnages les plus sympathiques. Et maintenant, A Dieu, je pense souvent à toi et je brûle d'envie de te revoir de temps à autre. Poignée de main en pensée, et crois-moi

t. à t. *Vincent.*

Pendant que j'écrivais la présente, j'ai fait une étude d'un garçon – grisaille, fusain, huile, et très peu de couleurs, juste assez pour souligner les nuances.

Dimanche après-midi

Cher Théo,

Je viens de recevoir une bonne lettre de Pa et Moe ; elle m'a fait grand plaisir. Il en ressort nettement que ta visite et tout ce que tu leur as dit de moi et de mon travail, les ont impressionnés et tranquillisés. Je crois que ça ne peut avoir que d'heureux effets, et je te remercie encore une fois de tout cœur d'avoir parlé ainsi de moi, bien qu'il me semble que tu aies dit plus de bien que je ne mérite. J'ai l'impression que Pa et Moe sont enchantés de leur nouveau milieu et ravis de ta visite. 227 N

Comme moi, d'ailleurs, car je pense à toi plus souvent et non moins affectueusement qu'auparavant, par suite de tes bonnes paroles. Je pense souvent à toi, surtout depuis tes confidences sur ta santé.

Quant à moi, je ne me porte pas mal ; je me trouve bien de ne plus restreindre mes activités et de me comporter comme si de rien n'était. Mais tu comprendras que je me ressens par moment de ma maladie qui m'incommode encore, surtout le soir, quand je suis fatigué, mais plus au point, heureusement de m'empêcher de travailler.

Cette semaine, j'ai peint deux grandes études dans la forêt. J'ai essayé de les rehausser et de les finir davantage que les premières. Celle qui me paraît surtout réussie représente simplement un bout de terrain labouré – du sable blanc, noir et brun après l'averse. De sorte que, par-ci, par-là, une motte de terre apparaît, qui reflète la lumière et ressort davantage.

Un nouvel orage, accompagné d'une pluie battante, éclata quand j'avais déjà passé un bon moment à dessiner ce bout de terrain, et il dura à peu près une heure. Mais j'étais si acharné que je n'abandonnai pas mon poste et me mis tant bien que mal à l'abri derrière un gros arbre. Lorsque l'orage se calma enfin et que les corbeaux reprirent leur vol, je ne regrettai pas d'avoir attendu ce moment, à cause du ton profond, admirable, du sol trempé.

J'avais travaillé à genoux avant l'orage pour avoir un horizon bas et, pour continuer, j'ai dû m'agenouiller dans la boue. C'est en prévision de mésaventures de ce genre qui m'arrivent assez souvent d'une façon ou de l'autre, que je ne juge pas inopportun de mettre des vêtements de travail qui ne doivent pas être ménagés. Le résultat de cette excursion, c'est que j'ai rapporté à l'atelier une étude de ce bout de terrain — encore que Mauve m'ait dit avec raison, un jour où nous parlions d'une de ses études : dessiner des mottes de terre et y faire passer l'air est une corvée.

L'autre étude de la forêt représente de gros troncs de hêtres verts sur un fond de branches vermoulues, et la figure d'une fillette habillée de blanc. La grande difficulté consistait à sauvegarder la netteté de cette étude, à mettre du ciel entre les troncs qui se trouvaient à des distances inégales les uns des autres et dont la perspective modifiait la grosseur et l'emplacement. A faire quelque chose où l'on puisse respirer, se promener et renifler la forêt.

J'ai pris beaucoup de plaisir à peindre ces deux études.

Et tout autant à peindre un motif que j'avais découvert à Scheveningue :

Un grand espace uni dans les dunes, le matin, après la pluie ; l'herbe est relativement verte ; on a étendu des filets en forme de cercles énormes, qui ont des tons profonds d'un gris rougeâtre, noirâtre ou verdâtre. Des femmes portant des coiffes blanches et des hommes — les uns assis, d'autres debout, d'autres encore déambulant — étendaient ou réparaient ces filets, et leurs étranges silhouettes noires se profilaient sur le sol sombre.

Ce spectacle dans la nature était aussi saisissant, aussi typiquement morne et austère que les plus belles œuvres de Millet, d'Israëls ou de De Groux qu'on puisse imaginer. Au-dessus de ce paysage, un simple ciel gris et une ligne claire à l'horizon.

En dépit des averses, j'en ai peint une étude sur une feuille de *torchon* huilé.

Il passera bien de l'eau sous les ponts avant que je sois capable de rendre cela à la perfection, mais ce sont des spectacles de ce genre qui retiennent mon attention.

Qu'il fait beau à la campagne quand tout a été mouillé par la pluie — avant, pendant et après la pluie. Tout compte fait, je ne devrais pas rater une averse.

Ce matin, j'ai accroché toutes mes études peintes dans mon atelier et je voudrais bien en discuter avec toi.

Comme je l'avais prévu — et j'ai dû me rendre à l'évidence pendant que je travaillais —, j'ai été obligé de m'acheter bien des choses, et presque tout mon argent y a passé.

Depuis deux semaines, je ne fais pour ainsi dire que peindre du matin au soir ; si je continuais à ce rythme, cela finirait par me coûter fort cher, aussi longtemps que je ne vends rien.

Je crois que tu me dirais peut-être, si tu pouvais voir mes travaux, de continuer, non de temps à autre quand j'en ai particulièrement envie, mais régulièrement, et de considérer désormais la peinture comme l'essentiel de mon travail, même si cela m'entraîne à certains frais.

Bien que j'aime peindre, il est probable que je ne le ferai pas pour l'instant autant que mon entrain et mon désir m'y poussent ; j'estime que je ne perds rien à consacrer beaucoup de temps au dessin, car je ne l'aime pas moins. Seulement, je suis en proie au doute ; le résultat en peinture a dépassé mon attente, de sorte qu'il est peut-être indiqué de concentrer toutes mes forces à la peinture, de travailler surtout au pinceau. Je ne sais vraiment que faire.

Quoi qu'il en soit, il est absolument certain que je dois m'appliquer davantage à l'étude du dessin au fusain ; en tout cas, j'ai assez à faire et je puis avancer ; même si je peins au ralenti, je ne travaillerai pas moins.

Si j'ai peint de nombreuses études en peu de temps, c'est que je travaille d'arrache-pied ; je travaille littéralement du matin au soir, pour ainsi dire sans m'accorder le temps de manger et de boire.

J'ai peint de petites figures sur plusieurs études, et je me suis attaqué à une plus grande, mais je l'ai effacée à deux reprises ; si tu avais vu l'effet, tu aurais peut-être trouvé que je suis allé trop vite en besogne ; toutefois, il ne s'agissait pas d'un coup de tête : je l'ai fait parce que je sens que je pourrai mieux réussir si je bûche et tâtonne encore un peu, et je tiens absolument à en arriver à ce mieux, peu importe que cela me demande plus ou moins de temps, plus ou moins de peine.

Il faut absolument des figures dans les paysages que je peins ; ceux-ci sont en fait des études d'un fond qu'on doit étudier dans les coins, parce que le ton de la figure et l'effet du tout en dépendent.

Voici ce qui me plaît dans la peinture : bien qu'on ne se donne pas plus de peine que pour un dessin, on rentre avec quelque chose qui reflète davantage une impression et qui est beaucoup plus agréable à regarder. Et qui est en même temps plus conforme à la réalité. Bref, peindre nous récompense plus de nos peines que dessiner. Toutefois, avant de savoir peindre, il est absolument indispensable que vous sachiez dessiner avec une certitude relative les proportions exactes et l'emplacement exact des objets. Si vous faites fausse route dans ce domaine, vous aboutirez à un four.

Je me réjouis à l'idée que l'automne approche ; je dois absolument m'arranger pour avoir à cette époque une nouvelle provision de couleurs et un tas de matériel. J'aime particulièrement l'effet des feuilles jaunies qui contrastent joliment avec les troncs verts des hêtres, et pas moins avec les figures.

Ces derniers jours, j'ai lu des passages d'un livre plutôt mélancolique : *Lettres et journal de Gerard Bilders.*

Il est mort à peu près à l'âge où j'ai commencé à dessiner, ce qui me console d'avoir commencé tard. Ah ! il a été malheureux et longtemps méconnu. Mais j'ai trouvé une grande faiblesse et quelque chose de maladif dans son caractère. Son histoire ressemble à celle d'une plante qui aurait poussé trop vite et qui n'aurait pu résister au gel ; une nuit, la racine est atteinte et la plante se fane. Au début, tout avait été à souhait – il travaillait chez un maître – comme dans une serre –, il faisait des progrès rapides mais il vivait seul à Amsterdam, et il n'a pas tenu le coup, malgré ses talents ; il a fini par retourner chez son père, tout à fait découragé, aigri et indifférent – il a continué à peindre encore un peu – puis, la tuberculose ou une autre maladie l'a emporté à l'âge de vingt-huit ans.

Ce qui ne me plaît pas chez lui, c'est qu'il se plaint, pendant qu'il peint, de son ennui et de sa paresse, comme s'il n'y pouvait rien ; c'est qu'il continue à évoluer dans le petit cercle de ses amis, trop oppressant pour lui, et à participer à leurs amusements et à leur genre de vie, alors qu'il en a par-dessus la tête. Enfin – je le trouve un personnage sympathique, mais je préfère quand même lire la biographie du père Millet, de Th. Rousseau ou de Daubigny.

Quand on lit l'ouvrage de Sensier sur Millet, on se sent encouragé, tandis que la lecture de celui de Bilders laisse une impression navrante.

Il est vrai que toutes les lettres de Millet débordent de l'aveu de difficultés, mais il ajoute aussitôt : j'ai tout de même fait ceci ou cela, et il fait allusion à ce qu'il voudrait faire à tout prix, et il y arrive en fait.

Je trouve que G. Bilders écrit trop souvent des phrases comme celle-ci : j'ai eu le cafard cette semaine et j'ai barbouillé — j'ai assisté à tel concert ou à telle comédie et j'en suis revenu encore plus cafardeux. Ce qui me frappe dans Millet, c'est cette simple phrase : il faut tout de même que je fasse ceci ou cela.

Bilders est très spirituel, il sait gémir cocassement parce qu'il a envie de *manillas pointus* et qu'il n'a pas de quoi en acheter, ou parce qu'il ne voit pas le moyen de payer les factures de son tailleur ; il décrit ses difficultés pécuniaires avec tant de verve que lui-même a dû en rire, et ses lecteurs aussi.

Malgré l'accent spirituel, tout cela m'ennuie ; j'ai plus de respect pour les difficultés d'ordre privé de Millet, qui dit : Il faut tout de même de la soupe pour les enfants, sans parler de manillas pointus ni d'autres amusements. Voici où je veux en venir : la conception de la vie de G. Bilders était romantique et il n'a pas su digérer ses *illusions perdues,* alors que je considère que ma chance est au contraire de n'avoir pris le pinceau que quand mes illusions romantiques appartenaient déjà au passé. J'ai évidemment un retard à rattraper et je dois travailler ferme — mais voilà, travailler est une nécessité quand les illusions perdues appartiennent au passé, et c'est l'une des rares joies qui nous restent. Le travail nous apporte une grande quiétude et un grand calme.

Je regrette sincèrement qu'il doive se passer peut-être une année avant que tu voies l'ensemble de mes peintures (peu importe que je t'envoie de temps à autre un spécimen) et que nous ayons l'occasion d'envisager quoi et comment faire. Je crois pouvoir t'assurer qu'il me sera profitable plus tard d'avoir peint ces études. Ce qui ne me réussit pas en janvier me réussira peut-être un jour. La raison pour laquelle je me réjouis d'avoir l'occasion de peindre n'est pas l'aspect plus agréable d'une peinture ; la voici : en peignant, je m'instruis d'autres problèmes — le ton, la forme, la matière — devant lesquels je me trouvais jusqu'à présent désarmé, alors que je peux m'y attaquer maintenant par ce moyen. Par exemple, si j'essayais de nouveau le fusain, j'aurais plus de chances d'aboutir à un résultat. En tout cas, ne me soupçonne pas d'indifférence à l'égard du problème de l'argent ; mon but consiste à prendre le chemin le plus court pour arriver à en gagner.

Pourvu que je puisse m'assurer un revenu réel et fixe : je ne prévois cette éventualité qu'à la condition que mon œuvre finisse par avoir des qualités véritables, et non pas en m'efforçant exclusivement à faire des machins vendables, ce dont on se mord les doigts plus tard –, donc en étudiant sincèrement la nature.

Si mes peintures t'amenaient à la conclusion qu'elles offrent plus de possibilités que tout le reste, il va de soi que je ne refuserais pas d'en faire davantage. Mais si mes peintures ne te paraissaient pas vendables avant longtemps, je serais le premier à proclamer qu'en attendant, nous devons regarder de très près à la dépense et nous dire que dessiner permet d'éviter beaucoup de frais et de progresser sûrement, bien que lentement. Je constate du changement dans ces études-ci, et je te le signale parce que tu es plus qualifié que moi pour décider s'il y a quelque rapport entre ce changement et « vendre tout de suite ». Il me semble que mes études peintes sont en tout cas plus agréables à regarder que mes dessins.

Personnellement, j'attache moins d'importance à leur aspect plus agréable, moins aride ; le but que j'entends atteindre, c'est me faire l'interprète d'impressions plus âpres, plus viriles, mais il me faudra encore bûcher avant d'y arriver.

Si tu me disais : peins de petites études d'un coin de forêt, d'un paysage ou d'une marine, cela ne peut t'empêcher d'attaquer des motifs de plus grand format et plus importants, je ne formulerais pas d'objections. Seulement, je devrais savoir si mes études valent le prix des pinceaux, des couleurs et de la toile, et également si le fait de peindre beaucoup n'équivaudrait pas à gaspiller l'argent, ou au contraire me permettrait de récupérer mes frais.

S'il en était ainsi, ou si nous pouvions en arriver là, on aurait peut-être trouvé le moyen qui me permettrait d'entreprendre des travaux plus ardus.

Dans ce cas, je bûcherais, plein d'enthousiasme pour ces études. Je vais commencer par les laisser mûrir un peu et par les améliorer encore. Je t'en enverrai une dans quelques mois, et puis nous verrons.

Je crois que la plupart des peintres se sont perfectionnés de cette façon.

Je n'accepterais pas de faire des études basées sur un principe erroné et dont la tendance serait mensongère ou fausse, parce que j'aime trop la nature. Nous nous trouvons placés dans la situation suivante : il faut que je fasse beaucoup d'essais avant d'être capable de produire des études plus subtiles, qui soient meilleures. Qu'est-ce qui me vaudra moins de frais : dessiner des études ou en peindre ? Si les études peintes s'avèrent invendables, il sera incontestablement plus avantageux de travailler le dessin au fusain ou selon un autre procédé. Je tiens à te dire que, en supposant qu'il me soit possible de récupérer le coût des études peintes, je ne serais pas hostile par principe à m'y mettre, d'autant moins que je me rends compte que ça marche assez bien et que cela me vaudra peut-être la bonne fortune. Je ne suis hostile par principe à l'emploi des couleurs que dans le cas où je puis apprendre autrement, puisqu'il n'est pas encore question de vendre.

Je ne voudrais pas nous contraindre — ni toi, ni moi — à des frais inutiles, mais je constate que mes études peintes ont un aspect plus agréable. Cela me porte à hésiter sur ce que je dois faire. Je n'ai pas encore dépensé tout mon argent, mais il ne m'en reste guère, et nous sommes le 20 aujourd'hui, si je ne me trompe. Ce mois-ci, j'ai réservé à mon ménage plutôt moins que d'habitude. Il est vrai que j'ai dû dépenser beaucoup pour acquérir du matériel, mais je pourrai me servir longtemps encore de la plupart de ces outils. Seulement, tout cela coûte cher. J'espère que tu pourras m'envoyer bientôt un peu d'argent. Cordiale poignée de main en pensée, et crois-moi

t. à t. *Vincent.*

J'espère de tout cœur que tu n'iras pas croire, en lisant la présente, que j'ai la prétention d'affirmer qu'il est possible de faire de l'argent de ces premières études.

Dans le temps, j'étais plus capable qu'à présent de dire quand une pièce avait de la valeur et s'il était possible, oui ou non, de lui trouver un amateur ; je m'aperçois maintenant que je ne le sais plus. D'ailleurs, il m'importe plus d'étudier la nature que de connaître le prix des tableaux.

La raison pour laquelle je me réjouis de faire de la peinture ne tient pas à l'aspect plus agréable d'une peinture, mais au fait que la peinture m'instruit d'autres problèmes — le ton, la forme, la matière — devant lesquels je me trouvais désarmé alors que je puis m'y attaquer par ce moyen. Par exemple, si j'essayais de nouveau le fusain, j'aurais plus de chances d'aboutir à un résultat.

Il me semble que les études peintes se présentent mieux que les études dessinées en blanc noir et que les aquarelles que tu as vues récemment. C'est pourquoi je me demande s'il ne serait pas opportun de considérer désormais la peinture comme l'essentiel, puisqu'elle sera peut-être rentable, nonobstant les frais plus élevés qu'elle m'occasionne.

Je préfère que ce soit toi, plutôt que moi, qui en décides, car je te crois le plus compétent de nous deux dans les questions financières ; j'ai pleine confiance en toi dans ce domaine. Tu m'as dit de faire de mon mieux pour rehausser un dessin, et d'en faire ensuite une aquarelle ; il me semble que ce sera précisément grâce à la peinture que je serai plus adroit si je me remets à l'aquarelle. Toutefois, tu ne dois pas perdre courage — et moi non plus — si le résultat est plutôt décevant ; il ne faut pas te gêner pour me faire des observations.

Je n'ignore pas systématiquement les observations qu'on me présente, mais dans la plupart des cas, il faut plus de temps pour opérer un changement que pour signaler le changement souhaitable.

Ainsi, je viens de mettre en pratique des conseils que Mauve m'avait donnés en janvier. Par exemple, j'ai peint ce coin de forêt suite à une conversation au sujet d'une de ses études.

Dimanche matin

Cher Théo,

228 N Je viens de recevoir ta lettre, qui est la bienvenue, et comment ! J'ai décidé de m'accorder un peu de repos aujourd'hui, aussi puis-je te répondre par retour du courrier. Je t'en remercie beaucoup, de ce que tu y avais joint aussi bien que de son contenu.

Je la trouve très intéressante, ta description de cette scène d'ouvriers à Montmartre, d'autant plus que tu parles aussi des couleurs, de sorte que je puis l'imaginer ; je t'en remercie. Je suis heureux d'apprendre que tu es en train de lire l'ouvrage sur Gavarni ; moi, je l'ai trouvé très intéressant et il m'a poussé à aimer doublement Gavarni.

Si Paris et ses environs sont beaux, nous n'avons aucune raison non plus de nous plaindre ici. Cette semaine, j'ai peint une toile qui, je crois, te rappellerait Scheveningue tel que nous l'avons connu quand nous sommes allés nous promener par là. Une grande étude :

du sable, la mer et le ciel – un ciel immense d'un gris délicat et d'un bleu chaud où perce une petite tache d'un bleu tendre – le sable et la mer sont clairs de sorte que l'ensemble, animé par les figures et les barques de pêche, brutalement et singulièrement coloriées, qui y jettent des tons sombres, paraît blond.

Une barque de pêche dont on lève l'ancre constitue le motif du croquis de cette étude. Les chevaux attendent qu'on les attelle à la barque pour la traîner à l'eau. Je t'en envoie ci-joint un croquis. J'ai beaucoup bûché sur cette étude, et je regrette de ne pas l'avoir peinte sur un panneau ou sur une toile. J'ai tâché de rehausser le coloris, j'entends l'intensité et la solidité des couleurs. Il est très curieux que nous paraissions nourrir souvent des idées identiques, toi et moi. Par exemple, hier soir, je suis rentré avec une étude de la forêt, et je me suis beaucoup préoccupé cette semaine, et surtout hier, du problème de l'intensité du coloris. J'aurais voulu en discuter avec toi à propos de l'étude que j'avais sur le chevalet, et le hasard a voulu que tu me dises dans ta lettre de ce matin que tu as été frappé, à Montmartre, par les couleurs fortement prononcées qui n'en demeuraient pas moins harmonieuses.

J'ignore si nous avons été frappés exactement par la même chose, mais je sais que tu aurais certainement été impressionné par ce qui m'a particulièrement frappé, et que tu l'aurais regardé du même œil que moi. Je commence par t'envoyer un croquis du motif, ensuite je t'expliquerai de quoi il s'agit.

La forêt a déjà revêtu son apparence automnale – on y voit des effets de couleurs que je ne retrouve pas, sinon rarement dans les toiles hollandaises.

Hier soir, je peignais un terrain boisé, un peu en talus, jonché de feuilles de hêtres rongées et desséchées. Le terrain était d'un rouge brun plus clair par-ci et plus foncé par-là, et ces nuances étaient accentuées par les ombres portées des arbres qui y jetaient des raies tantôt floues, tantôt nettes, tantôt à moitié effacées. La difficulté consistait – elle était très grande – à saisir l'intensité du coloris, la substance et la consistance énormes du terrain, et ce n'est qu'en peignant que je me suis rendu compte du jeu de la lumière dans cette ombre. Il s'agissait donc de retenir cette lumière, et de retenir également l'éclat, l'intensité de ce riche coloris.

On ne saurait concevoir un tapis aussi superbe que ce rouge brun intense, illuminé par les reflets, tamisés par la futaie, du soleil d'automne qui se couchait.

De ce sol jaillissent de jeunes hêtres qui interceptent la lumière d'un côté ; ce côté-là est d'un vert éclatant, et le côté ombré des troncs d'un noir foncé chaud et intense.

Au-delà de ces troncs minces, au-delà de ce terrain rouge brun, il y a le ciel — très subtil, bleu gris, chaud, avec peu de bleu, étincelant. Sur ce ciel se détachent une traînée floue de verdure et une claire-voie de troncs minces et de feuilles jaunâtres. Quelques silhouettes de gens qui ramassent du bois, pareilles à de sombres masses d'ombres mystérieuses.

La coiffe blanche d'une femme qui se baisse pour ramasser une branche se dessine soudainement sur le rouge brun profond du terrain. Une jupe intercepte la lumière — une ombre portée se dessine — la silhouette noire d'un gaillard se profile au-dessus du taillis. Une coiffe blanche, une cape, une épaule — le buste d'une femme se dessine sur le ciel. Ces figures sont grandioses et pleines de poésie — elles surgissent dans le jeu crépusculaire des ombres épaisses, telles des terres cuites à l'état naissant dans un atelier.

Je te décris la nature ; j'ignore à quel point j'ai réussi à en rendre le reflet dans mon croquis, mais je sais très bien, par contre, que j'ai été ému par cette harmonie de vert, de rouge, de noir, de jaune, de bleu, de brun et de gris.

C'était un tableau à la De Groux — par exemple, un effet comme « Le Départ du conscrit », qui était autrefois au Palais Ducal.

Mais j'ai dû m'échiner pour peindre cela. Le sol a réclamé un grand tube et demi de blanc — ce sol est pourtant très foncé — et, de plus, du rouge, du jaune, de l'ocre brun, du noir, de la terre de Sienne, du bistre, de quoi résulte un rouge brun qui va du bistre à l'amarante profond, même au blafard, au blond et au roussâtre. De plus, il y a des mousses et un mince ruban d'herbe fraîche, inondé de lumière, étincelant : c'était très difficile à rendre. Voilà enfin une ébauche à propos de laquelle je maintiendrai, quoi qu'on en dise, qu'elle a quelque valeur et qu'elle exprime quelque chose.

Je me suis dit tandis que je la peignais : je ne bougerai pas d'ici avant d'avoir réussi à y glisser un reflet de l'automne, quelque chose de *mystérieux*, un peu de sincérité. Cependant — comme cet effet n'est pas durable — j'ai dû aller vite en besogne ; j'ai rendu les figures d'un trait, par quelques coups de pinceau vigoureux. J'avais remarqué que les jeunes troncs étaient solidement enracinés dans le sol ; j'ai commencé par les peindre au pinceau, mais les touches se confondaient au fur et à mesure avec l'empâtement du sol, et je me suis mis alors à indiquer les racines et les troncs en pressant directement le tube et j'ai remodelé cela à l'aide du pinceau.

Oui — les voilà plantés dans le sol : ils en jaillissent, mais ils y sont enracinés avec puissance.

En un sens, je me félicite de ne pas avoir appris à peindre. J'aurais peut-être appris à passer devant un tel effet. Maintenant, je dis : non — voilà exactement ce qu'il me faut ; si ça ne va pas, eh bien, ça ne va pas, mais je veux essayer de le peindre, bien que j'ignore comment je dois m'y prendre. Je ne saurais te dire comment je m'y prends ; je viens m'installer avec une feuille vierge devant le coin qui retient mon attention, je regarde ce qui s'offre à mes yeux, et je me dis : cette feuille vierge doit se couvrir d'une image — je rentre mécontent, je la mets de côté et, quand je me suis reposé un peu, je vais la regarder, en proie à une sorte d'angoisse — je suis toujours mécontent, car le souvenir de ce superbe coin de nature occupe encore trop mon esprit pour que je puisse être content — mais cela ne m'empêche pas de découvrir dans mon œuvre un reflet de ce qui m'avait frappé, et je me rends compte que la nature m'a raconté quelque chose, qu'elle m'a parlé et que j'ai sténographié ses paroles. Encore que certains mots de ma sténographie soient indéchiffrables, qu'elle comporte des erreurs et des lacunes, il subsiste quelque chose de ce que la forêt, le littoral et les figures m'ont dit, non dans un langage châtié, conventionnel, mais inspiré par la nature elle-même, et non par un procédé savant ou par un système. Voici encore un gribouillage des dunes. Il y avait là-bas de petits buissons dont les feuilles, blanches d'un côté et vert foncé de l'autre, remuent continuellement et brillent. Au-delà, des taillis sombres.

Tu vois que je consacre toutes mes forces à la peinture et que je creuse le problème des couleurs — je m'en étais abstenu jusqu'à présent, et je ne le regrette pas. Si je ne m'étais pas appliqué au dessin, je ne serais pas captivé par une figure qui m'apparaît comme une terre cuite inachevée, et je ne m'en saisirais pas. En ce moment, j'ai l'impression de me trouver en haute mer — je dois consacrer à la peinture toutes les forces que nous pouvons mettre en œuvre. Si j'en viens à peindre sur des panneaux ou sur toile, les frais s'accroîtront ; tout coûte cher, les couleurs aussi coûtent cher et ma provision est vite épuisée — enfin, ce sont là des difficultés auxquelles tous les peintres se heurtent, nous devons donc peser nos moyens. Mais je sais avec certitude que j'ai le sens des couleurs et que celui-ci se développera de plus en plus, de même que j'ai la peinture dans la peau. Je suis très, très heureux de ton aide loyale et substantielle. Je pense souvent à toi, et je forme des vœux pour que mon œuvre devienne bonne, intéressante et virile, afin qu'elle te vaille le plus tôt possible un peu de satisfaction.

Je voudrais appeler ton attention sur un problème très important : ne verrais-tu pas le moyen d'acheter les couleurs, les panneaux, les pinceaux, etc. au prix de gros ? Je dois les payer ici au prix de détail. As-tu des relations avec Paillard ou avec un autre fabricant ? Dans l'affirmative, il me semble qu'il serait beaucoup plus avantageux pour nous d'acheter plutôt en gros, des couleurs, par exemple — du blanc, de l'ocre, de la terre de Sienne, etc. et de nous arranger pour le paiement. Il va de soi que cela nous reviendrait moins cher. Ce n'est pas parce qu'on emploie beaucoup de couleurs qu'on peint bien, mais il est parfois nécessaire de ne pas regarder à un tube, pour rendre l'intensité d'un terrain ou la blancheur d'un ciel.

Le motif ne réclame parfois qu'un frottis, mais il se peut, d'autre part, que la matière ou la nature des objets exige un empâtement. Dans l'atelier de Mauve, qui peint sobrement — en comparaison de J. Maris, et plus encore en comparaison de Millet — on voit traîner dans tous les coins des boîtes à cigares pleines de tubes quasi vides, aussi nombreux que les bouteilles vides à l'issue d'une soirée ou d'un dîner comme Zola, par exemple, en décrit. Je serais enchanté de recevoir un petit supplément à la somme habituelle, ce mois-ci. Tant pis, si c'est impossible ! Je travaillerai autant que je pourrai. Tu me demandes des nouvelles de ma santé — comment va la tienne ? Je suis porté à croire que mon remède te convenait, à toi aussi : le grand air, peindre ! Je me porte bien ; j'ai envie de travailler, même quand je suis fatigué. L'état de ma santé s'améliore, plutôt que de s'aggraver. D'ailleurs, je crois que je trouve mon profit à vivre très sobrement, mais la peinture reste mon meilleur médicament. Je forme des vœux pour que toi aussi, tu sois heureux et que tu trouves de plus en plus de bonheur. Poignée de main en pensée, et crois-moi

t. à t. *Vincent.*

Comme tu peux t'en rendre compte, l'effet de la marine est blond et délicat, alors que l'ambiance de la forêt est plus sombre et plus austère. J'en suis heureux, car on découvre l'un et l'autre dans la nature.

Cher Théo,

Je tiens à t'envoyer ce mot pour te féliciter à l'occasion du 10 septembre. Je ne me souviens pas si je t'ai déjà écrit que j'ai reçu une lettre de Wilhelmine, dans laquelle elle me décrit gentiment la nature de Nuenen. 229 N

Il faut croire que c'est vraiment un beau pays.

Je lui ai demandé des renseignements sur les tisserands, qui m'intéressent particulièrement. J'en ai vu autrefois dans le Pas-de-Calais, et ce spectacle m'a indiciblement charmé.

En attendant, je n'ai pas de tisserands à peindre, mais je me plais à croire que j'en aurai un jour l'occasion.

En ce moment, je déborde d'enthousiasme pour la forêt automnale.

Deux particularités de l'automne me séduisent à un point extraordinaire. Il y a parfois une douce mélancolie dans les feuilles qui tombent, dans la lumière atténuée, dans les formes indécises des choses, dans l'élégance des troncs minces.

Mais j'aime autant son aspect vigoureux, âpre, et ses effets de lumière violents, par exemple un bêcheur couvert de sueur sous le soleil de midi. Ci-joint quelques esquisses d'études faites cette semaine.

J'ai encore pensé à ces ouvriers de Montmartre que tu as décrits dans ta dernière lettre. Il me souvient que quelqu'un les a très bien dessinés. J'entends A. Lançon. J'ai regardé une nouvelle fois les gravures de lui que je possède — comme cet homme a du talent ! — parmi lesquelles je cite « Rendez-vous de chiffonniers », « Distribution de soupe », « Balayeurs de neige ». Je les trouve superbes. Il est si productif, on dirait qu'il fait tomber des dessins de sa manche.

A propos de gravures sur bois : cette semaine, j'ai acquis encore quelques belles pièces publiées dans *L'Illustration*, une série « Les Prisons de Paris », de Paul Renouard ; certaines sont admirables.

Lorsque je ne trouve pas le sommeil, la nuit — cela m'arrive souvent — je prends toujours plaisir à feuilleter mes gravures sur bois.

J. Mahoney, qui a illustré la « Household edition » de Dickens, est, lui aussi, un fameux dessinateur.

Je crois que je parviendrai, grâce à la peinture, à mieux sentir la lumière, et cela pourrait avoir pour résultat que mes dessins prendront une autre allure.

On se heurte à bien des difficultés avant de parvenir à exprimer quelque chose, mais ce sont précisément ces difficultés-là qui sont excitantes.

Voici encore une esquisse d'un coin de forêt, dont j'ai fait une grande étude *.

Je sens en moi une grande force créatrice et je sais qu'un jour viendra où je serai à même de produire régulièrement, tous les jours, de bonnes choses.

Je passe rarement une journée sans rien faire, mais ce que je produis n'est pas encore ce que je voudrais produire. Pourtant, il m'arrive d'avoir l'impression que je serai bientôt en mesure de créer des œuvres qui rapporteront de l'argent : je ne serais pas étonné que cela se produise un de ces quatre matins.

En tout cas, j'ai l'impression que la peinture réveillera encore, indirectement, quelque chose en moi.

Par exemple, voici une esquisse du marché aux pommes de terre, au Noordwal — le grouillement des ouvriers et des femmes avec les paniers qu'on décharge du chaland, offre un très beau spectacle. Ce sont ces motifs-là que je voudrais peindre ou dessiner intensément. La vie, le mouvement d'une scène pareille et les types de ce monde-là. Toutefois, je ne suis pas tellement surpris de n'en être pas capable du jour au lendemain, ni d'avoir souvent échoué quand je m'y suis frotté. En tout cas, en faisant de la peinture, je deviendrai certainement plus expert en couleurs et je serai mieux à même de transposer ces motifs-là. Enfin, c'est une question de patience et de travail ininterrompu. Si je t'envoie cette esquisse — j'en fais beaucoup de ce genre — c'est pour te dire que je m'intéresse vraiment à des motifs comme cette scène avec les ouvriers, à Montmartre. Mais cela demande des connaissances générales de la figure ; j'essaie de me les approprier en dessinant de grandes études de figures.

Je m'y acharne, et je crois fermement, comme je viens de te le dire, que je parviendrai à interpréter le grouillement d'ouvriers que je vois dans la rue ou à la campagne. Le marché aux pommes de terre offre un très beau spectacle : tous ces pauvres gens du Geest, du Ledig Erf et des cités du voisinage qui accourent. Et ces scènes

* Voir page suivante.

se renouvellent à chaque instant : tantôt arrive un chaland chargé de tourbe, tantôt un autre chargé de poisson, puis en voici un qui amène du charbon ou autre chose.

Je possède de nombreux croquis d'Irlande par des artistes anglais ; j'ai l'impression que le quartier dont je te parle doit ressembler à une ville irlandaise.

Je fais de mon mieux pour faire de rapides progrès, car je brûle d'envie de créer de belles choses. Mais les belles choses demandent de la peine, des déboires et de la ténacité. Voici un autre coin de forêt, le soir, après la pluie ; je ne saurais te dire la beauté de cet effet dans la nature, avec le vert bronzé et, par-ci, par-là, des feuilles tombées.

Je voudrais que tu puisses te promener un soir dans cette magnifique forêt automnale. Ce que j'en rapporterai cette année ne sera qu'une maigre récolte. Enfin, j'espère que j'en rapporterai quand même quelques pièces, et de plus en plus par la suite.

En attendant, je n'ai plus de couleurs. J'espère de tout cœur que tu n'es pas dans une mauvaise passe. En tout cas, je me plais à croire que tu pourras m'envoyer la somme habituelle vers le 10 septembre. Cette après-midi, je dois retourner au marché aux pommes de terre ; il n'est pas possible de peindre là-bas, à cause de la foule, qui me vaut souvent des ennuis. On devrait avoir le droit d'entrer dans toutes les maisons et de s'installer sans façon

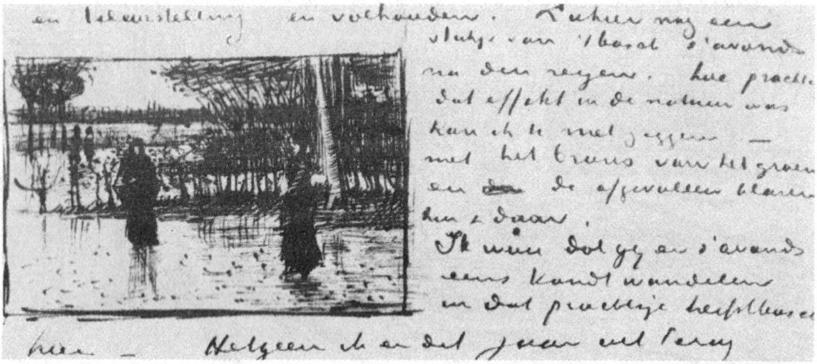

devant une fenêtre. Enfin, c'est samedi soir, il y aura certainement moyen de croquer l'une ou l'autre chose.

Je te présente mes meilleurs souhaits. Sache que je pense chaque jour à toi. Adieu, avec une poignée de main,

t. à t. *Vincent.*

(Vers le 15 septembre 1882)

Ami Rappard,

R 12 N Je me réjouis de pouvoir vous envoyer les gravures sur bois ci-jointes. Vous constaterez qu'elles sont un peu abîmées à la pliure ; cela ne leur est pas arrivé en cours de route, mais tient au fait qu'elles ont traîné longtemps dans un cabinet de lecture. Vous pourrez aisément les recoller, comme je le fais moi-même assez souvent. Voulez-vous me faire savoir si vous possédez, de Perry Mc. Quoid, une femme avec une lumière à la main, sur l'escalier d'une salle d'armes où l'on voit briller une armure ? Je crois que je vous ai procuré dans le temps cette gravure, en même temps qu'une autre : une jeune fille habillée de blanc qui s'appuie contre un arbre. Si vous ne les possédez pas encore, je les joindrai à mon prochain envoi. Mc. Quoid est actuellement un des plus distingués illustrateurs anglais. Je m'imagine que vous serez content des Renouard. Il se peut que je sois à même de vous en procurer plus tard encore quelques-unes, car le Juif m'a dit qu'il possédait encore chez lui un lot de vieux périodiques comme ceux où j'ai prélevé ces gravures-ci, de même que les miennes ; il ne les avait pas apportés parce qu'ils sont trop abîmés. Quand j'aurai du temps devant moi j'irai fouiller dans ce fatras — ce qui n'est pas une corvée très agréable.

La « Grève des charbonniers » est superbe, à mon avis ; je crois que cela vous plaira également.

Je me suis donné beaucoup de peine pour trouver des dessins et des gravures sur les mineurs. Cette « Grève » et une gravure anglaise représentant un accident sont les plus belles. On a peu traité ce sujet, semble-t-il. Je voudrais pouvoir faire tôt ou tard des études de ce genre-là. Ayez l'obligeance de m'écrire en toute sincérité, Rappard, si cela vous dirait quelque chose de m'accompagner, en supposant que j'y aille encore une fois, pour y passer deux mois par exemple, au pays minier du Borinage ?

C'est une contrée assez turbulente. Une telle expédition n'a rien d'un voyage d'agrément ; c'est cependant ce que je ferais le plus volontiers aussitôt que je me sentirai un peu plus habile à croquer, rapide comme la foudre, des personnages en mouvement, car je sais qu'il y aurait moyen de faire là-bas beaucoup de belles choses qui n'ont guère été peintes par d'autres jusqu'à présent. Il ne serait pas de trop de s'y rendre à deux, parce qu'on doit lutter contre toutes sortes de difficultés dans une contrée pareille.

En ce moment, ma situation ne me le permettrait pas, mais cette idée est profondément ancrée dans mon esprit. Tous ces temps-ci, je travaille souvent sur la grève, soit à dessiner, soit à peindre. La mer m'attire chaque jour davantage.

Je ne sais pas quelle leçon vous avez retirée du commerce de nos artistes. Plus d'une fois déjà, je me suis rendu compte que plusieurs déblatéraient haineusement contre ce qu'ils appellent « l'illustration », d'une façon qui prouvait nettement qu'ils n'étaient pas du tout au courant de la question et qu'ils ignoraient ce qui se passe réellement dans ce domaine.

Et encore, il était impossible de les convaincre, ou plus exactement, ils préféraient ne pas se donner la peine de regarder eux-mêmes quoi que ce soit. Même quand ils regardaient quelque chose, ils avaient tôt fait de l'oublier complètement. Je sais par expérience que vous en pensez autrement.

Récemment, j'ai trouvé quelques œuvres de Lançon, une « Distribution de soupe », un « Rendez-vous de chiffonniers », des « Balayeurs de neige ». Je me suis relevé la nuit pour les regarder, si forte était l'impression qu'elles avaient produite sur moi.

C'est surtout quand je m'esquinte à produire quelque chose en m'inspirant du spectacle de la rue, dans la salle d'attente de 3e classe, sur la grève ou dans un hôpital, que mon respect pour ces grands dessinateurs du peuple augmente, notamment pour Renouard et Lançon, Doré et Morin, Gavarni et Du Maurier, Ch. Keene et Howard Pyle, Hopkins, Herkomer et Frank Hol, et beaucoup d'autres encore.

Il en va peut-être de même pour vous en quelque façon. Enfin, quoi qu'il en soit, que vous travailliez à plusieurs sujets qui me touchent personnellement m'intéresse toujours au plus haut point. Il m'arrive de regretter que nous habitions aussi loin l'un de l'autre et que nous ne puissions nous voir que relativement peu.

Le temps d'écrire me manque en ce moment. Je vous serre la main en pensée. Croyez-moi

t. à t. *Vincent.*

Ci-joint un croquis fait en toute hâte d'après une aquarelle à laquelle je travaille.

Cher Théo,

Je viens de recevoir ta lettre et les 50 francs qu'elle contenait, ce dont je te remercie cordialement. 230 N

Ci-inclus encore quelques petites aquarelles.

Tu te souviens certainement de m'avoir dit, lors de ta visite, que je devrais t'envoyer un petit dessin du genre vendable. Toutefois, tu ne peux me reprocher de ne pas savoir exactement quand on peut ou non classer un dessin dans cette catégorie. Je pense que j'étais autrefois capable d'en décider, mais à présent je m'aperçois tous les jours que je me fourre le doigt dans l'œil.

Enfin, j'espère que le petit dessin du banc, même s'il n'est pas encore vendable, te prouvera que je ne crains pas de m'attaquer à des motifs plus gentils, plus débonnaires, qui trouveront peut-être plus facilement des amateurs que des dessins au sentiment plus sombre.

Je joins, à titre de pendant, un autre dessin : encore un coin de la forêt.

J'ai croqué ce banc d'après une aquarelle de plus grand format que j'ai sur le chevalet, et dont les tons sont plus profonds, mais je n'oserais affirmer que je parviendrai à la réaliser ou à la terminer ; j'ai fait l'autre croquis d'après une étude peinte.

J'aimerais que tu me dises si ce petit dessin est, à ton avis, plus ou moins conforme à la conception dont nous avons discuté. Je te l'envoie, parce que je ne voudrais pas que tu ailles croire que je perds de vue ce que nous avons discuté, mais j'espère t'envoyer plus tard quelque chose de meilleur.

Tu sais que je t'ai dit dans ma dernière lettre que j'allais voir un chaland chargé de pommes de terre.

Je suis revenu avec de nombreux croquis ; c'était un spectacle extraordinairement pittoresque — mais voici un bon exemple de la politesse du public de La Haye envers les peintres : un quidam a craché par derrière, probablement par une fenêtre de l'étage, sa chique sur mon papier — on a parfois des ennuis. Enfin, il ne faut pas s'en faire ; ces gens ne sont pas méchants, mais ils n'y comprennent rien et ils pensent sans doute qu'un homme qui dessine à coups de traits et de lignes ne peut être qu'un fou.

Ces derniers temps, j'ai été très occupé à dessiner des chevaux dans la rue ; j'aimerais pouvoir disposer d'un cheval comme modèle. Ainsi, hier, j'entendis dire derrière moi : « En voilà un peintre ! Il dessine le derrière du cheval, au lieu de faire son portrait. » Je trouvai cette boutade fort amusante.

J'aime beaucoup faire des croquis dans la rue. Comme je le disais dans ma lettre précédente, j'entends absolument me perfectionner dans ce genre.

Connais-tu un magazine américain qui s'appelle *Harper's Monthly Magazine* ? Il publie des croquis fameux. Je le connais très superficiellement ; je n'en ai vu qu'une demi-année et n'en possède que trois numéros, mais il y a des dessins qui m'émerveillent, entre autres une verrerie, une fonderie, et toutes sortes de scènes de travail dans les fabriques.

De plus, des croquis d'une ville de quakers du vieux temps, de Howard Pyle.

J'ai beaucoup de plaisir à regarder ces choses, parce que j'ai de nouveau bon espoir de faire moi-même des dessins qui auront de l'âme.

On peut qualifier de catastrophe ce que tu m'écris à propos de l'argent que tu as prêté et qu'on ne t'a pas remboursé. J'ai encore des couleurs à payer et je dois en acheter, c'est-à-dire que je serai certainement à court vers le 20 septembre. Mais je ferai autrement et tâcherai de me débrouiller.

Cependant, sache qu'un petit extra m'aiderait à faire un pas extra en avant, dans de meilleures conditions que si je devais m'en passer. J'ai besoin de beaucoup de choses, et tout coûte cher. Quoi qu'il en soit, je te suis très, très reconnaissant, et je m'estime plus heureux que tant d'autres parce que je peux compter sur ton aide financière ; je t'assure que je fais de mon mieux pour progresser.

Je retournerai aujourd'hui au marché hebdomadaire du lundi, vers l'heure où l'on commence à démonter les éventaires, pour voir s'il y a moyen de faire quelques croquis.

Adieu, je te souhaite tout le bien possible, écris-moi vite, et sache qu'une description comme celle de Montmartre me fait toujours grand plaisir.

Je suis tellement barbouillé de couleurs qu'il y en a même sur cette lettre ; je travaille à la grande aquarelle représentant le banc.

Je serais bien aise si elle était réussie, mais la difficulté consiste à faire concorder la profondeur du ton avec le dessin, et il est très ardu de sauvegarder la netteté.

Encore une fois, adieu, poignée de main en pensée, et crois-moi

t. à t., *Vincent.*

Je te remercie beaucoup de m'avoir envoyé de l'argent, alors que tu étais dans une mauvaise passe. J'en ai doublement besoin, parce que l'automne sera vite passé et que c'est la plus belle saison pour travailler.

Cher Théo,

Les semaines passent vite. Nous voici de nouveau dimanche. 231 N

Je suis retourné ces jours-ci à Scheveningue, et suis très bien tombé, un soir, pour voir accoster un de ces grands bateaux de pêche qu'on appelle des pinks. Il y a, près du monument, une petite maison de planches où un guetteur se tient en permanence. Dès que le bateau se fut suffisamment approché de la côte pour être visible, le type est sorti, tenant à la main un grand drapeau bleu, et suivi d'une troupe de marmots qui ne lui arrivaient pas aux genoux. Il était évident que c'était pour eux une fête que d'accompagner l'homme au drapeau ; ils devaient se figurer que leur présence aidait le guetteur à faire accoster la barque. Quelques minutes après que l'homme eut agité son drapeau, un autre type est survenu, monté sur un vieux cheval, dont le rôle consistait à aller chercher l'ancre.

Alors des hommes et des femmes, même des mères avec leurs gosses, sont venus grossir la marmaille pour accueillir l'équipage.

Quand le pink se fut suffisamment approché de la côte, le cavalier est entré dans la mer, et est revenu portant l'ancre.

Les hommes d'équipage furent ensuite amenés à terre sur le dos de gaillards chaussés de hautes bottes de mer. A chaque nouvel arrivant, l'accueil de bienvenue soulevait des clameurs.

Quand tout l'équipage eut débarqué, la foule se porta vers les maisons, drue comme un troupeau de moutons ou comme une caravane, le cavalier toujours monté sur son chameau, je veux dire : sur son cheval, dépassant les autres du buste, et l'air d'un grand spectre. J'ai naturellement essayé de croquer avec toute l'attention désirable les divers aspects de la scène.

J'en ai peint aussi quelques épisodes, et notamment le petit groupe que tu trouveras griffonné ci-contre.

J'ai peint aussi une étude, une marine, rien qu'un petit bout de plage, la mer, le ciel ; grisaille et solitude. J'ai parfois grand besoin de silence, rien que la mer grise que survole un seul oiseau de mer ; pas d'autre voix, pas d'autre bruit que la rumeur des vagues, pour me reposer du tapage du Geest ou des clameurs du marché aux pommes de terre.

A part cela, j'ai surtout travaillé cette semaine à des esquisses et à des aquarelles. La grande du banc, je l'ai poussée un peu plus. J'y ai ajouté une pochade représentant des femmes dans le jardin de l'hôpital et un coin de l'asile du Geest.

L'esquisse ci-jointe te fera comprendre ce que je cherche : des groupes de gens du peuple en train de faire une chose ou l'autre.

Mais qu'il est donc difficile de donner de la vie, du mouvement à tout cela, de mettre les personnages à leur place, chacun à sa place respective. C'est là le grand problème : moutonner, c'est-à-dire grouper des personnages qui, bien que formant un tout, regardent l'un par-dessus l'autre, dépassant la foule de la tête ou des épaules ; tandis qu'à l'avant-plan les jambes des premiers personnages se silhouettent puissamment avec, un peu plus loin, les jupes, les jambes des pantalons offrant une autre masse confuse, où pourtant le dessin apparaît encore.

Puis, à droite, à gauche, selon le point de vue, le développement ou le tassement des côtés. En matière de composition toutes les scènes possibles avec personnages, qu'il s'agisse d'un marché, de l'arrivée d'un bateau, d'un groupe de gens à la soupe populaire ; dans une salle d'attente, à l'hôpital, au Mont-de-Piété, les groupes bavardant, ou déambulant par les rues, sont basés sur le même principe que les troupeaux de moutons, d'où vient certainement le mot « moutonner ». Et tout cela ramène aux mêmes problèmes d'éclairage, de brun, de perspective.

L'aspect des châtaigniers, que tu décris dans ta dernière lettre, existe ici aussi, comme tu as dû le voir dans le dessin du petit banc, sauf qu'ici on n'a guère vu de petites feuilles vertes nouvelles, bien que j'aie pu en voir, moi aussi, il y a quelque temps ; mais la plupart ont été détruites depuis par le mauvais temps.

Ici, nous allons assister bientôt partout à la chute des feuilles. J'espère en profiter pour faire beaucoup d'études dans le bois. Et pas moins d'études de la plage ; car, bien qu'il n'y ait point là de feuillages roussis par l'automne, la lumière particulière aux soirs d'automne y fait son œuvre, et là comme partout en cette saison, c'est doublement joli.

Je ne perds pas de vue la couleur, et l'une ou l'autre chose ; mais tu sais tout cela, et que je puis varier mon travail de cent façons, et qu'il y a, qu'il reste éternellement beaucoup à dessiner. Car le petit groupe du griffonnage ci-joint peut varier à l'infini, et exige d'innombrables études de détail, et de croquis de personnages isolés, qu'il faut saisir à la volée dans la rue. Le groupe prend ainsi, petit à petit, du caractère, une signification. Par exemple, j'ai fait tout récemment un dessin de messieurs et de dames sur la plage ; une lente promenade de flâneurs. Je serais content de pouvoir arriver, un jour ou l'autre, après avoir encore pas mal travaillé, à fournir des dessins qui puissent servir à l'illustration.

Peut-être ceci sortira-t-il tout naturellement de ce qui précède. Continuer à travailler, voilà toute la question.

J'espère de tout cœur que tu te portes bien, et je me recommande à toi pour toutes nouvelles concernant ta personne et les choses qui te touchent de près, dans le milieu où tu te trouves.

Adieu. Une cordiale poignée de main.

t. à t., *Vincent.*

J'ai grand souci de te savoir peut-être dans l'embarras, en raison de ce que tu m'écris. J'espère tellement que cela s'arrangera. Tu verras par mon petit croquis que j'ai commencé à m'occuper de ce dont je t'ai parlé dans ma lettre précédente, c'est-à-dire d'essayer de noter à chaque occasion des scènes d'ouvriers ou de pêcheurs, que j'étudie, en dessinant ou en peignant ; ce sont justement ces choses-là qui, si je m'y exerce, pourront, je crois, servir à l'illustration. Il va sans dire, toutefois, que pour arriver à ce résultat, le dessin des personnages devra d'abord être poussé plus loin.

J'ai un lot d'au moins dix épisodes de cette arrivée du pink ; ils s'ajoutent à ce que je t'ai envoyé dans ma précédente lettre de la scène de la levée de l'ancre.

Cher Théo,

Pendant que tu étais ici, nous avons parlé du dessin que je devais t'envoyer à l'occasion, et dont je t'ai déjà fait parvenir le petit banc. Afin de te montrer que j'ai toujours fermement le projet de continuer à travailler dans le même sens, je t'adresse ci-contre quelques esquisses. 232 N

D'après celle des groupes d'orphelins avec leurs bergers ecclésiastiques, j'ai en train une aquarelle, mais qui, je crois, ne sera pas encore assez réussie pour être vendable.

Toutefois, pour te montrer que c'est une chose qui ne va pas toute seule d'y faire entrer de petits personnages ayant du caractère, malgré le goût très vif que j'ai de vaincre les difficultés, je t'envoie aussi quelques croquetons, des études pour des bonshommes, que j'ai faites ces jours-ci, et qui sont naturellement plus poussées que les croquis.

A supposer que je sois resté en bons termes avec Mauve, je pense que, si j'avais une aquarelle comme le petit banc, ou bien, comme aujourd'hui, celle des orphelins, j'aurais obtenu de lui qu'il me donne quelques conseils qui auraient abouti à ce que le tableau soit devenu vendable, et doté, une fois terminé, d'un tout autre aspect. Mes aquarelles ou mes peintures se trouvent maintes fois dans un tel état qu'un autre peintre y apportant encore quelques retouches, les modifierait parfois complètement. Cela me manque en ce moment. Mais si je ne désapprouve pas positivement qu'un peintre habile donne des conseils, ou même mette un peu la main à la pâte (surtout parce que c'est une chose nécessaire pour les jeunes, qu'ils ont besoin de cela pour persévérer), je pense toutefois que ce n'est pas fatalement un malheur d'être forcé de chercher seul. Ce qu'on apprend tout seul s'apprend peut-être moins vite, mais cela se grave plus solidement.

Je suis allé revoir les dessins de la salle gothique. Les Rochussen, je les ai trouvés magnifiques. Cela se passe du temps de Napoléon.

Dans une salle d'une vieille maison de village, des officiers français semblent demander au bourgmestre et au conseil communal des papiers, ou des renseignements. La scène est si vivante, si vraie ! Ce vieux bourgmestre, ces généraux ; tout cela est si précis, c'est un peu comme ce qu'Erckmann-Chatrian décrit dans *Madame Thérèse.* J'ai trouvé à voir cela un plaisir extrême.

Il y avait aussi de très belles choses d'Allebé, des dessins tirés de Artis, et un paysage avec des sapins, sur des rochers en bordure de mer entre lesquels on aperçoit, dans un bas-fond, une maison de pêcheur. Il y avait encore de belles vues de villes et de plages, avec de petits personnages, par Hœterinks. Mais, si beaux que m'aient semblé ses dessins actuels, je trouve regrettable qu'il n'en soit pas resté à sa première manière, quand il faisait des gens du peuple (par ex. dans un tableau qui représente le Mont-de-Piété).

Il en est du dessin un peu comme de l'art d'écrire. Enfant, quand on apprend à écrire, on a d'abord le sentiment que c'est une chose impossible ; on croit qu'on n'y arrivera jamais ; il semble miraculeux de voir le maître d'école écrire aussi vite. Cela n'empêche pas qu'avec le temps on finisse par apprendre. Eh bien, je crois sincèrement que c'est ainsi qu'il faut apprendre à dessiner, que cela va aussi facilement qu'écrire quelque chose, et qu'on doit avoir les proportions dans la tête, apprendre à voir, de telle sorte qu'on puisse reproduire à volonté ce que l'on a vu, à plus grande ou à plus petite échelle.

Nous avons en ce moment du très vilain temps : pluie, vent, orages, mais avec des effets magnifiques. A ce point de vue, je trouve cela beau, mais c'est rude à supporter. Les heures où il est possible d'aller s'asseoir dehors raccourcissent déjà joliment, et il convient d'en profiter avant que l'hiver vienne.

En vue de l'hiver, je vide l'atelier. J'enlève notamment les études des murs ; je mets hors de mon chemin tout ce qui gêne, de façon à me faire de la place pour travailler avec des modèles.

Je sens que j'ai besoin d'une quantité d'études de figures, des gens d'ici et aussi des types de Scheveningue. A l'occasion, je voudrais même pouvoir retrouver certaines études qui sont encore chez toi, si une occasion se présentait et que tu puisses les envoyer, du moins ce que tu ne désires pas garder par-devers toi. S'il y a parmi ces études quelque chose que tu veuilles conserver, ou s'il y a dans ce que j'ai ici quelque chose que tu voudrais avoir, tu n'as qu'à me le dire ; j'estime que tout t'appartient. Si je souhaite retrouver ces études, c'est parce que ce qu'on fait directement d'après le modèle est souvent nécessaire, par ex. pour les aquarelles. Mais rien ne presse ; seulement, ne les jette pas sous prétexte qu'elles ne sont pas belles. Car tout vient à point. Je ne crois pas me tromper si je pense que le fait d'être et de demeurer productif dépend des études que l'on fait, et que l'on continue à faire.

Plus il y a de différence entre elles, plus on peine à les exécuter, plus le travail sera facile ensuite, quand on abordera tableaux ou dessins proprement dits. Enfin je considère les études comme la semence ; et plus on sème, plus on peut espérer récolter.

J'ai lu ces jours-ci *Les Deux frères* d'Erckmann-Chatrian, qui est un bien beau livre. C'était tout de même une époque agréable que celle où il y avait en Alsace tant d'artistes, des hommes comme Brion, comme Marchal, comme Jundt, Vautier, Knaus, Schuler, Saal, v. Muyden, et tant d'autres encore, sans doute ; probes, solides, et une légion d'écrivains qui travaillaient dans le même esprit que les peintres, des Chatrian, des Auerbach. Je vois cela plus volontiers que Tapiro, que Capibianchi, que la masse des autres Italiens, qui semblent encore se multiplier.

Adieu. Crois-moi, avec une poignée de main,

t. à t., *Vincent.*

Cher Théo,

233 N Au moment même où je t'écris, il ne me reste plus grand'chose de mon dernier florin.

J'espère recevoir un de ces jours de tes nouvelles, mais, eu égard à ce que tu m'as écrit dernièrement, il se pourrait que tu ne puisses te passer le 20 courant de la somme habituelle. Le cas échéant, je te saurais gré de m'envoyer quand même ce dont tu disposes — peu ou prou —, ne fût-ce qu'une minime partie de la somme habituelle. Vendredi après-midi, j'attends un modèle, un vieillard de l'hospice, et je n'aimerais pas devoir le renvoyer sans le payer.

J'ai eu des frais extraordinaires par-dessus le marché, du fait que ma boîte a été abîmée : j'ai dû sauter d'un remblai et ramasser en toute hâte mon saint-frusquin, pour me garer d'un cheval ombrageux sur un terrain de la gare du Rhin où l'on charge du charbon.

C'est un endroit pittoresque ; il m'a fallu demander l'autorisation d'y peindre, parce que ce terrain n'est pas accessible au public. J'espère aller y travailler souvent.

Pour commencer, j'ai profité de l'occasion pour peindre les tas de charbon, auprès desquels les ouvriers s'affairent et où il y avait une charrette attelée d'un cheval.

De plus, j'ai composé une étude d'une cité avec un petit pré et des tournesols.

La campagne est belle — les feuilles ont une infinité de teints bronzés ; elles sont vertes, jaunes ou rougeâtres, c'est-à-dire qu'elles ont des nuances chaudes, magnifiques.

Je serais enchanté si tu pouvais jeter un coup d'œil sur l'ensemble. Depuis ta visite, mon atelier a changé d'aspect. Il est vrai que j'ai eu d'assez grosses dépenses, mais il y a maintenant de nombreuses études peintes accrochées aux murs.

La cité et ce chaos de charbon étaient si pittoresques que je n'ai pu m'empêcher de les peindre, bien que je me fusse proposé de dessiner cette semaine, faute de couleurs. J'aimerais rapporter à l'atelier — je me donne beaucoup de peine dans ce but — des études qui me rappellent l'un ou l'autre coin, chaque fois que je les regarde, le matin. Afin que je sache du coup ce que j'aurai à faire dans la journée — afin que j'aie tout de suite envie d'entreprendre quelque chose ou que je me dise : il faut que je retourne là ou là.

Quant à t'envoyer une étude peinte, je veux bien, mais nous devons d'abord nous mettre d'accord.

Un homme comme Mauve — qui est foncièrement artiste — emploie une gamme de couleurs qui lui est personnelle, mais personne ne saurait constituer la sienne dès le premier jour, et elle ne se manifeste pas du premier coup dans les études peintes à l'extérieur, même chez des peintres plus expérimentés que moi.

Prenons les études de Mauve que je trouve très belles, précisément à cause de leur sobriété, et aussi parce qu'elles ont été peintes avec minutie. Néanmoins, il leur manque un certain charme, alors que les toiles qui en procèdent en ont beaucoup. Pour ce qui est de moi, par exemple, la marine que j'ai peinte dernièrement a déjà un coloris tout différent de celui des deux premières auxquelles je m'étais attaqué. Autant dire que tu devras t'abstenir de porter un jugement sur mon coloris en te basant sur les pièces que je t'enverrai.

Si je préfère attendre que mon œuvre soit un peu plus mûre, c'est parce que je crois que mon coloris subira encore des changements. De même ma composition.

Et voilà d'un. Quant au deux : les études faites à l'intérieur et les toiles destinées à être mises en circulation sont bien différentes.

Ces toiles procèdent des études, mais il se peut et il faut même qu'elles s'en distinguent beaucoup, à mon sens.

Car le peintre se fait l'interprète d'une conception personnelle dans une toile, tandis qu'il se propose simplement d'analyser un coin de nature dans une étude. Soit pour préciser son idée ou sa conception, soit pour se former une idée. Par conséquent, la place des études est dans l'atelier, plutôt que dans le commerce, et il faut les juger d'un autre point de vue que les peintures. Je pense que tu envisages le problème de la même façon et que tu feras tiennes mes remarques.

Écris-moi ce que je dois faire, et sache que je ferai ce que tu trouves le mieux : t'envoyer ou ne pas t'envoyer quelque chose.

En tout cas, je préférerais de loin que tu voies l'ensemble. Penses-tu venir cet hiver ?

Dans l'affirmative, m'est avis qu'il vaudrait mieux que je ne t'envoie rien. Enfin.

Mais dis-toi bien que je suis tout disposé à tenir compte de tes remarques sur mon œuvre, et que je ne les perdrai pas de vue, afin de la rendre vendable. Ne va pas croire que je ne me soucie pas de ton opinion.

Je considère que peindre des études équivaut à emblaver, et peindre des toiles à récolter.

Je crois qu'on tient des raisonnements plus sains quand les idées naissent du contact direct avec les choses, que lorsqu'on se met à considérer les choses en vue d'y découvrir ceci ou cela.

Il en est de même du problème du coloris. Certaines couleurs vont bien ensemble, mais je fais de mon mieux pour peindre les choses telles que je les vois, avant d'essayer de rendre ce que je sens. Pourtant, la sensibilité est essentielle, sans elle on ne saurait faire rien de valable.

Il m'arrive de soupirer après l'époque de la moisson, j'entends après l'heure où je me serai pénétré de la nature et créerai moi-même quelque chose dans ma peinture. Cependant, cela ne veut pas dire qu'analyser les choses est une corvée pour moi, ou que je n'aime pas le faire. Il est déjà tard, je trouve difficilement le sommeil pour le moment ; c'est que la magnificence de la nature et le souci de la mettre à profit hantent mon cerveau.

Je voudrais pouvoir trouver le sommeil quand arrive l'heure du repos ; je fais de mon mieux pour y arriver, car l'insomnie m'énerve, mais rien n'y fait. Comment vas-tu ? Je me plais à croire que tu n'as pas trop de tracas, car les tracas sont de fortes entraves. Je crois que peindre me vaudrait moins de joies et que je me trouverais vite dans de vilains draps si je n'étais pas si souvent au grand air. Travailler en plein air, m'appliquer au travail qui anime, renouvelle et entretient mon énergie. Je me sens mal à l'aise, une fois surmené, mais je crois que je me remettrai.

Adieu, poignée de main en pensée, et écris-moi ce que je dois faire, t'envoyer ou ne pas t'envoyer une étude peinte. Sache que je pense chaque jour à toi, et crois-moi

t. à t. *Vincent.*

Lundi matin

Cher Théo,

J'ai bien reçu ta dernière lettre et son contenu, et je t'en remercie 234 N
de tout cœur. J'étais, et même je suis encore un peu dans l'embarras, je veux dire quant à la peinture. C'est que j'ai eu pas mal de frais. Cela vient aussi, pour une grande part, de ce que mainte étude commencée n'a pas réussi, et qu'il a fallu tout recommencer sans rien avoir en échange pour la peine qu'on s'est donnée, sauf de se dire que c'est là le chemin qui mène plus loin, et qu'il faut persévérer malgré tout.

Il n'y avait dans ta dernière lettre aucune réponse à ce que je te disais concernant l'envoi (ou le non-envoi) d'études peintes. Cela t'a peut-être échappé. J'ai pensé qu'après tout cela n'avait pas grande importance. Je t'ai donc expédié, aujourd'hui, par la poste, une étude que j'ai faite. Mais, comme te le disait ma lettre précédente, j'aimerais mieux naturellement que tu puisses les voir toutes ensemble. Il va sans dire que tu ne dois pas juger de l'avenir d'après celle-ci, car je ne suis pas encore assez avancé dans le maniement du pinceau pour ne pas être amené à beaucoup modifier encore.

J'aurais même préféré t'en envoyer une autre, mais celles auxquelles j'aurais donné la préférence ne sont pas assez sèches pour que je puisse les rouler.

Tout comme moi, tu auras vraisemblablement des remarques à faire en ce qui concerne mes arrière-plans. Je n'ai que cette explication à donner : c'est que l'étude a été faite uniquement pour étudier l'avant-plan, notamment les racines d'arbres. Cela m'a déjà donné beaucoup de mal, et, comme d'habitude, je n'étais pas bien à l'aise, à cause des passants. Quand l'étude s'est trouvée au point où tu la vois, je n'ai plus pu supporter leur présence.

Tu ne peux imaginer combien c'est fatigant d'avoir toujours des gens qui viennent se planter contre soi.

J'en suis parfois si énervé que je dois interrompre. Hier matin encore, bien qu'il fût très tôt et que j'avais espéré être bien tranquille, j'ai raté une étude des châtaigniers du Bezuidenhout (qui sont si beaux en ce moment) pour la même raison. Les gens sont parfois si grossiers, si vulgaires ! Enfin il n'y a pas que l'ennui que cela vous cause ; on pense aussi à la dépense, aux frais de couleur, etc... qui se trouvent ainsi gaspillés.

Naturellement, ces choses-là ne devraient plus me gêner, et je finirai bien par les supporter, comme d'autres ; mais j'ai l'impression que j'arriverais plus vite au but s'il y avait moins de ces petites misères.

Pour ce qui est de cette étude, s'il se pouvait qu'en la voyant, et en te disant qu'outre celle-là j'en ai pas mal d'autres, tu ne regrettes pas de m'avoir fourni le moyen de la peindre, je serais bien content, j'aurais bon courage pour continuer. Si elle te déçoit, dis-toi que je ne suis pas encore très avancé. Et si elle te plaît, tant mieux. J'aimerais volontiers pouvoir t'envoyer enfin quelque chose qui te fasse plaisir.

Il faut aussi que je te dise que j'ai eu, tout à fait à l'improviste, une très agréable visite de Pa, qui est venu chez moi et à l'atelier, ce que je trouve infiniment préférable à ce qu'il soit informé de ce que je deviens par les rapports d'autres personnes.

Si les gens viennent me voir chez moi, l'impression qu'ils ont est du moins une opinion personnelle ; je n'aime pas les opinions qui reposent sur des racontars. J'ai donc eu vraiment grand plaisir à voir Pa, à parler avec lui. J'ai encore une fois entendu parler longuement de Nuenen, dont le cimetière planté de vieilles croix ne cesse d'occuper ma pensée. J'espère tellement qu'un jour viendra où je pourrai en faire une toile.

J'ai aussi entendu parler beaucoup de ta visite, et de la gravure d'après Israëls qu'ils ont reçue de toi, ce qui les a vivement touchés.

J'aurais volontiers ajouté une marine à mon envoi mais la dernière n'est pas sèche. J'aurais pu t'envoyer la première que j'ai faite, mais, depuis celle-là, j'ai mieux attrapé la couleur de la mer. J'attends donc que la plus récente soit sèche. Il est vrai que, ces derniers temps, j'ai peint beaucoup plus que le plan original dont nous avons parlé n'avait prévu. Mais peut-être est-il nécessaire de poursuivre à cette cadence, si c'est possible.

J'ai reçu ces jours-ci une lettre de Rappard. J'aimerais bien qu'il soit un peu moins loin de moi.

Sache que j'aimerais beaucoup entendre tes observations, bien franches, telles que tu les penses. J'éprouve souvent le désir, et même le besoin, de demander conseil sur diverses questions, mais je n'y cède plus depuis ce qui est arrivé avec Mauve, et je ne parle pas de mon travail avec des peintres. Même venant de quelqu'un de très habile, que ferais-je de ces conseils si celui que j'interroge raisonne pour moi autrement qu'il raisonnerait pour lui-même ? J'aurais préféré que Mauve parlât de l'emploi des rehauts de couleur, plutôt que de me dire : « Avant tout, évitez les rehauts ! » alors que lui-même, et presque tous les autres s'en servent constamment et avec les meilleurs résultats. Enfin, dans bien des cas, on arrive à trouver peu à peu les choses par soi-même, en cherchant ; et je fais ce que je peux pour cela. Oui, si je pouvais faire exactement ce que je veux, j'empoignerais la peinture à bras-le-corps, j'opérerais dans de plus grandes dimensions, et surtout avec beaucoup plus de modèles. Je dessine beaucoup de personnages entre deux travaux.

Le bonhomme qui figure dans mon étude se trouve là, seul, exclusivement pour fixer sa hauteur, c'est-à-dire pour le cas où, si j'utilisais plus tard cette étude, je puisse avoir l'exacte proportion de personnages qui se trouveraient à proximité.

Un vrai personnage est naturellement quelque chose de tout différent, et il y a autre chose que ce que montre le dessin. Le mien se trouve là aussi pour donner de l'accent à l'étude.

Note bien, mon vieux, que si je t'envoie ceci, c'est parce que, puisque tu ne m'en écris pas, je ne savais quoi faire. Je vise naturellement à tout autre chose que ceci, et je te l'envoie dans le même esprit que je t'envoie parfois un petit griffonnage, pour te donner une idée de la chose à laquelle je suis occupé.

Au revoir, reçois en pensée une cordiale poignée de main. J'espère que tu vas aussi bien que possible, et que tes maux de tête ne sont pas durables, qu'ils ne reviennent pas constamment. J'en ai moi-même quelquefois, comme une impression de lassitude générale, plus désagréable que vraiment douloureuse.

Avec Pa nous nous sommes encore promenés sur le Rijswijkschenweg. Il y fait bien beau, là aussi. Encore des amitiés, et crois-moi

t. à t. *Vincent.*

Si ceci t'arrive en bon état, il sera facile de t'envoyer une autre fois quelque chose par le même moyen. Je ne sais si on peut expédier des dessins ou des peintures comme imprimés par la voie postale.

Un mot encore : j'espère que tu comprends que je serais capable de pousser plus loin une étude, par exemple de fignoler telles petites branches d'arbres, etc. si je retournais peindre sur place, mais je trouve qu'il est préférable de ne pas s'acharner sur des études, si on veut qu'il en reste quelque chose. Laissées ainsi, telles qu'elles viennent du bois, dirais-je, il convient de les accrocher dans l'atelier ; peut-être sont-elles moins agréables ainsi à certains yeux, mais, pour le peintre lui-même, elles gardent plus exactement l'impression qu'il a éprouvée.

(sept.-oct. 1882)

Ami Rappard,

R 13 N Je viens de recevoir votre lettre ; elle a été la bienvenue. Comme je suis désireux de bavarder un peu avec vous, j'y réponds tout de suite.

Vous m'écrivez que vous possédez beaucoup de gravures allemandes. J'ai écrit par hasard sur Vautier et sur d'autres Allemands à peu près la même chose que vous, dans une lettre à mon frère, à propos d'études (figures) que j'avais dessinées. Je lui disais que j'avais visité une exposition d'aquarelles où les Italiens étaient fort bien représentés. Du bon, du très bon travail, mais qui me laissait pourtant une sensation de vide. Je disais à mon frère : mon vieux, que c'était tout de même une époque agréable pour l'art, lorsque le club d'artistes d'Alsace débutait : Vautier, Knaus, Jundt, George Saal, Van Muyden, Brion, et surtout Anker et Th. Schuler, dont la plupart des dessins étaient expliqués et étayés en quelque sorte par d'autres artistes, notamment des écrivains comme Erckmann-Chatrian et Auerbach ! Oui, pour sûr, les Italiens sont forts, mais où est leur sentiment, leur sentiment humain ? Je préfère voir une pochade grise de Lançon — un groupe de chiffonniers qui mangent la soupe tandis qu'il neige et pleut dehors — que ces rutilantes plumes de paon des Italiens, qui semblent par ailleurs se multiplier de jour en jour, alors que les artistes plus sobres ne demeurent pas moins rares qu'ils ne l'ont toujours été.

Je vous parle sérieusement, Rappard. J'aimerais autant être garçon de courses dans un hôtel, par exemple, que d'être une espèce de fabricant d'aquarelles, comme certains de ces Italiens.

Je ne dis pas qu'ils le sont tous ; ce que je viens d'écrire vous permet de sentir ce que je pense de l'esprit et de la tendance de cette école. Cela n'empêche que j'en connais un grand nombre dont j'apprécie le travail, savoir les artistes qui sont plus ou moins apparentés à Goya, par exemple Fortuny et Morelli, et parfois même Tapiro, etc. Heilbuth, Zuez. Lorsque je vis pour la première fois des œuvres de certains d'entre eux — il y a dix ou douze ans —, je travaillais alors chez Goupil, je les trouvai magnifiques ; je pensais même alors qu'elles étaient bien plus belles que les œuvres plus achevées des dessinateurs allemands ou anglais, ou de Mauve et de Rochussen par exemple. Mais il y a déjà longtemps que je suis revenu de cette opinion ; je trouve que ces artistes ressemblent un peu trop aux oiseaux qui savent exécuter un trille, alors que je suis d'avis, moi, que les alouettes ou les rossignols ont plus de choses à dire en faisant moins de bruit et en y mettant plus de passion. Cependant, je ne possède pas beaucoup de reproductions d'Allemands ; de nos jours, il est assez malaisé de se procurer les belles, celles du temps de Brion.

Dans le temps, j'avais constitué une collection de gravures sur bois, principalement de ces artistes ; j'en ai fait cadeau à un ami, en Angleterre, au moment où j'ai quitté Goupil. Je le regrette maintenant. Si vous voulez voir quelque chose de très beau, commandez, aux bureaux de *L'Illustration, L'Album des Vosges,* dessiné par Th. Schuler, Brion, Valentin, Jundt, etc. Je crois qu'il coûte 5 francs, mais je crains qu'il ne soit maintenant épuisé. Il vaudrait cependant la peine de s'informer. Il est possible, même probable, que le prix en ait été augmenté ; on ne l'envoie pas à vue, c'est pourquoi je n'ai pas osé le demander.

J'ai peu de renseignements précis sur les dessinateurs anglais, si peu que je ne serais guère à même de retracer l'histoire de leur vie.

Toutefois, comme j'ai séjourné trois années entières en Angleterre et vu bon nombre de leurs productions, j'ai appris en gros bien des choses sur eux et sur leurs travaux. Si on n'a pas séjourné longtemps en Angleterre, il est presque impossible de les apprécier globalement.

Ils ont une autre façon que nous de sentir, d'interpréter et de s'exprimer. Il faut s'y habituer. Cela vaut vraiment la peine de les étudier, car ces Anglais sont de grands artistes. Israëls, Mauve et Rochussen sont ceux qui se rapprochent le plus d'eux, mais, pour l'aspect, un tableau de Thomas Faed diffère encore beaucoup d'un Israëls, un dessin de Pinwell, Morris ou Small a un autre air qu'un dessin de Mauve, et un de Gilbert ou de Du Maurier est autre chose qu'un Rochussen.

A propos de Rochussen, je viens de voir un dessin magnifique de lui : des généraux français dans une grande salle d'une vieille maison de ville hollandaise, qui demandent des renseignements et des documents au bourgmestre et aux conseillers. Je le trouve aussi beau que la scène du Dr Wagner dans *Madame Thérèse,* d'Erckmann-Chatrian.

Je sais qu'autrefois vous appréciiez peu Rochussen, mais je suis convaincu que vous l'aimeriez beaucoup, si vous voyiez ses dessins importants.

Selon moi, les dessinateurs anglais sont ce que Dickens est dans le domaine de la littérature. C'est le même sentiment noble et salubre auquel on revient toujours. Je voudrais tant que vous ayez tôt ou tard l'occasion de jeter à votre aise un coup d'œil sur toute ma collection. C'est précisément en regardant une série de reproductions qu'on peut se faire une idée générale, que l'œuvre commence à s'imposer et qu'on se rend nettement compte que cette école de dessinateurs constitue un ensemble magnifique. Tout comme il faut lire l'œuvre complète de Dickens, de Balzac ou de Zola pour connaître vraiment ces auteurs.

Par exemple, j'ai pour le moment une cinquantaine de reproductions sur l'Irlande ; séparément, on n'en tiendrait peut-être aucun compte, mais elles vous frappent quand on les voit réunies.

Je ne connais pas le portrait de Shakespeare, par Menzel ; je serais bien aise de le voir pour savoir comment un lion a compris l'autre. Car l'œuvre de Menzel ressemble pour sûr à Shakespeare, du fait qu'elle vit aussi intensément. Je possède la petite édition de Fred et la grande de Menzel.

Si vous le voulez, apportez-le-moi la prochaine fois que vous viendrez à La Haye.

Je ne possède pas les reproductions dont vous parlez, sauf Régamey, Heilbuth, Marchetti, Jacquet.

Je n'ai rien vu de Whistler, mais j'ai vu autrefois de belles eaux-fortes, des personnages et des paysages de lui.

Moi aussi, j'ai été frappé par les marines de Wyllie, dans *Graphic,* dont vous me dites un mot.

Je connais « Le Champ de la veuve » de Boughton ; c'est très beau. Oui, je suis si possédé par tout cela que j'organise toute ma vie en vue de pouvoir reproduire tous ces aspects de la vie quotidienne, que Dickens décrit et que les dessinateurs susnommés dessinent. Millet a dit : « l'art — il faut y mettre sa peau ». Je suis déjà engagé dans la lutte, je sais ce que je veux et des ragots sur « l'illustration » ne me feront pas dévier de mon chemin. Je n'ai pour ainsi dire plus de relations avec des artistes, sans que je puisse m'expliquer exactement ni le comment ni le pourquoi. Je passe pour un maniaque et un vilain drôle, à plus d'un point de vue. Il m'arrive évidemment de me sentir un peu seul, mais, d'autre part, cela me permet de concentrer mon attention sur les choses qui ne sont pas instables, je veux parler de la beauté éternelle de la nature. Je pense souvent à la vieille histoire de Robinson Crusoë auquel la solitude ne fit pas perdre courage, mais qui s'y prit de façon à se créer une sphère d'activité, tant et si bien qu'il s'assura une existence active et animée, grâce à ses propres recherches et à son propre travail.

Enfin, ces jours-ci, je me suis mis à peindre et à faire des aquarelles ; en outre, je dessine beaucoup de figures d'après un modèle, je fais des croquis dans la rue. Ces derniers temps, un vieillard de l'hospice a consenti à venir poser assez souvent.

Il est grand temps que je vous retourne *Le fusain* de Karl Robert. Je l'ai lu plus d'une fois, puis je l'ai essayé, mais travailler avec un fusain ne me réussit pas, je préfère un crayon de menuisier. Je voudrais bien voir faire un fusain. Si j'en fais un, moi, mon dessin est tout de suite fatigué, cela doit tenir à une cause ; je crois que je surmonterais aisément cette difficulté si je pouvais voir, ne serait-ce qu'une fois, comment on fait. Il faudra que je vous demande quelques explications à ce sujet quand vous viendrez ici.

Enfin, je suis quand même content de l'avoir lu et je suis parfaitement d'accord avec l'auteur que c'est là un excellent outil ; je voudrais être capable de mieux m'en servir. Il est possible que je finirai par le découvrir, comme il en va d'autres choses où je ne vois pas encore clair.

Donc, je vous le retourne, en vous remerciant. Je vous envoie en même temps quelques gravures sur bois, parmi lesquelles il y a précisément deux allemandes, de Marchal. A mon avis, les Lançon sont belles, mais surtout le Green et « Les mineurs ».

Je me recommande également pour des lettres, et si vous lisez un jour quelque chose qui vous frappe, passez-le moi, car je suis très peu au courant de ce qu'on publie pour le moment ; je connais un peu mieux la littérature d'il y a environ un an. Quand j'étais malade et depuis lors, j'ai lu avec beaucoup d'admiration les livres de Zola. Je croyais que Balzac se trouvait seul, mais je m'aperçois qu'il a des successeurs. Et pourtant, Rappard, il faut déjà remonter bien loin pour retrouver l'époque de Balzac et de Dickens, et celle de Gavarni et de Millet. Car, s'il n'y a pas longtemps que ces hommes ont disparu, il y a déjà longtemps qu'ils ont débuté et, depuis lors, bien des changements sont intervenus qui, à mon avis, ne sont guère des progrès. J'ai lu un jour dans Eliot : « Bien que ce soit mort, je m'imagine que c'est vivant » ; dans ma pensée, il en est ainsi de la période dont je vous parle. C'est pourquoi j'aime tant Rochussen, par exemple. Vous me parlez d'illustrations de légendes. Savez-vous que Rochussen a fait des aquarelles magnifiques en s'inspirant de légendes allemandes ? Je connais une série intitulée *Lenore* dont le sentiment est exquis. Mais il n'y a pas beaucoup de dessins importants de Rochussen en circulation, ils se cachent dans les cartons des amateurs riches. Si vous mettez quelque énergie à collectionner des gravures sur bois, il vous arrivera d'entendre de ces raisonnements sur « l'illustration » : mais comment en va-t-il avec les gravures sur bois ? Les belles se font de plus en plus rares et il devient de plus en plus malaisé d'en trouver ; plus tard, on cherchera mais on ne saura plus en trouver. J'ai vu dernièrement l'œuvre de Doré sur Londres. J'estime qu'elle est incomparablement belle, et qu'elle exprime des sentiments nobles, par exemple cette salle de l'asile de nuit pour mendiants. Je crois que vous la possédez, sinon il y a encore moyen de vous la procurer.

Adieu, avec une poignée de main,

t. à t. *Vincent*.

Je travaille pour l'instant à une aquarelle représentant des orphelins ; j'ai entamé bien des sujets, je suis en plein coup de feu.

Ma lettre était prête lorsque je suis sorti. Je suis revenu avec un nouveau paquet d'illustrations, notamment de vieilles illustrations hollandaises, ce qui me permet d'ajouter quelques doubles à mon envoi.

Tout d'abord, trois beaux Daumier et un Jacque.

Si vous les possédez déjà, retournez-les moi, s'il vous plaît, à l'occasion. J'ai toujours été d'avis que les « Quatre âges d'un buveur » de Daumier était une de ses plus belles œuvres.

Il y a de l'âme, comme dans un De Groux. Je suis content de pouvoir vous envoyer cette reproduction. Les Daumier se font rares.

Si vous n'aviez rien d'autre de Daumier que ceci, ce maître serait quand même bien représenté dans votre collection. J'ai vu dans le temps des dessins magnifiques de Frans Hals ; j'en ai trouvé dans ce paquet. Ah ! voir tout de Frans Hals et de Rembrandt !

J'y joins encore de très belles Morin et des vieilles Doré, des reproductions qui se font de plus en plus rares.

Vous avez certainement déjà entendu, comme moi, les ragots sur « l'illustration » dirigés surtout contre Doré, et aussi contre Morin, évidemment.

Je me plais à croire de vous que vous persistez à aimer l'œuvre de ces artistes. Pourtant, si on n'y est pas préparé, de telles réflexions peuvent vous influencer plus ou moins. C'est pourquoi je n'estime pas superflu de vous assurer que, quant à moi, je retrouve, dans ces gravures sur bois salies, le parfum de l'époque de Gavarni, de Balzac et de Hugo, quelque chose de la bohème presque oubliée de nos jours ; choses précieuses pour lesquelles j'ai du respect et qui m'incitent, chaque fois que j'en revois, à faire de mon mieux pour me mettre résolument à la besogne.

Moi aussi, je saisis bien la différence entre un dessin de Doré et un dessin de Millet, mais l'un n'exclut pas l'autre.

S'il y a une différence, il y a aussi une ressemblance. Doré sait modeler un buste et monter les articulations, mieux, infiniment mieux que tant d'autres qui l'outragent avec une suffisance pédantesque ; à preuve, par exemple, cette reproduction, qui n'est pour lui qu'un croquis des bains de mer.

Je prétends que si un Millet voulait présenter des observations sur les dessins de Doré — je doute qu'il le fasse, mais en supposant qu'il le fasse — eh bien, lui aurait le droit de le faire, mais que ceux qui ne sauraient pas faire avec leurs dix doigts ce que Doré a su faire avec un seul, outragent son œuvre : ce n'est que de la blague, il serait plus convenable que ceux-là se taisent et apprennent à mieux dessiner.

Il est bien fâcheux que l'habitude de ne pas apprécier le dessin se soit si fort généralisée de nos jours.

Vous avez certainement vu les dessins de Lynen, à Bruxelles. Comme ils étaient spirituels, et drôles, et bien faits ! Si l'on en parlait à quelqu'un, il répondrait avec hauteur, avec un certain mépris : oui, ils étaient « assez bien ». Il est plus que probable que Lynen lui-même restera toujours pauvre, bien qu'il soit probablement très actif et très productif, et même qu'il le deviendra encore davantage. Eh bien, pour moi, à condition que je reste actif et devienne de plus en plus productif, je ne vois aucun inconvénient à rester relativement pauvre toute ma vie durant, pourvu que je sois assuré de mon pain quotidien.

Je vous réitère mes salutations. J'espère que les gravures sur bois vous plairont et que je recevrai bientôt de vos nouvelles. Adieu.

Cher Théo,

235 N Un mot pour t'aviser de la bonne réception de ta lettre ; je te remercie de tout cœur pour ce qu'elle contenait.

Je n'ai presque rien fait d'autre, ces jours derniers, que de l'aquarelle. Inclus un petit croquis d'une grande étude.

Tu te souviens peut-être du bureau de Moorman de la Loterie Nationale, à l'entrée de la Spuistraat ? Je suis passé par là, par un matin pluvieux, au moment où un tas de gens attendaient pour prendre des billets. C'étaient pour la plupart des petites vieilles, des gens de l'espèce dont on ne pourrait dire ce qu'ils font, comment ils vivent, mais qui, sans doute, triment, se donnent du mal, et vont et viennent par le monde.

Il est naturel qu'on n'ait ordinairement qu'une vue toute superficielle de cette troupe de petites gens qui évidemment attachent une telle importance au « tirage aujourd'hui », chose qui nous fait presque rire, toi et moi, vu que la loterie ne nous intéresse pas le moins du monde.

Mais cette foule, ces gens, leur expression d'attente, m'ont frappé ; pendant que je les croquais, ils prenaient à mes yeux une signification plus grande, plus profonde qu'au premier coup d'œil.

HEDEN
TREKKING
Staatsloterij
Pryzen

Et ils sont devenus quelque chose de plus significatif que l'illustration de cette simple idée : *les pauvres et l'argent*. A vrai dire, il en va de même pour moi de tout groupe de personnages. En y réfléchissant un peu, on comprend devant quoi on se trouve. L'avidité, les illusions auxquelles donne lieu la loterie nous semblent, à nous, un peu puériles ; mais cela devient sérieux quand on songe au contraste entre la misère et les efforts perdus de tous ces pauvres diables, à qui l'achat d'un billet de loterie, payé de petits sous épargnés peut-être sur la nourriture, procure l'illusion qu'ils vont être sauvés.

Quoi qu'il en soit, j'en ai fait une grande aquarelle, qui est en train. En outre, je suis occupé à une autre : un banc d'église que j'ai vu dans une chapelle de l'asile, où se tiennent les hommes qu'on appelle ici d'un nom très expressif : les *weesmannen*, les *weesvrouwen* *.

Les choses sont telles que, de nouveau très occupé à dessiner, il m'arrive de me dire que dessiner est bien ce qu'il y a de plus agréable au monde.

Voici un fragment de ce morceau de banc ; à l'arrière-plan, il y a d'autres têtes, des têtes d'hommes.

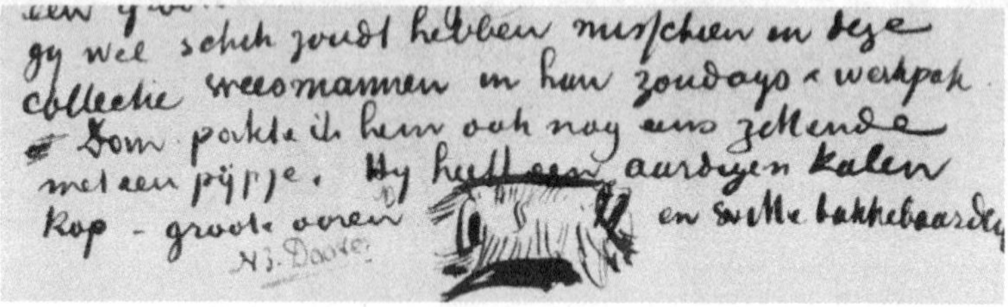

De telles compositions sont toutefois difficiles, et ne se réussissent pas toujours d'un seul coup. La réussite est parfois l'aboutissement de toute une série d'échecs.

A propos de ces *weesmannen*, j'ai été dérangé par l'arrivée de mon modèle pendant que je te parlais d'eux, et j'ai travaillé jusqu'au soir avec le bonhomme. Il est vêtu d'un grand pardessus usagé, qui lui donne une curieuse silhouette, tout en largeur. Je crois que tu serais intéressé par cette collection de *weesmannen* endimanchés, ou en costume de travail. J'ai également croqué mon bonhomme assis et fumant une pipe. Il a une belle tête chauve, des oreilles grandes, mais des oreilles de sourd, et des favoris blancs.

* Hommes-orphelins ; femmes-orphelines.

Il faisait presque nuit quand j'ai fait ce croqueton, mais peut-être pourras-tu suffisamment te représenter la composition ; c'est quand elle est faite que l'on est tenté de gribouiller dessus et je ne dis pas qu'elle soit comme je voudrais qu'elle fût. J'aurais grande envie de peindre cela avec des personnages ayant à peu près un pied de haut, ou un peu moins ; la composition serait alors encore un peu plus en largeur.

Mais je ne sais pas si je le ferai. Il me faudrait pour cela une grande toile, et si je ne réussissais pas, cela ferait encore beaucoup de frais.

Mais comme j'y aurais beaucoup de plaisir, je pense que j'y viendrai tout naturellement tout en continuant à faire des études de personnages. De ces études d'après modèle, le tableau découlerait tout naturellement plus tard, sous cette forme ou sous une autre, mais dans le même sentiment. Plus le temps passe, plus je constate combien il est utile et nécessaire de conserver les études faites d'après modèle ; bien qu'elles aient aux yeux des autres moins de valeur, celui qui les a faites y revoit le modèle, et tout se remet à vivre sous ses yeux. Quand l'occasion se présentera, pense donc à me renvoyer quelques unes de ces anciennes études. J'espère en faire facilement des choses plus belles.

Il va sans dire que, dans ce groupe de figures, dont je t'envoie un croquis en noir, il y avait des choses magnifiques au point de vue couleur : des blouses bleues et des pourpoints bruns, des pantalons de travail blancs, noirs, jaunâtres, des châles tout déteints, un pardessus devenu verdâtre, des bonnets blancs, de hauts chapeaux noirs, des pavés boueux et des souliers contrastant avec des visages pâles ou hâlés par la pluie et le vent. Pour rendre tout cela, la peinture ou l'aquarelle conviennent. Enfin je peine beaucoup là-dessus.

J'espère que tu m'écriras, n'est-ce pas, mais encore merci pour l'envoi en temps utile de l'argent, qui est si nécessaire pour continuer.

Au revoir, mon vieux, reçois par la pensée une cordiale poignée de main, et crois-moi

t. à t., *Vincent.*

L'aquarelle comporte un peu plus d'avant-plan que le croquis, où les personnages viennent trop en avant ; l'œil ne domine pas suffisamment l'avant-plan.

(sept.-oct. 1882)

Ami Rappard,

R 14 N Je viens de recevoir votre lettre ; je vous en remercie. Je me réjouis d'y lire une nouvelle fois que les gravures sur bois vous font quand même plaisir. Au demeurant, je respecte votre manière de voir au sujet des reproductions que je vous ai fait parvenir de temps à autre, et que j'espère pouvoir continuer à vous envoyer, à moins que vous ne me disiez de cesser. Je dois cependant trancher une question embarrassante qu'il m'est, à vrai dire, difficile d'aborder, bien que je doive le faire. Je veux vous dire ce qu'elles m'ont coûté. Pour ma part, j'ai une prédilection particulière pour les gravures sur bois, vous le savez. La plupart du temps, je les achète à très bon compte. J'y consacre pourtant pas mal d'argent, vu ma situation financière, mais je ne l'ai jamais regretté. Il n'y a aucun rapport de cause à effet entre mon envoi et le fait que je les ai payées plus ou moins cher, puisque je ne vous ai fait tenir que des doubles, rien que je ne possédais déjà moi-même, comme vous avez pu vous en rendre compte cet été, lorsque nous avons trié les doubles.

Ce n'est pas spécialement à votre intention que j'ai acheté les reproductions que je vous ai envoyées, sauf quelques-unes qui m'ont coûté fort peu ; je voudrais d'ailleurs en trouver davantage de ce genre. Comme vous insistez, je vous compterai... mettons un florin et demi que vous pouvez m'envoyer en timbres-poste, si vous le voulez bien. De cette façon, vous n'aurez pas besoin d'avoir des scrupules de conscience pour m'avoir occasionné des débours.

Considérons donc cette affaire comme liquidée.

Je vous ai demandé de me faire savoir si vous recevez régulièrement des revues, comme *L'Illustration et Graphic,* par exemple. Je veux parler des numéros de l'année en cours. Je vous demande cela parce que je suis pour le moment en pourparlers avec une personne qui a un certain nombre de revues, provenant d'un cabinet de lecture, à vendre. Je suis décidé à les lui acheter, mais comme je possède déjà certains numéros de l'année en cours, j'aurai encore une fois des doubles. Je sais que vous possédez déjà la collection de *L'Illustration ;* je donnerai donc mes doubles à un collectionneur à qui cela pourrait faire plaisir (bien que je ne

N° 199

connaisse personne ici à qui je pourrais les envoyer), mais il va de soi que les doubles vous seraient réservés si vous ne les possédiez pas encore.

J'avais déjà décidé de prendre le lot avant de recevoir votre lettre. J'espère qu'on me l'apportera d'ici une quinzaine, peut-être même plus tôt. Ayez donc l'obligeance de me faire savoir où en est votre collection de revues de l'année 1882.

Évidemment, je ne sais pas encore si j'aurai peu ou beaucoup de doubles, mais il est presque certain que j'en aurai quelques-uns. Veuillez, je vous prie, me donner une réponse. Si le jeu en vaut la chandelle, je vous compterai pour cela un petit quelque chose, ou bien nous arrangerons cette affaire à l'occasion, mais faites-moi le plaisir de m'écrire au plus tôt si je puis en cela vous obliger. Je m'intéresse à votre collection et je serais fort aise qu'elle devienne très belle. Il se peut que je sois plus tard à même de vous envoyer des pièces plus intéressantes encore.

J'ai déjà une quarantaine de reproductions, grandes et petites, de Renouard. De lui, j'ai trouvé dernièrement la « Bourse » et « Un Discours de M. Gambetta », ainsi que d'autres reproductions : « Enfants assistés ». Ce que je sais, c'est que quelques grandes Lançon vous feraient certainement beaucoup de plaisir.

Caton Woodville, lui aussi, est très fort et je l'aime davantage au fur et à mesure que je fais connaissance avec son œuvre.

Connaissez-vous Montbard ? Je crois que vous possédez des paysages de lui. On m'a procuré dernièrement quelques-uns des croquis qu'il avait faits en Irlande et à Jersey, dans lesquels il a mis beaucoup de sentiment.

J'espère de tout cœur que vos tableaux vous assureront du succès à Arti ; je ne crois pas que je verrai votre exposition.

Je suis très occupé à dessiner un « homme orphelin », comme on appelle ici couramment les pensionnaires de l'hospice pour vieillards. Est-ce que vous ne trouvez pas typique les expressions *weesmannen* et *weesvrouwen* ? Il n'est pas aisé de dessiner les gens qu'on rencontre dans la rue.

En ce qui concerne les aquarelles, j'en ai plusieurs sur le métier ; je ne les ai pourtant pas réussies à mon gré, mais j'y prends autant de plaisir qu'autrefois. Voici encore un croquis d'un homme-orphelin.

Adieu, je vous écris en toute hâte. Donnez-moi au plus tôt une réponse au sujet de ces gravures sur bois : dites-moi si vous les possédez, oui ou non. Avec une poignée de main,

t. à t., *Vincent.*

Dimanche

Cher Théo,

Voici un petit croquis d'une grande aquarelle. J'en ai aussi commencé une autre, avec beaucoup plus de personnages : les derniers baigneurs, effet de soir. 236 N

Je ne sais si je pourrai la pousser assez loin ; il faut faire ce qu'on peut et continuer à lutter jusqu'à ce qu'on soit arrivé. Enfin, la grande, dont je t'ai envoyé un croquis dans ma lettre précédente, a encore un peu progressé.

Je crois, je suis à peu près sûr que tu seras content de ce qui est en train. Ce qu'il faut que tu comprennes aussi, et aussi clairement que moi, c'est *que j'ai besoin de beaucoup d'études de personnages.* Je m'y emploie de toutes mes forces et je travaille presque tous les jours avec un modèle.

De l'homme-orphelin, j'ai encore fait, depuis, d'autres études ; j'espère aussi avoir cette semaine une pensionnaire de l'asile. Je suis toutefois un peu à découvert comme argent et j'ai besoin de tant de choses ! J'ai même encore une dette envers Stam. Imagine-toi que j'ai encore reçu cette semaine, à ma grande surprise, un paquet de chez nous, avec un pardessus d'hiver, un pantalon chaud et un manteau de femme, bien épais. Cela m'a beaucoup touché.

Le cimetière avec les croix de bois me trotte toujours par la tête, si bien que je ferai peut-être d'avance quelques études du motif ; je voudrais bien peindre cela sous la neige, un enterrement de paysan, par exemple, ou quelque chose comme ça. Enfin un effet comme le petit croquis de mineurs ci-joint.

Pour que la liste des saisons soit complète, je t'envoie un croqueton du printemps, plus un de l'automne, qui m'est venu à l'esprit pendant que je faisais le premier.

Comme il fait beau dehors, je fais mon possible pour noter ce que je peux de l'automne. Je t'écris en grande hâte ; je t'assure qu'il y en a des choses à faire comme compositions avec personnages, et je suis dans le travail jusqu'au cou. C'est un peu comme le tissage : on a besoin de toute son attention pour tenir les fils séparés ; il faut mener plusieurs choses de front, les tenir toutes à l'œil.

Le petit dessin de la plage est plus poussé que l'autre parce qu'il a servi à chercher le grand ; et l'autre est moins aquarellé.

J'espère de tout cœur que ta bourse n'est pas trop plate ; il fait si beau ces jours-ci que c'est le moment d'en mettre sur le papier.

Au revoir. Écris-moi aussitôt que possible et crois-moi

t. à t., *Vincent.*

Dimanche après-midi

Cher Théo,

237 N Je ne peux me passer de te dire d'abord que ta lettre et son contenu m'ont fait grand plaisir ; ton argent tombe à pic, il m'apporte une aide efficace.

Il fait ici un temps d'automne, pluvieux et froid, mais l'ambiance est très caractéristique, et il est beau de voir les figures se détacher nettement sur les rues et les chemins humides qui reflètent le ciel.

Mauve a l'art de rendre cela magnifiquement dans ses toiles.

Grâce au temps, j'ai pu travailler un peu à la grande aquarelle représentant une masse de gens devant le bureau de la loterie, et je viens de m'attaquer à une autre représentant le littoral.

En voici la composition.

Je tiens à me déclarer parfaitement d'accord avec ce que tu me dis à propos de certains moments où l'on semble bouché aux choses de la nature, ou que la nature paraît nous laisser indifférents.

Cela m'arrive très souvent, mais je réussis parfois à les surmonter en amorçant un travail d'un autre genre. Quand je me suis abruti à travailler les paysages ou les effets de lumière, j'entreprends les figures, et inversement. Il arrive aussi qu'il n'y a rien d'autre à faire qu'attendre que ça se dissipe, mais je parviens souvent à vaincre cette sorte d'indifférence en choisissant un autre motif qui requiert mon attention. Ce sont les figures qui me captivent de plus en plus. Il me souvient qu'il y a eu un temps où le paysage me séduisait fortement ; j'étais plus touché par une peinture ou un dessin rendant un effet de lumière ou un paysage intime, que par des figures.

Tant et si bien que je nourrissais un respect assez tiède à l'égard des peintres de figures, et ne leur vouais guère de sympathie chaleureuse.

Je me rappelle encore très bien que j'ai été particulièrement frappé à cette époque par un dessin de Daumier représentant un vieillard sous les marronniers des Champs Élysées (une illustration pour

Balzac), bien que ce dessin ne fût pas important ; je sais encore qu'il m'a impressionné fortement à cause de l'interprétation vigoureuse et virile de Daumier. Ceci me porta à me dire : Il doit être bon de sentir et de penser ainsi, d'ignorer ou de négliger un tas de détails et de se concentrer sur l'essentiel, qui donne à réfléchir et touche l'être humain — en tant qu'être humain — directement et individuellement, plus que les pâturages et les nuages.

Ainsi, les figures créées par les dessinateurs ou par les écrivains anglais continuent à me charmer par la sobriété prosaïque et la simplicité voulue de leur pose et de leur analyse ; leurs œuvres solides et robustes vous offrent une base ferme les jours où vous ne vous sentez pas bien d'aplomb. On peut en dire autant des écrivains français Balzac et Zola.

Je ne connais pas les ouvrages de Murger dont tu me parles dans ta lettre, mais j'espère les lire tôt ou tard.

Est-ce que je t'ai déjà écrit que j'ai lu *Les Rois en exil* de Daudet ? A mon sens, c'est un beau livre.

Les titres de ces livres me plaisent beaucoup, notamment *La Bohème*. De nos jours, nous sommes loin de la bohème de l'époque de Gavarni. Il me semble que cette époque-là était marquée par plus de cordialité, plus d'allégresse et plus de vivacité que la nôtre.

Bien que je n'ose l'affirmer — car de nos jours il y a aussi beaucoup de bonnes choses, mais il pourrait y en avoir encore plus si on vivait avec un peu plus de solidarité.

En ce moment, j'ai une vue magnifique de la fenêtre de mon atelier. La ville avec ses clochers, ses toits et ses cheminées fumantes se dessine comme une silhouette sombre et lugubre sur l'horizon lumineux. Cependant, cette lumière ne forme qu'une large raie, au-dessus de laquelle s'étale un gros nuage très épais à la base, tandis que le vent d'automne arrache de grands flocons et des lambeaux de son sommet, puis les chasse devant lui. Par-ci, par-là, cette raie de lumière fait briller quelques toits humides perdus dans la masse sombre de la ville (sur un dessin, on les mettrait en évidence à l'aide de couleurs à rehausser), tant et si bien qu'on parvient à distinguer les tuiles rouges et les ardoises, bien que la masse n'ait qu'une seule nuance.

Le Schenkweg traverse l'avant-plan comme un trait brillant dans l'humidité ; les feuilles des peupliers sont jaunes, les berges des fossés et les pâturages d'un vert profond, les figures noires.

J'en ferais un dessin, plus exactement, j'essaierais d'en faire un dessin si je ne m'étais pas escrimé toute la journée sur des figures de débardeurs de tourbe qui hantent encore mon esprit, au point de ne pas laisser de place à un nouveau sujet qui essaierait de s'y enraciner.

Il m'arrive souvent de soupirer après toi, je pense beaucoup à toi. Ce que tu m'écris du caractère de certains artistes parisiens, qui vivent avec des femmes, se montrent moins mesquins que d'autres et s'efforcent désespérément de sauvegarder un peu de leur jeunesse, me semble exact. Il y en a comme ça là-bas et ici. Peut-être est-il plus difficile à Paris qu'ici de conserver, en tant qu'être humain, un peu de fraîcheur dans la vie familiale, parce qu'il faut aller plus qu'ici à contre-courant. A Paris, nombreux sont ceux qui ont cédé au désespoir, à un désespoir calme, motivé, logique et compréhensible. Il n'y a pas longtemps, j'ai lu quelque chose de ce genre au sujet de Tassaert, que j'aime beaucoup, et je suis navré du sort qui fut le sien.

D'autant plus que je trouve toute tentative en ce sens digne de respect. D'ailleurs, je crois qu'il est possible de réussir, il ne faut pas s'abandonner au désespoir, même si l'on perd quelques manches ; on se sent parfois désemparé, il s'agit alors de se ranimer, de reprendre courage, même si l'on aboutit à un résultat différent de celui qu'on espérait atteindre. Ne va pas te figurer que je regarde avec hauteur, avec mépris les gens dont tu me parles, parce que leur existence ne repose pas sur des principes sérieux, mûrement réfléchis. Voici mon opinion à ce sujet : le résultat doit être un acte, non une idée abstraite. Les principes ne sont bons que lorsqu'ils engendrent des actes ; je trouve bon de réfléchir et de se montrer consciencieux, parce que cela accroît l'activité d'un homme et fait un tout de ses divers actes. Il me semble que ceux dont tu me parles auraient plus de force morale s'ils se montraient plus avisés dans ce qu'ils font ; au demeurant, je les préfère à ceux qui font étalage de leurs principes sans se donner la peine de les mettre en pratique, sans même rien faire pour y arriver. Les plus beaux principes ne leur servent à rien, tandis que les autres sont capables de faire de grandes choses, pourvu qu'ils arrivent à marquer leur vie du sceau de l'énergie et de la réflexion. Les grandes choses ne se font pas uniquement sous l'effet d'une impulsion ; elles sont un enchaînement de petites choses qui constituent un tout.

Qu'est-ce que dessiner ? Comment aboutir à un résultat ? Il faut passer au travers d'un mur de fer invisible qui semble se dresser entre ce que vous sentez et ce dont vous êtes capable. Comment passer au travers de ce mur — puisque se jeter contre lui ne sert à rien — à mon sens, il faut miner et limer le mur, peu à peu et patiemment, mais voilà — comment continuer assidûment une corvée pareille sans vous laisser déranger ou distraire, à moins que vous ne réfléchissiez et ne régliez votre vie sur des principes ? Il en va dans les autres domaines comme dans celui de l'art. Le sublime n'est pas un effet du hasard, il faut le vouloir réellement. Décider si, au point de départ, les actes doivent conduire l'homme aux principes, ou si les principes doivent le conduire aux actes, me paraît aussi impossible — et aussi vain — que décider si la poule a précédé l'œuf ou inversement. Mais ce que je trouve plus positif et de la plus haute importance, c'est d'essayer de développer sa force de pensée et sa volonté. Je suis très curieux de savoir si tu découvriras des qualités dans les figures que j'ai dessinées ces jours-ci, quand tu les verras tôt ou tard. Dans ce domaine aussi, on retrouve le problème de la poule et de l'œuf : faut-il dessiner des figures à l'usage d'une composition conçue préalablement, ou bien faut-il rassembler les figures dessinées séparément de telle sorte que la composition les absorbe ?

Je pense que ça revient au même, à condition de travailler. Je termine en reprenant la conclusion de ta lettre : nous avons ceci en commun que nous aimons jeter un regard derrière les coulisses, autrement dit, nous sommes portés à analyser les choses. Je crois que c'est cette qualité-là qu'il faut avoir pour peindre — il faut mettre cette faculté en œuvre quand on peint ou quand on dessine. Même si nous avons quelques aptitudes naturelles (tu en as, et moi aussi — nous les devons peut-être à notre jeunesse passée dans le Brabant et à un milieu qui a contribué, plus que ce n'est généralement le cas, à nous apprendre à penser), ce n'est que plus tard, bien plus tard que le sens artistique se développe et mûrit, grâce au travail. J'ignore comment tu pourrais devenir un bon peintre, mais je crois fermement que tu en as l'étoffe et il se peut que cela se produise.

Adieu, mon vieux, merci pour ce que tu m'as envoyé ; avec une cordiale poignée de main,

t. à t., *Vincent.*

J'ai déjà installé mon petit poêle. Mon vieux, je voudrais tant que nous ayons l'occasion de passer une soirée ensemble à regarder les dessins et les croquis, et aussi les gravures sur bois ; j'en ai de magnifiques.

J'espère pouvoir racoler cette semaine des orphelins, pour poser. Le cas échéant, je pourrai peut-être rattraper le dessin représentant un groupe d'orphelins.

(sept.-oct. 1882)

Ami Rappard,

Lorsque je me suis mis à collectionner des gravures sur bois, il m'arrivait de regretter de ne pas savoir par qui elles étaient signées, car je ne connaissais rien aux initiales de nombreux Anglais. R 15 N

Je ne suis pas encore parfaitement au courant, mais je sais déjà la signification de quelques-unes d'entre elles. Il se peut qu'une liste de celles que je connais vous soit utile, bien qu'il soit possible que vous les connaissiez déjà toutes.

W S	Small
C G	Charles Green
	il y a aussi un T. Green
M E E	Miss Edwin Edwards
F B	Buckman
	Vous avez de lui « London dustyard »
F W L	Lawson
F H	Frank Hol
H F	Henry French
L F	Fildes
R C	Caldecott
E J G	Gregory
S E W	Waller
A L	Lançon
M	Morin
J F	Jules Ferat
A H	Hopkins
H H	Herkomer
G P	
W B M	Murray

F W Walker
M W R Ridley
J G Gilbert
I M (M) Mahoney
« Household édition » Dickens, très belle.
H F Henry Furness
S P H Sidney Hall
J D W Watson
J B Barnat
J T Teniel

Il arrive souvent qu'on trouve les noms en toutes lettres.

C K : Charles Keene
D M : Du Maurier

J'en omets certainement, mais c'est ce qui me vient à l'esprit pour le moment.

Dans *Harpers Weekly*, il y a de belles choses de Howard Pyle, Harper, Rogers, Abbey, Alexander, entre autres. Vous connaissez certainement Caton Woodwille, Overend, Nash, Dodd, Gregory, Watson, Stamland, Smythe, Henessy, Emslie, pour avoir vu leurs grands dessins dans *Graphic* et dans le *London News*.

J'ai encore une jolie chose de Small pour vous ; en voilà un qui a beaucoup de talent.

J'ignore si vous connaissez *Scribners Magazine* et *Harpers Monthly Review*, qui donnent toujours des choses pleines de distinction.

En attendant, je n'ai que peu de numéros de ces revues, car elles coûtent assez cher et on ne les trouve guère d'occasion.

Dans *The british workman* et *The cottage and artisan*, deux *pennypapers* d'une association évangéliste de Londres, on trouve parfois des choses très fades, mais il arrive aussi qu'il y en ait de très belles.

Je serais bien aise d'apprendre à l'occasion plus de détails sur vos collections, car vous possédez certainement des reproductions que je n'ai pas, moi, et tout m'intéresse à ce propos-là. J'aimerais bien voir tôt ou tard le portrait de Shakespeare, par Menzel.

Dites donc, où en êtes-vous avec vos aquarelles ? Depuis deux ou trois semaines, je suis occupé à en faire et je dessine par ailleurs des types du peuple.

Comme il fait beau à la campagne ! Il m'arrive de soupirer après un pays où il y aurait un automne éternel, mais alors, nous n'aurions pas de neige, ni de fleurs de pommier, ni de blé, ni de champs d'éteules.

Ayez l'obligeance de rechercher si je ne vous ai pas donné dans le temps une grande gravure sur bois qui ne porte pas de nom de dessinateur et qui représente des messieurs et des dames à cheval, dans un parc ; je crois que c'est l'impératrice d'Autriche, en l'honneur de laquelle on donne une partie de chasse.

Si vous ne l'avez pas – mais je crois vous l'avoir donnée cet été – je l'ai maintenant en double, car je viens encore d'en trouver un exemplaire ces jours derniers.

De même qu'un Knaus : un chasseur donnant un morceau de pain à son chien.

Pour les paysages, j'aime beaucoup Birket, Forster et Read, bien qu'on les considère aujourd'hui comme passés de mode. De Read, j'ai entre autres un effet d'automne, un clair de lune et un effet de neige, qui sont tous trois très beaux.

Les conceptions des paysagistes anglais sont très divergentes. Forster ressemble un peu à Edwin Edwards, mais tous deux ont leur raison d'être. Wyllie et bien d'autres avec lui sont plutôt des coloristes ou, plus exactement, ils recherchent davantage le ton. Dans *Scribners Magazine* et *Harpers Monthly* surtout, il y a de très belles choses, à la manière de Wyllie : petites marines, effets de neige, etc. des coins de jardins ou de rue.

Dans *Routlesges Sixpenny series,* on a publié entre autres *Oliver Twist,* illustré par J. Mahoney, que je vous recommande chaleureusement, ainsi que *Histoires à la plume,* illustré par Du Maurier, et *Semonces conjugales* par Ch. Keene. De ce dernier, il y a des choses plus belles encore dans *Punch.* Du Maurier a beaucoup de points communs avec Menzel, surtout dans ses grandes compositions.

En Belgique, Félicien Rops et De Groux entre autres ont dessiné autrefois de beaux types dans une publication qui s'appelait *Uilenspiegel ;* je l'ai eue dans le temps, je voudrais tant la retrouver, mais hélas, je l'ai cherchée en vain. Il y avait des dessins aussi beaux que des Israëls, surtout ceux de De Groux.

Mon vieux, je dois me remettre au travail. J'ai voulu vous envoyer la liste des initiales avant de l'égarer.

Adieu, écrivez-moi vite et croyez-moi,

t. à t., *Vincent.*

Cher Théo,

238 N Je ne suis pas peu enchanté de ta lettre, autant de ce que tu m'écris que de ce que tu y avais inclus, et je t'en remercie beaucoup. Je me réjouis surtout que tu m'annonces que tu ne tarderas peut-être pas à venir en Hollande. Je te saurais gré de me faire connaître la date approximative de ton voyage, dès que tu sauras si tu viens avant ou après le Nouvel An.

Je suis très content que tu m'aies retourné mes études ; pendant que j'en dessinais beaucoup ces jours-ci, je me suis rendu compte que je devais tâcher de garder toutes mes études d'après modèle. Je serais enchanté de pouvoir discuter plus souvent avec toi à propos de mon travail, mais une trop grande distance nous sépare. Ces jours-ci, j'ai vu — j'en ai d'ailleurs un exemplaire dans ma collection — une grande gravure sur bois d'après une toile de Roll, « Une Grève de mineurs ». Connais-tu cette peinture ? Le cas échéant, as-tu vu autre chose de lui ? Elle représente le carreau du charbonnage où s'est massée une foule d'hommes, de femmes et d'enfants, qui ont apparemment fait l'assaut des bâtiments. Ils sont debout ou accroupis autour d'une charrette renversée, et des gendarmes montés les tiennent en respect. Un gaillard veut encore lancer une pierre, mais une femme essaie de retenir son bras. Ils sont excellemment caractérisés et le dessin est âpre, brutal ; la toile, elle aussi, doit être en concordance avec le sujet. Ce n'est pas du Knaus, ni du Vautier, mais on a l'impression que c'est fait avec plus de passion — presque pas de détails, tout a été réduit à des masses, simplifié —, mais il y a beaucoup de style. Et, de plus, c'est très expressif ; il y a de l'âme et du sentiment ; les divers mouvements des figures sont rendus magistralement.

Cette gravure m'a fortement impressionné, de même que Rappard, à qui j'en avais envoyé un exemplaire. Je l'avais trouvée dans un ancien numéro de *L'Illustration*.

Le hasard a fait tomber entre mes mains un dessin d'un dessinateur anglais — Emslie — représentant des hommes qui descendent dans la mine pour se porter au secours des victimes d'un accident, alors que des femmes les attendent. On a rarement traité ce sujet. Pour ce qui est de Roll, j'ai assisté moi-même à une scène pareille ; ce que je trouve bien, c'est que l'ensemble reflète fidèlement l'événement, bien qu'on n'y trouve guère de détails. En la regardant, je me suis souvenu d'une parole de Corot : *Il y a des tableaux où il n'y a rien, et pourtant tout y est.* La composition et les lignes de l'ensemble ont un cachet grandiose, classique, comme un beau tableau historique ; c'est là une qualité qui est à présent aussi rare qu'elle le fut dans le passé et le sera dans l'avenir. Elle me fait penser un peu à Géricault, j'entends au « Radeau de la Méduse », et aussi à Munkaczy, par exemple.

Cette semaine, j'ai dessiné quelques têtes et quelques figures d'enfants, et de plus, des hommes-orphelins.

Je suis d'accord avec toi à propos de ce que tu dis de mes petits dessins ; par exemple, que celui du banc est fait à l'ancienne mode. Je l'ai traité ainsi plus ou moins consciemment, et il est possible que je le fasse encore. Bien que je trouve beaux, magnifiques, de nombreuses toiles et des dessins conçus expressément en vue de rendre le gris délicat, harmonieux, et la couleur locale, je crois cependant que beaucoup d'artistes, qui poursuivaient moins expressément ce but et qu'on considère à présent comme démodés, demeurent toujours sains et de prime jeunesse, parce que leur procédé avait et a encore sa raison d'être.

Pour te dire la vérité, je ne voudrais pas me passer de la conception démodée ni de la conception nouvelle. Il y a trop de choses hors ligne dans les deux courants pour que je puisse systématiquement accorder ma préférence à l'un ou à l'autre. Les changements réalisés par les jeunes dans le domaine de l'art ne sont pas des améliorations à tous les égards ; tout n'est pas progrès, ni pour ce qui est de l'œuvre, ni pour ce qui est de la personnalité des artistes, et j'ai souvent l'impression que beaucoup perdent de vue leur point de départ et leur but, autrement dit qu'ils ne tiennent pas bon.

Je trouve très belle ta description de cet effet vespéral ; il en est tout autrement ici, le soir. N'empêche que c'est beau dans son genre, par exemple le terrain de la Gare du Rhin. A l'avant-plan, le chemin cendré et les peupliers qui commencent à perdre leurs feuilles ; plus loin, le fossé plein de lentilles d'eau avec sa haute berge couverte d'herbe et de roseaux fanés ; plus loin encore, le sol gris ou gris-brun des minuscules champs de pommes de terre ou des coins plantés de choux-rouges d'une teinte violacée ; par-ci, par-là, le vert très tendre des jeunes mauvaises herbes automnales que dominent les tuteurs garnis de tiges fanées et de cosses de haricots rougeâtres, vertes ou noires ; au-delà de cette bande de terrain, les rails rouges de rouille ou noirs dans le sable jaune ; à gauche et à droite, des piles de bois de rebut — des tas de charbon — des wagons abandonnés — à droite, quelques toits et l'entrepôt — à gauche, la perspective des pâturages immenses, verts et humides, et très, très loin, l'horizon barré par une bande grise où l'on distingue encore des arbres, des toits rouges et des cheminées d'usines noires. Et au-dessus de tout cela, un ciel tant soit peu jaune mais gris quand même, un ciel très froid, hivernal, bas, suintant une espèce de bruine et sillonné par de nombreux corbeaux. Et pourtant, il tombe beaucoup de lumière sur tout cela ; on s'en aperçoit surtout quand quelques silhouettes en sarrau bleu ou blanc déambulent sur le terrain et que leurs épaules ou leur tête captent la clarté. En tout cas, je m'imagine qu'il fait plus clair et moins froid à Paris. Ici, le froid humide envahit les maisons, et on a l'impression de sucer de la bruine lorsqu'on allume une pipe. N'empêche que c'est très beau.

Seulement, je trouverais agréable d'aller voir un ami par un temps pareil ; c'est en des jours comme celui-ci que vous sentez en vous un vide, parce que vous ne pouvez aller nulle part et que personne ne vient chez vous. Mais je me rends mieux compte alors de l'importance du travail, qu'il confère de la valeur à l'existence, si subordonné qu'il soit à l'approbation ou à la désapprobation, et les jours où on serait porté à la mélancolie on est heureux de vouloir quelque chose.

Aujourd'hui, j'ai pu travailler quelques heures d'après un modèle — un gars, qui gagne sa vie comme manœuvre, armé d'une pelle ; un type très authentique — un nez écrasé, de grosses lèvres, des cheveux rudes et très drus — néanmoins, quand il fait des mouvements, il y a de la grâce dans sa taille, en tout cas de la tournure et du caractère. Je pense que j'aurai d'autres modèles aussi beaux cet hiver ; le contremaître du chantier m'a promis de m'envoyer les ouvriers qui viennent demander du travail, et il en vient souvent en cette morte-saison. Je leur donne volontiers quelques pièces de vingt-cinq cents pour poser une après-midi ou une matinée, car c'est exactement ça qu'il me faut. Je ne vois pas d'autre moyen que de travailler d'après modèle ; certes non, il ne faut pas étouffer son imagination, mais le fait d'avoir constamment la nature sous les yeux et de se battre contre elle rend l'imagination plus subtile et plus précise.

J'espère que ce gars voudra bien revenir dimanche prochain ;

j'aimerais le dessiner dans l'attitude des haleurs qui halent les chalands chargés de briques, comme on en voit passer souvent sur le canal.

C'en est fini pour moi de travailler à l'extérieur — car il fait trop froid pour travailler sans bouger de place — par conséquent, je dois m'établir dans mes quartiers d'hiver.

Il est vrai que l'hiver m'enchante, c'est une belle saison quand on peut travailler régulièrement. J'ai bon espoir que cela ira.

Inutile de te dire que j'espère de tout cœur que tu toucheras l'argent qu'on te doit. Tu sais que j'ai plus dépensé que je n'en avais l'intention, à cause des peintures et des aquarelles, de sorte que mes fonds sont fort bas en ce moment. Mais nous nous tirerons d'affaire ; cela ne peut être une raison en tout cas de relâcher l'effort. Je me suis mis à travailler d'arrache-pied d'après un modèle, bien que cela me coûte également assez cher. Seulement, je bourre mes classeurs au fur et à mesure que je vide mon porte-monnaie.

Si tu ne parvenais pas à réunir vers le vingt la somme habituelle, envoie-moi une avance, mais je serais fort aise de la recevoir la veille plutôt que le lendemain ; c'est qu'elle me parviendrait alors le jour où je devrai payer le loyer de cette semaine-là. Je me plais toujours dans mon logis, bien qu'un des murs soit très humide. Cet atelier-ci me convient mieux que l'autre pour travailler d'après des modèles ; il y a par exemple moyen d'en faire poser plusieurs ensemble : deux enfants sous un parapluie, deux femmes qui taillent une bavette, un homme et une femme bras dessus, bras dessous, etc.

Tout compte fait, nous avons eu très peu de beaux jours ce printemps et cet été ; je m'imagine parfois que rien ne sépare le dernier automne de celui-ci, mais il ne faut pas oublier que j'ai été malade dans l'intervalle. Je suis de nouveau parfaitement dans mon assiette, sauf quand je me fatigue beaucoup ; je me sens alors indiciblement plus faible et plus amolli qu'autrefois, pendant une demi-journée ou même pendant toute une journée. Mais je ne m'en soucie guère ; car cette pensée m'ennuierait beaucoup et tomberait mal à propos parce que j'ai trop de besogne. Je m'en tire souvent en allant à Scheveningue au pas accéléré, ou par un autre exercice de ce genre.

Surtout, écris-moi vers le vingt ; j'ai dû acheter du Whatman et des pinceaux. Tu ne peux te faire une idée de tout ce dont j'ai besoin. Enfin, tous les peintres sont logés à la même enseigne.

Poignée de main en pensée, et crois-moi

t. à t. *Vincent.*

Cher Théo,

239 N C'est encore une fois dimanche, et le temps est pluvieux, comme d'habitude. En outre, nous avons eu une tempête cette semaine, et les feuilles se font rares sur les arbres. Je t'assure que je me félicite d'avoir installé le poêle. Lorsque je me suis décidé ce matin à classer mes dessins, j'entends les études d'après modèle que j'ai faites depuis ta visite, j'en ai compté à peu près une centaine (sans compter les études plus anciennes, ni les dessins éparpillés dans mon carnet de croquis).

Je cite ce nombre, parce que je me rappelle que tu m'as demandé, lors de ta visite, si j'avais d'autres études en dehors des dessins que tu as vus alors. J'ignore si tous les peintres travaillent autant que moi, même ceux qui regardent mon œuvre du haut de leur grandeur, au point qu'ils ne daignent pas lui accorder la moindre attention. J'ignore également s'ils connaissent un meilleur moyen que travailler d'après un modèle, bien qu'ils ne le fassent pas assez, à mon avis. Je t'ai déjà écrit plus d'une fois que je ne parviens pas à comprendre pourquoi ils ne se servent pas plus de modèles. (Il va de soi que je ne vise pas des hommes comme Mauve et Israëls — ce dernier donne même l'exemple admirable de ne travailler que d'après modèle — mais plutôt des seigneurs comme De Bock et Breitner, par exemple). Je n'ai plus revu ce dernier depuis le temps où j'allais lui rendre visite à l'hôpital, quand il était malade ; j'ai appris par hasard qu'il avait été nommé professeur à une école communale, mais il ne m'a plus donné signe de vie.

Cette semaine, j'ai reçu une lettre de Rappard qui s'étonne, lui aussi, de la façon dont plusieurs artistes se comportent à son égard. En effet, on lui a refusé une toile à Arti. Je dirai ceci : Est-il juste qu'on ne fasse aucun cas de peintres comme lui et moi ?

Car je t'assure qu'il travaille bien ; cet été, il a séjourné en Drenthe, ensuite il a travaillé tout un temps dans l'hospice pour aveugles d'Utrecht.

Je me réjouis d'apprendre qu'il se livre à des expériences du genre de celles que je poursuis. Enfin. Comme je te l'ai déjà écrit, il m'arrive souvent de souhaiter te revoir ; si nous avions plus souvent l'occasion de nous voir et de parler de mon travail, je suis convaincu que je parviendrais à faire un tas de choses, en partant des études déjà réalisées. Tu te souviens sans doute que je t'ai écrit récemment (je t'ai envoyé en même temps un gribouillage colorié d'un marché de pommes de terre) : je dois essayer encore une fois de rendre le grouillement de la rue.

En conséquence, j'ai mis en chantier une douzaine d'aquarelles auxquelles je travaille en ce moment. Ce que je viens de dire ne signifie donc pas que je ne sais que faire de mes études, ni que je les fais sans savoir pourquoi, mais je crois que je pourrais les utiliser davantage et en retirer plus de profit s'il y avait moyen de nous concerter plus souvent.

En tout cas, je travaille ces jours-ci de très bon cœur et je me plais à croire que plusieurs de mes dessins auront l'heur de te convenir, si tu passes un jour chez moi.

Il me semble que, si nous voulons nous consacrer aux figures, nous devons couver dans notre cœur cette sensibilité chaleureuse que *Punch* définit dans la légende de sa gravure de Noël : « Bienveillance à tous », c'est-à-dire aimer réellement tous les êtres humains. Je me propose de faire de mon mieux pour vibrer autant que possible dans cette note.

C'est pourquoi je regrette tant que mes relations avec les peintres clochent, et qu'il paraisse impossible de se réunir gentiment par une journée pluvieuse comme aujourd'hui, autour du poêle, pour regarder des dessins ou des reproductions, et pour s'encourager les uns les autres.

Puis-je te demander si l'on trouve des reproductions à bon marché de Daumier dans le commerce, et lesquelles ? Je lui ai toujours reconnu beaucoup de talent, mais je devine depuis peu qu'il est plus marquant encore que je ne le croyais. Si tu connais des détails intéressants à son sujet ou ses dessins les plus importants, je te saurais gré de me renseigner.

Autrefois, j'ai vu des caricatures de sa main, et il se peut qu'elles m'aient induit à me former une idée inexacte de son œuvre. Ses figures m'ont toujours frappé au plus haut point, mais je crois que je ne connais qu'une infime partie de son œuvre, et que les caricatures, par exemple, ne sont certainement pas ses créations les plus marquantes, ni les plus importantes.

Je me rappelle que nous avons discuté de lui en nous rendant à Prinsenhage : tu disais que tu préférais Daumier à Gavarni, je pris le parti de Gavarni et te parlai de l'ouvrage sur Gavarni que j'avais lu et que tu possèdes à présent. Je dois te dire que je commence à croire — bien que je n'aime pas moins Gavarni — que je ne connais qu'une infime partie de l'œuvre de Daumier, et que c'est précisément dans les œuvres que je ne connais pas que résident les qualités qui m'intéresseraient le plus (ce qui ne m'empêche pas d'apprécier les œuvres que je connais déjà). Je me souviens vaguement — mais il se peut que je me trompe — que tu m'as parlé de grands dessins, de types et de portraits du peuple ; je serais curieux de les voir. S'il avait fait d'autres dessins aussi beaux que la reproduction que j'ai acquise récemment, « Les Cinq âges d'un buveur », ou que cette figure de vieillard sous les marronniers dont je t'ai déjà parlé, alors oui, il est peut-être le plus fort de tous. Peux-tu éclairer ma lanterne ?

Te rappelles-tu les grandes figures de De Groux, publiées dans *Uilenspiegel ?* Je les possédais dans le temps, mais je m'en suis dessaisi, hélas ! Eh bien, les deux reproductions de Daumier, dont je viens de parler, leur ressemblent ; je voudrais savoir si tu en connais d'autres de ce genre (les caricatures m'intéressent beaucoup moins).

Je suis au désespoir de ne plus avoir ces De Groux et ces Rops ; je les ai offertes avec d'autres à Richardson — en Angleterre —, le voyageur de la firme G. et Cie.

Je termine, mon vieux, en te prévenant que je te demanderai, si tu viens un jour, de te donner la peine de jeter un coup d'œil, non seulement sur les aquarelles et les études, mais aussi sur un classeur contenant une centaine de figures dessinées, rien que des figures. Oui, j'en ai déjà autant, en comptant quelques anciennes. Mais, dans l'attente de ta visite, je tâcherai d'en faire quelques autres pour remplacer celles qui ont moins de valeur, et pour en accentuer la variété. En attendant, adieu, je te souhaite cordialement bonheur et bonne chance, avec une poignée de main, et crois-moi

t. à t. *Vincent.*

(sept.-oct. 1882)

Ami Rappard,

R 16 N J'ai reçu votre lettre et vous en remercie beaucoup. Comme j'ai parfois envie de voir quelques-unes de vos œuvres ! A propos d'Arti :

je trouve que c'est là encore un des tours habituels de ces Messieurs, un de leurs procédés invariables, un procédé qu'on met cette fois en œuvre comme on l'a mis déjà en œuvre et comme on continuera à le faire. Je vous félicite de leur refus. Je ne puis vous dire que j'ai fait pour ma part la même expérience, pour la bonne raison qu'il ne m'est jamais venu à l'esprit d'exposer. Je n'ai pas la moindre envie d'exposer. Il m'arrive de temps à autre de désirer que l'un ou l'autre de mes amis vienne jeter un coup d'œil dans mon atelier ; il est fort rare qu'il en vienne un, mais je n'ai jamais eu envie, et je crois d'ailleurs que je ne l'aurai jamais, de demander au public de venir voir mon œuvre. Qu'on l'apprécie ne me laisse pas indifférent, mais il faut qu'on le fasse sans bruit ; ce que j'estime la chose la moins enviable au monde, c'est une certaine forme de popularité. Un de ces derniers jours, j'ai recherché à gauche et à droite les études que j'ai faites depuis votre visite. Il y a une centaine de types, hommes et femmes, sans compter les enfants, esquissés dans mon album de croquis. Bien que le nombre ait moins d'importance, j'en fais quand même mention en passant, pour vous faire comprendre combien j'essaie de poursuivre ma tâche vigoureusement. Et pourtant, il en est qui travaillent certainement moins que moi et qui me considèrent avec hauteur, comme une quantité négligeable. Il est vrai que cela me laisse assez froid. Je dois le noter cependant : personne n'accorde la moindre importance à mon œuvre.

Comme vous voyez, on nous traite comme si nous étions frère et sœur, bien que je n'aie pas connu la même mésaventure que vous.

En attendant, pour parler de notre métier, quand on se propose de dessiner des types, il faut commencer, à mon sens, par sentir intensément ce qu'on lit dans un numéro de Noël du *Punch* : « Bienveillance à tous ». Il faut éprouver une sympathie chaleureuse, de l'amour vraiment pour les hommes, et pour tous les hommes, sinon vos dessins seront toujours froids et mous. Il est nécessaire de se surveiller soi-même à ce propos, de veiller à écarter le scepticisme. C'est pour cette raison que je trouve si peu intéressant de se mêler à ce que j'appellerai les intrigues entre peintres ; là, il faut se tenir strictement sur la défensive. Je songe au vieux dicton : « On ne cueille pas des figues sur des chardons », quand je constate que certains s'imaginent pouvoir acquérir de la vivacité par la fréquentation des milieux artistiques. Je crois que c'est Thomas A Kempis qui a dit quelque part : « Je n'ai jamais été parmi les hommes sans me sentir moins homme. » Moi aussi, je trouve qu'on se sent plus faible, surtout comme artiste, lorsqu'on fréquente des artistes. Au contraire, unir sérieusement toutes ses forces en vue d'un travail qui dépasse les capacités d'un seul homme (par exemple Erckmann-Chatrian pour écrire des livres, ou les dessinateurs du *Graphic* pour composer le *Graphic*) me paraît être une chose excellente. Il est vrai que, la plupart du temps, tout cela finit en queue de poisson et que les choses restent dans l'état où elles étaient.

J'ai dit tantôt qu'il m'arrivait de brûler d'envie de voir votre œuvre ; il m'arrive également, et très souvent, de souhaiter que vous veniez voir la mienne. D'abord, parce que je crois que vous me seriez de quelque utilité, et ensuite parce que vous pourriez embrasser cette fois l'ensemble que mes dessins épars commencent à constituer petit à petit. Nous pourrions en discuter et envisager ensemble les moyens d'en tirer quelque chose. J'ai enfin découvert, non sans peine, comment les femmes qui travaillent dans les mines du Borinage s'enveloppent de leurs sacs. Vous vous rappelez peut-être que j'ai dessiné quelques-unes de ces femmes dans le temps, mais ces dessins n'étaient pas encore d'une belle tenue. Je viens de faire à nouveau douze études du même sujet. L'ouverture du sac, qui se ferme à l'aide d'une corde, est tournée vers le bas. En rentrant un coin dans l'autre, il se forme une espèce de très joli capuchon de moine. J'ai fait poser à plusieurs reprises une femme enveloppée d'un sac, mais je butais chaque fois sur l'obstacle. Un homme qui chargeait du charbon vient de tout m'expliquer.

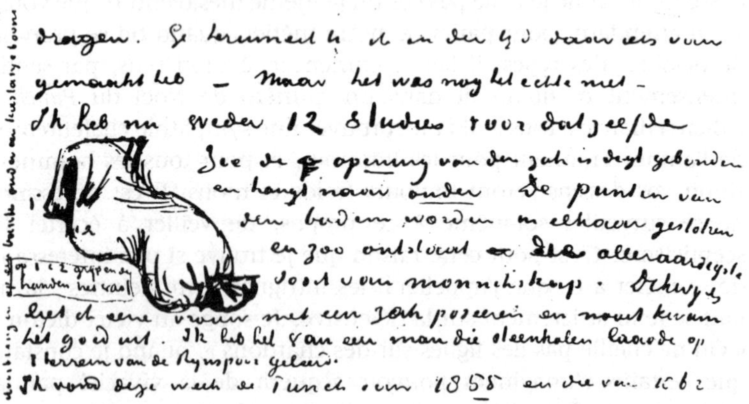

J'ai trouvé cette semaine le *Punch* de l'année 1855 et celui de l'année 1862. Dans celui de 1855, il y a une œuvre du vieux Swain, dont la grandeur de caractère est indescriptible. Je crois que c'est l'empereur de Russie qui, faisant allusion à son discours du trône lors de la guerre de Crimée, a dit que la Russie pouvait compter sur deux grands généraux, les mois de janvier et de février. Mais il arriva qu'au mois de février de cette même année, Sa Majesté l'Empereur tomba malade et mourut à la suite d'un refroidissement.

Sur cette reproduction, qui a été probablement dessinée par Teniel, on voit le vieil empereur sur son lit de mort ; « le Général Février devenu un traître » se tient au pied de son lit : c'est un squelette affublé d'un uniforme de général ; le lit, ainsi que le spectre, sont couverts de neige et de givre. C'est superbe, je pense même que le sentiment de cette composition est, si la chose est possible, plus profond et plus vrai que celui de la « Danse macabre » d'Holbein.

C. R. (Robinson), dont je vous ai envoyé une reproduction que je trouve magnifique, est pour le moins assez inégal. Ses figures sont toujours bien dessinées, mais ses dessins ne sont pas toujours très saisissants. Je viens de mettre la main sur une reproduction de lui, presque aussi belle que « Après-midi dans Kingsroad » de Caldecott, pour citer cet exemple. C'est une longue file de personnes qui regardent un pont effondré par-dessus une balustrade.

Possédez-vous le Dagnan et le Montbard dont je vous ai parlé : « Charmeur au Jardin des Tuileries » et « Mendiants arabes » ? Je les tiens de toute façon à votre disposition.

J'ai déniché une belle reproduction d'Emslie, « La Montée des eaux », une paysanne et deux enfants dans un pré à moitié inondé, bordé de saules étêtés.

Je vous assure que c'est dans ma collection de gravures sur bois que je puise le courage de me remettre au travail, chaque fois que je suis moins bien disposé. L'énergie, la force de volonté et l'esprit libre, sain et enjoué de tous ces artistes passent alors en moi ; leurs œuvres ont un cachet grandiose et solennel, même lorsqu'ils dessinent un tas de fumier. Quand on lit dans le livre sur Gavarni, au sujet de ses dessins, « il en sabra jusqu'à six par jour », quand on songe à la capacité énorme de production de la plupart de ceux qui font les illustrations, vous savez bien, « ces dessins qui traînent dans les cafés, en Hollande méridionale », on ne peut s'empêcher de remarquer que ces hommes étaient vraiment doués d'une dose extraordinaire de ferveur et de passion. Garder en soi, ne fût-ce qu'une étincelle de cette passion et ne pas cesser de l'entretenir, vaut bien mieux, à mon avis, que la pédanterie de ces artistes qui n'y prêtent pas la moindre attention. Le raisonnement de votre ami, ou plus exactement, de votre visiteur-critiqueur (comment faut-il l'appeler ?) sur la ligne non permise me paraît à la fois très curieux et très chouette. Veuillez lui transmettre à l'occasion l'expression de mon estime pour sa sagesse et sa compétence. Bien sûr, je n'ai ni l'honneur ni le plaisir de le connaître personnellement, mais ses congénères ne me sont pas tout à fait inconnus, dès lors...

Demandez donc à votre ami qui parle si volontiers de la ligne non permise, ce qu'il trouve à redire au « Benedicite » de De Groux et à « La Cène » de Vinci, lequel n'a pas craint de placer toutes les têtes presque en ligne droite sur son tableau.

Connaissez-vous de Harry Furness « Un Songe d'une nuit d'été » : quelques types, un vieillard, un gavroche et un ivrogne qui passent la nuit sur un banc, sous un marronnier, dans le parc ? Ce dessin-là est aussi beau que le plus beau Daumier.

Ne trouvez-vous pas que les *Contes* d'Andersen sont très beaux ? Il est certain qu'Andersen dessine aussi des illustrations.

1er novembre (1882)

Cher Théo,

240 N Depuis quelques jours, j'applique ma pensée à un sujet qui t'intéressera peut-être aussi ; il me semble qu'il vaut la peine de t'écrire spécialement à ce propos. J'ai reçu une lettre de Rappard, à laquelle il avait joint un passage d'un discours de Herkomer. Je ne peux pas tout t'expliquer de a à z ; d'ailleurs, il n'est pas exclu que tu aies lu l'article en question (qui a paru dans une revue d'art anglaise, peut-être dans *Art Journal*). Il traitait surtout des dessins de *Graphic.* Herkomer rappelle qu'il a collaboré avec beaucoup d'amour et beaucoup d'enthousiasme à cette publication, et il évoque les belles illustrations des premières années. Il déclare ne pas avoir trouvé de termes assez énergiques pour exprimer l'importance qu'il attache à l'œuvre de ces artistes originaux. Il donne un aperçu des progrès réalisés dans le domaine du procédé et dans celui de la technique, entre autres de la différence entre la gravure sur bois ancienne et moderne, etc., etc. Ensuite, il parle

de notre époque et arrive ainsi à l'objet véritable de son discours. Il dit : les graveurs sur bois sont plus forts que jamais, n'empêche que je constate une décadence lorsque je songe aux débuts de *Graphic*. Et — enchaîne-t-il —, cela tient à deux causes contre lesquelles je veux réagir. L'une touche les éditeurs, et l'autre les artistes.

Les uns et les autres commettent des erreurs qui gâteront tout, si on ne les combat pas.

Les éditeurs, dit-il, réclament des dessins qui visent à l'effet : « Le dessin honnête et fidèle n'est plus demandé », on ne veut plus de dessins achevés, un « croquis » qui meuble n'importe quel coin de page, c'est tout ce qu'on demande. Les éditeurs déclarent que le public exige la représentation d'un événement d'actualité ou de quelque chose d'approchant, et se contentent d'un dessin correct et amusant, sans se soucier des qualités artistiques de l'œuvre. Je ne crois pas ce qu'ils disent. La seule excuse que l'on puisse admettre c'est : Les bons dessinateurs sont rares.

Ensuite, il s'adresse aux artistes et déclare regretter que, de nos jours, le mérite d'une œuvre revienne trop souvent au graveur et non au dessinateur.

Il exhorte les artistes à ne pas l'admettre et à dessiner sobrement et vigoureusement, de sorte que le graveur reste dans son rôle : être le reproducteur de l'œuvre du dessinateur, et qu'il ne le surpasse pas. Finalement, il conclut par un appel vigoureux à tous de continuer à se passionner pour la cause et de ne pas admettre de relâchement.

Ses paroles ont un accent de reproche ; il fronce un peu les sourcils en formulant sa diatribe contre cette apathie qui lui est insupportable.

Voici le mot de la fin : « A vos yeux (à vous, public) l'art apporte un plaisir infini et une édification. Il est vraiment fait pour vous. En conséquence insistez pour avoir de belles œuvres et vous êtes certains de les obtenir ». Telle est sa conclusion.

Il parle un langage parfaitement raisonnable, courageux et honnête ; sa façon de s'exprimer me rappelle certaines lettres de Millet. Entendre parler sur ce ton me réconforte et me fait du bien au cœur.

Si les peintres unissaient leurs efforts pour que leurs œuvres (à mon sens, on les crée tout de même pour le peuple ; en tout cas, je trouve que la vocation la plus sublime, la plus noble de l'artiste consiste en cela) soient accessibles au peuple et mises à la portée de tous, on pourrait aboutir aux débuts de *Graphic.*

Neuhijs, v. d. Velden et quelques autres ont fait cette année des dessins pour *De Zwaluw,* une revue mensuelle qui coûte 7 1/2 cents. Certains sont bons, alors que la plupart dénotent qu'on s'y est pris mollement (je ne parle pas des dessins, mais de la façon de les populariser). D'après ce que j'en ai entendu dire, cette revue ne réussira pas mieux à tenir le coup que ses consœurs défuntes. A quoi faut-il attribuer ces échecs ? Les libraires disent que la vente de ces revues ne leur rapporte rien, et ils les sabotent au lieu de les diffuser.

En ce qui concerne les peintres, je crois qu'ils n'y consacrent pas encore toutes leurs forces.

Voici la réponse que maint peintre hollandais donne à la question « Qu'est-ce qu'une gravure sur bois ? » : C'est un machin qui traîne dans les cafés, en Hollande méridionale. C'est-à-dire qu'ils les mettent au rang des petits verres. Et les auteurs de ces « machins » peut-être au rang des pochards.

Et que disent les commerçants ? Supposons que je m'adresse avec la centaine de croquis que je viens de réunir à n'importe quel marchand ; je crains fort qu'il ne demande dans la meilleure hypothèse : Est-ce que vous vous imaginez par hasard que ces machins — là ont une valeur commerciale ?

Mon amour et mon respect pour les grands dessinateurs, pour ceux de l'époque de Gavarni autant que pour ceux de l'époque moderne, s'accroissent au fur et à mesure que j'apprends à mieux connaître leur œuvre, mais surtout quand je m'efforce de dessiner ce qu'on voit tous les jours dans la rue.

Ce que j'apprécie chez Herkomer, Fildes, Hol et les autres fondateurs de *Graphic,* et ce pour quoi je les estime et continuerai à les estimer davantage que Gavarni et Daumier, c'est que ces derniers semblent considérer la société avec malice, alors que les premiers, à l'instar de Millet, Breton, De Groux et Israëls, choisissent des sujets qui sont aussi vrais que ceux de Gavarni et de Daumier, mais qui ont quelque chose de noble et un sentiment plus sérieux. Je suis d'avis que c'est à cela qu'il faut s'appliquer. Un artiste ne doit pas être un pasteur ou un homme qui fait des collectes, mais il faut tout de même qu'il aime les êtres humains, et je trouve qu'il était généreux de la part de *Graphic* de ne pas laisser passer un hiver sans essayer de stimuler la sympathie à l'égard des pauvres ;

par exemple, je possède une reproduction représentant une distribution de bons de tourbe en Irlande, de Woodville, une autre, de Stamland, intitulée « Au secours des Secouristes » et représentant diverses scènes dans un hôpital où l'argent manquait, ainsi que « Noël à l'asile », de Herkomer, « Sans abri et affamé », de Fildes, etc. etc. Je trouve ces dessins-là bien plus beaux que les Bertall et consorts dans la *Vie Élégante* ou dans d'autres élégances. Il se peut que la présente t'ennuie — mais tout cela s'est nettement imposé à mon esprit. J'avais réuni et monté une centaine de mes études, mais quand j'ai eu fini cette corvée, je me suis demandé tristement : à quoi bon ? C'est alors que les paroles énergiques de Herkomer, qui nous convie à ne pas relâcher notre effort et déclare qu'il s'agit plus que jamais de ne pas en démordre, m'ont fait tant de bien et j'ai pensé : Je ferais bien d'informer brièvement Théo de son argumentation. Avec une poignée de main en pensée, et crois-moi

t. à t., *Vincent.*

J'espère recevoir des nouvelles de toi ces jours-ci. J'ai reçu une bonne lettre de chez nous.

1er novembre (1882)

Ami Rappard,

L'article de Herkomer m'a intéressé au plus haut point ; je vous en remercie cordialement. Depuis que je l'ai reçu, je n'ai cessé d'y réfléchir ; j'espère pouvoir faire mon profit de ce qu'il dit. R 17 N

Comprendra-t-on son exposé ? J'en doute. Je crains qu'on n'en comprenne tout de travers les idées générales et que beaucoup ne tirent de ses paroles des conclusions que lui-même n'entendait nullement y inclure.

Ce qu'il dit est à mon sens très vrai, bien à propos et très sérieux ; seulement, je répète qu'il faut être plus ou moins au courant de la question — plus en tout cas que la plupart ne le sont — pour ne pas tirer de conclusions erronées de son exposé.

Plusieurs sans doute en retiendront à tort que Herkomer désavoue et condamne les Américains et l'école de Small ; or, ce n'est pas le cas. Il parle, non sans raison, de décadence.

Il signale le fait que le mérite de maintes gravures sur bois revient d'abord au graveur, avant d'appartenir au dessinateur. Il signale donc un affaiblissement chez les dessinateurs, chose qu'il estime inadmissible et fatale. Je crois qu'il a parfaitement raison. Comparez par exemple la reproduction de « Le Mineur », par Ridley, que vous avez trouvée, d'après ce que vous m'avez écrit, parmi les grands « types de beauté » que *Graphic* a publiés jadis, ainsi qu'une autre reproduction de Ridley, une salle d'enfants dans un hôpital qui se trouve précisément en ma possession. Cela a été gravé avec sobriété et vigueur par Swain. Là, nous en venons à la pensée véritable de Herkomer si je songe que j'ai entendu dénigrer ces œuvres par des gens qui passent pour des connaisseurs, et qui s'en débarrassent avec un « Bien, oui, c'est passé de mode ! » L'ancien procédé de gravure — dessin travaillé, honnête, sans emphase — reste de loin le meilleur.

Herkomer dit : Faites attention, prenez garde si vous voulez y renoncer. L'art devrait-il s'en passer, il serait atteint aussitôt de méningite ou d'une maladie de la moelle épinière. Pourtant, je ne crois pas qu'il irait jusqu'à condamner Small et Ch. Green, par exemple. Je connais des reproductions de dessins de Herkomer qui ont été réalisées selon leur procédé, par exemple « Croquis bavarois ».

Herkomer ne désapprouve pas la « Distribution de bons de tourbe en Irlande » par Caton Woodville, ni « Noël de l'ancien temps » par Howard Pyle, par exemple, bien que Caton Woodville et H. Pyle aient usé parfois du nouveau procédé pour illustrer et qu'ils aient même franchi les marges.

Pour le premier, j'estime fâcheux qu'il ait consacré tant de temps à des sujets militaires ; si bien soient-ils, je préfère de loin ses dessins du genre « Le Marché de tourbe ». Par ailleurs, je pense à Ch. Dickens lorsque je lis l'exposé contre *Harper* et les Américains.

Dickens a critiqué les Américains dans *Chuzzlewit*, etc., mais, se rendant compte un peu plus tard qu'on avait tiré des conclusions erronées de ses paroles, par exemple qu'il n'y avait rien de bon en Amérique, il a ajouté aux éditions ultérieures de *Chuzzlewit* une préface dans laquelle il expose ses autres impressions d'Amérique, ainsi que les conclusions de son second voyage dans ce pays. Lisez *Vie de Ch. Dickens*, de Forster, si vous possédez cet ouvrage ; il vous fera comprendre plus clairement que mes paroles ce que je veux vous faire entendre.

Ne condamnez pas trop hâtivement les Américains et les graveurs sur bois modernes. Souvenons-nous du vieil adage : Prenez garde de ne pas arracher le blé en même temps que l'ivraie. Le reproche que Herkomer adresse à *Graphic* et aux éditeurs ne tombe pas mal à propos. « Facilement vendable » est une expression affreuse. Je n'ai jamais rencontré un marchand qui n'en fût pas saturé : c'est la peste ! L'art ne connaît pas d'ennemis plus terribles, bien que les managers des grands salons d'art aient la réputation de se couvrir de mérite en protégeant les artistes.

Ils ne les protègent pas bien. L'affaire se présente en réalité ainsi : comme le public s'adresse à eux et non aux artistes, ceux-ci sont réduits à avoir recours à eux, mais il n'y a pas un seul artiste qui ne porte dans son cœur une plainte exprimée ou refoulée contre eux. Ils flattent les pires penchants, les penchants les plus barbares et le mauvais goût du public. Suffit. Voici ce qui nous intéresse, vous et moi, dans l'exposé de Herkomer : dessinez fidèlement, soyez vrais, soyez honnêtes.

Écoutez-moi : votre dernière lettre, jointe au fait que les paroles énergiques de Herkomer nous ont également impressionnés, vous et moi, me fait désirer plus fortement encore que chacun de nous ait plus souvent l'occasion de venir voir l'œuvre de l'autre.

Ce qui m'a frappé à la dernière exposition de Pictura — qui était magnifique — c'est que, bien que Israëls, Maris, Mauve, Neuhijs, Weissenbruch et tant d'autres soient restés eux-mêmes, on découvre des traits de décadence chez leurs disciples, sans pouvoir constater quelques progrès. A condition de ne pas les prendre individuellement, mais de les replacer dans le temps où les sommités de nos jours faisaient figure d'« espoirs ». Les espoirs de la génération d'aujourd'hui ne sont pas ce que furent les espoirs de la génération précédente ; les nôtres cherchent plus l'effet, alors que leur valeur est moindre. Je vous l'ai déjà écrit plus d'une fois. Il y a d'ailleurs une différence dans la personnalité même des espoirs d'aujourd'hui. Vous le savez vous-même, vous en faites l'expérience vous-même. Ils nous considèrent, vous et moi, comme des espèces de mauvais coucheurs et des nullités, et surtout ils nous trouvent, nous et notre œuvre, assommants et ennuyeux.

Vous pouvez m'en croire : celui qui a connu les sommités d'aujourd'hui il y a dix ans, autant comme hommes que comme artistes — ils étaient alors beaucoup plus pauvres — ils ont gagné beaucoup d'argent au cours de ces dix années — regrette l'époque d'il y a dix ans.

Je profite de l'occasion pour vous réitérer mes félicitations pour le refus essuyé à Arti. Si vous étiez en vogue, dans la situation actuelle, j'aurais moins de respect et moins de sympathie pour vous que je n'en ai maintenant. Je vois clairement et nettement que vous et moi produirons plus tard sûrement des œuvres plus belles que celles d'aujourd'hui, et ensuite, que nos productions actuelles ne sont pas du tout mauvaises. Nous devons rester sévères envers nous-mêmes et faire preuve d'énergie, mais il n'y a pas une seule raison de nous laisser décourager ou démonter par les propos de ceux qui préfèrent une autre école à nos œuvres, à nous qui dessinons ou essayons d'exprimer ce qui nous frappe au foyer, dans la rue ou à l'hôpital, etc.

Si vous saviez ce que De Groux, par exemple, a dû subir de critiques et de malveillances, vous en seriez sidéré. Nous ne devons pas nous faire d'illusions, mais nous préparer à ne pas être compris, à être méprisés et à être honnis, et malgré tout cela, nous devons garder notre courage et notre enthousiasme. Je crois que nous nous trouverons bien de diriger constamment notre attention sur les œuvres et sur les hommes d'autrefois, notamment sur ceux d'il y a vingt et trente ans, si nous ne voulons pas qu'on dise plus tard de nous, et avec raison : Il est permis de classer également Rappard et Vincent parmi les artistes de la décadence. Cette parole est sévère, mais je pense sincèrement ce que je dis. Pour ma part en tout cas, je suivrai péniblement ma voie, sans prêter attention à l'école actuelle.

Adieu, avec une poignée de main,

t. à t., *Vincent.*

Cher Théo,

241 N Ta lettre et son contenu ont été les bienvenus. Une question qui sera peut-être de plus en plus inscrite à l'ordre du jour, c'est celle dont tu parles. On se verra dans l'obligation de reconnaître que bien des innovations, considérées au début comme des progrès, ont

manifesté en réalité moins de qualités solides que les choses anciennes ; par conséquent, le besoin d'hommes forts, pour redresser la situation, se fera sentir. Puisque je ne changerai pas grand'chose à l'affaire en pérorant, je trouve assez oiseux d'en disserter encore dans la présente.

Toutefois, je ne puis dire que je partage tes vues, que tu formules en ces termes : A mon avis, le revirement se produira par la force des choses. Songe donc combien de grands hommes sont déjà morts, ou ne seront plus longtemps parmi nous : — Millet, Brion, Troyon, Rousseau, Daubigny, Corot — et tant d'autres — ne sont plus de ce monde ; regarde encore plus loin en arrière, dis-je : Leys, Gavarni, De Groux (je ne cite que quelques noms) et, avant ceux-là, Ingres, Delacroix et Géricault ; songe que l'art moderne prend de l'âge, et ajoute aux noms cités plus haut le grand nombre de ceux qui sont déjà très âgés.

A mon sens, il y a des progrès constants jusqu'à Millet et Jules Breton, mais ne me parle pas de surpasser ces deux artistes-là.

Si leur génie a été égalé dans le passé, il n'est pas possible de le surpasser, ni dans le présent, ni dans l'avenir. Du moment que la zone élevée, où il y a égalité de génies, a été atteinte, il n'y a plus moyen d'escalader le sommet de la montagne. Par exemple, Israëls égale peut-être Millet, mais il ne saurait être question de surpasser quelqu'un ou de lui être inférieur dans le domaine du génie.

Oui, le sommet a été vraiment atteint dans le domaine de l'art. Certes, nous verrons encore des choses superbes dans les années à venir, mais non des choses plus sublimes que celles que nous avons déjà vues.

J'appréhende, moi, qu'il ne se produise sous peu une espèce de panique sous cette forme-ci. Depuis Millet, nous avons fait un énorme progrès à rebours ; le mot décadence, qu'on chuchote ou prononce d'une façon enveloppée à présent (voir Herkomer), résonnera alors comme un tocsin. D'aucuns, entre autres moi, se tiennent cois maintenant, parce qu'ils ont déjà la réputation de mauvais coucheurs, et qu'en parler ne sert à rien. Mais il ne s'agit pas de parler, il s'agit de travailler, même si notre cœur déborde de regrets ; ceux qui crieront plus tard le plus fort à propos de la décadence seront les plus décadents. Je le répète — cela permettra de les repérer, de même que leur œuvre, et ce ne seront pas les plus éloquents qui énonceront les plus grandes vérités — vois Millet lui-même, vois Herkomer : ce ne sont vraiment pas des orateurs, ils parlent presque à contrecœur.

Brisons-là. Je te considère comme quelqu'un qui comprend les grands hommes, et je suis enchanté d'apprendre sur eux des détails que j'ignorais, par exemple ce que tu m'as écrit au sujet de Daumier. Je ne connais ni la série de portraits de députés, etc. ni la toile « Wagon de 3e classe », ni « La Révolution ». Bien que je n'aie pas eu l'occasion de les voir après avoir lu ta lettre, mon imagination accorde maintenant plus d'importance à la personnalité de Daumier.

Je préfère t'entendre parler de ces hommes-là, plutôt que du dernier Salon, par exemple.

Venons-en maintenant à ce que tu m'écris à propos de la *Vie Moderne*, ou plutôt d'une sorte de papier que Buhot t'a promis. Cela m'intéresse beaucoup. Si j'ai bien compris, on s'en sert pour dessiner (je suppose, à l'encre autographique), il suffit alors de transposer le dessin tel quel sur une pierre, sans devoir faire appel à un intermédiaire — à un autre dessinateur, un graveur ou un lithographe —, car il y a moyen d'en faire un cliché, de sorte qu'on peut obtenir un nombre illimité de reproductions ? Qui sont alors des fac-similés du dessin original ? S'il en est ainsi, je te saurais gré de me communiquer tous les renseignements que tu pourras recueillir au sujet de la façon de travailler sur ce papier. Tâche de m'en procurer un peu, pour que je puisse faire des essais.

Si je pouvais m'y essayer avant ta venue, nous pourrions discuter les moyens de s'en servir, quand tu seras ici.

Je crois possible qu'il y ait, dans un temps relativement court, plus de demandes d'illustrateurs qu'en ce moment.

Si je continue à bourrer mes classeurs d'études selon les modèles qui me tombent sous la main, j'aurai dans ma hotte des choses qui, j'espère, m'aideront alors à trouver un emploi. Pour tenir le coup comme illustrateur — tels que, autrefois, Morin, Lançon, Renouard, Jules Ferat, Worms, par exemple — il faut disposer de beaucoup de munitions sous forme de toutes sortes d'études.

Tu sais et tu pourras constater, à l'occasion, que je tâche d'en réunir.

A propos, je n'ai pas encore reçu le paquet d'études — tu m'as écrit qu'il m'a été adressé par les soins de la Rue Chaptal. Serait-il déjà arrivé au Plaats ? Si tu le supposes, je les enverrai chercher, car elles me seraient utiles en fonction de certaines choses que je fais ces jours-ci.

Devine qui j'ai dessiné ce matin ? Blok, le bouquiniste — pas David, mais le petit qui a sa boutique en plein vent au Binnenhof.

J'aimerais beaucoup dessiner d'autres membres de cette famille, car ce sont des types authentiques.

C'est extraordinairement difficile de décider à poser les types qu'on préférerait dessiner ; en attendant, je me trouve bien de dessiner ceux qui acceptent de poser, mais sans perdre de vue ceux que je dessinerais si je pouvais disposer d'eux.

Je me félicite d'avoir pu dessiner Blok, il me rappelle des souvenirs vieux de plusieurs années, et je me plais à croire qu'il reviendra un de ces dimanches matins. Naturellement, on est assez mécontent de soi-même en travaillant ; il est bon de ressentir une espèce de mécontentement de soi-même, un désir de faire beaucoup mieux, mais cela n'empêche qu'il est merveilleux et agréable de constituer peu à peu une collection de figures, bien que vous vous rendiez compte que plus vous en dessinez, plus il vous en faut.

On ne sait pas tout faire à la fois, mais il est nécessaire que je dessine un jour quelques études d'un cheval — non des gribouillages dans la rue, mais des études d'après un modèle. Je sais où trouver un vieux cheval blanc, la haridelle la plus authentique qu'on puisse imaginer (à l'usine à gaz), mais le bonhomme, qui exige toutes sortes de lourdes corvées de la pauvre bête et l'exploite au-delà de toute mesure, me demande beaucoup, trois florins, pour venir chez moi ; quant à aller chez lui un dimanche matin, cela me coûterait au moins un florin et demi.

Je te laisse à penser si ça me reviendrait cher, car je devrais travailler au moins plusieurs matinées pour dessiner ce dont j'ai besoin, savoir une trentaine de bonnes études. Je trouverai bien un jour une meilleure occasion.

Je pourrais disposer assez facilement à gauche ou à droite d'un cheval pour un temps très bref ; il arrive que les gens y consentent, mais on ne saurait faire en un temps très limité tout ce qui est à faire ; par conséquent, cela ne m'avance guère.

J'essaie de travailler vite, sinon on manque son coup. Seulement, faire une étude tant soit peu valable demande peut-être une demi-heure — je dis une demi-heure pour ne pas exagérer —, par conséquent, on en revient toujours à la question de poser. Par exemple, il m'est arrivé de demander à un gamin ou à un gaillard de s'arrêter un instant — comme on dit — sur la plage de Scheveningue — mais toujours avec le même résultat : je regrettais qu'ils ne puissent poser plus longuement ; il ne suffit pas qu'un homme ou un cheval s'arrête un instant.

Si mes renseignements sont exacts, les dessinateurs de *Graphic,* qui devaient fournir un dessin, avaient toujours un modèle à leur disposition dans l'atelier aménagé dans les bureaux. Dickens a formulé quelques remarques curieuses au sujet des peintres de son temps et de leur méthode de travail vicieuse, qui consistait à s'en tenir servilement, en tout cas à moitié, à leur modèle. Il dit : Mes gaillards, enfoncez-vous bien dans la tête que votre modèle n'est pas votre but final, mais le moyen de donner corps et vigueur à votre pensée, à votre inspiration. Prenez les Français (par exemple, Ary Scheffer) et voyez à quel point ils travaillent mieux que vous. — Il faut croire que les Anglais l'ont écouté : ils ont continué à travailler d'après un modèle, mais ils ont appris à voir le modèle en plus ample, en plus vigoureux, à en tirer un meilleur parti, pour aboutir à une composition plus saine, plus noble, que celle des contemporains de Dickens qui manipulaient le pinceau.

Voici deux préceptes qui, à mon sens, restent éternellement vrais et se complètent l'un l'autre : n'étouffe pas ton inspiration et ne te fais pas l'esclave du modèle ; deuxièmement, prends un modèle et étudie-le, sinon ton inspiration ne pourra prendre un corps plastique.

Dès que ta lettre m'est parvenue, j'ai dû m'empresser de faire quelques paiements, c'est-à-dire que j'espère qu'il te conviendra de m'envoyer de l'argent vers le 10 novembre au plus tard. Dis-toi bien que la question du procédé dont Buhot t'a parlé me paraît assez intéressante. Je serais enchanté si je pouvais apprendre à m'en servir et je ferais volontiers de mon mieux. Adieu, avec une poignée de main,

t. à t. *Vincent.*

Je vais te dire quel effet on voit ici à présent au petit jour — il est superbe — celui que Brion a peint sur la toile conservée au Luxembourg, « La Fin du déluge », j'entends cette raie de lumière rouge à l'horizon, et au-dessus, des nuages chargés de pluie. Cela me conduit à parler des paysagistes. Compare ceux de l'époque de Brion à ceux de notre temps. Je doute que ceux-ci valent plus que ceux-là. Je reconnais volontiers qu'on est beaucoup plus fécond dans ce domaine qu'autrefois, mais bien que je ne puisse m'empêcher d'admirer ce qu'on produit à présent, je trouve toujours plaisir à revoir les anciens paysages en vieux style. Il y a eu un temps où je passais devant un Schelfhout, par exemple, en me disant : Ça ne vaut pas lourd.

Cependant, bien que les toiles modernes vous enjôlent, à la longue elles cessent de produire la même impression forte, poignante, tandis qu'on éprouve un plaisir très vif à revoir un tableau naïf comme un Schelfhout, un Ségé ou un Jules Bakhuyzen, après avoir regardé longuement les toiles en nouveau style.

Franchement, je n'ai pas cherché expressément à me désenchanter du progrès ; au contraire, ce désenchantement s'est mis à se développer contre mon gré, machinalement, dans mon cerveau, parce que je sentais de plus en plus un vide que je ne parvenais pas à combler avec les peintures du jour.

Cherchant un exemple, je pense à certaines anciennes gravures de Jacque que j'ai vues chez l'oncle Cor, il y a au moins une dizaine d'années ; une série intitulée « Les Mois » : elles étaient faites à la façon des eaux-fortes qu'on publiait en séries annuelles, elles étaient même encore plus vieux jeu. La couleur locale y est moins prononcée que dans ses œuvres ultérieures, mais le dessin et la vigueur font penser à Millet. Vois-tu, il me semble qu'une élégance plus ou moins conventionnelle menace de prendre la place de la rusticité véritable, typique, dont les croquis de Jacque, nommés plus haut, peuvent fournir l'exemple.

Est-ce qu'il ne faut pas en chercher la cause dans la vie et dans la personnalité des artistes ? J'ignore ce que ton expérience t'a appris, mais connais-tu à présent beaucoup de gens qui éprouvent l'envie de faire une longue promenade par un temps gris ? Toi, tu y prendrais plaisir et tu en jouirais, tout comme moi, mais beaucoup d'autres considéreraient cela comme une corvée. J'ai constaté que même la conversation d'un peintre n'est pas très intéressante dans la majeure partie des cas.

Mauve est très capable — quand il le veut — de parler de telle manière qu'on voie vraiment ce dont il parle ; d'autres le sont également, sans doute, quand ils le veulent. Mais crois-tu qu'on éprouve aussi fortement cette impression qui vous apporte du coup l'odeur de la campagne, quand tu parles à un peintre ?

Pas plus tard que cette semaine, j'ai lu dans la *Vie de Charles Dickens,* de Forster, maints détails sur les longues promenades à Hampstead Heath, etc., dans la banlieue de Londres, dont le but final était d'aller manger des œufs au jambon, par exemple, dans une vieille petite auberge, perdue loin dans la campagne. Ces promenades étaient très agréables, très gaies, et cela n'empêchait pas d'élaborer de nouveaux ouvrages ou de discuter les changements à apporter par Dickens à l'un ou l'autre de ses personnages. A présent, il y a quelque chose d'inquiet, de précipité, qui ne me plaît guère ; on dirait que la mort a passé par là. Je souhaite que ton espoir « que le revirement attendu se produira » se réalise, mais je ne crois pas qu'il « se réalisera par la force des choses. »

Quoi qu'il en soit, mener une lutte verbale me semble maintenant une affaire de moindre importance ; l'heure en est passée. Ce que chaque sympathisant à la cause doit faire dans son milieu, c'est essayer de réaliser ou essayer d'aider à réaliser quelque chose.

J'ai repris l'aquarelle représentant des ouvrières de la mine portant des sacs de charbon dans la neige. Mais j'ai dessiné une douzaine d'études de figures et trois têtes pour préparer cette aquarelle ; elles ne sont pas encore achevées. Je crois que j'ai réussi à rendre l'effet dans l'aquarelle ; seulement, je ne le trouve pas encore assez vigoureux. La réalité se rapproche des « Glaneuses » de Millet : austère ; par conséquent, il ne s'agit pas de faire un effet de neige qui ne refléterait qu'une impression et n'aurait de raison d'être que si je me proposais de faire un paysage. Je pense que je recommencerai depuis le début, bien que je sois convaincu que les études que j'ai pour le moment te plairont, précisément parce que je les ai mieux réussies que beaucoup d'autres. Je crois qu'elles conviendraient absolument à la *Vie Moderne.* Si je reçois le papier, je ferai tout de suite un essai avec une de ces figures, mais je dois composer aussi une petite troupe de femmes, une petite caravane.

Cher Théo,

242 N C'est le dimanche que je me mets généralement à t'écrire. Il en est ainsi aujourd'hui. Ces jours-ci, j'ai lu *Le Nabab* de Daudet ; c'est un ouvrage magistral. Ah ! cette promenade du Nabab et d'Hemerlingue, le banquier, au Père-Lachaise, à la tombée du jour, tandis que le buste de Balzac, silhouette sombre se profilant sur le ciel, les contemple d'en haut. C'est comme un dessin de Daumier. Tu m'as écrit que Daumier avait composé « La Révolution — Denis

Dessoubs ». J'ignorais alors qui était Denis Dessoubs ; je l'ai appris en lisant l'*Histoire d'un crime* de Victor Hugo. C'est une noble figure, je voudrais connaître le dessin de Daumier. Évidemment, je ne puis lire un livre sur Paris sans penser à toi. Chaque fois que j'en parcours un, j'y retrouve le visage de La Haye. C'est une ville plus petite que Paris, mais c'est une ville de résidence avec les mœurs caractéristiques d'une résidence.

Je reprends une phrase de ta dernière lettre : il y a une grande énigme dans la nature. La vie dans l'abstrait est déjà une énigme ; la réalité en fait une énigme au cœur d'une autre énigme. Qui sommes-nous pour prétendre la résoudre ? Quoi qu'il en soit, nous ne sommes qu'un grain de poussière de cette société au sujet de laquelle nous nous demandons : Où va-t-elle, à Dieu ou au diable ?

Pourtant le soleil se lève, a dit Victor Hugo.

Il y a déjà longtemps, bien longtemps, j'ai lu dans *L'Ami Fritz,* d'Erckmann-Chatrian, une sentence du vieux rabbin qui me revient souvent en mémoire : « Nous ne sommes pas dans la vie pour être heureux, mais nous devons tâcher de mériter le bonheur. » Cette pensée frise la pédanterie ; on pourrait en tout cas la considérer comme pédante, mais dans les circonstances où elle a été formulée par le personnage sympathique qu'est le vieux rabbin David Sichel, elle m'a profondément touché et elle me revient souvent en mémoire.

Il en va de même quand on dessine ; vous ne devez pas escompter la vente prochaine de vos dessins, mais il est de votre devoir de les faire tels qu'ils aient de la valeur et du caractère ; vous ne pouvez pas devenir nonchalant ou indifférent, même si votre situation vous vaut des désillusions.

Pour ce qui est de mon projet concernant les lithographies, j'y ai beaucoup réfléchi, mais y réfléchir ne m'a guère avancé. En effet, que dois-je en penser ?

Par conséquent, je ne me suis pas borné à y réfléchir : j'ai fait encore deux dessins, l'un représentant une femme portant un sac de charbon sur la tête, avec un carreau à l'arrière-plan — une silhouette de toits et de cheminées ; l'autre, une femme devant un cuvier.

Tu ne dois pas craindre que je fasse déjà des démarches, je ne ferai que des dessins. Il faut que j'attende un moment avant de faire des essais de lithographie, je ne pourrai les poursuivre qu'avec l'argent devant moi. Je crois cependant que ça pourrait porter des fruits.

J'ai parfois une envie folle de revoir Londres. J'aimerais beaucoup en apprendre davantage sur l'imprimerie et le dessin sur bois.

Je sens en moi une force que je voudrais développer, un feu que je ne peux laisser éteindre, que je dois attiser, sans savoir à quel résultat j'aboutirai ; je ne serais nullement étonné si le résultat était triste. Que désirer à une époque comme la nôtre ? Quel sort est le plus heureux, relativement parlant ?

Dans certains cas, il vaut mieux être vaincu que vainqueur, par exemple il est préférable d'être Prométhée que Jupiter. Enfin, « advienne que pourra » est un vieux proverbe.

Pour parler d'autre chose : j'ai été fortement impressionné par l'œuvre de — devine de qui ?

J'ai vu des reproductions de Julien Dupré (est-ce un fils de Jules Dupré ? ? ?).

L'une représentait deux faucheurs, et l'autre, une grande gravure sur bois admirable, publiée dans le *Monde Illustré,* une paysanne qui conduit une vache à la prairie.

Je les ai trouvées excellentes, très vigoureuses et très vraies. Elles rappellent peut-être Pierre Billet ou Butin, par exemple.

De plus, j'ai vu plusieurs figures de Dagnan-Bouveret : un mendiant, une noce, « L'accident », « Le Jardin des Tuileries ».

J'ai l'impression que ces deux gaillards luttent corps à corps avec la nature ; ce sont deux gars qui ne fléchissent pas et qui ont deux poings solides au corps. Tu m'as parlé dans le temps de « L'accident » ; je le connais maintenant et le trouve très beau.

Sans doute, l'émotion sublime, quasi religieuse de Millet, leur manque-t-elle ; en tout cas, ils ne l'ont pas dans la même mesure que Millet ; il se peut aussi que son amour chaleureux leur manque, mais cela n'empêche que leur œuvre présente des qualités exceptionnelles. Il est vrai que je n'en connais que des reproductions, mais il me semble qu'on n'a pas pu reproduire ce que l'œuvre originale ne contenait pas. A propos, il m'en a fallu du temps avant que je trouve belle l'œuvre de Thomas Faed, mais je n'hésite plus à présent — par exemple, « Dimanche au fond des bois du Canada », « La maison et le sans-abri », « Hors de service », « Le pauvre », « L'ami du pauvre homme », enfin, tu connais la série d'aquatintes éditée par Graves.

Je viens de reprendre les vieux dessins d'Etten, parce que j'ai revu ici, à la campagne, les mêmes saules étêtés dépourvus de feuilles, et, du coup, j'ai évoqué dans mon imagination tout ce que j'avais vu l'année dernière.

Il m'arrive d'être pris d'une grande envie de dessiner un paysage, comme on a envie de faire une longue promenade afin de se ragaillardir, et je découvre partout dans la nature, par exemple dans les arbres, de l'expression, pour ainsi dire une âme. Une rangée de saules étêtés ressemble un peu à une procession d'hommes-orphelins. Le jeune blé exhale parfois quelque chose d'indiciblement pur et tendre qui fait naître la même émotion qu'un bébé endormi, par exemple.

L'herbe piétinée au bord de la route est fatiguée et poussiéreuse comme la population d'un quartier pauvre.

Lorsqu'il avait neigé dernièrement, j'ai vu quelques choux verts qui se morfondaient, et ce spectacle m'a rappelé une bande de femmes en robe mince, enveloppées d'un vieux châle, que j'avais aperçues un matin dans la boutique-cave d'un marchand de braise et d'eau chaude.

En ce qui concerne les figures que tu sais, d'après lesquelles je voudrais faire des lithographies, je crois que la plus grande difficulté consistera à en trouver une trentaine dont l'ensemble constituerait en quelque sorte un tout ; pour en arriver là, je devrai en dessiner plus de trente.

Le premier pas sera fait quand je les aurai dessinées ; le second consistera à travailler les lithographies, mais il sera peut-être plus facile de les faire ainsi que si l'on se met à faire des reproductions avant d'avoir constitué l'ensemble. Il se peut — plus exactement il est certain —, que tu viendras avant que je n'en sois là, j'entends avant que la série ne soit complète ; nous pourrons alors en discuter plus amplement.

On a réalisé quelque chose de ce genre à l'usage de l'enseignement primaire, je veux parler des vingt-quatre lithographies de Schmidt Crans que j'ai vues dernièrement, mais tu comprendras que l'ensemble est un peu fade, si tu songes à la personnalité de l'auteur. Il paraît pourtant qu'on s'en sert volontiers dans les écoles, mais il est déplorable qu'on se contente de si peu, surtout dans l'enseignement. Enfin, il en va de cela comme il en va du reste.

Mon vieux, il faut lire *Le Nabab*, de Daudet, c'est un ouvrage magnifique. On pourrait qualifier ce personnage de brave coquin. Existe-t-il des types dans son genre ? Je suis convaincu que oui. Il y a beaucoup de sentiment dans les ouvrages de Daudet, à preuve la figure de la reine aux yeux d'aigue-marine des *Rois en exil*.

Pour un homme d'humeur sombre, cela fait parfois du bien de se promener sur la plage nue et de regarder la mer grise-verte, couverte de longues traînées de vagues. Mais s'il a besoin de quelque chose de grand, d'infini — de quelque chose qui lui révèle la présence de Dieu — il n'a pas besoin d'aller chercher si loin ; j'ai eu l'impression de voir quelque chose de profond, d'immense et de plus grand que l'océan dans les yeux d'un petit enfant qui se réveille le matin et pousse des cris de joie, parce que la lumière du soleil inonde son berceau. S'il existe sur terre un rayon d'en haut, c'est là qu'on peut le découvrir.

Adieu, mon vieux, avec une poignée de main en pensée,

t. à t. *Vincent*.

Cher Théo,

243 N En attendant de plus amples renseignements sur le procédé, j'ai fait, avec l'aide de l'imprimeur de Smulders, une lithographie dont j'ai le plaisir de t'envoyer la première épreuve.

Cette lithographie a été dessinée sur une feuille de papier préparé, probablement semblable à celui dont Buhot t'a parlé.

A ce propos, il me tarde de pouvoir comparer le papier de la *Vie Moderne* à celui que j'ai acheté chez Smulders. Il coûte très cher chez S., 1 florin 75 la feuille, mais il est excellent.

Comme tu peux le voir, j'ai croqué ce dessin le plus simplement possible. Je serais heureux si cette lithographie rappelait par l'un ou l'autre détail les vieilles lithographies de l'époque où l'on s'intéressait plus que de nos jours à cette branche de l'art.

Pour le prix de cinq florins, je pourrais obtenir cent reproductions, et la pierre par-dessus le marché pour un peu plus.

Penses-tu que cela en vaille la peine ? J'aimerais beaucoup en faire d'autres. Par exemple, une série d'une trentaine de figures.

Mais je dois d'abord savoir ce que tu en penses.

Je crois qu'il serait tout indiqué pour moi d'en faire, ne fût-ce que pour la raison suivante : s'il nous était possible, sans y associer personne, de montrer une trentaine de reproductions (non des griffonnages, mais des dessins *sabrés*) que nous aurions fait imprimer à notre compte, cela nous donnerait plus d'aplomb en face des gens que nous devrons accrocher plus tard, notamment les éditeurs d'illustrations. Mais tu vois plus clair que moi dans les affaires, nous en reparlerons à l'occasion.

Surtout, n'oublie pas de me procurer les renseignements que tu pourrais recueillir à propos du procédé. Sur quoi faut-il travailler avec l'encre autographique ? Peut-on imprimer tout ce qui a été dessiné à l'encre autographique, etc. ?

Voilà mon modèle qui s'amène, un balayeur de rue du Bezuidenhout. Donc, avec une poignée de main,

t. à t. *Vincent.*

Si ça t'arrange tant soit peu, envoie-moi de l'argent le 10 au plus tard, car j'ai dû faire quelques dépenses extraordinaires.

J'ajoute encore quelques lignes à ma lettre. Il me semble que Buhot pourra t'expliquer plus clairement et plus utilement le procédé, s'il a cette reproduction-ci sous les yeux.

Je serais enchanté si ça réussissait. Mais ce que je considère comme cent fois plus important que le procédé, ce sont les dessins. Je travaille d'après un modèle autant que mon porte-monnaie me le permet. Car tu comprends qu'il faut des munitions sous forme de dessins si l'on veut tenir le coup, quand on se met un jour à fournir des illustrations. Et celles-ci donneront naissance à des œuvres plus importantes. Par conséquent, je ne répéterai jamais assez qu'il m'importe plus de faire une provision de dessins que de me dépêcher ou de me dépêcher trop de trouver un emploi, bien qu'un gagne-pain ne serait pas pour me déplaire.

Rien n'est d'ailleurs perdu, même si l'on n'accepte pas tout de suite mes dessins, et je crois que j'obtiendrai plus tard un meilleur résultat, quand j'aurai une plus grande provision de dessins.

D'autant plus que je ne serais pas étonné si le besoin de dessinateurs se faisait bientôt sentir davantage.

Je regrette beaucoup de ne pas avoir connu le procédé plus tôt. Au temps où j'habitais Bruxelles, je me suis donné beaucoup de peine pour me faire embaucher par des lithographes, mais on m'a envoyé promener partout. Je sollicitais un travail d'un autre genre, car il s'agissait pour moi de voir faire et surtout d'apprendre à faire des lithographies. Mais on n'avait pas besoin de compagnons de mon espèce.

Simonneau et Fouvey m'opposèrent le refus le moins catégorique. Ils me répondirent que les jeunes qu'ils avaient voulu former leur avaient valu peu d'agrément et qu'ils avaient assez de personnel, étant donné que les affaires allaient mal. Je leur parlai alors des reproductions de De Groux et de Rops, et ils me dirent : Oui, mais il n'y a plus de dessinateurs comme ceux-là. D'après ce que j'ai appris là et dans d'autres établissements, j'ai eu l'impression que la lithographie était en voie de disparition. Toutefois, la récente invention de ce papier semble indiquer qu'on voudrait la ressusciter.

Hier soir, j'ai regardé encore les Gavarni, qui m'émerveillent toujours.

J'espère que cet essai-ci te convaincra que je fais de mon mieux en vue d'obtenir un résultat. Je t'ai écrit, n'est-ce pas, que j'ai été amené à faire cette lithographie-ci après avoir raconté à Smulders ce que tu m'avais écrit de ce papier, et qu'il me répondit qu'il lui en restait un peu ?

Il avait l'air un peu étonné en me voyant revenir avec le dessin, quelques heures seulement après avoir acheté le papier.

Veux-tu une autre reproduction avec une marge plus large ?

Je viens de dessiner encore deux bêcheurs.

Si ce format-ci était trop grand — mais j'ai peine à croire qu'il le soit, puisque le dessin est assez vigoureux — je pourrais réduire le dessin à la moitié ou au tiers au moyen de carrés, sans altérer sa précision, dès que je saurai comment on peut effacer sur ce papier. Enfin, nous trouverons bien une solution.

Cette reproduction-ci te permettra de voir en même temps une étude comme j'en possède plusieurs ; je t'ai déjà écrit à ce sujet.

Mardi

Cher Théo,

244 N Un mot pour te demander si tu as reçu ma dernière lettre, ainsi que le rouleau contenant une épreuve lithographique, que je t'ai adressée par la poste ?

Voici la raison qui me porte involontairement à craindre que mes envois ne te soient pas parvenus, qu'ils se soient égarés ou que ta réponse se soit égarée : je n'ai pas reçu de tes nouvelles depuis lors et, de plus, nous sommes déjà le 14 novembre.

Je suis littéralement sans le sou depuis cinq ou six jours, et cela m'empêche de travailler, du moins de travailler autant que je voudrais.

Je tiens toutefois pour probable que tu as voulu m'envoyer, en même temps que ta lettre et l'argent, les renseignements que je t'ai demandés au sujet du procédé lithographique et de l'encre lithographique, et que tu as dû les attendre.

J'espère que cette supposition s'avérera exacte dès aujourd'hui. Seulement, je m'énerve toujours en de telles circonstances, je ne puis m'empêcher de m'inquiéter, et je crains d'avoir écrit ou fait quelque chose que tu ne trouves pas bien. Ainsi, je me suis torturé l'esprit cette nuit, en me disant que tu me désapprouvais peut-être d'avoir fait faire des reproductions de ma lithographie, et que tu déduirais de ce que je t'ai écrit que je me proposais de faire éditer des dessins, ou quelque chose de ce genre.

Enfin, je me torturais l'esprit à propos d'un malentendu éventuel. Il n'y en a probablement pas. Je tiens à t'écrire, afin de dissiper toute équivoque, qu'il ne faut pas confondre : me faire éditer, et faire des essais en vue d'apprendre un procédé.

Me faire éditer est une affaire au sujet de laquelle je te consulterais certainement avant de rien entreprendre ; pour le moment, cette idée ne me vient même pas à l'esprit et je ne me soucie, tu le sais d'ailleurs, que de mes dessins et du côté artistique de mon œuvre, sans plus. Les essais que je fais actuellement rentrent incontestablement dans ce domaine, par conséquent il est tout naturel que je m'y consacre.

Rappard a fait dans le temps et de la même façon des essais avec des eaux-fortes ; lui aussi a dû les faire tirer ; mais qu'un artiste fasse tirer une de ses œuvres ne veut pas dire qu'il se fait éditer ; cela n'a aucun rapport direct avec le commerce, c'est une entreprise purement privée. C'est clair comme le jour pour moi, mais, comme je viens de le dire, je me suis torturé l'esprit cette nuit en me disant que tu l'interpréterais peut-être comme une démarche d'un tout autre genre, parce que je trouvais étrange de ne pas avoir encore reçu une lettre.

Je me plais à croire que je constaterai bientôt qu'il n'y avait pas lieu de m'inquiéter. Au contraire, j'espère que tu as réussi à recueillir des renseignements au sujet de cette affaire, j'entends que tu pourras m'apprendre quelque chose à propos du procédé.

La semaine dernière, j'ai employé le papier d'imprimerie qui me restait à faire un essai avec la figure « Sorrow ».

Si je m'inquiétais parce que ma lettre précédente aurait pu t'induire à supposer ce qui n'entre pas dans mes intentions, c'est parce que je me rappelais t'avoir écrit à peu près ce qui suit :

Je trouve qu'il serait tout indiqué de faire à notre compte des reproductions de quelques-uns de mes dessins. Cela nous donnerait de l'aplomb en face des directeurs de revues.

Mais il ne me viendrait pas à l'esprit d'éditer ces reproductions à notre compte dans un but commercial. Je n'y ai pas songé un seul instant. Toutefois, si l'on se présente quelque part pour solliciter du travail, il est bon de pouvoir montrer quelques échantillons de ce qu'on a déjà fait. Cela épargne des explications, et c'est bien plus pratique.

Il n'est pas improbable que je fasse un jour des choses qui tomberont entre les mains du public ; cette perspective me laisse passablement indifférent ; pour tout dire, elle ne m'enchante guère.

Deux raisons pourraient cependant m'amener à passer par là. Premièrement, si je trouvais du travail d'illustration, je serais évidemment tenu de faire ce que ce métier comporte. Deuxièmement (mais ceci est un souci futur, bien que je m'en préoccupe déjà) : si je fais un jour des choses qui constituent un tout, traduisent une tendance ou expriment une idée, je m'y résoudrai peut-être, mais non à ton insu et sans te demander d'abord conseil, dans le cas où je ne trouverais personne pour m'éditer.

Cela coûterait de l'argent, plutôt que d'en rapporter ; je le ferais pour l'art, mais non en premier lieu et surtout pas pour mon profit personnel. Si j'entreprenais un jour quelque chose de ce genre, je te tiendrais au courant, et je ne manquerais pas à l'honnêteté — je préférerais dans ce cas m'abstenir — ni pour ce qui est du travail, ni pour ce qui est de l'édition.

Par conséquent, si tu as cru que j'ai voulu faire une démarche en vue d'entreprendre une édition (je ne le crois pas, mais j'étais à bout de nerfs et, ne trouvant pas d'autre explication, je me suis rappelé ce passage de ma lettre), je t'assure qu'il ne s'agit, et qu'il ne s'agira jusqu'à nouvel ordre que d'essais, comme sont tenus d'en faire, pour se familiariser avec les procédés et avec les vertus du noir et blanc, tous ceux qui font des eaux-fortes et des lithographies, ou reproduisent leurs dessins d'une façon ou d'une autre. Quand un artiste tire un certain nombre d'exemplaires d'une reproduction réussie, la plupart de ceux qui font comme lui — moi en tout cas — considèrent sans aucune réserve ces exemplaires comme une édition d'ordre artistique, n'ayant aucun rapport avec des éditions commerciales.

Cette idée ne me serait pas venue à l'esprit si je ne savais par expérience que certains gestes donnent parfois lieu à des malentendus, par exemple, montrer des dessins (ou montrer des épreuves imprimées de ces dessins, cela revient au même), parce qu'on taxe cela de pédanterie. Je t'en parle en long et en large parce que ta lettre se fait attendre, mais quand je songe à ton dévouement, je me dis que ton silence n'a probablement aucun rapport avec ma lettre et qu'il faut en chercher la raison ailleurs.

Il est vrai que j'ai employé la phrase citée plus haut, mais mes dessins te permettront de te faire une idée plus nette de mes intentions. Imprimés, leurs vertus ressortent davantage — entre autres dans « Sorrow » — que dans l'original, grâce au crayon lithographique. Et c'est justement parce que j'ai sauvegardé le ton gris et sobre des originaux, qu'il me suffit de m'en tenir à l'étude pour insuffler de la vigueur à la lithographie. Voilà ce que je pourrai signaler aux gens avec lesquels j'aurai affaire, si l'occasion se présente un jour pour moi de travailler pour une illustration.

Si tu ne m'as pas encore écrit, fais-le dès que tu auras reçu la présente. Car je suis un peu serré. Adieu, avec une poignée de main,

t. à t. *Vincent.*

Cher Théo,

Je viens de recevoir ta lettre et t'en remercie cordialement. Si je 245 N
trouve très fâcheux que ta lettre du 9 novembre contenant un billet de banque se soit égarée, je suis par contre enchanté de savoir que tes nouvelles ne se faisaient pas attendre pour une autre raison.

J'ai été incroyablement inquiet, tu peux m'en croire. J'ai couru aussitôt au bureau de poste pour déclarer la perte de ta lettre, mais on m'a répondu qu'on ne pouvait me donner beaucoup d'espoir, qu'il fallait faire à Paris des démarches en vue d'ouvrir une enquête. Espérons qu'on la retrouvera ; je n'ose pas trop y croire et je crains que les 50 francs ne soient perdus, juste au moment où je ne puis m'en passer. Et d'abord pour accélérer les essais de lithographie. Je me réjouis au plus haut point que la lithographie que je t'ai envoyée ait été plus ou moins à ton goût et t'envoie la toute première reproduction de « Sorrow ». J'en joins une autre avec une marge pour Heyerdahl, et une autre pour Buhot. Seulement, je me demande si on va les accepter à la poste, eu égard à leurs grandes dimensions.

Il va de soi que tu peux garder pour toi l'exemplaire que tu préfères, et que je suis tout disposé à t'envoyer d'autres exemplaires de celle que tu choisiras, mais j'ai écrit sur la toute première : 1re *épreuve.*

Demain, je passerai chez Smulders pour essayer de lui soutirer les pierres.

Je dois te dire que je serais très heureux si j'arrivais à constituer une belle série.

Je travaille maintenant aux bêcheurs, c'est-à-dire aux dessins, et je me plais à croire que ceux-ci seront réussis.

Il fait très froid ; il y a de la neige et il gèle, mais c'est fort beau. Dans le rouleau de lithographies, tu trouveras un petit dessin au ton neutre, fait sur du Whatman. Voici ce que je voudrais te demander à ce propos : Penses-tu qu'il y aurait moyen de reproduire un dessin de ce genre ? Et encore : Est-ce que des dessins de ce genre seraient susceptibles d'intéresser la *Vie Moderne* ?

Puis-je te demander de me procurer quelques numéros de la *Vie Moderne,* car je n'en possède guère de reproductions (trois, je crois), et encore proviennent-elles d'un numéro très ancien ; j'aimerais me faire une idée plus nette et plus complète de cette publication.

J'en ai cherché dans la ville, mais je n'ai pas trouvé un seul numéro. Plus tôt je les recevrai, plus ils me feront plaisir, étant donné que je suis à la recherche des divers procédés, et que les reproductions de la *Vie Moderne* me mettront peut-être sur la bonne voie, pour mieux comprendre comment les utiliser. Mais je devrais plutôt te présenter mes excuses, parce que je te dérange si souvent.

Cette semaine, Pa est passé chez moi en coup de vent ; il était venu à la ville pour assister à une réunion.

Sorrow
Vincent

Rappard m'a écrit au sujet d'une nouvelle série de dessins sur les mineurs, de Paul Renouard, dans *L'Illustration.*

Je ne les ai pas encore vus, mais je te saurais gré de me les envoyer si tu les aperçois dans un kiosque où l'on vend « ces machins qui traînent dans les cafés en Hollande méridionale », car je présume qu'ils sont extraordinairement beaux.

J'ignore si tu trouveras pédant — ou quelque chose d'approchant — de ma part de te dire ce qui me fait plaisir : le magasinier de Smulders — celui de la Laan — avait vu la pierre de l'homme-orphelin, et il en a demandé une reproduction à l'imprimeur, pour l'accrocher chez lui.

Je suis bien aise de ce succès-là, que de simples ouvriers accrochent des reproductions de cette espèce chez eux ou dans leur atelier. C'est réellement fait pour toi, public : voilà, à mon sens, une sentence très vraie de Herkomer.

Évidemment, un dessin doit avoir de la valeur artistique, mais je trouve que cela ne doit pas empêcher qu'il plaise aux simples passants. Enfin, je n'accorde guère de valeur à cette première reproduction, mais j'espère de tout cœur aboutir à un résultat plus positif.

La perte de ces 50 francs (car je crains qu'ils ne soient perdus) est un contretemps, pour toi autant que pour moi, qui en avais besoin pour faire des essais, mais ce ne peut être une raison de nous décourager.

Je voudrais que tu puisses voir les dessins auxquels je travaille. Je t'assure que je me suis fait du mauvais sang parce que ta lettre se faisait attendre, sans que je sache pourquoi.

J'aimerais savoir ce que tu penses de ce que je t'envoie aujourd'hui, dès que tu pourras. De plus, je te rappelle que tu devais me reparler de Daumier, également dès que tu pourras, car je comprends que tu n'aies pas toujours le temps de m'écrire. Adieu, mon vieux, encore une fois merci pour ta lettre, et crois-moi, avec une poignée de main,

t. à t. *Vincent.*

Je vais m'attaquer ce soir à la lecture de *Pot-Bouille* de Zola.

(fin novembre 1882)

Ami Rappard,

En me rendant à l'imprimerie, j'ai rencontré le facteur qui m'a remis votre lettre. Je vous remercie cordialement de votre proposition ; je vous en entretiendrai tantôt. Je veux d'abord vous dire que j'en suis à ma quatrième pierre lithographique. Je vous envoie ci-joint trois épreuves que vous n'avez pas encore ; j'apporterai encore des retouches à deux d'entre elles : le bêcheur et le buveur de café. Pour ce qui est de mon buveur, il aurait mieux valu le dessiner. J'ai employé de l'encre lithographique pour faire les lithographies, mais elle a été mal imprimée sur le papier, de sorte que le dessin a perdu de sa vie. En outre, il y avait plus de vie dans le noir, du fait que la hachure exprimait beaucoup mieux la direction et la forme des plis. On peut en dire autant du bêcheur mais, dans l'ensemble, cette épreuve en a acquis une certaine force et une certaine rudesse qui cadrent avec le sujet, bien que j'eusse voulu que les tons fussent nuancés davantage. J'essaie de trouver le moyen de combiner le nouveau procédé — transporter un dessin sur le papier — avec l'ancien — travailler sur la pierre même. R 18 N

Vous vous rappelez ce dessin de la série « Hors de service » ? Ces jours-ci, je l'ai refait trois fois, d'après deux modèles différents, et j'ai l'intention d'y travailler encore. Pour le moment, j'en ai un qui sera le motif d'une cinquième pierre ; il représente un vieil ouvrier assis qui réfléchit, les coudes appuyés sur les genoux, la tête plongée (cette fois, une tête chauve) dans les mains. Je vous dis tout cela de mes lithographies pour vous faire comprendre que je fonde dessus de grands espoirs et que votre proposition quant à l'argent égaré est dès lors la bienvenue.

La lettre n'est pas encore arrivée ; elle contenait un billet de 50 francs. En attendant, patientons ; on fait une enquête. J'ai raconté mon malheur au patron de l'imprimerie ; il a assez de sympathie pour moi, jusqu'à présent, pour ne pas insister au sujet du coût des pierres. D'ailleurs, comme les pierres sont en sa possession, il n'a rien à craindre, ou si peu. Donc, j'accepterai volontiers votre proposition en cas de besoin ; elle est pour moi comme un appui placé dans mon dos. J'oserai, dans ces conditions, me risquer à faire quelques pas plus loin. Mais il ne me sera peut-être pas nécessaire de l'accepter ; la lettre arrivera peut-être encore à destination. Pour sûr, votre proposition est pour moi un véritable stimulant ; elle me pousse à faire doublement de mon mieux et à vous prouver que tout cela me coûte beaucoup de travail : j'ai fait douze poses différentes du bêcheur, et j'en cherche encore de meilleures.

C'est un très bon modèle, un véritable vétéran du métier.

L'autre dimanche, j'ai reçu la visite de Van der Weele, qui est peintre et en même temps instituteur à l'école primaire supérieure de la ville. Il a regardé les différents dessins d'hommes-orphelins, et il m'a incité à en faire une grande composition. Mais je pense qu'il est encore trop tôt ; quoi qu'il en soit, il me faut encore plus d'études. Le buveur de café en est une.

Ci-joint encore une gravure sur bois, d'après Frank Hol. J'en viens ainsi à ce que vous m'écrivez du lot de revues que vous avez acheté.

Je vous félicite de votre acquisition. La période 70-76 est précisément la belle période, surtout en Angleterre. A cette époque, le procédé « noir et blanc » avait atteint l'apogée de sa vogue et de sa force. Je crois qu'il y a des choses merveilleuses là-dedans.

Je vais vous dire pourquoi je fais diligence avec mes lithographies ; cela a une importance particulière pour moi. Si je parviens à obtenir quelques bonnes pierres (il arrive également que l'une ou l'autre ne soient pas réussies), je pourrai solliciter de l'ouvrage, même en Angleterre, par exemple. Il est évident que vos chances sont plus grandes si vous pouvez produire quelques œuvres, si vous envoyez par exemple des épreuves de lithographies, que si vous ne pouvez faire rien d'autre que jongler avec des mots. Envoyer des dessins n'est pas à conseiller, ils pourraient s'égarer. Le nouveau procédé me permet de travailler pour une imprimerie lithographique située loin d'ici, sans devoir lui expédier les pierres. Ce jour même, je me suis procuré dans ce but une nouvelle sorte d'encre et une nouvelle sorte de craie (de la craie de copal). Mon adresse actuelle est : Schenkweg, nº 136. J'aimerais savoir ce que vous pensez des épreuves que je vous fais tenir. S'il est encore possible de remédier à certains défauts, je le ferai volontiers. Mais la plus grande prudence est de mise dès que le dessin est reproduit sur la pierre ; il n'est plus possible alors de faire ce que l'on veut. Je crois que le nouveau « Hors de service » vous plaira quand même. J'espère pouvoir m'attaquer demain à la pierre.

Voilà, ma feuille de papier est remplie. Ne croyez pas que votre indisposition me laisse indifférent. Je n'ai parlé qu'affaires, mais je me fais beaucoup de soucis au sujet de votre santé, car moi aussi, j'ai pris froid cet été et j'ai eu de fortes fièvres et — et... j'espère sincèrement que ce n'est pas votre cas. Quoi qu'il en soit, je vous souhaite de tout cœur une prompte guérison, et croyez-moi, avec une poignée de main,

t. à t. *Vincent.*

Mercredi matin

Cher Théo,

Tu recevras en même temps que la présente les premières épreuves d'une lithographie, « Bêcheur », et d'une autre, « Buveur de café ». Je serais heureux d'apprendre au plus tôt ce que tu en penses. Je me propose de les retoucher encore sur la pierre, mais j'aimerais d'abord connaître ton avis. 246 N

Les dessins étaient plus beaux ; je m'étais surtout échiné sur le « Bêcheur », mais divers détails se sont perdus lors du report et de l'impression. Je trouve que ces reproductions ont le cachet âpre et désinvolte que je recherche ; cela me console plus ou moins de la perte de certaines vertus que possédaient les dessins.

Le dessin est fait au crayon lithographique, que j'avais intensifié à l'encre autographique. La pierre n'a pas pris une partie de cette encre autographique ; nous ne savons pas exactement à quoi il faut l'attribuer — probablement à l'eau avec laquelle je l'avais détrempée.

En tout cas, j'ai pu constater, aux endroits où elle a produit tout son effet, qu'elle donne naissance à de belles nuances noires, dont j'espère tirer profit plus tard. Quand l'imprimeur en aura le temps, nous ferons d'autres essais, notamment employer une espèce de lavis au cours de l'impression et essayer plusieurs sortes de papiers, de même que plusieurs sortes d'encres lithographiques.

J'espère perfectionner les deux pierres en les retouchant d'après les études que j'ai faites d'après modèle ; celles-ci sont encore en ma possession.

Il m'est arrivé enfin qu'un peintre passe chez moi, savoir v. d. Weele, qui m'avait accosté dans la rue et à qui j'avais rendu déjà visite. J'espère que lui aussi essaiera ce procédé de lithographie ;

je voudrais qu'il fasse les deux charrues qu'il a dans ses classeurs – des études peintes ; un effet du matin et un effet du soir – et un chariot à bœufs dans la bruyère.

Ce gaillard a beaucoup de belles choses dans son atelier.

J'aimerais faire une composition avec mes nombreuses études d'hommes-orphelins, mais je ne m'en sens pas encore capable.

Tu te rappelles que je t'ai parlé d'une série de bêcheurs ; tu peux en voir maintenant un spécimen.

Pas encore de nouvelles au sujet de la lettre ; au bureau de poste, on ne sait rien et on rejette la faute sur Paris.

Quand ta dernière lettre m'est parvenue, j'ai dû faire immédiatement tant de paiements – du fait que je l'avais attendue si longtemps – qu'il ne me restait que peu d'argent. Néanmoins, j'ai fait ces deux essais de lithographie, quoique cela me mît en frais, parce que j'attends le salut du travail, surtout en ces moments difficiles, et que j'entends lutter pour me remettre à flot.

Toutefois, demain ou après-demain je serai au bout de mon rouleau. Si tu peux faire quelque chose, fais-le – ni toi ni moi n'y pourrons rien si c'est impossible –, sinon je connaîtrai des jours fort difficiles. Enfin quand même, nous tâcherons de ne pas laisser ébranler notre courage, nous tiendrons tête le plus longtemps possible à la mélancolie et au relâchement.

On publie ici une revue populaire intitulée *De Zwaluw*, éditions Elsevier, Rotterdam ; elle est patronnée par l'association « Nut van't algemeen ». Je me suis demandé ces jours-ci si ces gens ne s'intéresseraient pas à un « Bêcheur », par exemple. Je fournirais une reproduction par mois.

Seulement, ça me coûterait un voyage à Rotterdam, et j'appréhende d'entendre la ritournelle bien connue : les affaires ne marchent pas, nous ne prenons rien, etc. En outre, je préfère ne pas essayer, parce que j'aime mieux continuer à travailler jusqu'à ce que je puisse proposer une belle série. Toutefois, j'y songe déjà, parce que la nécessité de gagner un petit supplément se fait parfois sentir impérieusement.

Écris-moi en tout cas, mon vieux, même si tu n'as pas d'argent, car j'ai besoin de ta sympathie, qui ne me soutient pas moins que ton argent. J'espère que tu as reçu le rouleau de lithographies contenant entre autres « Sorrow », ainsi que ma lettre ; je t'écris de nouveau pour plus de sûreté et non parce que je m'étonne de ne pas avoir encore reçu de réponse.

Il a fait très froid ; aujourd'hui, le temps est très sombre, gris et triste, ce qui confère un aspect âpre, non ébarbé aux choses.

Adieu, avec mes vœux les plus cordiaux et une poignée de main en pensée, et crois-moi toujours

t. à t. *Vincent.*

Dans le dessin « Buveur de café », le noir était plus rompu par le sens de la hachure, mais il y aura peut-être moyen d'y remédier.

Cher Théo,

J'ai bien reçu ta lettre recommandée du 20 novembre. Merci beaucoup de me l'avoir envoyée. Ma lettre, qui a dû croiser la tienne, doit déjà t'avoir appris combien elle fut la bienvenue. 247 N

Mais tu m'écris qu'en même temps que cette lettre tu m'envoies le papier de Buhot. Or, il ne s'y trouvait pas joint, et aujourd'hui vendredi je n'ai encore rien. Se peut-il que la poste soit de nouveau coupable, ou bien cela est-il peut-être resté chez toi ?

J'ai attendu jusqu'à aujourd'hui pour te répondre, afin de voir si par hasard la poste n'aurait pas oublié de distribuer le papier ou autre chose.

Le petit rouleau dans lequel se trouvait le bêcheur, j'espère que tu l'auras reçu.

Hier et aujourd'hui, j'ai fait deux dessins d'un vieillard, assis, les coudes aux genoux et la tête dans les mains. Je l'avais déjà fait dans le temps avec Schuitemaker, et j'avais toujours conservé le dessin parce que je voulais l'améliorer.

Peut-être en ferai-je aussi une lithographie. Un vieil ouvrier comme ça, en costume de coton tout raccommodé, avec une tête chauve, comme c'est beau !

J'ai fini *Pot-Bouille,* de Zola. Je trouve que le passage le plus fort, c'est cet accouchement d'Adèle, la fille de cuisine (Bretonne pouilleuse) dans la mansarde mal éclairée. Josserand, lui aussi, est dessiné d'une manière joliment forte et avec sentiment ; le reste des personnages également, mais les deux figures les plus sombres : Josserand écrivant le soir ses adresses et cette mansarde de jeune femme, c'est ce qui m'a touché le plus.

Que ce livre se tient bien ! Le mot de la fin : « Aujourd'hui, toutes les maisons se valent ; l'une ou l'autre, c'est la même chose. C'est partout : Cochon et compagnie ! » est bien amer. Octave Mouret, qui, en fait, est le personnage principal, ne devrait-on pas le considérer comme le modèle de ces personnes dont tu me parlais récemment dans une de tes lettres, si tu t'en souviens ? A maint point de vue, il est bien meilleur que la plupart des gens. Pourtant il te satisfera aussi peu qu'il me satisfait moi-même. Je trouve qu'il a en lui quelque chose de creux, de vide. Aurait-il pu être autre chose ? Peut-être pas lui, mais toi et moi pouvons et devons, me semble-t-il, faire autre chose. Nous avons, nous, nos racines dans une autre espèce de vie de famille que celle de Mouret ; en outre, il restera toujours en nous, j'espère, quelque chose de la bruyère et des campagnes brabançonnes, une chose que des années de vie urbaine peuvent d'autant moins effacer que l'art ne cesse de la renouveler et de l'élargir.

Octave Mouret, lui, est content quand il a pu vendre rapidement son ballot de nouveautés (« déballer des ballots de marchandises sur les trottoirs de Paris ») ; il ne semble pas avoir d'autre aspiration, sinon de faire la conquête de femmes ; et pourtant, il ne les aime pas réellement, car je crois que Zola voit juste quand il dit : « où perçait son mépris pour la femme ».

Enfin je ne sais ce que je dois penser de lui. Il m'apparaît comme un produit de son époque, c'est-à-dire plus passif qu'actif, en dépit de son activité. Mais, après le livre de Zola, j'ai enfin lu *Quatre-vingt-treize* de Victor Hugo. Le terrain est tout autre. Cela est peint, je veux dire : écrit comme Decamps ou Jules Dupré ont peint, avec des expressions comme chez le vieux Ary Scheffer, par exemple dans « Le Larmoyeur » et dans « Le Coupeur de nappe », ou comme les figures d'arrière-plan du « Christus Consolator ».

Je voudrais te conseiller très fort de le lire, si tu ne l'as pas déjà lu, car le sentiment dans lequel ce livre est écrit devient de plus en plus rare, à mesure que le temps passe ; et parmi les choses nouvelles, je ne vois rien, en vérité, qui soit plus noble.

Il est plus facile de dire, comme Mesdag de certain tableau de Heyerdahl peint dans l'esprit de Murillo ou de Rembrandt qu'il ne voulait pas recevoir de toi : « Ça, c'est l'ancienne manière ! De celle-là, nous n'avons pas besoin ! » Il est plus facile de dire ça que de la remplacer, cette ancienne manière, par quelque chose d'équivalent, voire par quelque chose de mieux. Et puisque beaucoup de gens, par le temps qui court, raisonnent comme Mesdag, sans réfléchir plus loin, il peut n'être pas mauvais que d'autres se demandent si nous sommes vraiment au monde pour démolir, au lieu de continuer à construire. Le propos : « Plus besoin de ça ! », comme c'est vite dit ! Que c'est stupide et laid ! C'est Andersen, je crois, qui, dans un de ses contes, met ce mot-là dans la bouche, non d'un homme, mais d'un vieux cochon. Que celui qui le lance s'attende à ce qu'on le lui serve en retour. J'ai eu cette semaine un plaisir tout particulier (chez G. et Cie, pour cadre) à voir une toile signée De Bock, qui m'a paru meilleure, et même bien meilleure que celle à laquelle il travaillait ce printemps. C'était une cabane dans les dunes, une allée d'arbres par-devant, un fond sombre et soutenu, avec un joli ciel, tout léger, par-derrière. Il y avait là-dedans quelque chose à la fois de grandiose et de très gai.

Je disais tout à l'heure : « Que celui qui lance cette balle s'attende à la recevoir en retour ! » Eh bien, Théo, je crains qu'il advienne que beaucoup de ceux qui ont sacrifié l'ancien au profit du nouveau, ne s'en repentent fort un jour.

Ceci aussi et surtout sur le terrain de l'art.

Il y a eu un groupe de peintres, d'écrivains et, pour tout dire, d'artistes, qui, malgré ce qui les divisait, avait de l'unité, et pour tout dire de la force. Ils n'erraient pas dans le noir ; ils avaient cette lumière : ils savaient ce qu'ils voulaient, et joliment bien, qu'ils ne doutaient pas. Je veux parler de l'époque où Corot, Millet, Daubigny, Jacque, Breton étaient jeunes ; et, en Hollande ; Israëls, Mauve, Maris, etc.

L'un soutenait l'autre ; c'était quelque chose de noble, de puissant. En ce temps-là, les magasins étaient plus petits, les ateliers peut-être plus encombrés qu'aujourd'hui, car ce qui était beau était vite enlevé. Ces ateliers encombrés, ces étalages plus petits, et surtout la foi du charbonnier qui animait les artistes, leur ardeur, leur flamme, leur enthousiasme, que c'étaient là des choses sublimes ! Ni toi, ni moi, n'en avons exactement été les témoins, mais, par l'amour que nous portons à cette époque, nous en savons ce que nous en savons. Ne l'oublions pas. Cela peut venir à point, surtout quand on continue à entendre dire si couramment : « Plus besoin de ça ! »

Adieu. Une poignée de main,

t. à t. *Vincent.*

Dimanche

Cher Théo,

248 N Hier, j'ai pu enfin lire un ouvrage de Murger, *Les Buveurs d'eau*. J'y retrouve quelque chose du charme qu'ont pour moi les dessins de Nanteuil, Baron, Roqueplan, Tony Johannot, avec je ne sais quoi de spirituel et de vivant.

Il me semble pourtant que cet auteur se montre assez conventionnel, tout au moins dans l'ouvrage cité plus haut ; je n'ai lu rien d'autre de lui. Il diffère autant d'Alphonse Karr et de Souvestre, par exemple, qu'Henri Monnier et Comte-Calix diffèrent des artistes nommés précédemment. Je choisis à dessein des contemporains pour pouvoir les comparer entre eux. On y trouve le souffle de la bohème de ce temps-là (bien que la réalité du moment ait été camouflée dans le livre), et c'est ce qui m'intéresse. Il lui manque pourtant de l'originalité et du sentiment sincère. Les ouvrages du même auteur où les personnages ne sont pas des peintres valent peut-être mieux que celui-ci ; ne dit-on pas que les écrivains, qui créent des types de peintre, jouent souvent de malheur ? Par exemple, Balzac (ses peintres ne sont guère intéressants). Le Claude Lantier, de Zola, est vrai — il existe des Claude Lantier — mais il reste qu'on aimerait que Zola eût créé d'autres types de peintre que son Lantier (c'est un croquis d'après nature, je crois), en s'inspirant d'artistes qui ne soient pas les plus mauvais de l'école dite impressionniste. Ce ne sont pas ceux-là qui constituent le noyau du corps artistique *.

En revanche, je connais peu de types d'écrivains bien dessinés ou bien peints ; dans ce domaine également, les peintres sacrifient aux conventions, en représentant tout bonnement l'écrivain comme un homme assis devant une table surchargée de paperasses, à moins qu'ils ne poussent pas si loin et qu'ils n'en fassent un monsieur en faux col, au visage inexpressif.

Il y a une figure de peintre — de Meissonier — que je trouve belle : une figure vue de dos, penchée en avant et, si mes souvenirs sont exacts, les pieds appuyés sur l'entretoise du chevalet ; on ne voit

* Cézanne s'était reconnu dans le Claude Lantier de *L'Œuvre*.

que deux genoux relevés, un dos, une nuque et un occiput, et on aperçoit une partie d'un poing tenant un crayon, ou quelque chose d'approchant. Mais le gaillard est bien campé, et il accuse l'ardeur de son attention soutenue, tout comme cette figure de Rembrandt : un petit bonhomme, assis, replié sur lui-même, qui lit, la tête appuyée sur son poing — et l'on sent du coup qu'il s'est, pour ainsi dire, enraciné dans son livre.

Prends le Victor Hugo, par Bonnat ; il est beau, très beau, mais je trouve encore plus beau le Victor Hugo peint en paroles par Victor Hugo lui-même, ne fût-ce que ces deux vers :

Et moi je me taisais
Tel que l'on voit se taire un coq sur la bruyère.

Ne trouves-tu pas superbe cette petite figure dans la bruyère ? N'est-elle pas aussi vivace qu'un petit général de 1793, par Meissonier — dont la taille ne mesure qu'un centimètre à peu près ?

Il existe un portrait de Millet, par Millet, que je trouve beau. Rien que la tête coiffée d'une espèce de bonnet de pâtre, mais le regard est beau — le regard intense d'un peintre — de même que sa hardiesse, si j'ose dire.

Aujourd'hui, dimanche, je me suis promené le long du chemin de Rijswijk ; les pâturages sont partiellement inondés, de sorte que le vert profond alternait avec des reflets argentés ; à l'avant-plan, les branches et les troncs rugueux, noirs, gris ou verts, des vieux arbres tordus par le vent, et à l'arrière-plan, la silhouette du village avec son clocher pointu se dessinant sur le ciel clair et, par-ci, par-là, un grillage ou un tas de fumier où picoraient une bande de corbeaux. Ce spectacle t'aurait intensément impressionné et tu le peindrais admirablement, si tu voulais.

Il faisait particulièrement beau ce matin ; cette longue excursion m'a fait du bien, car je n'avais pour ainsi dire pas mis le nez à la porte de toute la semaine, du fait que je m'étais acharné sur le dessin et la lithographie.

En ce qui concerne la lithographie, j'espère avoir demain l'épreuve du vieux bonhomme. Je souhaite qu'elle soit réussie ; j'ai fait le dessin avec une espèce de craie qui, paraît-il, est tout indiquée pour ce procédé, mais je crains qu'il ne s'avère que rien ne vaille la craie lithographique ordinaire, et que j'aie à regretter de m'en être servi.

Enfin, nous verrons le résultat.

J'espère apprendre demain bien des choses ayant trait à l'art d'imprimer, car l'imprimeur m'a promis des explications. J'aimerais beaucoup apprendre l'imprimerie. Je tiens pour possible que ce nouveau procédé insuffle plus de vie à l'art lithographique. Je crois qu'on pourrait trouver un moyen d'associer les avantages du nouveau procédé à l'ancien. On ne saurait rien prévoir avec certitude, mais qui sait si cela ne donnerait pas naissance à de nouvelles revues.

Lundi

J'ai écrit hier soir ce qui précède. Ce matin, j'ai dû aller à l'imprimerie avec mon vieux bonhomme, et j'ai tout vu : le report sur la pierre, la préparation de la pierre et l'impression. Et je vois mieux maintenant quelles retouches on peut encore apporter après coup. Ci-joint la première épreuve, si je ne compte pas un déchet. J'espère faire beaucoup mieux un jour ; celle-ci est encore loin de me donner satisfaction, mais enfin, c'est en travaillant, en

multipliant les essais, qu'on parvient à progresser. Il me semble qu'il est du devoir d'un peintre d'essayer d'exprimer une idée dans son œuvre. Voici ce que j'ai voulu dire dans ce dessin-ci (mais je ne sais pas le dire aussi bien ni d'une façon aussi frappante que la réalité, dont ce dessin n'est, pour ainsi dire, qu'un faible reflet dans un miroir terni) : l'émotion inexprimable qu'exhale l'image d'un vieux bonhomme, assis sans bouger au coin de l'âtre, fournit, à mon sens, une des preuves les plus solides de l'existence de quelque chose là-haut à laquelle croyait Millet, c'est-à-dire de l'existence d'un Dieu et d'une éternité. Quelque chose de précieux et de noble qui ne saurait être destiné aux vers. Israëls a su exprimer cela merveilleusement.

La plus belle page de *La Case de l'Oncle Tom* est peut-être celle où le pauvre esclave, sachant qu'il doit mourir, assis pour la dernière fois auprès de sa femme, se souvient de ces paroles :

Que le malheur, sombre déluge,
Que des tempêtes de malheur,
S'abattent sur moi, mon Refuge,
Ma Paix, mon Tout, c'est Toi, Seigneur.

C'est tout simplement un fait — qui ne concerne point la théologie — que le plus pauvre bûcheron, cultivateur de la bruyère ou mineur, connaît parfois des moments d'émotion ou d'attendrissement qui lui font sentir l'existence d'un chez-soi éternel où il est attendu.

En revenant de l'imprimerie, je reçois ta lettre ; je trouve superbe ta description de Montmartre, et j'aurais sans doute partagé l'émotion que tu as ressentie, si j'avais été auprès de toi. Il me semble que Jules Dupré et Daubigny, eux aussi, ont souvent essayé de traduire ces pensées dans leurs œuvres. Il y a parfois des éléments indescriptibles dans ces effets, la nature entière semble parler, et nous rentrons avec l'impression d'avoir terminé la lecture d'un ouvrage de Victor Hugo, par exemple. Quant à moi, je ne parviens pas à comprendre que tous ne voient pas et ne sentent pas cela ; la nature, ou Dieu, l'explique à tous ceux qui ont des yeux et des oreilles, et un cœur pour comprendre. Il me semble qu'un peintre est heureux de vivre en harmonie avec la nature dès qu'il sait reproduire à un certain point ce qu'il voit. C'est déjà beaucoup, on sait ce qu'on doit faire, il y a abondance de sujets, et Carlyle déclare avec raison : Heureux celui qui a trouvé sa voie.

Si le but d'une œuvre, comme celle de Millet, de Dupré, d'Israëls, etc., est d'apporter la paix, de proclamer *sursum corda,* « haut le cœur », elle est doublement tonique — car on est moins seul quand on se dit : Il est vrai que je suis solitaire, mais il se peut que mon œuvre parle à mon ami tandis que je me trouve ici sans ouvrir la bouche, et celui qui la voit ne me soupçonnera pas de manquer de charité.

Sache cependant que la déception que vous vaut un travail imparfait ; l'échec de vos efforts et les embûches de la technique vous causent parfois une affreuse mélancolie. Je t'assure qu'il m'arrive d'être en proie à un terrible désespoir quand je songe à Millet, à Israëls, à Breton, à De Groux et à tant d'autres, par exemple à Herkomer ; on ne comprend la valeur de ces gaillards que lorsqu'on s'est mis soi-même au travail. Écoute maintenant pourquoi un peintre ne peut être heureux : il lui faut étouffer ce désespoir et cette mélancolie, user de patience envers soi-même — tel que vous êtes — non pour s'accorder du répit, mais pour continuer à s'échiner malgré mille défaillances et erreurs, surtout malgré l'incertitude de les vaincre.

Il s'agit de lutter contre soi-même, de se perfectionner et de renouveler son énergie — et à ces difficultés-là viennent s'ajouter les difficultés matérielles.

Je me figure que cette toile de Daumier devait être belle. Il est inconcevable qu'on ne comprenne pas un tel tableau, qui parle un langage tellement clair. Quoi, on ne lui trouverait même pas un amateur, si bas qu'en soit le prix, comme tu le dis ?

Cette idée est proprement insupportable, ou presque, à plusieurs peintres. Vous prétendez être un honnête homme, vous en êtes un, vous trimez aussi dur qu'un homme de peine, mais voici les privations, vous devez renoncer à travailler, vous ne voyez pas le moyen de réaliser votre œuvre sans faire plus de dépenses qu'elle ne pourra vous rapporter, vous finissez par vous sentir coupable, avec l'impression de faillir, de ne pas avoir su tenir vos promesses, de ne pas avoir été aussi honnête que vous l'auriez été si l'on avait payé votre œuvre à son prix. Dans cette circonstance, vous redoutez de vous faire des amis, vous n'osez plus vous déplacer, vous avez envie de crier de loin aux gens, comme les lépreux du passé : Ne vous approchez pas de moi, cela vous vaudrait des ennuis et des préjudices. C'est le cœur écrasé par cette avalanche de soucis que vous devez vous mettre au travail avec votre visage serein de tous les jours, vous devez continuer votre chemin, sans broncher, et recommencer à marchander avec les modèles, puis avec l'individu qui vient toucher le loyer, enfin avec Monsieur Tout-le-Monde.

Vous devez tenir calmement le gouvernail d'une main pour pouvoir travailler, et de l'autre vous devez essayer de ne pas nuire à autrui.

Et puis se lèvent des tempêtes que vous n'aviez pas prévues, vous ne savez plus que faire, vous avez l'impression que vous allez d'un instant à l'autre sur un récif.

Il ne vous est pas permis de vous présenter comme un homme capable de servir les autres sans renoncer aux bénéfices de l'opération. Non. Au contraire, vous y perdrez temps et argent, et pourtant, pourtant, vous sentez bouillonner en vous une force, vous avez une besogne qui doit être faite.

On aimerait pouvoir tenir le langage des hommes de 93 : Nous avons ceci et cela à faire, nous supprimerons d'abord un tel, puis un tel ; c'est notre devoir, commençons par là. Suffit.

Est-ce bien le moment de penser à tout cela et de bavarder ?

Bah ! il vaudrait peut-être mieux trouver des tâches qu'on peut abattre seul, auxquelles on doit s'attaquer seul et dont on est seul responsable, puisque la plupart sont endormis et préfèrent ne pas être réveillés. Il faut bien que les dormeurs puissent continuer à dormir et à se reposer.

Comme tu le vois, je dévoile cette fois des pensées plus intimes que d'habitude. Comme tu en as fait autant, tu n'as qu'à t'en prendre à toi-même.

Voici ce que je pense de toi : tout compte fait, tu es réveillé, tu ne dors pas. Ne préférerais-tu pas peindre en veillant, plutôt que de vendre des peintures ? Je te le demande tout simplement, je n'ajoute même plus que je trouve ceci ou cela préférable, car je m'en remets à ta sagacité. Dans la peinture on risque fort de sombrer ; être peintre équivaut en quelque sorte à être une sentinelle perdue, que sais-je encore — cela va sans dire. En ce qui me concerne, il ne faut pas croire que je m'inquiète outre mesure — par exemple, peindre le Borinage serait quelque chose, mais ce serait si ardu, voire si dangereux, qu'il faudrait s'attendre à une petite existence sans paix et sans agréments. Je l'entreprendrais pourtant s'il m'était possible, je veux dire si je ne devais pas prévoir ce que je dois prévoir

– que les frais dépasseraient mes moyens. Si je trouvais des gens pour s'intéresser à cette entreprise ou à une autre de ce genre, je risquerais le coup.

C'est précisément parce qu'il n'y a que toi qui t'intéresses, pour le moment, à ce que je fais, que je dois enterrer ce projet et le laisser en terre jusqu'à nouvel ordre, mais je trouverai bien de quoi m'occuper en attendant. En tout cas, si je l'abandonne, ce n'est pas pour me ménager ou pour une autre raison semblable.

J'espère qu'il te sera possible de m'envoyer un peu d'argent avant le 1er décembre. Je te remercie très cordialement de ta lettre, mon vieux ; avec une chaleureuse poignée de main en pensée, et crois-moi

t. à t. *Vincent.*

(fin novembre 1882)

Cher ami Rappard,

R 19 N Je vous remercie cordialement pour votre mandat-poste, et tout autant pour votre lettre.

Je vous ai déjà parlé de ma déception quant à l'argent que j'attendais. Depuis lors, je ne m'en suis plus soucié puisque je sais maintenant à quoi m'en tenir. Une lettre contenant de l'argent, qui était destiné à couvrir les frais des lithographies, s'est égarée, et il y a peu d'espoir qu'on la retrouve jamais, bien qu'on ait ouvert une enquête.

Je préfère encore cela à ce que j'appréhendais plus ou moins instinctivement, savoir que mes lithographies ne plaisent pas, comme mes dessins, cet été. C'est tout de même un peu fort que je ne puisse pas avancer comme j'aurais pu le faire si cet argent ne s'était pas égaré. Bah ! la chose s'arrangera d'ici peu de temps, et j'essaierai quand même de continuer à travailler.

Je dispose de peu de temps pour écrire, mais je veux tout de même vous dire que vos remarques sur les défauts de ma lithographie me paraissent très pertinentes ; maintenant, ces défauts me sautent aux yeux, à moi aussi.

Je voudrais vous écrire plus longuement sur ce que vous me dites, savoir qu'on ne doit remettre la clef des champs à une œuvre que quand elle satisfait aux exigences les plus sévères de la technique. Les marchands d'objets d'art parlent de même, mais je ne crois pas ce qu'ils disent. Réfléchissez-y un peu, cela m'évitera d'en écrire davantage. Demandez-vous s'il n'est pas permis de publier un dessin comme le mien, tel qu'il a été fait d'après un modèle et sans qu'il ait été retouché (bien que je reconnaisse qu'il n'est pas exempt de défauts), de même qu'il m'est permis de me montrer dans la rue en costume de travail, si cela me plaît ; je ne suis pas obligé, n'est-ce pas, de me poster devant ma glace avant de franchir le seuil, afin de m'assurer s'il n'y a rien à reprendre à ma toilette ? En supposant que vous admettiez que ma comparaison est relativement fondée, mais que vous-même ne feriez ni l'un ni l'autre, il reste à savoir s'il ne vaut souvent pas mieux, lorsqu'on entre en campagne, marcher plus vite que perdre son temps à sa toilette.

Je ne puis pas plus approuver ce que vous me dites de la façon de voir du public, qui trébuche sur les défauts avant de se rendre compte du caractère d'un dessin. Je crois qu'une fraction relativement minime du public a exactement le regard que vous dites, mais que la grande masse à laquelle Herkomer dit : « C'est fait pour toi, public » ne le fait généralement pas. Enfin, si je parviens à trouver du temps et mes mots, je m'efforcerai une autre fois de vous expliquer clairement le fond de ma pensée. Comme je viens de m'occuper de questions sur lesquelles je ne puis vous donner tout à fait raison (vos remarques concernant les défauts de mes dessins ne sont pas de ce nombre, car, prises séparément, je les trouve très pertinentes), je vais vous entretenir maintenant de votre grande œuvre décorative et de votre « Menu ». A ce propos, je veux vous dire ceci : Mon vieux, faites plutôt autre chose, vous vous êtes engagé dans une passe périlleuse, on sait bien quand on commence, mais on ignore si l'on aura la force de s'arrêter. Dès l'instant qu'on acquiert la réputation d'être capable de composer quelque chose pour « les grandes circonstances », on en passe par là à chaque « grande circonstance ». Relisez donc le père Smits * : il a laissé sur la question quelques considérations spirituelles et pratiques qui pourront vous expliquer toute l'affaire plus clairement que moi. Il importe avant tout de se mettre en campagne pour le moment, en tout cas, il y a moyen d'entamer une campagne.

* Humoriste hollandais (1819-1877).

Je ne parle pas de dessiner des nus, mais de faire de la grande œuvre décorative.

Je connais « L'Héritier » de Boughton ; j'ai vu la toile à la Royal Academy, et plus tard chez Goupil. Je la trouvais si belle à l'époque que j'en ai pris un croquis pour une connaissance de Hollande, pour qu'elle puisse s'en faire une idée. Je ne connais pas la gravure sur bois.

Je n'ai pas réussi à mettre la main sur « Les mineurs » de Renouard ; j'ai couru partout à la recherche des derniers numéros de *L'Illustration ;* on ne les avait pas, ou on n'avait pas les numéros où figurent « Les mineurs ».

A condition que je puisse vous régler les débours — sinon pas — voulez-vous bien vous donner la peine, si vous en avez le temps, de voir de quels numéros il s'agit et de les commander pour moi aussi, si vous avez également l'intention de les acheter ?

Si ce n'était pas possible à Utrecht, je pourrais les commander ici, pour vous comme pour moi, à condition que je connaisse les numéros et les dates des fascicules où figurent « Les mineurs ». Seulement, il faut se dépêcher pour cette commande de plusieurs numéros, car il arrive souvent qu'on n'exécute pas les commandes, ou que le numéro soit épuisé. Puisqu'il faut se dépêcher, la solution la plus pratique serait que vous passiez tout de suite la commande à Utrecht.

Jadis, j'ai fait venir de la même façon « Les enfants assistés » de Renouard.

Oui — ne m'en veuillez pas de vous répéter en termes plus énergiques encore ce que je veux vous faire entendre ; plus vous exécuterez des œuvres décoratives à l'occasion de « grandes circonstances », si charmantes et si bien réussies soient-elles, moins vous pourrez rester d'accord avec votre conscience d'artiste ; plus vous vous consacrerez à du travail sérieux, à dessiner par exemple un hospice pour aveugles, un décorateur de carreaux, une tricoteuse, etc., plus vous sentirez que ce travail-là a aussi sa raison d'être, même s'il ne vous assure pas un succès immédiat.

La société Kunstliefde d'Utrecht a davantage besoin de votre œuvre sérieuse que d'une œuvre décorative quelconque, si bien réussie soit-elle.

Disons que, de vous, j'ai encore en poche un florin et demi, pour vous acheter des gravures sur bois ou autre chose de ce genre, si l'occasion s'en présente. C'est à cette condition que je ne vous retournerai pas le surplus de votre mandat-poste. Il a été pour moi doublement le bienvenu puisque je viens d'essuyer un terrible contretemps : la lettre qui n'est pas arrivée à destination. Je vous réitère mes remerciements cordiaux pour le prompt envoi de l'argent. Soyez assuré que, si je formule des remarques au sujet de cette œuvre décorative, ou si je dis quelque chose qui ne peut avoir tout votre agrément, je vous parle ainsi sans détour parce que j'apprécie à leur valeur vos aspirations et votre œuvre, et que j'estime qu'elles ont de l'importance.

Ce qui va suivre vous paraîtra peut-être impitoyable, mais je le pense réellement : vous vous rendrez bien plus utile à la société Kunstliefde, par exemple, si vous déclinez tous les postes honorifiques imaginables, et si vous ne songez plus à briller dans ces grandes circonstances, dont je n'attends pas le moindre profit ni pour le public ni pour les artistes, et que je ne considère pas comme une preuve de la prospérité des sociétés qui les organisent. Adieu, et croyez-moi, avec une poignée de main,

t. à t. *Vincent.*

Cher Théo,

J'ai reçu ces jours-ci une lettre de Rappard, avec lequel je suis 249 N
en correspondance à propos des essais de lithographie ; lui aussi en fait.

Je lui avais écrit incidemment : Je me suis de nouveau heurté à un obstacle ; une lettre contenant de l'argent, dont je destinais la majeure partie à mes essais, a été égarée.

Il me répond : Que cela ne t'arrête pas, compte sur moi si tu ne peux pas avancer ou si tu as besoin de quelque chose. Je ne lui avais pas écrit pour obtenir cette réponse-là, mais pour qu'il fasse encore, lui, quelques essais. N'empêche que ça m'a fait plaisir, car de telles marques d'intérêt sont plutôt rares. Je lui ai répondu : Je vous remercie pour le moment, mais s'il devait se faire que je ne puisse plus réellement avancer, nous en reparlerions. Et je lui ai dit à quel point j'appréciais sa proposition. Vois-tu, c'est un de ces cas dont tu m'entretenais dans ta lettre précédente.

Il va de soi que le dessin, la pierre, l'impression et le papier coûtent de l'argent, mais les frais sont relativement minimes. Des reproductions comme la dernière que je t'ai envoyée, par exemple, ou comme celle que j'ai terminée hier soir et qui est prête, conviendraient très bien, je crois, à une édition populaire dont le besoin se fait sentir, se fait même fort sentir, en Hollande surtout.

Une telle entreprise, c'est-à-dire composer une série de trente dessins et en faire des reproductions, croquer par exemple des types d'ouvriers, un semeur, un bêcheur, un bûcheron, un laboureur, une lavandière, et aussi un berceau, et un vieillard de l'hospice — tout l'immense champ de travail est libre, il y a abondance de sujets — peut-on ou ne peut-on pas la risquer ? Le problème est même plus complexe : est-ce un devoir ou un droit, ou bien est-ce une erreur ? Voilà la question.

Si j'avais des ressources, je n'hésiterais pas à prendre une décision, je dirais : en avant, et plus vite que ça.

Mais il n'en est pas ainsi. Peut-on, doit-on embarquer, entraîner un autre, sans qui on ne peut rien faire, dans une entreprise dont la rentabilité est incertaine ? Pour moi, je ne me ménagerais pas. Tu as prouvé, en m'aidant, que tu ne te ménageais pas non plus. Mais d'aucuns trouvent mal et bête de ta part de t'être soucié de moi, et ils jugent mes faits et gestes absurdes ; beaucoup, qui se montrent très enthousiastes au début, finissent par en arriver à cette conclusion et ne sont pas assez longtemps courageux et ardents... Comme un feu de paille.

Vraiment à tort, car ni toi ni moi ne nous comportons sottement en cette occurrence. Cette entreprise, qui ne reposait que sur une parole de toi — « J'ai parlé à Buhot, qui connaît un procédé spécial pour faire des lithographies dont je te parlerai davantage plus tard ; tu dois d'abord faire un essai sur le papier qu'il va t'envoyer » — a pris pour moi, en peu de temps et malgré ce point de départ relativement banal, les proportions d'une affaire importante. Je prévois que persévérer et travailler dur pourrait aboutir à un résultat que je ne crois pas du tout oiseux, mais parfaitement bon et utile.

On a toujours prétendu qu'en Hollande on ne sait pas faire des gravures pour le peuple. Je n'en ai jamais été tout à fait convaincu. Maintenant, j'y vois clair : moi, je sais que cela peut se faire.

L'association « 't Nut » a aidé Elsevier, de Rotterdam, à coup de milliers de florins à éditer *De Zwaluw*.

Est-ce que *De Zwaluw* a atteint son but ? Non ; bien qu'elle ait publié quelques belles reproductions, cette revue était trop mince, elle n'était pas assez audacieuse, pas assez sincère, pas assez substantielle. Une simple imitation de revues anglaises qui manquait d'originalité. Il y a deux systèmes : comment il ne faut pas faire et comment il faut faire.

Je crains qu'Elsevier n'ait eu une arrière-pensée : « Comment il ne faut pas faire » ; sinon on s'y serait pris autrement, eût-on dû y mettre du sien. « Comment il ne faut pas faire » raisonne comme suit : Je reçois tant et tant de « 't Nut », la vente me rapporte tant et tant, il me faut avant tout glisser tant et tant dans ma poche, et je dois agir exactement comme mes collègues, sinon ils me traiteraient de mauvais coucheur, de chien galeux, etc.

Il se passe alors ceci : au lieu de citer ce qu'on lit au bas d'une toile de Millais * : « Cela peut être fait et dans ce cas faisons-le », Elsevier et un millier de ses semblables déclarent : « Cela ne peut être fait », ou bien ils s'y prennent d'une main molle, sans beaucoup d'énergie. Je ne connais pas suffisamment la direction de *De Zwaluw* pour décider qui est le véritable responsable, mais je connais suffisamment la revue pour oser assumer la responsabilité de ceci : Vous n'en avez pas fait ce que vous auriez pu en faire, elle aurait pu et dû être meilleure. Et j'ajoute encore : Quoi qu'il en soit, il y a toujours eu des Hollandais audacieux, sincères, courageux et honnêtes ; même à des époques de relâchement, d'amollissement, où tout allait de travers, il subsistait par-ci, par-là, des coins secrets où le feu continuait à couver. Surtout aux périodes où l'on pouvait ranger les Hollandais parmi les premiers et les meilleurs.

Par conséquent, il s'agit d'oser et de se sacrifier, de prendre quelques risques, non en vue de réaliser des bénéfices, mais parce que cela est bon et utile ; il faut maintenant la confiance de ses semblables, et de ses concitoyens en général.

Mais avant de démarrer, je tiens à déclarer que, s'il est question de monter une entreprise de gravures pour le peuple, je ne veux pas m'en occuper, si ce n'est pour faire les gravures. Il faut que ce soit une affaire de charité, non de librairie.

Il est pourtant nécessaire de prendre contact avec la librairie, ne fût-ce que pour l'impression, etc. C'est pourquoi je t'en parle, mais non pour te demander : Crois-tu que ça marchera ? Du point de vue librairie, je me borne à poser la question : Comment faut-il faire ?

* « Le passage du nord-ouest. »

M'est avis qu'il faut convenir de ce qui suit : étant donné qu'il est utile et nécessaire qu'on fasse, reproduise et diffuse des dessins hollandais destinés aux maisons ouvrières et aux fermes, en un mot à tous les travailleurs, quelques personnes s'engagent à faire de leur mieux et à mettre tout en œuvre dans ce but.

L'association ne sera pas dissoute avant que l'affaire n'ait été menée à bonne fin ; elle s'efforcera de la réaliser le mieux possible et de la façon la plus pratique.

Le prix des gravures ne pourra dépasser dix cents, quinze cents au maximum. On ne les diffusera que quand la série de trente sera complète et imprimée, et quand le prix des pierres, de l'impression et du papier sera réglé.

Ces trente gravures seront mises en vente simultanément, mais on pourra se les procurer séparément. La collection complète, revêtue d'une couverture de toile, sera accompagnée d'une notice concise ; il ne s'agit pas de commenter les gravures qui devront être éloquentes, mais de déclarer brièvement, en termes énergiques, dans quel but elles ont été faites, etc.

Voilà la raison d'être de cette association. Si les dessinateurs doivent s'atteler seuls à la tâche, tout le travail et tous les frais seront à leur charge et l'entreprise fera naufrage au beau milieu du chemin. Par conséquent, il faut partager les charges, de sorte que chacun en ait la part qu'il est à même de supporter, afin que l'affaire puisse réussir.

Le rapport de la vente sera destiné, premièrement, au remboursement des fonds ; deuxièmement, au dédommagement des dessinateurs qui ont donné un dessin, dont le prix devra être fixé.

Ces dettes liquidées, le solde ira à d'autres éditions, afin que l'entreprise continue à vivre.

Les promoteurs de l'entreprise considèrent qu'ils remplissent un devoir social. Comme ils ne veulent pas servir leurs intérêts personnels, ni bailleurs de fonds, ni dessinateurs, ni ceux qui y collaborent à un autre titre, ne pourront réclamer leur apport si l'affaire ne s'avère pas rentable — c'est-à-dire que leur apport sera perdu pour eux —, ni réclamer plus qu'ils n'ont apporté si elle réussissait au-delà de toute attente.

Dans ce cas, le surplus servira à faire vivre l'œuvre. Dans l'autre cas, les pierres seront acquises aux collaborateurs, mais les sept cents premières reproductions, faites pour le peuple et non pour l'association, seront distribuées gratuitement.

Aussitôt après l'édition de la première série de trente gravures, il faudra délibérer, pour décider s'il y a lieu de continuer ou de renoncer. A ce moment, mais pas avant, ceux qui en ont envie pourront tirer leur épingle du jeu.

Voilà le projet que j'ai conçu, et je te demande : Comment faire ? Veux-tu être de la partie ?

Je n'en ai encore parlé à personne, car cette idée s'est approfondie dans mon esprit pendant que je travaillais. Mais il y a belle lurette que j'envisage avec Rappard le problème de reproductions pour le peuple, en ce sens qu'il s'y intéresse aussi bien que moi, tant et si bien qu'il en est arrivé à me dire spontanément, comme je te l'ai écrit : Je te donnerai volontiers un coup de main.

Cependant, Rappard ne considère pas encore l'affaire comme je voudrais qu'il la considère ; par exemple, il n'est pas d'accord avec moi sur les questions de technique. En ce qui concerne sa proposition de m'avancer de l'argent, voici ce que j'ai décidé : je le refuse pour mon usage personnel, parce que je ne pourrais m'en servir utilement que si l'association dont je te parle ne se réalisait pas. Si nous en sommes un jour à ce point-là, il me restera à trancher la question : que pourrai-je faire ultérieurement ? En attendant, je lui expose ma conception et je lui demande, comme je te le demande à toi : pourrons-nous entreprendre une tâche de ce genre ?

Je voudrais, moi, que tous les membres de cette association soient sur le même pied, qu'il n'y ait ni règlement ni président, ni ceci ni cela, mais qu'on se contente d'une notice constatant l'existence de l'association ; seulement, à partir du moment où le texte définitif aurait été établi et signé par tous les membres, on ne pourrait plus le modifier, sauf à l'unanimité des voix ; ensuite, on établirait la liste de ceux qui se sont associés (mais on ne la publierait pas, l'entreprise devant rester une entreprise artistique, privée), en mentionnant ce que chacun peut faire en vue du but commun : A s'engage à faire ceci ou cela, B donne ceci ou cela, etc. Rien de plus.

Avec tout cela, nous sommes le 1er décembre. Si tu ne m'as pas encore écrit, veuille le faire le plus tôt possible, car il ne me reste plus d'argent. Adieu, crois-moi, avec une cordiale poignée de main,

t. à t. *Vincent.*

J'envisage une association qui se propose d'agir, non de délibérer ; d'agir promptement, vigoureusement, sans perdre du temps, car je considère l'entreprise comme une affaire de charité et non de librairie.

Encore autre chose. Il faut penser d'avance aux frais : trente pierres, les frais d'imprimerie, le papier, etc. Je ne sais exactement à combien s'élèveraient les frais, mais je crois qu'on irait déjà loin avec trois cents florins. Les membres de l'association qui ne sont pas en état de donner de l'argent, fourniront des dessins. Si personne ne se présente, je veux bien me charger de les fournir tous. Mais je préférerais que d'autres, plus capables que moi, s'en chargent.

En tout cas, je trouve souhaitable d'éditer, à titre d'essai, une première série de trente figures, et j'aimerais réaliser mon projet, même si personne n'était provisoirement disposé à donner des dessins. Si l'on montrait cette série aux autres artistes capables de faire mieux que moi, ceux-ci se décideraient peut-être à entrer dans le jeu. Bien des gens ne consentent à collaborer à une entreprise que quand ils ont la certitude qu'elle est sérieuse, et ils refusent de s'en occuper avant que les premiers pas n'aient été faits.

Cher Théo,

250 N Je te remercie cordialement de ta lettre recommandée, de même que du rouleau, dans lequel j'ai trouvé le papier de Buhot. Toutefois, j'aimerais avoir quelques explications par-dessus le marché, par exemple : Avec quoi faut-il dessiner sur ce papier ? J'espère l'apprendre à la première occasion.

Les Renouard, « Enfants assistés », sont superbes ; on peut en dire autant de son nouveau dessin, « Banc des accusés », bien que celui-ci soit moins important que ses grands dessins de la prison de Mazas, par exemple. Je suis heureux de les posséder et je t'en remercie beaucoup.

Tu as dû recevoir l'épreuve d'une lithographie. A vrai dire, elle n'est pas réussie, mais je te l'ai envoyée quand même parce que certaines parties sont exactement ce que j'avais voulu qu'elles fussent.

L'encre autographique s'est beaucoup étendue cette fois, il a fallu y remédier après coup, mais il subsiste des taches noires un peu partout. Cependant, regarde la jambe avec la botte couverte de boue. Elle te fera comprendre que ce procédé permet d'exprimer la matière et d'obtenir des effets caractéristiques. Les mains et la tête ne valent rien, alors que ce sont les détails les mieux réussis de mon autre vieux bonhomme. J'ai de nouveau eu l'occasion d'observer attentivement le report sur la pierre et l'impression, et je dois te dire que j'en suis venu à la conclusion qu'il y a moyen d'obtenir de beaux résultats avec ce procédé.

Aujourd'hui, j'ai été chez Van der Weele qui trouvait assez bon le vieux bonhomme se tenant la tête dans les mains ; lui aussi se propose de faire des essais.

Il réussit parfois de très bonnes choses. Il m'a offert quatre eaux-fortes : une bergerie, des veaux dans un taillis, deux tombereaux de sable et une charrue attelée de bœufs. Je me plais à croire qu'il m'en donnera d'autres, plus tard, quand il fera exécuter encore des reproductions.

Il semble ne pas porter Tersteeg dans son cœur. Du moins, disait-il, sans que j'aie soufflé mot à son sujet, alors que nous bavardions de ses études : Très bien, mais si je fais quelque chose et si je vais le montrer à Tersteeg, il ne manquera pas de me présenter des observations.

Je crois qu'il disait vrai, et je déplore beaucoup qu'il en soit ainsi. Je préférerais m'être trompé lorsque je me suis fait une opinion sur Tersteeg, mais je crains qu'il ne décourage bien des gens qui mériteraient mieux que cela. Ce sont là des histoires très fâcheuses.

Hier, j'ai reçu une lettre, non de Rappard lui-même, mais de son père qui me dit que R. est malade. J'ignore ce dont il souffre ; peut-être, peut-être de ce que toi et moi avons goûté.

Cette idée m'est venue au souvenir de quelques expressions de sa dernière lettre ; il m'écrivait entre autres que je devais continuer mes essais, mais que lui se sentait si mal en point qu'il était incapable d'entreprendre quoi que ce soit. C'est regrettable pour lui, n'est-ce pas, car il est fâcheux de se voir contraint d'abandonner le travail pour une raison aussi stupide que la maladie.

Je suis fort tenté d'aller lui rendre visite si l'on ne me prévient pas sous peu qu'il va mieux. Ces derniers temps, j'ai beaucoup correspondu avec lui au sujet du travail ; il s'est mis à collectionner des gravures sur bois, et je crois qu'il y a bien des chances pour que nous nous entraidions de plus en plus.

J'ai vu chez v. d. Weele un excellent croquis de Breitner, un dessin qui n'était pas achevé et qu'il est peut-être impossible d'achever : des officiers devant une fenêtre ouverte qui délibèrent, penchés sur une carte ou sur un plan de bataille. Breitner est effectivement nommé à l'école communale de Rotterdam ; c'est une solution pour lui. Cependant, il me semble qu'il est quand même préférable de consacrer tout son temps au travail, quand il y a moyen de tenir le coup sans faire autre chose. On dirait que l'exercice d'un emploi comporte des conséquences fatales ; ce sont peut-être les soucis, les côtés d'ombre noire de la vie d'artiste qui en constituent la meilleure partie. Il est téméraire de parler ainsi, on parle autrement à certains moments, les soucis en font sombrer beaucoup, mais ceux qui les surmontent gagnent à les avoir connus.

Tu me proposes l'idée de faire des dessins de plus petit format. Je trouve gentil de ta part de traiter cette question sur un ton plus calme que d'autres, qui m'ont parfois dit tout autrement la même chose en déclarant : si tu ne fais pas des dessins plus petits, il se passera ceci et cela. Je trouve superficiel et étourdi d'en parler ainsi, et je ne puis croire qu'ils ont raison.

Veux-tu que je te dise le fond de ma pensée ? Chaque format offre ses avantages et ses inconvénients. En règle générale, mes essais réclament des figures aux proportions assez grandes pour que la tête, les mains et les pieds ne soient pas trop petits et que je puisse les dessiner nettement.

Par conséquent, c'est parce que je dois apprendre que je règle mon format sur celui des *Exercices au fusain* de Bargue ; ainsi, on peut embrasser les dessins de ce format d'un seul coup d'œil et les détails ne sont pas trop réduits.

Il est vrai que la plupart adoptent un format plus petit. Quant à moi, voici comment j'ai travaillé dès le début : j'ai pris tantôt un format plus petit, tantôt un format plus grand, et il serait contraire à mes convictions de déroger à ma façon habituelle d'étudier. Bien que je fixe mon attention sur ce point central — dessiner la figure humaine dans des proportions respectables, c'est une tâche extrêmement difficile, tu peux m'en croire — cela n'implique pas que je sois absolument tenu de ne jamais faire autrement. En foi de quoi, je te pose une question en réponse à ce que tu m'as écrit : envisages-tu un travail nettement déterminé ; l'un ou l'autre t'a-t-il dit, par exemple, qu'il y aurait moyen d'utiliser des reproductions de ce genre si les figures étaient réduites de moitié ? Si tu entrevois un débouché, je me donnerai volontiers la peine soit de réduire de moitié les figures que j'ai déjà dessinées, soit d'en dessiner d'autres de plus petit format.

L'importance que j'attache aux dimensions varie selon que j'ai ou non une raison précise de m'en soucier.

J'aurais une raison assez décisive de dessiner quelques figures réduites de moitié, si tu étais disposé, par exemple, à tenter de nouveaux efforts avec celles que je t'enverrai, même s'il ne t'était pas possible de me dire d'ores et déjà à qui tu t'adresseras ou à quoi tu les destines.

Ce que je viens de te dire ne vise qu'à souligner que j'ai essayé dès le début d'organiser mon travail et que je me suis tracé une ligne de conduite, non pour m'en faire l'esclave, mais pour me permettre d'avoir des idées plus nettes.

Il n'est point difficile de réduire de moitié une figure donnée ; seulement, il se peut que le dessin perde alors de son caractère propre ; il arrive aussi que la figure y gagne.

En tout cas, je t'en enverrai quelques-unes sous peu, mais tu dois me dire à quoi tu les destines, si tu as quelque chose de précis en vue, pour que je puisse choisir judicieusement mes figures.

Encore une fois merci de ce que tu m'as envoyé. J'espère que tu voudras bien réfléchir à ce que je t'ai dit dans ma dernière lettre à propos du projet d'édition de gravures pour le peuple. Je n'ai pas encore échafaudé un projet nettement déterminé, en ce sens que je devrai encore réfléchir aux dessins et au procédé de reproduction avant qu'il ne se précise dans mon esprit.

Toutefois, je ne doute pas qu'il soit possible de réaliser une telle entreprise, ni que celle-ci soit utile, et je me refuse à croire qu'on ne trouverait pas de collaborateurs. Enfin, je pense que personne n'aurait lieu de regretter sa collaboration si on parvenait à mettre cette affaire sur pied.

Avec une poignée de main,

t. à t. *Vincent.*

Tandis que je t'écris, je relis ta dernière lettre, surtout ce que tu me dis au sujet du format. Je veux te citer l'exemple d'un dessinateur que tu connais, Théophile Schuler, qui a illustré les ouvrages d'Erckmann-Chatrian. Ces petites illustrations prouvent nettement qu'il était capable de faire des dessins de petit format ; le prouvent davantage encore les dessins exécutés auparavant pour *L'Illustration* et *Le Magasin Pittoresque,* entre autres *L'Album des Vosges,* auquel collaborèrent également Brion et Jundt.

Cependant, je crois qu'on se tromperait si on allait s'imaginer que le dessin définitif de la composition « Le Benedicite » (une famille de bûcherons ou de paysans attablés) ait été établi du premier coup.

Non, car attribuer de la solidité et de la vigueur aux petits dessins demande bien souvent plus d'efforts que ceux qui font peu de cas des travaux d'illustration ne se l'imaginent.

Mon vieux, tu es un des marchands d'objets d'art les plus avertis que je connaisse, tu parles du métier avec plus de clairvoyance et plus de sensibilité que la plupart d'entre eux, mais je me figure que tu serais stupéfait si tu savais combien de peine certains dessins ont coûté aux artistes, par exemple les illustrations de *L'Album des Vosges* et les premiers dessins de *Graphic.*

Pour ce qui est de moi, au fur et à mesure que j'en apprends davantage sur la vie et l'œuvre d'hommes comme Schuler, Lançon, Renouard et tant d'autres, j'en viens à la conclusion que ce qu'on sait d'eux n'est que le petit nuage de fumée s'échappant de leur cheminée, alors qu'un grand feu flambe dans leur cœur et dans leur atelier. Les revues illustrées les rapetissent, tel le petit clocher dans le lointain qui paraît minuscule et insignifiant, mais se révèle une masse imposante quand on s'en approche ; j'entends qu'on ne livre qu'une infime partie de leur œuvre au public.

Enfin, on peut dire que certaines toiles paraissent remarquables dans leurs cadres énormes, mais on s'étonne plus tard qu'elles laissent, somme toute, une telle sensation de vide et de déception ; au contraire, il nous arrive de ne pas prêter attention à telle gravure sur bois ou à telle litho de mince apparence, mais on finit par en revenir de cette opinion, par les aimer de plus en plus et y sentir quelque chose de grandiose.

Je connais un dessin de Tenniel représentant « deux pasteurs » (évidemment, ce n'est pas là le titre anglais, mais le sujet) ; l'un est un pasteur de la ville, glorieux, épanoui et imposant, alors que l'autre est un peu râpé, c'est un modeste petit pasteur de village, apparemment père d'une famille nombreuse et nécessiteuse. Je me dis souvent qu'on rencontre ces deux types parmi les peintres ; beaucoup d'illustrateurs sont des pasteurs de village dans le monde de la peinture, alors que des hommes comme Bouguereau, Makart et tant d'autres ressemblent à l'autre type de pasteur.

Il m'importe relativement peu de faire des dessins plus petits ou plus grands, mais les revues illustrées ne demandent qu'une part de ce que j'exige de moi-même. J'exige formellement de moi-même de pouvoir dessiner des figures assez grandes pour que la tête, les mains et les pieds ne soient pas trop petits et que les détails apparaissent nettement.

Je n'en suis pas encore arrivé à faire ce que j'exige de moi-même, il s'en faut de beaucoup, mais c'est précisément pourquoi je ne puis cesser de me talonner sur ce point.

Quand j'exige cela de moi-même, je ne demande au fond que ce que d'autres ont demandé à eux-mêmes. Ainsi, par exemple, j'ignore la forme et les dimensions définitives des dessins auxquels je travaille en ce moment. Après avoir beaucoup réfléchi, j'ai décidé qu'ils seraient à peu près la moitié du dessin représentant le bonhomme qui se tient la tête entre les mains, mais il va de soi que je pourrai réduire le format de ces cartons le jour où il s'agira de les reproduire.

Les *Exercices au fusain* et les *Modèles d'après les maîtres,* édités par G. et Cie, donnent la preuve que dessiner des figures assez grandes a sa raison d'être au point de vue pratique. J'ai débuté en me servant de ces ouvrages, et je n'ai pas trouvé jusqu'à présent de meilleurs guides pour des études d'après un modèle vivant. Par ces ouvrages, on s'est proposé d'introduire des idées saines sur les études, dans les écoles et surtout dans les ateliers. J'ai prêté l'oreille à ce que Bargue explique dans ses exercices ; bien que mon œuvre ne soit pas aussi belle que la sienne, il s'en faut de beaucoup, je crois que ces exemples indiquent le droit chemin, conforme à ce que d'autres, Léonard de Vinci, par exemple, ont enseigné autrefois ; en tout cas, ils ont mis un peu d'ordre dans mes idées concernant le dessin, ce qui me permet de travailler plus régulièrement que si je n'étais pas capable de régler mes faits et gestes. Je ne puis en démordre, vois-tu, mais, je le répète, je pourrais, si l'on y tient, réduire les dimensions de telle ou telle figure dont j'ai fait des études.

Je serais enchanté si tu pouvais jeter un coup d'œil sur tout ce que j'ai fait depuis cet été. Que se passe-t-il avec les dessins que tu as expédiés par l'intermédiaire de la rue Chaptal, d'après ce que tu m'as écrit ? Je ne les ai pas encore reçus ; je suppose qu'ils sont encore chez toi, puisque tu m'as écrit peu après que tu en avais montré à Buhot. Évidemment, rien ne presse, je ne t'en parle que parce que je crains qu'ils ne traînent quelque part. Je ne verrais aucun inconvénient à ce que tu les gardes pour les montrer à gauche ou à droite, mais je souhaiterais que tu fasses à ce propos un nouveau choix dans ma collection.

Cher Théo,

251 N Tu as dû recevoir ma lettre dans laquelle je t'écrivais que, tout en travaillant, j'avais couvé le projet de dessiner pour le peuple des figures de gens du peuple. Et qu'il me semblait que ce serait une bonne chose, non de librairie, mais de charité et de devoir, si quelques personnes s'associaient dans ce but.

Depuis que je t'ai écrit, je me suis évidemment moins demandé « qui fera ceci ou cela ? » que « qu'est-ce que je fais dans ce but ? », pour la bonne raison que je ne suis pas responsable du primo, mais le suis certainement du secundo. Je puis t'assurer que mon idée s'est raffermie dans ma tête, pendant que je faisais des dessins dans ce sens. La réaliser serait faire œuvre utile ; point ne serait besoin de verser dans une sorte d'imitation servile d'autres éditions populaires. Au contraire, l'exemple de publications de ce genre, le *British workman,* par exemple, nous guiderait pour ce qui est du « Comment faire » et du « Comment ne pas faire ».

J'ignore si tu connais *La petite Dorrit,* de Dickens, qu'anime le personnage de Doyce, l'homme qu'on pourrait considérer comme le type même de ceux qui ont pour principe « Comment faire ».

Même si tu ne connais pas la magnifique figure d'ouvrier de cet ouvrage, le passage suivant te fera comprendre son caractère. Quand quelque chose ne se réalisait pas, quand il se heurtait à l'indifférence ou à pire encore, et qu'il ne pouvait plus aller de l'avant, il disait simplement : « Ce malheur ne change rien ; la chose est tout aussi vraie maintenant (après l'échec) qu'elle l'était alors (avant l'échec) ». Et il recommençait sur le continent ce qui ne lui avait pas réussi en Angleterre, et il finissait par réussir.

Voici où je veux en venir. L'idée de dessiner des types de gens du peuple pour le peuple, des types d'ouvriers, et de les diffuser en édition populaire — cette entreprise devant être considérée comme une affaire de devoir et de charité, comme telle et rien d'autre — est une idée, vois-tu, dont je crois qu'on pourrait dire, même si elle ne réussissait pas tout de suite et tout d'un coup : « La chose est aussi vraie aujourd'hui qu'elle l'était hier ; et elle sera tout aussi vraie demain. »

Par conséquent, on peut l'entreprendre et la poursuivre avec sérénité, il n'y a pas lieu de douter ou de désespérer de la réussite, à condition de ne pas faiblir et de ne pas jeter le manche après la cognée.

Je me suis dit que mon devoir était tout indiqué : donner le meilleur de mon énergie à mes dessins. Aussi en ai-je fait quelques-uns depuis ma première lettre concernant ce projet.

Premièrement, un semeur. Un grand gaillard âgé, une longue silhouette noire se dessinant sur un fond obscur. Dans le lointain, une chaumière au toit moussu dans la bruyère, et un lambeau de ciel avec une alouette. Une espèce de tête de coq, un visage glabre, un nez et un menton assez pointus, de longues jambes bottées.

Puis, un autre semeur en culotte et veste de basin brun clair. C'est-à-dire que cette figure-ci se détache sur le champ noir, dont le fond est bordé d'une rangée de saules étêtés.

C'est un tout autre type, avec une barbe en collier et de larges épaules ; il est un peu trapu et fait penser plus ou moins à un bœuf, de sorte que sa tournure entière évoque le travail et la terre. Si tu veux, c'est plutôt un type d'Esquimau : grosses lèvres, nez écrasé.

Et encore, un faucheur armé d'une faux dans une prairie. Sa tête avec le bonnet de laine se détache nettement dans l'espace clair.

De plus, encore un de ces vieux bonshommes en veste courte, coiffés d'un grand chapeau fatigué, comme on en rencontre parfois dans les dunes.

Il rentre chez lui avec un panier de tourbe.

J'ai tâché d'exprimer plus nettement mes intentions dans ces dessins-ci que dans celui du vieux bonhomme se tenant la tête entre les mains. Tous ces gaillards font quelque chose, et il me semble qu'en règle générale, je dois m'en tenir à ce principe en choisissant mes motifs. Tu sais que les figures au repos, comme on en dessine très, très souvent, sont fort belles. On en dessine davantage que des figures au travail.

Il est toujours tentant de dessiner une figure au repos ; exprimer l'action est très difficile, et beaucoup trouvent l'effet « plus agréable » que le reste.

Seulement, cet agrément ne peut faire perdre de vue la vérité, et la vérité, c'est que les corvées l'emportent de loin sur le repos dans la vie. Tu saisis ma conception : c'est le travail que je veux essayer d'exprimer.

Il me semble qu'il est même plus urgent de faire des dessins que d'en reproduire.

Aussi m'abstiendrai-je de parler à tout venant de cette affaire, parce que je crois qu'un groupe peu nombreux est souvent plus capable de fournir un travail pratique qu'un groupe fort nombreux.

Trop de cuisiniers gâtent le ragout.

Je serais enchanté de te revoir.

Veux-tu savoir que je ne doute pas d'être capable de le faire ? La physique t'a appris qu'un corps plongé dans un liquide perd autant de son poids que le poids spécifique du liquide que ce corps déplace. De ce fait, certains corps flottent, et ceux qui plongent pèsent moins lourd dans l'eau que dans l'air.

On dirait qu'un phénomène semblable — une espèce de loi naturelle fixe — se produit dans le domaine du travail, en ce sens qu'on se découvre plus de puissance de travail qu'on ne croyait en posséder, ou plus exactement qu'on n'en possédait effectivement, lorsqu'on s'est plongé dans le travail.

Toi aussi, tu le découvrirais par expérience si tu te mettais un jour à peindre.

Au début, ça paraît inaccessible, on désespère d'y arriver jamais, mais on finit par s'y habituer ; je crois que tu le découvrirais dans mon œuvre.

J'ai reçu confirmation de ce que je t'ai déjà écrit, savoir que Rappard est sérieusement indisposé. Son père m'a fait tenir des nouvelles, mais il se tait sur la nature de sa maladie. Je veux terminer autant de dessins que possible pour le jour où il ira mieux, car je souhaite que R. fasse de même dès qu'il se remettra au travail. R. a une qualité que tout le monde n'a pas, je veux dire qu'il réfléchit et qu'il cultive sa sensibilité. Il sait échafauder un projet, voir l'ensemble, s'en tenir à une idée.

On peut dire qu'un tas de gens considèrent la réflexion et la volonté comme des éléments étrangers à l'art, du moins impropres à des travaux de longue haleine. Toutefois, l'entreprise en question demande de l'adresse et de l'énergie, et aussi de la persévérance et de la patience sereine. Rappard a encore une autre qualité qui, je pense, pourrait servir beaucoup le projet que je couve. Il se consacre carrément à l'étude de la figure qu'il ne considère pas uniquement comme un ton à jeter dans une aquarelle, car il attache une grande importance à ses formes et à sa structure.

Je me dis souvent qu'il ne serait pas regrettable que je puisse consacrer plus de temps au paysage proprement dit.

Je vois fréquemment des choses que je trouve étonnamment belles et qui me font dire spontanément : Je n'ai jamais vu rien d'aussi beau en peinture. Seulement, si je voulais peindre — « Comment faire » —, je devrais renoncer à d'autres travaux. J'aimerais savoir si tu penses comme moi qu'il reste à faire certaines choses dans le domaine du paysage, et qu'Émile Breton, par exemple, a réalisé des effets — il persiste à travailler dans ce sens — qui constituent le point de départ d'un nouveau courant, mais je ne crois pas que celui-ci ait déjà atteint le point culminant de sa vigueur, car on ne le comprend guère et on l'étudie encore moins. Beaucoup de paysagistes ne connaissent pas la nature aussi intimement que ceux qui ont regardé avec émotion les champs dès leur enfance. Beaucoup de paysagistes (que nous apprécions pourtant comme artistes) font des machins qui ne nous plaisent pas, ni à toi ni à moi — en tant qu'hommes. On qualifie de superficielle l'œuvre d'Émile Breton ; elle n'est pas superficielle, car il déploie plus de sensibilité que maint autre, il sait davantage et son œuvre est de bon aloi.

En vérité, des vides énormes commencent à se créer dans le domaine du paysage, et je voudrais appliquer à ce phénomène les paroles de Herkomer : « L'artiste qui interprète permet à son habileté de nuire à la dignité de son art. » Je crois que le public se prendra bientôt à dire : délivrez-nous des combines artistiques, rendez-nous le simple paysage.

On est heureux de pouvoir regarder une belle toile de Rousseau, sur laquelle celui-ci s'est échiné afin de la rendre vraie et sincère. On est heureux lorsqu'on pense à des hommes comme Van Goyen, Old Crome et Michel. Qu'un Isaac Ostade et un Ruysdaël sont beaux ! Voudrais-je les voir revenir, voudrais-je qu'on les imite ? Non, mais je voudrais que la sincérité, la naïveté et la vérité demeurent.

Je connais quelques anciennes lithographies de Jules Dupré — des originaux, et des fac-similés de ses croquis. Quelle somme de vigueur et d'amour ne révèlent-elles pas, et pourtant, elles ont été faites à main levée, allègrement.

Il ne s'agit pas de copier servilement la nature, mais beaucoup d'entre nous ne possèdent pas cette connaissance intime de la nature qui assure la fraîcheur et la vérité aux œuvres. T'imagines-tu que De Bock, par exemple, sait tout ce que tu sais ? Non, certainement pas. Tu me diras que tout le monde a vu dès sa jeunesse des paysages et des figures. Reste à savoir si tout le monde a réfléchi dans son enfance. Reste à savoir si tous ceux qui ont vu la bruyère, la campagne, les champs et les bois les ont aimés, de même que la neige et la pluie et les tempêtes ? Tous n'ont pas aimé cela comme toi et moi ; il faut qu'un entourage et des circonstances extraordinaires contribuent à faire naître cet amour ; il faut de plus un caractère et un tempérament spéciaux pour lui faire prendre racine.

Je me souviens de certaines lettres que tu m'as écrites au temps où tu étais à Bruxelles, et dans lesquelles je lisais des descriptions de paysages comme celle que je trouve dans ta dernière lettre.

Sais-tu bien qu'il est nécessaire, absolument nécessaire que l'art puisse continuer à compter sur des hommes honnêtes ? Je ne veux pas dire qu'il n'y en a pas, mais tu comprends bien ce que je veux dire, et tu sais aussi bien que moi que beaucoup de types, qui font de la peinture, sont de fieffés menteurs.

Le dicton « la bonne foi mène le plus loin » est de rigueur en cette affaire, de même que la fable du lièvre et de la tortue, et le conte du vilain petit canard d'Andersen.

Pourquoi l'œuvre de l'aquafortiste Edwin Edwards, par exemple, est-elle admirable, pourquoi lui accorde-t-on à bon droit une place parmi les meilleurs, en Angleterre ? Parce qu'elle est basée sur la probité et la sincérité. Je préférerais être Jules Dupré plutôt qu'Edwin Edwards ; n'empêche qu'il faut vouer un grand respect à la sincérité, vois-tu ; c'est pourquoi leur œuvre tient, alors que tant d'autres ne sont bonnes que pour le rebut.

Je considère comme un idéal « Les Champs en hiver », de Bernier, qu'on peut voir au Luxembourg.

Il y a Lavieille, graveur sur bois et peintre ; je me souviens de sa « Nuit d'hiver » qui exprime l'ambiance de Noël.

Il y a Mme Collart, par exemple sa toile représentant un verger de pommiers avec un vieux cheval blanc.

Il y a Chintreuil et Goethals (je me suis souvent creusé l'esprit pour t'expliquer à quoi on pourrait comparer les belles œuvres de Goethals ; peut-être à celles de Chintreuil), mais je ne connais pas grand'chose de Chintreuil, de Gœthals non plus d'ailleurs.

L'interprétation erronée des intentions des grands paysagistes est en grande partie la cause de tout le mal. Personne, pour ainsi dire, ne sait que la bonne foi et le sentiment sincère constituent le secret d'une belle œuvre.

Beaucoup de gens n'en peuvent mais, s'ils n'ont pas assez de fond, et ils agissent de bonne foi, pour autant qu'ils en aient. Je me plais cependant à croire que tu m'accorderas que c'est un fait (d'autant plus que c'est une question en dehors de ton métier, bien qu'elle te regarde) que maints paysagistes pourtant très bien considérés, fourniraient des œuvres meilleures, plus solides, s'ils avaient la moitié de tes idées saines sur la campagne, des idées qui te sont innées, pour ainsi dire. Réfléchis à ce que je viens de t'exposer, place-le avec d'autres choses dans le plateau de la balance quand tu te pèseras, en te disant : je ne serais qu'un médiocre. A moins que tu n'attribues au mot médiocre sa signification valable, noble. L'habileté, comme on dit ici — on fait souvent sonner ce mot ; moi, j'en ignore le sens exact, et je l'ai déjà entendu appliquer à de grandes futilités — est-ce l'habileté qui doit sauver l'art ?

J'aurais bon espoir que tout aille mieux s'il y avait plus d'hommes comme Ed. Frère et Émile Breton, par exemple, que d'aigles comme Boldini et Fortuny. Frère et Émile Breton nous manqueront et nous les regretterons longtemps. Quant à Boldini et Fortuny, il faut reconnaître, même si on les respecte, qu'ils ont exercé une influence néfaste.

Un gaillard comme Gustave Brion a laissé quelque chose de valable, De Groux également ; s'ils étaient plus nombreux, le monde y gagnerait, l'art serait une bénédiction, mais à quoi nous servent Boldini, Fortuny et même Regnault ? Quel progrès leur devons-nous ? Ce que tu dis est parfaitement vrai : le sérieux vaut mieux que la raillerie, si caustique et si spirituelle soit-elle. Moi, je le dirais en d'autres termes : bonté vaut mieux que malice, cela va de soi, mais beaucoup disent : Non, il n'y a que la malice de salutaire. Enfin, ceux-là récolteront ce qu'ils ont semé. Adieu, mon vieux, j'ai tenu à t'écrire au sujet de ces dessins, pour te dire mon espoir que cette entreprise de dessins pour le peuple me permette quelques pas en avant. Je reçois des nouvelles concernant Rappard pendant que j'écris la présente : il va un peu mieux, mais il paraît gravement malade. Je sais de façon certaine que son père s'intéresse autant que lui à ces types populaires. Je me propose d'aller le voir dès qu'il sera de nouveau sur pied, du moins dès que sa vue sera redevenue normale.

Écris-moi vite et crois-moi

t. à t. *Vincent.*

Cher Théo,

252 N Je viens de recevoir ta lettre recommandée, et je t'en remercie très cordialement. Voici ce dont je veux te parler d'abord. Ci-joint une page du numéro de Noël 1882 de *Graphic.*

Lis-la attentivement, ça en vaut la peine.

Quelle entreprise colossale, n'est-ce pas, et quel débit énorme ! Ceci dit, qu'ajouter encore ?

Ce qui suit, entre autres : les paroles de Hubert Herkomer contrastent singulièrement avec celles de la rédaction de *Graphic.*

Celle-ci dit : « Si nous nous en référons à nos livres, nous trouvons qu'en dehors des artistes professionnels, nous n'avons pas moins de deux mille sept cent trente amis épars sur toute la surface du globe qui nous envoient des esquisses et des dessins. »

H. Herkomer parle de la rareté des bons dessinateurs.

En général, ses paroles contredisent exactement celles des éditeurs du numéro de Noël ; on pourrait présenter les choses ainsi :

Les éditeurs de *Graphic* disent : tout va bien.

H. Herkomer répond : tout va mal.

Lis maintenant, à la quatrième page du numéro que je t'envoie, une phrase qui en dit long : « Quand il s'est senti assez fort pour voler de ses propres ailes, le *Graphic* a loué un immeuble et s'est mis à imprimer sur six machines. »

Cela force mon respect, j'y sens quelque chose de sacré, de noble, de sublime.

Je me représente ce groupe de grands artistes, et je pense à Londres noyé de brouillard, aux difficultés de cette petite entreprise. Je vois encore en imagination les dessinateurs dans leurs ateliers s'attaquer avec enthousiasme à la meilleure partie de leur œuvre.

Je vois Millais courir avec le premier numéro de *Graphic* chez Ch. Dickens. A cette époque, Dickens était au déclin de sa vie, il avait un pied paralysé, il marchait en s'appuyant sur une espèce de béquille ; Millais dit, en lui montrant le dessin de Luke Fildes, « Sans abri et affamé », représentant des miséreux et des sans-abri devant un asile de nuit — Millais dit à Dickens : Confiez-lui l'illustration de votre *Edwin Drood,* et Dickens de répondre : « D'accord ».

Edwin Drood fut le dernier ouvrage de Dickens. Luke Fildes, qui avait fait la connaissance de Dickens grâce à ces petites illustrations, pénètre le jour de sa mort dans sa chambre et aperçoit la chaise vide ; voilà pourquoi nous trouvons dans un vieux numéro de *Graphic* le dessin émouvant « La Chaise vide ». Des chaises vides, Il y en a partout et il y en aura davantage encore ; des chaises vides seront abandonnées tôt ou tard par Herkomer, Luke Fildes, Frank Hol, William Small, etc. Néanmoins, les éditeurs et les commerçants, faisant fi de la prophétie de H. Herkomer, continueront à nous assurer, utilisant les mêmes termes que dans le numéro ci-joint, que tout va bien et que nous réalisons des progrès.

Ils ont le cœur endurci, mais ils se fourvoient quand ils s'imaginent qu'ils pourront conter à tous que la grandeur matérielle fait équilibre à la grandeur morale, et qu'on peut réussir quelque chose sans l'aide de celle-ci.

Il en est de *Graphic* comme d'autres, beaucoup d'autres affaires dans le domaine de l'art.

La grandeur morale décroît, la grandeur matérielle prend sa place. Reste à savoir si le revirement souhaité se produira ? M'est avis que chacun doit méditer ce problème, mais le vieux dicton parle d'un large chemin menant à la désolation, et d'un chemin étroit conduisant à un autre résultat.

Au début, *Graphic* s'engagea dans le chemin étroit, pour emprunter ensuite le chemin plus large. J'ai feuilleté ce matin le dernier numéro, je n'y ai trouvé à peu près rien de bon, mais j'ai repêché aujourd'hui chez un bouquiniste, dans un tas de papier de rebut, un vieux numéro de 1873, sale et déchiré, dont j'ai gardé presque toutes les reproductions.

Je me demande : que faire ?

Il y a quelques années, je me suis promené en compagnie de Rappard en dehors de Bruxelles, en un lieu appelé la vallée de Josaphat ; c'est le quartier où habite entre autres Roelofs. Il y avait là une sablonnière où des ouvriers étaient au travail ; des femmes cherchaient des pissenlits, un vieux paysan emblavait son champ. Nous regardions tout cela et j'étais quasi désespéré : est-ce que je parviendrais jamais à dessiner tout ce que je trouve si beau ?

Je ne suis plus désespéré à ce point ; à présent, je saisis mieux qu'alors ces paysans et ces femmes, et si je continue patiemment à travailler, je mènerai ma barque où je voulais la mener.

Toutefois, le cours des affaires m'accable, je ne puis penser avec joie et enthousiasme aux revues. *Graphic* ne dit pas que plusieurs artistes de ce petit groupe commencent à répugner à lui donner leurs œuvres et s'abstiennent de plus en plus. Pourquoi ? Parce qu'un peintre travaille avant tout pour produire quelque chose de valable, et que son fonds d'honnêteté naturelle trouve affreuse toute cette grandeur. Que dirais-je de plus — répéter encore une fois : que faire ?

Ici, à La Haye, il y a des grands bonshommes pleins de talent, je le reconnais volontiers, mais quelle situation lamentable à plusieurs points de vue, que d'intrigues, que de querelles, que de jalousies ! La personnalité des artistes qui s'enrichissent et qui, Mesdag en tête, font la pluie et le beau temps, montre manifestement que la grandeur matérielle tend à prendre le pas sur la grandeur morale.

Je commence à me rendre compte que, si je partais pour l'Angleterre, par exemple, et si je faisais des démarches à gauche et à droite, j'aurais réellement des chances de trouver du travail.

En arriver là était mon idéal ; c'était ça et, après tout, c'est encore ça qui m'a poussé à vaincre les premières difficultés, qui étaient énormes. Mais j'ai parfois le cœur serré quand je songe à la marche des affaires, et alors je ne m'en réjouis plus. L'envie ne me manque pas de consacrer tous mes soins au dessin, mais il faudrait se présenter aux rédactions, bah ! cette idée me fait frissonner.

Tu me demandes des nouvelles de ma santé ; mes malaises de l'an dernier ont complètement disparu, mais je suis déprimé pour l'instant. A d'autres moments — lorsque mon travail avance — je me sens dispos. Je suis comme un soldat qui ne se sent pas à sa place au cachot et se demande : Pourquoi m'avoir enfermé dans ce trou, alors que je serais mieux à ma place dans les rangs.

Je veux dire que quelque chose me pèse, car je sens en moi une force que les circonstances ne permettent pas de se développer normalement ; la conséquence en est que je suis souvent malheureux. Je suis le théâtre d'une lutte intérieure : je ne sais plus ce que je dois faire. Le problème n'est pas aussi facile à résoudre qu'il le paraît au premier abord.

Je voudrais avoir un emploi qui me permette de progresser alors que certains emplois, qui se trouvent peut-être à ma portée, me conduiraient à un résultat tout différent.

Je dois donc les dédaigner, car on commencerait sans doute par m'embaucher, puis on finirait par me trouver incapable et on me donnerait mon congé, à moins que je ne prenne congé de moi-même, comme chez Goupil.

Je sais qu'on me demanderait des « actualités », des dessins se rapportant aux événements du jour, quoi encore ? que des types comme Adrien Marie et Godefroid Durand se plaisent à exécuter.

Je commence à me rendre nettement compte que, dans les illustrations, on suit également le courant superficiel, et je crois que leur but n'est pas d'être aussi belles qu'elles devraient être. Non — les revues n'accueillent plus que du fatras qui ne leur coûte ni argent ni peine ; elles publient de temps à autre une bonne chose mais reproduite à bon compte, à la machine, et pour le reste, elles empochent le plus d'argent possible.

Je trouve que cette méthode manque d'intelligence, je crois qu'elle mène à la faillite et qu'on aura des regrets cuisants à la toute dernière minute, qui est encore bien loin, mais cela n'empêche pas ma situation d'être ce qu'elle est. Rénover — on n'y pense même pas.

Suppose que *Graphic, L'Illustration, Vie Moderne* publient un numéro contenant des illustrations bêtes, insipides. On en vendra quand même tant et plus : des charretées et des cargaisons ; les éditeurs se frotteront les mains et diront : ça marche aussi bien qu'autrement, personne ne réclame, on accepte la revue telle quelle.

Certainement, si ces messieurs pouvaient accompagner leurs éditions et constater que des milliers de personnes s'empressent de prendre la revue, mais ne parviennent pas à se défendre d'un vif sentiment de mécontentement et de désappointement quand elles la ferment, ils modéreraient sans doute un peu leur triomphe.

Mais, ce n'est pas le cas, et le rapport de *Graphic* te montre bien que ce n'est pas le culot qui leur manque.

Des hommes du genre employé, qui ne seraient pas montés à la surface à une époque difficile et noble, arrivent à s'imposer. C'est ce que Zola appelle le triomphe de la médiocrité. Des coquins et des nullités occupent la place des travailleurs, des penseurs et des artistes, et l'on ne s'en aperçoit même pas.

Le public, oui, il est mécontent à certains égards, mais il applaudit quand même au spectacle de la réussite matérielle. Il ne faut pourtant pas oublier que ces applaudissements-là ne sont que feu de paille ; ceux qui applaudissent aiment surtout faire du bruit. Il y aura un grand vide et un véritable silence, le lendemain de la fête, et beaucoup d'apathie après tout ce tintamarre.

Graphic publiera des *Types de beauté* (de grandes têtes de femme), nous annonce le prospectus — sans aucun doute au lieu des *Figures du peuple,* de Herkomer, Small et Ridley.

Bien, mais plusieurs n'aimeront pas du tout les *Types de beauté* et se rappelleront mélancoliquement les anciennes *Figures du Peuple* (on a supprimé cette série). *Graphic* dit ensuite : Nous publierons des chromos ! ! ! Rendez-nous l'atelier de Swain.

Vois-tu, Théo, cela me navre : ça ne tourne pas rond. Écoute, j'aurais considéré comme un grand honneur, comme un idéal, de collaborer à l'œuvre commencée par *Graphic.* Les sublimes débuts de *Graphic* rappellent ce que Dickens était comme écrivain et ce que la Household Edition de son œuvre était dans le domaine de l'édition.

Et maintenant, c'en est fini de tout cela — la grandeur matérielle a de nouveau remplacé la grandeur morale. Veux-tu savoir ce que je pense du numéro que je t'envoie : c'est exactement la façon de parler qu'affecte Obach, le manager de G. et Cie. Ça a du succès, mais oui, ça a du succès, mais oui, on écoute ça et ça prend. Veux-tu savoir, mon vieux, ce que je pense de la façon de parler dans ce numéro-ci de *Graphic* : ça ressemble aux raisonnements que Mesdag débitait dans le temps à propos du Panorama. Je respecte les œuvres, je ne méprise ni Obach ni Mesdag, mais je classe certaines choses bien au-dessus de cette espèce-là d'énergie.

Je souhaite plus de concision, plus de simplicité, plus de qualités ; je souhaite plus d'âme, plus d'amour et plus de cœur.

Tu peux m'en croire : je ne veux ni ne puis protester à haute voix, je ne veux pas combattre publiquement. Mais cela m'attriste, cela gâte mon plaisir, cela me déroute, je ne sais plus ce que je dois faire ou ne pas faire. Ce qui me désole parfois, c'est que je pensais autrefois, lors de mes débuts, que je trouverais un emploi à gauche ou à droite si je savais faire ceci ou cela, que j'aurais alors un chemin tout tracé et que je pourrais ainsi me tirer d'affaire.

Mais voilà, une autre perspective s'ouvre maintenant devant moi ; je crains, plus exactement je m'attends à trouver une espèce de cellule au lieu d'une sphère d'activité — je m'attends à des jugements comme celui-ci : certainement, il y a ceci et cela de bien dans ton travail (je doute qu'ils pensent un seul mot de ce qu'ils disent), mais tu comprends que ton travail est inutilisable, il nous faut des actualités) par exemple : *Graphic :* nous imprimons le samedi ce qui est arrivé le jeudi.

Vois-tu, Théo, mon vieux, je ne saurais dessiner des *Types de beauté,* mais je donne le meilleur de mon énergie pour dessiner des *Figures du peuple.* Vois-tu, Théo, je souhaite faire comme les premiers collaborateurs de *Graphic,* bien que je ne me considère pas comme leur égal : chercher dans la rue un gaillard ou une femme ou un enfant, et le dessiner dans mon atelier — mais non, on me demanderait : sais-tu faire des chromos à la lumière électrique ? Enfin, au lieu de se frotter à une manière de voir, à une sensibilité et à un but à la Dickens (c'était ça, le *Graphic* à ses débuts), on se heurte à une manière de voir et de penser à la Obach. Cela m'afflige, et je me sens impuissant. On ne peut s'atteler à une tâche que si d'autres s'y intéressent et vous accordent leur collaboration. Ce qui nous amène sur un autre terrain.

Ne m'en veuille pas de t'écrire et de persister à t'écrire ce que je pense.

Si tu n'as pas le temps de m'écrire, si tu ne me réponds pas tout de suite, tu sauras en tout cas, quand nous nous reverrons, ce qui se passe en moi, et il se peut que nous découvrions alors ensemble un chemin praticable.

J'ai considéré ce numéro de *Graphic* comme l'occasion rêvée de définir nettement mes intentions. C'est pourquoi je t'ai écrit la présente, en attendant de te revoir. Avec une poignée de main en pensée,

t. à t. *Vincent.*

Cher Théo,

Je veux t'écrire un peu, bien que n'ayant rien de particulier à te 253 N
dire. A l'encontre de ce que je t'écrirais : que je me fais parfois du souci pour bien des choses et que ce que je fais ne me semble pas toujours en progrès, il faut ajouter que, comme je te le disais une autre fois, certaines choses valent qu'on s'y applique de son mieux, soit qu'elles rencontrent l'approbation, soit qu'au contraire elles aient en elles-mêmes leur raison d'être. Heureux qui a fini par trouver le travail qui lui convient, dit Carlyle. Cela est décidément bien vrai.

En ce qui me concerne, quand je dis que je veux peindre des gens du peuple, pour le peuple, il va de soi que le cours des choses ne m'influence qu'accessoirement, c'est-à-dire seulement dans la mesure où les circonstances facilitent mon travail, ou le compliquent. Mais la facture même de mes dessins occupe la plus grande place dans mes pensées. Et, donc, à côté du sentiment d'inquiétude, il y a que c'est vraiment une chose merveilleuse que d'être occupé à des travaux dont l'intérêt grandit à mesure qu'on l'approfondit davantage. Dans ma lettre précédente, je te disais que j'avais parfois l'impression d'être aux arrêts et comme en prison. Je voulais simplement dire par là que je dois négliger beaucoup de choses qui ne deviendraient possibles que si je pouvais en faire les frais ; mais en aucune façon je n'entends dire que je n'attache pas tout son prix à la situation présente, ou que je sois mécontent. Loin de là ! C'est précisément quand les choses sont accessibles qu'on a des chances de pouvoir travailler efficacement. Donc, dis-toi bien que si tu entendais jamais parler d'illustrations possibles, je ferais de grand cœur tout ce que je puis pour m'en occuper.

Si j'écris : je ne trouve pas qu'il soit bon de s'orienter vers l'illustration, il ne faut pas conclure que je ne voudrais pas essayer d'en faire. Je craindrais seulement que ce que je ferais ne convienne pas. Si c'était pour une raison de défauts pratiques, je tâcherais d'y remédier, mais si c'était pour des raisons de conception, d'atmosphère en général, je ne pourrais y faire grand'chose. Tu dois avoir reçu le dessin en petit format. Je te redis encore que, si tu le désires, je puis t'en faire toute une série, dans la même dimension, à titre d'essai.

J'ai de nouveau deux dessins en train, l'un d'un homme lisant la Bible, l'autre d'un homme qui fait sa prière avant le repas de midi, dont sa table est garnie. Tous deux sont conçus dans ce qu'on pourrait vraiment appeler un sentiment patriarcal. Il s'agit de personnages comme le petit vieillard que j'ai représenté la tête dans les mains. Le « Bénédicité » me semble le meilleur des deux, mais ils se complètent. Sur l'un, on aperçoit, par une croisée, un morceau de la porte enneigée de la maison. Mon intention en dessinant ces deux-ci est la même que pour le premier petit vieillard : exprimer l'atmosphère particulière propre à Noël et au dernier soir de l'année. En Hollande comme en Angleterre, il règne dans l'air, à ce moment-là de l'année, quelque chose de religieux, et sans doute en est-il de même partout, en tout cas en Bretagne et en Alsace. Laissant de côté la question d'exprimer cette impression, d'une façon concrète ou non, c'est en tout cas une chose que l'on respecte si elle est véritable ; j'y prends pleinement part, quant à moi ; j'en éprouve même le besoin, du moins tout autant que le petit vieux de mon dessin ; je crois à quelque chose là-haut bien que je ne sache pas exactement ce qu'il en sera, ni ce qu'il y aura là-haut. Je trouve que c'est une belle parole que celle de Victor Hugo quand il dit : « Les religions passent, Dieu demeure ». De même que je trouve très belle cette pensée de Gavarni : « Il s'agit de saisir dans ce qui passe ce qui ne passe pas. »

Une de ces choses « qui ne passeront pas » c'est le quelque chose là-haut et c'est aussi la foi en Dieu, bien que les formes extérieures en puissent changer, changement qui même est nécessaire, tout comme est nécessaire le renouvellement de la verdure au printemps. D'après tout cela, tu dois comprendre que mon but n'est pas, dans ces dessins, de rendre uniquement hommage à la forme, mais bien de montrer que je respecte hautement le sentiment de Noël et du dernier jour de l'année.

Si un peu de ce sentiment ou de son expression transparaît, c'est parce que j'éprouve moi-même ce que j'ai voulu exprimer.

Ce que je ressens aussi, et de plus en plus, c'est qu'il est bien difficile de décider quelle est la meilleure façon de travailler. Il y a tant de beauté dans l'une, tant de beauté dans l'autre, et aussi, d'autre part, tant du contraire dans chacune, qu'on ne sait plus, parfois, quelle route choisir. Mais ce qui est certain, c'est que, dans l'une comme dans l'autre, le travail est indispensable. Quant à moi, je ne dirai pas que je ne pourrais me tromper ; je suis trop conscient de beaucoup d'erreurs que j'ai commises pour dire que telle ou telle manière de travailler est la bonne, telle ou telle la mauvaise. Cela va sans dire. Mais je ne suis pas indifférent ; je pense même qu'il est mauvais de l'être ; je pense que, le devoir, c'est de chercher à être vrai, à être juste, bien qu'on sache qu'on ne peut vivre sans commettre de fautes, qu'on ne peut traverser la vie sans repentirs ou sans chagrin. J'ai lu un jour quelque part : Quelque bien doit venir de s'attacher au bien. Sais-je si j'atteindrai tel but ou tel autre ? Comment puis-je savoir d'avance si les difficultés ne seront pas insurmontables ?

Il faut aller de l'avant en silence, et laisser sa chance au dénouement. Si une perspective se ferme, peut-être une autre s'ouvrira ; car il faut qu'il y ait une issue, un avenir, une perspective, bien qu'on n'en connaisse pas la géographie. La conscience est pour l'homme une boussole, et, bien que l'aiguille dévie quelquefois, bien que, surtout, ce ne soit qu'en se dirigeant que l'on s'aperçoit des erreurs de direction, il faut néanmoins faire de son mieux pour tenir sa route.

Je dois pourtant te faire lire le poème que j'avais en tête pendant que je dessinais le petit vieillard, bien que cela ne soit pas applicable à la lettre, attendu, par exemple, qu'il ne fait pas nuit sur mon dessin.

PAR UNE CALME NUIT

Souvent, par une nuit paisible,
La mémoire apporte à mes yeux
Tandis que j'attends le sommeil,
Les anciens jours, loin en allés :
Rires, larmes des jours passés,
Amour que l'on a formulé
Avec des yeux pleins de lumière,
Et regards éteints aujourd'hui
Et les cœurs, aujourd'hui brisés.
Ainsi, par une nuit paisible,
La mémoire apporte à mes yeux
Tandis que j'attends le sommeil,
Les jours d'autrefois, les jours en allés.
Quand ma pensée alors embrasse
Tout ce que j'ai vu s'effeuiller
Autour de moi comme feuilles d'automne,
Je suis pareil à celui qui,
Dans une salle après la fête,
S'attarde, lumières éteintes,
Et guirlandes toutes ôtées,
Et feuillages décolorés.
Ainsi, par une nuit tranquille,
La mémoire apporte à mes yeux
Tandis que j'attends le sommeil,
Les jours enfuis, le temps passé.

ELIZA LAURILLARD,
d'après Thomas Moore *.

* Le poème est cité en néerlandais.

J'espère que tu vas, toi aussi, pouvoir profiter encore un peu, ces jours-ci, de la beauté de la nature, soit par le spectacle qu'offrent les courtes journées d'hiver, soit par celui qu'offrent, l'hiver, les passants. Car on voit, l'hiver, aller par les rues de tout autres passants qu'en été.

Tes indications touchant le papier envoyé par Buhot, je les ai suivies à la lettre. Puisses-tu trouver intéressant que je continue à travailler sur ce papier-là. Il faudrait pour cela que j'en aie encore quelques feuilles. Je le garde pour les dessins qui seraient faits dans des formats pouvant convenir, afin de pouvoir ensuite me régler d'après cela. *On ne peut* se procurer ce papier ici, sinon je l'aurais déjà essayé.

Reste encore, après avoir lu tes indications, la question suivante : Si on photographie un dessin et qu'on reporte ensuite cette photo sur le zinc, est-ce que seuls les dessins faits sur le papier en question se prêtent à cela ? Ne peut-on, par ce procédé, reproduire tous les dessins en noir et blanc qu'on a, même s'ils ont été faits sur du papier ordinaire ? Et puis : Le photographe n'a-t-il pas le moyen de réduire le format, au cas où le dessin serait plus grand que le format désirable ?

Il me semble que je pourrais déduire la réponse des quelques reproductions américaines qui ont paru dans *Scribner's Magazine.*

Et maintenant, au revoir. J'espère que tu m'écriras de nouveau vers le vingt. En pensée, une poignée de main.

t. à t. *Vincent.*

Cher Théo,

J'ai bien reçu ta lettre recommandée. Merci de tout cœur pour l'envoi. Je vois que tu es bousculé, à cause de l'inventaire. Débarrasse-t'en bien vite. Ce doit être un travail formidable, et combien pénible ! Comme je voudrais que nous puissions passer ensemble quelques jours, par exemple à Noël ! J'aimerais aussi beaucoup te voir revenir dans mon atelier. 254 N

J'ai encore pas mal bûché ces temps derniers et justement parce que j'étais plein de l'esprit de Noël. Sentir cela ne suffit pas, il faut le faire passer dans son travail.

Je suis donc occupé à deux grandes têtes d'un homme-orphelin, avec sa barbe blanche et son vieux haut-de-forme démodé. Un vieux visage, vif et spirituel, tel qu'on souhaiterait en voir un auprès d'un beau feu de Noël.

Harper publie, à l'occasion des fêtes, une feuille illustrée par un groupe de peintres qui s'appelle « The Tile Club ». L'une des pages est de Boughton. Les plus beaux dessins sont ceux de Abbey — ce sont pour la plupart des scènes du temps passé, du temps où les Hollandais fondèrent New York sous le nom de Nouvelle-Amsterdam.

Ces dessins sont reproduits, je pense, par le procédé que tu m'as décrit, et faits sur le papier dont Buhot a envoyé un échantillon. Il faut que je compare ces dessins américains avec les planches de *La Vie moderne.*

J'ai bon espoir de pouvoir m'initier à cela. Qui sait si, l'an prochain, nous ne pourrons pas tirer des épreuves.

Puisque tu es si bousculé en ce moment, je ferai de mon mieux, lorsque je dessine, pour garder toujours cela présent à la mémoire. Après quoi, la période de grande presse étant passée, j'aurai encore des renseignements à demander, à toi ou à Buhot.

Mais déjà je vois clairement que le procédé n'est pas ingrat, et que, lorsque le dessin est bon, on est à peu près sûr d'en tirer une bonne reproduction. Le plus important, c'est donc de bien travailler son dessin.

En ce qui concerne la lithographie, j'ai assisté plusieurs fois au tirage et à la préparation de la pierre et je pense beaucoup à aller moi-même lithographier un jour, sans l'aide d'aucun papier spécial, ni d'aucune autre chose ; c'est-à-dire à aller dessiner tout bonnement sur la pierre même. Car, si belles que soient, par exemple, les pages du numéro de Noël de *Harper,* ou celles de *La Vie moderne,* il reste, malgré tout, dans ces reproductions, quelque chose de mécanique, quelque chose qui tient un peu de la photographie, ou de la photogravure ; et une lithographie courante de Daumier, de Gavarni ou de Lemud me semblent préférables. Enfin, pour un procédé comme pour l'autre, une main ferme, un bon dessin est nécessaire, et c'est de cela que tout dépend, pour la plus grande part.

Je crains bien que le nouveau procédé soit une de ces choses qui ne peuvent pleinement satisfaire, qui sont vraiment un peu trop douceâtres. Je veux dire qu'une eau-forte ordinaire, une simple gravure sur bois, une simple lithographie a un charme original, naturel, que rien de mécanique ne peut remplacer.

De même en ce qui concerne la gravure, la ou les reproductions par la photogravure, par exemple celle de « l'École de Couture », d'Israëls, ou d'un tableau de Blommers ou de Artz, sont superbes quand elles sont éditées par G. et Cie. Mais si le procédé nouveau devait éliminer complètement la gravure proprement dite, je pense qu'à la longue les gravures ordinaires, avec leurs imperfections, leurs désagréments, etc., nous manqueraient.

Rappard est encore malade ; bien que sa crise soit passée, il reste très faible, d'après ce que m'écrit son père. Ce qu'il a, je l'ignore, peut-être une fièvre cérébrale, ou une fièvre inflammatoire. Son père ne dit pas ce qu'il en pense.

Je souhaite que Noël te vaille quelque avantage, et que tu puisses aller faire un tour, sortir un peu ; mais je crains que tu restes enlisé dans ton inventaire. Enfin il y a toujours dans tout travail, même dans un travail pas très agréable en soi, quelque chose de stimulant.

Je te souhaite tout le bonheur possible. Si tu le peux, écris-moi encore ; mais si tu es trop pressé, je comprends que tu ne puisses pas. Il faudra alors réparer cela un peu plus tard en m'envoyant quelques descriptions de Montmartre, ou d'autres choses. Au revoir. Une poignée de main

t. à t. *Vincent.*

Cher Théo,

Je veux te remercier de ton aide et de ton amitié avant que l'année 255 N
ne soit révolue.

Je ne t'ai presque rien envoyé depuis longtemps ; je fais provision de dessins en prévision de ta visite.

Je regrette de ne pas avoir réussi à produire un dessin aisément vendable dans le courant de cette année. Je ne sais vraiment pas à quoi l'attribuer. Je voudrais que tu revoies mon atelier. Je crois me rappeler t'avoir écrit dernièrement que je travaillais en ce moment à de grandes têtes, parce que j'avais l'impression que j'avais besoin d'étudier plus minutieusement la structure d'un crâne et la construction d'un visage. Ce travail m'absorbe étonnamment, et j'ai découvert ces jours-ci des particularités que je cherchais en vain depuis longtemps. Enfin, tu verras tout cela quand tu viendras ici.

Depuis quelques jours, je souffre d'une fâcheuse rage de dents ininterrompue qui agit sur mon oreille et mon œil droits, et il se peut que les nerfs se soient mis également de la partie. Lorsqu'on souffre des dents, bien des choses ne vous intéressent plus, mais il est curieux que les dessins de Daumier, par exemple, soient si « tapés » qu'ils vous font presque oublier votre rage de dents. J'ai acquis deux reproductions de lui, « Un train de plaisir ». Des voyageurs au visage pâle et en pardessus noir qui, par un temps glacial, arrivent en retard sur le quai ; avec eux, des femmes et des bébés qui pleurent.

Connais-tu le petit ouvrage *Croquis à la plume,* écrit par le dessinateur Henri Monnier (qui créa M. Prudhomme) ? J'y ai lu *Un voyage en diligence,* étonnamment vrai.

Je suppose que tu es encore en plein inventaire et je ne veux pas te prendre ton temps. Je te souhaite du fond de mon cœur tout le bien possible pour la nouvelle année.

Réussirai-je mieux des dessins vendables dans le courant de l'année qui vient, trouverai-je un emploi pour une illustration, par exemple ? Je persiste à croire que la lutte contre la nature n'est pas une vaine besogne et, bien que je ne sache pas quel en sera le résultat, il faut qu'elle en ait un.

Je voudrais te revoir dans mon atelier, non parce que je ne puis plus aller de l'avant ou que je ne sais plus que faire, mais avant tout parce que je crains que tu n'ailles penser que je ne fais pas de progrès. Bien que je ne puisse encore te montrer un résultat définitif, tu t'apercevrais que « ça » se développe lentement, et tu verrais que je vise à quelque chose de grand.

Je suis parfaitement d'accord avec ce que tu m'as écrit dernièrement : un temps vient où l'on a le dessin si bien en main, que le format n'a plus d'importance ; où l'on s'y connaît si bien en proportions que faire de grands ou de petits dessins revient au même. Je suis d'accord avec toi à ce sujet, mais je crois en outre qu'on peut et qu'on doit arriver à être suffisamment maître de la composition et des effets de lumière et d'ombre pour être capable de dessiner les motifs et les sujets les plus divers dans le milieu qu'on a choisi, par exemple, savoir dessiner aujourd'hui une salle d'attente de 3e classe, demain un quartier pauvre par une journée pluvieuse, un autre jour un hospice pour vieillards, et ensuite, un petit café ou une gargote.

Je n'en suis pas encore là — mais c'est justement parce que je cherche la racine ou l'origine de beaucoup de choses à la fois, que ça dure longtemps.

Merci, mon vieux, pour ta sincère amitié dont j'ai bénéficié toute l'année. Je forme des vœux pour que je puisse à mon tour te valoir quelque agrément. Cela me réussira un jour. Poignée de main en pensée, écris-moi si tu trouves un moment de loisir, je te réitère mes meilleurs souhaits, et crois-moi

t. à t. *Vincent.*

Cher Théo,

C'est la veille du jour de l'an, et une grande envie me prend de 256 N
tailler encore une bavette avec toi.

Dans ma lettre précédente, je t'ai parlé des grandes têtes auxquelles je travaille.

J'étais à ce moment en train de faire un essai dont je puis te communiquer le premier résultat, puisque j'ai disposé avant-hier, hier et aujourd'hui de modèles pour deux dessins.

J'ai pu me rendre compte, lorsque j'ai fait les lithographies, que le crayon lithographique donnait de bons résultats, et il m'est venu à l'idée de m'en servir pour faire des dessins.

A vrai dire, il comporte un inconvénient sur lequel je n'ai pas à insister — comme il est gras, on ne peut pas l'effacer d'un papier ordinaire ; lorsqu'on travaille sur du papier, on ne peut guère se servir de l'outil, nommé grattoir, avec lequel on l'efface de la pierre, car si l'on frotte trop fortement le papier, on y fait des trous.

Mais j'ai eu l'idée de travailler d'abord avec un crayon de menuisier et d'achever le dessin avec le crayon lithographique, parce qu'il a prise sur le crayon (du fait qu'il est gras), alors que la craie ordinaire ne prend pas, ou très peu. Du moment qu'on a esquissé le croquis comme je viens de te dire, on peut y aller carrément avec le crayon lithographique aux endroits où il faut intervenir, sans devoir hésiter ou effacer. Par conséquent, j'ai commencé mes dessins au crayon et, à vrai dire, les ai achevés ainsi autant que possible.

Ensuite, je les ai fixés et ternis avec du lait. Finalement, j'ai retouché au crayon lithographique les parties les plus corsées, et j'en ai renforcé par-ci, par-là l'effet, en y ajoutant du noir de bougie avec un pinceau ou une plume, tandis que je fortifiais les taches claires à l'aide de couleur à rehausser blanche.

J'ai terminé ainsi le dessin d'un vieillard assis qui lit, la lumière tombant sur son crâne chauve, sur sa main et sur le livre. Et un autre qui représente la tête pansée d'un blessé. Le modèle était vraiment blessé à la tête, et il portait un bandeau sur l'œil gauche. Exactement la tête d'un soldat de la Vieille Garde sur le chemin du retour de Russie. Si je compare ces deux têtes avec celles que j'ai dessinées auparavant, je constate une grande différence de vigueur et d'effet.

C'est-à-dire que je me plais à croire que les dessins faits de cette manière se prêteront à la reproduction selon le procédé que tu m'as expliqué.

Surtout si le papier que tu m'as envoyé n'est pas absolument indispensable à cette reproduction.

S'il en était ainsi, je crois que l'effet obtenu avec les mêmes ingrédients sur le papier gris serait plutôt meilleur que plus mauvais. En examinant le griffonnage de Buhot sur l'échantillon, j'ai constaté au premier coup d'œil que la nuance du noir était très intense, et je comprends parfaitement que c'est une qualité requise pour faire des reproductions, quand la photographie et la galvanoplastie entrent en jeu.

De sorte que je me suis empressé de rechercher la nuance de noir dont je pourrais me servir, tout en me tenant à ma façon habituelle de croquer.

J'ai commencé par essayer l'encre, mais elle n'a pas répondu à mon attente ; je crois que les effets seront meilleurs si je me sers du crayon lithographique.

Enfin, je ne t'écris pas à ce propos pour t'importuner en ces journées de presse ; moi, je ne suis pas pressé et je me réjouis d'avoir le temps de pousser mes recherches.

Je t'écris pour que tu saches que je me voue corps et âme à ce travail, dans l'espoir de trouver un bon procédé. Ce qu'on appelle « Noir et blanc » consiste, somme toute, à peindre en noir — peindre en ce sens qu'il faut donner au dessin la profondeur des effets et la richesse des nuances, dont une toile ne peut se passer.

Dernièrement, tu as dit avec raison que chaque coloriste emploie une gamme de couleurs qui lui est propre.

Cela s'applique également au Noir et blanc, car tout cela revient au même, au fond : il faut savoir passer des lumières les plus subtiles aux ombres les plus profondes, rien qu'en se servant de quelques ingrédients. Certains dessinateurs travaillent d'une main nerveuse, de sorte que leur technique acquiert pour ainsi dire la résonance caractéristique d'un violon, par exemple Lemud, Daumier, Lançon — alors que d'autres, Gavarni et Bodmer, par exemple, font plutôt penser à un piano. N'es-tu pas de cet avis, toi aussi ? Millet est peut-être un orgue solennel.

2 janvier 1883

J'ai écrit ce qui précède la veille du jour de l'an, et j'espérais voir arriver ta lettre. Écris-moi vite si tu ne l'as pas encore envoyée, car je n'ai plus un sou. Mais je sais que tu es débordé.

Depuis lors, j'ai fait encore quelques croquis au crayon lithographique ; cela me plaît presque autant que de peindre et cela me permet d'obtenir une nuance noire très intense, très profonde. Je brûle d'envie de bavarder avec toi, j'ai échafaudé tant de projets — qui, il est vrai, sont irréalisables — qui ne sont pourtant pas voués à un échec total. D'ailleurs, je ne dispose pas d'assez de temps pour les creuser, et je connais trop peu la conjoncture pour me prononcer sur la possibilité de les réaliser, c'est-à-dire que j'ai une grande envie de discuter avec toi.

Ne t'inquiète surtout pas si je n'ai rien fait de vendable l'année écoulée ; tu me l'as déjà dit et si je le répète à mon tour, c'est que j'aperçois à l'horizon des choses accessibles que je n'apercevais pas auparavant. Il m'arrive de penser au jour où j'ai débarqué dans cette ville, il y a un an ; je m'étais figuré que les peintres d'ici formaient une espèce de cercle, d'association où régnaient l'amitié, la cordialité et une certaine solidarité. A mon sens, la chose allait de soi et j'ignorais qu'il pût en être autrement.

Je ne voudrais pas perdre les idées que j'avais alors, même si je dois les modifier pour distinguer ce qui est de ce qui pourrait être.

Je ne saurais croire que tant d'indifférence et de discorde soient choses naturelles. Comment cela se fait-il ? ? ? Je l'ignore — et ce n'est pas à moi d'étudier le problème. Mon principe est que je puis faire les deux choses suivantes. Premièrement, me disputer — il faut au contraire chercher à consolider l'entente, autant pour les autres que pour soi-même. Secondement, chercher à être autre chose dans la société que peintre quand on est peintre. Un peintre doit renoncer aux autres ambitions sociales et ne pas vouloir vivre comme ceux qui habitent au Voorhout, au Willemspark, etc. Il y a dans les vieux ateliers enfumés quelque chose d'intime et de vrai, qui vaut infiniment mieux que ce qui menace de les remplacer.

Si tu constates quelques progrès dans mon œuvre lors de ta prochaine visite, je souhaiterais pouvoir continuer à travailler comme je l'ai fait jusqu'à présent. Je veux dire : pouvoir poursuivre tranquillement mon travail, sans devoir me soucier de qui que ce soit. Que désirer de plus, quand il y a du pain dans l'armoire et un peu d'argent en poche pour payer des modèles ? Je suis bien aise de constater que mon œuvre s'améliore, elle m'absorbe de plus en plus.

Voyons, mon vieux, si tu ne m'as pas encore écrit, fais-le tout de suite, car je n'en mène pas large.

Je te réitère mes meilleurs vœux de Nouvel An. J'ai reçu une bonne lettre de chez nous — adieu, avec une poignée de main,

t. à t. *Vincent.*

(3 janvier 1883)

Cher Théo,

257 N Je t'ai écrit hier et je reprends la plume aujourd'hui pour t'accuser réception de ta lettre, pour t'en remercier et pour te dire qu'elle m'a remonté le moral. Je m'inquiétais un peu, parce que tu n'avais pas vu grand'chose de mon œuvre ces derniers temps, et que tu aurais pu supposer que je commençais à faiblir.

Au contraire, j'ai trimé dur ces derniers temps et je m'échine encore sur toutes sortes de possibilités ; je commence à entrevoir comment je pourrai les réaliser, mais je n'en suis pas encore assez maître à mon gré.

Je t'ai dit dans ma lettre précédente que je faisais des essais en noir et blanc au crayon lithographique.

Tu me décernes trop de louanges dans ta lettre, mais le fait que tu aies une bonne opinion de moi m'incite doublement à ne pas démériter. Quant à ce que je te disais — que je crois avoir fait un pas en avant grâce à ces essais — il est possible que je ne sois pas bien placé pour porter un jugement sur mon œuvre. Il est possible que j'aie fait un pas en avant, il est possible qu'il n'en soit rien — dis-moi ce que tu en penses d'après les deux études ci-jointes, choisies parmi celles que j'ai dessinées ces jours-ci.

Tout en cherchant un procédé plus efficace que celui que j'ai utilisé jusqu'à présent, j'essaie de me conformer plus ou moins, pour les vertus du noir, aux reproductions anglaises faites selon le procédé que tu m'as expliqué — et aussi aux gribouillages en noir faits par Buhot sur l'échantillon de papier. Si l'occasion s'en présente un jour, demande à un homme compétent s'il serait possible de reproduire des dessins comme ceux-ci par exemple (mise à part l'autre question, savoir si ces dessins-ci ou d'autres de ce genre seraient à leur goût).

Quant à leur caractère, j'aimerais connaître ton opinion, parce que je ne saurais juger moi-même, je te l'ai déjà dit, s'ils en ont beaucoup ou peu. Pour dire vrai, moi, je préfère des études comme celles-ci, bien qu'elles ne soient pas achevées et que de nombreux détails aient été complètement négligés, aux études à sujet, parce qu'elles me donnent un souvenir vivant de la nature.

Tu comprends bien ce que je veux dire : dans les vraies études, il y a un reflet de la vie, et celui qui les fait n'y respecte pas soi-même mais la nature, par conséquent il préfère l'étude elle-même à ce qu'il pourrait en tirer plus tard, à moins qu'il n'en sorte quelque chose de tout à fait différent : le résultat final de plusieurs études, j'entends un type extrait de plusieurs individus.

Voilà l'art des arts, voilà le point où l'art peut dépasser la nature... par exemple, il y a plus d'âme dans un semeur de Millet que dans un banal semeur perdu dans les champs.

Je voudrais que tu me dises si tu crois que ma méthode pourrait dissiper quelques unes des objections formulées contre le crayon. Voici donc quelques « Figures du peuple » ; je me propose de rechercher des sujets semblables, de façon à constituer une sorte d'ensemble qui mériterait plus ou moins le titre de « Figures du peuple ».

Je me plais à croire, mon vieux, que je parviendrai, à force de travail, à quelque chose d'acceptable. Je n'en suis pas encore capable, mais je me démène et je lutte pour en arriver là — je voudrais faire quelque chose de vrai, de frais — quelque chose qui ait de l'âme. En avant, en avant.

Ce que je viens de te dire t'explique nettement que je voudrais réunir un ensemble d'œuvres vraies pour les reproduire, plutôt que de voir imprimer un jour un petit dessin et de m'en contenter. En tout cas, tous les renseignements et tous les conseils à propos des divers procédés seront les bienvenus.

J'ai vu dans l'étalage de G. et Cie une grande eau-forte de Fortuny, « Un Anachorète », ainsi que deux belles reproductions du même, « Kabyle mort » et « La Garde du mort ». J'ai beaucoup regretté à ce moment-là de t'avoir écrit récemment que je n'appréciais pas l'œuvre de Fortuny : j'ai trouvé ces pièces-là très belles. Enfin, tu comprendras bien sans que je t'explique.

Il en est de même avec Boldini.

Seulement, la vérité que Fortuny a su exprimer dans ces trois eaux-fortes-là fait défaut à un grand nombre de ses disciples, qui sacrifient tous au procédé dont Fortuny nous a fourni un exemple dans « Le Choix d'un modèle », par exemple, etc.

Voilà qui contraste radicalement avec l'humeur sombre et la noblesse de Brion, de De Groux, d'Israëls, etc.

J'aimerais que tu m'envoies un numéro récent de la *Vie Moderne,* mais choisis-en un qui contienne des reproductions comme celles dont tu m'as parlé. Impossible de trouver cette revue ici (je n'en possède que quelques numéros, vieux de plusieurs années).

Quand tu viendras tôt ou tard, je te montrerai bien des choses, et nous pourrons parler de l'avenir. Tu n'ignores pas mon incapacité totale à m'aboucher avec des commerçants ou avec des amateurs, et tu sais que cela me répugne par-dessus le marché. Je ne demande qu'à continuer comme jusqu'à présent, mais je suis navré de devoir me dire que je suis tout le temps à ta charge. Qui sait s'il n'y aurait pas moyen de trouver une autre solution, peut-être réussiras-tu à convaincre l'un ou l'autre de libérer tes épaules du fardeau que tu y as chargé à l'époque la plus difficile. Ce sera peut-être possible quand il sautera aux yeux que mon œuvre est valable, quand elle parlera plus nettement que ce que je fabrique actuellement.

J'aime trop la vie simple pour être jamais tenté de changer, mais nous devrons faire face plus tard à des frais plus considérables si nous voulons nous engager dans des entreprises plus importantes.

Je crois que je travaillerai toujours d'après modèle — toujours, toujours. Et je dois en arriver à ce que tout le poids ne pèse pas sur toi seul.

Ceci n'est qu'un début — mon vieux, tu recevras plus tard de plus belles choses. En attendant, fais-moi savoir si tu crois qu'on pourrait atténuer les inconvénients résultant de l'emploi exclusif du crayon, en se servant en même temps de cette craie. Ne crois-tu pas qu'en faisant des dessins de ce genre, je me familiarise peut-être indirectement avec l'art de la lithographie proprement dite ?

Adieu, merci encore pour ta lettre, et crois-moi, avec une poignée de main,

t. à t. *Vincent.*

Très cher frère,

258 N Par le même courrier, je t'envoie encore quelques études. Et voici une idée qui m'a trotté par la tête pour ces jours-ci.

S'il se pouvait que cela ne t'ennuie pas de voir de tels croquis, je trouve qu'il ne serait pas mauvais que je t'envoie, un jour, dans un petit carton, disons : une soixantaine d'esquisses, par exemple. Tu les examinerais chez toi à loisir. Cela aurait cet avantage que, si tu viens ici un jour ou l'autre, tu aurais vu des choses que j'ai faites au cours de l'année écoulée. Sinon, si tu ne pouvais rester que peu de temps, tu verrais ces études-là trop hâtivement. Mais, si tu estimes qu'il est intéressant de les voir d'avance, donc si je te les envoyais ces jours-ci, j'espère pouvoir compter que tu me les rapporterais quand tu viendras cet été, car j'en aurai besoin. Elles me serviront plus tard.

Mon travail futur dépend en partie de ce que toutes ces études restent réunies. Enfin peut-être t'amuseront-elles, car, parmi celles que j'ai faites avec les hommes-orphelins, il en est qui ont peut-être un certain caractère. Enfin tu me diras ce que tu en penses.

Attendu que j'ai dû payer quelques petites choses à l'occasion du nouvel an, je suis déjà autant dire sans argent. Du moins ne m'en reste-t-il que très peu. Si tu peux, tâche d'envoyer avant le 10 plutôt qu'après ; tu m'obligeras.

Au revoir, mon vieux, j'espère que mes esquisses seront un peu de ton goût. Avec une poignée de main,

t. à t. *Vincent.*

Les dessins en question, ceux que je voudrais t'envoyer, sont des dessins de personnages divers comme ceux des lithographies : hommes, femmes, enfants.

Au cours de la visite qu'il lui a rendue, Théo n'a pas caché à Vincent qu'il désapprouvait sa liaison et surtout son projet de mariage avec Christine. Vincent a donc complètement cessé de lui parler d'elle dans ses lettres qui donnent l'impression qu'il ne s'intéresse qu'au dessin et à ses essais de lithos.

Mais, au début de 1883, Théo confie à son frère qu'il a rencontré une jeune femme seule et malade et qu'il lui vient en aide. La similitude des situations incite Vincent à reprendre ses confidences sentimentales en présentant sa vie avec Christine et ses deux enfants sous son meilleur jour.

Finalement la seconde visite de Théo à La Haye en septembre 1883 sera décisive et Vincent quittera celle qui fut pendant près de deux ans sa compagne pour s'en aller travailler dans le nord de la Hollande.

Cher Théo,

En lisant ta lettre de ce matin, j'ai été profondément ému par 259 N
ce que tu m'écris. Voilà le genre d'action dont la société dit souvent : Pourquoi s'en est-il occupé ? Nous ne le faisons pas de propos délibéré, ce sont plutôt les circonstances qui nous y contraignent. Dès l'instant où nous avons compris la situation, une pitié aussi profonde qu'un abîme se réveille en nous, tant et si bien que nous n'hésitons plus une seconde.

Je crois que c'est ton cas. Que puis-je dire, sinon qu'à mon sens il faut obéir à ses impulsions dans un cas pareil. Victor Hugo a dit :

Par-dessus la raison, il y a la conscience ; nous sentons bien que certaines actions sont bonnes et naturelles, tandis que, si l'on se met à raisonner et à calculer, cela paraît moins clair, bien des choses deviennent inexplicables. Il est vrai que la société, dont nous faisons partie, qualifie des actions de ce genre d'irréfléchies, de téméraires, de stupides, que sais-je encore — qu'en dire du moment où les forces mystérieuses de l'amour et de la sympathie se sont réveillées en nous ? Admettons qu'il ne nous est pas possible de réfuter radicalement — il ne s'agit pas de réfuter — par des arguments comme ceux que la société a coutume d'invoquer contre les individus qui se laissent guider par leurs sentiments et qui sont fiers d'agir par impulsion. Celui qui a conservé sa foi en Dieu perçoit parfois la voix douce de la conscience, et il fait bien de l'écouter avec la naïveté d'un enfant, sans en dire plus aux autres qu'il n'est obligé.

Quand vous faites une rencontre de ce genre, il est à prévoir que cela vous vaudra une lutte, surtout une lutte contre vous-même, car il vous arrive de ne pas savoir ce que vous devez faire ou ne pas faire. Mais cette lutte — même les erreurs que vous commettrez peut-être — ne vaut-elle pas mieux et ne vous instruit-elle pas davantage que l'indifférence et le refus systématique de toute émotion ? De là provient, à mon avis, que tant de soi-disant esprits forts ne sont en fait que des esprits faibles.

Tu peux compter sur toute ma sympathie ; comme je me trouve moi-même en face de certaines réalités et que je puis te raconter ce qui m'est arrivé depuis que nous en avons bavardé la dernière fois, je me tiens à ta disposition, si tu désires en savoir davantage, parler de l'avenir ou aviser.

Je me réjouis à l'idée que tu aies l'intention de venir bientôt en Hollande.

En matière d'amour, il s'agit surtout de persévérer dès que l'on s'est engagé, j'entends dès qu'on répond à votre amour — quand on n'y répond pas, autant être frappé littéralement d'impuissance.

Enfin, je te remercie de ta confiance, et en y réfléchissant bien, je me sens plutôt rassuré à ton sujet. Il ne s'agit pas d'une « passion », mais d'une grande, d'une profonde pitié. Je ne crois pas que cela te rende incapable de réfléchir ; au contraire, c'est une affaire sérieuse qui stimulera et fortifiera tes autres facultés et qui augmentera ton énergie, plutôt que de la diminuer.

Tu ne m'en voudras donc pas de t'entretenir encore un peu des dessins. Je suis bien aise que tu trouves « vraie » cette tête de vieillard

— le modèle est très vrai, j'en ai fait plusieurs études. Je viens d'en terminer une au crayon lithographique. J'ai retourné ensuite un seau d'eau sur le dessin et j'ai attaqué le papier trempé avec un pinceau. On obtient ainsi des nuances très subtiles, quand l'expérience réussit — car la méthode est dangereuse, elle donne parfois un résultat à rebours. Quand elle réussit, on obtient un résultat non ébarbé, des nuances délicates de noir qui se rapprochent singulièrement du noir des eaux-fortes. J'ai fait ainsi une tête de femme à contre-jour, par conséquent tout en noir, et le profil accentué par la lumière, etc.

Tu as dû recevoir le deuxième rouleau contenant cinq têtes, que je t'ai envoyé le 5 ou le 6 janvier, si mes souvenirs sont exacts, ainsi que les deux autres têtes ?

Je crois que tu leur découvriras les mêmes caractères qu'aux autres, quand tu les auras regardées plusieurs fois, car il serait inconcevable qu'il n'y ait pas dans ces études un reflet de la nature, puisque je les ai arrachées de haute lutte à la nature et que je les ai dessinées d'après modèle, du début à la fin. Il me tarde de te montrer les études — non parce que je suis satisfait de mon travail, mais parce que je me rends compte — bien que je n'en sois pas satisfait, il s'en faut de beaucoup — qu'il recèle des qualités en puissance qui se développeront spontanément et deviendront manifestes, ayant quelque caractère. Ce qui a le plus attiré mon attention lorsque je suis arrivé dans cette ville, c'étaient les quartiers comme le Geest. Ça prend peu à peu corps — mais — quelle corvée de mener à bien une entreprise de ce genre !

J'ai vu aujourd'hui des photos d'après des dessins de Barnard — des figures qu'on trouve dans les œuvres illustrées de Dickens, dont j'ai vu les originaux dans le temps, à Londres. Elles sont aussi vigoureuses que celles de Nicolas Maes, par exemple, mais elles témoignent d'une sensibilité et d'une conception toutes modernes. Elles provoquent mon enthousiasme et me stimulent grandement, car je me figure ce que donneraient mes modèles dessinés de cette façon, et il va de soi que je me dis : En avant ! il s'agit de poursuivre mon travail jusqu'à ce que je sois le maître du « Noir et blanc ». L'art et l'amour sont parallèles, on est ballotté entre : je l'ai depuis longtemps et je ne l'aurai jamais, pour employer les expressions de Michelet. De la sorte, on passe de la mélancolie à l'entrain et à l'enthousiasme, cela se prolonge, mais le ballottement se fait sentir de plus en plus fort. Victor Hugo a dit : comme un phare à éclipses ; il en est déjà ainsi.

Si tu as reçu ma lettre du 5 ou du 6 janvier et le rouleau, tu dois savoir que j'étais déjà à court à ce moment-là. Aujourd'hui, j'ai dû payer mon loyer, et trois modèles que j'avais fait patienter ; de plus, je dois absolument acheter plusieurs articles de dessin. Je travaille d'arrache-pied et je ne puis m'arrêter, alors que les modèles me coûtent littéralement les yeux de la tête.

Enfin, il serait très, très opportun que je puisse bénéficier encore une fois d'un extra : est-ce possible ? J'hésite à te le demander, en songeant à ce que tu m'as écrit récemment, car je comprends fort bien que cela te vaille des soucis que je partage. Mais voici ce qu'il en est : c'est justement parce que je ne me suis pas arrêté de travailler que je suis allé quelque peu à la dérive, et que je dois débourser la moitié de mon argent dès que je le reçois. Il n'y a pas moyen de vivre plus petitement que nous ne vivons, nous avons retranché du budget tout ce que nous pouvions, mais mon travail prend de l'extension, surtout depuis quelques semaines, et je ne puis plus lui faire face, j'entends aux frais qu'il nécessite. Je crois que tu comprendras cela quand tu verras les études. Enfin, pardonne-moi de soulever cette question, mais je suis quasiment acculé. Je suis en retard dans mes débours de tous les jours, autant dire que je suis régulièrement à sec vers la fin de chaque période de dix jours. En tout cas, écris-moi vite, et sois assuré de toute ma sympathie à propos de l'affaire dont tu m'as parlé ; adieu, mon vieux, poignée de main en pensée,

t. à t., *Vincent.*

Cher Théo,

260 N Depuis que j'ai reçu ta lettre, l'affaire dont tu m'as parlé n'a pas cessé d'occuper ma pensée. Et je t'écris de nouveau parce qu'elle me tient à cœur. Dans un cas pareil, on se trouve en présence d'un patient dont le corps et l'âme sont malades. Par conséquent, il s'agit d'un cas doublement grave. Il ne suffit pas, pour amener la guérison complète, de fournir un secours financier pour pourvoir aux nécessités de l'existence, etc. ; de l'amour et un chez-soi, voilà le meilleur remède, le remède le plus efficace. En tout cas, j'ai pu m'en rendre compte déjà l'hiver dernier, j'ai pu m'en rendre compte encore mieux depuis lors — en ce moment, par exemple, justement

parce que l'expérience a confirmé ce que la sensibilité m'avait inspiré. Sauver une vie humaine est une grande et belle tâche, mais celle-ci est très ardue et exige beaucoup de sollicitude.

Je n'ai pu m'empêcher d'y penser et d'y réfléchir. Comment va-t-on interpréter la chose ? Est-ce qu'elle va te mettre en conflit avec la société ? Voilà une question qui surgit dans mon cœur et à laquelle je ne puis répondre, puisque je ne suis pas encore assez bien au courant de la situation. Toutefois, une autre raison me pousse à t'écrire la présente, c'est que j'ai voulu la recommander à ton attention, bien que je présume que tu y aies pensé.

Une telle entreprise est une affaire de longue haleine — certes, je crois possible que ta sollicitude soit bénie sous peu, mais la guérison complète — du corps et de l'âme — d'une constitution ébranlée à ce point demandera, somme toute, plusieurs années.

Pour le moment, la femme et les enfants sont assis près de moi. Quelle différence avec l'année dernière ! La femme est plus solide et plus robuste ; elle est beaucoup, beaucoup moins nerveuse. Le bébé est un petit bonhomme aussi charmant, aussi resplendissant de santé et de joie qu'il est possible de l'imaginer. Nourri uniquement au sein, il est pourtant gros et potelé.

Quant à la malheureuse fillette, le dessin que je t'envoie te permettra de constater que les traces de la grande misère de jadis ne sont pas encore effacées ; je me fais bien du souci à son sujet. Elle a pourtant beaucoup changé depuis un an ; elle était alors très mal en point ; à présent, elle a retrouvé un petit air enfantin.

Enfin, la situation n'est pas encore tout à fait normale, mais elle est meilleure que je n'avais osé l'espérer l'année dernière. Lorsque j'y réfléchis, je me demande s'il aurait vraiment mieux valu que la mère fasse une fausse couche ou que l'enfant se soit étiolé et dépérisse faute de lait, que la fillette croupisse de plus en plus dans la saleté, moralement abandonnée, et que sa mère se trouve réduite à une misère sans nom.

Je ne puis tout de même hésiter, n'est-ce pas ? Et je me dis : En avant, bon courage ! La femme reprend peu à peu un air naturel — vraiment maternel —, elle sera sauvée si ce changement de caractère s'accentue de plus en plus. A quoi attribuer cette amélioration ? Non aux médecins, ni aux remèdes extraordinaires. Mais à la certitude de posséder un intérieur, au sentiment de mener une existence normale qui a maintenant un but. Elle ne peut se ménager beaucoup — cela lui est impossible — mais son cœur tourmenté se repose davantage, même quand elle se livre à un travail ennuyeux.

Je reviens à ce que je voulais te dire, tout en considérant comme une réalité ce cas, que je connais à fond. M'est avis que tu dois surtout surveiller le milieu de la femme dont tu me parles, si tu veux obtenir un résultat. Il serait souhaitable qu'elle ne vive pas dans une chambre vide, à l'hôtel ou ailleurs, et qu'elle puisse se sentir à l'aise dans une ambiance plus familiale. Réfléchis-y, car c'est là, je crois, un point capital. De plus, il lui faut des distractions ; des besognes simples, banales doivent occuper son temps.

Pas seule dans une chambre, et pas de relations — pour son plus grand bien, non parce que tu entends l'escamoter ou la cacher. Il est indispensable de lui éviter, dans toute la mesure du possible, les émotions fortes ou les événements sensationnels ; plus vite elle retrouvera des occupations normales et un milieu convenable, mieux ça vaudra.

Oui — si tu pouvais l'accueillir tout de suite — je garderais mes conseils pour moi. Mais je crains que ce ne soit impossible et que tu ne t'y décides pas du jour au lendemain.

La solitude et l'oisiveté lui seraient funestes ; il faut qu'elle ait l'occasion de bavarder avec de braves gens. Enfin, la solution idéale serait de lui procurer un milieu familial tout ordinaire — s'occuper d'enfants, par exemple. Je trouve presque regrettable qu'elle n'ait pas un enfant ; je crois son cas plus difficile parce qu'elle n'en a pas.

Oui, il me semble que la solution la plus pratique à envisager consiste à lui trouver un milieu familial. J'ai l'impression que tu as une préoccupation prédominante en ce moment — lui sauver la vie — et que, n'écoutant que ton altruisme, tu penses plus à elle qu'à toi-même.

Dans mon cas, je n'ai trouvé l'année dernière qu'un seul intérieur pour elle, c'est ma maison. Si j'avais pu m'arranger autrement, je ne l'aurais pas recueillie tout de suite, pour éviter les désagréments que nous n'avons pu éviter, eu égard aux circonstances.

Ton cas se présente autrement ; tu pourrais peut-être la placer (je parle de la personne dont tu m'as écrit) dans un milieu où elle serait tranquille et en sûreté jusqu'à ce qu'elle soit complètement rétablie. Je crains que sa guérison ne soit une affaire de longue haleine ; d'autre part, point n'est besoin de braver les préjugés de la société, quand il y a moyen de l'éviter. Quand il n'y a pas moyen, les choses sérieuses d'abord. J'aurais préféré cet été braver tous les préjugés imaginables — eussent-ils été plus nombreux encore — plutôt que d'abandonner la femme sans toit et sans foyer.

Cependant, il me semble que tu peux et dois arranger ton affaire plus calmement ; à ta place, je tâcherais de lui trouver un bon chez-soi — ne pas la laisser seule dans une chambre et sans relations — pour son plus grand bien ; plus vite elle trouvera des occupations et un milieu simples et normaux, mieux ça vaudra.

Je ne puis t'expliquer tout ce qui se passe en moi et je pense continuellement à toi ; je viens de terminer encore un dessin, pour lequel la femme a posé.

Écoute, mon vieux, l'expérience que j'ai faite dans le courant de l'année écoulée m'a intimement convaincu qu'il vaut infiniment mieux vivre avec une femme et des enfants que vivre sans eux, même s'il y a des moments durs à passer, très durs parfois, avec des tas de soucis et d'ennuis... il reste qu'il est préférable d'apprendre d'abord à se connaître l'un l'autre ; c'est plus normal et plus prudent. Ainsi aurais-je fait si les circonstances s'y étaient prêtées, mais elle n'avait d'autre toit que le mien. Il faut bien tenir compte des circonstances. Le scandale est dans certains cas inévitable. Par conséquent, il ne me vient pas à l'esprit de te conseiller de l'abandonner, mais je pense que nous serons d'accord si je te dis qu'il vaut mieux se montrer circonspect vis-à-vis de la société, qui pourrait gâcher toute l'affaire. Par conséquent, sois prudent. En attendant, c'est sa guérison complète qui doit primer, tout le reste est subordonné à ce but.

Ne trouverais-tu personne parmi tes amis qui serait disposé à t'aider, en l'accueillant jusqu'à nouvel ordre ?

Le mieux serait peut-être de la placer dans un asile ordinaire ou privé, où elle aurait des compagnes. Mais il se peut que l'affaire soit déjà arrangée ; je t'en parle ainsi parce que je ne sais rien de précis à ce sujet.

Donc, si tu t'en tiens à ton idée que cette personne est la femme à laquelle tu veux consacrer ta vie, c'est une bonne chose pour toi, à mon sens. Et c'est par la grâce d'un amour fidèle qu'elle s'épanouira de nouveau.

J'aimerais savoir quand tu viendras ; veuille rapporter alors les vieilles études, si cela ne te dérange pas. Pour ce qui est de ma demande : s'il te convient de m'envoyer encore un peu d'argent, mais oui, je suis mal en point et je souhaite que tu puisses m'en envoyer, mais ne la prive pas à cause de moi et dis-toi bien que, tenant compte de ce que tu m'as écrit, je ferai volontiers deux fois de mon mieux pour réaliser des progrès, afin d'alléger un peu ta charge. Mais voilà précisément le hic : travailler d'arrache-pied coûte parfois de l'argent, parce que cela entraîne plus de frais. Écris-moi vite, car il me tarde de recevoir de tes nouvelles. Rappard est en bonne voie de guérison, j'ai reçu une lettre de lui. Je travaille sans désemparer à toutes sortes de têtes.

Adieu, poignée de main en pensée,

t. à t. *Vincent.*

[*Le début et la fin de cette lettre manquent*]

. . . .

261 N Tu diras que je ne fais qu'écrire des lettres : c'est plus fort que moi. Tu m'as donné une preuve de ta confiance, je tiens à te déclarer que cela n'a pas manqué de me toucher.

Il est à remarquer qu'il s'avère en pareil cas extrêmement difficile de savoir jusqu'où on peut aller. Tu en feras l'expérience. On se demande : dois-je secourir cette femme et la considérer simplement comme une amie, ou bien dois-je choisir sans hésiter cette femme comme la femme aux côtés de laquelle je veux vivre toujours ? Est-ce elle, ou bien n'est-ce pas elle ?

Vois-tu, je crois que tu as déjà dû trancher ce nœud, à moins que tu ne doives encore le trancher. Je trouverais assez antinaturel qu'il n'en soit pas ainsi.

En tout cas, j'ai dû, moi, trancher le nœud, et c'était très difficile parce que je n'avais pas encore une réponse prête à toutes ces questions quand les circonstances m'ont contraint à prendre une décision.

Je me disais : je n'ai pas les moyens de pourvoir aux besoins de deux ménages, mais j'en ai peut-être assez pour en entretenir un ; par conséquent, je dois lui expliquer ce qu'il en est, ce que je pourrai peut-être faire et ce que je ne pourrai certainement pas faire. Nous nous en tirerons peut-être ensemble, mais je n'aurai pas assez d'argent si nous n'habitons pas ensemble.

Il se peut que tu doives résoudre un problème de la même espèce, mais en d'autres termes ; je me souviens d'une boutade que tu as lancée l'année dernière, et que je trouvais très juste et très vraie : « Le mariage est une drôle de chose. » Mais oui, sapristi, c'est incontestablement une drôle de chose. Tu m'as dit alors : « Ne l'épouse pas ! », et je t'ai accordé qu'en raison des circonstances il valait mieux ne plus en parler jusqu'à nouvel ordre. Tu sais que je n'en ai plus parlé, mais tu sais également que nous sommes restés fidèles l'un à l'autre. C'est précisément parce que je ne puis te donner tort d'avoir dit alors « Ne l'épouse pas ! » que je te demande maintenant de considérer ta sentence ; je crois d'ailleurs que tu t'en souviens, car ce n'est pas moi, mais toi qui parles. Je te la rappelle parce que je crois avoir bien fait de ne pas l'épouser tout de suite. Par conséquent, tiens-toi à ce précepte ; il vaut mieux que l'amour mûrisse au point que le mariage ne paraisse plus qu'une chose très secondaire. C'est plus sûr et cela ne fait du tort à personne.

Je tiens à te dire dès le début une chose qui, tu l'as déjà compris, va de soi. Que tu t'attires ou non des ennuis, je respecte le noble sentiment qui t'a poussé à la secourir et, parce que je le respecte, je me plais à croire que tu me jugeras digne de ta confiance au cas où tu te heurterais à des difficultés, qu'elles soient grandes ou petites.

Quoi qu'il en soit, je ne prends pas ombrage de cette affaire, j'en espère un bon résultat : le bonheur pour toi et pour elle. Seulement – je le répète – je crois probable qu'une crise, provoquée par une sorte de déception réciproque, éclatera tôt ou tard – s'il y avait un enfant, celui-ci vous servirait de paratonnerre. Mais il n'y en a pas, par conséquent, fais-moi confiance, surtout quand la crise éclatera – elle n'éclatera pas tout de suite, mais plus tard – et ouvre-moi alors ton cœur – car c'est là, vois-tu, que se cachent les écueils qui occasionnent le naufrage de maintes amours, hélas ! qui auraient pu être sauvegardées. Quand on réussit à contourner ces écueils, on retrouve ensuite une passe navigable.

Bien que je t'écrive souvent, je travaille d'arrache-pied. Je ne saurais te dire à quel point il me tarde de bavarder avec toi. Demain, on me fera don d'un suroît – pour les têtes : je songe depuis longtemps déjà à dessiner des têtes de pêcheurs vieux et jeunes, j'en ai déjà dessiné une, mais depuis lors je n'ai pu disposer d'un suroît. Cette fois, on m'en donnera un en toute propriété, un vieux suroît qui a essuyé bien des tempêtes et bien des coups de mer.

. . . .

Cher Théo,

262 N Plus je rumine ta dernière lettre, plus elle me va au cœur.

En somme (sans parler de la dissemblance des deux personnes en question), il nous est apparu, à toi et à moi, sur un trottoir froid et impitoyable, une lugubre et triste silhouette de femme, et ni toi ni moi n'avons poursuivi notre chemin, mais nous nous sommes arrêtés et nous avons prêté l'oreille à la voix de notre cœur humain.

Une telle rencontre ressemble peu ou prou à une apparition ; du moins, quand vous remontez dans vos souvenirs, vous revoyez un visage pâle et un regard triste — comme un Ecce Homo sur un fond noir — et tout le reste s'évanouit.

Voilà le sentiment d'un Ecce Homo ; ce que la réalité exprime — en l'occurrence, un visage de femme — revient au même. Par la suite — ça change incontestablement — n'empêche qu'on n'oublie pas la toute première vision.

Je me figure que ta rencontre avec cette femme reporte sans doute tes pensées en arrière, à une époque vieille de dix, même de vingt ans, ou davantage. Enfin, je veux dire que tu te retrouves toi-même en elle — un épisode de ton existence que tu avais presque oublié — ce qui fut — et je me demande si tu ne jugeras pas le présent autrement que tu le fais en ce moment, quand tu auras vécu une année à ses côtés. C'est mon expérience personnelle qui me porte à parler ainsi — je ne veux pas dire que je désapprouve tout dans le présent, il s'en faut de beaucoup, mais il me semble pourtant qu'il existait autrefois des valeurs qu'on aurait dû sauvegarder, mais qui s'étiolent — surtout dans le domaine de l'art.

On lit un nom, Dolorosa, au bas d'un dessin anglais (de Patterson) représentant une figure de femme ; ce nom explique à peu près la figure.

Je songe maintenant aux deux femmes, et je me souviens en même temps d'un dessin de Pinwell, « Les Sœurs », où je retrouve ce Dolorosa. Le dessin en question représente deux femmes en noir dans une pièce crépusculaire ; l'une, qui vient de rentrer, accroche son manteau au porte-manteau ; l'autre renifle du bout du nez une primevère qui se trouve sur la table, tandis qu'elle saisit un travail de couture blanc.

Ce Pinwell est un gaillard qui tient de Feyen-Perrin — de la première époque ; son œuvre fait penser à Thijs Maris, mais sa sensibilité est plus sereine.

Il était poète dans la mesure où il est possible de l'être, il voyait le côté sublime des choses les plus ordinaires, les plus banales.

Ses œuvres sont rares, je n'en ai guère vu de lui, mais le peu que j'ai vu était si beau que le souvenir m'en est resté, aussi net au bout de dix ans qu'au jour où j'en ai pris connaissance.

A cette époque-là, on disait de ce club de dessinateurs : c'est trop bien pour durer ; si les paroles de Herkomer prouvent que cela s'est réalisé, le principe n'est pas encore mort, et l'on trouvera malaisément une meilleure conception que celle-là, tant dans le domaine de la littérature que dans celui de l'art.

J'ai souvent une dent contre l'Angleterre, pour toutes sortes de raisons, mais ça, le *Noir et blanc* et Dickens rachètent tout.

Je ne veux pas dire que je désapprouve tout dans le présent, il s'en faut de beaucoup, mais il me semble qu'il existait autrefois des valeurs qu'on aurait dû sauvegarder, mais qui s'étiolent — surtout dans le domaine de l'art. Dans la vie aussi, d'ailleurs. Il se peut que je me sois exprimé en termes trop vagues, mais je ne puis le dire autrement — moi-même, je ne sais pas exactement quoi, mais ce n'est pas seulement le *Noir et blanc* qui s'est engagé dans une autre voie et qui s'est détourné de ses origines saines et nobles. En règle générale, une espèce de scepticisme, d'apathie et d'engourdissement bat son plein partout, en dépit de l'affairement apparent. Tout est trop vague, trop imprécis. Aussi, je ne m'en préoccupe guère, car je pense à mes dessins et je n'ai pas le temps d'approfondir la question.

Cette semaine, j'ai encore dessiné des têtes, principalement des têtes de femmes — portant des sacs, entre autres.

As-tu jamais vu quelque chose de Boyd Houghton, un des premiers collaborateurs de *Graphic*, qui, bien qu'il soit peu connu (il est déjà mort), occupe une place de choix.

J'ai pensé à lui lorsque tu m'as parlé un jour dans une lettre de la « Barricade », de Daumier. Lui aussi a dessiné dans le temps des pétroleuses parisiennes et des barricades, mais il est parti ensuite vers l'Amérique ; je connais de lui entre autres des dessins représentant des Quakers, une église de Mormons, des femmes indiennes, etc., et des émigrants. Il s'entendait à donner un aspect fantomatique à une scène de barricade, par exemple, plus exactement une apparence mystérieuse, comme Goya. Il traita de la même façon, je veux dire à la Goya, ses sujets américains, mais on y découvre parfois des particularités qui, par leur sobriété étonnante, font penser à Méryon.

Ses gravures sur bois pourraient presque passer pour des eaux-fortes.

« Trop bien pour durer », dit la société, mais c'est précisément pour cette raison-là que les œuvres de valeur demeurent — parce qu'elles sont rares. On n'en fait pas tous les jours, on ne parviendra jamais à en fabriquer à la machine, mais celles qui ont été faites ne disparaissent pas, elles demeurent. Même si l'on fait par la suite des œuvres de valeur d'un autre genre, les premières ne perdent pas leur valeur, de sorte que je ne crois pas qu'il faille regretter que ceci ou cela ne se généralise pas ; la quantité de bonté ou de beauté qui existe subsiste, même si elle ne s'universalise pas.

Qu'en est-il des eaux-fortes auxquelles Cadart s'est attaqué dans le temps ? Peut-on dire qu'elles sont plus ou moins du genre « trop bien pour durer » ?

Je sais qu'on publie de nos jours beaucoup de belles eaux-fortes. Mais je parle des vieilles séries *Société des aquafortistes* où figurent « Les Deux Frères », de Daubigny, les Bracquemond et tant d'autres : est-ce que ceux-là ont maintenu leur vigueur, ou bien ont-ils faibli ?

Il reste à savoir, même s'ils ont faibli, si leur œuvre antérieure n'a pas assez de corps pour demeurer à jamais, et si la sentence « trop bien pour durer » ne tombe pas partiellement ?

Daubigny, Millet, Feyen-Perrin et tant d'autres ont montré ce dont le burin est capable, comme *Graphic* a montré ce dont le noir et blanc est capable.

Cette vérité a été établie une fois pour toutes, et celui qui le désire pourra toujours aller puiser à cette source d'énergie.

Il faut déplorer qu'on ait oublié ceci : quand plusieurs personnes aiment la même chose et collaborent à sa réalisation, l'union fait la force — et elles peuvent réaliser davantage à forces réunies que leurs énergies individuelles, dépensées en sens divers, ne sauraient obtenir.

Quand on travaille ensemble, on s'encourage les uns les autres, et il se forme un bloc, mais la collaboration n'implique pas l'effacement de la personnalité. C'est pourquoi je souhaite que Rappard soit vite et complètement rétabli ; à vrai dire, nous ne collaborons pas, mais nous sommes quand même en communion d'idées concernant plusieurs questions. Sans doute va-t-il mieux ; nous nous sommes déjà remis aux gravures sur bois. Cependant, je me plais à espérer que nous serons un jour de meilleurs amis encore, et que nous irons plus tard dessiner ensemble les mineurs, que sais-je encore. M'est avis que nous devons consacrer actuellement le meilleur de notre énergie à l'étude approfondie de la figure ; plus on a de maîtrise, plus de tels projets deviennent réalisables. Il m'écrit qu'il a eu la fièvre — rien de plus — et qu'il est encore affaibli, mais il ne donne aucun détail sur sa maladie.

Il est tombé encore de la neige, qui est en train de fondre.

Aujourd'hui, tandis que la neige fond, on dirait qu'on sent le printemps dans le lointain. Je prévois qu'il fera beau quand tu viendras ici, tôt ou tard. Il m'arrive de soupirer après le printemps, pour échapper au travail à l'intérieur qui m'a quelque peu épuisé.

Je suis enchanté de mon suroît, et curieux de savoir si tu découvriras des qualités à mes têtes de pêcheurs.

Le dernier dessin que j'ai fait représente un gaillard portant une barbe en collier.

De ce Boyd Houghton, je connais un dessin intitulé « Mes modèles », qui représente un couloir où quelques invalides, dont un appuyé sur des béquilles, un aveugle, un gamin, etc., sont venus présenter leurs vœux de Noël au peintre.

Il est drôle de fréquenter les modèles, on apprend beaucoup de choses d'eux ; j'ai travaillé cet hiver avec des gens dont je me souviendrai toujours.

Je trouve amusante cette boutade d'Édouard Frère : qu'il n'avait pas lâché ses modèles, au point que celles qui posaient dans le temps pour les bébés, posent maintenant pour les mères. Adieu, Théo, écris-moi vite, je te présente mes meilleurs vœux et crois-moi, avec une poignée de main,

t. à t. *Vincent.*

3 février (1883)

Cher Théo,

263 N J'attends avec impatience une lettre de toi ; comme nous sommes déjà le 3 février (le courrier a été distribué aujourd'hui), je t'écris par précaution.

Si tu m'as écrit deux ou trois jours plus tard que d'habitude, il n'y a pas lieu de s'inquiéter, mais, eu égard à ce qui s'est passé cet hiver avec une lettre, je te préviens si tu m'avais par hasard écrit avant le 1er.

Le cas échéant, tu ferais bien d'aller aux informations.

J'ai constaté que les facteurs confient parfois des lettres pour le Schenkweg à des personnes qui y habitent, au lieu de venir les y remettre eux-mêmes. De la sorte, ils s'évitent une bonne trotte. Je le sais bien, puisqu'un facteur m'a prié dernièrement de me charger d'une lettre ; il va de soi que je l'ai fait, mais je n'ai pas pu m'empêcher de penser à la lettre égarée. Enfin !

Ces jours-ci, la tempête a fait rage, surtout pendant la nuit. La mer doit être houleuse.

Comment va ta malade ? Tu m'as écrit des détails qui m'émeuvent profondément (par exemple, qu'elle avait payé les dettes de l'homme qui l'avait trompée), car ils dénotent chez elle de la noblesse. Le fait qu'on ne trouvait pas « chez lui » ce membre du Parlement m'a rappelé le nom que *Punch* attribue au ministre de l'Intérieur qui porte le titre de « Home secretary ».

Dans *Punch,* ce petit personnage s'appelle toujours *the seldom-at-home secretary* *.

Il y a beaucoup de gens du genre *seldom-at-home.* Dickens leur a donné un nom collectif, le ministère des circonlocutions.

Bien des gens attendent, en poussant des soupirs, devant ces bureaux « Comment ne pas faire » ; j'ai idée qu'on y pousse des soupirs non moins profonds que sur l'ancien *Pont des soupirs.*

Je me suis trouvé mal ces jours derniers, je crains de m'être surmené, et cette « lie » du travail (toutes les séquelles du surmenage) est fort fâcheuse. La vie reprend alors ses couleurs d'eau sale, elle ressemble à un monceau de cendres.

En ces moments-là, on aimerait avoir un ami auprès de soi. Une présence pourrait dissiper ce terne brouillard.

Je me fais alors beaucoup de soucis concernant l'avenir, je suis en proie à la mélancolie en songeant à mon travail, je me sens frappé d'impuissance. Mais il est dangereux d'en parler davantage. Donc, suffit !

J'ai pourtant travaillé à une aquarelle — encore un croquis de terrassiers, plus exactement d'ouvriers de la voirie qui travaillent au Schenkweg, mais il ne vaut rien. De plus, j'ai dessiné quelques figures au Conté qui sont mieux réussies, je crois.

Pas seulement au Conté, car j'ai mouillé la feuille, pour que les ombres s'étendent, et j'ai rehaussé les lumières.

Je ne serais pas étonné si j'avais pris froid ; en tout cas, je dois vaincre une grande lassitude pour m'atteler à un travail sérieux.

Je suis en train de lire *Mes Prisons,* de Fritz Reuter ; c'est un ouvrage très spirituel. Les Allemands sont humoristiques à leur façon, qui est fort différente de celle des Anglais. Herkomer a peint un mardi-gras à la campagne, dans le genre de Brueghel le Drôle, qui reflète fortement cet humour.

A propos de Herkomer : j'ai lu dernièrement une espèce de biographie de lui, assez incomplète.

Mais voici un détail qui a retenu mon attention :

Il a habité et travaillé quelque temps dans une maison vide qui n'était peut-être pas encore terminée, parce qu'il ne pouvait pas payer un loyer.

Plus tard, il est entré au *Graphic* et il connut alors une aisance relative. Mais on l'estimait encore fort peu quand il collaborait déjà

* Ministre rarement à l'intérieur.

au *Graphic*. Si peu même qu'on faillit refuser la première composition, « Le dernier appel à l'hospice de Chelsea », un dessin qui ne diffère guère du dessin définitif, mais qui est d'un aspect relativement âpre.

Personne à l'administration du *Graphic* n'en voulait, sauf le gérant (je serais étonné si celui-ci faisait encore partie de l'administration).

Cet homme réussit à faire publier le croquis et pria Herkomer d'en faire pour lui une grande copie.

Voilà les débuts d'une peinture qui a étonné les meilleurs, à Paris aussi bien qu'à Londres.

De nos jours, tout le monde, pour ainsi dire, trouverait belle l'esquisse originale.

Cette biographie mentionne en outre que le travail lui demande de gros efforts, qu'il a dû lutter dès le début contre une sorte de gaucherie, et que peindre une toile lui vaut beaucoup de soucis. Quoi qu'il en soit, je ne comprends pas que nombre de gens – même de nos jours – qualifient encore son œuvre de déplaisante. On aurait de la peine à imaginer une œuvre plus sincère.

Quand tu seras ici, je te montrerai la gravure sur bois représentant l'hospice pour vieilles femmes, qui est moins connue mais n'est pas moins belle que celle représentant l'hospice pour vieillards. Quelque chose dans le genre de l'école de couture de Katwijk, d'Israëls.

Je me plais à croire que tu m'écriras bientôt, si ce n'est pas encore fait.

Je suis très curieux d'apprendre des nouvelles de ta malade. Je te présente mes meilleurs vœux pour elle et pour toi. Je te félicite aussi à l'occasion de l'anniversaire de Pa. J'ai envoyé à Pa un dessin que j'avais fait à la suite de ses observations sur le petit vieux de la lithographie. Pas précisément parce que je me suis rangé à l'avis de Pa, mais je me suis dit : je sais comment vous voudriez que ce soit, j'essaierai donc de le faire ainsi pour vous. Mais je crains de n'y avoir pas réussi. Encore qu'on fasse de son mieux, on ne parvient pas toujours à donner satisfaction aux autres. Sans doute Pa n'a-t-il pas écrit qu'il ne le trouvait pas bien, mais cela se lisait entre les lignes. D'ailleurs, il est très possible que ça ne vaille rien. Enfin, ils te le montreront quand tu seras à la maison.

Adieu, mais ne leur en dis rien.

t. à t. *Vincent*.

(5 février 1883)

Cher Théo,

Un cordial merci pour ta lettre et pour l'argent. 264 N

Quand je lis ou relis tes lettres concernant ta malade, bien des choses me viennent à l'esprit.

Et je voudrais te demander et t'écrire encore davantage ; mais, du fait que je ne connais la personne que par tes lettres, tout est trop imprécis, trop vague. J'ai déjà déchiré deux fois une lettre que j'avais écrite sur ce sujet. Mais sache bien ceci : que je le veuille ou non, j'y pense sans cesse. Je crois que, hormis la pénible pensée de ses souffrances, une telle aventure est une chose de laquelle tu dois être reconnaissant. Que tu ne constates pas qu'elle te procure un bonheur quotidien, je le comprends parfaitement et suis entièrement d'accord.

Ce je ne sais quoi comme la bruyère, ou qui fait penser à son pays natal, cette ancienne côte de Bretagne, c'est une chose qui, à la longue, quand tu auras vécu plus longtemps avec elle, ira je crois en augmentant plutôt qu'en s'affaiblissant.

J'ai trouvé remarquable ton expression : « Sera-t-elle plus tard comme le chien avec le berger, ou bien quelque chose de mieux ? » Ne penses-tu pas qu'il est probable qu'une époque diffère toujours beaucoup d'une autre ?

Il y a dans un même amour tant d'aspects différents, tant de métamorphoses, justement en raison de la fidélité à ce même amour, que sans cesse il devient autre chose.

Cette opération crée une période difficile. Si j'étais toi, je ne lui parlerais pas beaucoup de lui chercher plus tard un emploi vu que, et justement à cause de son pied *, l'avenir est si incertain. Laisse plutôt les choses dans le vague.

Car je craindrais, précisément à l'occasion d'une crise de douleur aiguë, que l'idée fixe puisse lui venir, en un moment inopportun, « de vouloir absolument faire ceci, ou cela ». Ce sont des choses qui arrivent, surtout chez les femmes, quand elles sont malades. Cela pourrait la rendre obstinée, même contre son propre cœur.

* L'amie de Théo devait être opérée d'une tumeur au pied.

Et cela te ferait de la peine, d'autant plus que c'était justement par délicatesse que tu aurais voulu, par cette idée d'un emploi, lui laisser toute liberté, toute indépendance pour l'avenir, tandis qu'elle pourrait imaginer qu'elle t'est plus indifférente que ce n'est le cas.

Je formule peut-être tout ceci d'une façon trop imprécise, mais la délicatesse est une chose que les femmes sont loin de toujours comprendre, pas plus d'ailleurs que l'humour ; et, bien qu'il convienne évidemment d'agir toujours avec délicatesse, des malentendus se produisent parfois qui rendent la vie plus difficile. Il est vrai qu'à mon avis on n'en est nullement responsable. Enfin.

J'ignore si Heyerdahl, par exemple, trouverait qu'il y a matière à peindre dans la femme avec qui je suis ; je veux dire dans ce qu'elle fait chaque jour et dans ce qu'elle ne fait pas. Daumier, par contre, y trouverait son compte.

J'ai pensé à ce mot de Heyerdahl : « Je n'aime pas qu'une figure soit trop corrompue. » Il parlait du dessin, et non de la femme, mais d'un vieil homme portant un bandeau sur l'œil. Et j'ai trouvé que ce n'est pas vrai. Il y a de ces physionomies ravagées dans lesquelles il y a tout de même quelque chose, quelque chose que je trouve parfaitement exprimé dans la « Hille Bobbe » de Frans Hals, ou dans certaines têtes de Rembrandt.

Eh bien, en ce qui concerne Heyerdahl, à vrai dire je ne doute pas que son intention, en tenant ce propos, c'est de dire que ce sera bon tout de même ; mais que, si on peignait de tels modèles sans réfléchir, on ne poursuivrait pas.

Dans la dernière lettre que je t'ai écrite, je te demandais, entre autres choses, des nouvelles de l'œuvre de Lhermitte. Les comptes rendus de *Noir et blanc* le placent presque toujours très haut, parlant de lui comme d'« un Millet et un Jules Breton en blanc et noir ». Par exemple, il y avait dans cette revue une description d'un dessin de Lhermitte représentant des vieilles femmes sur une falaise, où, parlant de la facture de l'artiste, on disait que personne n'était plus brutal, plus hardi, plus puissant que lui, à un degré vraiment surprenant ; que cela ne ressemblait pas à d'autres dessins, que c'était plus largement établi que le plus large. On le comparait encore à Legros, mais uniquement aux dessins et aux eaux-fortes les plus extraordinaires, les plus « hors ligne » de Legros, qui sont, eux aussi, très puissants et très largement établis, son « Banc d'église », par exemple.

Mon vieux, je me sens toujours un peu faible. J'ai même comme un avertissement assez précis qu'il faut que je sois prudent. Je sens parfois que mes yeux sont fatigués, mais je ne veux rien pronostiquer. Par exemple, j'ai, surtout la nuit, d'abondantes sécrétions de cette humeur qu'on a toujours dans l'œil ; mes cils en sont parfois collés ; regarder me coûte de la peine ; les choses m'apparaissent un peu troubles.

Il faut dire aussi que, depuis environ la mi-décembre, je suis resté à trimer sans interruption, surtout sur les têtes que tu sais. La semaine dernière, je suis allé exprès me promener très souvent, pour me rafraîchir ; et j'ai pris quelques bains, je me suis abondamment lavé la tête à l'eau froide, etc. etc. Mais on est tellement mal à l'aise, par le temps qu'il fait. J'ai tout un paquet d'études ; mais je n'y prends aucun plaisir ; je les trouve toutes mauvaises. Rappard m'a de nouveau écrit cette semaine. Il dit qu'il retrouve petit à petit son état normal, qu'il a été très affaibli, mais qu'il a recommencé à faire de temps en temps de petites promenades. Pour le reste, il écrit clairement, parle intelligemment de différentes choses ayant trait à son travail.

La campagne prend par-ci par-là un air printanier. Il ne se passera plus longtemps avant que l'alouette ne se remette à chanter par la prairie.

Se pourrait-il que tu viennes encore avant l'été ?

J'ai bien peur que tu ne puisses pas venir. J'aimerais tant parler avec toi des études de cet hiver ; avec Rappard aussi. Il se peut qu'il vienne, quand il ira mieux. Je vais me fatiguer moins pendant une semaine, sortir beaucoup, pour trouver de nouvelles idées. Je voudrais tirer des choses de mes études, par exemple en faire des aquarelles, mais en ce moment le travail ne marche pas fort.

Je vois très nettement à mes yeux et à ma figure l'air qu'on a quand on vient de vagabonder, ce qui, naturellement, n'est nullement le cas, au contraire ; qui sait si je ne vais pas de nouveau m'apercevoir, d'ici quelque temps, que les gens que je rencontre dans la rue trouvent que je mène une mauvaise vie. Cette idée est si folle que je dois en rire, malgré moi.

Il y a, le soir, au coucher du soleil, des effets de nuages sombres avec des bords argentés, qui sont vraiment magnifiques, par exemple quand je me promène dans le Bezuidenhout ou dans le Boschkant. Tu dois te rappeler cela, que tu as dû voir aussi, autrefois ; par la fenêtre de l'atelier, c'est très beau aussi, ou dans la prairie. On sent venir de loin le printemps ; il y a déjà, par moments, comme une tiédeur dans l'air.

Adieu, vieux. Encore merci pour ta lettre. Bonne chance pour ta malade. J'espère ne pas trop tarder à trouver de quoi faire un dessin ou une étude où il y aura quelque chose qui vaille. Être forcé de se reposer est tellement désagréable ! On ne réussit pas à vraiment se reposer, quand on y est forcé. Adieu. Une poignée de main,

t. à t. *Vincent.*

(début février 1883)

Ami Rappard,

R 20 N Je vous remercie cordialement pour votre lettre et pour la liste des gravures que vous avez trouvées.

Je suis fort impatient de voir certaines d'entre elles, surtout les De Groux et les Lançon.

Je ne me réjouis pas peu d'apprendre que votre santé se rétablit rapidement. Vous savez que nous étions occupés à échanger nos idées sur le thème des lithographies, avant votre maladie, et que nous avons dû interrompre notre correspondance.

Depuis lors, j'ai assez bien travaillé, non directement sur la pierre, mais au moyen de la craie lithographique.

Cette craie est une chose excellente.

Ne prenez pas en mauvaise part que j'écrive si souvent. Quant à vous, écrivez-moi un peu plus souvent, car vous avez quelque retard à rattraper — bien que ce ne soit pas votre faute, mais uniquement la faute des circonstances et de votre maladie.

Je vous assure que mes *Graphic* sont prodigieusement intéressants. Il y a plus de dix ans, étant à Londres, j'allais chaque semaine regarder la vitrine de l'imprimerie du *Graphic* et du *London News.* Les impressions que je recueillis là-bas sur place furent si fortes que j'ai gardé un souvenir clair et précis de ces dessins, en dépit de tout ce qui s'est passé depuis lors dans ma tête. Et j'ai parfois l'impression que rien ne sépare ces jours lointains et le moment actuel : en tout cas, l'enthousiasme que m'inspiraient alors ces dessins est resté encore aujourd'hui plutôt plus que moins vif. Je ne doute pas un instant que vous n'auriez pas à le regretter, si vous veniez un jour les regarder.

Je sais que vous pensez autrement que la plupart des Hollandais au sujet du procédé « Noir et blanc ». Bien que je ne sache pas exactement si vous avez l'intention de vous en servir pour exprimer ce qui se passe en vous, je crois cependant que vous ne nourrissez pas de préjugés contre lui. L'un ne doit d'ailleurs pas exclure l'autre. Le « Noir et blanc » est un moyen qui permet, dans beaucoup de cas, de coucher sur le papier, en un temps relativement court, des effets qui, exprimés par un autre procédé, perdraient beaucoup de ce qu'on appelle le spontané.

Je ne crois pas que les « Croquis de Londres », comme « Le petit hospice Saint-Giles » de Herkomer et « Salle commune » de Fildes, seraient moins saisissants et moins caractéristiques s'ils n'avaient pas été peints, mais faits selon le procédé « Noir et blanc ».

Il y a dans le « Noir et blanc » quelque chose de viril, quelque chose d'âpre qui me tente fortement. Encore quelque chose ; le maître du « Noir et blanc » est peut-être quelqu'un que nous ne connaissons pas, ni vous ni moi. Je constate qu'on parle dans les comptes rendus des expositions d'un certain Lhermitte, un Français spécialisé dans des scènes de la vie des pêcheurs, en Bretagne ; on dit de lui : « Il est le Millet et le Jules Breton du Noir et blanc » et son nom revient sans cesse. Je voudrais bien voir quelque chose de lui ; ces jours-ci, j'ai écrit à son sujet à mon frère, qui m'a déjà fourni plusieurs fois de très bons renseignements, savoir sur les peintures de Daumier.

Pour ce qui est des lithographies, celle qui représente un bonhomme assis sur un panier, occupé à se couper une tranche de pain, n'est pas réussie. En reportant le dessin sur la pierre, la partie supérieure s'est tout à fait brouillée, mais je suis parvenu à rafistoler la partie gâchée à l'aide du grattoir. Néanmoins, vous y verrez quelques détails qui prouvent que ce procédé permet de faire du bon travail et de « rendre » la matière, par exemple le panier, le pantalon et les bottes maculées de boue. Je trouvais cette reproduction fort laide au début, mais je suis revenu à présent sur mon opinion, et si je recommence un jour cette expérience, je m'y prendrai de la même façon, mais avec plus d'énergie, en donnant un fond au dessin.

J'ai lu entre autres dans la biographie de Herkomer que celui-ci s'efforça à ses débuts (à l'époque où se produisit l'incident à propos de l'âpre dessin « Dimanche à l'hospice de Chelsea ») de découvrir parmi les artistes de son temps, ceux qui se proposaient également de peindre des types du peuple. C'est alors qu'il rencontra Gregory qui avait débuté par des croquis de la guerre franco-allemande (« Paris sous le drapeau rouge » ; j'ai longtemps ignoré que ce dessin était de lui — et une ambulance dans une salle de théâtre) mais qui, plus tard, ne fit plus que des scènes à bord de bateaux. Gregory et Herkomer sont devenus de très bon amis.

Maintenant que vous me parlez de votre guérison, je songe aux jours de cet été où j'étais, moi aussi, en voie de guérison.

Il y a encore autre chose qui date de cette époque et que je dois vous dire. Il se peut que je vous en aie écrit alors, mais je ne m'en souviens pas avec certitude. Est-ce que vous vous rappelez que, lorsque vous êtes venu me voir l'été passé, nous avons rencontré une femme dont je vous ai dit qu'elle était mon modèle ? Je vous ai dit aussi comment je m'étais aperçu qu'elle était enceinte et que pour cette raison-là, j'essayais de lui venir encore mieux en aide.

Peu après, je suis tombé moi-même malade. Elle se trouvait alors à l'hôpital, à Leyde ; je reçus d'elle à l'hôpital où j'étais en traitement, une lettre où elle m'avouait avoir de très graves soucis. Auparavant, dans le courant de l'hiver, alors qu'elle était dans le plus grand besoin, j'avais fait pour elle tout ce qui était en mon pouvoir. J'ai dû mener un grand combat en moi-même pour savoir ce que je devais faire. Pouvais-je, devais-je lui venir en aide ? J'étais malade moi-même et l'avenir me paraissait très sombre. Malgré cela, j'ai quitté mon lit, à vrai dire contre l'avis du médecin, et je suis allé la voir. Le 1er juillet dernier, j'arrivai à l'hôpital de Leyde. Dans la nuit, elle avait mis au monde un garçonnet qui dormait à côté d'elle, dans un berceau, son petit nez retroussé sortant des couvertures — ne sachant évidemment pas ce qu'on vend dans le monde. Un pauvre trimeur de peintre comme moi sait en tout cas bien des choses qu'un bébé ignore.

Que faire ? Il y avait de quoi réfléchir. L'accouchement de cette pauvresse avait été laborieux. Est-ce qu'il n'y a pas des moments dans la vie où ne rien faire, où dire « Est-ce que cela me regarde ? » est un crime ?

Quoi qu'il en soit, je dis à cette femme : « Quand vous irez mieux, venez chez moi ; ce que je puis faire, je le ferai. » Eh bien, mon cher ami, cette femme avait encore un autre enfant, une pauvre petite créature maladive et abandonnée. C'était donc une entreprise qui dépassait davantage mes moyens que, par exemple, l'acquisition du *Graphic,* mais comment aurais-je pu faire autrement ? Un homme doit avoir tout de même du cœur au ventre ; si nous n'osions pas ne pas reculer devant certaines choses, nous ne serions tout de même pas dignes de vivre. Bon, elle est donc venue s'installer chez moi. Je suis allé habiter dans une maison qui n'était pas encore tout à fait achevée à ce moment et que j'ai pu louer à un prix relativement bas ; j'y habite encore, c'est deux portes plus bas que mon ancien atelier, au nº 138. Nous y habitons toujours. Seulement, le bébé qui dormait dans le berceau, à l'hôpital, ne dort plus autant que les premiers jours.

Il est devenu un très gentil petit bonhomme, plein de vie, de sept à huit mois. Dans le temps, je suis allé chercher moi-même, sur mes épaules, un berceau pour lui chez un revendeur. Pendant tout cet hiver si sombre, cet enfant a été pour moi comme une lumière dans la maison. Quant à la femme, bien qu'elle ne soit pas solide et qu'elle doive travailler dur pour assurer l'ordre dans la boutique, elle a quand même repris des forces. Vous voyez donc que tout en m'efforçant d'approfondir l'art, j'essaie en même temps d'approfondir la vie, les deux choses allant de pair.

J'ai eu évidemment de nombreux ennuis avec mes anciens amis qui ne me regardaient plus ; cela ne m'a pas étonné outre mesure.

Avec mon meilleur ami, c'est-à-dire avec mon frère, ce ne fut heureusement pas le cas — car nous sommes, lui et moi, davantage des amis que des frères — et il ne comprend pas seulement ces choses, mais lui aussi a aidé et aide encore maints malheureux. Cependant, cette histoire m'a fait perdre certains amis, mais elle m'a procuré plus d'ombre et de clarté dans ma propre maison qui ressemble davantage maintenant à un home, bien que j'aie parfois l'impression de me trouver à bord d'un bateau par gros temps, quand les soucis deviennent trop lourds. Enfin, bien que je sache que la mer offre des dangers et qu'on peut s'y noyer, j'aime beaucoup la mer et je garde une certaine sérénité devant tous les périls de l'avenir.

Je voudrais pouvoir bavarder à nouveau un peu avec vous, et je serais très heureux s'il vous était possible de venir voir sous peu les *Graphic.* Je vous avertis dès à présent de tous ces changements dans ma maison, parce que je ne sais pas exactement ce que vous pensez de ces choses de la vie.

Si nous étions encore au temps de la bohème, un ménage et un atelier comme les miens n'auraient rien d'extraordinaire. Mais aujourd'hui, nous sommes loin de la bohème primitive ; les peintres se plient à des considérations d'honorabilité que, pour ma part, je ne comprends pas très bien, mais il n'empêche que je ne voudrais pas froisser ceux qui y consentent.

Je le répète : si nous étions encore aux jours de la bohème, je laisserais volontiers aller les choses, mais maintenant je vous informe, cher ami Rappard, que je cohabite avec une pauvre femme et deux enfants et qu'il y en a beaucoup qui refusent désormais de me fréquenter pour cette raison-là, et pour d'autres également. Je dois vous en prévenir lorsque je vous invite : « Voulez-vous venir jeter un coup d'œil sur mes *Graphic* un de ces jours ? »

Ce que je dois ajouter, c'est que, lorsque mon père apprit la chose, il n'en fut guère édifié, vous comprenez, ou plus exactement, ne s'attendant pas à cela de ma part, il ne sut que penser. Mais, depuis lors, nous nous sommes revus, ce qui n'était plus arrivé depuis que je me suis installé ici ; j'avais dû quitter la maison à la suite d'autres difficultés. Lorsqu'il a connu l'affaire plus en détail, il l'a considérée autrement qu'au début. Le désaccord qui avait surgi entre nous, le jour où j'ai quitté la maison, n'a pas été de longue durée ; nous nous étions raccommodés avant que je ne me mette à cohabiter avec cette femme. Mon père m'a même déjà rendu une visite depuis que je suis installé ici avec elle.

Mais qu'il y a de malentendus dans la vie et que tout irait mieux si on s'entendait un peu mieux, au lieu de se disputer !

Oh ! mon vieux, je voudrais qu'il subsiste un peu plus de bohème dans la vie, surtout chez les peintres.

Surtout, ne croyez pas que ce soit tellement à cause de cette femme que mes amis et connaissances ne viennent plus chez moi : c'est une des raisons, mais, plus généralement, c'est à cause de ma façon de peindre, bien que j'aie peint des études de qualité dans le courant de cet été. Enfin, le commerce des peintres d'ici m'a rudement désappointé. Est-ce que cela ira mieux à l'avenir ?

Dernièrement, un peintre d'ici a été conduit à la maison d'aliénés — Boks, un paysagiste. Avant qu'on ne l'enferme, il était bien difficile de trouver pour lui un peu de secours, bien qu'il ait été aidé pendant sa maladie, surtout par Mauve. Maintenant qu'il y est, tout le monde parle de lui avec sympathie et bien haut.

Par exemple, quelqu'un qui lui a refusé plusieurs fois du secours et qui a refusé ses études, affirmait dernièrement : « Plus beau que Diaz ! », ce que je trouve tout de même exagéré. Le pauvre type m'a raconté lui-même, il y a un an, qu'il avait reçu autrefois une médaille, en Angleterre, et qu'il l'avait vendue au prix du vieil argent. Un autre peintre, Breitner, avec lequel j'allais parfois peindre et qui a séjourné presque en même temps que moi à l'hôpital, a dû se faire professeur à l'école primaire, bien que, je le sais, il n'eût guère de goût pour cela.

Est-ce une bonne époque pour les peintres ? Aussitôt après mon arrivée à la ville, j'ai fréquenté tous les ateliers qui m'étaient ouverts pour me chercher des relations et me faire des amis. Mais me voici fortement refroidi sur ce chapitre. Il y a en effet, je crois, ceci qui est malheureux : les peintres vous paraissent dès l'abord tous cordiaux, mais ont pour fâcheuse habitude de vous passer des crocs-en-jambe. C'est fatal. On devrait pourtant s'entraider et avoir confiance l'un dans l'autre, car il y a déjà assez d'animosité dans la société. En général, ne se trouverait-on pas mieux en ne se faisant pas tort les uns aux autres ? Beaucoup sont poussés par la jalousie à médire systématiquement. Qu'est-ce qui en résulte ? Au lieu de former un grand tout, une corporation de peintres où l'union ferait la force, chacun rentre dans sa coquille et travaille tout seul. Les boute-en-train créent, précisément par l'effet de la jalousie, une espèce de désert autour d'eux, ce qui ne manque pas d'être déplorable pour eux-mêmes. Lutter à coups de tableaux et de dessins est fort bien en un certain sens, c'est en tout cas légitime, mais il ne faut pas devenir des ennemis personnels ni user d'autres moyens dans la lutte.

Enfin, si tout cela ne peut vous retenir, songez à venir voir les *Graphic* en question, car ils sont magnifiques. Je voudrais d'ailleurs discuter avec vous ce que nous pourrions faire des doubles, car il y en a beaucoup, et les plus beaux encore. « Veuves » de Herkomer, un hospice pour vieilles femmes (« Le petit hospice St-Giles ») du même, « Émigrants » et « Internat » de Frank Hol. « Caxton imprimant » et « La vieille petite porte » de Fred Walker. Enfin, il y en a beaucoup, de ceux-là qui peuvent constituer le clou d'une collection de gravures sur bois. Vos lettres antérieures me font comprendre clairement que vous ne voudrez pas les accepter tout simplement, bien que je vous les offre de bon cœur, sans autres conditions, pourvu que cela puisse vous faire plaisir et qu'ils vous plaisent.

Mais je sais avec certitude que nous trouverons à nous arranger. Aussi ne devez-vous avoir aucun scrupule à les accepter. Et, puisqu'une telle solution peut être trouvée d'une façon ou d'une autre, il me semble qu'il n'est pas du tout impossible que nous nous revoyions bientôt, pourvu que votre état de santé persiste à s'améliorer.

Je souhaite d'autant plus votre visite prochaine que j'ai ici un grand nombre d'études qui ont été faites cet hiver, dont j'aimerais vous parler. Je vous aurais déjà écrit sur ces différents sujets, mais je me sentais moi-même encore très dépaysé et j'étais un peu maussade, par suite des désagréments que m'avaient valus les autres. Si je vous écris maintenant, c'est parce que je ne vous considère pas comme quelqu'un à l'esprit étroit et que je ne m'attends pas de votre part à ce que vous trouviez inexplicable ce que j'ai fait. Et surtout parce que je ne trouverais pas franc de ma part, si, en vous invitant à venir voir mes gravures sur bois, je ne vous prévenais pas que bien des choses ont changé chez moi depuis votre dernière visite, que beaucoup m'évitent à présent et n'accepteraient certainement plus de mettre les pieds chez moi, depuis tous ces changements.

Mon nouvel atelier est beaucoup plus spacieux que le précédent, mais je vis continuellement dans la crainte que le propriétaire n'augmente le loyer ou ne trouve des locataires plus riches.

Enfin, aussi longtemps que je pourrai le conserver, c'est un bon atelier.

Si vous considérez que j'ai presque deux fois autant de *Graphic* qu'autrefois, vous comprendrez que ce n'est pas rien.

Et j'ai bon espoir de mettre encore la main sur les premières années.

Il m'est arrivé de connaître bien des désillusions avec d'autres femmes ; je n'avais jamais pensé auparavant que j'aboutirais là. Mais il y a dans cette femme-ci quelque chose qui m'a bouleversé : c'était une mère si seule et si abandonnée que je n'ai pas hésité. Je ne croyais pas alors, et je ne crois pas encore avoir mal agi. Car je continue à penser qu'on ne peut pas abandonner une femme lorsqu'elle est mère et délaissée. Elle est une figure comme Hol ou Fildes en dessinent.

Si vous venez sous peu, tâchez que votre visite ne soit pas trop brève.

Les *Graphic* sont si beaux que je crois que les regarder pourrait être pour vous un stimulant et un réconfort, alors que vous êtes encore affaibli – à condition toutefois que le voyage ne vous coûte pas trop de fatigue (d'ailleurs, j'habite tout près de la gare du Rhin).

Enfin, faites ce que bon vous semble. Avec une poignée de main,

t. à t. *Vincent.*

8 février (1883)

Cher Théo,

Je te congratule cordialement, toi aussi, à l'occasion de l'anniver- 265 N
saire de Pa ; de plus, je te remercie de ta lettre, que je viens de recevoir et qui me fait plaisir. Je me réjouis surtout que l'opération appartienne au passé. Les détails que tu livres donnent la chair de poule. Je souhaite que la passe difficile soit franchie, du moins que la crise soit surmontée.

Peut-on en vouloir aux femmes de ce que leur pensée ne témoigne parfois pas d'autant d'énergie et de ressort que celle des hommes – qui s'efforcent de réfléchir et d'analyser ? A mon avis, non – parce qu'elles doivent, en général, consacrer plus d'énergie que nous à supporter la douleur. Elles souffrent plus et sont plus sensibles. Encore qu'il leur arrive de ne pas saisir ce que nous pensons, elles sont parfois capables de le comprendre quand on est bon avec elles. Elles ne le comprennent pas parfaitement, mais « l'esprit est de bonne volonté », et les femmes savent faire preuve d'une bonté qui leur est tout à fait particulière. Tu dois te sentir soulagé, maintenant que l'opération est terminée.

La vie est un mystère, et l'amour en est un autre au cœur du premier. Rester pareil à soi-même, c'est la seule chose qu'on ne fasse pas au sens littéral du terme, tandis que les changements constituent un phénomène comparable au flux et au reflux qui, somme toute, ne modifient en rien la mer elle-même.

Depuis la dernière fois que je t'ai écrit, j'ai accordé un peu de repos à mes yeux, et je me trouve bien de l'avoir fait ; n'empêche qu'ils me cuisent encore.

Veux-tu que je te dise l'idée qui m'est venue spontanément à l'esprit ? Il nous arrive de nous empoisonner malgré nous l'existence, au début de notre vie de peintre : nous avons conscience de ne pas être encore à la hauteur du métier — nous vivons dans l'incertitude : parviendrons-nous jamais à l'apprendre — nous avons une envie folle d'aller de l'avant — nous n'avons pas encore confiance en nous-mêmes — tant et si bien que nous ne pouvons nous défaire d'une certaine fièvre, et nous nous agitons, même si nous n'entendons pas travailler avec précipitation.

Nous n'y pouvons rien ; d'ailleurs, il faut passer par là ; cette période, à mon avis, doit être ce qu'elle est et ne saurait être autrement.

On découvre soi-même, dans ses études, les traces de cette fièvre et un peu de ces tâtonnements, qui contrastent singulièrement avec la sereine ampleur qu'on poursuit ; n'empêche que ça s'annonce mal quand on s'avise de rechercher cette ampleur et de s'appliquer à l'atteindre.

Cela peut donner lieu à une indigestion, à une agitation fiévreuse, à une surexcitation ; on suffoque, comme en été avant l'orage. Je viens de passer de nouveau par là, mais je change d'occupation chaque fois que je me trouve dans cet état, afin de pouvoir tout reprendre par le commencement.

La peine qu'on prend au début peut donner quelque chose de pénible aux études.

Cependant, cela ne parvient pas à me décourager, parce que je l'ai constaté chez les autres — autant que chez moi — même chez ceux qui ont réussi par la suite à s'en défaire peu à peu.

Je crois qu'on rencontre toute sa vie de ces périodes où le travail exige un grand effort, mais le résultat n'est pas toujours aussi mince qu'au début.

Ce que tu m'écris au sujet de Lhermitte concorde parfaitement avec ce qu'on en disait dans le compte rendu d'une exposition de *Noir et blanc.* Le hasard veut qu'on parle aussi dans cet article de sa façon brutale d'attaquer son sujet, qu'on ne saurait comparer qu'à la façon de Rembrandt. Je voudrais bien savoir comment un homme comme lui conçoit Judas ; tu parles dans ta lettre d'un dessin de lui : Judas devant les scribes — je crois que Victor Hugo serait de taille à décrire cette scène en détail, tant et si bien qu'on la voie, mais il serait plus ardu de peindre les masques.

J'ai mis le grappin sur un Daumier, « Ceux qui ont vu un drame et ceux qui ont vu un vaudeville » ; je me prends à aimer Daumier de plus en plus. Je lui découvre du piquant et de « l'esprit de réflexion », il est spirituel et pourtant plein de sensibilité et de passion ; il me semble parfois découvrir, par exemple dans les ivrognes — cela se découvre probablement aussi dans la « Barricade », que je ne connais pas — une passion qu'on serait tenté de comparer à l'éclat du fer chauffé à blanc.

On retrouve ces caractéristiques également dans certaines têtes de Frans Hals ; sobres au point qu'elles nous paraissent plutôt froides, mais quand on les regarde un instant... on s'étonne qu'un homme qui, de toute évidence, travaille en proie à une émotion profonde, se subordonne tout entier à la nature et se confond avec elle, puisse avoir assez de présence d'esprit pour peindre d'une main si ferme. J'ai trouvé quelque chose de semblable dans les études et les dessins de De Groux. Il se peut que Lhermitte, lui aussi, soit un homme chauffé à blanc. De même que Menzel.

Il y a des passages dans Balzac ou Zola, entre autres dans *Le Père Goriot,* qui dénotent une identique passion chauffée à blanc, exprimée en paroles.

Je suis tenté de faire un essai, en vue de travailler d'une autre façon. C'est-à-dire oser et risquer davantage. Toutefois, je me demande s'il n'est pas absolument nécessaire que j'étudie encore davantage la figure d'après modèle. Je cherche aussi un moyen d'intercepter la lumière ou de la laisser entrer dans l'atelier à mon gré. Il me semble qu'elle devrait venir de plus haut, et qu'il y en a trop. En attendant, je lui ai interdit parfois l'accès avec des feuilles de carton, mais je vais essayer d'obtenir des volets de mon propriétaire.

Ce que je disais dans la lettre que j'ai déchirée, comme je te l'ai écrit, abondait dans ton sens.

Comme je m'aperçois de plus en plus que je ne suis pas parfait et que je manque à mon devoir, et qu'il en est de même des autres — on se heurte constamment à des difficultés qui sont le contraire d'illusoires —, je crois que ceux qui ne se laissent pas abattre et ne versent pas dans l'indifférence, parviennent à la maturité, — et qu'il faut donc tout supporter pour y arriver.

Pourtant, il m'arrive parfois de ne pas comprendre que j'ai à peine trente ans ; je me sens beaucoup plus vieux.

Je me sens vieux chaque fois que je songe que la plupart des gens qui me connaissent me considèrent comme un raté ; il me semble qu'un jour ils pourraient avoir raison si certaines choses ne changent pas. Quand je me dis qu'il pourrait en être ainsi, j'en sens si intensément la réalité que je suis découragé et que toute envie me passe, comme si c'était déjà arrivé. Lorsque je retrouve mon humeur normale, plus calme, il m'arrive de me réjouir que trente années se soient écoulées et qu'elles ne se soient pas écoulées sans que j'aie appris quelque chose dont je pourrai tirer parti plus tard. Je me sens alors la force et l'envie de vivre les trente années suivantes, s'il m'est donné de les vivre.

J'aperçois en imagination trente années de travail sérieux, plus heureuses que les trente premières.

Ce qu'il en sera en réalité ne dépend pas uniquement de moi ; la société et les circonstances ont aussi leur mot à dire.

Ce qui dépend de moi, ce dont je suis responsable, c'est de tirer profit des circonstances dans lesquelles je me trouve placé bon gré mal gré, et de faire de mon mieux pour aller de l'avant.

A trente ans, l'ouvrier se trouve au seuil de la période où il se sent en pleine force, plein de jeunesse et de courage.

Mais il a quand même derrière lui toute une portion de sa vie et il est parfois triste, parce que ceci ou cela ne reviendra jamais plus. Avoir quelques regrets déterminés ne peut être qualifié de lâche sentimentalité. Bien des choses ne peuvent être qualifiées de lâche sentimentalité. Bien des choses ne font que commencer à trente ans, et il est certain que tout n'est pas fini à ce moment-là. Mais on n'espère plus que la vie vous donnera ceci ou cela, puisque l'expérience vous a appris qu'elle ne peut vous le donner. On commence à saisir alors que la vie n'est qu'une espèce de période de fumage, et que la récolte n'est pas de ce monde.

Ce qui explique pourquoi on laisse tomber parfois de ses lèvres : qu'est-ce que ça me fait ? en réponse au jugement de la société, et qu'on a un certain droit à laisser choir ce jugement de vos épaules quand il vous pèse trop.

Il vaudrait peut-être mieux que je déchire également la présente.

Je comprends parfaitement que tu te préoccupes beaucoup de l'état de la femme ; d'ailleurs, c'est de ta sollicitude que dépendent son salut et l'évolution heureuse de sa guérison.

Car il ne faut pas faire de réserves : la sentence suivante est souvent de rigueur : si tu veux que ce soit bien fait, fais-le toi-même, n'en laisse pas le soin aux autres. Cela veut dire : soin pour tout et ne pas perdre de vue l'ensemble.

Nous venons d'avoir quelques véritables journées de printemps — par exemple lundi dernier — dont j'ai bien profité.

Le peuple sent intensément le changement des saisons. Par exemple, pour un quartier comme le Geest et pour les cités, l'hiver est une mauvaise période, une période fâcheuse et pénible, alors que le printemps est une délivrance. Quand on y prête attention, on s'aperçoit que le premier jour de printemps est considéré comme un évangile.

Il est navrant de voir surgir en pleine lumière ce jour-là tant de visages terreux, fanés, non pour faire quelque chose, mais pour se rendre compte, dirait-on, que le printemps est là. Ainsi voit-on parfois des gens de toutes sortes se bousculer au marché, à l'endroit où s'est installé un marchand de crocus, de perce-neige, de salsifis des prés et autres oignons à fleurs. Et, parmi eux, un fonctionnaire du ministère au visage de parchemin, manifestement une espèce de Josserand, revêtu d'un pardessus noir, râpé, au col graisseux — ah ! c'est un beau spectacle que cet homme-là près des perce-neige.

Je crois que les pauvres et les peintres ont en commun le sentiment du temps et du changement des saisons, tandis que les bourgeois aisés ne prêtent guère attention à ces événements, cela n'influence pas beaucoup leur état d'âme. J'ai trouvé très jolie la parole d'un terrassier : En hiver, je souffre autant du froid que le blé d'hiver.

Je m'imagine que le printemps sera le bienvenu pour ta malade, je forme des vœux pour sa santé. Cette opération n'était pas un jeu d'enfant ; en tout cas, j'ai été saisi de frayeur en lisant ta relation.

Rappard va mieux. T'ai-je écrit qu'il a eu des fièvres nerveuses ? Il faudra patienter quelque temps encore avant qu'il puisse travailler comme auparavant, mais il fait déjà de temps à autre une petite promenade.

Je suivrai ton conseil de bassiner mes yeux avec du thé, si ça ne passe pas. Puisque ça va mieux, je laisserai la guérison suivre son cours jusqu'à nouvel ordre. Mes yeux ne m'ont jamais fait mal auparavant, si ce n'est cet hiver, lorsque je souffrais des dents ; par conséquent, je crois que c'est plutôt un accident dû au fait que j'avais fourni un trop grand effort.

Au contraire, j'ai maintenant les yeux moins fatigués qu'au début, lorsque je dessine.

Écris-moi vite, si tu as le temps, et crois-moi, avec une poignée de main,

t. à t. *Vincent.*

J'ignore si tu connais les « maisonnettes gratuites » du Brouwersgracht, en face de l'hôpital. Je me propose d'aller dessiner là-bas, quand le temps le permettra. J'y ai fait quelques croquis cette semaine. Ce sont des rangées de maisonnettes avec des jardinets qui, je crois, appartiennent à l'Assistance Publique.

(février 1883)

Ami Rappard,

R 21 N Merci pour votre lettre de ce matin. Je me réjouis — je ne m'attendais d'ailleurs pas à autre chose de votre part — que vous ayez interprété avec indulgence tout ce que j'ai porté à votre connaissance. Lorsque je vous fournirai de plus amples détails, pour élucider nettement la situation, j'espère que vous ne devrez pas revenir sur votre opinion : que j'ai agi honnêtement et de bonne foi. J'ai affaire à une femme qui, au moment où je la rencontrai, semblait déjà avoir un pied dans la tombe, dont l'esprit et le système nerveux étaient également ébranlés et désorientés, dont la seule chance de salut, aux dires d'un professeur de Leyde, consistait dans une vie familiale normale. Et même dans ce cas, des années seront nécessaires avant qu'elle ne soit redevenue tout à fait normale. Pour ce qui est de sa vie, je crois que vous ne condamnez pas plus que moi les femmes tombées. Frank Hol a exprimé cela dans un dessin qui, pour autant que je sache, n'a jamais été reproduit : il a donné comme légende à ce dessin : « Sa pauvreté et non sa volonté est coupable. »

Cher ami, je connais à l'instant au moins quatre femmes dans cette ville (y compris la mienne) qui ont fauté ou qui ont été abusées, qui ont des enfants naturels ; leur sort est si triste qu'il est malaisé de s'en faire une idée, surtout que toute chance de se relever semble pour ainsi dire inexistante, en tout cas pour trois d'entre elles

— c'est-à-dire que cette chance existe en théorie, mais pas du tout en réalité, à mon avis. Je dois encore ajouter que je ne considère pas mes relations avec cette femme comme passagères, mais comme durables. Ce que j'ai dit d'une désillusion passée est basé sur quelque chose dont je ne veux pas parler — pas pour le moment. Pourtant, il importe que je le dise — lorsqu'un homme éprouve à la suite d'un amour froissé une désillusion si profonde qu'il se sent calmement désespéré et désolé, son état d'âme ressemble en quelque sorte à l'incandescence de l'acier ou du fer chauffés à blanc. Sentir qu'il est irrémédiablement et absolument déçu, en porter la conviction dans son cœur comme une blessure mortelle, du moins inguérissable, et pourtant se comporter normalement, en montrant un visage impassible.

Celui qui est dans cette situation et qui en rencontre une autre profondément et peut-être irrémédiablement malheureuse, trouvez-vous inexplicable qu'il éprouve involontairement, sans la rechercher d'aucune façon, une sympathie particulière pour l'autre ? Cette sympathie ou cet amour, ce lien qui est né pour ainsi dire par l'effet du hasard, est et peut rester malgré tout solide. Quand l'amour est mort, la charité ne peut-elle pas être plus vivante, se tenant en éveil ?

Permettez-moi maintenant de vous parler gravures sur bois. Le travail quotidien est une chose qui ne varie pas ; s'y absorber n'est pas aussi dangereux que plonger le regard dans les profondeurs insondables.

J'ai encore trouvé un beau Jacque, des « Bûcherons », malheureusement colorié à l'aide d'une boîte de couleurs pour enfants, mais j'ai enlevé la majeure partie des couleurs. C'est une très belle reproduction.

Deux Daumier, « Rencontre de ceux qui ont vu un drame et de ceux qui ont vu un vaudeville », et « Amateurs de tableaux ».

Deux femmes assises (l'une avec un enfant) qui bavardent, d'Oberländer, et du même, deux vieux bonshommes qui semblent traiter mystérieusement des affaires officielles. Toutes deux extrêmement vraies.

Les figures sont relativement plus petites que la plupart des têtes d'Oberländer. De belles Edmond Morin, surtout les marronniers aux Champs-Élysées, une course à pied et les vendanges. De John Lewis Brown, « Chasseurs dans la forêt », « Chute de feuilles » de G. Doré, un très ancien Doré, grossièrement bâclé mais très bien quant au sentiment. « Tziganes », de Valerio. De Renouard, « Mendiants du jour de l'an ».

Voilà quelques-unes de mes nouvelles reproductions.

Je me réjouis de savoir que vous avez acquis le *Harpers Xmas papers* ; cette édition est peut-être aussi *trop bien pour durer.* Que « Fille d'hiver » et « Patrouille allemande » d'Abbey sont belles ! A en juger d'après cela, vous comprendrez que la grande reproduction du « Noël en Ancienne Virginie » est extraordinaire. Swain l'a si bien gravée qu'elle a gardé le caractère d'un dessin à la plume — ça n'a pas l'air gravé du tout, pas plus que « Promenade de Brighton » de Caldecott, que vous possédez, je crois.

Je connais le *Harpers Magazine* par les quelques vieux numéros qui sont en ma possession ; j'envisage de me procurer ceux de cette année, mais il sera peut-être possible de les trouver d'occasion vers la fin de l'année.

Je dois vous dire que je me suis informé et m'informe encore au sujet du procédé qu'on emploie pour exécuter les reproductions qu'on trouve dans les *Xmas papers,* par exemple. Je suis déjà en possession d'échantillons de papier et j'ai quelques renseignements sur les vertus du « Noir et blanc », et sur la façon de le travailler. Ce papier est très curieux, il a parfois un ton dominant grené qui ressemble à un brouillard gris ; il se prête particulièrement à des effets de neige, par exemple. Il y a aussi du papier avec des hachures.

J'ai encore pour vous une belle reproduction de Dagnan : « Jardin des Tuileries », et une autre de Montbard : « Mendiants arabes », et aussi de plus petites, outre les doubles du *Graphic.*

Vous m'avez écrit avant votre maladie que vous possédiez en double « Deux dames dans une barque », de Heilbuth. Cette reproduction me manque justement, bien que j'aie d'autres grandes Heilbuth. Je vous le rappelle.

Je ne me souviens pas si je vous ai déjà écrit au sujet de *Vieux Noëls* de Washington Irving, *Livre d'esquisses* illustrées par Caldecott, et *Bracebridge Hall* de Washington Irving.

Deux petits livres à six pence, édition Macmillan et C°, Londres. Dans chacun, il y a une centaine de petits dessins de Caldecott ; certains sont si beaux qu'on pense à Menzel.

J'aimerais apprendre à l'occasion quel est le motif de « L'hiver à Bruxelles », de De Groux.

Je vous ai déjà écrit à propos de Lhermitte. Il semble être le maître des dessins en « noir et blanc ». On a cité dans un compte rendu « Les femmes récitant leur prière sur les falaises de Bretagne », « Un banc des pauvres », « Un vieux marché », etc.

Bien que j'aie souffert quelques désagréments, même assez graves, en accueillant chez moi cette femme et ses deux enfants, je dois dire que cette liaison m'a quand même valu un peu de calme et de sérénité. J'ai travaillé dur cet hiver. J'ai pu disposer de quelques vrais modèles.

Pour le moment, je ne travaille pas beaucoup, du fait que d'avoir bossé quelques mois, pour ainsi dire sans m'arrêter et presque sans me reposer, sur des têtes principalement, je sentais croître en moi une espèce de faiblesse ou de fatigue quasiment invincible. Surtout dans les yeux, au point que même regarder m'était pénible. Ces derniers jours, j'ai beaucoup couru au dehors et j'ai dessiné très peu ; mes yeux sont à nouveau normaux.

Je crois que j'ai bien quelque cent cinquante études que vous n'avez pas encore vues.

Le changement survenu chez moi ne m'a pas poussé à travailler moins, mais davantage ; j'ai même travaillé avec une certaine fureur, mais une fureur calme, si vous me permettez l'expression. Je m'intéresse à nouveau à la littérature que j'avais négligée un certain temps.

Je crois que vous vous amuseriez beaucoup avec le petit enfant — ceux qui abandonnent une femme quand elle est enceinte ne savent pas ce qu'ils font. C'est un enfant très agréable ; on dirait un rayon d'en haut descendu dans ma maison. Pour ce qui est de la femme elle-même, vous souvenez-vous de la parole de Gavarni : *Il y a une créature insupportable, bête, méchante, c'est la jeune fille – Il y a une créature sublime et dévouée, c'est cette fille devenue mère* ? Cette parole n'a pas été prononcée, je crois, pour flétrir absolument toutes les jeunes femmes ou les jeunes filles, cela va de soi, mais pour exprimer énergiquement que la pointe de vanité qui est dans la femme, avant qu'elle ne soit mère, se trouve remplacée plus tard, quand elle doit s'esquinter pour ses enfants, par quelque chose de sublime.

J'ai vu dans *Graphic* une figure par Patterson, une illustration pour *Quatre-vingt-treize* de Hugo, qui s'appelle « Dolorosa ». Et j'ai été frappé par la ressemblance avec ma femme, telle que je l'ai trouvée. Il y avait dans le même livre l'histoire d'un homme dur et orgueilleux qui s'attendrit soudain à la vue de deux enfants en danger. Malgré son égoïsme naturel, il oublia le danger auquel il s'exposait et sauva les enfants. On ne se retrouve jamais exactement soi-même dans un livre, mais on y découvre parfois des traits de la nature très généraux qu'on décèle, vagues et indéfinis, dans son propre cœur.

Il y a, à mon sens, beaucoup de vérité dans *L'homme hanté* de Dickens. Connaissez-vous cet ouvrage ? Ni dans *Quatre-vingt-treize,* ni dans *L'homme hanté,* je ne me retrouve tout à fait moi-même — parfois, tout est à l'envers — mais il reste beaucoup de choses qui se sont passées en moi et se réveillent pendant que je lis.

Adieu, avec une poignée de main,

t. à t. *Vincent.*

Très cher frère,

266 N C'est dimanche et je t'écris de nouveau. J'ai parfois l'impression que je ne t'ai pas dit assez chaleureusement, ni assez cordialement, à quel point j'ai été touché par tes confidences de ces derniers temps.

Quant à la question de savoir si un amour sincère peut se transformer en *illusion perdue,* je suis certain que cela peut se produire, mais je serais très étonné qu'il en soit ainsi dans ton cas, et je ne crois pas qu'il en sera ainsi dans le mien.

Bien entendu, à condition de respecter la fidélité.

Ces jours-ci, je vais me promener souvent au Geest, dans les rues et les ruelles où j'ai traîné beaucoup au début de l'année dernière en compagnie de la femme. Il fait un temps humide, et je trouve alors ces parages magnifiques. En rentrant, je dis à la femme : C'est encore comme l'année dernière. Je t'écris cela à propos du désenchantement ; non, non, il se peut que l'amour se fane et bourgeonne de nouveau, comme la nature, mais il ne meurt jamais tout à fait.

Il y a le flux et le reflux, mais la mer demeure la mer. Et l'amour d'une femme ou de l'art passe par des périodes d'épuisement et d'impuissance, mais il ne saurait être question d'un désenchantement durable.

Je considère l'amour, ainsi que l'amitié, non seulement comme un sentiment, mais surtout comme un acte ; du fait qu'il implique de l'action et des efforts, il connaît des revers : l'épuisement et l'impuissance.

Je crois qu'aimer sincèrement et de bonne foi porte bonheur, mais n'empêche pas de connaître des périodes difficiles.

Je suis heureux que l'état de mes yeux ne s'aggrave pas, ça va plutôt mieux, mais ils ne sont pas encore complètement guéris et je dois les ménager. Je t'avouerai que j'étais peu enchanté de cet accroc.

Je suis très désireux de bavarder avec toi — car si je ne suis pas découragé dans mon travail, ni apathique, ni impuissant, je m'inquiète un peu ; c'est que je devrais avoir de temps à autre l'occasion de discuter avec des gens qualifiés, mais avec qui pourrais-je discuter en ce moment, étant donné que je ne suis en confiance avec personne. Je ne crois pas que nul ne soit digne de confiance, cette idée n'effleure même pas mon esprit, mais le malheur veut que je n'aie guère de relations avec ces gens-là. Il m'arrive de me dire : quand je suis venu la première fois à La Haye, au service de G. et Cie — il y a des années de cela —, les deux premières de ces trois années furent assez déplaisantes, alors que la troisième m'a réservé plus d'agréments — qui sait s'il n'en sera pas de même à présent.

Je trouve le dicton suivant très drôle : Quand les choses sont au pire, soyons sûrs qu'elles s'amélioreront, mais je me demande parfois si nous avons maintenant le pire, car l'amélioration serait la bienvenue. Enfin.

Ces jours-ci, j'ai lu *Le Peuple,* de Michelet, ou plus exactement, je l'ai lu il y a déjà un certain temps, en hiver, mais le souvenir de cette lecture s'est imposé fortement à mon esprit depuis quelques jours.

Il est manifeste que cet ouvrage a été écrit très vite, en hâte ; si l'on ne lisait que ce volume-là de Michelet, je crois qu'on ne le considérerait pas comme un très grand écrivain et qu'on en resterait peu impressionné. Mais comme je connais ses ouvrages plus solides, *La Femme, L'Amour, La Mer,* et *Histoire de la Révolution,* je considère le livre en question comme le croquis rudimentaire d'un peintre que j'aime beaucoup, et je lui trouve de ce fait un charme extraordinaire.

J'estime que le procédé de Michelet est digne d'admiration. Je ne doute pas un seul instant que de nombreux écrivains ne condamnent la technique de Michelet, comme certains peintres croient avoir le droit de chicaner la technique d'Israëls.

Michelet sent intensément et il étale ce qu'il sent, sans se soucier le moins du monde de la manière, sans se préoccuper aucunement de la « technique » ou des formes de l'usage courant, de sorte que celui qui veut comprendre peut comprendre.

A mon sens *le Peuple* est moins une première pensée, une impression, qu'une conception inachevée, étudiée à fond. Certains passages ont été écrits d'après nature ; d'autres, plus solides et plus raffinés, y ont été ajoutés après coup.

A en juger d'après son manteau de fourrure, la situation de De Bock doit être extrêmement florissante. Je ne l'avais plus vu depuis des mois ; je l'ai rencontré il y a quelques jours et, comme je viens de le dire, il portait un magnifique manteau de fourrure, etc. N'empêche que je ne lui ai pas trouvé un air florissant. As-tu jamais éprouvé de la sympathie pour un homme que tu devinais malheureux, bien qu'il se fît passer pour heureux et qu'on le considérât comme tel, et n'en es-tu pas arrivé à la conclusion : si je cherchais à me lier d'amitié avec lui, l'un de nous deux, lui ou moi, s'imaginerait que je me paie sa tête ; il serait quasi impossible de gagner sa confiance, moins encore son affection — mais, même si j'y parvenais, il se dirait quand même « du moment que je me suis embarqué », etc., et faut-il croire que nous puissions être quelque chose l'un pour l'autre ? Voilà ce que je pense de De Bock ; bien que j'aie une réelle sympathie pour lui et que je trouve nombre de ses œuvres très belles, je ne crois pas que nous puissions être quelque chose l'un pour l'autre ; d'ailleurs, nous professons des opinions diamétralement opposées non seulement au sujet de la vie, mais aussi au sujet de l'art.

Il m'est pénible de renoncer à une amitié sincère, mais si je devais me dire, en pénétrant dans un atelier : parle de la pluie et du beau temps, n'aborde pas de sujets plus importants et tais le fond de ta pensée sur certains aspects de l'art — cela m'attristerait davantage que de ne plus y mettre les pieds. C'est parce que j'aimerais tant conclure et entretenir une amitié sincère, qu'il m'est difficile de m'accommoder d'une amitié conventionnelle.

Quand existe l'amitié véritable entre deux êtres, ceux-ci ne se fâchent pas facilement l'un contre l'autre, même lorsqu'ils en arrivent à se brouiller. Même si l'on se fâche, on ne tarde pas à se réconcilier. Tandis que, dans l'amitié où l'on sacrifie aux conventions, l'aigreur a tôt fait de naître. On ne se sent pas libre ; même lorsqu'on peut lâcher la bride à ses sentiments véritables, ceux-ci finissent par engendrer une impression désagréable et nous empêchent de reconnaître ce que nous valons. La convention entraîne la défiance, et la défiance engendre les intrigues. Au prix d'une plus grande sincérité, il y aurait moyen de se rendre la vie plus agréable.

Malgré tout, on s'habitue aux situations de fait, même lorsqu'elles sont anormales. Si l'on pouvait faire un saut de trente, quarante ou cinquante années en arrière, je crois qu'on se sentirait mieux à l'aise dans ces époques-là — je veux dire, par exemple, que toi et moi, nous y serions heureux, alors que je doute que, dans cinquante ans, on veuille en revenir à notre époque. Car si c'est une époque de décadence, on sera trop engourdi pour réfléchir tant soit peu, et si c'est une époque de progrès, je dis : tant mieux.

Il ne me paraît pas absurde de croire que l'avenir puisse nous réserver une période de décadence. Ce qu'on nomme ainsi dans l'histoire de la Hollande, est un phénomène résultant de l'abandon des principes et de la substitution du conventionnel à l'originalité. Quand les Hollandais le veulent, ils savent bien se montrer des maîtres, mais quand le sel s'affadit, cela signifie que l'on entre en décadence. L'histoire nous prouve que ce changement ne se produit pas du jour au lendemain, mais qu'il est toujours possible.

J'ai peine à croire qu'un si court laps de temps (à peine cinquante ans) soit suffisant pour amener un bouleversement total, tel que tout soit mis sens dessus dessous. Pourtant, l'étude de l'histoire nous révèle qu'il se produit dans ce domaine des changements relativement brusques et continuels. Pour ma part, tout cela me pousse à conclure que chaque homme dépose son poids — si minime soit-il — dans le plateau de la balance, et que, par conséquent, nos pensées et nos actes ne sont pas dépourvus d'importance. La lutte est de courte durée ; ça vaut bien la peine d'être sincère. Si nous étions plus nombreux à nous montrer sincères et à vouloir ce que nous voulons, notre époque serait meilleure, en tout cas elle serait marquée du sceau de l'énergie.

Je réfléchis beaucoup à ce que tu m'as écrit ces derniers temps. Je crois le contraste très grand entre la femme que tu as rencontrée et celle qui vit depuis plus d'un an à mes côtés, mais ce qu'elles ont en commun, c'est le malheur et — ce sont des femmes.

Ne trouves-tu pas, toi aussi, que, quand on rencontre une

personne dans cette situation, j'entends faible et nécessiteuse, c'est précisément son indigence qui nous incite à nous sacrifier pour elle ; il ne nous viendrait même pas à l'idée de la quitter.

A tout prendre, une telle rencontre équivaut à une apparition.

As-tu lu *Madame Thérèse,* d'Erckmann-Chatrian ? Il y a dans ce livre une description touchante, bien sentie, d'une femme convalescente ; c'est un livre simple mais profond.

Si tu ne connais pas *Madame Thérèse,* il faut lire cet ouvrage. Je crois que tu le trouveras beau, toi aussi, et qu'il t'impressionnera.

Il m'arrive de regretter que la femme qui partage ma vie ne comprenne rien aux livres, et qu'elle ne s'y entende pas dans les arts. Si je lui suis tellement attaché (bien qu'elle soit positivement incapable de rien y comprendre), il faut y voir la preuve qu'il existe entre nous un lien véritable. Qui sait si plus tard elle ne parviendra pas à y comprendre quelque chose, ce serait un lien de plus entre nous deux. Pour le moment, elle en a plus qu'assez avec les enfants, vois-tu. Ce sont les enfants qui la plongent en pleine réalité ; c'est une bonne école. Pour moi, les livres, la réalité et l'art, c'est tout un.

Je trouverais désagréable la société d'un homme qui vivrait en dehors de la vie réelle ; celui qui s'installe au cœur de la réalité peut tout savoir et tout comprendre.

Si je ne cherchais pas l'art dans la réalité, la femme me paraîtrait sans doute plus ou moins bébête ; évidemment, je préférerais qu'il en soit autrement, mais je me contente de la réalité.

J'espère que je pourrai travailler plus régulièrement cette semaine. Je me rends parfaitement compte que je dois mettre les bouchées doubles pour rattraper mon retard, qui résulte du fait que je m'y suis mis assez tardivement ; c'est justement cette idée d'être en retard sur les autres — eu égard à mon âge — qui me chiffonne.

Montmartre doit offrir ces jours-ci les effets typiques que Michel, par exemple, a fixés sur ses toiles, savoir l'herbe desséchée et le sable contrastant avec le ciel gris. En tout cas, les pâturages ont en ce moment des couleurs qui font penser à Michel : un sol jaune brunâtre, de l'herbe desséchée et un chemin humide avec des flaques d'eau, des troncs d'arbre noirs, un ciel gris ou blanc, et, au loin, des maisons incolores pourtant coloriées par la rougeur des toits, par exemple. Ces effets sont assez éloquents, et le secret de Michel consiste (comme celui de Weissenbruch) à donner des plans exacts, à évaluer précisément les rapports entre l'avant-plan et l'arrière-plan, et à sentir nettement la direction que la perspective imprime aux lignes.

La résolution de ces problèmes n'est pas un effet du hasard (l'œuvre de Michel est assez abondante, et elle me révèle qu'il avait atteint un niveau qui lui permettait de travailler en se jouant) ; toute la question est de savoir comment faire, et je m'imagine qu'il est arrivé à Michel de s'étonner et d'être désappointé parce que ça n'allait pas tout seul, avant l'époque où ça allait tout seul.

Ça paraît très simple, mais il y a un savoir très étendu à l'origine ; il y en a également à l'origine d'œuvres d'apparence plus simple, comme celles de Daumier.

Je vais m'arrêter ; écris-moi vite si tu ne l'as pas encore fait. Je suis très anxieux de savoir si ta malade ne se ressent pas trop de l'opération.

Je trouve amusant que Rappard parle avec tant d'enthousiasme, dans la première lettre qu'il m'ait écrite depuis sa maladie, des gravures sur bois qu'il venait d'acquérir, entre autres des Lançon. Il s'y intéresse tant à présent que je ne l'encourage même plus, alors qu'au début il ne leur accordait guère plus de valeur que les autres. Il a déjà une très belle collection ; je crois découvrir l'influence des Anglais dans ses acquisitions et dans ses projets, bien qu'il ne songe évidemment pas le moins du monde à les imiter. N'empêche que le fait qu'il soit allé avant sa maladie dessiner dans l'hospice pour aveugles doit être considéré comme une conséquence heureuse et palpable de son amour pour des dessinateurs comme Herkomer ou Frank Hol. Adieu, mon vieux, écris-moi vite, avec une poignée de main,

t. à t. *Vincent.*

(février 1883)

Ami Rappard,

Est-ce que votre état de santé continue à s'améliorer ? Je suis impatient de recevoir de vos nouvelles. Ces jours-ci, j'ai acheté vingt-et-un tomes du *Graphic,* notamment les années 1870 et 1880. Qu'en dites-vous ? J'espère que j'en aurai encore deux cette semaine. Je les ai obtenus à très bon compte, vous comprenez qu'autrement je n'aurais pas pu me les offrir. Mais j'avais appris qu'ils étaient à vendre et j'ai rebattu les oreilles de quelqu'un qui s'y intéressait également. R 22 N

Depuis que vous êtes tombé malade, j'ai travaillé dur selon le procédé « Noir et blanc ». Des dessins. Et j'espère que les *Graphic* m'enseigneront encore beaucoup de choses sur les vertus du « Noir et blanc ». Je voudrais avoir l'occasion de bavarder un peu avec vous, car il y a tant à faire, mon vieux.

Ces temps-ci, j'ai surtout fait des têtes — Figures du peuple — entre autres des têtes de pêcheurs coiffées d'un suroît.

Dès que j'aurai feuilleté les *Graphic*, je vous en écrirai plus longuement. J'aurai évidemment beaucoup de doubles.

Je me recommande pour de plus amples renseignements sur le lot que vous avez acheté, non seulement pour savoir s'il contient des doubles, mais aussi, en général, quelles reproductions intéressantes vous y avez trouvées.

J'ai déniché une magnifique tête de fillette de Percy Mac Quoid ; c'est une gravure sur bois d'après une toile de lui ; parmi les autres reproductions sur lesquelles j'ai mis la main, il y a, entre autres :

B. Constant, « Fellahs malades au bord du Nil ».
Julien Dupré, « Gardeuse de vaches ».
Smith, « Une rue à South Lambeth ».
Ridley, « Course de bateaux ».
Robinson, d°.
Green, « Rue à Whitechapel ».
Régamey, « Prison à New-York ».
Thulstrup, « Salle de travail à l'hôpital maritime ».
Abbey, « Fille d'hiver ».
— , « Peter Stuyvesandt ».
Reinhardt, « Pêcheurs ».
Barnard, six reproductions.
Ed. Frère, « Ramasseurs de bois ».
Buckmann, « Renkeys on Hampsteadheath ».
— , « Gattering poppies ».
Waller, « Tip girls » (Charbonniers).

Il m'en a coûté de la peine d'acquérir les *Graphic*. Par exemple, j'ai dû faire deux portraits du père et de la mère (deux de chacun !) du Juif qui me les a vendus.

Mais n'est-ce pas une bonne aubaine ? Toutefois, il est bête que j'en sois déjà propriétaire et que je ne les aie pas encore vus. C'est qu'ils sont en dépôt, avec un lot de livres, dans une salle de ventes, mais le Juif les retirera dans le courant de la semaine.

Parmi ces livres, il y a la *Mascarade humaine,* cent lithographies de Gavarni. Je le possède déjà, mais vous, l'avez-vous ? Mon Juif a encore d'autres ouvrages qui sont probablement intéressants.

Je vous écrirai bientôt plus longuement. Je forme des vœux pour que votre santé s'améliore promptement. En hâte,

t. à t. *Vincent.*

Cher Théo,

Je te remercie cordialement de ta lettre ; son contenu a été le 267 N
bienvenu, car il m'est d'un grand secours. Je commencerai par te dire que je me sens soulagé en lisant ce que tu m'écris du passé de la femme, j'entends que ce passé n'est pas ce que je me figurais malgré moi. Ainsi donc, elle n'a pas seulement connu la misère ou la gêne, mais autre chose par-dessus le marché ; cela me porte à croire qu'elle t'appréciera à ta juste valeur — eu égard à ta culture et à ta largeur de vues — plus qu'une femme qui a été malmenée dès sa jeunesse par la misère, et qui trouve ça tout naturel.

Ce que tu me dis de ses lectures, par exemple, me prouve qu'elle est douée d'une sensibilité qui manque absolument aux autres femmes.

Sa condition sociale et ses malheurs contribuent à la caractériser ; c'est une femme faite pour toi, il me semble. Oui, dès qu'elle ira mieux, tu seras heureux au plus haut point. Je souhaite de tout mon cœur qu'elle devienne ta femme, car une femme peut transformer ta vie de fond en comble. Qu'est-ce qu'une femme comme elle, sans un homme qui l'estime et la comprenne ? Une chose navrante — oui, tu as raison, une espèce d'esprit ou de fantôme. Je crains qu'elle ne retombe dans cet état si tu n'étais plus là pour la soutenir (même si sa situation et sa santé étaient meilleures).

Si elle vit avec toi, je crois au contraire qu'un immense bonheur sera à sa portée et à la tienne, un bonheur né du sentiment de ne plus être seuls dans la vie.

La solitude, pour un homme, est parfois bien dure.

Mais que personne ne comprenne la poésie d'Israëls — tiens,

cela me dépasse, l'imagination et la raison refusent de l'admettre.

Cette créature humaine qui erre toute seule...

La parole de Michelet est profonde :

Pourquoi y a-t-il une femme seule sur la terre ? Tu m'as dit un jour, ou plus exactement tu me l'as écrit : la gravité vaut mieux que la raillerie, même la plus spirituelle. Ta réflexion s'applique exactement à ma pensée : n'est-on pas tenu de prendre la femme au sérieux ? J'entends que notre vie à nous, hommes, est fonction de nos relations avec les femmes, et que le contraire est également vrai. Il n'est donc pas permis de railler les femmes, ni de les sous-estimer. A condition de bien les lire, on se rend compte que les *Petites misères de la vie conjugale* de Balzac sont une chose très sérieuse : elles sont exposées avec les meilleures intentions du monde, non pour désunir, mais pour unir. Mais tout le monde ne les interprète pas ainsi.

En lisant ta lettre, le détail suivant a frappé mon esprit : tu as affaire à une femme qui est capable de retourner en ta compagnie dans le passé, par exemple, et qui apprendra à considérer l'art comme tu le considères ; c'est très précieux.

Je te félicite, mon vieux, d'avoir trouvé une femme à laquelle, d'après ce que tu m'écris, s'applique la sentence de Michelet : *une dame, c'est une dame.*

Elle me fait penser à l'œuvre d'Ary Scheffer.

Quant à la lecture, j'ai l'impression que l'œuvre de Michelet pourrait lui remonter le moral et lui servir de guide.

La lecture que Michelet lui-même estime surtout utile à une femme, c'est *l'Imitation de Jésus-Christ,* de Thomas A Kempis. Il parle du texte original, évidemment, non de celui qui a été arrangé par le clergé.

Tu connais probablement mieux que moi la littérature française. L'ouvrage de Thomas A Kempis est aussi beau que le « Consolator » d'Ary Scheffer, par exemple ; il ne peut être comparé à aucun autre. J'en ai vu plusieurs éditions mutilées et dénaturées de propos délibéré ; à la fin de chaque chapitre, on avait ajouté une sorte de notice détestable.

J'en possède une de ce genre que je me suis laissé refiler un jour.

Veux-tu savoir ce que je trouve excellent, juste au moment où un malade doit respirer l'air frais que dégage un livre ? C'est *La Nature chez elle,* de Bodmer, avec textes de Théophile Gautier. Les anciennes séries sont en vente à *l'Illustration* ou au *Monde illustré.*

Toutefois, j'ai vu récemment une *Nature chez elle*, beaucoup plus mince et beaucoup moins fraîche que les premières séries ; je crois que les textes étaient également de Th. Gautier. Bodmer l'aura probablement dessinée plus tard, quand il avait perdu en partie son entrain primitif.

Mon vieux, ce fut une grande joie pour moi de dessiner des têtes de pêcheurs coiffées du fameux suroît, auquel adhéraient encore des écailles de poisson, quand on me l'a donné.

On ne saurait définir les sentiments que tu as dû éprouver en te rendant à l'hôpital ou à la clinique, le jour où elle a dû subir l'opération ; à ce moment-là, on est en proie à une émotion trop forte. Quoi qu'il en soit, en lisant la lettre dans laquelle tu me narrais cette opération, je me suis souvenu de l'été dernier, quand j'ai été rendre visite à la femme, le jour où elle a accouché.

Tu m'as parlé récemment d'un nommé Laurens, qui faisait principalement de grands dessins ou de grandes toiles. Je ne le connaissais aucunement (à moins que ce ne soit celui qui a peint des paysages orientaux, etc.), mais je viens de voir une eau-forte de Courtry, d'après une peinture de Jean-Paul Laurens, représentant une scène de la Révolution ; je l'ai trouvée très belle, surtout certains types et certaines têtes. Seulement il est possible que les toiles soient moins belles que l'eau-forte.

Est-ce que Jules Goupil continue à faire de belles choses ? On en arrive à poser cette question quand on voit des hommes comme Émile Wauters et Hoeterinks, par exemple, renoncer à peindre des tableaux pris sur le vif, pour choisir des sujets qui, bien qu'ils témoignent de sincérité et de sensibilité, ne valent pas leurs premières œuvres et semblent déceler une certaine timidité.

Il serait regrettable qu'il en soit ainsi.

Il y en a peu qui, comme Israëls, demeurent audacieux jusqu'au bout.

J'ai vu dernièrement une nouvelle édition des œuvres de R. Caldecott ; j'en ai acheté deux volumes, savoir les illustrations du *Livre d'esquisses* de Washington Irving ; ces deux tomes ne coûtent ensemble qu'un shilling. C'est la description d'une fête de Noël au village, au début de notre siècle. Ces petits dessins ont du nerf, comme ceux de Jacque ou de Menzel, par exemple. Quand tu viendras ici, tu devras jeter encore un coup d'œil sur les gravures sur bois. Certains de ces dessinateurs, Caldecott, par exemple, sont très originaux et extrêmement intéressants. Je serais enchanté si nous avions plus souvent l'occasion de passer ensemble une soirée ou un dimanche. Pour partir à la recherche de choses auxquelles la plupart n'accordent guère d'attention.

Je suis en train de lire *Middlemarch* d'Eliot.

Eliot analyse, comme Balzac ou Zola, mais elle analyse des situations anglaises avec une sensibilité anglaise. Adieu, mon vieux, je te présente mes meilleurs vœux et te remercie encore une fois cordialement.

t. à t. *Vincent.*

Cher Théo,

268 N Je voulais t'écrire dès dimanche. J'ai attendu, parce que j'étais encore en train de faire une chose qui n'était pas définitive. Il y a une semaine environ, j'ai lu *Mes Prisons* de Fritz Reuter, et quelques autres choses où il était spirituellement décrit comment Fritz Reuter, et d'autres qui avaient fait de la détention dans une forteresse, se faisaient la vie aussi peu désagréable que possible et réussissaient à arracher divers privilèges au major de place.

Ce livre m'a conduit à l'idée d'entreprendre mon propriétaire pour lui arracher certaines améliorations qui faciliteraient mon travail.

Je suis donc allé à Voorburg, où il demeure, pour obtenir qu'il fasse ceci et cela.

Il y avait ici quelques vieux volets et quelques planches que je désirais utiliser. J'ai eu bien du mal à les obtenir. Toutefois je les ai.

Tu sais que mon atelier a trois fenêtres. Elles donnent beaucoup de lumière, beaucoup trop, même quand je les obstrue, et il y a longtemps que je me demandais comment corriger cela. Le proprio ne voulait rien me céder, à moins que je le paie.

A la suite d'un nouvel assaut, j'ai obtenu six morceaux de volets et cinq ou six longues planches. Les volets ont été sciés par le travers, de sorte qu'ils sont devenus des panneaux que l'on peut manœuvrer de façon à masquer plus ou moins la lumière, la laisser entrer soit par le haut, soit par le bas.

Je pense que le petit croquis inclus te fera comprendre que ça marche très bien. Les planches sont pour une grande armoire, dans

l'alcôve, qui servira de resserre pour dessins, gravures, livres, et comme porte-manteau pour des blouses, des vestes, des redingotes, des fichus, des chapeaux, sans oublier le suroît, dont j'ai besoin pour les modèles. J'ai payé loyalement le propriétaire, lui disant pour conclure que s'il trouvait trop bas les loyers de sa maison, je ne le contredirais pas, mais que je le priais de considérer que, pour moi, le mien était lourd, et que je ne pouvais ni travailler facilement, ni faire des progrès sans avoir une lumière plus favorable. Que s'il n'y pouvait rien changer, je serais obligé de changer d'atelier.

J'ai dit encore que, si j'avais pu payer davantage, j'aurais fait un effort ; mais que pour le moment je n'étais pas en état de payer plus que je ne faisais. Que, par conséquent, une majoration de loyer était pour moi hors de question ; que la décision de rester ou de m'en aller dépendait de ce qu'il ferait ou ne ferait pas ; que, si mon départ lui était indifférent, nous nous quitterions bons amis, sans plus discuter.

Il a dit que mon départ ne lui était pas indifférent et qu'il voulait bien faire quelque chose. C'est ainsi que nous en sommes enfin arrivés à ce que je n'aie à payer que quelques florins, pour la main-d'œuvre.

A plusieurs reprises, il est revenu à l'atelier. Ce n'est pas franchement un escroc, bien que passablement roué. Il me semble que l'atelier lui a plu (il n'y était pas venu depuis l'an dernier, en juillet). Du moins, l'ayant là sur place, j'ai obtenu ce que je voulais plus facilement que je l'aurais cru. Que n'a-t-on toujours affaire avec les gens dans son atelier ! En dehors de chez moi, je ne puis tirer grand'chose de personne, et je me lie difficilement. J'ai été occupé à quelques figures d'assez grande dimension, des bustes, des portraits jusqu'aux genoux ; tout cela, et quelques autres études que j'avais déjà, a fourni une espèce de décor pour le couloir et pour l'escalier, bien qu'il ne s'agisse que d'études très ordinaires. Enfin tu vois, par l'une et l'autre chose, que je suis de nouveau tout à fait lancé ; étant ainsi très occupé, cela me change les idées.

Par exemple, quand je suis allé à Voorburg pour choisir avec le propriétaire les bois en question, j'ai vu de belles figures d'ouvriers occupés dans un hangar ; j'ai assisté au creusement d'une cave et à l'établissement des fondations d'une maison. Et j'ai pensé à la description que tu m'as faite d'ouvriers de Montmartre, un jour que tu avais été témoin de l'accident où un homme avait été blessé dans une carrière.

Tu le sais, j'avais déjà fait quelque chose pour obstruer le jour des fenêtres ; j'avais tendu des toiles sur des châssis. Ces châssis maintenant, deviennent libres ; ils vont très bien pouvoir servir ; tendus d'un tissu plus foncé ou plus clair, ils fourniront des fonds, par exemple quand je veux dessiner des têtes. Tu comprends que désormais je vais pouvoir boucher complètement une ou deux fenêtres, obtenir un éclairage général qui me donnera des effets beaucoup plus vigoureux, et que je pourrai atténuer à volonté par des reflets, de façon à me donner des éclairages très différents. L'ouvrage aurait été tout à fait hors de question comme trop coûteux si j'avais dû tout payer moi-même. Je ne suis pas peu à l'aise, maintenant que c'est fait.

C'est précisément en dessinant des choses que j'avais en train ces derniers temps, par exemple des têtes comme celles que je t'ai envoyées, dans lesquelles j'emploie des noirs vigoureux, que j'avais senti le besoin d'un meilleur éclairage.

J'espère que tout marchera très bien. Tu dois te rendre compte toi-même, d'après le croquis ci-joint, que l'opération est tellement simple qu'il semble que le résultat ne peut être qu'excellent.

Combien les maisons d'aujourd'hui sont souvent déplaisantes, comparées à ce qu'elles pourraient être si on les construisait pour les rendre un peu plus intimes.

Compare une fenêtre d'aujourd'hui avec une croisée du temps de Rembrandt. Dans ce temps-là, chacun semblait avoir d'instinct le besoin d'un éclairage particulièrement modéré, qui semble ne plus exister aujourd'hui où il y a, au contraire, un effort pour obtenir une lumière brutale et crue.

On a commencé à construire de bonnes maisons d'ouvriers, mais je ne vois pas qu'on ait fait des progrès depuis celles d'il y a vingt ou trente ans.

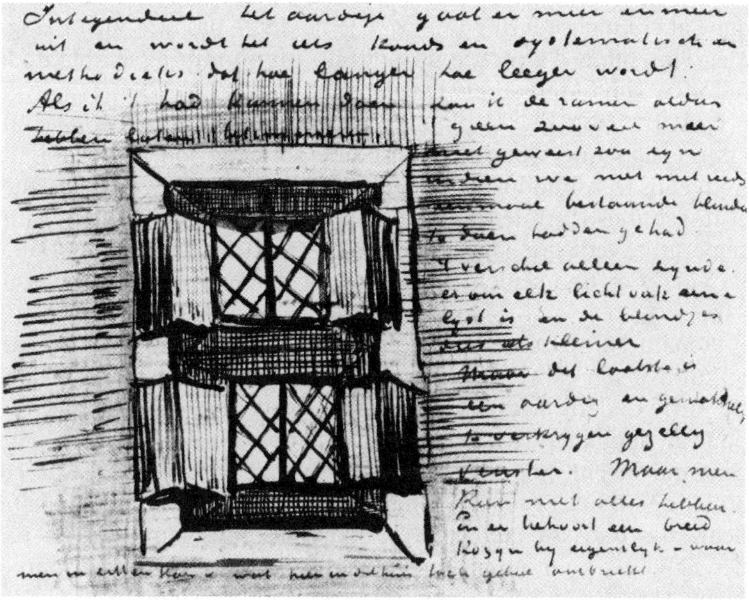

Au contraire, ce qu'elles avaient de beau disparaît de plus en plus.

La construction évolue vers quelque chose de froid, de systématique, de méthodique, qui devient de plus en plus vide de sens à mesure que le temps passe. Si j'avais pu, j'aurais fait percer les fenêtres pour qu'elles soient dans l'état ancien, ce qui n'aurait pas été tellement plus compliqué ; je veux dire : si nous n'avions pas eu les volets déjà existants. La différence étant simplement qu'il y aurait un châssis pour chaque éclairage, et les panneaux des volets seraient par conséquent un peu plus petits.

Cette dernière disposition donnerait une fenêtre jolie, et facile à obtenir. Mais on ne peut pas tout avoir. Et cela eût donné une large ouverture où l'on eût pu s'asseoir, ce qui manque entièrement dans cette maison.

J'attends avec impatience ta lettre avec des nouvelles de la malade. Puisse-t-elle être restée calme, et la guérison venir vite, et normalement. Mais le mal n'évolue pas toujours vite et résolument ; presque toujours, il y a un pépin ou l'autre. Il faut ouvrir l'œil et être sans cesse sur le qui-vive.

J'ai relu la semaine dernière *Notre-Dame* de Hugo, que j'avais déjà lue il y a bien dix ans. Sais-tu ce que j'y ai trouvé, du moins ce que j'ai cru y découvrir ? C'est que je ne doute pas que Victor Hugo a eu l'intention d'y mettre un portrait, un portrait ressemblant. Je retrouve Thijs Maris dans Quasimodo.

Il est probable que la plupart des gens qui lisent *Notre-Dame* ont l'impression que Quasimodo est une sorte de fou. Mais toi, tu trouverais Quasimodo aussi peu ridicule que je le trouve moi-même, et tu sentirais comme moi que Hugo dit vrai quand il dit : « Pour ceux qui savent que Quasimodo a existé, maintenant Notre-Dame est vide. Car non seulement, il en était l'habitant, mais il en était l'âme. »

Prenant Notre-Dame comme symbole de cette tendance de l'art qui trouve son expression, par exemple dans Leys et (parfois) dans De Groux, dans Lagye, dans Devriendt et dans Henri Pille, on pourrait appliquer à Thijs Maris le « maintenant il y a un vide pour ceux qui savent qu'il a existé, car il en était l'âme ». L'âme de cet art-là, c'était lui. Enfin Thijs Maris existe encore, pas dans sa pleine fleur, pas dans sa pleine force, mais pas sans faux plis, et pas désenchanté, pour autant qu'il puisse y avoir chez lui désenchantement. Une des énormités que j'observe chez les peintres d'ici, c'est que même encore aujourd'hui, ils se moquent de Thijs Maris. Je trouve que cela a quelque chose d'aussi affreux qu'un suicide. Parce que Thijs Maris est tellement la personnification de quelque chose d'élevé, de noble, qu'un peintre ne peut, selon moi, se moquer de lui sans s'avilir lui-même. Qui ne comprend pas Maris, tant pis pour lui. Ceux qui l'ont compris le regrettent et déplorent qu'un tel homme soit attaqué : « Noble lame, vil fourreau. » Le mot convient à Thijs Maris comme à Quasimodo. « Dans mon âme, je suis beau. »

Écris-moi bientôt, si tu ne l'as déjà fait, et crois-moi, avec une poignée de main

t. à t. *Vincent.*